U0106658

新刻繡像批評金瓶梅

會校本

金瓶梅

新刻繡像批評

會校本　重訂版

上

閆昭典　王汝梅　孫言誠　趙炳南　校點

三聯書店（香港）有限公司

責任編輯 孫言誠 閆昭典
護封插圖 陳全勝
書籍設計 吳冠曼
排　　版 曾小英

書　　名 新刻繡像批評金瓶梅（會校本・重訂版）（全兩冊）
校　　點 閆昭典　王汝梅　孫言誠　趙炳南
出　　版 三聯書店（香港）有限公司
香港北角英皇道四九九號北角工業大廈二十樓
Joint Publishing (H.K.) Co., Ltd.
20/F., North Point Industrial Building,
499 King's Road, North Point, Hong Kong
香港發行 香港聯合書刊物流有限公司
香港新界荃灣德士古道二二〇至二四八號十六樓
印　　刷 中華商務彩色印刷有限公司
香港新界大埔汀麗路三十六號十四字樓
版　　次 一九九〇年二月香港第一版第一次印刷
二〇〇九年七月香港修訂版第一次印刷
二〇一一年十月香港重訂版第一次印刷
二〇二三年六月香港重訂版第七次印刷
規　　格 特十六開（152×228 mm）一六八四面
國際書號 ISBN 978-962-04-3156-2（套裝）
© 1990, 2009, 2011 Joint Publishing (H.K.) Co., Ltd.
Published in Hong Kong, China.

北京大學圖書館藏《新刻繡像批評金瓶梅》

一部炎涼景況盡此數語中

新刻繡像批評金瓶梅卷之一

第一回

西門慶熱結十弟兄　武二郎冷遇親哥嫂

詩曰

豪華去後行人絕　簫箏不響歌喉咽
雄劍無威光彩沉　寶琴零落金星滅
玉階寂寞墜秋露　月照當時歌舞處
當時歌舞人不回　化為今日西陵灰

又詩曰

二八佳人體似酥　腰間仗劍斬愚夫

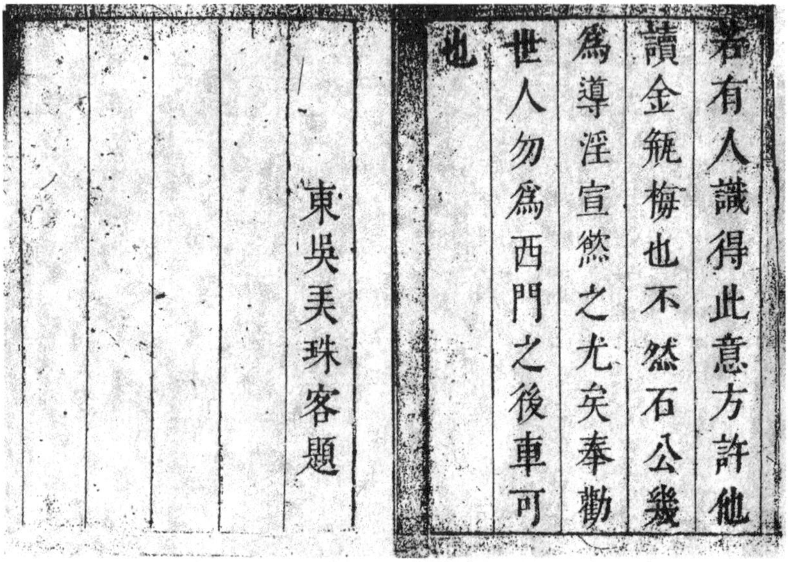
若有人識得此意方許他
讀金瓶梅也不然石公幾
爲導淫宣慾之尤矣奉勸
世人勿爲西門之後車可
也

東吳弄珠客題

北京大學圖書館藏《新刻繡像批評金瓶梅》東吳弄珠客序

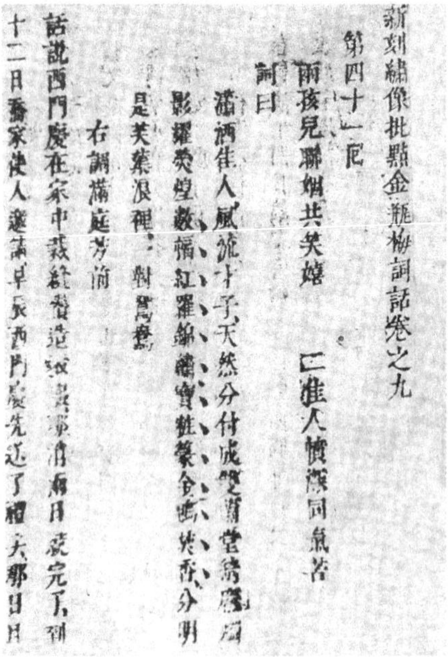
新刻繡像批點金瓶梅詞話卷之九

第四十一回

兩孩兒聯姻共笑嬉　二佳人憤深同氣苦

詞曰

瀟洒佳人風流才子天然分付成雙蘭堂綺席燭
影耀熒煌數幅紅羅錦繡寶妝篆金鴨香焚分明
是芙蓉浪裏一對鴛鴦

右調滿庭芳前

話說西門慶在家中裁縫攢造衣服那消兩日就完了到
十二日喬家使人邀請早辰西門慶先送了禮去那日月

北京大學圖書館藏《新刻繡像批評金瓶梅》卷之九卷題

新鐫繡像批評原本
金瓶梅
本衙藏板

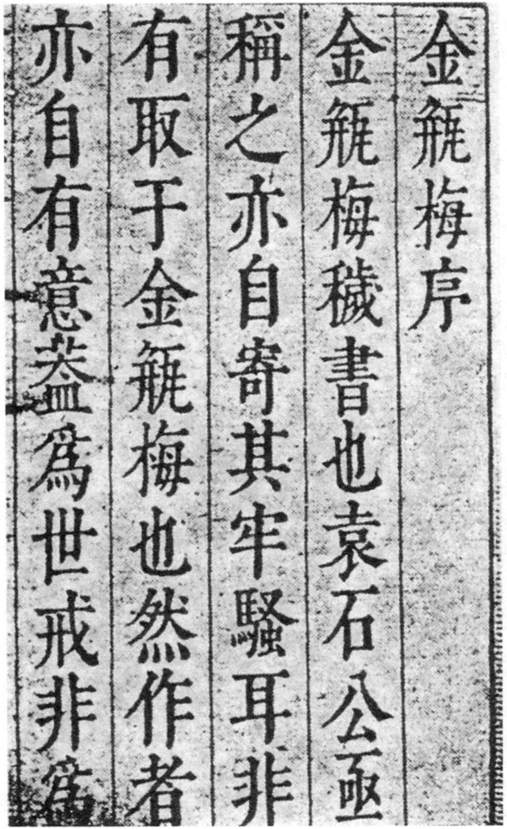
金瓶梅序
金瓶梅穢書也袁石公亟
稱之亦自寄其牢騷耳非
有取于金瓶梅也然作者
亦自有意蓋為世戒非為

日本內閣文庫藏《新鐫繡像批評金瓶梅》扉頁、序

新刻繡像批評金瓶梅卷之一

第一回　西門慶熱結十弟兄　武二郎冷遇親哥嫂

詩曰：

豪華去後行人絕，簫箏不響歌喉咽。
雄劍無威光彩沉，寶琴零落金星滅。
玉階寂寞墜秋露，月照當時歌舞處。
當時歌舞人不回，化爲今日西陵灰。

又詩曰：

二八佳人體似酥，腰間仗劍斬愚夫。

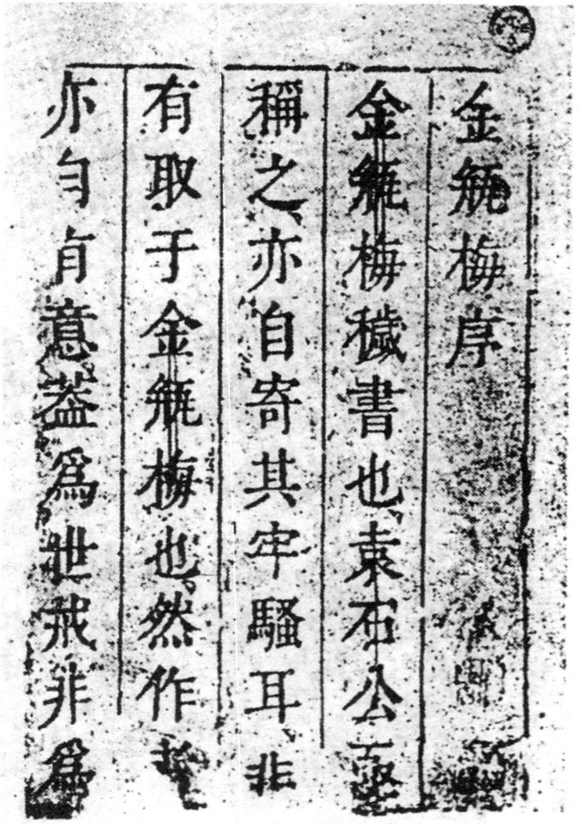

金瓶梅序

金瓶梅穢書也。袁石公亟稱之，亦自寄其牢騷耳，非有取于金瓶梅也。然作者亦自有意，蓋爲世戒，非爲

日本天理大學圖書舘藏《新刻繡像批評金瓶梅》序、第一回

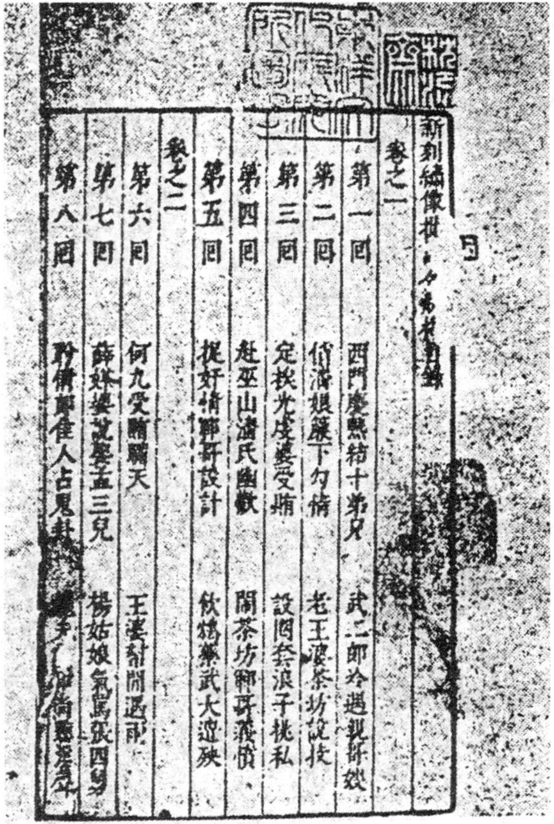
新刻繡像批評金瓶梅目錄
卷之一
第一回　西門慶熱結十弟兄　武二郎冷遇親哥嫂
第二回　俏潘娘簾下勾情　老王婆茶坊說技
第三回　定挨光虔婆受賄　設圈套浪子挑私
第四回　赴巫山潘氏幽歡　鬧茶坊鄆哥義憤
第五回　捉奸情鄆哥設計　飲鴆藥武大遭殃
卷之二
第六回　何九受賄瞞天　王婆幫閒遇雨
第七回　薛嫂兒說娶孟三兒　楊姑娘氣罵張四舅
第八回　盼情郎佳人占鬼卦　燒夫靈和尚聽淫聲

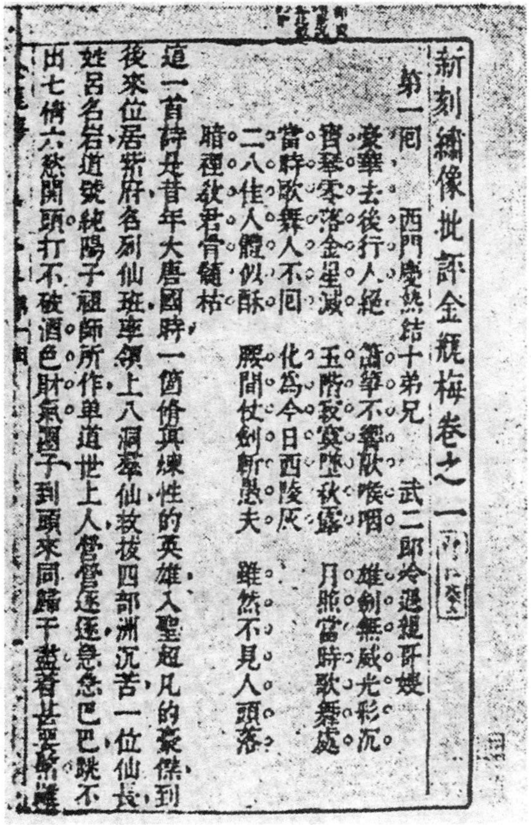
新刻繡像批評金瓶梅卷之一
第一回　西門慶熱結十弟兄　武二郎冷遇親哥嫂
豪華去後行人絕，簫箏不響歌喉咽。雄劍無威光彩沉，
寶琴零落金星滅。玉階寂寞墜秋露，月照當時歌舞處。
當時歌舞人不回，化為今日西陵灰。
二八佳人體似酥，腰間仗劍斬愚夫。雖然不見人頭落，
暗裏教君骨髓枯。
這一首詩是昔年大唐國時，一個修真煉性的英雄，入聖超凡的豪傑，到後來位居紫府，名列仙班，率領上八洞群仙，救拔四部洲沉苦一位仙長，姓呂名岩，道號純陽子祖師所作。單道世上人，營營逐逐，急急巴巴，跳不出七情六慾關頭，打不破酒色財氣圈子，到頭來同歸于盡，着甚要緊！雖

日本東京大學東洋文化研究所藏《新刻繡像批評金瓶梅》目錄、第一回

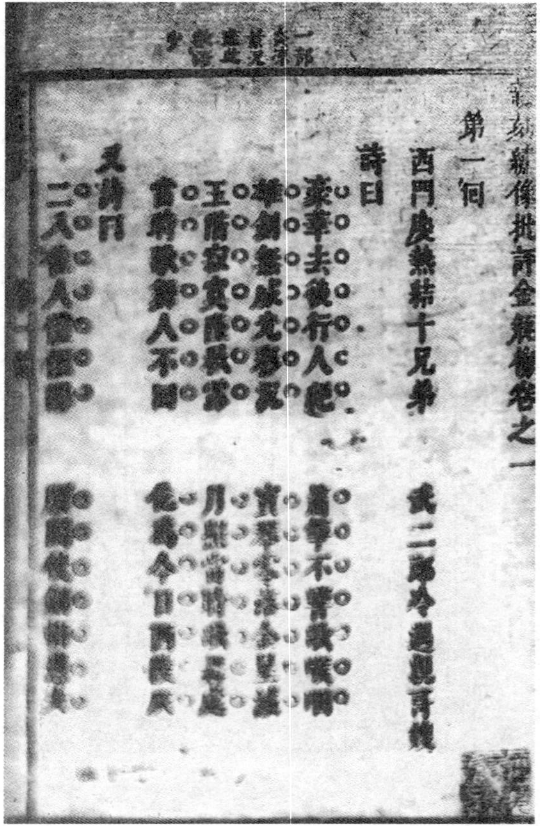
新刻繡像批評金瓶梅卷之一

第一回

西門慶熱結十兄弟　武二郎冷遇親哥嫂

詩曰

豪華去後行人絕　簫箏不響歌喉咽
雄劍無威光彩沉　寶琴零落金星滅
玉階寂寞墜秋露　月照當時歌舞處
當時歌舞人不回　化為今日西陵灰

又詩曰

二八佳人體似酥　腰間仗劍斬愚夫

天津圖書館藏《新刻繡像批評金瓶梅》

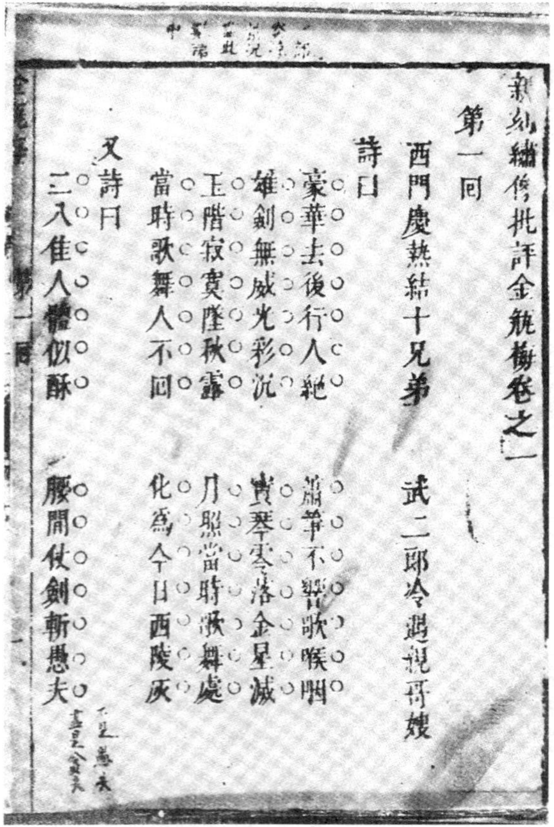
新刻繡像批評金瓶梅卷之一

第一回

西門慶熱結十兄弟　武二郎冷遇親哥嫂

詩曰

豪華去後行人絕　簫箏不響歌喉咽
雄劍無威光彩沉　寶琴零落金星滅
玉階寂寞墜秋露　月照當時歌舞處
當時歌舞人不回　化為今日西陵灰

又詩曰

二八佳人體似酥　腰間仗劍斬愚夫

上海圖書館藏《新刻繡像批評金瓶梅》乙本

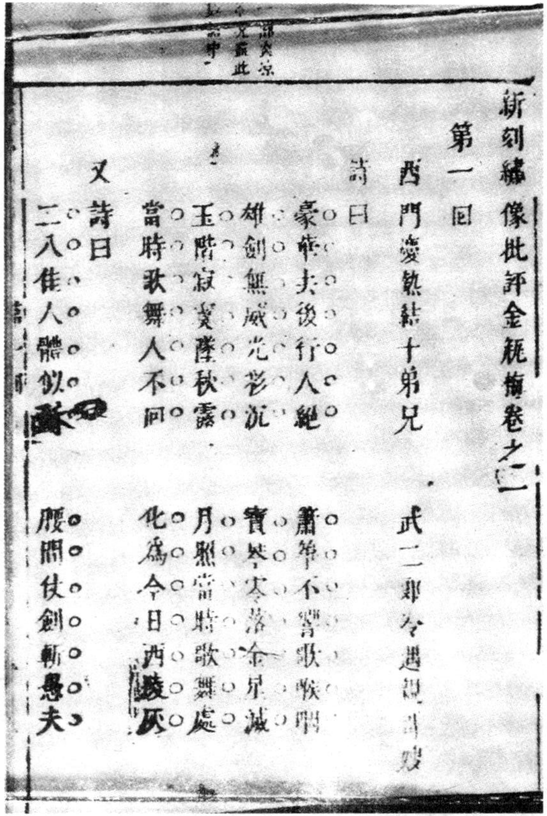

新刻繡像批評金瓶梅卷之一

第一回　西門慶熱結十弟兄　武二郎冷遇親哥嫂

詩曰

豪華去後行人絕，簫箏不響歌喉咽。
雄劍無威光彩沉，寶琴零落金星滅。
玉階寂寞墜秋露，月照當時歌舞處。
當時歌舞人不回，化為今日西陵灰。

又詩曰

二八佳人體似酥，腰間仗劍斬愚夫。

上海圖書館藏《新刻繡像批評金瓶梅》甲本

新刻繡像批評金瓶梅卷之一

第一回　西門慶熱結十弟兄　武二郎冷遇親哥嫂

豪華去後行人絕。簫箏不響歌喉咽。雄劍無威光彩沉。寶琴零落金星滅。玉階寂寞墜秋露。月照當時歌舞處。當時歌舞人不回。化為今日西陵灰。

二八佳人體似酥。腰間仗劍斬愚夫。雖然不見人頭落。暗裏教君骨髓枯。

這一首詩是昔年大唐國時一箇修真煉性的英雄入聖超凡的豪傑到後來位居紫府名列仙班率領上八洞羣仙救拔四部洲沉苦一位仙長姓呂名喦道號純陽子祖師所作[illegible]營營逐逐急急巴巴跳不出七情六慾關頭打不破[illegible]着甚要緊雖

首都圖書館藏《新刻繡像批評金瓶梅》

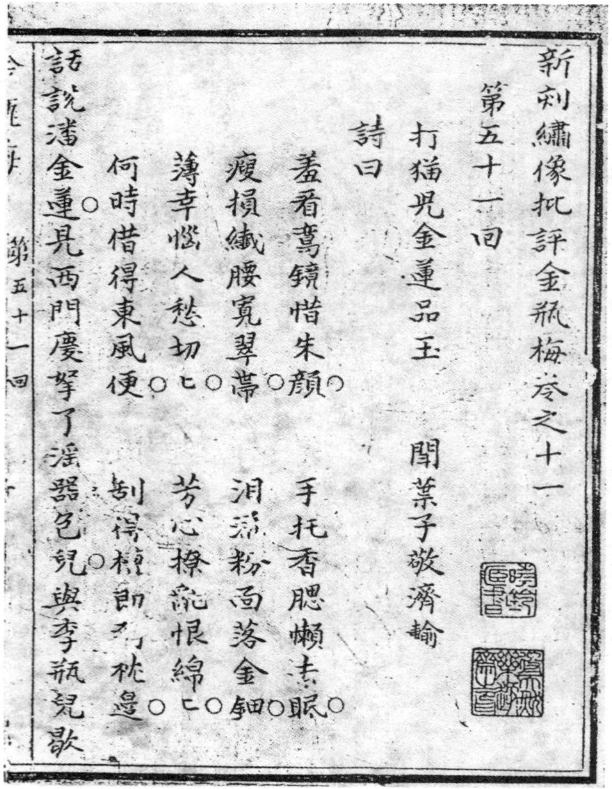

新刻繡像批評金瓶梅卷之十一
第五十一回
打猫兒金蓮品玉　　鬥葉子敬濟輸
詩曰
羞看鸞鏡惜朱顏○手托香腮懶去眠○
瘦損纖腰寬翠帶○淚流粉面落金鈿○
薄幸惱人愁切〻○芳心撩亂恨綿〻○
何時借得東風便○刮得檀郎到枕邊○
話說潘金蓮見西門慶拏了淫器包兒與李瓶兒歇

金瓶梅　第五十一回

吳曉鈴藏《新刻繡像批評金瓶梅》抄本

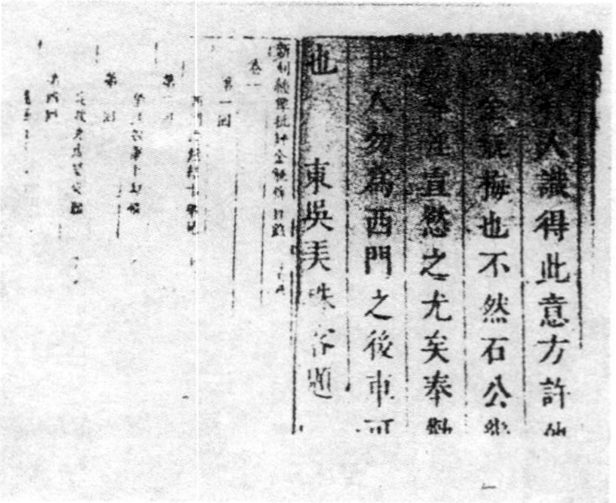

人識得此意方許
金瓶梅也不然石公
直慾之尤矣奉
人勿為西門之後車可
也
東吳弄珠客題

殘存四十七回本《新刻繡像批評金瓶梅》序、目録

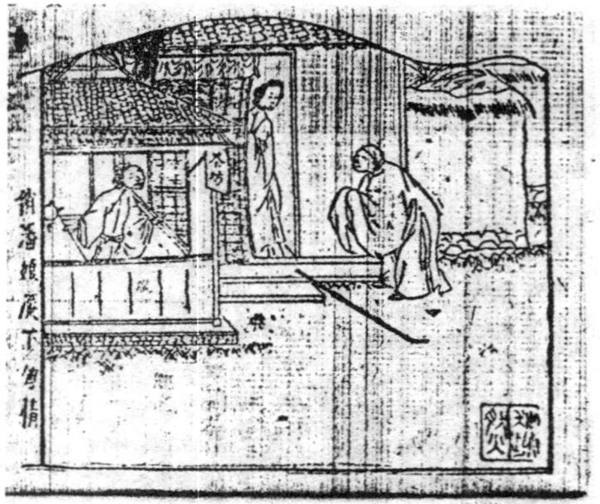

周越然舊藏《新刻繡像批評金瓶梅》插圖

前言

王汝梅

《金瓶梅》是我國小説史上第一部文人獨立創作的長篇白話世情小説，對後世的小説創作與文化嬗變產生過較大影響，在文學史、文化史上具有重要地位。近年來，我國《金瓶梅》研究不斷取得新的進展，引起國外漢學家的注意。人民文學出版社出版的《金瓶梅詞話》删節本，齊魯書社出版的《張竹坡批評第一奇書金瓶梅》删節本，香港星海文化出版有限公司出版的《金瓶梅詞話》全校本，都促進了《金瓶梅》研究的深入發展。

《金瓶梅》的版本，大體上可分爲兩個系統，三種類型。一是詞話本系統，即《新刻金瓶梅詞話》，現存三部完整刻本及一部二十三回殘本（北京圖書館藏本、日本日光山輪王寺慈眼堂藏本、日本德山毛利氏棲息堂藏本及日本京都大學附屬圖書館藏殘本）。二是崇禎本系統，即《新刻繡像批評金瓶梅》，現存約十五部（包括殘本、抄本、混合本）。第三種類型是張評本，即《張竹坡批評第一奇書金瓶梅》，屬崇禎本系統，又與崇禎本不同。在兩系三類中，崇禎本處於《金瓶梅》版本流變的中間環節。它據詞話本改寫而成，又是張評本據以改易、評點的祖本，承上啟下，至關緊要。現存的崇禎本都十分珍貴，一般不易見到，因此，把存世的主要崇禎本全面地校勘一下，出版一部會校本《新刻繡像批評金瓶梅》，就顯得十分重要了。它不僅有助于認識《金瓶梅》的版本系統，而且也是探討《金瓶梅》成書之謎、作者之謎，研究作品思想藝術價值的客觀依據，是《金瓶梅》研究的基礎工程。

一、崇禎諸本的特徵、類別及相互關係

刊刻於十卷本《金瓶梅詞話》之後的《新刻繡像批評金瓶梅》，是二十卷一百回本。卷首有東吳弄珠客《金瓶梅序》。書中有插圖二百幅，有的圖上題有刻工姓名，如劉應祖、劉啟先、黃子立、黃汝耀等。這些刻工活躍在天啟、崇禎年間，是新安(今安徽歙縣)木刻名手。這種刻本避明崇禎帝朱由檢諱。根據以上特點和刻本的版式字體，一般認爲這種本子刻印在崇禎年間，因此簡稱爲崇禎本，又稱繡像本或評改本。

現仍存世的崇禎本(包括清初翻刻的崇禎系統版本)有十幾部，各部之間大同中略有小異。從版式上可分爲兩大類。一類以北京大學圖書館藏本爲代表，書每半葉十行，行二十二字，扉頁失去，無廿公跋，回首詩詞前有「詩曰」或「詞曰」二字。日本天理圖書館藏本、上海圖書館藏甲乙兩本、天津圖書館藏本、殘存四十七回本等，均屬此類。另一類以日本內閣文庫藏本爲代表，書每半葉十一行，行二十八字，有扉頁，扉頁上題《新鐫繡像批評原本金瓶梅》，有廿公跋，回首詩詞前多無「詩曰」或「詞曰」二字。首都圖書館藏本、日本京都大學東洋文化研究所藏本屬於此類。

崇禎諸本多有眉批和夾批。各本眉批刻印行款不同。北大本、上圖甲本以四字一行居多，也有少量二字一行的。天圖本、上圖乙本以二字一行居多，偶有四字一行和三字一行的。內閣本眉批三字一行。首圖本有夾批無眉批。

爲了理清崇禎諸刻本之間的關係，需要先對幾種稀見版本作一簡單介紹：

王孝慈舊藏本。王孝慈爲書畫家，通縣人，原藏《新刻繡像批評金瓶梅》插圖二册，二百幅。一九三三年北平古佚小說刊行會版詞話本中的插圖，即據王氏藏本影印。圖甚精緻，署刻工姓名多。第一回第二幅圖「武二郎冷遇親哥嫂」欄內右側題署「新安劉應祖鐫」六字，爲現存其他崇禎本插圖所無。其第一回回目「西門慶熱結十弟兄」，現存多數本子與之相同，僅天圖本、上圖乙本略異。從插圖和回目判斷，王氏藏本可能是崇禎系統的原刻本。

殘存四十七回本。近年新發現的。扉頁右上題「新鐫繡像批評原本」，中間大字「金瓶梅」，左題「本衙藏版」。插圖有九十幅，第五回「飲鴆藥武大遭殃」及第二十二回「蕙蓮兒偷期蒙愛」，俱題署刻工劉啟先姓名。此殘本版式、眉批行款與北大本相近，卷題也與北大本相同，但扉頁則依內閣本所謂「原本」扉頁格式刻印。此版本兼有兩類本子的特徵，是較晚出的版本，大約刊印在張評本刻印前的順治或康熙初年，流傳至張評本刊印之後。該書流傳中失去五十三回，用張評本配補，成了崇禎本和張評本的混合本。從明末至清中葉，《金瓶梅》由詞話本、崇禎本同步流傳演變爲崇禎本和張評本同步流傳，其遞變端倪，可由此本看出。

吴曉鈴先生藏抄本。四函四十册，二十卷百回，是一部書品闊大的烏絲欄大字抄本。抄者爲抄本刻製了四方邊欄、行間夾線和書口標「金瓶梅」的木版。吴先生云：「從字體風格看來，應屬乾隆前期。」書中穢語删除，無眉批夾批。在崇禎諸本的異文處，此本多與北大本相同，但也有個別地方與北大本不同。由此看來，此本可能係據崇禎系統原刊本抄錄，在研究崇禎本流變及版本校勘上，頗有價值。

《繡刻古本八才子詞話》。吳曉鈴先生云：「順治間坊刊《繡像八才子詞話》，大興傅氏碧蕖館舊藏。今不悉散佚何許。」(《金瓶梅詞話最初刊本問題》)吳先生把此一種本子視爲清代坊刊詞話本。美國韓南教授著錄：「扉頁題《繡刻古本八才子詞話》，其下有『本衙藏版』等字。現存五册：序文一篇、目錄，第一、二回，第十一至十五回，第三十一至三十五回，第六十五至六十八回。序文年代順治二年(一六四五)，序者不詳。十卷百回。無插圖。」(《金瓶梅的版本及其他》)韓南把它列入崇禎本系統。因韓南曾借閱傅惜華藏書，筆者採取韓南意見，把此版本列入崇禎本系統。

周越然舊藏本。周越然著錄：「新刻繡像批評金瓶梅二十卷百回。明崇禎間刊本，白口，不用上下魚尾，四周單欄，每半葉十行，每行二十二字，眉上有批評，行間有圈點。卷首有東吳弄珠客序三葉，目錄十葉，精圖一百葉。此書版刻、文字均佳〔一〕。」據版式特徵應屬北大本一類，與天圖本、上圖乙本相近或同版。把現存周越然舊藏本第二回圖「俏潘娘簾下勾情」影印件與北大本圖對勘，北大本圖左下有「黄子立刊」四字,周藏本無(右下有周越然章)。

根據上述稀見版本的著錄情況和對現存崇禎諸本的考查,我們大體上可以判定,崇禎系統内部各本之間的關係是這樣的:目前僅存插圖的通州王氏舊藏本爲原刊本或原版後印本。北大本是以原刊本爲底本翻刻的,爲現存較完整的崇禎本。以北大本爲底本翻刻或再翻刻,産生出天理本、天圖本、上圖甲乙本、周越然舊藏本。對北大本一類版本稍作改動並重新刊印的,有内閣本、東洋文化研究所本、首圖本。後一類版本卷題作了统一,正文文字有改動,所改之處,多數是恢復了詞話本原字詞。在上述兩類崇禎本流傳之後,又刊刻了殘存四十七回本,此本兼有兩類版本的特徵。爲使讀者一目瞭然,特將所知見諸本關係,列表如下〔三〕:

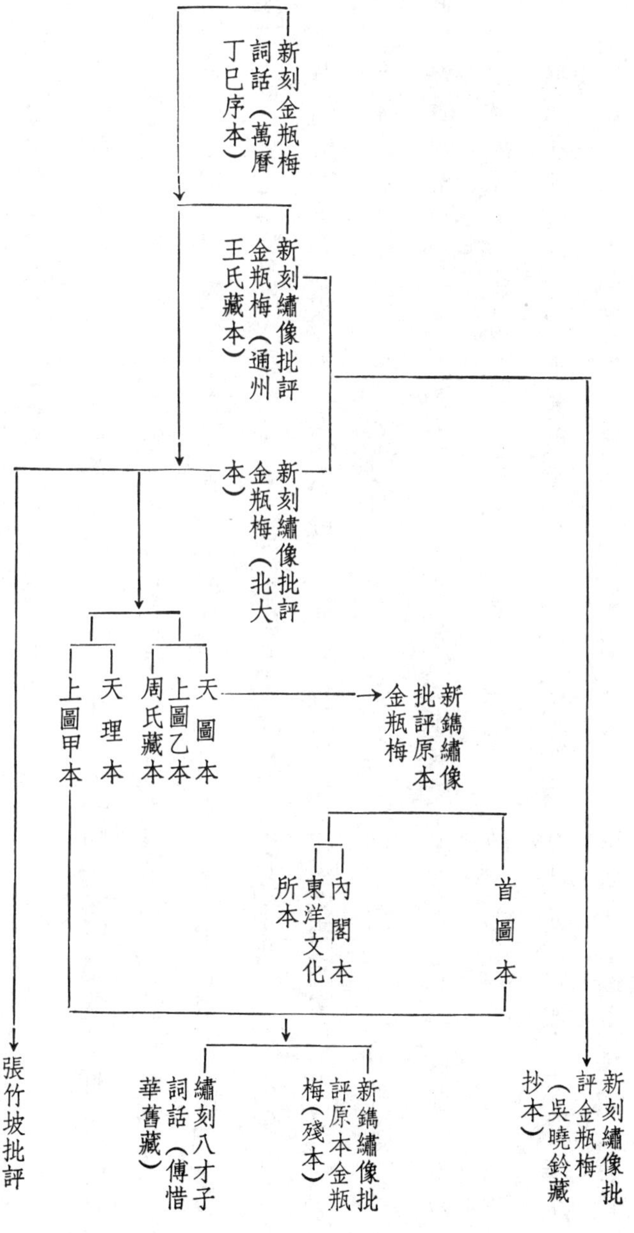
新刻金瓶梅詞話（萬曆丁巳序本）
新刻繡像批評金瓶梅（通州王氏藏本）
新刻繡像批評金瓶梅（北大本）
天圖本
上圖乙本
周氏藏本
天理本
上圖甲本
新鐫繡像批評原本金瓶梅
內閣本
東洋文化所本
首圖本
張竹坡批評第一奇書金瓶梅（吉林大學藏本）
繡刻八才子詞話（傅惜華舊藏）
新鐫繡像批評原本金瓶梅（殘本）
新刻繡像批評金瓶梅（吳曉鈴藏抄本）

二、崇禎本和萬曆詞話本的關係

崇禎本與萬曆詞話本相同又相異，相異而又相關。茲就崇禎本與萬曆詞話本明顯的相異之處，考查一下二者之間的關係。

一、改寫第一回及不收欣欣子序。崇禎本把第一回「景陽崗武松打虎」改為「西門慶熱結十弟兄」。從開首到「知縣升堂，武松下馬進去」，是改寫者手筆，以「財色」論作引子，寫至十弟兄在玉皇廟結拜。文句中有「打選衣帽光鮮」、「看飯來」、「哥子」、「千百觔水牛般力氣」等江浙習慣用語。「武松下馬進去」以後，文字大體與詞話本同，刪減了「看顧」、「扠兒難」等詞語。改寫後，西門慶先出場，然後是潘金蓮嫌夫賣風月，把原武松為主、潘金蓮為賓，改成了西門慶、潘金蓮為主、武松為賓。改寫者對《金瓶梅》有自己的看法，他反對欣欣子的觀點，因此把詞話本中與欣欣子序思想一致的四季詞、四貪詞、引子，統統刪去了。

欣欣子序闡述了三個重要觀點：第一、《金瓶梅傳》作者是「寄意于時俗，蓋有謂也」。第二、《金瓶梅傳》是發憤之作，作者「爰罄平日所蘊者，著斯傳」。第三、《金瓶梅傳》雖「語涉俚俗，氣含脂粉」，但不是淫書。欣欣子衝破儒家詩教傳統，提出不要壓抑哀樂之情的進步觀點。他說：「富與貴，人之所慕也，鮮有不至於淫者；哀與怨，人之所惡也，鮮有不至於傷者。」這種觀點與李贄反對「矯强」、主張「自然發於性情」的反禮教思想是一致的〔三〕。崇禎本改寫者反對這種觀點，想用「財色」論、「懲戒」說再造《金瓶梅》，因此他不收欣欣子序。而東吳弄珠客序因觀點與改寫者合拍，遂被刊爲崇禎本卷首。

二、改寫第五十三、五十四回。崇禎本第五十三、五十四兩回，與詞話本大異小同。詞話本第五十三回「吳月娘承歡求子息，李瓶兒酬愿保官哥」，把月娘求子息和瓶兒保官哥兩事聯繫起來，圍繞西門慶「子嗣」這一中心展開情節，中間穿插潘金蓮與陳經濟行淫、應伯爵爲李三、黄四借銀。崇禎本第五十三回「潘金蓮驚散幽歡，吳月娘拜求子息」，把潘金蓮與陳敬濟行淫描寫加濃，並標爲回目，把李瓶兒酬愿保官哥的情節作了大幅度刪減。改寫者可能認爲西門慶不信鬼神，所以把灼龜、劉婆子收驚、錢痰火拜佛、西門慶謝土地、陳經濟送紙馬等文字都刪去了。崇禎本第五十四回把詞話本劉太監莊上河邊郊園會諸友，改爲內相陸地花園會諸友，把瓶兒胃虛血少之病，改爲下淋不止之病。瓶兒死於血山崩，改寫者可能認爲血少之症與結局不相符而改。上述兩回，儘管文字差異較大，內容亦有增有減，但基本情節並沒有改變，仍可以看出崇禎本是據萬曆詞話本改寫而成，並非另有一種底本。

值得注意的是，詞話本第五十三、五十四兩回與前後文脈絡貫通，風格也較一致，而崇禎本這兩回却描寫粗疏，與前後文風格亦不太一致。例如讓應伯爵當西門慶面說：「只大爹他是有名的潘驢鄧小閑不少一件」，讓陳敬濟偷情時扯斷潘金蓮褲帶，都顯然不符合人物性格，手法拙劣。

三、崇禎諸本均避崇禎帝朱由檢諱，詞話本不避。如詞話本第十七回「則虜患何由而至哉！」、「皆由京之不職也」，崇禎本改「由」爲「繇」；第九十五回「巡檢司」、「吳巡檢」，崇禎本改「檢」爲「簡」。此一現象亦說明崇禎本刊刻在後，並系據詞話本而改。

四、崇禎本在版刻上保留了詞話本的殘存因素。北大本第九卷題作「新刻繡像批點金瓶梅詞話卷之九」，天理本、天圖本、上圖甲乙本第七卷題作「新刻金瓶梅詞話卷之七」，這是崇禎本據詞話本改寫的直接證明。此外，詞話本誤刻之字，崇禎本亦往往相沿而誤。如詞話本第五十七回：「我前日因往西京」，「西京」为「東京」之誤刻，崇禎本相沿；詞話本第三十九回：「老爹有甚釣語分付」，「釣」爲

「鈞」之誤刻，北大本、內閣本亦相沿。上述殘存因素，可以看作是崇禎本與其母體《新刻金瓶梅詞話》之間的臍帶。

五、其他相異之處：崇禎本删去詞話本第八十四回吳月娘爲宋江所救一段文字；崇禎本改動詞話本中部份情節；崇禎本删去詞話本中大量詞曲；崇禎本删減或改動了詞話本中的方言詞語；崇禎本改換了詞話本的回首詩詞；崇禎本比詞話本回目對仗工整；等等。

大量版本資料說明，崇禎本是以萬曆詞話本爲底本進行改寫的，詞話本刊印在前，崇禎本刊印在後。崇禎本與詞話本是母子關係，而不是兄弟關係。

崇禎本刊印前，也經過一段傳抄時間。謝肇淛就提到二十卷抄本問題。他在《金瓶梅跋》中說：「書凡數百萬言，爲卷二十，始末不過數年事耳。」這篇跋，一般認爲寫于萬曆四十四年至四十六年（一六一六—一六一八）。这時謝肇淛看到的是不全抄本，于袁宏道得其十三，于丘諸城得其十五。看到不全抄本，又云「爲卷二十」，說明謝已見到回次目錄。二十卷本目錄是分卷次排列的。這種抄本是崇禎本的前身。設計刊刻十卷詞話本與籌劃改寫二十卷本，大約是同步進行的。可能在刊印詞話本之時卽進行改寫，在詞話本刊印之後，以刊印的詞話本爲底本完成改寫本定稿工作，於崇禎初年刊印《新刻繡像批評金瓶梅》。繡像評改本的改寫比我們原來想像的時間要早些。但是，崇禎本稿本也不會早過十卷本的定型本。蒲安迪教授認爲，崇禎本的成書時間應「提前到小説最早流傳的朦朧歲月中，也許甚至追溯到小説的寫作年代」（《論崇禎本金瓶梅的評注》），顯然是不妥當的。從崇禎本的種種特徵來看，它不可能與其母本詞話本同時，更不可能早于母本而出生。

三、崇禎本評語在小説批評史上的重要地位

崇禎本評語是古代小説批評的一宗珍貴遺產。評點者在長篇小説由英雄傳奇向世情小説蛻變的轉折時期，衝破傳統觀念，在李贄、袁宏道的「童心」、「性靈」、「眞趣」、「自然」的審美新意識啟示下，對《金瓶梅》藝術成就進行了開拓性的評析。評點者開始注重寫實，注重人物性格心理的品鑒，在馮夢龍、金聖嘆、李漁、張竹坡、脂硯齋之前，達到了古代小説批評的新高度。其主要價值有如下幾點：

（一）肯定《金瓶梅》是一部世情書，而非淫書。評點者認爲書中所寫人事

天理，全爲「世情所有」，「如天造地設」。評點者第一次把《金瓶梅》與《史記》相提並論，認爲《金瓶梅》「從太史公筆法來」，「純是史遷之妙」。評點者批判了淫書論，他說：「讀此書而以爲淫者、穢者，無目者也。」明末《金瓶梅》評論有三派觀點。第一，從進步文藝思潮出發，对《金瓶梅》的產生表示驚喜、贊賞，以欣欣子、袁宏道、謝肇淛爲代表。第二，接受進步思潮影響，又受着傳統觀念束縛，對此書持又肯定又否定態度，認爲此書是淫書、穢書，所以要刊印，蓋爲世戒，非爲世勸，以東吳弄珠客爲代表。第三，固守傳統觀念，持全盤否定看法，認爲此書淫穢，壞人心術，決當焚之，以董思白爲代表。崇禎本評點者鮮明地批評了第二、第三兩種觀點。

（二）分析了《金瓶梅》中衆多人物的複雜性格。魯迅曾經指出，《红樓夢》的可貴之處在於它突破了我國小說人物塑造中「叙好人完全是好，壞人完全是壞」的傳統格局。其實，最早突破這一格局的應該是《金瓶梅》。《金瓶梅》已經擺脫了傳統小說那種簡單化的平面描寫，開始展現眞實的人所具有的複雜矛盾的性格。對於這一點，崇禎本評點者注意到了。他在評析潘金蓮時，既指出她的「出語狠辣」，「俏心毒口」，慣於「聽籬察壁」、「愛小便宜」等弱點，也贊美她的「慧心巧舌」、「韻趣動人」等「可愛」之處。評析李瓶兒時，既說她「愚」、「淺」，也指出她「醇厚」、「情深」。即使是西門慶，評點者亦認爲作者並非把他寫得絕對的惡，指出「西門慶臨財往往有廉耻、有良心」，資助朋友時「脫手相贈，全無吝色」。尤其可貴的是，評點者衝破了封建傳統道德的束縛，對潘金蓮這樣一個「淫婦」，處處流露出贊美和同情。在潘金蓮被殺後，評點者道：「讀至此，不敢生悲，不忍稱快，然而心實惻惻難言哉！」這是對一個複雜形象的充滿矛盾的審美感受。

（三）評析了作者刻畫人物的傳神技巧。評點者說作者「寫笑則有聲，寫想則有形」，「並聲影、氣味、心思、胎骨」俱摹出，「眞爐錘造物之手」。他特別贊賞對潘金蓮的刻畫，說其「撒嬌弄癡，事事堪入畫」，其「靈心利口」，「乖恬」「可愛」。在四十三回作者寫金蓮喬妝假哭時，評點者道：「倔强中實含軟媚，認眞處微帶戲謔」，點出作者不僅善於描摹人物的聲容笑貌，還能借形傳神，展現人物的內心世界。

（四）崇禎本評語顯示了評點者新的藝術視角。傳統的評論重教化而不重審美，重史實而不重眞趣。評點者冲破這種傳統，從新的藝術視角對《金瓶梅》全面品評。他稱作者爲「寫生手」，很多評語肯定作品的寫實特點，白描手法，一再評述作者的藝術眞趣。通俗、眞趣、寫生，這種新的藝術視角，反映了萬曆中後期的美學追求。馮夢龍的「事贗而理眞」論〔四〕，金聖嘆的性格論〔五〕，李漁的幻境論〔六〕，張竹坡的情理論〔七〕，脂硯齋的「情情」論〔八〕，使古代小說批評達到成熟與繁榮的高峰，而早於他們的崇禎本評點者，對明清小說批評的發展，可以說起了奠基與開拓的作用。

袁宏道在一六九五年傳遞了《金瓶梅》抄本的第一個信息，驚訝《金瓶梅》的出現，肯定《金瓶梅》的自然之美〔九〕。謝肇淛在《金瓶梅跋》中稱此書爲「稗官之上乘」，作者爲「爐錘之妙手」，特別評述了作者寫人物「不徒肖其貌，且並其神傳之」的特點。崇禎本評點，可以看作是袁宏道、謝肇淛對《金瓶梅》評價具體化的審美反映。

注：

〔一〕見《書書書》一二六頁，中華副刊叢書之二。

〔二〕韓南《金瓶梅的版本及其他》著錄崇禎本十種。魏子雲《金瓶梅的問世與演變》、《金瓶梅的幽隱探照》介紹崇禎本四種。

〔三〕《焚書》卷三《雜述·讀律膚說》。

〔四〕見《警世通言序》。
〔五〕見《第五才子書讀法》。
〔六〕見《連城璧》十二回評語、《閑情偶寄·詞曲部》。
〔七〕見《批評第一奇書金瓶梅讀法》。
〔八〕見《石頭記》庚辰本評語。
〔九〕見《與董思白》。

金瓶梅序〔一〕

《金瓶梅》，穢書也。袁石公亟稱之，亦自寄其牢騷耳，非有取于《金瓶梅》也。然作者亦自有意，蓋爲世戒，非爲世勸也。如諸婦多矣，而獨以潘金蓮、李瓶兒、春梅命名者，亦楚《檮杌》之意也。蓋金蓮以姦死，瓶兒以孽死，春梅以淫死，較諸婦爲更慘耳。借西門慶以描畫世之大淨，應伯爵以描畫世之小丑，諸淫婦以描畫世之丑婆、淨婆，令人讀之汗下。蓋爲世戒，非爲世勸也。余嘗曰：讀《金瓶梅》而生憐憫心者，菩薩也；生畏懼心者，君子也；生歡喜心者，小人也；生效法心者，乃禽獸耳。余友人褚孝秀偕一少年同赴歌舞之筵，衍至《霸王夜宴》，少年垂涎曰：「男兒何可不如此！」褚孝秀曰：「也只爲這烏江設此一着耳。」同座聞之，歎爲有道之言。若有人識得此意，方許他讀《金瓶梅》也。不然，石公幾爲導淫宣慾之尤矣！奉勸世人，勿爲西門之後車，可也。

東吳弄珠客題〔二〕

校記

〔一〕「金瓶梅序」，按這篇序，詞話本有，張竹坡批評第一奇書本無。今存崇禎諸刊本有此序，多無扉頁，吳曉鈴藏抄本有目録無此序，内閣文庫藏本、首都圖書館藏本此序失去，殘存四十七回本此序存，并有扉頁。詞話本欣欣子序、廿公跋均稱書名爲《金瓶梅傳》。蒲松齡在《聊齋誌異》中稱其名爲《淫史》。俗稱《西門傳》。張竹坡評本稱其爲《第一奇書》。近世又稱《多妻鑑》。

〔二〕「東吳弄珠客題」，詞話本作「萬曆丁巳季冬東吳弄珠客漫書於金閶道中」。底本「東吳弄珠客題」六字單獨佔一葉，天津圖書館藏本、上海圖書館藏乙本，「東吳弄珠客題」六字，在「勿爲西門之後車可也」之後，不另佔一葉。

新刻繡像批評金瓶梅目錄

卷三

卷四

卷五

卷六

卷七

卷八

卷九

卷十

卷十一

卷十二

卷十三

卷十四

卷十五

卷十九

卷二十

校記

〔一〕「虔婆」，本書正文回目作「王婆」。
〔二〕「挑私」，正文回目作「私挑」。按張竹坡批評第一奇書本（簡稱張評本）作「私挑」。
〔三〕「設計」，正文回目作「定計」。
〔四〕「鴆藥」，正文回目作「酖藥」。
〔五〕「隔墻」，正文回目作「墻頭」。
〔六〕「敬濟」，按詞話本作「經濟」。「魂消」，正文回目作「銷魂」，吳曉鈴藏抄本（簡稱吳藏本）卷前目録亦作「銷魂」。按張評本作「消魂」。
〔七〕「簪花」，正文回目作「替花」。
〔八〕「來旺」，正文回目作「來旺兒」。
〔九〕「蕙蓮」，正文回目作「宋蕙蓮」。

〔一〇〕「琴童」，正文回目作「琴童兒」。

〔一一〕「西門」，正文回目作「西門慶」。

〔一二〕「爭風」，正文回目作「爭鋒」。按張評本作「爭風」。

〔一三〕「鬬氣」，正文回目作「惹氣」。

〔一四〕「雨雪」，正文回目作「雪雨」。

〔一五〕「謀財」，正文回目作「貪財」。

〔一六〕「壽誕」，正文回目作「壽旦」。

〔一七〕「贈歌童」，正文回目作「送歌童」。

〔一八〕「常峙節」，按詞話本作「常時節」。

〔一九〕「朝房邀酌」，正文回目作「引酌朝房」。

〔二〇〕「兩提刑樞府庭參」，正文回目作「二提刑庭參太尉」。

〔二一〕「朱太尉」，正文回目作「提刑官」。

〔二二〕「春梅」，正文回目作「春梅姐」。

〔二三〕「畫童」，正文回目作「畫童兒」。

〔二四〕「失偶」，正文回目作「喪偶」。

〔二五〕「偷拐」，正文回目作「盜拐」。按張評本作「盜拐」。

〔二六〕「偺花燭」，正文回目作「諧花燭」。

第一回

西門慶熱結十弟兄

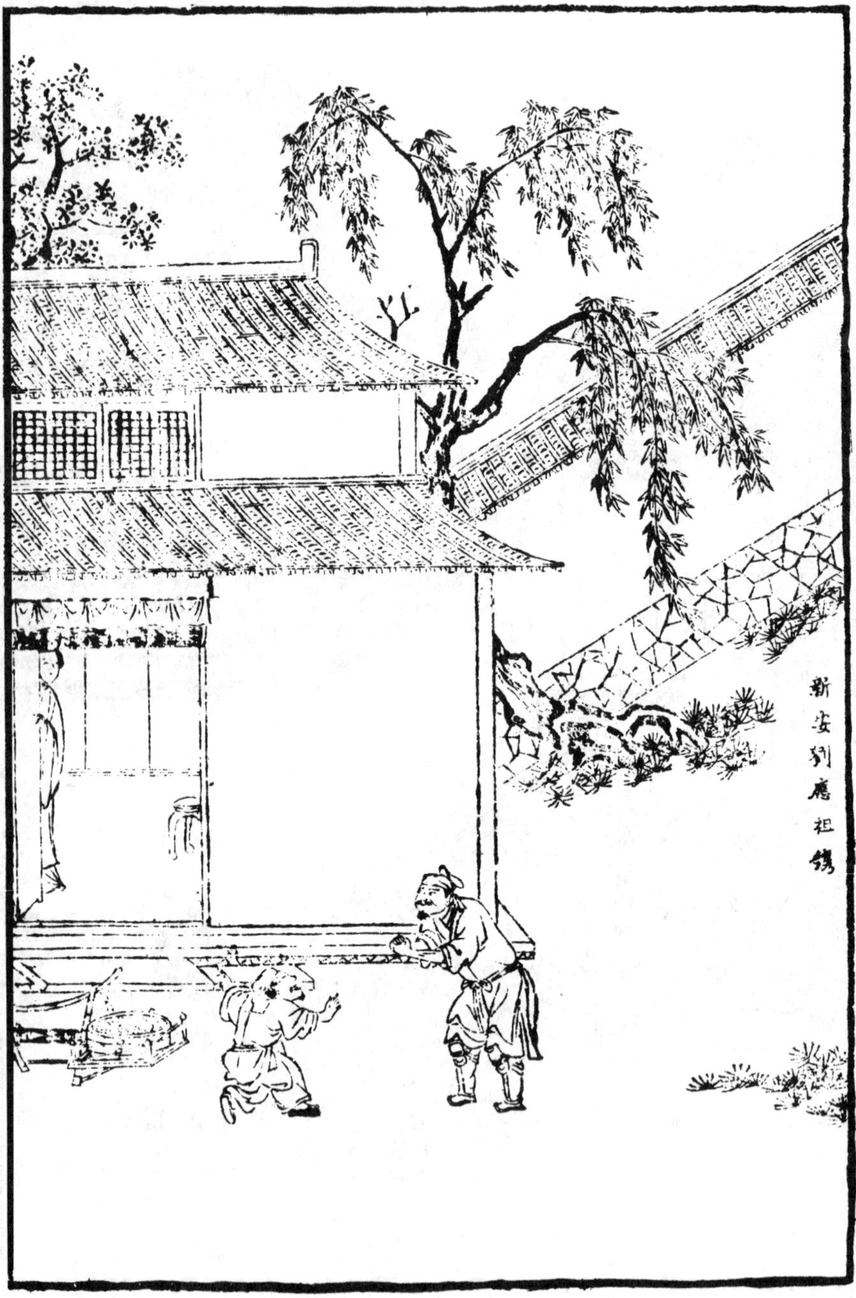

武二郎冷遇親哥嫂

新刻繡像批評金瓶梅卷之一

第一回　西門慶熱結十弟兄　武二郎冷遇親哥嫂〔一〕

詩曰〔二〕：

一部炎涼景況，盡此數語中。

豪華去後行人絕，簫箏不響歌喉咽。
雄劍無威光彩沉，寶琴零落金星滅。
玉階寂寞墜秋露，月照當時歌舞處。
當時歌舞人不回，化爲今日西陵灰。

又詩曰〔三〕：

二八佳人體似酥，腰間仗劍斬愚夫；
雖然不見人頭落，暗裡教君骨髓枯。

這一首詩，是昔年大唐國時，一箇脩真煉性的英雄，入聖超凡的豪傑，到後來位居紫府，名列仙班，率領上八洞羣仙，救拔四部洲沉苦一位仙長，姓呂名岩，道號純陽子祖師所作。單道世上人，營營逐逐，急急巴巴，跳不出七情六慾關頭，打不破酒色財氣圈子。到頭來同歸于

（眉批：情景逼真，酸倈讀此，能不雪涕！）

盡，着甚要緊！雖是如此說，只這酒色財氣四件中，惟有「財色」二者更爲利害。怎見得他的利害？假如一箇人到了那窮苦的田地，受盡無限凄凉，耐盡無端懊惱，晚來摸一摸米甕，苦無隔宿之炊，早起看一看厨前，愧没半星烟火，妻子饑寒，一身凍餒，就是那粥飯尚且艱難，那討餘錢沽酒！（酒因財缺。）更有一種可恨處，親朋白眼，面目寒酸，便是淩雲志氣，分外消磨，怎能勾與人爭氣！（氣以財弱。）正是：

一朝馬死黃金盡，親者如同陌路人。

（眉批：引起三段，格法一變，更見靈活。）

到得那有錢時節，揮金買笑，一擲巨萬。思飲酒真箇瓊漿玉液，（酒需財美。）不數那琥珀盃流；要鬬氣錢可通神，果然是頤指氣使。（氣因財伸。）趨炎的壓脊挨肩，附勢的吮癰舐痔，真所謂得勢疊肩來，失勢掉臂去。古今炎凉惡態，莫有甚于此者。這兩等人，豈不是受那財的利害處！如今再說那色的利害。請看如今世界，你說那坐懷不亂的柳下惠，閉門不納的魯男子，與那秉燭達旦的關雲長，古今能有幾人？至如三妻四妾，買笑追懽的，又當別論。還有那一種好色的人，見了箇婦女略有幾分顏色，便百計千方偷寒送煖，一到了着手時節，只圖那一瞬懽娛，也全不顧親戚的名分，也不想朋友的交情。起初時不知用了多少濫錢，費了幾遭酒食。（酒。）正是：

三杯花作合，兩盞色媒人。

到後來情濃事露，甚而鬬狠殺傷，（氣。）性命不保，妻孥難顧，事業成灰。就如那石季倫潑天豪富，爲緑珠命喪囹圄；楚霸王氣概拔山，因虞姬頭懸垓下。真所謂「生我之門死我户，看得破

説得世情冰冷，須從蒲團面壁十年才辨。

生公説法，石應首肯。

時忍不過」。這樣人豈不是受那色的利害處！

説便如此説，這「財色」二字，從來只没有看得破的。若有那看得破的，便見得堆金積玉，是棺材内帶不去的瓦礫泥沙；貫朽粟紅，是皮囊内裝不盡的臭汙糞土。高堂廣厦，玉宇瓊樓，是墳山上起不得的享堂；錦衣綉襖，狐服貂裘，是骷髏上裹不了的敗絮。即如那妖姬艶女，獻媚工妍，看得破的，却如交鋒陣上將軍叱咤獻威風；朱唇皓齒，掩袖回眸，懂得來時，便是閻羅殿前鬼判夜叉增惡態。羅襪一彎，金蓮三寸，是砌墳時破土的鍬鋤；（尖穎異常。）枕上綢繆，被中恩愛，是五殿下油鍋中生活。只有那《金剛經》上兩句説得好，他説道：「如夢幻泡影，如電復如露。」見得人生在世，一件也少不得，到了那結果時，一件也用不着。隨着你舉鼎盪舟的神力，到頭來少不得骨軟筋麻；繇着你銅山金谷的奢華〔四〕，正好時却又要冰消雪散。假饒你閉月羞花的容貌，一到了垂眉落眼，人皆掩鼻而過之；比如你陸賈隋何的機鋒，若遇着齒冷唇寒，吾未如之何也已。到不如削去六根清净，（伏脉。）披上一領袈裟，參透了空色世界，打磨穿生滅機關，直超無上乘，不落是非窠，倒得箇清閒自在，不向火坑中翻筋斗也。正是：

三寸氣在千般用，一日無常萬事休。

説話的爲何説此一段酒色財氣的緣故？只爲當時有一箇人家，先前恁地富貴，到後來煞甚凄凉，權謀術智，一毫也用不着，親友兄弟，一箇也靠不着，享不過幾年的榮華，倒做了許多的話靶。内中又有幾箇鬬寵争强，迎姦賣俏的，起先好不妖嬈嫵媚，到後來也免不得屍橫燈影，血染空房。正是：

善有善報，惡有惡報；
天網恢恢，疎而不漏。

話説大宋徽宗皇帝政和年間，山東省東平府清河縣中，有一箇風流子弟，生得狀貌魁梧，性情瀟灑，饒有幾貫家資，年紀二十六七。這人覆姓西門，單諱一箇慶字。他父親西門達，原走川廣販賣藥材，就在這清河縣前開着一箇大大的生藥舖。現住着門面五間到底七進的房子。家中呼奴使婢，騾馬成羣，雖算不得十分富貴，却也是清河縣中一箇殷實的人家。只爲這西門達員外夫婦去世的早，單生這箇兒子却又百般愛惜，聽其所爲，所以這人不甚讀書，四字是一生病痛。終日閑遊浪蕩。一自父母亡後，專一在外眠花宿柳，惹草招風，學得些好拳棒，又會賭博，雙陸象棋，抹牌道字，無不通曉。結識的朋友，也都是些幫閒抹嘴，不守本分的人。第一箇最相契的，姓應名伯爵，表字光侯，原是開紬段舖應員外的第二箇兒子，落了本錢，跌落下來，專在本司三院幫嫖貼食，因此人都起他一箇諢名叫做應花子。又會一腿好氣毬，雙陸棋子，件件皆通。第二箇姓謝名希大，字子純，乃清河衛千户官兒應襲子孫，自幼父母雙亡，遊手好閑，把前程丟了，亦是幫閑勤兒，會一手好琵琶。自這兩箇與西門慶甚合得來。其餘還有幾箇，都是些破落户，没名器的。一箇叫做祝實念，表字貢誠。一箇叫做孫天化，表字伯脩，綽號孫寡嘴。一箇叫做吳典恩，乃是本縣陰陽生，因事革退，專一在縣前與官吏保債，以此與

叙得錯綜變化。

西門慶往來。還有一箇雲參將的兄弟叫做雲理守，字非去。一箇叫做常峙節，表字堅初。一箇叫卜志道。一箇叫做白賚光，表字光湯。說這白賚光，衆人中也有道他名字取的不好聽的，他却自己解說道：「不然我也改了，只爲當初取名的時節，原是一箇門舘先生，說我姓白，當初有一箇甚麽故事，是白魚躍入武王舟。又說有兩句書是『周有大賚，于湯有光』，取這箇意思，所以表字就叫做光湯。我因他有這段故事，也便不改了。」說這一干共十數人，見西門慶手裡有錢，又撒漫肯使，所以都亂撮哄着他耍錢飲酒，嫖賭齊行。正是：

磊落寫來，于結處獨以此段潔洄，便覺鬚眉生動。

把盞啣盃意氣深，兄兄弟弟抑何親。
一朝平地風波起，此際相交纔見心。

說話的，這等一箇人家，生出這等一箇不肖的兒子，又搭了這等一班無益有損的朋友，隨你怎的豪富也要窮了，還有甚長進的日子！却又有一箇緣故，只爲這西門慶生來秉性剛强，作事機深詭譎，又放官吏債，就是那朝中高、楊、童、蔡四大奸臣，他也有門路與他浸潤。所以專在縣裡管些公事，與人把攬說事過錢，因此滿縣人都懼怕他。因他排行第一，人都叫他是西門大官人。這西門大官人先頭渾家陳氏早逝，身邊止生得一箇女兒，叫做西門大姐，就許與東京八十萬禁軍楊提督的親家陳洪的兒子陳敬濟爲室，尚未過門。只爲亡了渾家，無人管理家務，新近又娶了本縣清河左衛吳千户之女填房爲繼室。這吳氏年紀二十五六，是八月十五生的，小名叫做月姐，後來嫁到西門慶家，都順口叫他月娘。却說這月娘秉性賢能，夫主面

好針線。

如此賢

（眉批：婦，世上有幾？）

上百依百隨。房中也有三四箇丫鬟婦女，都是西門慶收用過的。又嘗與拘欄內李嬌兒打熱，也娶在家裡做了第二房娘子。南街又占着窠子卓二姐，名卓丟兒，包了些時，也娶來家做了第三房。只爲卓二姐身子瘦怯，時常三病四痛，他却又去飄風戲月，調弄人家婦女。正是：

　　東家歌笑醉紅顏，又向西鄰開玳筵。
　　幾日碧桃花下臥，牡丹開處總堪憐。

話說西門慶一日在家閑坐，對吳月娘說道：「如今是九月廿五日了，出月初三日，却是我兄弟們的會期。到那日也少不的要整兩席齊整酒席，叫兩箇唱的姐兒，自恁在咱家與兄弟們好生頑耍一日。你與我料理料理。」吳月娘便道：「你也便別要說起這干人，那一箇是那有良心的行貨！無過每日來勾使的遊魂撞屍。我看你自搭了這起人，幾時曾着箇家哩！現今卓二姐自恁不好，我勸你把那酒也少要吃了。」西門慶道：「你別的話倒也中聽。今日這些說話，我却有些不耐煩聽他。依你說，這些兄弟們沒有好人。別的倒也罷了，自我這應二哥這一箇人，本心又好，又知趣着人，使着他，沒有一箇不依順的，做事又十分停當。（溺愛者智昏，不止西門一箇。）就是那謝子純這箇人，也不失爲箇伶俐能事的好人。咱如今是這等計較罷，只管恁會來會去，終不着箇切實。咱不如到了會期，都結拜了兄弟罷，明日也有箇靠傍些。」吳月娘接過來道：「結拜兄弟也好。只怕後日還是別箇靠的你多哩。若要你去靠人，提傀儡兒上戲場——還少一口氣兒哩。」西門慶笑道：「咱恁長把人靠得着，却不更好了。咱只等應二哥來，與他說這話罷。」

（眉批：數語可配名臣諫疏。）

正說着話，只見一箇小厮兒，生得眉清目秀，伶俐乖覺，原是西門慶貼身伏侍的，喚名玳安兒，走到面前來說：「應二叔和謝大叔在外見爹說話哩。」西門慶道：「我正說他，他却兩箇就來了。」一面走到廳上來，只見應伯爵頭上戴一頂新盔的玄羅帽兒，身上穿一件半新不舊的天青夾縐紗褶子，脚下絲鞋净襪，坐在上首。下首坐的，便是姓謝的謝希大。見西門慶出來，一齊立起身來，連忙作揖道：「哥在家，連日少看。」西門慶讓他坐下，一面喚茶來吃，說道：「你們好人兒，這幾日我心裡不耐煩，不出來走跳，你們通不來傍箇影兒。」伯爵向希大道：「何如？我說哥要說哩。」因對西門慶道：「哥，你怪的是。連咱自也不知道成日忙些甚麽！自咱們這兩隻脚，還趕不上一張嘴哩。」西門慶因問道：「你這兩日在那裡來？」伯爵道：「昨日在院中李家瞧了箇孩子兒，就是哥這邊二嫂子的姪女兒桂卿的妹子，叫做桂姐兒。幾時兒不見他，就出落的好不標緻了。到明日成人的時候，還不知怎的樣好哩！昨日他媽再三向我說：『二爹，千萬尋箇好子弟梳籠他。』敢怕明日還是哥的貨兒哩。」伏脉。西門慶道：「有這等事！等咱空閑了去瞧瞧。」謝希大接過來道：「哥不信，委的生得十分顏色。」西門慶道：「昨日便在他家，前幾日却在那裡去來？」伯爵道：「便是前日卜志道兄弟死了，咱在他家幫着亂了幾日，發送他出門。伏脉。他嫂子再三向我說，叫我拜上哥，承哥這裡送了香楮奠禮去，因他没有寬轉地方兒，晚夕又没甚好酒席，不好請哥坐的，甚是過不意去。」西門慶道：「便是我聞得他不好得没多日子，就這等死了。我前日承他送我一把真金川扇兒，我正要拿甚答謝答謝，不想他又做了故人！」

謝希大便嘆了一口氣道：「咱會中兄弟十人，却又少他一箇了。」因向伯爵說：「出月初三日，又是會期，咱每少不得又要煩大官人這裡破費，兄弟們頑耍一日哩。」西門慶便道：「正是，我剛纔正對房下說來，咱兄弟們似這等會來會去，無過只是吃酒頑耍，不着一箇切實，倒不如尋一箇寺院裡，寫上一箇疏頭，結拜做了兄弟，到後日彼此扶持，有箇靠傍。到那日，咱少不得要破些銀子，買辦三牲，衆兄弟也便隨多少各出些分資。不是我科派你們，這結拜的事，各人出些，也見些情分。」伯爵連忙道：「哥說的是。婆兒燒香當不的老子念佛，各自要盡自的心。只是俺衆人們，老鼠尾靶生瘡兒——有膿也不多。」西門慶笑道：「怪狗才！誰要你多來！你說這話。」謝希大道：「結拜須得十箇方好。如今卜志道兄弟沒了，却教誰補？」西門慶沉吟了一回，說道：「咱這間壁花二哥，原是花太監侄兒，手裡肯使一股濫錢，常在院中走動。他家後邊院子與咱家只隔着一層壁兒，（伏脈。）與我甚說得來，咱不如叫小厮邀他邀去。」應伯爵拍着手道：「敢就是在院中包着吳銀兒的花子虛麼？」西門慶道：「正是他！」伯爵笑道：「哥，快叫那箇大官兒邀他去。（等不得了。）與他往來了，咱到日後，敢又有一箇酒碗兒。」西門慶笑道：「傻花子，你敢害饞癆痞哩，說着的是吃。」大家笑了一回。西門慶旋叫過玳安兒來說：「你到間壁花家去，對你花二爹說，如此這般：『俺爹到出月初三日，要結拜十兄弟，敢叫我請二爹上會哩。』看他怎的說，你就來回我話。你二爹若不在家，就對他二娘說罷。」玳安兒應諾去了。伯爵便道：「到那日還在哥這里是，還在寺院里好？」希大道：「咱這里無過只兩箇寺院，僧家便是永福寺，道家便是玉皇廟。[又伏永福寺、玉皇廟。]這兩箇去處，隨分那里去罷。」西門慶道：「這結拜的事，不是僧家管的。那寺裡和尚，我又不熟，倒不如玉皇廟吳道官與我相熟，他那裡又寬展又幽靜〔五〕。」伯爵接過來道：「哥說的是，敢是永福寺和尚倒和謝家嫂子相好，故要薦與他去的。」希大笑罵道：「老花子，一件正事，說說就放出屁來了。」

[只恐攜帶二爹，便要插戴二娘。]

正說笑間，只見玳安兒轉來了，因對西門慶說道：「他二爹不在家，俺對他二娘說來。二娘聽了，[伏脉。]好不歡喜，說道：『既是你西門爹攜帶你二爹做兄弟，那有箇不來的。等來家我與他說，至期以定攛掇他來，多拜上爹。』又與了小的兩件茶食來了。」[閑處都韵。]西門慶對應、謝二人道：「自這花二哥，倒好箇伶俐標緻娘子兒。」[伏脉。]說畢〔六〕，又拿一盞茶吃了，二人一齊起身道：「哥，別了罷，咱好去通知衆兄弟〔七〕，糾他分資來。哥這裡先去與吳道官說聲。」西門慶道：「我知道了，我也不留你罷。」于是一齊送出大門來。應伯爵走了幾步，回轉來道：「那日可要叫唱的？」西門慶道：「這也罷了，弟兄們說說笑笑，到有趣些。」說畢，伯爵舉手，和希大一路去了。

話休饒舌。撚指過了四五日，却是十月初一日。西門慶早起，剛在月娘房里坐的，只見一箇纔留頭的小厮兒，手裡拿着箇描金退光拜匣，走將進來，向西門慶磕了一箇頭兒，立起來站在傍邊說道：「俺是花家，俺爹多拜上西門爹。那日西門爹這邊叫大官兒請俺爹去，俺爹有事出門了，不曾當面領教的。聞得爹這邊是初三日上會，俺爹特使小的先送這些分資來，說爹這邊胡亂先用着，等明日爹這裡用過多少派開，該俺爹多少，再補過來便了。」西門慶拿起封袋一看，簽上寫着「分資一兩」，便道：「多了，不消補的。到後日叫爹莫往那去，起早就要同衆爹上廟去。」那小廝兒應道：「小的知道。」剛待轉身，被吳月娘喚住，（臨去秋波。）叫大丫頭玉簫在食籮裡揀了兩件蒸酥果餡兒與他。因說道：「這是與你當茶的。你到家拜上你家娘，（想必要結十姊妹。）你說西門大娘說，遲幾日還要請娘過去坐半日兒哩。」那小廝接了，又磕了箇頭兒，應着去了。

西門慶纔打發花家小廝出門，只見應伯爵家應寶夾着箇拜匣，玳安兒引他進來見了，磕了頭，說道：「俺爹糾了衆爹們分資，叫小的送來，爹請收了。」西門慶取出來看，共總八封，也不拆看，都交與月娘，道：「你收了，到明日上廟，好凑着買東西。」說畢，打發應寶去了。立起身到那邊看卓二姐。剛走到坐下，只見玉簫走來，說道：「娘請爹說話哩。」（餘波。）西門慶道：「怎的起先不說來？」隨即又到上房，看見月娘攤着些紙包在面前，指着笑道：「你看這些分子，止有應二的是一錢二分八成銀子，其餘也有三分的，也有五分的，都是些紅的黃的，倒像金子一般。咱家也曾沒見這銀子來，收他的也污箇名，不如掠還他罷。」西門慶道：「你也耐煩，丢着罷，咱多的也包補，在乎這些！」說着一直往前去了。

到了次日初二日，西門慶稱出四兩銀子，叫家人來興兒買了一口猪、一口羊、五六罈金華酒和香燭紙札、鷄鴨案酒之物，又封了五錢銀子，旋叫了大家人來保和玳安兒、來興三箇：「送到玉皇廟去，對你吳師父說：『俺爹明日結拜兄弟，要勞師父做紙疏辭，晚夕就在師父這裡散福。煩師父與俺爹預備預備，俺爹明早便來。』」只見玳安兒去了一會，來回說：「已送去了，吳師父說知道了。」

須臾，過了初二，次日初三早，西門慶起來梳洗畢，叫玳安兒：「你去請花二爹，到咱這裡吃早飯，一同好上廟去。一發到應二叔家，叫他催催衆人。」玳安應諾去，剛請花子虛到來，只見應伯爵和一班兄弟也來了，却正是前頭所說的這幾箇人。照出。為頭的便是應伯爵，謝希大、孫天化、祝實念、吳典恩、雲理守、常峙節、白賚光，連西門慶、花子虛共成十箇。進門來一齊籠圈作了一箇揖。伯爵道：「咱時候好去了〔八〕。」西門慶道：「也等吃了早飯着。」便叫：「拿茶來。」一面叫：「看菜兒。」須臾，吃畢早飯，西門慶換了一身衣服，打選衣帽光鮮，一齊逕往玉皇廟來。

不到數里之遙，早望見那座廟門，造得甚是雄峻。但見：

殿宇嵯峨，宮牆高聳。正面前起着一座牆門八字，一帶都粉赭色紅泥；進裡邊列着三條甬道川紋，四方都砌水痕白石。正殿上金碧輝煌，兩廊下簷阿峻峭。三清聖祖莊嚴寶相列中央，太上老君背倚青牛居後殿。

進入第二重殿後，轉過一重側門，却是吳道官的道院。進的門來，兩下都是些瑤草琪花，蒼松翠竹。西門慶擡頭一看，只見兩邊門楹上貼着一副對聯道：

洞府無窮歲月，

壺天別有乾坤。

上面三間廠廳，却是吳道官朝夕做作功課的所在。當日鋪設甚是齊整，上面掛的是昊天金闕玉皇上帝，兩邊列着的紫府星官，側首掛着便是馬、趙、温、關四大元帥。伏脉。當下吳道官却又在經堂外躬身迎接。西門慶一起人進入裡邊，獻茶已罷，衆人都起身，四圍觀看。白賚光攜着常峙節手兒，從左邊看將過來，一到馬元帥面前，見這元帥威風凜凜，相貌堂堂，面上畫着三隻眼睛，便叫常峙節道：「哥，這却是怎的說？如今世界，開隻眼閉隻眼兒便好，還經得多出隻眼睛看人破綻哩！」應伯爵聽見，走過來道：「獃兄弟，他多隻眼兒看你倒不好麼？」雋。衆人笑了。常峙節便指着下首温元帥道：「二哥，這箇通身藍的，却也古怪，敢怕是盧杞的祖宗。」伯爵笑着猛叫道：「吳先生你過來，我與你說箇笑話兒。」那吳道官真箇走過來聽他。伯爵道：「一箇道家死去，見了閻王，閻王問道：『你是什麼人？』道者說：『是道士。』閻王叫判官查他，果係道士，且無罪孽。這等放他還魂。只見道士轉來，路上遇着一箇染坊中的博士，原認得的，那博士問道：『師父，怎生得轉來？』道者說：『我是道士，所以放我轉來。』那博士記了，見閻王時也說是道士。那閻王叫查他身上，只見伸出兩隻手來是藍的。問其何故？那博士打着宣科的聲音道：『曾與温元帥搔胞。』」說的衆人大笑。一面又轉過右首來，見下首供着箇紅臉的却是關帝。上首又是一箇黑面的是趙元壇元帥，身邊畫着一箇大老虎。白賚光指着道：「哥，你看這老虎，難道是吃素的，隨着人不妨事麼？」伯爵笑道：「你不知，這老虎是他一箇親隨的伴當兒哩。」謝希大聽得走過來，伸着舌頭道：「這等一箇伴當隨着，我一刻也成不的。我不怕他要吃我麽？」伯爵笑着向西門慶道：「這等虧他怎地過來！」西門慶道：「却怎的説？」伯爵道：「子純一箇要吃他的伴當隨不的，似我們這等七八箇要吃你的隨你，（趣。）却不嚇死了你罷了。」説着，一齊正大笑時，吳道官走過來，説道：「官人們講這老虎，只俺這清河縣，這兩日好不受這老虎的虧！往來的人也不知吃了多少，就是獵户，也害死了十來人。」西門慶問道：「是怎的來？」吳道官道：「官人們還不知道。不然我也不曉的，只因日前一箇小徒，到滄洲橫海郡柴大官人那裡去化些錢糧，（照應。）整整住了五七日，纔得過來。俺這清河縣近着滄洲路上，有一條景陽崗，崗上新近出了一箇吊睛白額老虎，時常出來吃人。客商過往，好生難走，必須要成羣結夥而過。如今縣裡現出着五十兩賞錢，要拿他，白拿不得。可憐這些獵户，不知吃了多少限棒哩！」白賚光跳起來道：「咱今日結拜了，明日就去拿他，也得些銀子使。」西門慶道：「你性命不值錢麽？」白賚光笑道：「有了銀子，要性命怎的！」衆人齊笑起來。應伯爵道：「我再説箇笑話你們聽：一箇人被虎啣了，他兒子要救他，拿刀去殺那虎。這人在虎口裡叫道：『兒子，你省可而的砍〔九〕，怕砍壞了虎皮。』」説着衆人哈哈大笑。

落脉無痕，手筆入化。

這纔是要錢不要命。

只見吳道官打點牲禮停當，來説道：「官人們燒紙罷。」一面取出疏紙來，説：「疏已寫了，只是那位居長？那位居次？排列了，好等小道書寫尊諱。」衆人一齊道：「這自然是西門大官人居長。」（怎見得？）西門慶道：「這還是叙齒，應二哥大如我，是應二哥居長。」伯爵伸着舌頭道：「爺，

小人一副

行樂圖。

可不折殺小人罷了！如今年時，只好敘些財勢，可憐！可嘆！那裡好敘齒！若敘齒，還有大如我的哩。且是我做大哥，有兩件不妥：第一不如大官人有威有德，要緊話。衆兄弟都服你；第二我原叫做應二哥，如今居長，却又要叫應大哥了，倘或有兩箇人來，一箇叫『應二哥』，一箇叫『應大哥』，我還是應『應二哥』，應『應大哥』呢？」西門慶笑道：「你這搊斷腸子的，單有這些閑說的！」謝希大道：「哥，休推了。」西門慶再三謙讓，被花子虛、應伯爵等一干人逼勒不過，只得做了大哥。第二便是應伯爵，第三謝希大，第四讓花子虛有錢做了四哥。其餘挨次排列。吳道官寫完疏紙，于是點起香燭，衆人依次排列。吳道官伸開疏紙朗聲讀道：

維大宋國山東東平府清河縣信士西門慶、應伯爵、謝希大、花子虛、孫天化、祝實念、雲理守、吳典恩、常峙節、白賚光等，是日沐手焚香情旨。伏爲桃園義重，衆心仰慕而敢效其風；管鮑情深，各姓追維而欲同其志。況四海皆可弟兄，豈異姓不如骨肉？是以涓今政和年月日〔一〇〕，營備猪羊牲禮〔一一〕，鸞馭金資，耑叩齋壇，虔誠請禱，拜投昊天金闕玉皇上帝，五方直日功曹，本縣城隍社令，過往一切神祇，仗此真香，普同鑒察。伏念慶等生雖異日，死冀同時，期盟言之永固；安樂與共，顛沛相扶，思締結以常新。必富貴常念貧窮，乃始終有所依倚。情共日往以月來，誼若天高而地厚。伏願自盟以後，相好無尤，更祈人人增有永之年，户户慶無疆之福。凡在時中，全叨覆庇，謹疏。

政和　年　月　日文疏

吳道官讀畢，衆人拜神已罷，依次又在神前交拜了八拜。然後送神，焚化錢紙，收下福禮去。不一時，吳道官又早叫人把猪羊卸開，雞魚菓品之類整理停當，俱是大碗大盤擺下兩卓，西門慶居于首席，其餘依次而坐，吳道官側席相陪。須臾，酒過數巡，衆人猜枚行令，耍笑哄堂，不必細說。正是：

纔見扶桑日出，又看曦馭啣山。
醉後倩人扶去，樹稍新月纔彎。

飲酒熱鬧間，只見玳安兒來附西門慶耳邊說道：「娘叫小的接爹來了，說三娘今日發昏哩，請爹早些家去。」西門慶隨即立起來說道：「不是我搖席破座，委的我第三箇小妾十分病重，咱先去休。」只見花子虛道：「咱與哥同路，咱兩箇一搭兒去罷。」伯爵道：「你兩箇財主的都去了，（口吻極肖。）丟下俺們怎的！花二哥你再坐回去。」西門慶道：「他家無人，俺兩箇一搭裡去的是，省得他嫂子疑心。」玳安兒道：「小的來時，二娘也叫天福兒備馬來了。」只見一箇小廝走近前，向子虛道：「馬在這裡，娘請爹家去哩。」于是二人一齊起身，向吳道官致謝打攪，與伯爵等舉手道：「你們自在耍耍，我們去也。」說着出門上馬去了。單留下這幾箇嚼倒泰山不謝土的，在廟流連痛飲不題。

卻表西門慶到家，與花子虛別了進來，問吳月娘：「卓二姐怎的發昏來？」月娘道：「我說一箇病人在家，恐怕你搭了這起人又纏到那去了，故此叫玳安兒恁地說。只是一日日覺得重來，你也要在家看他的是。」西門慶聽了，往那邊去看，連日在家守着不題。

却說光陰過隙，又早是十月初十外了。一日，西門慶正使小厮請太醫疹視卓二姐病症，剛走到廳上，只見應伯爵笑嘻嘻走將進來。西門慶與他作了揖，讓他坐了。伯爵道：「哥，嫂子病體如何？」西門慶道：「多分有些不起解，不知怎的好。」因問：「你們前日多咱時分纔散？」伯爵道：「承吳道官再三苦留，散時也有二更多天氣。咱醉的要不的，倒是哥早早來家的便益些。」西門慶因問道：「你吃了飯不曾？」伯爵不好說不曾吃，因說道：「哥，你試猜。」西門慶道：「你敢是吃了？」伯爵掩口道：「這等猜不着。」妙！西門慶笑道：「怪狗才，不吃便說不曾吃，有這等張致的！」一面叫小厮：「看飯來，咱與二叔吃。」伯爵笑道：「不然咱也吃了來了，咱聽得一件稀罕的事兒，來與哥說，要同哥去瞧瞧。」西門慶道：「甚麼稀罕的〔三〕？」伯爵道：「就是前日吳道官所說的景陽崗上那隻大虫，昨日被一箇人一頓拳頭打死了。」西門慶道：「你又來胡說了，咱不信。」伯爵道：「哥，說也不信，你聽着，等我細說。」于是手舞足蹈說道：「這箇人有名有姓，姓武名松，排行第二，先前怎的避難在柴大官人庄上，後來怎的害起病來，病好了又怎的要去尋他哥哥，過這景陽崗來，怎的遇了這虎，怎的怎的被他一頓拳脚打死了。一五一十說來，就像是親見的一般，又像這隻猛虎是他打的一般。說畢，西門慶搖着頭兒道：「既恁的，咱與你吃了飯同去看來。」伯爵道：「哥，不吃罷，怕悮過了。咱們倒不如大街上酒樓上去坐罷。」只見來興兒來放卓兒，西門慶道：「對你娘說，叫別要看飯了，拿衣服來我穿。」

須臾，換了衣服，與伯爵手拉着手兒同步出來。路上撞着謝希大，笑道：「哥們，敢是來看打虎的麼？」西門慶道：「正是。」謝希大道：「大街上好挨擠不開哩。」于是一同到臨街一箇大酒樓上坐下。不一時，只聽得鑼鳴鼓响，衆人都一齊瞧看。只見一對對纓鎗的獵户，擺將過來，後面便是那打死的老虎，好像錦布袋一般，四箇人還擡不動。末後一疋大白馬上，坐着一箇壯士，就是那打虎的這箇人。西門慶看了，咬着指頭道：「你説這等一箇人，若没有千百觔水牛般氣力，怎能勾動他一動兒〔一三〕。」這裡三箇兒飲酒評品，按下不題。

伏數語，便挑動酒樓之避，一針不漏。

單表迎來的這箇壯士怎生模樣？但見：

雄軀凜凜，七尺以上身材；闊面稜稜，二十四五年紀。雙眸直竪，遠望處猶如兩點明星；兩手握來，近覷時好似一雙鐵碓。脚尖飛起，深山虎豹失精魂；拳手落時，窮谷熊羆皆喪魄。頭戴着一頂萬字頭巾，上簪兩朶銀花；身穿着一領血腥衲襖，披着一方紅錦。

這人不是别人，就是應伯爵所説陽谷縣的武二郎。只爲要來尋他哥子，不意中打死了這箇猛虎，被知縣迎請將來。衆人看着他迎入縣裡。却説這時正值知縣陞堂，武松下馬進去，扛着大虫在廳前。知縣看了武松這般模樣，心中自忖道：「不恁地，怎打得這箇猛虎！」便喚武松上廳。參見畢，將打虎首尾訴説一遍。兩邊官吏都嚇呆了。知縣在廳上賜了三杯酒，將庫中衆土户出納的賞錢五十兩，賜與武松。武松禀道：「小人托賴相公福蔭，偶然僥倖打死了這箇大虫，非小人之能，如何敢受這些賞賜！衆獵户因這畜生，受了相公許多負罰〔一四〕，何不就把賞

不貪財，

不伐能，不吝□。

給散與衆人，也顯得相公恩沾〔一五〕。」知縣道：「既是如此，任從壯士處分。」武松就把這五十兩賞錢，在廳上俵散與衆獵户去了。知縣見他仁德忠厚，又是一條好漢，有心要擡舉他，便道：「你雖是陽谷縣人氏，與我這清河縣只在咫尺。我今日就參你在我縣裡做箇巡捕的都頭，專在河東水西擒拿賊盗，你意下如何？」武松跪謝道：「若蒙恩相擡舉，小人終身受賜。」知縣隨即喚押司立了文案，當日便參武松做了巡捕都頭。衆里長大户都來與武松作賀慶喜，連連吃了數日酒。正要回陽谷縣去抓尋哥哥，不料又在清河縣做了都頭，却也歡喜。那時傳得東平一府兩縣，皆知武松之名。正是：

壯士英雄藝略芳，挺身直上景陽崗。
醉來打死山中虎，自此聲名播四方。

却說武松一日在街上閑行，只見背後一箇人叫道：「兄弟，知縣相公擡舉你做了巡捕都頭，怎不看顧我！」武松回頭見了這人，不覺的——

欣從額角眉邊出，喜逐歡容笑口開。

美名。

這人不是別人，却是武松日常間要去尋他的嫡親哥哥武大。却說武大自從兄弟分別之後，因時遭飢饉，搬移在清河縣紫石街賃房居住。人見他爲人懦弱，模樣猥蕤，起了他箇諢名叫做三寸丁谷樹皮，俗語言其身上粗糙，頭臉窄狹故也。只因他這般軟弱朴實，多欺侮他。這也不在話下。且說武大無甚生意，終日挑担子出去街上賣炊餅度日，不幸把渾家故了，丢下箇女孩兒，年方十二歲，名喚迎兒，爺兒兩箇過活。那消半年光景，又消折了資本，移在大街坊張大户家臨街房居住。張宅家下人見他本分，常看顧他，照顧他依舊賣些炊餅。閑時在鋪中坐地，武大無不奉承。因此張宅家人箇箇都歡喜，在大户面前一力與他說方便。因此大户連房錢也不問武大要。

却說這張大户有萬貫家財，百間房屋，年約六旬之上，身邊寸男尺女皆無。媽媽余氏，主家嚴勵，房中並無清秀使女。只因大户時常拍胸嘆氣道：「我許大年紀，又無兒女，雖有幾貫家財，終何大用！」媽媽道：「既然如此說，我叫媒人替你買兩箇使女，早晚習學彈唱，服侍你便了。」大户聽了大喜，謝了媽媽。過了幾時，媽媽果然叫媒人來，與大户買了兩箇使女，一箇叫做潘金蓮，一箇喚做白玉蓮。玉蓮年方二八，樂户人家出身，生得白浄小巧。這潘金蓮却是南門外潘裁的女兒，排行六姐。因他自幼生得有些姿色，纏得一雙好小脚兒，（是禍根。）所以就叫金蓮。他父親死了，做娘的度日不過，從九歲賣在王招宣府裡，（伏。）習學彈唱，閑常又教他讀書寫字。他本性機變伶俐，不過十二三，就會描眉畫眼，傅粉施朱，品竹彈絲，女工針指，知書識字，梳一箇纏髻兒，着一件扣身衫子，做張做致，喬模喬樣。（一生伎倆。）到十五歲的時節，王招宣死了，潘媽媽爭將出來，三十兩銀子轉賣與張大户家，與玉蓮同時進門。大户教他習學彈唱，金蓮原自會的，甚是省力。金蓮學琵琶，玉蓮學箏，這兩箇同房歇卧。主家婆余氏初時甚是擡舉二人，與他金銀首飾裝束身子。後日不料白玉蓮死了，止落下金蓮一人，長成一十八歲，出落的臉襯桃花，眉彎新月。張大户每要收他，只碍主家婆利害，（倒好。）不得到手。一日，主家婆隣家赴席不在，大户暗把金蓮喚至房中，遂收用了。正是：

莫訝天台相見晚，劉郎還是老劉郎。（趣。）

大户自從收用金蓮之後，不覺身上添了四五件病症。（神効。）端的那五件？第一腰便添疼，第二眼便添淚，第三耳便添聾，第四鼻便添涕，第五尿便添滴。自有了這幾件病後，主家婆頗知其事，與大户嚷罵了數日，將金蓮百般苦打。大户知道不容，却賭氣倒賠房奩，要尋嫁得一箇相應的人家。大户家下人都說武大忠厚，見無妻小，又住着宅内房兒，堪可與他。這大户早晚還要看覷此女，（有理。）因此不要武大一文錢，白白的嫁與他爲妻。這武大自從娶了金蓮，大户甚是看顧他。若武大没本錢做炊餅，大户私與他銀兩。武大若挑担兒出去，大户候無人，便踅入房中與金蓮厮會。武大雖一時撞見，原是他的行貨，不敢聲言。朝來暮往，也有多時。忽一日大户得患陰寒病症，嗚呼死了。主家婆察知其事，怒令家僮將金蓮、武大即時趕出。武大故此遂尋了紫石街西王皇親房子，賃内外兩間居住，依舊賣炊餅。

原來這金蓮自嫁武大，見他一味老實，人物猥猿，甚是憎嫌，（自然。）常與他合氣。報怨大户：「普天世界斷生了男子，何故將我嫁與這樣箇貨！每日牽着不走，打着倒退的，只是一味味酒，着緊處却是錐鈀也不動。奴端的那世裡悔氣，却嫁了他！是好苦也！」常無人處，唱箇《山坡羊》爲証：

想當初，姻緣錯配，奴把你當男兒漢看覷。不是奴自己誇獎，他烏鴉怎配鸞鳳對！奴真金子埋在土裡，他是塊高號銅，怎與俺金色比！他本是塊頑石，有甚福抱着我羊脂玉體！好似糞土上長出靈芝。奈何，隨他怎樣，到底奴心不美。聽知：奴是塊金磚，怎比泥土基！

看官聽說：但凡世上婦女，若自己有些顏色，所禀伶俐，配箇好男子便罷了，若是武大這般，雖好殺也未免有幾分憎嫌。（況不好乎！）自古佳人才子相配着的少，買金偏撞不着賣金的。

武大每日自挑担兒出去賣炊餅，到晚方歸。那婦人每日打發武大出門，只在簾子下磕瓜子兒，（好消遣。）一徑把那一對小金蓮故露出來，勾引浮浪子弟，日逐在門前彈胡博詞，撒謎語，叫唱：「一塊好羊肉，如何落在狗口裡？」油似滑的言語，無般不說出來。因此武大在紫石街又住不牢，要往別處搬移，與老婆商議。婦人道：「賊餛飩不曉事的，你賃人家房住，淺房淺屋，可知有小人囉唣！不如湊幾兩銀子，看相應的，典上他兩間住，却也氣概些，免受人欺侮。」武大道：「我那裡有錢典房？」婦人道：「呸！濁才料，你是箇男子漢，倒擺布不開，常交老娘受氣。沒有銀子，把我的釵梳湊辦了去，有何難處！過後有了再治不遲。」武大聽老婆這般說，當下湊了十數兩銀子，典得縣門前樓上下兩層四間房屋居住。第二層是樓，兩箇小小院落，甚是乾净。

此處亦復能賢。

武大自從搬到縣西街上來，照舊賣炊餅過活，不想這日撞見自己嫡親兄弟。當日兄弟相見，心中大喜。一面邀請到家中，讓至樓上坐，房裡喚出金蓮來，與武松相見。因説道：「前日景陽崗打死了大虫的，便是你小叔。（好不氣概！）今新充了都頭，是我一母同胞兄弟。」（值得賣弄。）那婦人叉手向前，便道：「叔叔萬福。」武松施禮，倒身下拜。婦人扶住武松道：「叔叔請起，折殺奴家。」武松道：「嫂嫂受禮。」兩箇相讓了一回，都平磕了頭起來。少頃，小女迎兒拿茶，二人吃了。武松見婦人十分妖嬈，只把頭來低着。（不老氣。）不多時，武大安排酒飯，欵待武松。

說話中間，武大下樓買酒菜去了，丢下婦人，獨自在樓上陪武松坐地。看了武松身材凜凜，相貌堂堂，又想他打死了那大虫，畢竟有千百觔氣力。（慧想，慧想！）口中不説，心下思量道：「一母所生的兄弟，怎生我家那身不滿尺的丁樹，三分似人七分似鬼，奴那世裡遭瘟撞着他來！如今看起武松這般人物壯健，何不叫他搬來我家住？想這段姻緣却在這裡了。」（此想入神。）（且看！）于是一面堆下笑來，問道：「叔叔你如今在那裡居住？每日飯食誰人整理？」武松道：「武二新充了都頭，逐日答應上司，別處住不方便，胡亂在縣前尋了箇下處，每日撥兩箇土兵伏侍做飯。」婦人道：「叔叔何不搬來家裡住？省的在縣前土兵服侍做飯腌臢。一家裡住，早晚要些湯水吃時，也方便些。就是奴家親自安排與叔叔吃，也乾净。」武松道：「深謝嫂嫂。」婦人又道：「莫不別處有嬸嬸？（細心。）可請來廝會。」武松道：「武二並不曾婚娶。」婦人道：「叔叔青春多少？」武松道：「虛度二十八歲。」婦人道：「原來叔叔倒長奴三歲。叔叔今番從那裡來？」武松道：「在滄洲住了一年有餘，只想哥哥在舊房居住，不道移在這裡。」婦人道：「一言難盡。自從嫁得你哥哥，吃他忒善了，被人欺負，纔到這裡來。若是叔叔這般雄壯，（二字得心應口。）誰敢道箇不字！」武松道：「家兄從來本分，不似武松撒潑。」（和盤托出。）婦人笑道：「怎的顛倒說！常言：人無剛强，安身不長。奴家平生性快，看不上那三打不回頭，四打和身轉的。」武松道：「家兄不惹禍，免得嫂嫂憂心。」二人在樓上一遞一句的說。有詩爲証：

叔嫂萍踪得偶逢，嬌嬈偏逞秀儀容。
私心便欲成歡會，暗把邪言釣武松。

話説金蓮陪着武松在樓上説話未了，只見武大買了些肉菜菓餅歸家。放在厨下，走上樓來，叫道：「大嫂，你且下來則箇。」那婦人應道：「你看那不曉事的，叔叔在此無人陪侍，却交我撇了下去。」（哥哥也陪得，不必定要嫂嫂。）武松道：「嫂嫂請方便。」婦人道：「何不去間壁請王乾娘來安排？（伏脉。）只是這般不見便。」武大便自去央了間壁王婆來。安排端正，都拿上樓來，擺在卓子上，無非是些魚肉菓菜點心之類。隨即盪上酒來。武大叫婦人坐了主位，武松對席，武大打横。三人坐下，把酒來斟，武大篩酒在各人面前。那婦人拿起酒來道：「叔叔休怪，沒甚管待，請盃兒水酒。」武松道：「感謝嫂嫂，休這般說。」武大只顧上下篩酒，那婦人笑容可掬，滿口兒叫：「叔叔，怎的肉菓兒也不揀一筯兒？」（還有肉捲兒哩。）揀好的遞將過來。武松是箇直性的漢子，只把做親嫂嫂相待。誰知這婦人是箇使女出身，慣會小意兒。亦不想這婦人一片引人心。那婦人陪武松吃了幾盃酒，一雙眼只看着武松身上。武松吃他看不過，只得倒低了頭。（二官太嫩。）吃了一歇，酒闌了，便起身。武大道：「二哥没事，再吃幾盃兒去。」武松道：「生受，我再來望哥哥嫂嫂罷。」都送下樓來。出的門外，婦人便道：「叔叔是必上心搬來家裡住，若是不搬來，俺兩口兒也吃别人笑話。親兄弟難比别人，與我們争口氣，也是好處。」大義激之。武松道：「既是嫂嫂厚意，今晚有行李便取來。」婦人道：「奴這裡等候哩！」正是：

滿前野意無人識，幾點碧桃春自開。

校記

〔一〕「弟兄」，通州王孝慈舊藏本、日本内閣文庫藏本（簡稱内閣本）、首都圖書館藏本（簡稱首圖本）、上海圖書館藏甲本（簡稱上圖甲本）、日本東京天理圖書館藏本（簡稱天理本）、日本東京大學東洋文化研究所藏本（簡稱東洋文化所本）、殘存四十七回本、吳曉鈴藏抄本（簡稱吳藏本）同。天津圖書館藏本（簡稱天圖本）、上海圖書館藏乙本（簡稱上圖乙本）作「兄弟」。按張竹坡批評第一奇書金瓶梅康熙本（簡稱張評本）作「兄弟」。崇禎諸本正文作「兄弟」。

〔二〕「詩曰」，内閣本、首圖本無。

〔三〕「又詩曰」，内閣本、首圖本無。

〔四〕「繇」，首圖本作「由」。

〔五〕「寬展」，吳藏本作「寬廠」。按張評本作「寬廠」。

〔六〕「説畢」，吳藏本作「方説畢」。

〔七〕「咱好去」，吳藏本作「咱自去」。

〔八〕「咱時候」，吳藏本作「時候」。按張評本作「這時候」。

〔九〕「而」，崇禎諸本同。按張評本作「皃」。
〔一〇〕「涓今」，崇禎諸本同。按張評本作「當今」。
〔一一〕「營備」，崇禎諸本同。按張評本作「虔備」。
〔一二〕「稀罕的」，崇禎諸本同。按張評本作「稀罕事」。
〔一三〕「動他一動兒」，吳藏本作「動他一動」。按張評本作「動他一動兒是的」。
〔一四〕「負罰」，崇禎諸本同。按張評本作「負罰」，詞話本作「責罰」。
〔一五〕「恩沾」，按張評本作「恩典」。

第二回

俏潘娘簾下勾情

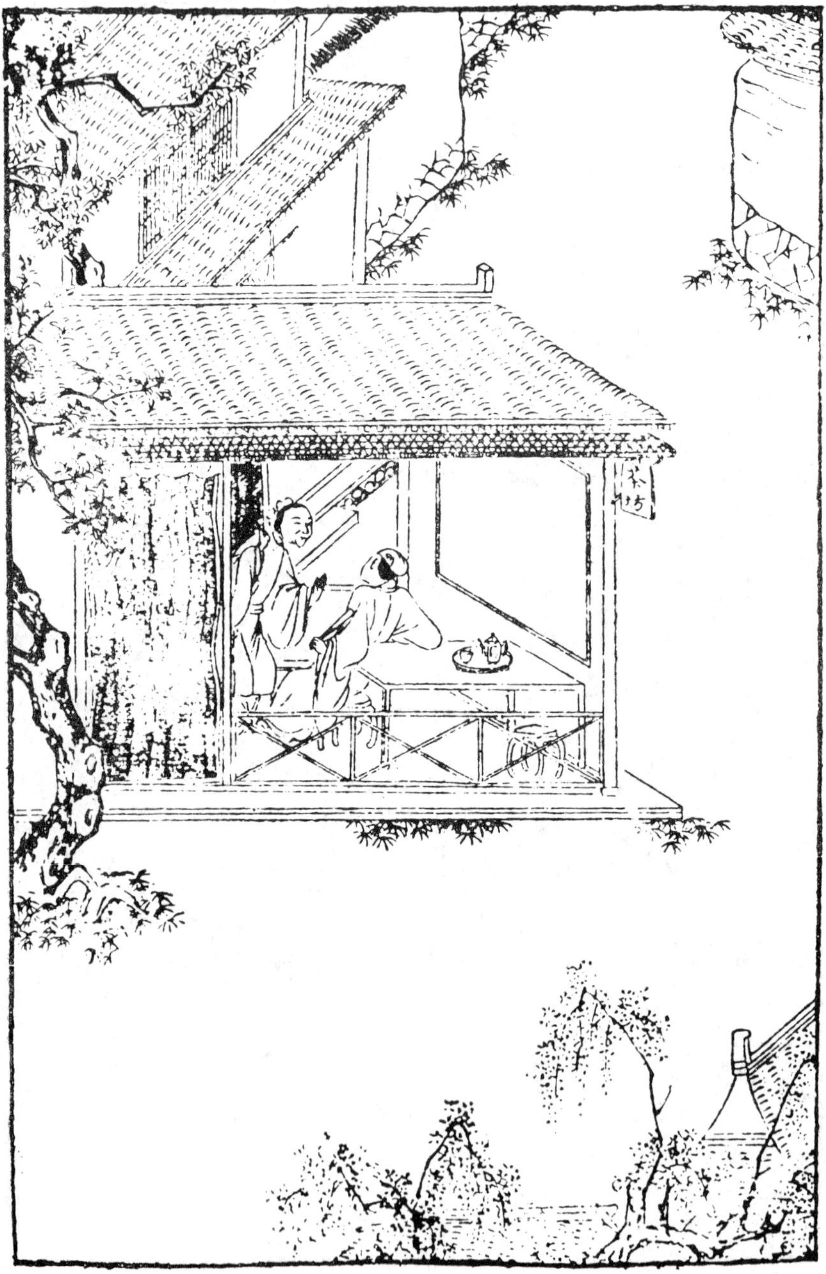

老王婆茶坊說技

第二回　俏潘娘簾下勾情　老王婆茶坊說技

詞曰〔一〕：

芙蓉面，冰雪肌，生來娉婷年已笄。嬝嬝倚門餘。梅花半含蕊，似開還閉。初見簾邊，羞澀還留住；（嫵媚。）再過樓頭，欵接多歡喜。行也宜，立也宜，坐又宜，偎傍更相宜。

——右調《孝順歌》〔二〕

話說當日武松來到縣前客店內，收拾行李鋪蓋，交士兵挑了，引到哥家。那婦人見了，強如拾得金寶一般歡喜，（金寶想是硬的。）旋打掃一間房與武松安頓停當〔三〕。武松分付士兵回去，當晚就在哥家歇宿。次日早起，婦人也慌忙起來，與他燒湯淨面。武松梳洗裹幘，出門去縣裡畫卯。婦人道：「叔叔畫了卯，早些來家吃早飯，休去別處吃了。」武松應的去了。到縣裡畫卯已畢，伺候了一早辰，回到家，那婦人又早齊齊整整安排下飯。三口兒同吃了飯，婦人雙手便捧一盃茶來，遞與武松。武松道：「交嫂嫂生受，武松寢食不安，明日撥箇士兵來使喚。」那婦人連聲叫道：「叔叔却怎生這般計較！自家骨肉，又不服事了別人。（語俱有味。）雖然有這小丫頭迎兒，奴家見他拿東拿西，蹀里蹀斜，也不靠他。就是撥了士兵來，那廝上鍋上竈不乾淨，奴眼裡也看不上這等人。」武松道：「恁的却生受嫂嫂了。」有詩爲証：

（眉批：語云：三寸人肉，強如骨肉。）

武松儀表豈風流，嫂嫂淫心不可收。
籠絡歸來家裡住，相思常自看衾稠。

話休絮煩。自從武松搬來哥家裡住，取些銀子出來與武大，買餅饊茶菓，請那兩邊隣舍。都鬭分子來與武松人情。武大又安排了回席，不在話下。過了數日，武松取出一疋彩色段子與嫂嫂做衣服。那婦人堆下笑來，便道：「叔叔如何使得！既然賜與奴家，不敢推辭。」只得接了，道箇萬福。自此武松只在哥家歇宿。武大依前上街挑賣炊餅。武松每日自去縣裡承差應事，不論歸遲歸早，婦人頓茶頓飯，歡天喜地伏侍武松。武松倒覺過意不去。那婦人時常把些言語來撥他，武松是箇硬心的直漢。

有話卽長，無話卽短，不覺過了一月有餘。看看十一月天氣，連日朔風緊起，只見四下彤雲密布，又早紛紛揚揚飛下一天瑞雪來。好大雪！怎見得？但見：

萬里彤雲密布，空中祥瑞飄簾。瓊花片片舞前簷。剡溪當此際，濡滯子猷船。頃刻樓臺都壓倒，江山銀色相連。飛鹽撒粉漫連天。當時呂蒙正，窰內嘆無錢。

當日這雪下到一更時分，却早銀粧世界，玉碾乾坤。次日武松去縣里畫卯，直到日中未歸。武大被婦人早趕出去做買賣，央及間壁王婆買了些酒肉，（此處恐用王婆不着。）去武松房裡簇了一盆炭火。心裡自想道：「我今日着實撩鬭他一鬭，不怕他不動情。」那婦人獨自冷冷清清立在簾兒下，望見武松正在雪裡，踏着那亂瓊碎玉歸來。婦人推起簾子，迎着笑道：「叔叔寒冷。」武松道：「感謝嫂嫂掛心。」入得門來，便把氊笠兒除將下來。那婦人將手去接，武松道：「不勞嫂嫂生受。」自把雪來拂了，（真正道學。）掛在壁子上。隨即解了纏帶，脫了身上鸚哥綠紵絲衲襖，入房內。那婦人便道：「奴等了一早辰，叔叔怎的不歸來吃早飯？」武松道：「早間有一相識請我吃飯，却纔又有作盃，我不耐煩，一直走到家來。」婦人道：「既恁的，請叔叔向火。」武松道：「正好。」便脫了油靴，換了一雙襪子，穿了煖鞋，掇條櫈子，自近火盆邊坐地。（此人意致太冷。）那婦人早令迎兒把前門上了閂，後門也關了。却搬些煮熟菜蔬入房裡來，擺在卓子上。武松問道：「哥哥那裡去了？」婦人道：「你哥哥出去買賣未回，我和叔叔自吃三盃。」武松道：「一發等哥來家吃也不遲。」婦人道：「那裡等的他！」說猶未了，只見迎兒小女早煖了一注酒來。武松道：「又教嫂嫂費心。」婦人也掇一條櫈子，近火邊坐了。卓上擺着盃盤，婦人拏盞酒擎在手裡，看着武松道：「叔叔滿飲此盃。」武松接過酒去，一飲而盡。那婦人又篩一盃來，說道：「天氣寒冷，叔叔飲過成雙的盞兒。」武松道：「嫂嫂自請。」接來又一飲而盡。武松却篩一盃酒，遞與婦人。婦人接過酒來呷了，却拿注子再斟酒放在武松面前。那婦人一徑將酥胸微露，雲鬟半嚲，臉上堆下笑來，（描出動人處，令人魂消也。）說道：「我聽得人說，叔叔在縣前街上養着箇唱的，有這話麼？」武松道：「嫂嫂休聽別人胡說，我武二從來不是這等人。」（一口回絕。）婦人道：「我不信！只怕叔叔口頭不似心頭。」武松道：「嫂嫂不信時，只問哥哥就是了。」婦人道：「阿呀，你休說他，那裡曉得甚麼？（可憐！）如在醉生夢死一般！（實情。）他若知道時，不賣炊餅了。叔叔且請盃。」連篩了三四盃飲過。那婦人也有三盃酒落

多是虛挑冷逗。

好入境。

忒魯莽。

如此人，世上却無。吾正怪其不近人情。

肚，哄動春心，那裡按納得住。慾心如火，只把閑話來說。武松也知了八九分，自己只把頭來低了，却不來兜攬。婦人起身去盪酒。武松自在房内却拿火筯簇火。道學先生此時何不去了？婦人良久煖了一注子酒來，到房裡，一隻手拿着注子，一隻手便去武松肩上只一捏，説道：「叔叔只穿這些衣服，不寒冷麽？」武松已有五七分不自在，也不理他。倒好做作。婦人見他不應，匹手就來奪火筯，口裡道：「叔叔你不會簇火，我與你撥火。只要一似火盆來熱便好。」武松有八九分焦燥，只不做聲。這婦人也不看武松焦燥，此時眼也花了。便丟下火筯，却篩一盃酒來，自呷了一口，剩下半盞酒，看着武松道：「你若有心，吃我這半盞兒殘酒。」武松匹手奪過來，潑在地下説道：「嫂嫂不要恁的不識羞耻！」掃興。把手只一推，爭些兒把婦人推了一交。粗極。武松睁起眼來説道：「武二是箇頂天立地噙齒戴髮的男子漢，不是那等敗壞風俗傷人倫的猪狗！嫂嫂休要這般不識羞耻，爲此等的勾當，倘有風吹草動，我武二眼裡認的是嫂嫂，拳頭却不認的是嫂嫂！」打虎手段，幾乎出來。婦人吃他幾句搶得通紅了面皮，便叫迎兒收拾了碟盞家伙，殺風景。口裡説道：「我自作耍子，不值得便當真起來。無聊之極，思與。好不識人敬！」收了家伙，自往厨下去了。正是：

落花有意隨流水，流水無情戀落花。

這婦人見勾搭武松不動，反被他搶白了一場。武松自在房中氣忿忿，自己尋思。天色却早申牌時分，武大挑着担兒，大雪裡歸來。推門進來，放下担兒，進的裡間，見婦人一雙眼哭的紅紅的，便問道：「你和誰鬧來？」婦人道：「都是你這不爭氣的，交外人來欺負我。」武大道：

能信心兄弟而不爲妻言所惑，世人如武大者正少。

既不養活，又不殺癢，直是可恨！

「誰敢來欺負你？」婦人道：「情知是誰？爭奈武二那廝。我見他大雪裡歸來，好意安排些酒飯與他吃，他見前後没人，便把言語來調戲我。便是迎兒眼見，我不賴他。」武大道：「我兄弟不是這等人，從來老實。休要高聲，乞鄰舍聽見笑話。」武大撇了婦人，便來武二房裡叫道：「二哥，你不曾吃點心？我和你吃些箇。」武松只不做聲，尋思了半晌，一面出大門。武大叫道：「二哥，你那裡去？」也不答應，一直只顧去了。武大回到房內，問婦人道：「我叫他又不應，只顧往縣裡那條路去了。正不知怎的了？」婦人罵道：「賊餛飩虫！有甚難見處？那廝羞了，没臉兒見你，（虧你有臉見他。）走了出去。我猜他一定叫人來搬行李，不要在這裡住。却不道你留他？」武大道：「他搬了去，須乞別人笑話。」婦人罵道：「混沌魍魎，他來調戲我，到不乞別人笑話！你要便自和他過去，我却做不的這樣人！你與了我一紙休書，你自留他便了。」武大那裡再敢開口。被這婦人倒數罵了一頓。正在家兩口兒絮聒，只見武松引了箇士兵，拿着條扁担，逕來房內收拾行李，便出門。武大走出來，叫道：「二哥，做甚麽便搬了去？」武松道：「哥哥不要問，說起來裝你的幌子，只繇我自去便了〔四〕。」武大那裡再敢問備細，繇武松搬了出去。那婦人在裡面喃喃吶吶罵道：「却也好，只道是親難轉債，人不知道一箇兄弟做了都頭，怎的養活了哥嫂，却不知反來咬嚼人！正是花木瓜空好看。搬了去，到謝天地，且得寃家離眼睛。」（省得動火，倒好，倒好。）武大見老婆這般言語，不知怎的了，心中反是放不下。自從武松搬去縣前客店宿歇，武大自依前上街賣炊餅。本待要去縣前尋兄弟說話，却被這婦人千叮萬囑，分付交不要去兜攬他，因此武大不敢去尋武松。

說這武松自從搬離哥家，撚指不覺雪晴，過了十數日光景。却說本縣知縣自從到任以來，却得二年有餘，轉得許多金銀，第一着。要使一心腹人送上東京親眷處收寄，三年任滿朝覲，打點上司。一來却怕路上小人，須得一箇有力量的人去方好，猛可想起都頭武松，須得此人方了得此事。當日就喚武松到衙內商議道：「我有箇親戚在東京城內做官，姓朱名勔，見做殿前太尉之職，要送一担禮物，稍封書去問安。只恐途中不好行，若得你去方可〔五〕。你休推辭辛苦，回來我自重賞。」武松應道：「小人得蒙恩相擡舉，安敢推辭！既蒙差遣，只此便去。」知縣大喜，賞了武松三盃酒，十兩路費。不在話下。

且說武松領了知縣的言語，出的縣門來，到下處，叫了士兵，却來街上買了一瓶酒并菜蔬之類，逕到武大家。武大却街上回來，見武松在門前坐地，交士兵去厨下安排。那婦人餘情不斷，見武松把將酒食來，心中自思：「莫不這厮思想我了？不然却又回來怎的？到日後我且慢慢問他。」婦人便上樓去重勻粉面，再整雲鬟，換了些顏色衣服，來到門前迎接武松。婦人拜道：「叔叔，不知怎的錯見了，好幾日並不上門，叫奴心裡没理會處。今日再喜得叔叔來家。没事壞鈔做甚麼？」武松道：「武二有句話，特來要與哥哥說知。」婦人道：「既如此，請樓上坐。」三箇人來到樓上，武松讓哥嫂上首坐了，他便掇杌子打橫。士兵擺上酒，并嗄飯一齊拿上來。武松勸哥嫂吃。婦人便把眼來睃武松，武松只顧吃酒。酒至數巡，武松問迎兒討副勸盃，叫士兵篩一盃酒拿在手裡，看着武大道：「大哥在上，武二今日蒙知縣相公差往東京幹事，明日便要起程，多是兩三箇月，少是一月便回，有句話特來和你說。你從來爲人懦弱，我不在家，恐怕外人來欺負。假如你每日賣十扇籠炊餅，你從明日爲始，只做五扇籠炊餅出去，每日遲出早歸，不要和人吃酒。歸家便下了簾子，早閉門，省了多少是非口舌。若是有人欺負你，不要和他爭執〔六〕，待我回來，自和他理論。大哥你依我時，滿飲此盃！」武大接了酒道：「兄弟見得是，我都依你說。」吃過了一盃，武松再斟第二盞酒，對那婦人說道：「嫂嫂是箇精細的人，不必要武松多說。我的哥哥爲人質朴，全靠嫂嫂做主。常言表壯不如裡壯，嫂嫂把得家定，我哥哥煩惱做甚麼！豈不聞古人云：籬牢犬不入。」那婦人聽了這句話，一點紅從耳邊起，須臾紫漲了面皮，指着武大罵道：「你這箇混沌東西。有甚言語在別處說，來欺負老娘！我是箇不帶頭巾的男子漢，叮叮噹噹响的婆娘！拳頭上也立得人，肐膊上走得馬，不是那膿膿血搠不出來鱉！老娘自從嫁了武大，真箇螞蟻不敢入屋裡來，甚麼籬笆不牢犬兒鑽得入來，你休胡言亂語，一句句都要下落！丟下一塊瓦磚兒，一箇箇也要着地！」武松笑道：「若得嫂嫂做主，最好。只要心口相應。既然如此，我武松都記得嫂嫂說的話了，請過此盃。」那婦人一手推開酒盞，一直跑下樓來，走到在胡梯上發話道：「既是你聰明伶俐，恰不道長嫂爲母。我初嫁武大時，不曾聽得有甚小叔，那裡走得來？是親不是親，便要做喬家公。自是老娘晦氣了，偏撞着這許多鳥事！只爲撞不着鳥，偏有此鳥事。」一面哭下樓去了。正是：

如此隱諱，武大置之不聞，其正醉生夢死。

有此利嘴，豈是打虎對手。

苦口良言諫勸多，金蓮懷恨起風波。
自家惶愧難存坐，氣殺英雄小二哥。

那婦人做出許多喬張致來。武大、武松吃了幾盃酒，坐不住，都下的樓來，弟兄洒淚而別。武大道：「兄弟去了，早早回來，和你相見。」武松道：「哥哥，你便不做買賣也罷，（武二亦甚尖冷。）只在家裡坐的。盤纏，兄弟自差人送與你。」臨行，武松又分付道：「哥哥，我的言語休要忘了，在家仔細門户。」武大道：「理會得了。」武松辭了武大，回到縣前下處，收拾行裝并防身器械。次日領了知縣禮物，金銀駝垛，討了脚程，起身上路，往東京去了，不題。

只說武大自從兄弟武松說了去，整整吃那婆娘罵了三四日。武大忍聲吞氣，繇他自罵，只依兄弟言語，每日只做一半炊餅出去，未晚便回來。歇了担兒，便先去除了簾子，關上大門，却來屋裡坐的。那婦人看了這般，心内焦燥，罵道：「不識時濁物！我倒不曾見，日頭在半天裡便把牢門關了，也吃隣舍家笑話，說我家怎生禁鬼。聽信你兄弟說，空生着卵鳥嘴，也不怕別人笑耻！」武大道：「繇他笑也罷，（是。）我兄弟說的是好話，省了多少是非。」被婦人啐在臉上道：「呸，濁東西！你是箇男子漢，自不做主，却聽別人調遣！」武大摇手道：「繇他，我兄弟說的是金石之語。」原來武松去後，武大每日只是晏出早歸，到家便關門。那婦人氣生氣死，和他合了幾場氣。落後鬧慣了，自此婦人約莫武大歸來時分，先自去收簾子，關上大門。武大見了，心裡自也暗喜，尋思道：「恁的却不好？」有詩爲証：

　　慎事關門并早歸，眼前恩愛隔崔嵬。

　　春心一點如絲亂，任鎖牢籠總是虛。

白駒過隙，日月如梭，纔見梅開臘底，又早天氣回陽。一日，三月春光明媚時分，金蓮打扮光鮮，單等武大出門，就在門前簾下站立。約莫將及他歸來時分，便下了簾子，自去房內坐的。一日也是合當有事，却有一箇人從簾子下走過來。自古没巧不成話，姻緣合當湊着。婦人正手裡拿着叉竿放簾子，忽被一陣風將叉竿刮倒，婦人手擎不牢，不端不正却打在那人頭上。婦人便慌忙陪笑，把眼看那人，也有二十五六年紀，生得十分浮浪。頭上戴着纓子帽兒，金玲瓏簪兒，金井玉欄杆圈兒；長腰才，身穿綠羅褶兒；脚下細結底陳橋鞋兒，清水布襪兒；手裡搖着洒金川扇兒，越顯出張生般龐兒，潘安的貌兒。可意的人兒，風風流流從簾子下丟與箇眼色兒。這箇人被叉竿打在頭上，便立住了脚，待要發作時，回過臉來看，却不想是箇美貌妖嬈的婦人。（真出意外。）但見他黑鬒鬒賽鴉鴒的鬢兒，翠彎彎的新月的眉兒，清冷冷杏子眼兒，香噴噴櫻桃口兒，直隆隆瓊瑤鼻兒，粉濃濃紅艷腮兒，嬌滴滴銀盆臉兒，輕嬝嬝花朵身兒，玉纖纖葱枝手兒，一捻捻楊柳腰兒，軟濃濃粉白肚兒，窄星星尖蹻脚兒，肉妳妳胸兒，白生生腿兒，更有一件緊揪揪、白鮮鮮、黑裀裀，正不知是甚麽東西。（此物何從見？想當然耳。）觀不盡這婦人容貌。且看他怎生打扮？但見：

　　頭上戴着黑油油頭髮鬏髻，一逕裡墊出香雲〔七〕，周圍小簪兒齊插。斜戴一朵並頭花，排草梳兒後押。難描畫，柳葉眉襯着兩朶桃花。玲瓏墜兒最堪誇，露來酥玉胸無價。毛青布大袖衫兒，又短襯湘裙碾絹綾紗。通花汗巾兒袖口兒邊搭刺。香袋兒身邊低掛。抹胸兒重重紐扣香喉下。往下看尖趫趫金蓮小脚，雲頭巧緝山鴉。鞋兒白綾高底，步香塵偏襯登踏。紅紗膝褲扣鶯花，行坐處風吹裙袴。口兒裡常噴出異香蘭麝，櫻桃口笑臉生花。人見了魂飛魄喪，賣弄殺俏寃家。

畫出一箇玉人。

那人見了，先自酥了半邊，那怒氣早已鑽入爪窪國去了，變做笑吟吟臉兒。這婦人情知不是，叉手望他深深拜了一拜，說道：「奴家一時被風失手，悞中官人，休怪！」那人一面把手整頭巾，一面把腰曲着地還喏道：「不妨，娘子請方便。」却被這間壁住的賣茶王婆子看見。千古奇緣不意更有奇人作合。那婆子笑道：「兀的誰家大官人打這屋簷下過？打的正好！」那人笑道：「倒是我的不是，一時冲撞，娘子休怪。」婦人答道：「官人不要見責。」那人又笑着大大的唱箇喏，回應道：「小人不敢！」那一雙積年招花惹草，慣覷風情的賊眼，不離這婦人身上，臨去也回頭了七八廻〔八〕，方一直搖搖擺擺遮着扇兒去了。

傳神在阿堵中。

風日晴和漫出遊，偶從簾下識嬌羞。

只因臨去秋波轉，惹起春心不自繇。

當時婦人見了那人生的風流浮浪，語言甜淨，更加幾分留戀：「倒不知此人姓甚名誰，何處居住。他若沒我情意時，慧心默照。臨去也不回頭七八遍了。」却在簾子下眼巴巴的看不見那人，方纔收了簾子，關上大門，歸房去了。

看官聽説：這人你道是誰？却原來正是那嘲風弄月的班頭，拾翠尋香的元帥，開生藥鋪覆姓西門單諱一箇慶字的西門大官人便是。只因他第三房妾卓二姐死了，發送了當，心中不樂，出來街上閑走，要尋應伯爵到那裡去散心耍子。却從這武大門前經過，不想撞了這一下子在頭上。却説這西門大官人自從簾下見了那婦人一面，到家尋思道：「好一箇雌兒，怎能勾得手？」猛然想起那間壁賣茶王婆子來，堪可如此如此，這般這般：「撮合得此事成，我破費幾兩銀子謝他，也不值甚的。」于是連飯也不吃，走出街上閑遊，一直逕踅入王婆茶坊裡來，便去裡邊水簾下坐了。王婆笑道：「大官人却纔唱得好箇大肥喏！」西門慶道：「乾娘，你且來，我問你，間壁這箇雌兒是誰的娘子？」王婆道：「他是閻羅大王的妹子，五道將軍的女兒，問他怎的？」說得利害，是老作家。西門慶道：「我和你説正話，休要取笑。」王婆道：「大官人怎的不認得？他老公便是縣前賣熟食的。」西門慶道：「莫不是賣棗糕徐三的老婆？」王婆摇手道：「不是，若是他，也是一對兒。大官人再猜。」西門慶道：「敢是賣餶飿的李三娘子兒？」王婆摇手道：「不是，若是他，倒是一雙。」西門慶道：「莫不是花肐膊劉小二的婆兒？」王婆大笑道：「不是，若是他時，又是一對兒。大官人再猜。」西門慶道：「乾娘，我其實猜不着了。」王婆哈哈笑道：「我好交大官人得知了罷，他的蓋老便是街上賣炊餅的武大郎。」西門慶聽了，跌脚笑道：「莫不是人叫他三寸丁谷樹皮的武大麽？」王婆道：「正是他。」西門慶聽了，叫起苦來，說是：「好一塊羊肉，怎生落

都從閒處生情。

在狗口裡！」王婆道：「便是這般故事。自古駿馬却駝癡漢走，美妻常伴拙夫眠。月下老偏這等配合。」西門慶道：「乾娘，我少你多少茶菓錢？」王婆道：「不多，繇他，歇些時却算不妨。」西門慶又道：「你兒子王潮跟誰出去了？」王婆道：「說不的，跟了一箇淮上客人，至今不歸，又不知死活。」西門慶道：「却不交他跟我，那孩子倒乖覺伶俐。」王婆道：「若得大官人擡舉他時，十分之好。」西門慶道：「待他歸來，却再計較。」說畢，作謝起身去了。

東扯西拽，逼真情事，莫作閒話看過。

約莫未及兩箇時辰，又踅將來王婆門首，簾邊坐的，朝着武大門前半歇。王婆出來道：「大官人，吃箇梅湯？」西門慶道：「最好多加些酸味兒。」王婆做了箇梅湯，雙手遞與西門慶吃了。將盞子放下，西門慶道：「乾娘，你這梅湯做得好，有多少在屋裡？」王婆笑道：「老身做了一世媒，那討得不在屋裡〔九〕！」西門慶笑道：「我問你這梅湯，你却說做媒，差了多少！」王婆道：「老身只聽得大官人問這媒做得好。」西門慶道：「乾娘，你既是撮合山，也與我做頭媒，說頭好親事，（涎得有趣。）我自重重謝你。」王婆道：「看這大官人作戲！你宅上大娘子得知，（韵。）老婆子這臉上怎吃得那耳刮子！」西門慶道：「我家大娘子最好性格。見今也有幾箇身邊人在家，只是沒一箇中得我意的。你有這般好的，與我主張一個，便來說也不妨。若是回頭人兒也好，（箇中事。）只是要中得我意。」王婆道：「前日有一箇倒好，只怕大官人不要。」西門慶道：「若是好時，與我說成了，我自重謝你。」王婆道：「生的十二分人才，只是年紀大些。」西門慶道：「自古半老佳人可共，便差一兩歲也不打緊。真箇多少年紀？」王婆道：「那娘子是丁亥生〔一〇〕，屬猪的，交新年却九十三歲了。」妙，妙。西門慶笑道：「你看這風婆子，只是扯着風臉取笑。」說畢，西門慶笑着起身去。

看看天色晚了，王婆恰纔點上燈來，正要關門，只見西門慶又踅將來，逕去簾子底下櫈子上坐下，朝着武大門前只顧將眼睃望。王婆道：「大官人吃箇和合湯？」西門慶道：「最好！乾娘放甜些。」王婆連忙取一鍾來與西門慶吃了。坐到晚夕，起身道：「乾娘，記了帳目，明日一發還錢。」王婆道：「繇他，伏惟安置，來日再請過論。」西門慶笑了去。到家甚是寢食不安，一片心只在婦人身上。就是他大娘子月娘，見他這等失張失致的，照出。只道爲死了卓二姐的緣故，倒沒做理會處。當晚無話。

摹寫展轉處，正是人情之所必至，此作者之精神所在也。若詆其繁而欲損一字者，不善讀書者也。

次日清晨，王婆恰纔開門，把眼看外時，只見西門慶又早在街前來回踅走。王婆道：「這刷子踅得緊！你看我着些甜糖抹在這廝鼻子上，交他抵不着〔一〕。那廝全討縣裡人便宜，且交他來老娘手裡納些貶鈔，賺他幾貫風流錢使。」原來這開茶坊的王婆，也不是守本分的，便是積年通殷勤，做媒婆，做賣婆，做牙婆，又會收小的，也會抱腰，又善放刁，端的看不出這婆子的本事來。但見：

開言欺陸賈，出口勝隋何。只憑說六國唇鎗，全仗話三齊舌劍。隻鸞孤鳳，霎時間交仗成雙；寡婦鰥男，一席話搬唆擺對。解使三里門內女，遮麼九皈殿中仙。玉皇殿上侍香金童，把臂拖來；王母宮中傳言玉女，攔腰抱住。略施奸計，使阿羅漢抱住比丘尼；

纔用機關，交李天王摟定鬼子母。甜言說誘，男如封涉也生心；軟語調和，女似麻姑須亂性。藏頭露尾，攛掇淑女害相思；送暖偷寒，調弄嫦娥偷漢子。

這婆子正開門，在茶局子裡整理茶鍋，張見西門慶踅過幾遍，奔入茶局子水簾下，對着武大門首，不住把眼只望簾子裡瞧。王婆只推不看見，妙，妙。只顧在茶局子內搧火，不出來問茶。西門慶叫道：「乾娘，點兩盃茶來我吃。」王婆應道：「大官人來了？連日少見，韵。且請坐。」不多時，便濃濃點兩盞稠茶，放在卓子上。西門慶道：「乾娘，相陪我吃了茶。」王婆哈哈笑道：「我又不是你影射的，如何陪你吃茶？」西門慶也笑了，一會便問：「乾娘，間壁賣的是甚麼？」王婆道：「他家賣的拖煎阿滿子〔三〕，乾巴子肉翻包着菜肉匾食餃，窩窩蛤蜊麵，熱盪温和大辣酥。」西門慶笑道：「你看這風婆子，只是風。」王婆笑道：「我不風，他家自有親老公。」西門慶道：「我和你說正話。他家如法做得好炊餅，我要問他買四五十箇拿的家去。」王婆道：「若要買炊餅，少間等他街上回來買，何消上門上户！」西門慶道：「乾娘說的是。」吃了茶，坐了一回，起身去了。絶好買賣。呆致却是雋致。

良久，王婆在茶局裡冷眼張着，他在門前踅過東，看一看，又轉西去，又復一復，一連走了七八遍。少頃，逕入茶坊裡來。王婆道：「大官人僥倖，好幾日不見面了。」妙。西門慶便笑將起來，去身邊摸出一兩一塊銀子，遞與王婆，說道：「乾娘，權且收了做茶錢。」王婆笑道：「何消得許多！」西門慶道：「多者乾娘只顧收着。」婆子暗道：「來了，這刷子當敗。且把銀子收了，到明日與老娘做房錢。」便道：「老身看大官人像有些心事的一般。」王婆也來了。西門慶道：「如何乾娘便猜得着？」婆子道：「有甚難猜處！自古入門休問榮枯事，觀着容顏便得知。老身異樣蹺蹊古怪的事，不知猜勾多少。」西門慶道：「我這一件心上的事，乾娘若猜得着時，便輸與你五兩銀子。」王婆笑道：「老身也不消三智五猜，只一智便猜箇中節。大官人你將耳朵來：你這兩日脚步兒勤，趕趁得頻，已定是記掛着間壁那箇人。我這猜如何？」西門慶笑將起來道：「乾娘端的智賽隋何，機強陸賈。不瞞乾娘説，不知怎的，吃他那日叉簾子時見了一面，恰是收了我三魂六魄的一般，日夜只是放他不下。到家茶飯懶吃，做事没入脚處。不知你會弄手段麽？」王婆哈哈笑道：「老身不瞞大官人説，我家賣茶叫做鬼打更。三年前六月初三日下大雪，那一日賣了箇泡茶，直到如今不發市，只靠些雜趁養口。」西門慶道：「乾娘，如何叫做雜趁？」王婆笑道：「老身自從三十六歲没了老公，丟下這箇小廝，没得過日子。迎頭兒跟着人説媒，次後攬人家些衣服賣，又與人家抱腰收小的，閑常也會做牽頭，做馬百六，也會針灸看病。」西門慶聽了，笑將起來：「我並不知乾娘有如此手段！端的與我説這件事，我便送十兩銀子與你做棺材本。你好交這雌兒會我一面。」王婆便呵呵笑道：「我自説耍，官人怎便認真起來。你也！」且看下回分解。有詩爲証：

西門浪子意猖狂，死下工夫戲女娘。
虧殺賣茶王老母，生交巫女會襄王。

莫説金蓮，只王婆齒頰亦足使人心醉。

校記

〔一〕「詞曰」，內閣本、首圖本題作「孝順歌」。

〔二〕「右調孝順歌」，內閣本、首圖本無。

〔三〕「打掃」，內閣本、首圖本作「打開」。按張評本、詞話本均作「打掃」。

〔四〕「繇」，吳藏本作「由」。

〔五〕「方可」，首圖本、吳藏本作「方好」。按張評本作「方好」，詞話本作「方可」。

〔六〕「爭執」，吳藏本作「爭鬧」。按張評本作「爭鬧」，詞話本作「爭執」。

〔七〕「蹔出」，崇禎諸本同。按張評本作「墊出」，詞話本作「蹔出」。

〔八〕「廻」，崇禎諸本同。按張評本作「回」，詞話本作「廻」。

〔九〕「不」，崇禎諸本同。按張評本作「箇」，詞話本作「不」。

〔一〇〕「丁亥」，崇禎諸本同。按張評本作「癸亥」，詞話本作「丁亥」。

〔一一〕「抵」，崇禎諸本同。按張評本、詞話本作「舐」。

〔一二〕「阿滿子」，崇禎諸本同。按張評本亦同，詞話本作「河滿子」。

第三回

定挨光虔婆受賄

金瓶梅

設圈套浪子挑私

第三回　定挨光王婆受賄　設圈套浪子私挑

詩曰〔一〕：

乍對不相識，徐思似有情。
盃前交一面，花底戀雙睛。
傞俹驚新態，含胡問舊名。
影含今夜燭，心意幾交横。

話説西門慶央王婆，一心要會那雌兒一面，便道：「乾娘，你端的與我説這件事成，我便送十兩銀子與你。」王婆道：「大官人，你聽我説：但凡『挨光』的兩箇字最難。怎的是『挨光』？比如今俗呼『偷情』就是了。要五件事俱全，方纔行的。第一要潘安的貌；第二要驢大行貨；第三要鄧通般有錢；第四要青春少小，就要綿裡針一般軟欵忍耐；第五要閑工夫。此五件，喚做『潘驢鄧小閑』。都全了，此事便獲得着。」西門慶道：「實不瞞你説，這五件事我都有。第一件，我的貌雖比不得潘安，也充得過；第二件，我小時在三街兩巷游串，也曾養得好大龜；第三，我家裡也有幾貫錢財，雖不及鄧通，也頗得過日子；第四，我最忍耐，他便打我四百頓，休想我回他一拳；第五，我最有閑工夫，不然如何來得恁勤。乾娘，你自作成，完備了時，我自重重謝你。」王婆道：「大官人，你説五件事都全，我知道還有一件事打攪，也多是成不得。」西門慶道：「且説，甚麽一件事打攪？」王婆道：「大官人休怪老身直言，但凡挨光最難，十分，有使錢到九分九厘，也有難成處。我知你從來慳吝，不肯胡亂便使錢，只這件打攪。」西門慶道：「這箇容易，我只聽你言語便了。」王婆道：「若大官人肯使錢時，老身有一條妙計，須交大官人和這雌兒會一面。」西門慶道：「端的有甚妙計？」王婆笑道：「今日晚了，且回去，過半年三箇月來商量。」西門慶央及道：「乾娘，你休撒科！自作成我則箇，恩有重報。」王婆笑哈哈道：「大官人却又慌了。老身這條計，雖然入不得武成王廟，端的强似孫武子教女兵，十捉八九着。今日實對你説了罷：這箇雌兒來歷，雖然微末出身，却到百伶百俐，會一手好彈唱，針指女工，百家歌曲，雙陸象棋，無所不知。小名叫做金蓮，娘家姓潘，原是南門外潘裁的女兒，賣在張大户家學彈唱。後因大户年老，打發出來，不要武大一文錢，白白與了他爲妻。這雌兒等閑不出來，老身無事常過去與他閑坐。他有事亦來請我理會，他也叫我做乾娘。武大這兩日出門早。大官人如幹此事，便買一疋藍紬、一疋白紬、一疋白絹，再用十兩好綿，都把來與老身。老身却走過去問他借曆日，央及他揀箇好日期，叫箇裁縫來做。他若見我這般説，揀了日期，不肯與我來做時，此事便休了；他若歡天喜地説：『我替你做。』不要我叫裁縫，這光便有一分了。我便請得他來做，就替我縫，這光便二分了。他若來做時，午間我却安排些酒食點心請他吃。他若説不便當，定要將去家中做，此事便休了；他不言語吃了時，這光便有三分了。這一日你

計料如指掌。

也莫來，直至第三日，晌午前後，你整整齊齊打扮了來，以咳嗽爲號，你在門前叫道：『怎的連日不見王乾娘？我買盞茶吃。』我便出來請你入房裡坐吃茶。他若見你便起身來，走了歸去，難道我扯住他不成？此事便休了。他若見你入來，不動身時，這光便有四分了。坐下時，我便對雌兒說道：『這箇便是與我衣服施主的官人，虧殺他。』我便誇大官人許多好處，你便賣弄他針指。若是他不來兜攬應答時，此事便休了；他若口中答應與你說話時，這光便有五分了。我便道：『却難爲這位娘子與我作成出手做，虧殺你兩施主，一箇出錢，一箇出力。不是老身路岐相央，難得這位娘子在這裡，官人做箇主人替娘子澆澆手。』你便取銀子出來，央我買。若是他便走時，難道我扯住他？此事便休了。他若不動身時，事務易成，這光便有六分了。我却拿銀子，臨出門時對他說：『有勞娘子相待官人坐一坐。』他若起身走了家去，我終不成阻當他？此事便休了。若是他不起身，又好了，這光便有七分了。待我買得東西提在卓子上，便說：『娘子且收拾過生活去，且吃一盃兒酒，難得這官人壞錢。』他不肯和你同卓吃，去了，此事便休了；若是只口裡說要去，却不動身，此事又好了，這光便有八分了。待他吃得酒濃時，正說得入港，我便推道沒了酒，再交你買，你便拿銀子，又央我買酒去并菓子來配酒。我把門拽上，關你兩箇人在屋裡。他若焦燥跑了歸去時，此事便休了；他若繇我拽上門，不焦燥時，這光便有九分，只欠一分了。只是這一分倒難。大官人你在房裡，便着幾句甜話兒說入去，却不可燥爆，便去動手動脚打攪了事，那時我不管你。你先把袖子向桌子上拂落一雙筯下去，只推拾筯，將手去他脚上捏一捏。他若鬧炒起來〔二〕，我自來搭救。此事便休了，再也難成。若是他不做聲時，此事十分光了。這十分光做完備，你怎的謝我？」西門慶聽了大喜道：「雖然上不得凌烟閣，乾娘你這條計，端的絶品好妙計。」王婆道：「却不要忘了許我那十兩銀子。」要緊的。西門慶道：「便得一片橘皮吃，切莫忘了洞庭湖。這條計，乾娘幾時可行？」王婆道：「只今晚來有回報。我如今趁武大未歸，過去問他借曆日，細細説與他。你快使人送將紬絹綿子來，休要遲了。」西門慶道：「乾娘，這是我的事，如何敢失信。」于是作別了王婆，離了茶肆，就去街上買了紬絹三疋并十兩清水好綿。家裡叫了玳安兒用氊包包了，一直送入王婆家來。王婆歡喜收下，打發小廝回去。正是：

巫山雲雨幾時就，莫負襄王築楚臺。

當下王婆收了紬絹綿子，開了後門，走過武大家來。那婦人接着，走去樓上坐的。王婆道：「娘子怎的這兩日不過貧家吃茶？」那婦人道：「便是我這幾日身子不快，懶走動的。」王婆道：「娘子家裡有曆日，借與老身看一看，要箇裁衣的日子。」婦人道：「乾娘裁甚衣服？」王婆道：「便是因老身十病九痛，怕一時有些山高水低，我兒子又不在家。」婦人道：「大哥怎的一向不見？」王婆道：「那厮跟了箇客人在外邊，不見箇音信回來，老身日逐耽心不下。」婦人道：「大哥今年多少年紀？」王婆道：「那厮十七歲了。」婦人道：「怎的不與他尋箇親事，工夫全做在此等處。與乾娘也替得手？」王婆道：「因是這等説，家中没人。待老身東榑西補的來〔三〕，早晚要替他尋下

說起便及送終，此亦王婆之譎。

箇兒。 等那厮來，却再理會。 見如今老身白日黑夜只發喘咳嗽，身子打碎般，睡不倒的，只害疼，一時先要預備下送終衣服。難得一箇財主官人，常在貧家吃茶，但凡他宅裡看病，買使女，說親，見老身這般本分，大小事兒無不管顧老身。 又布施了老身一套送終衣料， 紬絹表裡俱全，又有若干好綿，放在家裡一年有餘，不能勾做得。今年覺得好生不濟，不想又撞着閏月，趁着兩日倒閑，要做又被那裁縫勒掯，只推生活忙，不肯來做。老身說不得這苦也！」那婦人聽了笑道：「只怕奴家做得不中意。（煞甚技癢。）若是不嫌時，奴這幾日倒閑，出手與乾娘做如何？」那婆子聽了，堆下笑來說道：「若得娘子貴手做時， 老身便死也得好處去。 久聞娘子好針指，只是不敢來相央。」那婦人道：「這箇何妨！ 既是許了乾娘，務要與乾娘做了，將曆日去交人揀了黃道好日，奴便動手。」王婆道：「娘子休推老身不知，你詩詞百家曲兒內字樣，你不知識了多少，如何交人看曆日？」婦人微笑道：「奴家自幼失學。」婆子道：「好說，好說。」便取曆日遞與婦人。婦人接在手內，看了一回，道：「明日是破日，後日也不好，直到外後日方是裁衣日期。」王婆一把手取過曆頭來掛在牆上，便道：「若得娘子肯與老身做時，就是一點福星。（老奸甚巧。）何用選日！老身也曾央人看來，說明日是箇破日， 老身只道裁衣日不用破日， 我不忌他。」那婦人道：「歸壽衣服，正用破日便好。」王婆道：「既是娘子肯作成，老身膽大，只是明日起動娘子，到寒家則箇。」婦人道：「何不將過來做？」王婆道：「便是老身也要看娘子做生活， 又怕門首沒人。」婦人道：「既是這等說，奴明日飯後過來。」那婆子千恩萬謝下樓去了。 當晚回覆了西門慶話，約定後日准來。當夜無話。

次日清晨，王婆收拾房内乾淨，預備下針線，安排了茶水，在家等候。且說武大吃了早飯，挑着担兒自出去了。那婦人把簾兒掛了，分付迎兒看家，從後門走過王婆家來。那婆子歡喜無限，接入房裡坐下，便濃濃點一盞胡桃松子泡茶與婦人吃了。抹得桌子乾淨，便取出那紬絹三疋來。婦人量了長短，裁得完備，縫將起來。婆子看了，口裡不住喝采道：「好手段，老身也活了六七十歲，眼裡真箇不曾見這般好針指！」那婦人縫到日中，王婆安排些酒食請他，又下了一筋麵與那婦人吃。再縫一歇，將次晚來，便收拾了生活，自歸家去。恰好武大挑担兒進門，婦人拽門下了簾子。武大入屋裡，看見老婆面色微紅，問道：「你那裡來？」婦人應道：「便是間壁乾娘央我做送終衣服，日中安排些酒食點心請我吃。」武大道：「你也不要吃他的纔是，我們也有央及他處。他便央你做得衣裳，你便自歸來吃些點心，不值得甚麼，便攪擾他。你明日再去做時，帶些錢在身邊，也買些酒食與他回禮。常言道：遠親不如近隣，休要失了人情。他若不肯交你還禮時，你便拿了生活來家，做還與他便了。」正是：

阿母牢籠設計深，大郎愚鹵不知音。

帶錢買酒酬奸詐，語俗而真。却把婆娘自送人[四]。

婦人聽了武大言語，當晚無話。

次日飯後，武大挑担兒出去了，王婆便踅過來相請。婦人去到他家屋裡，取出生活來，一

二字非謙，却是定論。

面縫起。王婆忙點茶來與他吃了茶。看看縫到日中，那婦人向袖中取出三百文錢來，向王婆説道：「乾娘，奴和你買盞酒吃。」王婆道：「阿呀，那裡有這箇道理。老身央及娘子在這裡做生活，如何交娘子倒出錢，婆子的酒食，不到吃傷了哩！」那婦人道：「却是拙夫分付奴來，若是乾娘見外時，只是將了家去，做還乾娘便了。」那婆子聽了道：「大郎直恁地曉事！既然娘子這般説時，老身且收下。」這婆子生怕打攪了事，自又添錢去買好酒好食來，慇懃相待。看官聽説：但凡世上婦人，繇你十分精細，被小意兒縱十箇九箇着了道兒。這婆子安排了酒食點心，和那婦人吃了。再縫了一歇，看看晚來，千恩萬謝歸去了。

話休絮煩。第三日早飯後，王婆只張武大出去了，便走過後門首叫道：「娘子，老身大膽。」那婦人從樓上應道：「奴却待來也。」兩箇厮見了，來到王婆房裡坐下，取過生活來縫。那婆子點茶來吃，自不必説。婦人看看縫到晌午前後。却説西門慶巴不到此日，也好一等了。打選衣帽齊齊整整，身邊帶着三五兩銀子，手裡拿着洒金川扇兒，摇摇擺擺逕往紫石街來。到王婆門首，便咳嗽道：「王乾娘，連日如何不見？」那婆子瞧科，便應道：「兀的誰叫老娘？」西門慶道：「是我。」那婆子赶出來看了，笑道：「我只道是誰，原來是大官人！你來得正好，且請入屋裡去看一看。」把西門慶袖子只一拖，拖進房裡來，對那婦人道：「這箇便是與老身衣料施主官人。」西門慶睜眼看着那婦人：雲鬟疊翠，粉面生春，上穿白布衫兒，桃紅裙子，藍比甲，正在房裡做衣服。見西門慶過來，便把頭低了。媚致。這西門慶連忙向前屈身唱喏。那婦人隨即放下生活，還了萬福。王婆便道：「難得官人與老身段疋紬絹，放在家一年有餘，不曾做得，虧殺隣家這位娘子出手與老身做成全了。真箇是布機也似針線，縫的又好又密，真箇難得！大官人，你過來且看一看。」西門慶拿起衣服來看了，一面喝采，口裡道：「這位娘子，傳得這等好針指，神仙一般的手段！」那婦人低頭笑道：「官人休笑話。」來了。西門慶故問王婆道：「乾娘，不敢動問，這位娘子是誰家宅上的娘子？」王婆道：「你猜。」西門慶道：「小人如何猜得着。」王婆哈哈笑道：「大官人你請坐，我對你說了罷。」那西門慶與婦人對面坐下。那婆子道：「好交大官人得知罷，你那日屋簷下走，打得正好。」西門慶道：「就是那日在門首叉竿打了我的？倒不知是誰宅上娘子？」婦人分外把頭低了一低，笑道：「那日奴悞冲撞，官人休怪！」西門慶連忙應道：「小人不敢。」王婆道：「就是這位，却是間壁武大娘子。」西門慶道：「原來如此，小人失瞻了。」王婆因望婦人說道：「娘子你認得這位官人麽？」婦人道：「不認得。」婆子道：「這位官人，便是本縣裡一箇財主，知縣相公也和他來往，叫做西門大官人。家有萬萬貫錢財，在縣門前開生藥鋪。家中錢過北斗，米爛成倉，黃的是金，白的是銀，圓的是珠，放光的是寶，也有犀牛頭上角，大象口中牙。他家大娘子，也是我說的媒，是吳千户家小姐，生得百伶百俐。」因問：「大官人，怎的不過貧家吃茶？」西門慶道：「便是家中連日小女有人家定了，不得閑來。」婆子道：「大姐有誰家定了？怎的不請老身去說媒？」西門慶道：「被東京八十萬禁軍楊提督親家陳宅定了。他兒子陳敬濟纔十七歲，還上學堂。不是也請乾娘說媒，他那邊有了箇文嫂兒來討帖兒，俺這裡又

嬌情欲絕。

使常在家中走的賣翠花的薛嫂兒，同做保山，說此親事。乾娘若肯去，到明日下小茶，我使人來請你。」婆子哈哈笑道：「老身哄大官人耍子。俺這媒人們都是狗娘養下來的，他們說親時又没我，做成的熟飯兒怎肯搭上老身一分？常言道：當行厭當行。到明日娶過了門時，老身胡亂三朝五日，拿上些人情去走走，討得一張半張桌面，到是正經。怎的好和人鬬氣！」兩箇一遞一句說了一回。婆子只顧誇獎西門慶，口裡假嘈，那婦人便低了頭縫針線。

水性從來是女流，背夫常與外人偷。
金蓮心愛西門慶，淫蕩春心不自繇。

西門慶見金蓮有幾分情意歡喜，恨不得就要成雙。王婆便去點兩盞茶來，遞一盞與西門慶，一盞與婦人，說道：「娘子相待官人吃些茶。」旋又看着西門慶，把手在臉上摸一摸，西門慶已知有五分光了。自古「風流茶說合，酒是色媒人」。王婆便道：「大官人不來，老身也不敢去宅上相請。一者緣法撞遇，二者來得正好。常言道：一客不煩二主。大官人便是出錢的，這位娘子便是出力的，虧殺你這兩位施主。不是老身路岐相煩，難得這位娘子在這裡，官人好與老身做箇主人，拿出些銀子買些酒食來，與娘子澆澆手，如何？」西門慶道：「小人也見不到這裡，有銀子在此。」便向茄袋裡取出來，約有一兩一塊，遞與王婆，交備辦酒食。那婦人便道：「不消生受。」口裡說着恰不動身。王婆接了銀子，臨出門便道：「有勞娘子相陪大官人坐一坐，我去就來。」那婦人道：「乾娘免了罷。」却亦不動身。王婆便出門去了，丢下西門慶和那

身不動處

正是心動處。

婦人在屋裡。

這西門慶一雙眼不轉睛，只看着那婦人。那婆娘也把眼來偷睃西門慶，又低着頭做生活。不多時，王婆買了見成肥鵝燒鴨、熟肉鮮鮓、細巧菓子，歸來盡把盤碟盛了，擺在房裡桌子上。看那婦人道：「娘子且收拾過生活，吃一盃兒酒。」那婦人道：「你自陪大官人吃，奴却不當。」那婆子道：「正是專與娘子澆手，如何却說這話！」一面將盤饌却擺在面前，三人坐下，把酒來斟。西門慶拿起酒盞來道：「乾娘相待娘子滿飲幾盃。」婦人謝道：「奴家量淺，吃不得。」王婆道：「老身知得娘子洪飲，且請開懷吃兩盞兒。」那婦人一面接酒在手，向二人各道了萬福。西門慶拿起筯來說道：「乾娘替我勸娘子些菜兒。」那婆子揀好的遞將過來與婦人吃。一連斟了三巡酒，那婆子便去盪酒來。西門慶道：「小人不敢動問，娘子青春多少？」婦人低頭應道：「二十五歲。」西門慶道：「娘子到與家下賤内同庚，也是庚辰屬龍的。他是八月十五日子時。」婦人又回應道：「將天比地，折殺奴家。」王婆便插口道：「好箇精細的娘子，百伶百俐，又不枉了做得一手好針線。諸子百家，雙陸象棋，拆牌道字，皆通。一筆好寫。」西門慶道：「却是那裡去討。」王婆道：「不是老身說是非，大官人宅上有許多，那裡討得一箇似娘子的！」西門慶道：「便是這等，一言難盡。只是小人命薄，不曾招得一箇好的在家裡。」王婆道：「大官人先頭娘子須也好。」西門慶道：「休說！我先妻若在時，却不恁的家無主，屋倒竪。如今身邊枉自有三五七口人吃飯，都不管事。」婆子嘈道：「連我也忘了，沒有大娘子得幾年了？」西門慶道：「說

語俱有

意。

如此情意，較武二官何如？

遠在千里，近只目前。

不得，小人先妻陳氏，雖是微末出身，却倒百伶百俐，是件都替的我。如今不幸他没了，已過三年來。今繼娶這箇賤累，又常有疾病，不管事，家裡的勾當都七顛八倒。爲何小人只是走了出來？在家裡時，便要嘔氣。」婆子道：「大官人，休怪我直言，你先頭娘子并如今娘子，也没這大娘子這手針線，這一表人物。」西門慶道：「便是房下們也没這大娘子一般兒風流。」妙。那婆子笑道：「官人，你養的外宅東街上住的，如何不請老身去吃茶？」西門慶道：「便是唱慢曲兒的張惜春。我見他是路岐人，不歡喜。」婆子又道：「官人你和勾欄中李嬌兒却長久。」西門慶道：「這箇人見今已娶在家裡。若得他會當家時，自册正了他。」王婆道：「與卓二姐却相交得好？」西門慶道：「卓丟兒别要説起，我也娶在家做了第三房。近來得了箇細疾，却又没了。」婆子道：「耶嚛，耶嚛！若有似大娘子這般中官人意的，來宅上説，不妨事麽？」西門慶道：「我的爹娘俱已没了，我自主張，誰敢説箇不字？」王婆道：「我自説耍，急切便那裡有這般中官人意的！」西門慶道：「做甚麽便没？只恨我夫妻緣分上薄，自不撞着哩。」西門慶和婆子一遞一句説了一回。王婆道：「正好吃酒，却又没了。官人休怪老身差撥，買一瓶兒酒來吃如何？」西門慶便向茄袋内，還有三四兩散銀子，都與王婆，説道：「乾娘，你拿了去，要吃時只顧取來，多的乾娘便就收了。」那婆子謝了起身。睃那粉頭時，三鐘酒下肚，哄動春心，又自兩箇言來語去，都有意了，只低了頭不起身。正是：

眼意眉情卒未休，姻緣相湊遇風流。

王婆貪賄無他技，一味花言巧舌頭。

校記

〔一〕「詩曰」，内閣本、首圖本無。
〔二〕「鬧炒」，崇禎諸本同。按張評本亦作「鬧炒」，詞話本作「鬧將」。
〔三〕「東榑西補」，首圖本作「東楞西補」，吳藏本漏抄。按張評本、詞話本作「東擯西補」。
〔四〕「自送人」，按《水滸傳》天都外臣序刻本作「白送人」。

金瓶梅

第四回

赴巫山潘氏幽歡

鬧茶坊鄆哥義憤

第四回　赴巫山潘氏幽歡　鬧茶坊鄆哥義憤

詩曰〔一〕：

璇閨綉户斜光入，千金女兒倚門立。
橫波美目雖後來，羅襪遙遙不相及。
聞道今年初避人，珊珊鏡掛長隨身。
願得侍兒爲道意，後堂羅帳一相親。

話說王婆拿銀子出門，便向婦人滿面堆下笑來，說道：「老身去那街上取瓶兒酒來，有勞娘子相待官人坐一坐。壺裡有酒，沒便再篩兩盞兒，且和大官人吃着，老身直去縣東街，那裡有好酒買一瓶來，有好一歇兒耽擱。」明放一路，使之放心。婦人聽了說：「乾娘休要去，奴酒多不用了。」婆子便道：只用色罷。「阿呀！娘子，大官人又不是別人，奇。沒事相陪吃一盞兒，怕怎的！」婦人口裡說「不用了」，坐着却不動身。婆子一面把門拽上，用索兒拴了，倒關他二人在屋裡。當路坐了，一頭然着績〔二〕。

這婦人見王婆去了，倒把椅兒扯開一邊坐着，此際起身遲矣。却只偷眼睃看。西門慶坐在對面，一徑把那雙涎瞪瞪的眼睛看着他，便又問道：「却纔到忘了問得娘子尊姓？」婦人便低着頭媚極。

呆裡撒奸。

寫情處，讀者魂飛，況身親之者乎！

句句推辭，句句撩撥，不繇人不死也。

帶笑的回道：「姓武。」西門慶故做不聽得，說道：「姓堵？」那婦人却把頭又別轉着，笑着低聲說道：「你耳朶又不聾。」西門慶笑道：「呸，忘了！正是姓武。只是俺清河縣姓武的却少，只有縣前一箇賣炊餅的三寸丁姓武，叫做武大郎，敢是娘子一族麽？」婦人聽得此言，便把臉通紅了，一面低着頭微笑道：「便是奴的丈夫。」西門慶聽了，半日不做聲，呆了臉，假意失聲道屈。婦人一面笑着，又斜瞅他一眼，騷極。低聲說道：「你又沒寃枉事，怎的叫屈？」西門慶道：「我替娘子叫屈哩！」却說西門慶口裡娘子長，娘子短，只顧白嘈。這婦人一面低着頭弄裙子兒，又一回咬着衫袖口兒，咬得袖口兒格格駁駁的响，要便斜溜他一眼兒。只見這西門慶推害熱，脫了上面綠紗褶子道：「央煩娘子替我搭在乾娘護炕上。」這婦人只顧咬着袖兒別轉着，不接他的，低聲笑道：「自手又不折，怎的支使人！」西門慶笑着道：「娘子不與小人安放，小人偏要自己安放。」一面伸手隔桌子搭到床炕上去，却故意把桌上一拂，拂落一隻筯來。却也是姻緣湊着，那隻筯兒剛落在金蓮裙下。西門慶一面斟酒勸那婦人，婦人笑着不理他。他却又待拿筯子起來，讓他吃菜兒。尋來尋去不見了一隻。這金蓮一面低着頭，把脚尖兒踢着，笑道：「這不是你的筯兒！」西門慶聽說，走過金蓮這邊來道：「原來在此。」蹲下身去，且不拾筯，便去他綉花鞋頭上只一捏。那婦人笑將起來，說道：「怎這的囉唣！我要叫起來哩！」西門慶便雙膝跪下說道：「娘子可憐小人則箇！」一面說着，一面便摸他褲子。婦人叉開手道：「你這歪廝纏人，我却要大耳刮子打的呢！」西門慶笑道：「娘子打死了小人，也得箇好處。」于是不繇分說，抱到王婆床炕上，脱衣解帶，共枕同歡。却說這婦人自從與張大户拘搭，這老兒是軟如鼻涕膿如醬的一件東西，幾時得箇爽利！就是嫁了武大，看官試想，三寸丁的物事，能有多少力量？今番遇了西門慶，風月久慣，本事高强的，如何不喜？但見：

絕妙春圖。

交頸鴛鴦戲水，並頭鸞鳳穿花。喜孜孜連理枝生，美甘甘同心帶結。一箇將朱脣緊貼，一箇將粉臉斜偎。羅襪高挑，肩膊上露兩彎新月；金釵斜墜，枕頭邊堆一朵烏雲。誓海盟山，搏弄得千般旖旎；羞雲怯雨，揉搓的萬種妖嬈。恰恰鶯聲，不離耳畔。津津甜唾，笑吐舌尖。楊柳腰脉脉春濃，櫻桃口微微氣喘。星眼朦朧，細細汗流香玉顆；酥胸蕩漾，涓涓露滴牡丹心。直饒匹配眷姻諧，真箇偷情滋味美。

老奸。

從來首事者每能爲局外之談，此寫生手也。較原本徑庭矣。讀

當下二人雲雨纔罷，正欲各整衣襟，只見王婆推開房門入來，大驚小怪，拍手打掌，低低說道：「你兩箇做得好事！」西門慶和那婦人都吃了一驚。那婆子便向婦人道：「好呀，好呀！我請你來做衣裳，不曾交你偷漢子！（有理。）你家武大郎知，須連累我。不若我先去對武大說去。」回身便走。那婦人慌的扯住他裙子，紅着臉低了頭，只說得一聲：「乾娘饒恕！」王婆便道：「你們都要依我一件事，從今日爲始，瞞着武大，每日休要失了大官人的意。早叫你早來，晚叫你晚來，我便罷休。若是一日不來，我便就對你武大說。」那婦人羞得要不的，再說不出來。王婆催逼道：「却是怎的？快些回覆我。」婦人藏轉着頭，低聲道：「來便是了。」王婆又道：「西門大官人，你自不用老身說得，這十分好事已都完了，所許之物，不可失信。你若負心，我也

者詳之。

作者傳神處宜玩。

千叮萬囑。

「布施」二字，爲此輩口頭禪者不少。

要對武大說。」西門慶道：「乾娘放心，並不失信。」（王婆此時供出，金蓮大可番招。）婆子道：「你每二人出語無憑，要各人留下件表記拿着，纔見真情。」西門慶便向頭上拔下一根金頭簪來，插在婦人雲髻上。婦人除下來袖了，恐怕到家武大看見生疑。婦人便不肯拿甚的出來，却被王婆扯着袖子一掏，掏出一條杭州白縐紗汗巾，掠與西門慶收了。三人又吃了幾杯酒，已是下午時分。那婦人起身道：「奴回家去罷。」便丟下王婆與西門慶，踅過後門歸來。先去下了簾子，武大恰好進門。

且說王婆看着西門慶道：「好手段麽？」西門慶道：「端的虧了乾娘，真好手段！」王婆又道：「這雌兒風月如何？」西門慶道：「色系子女不可言。」婆子道：「他房裡彈唱姐兒出身，甚麽事兒不久慣知道！還虧老娘把你兩箇生扭做夫妻，强撮成配〔三〕。你所許老身東西，休要忘了。」西門慶道：「我到家便取銀子送來。」王婆道：「眼望旌捷旗，耳聽好消息。不要交老身棺材出了討挽歌郎錢。」西門慶一面笑着，看街上無人，帶上眼紗去了。不在話下。

到次日，又來王婆家討茶吃。王婆讓坐，連忙點茶來吃了。西門慶便向袖中取出一錠十兩銀子來，遞與王婆。但凡世上人，錢財能動人意。那婆子黑眼睛見了雪花銀子，一面歡天喜地收了，一連道了兩箇萬福，說道：「多謝大官人布施！」因向西門慶道：「這咱晚武大還未出門，待老身往他家推借瓢，看一看。」一面從後門踅過婦人家來。婦人正在房中打發武大吃飯，聽見叫門，問迎兒：「是誰？」迎兒道：「是王奶奶來借瓢。」婦人連忙迎將出來道：「乾娘，有瓢，一任拿去。且請家裡坐。」婆子道：「老身那邊無人。」因向婦人使手勢，婦人就知西門慶來了。慧心。婆子拿瓢出了門。一力攛掇武大吃了飯，挑担出去了。先到樓上從新粧點，換了一套艷色新衣，分付迎兒：「好生看家，我往你王奶家坐一坐就來〔四〕。若是你爹來時，就報我知道。若不聽我說，打下你這箇小賤人下截來。」迎兒應諾不題。

婦人一面走過王婆茶坊裡來。正是：

合歡桃杏春堪笑，心裡原來別有仁。

有詞單道這雙關二意〔五〕：

這瓢是瓢，口兒小身子兒大。你幼在春風棚上恁兒高，到大來人難要。他怎肯守定顏回甘貧樂道，專一趁東風，水上漂。也曾在馬房裡餵料，也曾在茶房裡來叫。如今弄得許繇也不要。赤道黑洞洞葫蘆中賣的甚麼藥？

那西門慶見婦人來了，如天上落下來一般，兩箇並肩疊股而坐。王婆一面點茶來吃了，因問：「昨日歸家，武大沒問甚麼？」婦人道：「他問乾娘衣服做了不曾？我說道衣服做了，還與乾娘做送終鞋襪。」說畢，婆子連忙安排上酒來，擺在房內，二人交盃暢飲。這西門慶仔細端詳那婦人，比初見時越發標致。吃了酒，粉面上透出紅白來，兩道水鬢描畫的長長的。端的平欺神仙，賽過嫦娥。

動人心紅白肉色，堪人愛可意裙釵。裙拖着翡翠紗衫，袖挽泥金帶。喜孜孜寶髻斜歪。恰便是月裡嫦娥下世來，不枉了千金也難買。

——右調《沉醉東風》〔六〕

西門慶誇之不足，摟在懷中，掀起他裙來，看見他一對小脚穿着老鴉段子鞋兒，恰剛半扠，心中甚喜。一遞一口與他吃酒，嘲問話兒。婦人因問西門慶貴庚，西門慶告他說：「二十七歲，七月二十八日子時生。」婦人問：「家中有幾位娘子？」西門慶道：「除下拙妻，還有三四箇身邊人，只是没一箇中我意的。」婦人又問：「幾位哥兒？」西門慶道：「只是一箇小女，早晚出嫁，並無娃兒。」西門慶嘲問了一回，向袖中取出銀穿心金裹面盛着香茶木樨餅兒來，用舌尖遞送與婦人。兩箇相摟相抱，鳴咂有聲。那婆子只管往來拿菜篩酒，那裡去管他閑事，繇着二人在房内做一處取樂頑耍。少頃吃得酒濃，不覺哄動春心，西門慶色心輒起，露出腰間那話，引婦人纖手捫弄。原來西門慶自幼常在三街四巷養婆娘，根下猶帶着銀打就、藥煮成的托子。那話煞甚長大，紅赤赤黑鬚，直豎豎堅硬，好箇東西：

一物從來六寸長，有時柔軟有時剛。
軟如醉漢東西倒，硬似風僧上下狂。
出牝入陰爲本事，腰州臍下作家鄉。
天生二子隨身便，曾與佳人鬭幾場。

俗語，然留之可入俗眼。

少頃，婦人脱了衣裳。西門慶摸見牝户上並無毳毛，猶如白馥馥、鼓蓬蓬發酵的饅頭，軟濃濃、紅綃綃出籠的果餡，真箇是千人愛萬人貪一件美物：

溫緊香乾口賽蓮，　能柔能軟最堪憐。
喜時吐舌開顏笑，　困便隨身貼股眠。
內襠縣裡爲家業，　薄草涯邊是故園。
若遇風流輕俊子〔七〕，等閑戰鬭不開言。

話休饒舌。那婦人自當日爲始，每日踅過王婆家來，和西門慶做一處，恩情似漆，心意如膠。自古道：好事不出門，惡事傳千里。不到半月之間，街坊隣舍都曉的了，只瞞着武大一箇不知。正是：

自知本分爲活計，那曉防奸革弊心。

話分兩頭。且說本縣有箇小的，年方十五六歲，本身姓喬，因爲做軍在鄆州生養的，取名叫做鄆哥。家中止有箇老爹，年紀高大。那小廝生得乖覺，自來只靠縣前這許多酒店裡賣些時新菓品，時常得西門慶賫發他些盤纏。其日正尋得一籃兒雪梨，提着遶街尋西門慶。又有一等多口人說：「鄆哥你要尋他，我教你一箇去處。」鄆哥道：「起動老叔，教我那去尋他的是？」那多口的道：「我說與你罷。西門慶刮剌上賣炊餅的武大老婆，每日只在紫石街王婆茶坊裡坐的。這咱晚多定只在那裡。你小孩子家，只故撞進去不妨。」那鄆哥得了這話，謝了那人，提了籃兒，一直往紫石街走來，逕奔入王婆茶坊裡去。却好正見王婆坐在小櫈兒上績線，鄆哥

物蠹則虫人之，室高則鬼瞰之。樂極悲生，鄆哥亦天之所使。

把籃兒放下，看着王婆道：「乾娘！聲喏。」那婆子問道：「鄆哥，你來這裡做甚麼？」鄆哥道：「要尋大官人，賺三五十錢養活老爹。」婆子道：「甚麼大官人？」鄆哥道：「情知是那箇，（小賊。）便只是他那箇。」婆子道：「便是大官人，也有箇姓名。」鄆哥道：「便是兩箇字的。」婆子道：「甚麼兩箇字的？」鄆哥道：「乾娘只是要作耍。我要和西門大官人説句話兒！」望裡便走。那婆子一把揪住道：「這小猴子那裡去？人家屋裡，各有内外。」鄆哥道：「我去房裡便尋出來。」王婆罵道：「含鳥小囚兒！我屋裡那討甚麼西門大官？」鄆哥道：「乾娘不要獨自吃，也把些汁水與我呷一呷。（賊。）我有甚麼不理會得！」婆子便罵：「你那小囚攮的，理會得甚麼？」鄆哥道：「你正是馬蹄刀木杓裡切菜——水泄不漏，直要我説出來，只怕賣炊餅的哥哥發作！」（惡，惡！）那婆子吃他這兩句道着他真病，心中大怒，喝道：「含鳥小猢猻，也來老娘屋裡放屁！」鄆哥道：「我是小猢猻，你是馬伯六，做牽頭的老狗肉！」那婆子揪住鄆哥鑿上兩箇栗暴。鄆哥叫道：「你做甚麼便打我？」婆子罵道：「賊合娘的小猢猻！你敢高做聲，大耳刮子打出你去。」鄆哥道：「賊老咬虫，沒事便打我！」這婆子一頭叉，一頭大栗暴，直打出街上去，把雪梨籃兒也丟出去。那籃雪梨四分五落滾了開去。這小猴子打那虔婆不過，一頭罵，一頭哭，一頭走，一頭街上拾梨兒，指着王婆茶坊裡罵道：「老咬虫，我交你不要慌！我不與他不做出來不信！定然遭塌了你這場門面，交你賺不成錢！」這小猴子提了籃兒，逕奔街上尋這箇人。却正是：

掀翻孤兔窩中草，驚起鴛鴦沙上眠。

罵得直恁痛快。

好看。

寫着。

校記

〔一〕「詩曰」，內閣本、首圖本無。

〔二〕「然着績」，崇禎諸本同。按張評本亦作「然着績」，詞話本作「續着鎖」，《水滸傳》天都外臣序刻本作「續着緒」。

〔三〕「强撮成配」，吳藏本作「强扯成配」。按張評本作「强扭成配」，詞話本作「强撮成配」。

〔四〕「王奶家」，吳藏本作「王奶奶家」。按張評本作「王奶奶家」，詞話本作「王奶家」。

〔五〕「這雙關」，崇禎諸本同。按張評本作「這瓢雙關」。

〔六〕「右調沉醉東風」，內閣本、首圖本在詞前，無「右調」二字。

〔七〕「輕俊子」，按詞話本作「清子弟」。

金瓶梅

第五回

捉奸情鄆哥設計

飲鴆藥武大遭殃

第五回　捉奸情鄆哥定計　飲酖藥武大遭殃

詩曰〔一〕：

參透風流二字禪，好姻緣是惡姻緣。
癡心做處人人愛，冷眼觀時箇箇嫌。
野草閑花休採折，真姿勁質自安然。
山妻稚子家常飯，不害相思不損錢。

善說不如善激。

話說當下鄆哥被王婆打了，心中正沒出氣處，提了雪梨籃兒，一逕奔來街上尋武大郎。轉了兩條街，只見武大挑着炊餅担兒，正從那條街過來。鄆哥見了，立住了脚，看着武大道：「這幾時不見你，吃得肥了！」武大歇下担兒道：「我只是這等模樣，有甚吃得肥處？」鄆哥道：「我前日要糴些麥稃，一地里沒糴處，人都道你屋裡有。」武大道：「我屋裡並不養鵝鴨，那裡有這麥稃。」鄆哥道：「你說沒稃麥，怎的賺得你恁肥腤腤的，便顛倒提你起來也不妨，煮你在鍋裡也沒氣。」武大道：「小囚兒，倒罵得我好。我的老婆又不偷漢子，未必。我如何是鴨？」鄆哥道：「你老婆不偷漢子，只偷子漢。」武大扯住鄆哥道：「還我主兒來！」鄆哥道：「我笑你只會扯我，却不道咬下他左邊的來。」武大道：「好兄弟，你對我說是誰，我把十箇炊餅送你。」鄆哥道：「炊餅不濟事。你只做箇東道，我吃三盃，便說與你。」武大道：「你會吃酒？跟我來。」

武大挑了担兒，引着鄆哥，到箇小酒店裡，歇下担兒，拿幾箇炊餅，買了些肉，討了一鏇酒，請鄆哥吃着。武大道：「好兄弟，你說與我則箇。」鄆哥道：「且不要慌，等我一發吃完了，却說與你。你却不要氣苦，我自幫你打捉。」武大看那猴子吃了酒肉：「你如今却說與我。」鄆哥道：「你要得知，把手來摸我頭上的肐膪。」武大道：「却怎地來有這肐膪？」鄆哥道：「我對你說，我今日將這籃雪梨去尋西門大官，一地里没尋處。街上有人道：『他在王婆茶坊裡來，和武大娘子抅搭上了，每日只在那裡行走。』我指望見了他，撰他三五十文錢使。叵耐王婆那老猪狗，不放我去房裡尋他，大栗暴打出我來。我特地來尋你。我方纔把兩句話來激你，我不激你時，你須不來問我。」武大道：「真箇有這等事？」鄆哥道：「又來了，我道你這般屁鳥人！那廝兩箇落得快活，只專等你出來，便在王婆房裡做一處。你問道真箇也是假，難道我哄你不成？」武大聽罷，道：「兄弟，我實不瞞你說，我這婆娘每日去王婆家裡做衣服，做鞋脚，歸來便臉紅。我先妻丢下箇女孩兒，朝打暮駡，不與飯吃，這兩日有些精神錯亂，見了我，不做歡喜。我自也有些疑忌在心裡，這話正是了。我如今寄了担兒，便去捉奸如何？」鄆哥道：「你老大一條漢，元來没些見識！那王婆老狗，什麽利害怕人的人！你如何出得他手？他二人也有箇暗號兒〔二〕，見你入來拿他，他把你老婆藏過了。那西門慶須了得！打你這般二十箇。若捉他不着，反吃他一頓好拳頭。他又有錢有勢，反告你一狀子，你須吃他一場官司，又没人做主，

此兒大有作用，然亦多事。

乾結果了你性命！」武大道：「兄弟，你都說得是。我却怎的出得這口氣？」鄆哥道：「我吃那王婆打了，也没出氣處。我教你一着：今日歸去，都不要發作，也不要說，只自做每日一般。明朝便少做些炊餅出來賣，我自在巷口等你。若是見西門慶入去時，我便來叫你。你便挑着担兒只在左近等我。我先去惹那老狗，他必然來打我。我先把籃兒丢出街心來，你却搶入。我便一頭頂住那婆子，你便奔入房裡去，叫起屈來。此計如何？」武大道：「既是如此，却是虧了兄弟。我有兩貫錢，我把你去，你到明日早早來紫石街巷口等我。」鄆哥得了錢并幾箇炊餅，自去了。武大還了酒錢，挑了担兒，自去賣了一遭歸去。

原來這婦人，往常時只是罵武大，百般的欺負他。近日來也自知無禮，只得窩盤他些箇。當晚武大挑了担兒歸來，也是和往日一般，並不題起別事。那婦人道：「大哥，買盞酒吃？」武大道：「却纔和一般經紀人買了三盞吃了。」那婦人便安排晚飯與他吃了。當晚無話。次日飯後，武大只做三兩扇炊餅，安在担兒上。這婦人一心只想着西門慶，那裡來理會武大的做多做少。當日武大挑了担兒，自出去做買賣。這婦人巴不的他出去了，便踅過王婆茶坊裡來等西門慶。

且說武大挑着担兒，出到紫石街巷口，迎見鄆哥提着籃兒在那裡張望。有心哉！武大道：「如何？」鄆哥道：「還早些箇。你自去賣一遭來，那厮七八也將來也。你只在左近處伺候，不可遠去了。」武大雲飛也似去賣了一遭兒回來。鄆哥道：「你只看我籃兒抛出來，你便飛奔入去。」

王婆老矣，戒之在得，且又全以血氣用事，宜乎其敗也。

變起倉卒。

語云：能搏猛虎，不能不變色于蜂蠆，理固然也。

武大把担兒寄下，不在話下。

却説鄆哥提着籃兒，走入茶坊裡來，向王婆罵道：「老猪狗！你昨日爲甚麽便打我？」那婆子舊性不改，便跳身起來喝道：「你這小猢猻！老娘與你無干，你如何又來罵我？」鄆哥道：「便罵你這馬伯六，做牽頭的老狗肉，直我䯽䯽！」那婆子大怒，揪住鄆哥便打。鄆哥叫一聲：「你打我！」把那籃兒丢出當街上來。那婆子却待揪他，被這小猴子叫一聲「你打」時，就打王婆腰裡帶箇住，看着婆子小肚上，只一頭撞將去，仔細着，撞了進去！險些兒不跌倒，却得壁子碍住不倒。那猴子死命頂在壁上。可觀。只見武大從外裸起衣裳，大踏步直搶入茶坊裡來〔三〕。那婆子見是武大，來得甚急，待要走去阻當，却被這小猴子死力頂住，那裡肯放！婆子只叫得「武大來也！」那婦人正和西門慶在房裡，做手脚不迭，先奔來頂住了門。這西門慶便鑽入床下躲了。武大搶到房門首，用手推那房門時，那裡推得開！口裡只叫「做得好事！」那婦人頂着門，可觀。慌做一團，口裡便説道：「你閑常時只好鳥嘴，賣弄殺好拳棒，臨時便没些用兒！見了紙虎兒也嚇一交！」那婦人這幾句話，分明叫西門慶來打武大，奪路走。西門慶在床底下聽了婦人這些話，提醒他這箇念頭，便鑽出來説道：「不是我没本事，一時間没這智量。」便來拔開門，叫聲「不要來！」武大却待揪他，被西門慶早飛起脚來。武大矮小，正踢中心窩，撲地望後便倒了。西門慶打鬧裡一直走了。鄆哥見勢頭不好，也撇了王婆，撒開跑了。街坊隣舍，都知道西門慶了得，誰敢來管事？王婆當時就地下扶起武大來，見他口裡吐血，面皮蠟渣也似黄了，便叫那婦人出來，舀碗水來救得甦醒。兩箇上下肩攙着，便從後門歸到家中樓上去，安排他床上睡了。當夜無話。次日，西門慶打聽得没事，依前自來王婆家，和這婦人頑耍，只指望武大自死。

武大一病五日不起，更兼要湯不見，要水不見，每日叫那婦人又不應。只見他濃粧艷抹了出去，歸來便臉紅。小女迎兒又吃婦人禁住，不得向前，嚇道：「小賤人，你不對我說，與了他水吃，都在你身上！」那迎兒見婦人這等說，怎敢與武大一點湯水吃！武大幾遍只是氣得發昏，又没人來采問。一日，武大叫老婆過來，分付他道：「你做的勾當，我親手捉着你姦，你倒挑撥姦夫踢了我心。至今求生不生，求死不死，你們却自去快活。我死自不妨，和你們爭執不得了。我兄弟武二，你須知他性格，倘或早晚歸來，他肯干休？你若肯可憐我，早早扶得我好了，他歸來時，我都不提起。你若不看顧我時，待他歸來，却和你們說話。」這婦人聽了，也不回言，却踅過王婆家來，一五一十都對王婆和西門慶說了。那西門慶聽了這話，似提在冷水盆內一般，說道：「苦也！我須知景陽崗上打死大虫的武都頭。我如今却和娘子眷戀日久，情孚意合，拆散不開。據此等說時，正是怎生得好？却是苦也！」王婆冷笑道：「我倒不曾見，你是箇把舵的，我是箇撑船的，我倒不慌，你倒慌了手脚！」西門慶道：「我枉自做箇男子漢，到這般去處，却擺布不開。你有甚麽主見，遮藏我們則箇。」王婆道：「既要我遮藏你們，我有一條計。你們却要長做夫妻，短做夫妻？」西門慶道：「乾娘，你且說如何是長做夫妻、短做夫

老奸可剮！

妻？」王婆道：「若是短做夫妻，你們就今日便分散。等武大將息好了起來，與他陪了話。武二歸來都沒言語，待他再差使出去，却又來相會。這是短做夫妻。你們若要長做夫妻，每日同在一處，不耽驚受怕，我却有這條妙計，只是難教你們！」西門慶道：「乾娘，周旋了我們則箇，只要長做夫妻。」王婆道：「這條計用着件東西，別人家裡都沒，天生天化，大官人家裡却有。」西門慶道：「便是要我的眼睛，也剜來與你。却是甚麽東西？」王婆道：「如今這搗子病得重，趁

可殺！

他狼狽，好下手。大官人家裡取些砒霜，却交大娘子自去贖一帖心疼的藥來，却把砒霜下在裡面，把這矮子結果了。一把火燒得乾乾淨淨，沒了蹤跡。便是武二回來，他待怎的？自古道：『幼嫁從親，再嫁繇身。』小叔如何管得暗地裡事！半年一載，等待夫孝滿日，大官人娶到家去。這不是長遠夫妻，諧老同歡！此計如何？」西門慶道：「乾娘此計甚妙。自古道：欲求生快活，須下死工夫。罷罷罷！一不做，二不休。」王婆道：「可知好哩！這是剪草除根，（可殺！）萌芽不發。大官人往家去快取此物來，我自教娘子下手。事了時，却要重重謝我。」西門慶道：「這箇自然，不消你說。」

雲情雨意兩綢繆，戀色迷花不肯休。
畢竟人生如泡影，何須死下殺人謀？

且說西門慶去不多時，包了一包砒霜，遞與王婆收了。這婆子看着那婦人道：「大娘子，

劊子手無

我教你下藥的法兒。如今武大不對你說教你救活他？你便乘此把些小意兒貼戀他。他若問

此毒腸。老奸百剹不足贖矣。

你討藥吃時，便把這砒霜調在心疼藥裡。待他一覺身動，你便把藥灌將下去。他若毒氣發時，必然腸胃迸斷，大叫一聲。你却把被一蓋，不要使人聽見，緊緊的按住被角。預先燒下一鍋湯，煮着一條抹布。他那藥發之時，必然七竅内流血，口唇上有牙齒咬的痕跡。他若放了命，你便揭起被來，却將煮的抹布只一揩，都揩没了血跡。便入在材裡，扛出去燒了，有甚麽不了事！」那婦人道：「好却是好，有何好處？可恨，可恨！只是奴家手軟，臨時安排不得屍首。」婆子道：「這箇易得。你那邊只敲壁子，我自過來幫扶你。」西門慶道：「你們用心整理。明日五更，我來討話。」說罷，自歸家去了。王婆把這砒霜用手捻爲細末，遞與婦人，將去藏了。

那婦人回到樓上，看着武大，一絲没了兩氣，看看待死。那婦人坐在床邊假哭。武大道：「你做甚麽來哭？」婦人拭着眼泪道：「我的一時間不是，吃那西門慶局騙了。誰想脚踢中了你心。我問得一處有好藥，我要去贖來醫你，又怕你疑忌，不敢去取。」武大道：「你救我活，無事了，一筆都勾。武二來家，亦不提起。你快去贖藥來救我則箇！」那婦人拿了銅錢，逕來王婆家裡坐地，却教王婆贖得藥來。把到樓上，交武大看了，說道：「這帖心疼藥，太醫交你半夜裡吃了，倒頭一睡，蓋一兩床被，發些汗，明日便起得來。」武大道：「却是好也。生受大嫂，可憐！今夜醒睡些，半夜調來我吃。」那婦人道：「你放心睡，我自扶持你。」看看天色黑了，婦人在房裡點上燈，下面燒了大鍋湯，拿了一方抹布煮在鍋裡。聽那更鼓時，却正好打三更。那婦人先把砒霜傾在盞内，却舀一碗白湯，把到樓上，叫聲：「大哥，藥在那裡？」武大道：「在我蓆

讀此而不髮指心裂者，非情也。

子底下枕頭邊，可憐。你快調來我吃！」那婦人揭起蓆子，將那藥抖在盞子裡，將白湯冲在盞內，把頭上銀簪兒只一攪，調得勻了。左手扶起武大，右手把藥便灌。武大呷了一口，說道：「大嫂，這藥好難吃！」那婦人道：「只要他醫得病好，當真好否？管甚麽難吃！」武大再呷第二口時，被這婆娘就勢只一灌，一盞藥都灌下喉嚨去了。那婦人便放倒武大，慌忙跳下床來。武大哎了一聲，說道：「大嫂，吃下這藥去，肚裏倒疼起來。苦呀，苦呀！倒當不得了。」這婦人便去脚後扯過兩床被來，没頭没臉只顧蓋。武大叫道：「我也氣悶！」那婦人道：「太醫分付，教我與你發些汗，便好的快。」武大再要說時，這婦人怕他掙扎，便跳上床來，騎在武大身上，把手緊緊的按住被角，那裡肯放些鬆寬！正是：

油煎肺腑，火燎肝腸。心窩裡如霜刀相侵，滿腹中似鋼刀亂攪。渾身冰冷，七竅血流。牙關緊咬，三魂赴枉死城中；喉管枯乾，七魄投望鄉臺上。地獄新添食毒鬼，陽間没了捉姦人。

那武大當時哎了兩聲，喘息了一回，腸胃迸斷，嗚呼哀哉，身體動不得了。那婦人揭起被來，見了武大咬牙切齒，七竅流血，怕將起來，只得跳下床來，敲那壁子。王婆聽得，走過後門頭咳嗽。那婦人便下樓來，開了後門。王婆問道：「了也未？」那婦人道：「了便了了，只是我手脚軟了，安排不得。」王婆道：「有甚麽難處，我幫你便了。」那婆子便把衣袖捲起，舀了一桶湯，把抹布撇在裡面，掇上樓來。捲過了被，先把武大口邊唇上都抹了，却把七竅淤血痕跡拭淨，便把衣裳蓋在身上。兩箇從樓上一步一掇扛將下來，就樓下將扇舊門停了。與他梳了頭，戴上巾幘，穿了衣裳，取雙鞋襪與他穿了，將片白絹蓋了臉，揀床乾淨被蓋在死屍身上。却上樓來，收拾得乾淨了，王婆自轉將歸去了。那婆娘却號號地假哭起「養家人」來。看官聽說：原來但凡世上婦人哭有三樣：有淚有聲謂之哭，有淚無聲謂之泣，無淚有聲謂之號。當下那婦人乾號了半夜。

次早五更，天色未曉，西門慶奔來討信。王婆説了備細。西門慶取銀子把與王婆，教買棺材發送，就叫那婦人商議。這婆娘過來和西門慶説道：「我的武大今日已死，我只靠着你做主！不到後來網巾圈兒打靠後。」西門慶道：「這箇何須你費心！」婦人道：「你若負了心，怎的説？」西門慶道：「我若負了心，就是武大一般！」王婆道：「大官人，如今只有一件事要緊：天明就要入殮，只怕被仵作看出破綻來怎了？團頭何九，他也是箇精細的人，只怕他不肯殮。」西門慶笑道：「這箇不妨事。何九我自分付他，他不敢違我的言語。」王婆道：「大官人快去分付他，不可遲了。」西門慶自去對何九説去了。正是：

此誓非虛，要曉得金蓮手段原硬。

三光有影誰能待，萬事無根只自生。
雪隱鷺鷥飛始見，柳藏鸚鵡語方聞〔四〕。

校記

〔一〕「詩曰」，內閣本、首圖本無。

〔二〕「二人」，崇禎諸本同。按張評本同，詞話本作「三人」。
〔三〕「大踏步」，吳藏本作「大蹅步」。
〔四〕「方聞」，吳藏本作「方言」。按詞話本作「方知」。

金瓶梅

第六回

何九受賄瞞天

王婆幫閒遇雨

新刻繡像批評金瓶梅卷之二

第六回　何九受賄瞞天　王婆幇閒遇雨

詞曰[一]：

別後誰知珠分玉剖。忘海誓山盟天共久，偶戀着山雞，輒棄鸞儔。從此簫郎淚暗流，過秦樓幾空回首。縱新人勝舊，也應須一別，洒淚登舟。

——右調《懶畫眉》[二]

却說西門慶去了。到天大明，王婆拿銀子買了棺材冥器，又買些香燭紙錢之類，歸來就于武大靈前點起一盞隨身燈。鄰舍街坊都來看望，那婦人虛掩着粉臉假哭。衆街坊問道：「大郎得何病患便死了？」那婆娘答道：「因害心疼，不想一日日越重了，看看不能勾好。不幸昨夜三更鼓死了，好是苦也！」又哽哽咽咽假哭起來。衆鄰舍明知道此人死的不明，不好只顧問他。衆人盡勸道：「死是死了，活的自要安穩過。娘子省煩惱，天氣暄熱。」那婦人只得假意兒謝了，衆人各自散去。王婆擡了棺材來，去請仵作團頭何九。但是入殮用的都買了，并家裡一應物件也都買了。就于報恩寺叫了兩箇禪和子，晚夕伴靈拜懺。不多時，何九先撥了幾箇火家整頓。

且說何九到巳牌時分，慢慢的走來，到紫石街巷口，迎見西門慶。叫道：「老九何往？」何九答道：「小人只去前面殮這賣炊餅的武大郎屍首。」西門慶道：「且停一步說話。」何九跟着西門慶，來到轉角頭一箇小酒店裡，坐下在閣兒內。西門慶道：「老九請上坐。」何九道：「小人是何等人，敢對大官人一處坐的！」西門慶道：「老九何故見外？且請坐！」二人讓了一回，坐下。西門慶分付酒保：「取瓶好酒來。」酒保一面鋪下菜蔬菓品案酒之類，一面盪上酒來。何九心中疑忌，想道：「西門慶自來不曾和我吃酒，今日這盃酒必有蹊蹺。」兩箇飲勾多時，只見西門慶向袖子裡摸出一錠雪花銀子，放在面前說道：「老九休嫌輕微，明日另有酬謝。」何九叉手道：「小人無半點效力之處，如何敢受大官人見賜銀兩！若是大官有使令，小人也不敢辭。」西門慶道：「老九休要見外，請收過了。」何九道：「大官人便說不妨。」西門慶道：「別無甚事。少刻他家自有些辛苦錢。只是如今殮武大的屍首，凡百事周旋，一床錦被遮蓋則箇。」何九道：「我道何事！這些小事，有甚打緊，如何敢受大官人銀兩？」西門慶道：「你若不受時，便是推却。」何九自來懼西門慶是箇把持官府的人，只得收了銀子。又吃了幾盃酒，西門慶呼酒保來：「記了帳目，明日來我鋪子內支錢。」兩箇下樓，一面出了店門。臨行，西門慶道：「老九是必記心，不可泄漏。改日另有補報。」伏後張本。分付罷，一直去了。

何九接了銀子，自忖道：「其中緣故那却是不須提起的了。只是這銀子，恐怕武二來家有說話，留着倒是箇見証。」一面又忖道：「這兩日倒要些銀子攪纏，且落得用了，到其間再做理會便了。」于是一直到武大門首。只見那幾箇火家正在門首伺候。王婆也等的心裡火發。何九一到，便問火家：「這武大是甚病死了？」火家道：「他家說害心疼病死了。」何九入門，揭起簾子進來。王婆接着道：「久等多時了，陰陽也來了半日，老九如何這咱纔來？」何九道：「便是有些小事絆住了脚，來遲了一步。」只見那婦人穿着一件素淡衣裳，白布鬏髻，從裏面假哭出來。何九道：「娘子省煩惱，大郎已是歸天去了。」那婦人虛掩着淚眼道：「說不得的苦！我夫心疼病症，幾箇日子便把命丟了。撇得奴好苦！」這何九一面上上下下看了婆娘的模樣，心裡暗道：「我從來只聽得人說武大娘子，不曾認得他。原來武大郎討得這箇老婆在屋裡。西門慶這十兩銀子使着了！」一面走向靈前，看武大屍首。陰陽宣念經畢，揭起千秋旛，扯開白絹，定睛看時，見武大指甲青，唇口紫，面皮黄，眼皆突出，就知是中惡。傍邊那兩箇火家說道：「怎的臉也紫了，口唇上有牙痕，口中出血？」何九道：「休得胡說！兩日天氣十分炎熱，如何不走動些！」一面七手八脚葫蘆提殮了，裝入棺材內，兩下用長命釘釘了。王婆一力攛掇，拏出一弔錢來與何九，打發衆火家去，就問：「幾時出去？」王婆道：「大娘子說只三日便出殯，城外燒化。」何九也便起身。那婦人當夜擺着酒請人，第二日請四箇僧念經。第三日早五更，衆火家都來扛擡棺材，也有幾箇隣舍街坊，弔孝相送。那婦人帶上孝，坐了一乘轎子，一路上口內假哭「養家人」。來到城外化人場上，便教舉火燒化棺材。不一時燒得乾乾淨淨，把骨殖撒在池子裡。原來齋堂管待，一應都是西門慶出錢整頓。

那婦人歸到家中，樓上設箇靈牌，上寫「亡夫武大郎之靈」。靈床子前點一盞琉璃燈，裡面貼些金旛錢紙、金銀錠之類。那日却和西門慶做一處，打發王婆家去，二人在樓上任意縱橫取樂，不比先前在王婆茶房裡，只是偷雞盜狗之歡。如今武大已死，家中無人，兩箇肆意停眠整宿。初時西門慶恐鄰舍瞧破，先到王婆那邊坐一回，落後帶着小厮竟從婦人家後門而入。自此和婦人情沾意密，常時三五夜不歸去，把家中大小丟得七顛八倒，都不歡喜。正是：

如此都可不必。

色膽如天不自由，情深意密兩綢繆。
貪歡不管生和死，溺愛誰將身體脩。
只爲恩深情鬱鬱，多因愛闊恨悠悠。
要將吳越寃讐解，地老天荒難歇休。

光陰迅速，日月如梭，西門慶刮刺那婦人將兩月有餘。一日，將近端陽佳節，但見：

綠楊裊裊垂絲碧，海榴點點胭脂赤。微微風動幔，颯颯涼侵扇。處處過端陽，家家共舉觴。

却說西門慶自岳廟上回來，到王婆茶坊裡坐下。那婆子連忙點一盞茶來，便問：「大官人往那裡去來？怎的不過去看看大娘子？」西門慶道：「今日往廟上走走。大節間記掛着，來看

王婆妙舌，應是曼倩一流人。

帶孝不出真心，虛文原是可省。

看六姐。」婆子道：「今日他娘潘媽媽在這裡，怕還未去哩。等我過去看看，回大官人。」這婆子走過婦人後門看時，婦人正陪潘媽媽在房裡吃酒，見婆子來，連忙讓坐。婦人笑道：「乾娘來得正好，請陪俺娘且吃箇進門盞兒，到明日養箇好娃娃！」婆子笑道：「老身又没有老伴兒，那裡得養出來？你年小少壯，正好養哩！」婦人道：「常言小花不結老花兒結。」婆子便看着潘媽媽嘈道：「你看你女兒，這等傷我，說我是老花子。到明日還用着我老花子哩！」說罷，潘媽媽道：「他從小兒是這等快嘴，乾娘休要和他一般見識。」王婆道：「你家這姐姐，端的百伶百俐，不枉了好箇婦女。到明日，不知什麼有福的人受的他起。」潘媽媽道：「乾娘既是撮合山，全靠乾娘作成則箇！」一面安下鍾筯，婦人斟酒在他面前。婆子一連陪了幾盃酒，吃得臉紅紅的，又怕西門慶在那邊等候，連忙丟了箇眼色與婦人，告辭歸家。婦人知西門慶來了，因一力攛掇他娘起身去了。將房中收拾乾淨，燒些異香，從新把娘吃的殘饌撇去，另安排一席齊整酒肴預備。

西門慶從後門過來，婦人接着到房中，道箇萬福坐下。原來婦人自從武大死後，怎肯帶孝！把武大靈牌丟在一邊，用一張白紙蒙着，羹飯也不揪採。每日只是濃粧艷抹，穿顏色衣服，打扮嬌樣。因見西門慶兩日不來，就罵：「負心的賊，如何撇閃了奴，又往那家另續上心甜的了？把奴冷丟，不來揪採！」西門慶道：「這兩日有些事，今日往廟上去，替你置了些首飾珠翠衣服之類。」那婦人滿心歡喜。西門慶一面喚過小廝玳安來，氈包內取出，一件件把與婦人。婦人方纔拜謝收了。小女迎兒，尋常被婦人打怕的，以此不瞞他，令他拏茶與西門慶吃。一面婦人安放卓兒，陪西門慶吃茶。西門慶道：「你不消費心，我已與了乾娘銀子買東西去了。大節間，正要和你坐一坐。」婦人道：「此是待俺娘的，奴存下這卓整菜兒。等到乾娘買來，且有一回耽閣，咱且吃着。」婦人陪西門臉兒相貼〔三〕，腿兒相壓，並肩一處飲酒。

且說婆子提着箇籃兒，走到街上打酒買肉。那時正值五月初旬天氣，大雨時行。只見紅日當天，忽被黑雲遮掩，俄而大雨傾盆。但見：

烏雲生四野，黑霧鎖長空。刷刺刺漫空障日飛來，一點點擊得芭蕉聲碎。狂風相助，侵天老檜掀翻；霹靂交加，泰華嵩喬震動。洗炎驅暑，潤澤田苗，正是：江淮河濟添新水，翠竹紅榴洗濯清。

那婆子正打了一瓶酒，買了一籃菜蔬菓品之類，在街上遇見這大雨，慌忙躲在人家房簷下，用手帕裹着頭，把衣服都淋濕了。等了一歇，那雨脚慢了些，大步雲飛來家。進入門來，把酒肉放在厨房下，走進房來，看見婦人和西門慶飲酒，笑嘻嘻道：「大官人和大娘子好飲酒！你看把婆子身上衣服都淋濕了，到明日就教大官人賠我！」西門慶道：「你看老婆子，就是箇賴精。」那婆子道：「也不是賴精，大官人少不得賠我一疋大海青。」婦人道：「乾娘，你且飲盞熱酒兒。」那婆子陪着飲了三盃，說道：「老身往厨下烘衣裳去也。」一面走到厨下，把衣服烘乾，那鷄鵝嗄飯切割安排停當，用盤碟盛了菓品之類，都擺在房中，盪上酒來。西門慶與婦人重斟美酒，交盃疊股而飲。西門慶飲酒中間，看見婦人壁上掛着一面琵琶，便道：「久聞你善彈，今日好歹彈箇曲兒我下酒。」婦人笑道：「奴自幼粗學一兩句，不十分好，你却休要笑恥。」西門慶一面取下琵琶來，摟婦人在懷，看他放在膝兒上，輕舒玉笋，款弄冰弦，慢慢彈着，低聲唱道：

冠兒不帶懶梳粧，髻挽青絲雲鬢光，金釵斜插在烏雲上。喚梅香，開籠箱，穿一套素縞衣裳，打扮的是西施模樣。出綉房，梅香，你與我捲起簾兒，燒一炷兒夜香。

只一詞，便見金蓮自寓。百種嫵媚。

西門慶聽了，歡喜的没入脚處，一手摟過婦人粉頸來，就親了箇嘴，稱誇道：「誰知姐姐有這段兒聰明！就是小人在构欄三街兩巷相交唱的，也没你這手好彈唱！」婦人笑道：「蒙官人擡舉，奴今日與你百依百隨，是必過後休忘了奴家。」西門慶一面捧着他香腮，説道：「我怎肯忘了姐姐！」兩箇殢雨尤雲，調笑頑耍。少頃，西門慶又脱下他一隻綉花鞋兒，擎在手內，放一小盃酒在內，吃鞋盃耍子。婦人道：「奴家好小脚兒，你休笑話。」不一時，二人吃得酒濃，掩閉了房門，解衣上床頑耍。王婆把大門頂着，和迎兒在厨房中坐地。二人在房內顛鸞倒鳳，似水如魚。那婦人枕邊風月，比娼妓尤甚，百般奉承。西門慶亦施逞鎗法打動。兩箇女貌郎才，俱在妙齡之際。

何福能消？

寂静蘭房簟枕涼，佳人才子意何長。
方纔枕上澆紅燭，忽又偷來火隔墻。
粉蝶探香花萼顫，蜻蜓戲水往來狂。

情濃樂極猶餘興，珍重檀郎莫背忘。

當日西門慶在婦人家盤桓至晚，欲回家，留了幾兩散碎銀子與婦人做盤纏。婦人再三挽留不住。西門慶帶上眼罩，出門去了。婦人下了簾子，關上大門，又和王婆吃了一回酒，纔散。正是：

倚門相送劉郎去，烟水桃花去路迷。

校記

〔一〕「詞曰」，內閣本、首圖本題作「懶畫眉」。

〔二〕「右調懶畫眉」，內閣本、首圖本無。

〔三〕「陪西門臉兒相貼」，吳藏本作「陪西門慶臉兒相貼」。

第七回

薛媒婆說娶孟三兒

楊姑娘氣罵張四舅

第七回　薛媒婆説娶孟三兒　楊姑娘氣罵張四舅

詩曰〔一〕：

我做媒人實自能，全憑兩腿走慇懃。
唇鎗慣把鰥男配，舌劍能調烈女心。
利市花常頭上帶，喜筵餅錠袖中撐。
只有一件不堪處，半是成人半敗人。

話説西門慶家中一箇賣翠花的薛嫂兒，提着花廂兒，一地哩尋西門慶不着。因見西門慶貼身使的小廝玳安兒，便問道：「大官人在那裡？」玳安道：「俺爹在舖子裡和傅二叔筭帳。」原來西門慶家開生藥舖，主管姓傅名銘，字自新，排行第二，因此呼他做傅二叔。這薛嫂聽了，一直走到舖子門首，掀開簾子，見西門慶正與主管筭帳，便點點頭兒，喚他出來。西門慶見是薛嫂兒，連忙撇了主管出來，兩人走在僻靜處説話。西門慶問道：「有甚説話？」薛嫂道：「我有一件親事，來對大官人説，管情中你老人家意，就頂死了的三娘窩兒，入情。何如？」西門慶道：「你且説這件親事是那家的？」薛嫂道：「這位娘子，説起來你老人家也知道，就是南門外販布楊家的正頭娘子。手裡有一分好錢。南京拔步床也有兩張。四季衣服，插不下手去，也有四

小小一地名，亦下得恰好。

引入彀，却才勒住細細商量，松緊合宜。

孫歪頭三字寫得活現，恰像真有其人。

段子曰囂，禮物曰買上一担，銀子曰許他幾兩，只數虛字，說得毫不費事，想見

五隻廂子。金鐲銀釧不消說，手裡現銀子也有上千兩。好三梭布也有三二百筩。不料他男子漢去販布，死在外邊。他守寡了一年多，身邊又沒子女，止有一個小叔兒，纔十歲。青春年少，守他甚麽！有他家一個嫡親姑娘，要主張着他嫁人。這娘子今年不上二十五六歲，瞞四五歲，妙。生的長挑身材，一表人物，打扮起來就是個燈人兒。風流俊俏，百伶百俐，當家立紀、針指女工、雙陸棋子不消說。不瞞大官人說，好頓錯。他娘家姓孟，排行三姐，就住在臭水巷。又會彈一手好月琴，大官人若見了，管情一箭就上垛〔二〕。」西門慶聽見婦人會彈月琴，便可在他心上，就問薛嫂兒：「既是這等，幾時相會看去？」薛嫂道：「相看到不打緊。我且和你老人家計議〔三〕：如今他家一家子，只是姑娘大。雖是他娘舅張四，山核桃——差着一槅兒哩。這婆子原嫁與北邊半邊街徐公公房子裡住的孫歪頭。歪頭死了，這婆子守寡了三四十年，男花女花都無，只靠姪男姪女養活。大官人只倒在他身上求他。這婆子愛的是錢財，明知侄兒媳婦有東西，隨問什麽人家他也不管，只指望要幾兩銀子。大官人家裡有的是那囂段子，拏一段，買上一担禮物，明日親去見他，再許他幾兩銀子，一拳打倒他。隨問傍邊有人說話，這婆子一力張主，誰敢怎的！」這薛嫂兒一席話，說的西門慶歡從額角眉尖出，喜向腮邊笑臉生。正是：

媒妁慇懃說始終，孟姬愛嫁富家翁。
有緣千里能相會，無緣對面不相逢。

西門慶當日與薛嫂相約下，明日是好日期，就買禮往他姑娘家去。薛嫂說畢話，提着花廂兒

立言之妙。

去了。西門慶進來和傅夥計算帳。一宿晚景不題。

到次日，西門慶早起，打選衣帽齊整，拿了一段尺頭，買了四盤羹菓，裝做一盒担，叫人擡了。薛嫂領着，西門慶騎着頭口，小厮跟隨，逕來楊姑娘家門首。薛嫂先入去通報姑娘，說道：「近邊一個財主，（先入。）要和大娘子說親。我說一家只姑奶奶是大，先來覿面，親見過你老人家，講了話，（遞局。）然後纔敢去門外相看。今日小媳婦領來，見在門首伺候。」婆子聽見，便道：「阿訝，保山，（傳神。）你如何不先來說聲！」一面分付丫鬟頓下好茶，一面道：「有請。」這薛嫂一力攛掇，先把盒担擡進去擺下，打發空盒担出去，就請西門慶進來相見。這西門慶頭戴纏綜大帽，一撒鈎縧，粉底皂靴，進門見婆子拜四拜。婆子拄着拐，慌忙還下禮去〔四〕。西門慶那裡肯，一口一聲只叫：「姑娘請受禮。」讓了半日，婆子受了半禮。分賓主坐下，薛嫂在旁打橫。婆子便道：「大官人貴姓？」薛嫂道：「便是咱清河縣數一數二的財主，西門大官人。在縣前開箇大生藥舖，家中錢過北斗，米爛陳倉，沒箇當家立紀的娘子。聞得咱家門外大娘子要嫁，特來見姑奶奶講說親事。」婆子道：「官人儻然要說俺侄兒媳婦，自恁來閑講罷了，何必費煩又買禮來，使老身卻之不恭，受之有愧。」西門慶道：「姑娘在上，沒的禮物，惶恐。」那婆子一面拜了兩拜謝了，收過禮物去，拏茶上來。吃畢，婆子開口說道：「老身當言不言謂之懦。（開口訣。）我姪兒在時，挣了一分錢財，不幸死了，如今都落在他手裡，說少也有上千兩銀子東西。官人做小做大我不管你，只要與我姪兒念上箇好經。老身便是他親姑娘，又不隔從，就與上我一箇棺材本，

先入念經

做正題目，然後説到自己。到自己，説自己，却提出張四，一段説得有條有理，有斤兩、有拿手。

也不曾要了你家的。我破着老臉，和張四那老狗做臭毛鼠，替你兩箇硬張主。娶過門時，遇生辰時節，官人放他來走走，就認俺這門窮親戚，也不過上你窮。」西門慶笑道：「你老人家放心，所説的話，我小人都知道了。只要你老人家主張得定，休説一箇棺材本，就是十箇，小人也來得起。」説着，便叫小厮拿過拜匣來，取出六錠三十兩雪花官銀，放在面前，説道：「這箇不當甚麽，先與你老人家買盞茶吃，到明日娶過門時，還你七十兩銀子、兩疋段子，與你老人家爲送終之資。其四時八節，只管上門行走。」這老虔婆黑眼睛珠見了二三十兩白晃晃的官銀，滿面堆下笑來，説道：「官人在上，不是老身意小，自古先斷後不亂。」薛嫂在旁插口説：「你老人家忒多心，那裡這等計較！我這大官人不是這等人，只恁還要掇着盒兒認親。你老人家不知，如今知府知縣相公也都來往，好不四海。你老人家能吃他多少？」一席話説的婆子屁滾尿流。吃了兩道茶，西門慶便要起身，婆子挽留不住。薛嫂道：「今日既見了姑奶奶，明日便好往門外相看。」婆子道：「我家姪兒媳婦不用大官人相，保山，你就説我説，不嫁這樣人家，再嫁甚樣人家！」西門慶作辭起身。婆子道：「老身不知官人下降，匆忙不曾預備，空了官人，休怪。」拄拐送出。送了兩步，西門慶讓回去了。薛嫂打發西門慶上馬，因説道：「我主張的有理麽？你老人家先回去罷，我還在這裡和他説句話。明日須早些往門外去。」西門慶便拏出一兩銀子來，與薛嫂做驢子錢。薛嫂接了，西門慶便上馬來家。他還在楊姑娘家説話飲酒，到日暮纔歸家去。

又帶巧話，不板。

話休饒舌。到次日，西門慶打選衣帽齊整，袖着插戴，騎着疋白馬，玳安、平安兩個小廝跟隨，薛嫂兒騎着驢子，出的南門外來。不多時，到了楊家門首。却是坐南朝北一間門樓，粉青照壁。薛嫂請西門慶下了馬，同進去。裡面儀門照墻，竹搶籬影壁，院內擺設榴樹盆景，臺基上靛缸一溜，（好映帶。）打布櫈兩條。薛嫂推開朱紅槅扇，三間倒坐客位，上下椅桌光鮮，簾櫳瀟洒。薛嫂請西門慶坐了，一面走入裡邊。片晌出來，向西門慶耳邊說：「大娘子梳粧未了，你老人家請坐一坐。」只見一個小廝兒拿出一盞福仁泡茶來，西門慶吃了。這薛嫂一面指手畫脚與西門慶說：「這家中除了那頭姑娘，只這位娘子是大。雖有他小叔，還小哩，不曉得什麽。當初有過世的官人在舖子裡，一日不筭銀子，銅錢也賣兩大笸羅〔五〕。毛青鞋面布，（異想。）俺每問他買，定要三分一尺。一日常有二三十染的吃飯，都是這位娘子主張整理。手下使着兩箇丫頭，一個小廝。大丫頭十五歲，吊起頭去了，名喚蘭香。小丫頭名喚小鸞，纔十二歲。到明日過門時，都跟他來。我替你老人家說成這親事，指望典兩間房兒住哩。」西門慶道：「這不打緊。」薛嫂道：「你老人家去年買春梅，許我幾疋大布，還沒與我。到明日不管一總謝罷了。」

（偏在没要緊處寫照。）

（無意中點出春梅，冷甚、妙甚。）

正說着，只見使了個丫頭來叫薛嫂。不多時，只聞環珮叮咚，蘭麝馥郁，薛嫂忙掀開簾子，婦人出來。西門慶掙眼觀那婦人，但見：

月畫烟描，粉粧玉琢。俊龐兒不肥不瘦，俏身材難減難增。素額逗幾點微麻，天然美麗；緗裙露一雙小脚，周正堪憐。行過處花香細生，坐下時淹然百媚。

雖套語，用在此處恰好。

賣弄脚好處，妙在都不開口，只悄悄畫出。

滿肚皮要嫁，只三

西門慶一見滿心歡喜。婦人走到堂下，望上不端不正道了箇萬福，就在對面椅上坐下。西門慶眼不轉睛看了一回，婦人把頭低了。西門慶開言說：「小人妻亡已久，欲娶娘子管理家事，未知尊意如何？」那婦人偷眼看西門慶，見他人物風流，心下已十分中意，遂轉過臉來，問薛婆道：「官人貴庚？沒了娘子多少時了？」西門慶道：「小人虛度二十八歲，不幸先妻沒了一年有餘。不敢請問，娘子青春多少？」婦人道：「奴家是三十歲。」西門慶道：「原來長我二歲。」薛嫂在傍插口道：「妻大兩，黃金日日長。妻大三，黃金積如山。」說着，只見小丫鬟拏出三盞蜜餞金橙子泡茶來。婦人起身，先取頭一盞，用纖手抹去盞邊水漬，舉止俏甚。遞與西門慶，道箇萬福。薛嫂見婦人立起身，就趁空兒輕輕用手掀起婦人裙子來，有竅。正露出一對剛三寸、恰半扠、尖尖趫趫金蓮脚來，穿着雙大紅遍地金雲頭白綾高底鞋兒。動人。西門慶看了，滿心歡喜。婦人取第二盞茶遞與薛嫂。他自取一盞陪坐。吃了茶，西門慶便叫玳安用方盒呈上錦帕二方、寶釵一對、金戒指六個，放在托盤內送過去。薛嫂一面教婦人拜謝了。因問官人行禮日期：「奴這裡好做預備。」西門慶道：「既蒙娘子見允，今月二十四日，有些微禮過門來。六月初二日准娶。」婦人道：「既然如此，奴明日就使人對姑娘說去。」薛嫂道：「大官人昨日已到姑奶奶府上講過話了。」婦人道：「姑娘說甚來？」薛嫂道：「姑奶奶聽見大官人說此椿事，好不歡喜！說道，不嫁這等人家，再嫁那樣人家！我就做硬主媒，保這門親事。」婦人道：「既是姑娘恁般說，又好了。」薛嫂道：「好大娘子，莫不俺做媒敢這等搗謊。」說畢，西門慶作辭起身。

字畫出。

寫出中意。

説得活活落落，絶有意味，却又妙在斬釘截鐵，模寫處真匪夷所思。

口角宛然。

句句良

薛嫂送出巷口，向西門慶説道：「看了這娘子，你老人家心下如何？」西門慶道：「薛嫂，其實累了你。」薛嫂道：「你老人家請先行一步，我和大娘子説句話就來。」西門慶騎馬進城去了。薛嫂轉來向婦人説道：「娘子，你嫁得這位官人也罷了。」婦人道：「但不知房裡有人没有人？有含蓄。見作何生理？」薛嫂道：「好奶奶，就有房裡人，那箇是成頭腦的？我説是謊，你過去就看出來。他老人家名目，誰不知道，清河縣數一數二的財主，有名賣生藥放官吏債西門大官人。知縣知府都和他往來。近日又與東京楊提督結親，都是四門親家，誰人敢惹他！」婦人安排酒飯，與薛嫂兒正吃着，只見他姑娘家使箇小厮安童，盒子裡盛着四塊黄米麵棗兒糕、兩塊糖、幾十箇艾窩窩，就來問：「曾受了那人家插定不曾？奶奶説來：這人家不嫁，待嫁甚人家。」婦人道：「多謝你奶奶掛心。今已留下插定了。」薛嫂道：「天麽，天麽！早是俺媒人不説謊，姑奶奶早説將來了。」婦人收了糕，出了盒子，裝了滿滿一盒子點心臘肉，又與了安童五六十文錢，説：「到家多拜上奶奶。那家日子定在二十四日行禮，出月初二日准娶。」小厮去了。薛嫂道：「姑奶奶家送來什麽？與我些，包了家去與孩子吃。」婦人與了他一塊糖、十箇艾窩窩，方纔出門，不在話下。

且説他母舅張四，倚着他小外甥楊宗保，要圖留婦人東西，一心舉保與大街坊尚推官兒子尚舉人爲繼室。若小可人家，還有話説，不想聞得是西門慶定了，知他是把持官府的人，遂動不得了。尋思千方百計，不如破爲上計。卽走來對婦人説：「娘子不該接西門慶插定，還依

言，可惜爲破親而發。

先被婦人看破，後便語言無味。

破語雖毒，却嫌太直。

此一破尤不動人。

護局中夾出喜愛真情，妙甚。

一「清」字

我嫁尚舉人的是。他是詩禮人家，又有庄田地土，頗過得日子，強如嫁西門慶。那廝積年把持官府，刁徒潑皮。他家見有正頭娘子，乃是吳千户家女兒，你過去做大是，做小是？況他房裡又有三四箇老婆，除没上頭的丫頭不筭。你到他家，人多口多，還有的惹氣哩！」婦人聽見話頭，明知張四是破親之意，便佯説道：「自古船多不碍路。若他家有大娘子，我情愿讓他做姐姐。雖然房裡人多，只要丈夫作主，若是丈夫歡喜，多亦何妨。丈夫若不歡喜，便只奴一箇也難過日子。況且富貴人家，那家没有四五箇？你老人家不消多慮，奴過去自有道理，料不妨事。」張四道：「不獨這一件。他最慣打婦熬妻，又管挑販人口，稍不中意，就令媒婆賣了。你受得他這氣麽？」婦人道：「四舅，你老人家差矣。男子漢雖利害，不打那勤謹省事之妻。我到他家，把得家定，裡言不出，外言不入，他敢怎的奴？」張四道：「不是我打聽的，他家還有一個十四歲未出嫁的閨女，誠恐去到他家，三窩兩塊惹氣怎了？」婦人道：「四舅説那裡話，奴到他家，大是大，小是小，待得孩兒們好，不怕男子漢不懽喜，不怕女兒們不孝順。休説一個，便是十個也不妨事。」張四道：「還有一件最要緊的事，此人行止欠端，專一在外眠花卧柳。又裡虚外實，少人家債負。只怕坑陷了你。」婦人道：「四舅，你老人家又差矣。他少年人，就外邊做些風流勾當，也是常事。奴婦人家，那裡管得許多？若説虚實，常言道：世上錢財儻來物，那是長貧久富家？況姻緣事皆前生分定，你老人家到不消這樣費心。」張四見説不動婦人，到吃他搶白了幾句，好無顏色，吃了兩盞清茶，起身去了。有詩爲証：

張四無端散楚言，姻緣誰想是前緣。
佳人心愛西門慶，說破咽喉總是閑。

張四羞慚歸家，與婆子商議，單等婦人起身，（伏後罵句，細甚。）指着外甥楊宗保，要攔奪婦人箱籠。話休饒舌。到二十四日，西門慶行了禮。到二十六日，請十二位素僧念經燒靈，都是他姑娘一力張主。張四到婦人將起身頭一日，請了幾位街坊衆隣，來和婦人說話。此時薛嫂正引着西門慶家小厮伴當，并守備府裡討的一二十名軍牢，正進來搬擡婦人床帳、嫁粧箱籠。被張四攔住說道：「保山且休擡！有話講。」一面同了街坊隣舍進來見婦人。坐下，張四先開言說：「列位高隣聽着：大娘子在這裡，不該我張龍說，（酷肖。）你家男子漢楊宗錫與你這小叔楊宗保，都是我外甥。今日不幸大外甥死了，空挣一場錢。有人主張着你，（暗指姑娘。）這也罷了。爭奈第二箇外甥楊宗保年幼，一個業障都在我身上。他是你男子漢一母同胞所生，莫不家當没他的分兒？今日對着列位高隣在這裡，只把你箱籠打開，眼同衆人看一看，有東西没東西，大家見箇明白。」婦人聽言，一面哭起來，說道：「衆位聽着，你老人家差矣！奴不是歹意謀死了男子漢，今日添羞臉又嫁人。他手裡有錢没錢，人所共知，就是積儹了幾兩銀子，都使在這房子上。（好出脫。）房子我没帶去，都留與小叔。家活等件，分毫不動。就是外邊有三四百兩銀子欠帳，文書合同已都交與你老人家，陸續討來家中盤纏。再有甚麼銀兩來？」張四道：「你没銀兩也罷。如今只對着衆位打開箱籠看一看。就有，你還拏了去，我又不要你的。」婦人道：「莫不奴

傳冷落之神，令人絶倒。

先讓張四與婦人閙一陣，然後姑娘慢慢走出來，絶有情景。

此處無銀。

駡得妙，才像孫歪頭的婆子。

的鞋脚也要瞧不成？」正亂着，只見姑娘拄拐自後而出。衆人便道：「姑娘出來。」都齊聲唱喏。姑娘還了萬福，陪衆人坐下。姑娘開口道：「列位高隣在上，我是他的親姑娘，又不隔從，莫不没我説處？死了的也是姪兒，活着的也是姪兒，十箇指頭咬着都疼。如今休説他男子漢手裡没錢，他就有十萬兩銀子，你只好看他一眼罷了。他身邊又無出，少女嫩婦的，你攔着不教他嫁人做什麽？」衆街隣高聲道：「姑娘見得有理！」婆子道：「難道他娘家陪的東西，也留下他的不成？他背地又不曾私自與我什麽，説我護他，也要公道。不瞞列位説，我這姪兒媳婦平日有仁義，老身捨不得他，好温克性兒。不然老身也不管着他。」那張四在傍把婆子瞅了一眼，逼真。説道：「你好公平心兒！鳳凰無寶處不落。」只這一句話道着婆子真病，登時怒起，紫漲了面皮，指定張四大駡道：「張四，你休胡言亂語！我雖不能是楊家正頭香主，你這老油嘴，是楊家那膫子合的？」張四道：「我雖是異姓，兩箇外甥是我姐姐養的，你這老咬蟲，女生外向，怎一頭放火，又一頭放水？」姑娘道：「賤没廉耻老狗骨頭！他少女嫩婦的，你留他在屋裡，有何筭計？既不是圖色欲，便欲起謀心，將錢肥己。」張四道：「我不是圖錢，只恐楊宗保後來大了，過不得日子。不似你這老殺才，搬着大引着小，黄猫兒黑尾。」姑娘道：「張四，你這老花根，老奴才，老粉嘴，你恁騙口張舌的好淡扯，到明日死了時，不使了繩子扛子。」張四道：「你這嚼舌頭老淫婦，掙將錢來焦尾靶，怪不得您無兒無女〔六〕。」姑娘急了，駡道：「張四，賊老蒼根，老猪狗，我無兒無女，強似你家媽媽子穿寺院，養和尚，合道士〔七〕，你還在睡裡夢裡。」當下兩個差

收煞得妙。若等講清白了再扛擡，便呆矣。

些兒不曾打起來，多虧衆隣舍勸住，說道：「老舅，你讓姑娘一句兒罷。」薛嫂兒見他二人嚷做一團，領率西門慶家小厮伴當，并發來衆軍牢，赶人鬧裡，七手八脚將婦人床帳、裝奩、箱籠，扛的扛，擡的擡，一陣風都搬去了。那張四氣的眼大睁着，半晌說不出話來。衆隣舍見不是事，安撫了一回，各人都散了。

到六月初二日，西門慶一頂大轎，四對紅紗燈籠，他小叔楊宗保頭上扎着髻兒，穿着青紗衣，撒騎在馬上〔八〕，送他嫂子成親。西門慶答賀了他一疋錦段、一柄玉縧兒。蘭香、小鸞兩個丫頭，都跟了來舖床疊被。小厮琴童方年十五歲，亦帶過來伏侍。到三日，楊姑娘家並婦人兩個嫂子孟大嫂、二嫂都來做生日〔九〕。西門慶與他楊姑娘七十兩銀子、兩疋尺頭。自此親戚來往不絕。西門慶就把西廂房裡收拾三間，與他做房。排行第三，號玉樓，令家中大小都隨着叫三姨。到晚，一連在他房中歇了三夜。正是：銷金帳裡，依然兩個新人；紅錦被中，現出兩般舊物。有詩爲証：

怎覩多情風月標，教人無福也難消。
風吹列子歸何處，夜夜嬋娟在柳梢。

校記

〔一〕「詩曰」，内閣本、首圖本無。

〔二〕「上垛」，内閣本、首圖本作「上掾」。

〔三〕「和」，原作「何」，據吳藏本改。

〔四〕「慌忙還下禮去」，吳藏本作「慌忙還拜」。

〔五〕「銅錢」，崇禎諸本同。按張評本作「銅錢」，詞話本作「搭錢」。

〔六〕「您」，崇禎諸本同。按張評本亦同。詞話本作「恁」。

〔七〕「合道士」，吳藏本作「倫道士」。

〔八〕「撒騎在馬上」，崇禎諸本同。按詞話本作「撒騎在馬上」，張評本改「撒」爲「服」，連上句作「青紗衣服」。

〔九〕「做生日」，詞話本、崇禎本、張評本同。據上文應作「做三日」。

金瓶梅

第八回

盼情郎佳人占鬼卦

燒夫靈和尚聽淫聲

第八回　盼情郎佳人占鬼卦　燒夫靈和尚聽淫聲

詞曰〔一〕：

紅曙卷窗紗，睡起半拖羅袂。何似等閑睡起，到日高還未。催花陣陣玉樓風，樓上人難睡。有了人兒一箇，在眼前心裡。

話說西門慶自娶了玉樓在家，燕爾新昏，如膠似漆〔二〕。又遇陳宅使文嫂兒來通信，六月十二日就要娶大姐過門。西門慶促忙促急儹造不出床來，就把孟玉樓陪來的一張南京描金彩漆拔步床陪了大姐。三朝九日，足亂了一箇月多，不曾往潘金蓮家去。把那婦人每日門兒倚遍，眼兒望穿。使王婆往他門首去尋，門首小廝知道是潘金蓮使來的，多不理他。婦人盼的緊，見婆子回了，又叫小女兒街上去尋。那小妮子怎敢入他深宅大院？只在門首踅探，不見西門慶就回來了。來家被婦人噦罵在臉上，怪他没用，便要叫他跪着。餓到晌午，又不與他飯吃。此時正值三伏天道，婦人害熱，分付迎兒熱下水，伺候要洗澡。又做了一籠裹餡肉角兒，等西門慶來吃。身上只着薄紗短衫，坐在小杌上，盼不見西門慶來到，罵了幾句負心賊。無情無緒，用纖手向脚上脱下兩隻紅綉鞋兒來，試打一箇相思卦。正是：逢人不敢高聲語，暗卜金錢問遠人。有《山坡羊》爲証：

凌波羅襪，天然生下，紅雲染就相思卦。似藕生芽，如蓮卸花，怎生纏得些兒大！柳條兒比來剛半扠。他不念咱，咱何曾不念他！倚着門兒，私下簾兒，悄呀，空教奴被兒裡叫着他那名兒罵。你怎戀烟花，不來我家！奴眉兒淡淡教誰畫？何處綠楊拴繫馬？他辜負咱，咱何曾辜負他！

婦人打了一回相思卦，不覺困倦，就歪在床上盹睡着了。約一箇時辰醒來，心中正没好氣。（先點出。）迎兒問：「熱了水，娘洗澡也不洗？」婦人就問：「角兒蒸熟了？拿來我看。」迎兒連忙拿到房中。婦人用纖手一數，原做下一扇籠三十箇角兒，翻來覆去只數得二十九箇，便問：「那一箇往那裡去了？」迎兒道：「我並没看見，只怕娘錯數了。」婦人道：「我親數了兩遍，三十個角兒，要等你爹來吃。你如何偷吃了一箇？好嬌態淫婦奴才，你害饞痨饞痞，心裏要想這箇角兒吃！你大碗小碗味搗不下飯去，我做下孝順你來！」便不由分說，把這小妮子跣剝去身上衣服，拏馬鞭子打了二三十下，打的妮子殺猪也似叫。問着他：「你不承認，我定打你百數！」打的妮子急了，說道：「娘休打，是我害餓的慌，偷吃了一個。」婦人道：「你偷了，如何賴我錯數？眼看着就是箇牢頭禍根淫婦！有那亡八在時，輕學重告，今日往那裡去了？還在我跟前弄神弄鬼！我只把你這牢頭淫婦，打下你下截來！」打了一回，穿上小衣，放他起來，分付在旁打扇。打了一回扇，口中說道：「賊淫婦，你舒過臉來，等我掐你這皮臉兩下子。」那迎兒真個舒着臉，被婦人尖指甲掐了兩道血口子，纔饒了他。

（眉批：罵婦人之所必罵，故妙。）

（眉批：打罵迎兒，已畫出一腔遷怒；又夾七夾八纏到武大身上，愛想、惱怒一時）

俱見。歇一晌，又重掐兩下作餘怒。何等播弄，何等想頭。

問答語默惱笑，字字俱從人情微細幽冷處逗出，故活潑如生。

良久，走到鏡臺前，從新粧點出來，門簾下站立。也是天假其便，只見玳安夾着毡包，騎着馬，打婦人門首過。婦人叫住，問他往何處去來。那小厮說話乖覺，常跟西門慶在婦人家行走，婦人常與他些浸潤，以此熟滑。一面下馬來，說道：「俺爹使我送人情，往守備府裡去來。」婦人叫進門來，問道：「你爹家中有甚事，如何一向不來傍箇影兒？想必另續上了一箇心甜的姊妹了。」玳安道：「俺爹再没續上姊妹，只是這幾日家中事忙，不得脱身來看六姨。」婦人道：「就是家中有事，那裡丟我恁個半月，音信不送一個兒！只是不放在心兒上。」因問玳安：「有甚麽事？你對我說。」那小厮嘻嘻只是笑，不肯說。畫。婦人見玳安笑得有因，愈丁緊問道：「端的有甚事？」玳安笑道：「只說有椿事兒罷了，六姨只顧吹毛求疵問怎的？」婦人道：「好小油嘴兒，你不對我說，我就惱你一生。」小厮道：「我對六姨說，六姨休對爹說是我說的。」婦人道：「我決不對他說。」玳安就如此這般，把家中娶孟玉樓之事，從頭至尾告訴了一遍。這婦人不聽便罷，聽了由不得珠淚兒順着香腮流將下來。玳安慌了，便道：「六姨，你原來這等量窄，我故此不對你說。」婦人倚定門兒，長歎了一口氣，說道：「玳安，你不知道，我與他從前已往那樣恩情，今日如何一旦抛閃了。」止不住紛紛落下淚來。玳安道：「六姨，你何苦如此？家中俺娘也不管着他。」婦人便道：「玳安，你聽告訴：

喬才心邪，不來一月。奴綉鴛衾曠了三十夜。他俏心兒別，俺痴心兒呆，不合將人十分熱。常言道容易得來容易捨。興，過也；緣，分也。」

説畢又哭。玳安道：「六姨，你休哭。俺爹怕不也只在這兩日，他生日待來也。你寫幾箇字兒，等我替你稍去，與俺爹看了，必然就來。」婦人道：「是必累你，請的他來。到明日，我做雙好鞋與你穿。我這裡也要等他來，與他上壽哩。他若不來，都在你小油嘴身上。」説畢，令迎兒把卓上蒸下的角兒，裝了一碟，打發玳安兒吃茶。一面走入房中，取過一幅花箋，又輕拈玉管，款弄羊毛，須臾，寫了一首《寄生草》。詞曰：

將奴這知心話，付花箋寄與他。想當初結下青絲髮，門兒倚遍簾兒下，受了些没打弄的耽驚怕。你今果是負了奴心，不來還我香羅帕。

語語刺骨。

寫就，叠成一箇方勝兒，封停當，付與玳安收了，道：「好歹多上覆他。待他生日，千萬來走走。奴這裡專望。」那玳安吃了點心，婦人又與數十文錢。臨出門上馬，婦人道：「你到家見你爹，就説六姨好不罵你。他若不來，你就説六姨到明日坐轎子親自來哩。」玳安道：「六姨，自吃你賣粉團的撞見了敲板兒蠻子叫冤屈——麻飯肐胆的帳。」説畢，騎馬去了。

混語似可解不可解，解來却妙。

那婦人每日長等短等，如石沉大海。七月將盡，到了他生辰。這婦人挨一日似三秋，盼一夜如半夏，等得杳無音信。不覺銀牙暗咬，星眼流波。至晚，只得又叫王婆來，安排酒肉與他吃了，向頭上拔下一根金頭銀簪子與他，央往西門慶家去請他來。王婆道：「這早晚，茶前酒後，他定也不來。待老身明日侵早請他去罷。」婦人道：「乾娘，是必記心，休要忘了！」婆子道：「老身管着那一門兒，肯悮了勾當？」這婆子非錢而不行，得了這根簪子，吃得臉紅紅，歸

自供出牽

頭，妙。

家去了。且說婦人在房中，香薰鴛被，欹剔銀燈，睡不着，短歎長吁。正是：得多少琵琶夜久殷勤弄，寂寞空房不忍彈。于是獨自彈着琵琶，唱一箇《綿搭絮》：

誰想你另有了裙釵，氣的奴似醉如痴，斜倚定幃屏故意兒猜，不明白。怎生丟開？傳書寄柬，你又不來。你若負了奴的恩情，人不爲仇天降災。

婦人一夜翻來覆去，不曾睡着。巴到天明，就使迎兒：「過間壁瞧王奶奶請你爹去了不曾？」迎兒去不多時，說：「王奶奶老早就出去了。」

且說那婆子早辰出門，來到西門慶門首探問，都說不知道。在對門墻脚下等勾多時，只見傅夥計來開舖子。婆子走向前，道了萬福：「動問一聲，大官人在家麽？」傅夥計道：「你老人家尋他怎的？早是問着我，第二個也不知他。大官人昨日壽誕，在家請客，吃了一日酒，到晚拉衆朋友往院子裡去了，一夜通沒回家。你往那裡去尋他！」這婆子拜辭，出縣前來到東街口，正往抅欄那條巷去。只見西門慶騎馬遠遠從東來，兩箇小厮跟隨，此時宿酒未醒，醉眼摩娑，前合後仰。被婆子高聲叫道：「大官人，少吃些兒怎的！」向前一把手把馬嚼環扯住。西門慶醉中問道：「你是王乾娘，你來想是六姐尋我？」那婆子向他耳畔低言。道不數句，西門慶道：「小厮來家對我說來，我知道六姐惱我哩，我如今就去。」那西門慶一面跟着他，兩箇一遞一句，整說了一路話。

比及到婦人門首，婆子先入去，報道：「大娘子恭喜，還虧老身，沒半箇時辰，把大官人請將來了。」婦人聽見他來，就像天上吊下來的一般，連忙出房來迎接。西門慶搖着扇兒進來，帶酒半酣，與婦人唱喏。婦人還了萬福，說道：「大官人，貴人稀見面！怎的把奴丟了，一向不來傍箇影兒？家中新娘子陪伴，如膠似漆，那裡想起奴家來！」西門慶道：「你休聽人胡說，那討什麼新娘子來！因小女出嫁，忙了幾日，不曾得閑工夫來看你。」婦人道：「你還哄我哩！你若不是憐新棄舊，另有別人，你指着旺跳身子說箇誓，我方信你。」西門慶道：「我若負了你，生碗來大疔瘡，害三五年黃病，匾担大蛆叮口袋。」婦人道：「負心的賊！匾担大蛆叮口袋，管你甚事？」一手向他頭上把一頂新纓子瓦楞帽兒撮下來，望地下只一丟。慌的王婆地下拾起來，替他放在卓上，說道：「大娘子，只怪老身不去請大官人，來就是這般的。」婦人又向他頭上拔下一根簪兒，拿在手裡觀看，却是一點油金簪兒，上面鈒着兩溜字兒：「金勒馬嘶芳草地，玉樓人醉杏花天。」却是孟玉樓帶來的。婦人猜做那箇唱的送他的，奪了放在袖子裡，說道：「你還不變心哩！奴與你的簪兒那裡去了？」西門慶道：「你那根簪子，前日因酒醉跌下馬來，把帽子落了，頭髮散開，尋時就不見了。」婦人將手向西門慶臉邊彈箇響榧子，道：「哥哥兒，你醉的眼恁花了，哄三歲孩兒也不信！」王婆在傍插口道：「大娘子休怪！大官人，他離城四十里見蜜蜂兒刺屎，出門交獺象絆了一交，原來覷遠不覷近。」西門慶道：「緊自他麻犯人，你又自作耍。」婦人見他手中拿着一把紅骨細洒金、金釘鉸川扇兒，取過來迎亮處只一照，原來婦人久慣知風月中事，見扇上多是牙咬的碎眼兒，就疑是那箇妙人與他的。不由分說，兩把折了。西門慶

没要没緊，寫來偏像。

專在插科打諢處討趣。

救時，已是扯的爛了，說道：「這扇子是我一箇朋友卜志道送我的，一向藏着不曾用，今日纔拿了三日，被你扯爛了。」

那婦人傒落了他一回，只見迎兒拿茶來，便叫迎兒放下茶托，與西門慶磕頭。王婆道：「你兩口子聒聒了這半日也勾了，休要悮了勾當。老身厨下收拾去也。」婦人一面分付迎兒，將預先安排下與西門慶上壽的酒肴，整理停當，拏到房中，擺在卓上。婦人向箱中取出與西門慶上壽的物事，用盤盛着，擺在面前，與西門慶觀看。却是一雙玄色段子鞋；一雙挑線香草邊闌、松竹梅花歲寒三友醬色段子護膝；一條紗綠潞紬、水光絹裡兒紫線帶兒，裡面裝着排草玫瑰花兜肚；一根並頭蓮瓣簪兒。簪兒上鈒着五言四句詩一首，云：「奴有並頭蓮，贈與君關髻。凡事同頭上，切勿輕相棄。」西門慶一見滿心歡喜，把婦人一手摟過，親了箇嘴，說道：「怎知你有如此聰慧！」婦人教迎兒執壺斟一盃與西門慶，花枝招颭，插燭也似磕了四箇頭。那西門慶連忙拖起來。兩箇並肩而坐，交杯換盞飲酒。那王婆陪着吃了幾杯酒，吃的臉紅紅的，告辭回家去了。二人自在取樂頑耍。婦人陪伴西門慶飲酒多時，看看天色晚來，但見：

寫喜有態，此時若說謝你等語，便淡而無味。

密雲迷晚岫，暗霧鎖長空。群星與皓月争輝，綠水共青天同碧。僧投古寺，深林中嚷嚷鴉飛；客奔荒村，閭巷內汪汪犬吠。

當下西門慶分付小厮回馬家去，就在婦人家歇了。到晚夕，二人儘力盤桓，淫欲無度。

常言道：樂極悲生。光陰迅速，單表武松自領知縣書禮馱担，離了清河縣，竟到東京朱太尉處，下了書禮，交割了箱馱。等了幾日，討得回書，領一行人取路回山東而來。去時三四月天氣，回來却淡暑新秋，路上雨水連綿，遲了日限。前後往回也有三箇月光景。在路上行住坐臥，只覺得神思不安，身心恍惚，不免先差了一箇士兵，預報與知縣相公。又私自寄一封家書與他哥哥武大，說他只在八月內准還。那士兵先下了知縣相公稟帖，然後逕來抓尋武大家。可可天假其便，王婆正在門首。那士兵見武大家門關着，纔要叫門，婆子便問：「你是尋誰的？」士兵道：「我是武都頭差來下書與他哥哥。」婆子道：「武大郎不在家，都上墳去了。你有書信，交與我，等他歸來，我遞與他，也是一般。」那士兵向前唱了一箇喏，便向身邊取出家書來交與王婆，忙忙騎上頭口去了。

寫相關處慘淡，使人心惻。

這王婆拏着那封書，從後門走過婦人家來。原來婦人和西門慶狂了半夜，約睡至飯時還不起來。王婆叫道：「大官人、娘子起來，和你們說話。如今武二差士兵寄書來與他哥哥，說他不久就到。我接下，打發他去了。你們不可遲滯，須要早作長便。」那西門慶不聽萬事皆休，聽了此言，正是：分門八塊頂梁骨〔三〕，傾下半桶冰雪來。慌忙與婦人都起來，穿上衣服，請王婆到房內坐下。取出書來與西門慶看。書中寫着，不過中秋回家。二人都慌了手脚，說道：「如此怎了？乾娘遮藏我每則箇，恩有重報，不敢有忘。我如今二人情深意海，不能相捨。武二那廝回來，便要分散，如何是好？」婆子道：「大官人，有什麽難處之事！我前日已說過，幼嫁由親，後嫁由身。古來叔嫂不通門户，如今武大已百日來到，大娘子請上幾箇和尚，把這靈牌子燒了。趁武二未到家，大官人一頂轎子娶了家去。等武二那厮回來，我自有話說。他敢怎的？自此你二人自在一生，豈不是妙！」西門慶便道：「乾娘說的是。」當日西門慶和婦人用畢早飯，約定八月初六日，是武大百日，請僧燒靈。初八日晚，娶婦人家去。三人計議已定。不一時，玳安拏馬來接回家，不在話下。

光陰似箭，日月如梭，又早到八月初六日。西門慶拿了數兩散碎銀錢，來婦人家，教王婆報恩寺請了六箇僧，在家做水陸，超度武大，晚夕除靈。道人頭五更就挑了經担來，鋪陳道場，懸掛佛象。王婆伴厨子在灶上安排齋供。西門慶那日就在婦人家歇了。不一時，和尚來到，摇响靈杵，打動鼓鈸，諷誦經懺，宣揚法事，不必細說。

且說潘金蓮怎肯齋戒，陪伴西門慶睡到日頭半天，還不起來。和尚請齋主拈香僉字，証盟禮佛，婦人方纔起來梳洗，喬素打扮，來到佛前參拜。衆和尚見了武大這箇老婆，一箇箇都迷了佛性禪心，關不住心猿意馬，七顛八倒，酥成一塊。但見：

班首輕狂，念佛號不知顛倒；維摩昏亂，誦經言豈顧高低。燒香行者，推倒花瓶；秉燭頭陀，誤拿香盒。宣盟表白，大宋國錯稱做大唐國；懺罪闍黎，武大郎幾念出武大娘。長老心忙，打鼓錯拿徒弟手；沙彌情蕩，罄搥敲破老僧頭。從前苦行一時休，萬箇金剛降不住。

婦人在佛前燒了香，僉了字，拜禮佛畢，回房去依舊陪伴西門慶。擺上酒席葷腥，自去取樂。

西門慶分付王婆：「有事你自答應便了，休教他來聒噪六姐。」婆子哈哈笑道：「你兩口兒只管受用，由着老娘和那禿厮纏。」趣。

且說衆和尚見了武大老婆喬模喬樣，多記在心裡。到午齋往寺中歇晌回來，婦人正和西門慶在房裡飲酒作歡。原來婦人臥房與佛堂止隔一道板壁。有一個僧人先到，走在婦人窗下水盆裡洗手，忽聽見婦人在房裡顫聲柔氣，呻呻吟吟，哼哼唧唧，恰似有人交姤一般。遂推洗手，立住脚聽。真賊禿。只聽得婦人口裡喘聲呼叫：「達達，你只顧搧打到幾時？只怕和尚來聽見。饒了奴，快些丟了罷！」西門慶道：「你且休慌！我還要在蓋子上燒一下兒哩！」不想都被這禿厮聽了箇不亦樂乎。落後衆和尚到齊了，吹打起法事來，一箇傳一箇，都知婦人有漢子在屋裡，不覺都手之舞之，足之蹈之。臨佛事完滿，晚夕送靈化財出去，婦人又早除了孝髻，換一身艷服，在簾裡與西門慶兩箇並肩而立，看着和尚化燒靈座。王婆舀漿水，點一把火來，登時把靈牌并佛燒了。那賊禿冷眼瞧見，簾子裡一箇漢子和婆娘影影綽綽並肩站着，想起白日裡聽見那些勾當，只顧亂打鼓搧鈸不住。被風把長老的僧伽帽刮在地下，露出青旋旋光頭，不去拾，只顧搧鈸打鼓，笑成一塊。王婆便叫道：「師父，紙馬已燒過了，還只顧搧打怎的？」和尚答道：「還有紙爐蓋子上没澆過〔四〕。」西門慶聽見，一面令王婆快打發襯錢與他。長老道：「請齋主娘子謝謝。」婦人道：「乾娘說免了罷。」衆和尚道：「不如饒了罷。」一齊笑的去了。正是：隔墻須有耳，窗外豈無人！有詩爲証：

燒夫靈可數語而了，却播出一段有聲有色情景，可見筆墨之妙無窮，但患人思路窘耳！

又烘染一筆。

淫婦燒靈志不平，闍黎竊壁聽淫聲。
果然佛法能消罪，亡者聞之亦慘魂。

校記

〔一〕「詞曰」，内閣、首圖本無。
〔二〕「如膠似漆」，原作「如膠似膝」，據内閣本改。按張評本作「如膠似膝」，詞話本作「如膠似漆」。
〔三〕「分門八塊頂梁骨」，崇禎諸本同。按張評本作「分開八塊頂梁骨」。
〔四〕「没澆過」，崇禎諸本同。按張評本、詞話本作「没燒過」。

金瓶梅

第九回

西門慶偷娶潘金蓮

武都頭悞打李皂隸

第九回　西門慶偷娶潘金蓮　武都頭悞打李皂隸

詩曰〔一〕：

感郎躭夙愛，着意守香奩。
歲月多忘遠，情綜任久淹〔二〕。
于飛期燕燕，比翼誓鶼鶼。
細數從前意，時時屈指尖。

話說西門慶與潘金蓮燒了武大靈，到次日，又安排一席酒，請王婆作辭，就把迎兒交付與王婆看養。因商量道：「武二回來，却怎生不與他知道六姐是我娶了纔好？」王婆笑道：「有老身在此，任武二那廝怎地兜達，我自有話回他。大官人只管放心！」西門慶聽了，滿心歡喜，又將三兩銀子謝他。當晚就將婦人箱籠，都打發了家去，剩下些破桌、壞凳、舊衣裳，都與了王婆。到次日初八，一頂轎子，四個燈籠，婦人換了一身艷色衣服，王婆送親，玳安跟轎，把婦人擡到家中來。那條街上，遠近人家無一人不知此事〔三〕，都懼怕西門慶有錢有勢，不敢來多管，只編了四句口號，說得好：

堪笑西門不識羞，先奸後娶醜名留。

轎內坐着浪淫婦，後邊跟着老牽頭。

西門慶娶婦人到家，收拾花園內樓下三間與他做房。一個獨獨小角門兒進去，院內設放花草盆景。白日間人跡罕到，極是一個幽僻去處。一邊是外房，一邊是臥房。西門慶旋用十六兩銀子買了一張黑漆歡門描金床，大紅羅圈金帳幔，寶象花揀妝，棹椅錦杌，擺設齊整。大娘子吳月娘房裏使着兩個丫頭，一名春梅，一名玉簫。西門慶把春梅叫到金蓮房內，令他伏侍金蓮，赶着叫娘。却用五兩銀子另買一個小丫頭，名喚小玉，伏侍月娘。又替金蓮六兩銀子買了一個上灶丫頭，名喚秋菊。排行金蓮做第五房。先頭陳家娘子陪嫁的，名喚孫雪娥，約二十年紀，生的五短身材，有姿色。西門慶與他帶了鬏髻，排行第四，以此把金蓮做個第五房。此事表過不題。

這婦人一娶過門來，西門慶就在婦人房中宿歇，如魚似水，美愛無加。到第二日，婦人梳粧打扮，穿一套艷服，春梅捧茶，走來後邊大娘子吳月娘房裏，拜見大小，遞見面鞋脚。月娘在坐上仔細觀看，這婦人年紀不上二十五六，生的這樣標致。但見：

眉似初春柳葉，常含着雨恨雲愁；臉如三月桃花，暗帶着風情月意。纖腰嬝娜，拘束的燕懶鶯慵；檀口輕盈，勾引得蜂狂蝶亂。玉貌妖嬈花解語，芳容窈窕玉生香。

二語于金蓮性情得其似。

吳月娘從頭看到脚，風流往下跑；從脚看到頭，風流往上流。論風流，如水晶盤內走明珠；語態度，似紅杏枝頭籠曉日。圓活艷麗可想。看了一回，口中不言，心內想道：「小廝每來家，只說武大

此一想若

驚若妬，不獨寫月娘心事，畫金蓮美貌，而無意化作有意，且包盡從前之漏。

有心人作用，非新媳婦三日勤。試看金蓮入門，與月娘先親而後疎；瓶兒入門，與月娘先忤而後合。即此可見君子小人交道。不可不慎！

怎樣一個老婆，不曾看見，不想果然生的標致，怪不的俺那强人愛他。」金蓮先與月娘磕了頭，遞了鞋脚。月娘受了他四禮。次後李嬌兒、孟玉樓、孫雪娥，都拜見，平敘了姊妹之禮，立在傍邊。月娘叫丫頭拏個坐兒教他坐，分付丫頭、媳婦趕着他叫五娘。這婦人坐在傍邊，不轉睛把衆人偷看。見吳月娘約三九年紀，生的面如銀盆，眼如杏子，舉止溫柔，持重寡言。第二個李嬌兒，乃院中唱的，生的肌膚豐肥，身體沉重，雖數名妓者之稱，而風月多不及金蓮也。第三個就是新娶的孟玉樓，約三十年紀，生得貌若梨花，腰如楊柳，長挑身材，瓜子臉兒，稀稀多幾點微麻，自是天然俏麗，惟裙下雙灣與金蓮無大小之分。第四個孫雪娥，乃房裡出身，五短身材，輕盈體態，能造五鮮湯水，善舞翠盤之妙。這婦人一抹兒都看在心裏。過三日之後，每日清晨起來，就來房裡與月娘做針指，做鞋脚，凡事不拏强拏，不動强動。指着丫頭趕着月娘，一口一聲只叫大娘，快把小意兒貼戀幾次，把月娘歡喜得沒入脚處，稱呼他做六姐。衣服首飾揀心愛的與他，吃飯吃茶都和他在一處。因此，李嬌兒衆人見月娘錯敬他，都氣不忿，背後常說：「俺們是舊人，到不理論。他來了多少時，便這等慣了他。大姐姐好沒分曉！」西門慶自娶潘金蓮來家，住着深宅大院，衣服頭面又相趁，二人女貌郎才，正在妙年之際，凡事如膠似漆，百依百隨，淫慾之事，無日無之。且按下不題。

單表武松，八月初旬到了清河縣，先去縣裡納了回書。知縣看了大喜，已知金寶交得明白，賞了武松十兩銀子，酒食管待，不必細說。武松回到下處，換了衣服鞋襪，帶了一頂新頭巾，鎖了房門，一徑投紫石街來。兩邊衆隣舍看見武松回來，都吃一驚，捏兩把汗，説道：「這番蕭墻禍起了！這個太歲歸來，怎肯干休！」武松走到哥哥門前，揭起簾子，探身入來，看見小女迎兒在樓穿廊下撵線。叫聲哥哥也不應，叫聲嫂嫂也不應，道：「我莫不耳聾了，如何不見哥嫂聲音？」向前便問迎兒。那迎兒見他叔叔來，嚇的不敢言語。（寫迎兒愚蠢處，真不忝武大親生。）武松道：「你爹娘往那里去了？」迎兒只是哭，不做聲。正問着，隔壁王婆聽得是武二歸來，生怕決撒了，慌忙走過來。武二見王婆過來，唱了喏，問道：「我哥哥往那里去了？嫂嫂也怎的不見？」婆子道：「二哥請坐，我告訴你。你哥哥自從你去後，到四月間得個拙病死了。」武二道：「我哥哥四月幾時死的？得什麼病？吃誰的藥來？」王婆道：「你哥哥四月二十頭，猛可地害急心疼起來，病了八九日，求神問卜，什麼藥不吃到？醫治不好，死了。」（葫蘆得妙。）武二道：「我的哥哥從來不曾有這病，如何心疼便死了？」王婆道：「都頭却怎的這般説？天有不測風雲，人有旦夕禍福。今晚脱了鞋和襪，未審明朝穿不穿。誰人保得常没事？」武二道：「我哥哥如今埋在那里？」王婆道：「你哥哥一倒了頭，家中一文錢也没有，大娘子又是没脚蟹，那里去尋坟地？虧左近一個財主舊與大郎有一面之交，捨助一具棺木，没奈何放了三日，擡出去火葬了。」武二道：「如今嫂嫂往那里去了？」婆子道：「他少女嫩婦的，又没的養贍過日子。胡亂守了百日孝，他娘勸他，前月嫁了外京人去了。丢下這箇業障丫頭子，教我替他養活。專等你回來交付與你，也了我一場事。」（一篇世情語，出脱得乾乾净净，非武松，將奈他何！又埋怨兩句，甚妙。）

武二聽言，沉吟了半晌，（不哭只沉吟，最肖！）便撇下王婆出門去，逕投縣前下處。開了門進房裡，換了一身素衣，便教士兵街上打了一條蔴絲，買了一雙綿襪，一頂孝帽帶在頭上；又買了些果品點心、香燭冥紙、金銀錠之類，歸到哥哥家，從新安設武大郎靈位。細。安排羹飯，點起香燭，鋪設酒餚，掛起經旛紙縉，安排得端正。約一更已後，武二拈了香，撲番身便拜，道：「哥哥陰魂不遠，你在世時，爲人軟弱，今日死後，不見分明。你若負屈含冤，被人害了，托夢與我〔四〕，兄弟替你報冤雪恨！」把酒一面澆奠了，燒化冥紙，武二便放聲大哭。終是一路上來的人，哭的那兩邊隣舍無不悽惶。武二哭罷，將這羹飯酒餚和士兵、迎兒吃了。討兩條蓆子，教士兵房外傍邊睡，迎兒房中睡，他便自把條蓆子，就武大靈桌子前睡。

只到此時方大哭，寫出豪傑堅忍真至性情，與兒女子不同。

約莫將半夜時分，武二番來覆去那里睡得着，口裡只是長吁氣。那士兵齁齁的却似死人一般，挺在那裡。武二扒將起來看時，那靈桌子上琉璃燈半明半滅。武二坐在蓆子上，自言自語，口裡說道：「我哥哥生時懦弱，死後却無分明。」說由未了，只見那靈桌子下捲起一陣冷風來。但見：

無形無影，非霧非烟。盤旋似怪風侵骨冷，凛冽如殺氣透肌寒。昏昏暗暗，靈前燈火失光明；慘慘幽幽，壁上紙錢飛散亂。隱隱遮藏食毒鬼，紛紛飄逐影魂旛。

是不怕，却又凛凛然，光景逼真。

那陣冷風，逼得武二毛髮皆竪起來。定睛看時，見一個人從靈桌底下鑽將出來，叫聲：「兄弟！我死得好苦也！」武二看不仔細，却待向前再問時，只見冷氣散了，不見了人。武二一交跌番在蓆子上坐的，尋思道：「怪哉！似夢非夢。剛纔我哥哥正要報我知道，又被我的神氣沖散了。想來他這一死，必然不明。」聽那更鼓，正打三更三點。回頭看那士兵，正睡得好。于是咄咄不樂，只等天明，却再理會。

看看五更雞叫，東方漸明。士兵起來燒湯，武二洗漱了，喚起迎兒看家，帶領士兵出了門。在街上訪問街坊隣舍：「我哥哥怎的死了？嫂嫂嫁得何人去了？」那街坊隣舍明知此事，都懼怕西門慶，誰肯來管？只說：「都頭，不消訪問，王婆在緊隔壁住，只問王婆就知了。」有那多口的說：「賣梨的鄆哥兒與仵作何九，二人最知詳細。」這武二竟走來街坊前去尋鄆哥。只見那小猴子手裡拏着個柳籠簸羅兒，正糴米回來。武二便叫鄆哥道：「兄弟！」唱喏。那小廝見是武二叫他，便道：「武都頭，你來遲了一步兒，須動不得手。只是一件，我的老爹六十歲，没人養贍，我却難保你們打官司。」武二道：「好兄弟，跟我來。」引他到一個飯店樓上，武二叫貨賣造兩分飯來。武二對鄆哥道：「兄弟，你雖年幼，到有養家孝順之心。我没甚麽——」向身邊摸出五兩碎銀子，遞與鄆哥道：「你且拏去與老爹做盤費。待事務畢了，我再與你十來兩銀子做本錢。你可備細說與我，哥哥和甚人合氣？被甚人謀害了？家中嫂嫂被那一箇娶去？你一一說來，休要隱匿。」這鄆哥一手接過銀子，自心裡想道：「這些銀子，老爹也勾盤費得三五個月，便陪他打官司也不妨。」一面說道：「武二哥，你聽我說，却休氣苦。」于是把賣梨兒尋西門慶，後被王婆怎地打他，不放進去，又怎地幫扶武大捉姦，西門慶怎的踢中了武大，心疼了幾日，不知怎的死了，從頭至尾細說一遍。武二聽了，便道：「你這話却是實麽？」又問

直認處，推托處，語語俱含挑撥意，鄆哥真賊。

是小厮家激切没忌避口角。

補得乾淨。

道：「我的嫂子實嫁與何人去了？」鄆哥道：「你嫂子吃西門慶擡到家，待搗吊底子兒，自還問他實也是虛！」武二道：「你休說謊。」鄆哥道：「我便官府面前，也只是這般說。」武二道：「兄弟，既然如此，討飯來吃。」須臾，吃了飯。武二還了飯錢，兩箇下樓來，分付鄆哥：「你回家把盤纏交與老爹，明日早來縣前，與我作證。」又問：「何九在那里居住？」鄆哥道：「你這時候還尋何九？他三日前聽見你回，便走的不知去向了。」這武二放了鄆哥家去。

到第二日，早起，先在陳先生家寫了狀子，走到縣門前。只見鄆哥也在那裡伺候，一直奔到廳上跪下，聲寃起來。知縣看見，認的是武松，便問：「你告什麽？因何聲寃？」武二告道：「小人哥哥武大，被豪惡西門慶與嫂潘氏通奸，踢中心窩，王婆主謀，陷害性命。何九朦朧入殮，燒燬屍傷。見今西門慶霸佔嫂子在家爲妾。見有這個小廝鄆哥是證見。望相公作主則箇。」因遞上狀子。知縣接着，便問：「何九怎的不見？」武二道：「何九知情在逃，不知去向。」知縣于是摘問了鄆哥口詞，當下退廳與佐二官吏通同商議。原來知縣、縣丞、主簿、典史，上下都是與西門慶有首尾的，因此官吏通同計較，這件事難以問理。知縣隨出來叫武松道：「你也是個本縣中都頭，怎不省得法度？自古捉姦見雙，殺人見傷。你那哥哥屍首又沒了，又不曾捉得他姦。你今只憑這小廝口内言語，便問他殺人的公事，莫非公道忒偏向麽？你不可造次，須要自己尋思。」武二道：「告稟相公，這都是實情，不是小人揑造出來的。只望相公拿西門慶與嫂潘氏、王婆來，當堂盡法一審，其寃自見。若有虛誑，小人情願甘罪。」知縣道：「你

不知與誰計較，或曰家兄。

且起來，待我從長計較。可行時，便與你拿人。」武二方纔起來，走出外邊，把鄆哥留在屋裡，不放回家。老到。

早有人把這件事報與西門慶得知。西門慶聽得慌了，忙叫心腹家人來保、來旺，伏。身邊帶着銀兩，連夜將官吏都買囑了。到次日早晨，武二在廳上指望告稟知縣，催逼拿人。誰想這官人受了賄賂，早發下狀子來，說道：「武松，你休聽外人挑撥，和西門慶做對頭。這件事欠明白，難以問理。聖人云：經目之事，猶恐未真；背後之言，豈能全信？你不可一時造次。」當該吏典在傍，便道：「都頭，你在衙門裡也曉得法律〔五〕，但凡人命之事，須要屍、傷、病、物、蹤，五件事俱完，方可推問。你那哥哥屍首又沒了，怎生問理？」武二道：「若恁的說時，小人哥哥的寃仇，難道終不能報便罷了？既然相公不准所告，且却有理。」遂收了狀子，下廳來。來到下處，放了鄆哥歸家，不覺仰天長嘆一聲，咬牙切齒，口中罵淫婦不絕。

分明受賄，却說出一團道理，斷獄之不可論理也如此。

武松是何等漢子，怎消洋得這口惡氣！一直走到西門慶生藥店前，要尋西門慶厮打。正見他開鋪子的傅夥計在櫃身裡面，見武二狠狠的走來，問道：「你大官人在宅上麽？」傅夥計認的是武二，便道：「不在家了。都頭有甚話說？」武二道：「且請借一步說話。」傅夥計不敢不出來，被武二引到僻靜巷口。武二一番過臉來，用手撮住他衣領，睜圓怪眼說道：「你要死，却是要活？」開口怕人。傅夥計道：「都頭在上，小人又不曾觸犯了都頭，都頭何故發怒？」武二道：「你若要死，便不要說；若要活時，對我實說。西門慶那厮如今在那里？我的嫂子被他娶了多少日子？一一說來，我便罷休。」那傳夥計是箇小胆的人，見武二發作，慌了手脚，說道：「都頭息怒，小人在他家，每月二兩銀子僱着，小人只開鋪子，並不知他們閒帳。大官人本不在家，剛纔和一相知，往獅子街大酒樓上吃酒去了。小人並不敢說謊。」武二聽了此言，方纔放了手，大扠步飛奔到獅子街來。諕的傳夥計半日移脚不動。那武二逕奔到獅子街橋下酒樓前來。

語趣甚，且肖其爲人。

且說西門慶正和縣中一個皂隸李外傳在樓上吃酒。原來那李外傳專一在府縣前綽攬些公事，往來聽氣兒撰錢使。若有兩家告狀的，他便賣串兒；或是官吏打點，他便兩下裡打背〔六〕。因此縣中就起了他這箇渾名，叫做李外傳。那日見知縣回出武松狀子，討得這箇消息，便來回報西門慶知道。因此西門慶讓他在酒樓上飲酒，把五兩銀子送他。正吃酒在熱鬧處，忽然把眼向樓窗下看，只見武松似兇神般從橋下直奔酒樓前來。已知此人來意不善，不覺心驚，欲待走了，却又下樓不及，遂推更衣，走往後樓躲避。武二奔到酒樓前，便問酒保道：「西門慶在此麽？」酒保道：「西門大官人和一相識在樓上吃酒哩。」武二撥步撩衣，飛搶上樓去。早不見了西門慶，只見一箇人坐在正面，兩箇唱的粉頭坐在兩邊。認的是本縣皂隸李外傳，就知是他來報信，不覺怒從心起，便走近前，指定李外傳罵道：「你這廝，把西門慶藏在那裡去了？快說了，饒你一頓拳頭！」李外傳看見武二，先諕呆了，又見他惡狠狠逼緊來問，那里還說得出話來！武二見他不則聲，越加惱怒，便一脚把桌子踢倒，碟兒盞兒都打得粉碎。兩箇粉頭嚇得魂都没了。李外傳見勢頭不好，强挣起身來，就要往樓下跑。武二一把扯回來

忙中不苟。

道：「你這厮，問着不説，待要往那里去？且吃我一拳，看你説也不説！」早颼的一拳，飛到李外傳臉上。李外傳叫聲阿呀，忍痛不過，只得説道：「西門慶纔往後樓更衣去了，不干我事，饒我去罷！」武二聽了，就趁勢兒用雙手將他撮起來，隔着樓窗兒往外只一兜，説道：「你既要去，就饒你去罷！」撲通一聲，倒撞落在當街心裡。武二隨即赶到後樓來尋西門慶。此時西門慶聽見武松在前樓行兇，唬得心膽都碎，便不顧性命，從後樓窗一跳，順着房簷，跳下人家後院内去了。武二見西門慶不在後樓，只道是李外傳説謊，急轉身奔下樓來，見李外傳已跌得半死，直挺挺在地下，還把眼動。氣不過，兜襠又是兩脚，早已哀哉斷氣身亡。衆人道：「這是李皂隸，他怎的得罪都頭來？爲何打殺他？」武二道：「我自要打西門慶，不料這厮悔氣，却和他一路，也撞在我手裏。」那地方保甲見人死了，又不敢向前捉武二，只得慢慢挨上來收籠他，那裡肯放鬆！連酒保王鸞并兩個粉頭包氏、牛氏都拴了，竟投縣衙裡來。此時哄動了獅子街，閙了清河縣，街上議論的人，不計其數。却不知道西門慶不該死，倒都説是西門大官人被武松打死了。脱卸得妙。正是：

李公吃了張公釀，鄭六生兒鄭九當。
世間幾許不平事，都付時人話短長。

校記

〔一〕「詩曰」，内閣本、首圖本無。

〔二〕「任久淹」，内閣本、首圖本作「恁久淹」。按張評本作「任久淹」。
〔三〕「無一人不知此事」，内閣本、首圖本作「都一人不知此事」。按張評本、詞話本均與底本同。
〔四〕「托夢與我」，内閣本、首圖本作「把夢與我」。
〔五〕「衙門」，原作「衙問」，據内閣、首圖等本改。
〔六〕「打背」，崇禎諸本同。按張評本亦同，詞話本作「打背又」。後文三十三回有「打背工」。

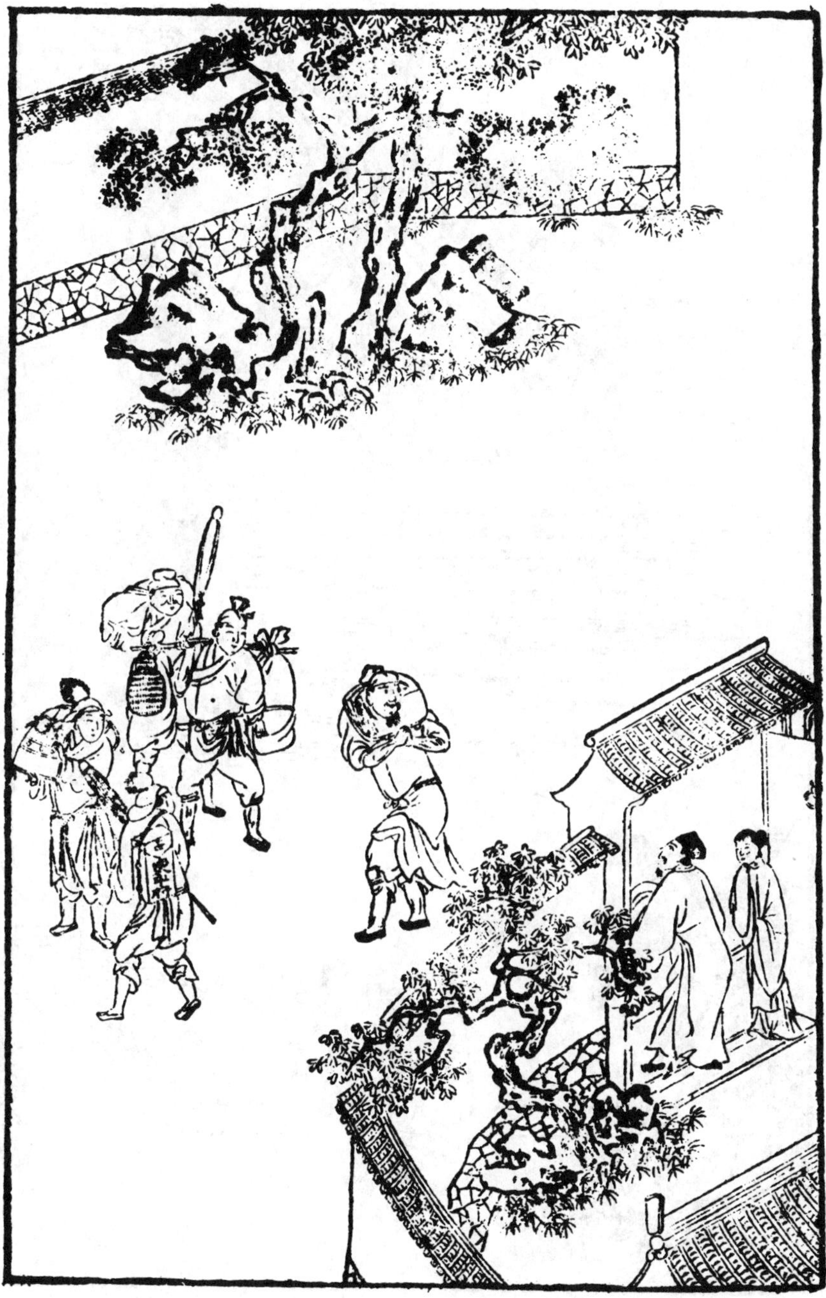

金瓶梅　第十回　義士充配孟州道

金瓶梅

妻妾玩賞芙蓉亭

第十回　義士充配孟州道　妻妾翫賞芙蓉亭

詞曰〔一〕：

八月中秋，涼飈微逗，芙蓉却是花時候。誰家姊妹鬬新粧，園林散步頻携手。　折得花枝，寶瓶隨後，歸來翫賞全憑酒。三盃酩酊破愁城，醒時愁緒應還又。

——右調《踏莎行》〔二〕

話說武二被地方保甲拏去縣裏見知縣，不題。且表西門慶跳下樓窗，扒伏在人家院裡藏了。原來是行醫的胡老人家。只見他家使的一箇大胖丫頭，走來毛厠裏净手，蹶着大屁股，猛可見一箇漢子扒伏在院墻下，往前走不迭，大叫：「有賊了！」慌的胡老人急進來。看見，認得是西門慶，便道：「大官人，且喜武二尋你不着，把那人打死了。地方拿他縣中見官去了。這一去定是死罪。大官人歸家去，料無事矣。」西門慶拜謝了胡老人，搖擺來家，一五一十對潘金蓮說，二人拍手喜笑，以爲除了患害。婦人叫西門慶上下多使些錢，務要結果了他，休要放他出來。西門慶一面差心腹家人來旺兒，餽送了知縣一副金銀酒器、五十兩銀子，上下吏典也使了許多錢，只要休輕勘了武二。

劈空點綴，令人絕倒。

世事往往如此。

知縣受了賄賂，到次日陞廳。地方押着武松并酒保、唱的一班人，當廳跪下。縣主番了臉，便叫：「武松！你這厮昨日誣告平人，我已再三寬你，如何不遵法度，今又平白打死人？」武松道：「小人本與西門慶有仇，尋他厮打，不料撞遇此人。他隱匿西門慶不說，小人一時怒起，悮將他打死。只望相公與小人做主，拿西門慶正法，與小人哥哥報這一段寃仇。小人情愿償此人悮傷之罪。」知縣道：「這厮胡說，你豈不認得他是縣中皂隸！今打殺他，定別有緣故，爲何又纏到西門慶身上？不打如何肯招！」喝令左右加刑。兩邊閃三四箇皂隸，把武松拖翻，雨點般打了二十。打得武二口口聲寃道：「小人也有與相公效勞用力之處，相公豈不憐憫？相公休要苦刑小人！」知縣聽了此言，越發惱了，道：「你這厮親手打死了人，尚還口强，抵賴那箇？」喝令：「好生與我拶起來！」當下又拶了武松一拶，敲了五十杖子，教取面長枷帶了，收在監內。一干人寄監在門房裏。內中縣丞、佐二官也有和武二好的，念他是箇義烈漢子，有心要周旋他，爭奈都受了西門慶賄賂，粘住了口，做不的主張。又見武松只是聲寃，延挨了幾日，只得朦朧取了供招，喚當該吏典并仵作、里隣人等，押到獅子街，檢驗李外傳身屍，填寫屍單格目。委的被武松尋問他索討分錢不均，酒醉怒起，一時鬪毆，拳打脚踢，撞跌身死。左肋、面門、心坎、腎囊，俱有青赤傷痕不等。檢驗明白，回到縣中。一日，做了文書申詳，解送東平府來，詳允發落。

這東平府府尹，姓陳雙名文昭，乃河南人氏，極是個清廉的官，聽的報來，隨卽陞廳。但見他：

平生正直，秉性賢明。幼年向雪案攻書，長大在金鑾對策。常懷忠孝之心，每發仁慈之政。户口登，錢粮辦，黎民稱頌滿街衢；詞頌減，盜賊休，父老讚歌喧市井。正是：名標書史播千年，聲振黃堂傳萬古。賢良方正號青天，正直清廉民父母。

這府尹陳文昭陞了廳，便教押過這干犯人，就當廳先把清河縣申文看了，又把各人供狀招擬看過。端的上面怎生寫着？文曰：

招卷之不得情實，古今如此。

東平府清河縣，爲人命事呈稱：犯人武松，年二十八歲，係陽谷縣人氏。因有膂力，本縣參做都頭。因公差回還，祭奠亡兄，見嫂潘氏不守孝滿，擅自嫁人。是日，松在巷口緝聽，不合在獅子街王鸞酒樓上撞遇李外傳。因酒醉，索討前借錢三百文，外傳不與；又不合因而鬬毆，互相不服，揪打踢撞傷重，當時身死。比有唱婦牛氏、包氏見証，致被地方保甲捉獲。委官前至屍所，拘集仵作、里甲人等，檢驗明白，取供具結，填圖解繳前來，覆審無異。擬武松合依鬬毆殺人〔三〕，不問手足、他物、金兩，律絞。酒保王鸞并牛氏、包氏，俱供明無罪。今合行申到案發落，請允施行。

政和三年八月　日　　知縣李達天、縣丞樂和安、主簿華荷禄、典史夏恭基、司吏錢勞。

府尹看了一遍，將武松叫過面前，問道：「你如何打死這李外傳？」那武松只是朝上磕頭告道：「青天老爺！小的到案下，得見天日。容小的説，小的敢説。」府尹道：「你只顧説來。」武松遂將西門慶奸娶潘氏，并哥哥捉姦，踢中心窩，後來縣中告狀不准，前後情節細説一遍，道：「小的本爲哥哥報仇，因尋西門慶厮打，不料悞打死此人。委是小的負屈含冤，奈西門慶錢大，禁他不得。小人死不足惜，但只是小人哥哥武大含寃地下，枉了性命。」府尹道：「你不消多言，我已盡知了。」因把司吏錢勞叫來，痛責二十板，説道：「你那知縣也不待做官，何故這等任情賣法？」于是將一干人衆，一一審録過，用筆將武松供招都改了，因向佐貳官説道：「此人爲兄報仇，悞打死這李外傳，也是箇有義的烈漢，比故殺平人不同。」一面打開他長枷，換了一面輕罪枷枷了，下在牢裡。一干人等都發回本縣聽候。一面行文書着落清河縣，添提豪惡西門慶，并嫂潘氏、王婆、小厮鄆哥、仵作何九，一同從公根勘明白，奏請施行。武松在東平府監中，人都知道他是條好漢，因此押牢禁子都不要他一文錢，到把酒食與他吃。

早有人把這件事報到清河縣。西門慶知道了，慌了手脚。陳文昭是箇清廉官，不敢來打點他。只得走去央求親家陳宅心腹，并使家人來旺星夜往東京下書與楊提督。伏。提督轉央内閣蔡太師。太師又恐怕傷了李知縣名節，連忙賫了一封密書，特來東平府下與陳文昭，免提西門慶、潘氏。這陳文昭原係大理寺寺正，陞東平府府尹，又係蔡太師門生，又見楊提督乃是朝廷面前説得話的官，以此人情兩盡，只把武松免死，問了箇脊杖四十，刺配二千里充軍。况武大已死，屍傷無存，事涉疑似，勿論。其餘一干人犯釋放寧家。申詳過省院，文書到日，卽便施行。陳文昭從牢中取出武松來，當堂讀了朝廷明降，開了長枷，免不得脊杖四十，

好箇愛賢宰相。

取一具七斤半鐵葉團頭枷釘了，臉上刺了兩行金字，迭配孟州牢城。其餘發落已完，當堂府尹押行公文，差兩箇防送公人，領了武松解赴孟州交割。

當日武松與兩箇公人出離東平府，來到本縣家中，將家活多變賣了，打發那兩箇公人路上盤費，央托左隣姚二郎看管迎兒：「儻遇朝廷恩典，赦放還家，恩有重報，不敢有忘。」街坊隣舍，上戶人家，見武二是箇有義的漢子，不幸遭此，都資助他銀兩，也有送酒食錢米的。武二到下處，問土兵要出行李包裹來，即日離了清河縣上路，迤邐往孟州大道而行。有詩爲証：

府尹推詳秉至公，武松垂死又疏通。
今朝刺配牢城去，病草萋萋遇暖風。

這裏武二往孟州充配去了，不題。且說西門慶打聽他上路去了，一塊石頭方落地，心中如去了痞一般，十分自在。于是家中分付家人來旺、來保、來興兒，收拾打掃後花園芙蓉亭乾净，鋪設圍屏，掛起錦障，安排酒席齊整，叫了一起樂人，吹彈歌舞。請大娘子吳月娘、第二李嬌兒、第三孟玉樓、第四孫雪娥、第五潘金蓮，合家歡喜飲酒。家人媳婦、丫鬟使女兩邊侍奉。但見：

香焚寶鼎，花插金瓶。器列象州之古玩，簾開合浦之明珠。水晶盤內，高堆火棗交梨；碧玉盃中，滿泛瓊漿玉液。烹龍肝，炮鳳腑，果然下筯了萬錢；黑熊掌，紫駝蹄，酒後獻來香滿座。碾破鳳團，白玉甌中分白浪；斟來瓊液，紫金壺內噴清香。畢竟壓賽孟嘗君，只此敢欺石崇富。

當下西門慶與吳月娘居上，其餘多兩傍列坐，傳盃弄盞，花簇錦攢。飲酒間，只見小廝玳安領下一箇小廝、一箇小女兒，纔頭髮齊眉，生得乖覺，拏着兩箇盒兒，說道：「隔壁花家，送花兒來與娘們戴。」走到西門慶、月娘衆人跟前，都磕了頭，立在傍邊，說：「俺娘使我送這盒兒點心并花兒與西門大娘戴。」揭開盒兒看，一盒是朝廷上用的菓餡椒鹽金餅，一盒是新摘下來鮮玉簪花。月娘滿心歡喜，說道：「又叫你娘費心。」一面看菜兒，打發兩箇吃了點心。月娘與了那小丫頭一方汗巾兒，與了小廝一百文錢，說道：「多上覆你娘，多謝了。」因問小丫頭兒：「你叫什麼名字？」他回言道：「我叫綉春。小廝便是天福兒。」打發去了。月娘便向西門慶道：「咱這花家娘子兒，倒且是好，常時使小廝丫頭送東西與我們。我並不曾回些禮兒與他。」西門慶道：「花二哥娶了這娘子兒，今不上二年光景。他自說娘子好箇性兒。不然房裡怎生得這兩箇好丫頭。」字字綿裏裹針。月娘道：「前者他家老公公死了出殯時，我在山頭會他一面。生得五短身材，團面皮，細灣灣兩道眉兒，且是白净，好箇温克性兒〔四〕。年紀還小哩，不上二十四五。」西門慶道：「你不知，他原是大名府梁中書妾，晚嫁花家子虛，帶一分好錢來。」月娘道：「他送盒兒來，咱休差了禮數，到明日也送些禮物回答他。」

似爲李瓶兒出筍，却又暗伏收春梅機緣。線索之妙，令人不測。

看官聽說：原來花子虛渾家姓李，因正月十五所生，那日人家送了一對魚瓶兒來，就小字喚做瓶姐。先與大名府梁中書爲妾。梁中書乃東京蔡太師女壻，夫人性甚嫉妬，婢妾打死者多埋在後花園中。這李氏只在外邊書房內住，有養娘伏侍。只因政和三年正月上元之夜，梁中書同夫人在翠雲樓上，李逵殺了全家老小，（照映。）梁中書與夫人各自逃生。這李氏帶了一百顆西洋大珠，（伏。）二兩重一對鴉青寶石，與養娘走上東京投親。那時花太監由御前班直陞廣南鎮守，因姪男花子虛沒妻室，就使媒婆說親，娶爲正室。太監到廣南去，也帶他到廣南，住了半年有餘。不幸花太監有病，告老在家，因是清河縣人，在本縣住了。如今花太監死了，一分錢多在子虛手裡。每日同朋友在院中行走，與西門慶都是前日結拜的弟兄。終日與應伯爵、謝希大一班十數箇，每月會在一處，叫些唱的，花攢錦簇頑耍。衆人又見花子虛乃是內臣家勤兒，手裡使錢撒漫，哄着他在院中請表子，整三五夜不歸。正是：

紫陌春光好， 紅樓醉管絃。
人生能有幾？ 不樂是徒然。

此事表過不題。且說當日西門慶率同妻妾，合家歡樂，在芙蓉亭上飲酒，至晚方散。歸到潘金蓮房中，已有半酣，乘着酒興，要和婦人雲雨。婦人連忙薰香打舖，和他解衣上床。西門慶且不與他雲雨，明知婦人第一好品簫，于是坐在青紗帳內，令婦人馬爬在身邊，雙手輕籠金釧，捧定那話，往口裡吞放。西門慶垂首翫其出入之妙，鳴咂良久，淫情倍增，因呼春梅進來遞茶。（未必無心。）婦人恐怕丫頭看見，連忙放下帳子來。西門慶道：「怕怎麽的？」因說起：「隔壁花二哥房裡到有兩箇好丫頭，今日送花來的是小丫頭。還有一箇也有春梅年紀，也是花二哥

牽枝扯

葉，語語含却語語露。何物文人摹寫至此！

金蓮亦有心擡舉春梅，故一說便肯。

收用過了。但見他娘在門首站立，他跟出來，却是生得好模樣兒。（不丟開，寫出貪心。）誰知這花二哥年紀小小的，房裡恁般用人！」婦人聽了，瞅了他一眼，說道：「怪行貨子，我不好罵你，你心裡要收這箇丫頭，（解心人。）收他便了，如何遠打遛折，指山說磨，拏人家來比奴。奴不是那樣人，他又不是我的丫頭！既然如此，明日我往後邊坐一回，騰個空兒，你自在房中叫他來，收他便了。」西門慶聽了，歡喜道：「我的兒，你會這般解趣，怎教我不愛你！」二人說得情投意洽，更覺美愛無加，謾謾的品簫過了，方纔抱頭交股而寢。正是：自有內事迎郎意，慇懃快把紫簫吹。有《西江月》爲証：

紗帳香飄蘭麝，娥眉慣把簫吹。雪瑩玉體透房幃，禁不住魂飛魄碎。玉腕欵籠金釧，兩情如醉如癡。才郎情動囑奴知，慢慢多咂一會。

到次日，果然婦人往孟玉樓房中坐了。西門慶叫春梅到房中，收用了這妮子。正是：

春點杏桃紅綻蕊，風欺楊柳綠翻腰。

潘金蓮自此一力擡舉他起來，不令他上鍋抹灶，只叫他在房中鋪床疊被，遞茶水，衣服首飾揀心愛的與他，纏得兩隻脚小小的。原來春梅比秋菊不同，性聰慧，喜謔浪，善應對，生的有幾分顏色，西門慶甚是寵他。秋菊爲人濁蠢，不諳事體，婦人常常打的是他。正是：

燕雀池塘語話喧，蜂柔蝶嫩總堪憐。
雖然異數同飛鳥〔五〕，貴賤高低不一般。

校記

〔一〕「詞曰」，內閣本、首圖本題作「踏莎行」。
〔二〕「右調踏莎行」，內閣本、首圖本無。
〔三〕「鬬毆」，原作「鬬歐」，據內閣本改。
〔四〕「温克性兒」，詞話本、崇禎諸本同。張評本作「温存性兒」。
〔五〕「異數」，崇禎諸本同。按張評本作「無數」。

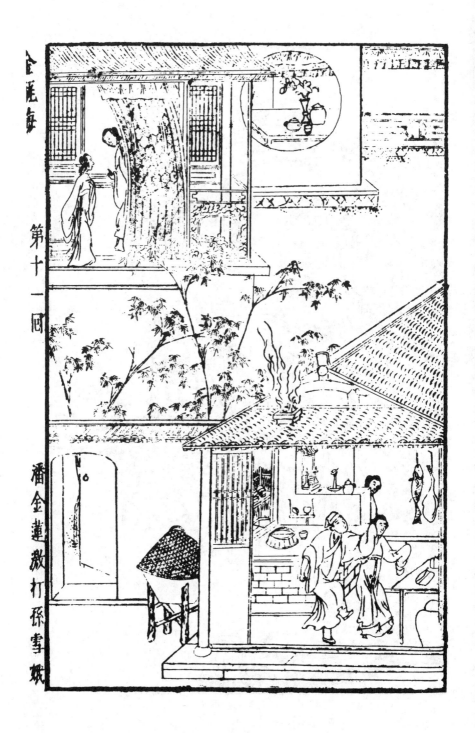

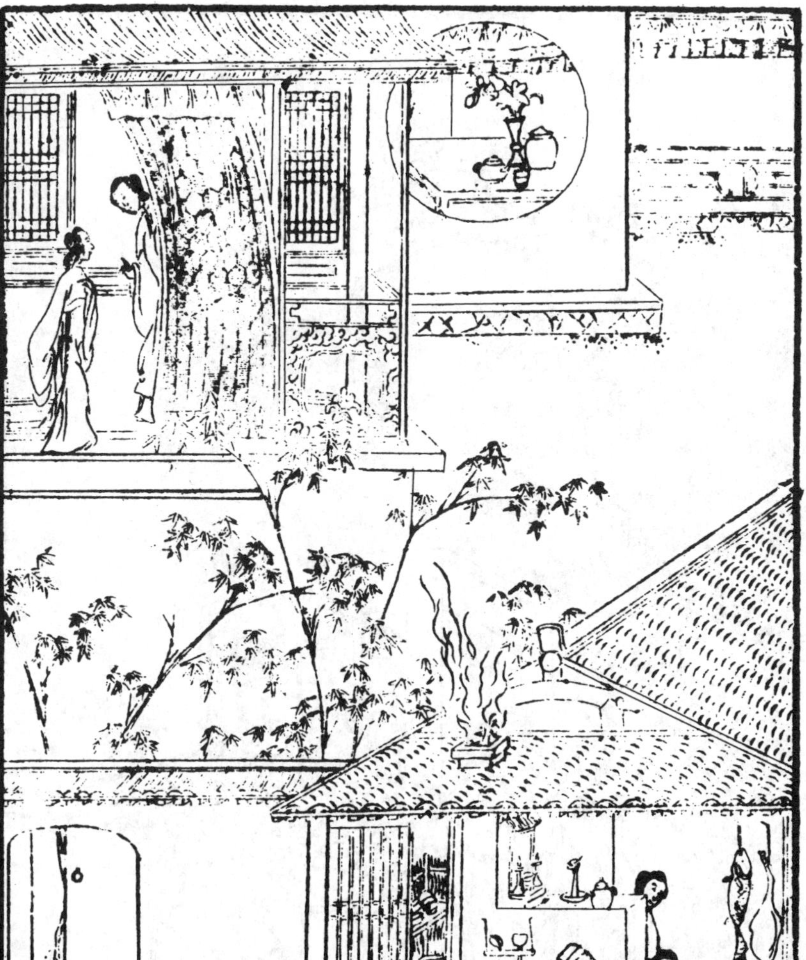

金瓶梅　第十一回　潘金蓮激打孫雪娥

西門慶梳籠李桂姐

新刻繡像批評金瓶梅卷之三

第十一回　潘金蓮激打孫雪娥　西門慶梳籠李桂姐

詩曰〔一〕：

六街簫鼓正喧闐，初月今朝一線添。
睡去烏衣驚玉剪，鬪來宵燭渾朱簾。
香綃染處紅餘白，翠黛攢來苦未甜。
阿姐當年曾似此，從他戲汝不須嫌。

話説潘金蓮在家恃寵生驕，顛寒作熱，鎮日夜不得個寧靜。性極多疑，專一聽籬察壁。那個春梅，又不是十分耐煩的。一日，金蓮爲些零碎事情不凑巧，罵了春梅幾句。春梅没處出氣，走往後邊厨房下去，槌檯拍凳鬧狠狠的模樣。那孫雪娥看不過，假意戲他道：「怪行貨子！想漢子便別處去想，怎的在這里硬氣？」（禍從此一戲罵起。）春梅正在悶時，聽了這句，不一時暴跳起來：「那個歪厮纏我哄漢子？」雪娥見他性不順，只做不聽得。春梅便使性做幾步走到前邊來，一五一十，又添些話頭，道：「他還説娘教爹收了我，俏一幫兒哄漢子。」挑撥與金蓮知道。金蓮滿肚子不快活。因送吳月娘出去送殯，起身早些，有些身子倦，睡了一覺，走到亭子上。只見孟玉樓搖颭的走來，（沒心人多少快活。）笑嘻嘻道：「姐姐如何悶悶的不言語？」金蓮道：「不要說起，今早倦的了不得。三姐你在那里去來？」玉樓道：「纔到後面厨房裡走了走來。」金蓮道：「他與你說些甚麽來？」玉樓道：「姐姐沒言語。」金蓮心雖懷恨，口裡却不說出。兩個做了一回針指。只見春梅拏茶來，吃畢，兩個悶倦，就放桌兒下棋耍子。忽見看園門小厮琴童走來，（伏。）報道：「爹來了。」慌的兩個婦人收棋子不迭。西門慶恰進門檻，看見二人家常都帶着銀絲鬏髻，露着四鬢，耳邊青寶石墜子，白紗衫兒，銀紅比甲，挑線裙子，雙灣尖趫，紅鴛瘦小，一箇箇粉粧玉琢，不覺滿面堆笑，戲道：「好似一對兒粉頭，也值百十兩銀子！」潘金蓮說道：「俺們倒不是粉頭，你家正有粉頭在後邊裡。」（劈空插入，尖甚。）那玉樓抽身就往後走，被西門慶一手拉住，說道：「你往那里去？我來了，你倒要脫身去了。實說，我不在家，你兩個在這里做甚麽？」金蓮道：「俺兩個悶的慌，在這里下了兩盤棋，時沒做賊，誰知道你就來了。」一面替他接衣服，說道：「你今日送殯來家早。」西門慶道：「今日齋堂裡都是內相同官，天氣又熱，我不耐煩，先來家。」玉樓問道：「他大娘怎的還不來？」西門慶道：「他的轎子也待進城，我先回，使兩個小厮接去了。」一面坐下，因問：「你兩個下棋賭些甚麽？」金蓮道：「俺兩個自下一盤耍子，平白賭什麽？」西門慶道：「等我和你們下一盤，那箇輸了，拿出一兩銀子做東道。」金蓮道：「俺們沒銀子。」西門慶道：「你沒銀子，拏簪子問我當，也是一般。」于是擺下棋子，三人下了一盤。潘金蓮輸了。（輸得妙。）

金蓮撒嬌弄痴，事事俱堪入画。每閱一過，輒令人銷魂半晌。

一唱一和，都妙。

西門慶纔數子兒，被婦人把棋子撲撒亂了。一直走到瑞香花下，倚着湖山，推掐花兒。西門慶尋到那里，說道：「好小油嘴兒！你輸了棋子，却躲在這里。」那婦人見西門慶來，睨笑不止，說道：「怪行貨子！孟三兒輸了，你不敢禁他，却來纏我！」將手中花撮成瓣兒，洒西門慶一身。被西門慶走向前，雙關抱住，按在湖山畔，就口吐丁香，舌融甜唾，戲謔做一處。不防玉樓走到根前叫道：「六姐，他大娘來家了，咱後邊去來。」這婦人撇了西門慶，說道：「哥兒，我回來和你答話。」（藕斷絲連。）遂同玉樓到後邊，與月娘道了萬福。月娘問：「你們笑甚麼？」玉樓道：「六姐今日和他爹下棋，輸了一兩銀子，到明日整治東道，請姐姐耍子。」月娘笑了。金蓮只在月娘面前打了個照面兒，就走來前邊陪伴西門慶。分付春梅房中薰香，預備澡盆浴湯，准備晚間效魚水之歡。看官聽說：家中雖是吳月娘居大，常有疾病，不管家事，只是人情來往，出入銀錢，都在李嬌兒手裏。孫雪娥單管率領家人媳婦，在廚中上灶，打發各房飲食。譬如西門慶在那房裏宿歇，或吃酒，或吃飯，造甚湯水，俱經雪娥手中整理，那房裡丫頭自往廚下去拿。此不必說。當晚西門慶在金蓮房中，吃了回酒，洗畢澡，兩人歇了。

次日，也是合當有事，西門慶許下金蓮，要往廟上替他買珠子穿箍兒戴。早起來，等着要吃荷花餅、銀絲鮓湯，（好名色。）使春梅往廚下說去。那春梅只顧不動身。金蓮道：「你休使他。有人說我縱容他，教你收了，俏成一幫兒哄漢子。百般指猪罵狗，欺負俺娘兒們。你又使他後邊做甚麼去？」西門慶便問：「是誰說的？你對我說。」婦人道：「說怎的！盆罐都有耳朵。（不便說出，更妙。）

你只不叫他後邊去，另使秋菊去便了。」西門慶遂叫過秋菊，分付他往厨下對雪娥說去。約有兩頓飯時，婦人已是把桌兒放了，偏快。白不見拿來，急的西門慶只是暴跳。婦人見秋菊不來，使春梅：「你去後邊瞧瞧那奴才，只顧生根長苗的不見來。」

雪娥殊不自揣。

春梅有幾分不順，使性子走到厨下。只見秋菊正在那里等着哩，便罵道：「賊奴才，娘要卸你那腿哩！說你怎的就不去了。爹等着吃了餅，要往廟上去，急得爹在前邊暴跳，叫我採了你去哩！」這孫雪娥不聽便罷，聽了心中大怒，罵道：「怪小淫婦兒，馬回子拜節——來到的就是？鍋兒是鐵打的，也等慢慢兒的來。預備下熬的粥兒又不吃〔三〕，忽剌八新興出來要烙餅做湯。那個是肚裏蛔蟲？」春梅不忿他罵，說道：「沒的扯毬淡！主子不使了來，那個好來問你要。妙在不卑不亢。有與沒，俺們到前邊只說的一聲兒，有那些聲氣的？」一隻手擰住秋菊的耳朵，一直往前邊來。雪娥道：「主子奴才，常遠是這等硬氣，有時道着！」春梅道：「有時道沒時道，沒的把俺娘兒兩個別變了罷！」于是氣狠狠走來。婦人見他臉氣得黃黃的，拉着秋菊進門，便問：「怎的來了？」春梅道：「你問他。我去時還在厨房裡雌着，等他慢條厮禮兒纔和麵兒。我自不是說了一句『爹在前邊等着，娘說你怎的就不去了？』到被那小院兒裡的，輕嘴。千奴才、萬奴才罵了我恁一頓，說爹馬回子拜節——走到的就是！只像那個調唆了爹一般，預備了粥兒不吃，平白地生發起要甚餅和湯。只顧在厨房裡罵人，不肯做哩！」婦人在旁便道：「我說別要使他去，挑撥，人冷。自恁和他合氣，說俺娘兒兩個霸攔你在這屋裡，只當吃人罵將來。」西門慶聽了大怒，走到後邊厨房裏，不由分說，向雪娥踢了幾脚，罵道：「賊歪剌骨！我使他來要餅，你如何罵他？你罵他奴才，你如何不溺胞尿把自己照照！」（罵得毒。）雪娥被西門慶踢罵了一頓，敢怒而不敢言。西門慶剛走到厨房門外，孫雪娥對着來昭妻一丈青説道：「你看，我今日悔氣！早是你在旁聽，我又没曾説什麽。他走將來凶神也一般，大喓小喝，把丫頭採的去了，反對主子面前輕事重報，惹的走來平白地恁一場兒。我洗着眼兒，看着主子奴才長遠恁硬氣着，只休要錯了脚兒！」不想被西門慶聽見了，復回來又打了幾拳，罵道：「賊奴才淫婦！你還説不欺負他，親耳朶聽見你還罵他。」打的雪娥疼痛難忍，西門慶便往前邊去了。那雪娥氣的在厨房裡兩淚悲流，放聲大哭。吳月娘正在上房，纔起來梳頭，因問小玉：「厨房裡亂些甚麽？」小玉回道：「爹要餅吃了往廟上去，説姑娘罵五娘房裡春梅來，被爹聽見了，踢了姑娘幾脚，哭起來。」月娘道：「也没見他，要餅吃連忙做了與他去就罷了，平白又罵他房裡丫頭怎的！」于是使小玉走到厨房，攛掇雪娥和家人媳婦忙造湯水，打發西門慶吃了，往廟上去，不題。

往往反覆播弄。

這雪娥氣憤不過，正走到月娘房裡告訴此事。不防金蓮驀然走來，立于窗下潛聽。見雪娥在房裡對月娘、李嬌兒説他怎的霸攔漢子，背地無所不爲：「娘，你還不知淫婦，説起來比養漢老婆還浪，一夜没漢子也成不的。背地幹的那繭兒，人幹不出，他幹出來。當初在家，把親漢子用毒藥擺死了，跟了來。如今把俺們也吃他活埋了，弄的漢子烏眼雞一般，見了俺們便不待見。」月娘道：「也没見你，他前邊使了丫頭要餅，你好好打發與他去便了，平白又罵他怎

雖仇口，却句句是金蓮實録。

小玉又先說一聲，偏在忙中搖擺。

呆人沒得說，往往以此二字語扯白。

的？」孫雪娥道：「我罵他禿也瞎也來？那頃，這丫頭在娘房裡着緊不聽手，俺沒曾在灶上把刀背打他！（此失時語。）娘尚且不言語。可可今日輪到他手裡，便驕貴的這等的了。」正說着，只見小玉走到，說：「五娘在外邊。」少頃，金蓮進房，望着雪娥說道：「比如我當初擺死親夫，你就不消叫漢子娶我來家，（開口絕無一蔓，又突又冷。）省得我霸攔着他，撐了你的窩兒。論起春梅，又不是我的丫頭，你氣不憤，還教他伏侍大娘就是了。省得你和他合氣，把我扯在裡頭。那個好意死了漢子嫁人？（此句難說。）如今也不難的勾當，等他來家，與我一紙休書，我去就是了。」月娘道：「我也不曉的你們底事，你們大家省言一句兒便了。」孫雪娥道：「娘，你看他嘴似淮洪也一般，隨問誰也辨他不過。明在漢子根前戳舌兒，轉過眼就不認了。依你說起來，除了娘，把俺們都撵了，只留着你罷！」那吳月娘坐着，由他兩個你一句我一句，只不言語。後來見罵起來，雪娥道：「你罵我奴才！你便是真奴才！」險些兒不曾打起來。月娘看不上，使小玉把雪娥拉往後邊去。這潘金蓮一直歸到前邊，卸了濃粧，洗了脂粉，烏雲散亂，花容不整，哭得兩眼如桃，倘在床上。（婦人慣用此技。）

到日西時分，西門慶廟上來，袖着四兩珠子，進入房中，一見便問：「怎的來？」婦人放聲號哭起來，問西門慶要休書。如此這般告訴一遍：「我當初又不圖你錢財，自恁跟了你來，如何今日教人這等欺負？千也說我擺殺漢子，萬也說我擺殺漢子！沒丫頭便罷了，如何要人房裡丫頭伏侍？吃人指罵！」這西門慶不聽便罷，聽了時，三尸神暴跳，五臟氣沖天，一陣風走到後邊，採過雪娥頭髮來，儘力（二字惡。）拿短棍打了幾下。多虧吳月娘向前拉住了，說道：「沒的大家（二字公道。）省事些兒罷了，好交你主子惹氣！」西門慶道：「好賊歪刺骨，我親自聽見你在廚房裡罵，你還攬纏別人。我不把你下截打下來也不筭！」看官聽說：不爭今日打了孫雪娥，管教潘金蓮從前作過事，沒興一齊來。正是：

惟有感恩并積恨，萬年千載不生塵。

當下西門慶打了雪娥，走到前邊，窩盤住了金蓮，袖中取出廟上買的四兩珠子，遞與他。婦人見漢子與他做主，出了氣，如何不喜。繇是要一奉十，寵愛愈深。

話休饒舌，一日正輪該花子虛家擺酒會茶，這花家就在西門慶緊隔壁。內官家擺酒，甚是豐盛。衆兄弟都到了。因西門慶有事，約午後纔來，都等他，不肯先坐。少頃，西門慶來到，然後敘禮讓坐，東家安西門慶居首席。兩個妓女，琵琶箏秦在席前彈唱。端的說不盡梨園嬌艷，色藝雙全。但見：

羅衣疊雪，寶髻堆雲。櫻桃口，杏臉桃腮；楊柳腰，蘭心蕙性。歌喉宛轉，聲如枝上流鶯；舞態蹁躚，影似花間鳳轉。腔依古調，音出天然。舞回明月墜秦樓，歌遏行雲遮楚館。高低緊慢按宮商，輕重疾徐依格調。箏排雁柱聲聲慢，板拍紅牙字字新。

少頃，酒過三巡，歌吟兩套，兩個唱的放下樂器，向前花枝招颭般來磕頭。西門慶呼玳安書袋內取兩封賞賜〔三〕，每人二錢〔四〕，拜謝了下去。因問東家花子虛道：「這位姐兒上姓？端的會唱。」東家未及答，應伯爵插口道：「大官人多忘事，就不認的了？這擲箏的是花二哥令翠——抅攔後巷吳銀兒。這彈琵琶的，就是我前日說的李三媽的女兒、李桂卿的妹子，小名叫做桂姐。你家中見放着他親姑娘，如何推不認的？」西門慶笑道：「元來就是他。我六年不見，不想就出落得恁般成人了。」便有意。落後酒闌，上席來遞酒。這桂姐慇懃勸酒，情話盤桓。西門慶因問：「你三媽與姐姐桂卿，在家做甚麼？怎的不來我家看看你姑娘？」桂姐道：「俺媽從去歲不好了一場，至今腿脚半邊通動不的，只扶着人走。俺姐姐桂卿被淮上一個客人包了半年，常接到店裡住，兩三日不放來家。家中好不無人，只靠着我逐日出來供唱，好不辛苦！常時也想着要往宅裡看看姑娘，白不得個閑。爹許久怎的也不來裡邊走走？幾時放姑娘家去看看俺媽也好。」西門慶見他一團和氣，說話兒乖覺伶變，就有幾分留戀之意，說道：「我今日約兩位好朋友送你家去，你意下何如？」桂姐道：「爹休哄我。你肯貴人脚兒踏俺賤地？」老到。西門慶道：「我不哄你。」便向袖中取出汗巾連挑牙與香茶盒兒，遞與桂姐收了。桂姐道：「多咱去？如今使保兒先家去說一聲，作個預備。」西門慶道：「直待人散，一同起身。」少頃，遞畢酒，約掌燈人散時分，西門慶約下應伯爵、謝希大，也不到家，騎馬同送桂姐，逕進抅攔往李家去。正是：

陷人坑，土窖般暗開掘；迷魂洞，囚牢般巧砌疊；撿屍場，屠舖般明排列。整一味死温存活打劫。招牌兒大字書者：買俏金，哥哥休擀；纏頭錦，婆婆自接；賣花錢，姐姐不賒。

西門慶等送桂姐轎子到門首，李桂卿迎門接入堂中。見畢禮數，請老媽出來拜見。不一時，虔婆扶拐而出，半邊肐膊都動彈不得，見了西門慶，道了萬福，說道：「天麽，天麽！姐夫貴人，那陣風兒刮得你到這裡？」西門慶笑道：「一向窮冗，沒曾來得，老媽休怪。」虔婆又向應、謝二人說道：「二位怎的也不來走走？」伯爵道：「便是白不得閒，今日在花家會茶，遇見桂姐，因此同西門爹送回來。快看酒來，俺們樂飲三盃。」虔婆讓三位上首坐了。一面點茶，一面打抹春擡，收拾酒菜。少頃，掌上燈燭，酒餚羅列。桂姐從新房中打扮出來，細。旁邊陪坐，免不得姐妹兩個金樽滿泛，玉阮同調，歌唱遞酒。正是：

琉璃鍾，琥珀濃，小槽酒滴珍珠紅。烹龍炮鳳玉脂泣，羅幃繡幙圍香風。吹龍笛，擊鼉鼓。皓齒歌，細腰舞。況是青春莫虛度，銀缸掩映嬌娥語，不到劉伶墳上去。

當下姊妹兩個唱了一套，席上觥籌交錯飲酒。西門慶向桂卿道：「今日二位在此，久聞桂姐善能歌唱南曲〔五〕，何不請歌一詞，奉勸二位一盃兒酒！」應伯爵道：「我又不當起動，借大官人餘光，洗耳願聽佳音。」那桂姐坐着只是笑，半晌不動身。原來西門慶有心要梳籠桂姐，故先索落他唱。那院中婆娘見識精明，早已看破了八九分。桂卿在旁，就先開口說道：「我家桂姐從小兒養得嬌，自來生得靦腆，不肯對人胡亂便唱。」于是西門慶便叫玳安書袋內取出五兩一錠銀子來，放在桌上，說道：「這些不當甚麽，權與桂姐爲脂粉之需，改日另送幾套織金衣服。」

桂姐連忙起身謝了。（與坐着句相應。）先令丫鬟收去，方纔下席來唱。這桂姐雖年紀不多，却色藝過人，當下不慌不忙，輕扶羅袖，擺動湘裙，袖口邊搭刺着一方銀紅撮穗的落花流水汗巾兒，（想宋時北妓如此。）歌唱道：

【駐雲飛】舉止從容，壓盡拘欄占上風。行動香風送，頻使人欽重。嗏！玉杵污泥中，豈凡庸？一曲宮商〔六〕，滿座皆驚動。勝似襄王一夢中，勝似襄王一夢中。

唱畢，把個西門慶歡喜的没入脚處。分付玳安回馬家去，晚夕就在李桂卿房裡歇了一宿。緊着西門慶要梳籠這女子，又被應伯爵、謝希大兩個一力攛掇，就上了道兒。次日，使小厮往家去拏五十兩銀子，段舖内討四件衣裳，要梳籠桂姐。那李嬌兒聽見要梳籠他的姪女兒，（映帶。）如何不喜？連忙拏了一錠大元寶付與玳安，拏到院中打頭面，做衣服，定桌席。吹彈歌舞，花攢錦簇，飲三日喜酒。應伯爵、謝希大又約會了孫寡嘴、祝實念、常時節〔七〕，每人出五分分子，都來賀他。鋪的蓋的都是西門慶出。每日大酒大肉，在院中頑耍，不在話下。

舞裙歌板逐時新，散盡黃金只此身。
寄與富兒休暴殄，儉如良藥可醫貧。

校記

〔一〕「詩曰」，按内閣本、首圖本第十一至十四回回首詩題、詞題刻印格式，與底本同。

〔二〕「熬的粥兒」，首圖本作「來的粥兒」。

〔三〕「呼玳安」，按張評本作「叫玳安」。
〔四〕「二錢」，按張評本作「三錢」。
〔五〕「南曲」，內閣本、首圖本作「南唱」。
〔六〕「宮商」，首圖本作「清商」。
〔七〕「常時節」，按崇禎本、張評本通作「常峙節」，此處與詞話本同。

第十二回

潘金蓮私僕受辱

劉理星魘勝求財

第十二回　潘金蓮私僕受辱　劉理星魘勝求財

詩曰：

可憐獨立樹，枝輕根亦搖。
雖爲露所浥，復爲風所飄。
錦衾襞不開，端坐夜及朝。
是妾愁成瘦，非君重細腰。

話說西門慶在院中貪戀桂姐姿色，（元不及情。）約半月不曾來家。吳月娘使小廝拏馬接了數次，李家把西門慶衣帽都藏過，不放他起身。丢的家中這些婦人都閑静了。別人猶可，惟有潘金蓮這婦人，青春未及三十歲，慾火難禁一丈高。每日打扮的粉粧玉琢，皓齒朱唇，無日不在大門首倚門而望，只等到黃昏。到晚來歸入房中，粲枕孤幃〔一〕，鳳臺無伴，睡不着，走來花園中，欵步花苔。看見那月洋水底，便疑西門慶情性難拏；偶遇着玳瑁猫兒交歡，越引逗的他芳心迷亂。當時玉樓帶來一個小廝，名喚琴童，年約十六歲，纔留起頭髮，生的眉清目秀，乖滑伶俐。西門慶叫他看管花園，晚夕就在花園門首一間耳房內安歇。金蓮和玉樓白日裡常在花園亭子上一處做針指或下棋。這小廝專一獻小慇勤，常覷見西門慶來，就先來告報。（便非蠢人。）

此何物，豈可置之閨人左右！西門

慶元自疎畧。

没要没緊，俱文人玩世心思所寄。

以此婦人喜他，常叫他入房，賞酒與他吃。兩個朝朝暮暮，眉來眼去，都有意了。

不想到了七月，西門慶生日將近。吳月娘見西門慶留戀烟花，因使玳安拏馬去接。這潘金蓮暗暗修了一個柬帖，交付玳安，教：「悄悄遞與你爹，說五娘請爹早些家去罷。」這玳安兒一直騎馬到李家，只見應伯爵、謝希大、祝實念、孫寡嘴，常峙節衆人，正在那里伴着西門慶，摟着粉頭歡樂飲酒。西門慶看見玳安來到，便問：「你來怎麽？家中没事？」玳安道：「家中没事。」西門慶道：「前邊各項銀子，叫傅二叔討討，等我到家筭帳。」（財主口角。）玳安道：「這兩日傅二叔討了許多，等爹到家上帳。」西門慶道：「你桂姨那一套衣服，稍來不曾？」（大老官口角。）玳安道：「已稍在此。」便向毡包內取出一套紅衫藍裙，遞與桂姐。桂姐道了萬福，收了〔二〕，連忙分付下邊，管待玳安酒飯。那小廝吃了酒飯，復走來上邊伺候。悄悄向西門慶耳邊說道：「五娘使我稍了個帖兒在此。請爹早些家去。」西門慶纔待用手去接，早被李桂姐看見，只道是西門慶那個表子寄來的情書，一手撾過來，拆開觀看，却是一幅迴文錦箋，上寫着幾行墨跡。桂姐遞與祝實念，教念與他聽。這祝實念見上面寫詞一首，名《落梅風》，念道：

黃昏想，白日思，盼殺人多情不至。因他為他憔悴死，可憐也綉衾獨自。燈將殘，人睡也，空留得半窗明月。眠心硬渾似鐵〔三〕，這凄涼怎捱今夜？

下書：「愛妾潘六兒拜。」那桂姐聽畢，撇了酒席，走入房中，倒在床上，面朝裡邊睡了。（好做作。）西門慶見桂姐惱了，把帖子扯的稀爛，（着鬼。）衆人前把玳安踢了兩脚。請桂姐兩遍不來，慌的西

伴嗔故惱，冷熱幫襯，哄然一堂之上，彷彿如覩。

桂卿又老着臉兒說正經話，妙甚。

雙關得妙。

門慶親自進房，抱出他來，說道：「分付帶馬回去，家中那個淫婦使你來，我這一到家，都打個臭死！」玳安只得含淚回家。西門慶道：「桂姐，你休惱。這帖子不是別人的，乃是我第五個小妾寄來，請我到家有些事兒計較，再無別故。」祝實念在旁戲道：「桂姐，你休聽他哄你哩！這個潘六兒乃是那邊院裡新叙的一個表子，生的一表人物。你休放他去。」西門慶笑趕着打，說道：「你這賊天殺的，單管弄死了人，緊着他恁麻犯人，你又胡說。」李桂卿道：「姐夫差了，既然家中有人拘管，就不消梳籠人家粉頭，自守着家裡的便了。纔相伴了多少時，便就要抛離了去。」好寬皮散。應伯爵插口道：「說的有理。你兩人都依我，大官人也不消家去，桂姐也不必惱。今日說過，那個再恁，每人罰二兩銀子，買酒咱大家吃。」于是西門慶把桂姐摟在懷中陪笑，一遞一口兒飲酒。少頃，拿了七鍾細茶來，馨香可掬，每人面前一盞。應伯爵道：「我有個曲兒，單道這茶好處：

【朝天子】這細茶的嫩芽，生長在春風下。不揪不採葉兒楂，但煮着顏色大。絕品清奇，難描難画。口兒裡常時呷，醉了時想他，醒來時愛他。原來一簍兒千金價。」

謝希大笑道：「大官人使錢費物，不圖這『一摟兒』，收科。却圖些甚的？如今每人有詞的唱詞，不會詞，每人說個笑話兒，與桂姐下酒。」就該謝希大先說，因說道：「有一個泥水匠，在院中幔地〔四〕。老媽兒怠慢了他，他暗暗把陰溝內堵上塊磚。落後天下雨，積的滿院子都是水。老媽慌了，尋的他來，多與他酒飯，還秤了一錢銀子，央他打水平。那泥水匠吃了酒飯，悄悄去陰溝内把那塊磚拏出，那水登時出的罄盡。老媽便問作頭：『此是那里的病？』泥水匠回道：『這病與你老人家的病一樣，有錢便流，無錢不流。』」桂姐見把他家來傷了，便道：「我也有個笑話，回奉列位。有一孫真人，擺着筵席請人，却教座下老虎去請。那老虎把客人都路上一個個吃了。真人等至天晚，不見一客到。不一時老虎來，真人便問：『你請的客人都那里去了？』老虎口吐人言：『告師父得知，我從來不曉得請人，只會白嚼人。』」當下把衆人都傷了。

妙在件件皆清客之物，與珠玉等項自別。

應伯爵道：「可見的俺們只是白嚼，你家孤老就還不起個東道？」于是向頭上拔下一根鬧銀耳斡兒來，重一錢；謝希大一對鍍金網巾圈，秤一秤重九分半；祝實念袖中掏出一方舊汗巾兒，算二百文長錢；孫寡嘴腰間解下一條白布裙，（此物太醜。）當兩壺半酒；常峙節無以爲敬，問西門慶借了一錢銀子。都遞與桂卿，置辦東道，請西門慶和桂姐。那桂卿將銀錢都付與保兒。買了一錢猪肉，又宰了一隻雞，自家又賠些小菜兒，（偏周到。）安排停當。大盤小碗拏上來，衆人坐下，說了一聲動筯吃時，說時遲，那時快，但見：

寫得盡情痛快，此風雖文人不免，何況伯爵一輩！

人人動嘴，個個低頭。遮天映日，猶如蝗蝻一齊來；擠眼掇肩，好似餓牢纔打出。這個搶風膀臂，如經年未見酒和餚；那個連三快子，成歲不逢筵與席。一個汗流滿面，却似與鷄骨禿有寃仇；一個油抹唇邊，把猪毛皮連唾嚥。吃片時，盃盤狼籍；啖頃刻，筯子縱横。這個稱爲食王元帥，那個號作淨盤將軍。酒壺番晒又重斟，盤饌已無還去探。正是：

珍羞百味片時休，果然都送入五臟廟。

當下衆人吃得個淨光王佛。西門慶與桂姐吃不上兩鍾酒，揀了些菜蔬，又被這夥人吃去了。那日把席上椅子坐折了兩張，前邊跟馬的小廝，不得上來掉嘴吃，把門前供養的土地翻倒來，便剌了一泡稠谷都的熱屎〔五〕。臨出門來，孫寡嘴把李家明間內供養的鍍金銅佛，搡在褲腰裡；應伯爵推鬬桂姐親嘴，把頭上金琢針兒戲了；謝希大把西門慶川扇兒藏了；祝實念走到桂卿房裡照面，溜了他一面水銀鏡子；常峙節借的西門慶一錢銀子，竟是寫在鬬帳上了。原來這起人，只伴着西門慶頑耍，好不快活。有詩爲証：

院中實有此景，非異議也。

工妍掩袖媚如猱，乘興閒來可暫留。
若要死貪無厭足，家中金鑰教誰收？

按下衆人簇擁着西門慶飲酒不題。單表玳安回馬到家，吳月娘和孟玉樓、潘金蓮正在房坐的，見了便問玳安：「你去接爹來了不曾？」玳安哭的兩眼紅紅的，說道：「被爹踢罵了小的來了。爹說那個再使人接，來家都要罵。」月娘便道：「你看恁不合理，不來便了，如何又罵小廝？」孟玉樓道：「你踢將小廝便罷了，如何連俺們都罵將來？」潘金蓮道：「十個九個院中淫婦，和你有甚情實！常言說的好：船載的金銀，填不滿烟花寨。」金蓮只知說出來，不防李嬌兒見玳安自院中來家，便走來窗下潛聽。見金蓮罵他家千淫婦萬淫婦，暗暗懷恨在心。從此二人結仇，不在話下。正是：

甜言美語三冬煖，惡語傷人六月寒。

不說李嬌兒與潘金蓮結仇。單表金蓮歸到房中，捱一刻似三秋，盼一時如半夏。知道西門慶不來家，把兩個丫頭打發睡了，推往花園中遊翫，將琴童叫進房與他酒吃。把小廝灌醉了，掩上房門，褪衣解帶，兩個就幹做一處。但見：

琴童何脩而得此？為之不平。

一個不顧綱常貴賤，一個那分上下高低。一個色胆歪邪，管甚丈夫利害；一個淫心蕩漾，從他律法明條。百花園內，翻爲快活排場；主母房中，變作行樂世界。霎時一滴驢精髓，不忿語。傾在金蓮玉體中。

自此爲始，每夜婦人便叫琴童進房如此。未到天明，就打發出來。背地把金裹頭簪子兩三根帶在頭上，又把裙邊帶的錦香囊葫蘆兒也與了他。豈知這小廝不守本分，常常和同行小廝街上吃酒耍錢，頗露機關。常言：若要不知，除非莫爲。有一日，風聲吹到孫雪娥、李嬌兒耳朵內，說道：「賊淫婦，往常假撇清，如何今日也做出來了？」齊來告月娘。月娘再三不信，說道：「不爭你們和他合氣，惹的孟三姐不怪？只說你們擠撮他的小廝。」說的二人無言而退。落後婦人夜間和小廝在房中行事，忘記關厨房門，不想被丫頭秋菊出來淨手，看見了。次日傳與後邊小玉，小玉對雪娥說。雪娥同李嬌兒又來告訴月娘如此這般：「他屋裡丫頭親口說出來，又不是俺們葬送他。大娘不說，俺們對他爹說。若是饒了這個淫婦，除非饒了蝎子！」

月娘非不信，只一味解紛息爭耳。

此時正值七月二十七日，西門慶從院中來家上壽。月娘道：「他纔來家，又是他好日子，你們不依我，只顧說去！等他反亂將起來，我不管你。」二人不聽月娘，約的西門慶進入房中，齊來告訴金蓮在家怎的養小廝一節。這西門慶不聽萬事皆休，聽了怒從心上起，惡向胆邊生。走到前邊坐下，一片聲叫琴童兒。早有人報與潘金蓮。金蓮慌了手脚，使春梅忙叫小廝到房中，囑付千萬不要説出來，把頭上簪子都拿過來收了。着了慌，就忘解了香囊葫蘆下來。（有波瀾。）被西門慶叫到前廳跪下，分付三四個小廝，選大板子伺候。西門慶道：「賊奴才！你知罪麽？」那琴童半日不敢言語。西門慶令左右：「拔下他簪子來，我瞧！」見沒了簪子，因問：「你戴的金裹頭銀簪子，往那里去了？」琴童道：「小的並沒甚銀簪子。」西門慶道：「奴才還搗鬼！與我旋剥了衣服，拿板子打！」當下兩三個小廝扶侍一個〔六〕，剥去他衣服，扯了褲子。見他身底下穿着玉色絹褻兒，褻兒帶上露出錦香囊葫蘆兒。西門慶一眼看見，便叫：「拏上來我瞧！」認的是潘金蓮裙邊帶的物件，不覺心中大怒，就問他：「此物從那里得來？你實説是誰與你的？」唬的小廝半日開口不得，説道：「這是小的某日打掃花園，在花園內拾的。並不曾有人與我。」西門慶越怒，切齒喝令：「與我綑起來着實打！」當下把琴童綳子綳着，打了三十大棍，打得皮開肉綻，鮮血順腿淋漓。又叫來保：「把奴才兩個鬢毛與我撏了！趕將出去，再不許進門！」那琴童磕了頭，哭哭啼啼出門去了。

（偏看見，偏認得，絕有情景。不待審問的確，竟自打逐，似暴裸，又似容忍，妙得其情。）

潘金蓮在房中聽見，如提在冷水盆內一般。不一時，西門慶進房來，嚇的戰戰兢兢，渾身無了脈息，小心在旁扶侍接衣服，被西門慶兜臉一個耳刮子，把婦人打了一交。分付春梅：「把前後角門頂了，不放一個人進來！」拏張小椅兒，坐在院內花架兒底下，取了一根馬鞭子，拏在手裡，喝令：「淫婦，脱了衣裳跪着！」那婦人自知理虧，不敢不跪，真個脱去了上下衣服，跪在面前，低垂粉面，不敢出一聲兒。（便自可憐。）西門慶便問：「賊淫婦，你休推夢裡睡裡，奴才我已審問明白，他一一都供出來了。你實説，我不在家，你與他偷了幾遭？」婦人便哭道：「天那，天那！可不寃屈殺了我罷了！自從你不在家半個來月，奴白日裡只和孟三兒一處做針指，到晚夕早關了房門就睡了。没勾當，不敢出這角門邊兒來。你不信，只問春梅便了。（好証見。）有甚和鹽和醋，他有個不知道的？」因叫春梅：「姐姐你過來，親對你爹説。」西門慶罵道：「賊淫婦！有人説你把頭上金裹頭簪子兩三根都偷與了小厮，（淺甚。）你如何不認？」婦人道：「就屈殺了奴罷了！是那個不逢好死的嚼舌根的淫婦，嚼他那旺跳身子。見你常時進奴這屋裡來歇，無非都氣不憤，拏這有天没日頭的事壓枉奴。就是你與的簪子，都有數兒，一五一十都在，你查不是！我平白想起甚麽來與那奴才？好成材的奴才，也不枉説的，恁一個尿不出來的毛奴才，（精却出來。）平空把我纂一篇舌頭！」西門慶道：「簪子有没罷了。」因向袖中取出那香囊來，説道：「這個是你的物件兒，如何打小厮身底下捏出來〔七〕？你還口强甚麽！」説着紛紛的惱了，向他白馥馥香肌上，颼的一馬鞭子來，打的婦人疼痛難忍，眼噙粉淚，没口子叫道：「好爹爹，你饒了奴罷！你容奴説便説，不容奴説，你就打死了奴，也只臭爛了這塊地〔八〕。這個香囊葫蘆兒，你不在家，奴那日同孟三姐在花園裡做生活，因從木香棚下過，帶兒繫不牢，就抓落在地，（可可合着，妙。若先知會，便無味矣。）我那里没尋，誰知這奴才拾了。奴並不曾與他。」只這一句，就合着琴

先作萬分不可解之勢，忽一

語解之，令讀者怒（驚）喜無定。

畢竟愛心勝，稍有一絲出脫之路，便出脫之矣。大家都含胡罷了，妙。

童供稱一樣的話，又見婦人脫的光赤條條，花朵兒般身子，嬌啼嫩語，跪在地下，那怒氣早已鑽入爪窪國去了，把心已回動了八九分，因叫過春梅，自尋出路。摟在懷中，問他：「淫婦果然與小廝有首尾没有？你說饒了淫婦，我就饒了罷。」那春梅撒嬌撒痴，坐在西門慶懷裡，說道：「這個，爹你好没的說！我和娘成日唇不離腮，娘肯與那奴才？這個都是人氣不憤俺娘兒們，做作出這樣事來。爹，你也要個主張，好把醜名兒頂在頭上，傳出外邊去好聽？」反把一堆泥堆在西門慶頭上，巧甚。幾句把西門慶說的一聲兒没言語，丟了馬鞭子，一面叫金蓮起來，穿上衣服，分付秋菊看菜兒，放桌兒吃酒。這婦人滿斟了一杯酒，雙手遞上去，跪在地下，等他鍾兒。西門慶分付道：「我今日饒了你。我若但凡不在家，要你洗心改正，早關了門戶，不許你胡思亂想。我若知道，並不饒你。」婦人道：「你分付，奴知道了。」又與西門慶磕了四個頭，方纔安座兒，在旁陪坐飲酒。潘金蓮平日被西門慶寵的狂了，今日討這場羞辱在身上。正是：

爲人莫作婦人身，百年苦樂由他人。

當下西門慶正在金蓮房中飲酒，忽小廝打門，說：「前邊有吳大舅、吳二舅、傅夥計、女兒、女婿，衆親戚送禮來祝壽。」方纔撇了金蓮，出前邊陪待賓客。那時應伯爵、謝希大衆人都有人情，院中李桂姐家亦使保兒送禮來。伏。西門慶前邊亂着收人家禮物，發柬請人，不在話下。

且說孟玉樓打聽金蓮受辱，約的西門慶不在房裡，瞞着李嬌兒、孫雪娥，走來看望。見金

不怨自家差錯，只記恨別人，婦人腸肚，大率類此。

蓮睡在床上，因問道：「六姐，你端的怎麽緣故？告我說則個。」那金蓮滿眼流淚哭道：「三姐，你看小淫婦，今日在背地裡白唆調漢子，打了我恁一頓。我到明日，和這兩個淫婦寃仇結得有海深。」玉樓道：「你便與他有瑕玷，如何做作着把我的小厮弄出去了？六姐，你休煩惱，莫不漢子就不聽俺們說句話兒？若明日他不進我房裡來便罷，但到我房裡來，等我慢慢勸他。」金蓮道：「多謝姐姐費心。」一面叫春梅看茶來吃。坐着說了回話，玉樓告回房去了。至晚，西門慶因上房吳大妗子來了，走到玉樓房中宿歇。玉樓因說道：「你休枉了六姐心，六姐並無此事，都是日前和李嬌兒、孫雪娥兩個有言語，平白把我的小厮扎罰了。你不問個青紅皂白，就把他屈了，却不難爲他了！我就替他賭個大誓，若果有此事，大姐姐有個不先說的？」（解亦巧。）西門慶道：「我問春梅，他也是這般說。」（呆人可笑。）玉樓道：「他今在房中不好哩，你不去看他看去？」西門慶道：「我知道，明日到他房中去。」當晚無話。

到第二日，西門慶正生日。有周守備、夏提刑、張團練、吳大舅許多官客飲酒，拏轎子接了李桂姐并兩個唱的，唱了一日。李嬌兒見他姪女兒來，引着拜見月娘衆人，（宛然。）在上房裡坐吃茶。請潘金蓮見，連使丫頭請了兩遍，金蓮不出來，只說心中不好。到晚夕，桂姐臨家去，拜辭月娘。月娘與他一件雲絹比甲兒、汗巾花翠之類，同李嬌兒送出門首。桂姐又親自到金蓮花園角門首：「好歹見見五娘。」（定要見，促恰之甚。）那金蓮聽見他來，使春梅把角門關得鐵桶相似，說道：「娘分付，我不敢開。」這花娘遂羞訕滿面而回，（亦自取。）不題。

單表西門慶至晚進入金蓮房內來，那金蓮把雲鬟不整，花容倦淡，四字可憐。迎接進房，替他脱衣解帶，伺候茶湯脚水，百般慇懃扶侍。到夜裡枕席歡娛，屈身忍辱，無所不至，説道：「我的哥哥，這一家誰是疼你的？都是露水夫妻，再醮貨兒。惟有奴知道你的心，你知道奴的意。旁人見你這般疼奴，在奴身邊的多，都氣不憤，背地裡駕舌頭，在你根前唆調。我的俊冤家！你想起甚麽來〔九〕，中人的拖刀之計，你把心愛的人兒這等下無情的折挫！常言道：家雞打的團團轉，野鷄打得貼天飛〔一〇〕。你就把奴打死了，也只在這屋裡。就是前日你在院裏踢罵了小厮來，早是有大姐姐、孟三姐在跟前，我自不是説了一聲，恐怕他家粉頭掏淥壞了你身子，院中唱的一味愛錢，有甚情節？誰人疼你？誰知被有心的人聽見，兩個背地做成一幫兒筭計我。自古人害人不死，天害人纔害死了。往後久而自明，只要你與奴做個主兒便了。」幾句把西門慶窩盤住了。是夜與他淫慾無度。

百分小心，只不放倒架子。然而思悲語苦。

過了幾日，西門慶備馬，玳安、平安兩個跟隨，往院中來。却説李桂姐正打扮着陪人坐的，聽見他來，連忙走進房去，洗了濃粧，除了簪環，倒在床上裹衾而卧。西門慶走到，坐了半日，老媽纔出來，道了萬福，讓西門慶坐下，問道：「怎的姐夫連日不進來走走？」西門慶道：「正是因賤日窮冗，家中無人。」虔婆道：「姐兒那日打攪。」西門慶道：「怎的那日桂卿不來走走？」虔婆道：「桂卿不在家，被客人接去店裏。這幾日還不放了來。」説了半日話，纔拏茶來陪着吃了。西門慶便問：「怎的不見桂姐？」虔婆道：「姐夫還不知哩，小孩兒家，不知怎的，那日着了

娼家假態，曲曲寫出。

先冷冷落落，推他開口，方

婉婉說人，的是虔婆伎倆。

惱，來家就不好起來，睡倒了。房門兒也不出，直到如今。姐夫好狠心，也不來看看姐兒。」西門慶道：「真個？我通不知。」因問：「在那邊房裡？我看看去。」虔婆道：「在他後邊臥房裡睡。」慌忙令丫鬟掀簾子。西門慶走到他房中，只見粉頭烏雲散亂，粉面慵粧〔二〕，裹被坐在床上，面朝裏，見了西門慶，不動一動兒。畫。西門慶問道：「你那日來家，怎的不好？」也不答應。畫。又問：「你着了誰人惱？你告我說。」問了半日，那桂姐方開言說道：「左右是你家五娘子。你家中既有恁好的迎歡賣俏，又來稀罕俺們這樣淫婦做甚麽？深識。俺們雖是門户中出身，蹺起脚兒，比外邊良人家不成的貨兒高好些。我前日又不是供唱，我也送人情去。大娘到見我甚是親熱，又與我許多花翠衣服。待要不請他見，又說俺院中沒禮法。聞說你家有五娘子，當即請他拜見，又不出來。家來同俺姑娘又辭他去，他使丫頭把房門關了。端的好不識人敬重！」西門慶道：「你到休怪他。他那日本等心中不自在，他若好時，有個不出來見你的？這個淫婦，我幾次因他咬羣兒，口嘴傷人，也要打他哩！」桂姐反手向西門慶臉上一掃，道：「沒羞的哥兒，你就打他？」激得妙。西門慶道：「你還不知我手段，除了俺家房下，家中這幾個老婆丫頭，但打起來也不善，着緊二三十馬鞭子還打不下來。好不好還把頭髮都剪了。」桂姐道：「我見砍頭的，沒見砍嘴的，你打三箇官兒〔三〕，唱兩個喏，誰見來？你若有本事，到家裡只剪下一柳子頭髮，拏來我瞧，我方信你是本司三院有名的子弟。」西門慶道：「你敢與我排手？」呆甚。那桂姐道：「我和你排一百個手。」當日西門慶在院中歇了一夜，到次日黄昏時分，辭了桂姐，上馬回

既激之以怒，又歆之以名，桂姐亦是

辣手。

先尋事起水頭，寫得肺肝如見。

割所愛以奉所愛，似乎近愚，然亦前氣未消盡故耳。

到此方入題，西門慶亦費許多曲折

家。桂姐道：「哥兒，你這一去，沒有這物件兒，看你拿甚嘴臉見我！」

這西門慶吃他激怒了幾句話，歸家已是酒酣，不往別房裡去，逕到潘金蓮房內來。婦人見他有酒了，加意用心伏侍。問他酒飯都不吃。分付春梅把床上枕蓆拭抹乾淨，帶上門出去。他便坐在床上，令婦人脫靴。那婦人不敢不脫。須臾，脫了靴，打發他上床。西門慶且不睡，坐在一隻枕頭上，令婦人褪了衣服，地下跪着。那婦人嚇的捏兩把汗，又不知因爲甚麼，于是跪在地下，柔聲痛哭道：「我的爹爹！你透與奴個伶俐說話，奴死也甘心。饒奴終日恁提心吊胆，陪着一千個小心，還投不着你的機會，只拿鈍刀子鋸處我，教奴怎生吃受？」西門慶罵道：「賊淫婦，你真個不脫衣服，我就沒好意了！」因叫春梅：「門背後有馬鞭子，與我取了來！」那春梅只顧不進房來，叫了半日，纔慢條厮禮推開房門進來。（一味恃寵。）看見婦人跪在床地平上，向燈前倒着桌兒下，由西門慶使他，只不動身。婦人叫道：「春梅，我的姐姐，你救我救兒，他如今要打我。」西門慶道：「小油嘴兒，你不要管他。你只遞馬鞭子與我打這淫婦。」（勢緊語鬆。）春梅道：「爹，你怎的恁沒羞！娘幹壞了你甚麼事兒？你信淫婦言語，平地裡起風波，要便搜尋娘？還教人和你一心一計哩！你教人有那眼兒看得上你！倒是我不依你。」拽上房門，走在前邊去了。那西門慶無法可處，倒呵呵笑了，（過下無痕。）向金蓮道：「我且不打你。你上來，我問你要椿物兒，你與我不與我？」婦人道：「好親親，奴一身骨朵肉兒都屬了你，（情急語。）隨要甚麼，奴無有不依隨的。不知你心裏要甚麼兒？」西門慶道：「我要你頂上一柳兒好頭髮。」婦人道：「好心

矣。

金蓮此時情亦苦矣！

肝！奴身上隨你怎的揀着燒遍了也依，這個剪頭髮却依不的，可不嚇死了我罷了。奴出娘胞兒，活了二十六歲，從没幹這營生。打緊我頂上這頭髮近來又脱了好些，只當可憐見我罷。」西門慶道：「你只怪我惱，我説的你就不依。」婦人道：「我不依你，再依誰？」因問：「你實對奴説，要奴這頭髮做甚麽？」西門慶道：「我要做網巾。」婦人道：「你要做網巾，奴就與你做，休要拿與淫婦，教他好壓鎮我。」西門慶道：「我不與人便了，要你髮兒做頂線兒。」婦人道：「你既要做頂線，待奴剪與你。」當下婦人分開頭髮，西門慶拿剪刀，按婦人頂上，齊臻臻剪下一大柳來，用紙包放在順袋内。婦人便倒在西門慶懷中，嬌聲哭道：「奴凡事依你，只願你休忘了心腸〔一三〕。隨你前邊和人好，只休抛閃了奴家！」是夜與他歡會異常。

燒琴煮鶴且不可，況剪美人之髮乎！剪而相贈猶不可，況因氣而相逼乎！爲之痛惜。

到次日，西門慶起身，婦人打發他吃了飯，出門騎馬，逕到院裡。桂姐便問：「你剪的他頭髮在那裡？」西門慶道：「有，在此。」便向茄袋内取出，遞與桂姐。打開看，果然黑油也一般好頭髮，襯出。就收在袖中。西門慶道：「你看了還與我。他昨日爲剪這頭髮，好不煩難，吃我變了臉惱了，他才容我剪下這一柳子來。我哄他，只説要做網巾頂線兒，逕拏進來與你瞧。可見我不失信。」桂姐道：「甚麽稀罕貨，慌的恁個腔兒！等你家去，我還與你。比是你恁怕他，就不消剪他的來了。」西門慶笑道：「那裏是怕他！恁説我語言不的了。」桂姐一面叫桂卿陪着他吃酒，走到背地裏，把婦人頭髮早絮在鞋底下，每日踹踏。寫出技心。不在話下。却把西門慶纏住，連過了數日，不放來家。

拿來火熱，却又傖(搶)白得冰冷，桂姐利嘴可畏！

明明要說夫妻，却從父子兄弟開科。小人小術何嘗無次第。

引不端事作証，諧甚。

金蓮自從頭髮剪下之後，覺道心中不快，每日房門不出，茶飯慵餐。吳月娘使小廝請了家中常走看的劉婆子來看視，說：「娘子着了些暗氣，惱在心中，不能回轉，頭疼惡心，飲食不進。」一面打開藥包來，留了兩服黑丸子藥兒：「晚上用姜湯吃。」又說：「我明日叫我老公來，替你老人家看看今歲流年，有災沒災。」金蓮道：「原來你家老公也會筭命？」劉婆道：「他雖是個瞽目人，到會兩三椿本事：第一善陰陽筭命，與人家禳保；第二會針灸收瘡；第三椿兒不可說，（作聲價。）——單管與人家回背。」婦人問道：「怎麼是回背？」劉婆子道：「比如有父子不和，兄弟不睦〔一四〕，大妻小妻爭鬬，教了俺老公去說了，替他用鎮物安鎮，書些符水與他吃了，不消三日，教他父子親熱，兄弟和睦，妻妾不爭。若人家買賣不順溜，田宅不興旺者，常與人開財門發利市。（又補出數事，若不爲夫妻發者，妙甚。）治病洒掃，禳星告斗都會。因此人都叫他做劉理星。也是一家子，新娶個媳婦兒是小人家女兒，有些手脚兒不穩，常偷盜婆婆家東西往娘家去。丈夫知道，常被責打。俺老公與他回背，書了一道符，燒灰放在水缸下埋着〔一五〕。合家大小吃了缸內水，眼看媳婦偷盜，只相沒看見一般。又放一件鎮物在枕頭內，男子漢睡了那枕頭，好似手封住了的，再不打他了。」那金蓮聽見遂留心，便呼丫頭，打發茶湯點心與劉婆吃。臨去，包了三錢藥錢，另外又秤了五錢，要買紙劄信物。明日早飯時叫劉瞎來燒神紙。那婆子作辭回家。

到次日，果然大清早辰，領賊瞎逕進大門往裏走。那日西門慶還在院中，看門小廝便問：「瞎子往那里走？」劉婆道：「今日與裡邊五娘燒紙。」小廝道：「既是與五娘燒紙，老劉你領進去。仔細看狗。」這婆子領定，逕到潘金蓮卧房明間內，等了半日，婦人纔出來。瞎子見了禮，坐下。婦人說與他八字，賊瞎用手揑了揑，說道：「娘子庚辰年，庚寅月，乙亥日，己丑時。初八日立春，已交正月筭命。依子平正論，娘子這八字，雖故清奇，一生不得夫星濟，子上有些妨碍。乙木生在正月間，亦作身旺論，不尅當自焚。又兩重庚金，羊刃太重，夫星難爲，尅過兩個纔好。」婦人道：「已尅過了。」賊瞎子道：「娘子這命中，休怪小人說，子平雖取煞印格，只吃了亥中有癸水，丑中又有癸水〔一六〕，水太多了，冲動了只一重巳土，官煞混雜。論來，男人煞重掌威權，女子煞重必刑夫。所以主爲人聰明機變，得人之寵。只有一件，今歲流年甲辰，歲運併臨，災殃立至。命中又犯小耗勾絞，兩位星辰打攪，雖不能傷，却主有比肩不和，小人嘴舌，常沾些啾唧不寧之狀。」婦人聽了，說道：「累先生仔細用心，與我回背回背。我這裏一兩銀子相謝先生，買一盞茶吃。奴不求別的，只願得小人離退，夫主愛敬便了。」一面轉入房中，拔了兩件首飾遞與賊瞎。賊瞎收入袖中，說道：「既要小人回背，用柳木一塊，刻兩個男女人形，書着娘子與夫主生辰八字，用七七四十九根紅線扎在一處〔一七〕。上用紅紗一片，蒙在男子眼中，用艾塞其心，用針釘其手，下用膠粘其足，暗暗埋在睡的枕頭內。又朱砂書符一道燒灰，暗暗攪茶內。若得夫主吃了茶，到晚夕睡了枕頭，不過三日，自然有驗。」婦人道：「請問先生，這四椿兒是怎的說？」賊瞎道：「好教娘子得知：用紗蒙眼，使夫主見你一似西施嬌豔；用艾塞心，使他心愛到你；用針釘手，隨你怎的不是，使他再不敢動手打你；用膠粘足者，使他再不往那里

事事俱打到婦人心坎上，賊

瞎狡甚。

西門慶愛春梅，往往在冷處摹寫。

胡行。」婦人聽言，滿心歡喜。當下備了香燭紙馬，替婦人燒了紙。到次日，使劉婆送了符水鎮物與婦人，如法安頓停當，將符燒灰，頓下好茶，待的西門慶家來，婦人叫春梅遞茶與他吃。到晚夕，與他共枕同床，過了一日兩，兩日三，似水如魚，歡會異常。看官聽說：但凡大小人家，師尼僧道，乳母牙婆，切記休招惹他，背地什麼事不幹出來？古人有四句格言說得好：

堂前切莫走三婆，後門常鎖莫通和。
院內有井防小口，便是禍少福星多。

校記

〔一〕「粲枕」，崇禎諸本同。按張評本作「單枕」。
〔二〕「收了」，崇禎諸本同。按張評本作「走來」，詞話本作「收了」。
〔三〕「眠心硬渾似鉄」，吳藏本作「眠思心硬渾似鉄」。按張評本作「狠心硬渾似鉄」，詞話本「眠」字前缺空。
〔四〕「幔地」，按張評本作「墁地」。
〔五〕「熱屎」，崇禎諸本同。按張評本作「熱尿」。
〔六〕「扶」，內閣本、首圖本作「持」。
〔七〕「揑出來」，崇禎諸本同。按張評本作「搜出來」。
〔八〕「臭爛」，崇禎諸本同。按張評本同，詞話本作「臭烟」。
〔九〕「你」，原作「侍」，據內閣本改。
〔一〇〕「貼天飛」，崇禎諸本同。按張評本作「滿天飛」，詞話本作「貼天飛」。

〔一一〕「傭粧」，崇禎諸本同。按張評本、詞話本作「慵粧」。
〔一二〕「打三箇官兒」，崇禎諸本同。按張評本作「打三箇恭兒」，詞話本作「打三箇官兒」。
〔一三〕「休忘了」，崇禎諸本同。按張評本作「休變了」，詞話本作「休忘了」。
〔一四〕「不睦」，崇禎諸本同。按張評本作「不和」。
〔一五〕「埋着」，崇禎諸本同。按張評本作「埋着」。
〔一六〕「丑中又有癸水」，內閣本作「丑中亦有癸水」。按詞話本作「庚中又有癸水」。
〔一七〕「用」，原作「男」，據內閣本改。

金瓶梅

第十三回　李瓶姐隔墻密約

迎春兒隙底私窺

第十三回　李瓶姐墻頭密約　迎春兒隙底私窺〔一〕

詞曰：

綉面芙蓉一笑開，斜飛寶鴨襯香腮。眼波纔動被人猜。一面風情深有韵，半箋嬌恨寄幽懷。月移花影約重來。

——右調《山花子》

話說一日西門慶往前邊走來，到月娘房中。月娘告說：「今日花家使小使拏帖子來〔二〕，請你吃酒。」西門慶觀看帖子，寫着：「卽午院中吳銀家一叙，希卽過我同往，萬萬！」少頃，打選衣帽，叫了兩箇跟隨，騎匹駿馬，先逕到花家。不想花子虛不在家了。他渾家李瓶兒，夏月間戴着銀絲鬏髻，金鑲紫瑛墜子，藕絲對衿衫，白紗挑線鑲邊裙，裙邊露一對紅鴛鳳嘴尖尖趫趫小脚，立在二門裡臺基上。那西門慶三不知走進門，兩下撞了箇滿懷。這西門慶留心已久，雖故庄上見了一面，不曾細玩。今日對面見了，見他生的甚是白净，五短身材，瓜子面兒，細灣灣兩道眉兒，不覺魂飛天外，忙向前深深作揖。婦人還了萬福，轉身入後邊去了。使出一箇頭髮齊眉的丫鬟來，名喚綉春，請西門慶客位內坐。他便立在角門首，半露嬌容說：「大官人少坐一時。他適纔有些小事出去了，便來也。」丫鬟拏出一盞茶來，西門慶吃了。婦人隔門

此一撞，可謂五百年風流業寃。

說道：「今日他請大官人往那邊吃酒去，好歹看奴之面，勸他早些回家。（托熟得妙。）兩箇小廝又都跟去了，止是這兩箇丫鬟和奴，家中無人。」（深心語。）西門慶便道：「嫂子見得有理，哥家事要緊。嫂子既然分付在下，在下已定伴哥同去同來。」

正說着，只見花子虛來家，婦人便回房去了。花子虛見西門慶敘禮說道：「蒙哥下降，小弟適有些不得已小事出去，失迎，恕罪！」于是分賓主坐下，便叫小廝看茶。須臾，茶罷。又分付小廝：「對你娘說，看菜兒來，我和西門爹吃三盃起身。今日六月二十四，是院內吳銀姐生日，請哥同往一樂。」西門慶道：「二哥何不早說？」即令玳安：「快家去，討五錢銀子封了來。」花子虛道：「哥何故又費心？小弟到不是了。」西門慶見左右放棹兒，說道：「不消坐了，咱往裡邊吃去罷。」花子虛道：「不敢久留，哥略坐一回。」少頃，就是齊整餚饌拏將上來，銀高脚葵花鍾，每人三鍾，又是四箇捲餅，吃畢收下來與馬上人吃。

少頃，玳安取了分資來，一同起身上馬，逕往吳四媽家與吳銀兒做生日。到那裡，花攢錦簇，歌舞吹彈，飲酒至一更時分方散。西門慶留心，把子虛灌得酩酊大醉。又因李瓶兒央浼之言，相伴他一同來家。小廝叫開大門，扶到他客位坐下。李瓶兒同丫鬟掌着燈燭出來，把子虛攙扶進去。

西門慶交付明白，就要告回。婦人旋走出來，拜謝西門慶，說道：「拙夫不才貪酒，多累看奴薄面，（就肯認帳，妙。）姑待來家，官人休要笑話。」那西門慶忙屈身還喏，說道：「不敢。嫂子這裡分

討好綽趣，無一語不在箇中。

語語情見乎辭，瓶兒惟（雖）淫，畢竟醇厚。

付，在下敢不銘心刻骨，同哥一搭里來家！非獨嫂子耽心，顯的在下幹事不的了。方纔哥在他家，被那些人纏住了，我强着催哥起身。走到樂星堂兒門首粉頭鄭愛香兒家，（妙想。）——小名叫做鄭觀音，生的一表人物，哥就要往他家去，被我再三攔住，勸他説道：『恐怕家中嫂子放心不下。』方纔一直來家。若到鄭家，便有一夜不來。嫂子在上，不該我説，哥也糊塗，嫂子又青年，（尖。）偌大家室，如何就丢了，成夜不在家？是何道理！」婦人道：「正是如此，奴爲他這等在外胡行，不聽人説，奴也氣了一身病痛在這裡。往後大官人但遇他在院中，好歹看奴薄面，勸他早早回家。奴恩有重報，不敢有忘。」（一語覺瓊瑤、木桃猶淺。）這西門慶是頭上打一下脚底板响的人，積年風月中走，甚麽事兒不知道？今日婦人到明明開了一條大路，教他入港，豈不省腔！于是滿面堆笑道：「嫂子説那裡話！相交朋友做甚麽？我已定苦心諫哥，嫂子放心。」婦人又道了萬福，又叫小丫鬟拿了一盞果仁泡茶來。西門慶吃畢茶，説道：「我回去罷，嫂子仔細門户。」遂告辭歸家。

自此西門慶就安心設計，圖謀這婦人，屢屢安下應伯爵、謝希大這夥人，把子虛掛住在院裡飲酒過夜。他便脱身來家，一徑在門首站立。這婦人亦常領着兩箇丫鬟在門首。西門慶看見了，便揚聲咳嗽，一回走過東來，又往西去，〔三〕（舊手段。）或在對門站立，把眼不住望門裡睃盼。婦人影身在門裡，見他來便閃進裡面，見他過去了，又探頭去瞧。兩箇眼意心期，已在不言之表。一日，西門慶正站在門首，忽見小丫鬟綉春來請。西門慶故意問道：「姐姐請我做甚麽？

你爹在家裡不在？」綉春道：「俺爹不在家，娘請西門爹問句話兒。」這西門慶得不的一聲，連忙走過來，到客位内坐下。良久，婦人出來，道了萬福，便道：「前日多承官人厚意，奴銘刻于心，知感不盡。他從昨日出去，一連兩日不來家了，不知官人曾會見他來不曾？」西門慶道：「他昨日同三四箇在鄭家吃酒，我偶然有些小事就來了。今日我不曾得進去，不知他還在那裡没在。若是我在那裡，恐怕嫂子憂心，有箇不催促哥早早來家的？」婦人道：「正是這般說。奴吃煞他不聽人説，在外邊眠花卧柳不顧家事的虧。」西門慶道：「論起哥來，仁義上也好，只是有這一件兒。」説着，小丫鬟拿茶來吃了。西門慶恐子虛來家，不敢久戀，就要告歸。婦人又千叮萬囑，央西門慶：「不拘到那裡，好歹勸他早來家，奴已定恩有重報，決不敢忘官人！」西門慶道：「嫂子没的説，我與哥是那樣相交！」説畢，西門慶家去了。

「好歹」只此一語，愈見瓶兒醇厚。

到次日，花子虛自院中回家，婦人再三埋怨説道：「你在外邊貪酒戀色，多虧隔壁西門大官人，兩次三番顧睦你來家〔四〕。你買分禮兒謝謝他，方不失了人情。」那花子虛連忙買了四盒禮物、一罈酒，使小廝天福兒送到西門慶家。西門慶收下，厚賞來人去了。吳月娘便問説：「花家如何送你這禮？」西門慶道：「花二哥前日請我們在院中與吳銀兒做生日，醉了，被我攙扶了他來家；又見常時院中勸他休過夜，早早來家。他娘子兒因此感我的情，想對花二哥説，故買此禮來謝我。」吳月娘聽了，與他打箇問訊，説道：「我的哥哥，你自顧了你罷，又泥佛勸土佛！你也成日不着箇家，在外養女調婦，反勸人家漢子！」又道：「你莫不白受他這禮？」因問：

一人開口便着一人之痛癢，

所以爲妙。

「他帖兒上寫着誰的名字？若是他娘子的名字，今日寫我的帖兒，請他娘子過來坐坐，他也只恁要來咱家走走哩。若是他男子漢名字，隨你請不請，我不管你。」西門慶道：「是花二哥名字，我明日請他便了。」次日，西門慶果然治酒，請過花子虛來，吃了一日酒。歸家，李瓶兒說：「你不要差了禮數。咱送了他一分禮，他到請你過去吃了一席酒，你改日還該治一席酒請他，只當回席。」

瓶兒蓄意已久，此語恍惚爲瓶兒傳神。

光陰迅速，又早九月重陽。花子虛假着節下，叫了兩箇妓者，具柬請西門慶過來賞菊。又邀應伯爵、謝希大、祝實念[五]、孫天化四人相陪。傳花擊鼓，歡樂飲酒。有詩爲証：

烏兔循環似箭忙，人間佳節又重陽[六]。
千枝紅樹粧秋色，三徑黃花吐異香。
不見登高烏帽客，還思捧酒綺羅娘。
綉簾瑣闥私相覷，從此恩情兩不忘。

此一撞未必無心。

當日，衆人飲酒到掌燈之後，西門慶忽下席來外邊解手。不防李瓶兒正在遮槅子邊站立偷覷，兩個撞了個滿懷，西門慶迴避不及。婦人走到西角門首，暗暗使綉春黑影裡走到西門慶根前，低聲說道：「俺娘使我對西門爹說，少吃酒，早早回家。晚夕，娘如此這般要和西門爹說話哩。」西門慶聽了，歡喜不盡。小解回來，到席上連酒也不吃，唱的左右彈唱遞酒，只是粧醉不吃。看看到一更時分，那李瓶兒不住走來簾外，見西門慶坐在上面，只推做打盹。那應伯爵、謝希大，如同釘在椅子上，白不起身。熬的祝實念、孫寡嘴也去了，他兩箇還不動。把箇李瓶兒急的要不的。西門慶已是走出來，被花子虛再不放，説道：「今日小弟没敬心，哥怎的白不肯坐？」西門慶道：「我本醉了，吃不去。」于是故意東倒西歪，教兩箇扶歸家去了。應伯爵道：「他今日不知怎的，白不肯吃酒，吃了不多酒就醉了。既是東家費心，難爲兩箇姐兒在此，拿大鍾來，咱每再週四五十輪，散了罷。」李瓶兒在簾外聽見，罵「涎臉的囚根子」不絶。暗暗使小廝天喜兒請下花子虛來，分付説：「你既要與這夥人吃，趁早與我院裏吃去。休要在家裡聒噪。我半夜三更，熬油費火，我那裡耐煩！」花子虛道：「這咱晚我就和他們院裡去，也是來家不成，你休再麻犯我。」婦人道：「你去，我不麻犯便了。」這花子虛得不的這一聲，走來對衆人説：「我們往院裡去。」應伯爵道：「真個？休哄我。你去問聲嫂子來，咱好起身。」子虛道：「房下剛纔已是説了，教我明日來家。」謝希大道：「可是來，自吃應花子這等嘮叨。哥剛纔已是討了老脚來，咱去的也放心。」于是連兩箇唱的，都一齊起身進院。此時已是二更天氣，天福兒、天喜兒跟花子虛等三人，從新又到後巷吴銀兒家去吃酒不題。

單表西門慶推醉到家，走到金蓮房裡，剛脱了衣裳，就往前邊花園裡去坐，單等李瓶兒那邊請他。良久，只聽得那邊趕狗關門。（寫出驚心。）少頃，只見丫鬟迎春黑影裡扒着墻，推叫貓，看見西門慶坐在亭子上，遞了話。這西門慶就掇過一張桌櫈來踏着，暗暗扒過墻來，這邊已安下梯子。李瓶兒打發子虛去了，已是摘了冠兒，亂挽烏雲，素體濃粧，立在穿廊下。（悄悄冥冥。）看見

趕狗叫貓，俗事一經點染，覺竹聲花影，

無此韻致。此何時又作酬酢語，不幾迂而可笑。然此迂而可笑處，正隱隱画出瓶兒之爲人。不然則又一金蓮矣。

西門慶過來，歡喜無盡，忙迎接進房中。燈燭下，早已安排一棹齊整酒餚菓菜，壺內滿貯香醪。婦人雙手高擎玉斝，親遞與西門慶，深深道箇萬福：「奴一向感謝官人〔七〕，蒙官人又費心酬答，使奴家心下不安。今日奴自治了這杯淡酒，請官人過來，聊盡奴一點薄情。又撞着兩箇天殺的涎臉，只顧坐住了，急的奴要不的。剛纔吃我都打發到院裏去了。」西門慶道：「只怕二哥還來家麽？」婦人道：「奴已分付過夜不來了。兩箇小廝都跟去了。家裏再無一人，只是這兩箇丫頭，一箇馮媽媽看門首，他是奴從小兒養娘心腹人。前後門都已關閉了。」西門慶聽了，心中甚喜。兩箇于是並肩疊股，交盃換盞，飲酒做一處。迎春旁邊斟酒，綉春往來拿菜兒。吃得酒濃時，錦帳中香薰鴛被，設放珊瑚，兩箇丫鬟撤開酒棹〔八〕，拽上門去了。兩人上床交歡。

原來大人家有兩層窗寮，外面爲窗，裏面爲寮。婦人打發丫鬟出去，關上裏面兩扇窗寮，房中掌着燈燭，外邊通看不見。這迎春丫頭，今年已十七歲，頗知事體，見他兩箇今夜偷期，悄悄向窗下，用頭上簪子挺簽破窗寮上紙，往裡窺覷。端的二人怎樣交接？但見：

燈光影裏，鮫綃帳中，一箇玉臂忙搖，一個金蓮高舉。一個鶯聲嚦嚦，一個燕語喃喃。好似君瑞遇鶯娘，猶若宋玉偷神女。山盟海誓，依稀耳中；蝶戀蜂恣，未能即罷。正是：被翻紅浪，靈犀一點透酥胸；帳挽銀鈎，眉黛兩彎垂玉臉。

房中二人雲雨，不料迎春在窗外，聽看得明明白白。聽見西門慶問婦人多少青春。李瓶兒道：「奴今年二十三歲。」因問：「他大娘貴庚？」西門慶道：「房下二十六歲了。」婦人道：「原來長奴三歲，到明日買分禮兒過去，看看大娘，只怕不好親近。」西門慶道：「房下自來好性兒。」婦人又問：「你頭裏過這邊來，他大娘知道不知？儻或問你時，你怎生回答？」西門慶道：「俺房下都在後邊第四層房子裡，惟有我第五箇小妾潘氏，在這前邊花園內，獨自一所樓房居住，他不敢管我。」婦人道：「他五娘貴庚多少？」西門慶道：「他與大房下同年。」婦人道：「又好了，若不嫌奴有玷，奴就拜他五娘做箇姐姐罷。到明日，討他大娘和五娘的鞋樣兒來，奴親自做兩雙鞋兒過去，以表奴情。」說着，又將頭上關頂的金簪兒拔下兩根來，替西門慶帶在頭上，說道：「若在院裡，休要叫花子虛看見。」西門慶道：「這理會得。」當下二人如膠似漆，盤桓到五更時分。窗外鷄叫，東方漸白，西門慶恐怕子虛來家，整衣而起，照前越墻而過。兩箇約定暗號兒，但子虛不在家，這邊就使丫鬟在墻頭上暗暗以咳嗽爲號，或先丟塊瓦兒，見這邊無人，方纔上墻，這邊西門慶便用梯櫈扒過墻來。兩箇隔墻酬和，竊玉偷香，不繇大門行走，街坊隣舍怎的曉得？有詩爲証：

自是一片結識深情，非枕邊閒語也。

月落花陰夜漏長，相逢疑是夢高堂。
夜深偷把銀釭照，猶恐憨奴瞰隙光。

却說西門慶扒過墻來，走到潘金蓮房裡。金蓮還睡未起，因問：「你昨日也不知又往那裡去了這一夜？也不對奴說一聲兒。」西門慶道：「花二哥又使小厮邀我往院裏去，吃了半夜酒，纔脫身走來家。」金蓮雖故信了，還有幾分疑影在心。一日，同孟玉樓飯後在花園亭子上做針指，猛可見一塊瓦兒打在面前。那孟玉樓低着頭納鞋，沒看見。這潘金蓮單單把眼四下觀看，影影綽綽只見隔壁墻頭上一箇白面探了一探，就下去了。金蓮忙推玉樓，指與他瞧，說道：「三姐姐，你看這箇，是隔壁花家那大丫頭，想是上墻瞧花兒，看見俺們在這裡，他就下去了。」說畢，也就罷了。到晚夕，西門慶自外赴席來家，進金蓮房中。金蓮與他接了衣裳，問他。飯不吃，茶也不吃，趔趄着脚兒，（心虛，偏有此景。）只往前邊花園裡走。這潘金蓮賊留心，暗暗看着他。坐了好一回，只見先頭那丫頭在墻頭上打了箇照面，這西門慶就躧着梯櫈過墻去了。那邊李瓶兒接入房中，兩箇廝會不題。

這潘金蓮歸到房中，番來復去，通一夜不曾睡。將到天明，只見西門慶過來，推開房門，婦人睡在床上，不理他。那西門慶先帶幾分愧色，挨近他床上坐下。婦人見他來，跳起來坐着，一手撮着他耳朵，罵道：「好負心的賊！你昨日端的那裡去來？把老娘氣了一夜！你原來幹的那繭兒，我已是曉得不耐煩了！趁早實說，從前已往，與隔壁花家那淫婦偷了幾遭？一一說出來，我便罷休。但瞞着一字兒，到明日你前脚兒過去，後脚我就嚷喝起來，教你負心的囚根子死無葬身之地！你安下人標住他漢子在院裏過夜，却這裡要他老婆。我教你吃不了包着走！嗔道昨日大白日裡，我和孟三姐在花園裡做生活，只見他家那大丫頭在墻那邊探頭舒腦的，原來是那淫婦使的勾使鬼來勾你來了。你還哄我老娘！前日他家那忘八，半夜叫了

映出聽籬察壁心腸。

散言碎語

都有根據，始知從前一字不可減。寫慌處，妙在是喜處。

妬甚，氣甚，恨甚！

罵人無恥，却帶出自家無恥，妙。

金蓮大都要強，非盡愛小便宜也。

你往院裏去，原來他家就是院裏！」西門慶聽了，慌的粧矮子，只跌脚跪在地下，笑嘻嘻央及説道：「怪小油嘴兒，噤聲些！實不瞞你，他如此這般問了你兩箇的年紀，到明日討了鞋様去，每人替你做雙鞋兒，要拜認你兩箇做姐姐，他情愿做妹子。」金蓮道：「我是不要那淫婦認甚哥哥姐姐的。他要了人家漢子，又來獻小慇懃兒，我老娘眼裡是放不下砂子的人，肯叫你在我跟前弄了鬼兒去！」説着一隻手把他褲子扯開，（又深一層。）只見那話軟仃儅，銀托子還帶在上面，問道：「你實説，與淫婦弄了幾遭？」西門慶道：「弄倒有數兒的，只一遭。」婦人道：「你賭箇誓，一遭就弄的他恁軟如鼻涕濃如醬，却如風癱了一般的！有些硬朗氣兒也是人心。」説着把托子一揪，掛下來，罵道：「没羞的强盗，嗔道教我那裡没尋，原來把這行貨子悄地帶出，和那淫婦合搗去了。」西門慶滿臉兒陪笑説道：「怪小淫婦兒，麻犯人死了，他再三教我稍了上覆來，他到明日過來與你磕頭，還要替你做鞋。（消氣在此。）昨日使丫頭替了吴家的様子去了。今日教我稍了這一對壽字簪兒送你。」于是除了帽子，向頭上拔將下來，遞與金蓮。金蓮接在手内觀看，却是兩根番石青填地、金玲瓏壽字簪兒，乃御前所製，宫裡出來的，甚是奇巧。金蓮滿心歡喜，説道：「既是如此，我不言語便了。等你過那邊去，我這裡與你兩箇觀風，教你兩個自在合搗。你心下如何？」那西門慶歡喜的雙手摟抱着説道：「我的乖乖的兒，正是如此。不枉的養兒，——不在阿金溺銀，只要見景生情。我到明日梯己買一套粧花衣服謝你。」婦人道：「我不信那蜜嘴糖舌，既要老娘替你二人周旋，要依我三件事。」西門慶道：「不拘幾件，我都依。」婦

三件事俱帶孩子氣，妙不失美人心性。

人道：「頭一件不許你往院裡去；第二件要依我說話；第三件你過去和他睡了，來家就要告我說，一字不許你瞞我。」西門慶道：「這個不打緊，都依你便了。」

自此爲始，西門慶過去睡了來，就告婦人說：「李瓶兒怎的生得白凈，身軟如綿花，好風月，又善飲。俺兩箇帳子裏放着菓盒，看牌飲酒，常頑耍半夜不睡。」又向袖中取出一箇物件兒來，遞與金蓮瞧，道：「此是他老公公內府畫出來的，俺兩箇點着燈，看着上面行事。」金蓮接在手中，展開觀看。有詞爲証：

內府衢花綾裱，牙籤錦帶粧成。大青小綠細描金，鑲嵌斗方乾凈。女賽巫山神女，男如宋玉郎君，雙雙帳內慣交鋒。解名二十四，春意動關情。

字字寫金蓮狡滑。即相如持璧睨柱意。

金蓮從前至尾看了一遍，不肯放手，就交與春梅道：「好生收在我箱子內，早晚看着耍子。」老氣得妙。西門慶道：「你看兩日，還交與我。此是人的愛物兒，我借了他來家瞧瞧，還與他。」金蓮道：「他的東西，如何到我家？我又不曾從他手裡要將來。就是打也打不出去〔九〕。」西門慶道：「怪小奴才兒，休作耍問〔一〇〕。」赶着奪那手卷。金蓮道：「你若奪一奪兒，賭個手段，我就把他扯得稀爛，大家看不成。」西門慶笑道：「我也没法了，隨你看完了與他罷麽。你還了他這箇去，他還有箇稀奇物件兒哩，到明日我要了來與你。」金蓮道：「我兒，誰養得你恁乖？狡甚。你拿了來，我方與你這手卷去。」兩箇絮聒了一回。晚夕，金蓮在房中香薰鴛被，款設銀燈，艷粧澡牝，二字新奇。與西門慶展開手卷，在錦帳之中效「于飛」之樂。看官聽說：巫蠱魘昧之物，自古有

瓶兒之物

轉同金蓮戲弄，則瓶兒不言可知。文章說一是兩之妙。

之。金蓮自從叫劉瞎子回背之後，不上幾時，使西門慶變嗔怒而爲寵愛，化憂辱而爲歡娛，再不敢制他。正是：饒你奸似鬼，也吃洗脚水。有詞爲証：

記得書齋乍會時，雲踪雨跡少人知。曉來鸞鳳棲雙枕，剔盡銀燈半吐輝。思往事，夢魂迷，今宵喜得效于飛。顛鸞倒鳳無窮樂，從此雙雙永不离。

校記

〔一〕「墻頭密約」，崇禎諸本、張評本同。按王孝慈舊藏本插圖、詞話本回目作「隔墻密約」。

〔二〕「小使」，內閣本、首圖本作「小厮」。

〔三〕「又往」，內閣本、首圖本作「又走」。

〔四〕「顧睦」，吳藏本作「叫」。按張評本作「顧照」。

〔五〕「祝實念」，原作「視實念」，據內閣本改。

〔六〕「佳節」，內閣本作「家節」。

〔七〕「道箇萬福，奴一向感謝官人」，內閣本作「道箇萬福道，一向感說官人」。

〔八〕「撤開」，吳藏本作「同開」。按張評本作「同開」，詞話本作「擡開」。

〔九〕「打不出去」，內閣本、首圖本作「打不出了」。

〔一〇〕「休作耍問」，吳藏本作「休作耍」。按張評本作「休作耍鬧」。

第十四回

花子虛因氣喪身

李瓶兒迎奸赴會

第十四回　花子虛因氣喪身　李瓶兒迎奸赴會

詩曰：

眼意心期未卽休，不堪拈弄玉搔頭。
春回笑臉花含媚，黛蹙娥眉柳帶愁。
粉暈桃腮思伉儷，寒生蘭室盼綢繆。
何如得遂相如意，不讓文君咏白頭。

話說一日吳月娘心中不快，吳大妗子來看，月娘留他住兩日。正陪在房中坐的，忽見小厮玳安抱進毡包來，說：「爹來家了。」吳大妗子便往李嬌兒房裡去了。西門慶進來，脫了衣服坐下。小玉拿茶來也不吃。月娘見他面色改常，便問：「你今日會茶，來家恁早？」西門慶道：「今該常二哥會，他家没地方，請俺們在城外永福寺去耍子。有花二哥邀了應二哥，俺們四五箇，往院裡鄭愛香兒家吃酒。正吃着，忽見幾箇做公的進來，不繇分說，把花二哥拿的去了。把衆人嚇了一驚。我便走到李桂姐家躲了半日，不放心，使人打聽。原來是花二哥內臣家房族中告家財，在東京開封府遞了狀子，批下來，着落本縣拿人。俺們纔放心，各人散歸家來。」月娘聞言，便道：「這是正該的，你整日跟着這夥人，不着箇家，只在外邊胡撞；今日只當丟出事來〔一〕，纔是箇了手。你如今還不心死。到明日不吃人爭鋒厮打，群到那日是箇爛羊頭〔二〕，你肯斷絕了這條路兒！正經家裡老婆的言語説着你肯聽？只是院裏淫婦在你跟前説句話兒，你到着個驢耳朶聽他。正是：家人説着耳邊風，外人説着金字經。」西門慶笑道：「誰人敢七箇頭八箇膽打我！口角肖甚。」月娘道：「你這行貨子，只好家裡嘴頭子罷了。」

正説着，只見玳安走來説：「隔壁花二娘使天福兒來，請爹過去説話。」這西門慶聽了，趔趄脚兒就往外走。月娘道：「明日没的教人講你把〔三〕。」西門慶道：「切隣間不妨事。我去到那里，看他有甚麽話説。」當下走過花子虛家來。李瓶兒使小厮請到後邊説話，只見婦人羅衫不整，粉面慵粧，從房裡出來，臉嚇的蠟渣也似黄，跪着西門慶，再三哀告道：「大官人没奈何，不看僧面看佛面，常言道：家有患難，隣里相助。因他不聽人言，把着正經家事兒不理，只在外邊胡行。今日吃人暗筭，弄出這等事來。這時節方對小厮説將來，教我尋人情救他。我一箇婦人家没脚的〔四〕，那里尋那人情去。發狠起來，想着他恁不依説，拿到東京，打的他爛爛的，也不虧他。只是難爲過世老公公的姓字〔五〕。奴没奈何，請將大官人過來，央及大官人，把他不要提起罷，千萬看奴薄面，有人情好歹尋一箇兒，只不教他吃凌逼便了。」西門慶見婦人下禮，連忙道：「嫂子請起來，不妨，我還不知爲了甚勾當。」婦人道：「正是一言難盡。俺過世老公公有四箇姪兒，大姪兒喚做花子由，第三箇喚花子光，第四箇叫花子華，俺這箇名花子虛，都是老公公嫡親的。雖然老公公挣下這一分錢財，見我這箇兒不成器，從廣南回來，把東西

以佛面自許，妙甚。皆映帶瓶兒醇厚處。

恨中作轉想，全不念及夫妻，子虛危矣。

只交付與我手裡收着。着緊還打儻棍兒，那三箇越發打的不敢上前。去年老公公死了，這花大、花三、花四，也分了些床帳家伙去了，只現一分銀子兒没曾分得。我常説，多少與他些也罷了，他通不理一理兒。今日手暗不通風〔六〕，却教人弄下來了。」説畢，放聲大哭。西門慶道：「嫂子放心，我只道是甚麽事來，原來是房分中告家財事，這箇不打緊。既是嫂子分付，哥的事就是我的事一般，隨問怎的，我在下謹領。」婦人説道：「官人若肯時又好了。請問尋分上，要用多少禮兒，奴好預備。」西門慶道：「也用不多，聞得東京開封府楊府尹，乃蔡太師門生。蔡太師與我這四門親家楊提督，都是當朝天子面前説得話的人。拿兩箇分上，齊對楊府尹説〔七〕，有箇不依的！不拘多大事情也了了。如今倒是蔡太師用些禮物。那提督楊爺與我舍下有親，他肯受禮？」婦人便往房中開箱子，搬出六十錠大元寶，共計三千兩，教西門慶收去尋人情，上下使用。西門慶道：「只一半足矣，何消用得許多！」婦人道：「多的大官人收了去。奴床後還有四箱櫃蟒衣玉帶，帽頂縧環，都是值錢珍寶之物，亦發大官人替我收去，放在大官人那里，奴用時來取。趁這時，奴不思箇防身之計，信着他，往後過不出好日子來。眼見得三拳敵不得四手，到明日，没的把這些東西兒吃人暗算了去，坑閃得奴三不歸！」西門慶道：「只怕花二哥來家尋問怎了？」婦人道：「這都是老公公在時，梯己交與奴收着之物，他一字不知。大官人只顧收去。」西門慶説道：「既是嫂子恁説，我到家教人來取。」于是一直來家，與月娘商議。月娘説：「銀子便用食盒叫小廝擡來。那箱籠東西，若從大門裡來，教兩邊街坊看着不惹

世上許多不顧名義者，皆此一念壞之，不獨一瓶兒也。

眼？必須夜晚打墻上過來方隱密些。」西門慶聽言大喜，卽令玳安、來旺、來興、平安四箇小厮，兩架食盒，把三千兩銀子先擡來家。然後到晚夕月上時分，李瓶兒那邊同迎春、綉春放桌櫈，把箱櫃挨到墻上。西門慶這邊，止是月娘、金蓮、春梅，用梯子接着。墻頭上舖襯毡條，一箇箇打發過來，都送到月娘房中去了。正是：

富貴自是福來投，利名還有利名憂。

命裡有時終須有，命裡無時莫强求。

西門慶收下他許多軟細金銀寶物，隣舍街坊俱不知道。連夜打點馱裝停當，求了他親家陳宅一封書，差人上京。保上東京〔八〕，送上楊提督書禮，轉求内閣蔡太師柬帖下與開封府楊府尹。這府尹名喚楊時，別號龜山，乃陝西弘農縣人氏，由癸未進士陞大理寺卿，今推開封府尹，極是清廉。況蔡太師是他舊時座主，楊戬又是當道時臣，如何不做分上！當日楊府尹陞廳，監中提出花子虛來，一干人上廳跪下，審問他家財下落。此時花子虛已有西門慶稍書知會了，口口只説：「自從老公公死了，發送念經，都花費了。止有宅舍兩所、庄田一處見在，其餘床帳家伙物件，俱被族人分散一空。」楊府尹道：「你們内官家財，無可稽考，得之易，失之易。既是花費無存，批仰清河縣委官將花太監住宅二所、庄田一處，估價變賣，分給花子由等三人回繳。」花子由等又上前跪禀，還要監追子虛，要別項銀兩。被楊府尹大怒，都喝下來，説道：「你這厮少打！當初你那内相一死之時，你每不告做甚麽來？如今事情已往，又來搔擾。」于

以龜山清廉猶聽分上，況其他乎！然此等分上，亦不忍不聽。

是把花子虛一下兒也没打，批了一道公文，押發清河縣前來估計庄宅，不在話下。

來保打聽這消息，星夜回來，報知西門慶。西門慶聽見分上准了，放出花子虛來家，滿心歡喜。這里李瓶兒請過西門慶去計議，要叫西門慶拿幾兩銀子，買了這所住的宅子：「到明日，奴不久也是你的人了。」已先拿定，怕人。西門慶歸家與吳月娘商議。月娘道：「你若要他這房子，恐怕他漢子一時生起疑心來，怎了？」西門慶聽記在心。那消幾日，花子虛來家，清河縣委下樂縣丞丈估：太監大宅一所，坐落大街安慶坊，值銀七百兩，賣與王皇親爲業；南門外庄田一所，值銀六百五十五兩，賣與守備周秀爲業。止有住居小宅，值銀五百四十兩，因在西門慶緊隔壁，没人敢買。花子虛再三使人來說，西門慶只推没銀子，不肯上帳。縣中緊等要回文書，李瓶兒急了，暗暗使馮媽媽來對西門慶說，教拿他寄放的銀子兑五百四十兩買了罷。這西門慶方纔依允。當官交兑了銀兩，花子由都畫了字。連夜做文書回了上司，共該銀一千八百九十五兩，三人均分訖。

花子虛打了一場官司出來，没分的絲毫，把銀兩、房舍、庄田又没了，兩箱內三千兩大元寶又不見踪影，心中甚是焦燥。因問李瓶兒查筭西門慶使用銀兩下落，今還剩多少，好湊着買房子。反吃婦人整罵了四五日，罵道：「呸！魍魎混沌，罵得當。你成日放着正事兒不理，在外邊眠花卧柳，只當被人弄成圈套，拏在牢裡，使將人來教我尋人情。奴是箇女婦人家，大門邊兒也没走，曉得甚麼？認得何人？那里尋人情？渾身是鐵打得多少釘兒？替你添羞臉，到處求

慢慢說到西門慶身

爹爹告奶奶。多虧了隔壁西門大官人，看日前相交之情，大冷天，刮得那黃風黑風，使了家下人往東京去，替你把事兒幹得停停當當的。你今日了畢官司，兩脚站在平川地，得命思財，瘡好忘痛，來家到問老婆找起後帳兒來了，還說有也沒有。你寫來的帖子現在，沒你的手字兒，我擅自拿出你的銀子尋人情，抵盜與人便難了！」虛心病，偏有胆說破，妙甚。花子虛道：「可知是我的帖子來說，膿胞口角。實指望還剩下些，咱湊着買房子過日子。」婦人道：「呸，濁蠢才！我不好罵你的。你早仔細好來，囷頭兒上不筭計，圈底兒下却筭計。千也說使多了，萬也說使多了，你那三千兩銀子能到的那里？蔡太師、楊提督好小食腸兒！不是恁大人情，平白拿了你一場，當官蒿條兒也沒曾打在你這忘八身上，好好兒放出來，教你在家裡恁說嘴！人家不屬你管轄，你是他甚麽着疼的親？平白怎替你南上北下走跳，使錢救你！你來家也該擺席酒兒，請過人來，知謝人一知謝兒，還一掃箒掃得人光光的，到問人找起後帳兒來了！」幾句連搽帶罵，罵的子虛閉口無言。

到次日，西門慶使玳安送了一分禮來與子虛壓驚。子虛這里安排了一席，請西門慶來知謝，就要問他銀兩下落。依着西門慶，還要找過幾百兩銀子與他湊買房子。到是李瓶兒不肯，太甚。暗地使馮媽媽過來對西門慶說：「休要來吃酒，只開送一篇花帳與他，說銀子上下打點都使沒了。」花子虛不識時，還使小廝再三邀請。西門慶躲的一徑往院裡去了，只回不在家。花子虛氣的發昏，只是跌脚。看官聽說：大凡婦人更變，不與男子一心，隨你咬折鐵釘般剛毅之夫，

上，一些不露相，妙甚。

在子虛跟前便有許多饒舌，蓋拿定子虛無可奈何故耳。

着眼。

也難測其暗地之事。自古男治外而女治內，往往男子之名都被婦人壞了者爲何？皆繇御之不得其道。要之在乎容德相感，緣分相投，夫唱婦隨，庶可保其無咎。若似花子虛落魄飄風，謾無犯律〔九〕，而欲其內人不生他意，豈可得乎？正是：

自意得其勢，無風可動搖。

浪子下場頭，往往如此。

話休饒舌。後來子虛只擯湊了二百五十兩銀子，買了獅子街一所房屋居住。得了這口重氣，剛搬到那里，又不幸害了一場傷寒，從十一月初旬，睡倒在床上，就不曾起來。初時還請太醫來看，後來怕使錢，只挨着。一日兩，兩日三，挨到二十頭，嗚呼哀哉，斷氣身亡，亡年二十四歲。那手下的大小廝天喜兒，從子虛病倒之時，就拐了五兩銀子走的無踪。子虛一倒了頭，李瓶兒就使馮媽媽請了西門慶過去，與他商議買棺入殮，念經發送，到墳上安葬。那花大、花三、花四一般兒男婦，伏。也都來吊孝送殯。西門慶那日也教吳月娘辦了一張桌席，與他山頭祭奠。當日婦人轎子歸家，也設了一箇靈位，供養在房中。雖是守靈，一心只想着西門慶。從子虛在日，就把兩箇丫頭教西門慶耍了，子虛死後，越法通家往還。

叙拜見先後輕重節次，字字

一日，正值正月初九，李瓶兒打聽是潘金蓮生日，未曾過子虛五七，李瓶兒就買禮物坐轎子，穿白綾襖兒，藍織金裙，白紵布𩭹髻，珠子箍兒，來與金蓮做生日。馮媽媽抱毡包，天福兒跟轎。進門先與月娘磕了四箇頭，說道：「前日山頭多勞動大娘受餓，又多謝重禮。」拜了月娘，又請李嬌兒、孟玉樓拜見了。然後潘金蓮來到，說道：「這位就是五娘？」寫出神交之久。又要磕下

有心，直從太史公筆法化來。

頭去，一口一聲稱呼：「姐姐，（應前。）請受奴一禮兒。」金蓮那里肯受，相讓了半日，兩箇還平磕了頭。金蓮又謝了他壽禮。又有吳大妗子、潘媽媽一同見了。李瓶兒便請西門慶拜見。月娘道：「他今日往門外玉皇廟打醮去了〔一〇〕。」一面讓坐了，喚茶來吃了。良久，只見孫雪娥走過來。李瓶兒見他粧飾少次于衆人，便起身來問道：「此位是何人？奴不知，不曾請見得。」月娘道：「此是他姑娘哩。」李瓶兒就要行禮。月娘道：「不勞起動二娘，只是平拜拜兒罷。」于是彼此拜畢。月娘就讓到房中，換了衣裳，分付丫鬟，明間內放桌兒擺茶。須臾，圍爐添炭，酒泛羊羔，安排上酒來。讓吳大妗子、潘姥姥、李瓶兒上坐，月娘和李嬌兒主席，孟玉樓和潘金蓮打橫。孫雪娥回厨下照管，不敢久坐。月娘見李瓶兒鍾鍾酒都不辭，于是親自遞了一遍酒，又令李嬌兒衆人各遞酒一遍，因嘲問他話兒道：「花二娘搬的遠了，俺姊妹們離多會少，好不思想。二娘狠心，就不說來看俺們看兒？」孟玉樓便道：「二娘今日不是因與六姐做生日還不來哩！」〔一一〕李瓶兒道：「好大娘，三娘，蒙衆娘擡舉，（不敢惡識一个。）奴心裏也要來，一者熱孝在身，二者家下沒人。昨日纔過了他五七，不是怕五娘怪，還不敢來。」因問：「大娘貴降在幾時？」月娘道：「賤日早哩。」潘金蓮接過來道：「大娘生日是八月十五，二娘好歹來走走。」李瓶兒道：「不消說，一定都來。」孟玉樓道：「二娘今日與俺姊妹相伴一夜兒，不往家去罷了。」李瓶兒道：「奴可知也要和衆位娘叙些話兒。不瞞衆位娘說，小家兒人家，初搬倒那里，自從他沒了，家下沒人，奴那房子後墻緊靠着喬皇親花園，好不空！（伏。）晚夕常有狐狸拋磚掠瓦，奴又害怕。原是兩箇小厮，那箇大小厮又走了，止是這箇天福兒小厮看守前門，後半截通空落落的。倒虧了這箇老馮，是奴舊時人，常來與奴漿洗些衣裳。」月娘因問：「老馮多少年紀？且是好箇恩實媽媽兒，高大言也没句兒。」李瓶兒道：「他今年五十六歲，男花女花都没，只靠説媒度日。我這裡常管他些衣裳。昨日拙夫死了，叫過他來與奴做伴兒，晚夕同丫頭一炕睡。」潘金蓮嘴快，説道：「既有老馮在家裡看家，二娘在這裡過一夜也不妨，左右你花爹没了，有誰管着你！」尖。玉樓道：「二娘只依我，教老馮回了轎子，不去罷。」那李瓶兒只是笑，不做聲。心事可想。説話中間，酒過數巡，潘姥姥先起身往前邊去了。潘金蓮隨跟着他娘往房裡去了。李瓶兒再三辭道：「奴的酒勾了。」李嬌兒道：「花二娘怎的，在他大娘、三娘手裡肯吃酒，偏我遞酒，二娘不肯吃？顯的有厚薄。」遂拿箇大杯斟上。李瓶兒道：「好二娘，奴委的吃不去了，豈敢做假！」月娘道：「二娘，你吃過此杯，畧歇歇兒罷。」那李瓶兒方纔接了，放在面前，只顧與衆人説話。孟玉樓見春梅立在旁邊，便問春梅：「你娘在前邊做甚麽哩？你去連你娘、潘姥姥快請來，就説大娘請來陪你花二娘吃酒哩。」春梅去不多時，回來道：「姥姥害身上疼，睡哩。俺娘在房裡匀臉，就來。」月娘道：「我倒也没見，他倒是箇主人家，把客人丟了，三不知往房裡去了。諸般都好，只是有這些孩子氣。」有詩爲証：

倦來汗濕羅衣徹，樓上人扶上玉梯，
歸到院中重洗面，金盆水裡潑紅泥。

已没得説，又別生枝葉。

妬之若怪，愛之最嫣。

正說着〔一二〕，只見潘金蓮走來。玉樓在席上看見他艶抹濃粧，從外邊摇擺將來，戲道：「五丫頭，你好人兒！今日是你箇驢馬畜，把客人丢在這里，你躲到房裡去了，你可成人養的！」那金蓮笑嘻嘻向他身上打了一下。媚致可想。玉樓道：「好大膽的五丫頭！你還來遞一鍾兒。」李瓶兒道：「奴在三娘手裡吃了好少酒兒，也都勾了。」金蓮道：「他手裡是他手裡帳，我也敢奉二娘一鍾兒。」于是滿斟一大鍾遞與李瓶兒。李瓶兒只顧放着不肯吃。月娘因看見金蓮鬢上撇着一根金壽字簪兒，便問：「二娘，你與六姐這對壽字簪兒，是那里打造的？倒好樣兒。到明日俺每人照樣也配恁一對兒戴。」李瓶兒道：「大娘既要，奴還有幾對，到明日每位娘都補奉上一對兒。此是過世老公公御前帶出來的，外邊那里有這樣範！」月娘道〔一三〕：「奴取笑鬭二娘耍子。俺姐妹們人多，那里有這些相送！」衆女眷飲酒歡笑。

看看日西時分，馮媽媽在後邊雪娥房裡管待酒，吃的臉紅紅的出來，催逼李瓶兒道：「起身不起身？好打發轎子回去。」月娘道：「二娘不去罷，叫老馮回了轎子家去罷。」李瓶兒說：「家裡無人，改日再奉看衆位娘，有日子住哩。」孟玉樓道：「二娘好執古，俺衆人就没些兒分上？如今不打發轎子，等住回他爹來，少不的也要留二娘。」自這說話，逼迫的李瓶兒就把房門鑰匙遞與馮媽媽，說道：「既是他衆位娘再三留我，顯的奴不識敬重。分付轎子回去，教他明日來接罷。你和小厮家去，仔細門户。」又教馮媽媽附耳低言：「教大丫頭迎春，拿鑰匙開我床房裡頭一箇箱子，小描金頭面匣兒裡，拿四對金壽字簪兒。你明日早送來，我要送四位

玉樓亦有此毒語，然而隱隱湊趣。

分明一句閑話，又及時又攤眼，說來妙不容言。

一「低」字一「斜」字，寫出女人醉態。

飲酒中不

娘。」那馮媽媽得了話，拜辭了月娘，一面出門，不在話下。

少頃，李瓶兒不肯吃酒，月娘請到上房，同大妗子一處吃茶坐的。忽見玳安抱進毡包，西門慶來家，掀開簾子進來，說道：「花二娘在這里！」慌的李瓶兒跳起身來，兩箇見了禮，坐下。月娘叫玉簫與西門慶接了衣裳。西門慶便對吳大妗子、李瓶兒說道：「今日門外玉皇廟聖誕打醮，該我年例做會首，與衆人在吳道官房裡筭帳。七擔八柳纏到這咱晚〔一四〕。」因問：「二娘今日不家去罷了？」玉樓道：「二娘再三不肯，要去，被俺衆姐妹强着留下。」李瓶兒道：「家裡沒人，奴不放心。」西門慶道：「沒的扯淡！這兩日好不巡夜的甚緊，怕怎的！但有些風吹草動，拿我箇帖兒送與周大人，點到奉行。」又道：「二娘怎的冷清清坐着？（開端妙。）用了些酒兒不曾？」孟玉樓道：「俺衆人再三勸二娘，二娘只是推不肯吃。」西門慶道：「你們不濟，等我勸二娘。二娘好小量兒！」（插入無痕。）李瓶兒口裡雖說：「奴吃不去了。」只不動身。一面分付丫鬟，從新房中放桌兒，都是留下伺候西門慶的嘎飯菜蔬、細巧菓仁，擺了一張桌子。吳大妗子知局，推不用酒，因往李嬌兒房裡去了。（打發得乾净。）當下李瓶兒上坐，西門慶關席，吳月娘在炕上跐着爐壺兒。（錯綜得妙。）孟玉樓、潘金蓮兩邊打橫。五人坐定，把酒來斟，也不用小鍾兒，都是大銀衢花鍾子，你一杯，我一盞。常言：風流茶說合，酒是色媒人。吃來吃去，吃的婦人眉黛低横，秋波斜視。正是：

兩朵桃花上臉來，眉眼施開真色相。

月娘見他二人吃得餳成一塊，言頗涉邪，看不上，往那邊房裡陪吳大妗子坐去了，由着他

序一語，只用「錫成一塊」十一字包括，而當時嬉笑狎昵情景宛然。人知其煩，而不知其簡之妙如此。

一腔心事，借月娘口反點出，又韵又醒。

「罷，罷！」不得已死心之辭也。至此方死心，不知心先想着何處？

處處收拾人心，瓶兒亦自不俗。

四箇吃到三更時分。李瓶兒星眼乜斜，立身不住，拉金蓮往後邊淨手。西門慶走到月娘房裡，亦東倒西歪，問月娘打發他那里歇。月娘道：「他來與那箇做生日，就在那箇房兒裡歇。」西門慶道：「我在那裡歇？」緊接，妙。月娘道：「隨你那裡歇，再不你也跟了他一處去歇罷。」西門慶忍不住笑道：「豈有此理！」因叫小玉來脱衣：「我在這房裡睡了。」扯白得妙。月娘道：「就別要汗邪，休要惹我那没好口的罵出來！你在這里，他大妗子那里歇？」西門慶道：「罷，罷！我往孟三兒房裡歇去罷。」于是往玉樓房中歇了。

潘金蓮引着李瓶兒淨了手，同往他前邊來，就和姥姥一處歇臥。到次日起來，臨鏡梳粧，春梅伏侍。他因見春梅靈變，知是西門慶用過的丫頭，與了他一副金三事兒。那春梅連忙就對金蓮説了。金蓮謝了又謝，説道：「又勞二娘賞賜他。」李瓶兒道：「不枉了五娘有福，好箇姐姐！」梳粧畢，金蓮領着他同潘姥姥，叫春梅開了花園門，各處遊看。李瓶兒看見他那邊墻頭開了箇便門，通着他那壁，便問：「西門爹幾時起蓋這房子？」金蓮道：「前者陰陽看來，説到這二月間興工動土，要把二娘那房子打開，通做一處，前面蓋山子捲棚，展一箇大花園；後面還蓋三間翫花樓，與奴這三間樓做一條邊。」這李瓶兒聽了在心。只見月娘使了小玉來請後邊吃茶。三人同來到上房。吳月娘、李嬌兒、孟玉樓陪着吳大妗子，擺下茶等着哩。衆人正吃點心，只見馮媽媽進來，向袖中取出一方舊汗巾，包着四對金壽字簪兒，遞與李瓶兒。李瓶兒先奉了一對與月娘，然後李嬌兒、孟玉樓、孫雪娥每人都是一對。月娘道：「多有破費二娘，這箇却使不得。」李瓶兒笑道：「好大娘，什麽稀罕之物，胡亂與娘們賞人便了。」月娘衆人拜謝了，方纔各人插在頭上。月娘道：「聞説二娘家門首就是燈市，好不熱鬧。到明日我們看燈，就往二娘府上望望，休要推不在家。」李瓶兒道：「奴到那日，奉請衆位娘。」金蓮道：「姐姐還不知，奴打聽來，這十五日是二娘生日。」月娘道：「今日説過，若是二娘貴降的日子，俺姊妹一箇也不少，來與二娘祝壽。」李瓶兒笑道：「蝸居小室，娘們肯下降，奴已定奉請。」不一時吃罷早飯，擺上酒來飲酒。看看留連到日西時分，轎子來接，李瓶兒告辭歸家。衆姐妹欵留不住。臨出門，請西門慶拜見。月娘道：「他今日早起身，出門與人家送行去了。」婦人千恩萬謝，方纔上轎來家。正是：

合歡桃核真堪愛，裡面原來別有仁。

校記

〔一〕「丟出事來」，崇禎諸本同。按張評本作「弄出事來」，詞話本作「丟出事來」。

〔二〕「群到那日是」，内閣本作「群到那里打」。

〔三〕「講你把」，内閣本、首圖本作「扯你把」。

〔四〕「没脚的」，内閣本、首圖本作「没脚蟹」。按張評本、詞話本亦作「没脚蟹」。

〔五〕「姓字」，内閣本、首圖本作「名字」。

〔六〕「手暗不通風」，吳藏本作「蜜不通風」。按張評本作「下暗不通風」，詞話本作「手暗不透風」。

〔七〕「齊對」，按張評本作「去對」。

〔八〕「差人上京保上東京」，内閣本、首圖本作「差家人來保上東京」。按詞話本作「差家人上東京」。
〔九〕「犯律」，崇禎諸本同。按張評本、詞話本作「紀律」。
〔一〇〕「打瞧」，崇禎諸本同。按張評本、詞話本作「打醮」。
〔一一〕「六姐」，内閣本作「五娘」。
〔一二〕「正説着」，原作「比説着」，據内閣本改。
〔一三〕「月娘」，原作「是娘」，據内閣本改。
〔一四〕「七擔八柳」，崇禎諸本同。按張評本作「七擔八捱」。

金瓶梅

第十五回

佳人笑賞翫燈樓

狎客幫嫖麗春院

第十五回　佳人笑賞翫燈樓　狎客幇嫖麗春院

詩曰〔一〕：

樓上多嬌艷，當窗并三五。
爭弄遊春陌，相邀開綉户。
轉態結紅裾，含嬌入翠羽。
留賓乍拂絃，托意時移柱。

話説光陰迅速，又早到正月十五日。西門慶先一日差玳安送了四盤羹菜、一罈酒、一盤壽桃、一盤壽麵、一套織金重絹衣服，寫吳月娘名字〔二〕，送與李瓶兒做生日。李瓶兒纔起來梳粧，叫了玳安兒到臥房裡，説道：「前日打擾你大娘，今日又教你大娘費心送禮來。」玳安道：「娘多上覆，爹也上覆二娘，不多些微禮，送二娘賞人。」李瓶兒一面分付迎春擺四盤茶食管待玳安。臨出門與二錢銀子、一方閃色手帕：「到家多上覆你家列位娘，我這裡就使老馮拿帖兒來請。好歹明日都要光降走走。」玳安磕頭出門，兩箇擡盒子的與一百文錢。李瓶兒隨即使老馮拿着五箇柬帖兒，十五日請月娘和李嬌兒、孟玉樓、孫雪娥、潘金蓮，又稍了一箇帖兒，暗暗請西門慶那日晚夕赴席。

下語絶有弄頭。連而曰「爹娘上覆」，便文心死矣。

月娘到次日，留下孫雪娥看家，同李嬌兒、孟玉樓、潘金蓮四頂轎子出門，都穿着粧花錦綉衣服，來興、來安、玳安、畫童四箇小廝跟隨着，竟到獅子街燈市李瓶兒新買的房子裏來。這房子門面四間，到底三層：臨街是樓；儀門内兩邊廂房，三間客坐，一間稍間；過道穿進去，第三層三間卧房，一間廚房。後邊落地緊靠着喬皇親花園。伏。李瓶兒知月娘衆人來看燈，臨街樓上設放圍屏桌席，懸掛許多花燈。先迎接到客位内，見畢禮數，次讓入後邊明間内待茶，不必細説。到午間，客位内設四張桌席，叫了兩箇唱的——董嬌兒、韓金釧兒〔三〕，彈唱飲酒。前邊樓上設着細巧添換酒席，又請月娘衆人登樓看燈頑耍。樓簷前掛着湘簾，懸着燈彩。吳月娘穿着大紅粧花通袖襖兒，嬌綠段裙，貂鼠皮襖。李嬌兒、孟玉樓、潘金蓮都是白綾襖兒，藍段裙。李嬌兒是沉香色遍地金比甲，孟玉樓是綠遍地金比甲，潘金蓮是大紅遍地金比甲，頭上珠翠堆盈，鳳釵半卸。俱搭伏定樓窗觀看。那燈市中人烟凑集，十分熱鬧。當街搭數十座燈架，四下圍列諸般買賣，玩燈男女，花紅柳綠，車馬轟雷。但見：

山石穿雙龍戲水，雲霞映獨鶴朝天。金屏燈〔四〕、玉樓燈見一片珠璣；荷花燈、芙蓉燈散千團錦綉。綉毬燈皎皎潔潔，雪花燈拂拂紛紛。以下俱俚得妙。秀才燈揖讓進止，存孔孟之遺風；媳婦燈容德温柔，效孟姜之節操。和尚燈月明與柳翠相連，判官燈鍾馗與小妹並坐。師婆燈揮羽扇假降邪神，劉海燈背金蟾戲吞至寶。駱駝燈、青獅燈馱無價之奇珍；猿猴燈、白象燈進連城之秘寶。七手八脚螃蟹燈倒戲清波，巨口大髯鮎魚燈平吞綠藻。

銀蛾鬭彩，雪柳爭輝。魚龍沙戲，七真五老獻丹書；吊掛流蘇，九夷八蠻來進寶。村裡社鼓，隊隊喧闐；百戲貨郎，樁樁鬭巧。轉燈兒一來一往，吊燈兒或仰或垂。琉璃瓶映美女奇花，雲母障並瀛洲閬苑。王孫爭看小欄下，蹴踘齊眉〔五〕；仕女相携高樓上，妖嬈衒色。卦肆雲集，相幙星羅：講新春造化如何，定一世榮枯有准。又有那站高坡打談的，詞曲楊恭；到看這搧响鈸遊脚僧〔六〕，演説三藏。賣元宵的高堆菓餡，粘梅花的齊插枯枝。剪春娥，鬢邊斜插鬧春風；禱凉釵，頭上飛金光耀日。圍屏畫石崇之錦帳，珠簾繪梅月之雙清。雖然覽不盡鰲山景，也應豐登快活年。

金蓮輕佻處，曲曲摹盡。

吳月娘看了一回，見樓下人亂，就和李嬌兒各歸席上吃酒去了。惟有潘金蓮、孟玉樓同兩箇唱的，只顧搭伏着樓窗子往下觀看。那潘金蓮一徑把白綾襖袖子兒摟着，顯他那遍地金掏袖兒〔七〕，露出那十指春葱來，帶着六箇金馬鐙戒指兒，探着半截身子，口中磕瓜子兒，把磕的瓜子皮兒都吐落在人身上，（奇想。）和玉樓兩箇嘻笑不止。一回指道：「大姐姐，你來看，那家房簷下掛的兩盞綉毬燈，一來一往，滾上滾下，到好看。」一回又道：「二姐姐，你來看，這對門架子上，挑着一盞大魚燈，下面還有許多小魚鱉蝦蠏兒，跟着他倒好耍子。」一回又叫：「三姐姐，你看，這首裡這箇婆兒燈，那箇老兒燈。」正看着，忽然一陣風來，把箇婆兒燈下半截刮了一箇大窟礲。（趣甚。）婦人看見，笑箇不了，引惹的那樓下看燈的人，挨肩擦背，仰望上瞧，通擠匝不開，都壓躧躧兒。內中有幾箇浮浪子弟，直指着談論。一箇説道：「已定是那公侯府裡出來的宅眷。」一箇又猜：「是貴戚王孫家艷妾，來此看燈。不然如何內家粧束？」又一箇說道：「莫不是院中小娘兒？是那大人家叫來這裡看燈彈唱。」又一箇走過來說道：「只我認的，你們都猜不着。這兩箇婦人，也不是小可人家的，他是閻羅大王的妻，五道將軍的妾，是咱縣門前開生藥舖、放官吏債西門大官人的婦女。你惹他怎的？想必跟他大娘來這里看燈。這箇穿綠遍地金比甲的，我不認的。補得妙。那穿大紅遍地金比甲兒，上帶着個翠面花兒的，倒好似賣炊餅武大郎的娘子。大郎因爲在王婆茶坊內捉姦，被大官人踢死了。把他娶在家裡做妾。後次他小叔武松告狀，悞打死了皂隸李外傳，被大官人墊發充軍去了。如今一二年不見出來，落的這等標致了[八]。」正說着，吳月娘見樓下人圍的多了，叫了金蓮、玉樓歸席坐下，聽着兩箇粉頭彈燈詞，飲酒。

金蓮往事，無意中又閑提一過，前後之脉落俱靈。

坐了一回，月娘要起身，說道：「酒勾了，我和二娘先行一步，留下他姊妹兩箇再坐一回兒，以盡二娘之情。今日他爹不在家，家裡無人，光丢着些丫頭們，「光」字連雪娥在內。我不放心。」這李瓶兒那裡肯放，說道：「好大娘，奴沒敬心也是的。今日大節間，燈兒也沒點，飯兒也沒上，就要家去，就是西門爹不在家中，還有他姑娘們哩，怕怎的？待月色上來，奴送四位娘去。」月娘道：「二娘，不是這等說。我又不大十分用酒，留下他姊妹兩箇，就同我一般。」李瓶兒道：「大娘不用，二娘也不吃一鍾，也沒這箇道理。想奴前日在大娘府上，那等鍾鍾不辭，衆位娘竟不肯饒我。今日來到奴這湫窄之處，雖無甚物供獻，也盡奴一點勞心[九]。」于是拏大銀鍾遞與李嬌兒，說道：「二娘好歹吃一盃兒。大娘，奴不敢奉大杯，只奉小盃兒罷。」于是滿斟遞與月娘。兩箇唱的，月娘每人與他二錢銀子。待的李嬌兒吃過酒，月娘就起身，又囑付玉樓、金蓮道：「我兩箇先去，就使小厮拿燈籠來接你們，也就來罷。家裡没人。」玉樓應諾。李瓶兒送月娘、李嬌兒到門首，上轎去了。歸到樓上，陪玉樓、金蓮飲酒，看看天晚，樓上點起燈來，兩箇唱的彈唱飲酒，不在話下。

不說到金蓮席散，便叙西門慶，此文家勾合之妙。

却說西門慶那日同應伯爵、謝希大兩箇，家中吃了飯，同往燈市裡遊玩。到了獅子街東口，西門慶因爲月娘衆人都在李瓶兒家吃酒，恐怕他兩箇看見，就不往西街去看大燈，只到賣紗燈的跟前就回了。不想轉過灣來，撞遇孫寡嘴、祝實念，唱喏說道：「連日不會哥，心中渴想。」見了應伯爵、謝希大罵道：「你兩箇天殺的好人兒，你來和哥遊玩，就不說叫俺一聲兒！」西門慶道：「祝兄弟，你錯怪了他兩箇，剛纔也是路上相遇。」祝實念道：「如今看了燈往那裡去？」西門慶道：「同衆兄弟到大酒樓上吃三盃兒，不是也請衆兄弟家去，今日房下們都往人家吃酒去了。」祝實念道：「比是哥請俺每到酒樓上，何不往裡邊望望李桂姐去？只當大節間拜拜年，去混他混。前日俺兩箇在他家，他望着俺們好不哭哩！說他從臘裡不好到如今，大官人通影邊兒不進去看他看。哥今日倒閒，俺們情愿相伴哥進去走走。」西門慶因記掛晚夕李瓶兒有約，故推辭道：「今日我還有小事，明日去罷。」怎禁這夥人死拖活拽，于是同進院中去。正是：

柳底花陰壓路塵，一回遊賞一回新。
不知買盡長安笑，活得蒼生幾户貧？

西門慶同衆人到了李家，桂卿正打扮着在門首站立，一面迎接入中堂相見了。祝實念就高叫道：酷肖。「快請三媽出來！還虧俺衆人，今日請的大官人來了。」少頃，老虔婆扶拐而出，與西門慶見禮畢，説道：「老身又不曾怠慢了姐夫，如何一向不進來看看姐兒？想必別處另叙了新表子來。」祝實念插口道：「你老人家會猜筭，俺大官人近日相了箇絶色的表子，每日只在那裡走，不想你家桂姐兒。剛纔不是俺二人在燈市裡撞見，拉他來，他還不來哩！媽不信，問孫伯修就是了。」因指着應伯爵、謝希大説道：「這兩箇天殺的，和他都是一路神祇。」老虔婆聽了，哈哈笑道：「好應二哥，俺家没惱着你，如何不在姐夫面前美言一句兒？雖故姐夫裡邊頭緒兒多，常言道：好子弟不闞一箇粉頭，天下錢眼兒都一樣。忽説出心事，妙。不是老身誇口説，我家桂姐也不醜，姐夫自有眼，今也不消人説。」孫寡嘴道：「我是老實説，哥如今新叙的這箇表子，不是裏面的，是外面的表子。」微詞妙。西門慶聽了，赶着孫寡嘴只顧打，説道：「老媽，你休聽這天災人禍的老油嘴，老殺才！」孫寡嘴和衆人笑成一塊。西門慶向袖中掏出三兩銀子來，遞與桂卿：「大節間，我請衆朋友。」桂卿不肯接，遞與老媽。老媽説道：「怎麽的？姐夫就笑話我家，大節下拿不出酒菜兒管待列位老爹？又教姐夫壞鈔，拿出銀子。顯的俺們院裏人家只是愛錢了。」應伯爵走過來説道：「老媽，你依我收了，快安排酒來俺們吃。」那虔婆説道：「這箇理上却使不得。」一壁推辭，一壁把銀子接來袖了，深深道了箇萬福，説道：「謝姐夫的布施。」（好名色。）應伯爵道：「媽，你且住。（又頓一頓，妙甚。）我説箇笑話兒你聽：一箇子弟在院中闞小娘兒。那一日做耍，裝做貧子進去。老媽見他衣服藍縷，不理他。坐了半日，茶也不拿出來。子弟説：『媽，我肚饑，有飯尋些來吃。』老媽道：『米囤也晒，那討飯來？』子弟又道：『既没飯，有水拿些來，我洗臉。』老媽道：『少挑水錢，連日没送水來。』這子弟向袖中取出十兩一錠銀子，放在桌上，教買米顧水去。慌的老媽没口子道：『姐夫吃了臉洗飯，洗了飯吃臉！』」把衆人都笑了。虔婆道：「你還是這等快取笑，可可兒的來，自古有恁説没這事。」（只不認泛，妙。）應伯爵道：「你拿耳朵來，我對你説：大官人新近請了花二哥表子（雙關語驚人，妙。）——後巷的吳銀兒了，不要你家桂姐哩！」虔婆笑道：「我不信，俺桂姐今日不是強口，比吳銀兒還比得過。我家與姐夫是快刀兒割不斷的親戚。姐夫是何等人兒？他眼裡見得多，着緊處，金子也估出箇成色來！」説畢，入去收拾酒菜去了。

又映李嬌兒，文情深冷之至。

少頃，李桂姐出來，家常挽着一窩絲杭州攢，金縷絲釵，翠梅花鈿兒，珠子箍兒，金籠墜子，上穿白綾對襟襖兒，下着紅羅裙子，打扮的粉粧玉琢，望下道了萬福，與桂卿一邊一箇打橫坐下。須臾，泡出茶來，桂卿、桂姐每人遞了一盞，陪着吃畢。保兒就來打抹春臺，纔待收拾擺放案酒，忽見簾子外探頭舒腦，有幾箇穿藍縷衣者——謂之架兒，（絶有生發。）進來跪下，手裡拿着三四升瓜子兒：「大節間，孝順大老爹。」西門慶只認頭一箇叫于春兒，問：「你們那幾箇在這裡？」于春道：「還有段綿紗〔一〇〕、青聶鉞，在外邊伺候。」段綿紗進來，看見應伯爵在裡，説道：

「應爹也在這裡。」連忙磕了頭。西門慶分付收了他瓜子兒，打開銀包兒，捏一兩一塊銀子掠在地下。于春兒接了，和衆人扒在地下磕了箇頭，說道：「謝爹賞賜。」往外飛跑。有《朝天子》單道架兒行藏：

這家子打和，那家子撮合。他的本分少，虛頭大，一些兒不巧又騰挪，遶院裡都踅過。席面上幫閒，把牙兒閑磕。攘一回纔散火，妙。賺錢又不多。歪廝纏怎麽？他在虎口裡求津唾。

西門慶打發架兒出門，安排酒上來吃。桂姐滿泛金杯，雙垂紅袖，餚烹異品，菓獻時新，倚翠偎紅，花濃酒艷。酒過兩巡，桂卿、桂姐一箇彈箏，一箇琵琶，兩箇彈着唱了一套《霽景融和》。正唱在熱鬧處，見三箇穿青衣黃板鞭者——謂之圓社，手裡捧着一隻燒鵝，提着兩瓶老酒，大節間來孝順大官人，向前打了半跪。西門慶平昔認的，一箇喚白禿子，一箇喚小張閑，一箇是羅回子，因說道：「你們且外邊候候，待俺們吃過酒，踢三跑。」于是向桌上拾了四盤嗄飯、一大壺酒、一碟點心，打發衆圓社吃了，整理氣毬伺候。西門慶吃了一回酒，出來外面院子裡，先踢了一跑。次教桂姐上來，與兩箇圓社踢。一箇揸頭，一箇對障，拘踢拐打之間，無不假喝彩奉承。就有些不到處，都快取過去了。反來向西門慶面前討賞錢，說：「桂姐的行頭比舊時越發踢熟了，撇來的丟拐，教小人們凑手脚不迭。再過一二年，這邊院中似桂姐這行頭，就數一數二的，強如二條巷董官女兒數十倍。」當下桂姐踢了兩跑下來，使的塵生眉畔，汗

命名妙甚，宛然二人在目。

濕腮邊，氣喘吁吁，腰肢困乏。袖中取出春扇兒搖涼，與西門慶攜手，看桂卿與謝希大、張小閑踢行頭。白禿子、羅回子在旁虛撮脚兒等漏，往來拾毛。亦有《朝天子》一詞，單表這踢圓的始末：

在家中也閑，到處刮涎，生理全不幹。氣毬兒不離在身邊，每日街頭站。窮的又不趨，富貴他偏羨。從早辰只到晚，不得甚飽餐。轉不得大錢，他老婆常被人包占。

只此便是生理。

西門慶正看着衆人在院内打雙陸，踢氣毬，飲酒，只見玳安騎馬來接，悄悄附耳低言道：「大娘、二娘家去了。花二娘叫小的請爹早些過去哩！」這西門慶聽了，暗暗叫玳安：「把馬吊在後門邊，等着我。」于是酒也不吃，拉桂姐到房中，只坐了一回兒，就出來推淨手，于後門上馬，一溜烟走了。應伯爵使保兒去拉扯，西門慶只說：「我家裡有事。」那裡肯轉來！教玳安兒拿了一兩五錢銀子打發三箇圓社。李家恐怕他又往後巷吳銀兒家去，使丫鬟直跟至院門首方回。臨去秋波。應伯爵等衆人，還吃到二更纔散。正是：

笑罵由他笑罵，歡娛我且歡娛。

校記

〔一〕「詩曰」，内閣本、首圖本無。

〔二〕「名字」，崇禎諸本同。按張評本作「名帖」。

〔三〕「金釧」，底本誤作「金訓」，據内閣本、首圖本改。

〔四〕「金屏燈」，内閣本、首圖本作「金蓮燈」。

〔五〕「齊眉」，崇禎諸本、張評本同。按詞話本作「齊雲」。「齊雲」爲毬社名，是。

〔六〕「搧响鈸」，吳藏本作「攡响鈸」。

〔七〕「掏袖兒」，崇禎諸本同。按張評本作「襖袖兒」。

〔八〕「不見出來落的」，崇禎諸本同。按張評本作「不見來出落的」。

〔九〕「勞心」，按張評本作「窮心」。

〔一〇〕「段綿紗」，内閣本、首圖本作「段錦紗」。

金瓶梅

第十六回

西門慶擇吉佳期

應伯爵追歡喜慶

新刻繡像批評金瓶梅卷之四

第十六回　西門慶擇吉佳期　應伯爵追歡喜慶

詩曰〔一〕：

傾城傾國莫相疑，巫水巫雲夢亦痴。
紅粉情多銷駿骨，金蘭誼薄惜蛾眉。痛心語。
温柔鄉裡精神健，窈窕風前意態奇。
村子不知春寂寂，千金此夕故踟蹰。

話説當日西門慶出離院門，玳安跟馬，逕到獅子街李瓶兒家，見大門關着，就知堂客轎子家去了。不放些空。玳安叫馮媽媽開了門，西門慶進來。李瓶兒在堂中秉燭，花冠齊整，素服輕盈，正倚簾櫳盼望。見西門慶來，忙移蓮步，欵促湘裙，下堦迎接，笑道：「你早來些兒，他三娘、五娘還在這里，只剛纔起身去了。今日他大娘去的早，説你不在家。那里去了？」西門慶道：「今日我和應二哥、謝子純早辰看燈，打你門首過去來。不想又撞見兩個朋友，拉去院裡，撞到這咱晚。我恐怕你這里等候，小廝去時，教我推淨手，打後門跑了。不然必吃他們掛住了，休想來

一片眷戀心情，雖鐵石人亦動。

的成。」李瓶兒道：「適間多謝你重禮。他娘們又不肯坐，只說家裡沒人，教奴到沒意思的。」于是重篩美酒，再整佳餚，堂中把花燈都點上，放下煖簾來。金爐添獸炭，寶篆爇龍涎。婦人遞酒與西門慶，磕下頭去說道：「拙夫已故，舉眼無親。今日此杯酒，只靠官人與奴作個主兒，休要嫌奴醜陋，奴情願與官人鋪床疊被，與衆位娘子作個姊妹，奴自己甘心。不知官人心下如何？」說着滿眼淚落。西門慶一手接酒，一手扯他道：「你請起來。既蒙你厚愛，我西門慶銘刻于心。待你孝服滿時，我自有處，不勞你費心。今日是你好日子，咱每且吃酒。」西門慶吃畢，亦滿斟一盃回奉。婦人吃畢，安席坐下。馮媽媽單管厨下。須臾，拏麵上來吃。西門慶因問道：「今日唱的是那兩個？」李瓶兒道：「今日是董嬌兒、韓金釧兒兩個。臨晚，送他三娘、五娘家中討花兒去了。」兩個在席上交杯換盞飲酒，綉春、迎春兩個在旁斟酒下菜伏侍。只見玳安上來，與李瓶兒磕頭拜壽。李瓶兒連忙起身還了個萬福，分付迎春教老馮厨下看壽麵點心下飯，拏一壺酒與玳安吃。西門慶分付：「吃了早些回家去罷。」李瓶兒道：「到家裡，你娘問，休說你爹在這里。」玳安道：「小的知道，只說爹在裡邊過夜。明日早來接爹就是了。」西門慶點了點頭兒，當下把李瓶兒喜歡的要不的，說道：「好個乖孩子，眼裡說話。」又叫迎春拏二錢銀子與他節間買瓜子兒磕：「明日你拏個樣兒來，我替你做雙好鞋兒穿。」那玳安連忙磕頭說：「小的怎敢？」走到下邊吃了酒飯，帶馬出門。馮媽媽把大門上了拴。

李瓶兒同西門慶猜枚吃了一回，又拿一付三十二扇象牙牌兒，桌上鋪茜紅苫條，兩個抹牌飲酒。吃一回，分付迎春房裡秉燭。原來花子虛死了，迎春、綉春都已被西門慶耍了，以此凡事不避，教他收拾鋪床，拿菓盒杯酒。又在床上紫錦帳裡，婦人露着粉般身子，西門慶香肩相並，玉體厮挨。兩個看牌，拿大鍾飲酒。因問西門慶：「你那邊房子幾時收拾？」西門慶道：「且待二月間興工，連你這邊一所通身打開，與那邊花園取齊。前邊起蓋個山子捲棚，花園耍子。後邊還蓋三間翫花樓。」婦人因指道：「奴這床後茶葉箱內，還藏三四十斤沉香、二百斤白蠟、兩罐子水銀、八十斤胡椒。你明日都搬出來，替我賣了銀子，凑着你蓋房子使。你若不嫌奴醜陋，到家好歹對大娘說，奴情願與娘們做個姊妹，隨問把我做第幾個也罷。親親，奴捨不的你。」說着，眼淚紛紛的落將下來。西門慶忙把汗巾兒抹拭，說道：「你的情意，我已盡知。待你這邊孝服滿，我那邊房子蓋了纔好。不然娶你過去，沒有住房。」婦人道：「既有實心娶奴家去，到明日好歹把奴的房蓋的與他五娘在一處，奴捨不的他好個人兒，（寫出瓶兒之淺。）與後邊孟家三娘，見了奴且親熱。兩個天生的打扮，也不相兩個姊妹，只相一個娘兒生的一般。惟有他大娘性兒不是好的，快眉眼裡掃人。」西門慶說道：「俺吳家的這個拙荊，他到是好性兒哩。（知妻莫若夫。）不然手下怎生容得這些人？明日這邊與那邊一樣，蓋三間樓與你居住，安兩個角門兒出入。你心下如何？」婦人道：「我的哥哥，這等纔可奴之意！」于是兩個顛鸞倒鳳，淫慾無度。狂到四更時分，方纔就寢。枕上並肩交股，直睡到次日飯時不起來。

婦人且不梳頭，迎春拿進粥來，只陪着西門慶吃了半盞粥兒，又拿酒來，二人又吃。原來

深情人必冷，瓶兒太濃太熱，豈深於情者哉！故一疎即歇，作者之意微矣。有我見猶憐之意。

忽接一段生意，映出西門慶本來市井面目，以見後富貴破敗之暴無怪也。

李瓶兒好馬爬着，教西門慶坐在枕上，他倒插花往來自動。兩個正在美處，只見玳安兒外邊打門，騎馬來接。西門慶喚他在窗下問他話。玳安說：「家中有三個川廣客人，在家中坐着。有許多細貨要科兑與傅二叔，只要一百兩銀子押合同，約八月中找完銀子。大娘使小的來請爹家去理會此事。」西門慶道：「你沒說我在這里？」玳安道：「小的只說爹在桂姨家，沒說在這里。」西門慶道：「你看不曉事！教傅二叔打發他便了，又來請我怎的？」玳安道：「傅二叔講來，客人不肯，直等爹去，方纔批合同。」李瓶兒道：「既是家中使孩子來請，買賣要緊，你不去，惹的大娘不怪麽？」西門慶道：「你不知，賊蠻奴才，行市遲，貨物沒處發兑，纔上門脱與人。在行。若快時，他就張致了。滿清河縣，除了我家鋪子大，發貨多，又貪淚(戾)。隨問多少時，不怕他不來尋我。」婦人道：「買賣不與道路爲仇，瓶兒亦能此語，高！只依奴到家打發了再來。」西門慶于是依李瓶兒之言，慢慢起來，梳頭淨面，戴網巾，穿衣服。李瓶兒收拾飯與他吃了，西門慶一直帶着個眼紗，騎馬來家。

鋪子裡有四五個客人，等候秤貨兑銀。批了合同，打發去了。走到潘金蓮房中，金蓮便問：「你昨日往那里去來？實說便罷，不然我就嚷的塵鄧鄧的。」西門慶道：「你們都在花家吃酒，我和他們燈市裡走了走，就同往裡邊吃酒，過一夜。今日小厮接我方纔來家。」金蓮道：「我知小厮去接，那院裡有你魂兒？罷麽，賊負心，你還哄我哩！那淫婦昨日打發俺們來了，弄神弄鬼的。晚夕叫了你去，合搗了一夜，合搗的了，纔放來了。舍金蓮，無此女口角。玳安這賊囚根子，久慣兒

「問的急了」四字，自家寫出自家好問，妙甚，冷甚。

牢成，對着他大娘又一樣話兒，對着我又是一樣話兒。先是他回馬來家，他大娘問他：『你爹怎的不來？在誰家吃酒哩？』他回說：「和傅二叔衆人看了燈回來，都在院裡李桂姨家吃酒，叫我明早接去哩。』落後我叫了問他，他笑不言語。問的急了，纔說：『爹在獅子街花二娘那里哩！』賊囚根，他怎的就知我和你一心一話〔二〕！想必你叫他說來。」西門慶道：「我那里教他？」于是隱瞞不住，方纔把李瓶兒「晚夕請我去到那里，與我遞酒，說空過你們來了。又哭哭啼啼告訴我說，他沒人手，後半截空，晚夕害怕，一心要教我娶他。問幾時收拾這房子，他還有些香蠟細貨，也值幾百兩銀子，教我會經紀，替他打發。銀子教我收，湊着蓋房子。上緊修蓋，他要和你一處住，與你做個姊妹，恐怕你不肯。」（金蓮順情，在此數語。）婦人道：「我也不多着個影兒在這里，巴不的來總好〔三〕。我這里也空落落的，得他來與老娘做伴兒。自古舡多不碍港，車多不碍路，我不肯招他，當初那個怎麼招我來？攙奴甚麼分兒也怎的？倒只怕人心不似奴心。（到底不饒人。）你還問聲大姐姐去。」西門慶道：「雖故是恁說，他孝服未滿哩。」說畢，婦人與西門慶脫白綾襖，袖子裡滑浪一聲吊出個物件兒來，（偏有許多生發。）拿在手內沉甸甸的，彈子大，認了半日，竟不知甚麼東西。但見：

數語說來非假，聽之甚賢，然自是一時順情之言，非素性也。故稍逆之，輒怒。要強婦人大都如此。

原是番兵出產，逢人薦轉在京。身軀瘦小內玲瓏。得人輕借力，展轉作蟬鳴。解使佳人心顫，慣能助腎威風。號稱金面勇先鋒。戰降功第一，揚名勉子鈴。

只在無意

婦人認了半日，問道：「是甚麼東西兒？怎的把人半邊肐膊都麻了？」西門慶笑道：「這物件你

中點染。

就不知道了，名喚做勉鈴，南方勉甸國出來的。好的也值四五(百)兩銀子。」婦人道：「此物使到那里？」西門慶道：「先把他放入爐內，然後行事，妙不可言。」婦人道：「你與李瓶兒也幹來？」突語刺骨。西門慶于是把晚間之事，從頭告訴一遍。說得金蓮淫心頓起，兩個白日裡掩上房門，解衣上床交歡。正是：

不知子晉緣何事，纔學吹簫便作仙。

話休饒舌。一日西門慶會了經紀，把李瓶兒的香蠟等物，都秤了斤兩，共賣了三百八十兩銀子。李瓶兒只留下一百八十兩盤纏，其餘都付與西門慶收了，湊着蓋房使。教陰陽擇用二月初八日興工動土。將五百兩銀子委付大家人來招并主管賁四〔四〕，卸磚瓦木石，管工計帳。這賁四名喚賁第傳，年少生的浮浪囂虛，百能百巧。原是內相勤兒出身，因不守本分，被趕出來。初時跟着人做兄弟，次後投入大人家做家人，把人家奶子拐出來做了渾家，却在故衣行做經紀。琵琶簫管都會。西門慶見他這般本事，常照管他在生藥鋪中秤貨討中人錢使。以此凡大小事情，少他不得。當日賁四、來招督管各作匠人興工。先拆毀花家那邊舊房，打開墻垣，築起地脚，蓋起捲棚山子、各亭臺耍子去處。非止一日，不必盡說。叙賁四履歷陞遷，不着一線。

光陰迅速，日月如梭。西門慶起蓋花園，約個月有餘。却是三月上旬，乃花子虛百日。李瓶兒預先請過西門慶去，和他計議，要把花子虛靈燒了：「房子賣的賣，不的，你着人來看守。你早把奴娶過去罷！隨你把奴做第幾個，奴情願伏侍你鋪床疊被。」說着淚如雨下。可憐！

西門慶道：「你休煩惱。我這話對房下和潘五姐也說過了，直待與你把房蓋完，那時你孝服將滿，娶你過門不遲。」李瓶兒道：「你既有真心娶奴，先早把奴房攛掇蓋了。娶過奴去，到你家住一日，死也甘心。可憐！省得奴在這里度日如年。」可憐！西門慶道：「你的話，我知道了。」李瓶兒道：「再不的，我燒了靈，可憐！先搬在五娘那邊住兩日。等你蓋了新房子，搬移不遲。你好歹到家和五娘說，我還等你的話。這三月初十日，是他百日，我好念經燒靈。」西門慶應諾，與婦人歇了一夜。

寫急情，一步緊如一步，蓋爲招蔣竹山地也。

到次日來家，一五一十對潘金蓮說了。金蓮道：「可知好哩！奴巴不的騰兩間房與他住。你還問聲大姐姐去。我落得河水不洗船。」西門慶一直走到月娘房裡來，月娘正梳頭。西門慶把李瓶兒要嫁一節，從頭至尾說一遍。月娘道：「你不好娶他的。攔頭板。他頭一件，孝服不滿；第二件，你當初和他男子漢相交；第三件，你又和他老婆有連手，買了他房子，收着他寄放的許多東西。當時收銀日何不絕之？常言：機兒不快梭兒快。我聞得人說，他家房族中花大是個刁徒潑皮。當心一拳。倘一時有些聲口，倒沒的惹虱子頭上搔。奴說的是好話。趙錢孫李，你依不依隨你！」幾句說的西門慶閉口無言。走出前廳來，坐在椅子上沉吟：如畫。又不好回李瓶兒話，又不好不去的。尋思了半日，從容得妙。還進入金蓮房裡來。金蓮問道：「大姐姐怎麽說？」西門慶把月娘的話告訴了一遍。金蓮道：「大姐姐也說的是。平心口便公。你又買了他房子，又娶他老婆，當初又與他漢子相交，既做朋友，沒絲也有寸，交官兒也看喬了。」西門慶道：「這個也罷了。到只怕

所慮極是，但此時拒之晚矣。

「這個也

花大那廝没圈子跳，知道挾制他孝服不滿，在中間鬼渾。怎生計較？我如今又不好回他的。」金蓮道：「呸！有甚難處的事？你到那里只說：『我到家對五姐說來，他的樓上堆着許多藥料，你這家伙去到那里没處堆放，亦發再寬待些時，你這邊房子也七八蓋了，攛掇匠人早些裝修油漆停當，你這里孝服也將滿。那時娶你過去，却不齊備些。强似搬在五姐樓上，葷不葷，素不素，擠在一處甚麽樣子！』管情他也罷了。」

罷了」一語，寫得交情掃地，可勝痛哭。

西門慶聽言大喜，那里等的時分，就走到李瓶兒家。婦人便問：「所言之事如何？」西門慶道：「五姐說來，一發等收拾油漆你新房子，你搬去不遲。如今他那邊樓上，堆的破零零的，你這些東西過去那里堆放？還有一件打攪，只怕你家大伯子說你孝服不滿，如之奈何？」婦人道：「他不敢管我的事。休說各衣另飯，當官寫立分單，已倒斷開了，只我先嫁繇爹娘，後嫁繇自己。常言：嫂叔不通問，大伯管不的我暗地裡事。我如今見過不的日子，他顧不的我。他若但放出個屁來，我教那賊花子坐着死不敢睡着死。大官人你放心，他不敢惹我。」因問：「你這房子，也得幾時方收拾完備？」西門慶道：「我如今分付匠人，先替你蓋出這三間樓來，及至油漆了，也到五月頭上。」婦人道：「我的哥哥，你上緊些。奴情願等着到那時候也罷。」說畢，丫鬟擺上酒，兩個歡娛飲酒過夜。西門慶自此，没三五日不來，俱不必細說。

心病，故忍不住說出。

光陰迅速，西門慶家中已蓋了兩月房屋。三間玩花樓，裝修將完，只少捲棚還未安磉。一日，五月蕤賓時節，正是：

家家門插艾葉，處處户掛靈符。

李瓶兒治了一席酒，請過西門慶來，一者解粽，二者商議過門之事。擇五月十五日，先請僧人念經燒靈，然後西門慶這邊擇娶婦人過門。西門慶因問李瓶兒道：「你燒靈那日，花大、花三、花四請他不請？心病開口便見。」婦人道：「我每人把個帖子，隨他來不來！」當下計議已定，單等五月十五日，婦人請了報恩寺十二衆僧人，在家念經除靈。

西門慶那日封了三錢銀子人情，與應伯爵做生日。早辰拿了五兩銀子與玳安，教他買辦置酒，晚夕與李瓶兒除服。却教平安、畫童兩個跟馬，約午後時分，往應伯爵家來。那日在席者謝希大、祝實念、孫天化、吳典恩、雲理守、常峙節、白賚光，連新上會賁第傳十個朋友，細。一個不少。又叫了兩個小優兒彈唱。遞畢酒，上坐之時，西門慶叫過兩個小優兒，認的頭一個是吳銀兒兄弟，名唤吳惠。那一個不認的，絶不板。跪下説道：「小的是鄭愛香兒的哥，叫鄭奉。」西門慶坐首席，每人賞二錢銀子。吃到日西時分，只見玳安拿馬來接，向西門慶耳邊悄悄説道：「二娘請爹早些去。」西門慶與了他個眼色，畫。就往下走。被應伯爵叫住問道：「賊狗骨頭兒，你過來實説。若不實説，我把你小耳朶擰過一邊來，你應爹一年有幾個生日？恁日頭半天裡就拿馬來，端的誰使你來？或者是你家中那娘使了你來？或者是裡邊十八子那里？你若不説，過一百年也不對你爹説，替你這小狗禿兒娶老婆。」玳安只説道：「委的没人使小的。小的恐怕夜緊，爹要起身早，拿馬來伺候。」應伯爵奈何了他一回，見不説，便道：「你不説，我明日打聽出來，和你這小油嘴兒筭帳。」于是又斟了一鍾酒，拿了半碟點心，與玳安下邊吃去。

良久，西門慶下來更衣，叫玳安到僻靜處問他話：「今日花家有誰來？」玳安道：「花三往鄉裡去了。花四家裡害眼，都没人來。只有花大家兩口子來。吃了一日齋飯，他漢子先家去了；只有他老婆，臨去，二娘叫到房裡，與了他十兩銀子，兩套衣服。還與二娘磕了頭。」西門慶道：「他没說甚麼？」玳安道：「他一字没敢題甚麼，只說到明日二娘過來，他三日要來爹家走走。」西門慶道：「他真個說此話來？」喜甚。玳安道：「小的怎敢說謊。」西門慶聽了，滿心歡喜。又問：「齋供了畢不曾？」玳安道：「和尚老早就去了，靈位也燒了。二娘說請爹早些過去。」西門慶道：「我知道了，你外邊看馬去。」這玳安正往外走，不想應伯爵在過道內聽，猛可叫了一聲，把玳安唬了一跳。伯爵罵道：「賊小狗骨頭兒！你不對我說，我怎的也聽見了？原來你爹兒們幹的好繭兒！」西門慶道：「怪狗才，休要倡揚。」伯爵道：「你央我央兒，我不說便了。」于是走到席上，如此這般，對衆人說了一回。把西門慶拉着說道：「哥，你可成箇人！有這等事，就掛口不對兄弟們說聲兒？就是花大有些話說，哥只分付俺們一聲，等俺們和他說，不怕他不依。他若敢道個不字，俺們就與他結下個大肐膳。端的不知哥這親事成了不曾？哥一一告訴俺們。比來相交朋友做甚麼？哥若有使令去處，兄弟情願火裡火去，水裡水去。弟兄們這等待你，哥還只顧瞞着不說。」謝希大接過說道：「哥若不說，俺們明日倡揚的裡邊李桂姐、吳銀兒知道了，大家都不好意思的。」西門慶笑道：「我教衆位得知罷，親事已都停當了。」謝希大道：

雖一味虛奉承，却說得壯胆，且句句都打在心坎上。故西門慶獨與伯爵交厚。

又進一步奉承，寫出無所不至之情。

打點得十分穩妥，以起下更變之端。如玉樓晚娶來，則又作風。要瓶兒所

「哥到明日娶嫂子過門，俺們賀哥去。哥好歹叫上四個唱的，請俺們吃喜酒。」西門慶道：「這個不消說，一定奉請列位兄弟。」祝實念道：「比時明日與哥慶喜，不如咱如今替哥把一盃兒酒，先慶了喜罷。」于是叫伯爵把酒，謝希大執壺，祝實念捧菜，其餘都陪跪。把兩個小優兒也叫來跪着，彈唱一套《十三腔》「喜遇吉日」〔五〕，一連把西門慶灌了三四鍾酒。祝實念道：「哥，那日請俺們吃酒，也不要少了鄭奉、吳惠兩個。」因定下：「你二人好歹去。」鄭奉掩口道：「小的們已定伺候。」須臾，遞酒畢，各歸席坐下。又吃了一回。看看天晚，那西門慶那里坐的住，赶眼錯起身走了。應伯爵還要攔門不放，謝希大道：「應二哥，你放哥去罷。休要悮了他的事，教嫂子見怪。」

那西門慶得手上馬，一直走了。到了獅子街，李瓶兒摘去孝髻，換上一身艷服。堂中燈火熒煌，預備下一桌齊整酒餚，上面獨獨安一張交椅，讓西門慶上坐。丫鬟執壺，李瓶兒滿斟一杯遞上去，磕了四個頭，說道：「今日靈已燒了，蒙大官人不棄，奴家得奉巾櫛之歡，以遂于飛之願。」行畢禮起來。西門慶下席來，亦回遞婦人一盃，方纔坐下。因問：「今日花大兩口子沒說甚麽？」（心病。）李瓶兒道：「奴午齋後，叫他進到房中，就說大官人這邊親事。他滿口說好，一句閑話也無。只說明日三日裡，教他娘子兒來咱家走走。奴與他十兩銀子，兩套衣服，兩口子歡喜的要不的。臨出門，謝了又謝。」西門慶道：「他既恁說，我容他上門走走也不差甚麽。但有一句閒話，我不饒他。」李瓶兒道：「他若放辣騷〔六〕，奴也不放過他。」于是銀鑲鍾兒盛着

南酒，綉春斟了送上，李瓶兒陪着吃了幾杯。真個是年隨情少，酒因境多。李瓶兒因過門日子近了，比常時益發歡喜，臉上堆下笑來，問西門慶道：「方纔你在應家吃酒，玳安來請你，那邊没人知道麽？」西門慶道：「又被應花子猜着，逼勒小厮説了幾句，鬧混了一場。諸弟兄要與我賀喜，唤唱的，做東道，又齊攢的幫襯，灌上我幾杯。我赶眼錯就走出來，還要攔阻，又説好説歹，放了我來。」李瓶兒道：「他們放了你，也還解趣哩。」西門慶看他醉態顛狂，情眸眷戀，一霎的不禁胡亂。兩個口吐丁香，臉偎仙杏，李瓶兒把西門慶抱在懷裡叫道：「我的親哥！你既真心要娶我，可趁早些。不放。你又往來不便，休丢我在這里日夜懸望。」説畢翻來倒去，攬做一團，真個是：

情濃胸湊緊，欵洽臂輕籠；
膩把銀缸照，猶疑是夢中。

怯者，花大也。見彼帖然，又得伯爵數語壯胆，便忽然口硬。小人矯強情態可想。只就眼前事摹寫，而歡情可掬可見。支離藤蔓皆非妙文也。

校記

〔一〕「詩曰」，内閣本、首圖本無。
〔二〕「一心一話」，内閣本、首圖本作「一心一計」。
〔三〕「總好」，按張評本作「纔好」。
〔四〕「來招」，上文十一回作「來昭」。按張評本、詞話本亦作「來招」。
〔五〕「十三腔」，崇禎諸本同，據《盛世新聲·南曲》、《詞林摘艷》應作「三十腔」。
〔六〕「放辣騷」，崇禎諸本同。按張評本作「放屁辣騷」。

第十七回　宇給事劾倒楊提督

李瓶兒許嫁蔣竹山

第十七回　宇給事劾倒楊提督　李瓶兒許嫁蔣竹山

詩曰〔一〕：

早知君愛歇，本自無容妬；
誰使恩情深，今來反相誤。
愁眠羅帳曉，泣坐金閨暮；
獨有夢中魂，猶言意如故。

話說五月二十日，帥府周守備生日。西門慶封五星分資、兩方手帕，打選衣帽齊整，騎疋大白馬，四個小厮跟隨，往他家拜壽。席間也有夏提刑、張團練、荆千户、賀千户一班武官兒飲酒，鼓樂迎接，搬演戲文。玳安接了衣裳，回馬來家。到日西時分，又騎馬接去，走到西街口上，撞見馮媽媽，問道：「馮媽媽那里去？」馮媽媽道：「你二娘使我來請你爹。顧銀匠整理頭面完備，今日送來，請你爹那里瞧去。你二娘還和你爹說話哩！」玳安道：「俺爹今日在守備府周老爺處吃酒，我如今接去。你老人家回罷。等我到那里，對爹說就是了。」馮媽媽道：「累你好歹說聲，你二娘等着哩！」這玳安打馬逕到守備府。衆官員正飲酒間，玳安走到西門慶席前，說道：「小的回馬家來時，在街口撞遇馮媽媽。二娘使了來說，顧銀匠送了頭面來了，請爹瞧去，還要和爹說話哩。」西門慶聽了，就要起身，那周守備那里肯放，攔門拿巨杯相勸。西門慶道：「蒙大人見賜，寧可飲一杯，還有些小事，不能盡情，恕罪，恕罪！」于是一飲而盡，辭周守備上馬，逕到李瓶兒家。

婦人接着，茶湯畢，西門慶分付玳安回馬家去，明日來接。玳安去了。李瓶兒叫迎春盒兒內取出頭面來，與西門慶過目。黃烘烘火焰般一付好頭面，收過去，單等二十四日行禮，出月初四日准娶。婦人滿心歡喜，連忙安排酒來，和西門慶暢飲開懷。吃了一回，使丫鬟房中搽抹凉蓆乾净。兩個在紗帳之中，香焚蘭麝，衾展鮫綃，脱去衣裳，並肩叠股，飲酒調笑。良久，春色横眉，淫心蕩漾。西門慶先和婦人雲雨一回，然後乘着酒興，坐于床上，令婦人横蝉于袵蓆之上，與他品簫。但見：

不竹不絲不石，肉音别自唔咿。流蘇瑟瑟碧紗垂，辨不出宫商角徵。一點櫻桃欲綻，纖纖十指頻移。深吞添吐兩情痴，不覺靈犀味美。

西門慶醉中戲問婦人：「當初花子虛在時，也和他幹此事不幹？」婦人道：「他逐日睡生夢死，奴那里耐煩和他幹這營生！他每日只在外邊胡撞，就來家，奴等閒也不和他沾身。況且老公公在時，和他另在一間房睡着，我還把他駡的狗血噴了頭。好不好，對老公公說了，要打倘棍兒〔二〕。奴與他這般頑耍，可不砢磣殺奴罷了！誰似冤家這般可奴之意，就是醫奴的藥一般。

瓶兒與老公公頗相好，開口不忘。

白日黑夜，教奴只是想你。」兩個耍一回，又幹了一回。傍邊迎春伺候下一個小方盒，都是各樣細巧菓品；小金壺內滿泛瓊漿。從黃昏掌上燈燭，且幹且飲，直要到一更時分。只聽外邊一片聲打的大門响，使馮媽媽開門瞧去，原來是玳安來了。西門慶道：「我分付明日來接，這咱晚又來做甚麼？」因叫進來問他。那小厮慌慌張張走到房門首，因西門慶與婦人睡着，又不敢進來，只在簾外說道：「姐姐、姐夫都搬來了，許多箱籠在家中。大娘使我來請爹，快去計較話哩。」這西門慶聽了，只顧猶豫：「這咱晚，端的有甚緣故？須得到家瞧瞧。」連忙起來。婦人打發穿上衣服，做了一盞暖酒與他吃。

打馬一直到家，只見後堂中秉着燈燭，女兒女壻都來了，堆着許多箱籠床帳家伙，先吃了一驚，因問：「怎的這咱來家？」女壻陳敬濟磕了頭，哭說：「近日朝中，俺楊老爺被科道官參論倒了。聖旨下來，拿送南牢問罪。門下親族用事人等，都問擬枷號充軍。昨日府中楊幹辦連夜奔來，透報與父親知道。父親慌了，教兒子同大姐和些家伙箱籠，且暫在爹家中寄放，躲避些時。他便起身往東京我姑娘那里，打聽消息去了。待事寧之日〔三〕，恩有重報，不敢有忘。」西門慶問：「你爹有書没有？」陳敬濟道：「有書在此。」向袖中取出，遞與西門慶。拆開觀看，上面寫道：

眷生陳洪頓首書奉大德西門親家台覽：餘情不叙。兹因北虜犯邊，搶過雄州地界，兵部王尚書不發救兵，失誤軍機，連累朝中楊老爺，(猶護局。)俱被科道官參劾太重。聖旨惱怒，拿下南牢監禁，會同三法司審問。其門下親族用事人等，俱照例發邊衞充軍。生一聞消息，舉家驚惶，無處可投，先打發小兒、令愛，隨身箱籠家活，暫借親家府上寄寓。生即上京，投在姐夫張世廉處，打聽示下。待事務寧帖之日，回家恩有重報，不敢有忘。誠恐縣中有甚聲色，（周密。）生令小兒另外具銀五百兩，相煩親家費心處料，容當叩報，没齒不忘。燈下草草，不宣。

仲夏二十日　洪再拜

西門慶看了，慌了手脚，教吳月娘安排酒飯，管待女兒、女壻。就令家下人等，打掃廳前東廂房三間，與他兩口兒居住。把箱籠細軟都收拾月娘上房來。（伏。）陳敬濟取出他那五百兩銀子，交與西門慶打點使用。西門慶叫了吳主管來，與他五兩銀子，教他連夜往縣中承行房裏，抄録一張東京行下來的文書邸報來看。上面端的寫的是甚言語：

兵科給事中宇文虛中等一本，懇乞宸斷，亟誅誤國權奸，以振本兵，以消虜患事〔四〕：

臣聞夷狄之禍〔五〕，自古有之。周之玁狁〔六〕，漢之匈奴〔七〕，唐之突厥〔八〕，迨及五代而契丹浸强〔九〕，至我皇宋建國，大遼縱横中國者已非一日〔一〇〕。然未聞内無夷狄〔一一〕，而外萌夷狄之患者〔一二〕。語云：霜降而堂鐘鳴，雨下而柱礎潤。以類感類，必然之理。譬若病夫，腹心之疾已久，元氣内消，風邪外入〔一三〕，四肢百骸，無非受病，雖盧扁莫之能救，焉能久乎？今天下之勢，正猶病夫尫羸之極矣。君猶元首也，輔臣猶腹心也，百官猶四肢也。

絶妙議論，當選入名臣奏疏中。

陛下端拱于九重之上，百官庶政各盡職于下。元氣內充，榮衛外扞，則虜患何繇而至哉〔一四〕？今招夷虜之患者〔一五〕，莫如崇政殿大學士蔡京者：本以憸邪奸險之資，濟以寡廉鮮耻之行，讒諂面諛，上不能輔君當道，贊元理化；下不能宣德布政，保愛元元。徒以利祿自資，希寵固位，樹黨懷奸，蒙蔽欺君，中傷善類。忠士爲之解體，四海爲之寒心。聯翩朱紫，萃聚一門。邇者河湟失議，主議伐遼〔一六〕，內割三郡，郭藥師之叛，卒致金虜背盟〔一七〕，憑陵中夏〔一八〕。此皆誤國之大者，皆繇京之不職也。王黼貪庸無賴，行比俳優。蒙京汲引，荐居政府，未幾謬掌本兵。惟事慕位苟安，終無一籌可展。迺者張達殁于太原，爲之張皇失散。今虜犯內地〔一九〕，則又挈妻子南下，爲自全之計。其誤國之罪，可勝誅戮？楊戩本以紈袴膏粱叨承祖蔭，憑籍寵靈，典司兵柄，濫膺閫外，大姦似忠，怯懦無比。此三臣者，皆朋黨固結，內外蒙蔽，爲陛下腹心之蠱者也。數年以來，招災致異，喪本傷元，役重賦煩，生民離散，盜賊猖獗，夷虜犯順〔二〇〕，天下之膏腴已盡，國家之綱紀廢弛，雖擢髮不足以數京等之罪也。臣等待罪該科，備員諫職，徒以目擊奸臣誤國，而不爲皇上陳之，則上辜君父之恩，下負平生所學。伏乞宸斷，將京等一干黨惡人犯，或下廷尉，以示薄罰；或致極典，以彰顯戮；或照例枷號；或投之荒裔，以禦魑魅。庶天意可回，人心暢快，國法以正，虜患自消。天下幸甚！臣民幸甚！

奉聖旨：「蔡京姑留輔政。王黼、楊戩着拿送三法司，會問明白來說。欽此欽遵。」續該三法司會問過，并黨惡人犯王黼、楊戩，本兵不職，縱虜深入，荼毒生民，損兵折將，失陷內地，律應處斬。手下壞事家人、書辦、官掾、親黨董升、盧虎、楊盛、龐宣、韓宗仁、陳洪、黃玉、劉盛〔二〕、趙弘道等，查出有名人犯，俱問擬枷號一箇月，滿日發邊衛充軍。

西門慶不看，萬事皆休；看了耳邊廂只聽颼的一聲，魂皃不知往那里去了〔三〕。就是：

驚傷六葉連肝肺，唬壞三毛七孔心。

當下即忙打點金銀寶玩，馱裝停當，把家人來保、來旺叫到卧房中，悄悄分付，如此這般：「僱頭口星夜上東京打聽消息。不消到你陳親家老爹下處。但有不好聲色，取巧打點停當，速來回報。」又與了他二人二十兩銀子。絕早五更僱脚夫起程，上東京去了，不在話下。

西門慶通一夜不曾睡着，到次日早，分付來昭、賁四，把花園工程止住，各項匠人都且回去，不做了。每日將大門緊閉，家下人無事亦不許往外去。西門慶只在房裡走來走去，憂上加憂，悶上添悶，如熱地蜒蚰一般，把娶李瓶兒的勾當丢在九霄雲外去了。吳月娘見他愁眉不展，面帶憂容，只得寬慰他，說道：「他陳親家那邊爲事，各人寃有頭債有主，你也不須焦愁如此。」西門慶道：「你婦人知道些甚麽？陳親家是我的親家，女兒、女壻兩箇業障搬來咱家住着，平昔街坊鄰舍惱咱的極多，常言：機兒不快梭兒快，打着羊駒驢戰。倘有小人指搠，拔樹尋根，你我身家不保。」正是：關門家裏坐，禍從天上來。這里西門慶在家納悶，不題。

且說李瓶兒等了一日兩日，不見動靜，一連使馮媽媽來了兩遍，大門關得鐵桶相似。等

強梁人結怨，何當(嘗)不自知。

了半日，沒一個人牙兒出來，竟不知怎的。看看到二十四日，李瓶兒又使馮媽媽送頭面來，就請西門慶過去説話。叫門不開，立在對過房簷下等。少頃，只見玳安出來飲馬，看見便問：「馮媽媽，你來做甚麽？」馮媽媽説：「你二娘使我送頭面來，怎的不見動静？請你爹過去説話哩。」玳安道：「俺爹連日有些事兒，不得閒。你老人家還拿頭面去，等我飲馬回來，對俺爹説就是了。」馮媽媽道：「好哥哥，我在這里等着，你拿進頭面去和你爹説去。你二娘那里好不惱我哩〔三〕！」這玳安一面把馬拴下，走到裏邊，半日出來道：「對爹説了，頭面爹收下了，教你上覆二娘，再待幾日兒，我爹出來往二娘那里説話。」這馮媽媽一直走來，回了婦人話。婦人又等了幾日，看看五月將盡，六月初旬，朝思暮盼，音信全無，夢攘魂勞，佳期間阻。正是：

懶把蛾眉掃，羞將粉臉勻。

滿懷幽恨積，憔悴玉精神。

婦人盼不見西門慶來，每日茶飯頓減，精神恍惚。到晚夕，孤眠枕上展轉躊躕。忽聽外邊打門，彷彿見西門慶來到。婦人迎門笑接，攜手進房，問其爽約之情，各訴衷腸之話。綢繆繾綣，徹夜歡娛。雞鳴天曉，便抽身回去。婦人恍然驚覺，大呼一聲，精魂已失。馮媽媽聽見，慌忙進房來看。婦人説道：「西門爹他剛纔出去，你關上門不曾？」馮媽媽道：「娘子想得心迷了，那里得大官人來？影兒也沒有！」婦人自此夢境隨邪，夜夜有狐狸假名抵姓，攝其精髓。漸漸形容黃瘦，飲食不進，卧床不起。馮媽媽向婦人説，請了大街口蔣竹山來看。其人年不

「則」字下得妙，已有更端之意。

上三十，生的五短身材，人物飄逸，極是輕浮狂詐。請入卧室，婦人則霧髩雲鬟，擁衾而卧，病態嫣甚。似不勝憂愁之狀。茶湯已罷，丫鬟安放褥甸。竹山就床胗視脈息畢，因見婦人生有姿色，醫者常情。便開言説道：「學生適胗病源，娘子肝脈弦出寸口而洪大，厥陰脈出寸口久上魚際，主六慾七情所致。陰陽交爭，乍寒乍熱，似有鬱結于中而不遂之意也。似瘧非瘧，似寒非寒，白日則倦怠嗜卧，精神短少；夜晚神不守舍，夢與鬼交。若不早治，久而變爲骨蒸之疾，必有屬纊之憂矣。可惜，可惜！」婦人道：「有累先生，俯賜良劑。奴好了，重加酬謝。」竹山道：「學生無不用心，娘子若服了我的藥，必然貴體全安。」説畢起身。這里送藥金五星，使馮媽媽討將藥來。婦人晚間吃了藥下去，夜裡得睡，便不驚恐。漸漸飲食加添，起來梳頭走動。那消數日，精神復舊。

一醫便好，情淺可知。

一日，安排了一席酒餚，備下三兩銀子，使馮媽媽請過竹山來相謝。蔣竹山自從與婦人看病，懷覬覦之心已非一日。一聞其請，卽具服而往。延之中堂，婦人盛粧出見，道了萬福，茶湯兩換，請入房中。便不妙。酒饌已陳，麝蘭香藹。小丫鬟綉春在傍，描金盤內托出三兩白金。婦人高擎玉盞，向前施禮，説道：「前日，奴家心中不好，蒙賜良劑，服之見効。今粗治了一杯水酒，請過先生來知謝知謝。」竹山道：「此是學生分內之事，理當措置，何必計較！」因見三兩謝禮，説道：「這個學生怎麽敢領？」婦人道：「些須微意，不成禮數，萬望先生笑納。」辭讓了半日，竹山方纔收了。婦人遞酒，安下坐次。飲過三巡，竹山偷眼睃視婦人，粉粧玉琢，嬌艷驚人〔三四〕，先用言以挑之，因道：「學生不敢動問，娘子青春幾何？」婦人道：「奴虛度二十四歲。」竹山道：「似娘子這等妙年，生長深閨，處于富足，何事不遂，（勾挑亦微。）而前日有此鬱結不足之病？」婦人聽了，微笑道：「不瞞先生，奴因拙夫棄世，家事蕭條，獨自一身，憂愁思慮，何得無病！」竹山道：「原來娘子夫主歿了。多少時了？」婦人道：「拙夫從去歲十一月得傷寒病死了，今已八個月。」竹山道：「曾吃誰的藥來？」（人死問病，妙。）婦人道：「大街上胡先生。」竹山道：「是那東街上劉太監房子住的胡鬼嘴兒？他又不是我太醫院出身，知道甚麽脈，娘子怎的請他？」婦人道：「也是因街坊上人荐舉請他來看。還是拙夫没命，不干他事。」竹山又道：「娘子也還有子女没有？」婦人道：「兒女俱無。」竹山道：「可惜娘子這般青春妙齡之際，獨自孀居，又無所出，何不尋其別進之路？甘爲幽悶，豈不生病！」婦人道：「奴近日也講着親事，早晚過門。」竹山便道：「動問娘子與何人作親？」婦人道：「是縣前開生藥舖西門大官人。」竹山聽了道：「苦哉，苦哉！娘子因何嫁他？學生常在他家看病，最知詳細。此人專在縣中包攬說事，廣放私債，販賣人口，家中丫頭不筭，大小五六個老婆，着緊打倘棍兒，稍不中意，就令媒人領出賣了。就是打老婆的班頭，坑婦女的領袖。娘子早是對我說，不然進入他家，如飛蛾投火一般，坑你上不上，下不下，那時悔之晚矣。況近日他親家那邊爲事干連，在家躲避不出，房子蓋的半落不合的，都丢下了。東京關下文書，坐落府縣拿人。到明日他蓋這房子，多是入官抄没的數兒。娘子没來由嫁他做甚？」一篇話把婦人說的閉口無言。況且許多東西丢在他家，尋思半晌，暗中跌脚：

病根在此，故往往謂西門慶爲醫奴之藥。

忙中又着一段譜語，令人失笑，一味弄筆。

瓶兒與西

門慶往還不淺，何至聞言而尋思？二語寫出瓶兒之愚。

一味卑辭屈禮，隱隱爲竹山畫一花面，作者玩弄極矣！

「嗔怪道一替兩替請着他不來，他家中爲事哩！」又見竹山語言活動，一團謙恭：「奴明日若嫁得恁樣個人也罷了，寫出瓶兒之淺。不知他有妻室没有？」因說道：「既蒙先生指教，奴家感戴不淺，倘有甚相知人家，舉保來說，奴無有個不依之理。」竹山乘機請問：「不知要何等樣人家？學生打聽的實，好來這里說。」婦人道：「人家到也不論大小，只要像先生這般人物的。」這蔣竹山不聽便罷，聽了此言，歡喜的滿心癢，不知搔處，慌忙走下席來，雙膝跪下告道：「不瞞娘子說，學生内幃失助，中饋乏人，鰥居已久，子息全無。倘蒙娘子垂憐，肯結秦晉之緣，足稱平生之願。學生雖啣環結草，不敢有忘。」婦人笑笑，以手携之，說道：「且請起，未審先生鰥居幾時？貴庚多少？既要做親，須得要個保山來說，方成禮數。」竹山又跪下哀告道：「學生行年二十九歲，正月二十七日卯時建生，不幸去年荆妻已故，家緣貧乏，實出寒微〔二五〕。今既蒙金諾之言，何用冰人之講。」婦人笑道：「你既無錢，我這里有個媽媽姓馮，拉他做個媒証。也不消你行聘，擇個吉日良時，招你進來，入門爲贅。你意下若何？」這蔣竹山連忙倒身下拜：「娘子就如同學生重生父母，再長爹娘。夙世有緣，三生大幸矣！」一面兩個在房中各遞了一杯交歡酒，已成其親事。竹山飲至天晚回家〔二六〕。

婦人這里與馮媽媽商議說：「西門慶如此這般爲事，吉凶難保。薄情語。況且奴家這邊没人，不好了一場，險不喪了性命。爲今之計，不如把這位先生招他進來，有何不可？」到次日，就使馮媽媽遞信過去，擇六月十八日大好日子，把蔣竹山倒踏門招進來，成其夫婦。過了三日，婦人湊了三百兩銀子，與竹山打開兩間門面，店内煥然一新。初時往人家看病只是走，後來買了一疋驢兒騎着，在街上往來，不在話下。正是：

一窪死水全無浪，也有春風擺動時。

校記

〔一〕「詩曰」，内閣本、首圖本無。

〔二〕「打倘棍兒」，崇禎諸本同。按張評本同。詞話本作「打白棍兒」。

〔三〕「日」，崇禎諸本同。按張評本作「後」，詞話本作「日」。

〔四〕「虜患」，崇禎諸本同。按張評本作「邊患」。

〔五〕「夷狄」，崇禎諸本同。按張評本作「邊境」。

〔六〕「玁狁」，崇禎諸本同。按張評本作「太原」。

〔七〕「匈奴」，崇禎諸本同。按張評本作「陰山」。

〔八〕「突厥」，崇禎諸本同。按張評本作「河東」。

〔九〕「契丹浸强」，崇禎諸本同。按張評本作「刻無寧日」。

〔一〇〕「大遼縱横中國」，崇禎諸本同。按張評本作「干戈浸于四境」。

〔一一〕「夷狄」，崇禎諸本同。按張評本作「蛙蟲」。

〔一二〕「外萌夷狄之患」，崇禎諸本同。按張評本作「外有腐朽之患」。

〔一三〕「風邪」，崇禎諸本同。按張評本作「風寒」。

〔一四〕「繇」，内閣、首圖等本同，吳藏本作「由」。按張評本、詞話本作「由」。

〔一五〕「夷虜」，崇禎諸本同。按張評本作「兵戈」。
〔一六〕「伐遼」，崇禎諸本同。按張評本作「伐東」。
〔一七〕「金虜」，崇禎諸本同。按張評本作「金國」。
〔一八〕「憑陵中夏」，崇禎諸本同。按張評本作「兩失和好」。
〔一九〕「虜犯内地」，崇禎諸本同。按張評本作「兵犯内地」。
〔二〇〕「夷虜」，崇禎諸本同。按張評本作「舉兵」。
〔二一〕「黄玉、劉盛」，按詞話本在「黄玉」後有「賈廉」，崇禎本、張評本删。
〔二二〕「魂皁」，内閣、首圖等本作「魂魄」。按張評本、詞話本作「魂魄」。
〔二三〕「我」，崇禎諸本同。按張評本作「他」，詞話本作「我」。
〔二四〕「驚人」，崇禎諸本同。按張評本作「動人」，詞話本作「驚人」。
〔二五〕「寒微」，内閣本、首圖本作「寒徼」。
〔二六〕「飲至天晚」，内閣本、首圖本作「歡至天晚」。

第十八回　賂相府西門脱禍

見嬌娘敬濟魂消

第十八回　賂相府西門脱禍　見嬌娘敬濟銷魂

詞曰〔一〕：

有個人人，海棠標韵，飛燕輕盈。酒暈潮紅，羞蛾一笑生春。爲伊無限傷心，更説甚巫山楚雲！斗帳香銷，紗窗月冷，着意温存。

——右調《柳梢青》〔二〕

話分兩頭。不説蔣竹山在李瓶兒家招贅，單表來保、來旺二人上東京打點，朝登紫陌，暮踐紅塵，一日到東京，進了萬壽門，投旅店安歇。到次日，街前打聽，只聽見街談巷議，都説兵部王尚書昨日會問明白，聖旨下來，秋後處决。止有楊提督名下親族人等，未曾拿完，尚未定奪。來保等二人把禮物打在身邊，急來到蔡府門首。舊時幹事來了兩遍，道路久熟，立在龍德街牌樓底下，探聽府中消息。少頃，只見一個青衣人，慌慌打府中出來，往東去了。來保認得是楊提督府裡親隨楊幹辦，待要叫住問他一聲事情如何，因家主不曾分付，以此不言語，放過他去了。遲了半日，兩個走到府門前，望着守門官深深唱個喏：「動問一聲，太師老爺在家不在？」那守門官道：「老爺朝中議事未回。你問怎的？」來保又問道：「管家翟爺請出來，小人見見，有事禀白。」那官吏道：「管家翟叔也不在了。」來保見他不肯實説，曉得是要些東西，就袖中取出一兩銀子遞與他。那官吏接了便問：「你要見老爺，要見學士大爺？老爺便是大管家翟謙禀，大爺的事便是小管家高安禀，各有所掌。況老爺朝中未回，止有學士大爺在家。你有甚事，我替你請出高管家來，禀見大爺，也是一般。」這來保就借情道：「我是提督楊爺府中，有事禀見。」官吏聽了，不敢怠慢，進入府中。良久，只見高安出來。來保慌忙施禮，遞上十兩銀子，説道：「小人是楊爺的親，同楊幹辦一路來見老爺討信。因後邊吃飯，來遲了一步，不想他先來了。所以不曾趕上。」高安接了禮物，説道：「楊幹辦只剛纔去了，老爺還未散朝。你且待待，我引你再見見大爺罷。」一面把來保領到第二層大廳傍邊，另一座儀門進去。坐北朝南三間敞廳，緑油欄杆，朱紅牌額，石青填地，金字大書天子御筆欽賜「學士琴堂」四字。

蔡太師明明回避，只説朝中未散，口角隱隱約約，寫得逼真。

原來蔡京兒子蔡攸，也是寵臣，見爲祥和殿學士兼禮部尚書、提點太乙宮使。來保在門外伺候，高安先入，説了出來，然後喚來保入見，當廳跪下。蔡攸深衣軟巾，坐于堂上，問道：「你是那里來的？」來保禀道：「小人是楊爺的親家陳洪的家人，同府中楊幹辦來禀見老爺討信。不想楊幹辦先來見了，小人赶來後見。」因向袖中取出揭帖遞上。蔡攸見上面寫着「白米五百石」，叫來保近前説道：「蔡老爺亦因言官論列，連日迴避。閣中之事并昨日三法司會問，都是右相李爺秉筆。楊老爺的事，昨日內裡有消息出來，聖上寬恩，另有處分了。其手下用事有名人犯，待查明問罪。你還到李爺那里去説。」來保只顧磕頭道：「小的不認的李爺府中，望爺憐憫，看家楊老爺分上。」蔡攸道：「你去到天漢橋邊北高坡大門樓處，問聲當朝右相、資

指路中叙

出官銜，妙。

改名巧甚，此等舞文之才，文官

政殿大學士兼禮部尚書諱邦彥的你李爺，誰是不知道！也罷，我這里還差個人同你去。」卽令祗候官呈過一緘，使了圖書，就差管家高安同去見李爺，如此替他說。

那高安承應下了，同來保出了府門，叫了來旺，帶着禮物，轉過龍德街，逕到天漢橋李邦彥門首。正值邦彥朝散纔來家，穿大紅縐紗袍，腰繫玉帶，送出一位公卿上轎而去。回到廳上，門吏稟報說：「學士蔡大爺差管家來見。」先叫高安進去說了回話，然後喚來保、來旺進見，跪在廳臺下。高安就在傍邊遞了蔡攸封緘，并禮物揭帖，來保下邊就把禮物呈上。邦彥看了說道：「你蔡大爺分上，又是你楊老爺親，我怎麽好受此禮物？況你楊爺，昨日聖心回動，已沒事。但只手下之人，科道參語甚重，已定問發幾個。」卽令堂候官取過昨日科中送的那幾個名字與他瞧。上面寫着：「王黼名下書辦官董昇，家人王廉，班頭黃玉，楊戩名下壞事書辦官盧虎，幹辦楊盛，府掾韓宗仁、趙弘道，班頭劉成，親黨陳洪、西門慶、胡四等，皆鷹犬之徒，狐假虎威之輩。乞勅下法司，將一干人犯，或投之荒裔以禦魍魎，或置之典刑，以正國法。」來保見了，慌的只顧磕頭，告道：「小人就是西門慶家人，望老爺開天地之心，超生性命則個！」高安又替他跪稟一次。邦彥見五百兩金銀，只買一個名字，如何不做分上？卽令左右擡書案過來，取筆將文卷上西門慶名字改作賈廉，一面收上禮物去。邦彥打發來保等出來，就拿回帖回學士，賞了高安、來保、來旺一封五兩銀子。

來保路上作辭高管家，回到客店，收拾行李，還了房錢，星夜回清河縣。來家見西門慶，把

偏有。

經此一番，便當收斂。西門慶事過即已，所謂小人而無忌憚也。

何不使人一問？

東京所幹的事，從頭說了一遍。西門慶聽了，如提在冷水盆內，對月娘說：「早時使人去打點，不然怎了！」正是：這回西門慶性命有如——

落日已沉西嶺外，却被扶桑喚出來。

于是一塊石頭方纔落地。過了兩日，門也不關了，花園照舊還蓋，漸漸出來街上走動。

一日，玳安騎馬打獅子街過，看見李瓶兒門首開個大生藥鋪，裡邊堆着許多生熟藥材。朱紅小櫃，油漆牌匾，吊着幌子，甚是熱鬧。歸來告與西門慶說——還不知招贅蔣竹山一節，只說：「二娘搭了個新夥計，開了個生藥鋪。」西門慶聽了，半信不信。

一日，七月中旬，金風淅淅，玉露泠泠〔三〕。西門慶正騎馬街上走着，撞見應伯爵、謝希大。兩人叫住，下馬唱喏，問道：「哥，一向怎的不見？兄弟到府上幾遍，見大門關着，又不敢叫，整悶了這些時。端的哥在家做甚事？嫂子娶進來不曾？也不請兄弟們吃酒。」西門慶道：「不好告訴的。因舍親陳宅那邊爲些閒事，替他亂了幾日。親事另改了日期了。」伯爵道：「兄弟們不知哥吃驚。今日既撞遇哥，兄弟二人肯空放了？如今請哥同到裡邊吳銀姐那里吃三杯，權當解悶。」不繇分說，把西門慶拉進院中來。正是：

高樹樽開歌妓迎，謾誇解語一含情。

纖手傳盃分竹葉，一簾秋水浸桃笙。

當日西門慶被二人拉到吳銀兒家，吃了一日酒。到日暮時分，已帶半酣，纔放出來。打

（瓶兒何等沾戀，事完即當往來。至此時不着人問，西門慶大意也。太做身分，故有此失也。）

馬正走到東街口上，撞見馮媽媽從南來，走得甚慌。西門慶勒住馬，問道：「你那里去？」馮媽媽道：「二娘使我往門外寺裡魚籃會，替過世二爺燒箱庫去來。」西門慶醉中道：「你二娘在家好麽？我明日和他説話去。」馮媽媽道：「還問甚麽好？把個見見成成做熟了飯的親事，吃人掇了鍋兒去了。」西門慶聽了失驚問道：「莫不他嫁人去了？」馮媽媽道：「二娘那等使老身送過頭面，往你家去了幾遍不見你，大門關着。對大官兒説進去，教你早動身，你不理。今教別人成了，你還説甚的？」西門慶問：「是誰？」馮媽媽悉把半夜三更婦人被狐狸纏着，染病看看至死，怎的請了蔣竹山來看，吃了他的藥怎的好了，某日怎的倒踏門招進來，成其夫婦，見今二娘拿出三百兩銀子與他開了生藥舖，從頭至尾説了一遍。這西門慶不聽便罷，聽了氣的在馬上只是跌脚，叫道：「苦哉！你嫁别人，我也不惱，如何嫁那矮王八！他有甚麽起解？」于是一直打馬來家。

剛下馬進儀門，只見吳月娘、孟玉樓、潘金蓮并西門大姐四個，在前廳天井内月下跳馬索兒耍子。見西門慶來家，月娘、玉樓、大姐三個都往後走了。只有金蓮不去，且扶着庭柱兜鞋，（偏作態。）被西門慶帶酒罵道：「淫婦們閒的聲喚，（「們」字原有心罵月娘。）平白跳甚麽百索兒？」趕上金蓮踢了兩脚。走到後邊，也不往月娘房中去脱衣裳，走在西廂一間書房内，要了鋪蓋，那里宿歇。打丫頭，罵小廝，只是没好氣。衆婦人同站在一處，都甚是着恐，不知是那緣故。吳月娘埋怨金蓮：「你見他進門有酒了，兩三步扠開一邊便了。還只顧在跟前笑成一塊，且提鞋兒，却教他蝗

金蓮乖人，開口亦惹人惱。月娘賢婦，觸着也要怪人。可見家庭老婆舌頭有所不免。

蟲螞蚱一例都罵着。」玉樓道：「罵我們也罷，如何連大姐姐也罵起淫婦來了？沒槽道的行貨子！」金蓮接過來道：「這一家子只是我好欺負的〔四〕！一般三個人在這里，只踢我一個兒。那個偏受用着甚麽也怎的？」月娘就惱了，說道：「你頭裡何不叫他連我踢不是？你沒偏受用，誰偏受用？恁的賊不識高低貨！我到不言語，你只顧嘴頭子嗶哩嘞喇的！」金蓮見月娘惱了，便把話兒來摭，說道：「姐姐，不是這等說。他不知那里因着甚麽頭繇兒〔五〕，只拿我煞氣。要便睁着眼望着俺叫，千也要打個臭死，萬也要打個臭死！」月娘道：「誰教你只要嘲他來？他不打你，却打狗不成！」玉樓道：「大姐姐，且叫了小廝來問他聲，今日在誰家吃酒來？早辰好好出去，如何來家恁個腔兒！」不一時，把玳安叫到跟前，月娘罵道：「賊囚根子！你不實說，教大小廝來拷打你和平安兒，每人都是十板。」玳安道：「娘休打，待小的實說了罷。爹今日和應二叔們都在院裡吳家吃酒，散了來在東街口上，撞遇馮媽媽，說花二娘等爹不去，嫁了大街住的蔣太醫了。爹一路上惱的要不的。」月娘道：「信那沒廉耻的歪淫婦，浪着嫁了漢子，來家拿人煞氣。」玳安道：「二娘沒嫁蔣太醫，把他倒踏門招進去了。如今二娘與他本錢，開了好不興的生藥舖〔六〕。我來家告爹說，爹還不信。」孟玉樓道：「論起來，男子漢死了多少時兒？服也還未滿，就嫁人，使不得的！」月娘道：「如今年程，論的甚麽使的使不的。漢子孝服未滿，浪着嫁人的，纔一個兒？淫婦成日和漢子酒裡眠酒裡卧的人，他原守的甚麽貞節！」看官聽說：月娘這一句話，一棒打着兩個人——孟玉樓與潘金蓮都是孝服不曾滿再醮人的，聽了此言，未免各人懷着慚愧歸房，不在話下。正是：

不如意事常八九，可與人言無二三。

却說西門慶當晚在前邊廂房睡了一夜。到次日早，把女壻陳敬濟安他在花園中，同賁四管工記帳，換下來招教他看守大門。西門大姐白日裡便在後邊和月娘衆人一處吃酒，晚夕歸到前邊廂房中歇。陳敬濟每日只在花園中管〔七〕，非呼喚不敢進入中堂，飲食都是內裡小厮拿出來吃。所以西門慶手下這幾房婦人都不曾見面。一日，西門慶不在家，與提刑所賀千户送行去了。月娘因陳敬濟一向管工辛苦，不曾安排一頓飯兒酬勞他，向孟玉樓、李嬌兒說：「待要管，又說我多攬事；口角妙甚。我待欲不管，又看不上。人家的孩兒在你家，每日起早睡晚，辛辛苦苦，替你家打勤勞兒，那個興心知慰他一知慰兒也怎的？」玉樓道：「姐姐，你是個當家的人，你不上心誰上心！」月娘于是分付厨下，安排了一桌酒餚點心，午間請陳敬濟進來吃一頓飯。這陳敬濟撇了工程教賁四看管，逕到後邊參見月娘，作揖畢，旁邊坐下。小玉拿茶來吃了，安放桌兒，拿蔬菜按酒上來。月娘道：「姐夫每日管工辛苦，要請姐夫進來坐坐，白不得個閒。今日你爹不在家，無事，治了一杯水酒，權與姐夫酬勞。」敬濟道：「兒子蒙爹娘擡舉，有甚勞苦，這等費心！」月娘陪着他吃了一回酒。月娘使小玉：「請大姑娘來這里坐。」小玉道：「大姑娘使着手，就來。」少頃，只聽房中抹得牌响。敬濟便問：「誰人抹牌？」月娘道：「是大姐與玉簾丫頭弄牌。」敬濟道：「你看没分曉，娘這裡呼喚不來，且在房中抹牌。」不一時，大姐掀簾子出來，與他女壻對面坐下，一同飲酒。月娘便問大姐：「陳姐夫也會看牌不會？」大姐道：「他也知道些香臭兒。」（妙語。）月娘只知敬濟是志誠的女壻，却不道這小夥子兒詩詞歌賦，雙陸象棋，拆牌道字，無所不通，無所不曉。（未必。）正是：

自幼乖滑伶俐，風流博浪牢成。愛穿鴨緑出爐銀，雙陸象棋幫襯。琵琶笙箏簫管，彈丸走馬員情。只有一件不堪聞：見了佳人是命。

（月娘自引狼入室，却又誰尤？）

月娘便道：「既是姐夫會看牌，何不進去咱同看一看？」敬濟道：「娘和大姐看罷，兒子却不當。」（假志誠。）月娘道：「姐夫至親間，怕怎的？」一面進入房中，只見孟玉樓正在床上鋪茜紅毡看牌，見敬濟進來，抽身就要走。月娘道：「姐夫又不是别人，見個禮兒罷。」（壞事往往在人。）向敬濟道：「這是你三娘哩。」那敬濟慌忙躬身作揖，玉樓還了萬福。當下玉樓、大姐三人同抹，敬濟在傍邊觀看。抹了一回，大姐輸了下來，敬濟上來又抹。玉樓出了個天地分；敬濟出了個恨點不到〔八〕；吳月娘出了個四紅沉八不就，雙三不搭兩么兒，和兒不出，左來右去配不着色頭。只見潘金蓮掀簾子走進來，銀絲鬏髻上戴着一頭鮮花兒，（媚甚。）笑嘻嘻道：「我説是誰，原來是陳姐夫在這里。」（似老成，却有心。）慌的陳敬濟扭頸回頭，猛然一見，不覺心蕩目摇，精魂已失。正是：五百年寃家相遇，三十年恩愛一旦遭逢〔九〕。月娘道：「此是五娘，姐夫也只見個長禮兒罷。」敬濟忙向前深深作

既至親不妨，何又慌避如此？情竇皆月娘自開。

閨閫之私，何所不有？但不堪説破耳。

揖，金蓮一面還了萬福。月娘便道：「五姐你來看，小雛兒倒把老鴉子來贏了。」這金蓮近前一手扶着床護炕兒，一隻手拈着白紗團扇兒，在傍替月娘指點道：「大姐姐，這牌不是這等出了，把雙三搭過來，却不是天不同和牌？還贏了陳姐夫和三姐姐。」衆人正抹牌在熱鬧處，只見玳安抱進毡包來，説：「爹來家了。」月娘連忙攛掇小玉送姐夫打角門出去了。

西門慶下馬進門，先到前邊工上觀看了一遍，然後踅到潘金蓮房中來。金蓮慌忙接着，與他脱了衣裳，説道：「你今日送行去來的早。」西門慶道：「提刑所賀千户新陞新平寨知寨，合衞所相知都郊外送他來，拿帖兒知會我，不好不去的。」金蓮道：「你没酒，教丫鬟看酒來你吃。」不一時，放了桌兒飲酒，菜蔬都擺在面前。飲酒中間，因説起後日花園捲棚上梁，約有許多親朋都要來遞菓盒酒掛紅，少不得叫厨子置酒管待。説了一回，天色已晚。春梅掌燈歸房，二人上床宿歇。西門慶因起早送行，着了辛苦，吃了幾杯酒就醉了。倒下頭鼾睡如雷，齁齁不醒。那時正值七月二十頭天氣，夜間有些餘熱，這潘金蓮怎生睡得着？忽聽碧紗帳内一派蚊雷，不免赤着身子起來，執燭滿帳照蚊。照一個，燒一個。回首見西門慶仰卧枕上，睡得正濃，摇之不醒。其腰間那話，帶着托子，纍垂偉長，不覺淫心輒起，放下燭臺，用纖手捫弄。弄了一回，蹲下身去，用口吮之。吮來吮去，西門慶醒了，駡道：「怪小淫婦兒，你達達睡睡，就摑掍死了。」一面起來，坐在枕上，亦發叫他在下儘着吮咂；又垂首玩之，以暢其美。正是：怪底佳人風性重，夜深偷弄紫簫吹。又有蚊子雙關《踏莎行》詞爲証：

　　我愛他身體輕盈，楚腰膩細。行行一派笙歌沸。黃昏人未掩朱扉，潛身撞入紗厨內。欵傍香肌，輕憐玉體。嘴到處，胭脂記。耳邊廂造就百般聲，夜深不肯教人睡。

婦人頑了有一頓飯時，西門慶忽然想起一件事來，叫春梅篩酒過來，在床前執壺而立。將燭移在床背板上，教婦人馬爬在他面前，那話隔山取火，托入牝中〔一〇〕，令其自動，在上飲酒取樂。婦人罵道：「好個刁鑽的强盗！從幾時新興出來的例兒，怪刺刺教丫頭看答着，甚麽張致！」西門慶道：「我對你說了罷，當初你瓶姨和我常如此幹，叫他家迎春在傍執壺斟酒，到好耍子。」婦人道：「我不好罵出來的，甚麽瓶姨鳥姨，題那淫婦做甚，奴好心不得好報〔一一〕。那淫婦等不的，浪着嫁漢子去了。你前日吃了酒來家，一般的三個人在院子里跳百索兒，只拿我煞氣，只踢我一個兒，倒惹的人和我辨了回子嘴。想起來，奴是好欺負的！」西門慶問道：「你與誰辨嘴來？」婦人道：「那日你便進來了，上房的好不和我合氣，說我在他跟前頂嘴來，罵我不識高低的貨。我想起來爲甚麽？養蝦蟆得水蠱兒病，如今倒教人惱我！」西門慶道：「不是我也不惱，那日應二哥他們拉我到吳銀兒家，吃了酒出來，路上撞見馮媽媽子，這般告訴我，把我氣了個立睁。若嫁了別人，我到罷了。那蔣太醫賊矮忘八，那花大怎不咬下他下截來？映入心病，又恨又悔。他有甚麽起解？招他進去，與他本錢，教他在我眼面前開舖子，大刺刺的做買賣！」婦人道：「虧你臉嘴還說哩！此時自然有得說。奴當初怎麽說來？先下米兒先吃飯。你不聽，只顧來問他姐姐〔一二〕。常信人調，丟了瓢〔一三〕。你做差了，你埋怨那個？」西門慶被婦人幾句話，冲得心頭一點火起，雲山半壁通紅，便道：「你繇他，教那不賢良的淫婦說去。到明日休想我理他！」看官聽說：自古讒言罔行，君臣、父子、夫婦、昆弟之間，皆不能免。饒吳月娘恁般賢淑，西門慶聽金蓮衽席睥睨之間言，卒致于反目，其他可不慎哉！自是以後，西門慶與月娘尚氣，彼此覿面，都不說話。月娘隨他往那房裡去，也不管他；來遲去早，也不問他；或是他進房中取東取西，只教丫頭上前答應，也不理他。兩個都把心冷淡了。正是：

前車倒了千千輛，後車到了亦如然。
分明指與平川路，却把忠言當惡言。

且說潘金蓮自西門慶與月娘尚氣之後，見漢子偏聽，以爲得志。每日抖擻着精神，粧飾打扮，希寵市愛。因爲那日後邊會着陳敬濟一遍，見小夥兒生的乖猾伶俐，有心也要勾搭他。但只畏懼西門慶，不敢下手。只等西門慶往那里去，便使了丫鬟叫進房中，與他茶水吃，常時兩個下棋做一處。一日，西門慶新蓋捲棚上梁，親友掛紅慶賀，遞菓盒。許多匠作，都有犒勞賞賜。大廳上管待官客，吃到午晌〔一四〕，人纔散了。西門慶因起得早，就歸後邊睡去了。陳敬濟走來金蓮房中討茶吃。金蓮正在床上彈弄琵琶，道：「前邊上梁，吃了這半日酒，你就不曾吃些甚麼，還來我屋裡要茶吃？」敬濟道：「兒子不瞞你老人家說，從半夜起來，亂了這一五更，誰吃甚麼來！」婦人問道：「你爹在那里？」寫出私心。敬濟道：「爹後邊睡去了。」婦人道：「你既沒吃甚麼，」叫春梅：「揀粧裡拿我吃的那蒸酥菓餡餅兒來，與你姐夫吃。」這小夥兒就在他炕桌兒上擺着四碟小菜，吃着點心。因見婦人彈琵琶，戲問道：「五娘，你彈的甚曲兒？怎不唱個兒我聽。」婦人笑道：「好陳姐夫，奴又不是你影射的，（自開門路。）如何唱曲兒你聽？我等你爹起來，看我對你爹説不説！」那敬濟笑嘻嘻，慌忙跪着央及道：「望乞五娘可憐見，兒子再不敢了！」那婦人笑起來了。自此這小夥兒和這婦人日近日親，或吃茶吃飯，穿房入屋，打牙犯嘴，挨肩擦背，通不忌憚。月娘托以兒輩，放這樣不老實的女壻在家，自家的事却看不見。正是：

只曉採花成釀蜜，不知辛苦爲誰甜。

又是一種勾挑，妙甚。

校記

〔一〕「詞曰」，内閣本、首圖本題作「柳梢青」。

〔二〕「右調柳梢青」，内閣本、首圖本無。

〔三〕「玉露泠泠」，内閣本、首圖本作「玉露泠泠」。按張評本、詞話本作「玉露泠泠」。

〔四〕「只是我好欺負的」，按詞話本作「只我是好欺負的」。

〔五〕「頭繇兒」，按詞話本作「由頭兒」。

〔六〕「生藥舖」，内閣本、首圖本作「大藥舖」。

〔七〕「在花園中管」，崇禎諸本同。按張評本、詞話本作「在花園中管工」。

〔八〕「敬濟出了個恨點不到」，按詞話本作「敬濟出了個恨點不到頭」。

〔九〕「一旦」，内閣本、首圖本作「一日」。

〔一〇〕「托入」，崇禎諸本同。按張評本作「插入」，詞話本作「托入」。

〔一一〕「好報」，原作「奴報」，據内閣本改。

〔一二〕「來問他姐姐」，内閣本、首圖本作「來問大姐姐」。按詞話本作「求他問姐姐」。

〔一三〕「常信人調，丢了瓢」，按詞話本作「常言：信人調，丢了瓢」。

〔一四〕「午晌」，崇禎諸本同。按張評本、詞話本作「晌午」。

第十九回

草裡蛇邏打蔣竹山

李瓶兒情感西門慶

第十九回　草裏蛇邏打蔣竹山　李瓶兒情感西門慶

詩曰〔一〕：

人靡不有初，想君能終之。
別來歷年歲，舊恩何可期。
重新而忘故，君子所猶譏。
寄身雖在遠，豈忘君須臾。
既厚不爲薄，想君時見思。

話説西門慶起蓋花園捲棚，約有半年光陰，裝修油漆完備，前後煥然一新。慶房的整吃了數日酒，俱不在話下。

一日，八月初旬，與夏提刑做生日，在新買庄上擺酒。叫了四箇唱的、一起樂工、雜耍步戲。西門慶從巳牌時分，就騎馬去了。吳月娘在家，整置了酒餚細菓，約同李嬌兒、孟玉樓、孫雪娥、大姐、潘金蓮衆人，開了新花園門遊賞。裡面花木庭臺，一望無際，端的好座花園。但見：

正面丈五高，週圍二十板。當先一座門樓，四下幾間臺榭。假山真水，翠竹蒼松。

高而不尖謂之臺，巍而不峻謂之榭。四時賞玩，各有風光：春賞燕遊堂，桃李爭妍；夏賞臨溪館，荷蓮鬭彩；秋賞疊翠樓，黃菊舒金；冬賞藏春閣，白梅横玉。更有那嬌花籠淺徑，芳樹壓雕欄，弄風楊柳縱蛾眉，帶雨海棠陪嫩臉。燕遊堂前，燈光花似開不開；藏春閣後，白銀杏半放不放。湖山側纔綻金錢〔二〕，寶檻邊初生石筍。翩翩紫燕穿簾幙，嚦嚦黃鶯度翠陰。也有那月窗雪洞，也有那水閣風亭。木香棚與荼蘼架相連，千葉桃與三春柳作對。松墻竹徑，曲水方池，映堦蕉棕，向日葵榴。遊魚藻內驚人，粉蝶花間對舞。正是：芍藥展開菩薩面，荔枝擎出鬼王頭。

不減西園雅集。

當下吳月娘領着衆婦人，或携手遊芳徑之中，或鬭草坐香茵之上。一箇臨軒對景，戲將紅豆擲金鱗；一箇伏檻觀花，笑把羅紈驚粉蝶。月娘于是走在一箇最高亭子上，名喚臥雲亭，和孟玉樓、李嬌兒下棋。潘金蓮和西門大姐、孫雪娥都在玩花樓望下觀看。見樓前牡丹花畔，芍藥圃、海棠軒、薔薇架、木香棚，又有耐寒君子竹，欺雪大夫松。端的四時有不卸之花，八節有長春之景。觀之不足，看之有餘。不一時擺上酒來，吳月娘居上，李嬌兒對席，兩邊孟玉樓、孫雪娥、潘金蓮、西門大姐，各依序而坐。月娘道：「我忘了請姐夫來坐坐。」一面使小玉：「前邊快請姑夫來。」不一時，敬濟來到，頭上天青羅帽，身穿紫綾深衣，脚下粉頭皂靴，向前作揖，就在大姐跟前坐下。傳盃換盞，吃了一回酒，吳月娘還與李嬌兒、西門大姐下棋。孫雪娥與孟玉樓却上樓觀看。惟有金蓮，且在山子前花池邊，用白紗團扇撲蝴蝶爲戲。不妨敬濟悄悄

處處是月娘作俑。

在他背後戲說道：「五娘，你不會撲蝴蝶兒，等我替你撲。這蝴蝶兒忽上忽下心不定，有些走滾。」挑語亦妙。那金蓮扭回粉頸，斜瞅了他一眼，罵道：「賊短命，人聽着，你待死也！我曉得你也不要命了。」那敬濟笑嘻嘻撲近他身來，摟他親嘴。被婦人順手只一推，把小夥兒推了一交。却不想玉樓在玩花樓遠遠瞧見，叫道：「五姐，你走這裡來，我和你說話。」金蓮方纔撇了敬濟，上樓去了。原來兩箇蝴蝶到沒曾捉得住，到訂了燕約鶯期，則做了蜂鬚花嘴。正是：

罵得狠甚，却又情甚。真千金不能移易一字。

狂蜂浪蝶有時見，飛入梨花沒處尋。

敬濟見婦人去了，默默歸房，心中怏然不樂。口占《折桂令》一詞，以遣其悶：

我見他斜戴花枝，朱唇上不抹胭脂，似抹胭脂。前日相逢，今日相逢，似有情私，未見情私。欲見許，何曾見許！似推辭，本是不推辭。約在何時？會在何時？不相逢，他又相思；既相逢，我又相思。

且不說吳月娘等在花園中飲酒。單表西門慶從門外夏提刑庄子上吃了酒回家，打南瓦子巷裏頭過。平昔在三街兩巷行走，搗子們都認的——宋時謂之搗子，今時俗呼爲光棍。內中有兩箇，一名草裡蛇魯華，一名過街鼠張勝，常受西門慶貲助，乃鷄竊狗盜之徒。西門慶見他兩個在那裡耍錢，就勒住馬，上前說話。二人連忙走到跟前，打箇半跪道：「大官人，這咱晚往那裡去來？」西門慶道：「今日是提刑所夏老爹生日，門外庄上請我們吃了酒來。我有一樁事央煩你們，依我不依？」二人道：「大官人沒的說，小人平昔受恩甚多，如有使令，雖赴湯蹈火，萬死何辭！」西門慶道：「既是恁說，明日來我家，我有話分付你。」二人道：「那裡等的到明日！你老人家說與小人罷，端的有甚麽事？」西門慶附耳低言，便把蔣竹山要了李瓶兒之事說了一遍：「只要你弟兄二人替我出這口氣兒便了！」因在馬上摟起衣底順袋中，還有四五兩碎銀子，都倒與二人。便道：「你兩箇拿去打酒吃。只要替我幹得停當，還謝你二人。」魯華那肯接？說道：「小人受你老人家恩還少哩！我只道教俺兩箇往東洋大海裡拔蒼龍頭上角，西華岳山中取猛虎口中牙，便去不的，這些小之事，有何難哉！這箇銀兩，小人斷不敢領。」西門慶道：「你不收，我也不央及你了。」教玳安接了銀子，打馬就走。又被張勝攔住說：「魯華，你不知他老人家性兒。你不收，恰似咱每推脫的一般。」一面接了銀子，扒到地下磕了頭，說道：「你老人家只顧家裡坐着，不消兩日，管情穩扫扫教你笑一聲〔三〕。」張勝道：「只望大官人到明日，把小人送與提刑夏老爹那裡答應，就勾了小人了。」西門慶道：「這箇不打緊。」後來西門慶果然把張勝送在守備府做了箇親隨。此係後事，表過不提。那兩箇搗子，得了銀子，依舊要錢去了。

彼此俱不說破如何出氣，最有含蓄。

西門慶騎馬來家，已是日西時分。月娘等衆人，聽見他進門，都往後邊去了，只有金蓮在捲棚內看收家活。西門慶不往後邊去，逕到花園裡來，見婦人在亭子上收家伙，便問：「我不在，你在這裡做甚麽來？」金蓮笑道：「俺們今日和大姐姐開門看了看，誰知你來的恁早。」西門慶道：「今日夏大人費心，庄子上叫了四箇唱的，只請了五位客到。我恐怕路遠，來的早。」婦人與他脱了衣裳，因説道：「你沒酒，教丫頭看酒來你吃。」西門慶分付春梅：「把別的菜蔬都收下去，只留下幾碟細菓子兒，篩一壺葡萄酒來我吃。」坐在上面椅子上，因看見婦人上穿沉香色水緯羅對襟衫兒，五色縐紗眉子，下着白碾光絹挑線裙兒，裙邊大紅段子白綾高底鞋兒。頭上銀絲䯼髻，金鑲分心翠梅鈿兒，雲鬢簪着許多花翠。（金蓮往往以媚勝。）越顯得紅馥馥朱唇，白膩膩粉臉，不覺淫心輒起，攙着他兩隻手兒，摟抱在一處親嘴。不一時，春梅篩上酒來，兩箇一遞一口兒飲酒咂舌。婦人一面摳起裙子，坐在身上，噙酒哺在他口裡，然後纖手拈了一箇鮮蓮蓬子，與他吃。（有致。）西門慶道：「澀刺刺的，吃他做甚麽？」（俗甚。）婦人道：「我的兒，你就吊了造化了，娘手裡拿的東西兒你不吃！」又口中噙了一粒鮮核桃仁兒，（嬌態可人。）送與他，纔罷了。西門慶又要玩弄婦人的胸乳。婦人一面攤開羅衫，露出美玉無瑕、香馥馥的酥胸，緊就就的香乳。揣摸良久，用口舐之〔四〕，彼此調笑，曲盡「于飛」。

西門慶乘着歡喜，向婦人道：「我有一件事告訴你，到明日，教你笑一聲。你道蔣太醫開了生藥舖，到明日管情教他臉上開菓子舖出來。」婦人便問怎麽緣故。西門慶悉把今日門外撞遇魯、張二人之事，告訴了一遍。婦人笑道：「你這箇衆生，到明日不知作多少罪業。」又問：「這蔣太醫，不是常來咱家看病的麽？我見他且是謙恭，見了人把頭只低着，可憐見兒的，你這等做作他！」西門慶道：「你看不出他。你説他低着頭兒，他專一看你的脚哩。」婦人道：「汗邪的油嘴！他可可看人家老婆的脚？我不信，他一箇文墨人兒，也幹這箇營生？」（又映出西門慶面目。）西門

鍾情文墨

人爲甚，惜金蓮未遇耳。

慶道：「你看他迎面兒，就悞了勾當，單愛外裝老成內藏奸詐。」兩箇説笑了一回，不吃酒了，收拾了家活，歸房宿歇，不在話下。

無真本事人，往往討此没趣。

却説李瓶兒招贅了蔣竹山，約兩月光景。初時蔣竹山圖婦人喜歡，修合了些戲藥，買了些景東人事、美女相思套之類，實指望打動婦人。不想婦人在西門慶手裡狂風驟雨經過的，往往幹事不稱其意，漸生憎惡，反被婦人把淫器之物，都用石砸的稀碎丢吊了〔五〕。又説：「你本蝦鱔，腰裡無力，平白買將這行貨子來戲弄老娘！把你當塊肉兒，原來是箇中看不中吃臘鎗頭〔六〕，死忘八！」常被婦人半夜三更赶到前邊鋪子裡睡。于是一心只想西門慶，不許他進房。每日聒聒着筭帳，查筭本錢。

語語淫甚，罵竹山，適所以自罵，妙甚。

這竹山正受了一肚氣，走在舖子小櫃裏坐的，只見兩箇人進來，吃的浪浪蹌蹌，楞楞睁睁，走在櫈子上坐下。先是一箇問道：「你這鋪中有狗黄没有？」竹山笑道：「休要作戲。只有牛黄，那有狗黄？」又問：「没有狗黄，你有冰灰也罷，拿來我瞧，我要買你幾兩。」竹山道：「生藥行止有冰片，是南海波斯國地道出的，那討冰灰來？」那一個説道：「你休問他，量他纔開了幾日鋪子，那裡有這兩椿藥材？只與他説正經話罷。蔣二哥，你休推睡裡夢裡。你三年前死了娘子兒，問這位魯大哥借的那三十兩銀子，本利也該許多，今日問你要來了。俺剛纔進門就先問你要，你在人家招贅了，初開了這箇鋪子，恐怕丧了你行止，顯的俺們没陰騭了。故此先把幾句風話來教你認範。你不認範，他這銀子你少不得還他。」竹山聽了，嚇了箇立睁，説道：

羅致情景宛然。

「我並没有借他甚麼銀子。」那人道：「你没借銀，却問你討？自古蒼蠅不鑽那没縫的蛋，快休説此話！」竹山道：「我不知閣下姓甚名誰，素不相識，如何來問我要銀子？」那人道：「蔣二哥，你就差了！自古於官不貧，賴債不富。想着你當初不得地時，串鈴兒賣膏藥，人情。也虧了這位魯大哥扶持，你今日就到這田地來。」這箇人道：「我便姓魯，叫做魯華，自叫破姓名，妙。你某年借了我三十兩銀子，發送妻小，本利該我四十八兩，少不的還我。」竹山慌道：「我那裡借你銀子來？就借你銀子，也有文書保人。」張勝道：「我張勝就是保人。」因向袖中取出文書，與他照了照。把竹山氣的臉臘查也似黃了，罵道：「好殺才狗男女！你是那里搗子，走來嚇詐我！」魯華聽了，心中大怒，隔着小櫃，颼的一拳去，早飛到竹山面門上，就把鼻子打歪在半邊，一面把架上藥材撒了一街。竹山大罵：「好賊搗子！你如何來搶奪我貨物？」因叫天福兒來幫助，被魯華一脚踢過一邊，那里再敢上前。張勝把竹山拖出小櫃來，攔住魯華手，勸道：「魯大哥，你多日子也就待了，再寬他兩日兒，教他湊過與你便了。蔣二哥，你怎麼説？」竹山道：「我幾時借他銀子來？就是問你借的，也等慢慢好講，如何這等撒野？」張勝道：「蔣二哥，你這回吃了橄欖灰兒——回過味來了。你若好好早這般，我教魯大哥饒讓你些利錢兒，你便兩三限湊了還他，纔是話。你如何把硬話兒不認，莫不人家就不問你要罷？」那竹山聽了道：「氣殺我，我和他見官去！誰借他甚麼錢來！」張勝道：「你又吃了早酒了！」不隄防魯華又是一拳，仰八叉跌了一交，險不倒栽入洋溝裡，將髮散開，巾幘都污濁了。竹山大叫「青天白日」起來，被保甲上來，都一條繩子拴了。李瓶兒在房中聽見外邊人嚷，走來簾下聽覷，見地方拴的竹山去了，氣的箇立睁。使出馮媽媽來，把牌面幌子都收了。街上藥材，被人搶了許多。一面關閉了門户，家中坐的。

早有人把這件事報與西門慶知道。即差人分付地方，明日早解提刑院。這里又拿帖子，對夏大人說了。次日早，帶上人來，夏提刑陞廳，看了地方呈狀，叫上竹山去，問道：「你是蔣文蕙？如何借了魯華銀子不還，反行毁打他？其情可惡！」竹山道：「小人通不認的此人，並没借他銀子。小人以理分說，他反不容，亂行踢打，把小人貨物都搶了。」夏提刑便叫魯華：「你怎麽說？」魯華道：「他原借小的銀兩，發送妻喪，至今三年，延挨不還。小的今日打聽他在人家招贅，做了大買賣，問他理討，他倒百般辱駡小的，說小的搶奪他的貨物。見有他借銀子的文書在此，這張勝就是保人，望爺察情。」一面懷中取出文契，遞上去。夏提刑展開觀看，寫着：

立借票人蔣文蕙，係本縣醫生，爲因妻喪，無錢發送，憑保人張勝，借到魯名下白銀三十兩，月利三分，入手用度。約至次年，本利交還，不致少欠。恐後無憑，立此借票存照。

夏提刑看了，拍案大怒道：「可又來，見有保人、借票，還這等抵賴。看這廝咬文嚼字模樣，就像箇賴債的。」喝令左右：「選大板，拿下去着實打。」當下三、四箇人，不繇分說，拖番竹山在

咬文嚼字人會賴

債，毒語罵盡天下。

地，痛責三十大板，打的皮開肉綻，鮮血淋漓。一面差兩個公人，拿着白牌，押蔣竹山到家，處三十兩銀子交還魯華。不然，帶回衙門收監。

那蔣竹山打的兩腿剌八着，走到家哭哭啼啼哀告李瓶兒，問他要銀子，還與魯華。又被婦人噦在臉上，罵道：「没羞的忘八，你遞甚麼銀子在我手裡，問我要銀子？我早知你這忘八砍了頭是箇債樁，就瞎了眼也不嫁你這中看不中吃的忘八！」那四箇人聽見屋裡嚷罵，不住催逼叫道：「蔣文蕙既没銀子，不消只管挨遲了，趁早到衙門回話去罷。」竹山一面出來安撫了公人，又去裡邊哀告婦人。直蹶兒跪在地下，此是竹山長技。哭哭啼啼說道：「你只當積陰騭，四山五舍齋佛布施這三十兩銀子罷！不與這一回去，我這爛屁股上怎禁的拷打？就是死罷了。」婦人不得已拿三十兩雪花銀子與他，還是好人。當官交與魯華，扯碎了文書，方纔完事。

這魯華、張勝得了三十兩銀子，逕到西門慶家回話。西門慶留在捲棚下，管待二人酒飯。把前事告訴了一遍。西門慶滿心大喜說：「二位出了我這口氣，足勾了。」魯華把三十兩銀子交與西門慶，西門慶那里肯收：「你二人收去，買壺酒吃，就是我酬謝你了。後頭還有事相煩。」二人臨起身謝了又謝，拿着銀子，自行耍錢去了。正是：

常將壓善欺良意，權作尤雲殢雨心。

却說蔣竹山提刑院交了銀子，歸到家中。婦人那裡容他住，說道：「只當奴害了汗病，把這三十兩銀子問你討了藥吃了。你趁早與我搬出去罷！再遲些時，連我這兩間房子，尚且不勾你還人！」這蔣竹山自知存身不住，晚矣。哭哭啼啼，忍着兩腿疼，自去另尋房兒。但是婦人本錢置的貨物都留下，也是好人。把他原舊的藥材、藥碾、藥篩、藥箱之物，卽時催他搬去，兩箇就開交了。臨出門，婦人還使馮媽媽舀了一盆水，赶着潑去，說道：「喜得寃家離眼睛！」當日打發了竹山出門。這婦人一心只想着西門慶，又打聽得他家中沒事，心中甚是懊悔。勢利語可笑。每日茶飯慵餐，娥眉懶畫，把門兒倚遍，眼兒望穿，白盼不見一箇人兒來。正是：

枕上言猶在，于今恩愛淪。
房中人不見，無語自消魂。

不說婦人思想西門慶，單表一日玳安騎馬打門首經過，看見婦人大門關着，藥鋪不開，靜落落的，歸來告訴與西門慶。西門慶道：「想必那矮忘八打重了，在屋裡睡哩，會勝也得半箇月出不來做買賣。」遂把這事情丟下了。一日，八月十五日，吳月娘生日，家中有許多堂客來，在大廳上坐。西門慶因與月娘不說話，一逕來院中李桂姐家坐的，分付玳安：「早回馬去罷，晚上來接我。」旋邀了應伯爵、謝希大來打雙陸。那日桂卿也在家，姐妹兩箇陪侍勸酒。良久，都出來院子內投壺耍子。玳安約至日西時分，勒馬來接。西門慶正在後邊出恭，見了玳安問道：「家中無事？」玳安道：「家中没事。大廳上堂客都散了，止有大妗子與姑奶奶衆人，大娘邀的後邊去了。今日獅子街花二娘那里，使了老馮與大娘送生日禮來：瓶兒面皮老甚。四盤羹菓、兩盤壽桃麵、一疋尺頭，又與大娘做了一雙鞋。大娘與了老馮一錢銀子，說爹不在家了。

亦善辭。

數語又氣又喜，却又不敢再緩。妙于立言。

也沒曾請去。」（月娘有主意。）西門慶因見玳安臉紅紅的，便問：「你那裡吃酒來？」玳安道：「剛纔二娘使馮媽媽叫了小的去，與小的酒吃。我說不吃酒，強說着叫小的吃了兩鍾，就臉紅起來。如今二娘到悔過來，對着小的好不哭哩。前日我告爹說，爹還不信。從那日提刑所出來，就把蔣太醫打發去了。二娘甚是懊悔，一心還要嫁爹，比舊瘦了好些兒，央及小的好歹請爹過去，討爹示下。爹若吐了口兒，還教小的回他一聲。」西門慶道：「賊賤淫婦，既嫁漢子去罷了，又來纏我怎的？既是如此，我也不得閒去。你對他說，甚麼下茶下禮，揀箇好日子，擡了那淫婦來罷。」玳安道：「小的知道了。他那里還等着小的去回他話哩，教平安、畫童兒這里伺候爹就是了。」西門慶道：「你去，我知道了。」這玳安出了院門，一直走到李瓶兒那里，回了婦人話。婦人滿心歡喜，說道：「好哥哥，今日多累你對爹說，成就了此事。」于是親自厨下整理蔬菜，管待玳安，說道：「你二娘這里沒人，明日好歹你來幫扶天福兒，着人搬家伙過去。」次日雇了五六副扛，整擡運四五日。西門慶也不對吳月娘說，都堆在新蓋的玩花樓上。擇了八月二十日，一頂大轎，一疋段子紅，四對燈籠，派定玳安、平安、畫童、來興四箇跟轎，約後晌時分，方娶婦人過門。婦人打發兩箇丫鬟，教馮媽媽領着先來了，等的回去，方纔上轎。把房子交與馮媽媽、天福兒看守。

西門慶那日不往那里去，在家新捲棚內，深衣幅巾坐的，單等婦人進門。婦人轎子落在大門首，半日沒箇人出去迎接。（大沒趣。）孟玉樓走來上房，對月娘說：「姐姐，你是家主，如今他已是在門首，你不去迎接迎接兒，惹的他爹不怪？他爹在捲棚內坐着，轎子在門首這一日了，沒箇人出去，怎麽好進來的？」這吳月娘欲待出去接他，心中惱，又不下氣；欲待不出去，又怕西門慶性子不是好的。沉吟了半晌，于是輕移蓮步，欵蹙湘裙，出來迎接。婦人抱着寶瓶，徑往他那邊新房去了。迎春、綉春兩箇丫鬟，又早在房中舖陳停當，單等西門慶晚夕進房。不想西門慶正因舊惱在心，不進他房去。到次日，叫他出來後邊月娘房裡見面，分其大小，排行他是六娘。一般三日擺大酒席，請堂客會親吃酒，只是不往他房裡去。頭一日晚夕，先在潘金蓮房中。金蓮道：「他是箇新人兒，（未必新。）纔來頭一日，你就空了他房？」西門慶道：「你不知淫婦有些眼裡火，等我奈何他兩日，慢慢的進去。」到了三日，打發堂客散了，西門慶又不進他房中，往後邊孟玉樓房裡歇去了。這婦人見漢子一連三夜不進他房來，到半夜打發兩箇丫鬟睡了，飽哭了一場，可憐走到床上，用脚帶吊頸懸梁自縊。正是：

熱人一處冷局，便亂矣。

連理未諧鴛帳底，冤魂先到九重泉。

兩箇丫鬟睡了一覺醒來，見燈光昏暗，起來剔燈，猛見床上婦人吊着，唬慌了手脚。忙走出隔壁叫春梅說：「俺娘上吊哩！」慌的金蓮起來這邊看視，見婦人穿一身大紅衣裳，直掇掇吊在床上。連忙和春梅把脚帶割斷，解救下來。過了半日〔七〕，吐了一口清涎，方纔甦醒。卽叫春梅：「後邊快請你爹來。」西門慶正在玉樓房中吃酒，還未睡哩。先是玉樓勸西門慶說道：「你娶將他來，一連三日不往他房裡去，惹他心中不惱麽？恰似俺們把這椿事放在頭裡一般，頭上末下，就讓不得這一夜兒。」西門慶道：「待過三日兒我去。你不知道，淫婦有些吃着碗裡，看着鍋裡。想起來你惱不過我。未曾你漢子死了，相交到如今，甚麽話兒没告訴我？臨了招進蔣太醫去！我不如那厮？今日却怎的又尋將我來？」玉樓道：「你惱的是。他也吃人騙了。」正説話間，忽一片聲打儀門。玉樓使蘭香問，説是春梅來請爹：「六娘在房裡上吊哩！」慌的玉樓攛掇西門慶不迭，便道：「我説教你進他房中走走，你不依，只當弄出事來。」于是打着燈籠，走來前邊看視。落後吳月娘、李嬌兒聽見，都起來，到他房中。見金蓮摟着他坐的，説道：「五姐，你灌了他些姜湯兒没有？」金蓮道：「我救下來時，就灌了些了。」那婦人只顧喉中哽咽了一回，方哭出聲。月娘衆人一塊石頭纔落地，好好安撫他睡下，各歸房歇息。

次日，晌午前後，李瓶兒纔吃些粥湯兒。西門慶向李嬌兒衆人説道：「你們休信那淫婦裝死兒唬人。我手裡放不過他。到晚夕等我到房裡去，親看着他上箇吊兒我瞧，不然吃我一頓好馬鞭子。賊淫婦！不知把我當誰哩！」衆人見他這般説，都替李瓶兒捏着把汗。到晚夕，見西門慶袖着馬鞭子，進他房去了。玉樓、金蓮分付春梅把門關了，不許一箇人來，都立在角門兒外悄悄聽着。

且説西門慶見他睡在床上，倒着身子哭泣，不見景。見他進去不起身，心中就有幾分不悦。先把兩箇丫頭都趕去空房裡住了。西門慶走來椅子上坐下，指着婦人罵道：「淫婦！你既然虧心，何消來我家上吊？你跟着那矮忘八過去便了，誰請你來！我又不曾把人坑了，你甚麽緣

時時轉念，寫出瓶兒之淺。雖瓶兒自取，然亦非情人舉止。

始終無一巧言，瓶兒畢竟老實，使金蓮當此，定另有一番妙舌矣。

故，流那毬尿怎的？我自來不曾見人上吊，我今日看着你上箇吊兒我瞧！」于是拿一條繩子丟在他面前，叫婦人上吊。那婦人想起蔣竹山說西門慶是打老婆的班頭，降婦女的領袖，思量我那世裡晦氣，今日大睜眼又撞入火坑裡來了，越發煩惱痛哭起來。這西門慶心中大怒，教他下床來脫了衣裳跪着。婦人只顧延挨不脫，被西門慶拖番在床地平上，袖中取出鞭子來抽了幾鞭子，婦人方纔脫去上下衣裳，戰兢兢跪在地平上。西門慶坐着，從頭至尾問婦人：「我那等對你說，教你畧等等兒，我家中有些事兒，如何不依我，慌忙就嫁了蔣太醫那廝？你嫁了別人，我倒也不惱！那矮忘八有甚麼起解？你把他倒踏進門去，拿本錢與他開舖子，在我眼皮子跟前，要撐我的買賣！」婦人道：「奴不說的悔也是遲了。只因你一去了不見來，朝思暮想，奴想的心斜了。後邊喬皇親花園裏常有狐狸，要便半夜三更假名托姓變做你，來攝我精髓，到天明鷄叫就去了。你不信只要問老馮、兩箇丫頭便知。後來看看把奴攝得至死，纔請這蔣太醫來看。奴就像吊在麵糊盆內一般，吃那廝局騙了。說你家中有事，上東京去了，奴不得已纔幹下這條路。誰知這廝斫了頭是箇債樁，被人打上門來，經動官府。奴忍氣吞聲，丟了幾兩銀子，吃奴即時攆出去了。」西門慶道：「說你叫他寫狀子，告我收着你許多東西。虛心語。你如何今日也到我家來了！」婦人道：「你可是沒的說。奴那里有這話，就把奴身子爛化了。」西門慶道：「就筭有，我也不怕。你說你有錢，快轉換漢子，我手裡容你不得！我實對你說罷，前者打太醫那兩箇人，是如此這般使的手段。只畧施小計，教那廝疾走無門，若稍用機關，也要連你掛了到官，弄倒一箇田地。」婦人道：「奴知道是你使的術兒〔八〕。還是可憐見奴，若弄到那無人烟之處，就是死罷了。」看看說的西門慶怒氣消下些來了。又問道：「淫婦你過來，我問你，我比蔣太醫那廝誰強？」又自己出路。婦人道：「他拿甚麼來比你！你是箇天，他是塊磚；你在三十三天之上，他在九十九地之下。休說你這等爲人上之人，只你每日吃用稀奇之物，他在世幾百年還沒曾看見哩！他拿甚麼來比你？莫要說他，就是花子虛在日，若是比得上你時，奴也不恁般貪你了。此一轉，妙。你就是醫奴的藥一般，一經你手，教奴沒日沒夜只是想你。」自這一句話，把西門慶舊情兜起，歡喜無盡，卽丟了鞭子，用手把婦人拉將起來，穿上衣裳，摟在懷裡，說道：「我的兒，你說的是。果然這廝他見甚麼碟兒天來大！」卽叫春梅：「快放桌兒，後邊取酒菜兒來！」正是：東邊日出西邊雨，道是無情却有情。有詩爲証：

碧玉破瓜時，郎爲情顛倒。
感君不羞赧，回身就郎抱。

校記

〔一〕「詩曰」，內閣本、首圖本無。

〔二〕「纔綻」，原作「畔綻」，據內閣本改。按張評本作「半綻」，詞話本作「纔綻」。

〔三〕「穩扣扣」，內閣本、天圖本、吳藏本同，首圖本作「穩拍拍」。按張評本作「穩拍拍」，詞話本作「穩扣扣」。

〔四〕「舐」，按詞話本作「犢」。

〔五〕「稀碎」，內閣本、首圖本作「稀爛」。按張評本作「稀碎」，詞話本作「稀爛」。
〔六〕「鑞鎗頭」，崇禎諸本、張評本同。按詞話本作「鑯鎗頭」。
〔七〕「過了半日」，內閣本、首圖本作「撅了半日」。按張評本、詞話本均作「過了半日」。
〔八〕「術兒」，內閣本、首圖本作「計兒」。按張評本爲「術兒」，詞話本爲「計兒」。

第二十回

傻幫閑趨奉鬧華筵

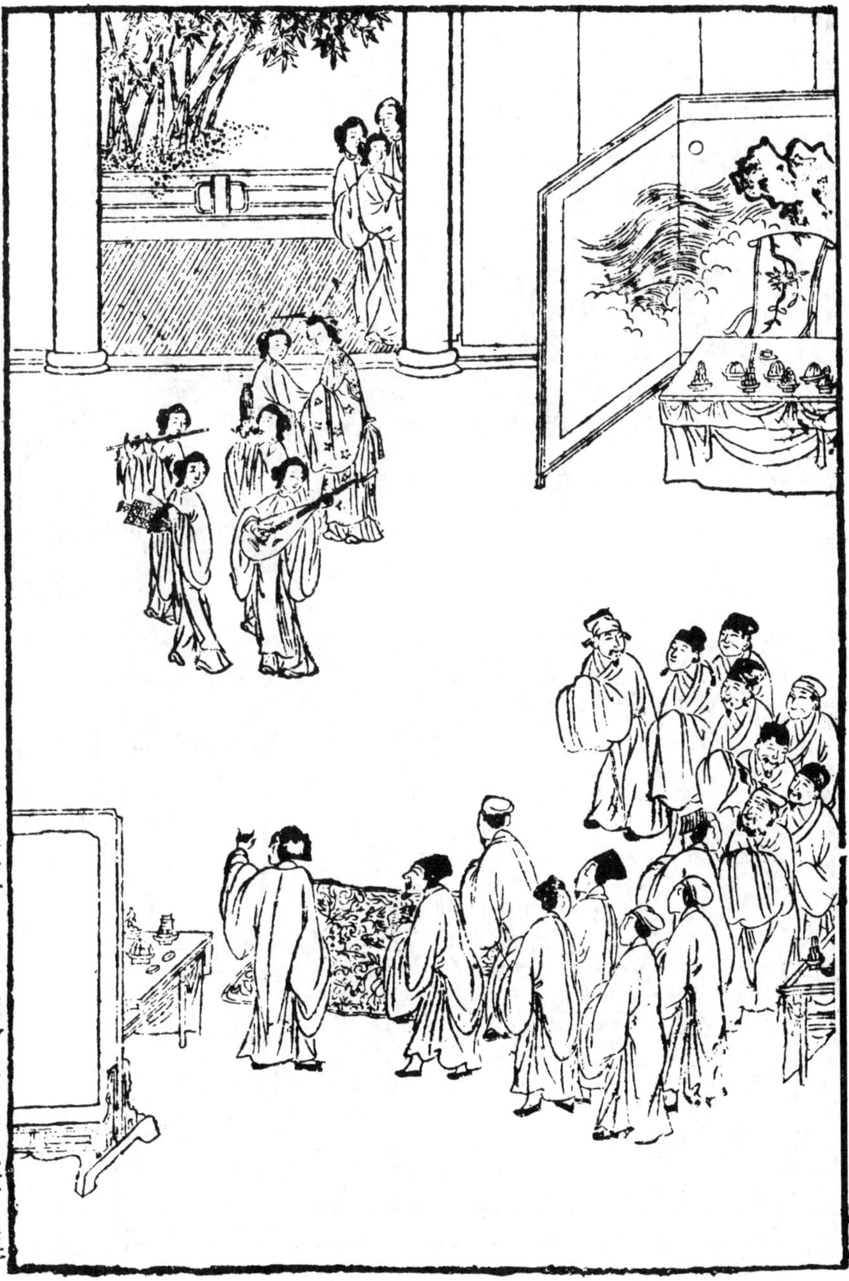

癡子弟爭鋒毀花院

第二十回　傻幇閒趨奉鬧華筵　癡子弟爭鋒毀花院

詞曰〔一〕：

步花徑，闌干狹。防人覷，常驚嚇。荊刺抓裙釵，倒閃在荼蘼架。勾引嫩枝吚啞，討歸路，尋空罅，被舊家巢燕，引入窗紗。

——右調《歸洞仙》〔二〕

話說西門慶在房中，被李瓶兒柔情軟語，感觸的回嗔作喜，拉他起來，穿上衣裳，兩箇相摟相抱，極盡綢繆。一面令春梅進房放桌兒，往後邊取酒去。

四字銷盡古今多少英雄氣骨。

且說金蓮和玉樓，從西門慶進他房中去，站在角門首竊聽消息。他這邊門又閉着，止春梅一人在院子裡伺候。金蓮同玉樓兩箇打門縫兒往裡張覷，只見房中掌着燈燭，裡邊說話，都聽不見。金蓮道：「俺到不如春梅賊小肉兒，他倒聽的伶俐。」那春梅在窗下潛聽了一回，又走過來。金蓮悄問他房中怎的動靜，春梅便隔門告訴與二人說：「俺爹怎的教他脫衣裳跪着，他不脫。爹惱了，抽了他幾馬鞭子。」金蓮問道：「打了他，他脫了不曾？」春梅道：「他見爹惱了，纔慌了，就脫了衣裳，跪在地平上。爹如今問他話哩。」玉樓恐怕西門慶聽見，便道：「五姐，咱過那邊去罷。」寫出玉樓膽小。拉金蓮來西角門首。此時是八月二十頭，月色纔上來。兩箇站立在黑頭裡，一處説話，等着春梅出來問他話。潘金蓮向玉樓道：「我的姐姐，只説好食菓子，一心只要來這裡。頭兒没過動，下馬威早討了這幾下在身上。俺這箇好不順臉的貨兒，你若順順兒他倒罷了。屬扭孤兒糖的，你扭扭兒也是錢，不扭也是錢。想着先前吃小婦奴才壓枉造舌，我陪下十二分小心，還吃他奈何得我那等哭哩。姐姐，你來了幾時，還不知他性格哩！」

二人正説話之間，只聽開的角門响，春梅出來，一直逕往後邊走。不防他娘站在黑影處叫他，問道：「小肉兒，那去？」春梅笑着只顧走。畫。金蓮道：「怪小肉兒，你過來，我問你話。慌走怎的？」那春梅方纔立住了脚，方説：「他哭着對俺爹説了許多話。爹喜歡抱起他來，令他穿上衣裳，教我放了桌兒，如今往後邊取酒去。」金蓮聽了，向玉樓説道：「賊没廉耻的貨！頭裡那等雷聲大雨點小，打哩亂哩。及到其間，也不怎麼的。我猜，也没的想，管情取了酒來，教他遞。又從經歷處着想，妙甚。賊小肉兒，没他房裡丫頭？你替他取酒去！到後邊，又叫雪娥那小婦奴才毖聲浪顙，觸起舊恨。我又聽不上。」春梅道：「爹使我，管我事！」于是笑嘻嘻去了。金蓮道：「俺這小肉兒，正經使着他，死了一般懶待動旦。又爲春梅洗發。若幹猫兒頭差事，鑽頭覓縫幹辦了要去，去的那快！現他房裡兩箇丫頭，你替他走，管你腿事！賣蘿蔔的跟着鹽担子走——好箇閒嘈心的小肉兒！」玉樓道：「可不怎的！俺大丫頭蘭香，我正使他做活兒，他便有要没緊的。爹使他行鬼頭兒，聽人的話兒，你看他走的那快！」

正說着，只見玉簫自後邊驀地走來，便道：「三娘還在這里？我來接你來了。」玉樓道：「怪狗肉，諕我一跳！」又映膽小。因問：「你娘知道你來不曾？」玉簫道：「我打發娘睡下這一日了，我來前邊瞧瞧，剛纔看見春梅後邊要酒菓去了。」因問：「俺爹到他屋裡，怎樣箇動靜兒？」金蓮接過來伸着手道：「進他屋裡去，齊頭故事。」妙語。玉簫又問玉樓，玉樓便一一對他說。玉簫道：「三娘，真箇教他脫了衣裳跪着，打了他五馬鞭子來？」玉樓道：「你爹因他不跪，纔打他。」玉簫道：「帶着衣服打來，去了衣裳打來？虧他那瑩白的皮肉兒上怎麽挨得？」玉樓笑道：「怪小狗肉兒，你倒替古人耽憂！」正說着，只見春梅拿着酒，小玉拿着方盒，逕往李瓶兒那邊去。金蓮道：「賊小肉兒，不知怎的，聽見幹恁勾當兒，雲端裡老鼠——天生的耗。」分付：「快送了來，教他家丫頭伺候去。你不要管他，我要使你哩！」那春梅笑嘻嘻同小玉進去了。一面把酒菜擺在桌上，就出來了，只是綉春、迎春在房答應。玉樓、金蓮問了他話。玉簫道：「三娘，咱後邊去罷。」二人一路去了。金蓮叫春梅關上角門，歸進房來，獨自宿歇，不在話下。正是：

癡丫頭問語酷肖。

可惜團圞今夜月〔三〕，清光咫尺別人圓。

不說金蓮獨宿，單表西門慶與李瓶兒兩箇相憐相愛，飲酒說話到半夜，方纔被伸翡翠，枕設鴛鴦，上床就寢。燈光掩映，不啻鏡中鸞鳳和鳴；香氣薰籠，好似花間蝴蝶對舞。正是：今宵勝把銀釭照，祇恐相逢是夢中。有詞爲証：

淡畫眉兒斜插梳，不忻拈弄倩工夫。雲窗霧閣深深許，蕙性蘭心款款呼。相憐愛，倩人扶，神仙標格世間無。從今罷却相思調，美滿恩情錦不如。

兩箇睡到次日飯時。李瓶兒恰待起來臨鏡梳頭，只見迎春後邊拿將飯來。婦人先漱了口，陪西門慶吃了半盞兒，又教迎春：「將昨日剩的金華酒篩來。」拿甌子陪着西門慶每人吃了兩甌子，方纔洗臉梳粧。一面開箱子，打點細軟首飾衣服，與西門慶過目。拿出一百顆西洋珠子與西門慶看，（應。）原是昔日梁中書家帶來之物。又拿出一件金鑲鴉青帽頂子，說是過世老公公的。起下來上等子秤，四錢八分重。李瓶兒教西門慶拿與銀匠，替他做一對墜子。又拿出一頂金絲鬏髻，重九兩。因問西門慶：「上房他大娘衆人，有這鬏髻没有？」西門慶道：「他們銀絲鬏髻倒有兩三頂，只没編這鬏髻。」（口角妙甚。）婦人道：「我不好帶出來的。你替我拿到銀匠家毀了，打一件金九鳳墊根兒，每箇鳳嘴啣一溜珠兒，剩下的再替我打一件，照依他大娘正面戴的金鑲玉觀音滿池嬌分心。」西門慶收了，一面梳頭洗臉，穿了衣服出門。李瓶兒又說道：「那邊房裡没人，你好歹委付箇人兒看守，替了小厮天福兒來家使喚。那老馮老行貨子，啻啻磕磕的，獨自在那裡，我又不放心。」西門慶道：「我知道了。」袖着鬏髻和帽頂子，一直往外走。不防金蓮髯着頭，站在東角門首，（偏有心。）叫道：「哥，你往那去？這咱纔出來？」西門慶道：「我有勾當去。」婦人道：「怪行貨子，慌走怎的？我和你說話。」那西門慶見他叫的緊，只得回來。被婦人

（忽又播弄一番，風情無限。）

引到房中，婦人便坐在椅子上，把他兩隻手拉着說道：「我不好罵出來的，怪火燎腿三寸貨，那箇拿長鍋鑊吃了你！慌往外搶的是些甚的？你過來，我且問你。」西門慶道：「罷麽，小淫婦兒，只顧問甚麽！我有勾當哩，等我回來說。」說着，往外走。婦人摸見袖子裡重重的，（偏細密。）道：「是甚麽？拿出來我瞧瞧。」西門慶道：「是我的銀子包。」（瞞得妙。）婦人不信，伸手進袖子裡就掏，掏出一頂金絲鬏髻來，說道：「這是他的鬏髻，（偏認得。）你拿那去？」西門慶道：「他問我，知你每没有，說不好戴的，教我到銀匠家替他毀了，打兩件頭面戴。」金蓮問道：「這鬏髻多少重？他要打甚麽？」西門慶道：「這鬏髻重九兩，他要打一件九鳳甸兒，一件照依上房娘的正面那一件玉觀音滿池嬌分心〔四〕。」金蓮道：「一件九鳳甸兒，滿破使了三兩五六錢金子勾了。（偏曉得。）大姐姐那件分心，我秤只重一兩六錢，（偏記得。）把剩下的，好歹你替我照依他也打一件九鳳甸兒。」西門慶道：「滿池嬌他要揭實枝梗的。」金蓮道：「就是揭實枝梗，使了三兩金子滿頂了。（偏會算。）還落他二三兩金子，勾打箇甸兒了。」西門慶笑罵道：「你這小淫婦兒！單管愛小便宜兒，隨處也捏箇尖兒。」金蓮道：「我兒，娘說的話，你好歹記着。你不替我打將來，我和你答話！」那西門慶袖了鬏髻，笑着出門。金蓮戲道：「哥兒，你幹上了。」西門慶道：「我怎的幹上了？」金蓮道：「你既不幹上，昨日那等雷聲大雨點小，要打着教他上吊。今日拿出一頂鬏髻來，使的你狗油嘴鬼推磨，不怕你不走。」西門慶笑道：「這小淫婦兒，單只管胡說！」說着往外去了。

一味嘴不饒人，使人愛，亦使人憎。

却說吳月娘和孟玉樓、李嬌兒在房中坐的，忽聽見外邊小廝一片聲尋來旺兒，尋不着。

二人不說話合氣情景，偏在没要緊處画出。

月娘與西門慶相好時，何等賢惠，今稍冷落，便有許多

只見平安來掀簾子，月娘便問：「尋他做甚麽？」平安道：「爹緊等着哩。」月娘半日纔說：「我使他有勾當去了。」原來月娘早辰分付下他，往王姑子菴裡送香油白米去了。平安道：「小的回爹，只說娘使他有勾當去了。」月娘罵道：「怪奴才，隨你怎麽回去！」平安慌的不敢言語，往外走了。月娘便向玉樓衆人說道：「我開口，又說我多管。不言語，我又鱉的慌。一箇人也拉剌將來了，那房子賣吊了就是了。平白扯淡，搖鈴打鼓的，看守甚麽？左右有他家馮媽媽子，再派一箇没老婆的小厮，同在那里就是了，怕走了那房子也怎的？巴巴叫來旺兩口子去！他媳婦子七病八痛，伏宋蕙蓮。一時病倒了在那里，誰扶侍他？」玉樓道：「姐姐在上，不該我說。你是箇一家之主，不爭你與他爹兩箇不說話，就是俺每不好張主的，下邊孩子每也没投奔。他爹這兩日隔二騙三的，也甚是没意思。姐姐依俺每一句話兒，與他爹笑開了罷。」月娘道：「孟三姐，你休要起這箇意。我又不曾和他兩箇嚷鬧，他平白的使性兒。那怕他使的那臉疼〔五〕，休想我正眼看他一眼兒！他背地對人罵我不賢良的淫婦，我怎的不賢良？如今聳七八箇在屋裡，纔知道我不賢良！自古道，順情說好話，幹直惹人嫌。我當初說着攔你，也只爲好來。你既收了他許多東西，又買他房子，今日又圖謀他老婆，就着官兒也看喬了。何況他孝服不滿，你不好娶他的。誰知道人在背地裡把圈套做的成成的，每日行茶過水，只瞞我一箇兒，把我合在缸底下。今日也推在院裡歇，明日也推在院裡歇，誰想他只當把箇人兒歇了家裡來，端的好在院裡歇！他自吃人在他根前那等花麗狐哨，喬龍畫虎的，兩面刀哄他，明指金蓮。就是千好

牢騷不平之言。可見處敗局、冷局之難。

萬好了。似俺每這等依老實，苦口良言，着他理你理兒！你不理我，我想求你？一日不少我三頓飯〔六〕，我只當没漢子，守寡在這里。隨我去，你每不要管他。」幾句話說的玉樓衆人訕訕的。

良久，只見李瓶兒梳粧打扮，上穿大紅遍地金對襟羅衫兒，翠藍拖泥粧花羅裙，迎春抱着銀湯瓶，綉春拿着茶盒，走來上房，與月娘衆人遞茶。月娘叫小玉安放座兒與他坐。落後孫雪娥也來到，都遞了茶，一處坐地。潘金蓮嘴快，便叫道：「李大姐，你過來，與大姐姐下箇禮兒。實和你說了罷，大姐姐和他爹好些時不說話，都爲你來！俺每剛纔替你勸了恁一日。你改日安排一席酒兒，央及央及大姐姐，教他兩箇老公婆笑開了罷。」李瓶兒道：「姐姐分付，奴知道。」于是向月娘面前插燭也似磕了四箇頭。月娘道：「李大姐，他哄你哩。」又道：「五姐，你每不要來攛掇。我已是賭下誓，就是一百年也不和他在一答兒哩。」以此衆人再不敢復言。金蓮在旁拿把抿子與李瓶兒抿頭，見他頭上戴着一副金玲瓏草虫兒頭面，并金累絲松竹梅歲寒三友梳背兒，因說道：「李大姐，你不該打這碎草虫頭面，有些抓頭髮，不如大姐姐戴的金觀音滿池嬌，是揭實枝梗的好。」尖甚。這李瓶兒老實，就說道：「奴也照樣兒要教銀匠打恁一件哩！」落後小玉、玉簫來遞茶，都亂戲他。先是玉簫問道：「六娘，你家老公公當初在皇城内那衙門來？」李瓶兒道：「先在惜薪司掌廠。」玉簫笑道：「嗔道你老人家昨日挨得好柴！」小玉又道：「去年許多里長老人，好不尋你，教你往東京去。」婦人不省，說道：「他尋我怎的？」小玉笑道：「他說你老人家會告的好水災。」玉簫又道：「你老人家鄉裡媽媽拜千佛，昨日磕頭磕勾了。」小玉又說道：「昨日朝廷差四箇夜不收，請你往口外和番，端的有這話麽？」李瓶兒道：「我不知道。」小玉笑道：「說你老人家會叫的好達達！」把玉樓、金蓮笑的不了。月娘罵道：「怪臭肉每，幹你那營生去，只顧溪落他怎的？」于是把箇李瓶兒羞的臉上一塊紅，一塊白，站又站不得，坐又坐不住，（虧瓶兒禁得起。）半日回房去了。

良久，西門慶進房來，回他顧銀匠家打造生活。就計較發柬，二十五日請官客吃會親酒，少不的請請花大哥。李瓶兒道：「他娘子三日來，再三說了。也罷，你請他請罷。」李瓶兒又說：「那邊房子左右有老馮看守，你這里再教一箇和天福兒輪着上宿就是，不消叫旺官去罷。上房姐姐說，他媳婦兒有病，去不的。」西門慶道：「我不知道。」即叫平安，分付：「你和天福兒兩箇輪，一遞一日，獅子街房子裡上宿。」不在言表。

又急急挽回，是瓶兒之爲人。若金蓮則定要來旺去矣。

不覺到二十五日，西門慶家中吃會親酒，安排插花筵席，一起雜耍步戲。四箇唱的，李桂姐、吳銀兒、董玉仙、韓金釧兒，從晌午就來了。官客在捲棚內吃了茶，等到齊了，然後大廳上坐席。頭一席花大舅、吳大舅；第二席吳二舅、沈姨夫；第三席應伯爵、謝希大；第四席祝實念、孫天化；第五席常峙節、吳典恩；第六席雲理守、白賚光。西門慶主位，其餘傅自新、賁第傳、女壻陳敬濟兩邊列坐。樂人撮弄雜耍數回，就是笑樂院本。下去，李銘、吳惠兩箇小優上來彈唱，間着清吹。下去，四箇唱的出來，筵外遞酒。應伯爵在席上先開言說道：「今日哥的喜酒，是兄弟不當斗膽，請新嫂子出來拜見拜見，足見親厚之情。俺每不打緊，花大尊親，并二位老舅、沈姨丈在上，今日爲何來？」西門慶道：「小妾醜陋，不堪拜見，免了罷。」謝希大道：「哥，這話難說。當初有言在先，不爲嫂子，俺每怎麽兒來？何況見有我尊親花大哥在上，先做友，後做親，又不同別人。請出來見見怕怎的？」西門慶笑不動身。應伯爵道：「哥，你不要笑。俺每都拿着拜見錢在這里，不白教他出來見。」西門慶道：「你這狗才，單管胡說。」吃他再三逼迫不過，叫過玳安來，教他後邊說去。半日，玳安出來回說：「六娘道，免了罷。」應伯爵道：「就是你這小狗骨秃兒的鬼！你幾時往後邊去，就來哄我？」玳安道：「小的莫不哄應二爹！二爹進去問不是？」伯爵道：「你量我不敢進去？左右花園中熟徑，好不好我走進去，連你那幾位娘都拉了出來。」玳安道：「俺家那大猱獅狗，好不利害。倒没的把應二爹下半截撕下來。」伯爵故意下席，趕着玳安踢兩脚，笑道：「好小狗骨秃兒，你傷的我好！趁早與我後邊請去。請不將來，打二十欄杆〔七〕。」把衆人、四箇唱的都笑了。玳安走到下邊立着，把眼只看着他爹不動身。西門慶無法可處，只得叫過玳安近前，分付：「對你六娘說，收拾了出來見見罷。」那玳安去了半日出來，復請了西門慶進去。然後纔把脚下人赶出去，關上儀門。孟玉樓、潘金蓮百方攛掇，替他抿頭，戴花翠，打發他出來。廳上舖下錦毡綉毯，四箇唱的，都到後邊彈樂器，導引前行。麝蘭靉靆，絲竹和鳴。婦人身穿大紅五彩通袖羅袍，下着金枝線葉沙緑百花裙，腰裡束着碧玉女帶，腕上籠着金壓袖。胸前瓔落繽紛，裙邊環珮玎璫，頭上珠翠堆盈，鬢畔寶釵半卸，粉面宜貼翠花鈿，湘裙越顯紅鴛小。正是：

恍似姮娥離月殿，猶如神女到筵前。

當下四箇唱的，琵琶箏弦，簇擁婦人，花枝招颭，綉帶飄飄，望上朝拜。慌的衆人都下席來，還禮不迭。

却説孟玉樓、潘金蓮、李嬌兒簇擁着月娘都在大廳軟壁後聽覷，聽見唱「喜得功名遂」，唱到「天之配合一對兒，如鸞似鳳」，直至「永團圓，世世夫妻」。金蓮向月娘説道：「大姐姐，你聽唱的！小老婆今日不該唱這一套，〔輸身跌，妙。〕他做了一對魚水團圓，世世夫妻，把姐姐放到那里？」那月娘雖故好性兒，聽了這兩句，未免有幾分惱在心頭。〔從曲中挑撥，又聰明、又微冷。〕又見應伯爵、謝希大這夥人，見李瓶兒出來上拜，恨不得生出幾箇口來誇奬奉承，説道：「我這嫂子，端的寰中少有，蓋世無雙！休説德性温良，舉止沉重；自這一表人物，普天之下，也尋不出來。那里有哥這樣大福？俺每今日得見嫂子一面，明日死也得好處。」因喚玳安兒：「快請你娘回房裡，只怕勞動着，倒值了多的。」吳月娘衆人聽了，罵扯淡輕嘴的囚根子不絶。〔一班花面口角，妙甚。〕良久，李瓶兒下來。四箇唱的見他手裡有錢，都亂趨奉着他，娘長娘短，替他拾花翠，叠衣裳，無所不至。

月娘歸房，甚是不樂。只見玳安、平安接了許多拜錢，也有尺頭、衣服并人情禮，盒子盛着，拿到月娘房裡。月娘正眼也不看，罵道：「賊囚根子！拿送到前頭就是了，平白拿到我房裡來做甚麽？」玳安道：「爹分付拿到娘房裡來。」〔猶正景。〕月娘叫玉簫接了，掠在床上去。不一

夫妻之間，天倫所係，乃以好好先生爲賢德，可勝嘆哉！此數語必不可少，不然則與路人何異？

時，吳大舅吃了第二道湯飯，走進後邊來見月娘。月娘見他哥進房來，連忙與他哥哥行禮畢，坐下。吳大舅道：「昨日你嫂子在這里打攪，又多謝姐夫送了桌面去。到家對我說，你與姐夫兩下不說話。我執着要來勸你，不想姐夫今日又請。姐姐，你若這等，把你從前一場好都沒了。自古痴人畏婦，賢女畏夫。三從四德，乃婦道之常。今後他行的事，你休要攔他，料姐夫他也不肯差了。落的做好好先生，纔顯出你賢德來。」月娘道：「早賢德好來，不教人這般憎嫌。他有了他富貴的姐姐，把我這窮官兒家丫頭，只當忘故了的筭帳。你也不要管他，左右是我，隨他把我怎麽的罷！賊强人，從幾時這等變心來？」說着，月娘就哭了。吳大舅道：「姐姐，你這箇就差了。你我不是那等人家，快休如此。你兩口兒好好的，俺每走來也有光輝些！」勸月娘一回。小玉拿茶來。吃畢茶，只見前邊使小廝來請，吳大舅便作辭月娘出來。當下衆人吃至掌燈以後，就起身散了。四箇唱的，李瓶兒每人都是一方銷金汗巾兒，五錢銀子，歡喜回家。自此西門慶連在瓶兒房裡歇了數夜。別人都罷了，只有潘金蓮惱的要不的，背地唆調吳月娘與李瓶兒合氣。對着李瓶兒，又說月娘容不的人。李瓶兒尚不知墮他計中，每以姐姐呼之，與他親厚尤密。正是：

逢人且說三分話，未可全抛一片心。

西門慶自娶李瓶兒過門，又兼得了兩三場横財，家道營盛，外庄內宅，焕然一新。米麥陳倉，騾馬成羣，奴僕成行。把李瓶兒帶來小廝天福兒，改名琴童。又買了兩箇小廝，一名來安兒，一名棋童兒。把金蓮房中春梅、上房玉簫、李瓶兒房中迎春、玉樓房中蘭香，一般兒四箇丫頭，衣服首飾粧束起來，在前廳西廂房，教李嬌兒兄弟樂工李銘來家，教演習學彈唱。春梅琵琶，玉簫學箏，迎春學弦子，蘭香學胡琴。每日三茶六飯，管待李銘，一月與他五兩銀子。又打開門面二間，兑出二千兩銀子來，委傅夥計、賁第傳開解當舖。女壻陳敬濟只掌鑰匙，出入尋討。賁第傳只寫帳目，秤發貨物。傅夥計便督理生藥、解當兩箇舖子，看銀色，做買賣。潘金蓮這邊樓上，堆放生藥。李瓶兒那邊樓上，廂成架子，閣解當庫衣服、首飾、古董、書畫、玩好之物。一日也當許多銀子出門。

富便奢侈，此其一斑。

陳敬濟每日起早睡遲，帶着鑰匙，同夥計查點出入銀錢，收放寫筭皆精。西門慶見了，喜歡的要不的。一日在前廳與他同桌兒吃飯，説道：「姐夫，你在我家這等會做買賣，就是你父親在東京知道，他也心安，我也得托了。常言道：有兒靠兒，無兒靠壻。我若久後没出，這分兒家當，都是你兩口兒的。」那敬濟説道：「兒子不幸，家遭官事，父母遠離，投在爹娘這里。蒙爹娘擡舉，莫大之恩，生死難報。只是兒子年幼，不知好歹，望爹娘耽待便了，豈敢非望。」西門慶聽見他説話兒聰明乖覺，越發滿心歡喜。但凡家中大小事務、出入書柬、禮帖，都教他寫。但凡人客到，必請他席側相陪。吃茶吃飯，一時也少不的他。誰知道這小夥兒綿裡之針，肉裡之刺。

數語往往釀成大禍。

常向綉簾窺賈玉，每從綺閣竊韓香。

光陰似箭，不覺又是十一月下旬。西門慶在常峙節家會茶散的早，未掌燈就起身，同應伯爵、謝希大、祝實念三箇並馬而行。剛出了門，只見天上彤雲密布，又早紛紛揚揚飄下一天雪花來。應伯爵便道：「哥，咱這時候就家去，家裡也不收。我每許久不曾進裡邊看看桂姐，今日趁着落雪，只當孟浩然踏雪尋梅，望他望去。」祝實念道：「應二哥說的是。你每月風雨不阻，出二十銀子包錢包着他，點出。你不去，落的他自在。」西門慶吃三人你一言我一句，說的把馬逕往東街勾欄來了。來到李桂姐家，已是天氣將晚。只見客位裡掌着燈，丫頭正掃地。老媽并李桂卿出來，見畢禮，上面列四張交椅，四人坐下。老虔婆便道：「前者桂姐在宅裡來晚了，多有打攪。又多謝六娘，賞汗巾花翠。」西門慶道：「那日空過他。我恐怕晚了他們，客人散了，就打發他來了。」說着，虔婆一面看茶吃了，丫鬟就安放桌兒，設放案酒。西門慶道：「怎麼桂姐不見？」虔婆道：「桂姐連日在家伺候姐夫，不見姐夫來。今日是他五姨媽生日，拿轎子接了與他五姨媽做生日去了。」原來李桂姐也不曾往五姨家做生日去。近日見西門慶不來，又接了杭州販紬絹的丁相公兒子丁二官人，號丁雙橋，販了千兩銀子紬絹，在客店裡，瞞着他父親來院中闞。頭上拿十兩銀子、兩套杭州重絹衣服請李桂姐，一連歇了兩夜。適纔正和桂姐在房中吃酒，不想西門慶到。老虔婆忙教桂姐陪他到後邊第三層一間僻靜小房坐去了。

當下西門慶聽信虔婆之言，便道：「既是桂姐不在，老媽快看酒來，俺每慢慢等他。」這老虔婆在下面一力攛掇，酒餚蔬菜齊上，須臾，堆滿桌席。李桂卿不免箏排雁柱，歌按新腔，衆人席上猜枚行令。正飲酒時，不妨西門慶往後邊更衣去。也是合當有事，忽聽東耳房有人笑聲。西門慶更畢衣，走至窗下偷眼觀覷，正見李桂姐在房内陪着一箇戴方巾的蠻子飲酒。繇不的心頭火起，走到前邊，一手把吃酒桌子掀翻，碟兒盞兒打的粉碎。喝令跟馬的平安、玳安、畫童、琴童四箇小廝上來，把李家門窗户壁床帳都打碎了。應伯爵、謝希大、祝實念向前拉勸不住。西門慶口口聲聲只要採出蠻囚來，和粉頭一條繩子墩鎖在門房内。那丁二官又是箇小膽之人，見外邊嚷鬪起來，慌的藏在裡間床底下，只叫：「桂姐救命！」桂姐道：「呸！好不好，還有媽哩！這是俺院中人家常有的，不妨事，隨他發作叫嚷，你只休要出來。」老虔婆見西門慶打的不相模樣，還要架橋兒説謊，上前分辨。西門慶那裡還聽他，只是氣狠狠呼喝小厮亂打，險些不曾把李老媽打起來。多虧了應伯爵、謝希大、祝實念三人死勸，活喇喇拉開了手。西門慶大鬧了一場，賭誓再不踏他門來，大雪裏上馬回家。正是：

此書妙在處處破敗，寫出世情之假。

宿盡閒花萬萬千，不如歸家伴妻眠。
雖然枕上無情趣，睡到天明不要錢。

校記

〔一〕「詞曰」，内閣本、首圖本題作「歸洞仙」。
〔二〕「右調歸洞仙」，内閣本、首圖本無。
〔三〕「團圞」，内閣本作「團圓」。

〔四〕「上房娘的」，内閣本、首圖本作「上房戴的」。按張評本作「上房娘的」，詞話本作「上房戴的」。

〔五〕「臉瘩」，首圖本作「臉落」。按張評本、詞話本均作「臉瘩」。

〔六〕「三頓飯」，原作「三頭飯」，據内閣本改。

〔七〕「打二十欄杆」，首圖本作「打一十二杆」。按張評本作「打二十欄杆」，詞話本作「可二十欄杆」。

第二十一回　吳月娘掃雪烹茶

應伯爵替花邀酒

新刻繡像批評金瓶梅卷之五

第二十一回　吳月娘掃雪烹茶　應伯爵替花邀酒

詞曰[一]：

并刀如水，吳鹽勝雪，纖手破新橙。錦幄初温，獸烟不斷，相對坐調笙。低聲問向誰行宿，城上已三更。馬滑霜濃，不如休去，直自少人行。

——右調《少年遊》[二]

話說西門慶從院中歸家，已一更天氣，到家門首，小厮叫開門，下了馬，踏着那亂瓊碎玉，到于後邊儀門首。只見儀門半掩半開[三]，院内悄無人聲。西門慶心内暗道：「此必有蹺蹊。」有此一疑心，方立得住脚。于是潛身立于儀門内粉壁前，悄悄聽覷。只見小玉出來，穿廊下放桌兒。原來吳月娘自從西門慶與他反目以來，每月吃齋三次，逢七拜斗焚香，保佑夫主早早回心，寫得又淺又深。西門慶還不知。只見小玉放畢香桌兒。少頃，月娘整衣出來，向天井内滿爐炷香，望空深深禮拜。祝道：「妾身吳氏，作配西門。奈因夫主留戀烟花，中年無子。妾等妻妾六人，俱無所出，缺少墳前拜掃之人。妾夙夜憂心，恐無所托。是以發心，每夜于星月之下，祝贊三光，要祈佑兒夫，早早回心。棄却繁華，齊心家事。不拘妾等六人之中，早見嗣息，以爲終身之計，乃妾之素願也。」此尤人情所難。正是：

私出房櫳夜氣清，一庭香霧雪微明。
拜天訴盡衷腸事，無限徘徊獨自惺。

這西門慶不聽便罷，聽了月娘這一篇言語，不覺滿心慚感道：「原來一向我錯惱了他。他一篇都是爲我的心，還是正經夫妻。」忍不住從粉壁前扠步走來，抱住月娘。月娘不防是他大雪裡來到，嚇了一跳，就要推開往屋裡走，被西門慶雙關抱住，說道：「我的姐姐！我西門慶死也不曉的，你一片好心，都是爲我的。一向錯見了，丟冷了你的心，到今悔之晚矣。」月娘道：「大雪裡，你錯走了門兒了，敢不是這屋裡。我是那不賢良的淫婦，和你有甚情節？那討爲你的來？你平白又來理我怎的？咱兩個永世千年休要見面！」西門慶把月娘一手拖進房來。燈前看見他家常穿着：大紅緞紬對衿襖兒，軟黃裙子；頭上戴着貂鼠卧兔兒，金滿池嬌分心，越顯出他：

此正好德時，忽又插入好色，畢竟德不勝色，可嘆，可嘆！

粉粧玉琢銀盆臉，不韻。蟬髻鴉鬟楚岫雲。

那西門慶如何不愛？連忙與月娘深深作了個揖，說道：「我西門慶一時昏昧，不聽你之良言，辜負你之好意。正是有眼不識荊山玉，拿着頑石一樣看。過後方知君子，千萬饒恕我則個。」有得。月娘道：「我又不是你那心上的人兒，凡事投不着你的機會，有甚良言勸你？隨我在這屋裡自生自活，你休要理他。我這屋裡也難安放你，趁早與我出去，我不着丫頭攆你。」西門慶道：「我今日平白惹一肚子氣，大雪來家，逕來告訴你。」月娘道：「惹氣不惹氣，休對我說。我不管你，望着管你的人去說。」西門慶見月娘臉兒不瞧，就折叠腿裝矮子，跪在地下，殺鷄扯脖，口裡姐姐長，姐姐短。月娘看不上，說道：「你真個恁涎臉涎皮的！我叫丫頭進來。」一面叫小玉。那西門慶見小玉進來，連忙立起來，無計支出他去，說道：「外邊下雪了，一張香桌兒還不收進來？」小玉道：「香桌兒頭裡已收進來了。」月娘忍不住笑道：「沒羞的貨，丫頭根前也調個謊兒。」小玉出去，那西門慶又跪下央及。月娘道：「不看世人面上，一百年不理纔好。」說畢，方纔和他坐在一處，教玉簫捧茶與他吃。西門慶因把今日常家會茶，散後同邀伯爵到李家如何嚷鬧，告訴一遍：「如今賭了誓，再不踏院門了。」月娘道：「你踹不踹，不在于我。你拿响金白銀包着他，你不去，可知他另接了別個漢子？養漢老婆的營生，你拴住他身，拴不住他心。你長拿封皮封着他也怎的？」西門慶道：「你說的是。」于是打發丫鬟出去，脫衣上床，要與月娘求歡。月娘道：「教你上炕就撈食兒吃，今日只容你在我床上就勾了，要思想別的事，却不能勾。」妙，妙！世上儘有是語。西門慶把那話露將出來，向月娘戲道：「都是你氣的他，中風不語了。大睁着眼兒，說不出話來。」月娘罵道：「好個汗邪的貨，教我有半個眼兒看的上！」西門慶不繇分說，把月娘兩隻白生生腿扛在肩膊上，那話插入牝中，一任其鶯恣蝶採，殢雨尤雲，未肯即休。

弄一笑作收頭，何等風韻。

正是得多少

海棠枝上鶯梭急，翡翠梁間燕語頻。

不覺到靈犀一點，美愛無加，麝蘭半吐，脂香滿唇。西門慶情極，低聲求月娘叫達達；月娘亦低聲睥幃暱枕，態有餘妍，八字魂銷。口呼親親不絕。是夜，兩人雨意雲情，並頭交頸而睡。正是：

亂髩雙橫興已饒，情濃猶復厭通霄。
晚來獨向粧臺立，淡淡春山不用描。

當夜夫妻交歡不題。却表次日清晨，孟玉樓走到潘金蓮房中，未曾進門，先叫道：「六丫頭，起來了不曾？」春梅道：「俺娘纔起來梳頭哩。三娘進屋里坐。」玉樓進來，只見金蓮正在梳臺前整掠香雲。因說道：「我有椿事兒來告訴你，你知道不知？」金蓮道：「我在這背哈喇子，誰曉的！」因問：「甚麽事？」玉樓道：「他爹昨日二更來家，走到上房裡，和吳家的好了，不悅口角。在他房裡歇了一夜。」金蓮道：「俺們何等勸着，他說一百年二百年，又怎的平白浪着，自家又好了？又没人勸他！」玉樓道：「今早我纔知道。俺大丫頭蘭香，在厨房内聽見小厮們說，昨日他爹同應二在院裡李桂兒家吃酒，看出淫婦的甚麽破綻，把淫婦門窗户壁都打了。大雪裡着惱來家，進儀門，看見上房燒夜香，想必聽見些甚麽話兒，包括得妙。兩個纔到一搭哩。丫頭學說，兩個說了一夜話，說他爹怎的跪着上房的叫媽媽，稍訛，妙。上房的又怎的聲喚擺話的，碜死了。相他這等就没的話說。若是別人，又不知怎的說浪！」金蓮接說道：「早是與人家做大老婆，還不知怎樣

語雖吹毛求疵，說來亦自有理，尖算人齒牙可畏如此。揣度處如見肺肝，玉樓亦有此私心微眼，可見美人未有不聰慧者。

久慣牢成！一個燒夜香，只該默默禱祝，誰家一逕倡揚，使漢子知道了。又沒人勸，自家暗裡又和漢子好了。硬到底纔好，乾淨假撇清！」玉樓道：「也不是假撇清，接妙。他有心也要和，只是不好說出來的。他說他是大老婆不下氣，到叫俺們做分上，怕俺們久後玷言玷語說他，敢說你兩口子話差，也虧俺們說和。如今你我休教他買了乖兒去。你快梳了頭，過去和李瓶兒說去。咱兩個每人出五錢銀子，叫李瓶兒拿出一兩來，原為他的事起。今日安排一席酒，一者與他兩個把一杯，二者當家兒只當賞雪，耍戲一日，有何不可？」金蓮道：「說的是。不知他爹今日有勾當沒有？」玉樓道：「大雪裡有甚勾當？我來時兩口子還不見動靜，上房門兒纔開，小玉拿水進去了。」這金蓮慌忙梳頭畢，和玉樓同過李瓶兒這邊來。李瓶兒還睡着在床上，迎春說：「三娘、五娘來了。」玉樓、金蓮進來，說道：「李大姐，好自在。這咱時懶龍纔伸腰兒。」金蓮就舒進手去被窩裡，摸見薰被的銀香毬兒，奇想。道：「李大姐生了彈了。」讖語，妙。就掀開被，見他一身白肉。那李瓶兒連忙穿衣不迭。玉樓道：「五姐，休鬼混他。李大姐，你快起來，俺們有椿事來對你說。如此這般，他爹昨日和大姐姐好了，咱每人五錢銀子，你便多出些兒，當初因為你起來。今日大雪裡，只當賞雪，咱安排一席酒兒，請他爹和大姐姐坐坐兒，好不好？」李瓶兒道：「隨姐姐教我出多少，奴出便了。」金蓮道：「你將就只出一兩兒罷。弄阿獃口角，妙。你秤出來，俺好往後邊問李嬌兒、孫雪娥要去。」這李瓶兒一面穿衣纏腳，叫迎春開箱子，拿出銀子。拿了一塊，金蓮上等子秤，重一兩二錢五分。玉樓叫金蓮伴着李瓶兒梳頭：「等我往後邊

只一銀子輕重，不知作多少波瀾，奇思妙筆。

問李嬌兒和孫雪娥要銀子去。」金蓮看着李瓶兒梳頭洗面，約一個時辰，只見玉樓從後邊來說道：「我早知也不幹這營生。大家的事，相白要他的。小淫婦說：『我是沒時運的人，漢子再不進我屋裡來，我那討銀子？』求了半日，只拿出這根銀簪子來，你秤秤重多少？」金蓮取過等子來秤，只重三錢七分。因問：「李嬌兒怎的？」玉樓道：「李嬌兒初時只說沒有，『雖是錢日逐打我手裡使，都是叩數的。使多少交多少，那里有富餘錢？』我說：『你當家還說沒錢，俺們那個是有的？六月日頭，沒打你門前過也怎的？大家的事，你不出罷！』教我使性子走了出來，他慌了，使丫頭叫我回去，纔拿出這銀子與我。沒來繇，教我恁惹氣剌剌的！」金蓮拿過李嬌兒銀子來秤了秤，只四錢八分。因罵道：「好個奸滑的淫婦〔四〕！隨問怎的，綁着鬼也不與人家足數，好歹短幾分。」玉樓道：「只許他家拿黃捍等子秤人的〔五〕。想得到。人問他要，只相打骨秃出來一般，不知教人罵了多少！」一面連玉樓、金蓮共湊了三兩一錢；一面使綉春叫了玳安來。金蓮先問他：「你昨日跟了你爹去，在李家爲甚麼着了惱來？」補一問，點水不漏。玳安悉把在常家會茶散的早，邀應二爹和謝爹同到李家，他鴇子回說不在家，往五姨媽家做生日去了。不想落後爹淨手，到後邊親看見粉頭和一個蠻子吃酒，爹就惱了。不繇分說，叫俺衆人把淫婦家門窗戶壁儘力打了一頓，只要把蠻子、粉頭墩鎖在門上。多虧應二爹衆人再三勸住。爹使性騎馬回家〔六〕，在路上發狠，到明日還要擺布淫婦哩。」金蓮道：「賊淫婦！我只道蜜罐兒長年拿的牢牢的，如何今日也打了？」又問玳安：「你爹真個恁說來？」重問一句，喜甚。玳安道：「莫是小的敢哄娘！」

金蓮道：「賊囚根子，他不揪不採，也是你爹的表子，又起一簇花頭。許你罵他？想着迎頭兒我們使着你，只推不得閒，『爹使我往桂姨家送銀子去哩！』叫的桂姨那甜！如今他敗落了來，你主子惱了，連你也叫他淫婦來了！看我到明日對你爹說不說。」玳安道：「耶樂〔七〕！五娘這回日頭打西出來，從新又護起他家來了！莫不爹不在路上罵他淫婦，小的敢罵他？」金蓮道：「許你爹罵他罷了，原來也許你罵他？」玳安道：「早知五娘麻犯小的，小的也不對娘說。」玉樓便道：「小囚兒，你別要說嘴。這里三兩一錢銀子，接得妙。你快和來興兒替我買東西去。今日俺們請你爹和大娘賞雪。你將就少落我們些兒，我教你五娘不告你爹說罷。」玳安道：「娘使小的，小的敢落錢？」于是拿了銀子同來興兒買東西去了。

且說西門慶起來，正在上房梳洗。只見大雪裡，來興買了雞鵝嗄飯，逕往厨房裡去了。玳安又提了一罈金華酒進來。便問玉簫：「小厮的東西，是那里的？」玉簫回道：「今日衆娘置酒，請爹娘賞雪。」西門慶道：「金華酒是那里的？」玳安道：「是三娘與小的銀子買的。」西門慶道：「阿呀！家裡見放着酒，又去買！」分付玳安：「拿鑰匙，前邊廂房有雙料茉莉酒，提兩罈攙着這酒吃。」于是在後廳明間內，設錦帳圍屏，放下梅花暖簾，爐安獸炭，擺列酒筵。不一時，整理停當。李嬌兒、孟玉樓、潘金蓮、李瓶兒來到，請西門慶、月娘出來。當下李嬌兒把盞，孟玉樓執壺，潘金蓮捧菜，李瓶兒陪跪，頭一鍾先遞了與西門慶。西門慶接酒在手，笑道：「我兒，多有起動，孝順我老人家常禮兒罷！」那潘金蓮嘴快，插口道：「好老氣的孩兒！誰這里替你磕頭哩？俺們磕着你，你站着。羊角葱靠南墻——越發老辣！若不是大姐姐帶携你，俺們今日與你磕頭？」一面遞了西門慶，從新又滿滿斟了一盞，請月娘轉上，遞與月娘。月娘道：「你們也不和我説，誰知你們平白又費這個心。」玉樓笑道：「没甚麽。俺們胡亂置了杯水酒兒，大雪，與你老公婆兩個散悶而已。姐姐請坐，受俺們一禮兒。」月娘不肯，亦平還下禮去。玉樓道：「姐姐不坐，我們也不起來。」相讓了半日，月娘纔受了半禮。金蓮戲道：「對姐姐説過，今日姐姐有俺們面上，寬恕了他。下次再無禮，冲撞了姐姐，俺們也不管了。」望西門慶説道：「你裝憨打勢，還在上首坐，還不快下來，與姐姐遞個鍾兒，陪不是哩！」西門慶又是笑〔八〕。良久，遞畢，月娘轉下來，令玉簫執壺，亦斟酒與衆姊妹回酒。惟孫雪娥跪着接酒，其餘都平敘姊妹之情。

是戲語却是本題，非金蓮不敢説，亦説不出。妙舌可想。

于是西門慶與月娘居上坐，其餘李嬌兒、孟玉樓、潘金蓮、李瓶兒、孫雪娥并西門大姐，都兩邊打橫。金蓮便道：「李大姐，你也該梯己與大姐姐遞杯酒兒，當初因爲你的事起來，你做了老林，怎麽還恁木木的！」那李瓶兒真個就走下席來要遞酒。酷肖。被西門慶攔住，説道：「你休聽那小淫婦兒，他哄你。不得不護。已是遞過一遍酒罷了，遞幾遍兒？」那李瓶兒方不動了。當下春梅、迎春、玉簫、蘭香一般兒四個家樂，琵琶、箏、弦子、月琴，一面彈唱起來，唱了一套《南石榴花》「佳期重會。」尖得妙。西門慶聽了，便問：「誰叫他唱這一套詞來？」玉簫道：「是五娘分付唱來。」西門慶就看着潘金蓮説道：「你這小淫婦，單管胡枝扯葉的！」金蓮道：「誰教他唱他來？

老着臉兒捉弄人，却又申明前意，尖甚，狡甚。

没的又來纏我。」月娘便道：「怎的不請陳姐夫來坐坐？」一面使小厮前邊請去。不一時，敬濟來到，向席上都作了揖，就在大姐下邊坐了。月娘令小玉安放了鍾筯，合家歡飲。西門慶把眼觀看簾前那雪，如撏綿扯絮，亂舞梨花，下的大了。端的好雪。但見：

初如柳絮，漸似鵝毛。刷刷似數蟹行沙上，紛紛如亂瓊堆砌間。但行動衣沾六出，只頃刻拂滿蜂鬢。襯瑶臺，似玉龍翻甲遶空飛；飄粉額，如白鶴羽毛連地落。正是：凍合玉樓寒起粟，光摇銀海燭生花。

吳月娘見雪下在粉壁間太湖石上甚厚。下席來，教小玉拿着茶罐，親自掃雪，烹江南鳳團雀舌牙茶與衆人吃。正是：

白玉壺中翻碧浪，紫金杯内噴清香。

正吃茶中間，只見玳安進來，説道：「李銘來了，在前邊伺候。」西門慶道：「教他進來。」不一時，李銘進來向衆人磕了頭，走在傍邊。西門慶問道：「你往那里去來？來得正好。」李銘道：「小的没往那去，北邊酒醋門劉公公那里，教了些孩子，小的瞧了瞧。記掛着爹娘内姐兒們〔九〕，還有幾段唱未合拍，來伺候。」西門慶就將手内吃的那一盞木樨茶，遞與他吃。説道：「你吃了休去，且唱一個我聽。」李銘道：「小的知道。」一面下邊吃了茶上來，把箏弦調定，頓開喉音，並足朝上，唱了一套《冬景·絳都春》。唱畢，西門慶令李銘近前，賞酒與他吃，教小玉拿壺滿斟，傾在銀法郎桃兒鍾内。那李銘跪在地下，滿飲三盃。西門慶又叫在桌上拿了四碟菜，用盤子托着與李銘。那李銘走到下邊吃了，用絹兒把嘴抹了，走到上邊，直竪竪的靠着槅子站立。西門慶因把昨日桂姐家之事，告訴一遍。李銘道：「小的並不知道，一向也不過那邊去。想起來不干桂姐事，解得冷。都是俺三媽幹的營生。爹也別要惱他，等小的見他説他便了。」當日飲酒到一更時分，妻妾俱各歡樂。先是陳敬濟、大姐往前邊去了。落後酒闌，西門慶又賞李銘酒，打發出門，分付：「你到那邊，休説今日在我這里。」李銘道：「爹分付，小的知道。」西門慶令左右送他出門，于是妻妾各散。西門慶還在月娘上房歇了。有詩爲証：

赤繩緣分莫疑猜，扊扅夫妻共此懷。
魚水相逢從此始，兩情愿保百年諧。

却説次日雪晴，應伯爵、謝希大受了李家燒鵝瓶酒，恐怕西門慶擺布他家，敬來邀請西門慶進裡邊陪禮。月娘早晨梳粧畢，正和西門慶在房中吃餅，只見玳安來説：「應二爹和謝爹來了。」西門慶放下餅，就要往前走。月娘道：「兩個勾使鬼，又不知來做甚麽。你亦發吃了出去，教他外頭等着去。慌的恁没命的一般往外走怎的？大雪裡又不知勾了那去？」西門慶道：「你叫小廝把餅拿到前邊〔一〇〕，我和他兩個吃罷。」説着，起身往外來。月娘分付：「你和他吃了，別要信着又勾引的往那去了。今日孟三姐晚夕上壽哩。」西門慶道：「我知道。」于是與應、謝二人相見聲喏，説道：「哥昨日着惱家來了，俺們甚是怪説他家：『從前已往，在你家使錢費物，雖故一時不來，休要改了腔兒纔好，許你家粉頭背地偷接蠻子？冤家路兒窄，又被他親

沒得說，雖百口何辭。

眼看見，他怎的不惱！休說哥惱，俺們心裡也看不過！』儘力說了他娘兒幾句，他也甚是沒意思。今日早請了俺兩個到家，娘兒們哭哭啼啼跪着，恐怕你動意，置了一杯水酒兒，好歹請你進去陪個不是。」西門慶道：「我也不動意。我再也不進去了。」伯爵道：「哥惱有理。但說起來，也不干桂姐事。這個丁二官原先是他姐姐桂卿的孤老，也沒說要請桂姐。只因他父親貨船搭在他鄉里陳監生船上，纔到了不多兩日。這陳監生號兩淮，乃是陳參政的兒子。丁二官拿了十兩銀子，在他家擺酒請陳監生。纔送這銀子來，不想你我到了他家，就慌了，躲不及，把個蠻子藏在後邊，被你看見了。實告不曾和桂姐沾身。今日他娘兒們賭身發咒〔二〕，磕頭禮拜，央俺二人好歹請哥到那里，把這委曲情繇也對哥表出，也把惱解了一半。」西門慶道：「我已是對房下賭誓，再也不去，又惱甚麼？你上覆他家，到不消費心。我家中今日有些小事，委的不得去。」慌的二人一齊跪下，急着。說道：「哥，甚麼話！不爭你不去，顯的我們請不得哥去，沒些面情了。到那里略坐坐兒就來也罷。」當下二人死告活央，說的西門慶肯了。不一時，放桌兒，留二人吃餅。須臾吃畢，令玳安取衣服去。月娘正和孟玉樓坐着，便問玳安：「你爹要往那去？」玳安道：「小的不知，爹只叫小的取衣服。」月娘罵道：「賊囚根子，你還瞞着我不說！今日你三娘上壽哩。你爹但來晚了，我只打你這賊囚根子。」玳安道：「娘打小的，管小的甚事？」月娘道：「不知怎的，聽見他這老子每來，恰似奔命的一般，吃着飯，丟下飯碗，往外不迭。又不知勾引遊魂撞屍，撞到多咱纔來！」家中置酒等候不題。

且說西門慶被兩個邀請到李家，又早堂中置了一席齊整酒餚，叫了兩個妓女彈唱。李桂姐與桂卿兩個打扮迎接。老虔婆出來，跪着陪禮。姐兒兩個遞酒。應伯爵、謝希大在旁打諢耍笑，向桂姐道：「還虧我把嘴頭上皮也磨了半邊去，請了你家漢子來。就連酒兒也不替我遞一杯兒，只遞你家漢子！剛纔若他撇了不來，休說你哭瞎了你眼，唱門詞兒，到明日諸人不要你，只我好說話兒將就罷了。」桂姐罵道：「怪應花子，汗邪了你！我不好罵出來的。可可兒的我唱門詞兒來？」應伯爵道：「你看賊小淫婦兒！念了經打和尚，他不來慌的那腔兒，這回就翅膀毛兒乾了。你過來，且與我個嘴溫溫寒着。」于是不繇分說，摟過脖子來就親了個嘴。桂姐笑道：「怪攮刀子的，看推撒了酒在爹身上。」伯爵道：「小淫婦兒，會喬張致的，這回就疼漢子。『看撒了爹身上酒！』叫你爹那甜。我是後娘養的？怎的不叫我一聲兒？」桂姐道：「我叫你是我的孩子兒。」伯爵道：「你過來，我說個笑話兒你聽：一個螃蟹與田鷄結爲兄弟，賭跳過水溝兒去便是大哥。田鷄幾跳，跳過去了。螃蟹方欲跳，撞遇兩個女子來汲水，用草繩兒把他拴住，打了水帶回家去。臨行忘記了，不將去。田鷄見他不來，過來看他，說道：『你怎的就不過去了。』螃蟹說：『我過的去，倒不吃兩個小淫婦㨪的恁樣了！』」桂姐兩個聽了，一齊赶着打，把西門慶笑的要不的。

此時最難置辨，故桂姐全不開口，只借伯爵戲笑語隱隱達情，此文家躲閃法。

不說這里調笑頑耍，且說家中吳月娘一者置酒回席，二者又是玉樓上壽，吳大妗、楊姑娘并兩個姑子，都在上房裡坐的。看看等到日落時分，不見西門慶來家，急的月娘要不的。金蓮拉着李瓶兒，笑嘻嘻向月娘說道：「大姐姐，他這咱不來，俺們往門首瞧他瞧去。」月娘道：「耐煩瞧他怎的！」金蓮又拉玉樓說：「咱三個打夥兒走走去。」玉樓道：「我這里聽大師父說笑話兒哩，等聽說了笑話兒咱去。」那金蓮方住了脚，圍着兩個姑子聽說笑話兒，因說道：「大師父，你有，快些說。」那王姑子坐在坑上，就說了一個。金蓮道：「這個不好。再說一個。」王姑子又道：「一家三個媳婦兒，與公公上壽。先是大媳婦遞酒說：『公公好相一員官。』公公云：『我如何相官？』媳婦云：『坐在上面，家中大小都怕你，如何不相官？』次該二媳婦上來遞酒，說：『公公相虎威皂隸。』公公曰：『我如何相虎威皂隸？』媳婦云：『你喝一聲，家中大小都吃一驚，怎不相皂隸？』公公道：『你說的我好！』該第三媳婦遞酒，上來說：『公公也不相官，也不相皂隸。』公公道：『却像甚麽？』媳婦道：『公公相個外郎！』公公道：『我如何相外郎？』媳婦云：『不相外郎，如何六房裡都串到？』」切得妙。把衆人都笑了。金蓮道：「好禿子！把俺們都說在裡頭。那個外郎敢恁大膽！」說罷，金蓮、玉樓、李瓶兒同來到前邊大門首，瞧西門慶。玉樓問道：「今日他爹大雪裡那裡去了？」金蓮道：「我猜他已定往院中李桂兒那淫婦家去了。」玉樓道：「打了一場，賭誓再不去，如何又去？咱每賭甚麽？管情不在他家。」金蓮道：「李大姐做證見，你敢和我拍手麽？我說今日往他家去了。前日打了淫婦家，昨日李銘那忘八先來打探子兒。今日應二和姓謝的，大清早辰，勾使鬼勾了他去。我猜老虔婆和淫婦鋪謀定計叫了去，不知怎的撮弄，陪着不是，還要回爐復帳，不知涎纏到多咱時候。有個來的成來不成，大姐姐還只顧等着他！」玉樓道：「就不來，小廝也該來家回一聲兒。」正說着，只見賣瓜子的過來，文情閒甚。兩個正在門首買瓜子兒，忽見西門慶從東來了，三個往後跑不迭。

西門慶在馬上，教玳安先頭裡走：「你瞧是誰在大門首？」玳安走了兩步，說道：「是三娘、五娘、六娘在門首買瓜子哩。」西門慶到家下馬，進入後邊儀門首。玉樓、李瓶兒先去上房報月娘去了。獨有金蓮藏在粉壁背後黑影裡。西門慶撞見，嚇了一跳，說道：「怪小淫婦兒，猛可唬我一跳！你們在門首做甚麼來？」金蓮道：「你還敢說哩。你在那里，這時纔來，教娘們只顧在門首等着你。」西門慶進房中，月娘安排酒餚，教玉簫執壺，大姐遞酒。先遞了西門慶，然後衆姊妹都遞了，安席坐下。春梅、迎春下邊彈唱，吃了一回，都收下去。從新擺上玉樓上壽的酒，并四十樣細巧各樣的菜碟兒上來。壺斟美醞，盞泛流霞。讓吳大妗子上坐。吃到起更時分，大妗子吃不多酒，歸後邊去了。止是吳月娘同衆人陪西門慶擲骰猜枚行令。輪到月娘根前，月娘道：「既要我行令，照依牌譜上飲酒：一個牌兒名，兩個骨牌名，合《西廂》一句。」月娘先說：「六娘子醉楊妃，落了八珠環，遊絲兒抓住荼蘼架。」不遇。該西門慶擲，說：「虞美人，見楚漢爭鋒，傷了正馬軍，只聽耳邊金鼓連天震。」果然是個正馬軍，吃了一杯。該李嬌兒說：「水仙子，因二士入桃源，驚散了花開蝶滿枝，只做了落紅滿地胭脂冷。」不遇。次該金蓮擲，說道：「鮑老兒，臨老入花叢，壞了三綱五常，問他個非奸做賊拿。」果然是三綱五常，吃了一杯。輪該李瓶兒擲，說：「端正好，搭梯望月，等到春分晝夜停，那時節隔墻兒險化做望夫山。」不

行一令，却又自家道出自家

病痛，弄筆極矣。

遇。該孫雪娥說：「麻郎兒，見羣鴉打鳳，絆住了折足雁，好教我兩下裡做人難。」不遇。落後該玉樓完令，說：「念奴嬌，醉扶定四紅沉，拖着錦裙襴〔一二〕，得多少春風夜月銷金帳。」正擲了四紅沉。月娘滿令，叫小玉：「斟酒與你三娘吃。」說道：「你吃三大杯纔好！今晚你該伴新郎宿歇。」因對李嬌兒、金蓮衆人說：「吃畢酒，咱送他兩個歸房去。」金蓮道：「姐姐嚴令，豈敢不依！」把玉樓羞的要不的。

少頃酒闌，月娘等相送西門慶到玉樓房門首方回。玉樓讓衆人坐，都不坐。金蓮便戲玉樓道：「我兒，好好兒睡罷。你娘明日來看你，休要淘氣！」因向月娘道：「親家，孩兒小哩，看我面上，凡事躭待些兒罷。」玉樓道：「六丫頭，你老米醋，挨着做。我明日和你答話。」金蓮道：「我媒人婆上樓子——老娘好耐驚耐怕兒。」于是和李瓶兒、西門大姐一路去了。剛走到儀門首，不想李瓶兒被地滑了一交。這金蓮遂怪喬叫起來道：「這個李大姐，只像個瞎子，行動一磨子就倒了〔一三〕。我搊你去，倒把我一隻脚踹在雪裡，把人的鞋兒也踹泥了！」月娘聽見，說道：「就是儀門首那堆子雪。我分付了小厮兩遍，賊奴才，白不肯掃，只當還滑倒了〔一四〕。」因叫小玉：「你拿個燈籠送送五娘、六娘去。」西門慶在房裡向玉樓道：「你看賊小淫婦兒！他踹在泥裡把人絆了一交，他還說人踹泥了他的鞋〔一五〕，恰是那一個兒，就没些嘴抹兒。恁一個小淫婦！昨日叫丫頭們平白唱『佳期重會』，我就猜是他幹的營生。」玉樓道：「『佳期重會』是怎的說？」西門慶道：「他說吳家的不是正經相會，是私下相會。恰似燒夜香，有心等着我一般。」玉樓

金蓮俏心

微意，只到此時轉從西門慶口中表出，又深又冷，純是史遷之妙。

倚酒三分，冷一句熱一句，又譏諷又要強，又讨好，金蓮心口了然。

道：「六姐他諸般曲兒到都知道，俺們却不曉的。」西門慶道：「你不知，這淫婦單管咬羣兒。」

不說西門慶在玉樓房中宿歇。單表潘金蓮、李瓶兒兩個走着說話，走到儀門，大姐便歸前邊廂房去了。小玉打着燈籠，送二人到花園內。金蓮已帶半酣，拉着李瓶兒道：「二娘，我今日有酒了，你好歹送到我房裡。」李瓶兒道：「姐姐，你不醉。」須臾，送到金蓮房內。打發小玉回後邊，留李瓶兒坐，吃茶。金蓮又道：「你說你那咱不得來，虧了誰？誰想今日咱姊妹在一個跳板兒上走，不知替你頂了多少瞎缸，教人背地好不說我！奴只行好心，自有天知道罷了。」李瓶兒道：「奴知道姐姐費心，恩當重報，不敢有忘。」金蓮道：「得你知道，好了。」不一時，春梅拿茶來吃了，李瓶兒告辭歸房。金蓮獨自歇宿，不在話下。正是：

空庭高樓月，非復三五圓。
何須照床裡，終是一人眠。

校記

〔一〕「詞曰」，內閣本、首圖本題作「少年遊」。

〔二〕「右調少年遊」，內閣本、首圖本無。

〔三〕「儀門」，內閣本、首圖本作「二門」。按張評本、詞話本作「儀門」。

〔四〕「奸滑」，崇禎諸本同。按詞話本作「奸倭」。

〔五〕「黄捍等子」，崇禎諸本同。按詞話本作「黄稈等子」。

〔六〕「騎馬」，崇禎諸本同。按詞話本作「步馬」。

〔七〕「耶樂」，內閣本、首圖本作「耶嘜」。

〔八〕「又是笑」，內閣本、首圖本、吳藏本作「只是笑」。按張評本作「只是笑」。

〔九〕「爹娘內姐兒們」，按詞話本作「爹宅內姐兒每」。

〔一〇〕「拿到前邊」，吳藏本作「拿餅到前邊去」。按詞話本作「拿了前邊」。

〔一一〕「睹」，崇禎諸本同。按詞話本作「賭」。

〔一二〕「錦裙襴」，原作「錦裙十」，據內閣本改。

〔一三〕「行動一磨子」，崇禎諸本同。按詞話本作「行動一磨趄子」。

〔一四〕「只當還滑倒了」，原作「只當還滑個了」，據內閣本改。

〔一五〕「他還說人踹泥了他的鞋」，原作「他還二人踹泥了他的鞋」，據內閣本、首圖本改。按張評本作「他還說人踹泥了他的鞋」。

金瓶梅　第二十二回　蕙蓮兒偷期蒙愛

金瓶梅

春梅姐正色閑邪

第二十二回　蕙蓮兒偷期蒙愛　春梅姐正色閑邪

詞曰〔一〕：

今宵何夕？月痕初照。等閒間一見猶難，平白地兩邊湊巧。向燈前見他，向燈前見他，一似夢中來到。何曾心料，他怕人瞧。驚臉兒紅還白，熱心兒火樣燒。

——右調《桂枝香》〔二〕

話說次日，有吳大妗子、楊姑娘、潘姥姥衆堂客，因來與孟玉樓做生日，月娘都留在後廳飲酒，其中惹出一件事來。那來旺兒，因他媳婦癆病死了，月娘新又與他娶了一房媳婦，乃是賣棺材宋仁的女兒，也名唤金蓮。便妙。當先賣在蔡通判家房裡使喚，後因壞了事出來，嫁與厨役蔣聰爲妻。這蔣聰常在西門慶家答應，來旺兒早晚到蔣聰家叫他去，看見這個老婆，兩個吃酒刮言，就把這個老婆刮上了。一日，不想這蔣聰因和一般厨役分財不均，酒醉厮打，動起刀杖來，把蔣聰戳死在地，那人便越墻逃走了。老婆央來旺兒對西門慶說了，替他拿帖兒縣裡和縣丞說，差人捉住正犯，問成死罪，抵了蔣聰命。後來，來旺兒哄月娘，只說是小人家媳婦兒，會做針指。月娘使了五兩銀子，兩套衣服，四疋青紅布，并簪環之類，娶與他爲妻。月娘因他叫金蓮，不好稱呼，遂改名蕙蓮。這個婦人小金蓮兩歲，今年二十四歲，生的白淨，身

蕙蓮肯爲蔣聰報仇，雖淫亦當正論。

子兒不肥不瘦，模樣兒不短不長，比金蓮脚還小些兒。性明敏，善機變，會粧飾，（要緊。）就是嘲漢子的班頭，壞家風的領袖。若說他底本事，他也曾：

斜倚門兒立，人來側目隨。
托腮并咬指，無故整衣裳。
坐立頻搖腿，無人曲唱低。
開窗推户牖，停針不語時。（恐不至此。）
未言先欲笑，必定與人私。

（雖非婢學婦人，却亦漸入佳境。）

初來時，同衆媳婦上竈，還没甚麽粧飾。後過了個月有餘，因看見玉樓、金蓮打扮，他便把鬏髻墊的高高的，頭髮梳的虛籠籠的，水鬢描的長長的，在上邊遞茶遞水，被西門慶睃在眼裡。（不放過。）一日，設了條計策，教來旺兒押了五百兩銀子，往杭州替蔡太師製造慶賀生辰錦繡蟒衣，并家中穿的四季衣服，往回也有半年期程。從十一月半頭，搭在旱路車上起身去了。西門慶安心早晚要調戲他這老婆，不期到此正值孟玉樓生日，月娘和衆堂客在後廳吃酒。西門慶那日没往那去，月娘分付玉簫：「房中另放桌兒，打發酒菜你爹吃。」西門慶因打簾内看見蕙蓮身上穿着紅紬對衿襖、紫絹裙子，在席上斟酒，問玉簫道：「那個是新娶的來旺兒的媳婦子蕙蓮？怎的紅襖配着紫裙子，怪模怪樣？到明日對你娘說，另與他一條別的顏色裙子配着穿。」玉簫道：「這紫裙子，還是問我借的。」說着就罷了。

（見怪不怪方妙，一見怪，則

着鬼矣。

純以利動之，已落第二義。

須臾，過了玉樓生日。一日，月娘往對門喬大户家吃酒去了。約後晌時分，西門慶從外來家，已有酒了，走到儀門首，這蕙蓮正往外走，兩個撞個滿懷。西門慶便一手摟過脖子來，就親了個嘴，口中喃喃吶吶說道：「我的兒，你若依了我，頭面衣服，隨你揀着用。」那婦人一聲兒没言語，推開西門慶手，一直往前走了。西門慶歸到上房，叫玉簫送了一疋藍段子到他屋裡，如此這般對他說：「爹昨日見你穿着紅襖，配着紫裙子，怪模怪樣的不好看，纔拿了這疋段子，使我送與你，教你做裙子穿。」這蕙蓮開看，却是一疋翠藍兼四季團花喜相逢段子〔三〕。說道：「我做出來，娘見了問怎了？」玉簫道：「爹到明日還對娘說，你放心。爹說來，你若依了這件事，隨你要甚麽，爹與你買。今日赶娘不在家，要和你會會兒，你心下如何？」那婦人聽了，微笑不言，因問：「爹多咱時分來？我好在屋裡伺候。」玉簫道：「爹說小厮們看着，不好進你屋裡來的。教你悄悄往山子底下洞兒裡，那里無人，堪可一會。」老婆道：「只怕五娘、六娘知道了，不好意思的。」玉簫道：「三娘和五娘都在六娘屋裡下棋，你去不妨事。」當下約會已定，玉簫走來回西門慶說話。兩個都往山子底下成事，玉簫在門首與他觀風。正是：

解帶色已戰，未必。觸手心愈忙。
那識羅裙内，銷魂别有香。

不想金蓮、玉樓都在李瓶兒房裡下棋，只見小鸞來請玉樓，說：「爹來家了。」三人就散了，玉樓回後邊去了。金蓮走到房中，勻了臉，不漏。亦往後邊來。走入儀門，只見小玉立在上房門首。金蓮問：「你爹在屋裡？」小玉搖手兒，往前指。金蓮就知其意，走到前邊山子角門首，只見玉簫攔着門。金蓮只猜玉簫和西門慶在此私狎，便頂進去。玉簫慌了，説道：「五娘休進去，爹在裡頭有勾當哩！」金蓮罵道：「怪狗肉，我又怕你爹了？」不繇分説，進入花園裡來，各處尋了一遍。走到藏春塢山子洞兒裡，只見他兩個人在裡面纔了事。婦人聽見有人來，連忙繫上裙子往外走，看見金蓮，把臉通紅了。金蓮問道：「賊臭肉，你在這裡做甚麽？」蕙蓮道：「我來叫畫童兒。」説着，一溜烟走了。金蓮進來，看見西門慶在裡邊繫褲子，罵道：「賊没廉耻的貨，你和奴才淫婦大白日裡在這裡，端的幹這勾當兒，剛纔我打與淫婦兩個耳刮子纔好，不想他往外走了。原來你就是畫童兒，他來尋你！你與我實説，和這淫婦偷了幾遭？若不實説，等住回大姐姐來家，看我説不説。我若不把奴才淫婦臉打的脹猪，也不筭。俺們閒的聲喚在這里，你也來插上一把子。老娘眼裡却放不過！」西門慶笑道：「怪小淫婦兒，悄悄兒罷，休要嚷的人知道。我實對你説，如此這般，連今日纔一遭。」金蓮道：「一遭二遭，我不信。你既要這奴才淫婦，兩個瞞神謊鬼弄刺子兒，我打聽出來，休怪了，我却和你們答話！」那西門慶笑的出去了。

氣妬語，妙在説得帶幾分無耻，以見爲淫也，非爲情也。

金蓮到後邊，聽見衆丫頭們説：「爹來家，使玉簫手巾裹着一疋藍段子往前邊去，不知與誰。」金蓮就知是與蕙蓮的，對玉樓亦不題起此事。伏。這婦人每日在那邊，或替他造湯飯，或替他做針指鞋脚，或跟着李瓶兒下棋，常賊乖趨附金蓮。被西門慶撞在一處，無人，教他兩個苟合，圖漢子喜歡。　蕙蓮自從和西門慶私通之後，背地與他衣服、首飾、香茶之類不筭，只銀子成兩家帶在身邊，在門首買花翠胭脂，漸漸顯露，打扮的比往日不同。　西門慶又對月娘說，他做的好湯水，不教他上大竈，只教他和玉簫兩個，在月娘房裡後邊小竈上，專頓茶水，整理菜蔬，打發月娘房裡吃飯，與月娘做針指，不必細說。　看官聽說：凡家主，切不可與奴僕并家人之婦苟且私狎，久後必紊亂上下，竊弄奸欺，敗壞風俗，殆不可制。

一日，臘月初八日，西門慶早起，約下應伯爵，與大街坊尚推官家送殯。　叫小厮馬也備下兩疋，等伯爵白不見到，一面李銘來了。　西門慶就在大廳上圍爐坐的，教春梅、玉簫、蘭香、迎春一般兒四個，都打扮出來，看着李銘指撥、教演他彈唱。　女壻陳敬濟，在傍陪着說話。　正唱《三弄梅花》，還未了，只見伯爵來，應保夾着毡包進門。　那春梅等四個就要往後走，被西門慶喝住，說道：「左右只是你應二爹，都來見見罷，躲怎的！」與伯爵兩個相見作揖，纔待坐下，西門慶令四個過來：「與應二爹磕頭。」那春梅等朝上磕頭下去，慌的伯爵還喏不迭，誇道：「誰似哥有福，出落的恁四個好姐姐，水葱兒的一般，一個賽一個。　却怎生好？你應二爹今日素手，促忙促急，没曾帶的甚麽在身邊，改日送胭脂錢來罷。」春梅等四人，見了禮去了。　陳敬濟向前作揖，一同坐下。　西門慶道：「你如何今日這咱纔來？」應伯爵道：「不好告訴你的。　大小女病了一向，近日纔好些。　房下記掛着，今日接了他家來散心住兩日。　亂着，旋叫應保叫了轎子，買了些東西在家，我纔來了。」西門慶道：「教我只顧等着你。　咱吃了粥，好去了。」隨即分

如在，是伯爵家事。

偏在絕沒要緊弄巧，一味文心細冷。

付後邊看粥來吃。只見李銘，見伯爵打了半跪。伯爵道：「李日新，一向不見你。」李銘道：「小的有。連日小的在北邊徐公公那里答應來。」說着，小厮放桌兒，拿粥來吃。十樣小菜兒，四碗頓爛嗄飯。銀鑲甌兒盛着粳米投各樣榛松菓品、白糖粥兒。西門慶陪應伯爵、陳敬濟吃了。就拿小銀鍾篩金華酒，每人吃了三杯。壺裡還剩下上半壺酒，分付畫童兒：「連槕兒擡去廂房內，與李銘吃。」就穿衣服起身，同伯爵並馬而行，與尚推官送殯去了。只落下李銘在西廂房，吃畢酒飯。

寫得似有意，似無意，以見半是春梅之性燥也。

玉簫和蘭香衆人，打發西門慶出了門，在廂房內厮亂，頑成一塊。必至之情。一回，都往對過東廂房西門大姐房裡攔混去了，止落下春梅一個，和李銘在這邊教演琵琶。李銘也有酒了。春梅袖口子寬，把手兜住了。李銘把他手拿起，畧按重了些。被春梅怪叫起來，罵道：「好賊忘八！你怎的捻我的手，調戲我？賊少死的忘八，你還不知道我是誰哩！自負不卑。一日好酒好肉，越發養活的你這忘八靈聖兒出來了，罵得妙。平白捻我的手來了。賊忘八，你錯下這個鍬撅了。你問聲兒去，我手裡你來弄鬼！爹來家等我說了，把你這賊忘八，一條棍攆的離門離户！沒你這忘八，學不成唱了？愁本司三院尋不出忘八來？撅臭了你這忘八了！」被他千忘八，萬忘八，罵的李銘拿着衣服，往外走不迭。正是：

兩手劈開生死路，翻身跳出是非門。

當下春梅氣狠狠，直罵進後邊來。金蓮正和孟玉樓、李瓶兒并宋蕙蓮在房裡下棋，只聽

金蓮愛惜春梅至矣，故後感之不忘。

一味爲春梅作聲價。

見春梅從外罵將來。金蓮便問道：「賊小肉兒，你罵誰哩，誰惹你來？」春梅道：「情知是誰，尀耐李銘那王八！爹臨去，好意分付小廝，留下一桌菜併粳米粥兒與他吃。也有玉簫他們，你推我，我打你，頑成一塊，對着忘八，雌牙露嘴的，狂的有些褶兒也怎的。頑了一回，都往大姐那邊去了。忘八見無人，儘力把我手上捻一下。吃的醉醉的，看着我嗤嗤待笑。（寫得出。）那忘八見我嘤喝罵起來，他就夾着衣裳往外走了。剛纔打與賊忘八兩個耳刮子纔好！賊忘八，你也看個人兒行事，我不是那不三不四的邪皮行貨，教你這忘八在我手裡弄鬼。我把忘八臉打綠了！」金蓮道：「怪小肉兒，學不學没要緊，把臉氣的黄黄的，等爹來家說了，把賊忘八攆了去就是了。那里緊等着供唱撰錢哩，怎的教忘八調戲我這丫頭！我知道賊忘八業罐子滿了。」春梅道：「他就倒運，着量二娘的兄弟。（偏照映得到。）那怕他！二娘莫不挾仇打我五棍兒？」宋蕙蓮道：「論起來，你是樂工，在人家教唱，也不該調戲良人家女子！照顧你一個錢，也是養身父母，休說一日三茶六飯兒扶侍着。」金蓮道：「扶侍着，臨了還要錢兒去了。按月兒，一個月與他五兩銀子。賊忘八，錯上了墳。你問聲家裡這些小廝們，那個敢望着他雌牙笑一笑兒，吊個嘴兒？遇喜歡罵兩句；若不歡喜，拉倒他主子根前就是打。賊忘八，造化低，你惹他生姜，你還没曾經着他辣手！」因向春梅道：「没見你，你爹去了，你進來便罷了，平白只顧和他那房裡做甚麼？却教那忘八調戲你！」春梅道：「都是玉簫和他們，只顧還笑成一塊，不肯進來。」玉樓道：「他三個如今還在那屋裡？」春梅道：「都往大姐房裡去了。」玉樓道：「等我瞧瞧去。」那玉樓起身去了。良久，李瓶兒亦回房，使綉春叫迎春去。至晚，西門慶來家，金蓮一五一十告訴西門慶。西門慶分付來興兒，今後休放進李銘來走動。自此斷了路兒，不敢上門。正是：

習教歌妓逞家豪，每日閒庭弄錦槽。
不是朱顏容易變，何繇聲價競天高〔四〕。

校記

〔一〕「詞曰」，内閣本、首圖本題作「桂枝香」。
〔二〕「右調桂枝香」，内閣本、首圖本無。
〔三〕「一疋翠藍兼四季團花喜相逢段子」，按詞話本作「一疋翠藍四季團花兼喜相逢段子」。
〔四〕「何繇」，按詞話本作「春梅」。

第二十三回　賭棋枰瓶兒輸鈔

覷藏春潘氏潛踪

第二十三回　賭棋枰瓶兒輸鈔　覷藏春潘氏潛踪

詞曰〔一〕：

心中難自泄，暗裡深深謝。未必娘行，恁地能賢哲。衷腸怎好和君説？説不願丫頭，願做官人的侍妾。他堅牢望我情真切。豈想風波，果應了他心料者。

——右調《梧桐樹》〔二〕

話説一日臘盡春回，新正佳節，西門慶賀節不在家，吳月娘往吳大妗子家去了。午間孟玉樓、潘金蓮都在李瓶兒房裡下棋。玉樓道：「咱們今日賭甚麽好？」金蓮道：「咱們賭五錢銀子東道，三錢買金華酒兒，那二錢買個猪頭來，教來旺媳婦子燒猪頭咱們吃。説他會燒的好猪頭，只用一根柴禾兒，燒的稀爛。」玉樓道：「大姐姐不在家，却怎的計較？」金蓮道：「存下一分兒，送在他屋裡，也是一般。」説畢，三人下棋。下了三盤，李瓶兒輸了五錢。自然是他。金蓮使繡春兒叫將來興兒來，把銀子遞與他，教他買一罈金華酒，一個猪首，連四隻蹄子，分付：「送到後邊厨房裡，教來旺兒媳婦蕙蓮快燒了，拿到你三娘屋裡等着，我們就去。」玉樓道：「六姐，教他燒了拿盒子拿到這里來吃罷。在後邊，李嬌兒、孫雪娥兩個看着，是請他不請他？」金蓮遂依玉樓之言。

沒一些要緊，説來却是婦人極要緊心

事。專從冷處摹情，使人不測。

不一時，來興兒買了酒和猪首，送到厨下。蕙蓮正在後邊和玉簫在石臺基上坐着，捣瓜子耍子哩。來興兒便叫他：「蕙蓮嫂子，五娘、三娘都上覆你，使我買了酒、猪頭連蹄子，都在厨房裡，教你替他燒熟了，送到前邊六娘房裡去。」蕙蓮道：「我不得閒，與娘納鞋哩。隨問教那個燒燒兒罷，巴巴坐名兒教我燒？」來興兒道：「你燒不燒隨你，交與你，我有勾當去。」說着，出去了。玉簫道：「你且丢下，替他燒燒罷。你曉的五娘嘴頭子，又惹的聲聲氣氣的。」蕙蓮笑道：「五娘怎麽就知我會燒猪頭，栽派與我！」于是走到大厨竈裡，舀了一鍋水，把那猪首蹄子剃刷乾淨，只用的一根長柴禾安在竈内，用一大碗油醬，并回香大料〔三〕，拌的停當，上下錫古子扣定。得法。那消一個時辰，把個猪頭燒的皮脱肉化，香噴噴五味俱全。將大冰盤盛了，連姜蒜碟兒，用方盒拿到前邊李瓶兒房裡，旋打開金華酒篩來。玉樓揀齊整的，留下一大盤子，并一壺金華酒，使丫頭送到上房裡，與月娘吃。其餘三人坐定，斟酒共酌。

正吃中間，只見蕙蓮笑嘻嘻走到跟前，說道：「娘們試嘗這猪頭，今日燒的好不好？」金蓮道：「三娘剛纔誇你倒好手段兒！燒的且是稀爛。」李瓶兒問道：「真個你只用一根柴禾兒？」蕙蓮道：「不瞞娘們說，還消不得一根柴禾兒哩！若是一根柴禾兒，就燒的脱了骨。」玉樓叫綉春：「你拿個大盞兒，篩一盞兒與你嫂子吃。」李瓶兒連忙叫綉春斟酒，他便取碟兒揀了一碟猪頭肉兒遞與蕙蓮，說道：「你自造的，你試嘗嘗。」蕙蓮道：「小的自知娘們吃不的鹹，没曾好生加醬，胡亂罷了。下次再燒時〔四〕，小的知道了。」便磕了三個頭，方纔在桌頭傍邊立着，做一

又奉承，又賣嘴，又討好。

處吃酒。

到晚夕月娘來家，衆婦人見了月娘，小玉悉將送來猪頭，拿與月娘看。玉樓笑道：「今日俺們下棋耍子，贏的李大姐猪頭，留與姐姐吃。」月娘道：「這般有些不均了。各人賭勝，虧了一個就不是了。咱們這等計較：只當大節下，咱姊妹這幾人每人輪流治一席酒兒，叫將郁大姐來，晚間耍耍，有何妨碍？强如賭勝負，難爲一個人。我主張的好不好？」衆人都說：「姐姐主張的是！」月娘道：「明日初五日，就是我先起罷。」李嬌兒占了初六，玉樓占了初七，金蓮占了初八。金蓮道：「只我便益，那日又是我的壽酒，却一舉而兩得。」問着孫雪娥，孫雪娥半日不言語。畫。月娘道：「他罷，你們不要纏他了，教李大姐挨着罷。」玉樓道：「初九日又是六姐生日，只怕有潘姥姥和他妗子來。」月娘道：「初九日不得閒，教李大姐挪在初十罷了。」衆人計議已定。

話休絮煩。先是初五日，西門慶不在家，往隣家赴席去了。月娘在上房擺酒，郁大姐供唱〔五〕，請衆姐妹歡飲了一日方散。到第二日，却該李嬌兒，就挨着玉樓、金蓮，都不必細說。須臾，過了金蓮生日，潘姥姥、吳大妗子，都在這里過節頑耍。看看到初十日，該李瓶兒擺酒，使綉春往後邊請雪娥去。一連請了兩替，答應着來，只顧不來。元可厭。玉樓道：「我就說他不來，李大姐只顧强去請他。可是他對着人說的：『你每有錢的，都吃十輪酒兒，沒的俺們去赤脚絆驢蹄。』似他這等說，俺們罷了，把大姐姐都當驢蹄看承！」月娘道：「他是恁不成材的行貨子，

雪娥品卑，自難入羣小，玉樓過求

之也。

都不消理他了，又請他怎的！」于是擺上酒來，衆人都來前邊李瓶兒房裡吃酒。郁大姐在傍彈唱。當下，吳大妗子和西門大姐，共八個人飲酒。只因西門慶不在，月娘分付玉簫：「等你爹來家要吃酒，你打發他吃就是了。」玉簫應諾。

後晌時分，西門慶來家，玉簫替他脫了衣裳。西門慶便問：「娘往那去了？」玉簫回道：「都在六娘房裡和大妗子、潘姥姥吃酒哩。」西門慶問道：「吃的是甚麼酒？」玉簫道：「是金華酒。」西門慶道：「還有年下你應二爹送的那一罈茉莉花酒，打開吃。」一面教玉簫把茉莉花酒打開，西門慶嚐了嚐，說道：「正好你娘們吃。」教小玉、玉簫兩個提着，送到前邊李瓶兒房裡。蕙蓮正在月娘傍邊侍立斟酒，見玉簫送酒來，蕙蓮俐便，連忙走下來接酒。玉簫便遞了個眼色與他，向他手上揑了一把，（純是白描。）這婆娘就知其意。月娘問玉簫：「誰使你送酒來？」玉簫道：「爹使我來。」月娘道：「你爹來家多大回了〔六〕？」玉簫道：「爹剛纔來家。因問娘們吃酒，教我把這一罈茉莉花酒，拿來與娘們吃。」月娘問：「你爹若吃酒，房中放桌兒，有見成菜兒打發他吃。」玉簫應的，往後邊去了。

這蕙蓮在席上站了一回，推說道：「我後邊看茶來，與娘們吃。」月娘分付道：「對你姐說，上房揀粧裡有六安茶，頓一壺來俺們吃。」這老婆一個獵古調走到後邊，玉簫站在堂屋門首，掇了個嘴兒與他。（画。）老婆掀開簾子，進月娘房來，只見西門慶坐在椅上正吃酒。走向前，一屁股就坐在他懷裡，兩箇就親嘴咂舌做一處。婆娘一面用手揝着他那話，一面在上噙酒哺與他

分明逞嬌態，却寫得帶三分

粗莽氣，妙甚。

開口便討東西，討又不多，自不是多情美人舉止。

吃。便道：「爹，你有香茶再與我些，前日與我的都沒了。我少薛嫂兒幾錢花兒錢，你有銀子與我些兒。」西門慶道：「我茄袋內還有一二兩，你拿去。」說着，西門慶要解他褲子。婦人道：「不好，只怕人來看見。」西門慶道：「你今日不出去，晚夕咱好生耍耍。」蕙蓮搖頭說道：「後邊惜薪司擋住路兒——柴衆。咱不如還在五娘那里，色絲子女。」于是玉簫在堂屋門首觀風，繇他二人在屋裡做一處頑耍。

不防孫雪娥從後來，聽見房裡有人笑，只猜玉簫在房裡和西門慶說笑，不想玉簫又在穿廊下坐的，就立住了脚。玉簫恐怕他進屋裡去，便支他說：「前邊六娘請姑娘，怎的不去？」雪娥鼻子裡冷笑道：畫。「俺們是沒時運的人兒，難說。騎着快馬也趕他不上，拿甚麼伴着他吃十輪酒兒？自己窮的伴當兒伴的沒褲兒！」正說着，被西門慶房中咳嗽了一聲，雪娥就往厨房裡去了。

雖假撇清，却有滿肚皮賣弄意，忍

這玉簫把簾子掀開，婆娘見無人，急伶俐兩三步就扠出來，行動是個媳婦子，妙。往後邊看茶去。須臾，小玉從後邊走來叫：「蕙蓮嫂子，娘說你怎的取茶就不去了？」婦人道：「茶有了，着姐拿菓仁兒來。」不一時，小玉拿着盞托，他提着茶，一直來到前邊。月娘問道：「怎的茶這咱纔來？」蕙蓮道：「爹在房裡吃酒，小的不敢進去。等着姐屋裡取茶葉，剥菓仁兒來。」衆人吃了茶，這蕙蓮在席上，斜靠棹兒站立，看着月娘衆人擲骰兒，故作揚聲說道：「娘，把長么搭在純六，却不是天地分？還贏了五娘。」又道：「你這六娘，骰子是錦屏風對兒。我看三娘這么三配純五，

不住忽然說出。

只是十四點兒，輸了。」被玉樓惱了，説道：「你這媳婦子，俺們在這裡擲骰兒，插嘴插舌，有你甚麼説處？」羞得妙。把老婆羞的站又站不住，立又立不住，緋紅了面皮，往下去了。正是：

誰人汲得西江水，難洗今朝一面羞。

這里衆婦人飲酒，至掌燈時分，只見西門慶掀簾子進來，笑道：「你們好吃！」吳大妗子跳起來，説道：「姐夫來了！」連忙讓坐兒與他坐。月娘道：「你在後邊吃酒罷了，女婦，男子漢又走來做甚麼？」西門慶道：「既是恁説，我去罷。」于是走過金蓮這邊來，金蓮隨即跟了來。西門慶吃得半醉，拉着金蓮説道：「小油嘴，我有句話兒和你説。我要留蕙蓮在後邊一夜兒，後邊没地方。看你怎的容他在你這邊歇一夜兒罷？」金蓮道：「我不好罵的，没的那汗邪的胡亂！隨你和他那里合搗去，好嬌態，教他在我這里！我是没處安放他。我就筭依了你，春梅賊小肉兒他也不容。你不信，叫了春梅問他，他若肯了，我就容你。」西門慶道：「既是你娘兒們不肯，罷！我和他往山子洞兒那裡過一夜。你分付丫頭拿床鋪蓋，生些火兒。不然，這一冷怎麼當。」金蓮忍不住笑了：「我不好罵出你來的，賊奴才淫婦，他是養你的娘？你是王祥，寒冬臘月行孝順，在那石頭床上臥冰哩。」西門慶笑道：「怪小油嘴兒，休徯落我。罷麼，好歹叫丫頭生個火兒。」金蓮道：「你去，我知道。」當晚衆人席散，金蓮分付秋菊，果然抱鋪蓋、籠火，在山子底下藏春塢雪洞裏。

又爲春梅作聲價。

忽想到山洞中，又作一段嬉笑，令人絕倒。

蕙蓮送月娘、李嬌兒、玉樓進到後邊儀門首，故意説道：「娘，小的不送，往前邊去罷。」月娘道：「也罷，你前邊睡去罷。」這婆娘打發月娘進內，還在儀門首站立了一回，見無人，一溜烟往山子底下去了。寫出久慣。正是：

莫教襄王勞望眼，巫山自送雨雲來。

這宋蕙蓮走到花園門首，只說西門慶還未進來，漏空得妙。就不曾扣角門子，只虛掩着。來到藏春塢洞兒內，只見西門慶早在那里秉燭而坐。婆娘進到裡面，但覺冷氣侵人，塵囂滿榻。于是袖中取出兩枝棒兒香，燈上點了，插在地下。雖故地下籠着一盆炭火兒，還冷的打競。婆娘在床上先伸下舖，上面還蓋着一件貂鼠禪衣。掩上雙扉，兩個上床就寢。西門慶脫去上衣白綾道袍，坐在床上，把婦人褪了褲，抱在懷裡，兩隻脚蹺在兩邊，那話突入牝中。兩個摟抱，正做得好。却不防潘金蓮打聽他二人入港了，在房中摘去冠兒，輕移蓮步，悄悄走來竊聽。到角門首，推開門，遂潛身悄步而入。也不怕蒼苔冰透了凌波，花刺抓傷了裙褶，躡跡隱身，在藏春塢月窗下站聽。良久，只見裡面燈燭尚明，婆娘笑聲說：「冷舖中捨冰，把你賊受罪不濟的老花子，口角妙。就沒本事尋個地方兒，走在這寒冰地獄裡來了！口裡啣着條繩子，凍死了往外拉。」又道：「冷合合的，睡了罷，怎的只顧端詳我的脚？你看過那小脚兒的來，相我沒雙鞋面兒，那個買與我雙鞋面兒也怎的？不脫小家子口氣。妙！看着人家做鞋，不能彀做！」西門慶道：「我兒，不打緊，到明日替你買幾錢的各色鞋面。誰知你比你五娘脚兒還小！」婦人道：「拿甚麼比他！昨日我拿他的鞋畧試了試，還套着我的鞋穿。倒也不在乎大小，排得毒。只是鞋樣子周正

悄悄冥冥，寫出美人行徑，自與蕙蓮之兩三步一溜烟天壤矣。作者細心如此。從脚引到金蓮，線索甚微。

偏來聽，偏聽見說他，多心人常受此氣。

雖混語，却說得微妙。

此等滑稽，何減曼倩，不

纔好。」金蓮在外聽了：「這個奴才淫婦！等我再聽一回，他還說甚麼。」又聽彀多時，只聽老婆問西門慶說：「你家第五的秋胡戲，你娶他來家多少時了？是女招的，是後婚兒來？」西門慶道：「也是回頭人兒。」婦人說：「嗔道恁久慣牢成！原來也是個意中人兒，露水夫妻。」這金蓮不聽便罷，聽了氣的在外兩隻胳膊都軟了，半日移脚不動，說道：「若教這奴才淫婦在裡面，把俺們都吃他撐下去了！」待要那時就聲張罵起來，又恐怕西門慶性子不好，逞了淫婦的臉。待要含忍了他，恐怕他明日不認。「罷罷！留下個記兒，使他知道，到明日我和他答話。」于是走到角門首，拔下頭上一根銀簪兒，把門到銷了，懊恨歸房。晚景題過。

到次日清早辰，婆娘先起來，穿上衣裳，髽着頭走出來。見角門沒插，吃了一驚；又搖門，搖了半日搖不開。走去見西門慶，西門慶隔壁叫迎春替他開了。因看見簪銷着門，知是金蓮的簪子，就知晚夕他聽了出去。這婦人懷着鬼胎，走到前邊，正開房門，只見平安從東淨裡出來，看見他只是笑。蕙蓮道：「怪囚根子，誰和你雌那牙笑哩？」平安兒道：「嫂子，俺們笑笑兒也嗔？」蕙蓮道：「大清早辰，平白笑的是甚麼？」平安道：「我笑嫂子三日沒吃飯，眼前花。我猜你昨日一夜不來家！」婦人聽了此言，便把臉紅了，罵道：「賊提口拔舌見鬼的囚根子，我那一夜不在屋裡睡？怎的不來家？」平安道：「我剛纔還看見嫂子鎖着門，怎的賴得過？」蕙蓮道：「我早起身，就往五娘屋裡，只剛纔出來。你這囚在那里來？」平安道：「我聽見五娘教你醃螃蠏，說你會劈的好腿兒。嗔道五娘使你門首看着賣簸箕的，說你會咂得好舌頭。」把婦人說的

可以其小傳忽之。一他字，一誰字，各有所指，都不說破，非深于史者不知如此用意。才住手，便緊接買合汁，其人品隱隱画出。

急了，拿起條門閂來，趕着平安兒遶院子罵道：「賊汗邪囚根子，看我到明日對他說不說。不與你個功德也不怕，狂的有些褶兒也怎的？」那平安道：「耶嚛，嫂子，將就着些兒罷。對誰說？我曉得你往高枝兒上去了。」那蕙蓮急起來，只趕着他打。不料玳安正在印子舖走出來，一把手將閂奪住了，說道：「嫂子爲甚麽打他？」蕙蓮道：「你問那雌牙囚根子，口裡白說六道的，把我的肐膊都氣軟了！」那平安得手往外跑了。玳安推着他說：「嫂子，你少生氣着惱，且往屋裡梳頭去罷。」婦人便向腰間荷包裡，取出三四分銀子來，遞與玳安道：「累你替我拿大碗盪兩個合汁來我吃，把湯盛在銚子裡罷。」玳安道：「不打緊，等我去。」一手接了。連忙洗了臉，替他盪了合汁來。婦人讓玳安吃了一碗，他也吃了一碗，方纔梳了頭，鎖上門，先到後邊月娘房裡打了卯兒，然後來金蓮房裡。

金蓮要强

　　金蓮正臨鏡梳頭。蕙蓮小意兒，在傍拿抿鏡（七）、掇洗手水，慇懃侍奉。金蓮正眼也不瞧他。蕙蓮道：「娘的睡鞋裹脚，我捲平收了去（八）？」金蓮道：「你放着，叫丫頭進來收。」便叫秋菊：「賊奴才，往那去了？」蕙蓮道：「秋菊掃地哩。春梅姐在那里梳頭哩。」金蓮道：「你別要管他，丢着罷，亦發等他們來收拾。歪蹄潑脚的，没的展汙了嫂子的手。你去扶侍你爹，爹也得你恁個人兒扶侍他，纔可他的心。俺們都是露水夫妻，再醮貨兒。只嫂子是正名正頂轎子娶將來的，是他的正頭老婆，秋胡戲。」這婦人聽了，正道着昨日晚夕他的真病，于是向前雙膝跪下，說道：「娘是小的一個主兒，娘不高擡貴手，小的一時兒存站不的。當初不因

人，受此一番奉承，卽明知其假，亦足消氣，故後語漸平也。

又籠絡一番，巧智在蕙蓮之上。

兩下失誤，有致。

娘寬恩，小的也不肯依隨爹。就是後邊大娘，無過只是個大綱兒。小的還是娘擡舉多，莫不敢在娘面前欺心？隨娘查訪，小的但有一字欺心，到明日不逢好死，一個毛孔兒裡生下一個疔瘡。」金蓮道：「不是這等說。我眼裡放不下砂子的人。漢子既要了你，俺們莫不與爭？不許你在漢子根前弄鬼，輕言輕語的。你說把俺們躧下去了，你要在中間踢跳，我的姐姐，對你說，把這樣心兒且吐了些兒罷！」蕙蓮道：「娘再訪，小的並不敢欺心，到只怕昨日晚夕娘錯聽了。」金蓮道：「傻嫂子，我閑的慌，聽你怎的？我對你說了罷，十個老婆買不住一個男子漢的心。你爹雖故家裡有這幾個老婆，或是外邊請人家的粉頭，來家通不瞞我一些兒，一五一十就告我說。你大娘當時和他一個鼻子眼兒裡出氣〔九〕，甚麽事兒來家不告訴我？你比他差些兒。」說得老婆閉口無言，在房中立了一回，走出來了。剛到儀門夾道內，撞見西門慶，說道：「你好人兒，原來昨日人對你說的話兒，你就告訴與人。（被金蓮瞞過矣。）今日教人下落了我恁一頓！我和你說的話兒，只放在你心裡，放爛了纔好。爲甚麽對人說，乾淨你這嘴頭子就是個走水的槽。有話到明日不告你說了。」西門慶道：「甚麽話？我並不知道。」那婦人瞅了一眼，往前邊去了。

這婦人嘴兒乖，常在門前站立，買東買西，趕着傅夥計叫傅大郎，陳敬濟叫姑夫，賁四叫老四。因和西門慶勾搭上了，越發在人前花哨起來，常和衆人打牙犯嘴，全無忌憚。或一時叫：「傅大郎，我拜你拜，替我門首看着賣粉的。」（淫婦口角。）那傅夥計老成，便驚心兒替他門首看，過

小器易盈。叙此一段，以爲後不得其死張本。當與春梅參看，庶不失作者之意。

來叫住，請他出來買。玳安故意戲他，說道：「嫂子，賣粉的早辰過去了，你早出來，拿秤稱他的好來！」婆娘罵道：「賊猴兒，裡邊五娘、六娘使我要買搽的粉，你如何說拿秤稱二斤胭脂三斤粉，教那淫婦搽了又搽？看我進裡邊對他說不說！」玳安道：「耶嚛，嫂子！行動只拏五娘嚇我！」一回又叫：「賁老四，我對你說，門首看着賣梅花菊花的，我要買兩對兒戴。」那賁四悞了買賣，好歹專心替他看着賣的叫住，請他出來買。婦人立在二層門裡，打門廂兒揀，要了他兩對鬢花大翠，又是兩方紫綾閃色銷金汗巾兒，共該他七錢五分銀子。婦人向腰裡摸出半側銀子兒來，央及賁四替他鑿，稱七錢五分與他。那賁四正寫着帳，丟下，走來替他鎚。只見玳安來說道：「等我與嫂子鑿。」一面接過銀子在手，且不鑿，只顧瞧這銀子。忽又生情。婦人道：「賊猴兒，不鑿，只管端詳甚麼？你半夜没聽見狗咬？是偷來的銀子！」玳安道：「偷到不偷。這銀子到有些眼熟，倒像爹銀子包兒裡的。前日爹在燈市裡，鑿與買勾金鐲子的銀子〔一〇〕，還剩了一半，就是這銀子。我記得千真萬真。」婦人道：「賊囚，一個天下，人還有一樣的，爹的銀子怎的到得我手裡？」快意語。玳安笑道：「我知道甚麼帳兒！」婦人便趕着打。玳安把銀子鑿下七錢五分，交與買花翠的，把剩的銀子拿在手裡，不與他去了。婦人道：「賊囚根子！你敢拿了去，我筭你好漢！」玳安道：「我不拿你的。你把剩下的，與我些兒買菓子吃。」那婦人道：「賊猴兒，你遞過來，我與你。」哄的玳安遞到他手裡，只掠了四五分一塊與他，別的還揣在腰裡，一直進去了。

自此以後，常在門首成兩價拿銀錢買剪截花翠汗巾之類，甚至瓜子兒四五升量進去，分與各房丫鬟并衆人吃。頭上治的珠子箍兒〔二〕，金燈籠墜子，黄烘烘的。衣服底下穿着紅綃紬褲兒，線捺護膝。又大袖子袖着香茶、香桶子三四個，帶在身邊。見一日也花消二三錢銀子，都是西門慶背地與他的，此事不必細說。這婦人自從金蓮識破他機關，每日只在金蓮房裡，把小意兒貼戀，與他頓茶頓水，做鞋脚針指，不拿强拿，不動强動。正經月娘後邊，每日只打個到面兒，就到金蓮這邊來。每日和金蓮、瓶兒兩個下棋、抹牌，行成夥兒。或一時撞見西門慶來，金蓮故意令他傍邊斟酒，教他一處坐了頑耍，只圖漢子喜歡。正是：

顛狂柳絮隨風舞，輕薄桃花逐水流。

校記

〔一〕「詞曰」，内閣本、首圖本題作「梧桐樹」。

〔二〕「右調梧桐樹」，内閣本、首圖本無。

〔三〕「回香」，内閣本、首圖本作「茴香」。按張評本作「回香」，詞話本作「茴香」。

〔四〕「再燒時」，原作「再燒曉」，據内閣本、首圖本改。

〔五〕「供唱」，内閣本、首圖本作「彈唱」。按張評本、詞話本均作「彈唱」。

〔六〕「多大回了」，崇禎諸本同。按詞話本作「都大回了」。

〔七〕「抵鏡」，崇禎諸本同。按詞話本作「抿鏡」。

〔八〕「捲平」，内閣本、首圖本作「捲了」。按張評本作「捲來」，詞話本作「捲了」。

〔九〕「大娘」，崇禎諸本同。按張評本亦同，詞話本作「六娘」。
〔一〇〕「買勾金鑾子」，崇禎諸本同。按張評本亦同，詞話本作「買方金鑾子」。
〔一一〕「箍兒」，崇禎諸本同。按張評本作「箍兒」，詞話本作「篩兒」。

第二十四回　敬濟元夜戲嬌姿

惠祥怒詈來旺婦

第二十四回　敬濟元夜戲嬌姿　惠祥怒詈來旺婦

詩曰〔一〕：

銀燭高燒酒乍醺，當筵且喜笑聲頻。
蠻腰細舞章臺柳，素口輕歌上苑春。
香氣拂衣來有意，翠花落地拾無聲。
不因一點風流趣，安得韓生醉後醒。

話說一日，天上元宵，人間燈夕，西門慶在廳上張掛花燈，鋪陳綺席。正月十六，合家歡樂飲酒。西門慶與吳月娘居上，其餘李嬌兒、孟玉樓、潘金蓮、李瓶兒、孫雪娥、西門大姐都在兩邊同坐〔二〕，都穿着錦綉衣裳。春梅、玉簫、迎春、蘭香一般兒四個家樂，在傍彈箏歌板，彈唱燈詞。獨于東首設一席與女壻陳敬濟坐。果然食烹異品，菓獻時新。小玉、元宵、小鸞、綉春都在上面斟酒。那來旺兒媳婦宋蕙蓮却坐在穿廊下一張椅兒上，口裡磕瓜子兒。等的上邊呼喚要酒，他便揚聲叫：「來安兒，畫童兒，上邊要熱酒，快攢酒上來！賊囚根子，一個也沒在這里伺候，都不知往那去了！」只見畫童盪酒上去。西門慶就罵道：「賊奴才，一個也不在這里伺候，往那去來？賊少打的奴才！」叫得應，妙。小厮走來說道：「嫂子，誰往那去來？就對着爹

婆娘之做作口腔，寫得活現。

說，嗄喝教爹罵我。」蕙蓮道：「上頭要酒，誰教你不伺候？關我甚事！不罵你罵誰？」畫童兒道：「這地上乾乾淨淨的，嫂子磕下恁一地瓜子皮，爹看見又罵了。」蕙蓮道：「賊囚根子！六月債兒熱，還得快就是。甚麼打緊，便當你不掃，丟着，另教個小厮掃。等他問我，只說得一聲。」畫童兒道：「耶嘍，嫂子！將就些罷了，如何和我合氣！」于是取了笤箒來，替他掃瓜子皮兒，不題。

却說西門慶席上，見女壻陳敬濟没酒，分付潘金蓮去遞一巡兒。（自送與女壻，妙。）這金蓮連忙下來，滿斟盃酒，笑嘻嘻遞與敬濟，說道：「姐夫，你爹分付，好歹飲奴這盃酒兒。」敬濟一壁接酒，一面把眼兒斜溜婦人，說：「五娘請尊便，等兒子慢慢吃！」婦人將身子把燈影着，左手執酒，剛待的敬濟將手來接，右手向他手背只一捻，這敬濟一面把眼瞧着衆人，一面在下戲把金蓮小脚兒踢了一下。婦人微笑，低聲道：「怪油嘴，你丈人瞧着待怎麽？」兩個在暗地裡調情頑耍，衆人到不曾看出來。不料宋蕙蓮這婆娘，在槅子外窗眼裡，被他瞧了個不耐煩。（看破，妙。）口中不言，心下自忖：「尋常在俺們跟前，到且是精細撇清，誰想暗地却和這小夥子兒勾搭。今日被我看出破綻，到明日再搜求我，自有說話。」正是：

誰家院内白薔薇，暗暗偷攀三兩枝。
羅袖隱藏人不見，馨香惟有蝶先知。

飲酒多時，西門慶忽被應伯爵差人請去賞燈。分付月娘：「你們自在耍耍〔三〕，我往應二哥家

（眉批：人人皆知防嫌，及到其時，偏信心，偏托大，不知何故？處處調戲一番，以見非一朝一夕之故。）

吃酒去來。」玳安、平安兩個跟隨去了。

月娘與衆姊妹吃了一回，但見銀河清淺，珠斗爛斑，一輪團圓皎月從東而出，照得院宇猶如白晝。婦人或有房中換衣者，或有月下整粧者，或有燈前戴花者。惟有玉樓、金蓮、李瓶兒三個并蕙蓮，在廳前看敬濟放花兒。李嬌兒、孫雪娥、西門大姐都隨月娘後邊去了。金蓮便向二人説道：「他爹今日不在家，咱對大姐姐説，往街上走走去。」蕙蓮在傍説道：「娘們去，也携帶我走走。」金蓮道：「你既要去，你就往後邊問聲你大娘和你二娘，看他去不去，俺們在這里等着你。」那蕙蓮連忙往後邊去了。玉樓道：「他不濟事，等我親自問他聲去。」李瓶兒道：「我也往屋裏穿件衣裳，只怕夜深了冷。」金蓮道：「李大姐，你有披襖子，帶件來我穿，省得我往屋裡去。」（有心。）那李瓶兒應諾去了。獨剩下金蓮一個，看着敬濟放花兒。見無人，走向敬濟身上捏了一把，（情不禁矣。）笑道：「姐夫原來只穿恁單薄衣裳，不害冷麽？」只見家人兒子小鉄棍兒笑嘻嘻在跟前，舞旋旋的且拉着敬濟，要炮[火章]放。（又插一混，以費工夫。）這敬濟恐怕打攪了事，巴不得與了他兩個元宵炮[火章]，支他外邊耍去了。于是和金蓮嘲戲説道：「你老人家見我身上單薄，肯賞我一件衣裳兒穿穿也怎的？」金蓮道：「賊短命，得其慣便了，頭裡頭躧我的脚兒〔四〕，我不言語，如今大膽，又來問我要衣服穿！我又不是你影射的，何故把與你衣服穿？」敬濟道：「你老人家不與就罷了，如何扎筏子來諕我？」婦人道：「賊短命，你是城樓上雀兒，好耐驚耐怕的蟲蟻兒！」正説着，見玉樓和蕙蓮出來，向金蓮説道：「大娘因身上不方便，大姐不自在，故不去了。教娘們

一箇箇都去得乾净。

語語銷敬濟之魂。

走走，早些來家。李嬌兒害腿疼，也不走。孫雪娥見大姐姐不走，恐怕他爹來家嗔他，也不出門。」金蓮道：「都不去罷，只咱和李大姐三個去罷。等他爹來家，隨他罵去！再不，把春梅小肉兒和上房裡玉簫，你房裡蘭香，李大姐房裡迎春，都帶了去。」小玉走來道：「俺奶奶已是不去，我也跟娘們走走。」玉樓道：「對你奶奶說了去，我前頭等着你。」良久，小玉問了月娘，笑嘻嘻出來。

當下三個婦人，帶領着一簇男女。來安、畫童兩個小厮，打着一對紗吊燈跟隨。女壻陳敬濟踹着馬臺〔五〕，放烟火花炮，與衆婦人瞧。宋蕙蓮道：「姑夫，你好歹畧等等兒。娘們携帶我走走，我到屋裡搭搭頭就來。」敬濟道：「俺們如今就行。」蕙蓮道：「你不等，我就惱你一生！」于是走到屋裡，換了一套綠閃紅段子對衿衫兒、白挑線裙子。又用一方紅銷金汗巾子搭着頭，額角上貼着飛金并面花兒，金燈籠墜耳，出來跟着衆人走百媚兒〔六〕。月色之下，恍若仙娥，都是白綾襖兒，遍地金比甲。頭上珠翠堆滿〔七〕，粉面朱唇。敬濟與來興兒，左右一邊一個，隨路放慢吐蓮、金絲菊、一丈蘭、賽月明。出的大街市上，但見香塵不斷，遊人如蟻，花炮轟雷，燈光雜彩，簫鼓聲喧，十分熱鬧。遊人見一隊紗燈引道，一簇男女過來，皆披紅垂綠，以爲出于公侯之家，莫敢仰視，都躲路而行。那宋蕙蓮一回叫：「姑夫，你放個桶子花我瞧。」一回又道：「姑夫，你放個元宵炮熗我聽。」一回又落了花翠，拾花翠；一回又吊了鞋，扶着人且兜鞋；左來右去，只和敬濟嘲戲。玉樓看不上，說了兩句：「如何只見你吊了鞋？」玉簫道：「他怕

偏到臨時扣節，鬼亂作怪，人往往如此。

偏蕙蓮映出元宵景致，絕不冷落。

地下泥，套着五娘鞋穿着哩！」一味作怪。玉樓道：「你叫他過來我瞧，真個穿着五娘的鞋兒？」金蓮道：「他昨日問我討了一雙鞋，誰知成精的狗肉，套着穿！」蕙蓮摳起裙子來，與玉樓看。看見他穿着兩雙紅鞋在脚上，用紗緑線帶兒扎着褲腿，一聲兒也不言語。

須臾，走過大街，到燈市裡。金蓮向玉樓道：「咱如今往獅子街李大姐房子裡走走去。」于是分付畫童、來安兒打燈先行，迤逦往獅子街來。小厮先去打門，老馮已是歇下，房中有兩個人家賣的丫頭，在炕上睡。慌的老馮連忙開了門，讓衆婦女進來，旋戳開爐子頓茶，挈着壺往街上取酒。孟玉樓道：「老馮，你且住，不要去打酒，俺們在家酒飯吃得飽飽來，你有茶，倒兩甌子來吃罷。」金蓮道：「你既留人吃酒，先飣下菜兒纔好。」李瓶兒道：「媽媽子，一瓶兩瓶取來了，打水不渾的，勾誰吃？要取一兩罈兒來。」玉樓道：「他哄你，不消取，只看茶來罷。」那婆子方纔不動身。李瓶兒道：「媽媽子，怎的不往那邊去走走，端的在家做些甚麽？」婆子道：「奶奶，你看丢下這兩個業障在屋裡，誰看他？」玉樓便問道：「兩個丫頭是誰家賣的？」婆子道：「一個是北邊人家房裡使女，十三歲，只要五兩銀子；一個是汪序班家出來的家人媳婦，家人走了，主子把鬏髻打了，領出來賣，要十兩銀子。」玉樓道：「媽媽，我說與你，有一個人要，你撰他些銀子使。」婆子道：「三娘，果然是誰要？告我說。」玉樓道：「如今你二娘房裡，只元宵兒一個，不勾使，還尋大些的丫頭使換。你倒把這大的賣與他罷。」因問：「這丫頭十幾歲？」婆子道：「他今年十七歲了。」說着，拿茶來，衆人吃了茶。那春梅、玉簫并蕙蓮都前邊瞧了一遍，又

瓶兒見了馮媽媽便能取笑，齒牙之妙，自讓金蓮、玉樓一籌。

到臨街樓上推開窗看了一遍。陳敬濟催逼說：「夜深了，看了快些家去罷。」金蓮道：「怪短命，催的人手脚兒不停住，慌的是些甚麽！」乃叫下春梅衆人來，方纔起身。馮媽媽送出門，李瓶兒因問：「平安往那去了？」婆子道：「今日這咱還没來，叫老身半夜三更開門閉户等着他。」來安兒道：「今日平安兒跟了爹往應二爹家去了。」李瓶兒分付媽媽子：「早些關了門，睡了罷！他多也是不來，省的悮了你的困頭〔八〕。明日早來宅裡，送丫頭與二娘來。你是石佛寺長老，請着你就張致了。」說畢，看着他關了大門，這一簇男女方纔回家。

走到家門首，只聽見住房子的韓回子老婆韓嫂兒聲喚。又作波。因他男子漢答應馬房内臣，他在家跟着人走百病兒去了，醉回來家，說有人挖開他房門，偷了狗，又不見了些東西，坐在當街上撒酒風罵人。衆婦人方纔立住了脚。金蓮使來安兒把韓嫂兒叫到當面，問道：「你爲甚麽來？」韓嫂兒扠手向前，拜了兩拜，說道：「三位娘在上，聽小媳婦告訴。」于是從頭說了一遍。玉樓衆人聽了，每人掏袖中些錢果子與他，叫來安兒：「你叫你陳姐夫送他進屋裡。」那敬濟且顧和蕙蓮兩個嘲戲，不肯搊他去。金蓮使來安兒扶到他家中，分付教他明日早來宅内漿洗衣裳：「我對你爹說，替你出氣。」那韓嫂兒千恩萬謝回家去了。

玉樓等剛走過門首來，只見賁四娘子，又波。在大門首笑嘻嘻向前道了萬福，說道：「三位娘那里走了走？請不棄到寒家獻茶。」玉樓道：「方纔因韓嫂兒哭，俺站住問了他聲。承嫂子厚意，天晚了，不到罷。」賁四娘子道：「耶嚛，三位娘上門怪人家，就笑話俺小家人家茶也奉不出一盃兒來？」生死拉到屋裡。原來上邊供養觀音八難并關聖賢，當門掛着雪花燈兒一盞。掀開門簾，擺設春臺，與三人坐。連忙教他十四歲女兒長姐過來，與三位娘磕頭遞茶。玉樓、金蓮每人與了他兩枝花兒。李瓶兒袖中取了一方汗巾，又是一錢銀子，與他買瓜子兒嗑。喜歡的賁四娘子拜謝了又拜。欵留不住，玉樓等起身。到大門首，小厮來興在門首迎接。金蓮就問：「你爹來家不曾？」來興道：「爹未回家哩。」三個婦人，還看着陳敬濟在門首放了兩個一丈菊和一筒大烟蘭、一個金盞銀臺兒，纔進後邊去了。餘興未已。西門慶直至四更來家。正是：

醉後不知天色暝，任他明月下西樓。

却說那陳敬濟因走百病，與金蓮等衆婦人嘲戲了一路兒，又和蕙蓮兩個言來語去，都有意了。次日早辰梳洗畢，也不到舖子內，逕往後邊吳月娘房裡來。只見李嬌兒、金蓮陪着吳大妗子，放炕桌兒，纔擺茶吃。月娘便往佛堂中燒香去了。這小夥兒向前作了揖，坐下。金蓮便說道：「陳姐夫，你好人兒！昨日教你送送韓嫂兒，你就不動，只當還教小厮送去了。且和媳婦子打牙犯嘴，不知甚麼張致！等你大娘燒了香來，看我對他說不說！」敬濟道：「你老人家還說哩，昨日險些兒子腰梁癱瘍了哩！跟你老人家走了一路兒，又到獅子街房裡回來，該多少里地？人辛苦走了，還教我送韓回子老婆！教小厮送送也罷了。睡了多大回就天曉了，今早還扒不起來。」正說着，吳月娘燒了香來，敬濟作了揖。月娘便問：「昨日韓嫂兒爲甚麼撒酒風罵人？」敬濟把因走百病，被人挖開門，不見了狗，坐在當街哭喊罵人，「今早他漢子來家，

竟一口叫破，微帶三分醋意。

「淫婦便没事」一語，罵盡古今溺愛甘受臭名人。騷丫頭一種不能自持情態宛然。

一頓好打的，完。這咱還没起來哩。」金蓮道：「不是俺們回來，勸的他進去了，一時你爹來家撞見，甚麽樣子！」説畢，玉樓、李瓶兒、大姐都到月娘屋裡吃茶，敬濟也陪着吃了茶。後次大姐回房，罵敬濟：「不知死的囚根子！平白和來旺媳婦子打牙犯嘴，倘忽一時傳的爹知道了，淫婦便没事，你死也没處死！」毒甚。

却説那日，西門慶在李瓶兒房裡宿歇，起來的遲。只見荆千户——新陞一處兵馬都監——來拜。西門慶纔起來梳頭，包網巾，整衣出來，陪荆都監在廳上説話。一面使平安兒進後邊要茶。宋蕙蓮正和玉簫、小玉在後邊院子裡撾子兒，賭打瓜子〔九〕，頑成一塊。那小玉把玉簫騎在底下，笑罵道：「賊淫婦，輸了瓜子，不教我打！」因叫蕙蓮：「嫂子你過來，扯着淫婦一隻腿，等我合這淫婦一下子。」正頑着，只見平安走來，叫：「玉簫姐，前邊荆老爹來，使我進來要茶哩。」那玉簫也不理他，且和小玉厮打頑耍。那平安兒只顧催逼説：「人坐下這一日了。」宋蕙蓮道：「怪囚根子，爹要茶，問厨房裡上竈的要去，如何只在俺這里纏？俺這後邊只是預備爹娘房裡用的茶，不管你外邊的帳。」那平安兒走到厨房下。那日該來保妻蕙祥，蕙祥道：「怪囚，我這里使着手做飯，你問後邊要兩鍾茶出去就是了，巴巴來問我要茶！」平安道：「我到後頭來，後邊不打發茶。蕙蓮嫂子説，該是上竈的首尾。」惠祥便罵道：「賊潑婦，他認定了他是爹娘房裡人，俺天生是上竈的來？惠祥亦多事。我這里又做大家夥裡飯，又替大妗子炒素菜〔一〇〕，幾隻手？論起就倒倒茶兒去也罷了，巴巴坐名兒來尋上竈的，上竈的是你叫的？悮了茶也

言雖過

罷，我偏不打發上去。」平安兒道：「荆老爹來了這一日，嫂子快些打發茶，我拿上去罷。遲了又惹爹駡！」

暴，然亦是正理。

當下這里推那里，那里推這里，就躭悞了半日。比及又等玉簫取茶果、茶匙兒出來，平安兒拿出茶去，那荆都監坐的久了，再三要起身，被西門慶留住。嫌茶冷不好吃，喝駡平安另換茶上去吃了，荆都監纔起身去了。西門慶進來。問：「今日茶是誰頓的？」平安道：「是竈上頓的茶。」西門慶回到上房，告訴月娘：「今日頓這樣茶出去，你往厨下查那個奴才老婆上竈？採出來問他，打與他幾下。」小玉道：「今日該惠祥上竈。」慌的月娘説道：「這歪剌骨待死！越發頓恁樣茶上去了。」一面使小玉叫將惠祥當院子跪着，問他要打多少。惠祥答道：「因做飯，炒大妗子素菜〔二〕，使着手，茶略冷了些。」被月娘數駡了一回，饒了他起來。分付：「今後但凡你爹前邊人來〔三〕，教玉簫和蕙蓮後邊頓茶，竈上只管大家茶飯。」

這惠祥在厨下忍氣不過，剛等的西門慶出去了，氣狠狠走來後邊，尋着蕙蓮，指着大駡：「賊淫婦，趁了你的心了！罷了，你天生的就是有時運的爹娘房裡人，俺們是上竈的老婆來？巴巴使小厮坐名問上竈要茶，上竈的是你叫的？你識我見的，促織不吃癩蝦蟆肉——都是一鍬土上人。你恒數不是爹的小老婆就罷了。就是爹的小老婆，我也不怕你！」蕙蓮道：「你好沒要緊，你頓的茶不好，爹嫌你，管我甚事？你如何拿人散氣？」惠祥聽了，越發惱了，駡道：「賊淫婦！你剛纔調唆打我幾棍兒好來，怎的不教打我？你在蔡家養的漢數不了，來這里還弄鬼

落水拖人。

蕙蓮只寵上要茶一語，遂使生平所做一齊傾出，況士行乎！

哩！」蕙蓮道：「我養漢，你看見來？沒的扯臊淡哩！嫂子，你也不是甚麼清淨姑姑兒！」惠祥道：「我怎不是清淨姑姑兒？蹺起脚兒來，比你這淫婦好些兒。（這或未必。）你漢子有一拿小米數兒！你在外邊，那個不吃你嘲過？你背地幹的那營生兒，只說人不知道。你把娘們還放不到心上，何況以下的人！」蕙蓮道：「我背地裡說甚麼來？怎的放不到心上？隨你壓我，我不怕你。」惠祥道：「有人與你做主兒，你可知不怕哩！」兩個正拌嘴，被小玉請的月娘來，把兩個都喝開了：「賊臭肉們，不幹那營生去，都拌的是些甚麼？教你主子聽見又是一場兒。頭裡不曾打的成，等住回却打的成了！」惠祥道：「若打我一下兒，我不把淫婦口裡腸扐了也不筭！我拚着這命，擯兌了你也不差甚麼。咱大家都離了這門罷！」說着往前去了。後次這宋蕙蓮越發猖狂起來，仗西門慶背地和他勾搭，把家中大小都看不到眼裡，逐日與玉樓、金蓮、李瓶兒、西門大姐、春梅在一處頑耍。

那日馮媽媽送了丫頭來，約十三歲，先到李瓶兒房裡看了，送到李嬌兒房裡。李嬌兒用五兩銀子買下，房中伏侍，不在話下。正是：

外作禽荒內色荒，連沾些子又何妨。
早辰跨得雕鞍去，日暮歸來紅粉香。

校記

〔一〕「詩曰」，內閣本、首圖本無。

〔二〕「同坐」，内閣本、首圖本作「列坐」。按張評本爲「同坐」，詞話本爲「列坐」。

〔三〕「耍耍」，内閣本、首圖本作「頑耍」。按張評本爲「耍耍」，詞話本爲「頑耍」。

〔四〕「頭裡頭躡我的脚兒」，内閣本、首圖本作「頭裡躡了我的脚兒」。按張評本與底本同，詞話本與内閣本同。

〔五〕「踹着馬臺」，首圖本作「踹着馬大」。按詞話本作「躧着馬擡」。

〔六〕「走百媚兒」，崇禎諸本同。按張評本作「走百病兒」，詞話本作「走百媚兒」。

〔七〕「珠翠堆滿」，原作「珠翠惟滿」，據内閣本改。按張評本與底本同。

〔八〕「省的悮了你的困頭」，崇禎諸本同。按張評本亦同，詞話本作「省的悮了你的睡頭」。

〔九〕「睹」，崇禎諸本同。按詞話本作「賭」。

〔一〇〕「大妗子」，崇禎諸本同。按詞話本作「大娘子」。

〔一一〕「大妗子」，同〔一〇〕。

〔一二〕「但凡」，原作「他凡」，據内閣本改。

金瓶梅

第二十五回　吳月娘春晝鞦韆

來旺兒醉中謗訕

第二十五回　吳月娘春晝鞦韆　來旺兒醉中謗訕

詞曰〔一〕：

蹴罷鞦韆，起來整頓纖纖手。露濃花瘦，薄汗輕衣透。見客入來，襪剗金釵溜。和羞走，倚門回首，却把青梅嗅。

——右調《點絳唇》〔二〕

話說燈節已過，又早清明將至。西門慶有應伯爵早來邀請，說孫寡嘴作東，邀了郊外耍子去了。

先是吳月娘花園中，扎了一架鞦韆。這日見西門慶不在家，閒中率衆姊妹遊戲，以消春困。先是月娘與孟玉樓打了一回，下來教李嬌兒和潘金蓮打。李嬌兒辭說身體沉重，打不的，却教李瓶兒和金蓮打。打了一回，玉樓便叫：「六姐過來，我和你兩箇打箇立鞦韆。」分付：「休要笑。」當下兩箇玉手挽定綵繩，將身立于畫板之上。月娘却教蕙蓮、春梅兩箇相送。正是：

紅粉面對紅粉面，玉酥肩並玉酥肩。
兩雙玉腕挽復挽，四隻金蓮顛倒顛。

不笑不跌，有何趣味。

金蓮自跌了，轉說孟三兒不濟，妙甚。

那金蓮在上面笑成一塊。笑得妙。月娘道：「六姐你在上頭笑不打緊，只怕一時滑倒，不是耍處。」說着，不想那畫板滑，又是高底鞋，跐不牢，只聽得滑浪一聲把金蓮擦下來，跌得尤妙。早是扶住架子不曾跌着，險些沒把玉樓也拖下來。月娘道：「我說六姐笑的不好，只當跌下來。」因望李嬌兒衆人說道：「這打鞦韆，最不該笑。笑多了，已定腿軟了，跌下來。咱在家做女兒時，隔壁周臺官家花園中扎着一座鞦韆。也是三月佳節，一日他家周小姐和俺一般三四箇女孩兒，都打鞦韆耍子，也是這等笑的不了，把周小姐滑下來，騎在畫板上，把身子喜抓去了。落後嫁與人家，被人家說不是女兒，休逐來家。今後打鞦韆，先要忌笑。」金蓮道：「孟三兒不濟，等我和李大姐打箇立鞦韆。」月娘道：「你兩箇仔細打。」却教玉簫、春梅在傍推送。纔待打時，只見陳敬濟自外來，說道：「你每在這里打鞦韆哩。」月娘道：「姐夫來的正好，且來替你二位娘送送兒。丫頭每氣力少。」這敬濟老和尚不撞鐘——得不的一聲，于是撥步撩衣，向前說：「等我送二位娘。」先把金蓮裙子帶住，說道：「五娘站牢，兒子送也。」那鞦韆飛在半空中，猶若飛仙相似。李瓶兒見鞦韆起去了，諕的上面怪叫道：「不好了，姐夫你也來送我送兒。」敬濟道：「你老人家到且性急，也等我慢慢兒的打發將來。這里叫，那里叫，把兒子手脚都弄慌了。」于是把李瓶兒裙子掀起，露着他大紅底衣，推了一把。李瓶兒道：「姐夫，慢慢着些！我腿軟了。」敬濟道：「你老人家原來吃不得緊酒。」金蓮又說：「李大姐，把我裙子又兜住了。」兩箇打到半中腰裡，都下來了。却是春梅和西門大姐兩箇打了一回。然後，教玉簫和蕙蓮兩箇打立鞦韆。這蕙蓮手挽綵繩，身子站的直屢屢的，脚跐定下邊畫板，也不用人推送，那鞦韆飛起在半天雲裡，殊亦可人。然後忽地飛將下來，端的却是飛仙一般，甚可人愛。月娘看見，對玉樓、李瓶兒說：「你看媳婦子，他倒會打。」這里月娘衆人打鞦韆不題。

一揖便有可疑，一微字便有要搬嘴之意。

話分兩頭。却表來旺兒往杭州織造蔡太師生辰衣服回來，押着許多駄垛箱籠船上，先走來家。到門首，下了頭口，收卸了行李，進到後邊。只見雪娥正在堂屋門首，作了揖。那雪娥滿面微笑，說道：「好呀，你來家了。喜之之辭。路上風霜，多有辛苦！幾時沒見，吃得黑胖了。」來旺因問：「爹娘在那里？」雪娥道：「你爹今日被應二衆人，邀去門外耍子去了。你大娘和大姐，都在花園中打鞦韆哩。」來旺兒道：「阿呀，打他則甚？」雪娥便倒了一盞茶與他吃，因問：「你吃飯不曾？」來旺道：「我且不吃飯，見了娘，往房裡洗洗臉着。」因問：「媳婦子在竈上，怎的不見？」那雪娥冷笑了一聲，說道：「你的媳婦子，如今還是那時的媳婦兒哩？好不大了！他每日只跟着他娘每夥兒裡下棋，撾子兒，抹牌頑耍。他肯在竈上做活哩！」正說着，小玉走到花園中，報與月娘。月娘自前邊走來，來旺兒向前磕了頭，立在傍邊。問了些路上往回的話，月娘賞了兩瓶酒。吃一回，他媳婦宋蕙蓮來到。月娘道：「也罷，你辛苦了，且往房裡洗洗頭面，歇宿歇宿去。等你爹來，好見你爹回話。」那來旺兒便歸房裡。蕙蓮先付鑰匙開了門，又舀些水與他洗臉攤塵，收拾褡連去，說道：「賊黑囚，幾時沒見，便吃得這等肥肥的。」又替他換了衣裳，安排飯食與他吃。睡了一覺起來，已是日西時分。

西門慶來家，來旺兒走到跟前參見，說道：「杭州織造蔡太師生辰的尺頭并家中衣服，俱已完備，打成包裹，裝了四箱，搭在官船上來家，只少僱夫過稅。」西門慶滿心歡喜，與了他趕脚銀兩，明日早裝載進城。又賞銀五兩，房中盤纏；又教他管買辦東西。伏。這來旺兒私己帶了些人事，悄悄送了孫雪娥兩方綾汗巾，兩雙裝花膝褲，四匣杭州粉，二十箇胭脂。雪娥背地告訴來旺兒說：「自從你去了四箇月，你媳婦怎的和西門慶勾搭，玉簫怎的做牽頭，金蓮屋裡怎的做窩窠。先在山子底下，落後在屋裡，成日明睡到夜，夜睡到明。與他的衣服、首飾、花翠、銀錢，大包帶在身邊。使小厮在門首買東西，見一日也使二三錢銀子。」來旺道：「怪道箱子裡放着衣服、首飾！我問他，他說娘與他的。」雪娥道：「那娘與他？到是爺與他的哩！」妙語。這來旺兒遂聽記在心。

雪娥與來旺私情，絶不露一語，只脉脉畫個影子，有意到筆不到之妙。

到晚夕，吃了幾鍾酒，歸到房中。常言酒發頓腹之言，因開箱子，看見一疋藍段子，甚是花樣奇異，便問老婆：「是那里的段子？誰人與你的？趁早實說。」老婆不知就裡，故意笑着，回道：「怪賊囚，問怎的？此是後邊見我没箇襖兒，與了這疋段子，放在箱中，没工夫做。端的誰肯與我？」來旺兒罵道：「賊淫婦！還搗鬼哩！端的是那箇與你的？」又問：「這些首飾是那里的？」婦人道：「呸！怪囚根子，那箇没箇娘老子，就是石頭罅刺兒裡迸出來，也有箇窩巢兒〔三〕，爲人就没箇親戚六眷〔四〕？此是我姨娘家借來的釵梳。是誰與我的！」被來旺兒一拳，險不打了一交，說：「賊淫婦，還說嘴哩！有人親看見你和那没人倫的猪狗有首尾！玉簫丫頭

自家沒得說，反劈空罵人，妙絕。

以死嚇人，是淫婦伎倆。

怎的牽頭，送段子與你，在前邊花園內兩箇幹，落後吊在潘家那淫婦屋裡明幹，成日合的不值了。賊淫婦，你還要我手裡吊子曰兒。」那婦人便大哭起來，說道：「賊不逢好死的囚根子！你做甚麼來家打我？我幹壞了你甚麼事來？妙語。你恁是言不是語，丟塊磚瓦兒也要箇下落。是那箇嚼舌根的，沒空生有，調唆你來欺負老娘？老娘不是那沒根基的貨！教人就欺負死，也揀箇乾淨地方。你問聲兒，宋家的丫頭，若把脚畧趄兒，把『宋』字兒倒過來！你這賊囚根子，得不箇風兒就雨兒。萬物也要箇實。人教你殺那箇人，你就殺那箇人？」幾句說的來旺兒不言語了。婦人又道：「這疋藍段子，越發我和你說了罷，也是去年十一月裡三娘生日〔五〕，娘見我上穿着紫襖，下邊借了玉簫的裙子穿着，說道：『媳婦子怪刺刺的，甚麼樣子？』纔與了我這疋段子。誰得閑做他？那箇是不知道！就纂我恁一遍舌頭。你錯認了老娘，老娘不是箇饒人的。明日我咒罵箇樣兒與他聽。破着我一條性命，自恁尋不着主兒哩。」來旺兒道：「你既沒此事，虎頭蛇尾，可笑。平白和人合甚氣？怕纏出雪娥來。快些打鋪我睡。」這婦人一面把鋪伸下，說道：「怪倒路死的囚根子，昧了那黃湯，挺你那覺！平白惹老娘罵。」把來旺掠番在炕上，鼾睡如雷。看官聽說：但凡世上養漢的婆娘，饒他男子漢十八分精細，吃他幾句左話兒右說，十箇九箇都着了道兒。正是：東淨裡磚兒——又臭又硬。

這宋蕙蓮窩盤住來旺兒，過了一宿。到次日，往後邊問玉簫，誰人透露此事，終莫知其所繇，只顧海罵。一日，月娘使小玉叫雪娥，一地裡尋不着。走到前邊，只見雪娥從來旺兒房裡出來，只猜和他媳婦說話，不想走到廚下，蕙蓮又在裡面切肉。良久，西門慶前邊陪着喬大户說話，只爲揚州鹽商王四峯，被按撫使送監在獄中，許銀二千兩，央西門慶對蔡太師討人情釋放。剛打發大户去了，西門慶叫來旺，來旺從他屋裡跑出來。正是：

雪隱鷺鷥飛始見，柳藏鸚鵡語方知。

以此都知雪娥與來旺兒有首尾。

一日，來旺兒吃醉了，和一般家人小厮在前邊恨罵西門慶，說怎的我不在家，使玉簫丫頭拿一疋藍段子，在房裡哄我老婆。把他吊在花園奸耍，後來潘金蓮怎的做窩主：「繇他，只休要撞到我手裡。我教他白刀子進去，紅刀子出來。好不好，把潘家那淫婦也殺了，也只是箇死。你看我說出來做的出來。潘家那淫婦，想着他在家擺死了他漢子武大，他小叔武松來告狀，多虧了誰替他上東京打點，把武松墊發充軍去了？今日兩脚踏住平川路，落得他受用，還挑撥我的老婆養漢。我的仇恨，與他結的有天來大。常言道，一不做，二不休，到跟前再說話。破着一命剮，便把皇帝打！」這來旺兒自知路上說話，不知草裡有人，不想被同行家人來興兒聽見。這來興兒在家，西門慶原派他買辦食用撰錢過日，只因與來旺媳婦勾搭，把買辦奪了，却教來旺兒管領。來興兒就與來旺不睦，聽見發此言語，就悄悄走來潘金蓮房裡告訴。

此等事雖不得不恨，不得不罵，然雪娥事却又如何？古今自非紀臣，而往往謗訕朝廷以賈禍者，率此類也。

金蓮正和孟玉樓一處坐的，只見來興兒掀簾子進來，金蓮便問來興兒：「你來有甚事？你爹今日往誰家吃酒去了?」來興道:「今日俺爹和應二爹往門外送殯去了。適有一件事，告訴老人家，只放在心裡，休說是小的來說。」金蓮道:「你有甚事，只顧說，不妨事!」來興兒道:「別無甚事，叵耐來旺兒，昨日不知那里吃的稀醉的，在前邊大嘐小喝，指猪罵狗，罵了一日。又邏着小的厮打〔六〕，小的走來一邊不理，他對着家中大小，又罵爹和五娘。」潘金蓮就問:「賊囚根子，罵我怎的?」來興說:「小的不敢說。三娘在這里，也不是別人。那厮說爹怎的打發他不在家，要了他的老婆，說五娘怎的做窩主，賺他老婆在房裡和爹兩箇明睡到夜，夜睡到明。他打下刀子，要殺爹和五娘，白刀子進去，紅刀子出來。又說，五娘那咱在家，毒藥擺殺了親夫，多虧了他上東京去打點，救了五娘一命。說五娘恩將仇報，挑撥他老婆養漢。小的穿青衣抱黑住，先來告五娘說聲，早晚休吃那厮暗筭。」玉樓聽了，如提在冷水盆內一般，吃了一驚。這金蓮不聽便罷，聽了，粉面通紅，銀牙咬碎，罵道:「這犯死的奴才!我與他往日無寃近日無仇，他主子要了他的老婆，他怎的纏我?我若教這奴才在西門慶家，永不筭老婆!怎的我虧他救活了性命?」因分付來興兒:「你且去，等你爹來家問你時，你也只照恁般說。」來興兒說:「五娘說那里話!小的又不賴他，有一句說一句。說得斬釘截鐵。隨爹怎的問，也只是這等說。」說畢，往前邊去了。

玉樓便問金蓮:「真箇他爹和這媳婦子有?」寫出玉樓無心。金蓮道:「你問那沒廉耻的貨!甚的好老婆，也不枉了教奴才這般挾制了。在人家使過了的奴才淫婦，當初在蔡通判家，和大婆作

叙往事，覺眉目宛如對面。

說到雪娥，又罵一頓，映

弊養漢，壞了事，纔打發出來，嫁了蔣聰。到此又補出。豈止見過一箇漢子兒？有一拿小米數兒，甚麽事兒不知道！賊强人瞞神嚇鬼，使玉簫送段子兒與他做襖兒穿。一冬裡，我要告訴你，没告訴你。那一日，大姐姐往喬大户家吃酒，咱每都不在前邊下棋？只見丫頭說他爹來家，咱每不散了？落後我走到後邊儀門首，見小玉立在穿廊下，我問他，小玉望着我摇手兒。我剛走到花園前，只見玉簫那狗肉在角門首站立，原來替他觀風。我還不知，教我徑往花園裡走。玉簫攔着我，不教我進去，說爹在裡面。教我罵了兩句。我到疑影和他有些甚麽查子帳，不想走到裡面，他和媳婦子在山洞裏幹營生。媳婦子見我進去，把臉飛紅的走出來了。他爹見了我，訕訕的，吃我罵了兩句没廉耻。落後媳婦子走到屋裡，打旋麽跪着我，教我休對他娘說。落後正月裡，他爹要把淫婦安托在我屋裡過一夜兒，吃我和春梅折了兩句，再幾時容他傍箇影兒！賊萬殺的奴才，没的把我扯在裡頭。好嬌態的奴才淫婦，我肯容他在那屋裡頭弄碜兒？就是我罷了，俺春梅那小肉兒，他也不肯容他。」玉樓道：「嗔道賊臭肉在那里坐着，見了俺每意意似似，待起不起的，誰知原來背地有這本帳！想起從前，有致。論起來，他爹也不該要他。那里尋不出老婆來，教奴才在外邊倡揚，甚麽樣子？」金蓮道：「左右的皮靴兒没番正，你要奴才老婆，奴才暗地裡偷你的小娘子，彼此换着做！賊小婦奴才，千也嘴頭子嚼說人，萬也嚼說，今日打了嘴，也說不的！」玉樓向金蓮道：「這椿事，咱對他爹說好，不說好？大姐姐又不管。儻忽那厮真箇安心，咱每不言語，他爹又不知道，一時遭了他手怎了？六姐，你還該說說。」金

出恨心，不忘。

蓮道：「我若是饒了這奴才，除非是他合出我來〔七〕。」正是：

平生不作皺眉事，世上應無切齒人。

長技。

西門慶至晚家來，只見金蓮在房中雲鬢不整，睡搵香腮，哭的眼壞壞的。問其所以，遂把來旺兒酒醉發言，要殺主之事訴說一遍：「見有來興兒親自聽見，思想起來，你背地圖他老婆，他便背地要你家小娘子。你的皮靴兒沒番正。那廝殺你便該當，與我何干？連我一例也要殺！趁早不爲之計，夜頭早晚，人無後眼，只怕暗遭他毒手。」西門慶因問：「誰和那廝有手尾〔八〕？」金蓮道：「你休來問我，只問小玉便知。」又說：「這奴才欺負我，不是一遭兒了。說我當初怎的用藥擺殺漢子，你娶了我來，虧他尋人情搭救我性命來。在外邊對人揭條。早是奴沒生下兒長下女，若是生下兒女，教賊奴才揭條着好聽？敢說：『你家娘當初在家不得地時，也虧我尋人情救了他性命。』恁說在你臉上也無光了！你便沒羞恥，我却成不的，要這命做甚麽？」

偏有許多設想，妙舌。

激得妙。西門慶聽了婦人之言，走到前邊，叫將來興兒到無人處，問他始末緣繇。這小廝一五一十說了一遍。又走到後邊，摘問了小玉口詞，與金蓮所說無差：委的某日，親眼看見雪娥從來旺兒屋裡出來，他媳婦兒不在屋裡，的有此事。這西門慶心中大怒，把孫雪娥打了一頓，被月娘再三勸了，拘了他頭面衣服，只教他伴着家人媳婦上竈，不許他見人。此事表過不題。

西門慶在後邊，因使玉簫叫了宋蕙蓮，背地親自問他。呆甚。這婆娘便道：「阿呀，爹，你老人家没的說，他是没有這箇話。我就替他賭了大誓。他酒便吃兩鍾，敢恁七箇頭八箇膽，背地裡罵爹？又吃紂王水土，又說紂王無道！他靠那裡過日子？爹，你不要聽人言語。我且問爹，聽見誰說這箇話來。」反問他要人，妙。那西門慶被婆娘一席話兒，閉口無言。問的急了，說：「是來興兒告訴我說的。」蕙蓮道：「來興兒因爹叫俺這一箇買辦，說俺每奪了他的，不得賺些錢使，結下這仇恨兒，平空拿這血口噴他，爹就信了。他有這箇欺心的事，我也不饒他。爹你依我，不要教他在家裡，與他幾兩銀子本錢，教他信信脱脱，遠離他鄉，做買賣去。處法亦善。他出去了，早晚爹和我說句話兒也方便些。」西門慶聽了滿心歡喜，說道：「我的兒，說的是。我有心要叫他上東京，與鹽商王四峯央蔡太師人情，回來，還要押送生辰担去，只因他纔從杭州來家，不好又使他的，打帳叫來保去。既你這樣說，我明日打發他去便了。回來，我教他領一千兩銀子，同主管往杭州販買紬絹絲線做買賣。你意下如何？」老婆心中大喜，說道：「爹若這等纔好。」正說着，西門慶見無人，就摟他過來親嘴。婆娘忙遞舌頭在他口裡，兩箇咂做一處。婦人道：「爹，你許我編鬏髻，怎的還不替我編？不放鬆，妙。恁時候不戴到幾時戴？只教我成日戴這頭髮殼子兒？」西門慶道：「不打緊，到明日將八兩銀子，往銀匠家替你拔絲去。」西門慶又道：「怕你大娘問，怎生回答？」婦人道：「不打緊，我自有話打發他，只說問我姨娘家借來戴戴〔九〕，怕怎的？」當下二人說了一回話，各自分散了。

到了次日，西門慶在廳上坐着，叫過來旺兒來：「你收拾衣服行李，趕明日三月二十八日

此何足喜，已微有拐銀棄妻之意。

起身〔一〇〕，往東京央蔡太師人情。回來，我還打發你杭州做買賣去。」這來旺心中大喜，與後大怒應。應諾下來，回房收拾行李，在外買人事。來興兒打聽得知，就來告報金蓮知道。金蓮打聽西門慶在花園捲棚內，走到那里，不見西門慶，只見陳敬濟在那裡封禮物。金蓮便問：「你爹在那裡？你封的是甚麽？」敬濟道：「爹剛纔在這裡，往大娘那邊兑鹽商王四峯銀子去了。我封的是往東京央蔡太師的禮。」金蓮問：「打發誰去？」敬濟道：「我聽見昨日爹分付來旺兒去。」這金蓮纔待下臺基，往花園那條路上走，正撞見西門慶拿了銀子來。叫到屋裡，問他：「明日打發誰往東京去？」西門慶道：「來旺兒和吳主管二人同去。因有鹽商王四峯一千幹事的銀兩，以此多着兩箇去。」婦人道：「隨你心下，我說的話兒你不依，到聽那奴才淫婦一面兒言語。他隨問怎的，只護他的漢子。那奴才有話在先，不是一日兒了。左右破着老婆丢與你，坑了你這銀子，拐的往那頭裡停停脱脱去了，看哥哥兩眼兒空哩。你的白丢了罷了，難爲人家一千兩銀子，不怕你不陪他。我說在你心裡，也隨你。老婆無故只是爲他。不爭你貪他這老婆，你留他在家裡也不好，你就打發他出去做買賣也不好。你留他在家裡，早晚沒這些眼防範他。你打發他外邊去，他使了你本錢，頭一件你先說不得他。你若要他這奴才老婆，不如先把奴才打發他離門離户。常言道：剪草不除根，萌芽依舊生；剪草若除根，萌芽再不生。就是你也不躭心，老婆他也死心塌地。」二語動人。一席話兒，說得西門慶如醉方醒。正是：

雖挑撥，然亦有理。

數語撥開君子路，片言提醒夢中人。

校記

〔一〕「詞曰」，内閣本、首圖本作「點絳唇」。

〔二〕「右調點絳唇」，内閣本、首圖本無。

〔三〕「窩巢」，崇禎諸刻本同，吳藏本作「窩窠」。

〔四〕「六卷」，原作「六眷」，據内閣本改。

〔五〕「十一月」，内閣本作「十二月」。按張評本、詞話本均作「十一月」。

〔六〕「邏着小的厮打」，原作「邏着他的厮打」，據内閣本、首圖本改。

〔七〕「他合出我來」，吳藏本作「你生出來的」。

〔八〕「手尾」，内閣本、首圖本作「首尾」。按張評本亦作「手尾」。

〔九〕「只説」，原作「一説」，據内閣等本改。

〔一〇〕「趕明日」，内閣本、首圖本作「趕後日」。按張評本作「趕明日」，詞話本作「趕後日」。

金瓶梅

第二十六回

來旺遞解徐州

蕙蓮含羞自縊

新鐫繡像批評金瓶梅卷之六

第二十六回　來旺兒遞解徐州　宋蕙蓮含羞自縊

詩曰〔一〕：

與君形影分吳越，玉枕經年對離別。
登臺北望烟雨深，回身哭向天邊月。

又：

夜深悶到戟門邊，却遶行廊又獨眠。
閨中只是空相憶，魂歸漠漠魄歸泉。

話說西門慶聽了金蓮之言，又變了卦。到次日，那來旺兒收拾行李伺候，到日中還不見動靜。只見西門慶出來，叫來旺兒到根前說道：「我夜間想來，你纔打杭州來家多少時兒，又教你往東京去，忒辛苦了，不如叫來保替你去罷。你且在家歇宿幾日，我到明日，家門首生意尋一箇與你做罷。」自古物聽主裁，那來旺兒那里敢說甚的，只得應諾下來。西門慶就把銀兩書信，交付與來保和吳主管，三月念八日起身往東京去了。不在話下。

（眉批：情急而亂，禍臨頭，人往往如此。）

這來旺兒回到房中，心中大怒，（應前大喜。）吃酒醉倒房中，口內胡說，怒起宋蕙蓮來，要殺西門慶。被宋蕙蓮罵了他幾句：「你咬人的狗兒不露齒，是言不是語，墻有縫，壁有耳。昧了那黃湯，挺那兩覺。」打發他上床睡了。到次日，走到後邊，串玉簫房裡請出西門慶〔二〕。兩箇在廚房後墻底下僻靜處說話，玉簫在後門首替他觀風。婆娘甚是埋怨，說道：「你是箇人？你原說教他去，怎麼轉了靶子，又教別人去？你乾淨是箇毬子心腸——滾上滾下，（說得切。）燈草拐棒兒——原拄不定把。你到明日蓋箇廟兒，立起箇棋杆來，就是箇謊神爺！我再不信你說話了。我那等和你說了一場，就沒些情分兒！」西門慶笑道：「到不是此說。我不是也叫他去，恐怕他東京蔡太師府中不熟，所以教來保去了。留下他，家門首尋箇買賣與他做罷！」婦人道：「你對我說，『尋箇甚麼買賣與他做？』」西門慶道：「我教他搭箇主管，在家門首開酒店。」婦人聽言滿心歡喜，走到屋裡一五一十對來旺兒說了，（此時已明做矣。）單等西門慶示下。

（眉批：埋怨中帶戲謔，妙甚。）

一日，西門慶在前廳坐下，着人叫來旺兒近前，桌上放下六包銀兩，說道：「孩兒！你一向杭州來家辛苦。教你往東京去，恐怕你蔡府中不十分熟，所以教來保去了。今日這六包銀子三佰兩，你拿去搭上箇主管，在家門首開箇酒店，月間尋些利息孝順我，也是好處。」那來旺連忙扒在地下磕頭，領了六包銀兩。回到房中，告與老婆說：「他倒拿買賣來窩盤我，今日與了我這三百兩銀子，教我搭主管，開酒店做買賣。」老婆道：「怪賊黑囚！你還嗔老婆說。一鍬就撅了井？也等慢慢來。如何今日也做上買賣了！你安分守己，休再吃了酒，口裡六說白道！」

來旺兒叫老婆把銀兩收在箱中：「我在街上尋夥計去也〔三〕！」于是走到街上尋主管。尋到天晚，主管也不成，又吃的大醉來家。老婆打發他睡了，就被玉簫走來，叫到後邊去了。

就心事上誘之，不得不應，妙局。

來旺兒睡了一覺，約一更天氣，酒還未醒，正朦朦朧朧睡着，忽聽的窗外隱隱有人叫他道：「來旺哥！還不起來看看，你的媳婦子又被那沒廉恥的勾引到花園後邊，幹那營生去了。虧你到睡的放心！」來旺兒猛可驚醒，睜開眼看看，不見老婆在房裡，只認是雪娥看見甚動靜來遞信與他，不覺怒從心上起，道：「我在面前就弄鬼兒！」忙跳起身來，開了房門，逕撲到花園中來。剛到厢房中角門首，不防黑影裏抛出一條櫈子來，把來旺兒絆了一交，只見響喨一聲，一把刀子落地。左右閃過四五箇小厮，大叫：「有賊！」一齊向前，把來旺兒一把捉住了。來旺兒道：「我是來旺兒，進來尋媳婦子，如何把我拿住了？」衆人不由分說，一步一棍，打到廳上。只見大廳上燈燭熒煌，西門慶坐在上面，即叫：「拿上來！」來旺兒跪在地下，說道：「小的睡醒了，不見媳婦在房裡，進來尋他。如何把小的做賊拿？」那來興兒就把刀子放在面前，與西門慶看。西門慶大怒，罵道：「衆生好度人難度，這厮真是箇殺人賊！我倒見你杭州來家，叫你領三百兩銀子做買賣，如何夤夜進內來要殺我？不然拿這刀子做甚麼？」喝令左右：「與我押到他房中，取我那三百兩銀子來！」衆小厮隨即押到房中。蕙蓮正在後邊同玉簫說話，忽聞此信，忙跑到房裡。看見了，放聲大哭，說道：「你好好吃了酒睡罷，平白又來尋我做甚麼？只當暗中了人的拖刀之計。」一面開箱子，取出六包銀兩來，拿到廳上。西門慶燈下打開觀看，內中止有一包銀兩，餘者都是錫鉛錠子。西門慶大怒，因問：「如何抵換了！我的銀兩往那里去了？趁早實說！」那來旺兒哭道：「爹擡舉小的做買賣，小的怎敢欺心抵換銀兩？」西門慶道：「你打下刀子，還要殺我。刀子現在，還要支吾甚麽？」因把來興兒叫來，面前跪下，執証說：「你從某日，没曾在外對衆發言要殺爹，嗔爹不與你買賣做？」這來旺兒只是嘆氣，張開口兒合不的。西門慶道：「既臟証刀杖明白，叫小厮與我拴鎖在門房内。明日寫狀子，送到提刑所去〔四〕！」只見宋蕙蓮雲鬟撩亂，衣裙不整，走來廳上向西門慶跪下，說道：「爹，此是你幹的營生！他好好進來尋我，怎把他當賊拿了？你的六包銀子，我收着，原封兒不動，平白怎的抵換了？恁活埋人，也要天理。他爲甚麽，（如何說得出。）你只因他甚麽？打與他一頓。如今拉着送他那里去？」西門慶見了他，回嗔作喜道：「媳婦兒，關你甚事？你起來。他無禮膽大不是一日，見藏着刀子要殺我，你不得知道。你自安心，没你之事。」因令來安兒：「好攙扶你嫂子回房去，休要慌嚇他〔五〕。」（老面皮。）那蕙蓮只顧跪着不起來，說：「爹好狠心！你不看僧面看佛面，我恁說着，你就不依依兒？他雖故吃酒，並無此事。」纏得西門慶急了，教來安兒攙他起來，勸他回房去了。

（人面前說軟媚情語，都不要臉矣。）

到天明，西門慶寫了柬帖，叫來興兒做干証，揣着狀子，押着來旺兒往提刑院去，說某日酒醉，持刀夤夜殺害家主，又抵換銀兩等情。纔待出門，只見吳月娘走到前廳，向西門慶再三將言勸解，說道：「奴才無禮，家中處分他便了。又要拉出去，驚官動府做甚麽？」西門慶聽言，

月娘不看勢頭好歹就勸，所以討箇没趣。

圓睁二目，喝道：「你婦人家，不曉道理！奴才安心要殺我，你倒還教饒他罷！」于是不聽月娘之言，喝令左右把來旺兒押送提刑院去了。月娘當下羞赧而退，回到後邊，向玉樓衆人説道：「如今這屋裡亂世爲王，九尾狐狸精出世。不知聽信了甚麼人言語，平白把小厮弄出去了。你就賴他做賊，萬物也要箇着實纔好，拿紙棺材糊人，成何道理？恁没道理昏君行貨！」宋蕙蓮跪在當面哭泣。月娘道：「孩兒你起來，不消哭。你漢子恒數問不的他死罪。賊强人，他吃了迷魂湯了，俺們説話不中聽〔六〕，老婆當軍——充數兒罷了。」玉樓向蕙蓮道：「你爹正在箇氣頭上，待後慢慢的俺每再勸他。你安心回房去罷。」按下這里不題。

單表來旺兒押到提刑院，西門慶先差玳安送了一百石白米與夏提刑、賀千户。二人受了禮物，然後坐廳。來興兒遞上呈狀，看了，已知來旺先因領銀做買賣，見財起意，抵換銀兩，恐家主查筭，夤夜持刀突入後廳，謀殺家主等情。心中大怒，把來旺叫到當廳跪下。這來旺兒告道：「望天官爺察情！容小的説，小的便説；不容小的説，小的不敢説。」夏提刑道：「你這厮！見獲贓証明白，勿得推調，從實與我説來，免我動刑。」來旺兒悉把西門慶初時令某人將藍段子，怎的調戲他媳婦兒宋氏成姦，如今故入此罪，要墊害圖霸妻子一節，訴説一遍。夏提刑大喝了一聲，令左右打嘴巴，説「你這奴才欺心背主！你這媳婦也是你家主娶的配與你爲妻，（妙語。）又把資本與你做買賣，你不思報本，却倚醉夤夜突入卧房，持刀殺害。滿天下人都像你這奴才，也不敢使人了。」來旺兒口還叫寃屈，被夏提刑叫過來興兒過來執証。那來旺兒有口說不得了。正是：

會施天上計，難免目前災。

夏提刑卽令左右選大夾棍上來，把來旺兒夾了一夾，打了二十大棍，打的皮開肉綻，鮮血淋漓。分付獄卒，帶下去收監。來興兒、鉞安兒來家，回覆了西門慶話。西門慶滿心歡喜，分付家中小廝：「舖蓋、飯食，一些都不許與他送進去。但打了，休來家對你嫂子說，只說衙門中一下兒也没打他，監幾日便放出來。」衆小廝應諾了。

這宋蕙蓮自從拿了來旺兒去，頭也不梳，臉也不洗，黄着臉兒，只是關閉房門哭泣，茶飯不吃。西門慶慌了，使玉簫并賁四娘子兒再三進房解勸他，說道：「你放心，爹因他吃酒狂言，監他幾日，耐他性兒，不久也放他出來。」蕙蓮不信，使小厮來安兒送飯進監去，回來問他，也是這般說：「哥見官，一下兒也不打。一兩日就來家，教嫂子在家安心。」這蕙蓮聽了此言，方纔不哭了，每日淡掃娥眉，薄施脂粉，出來走跳。西門慶要便來回打房門首走，老婆在簷下叫道：「房裡無人，爹進來坐坐不是！」西門慶進入房裡，與老婆做一處說話。西門慶哄他說道：「我兒，你放心。我看你面上，寫了帖兒對官府說，也不曾打他一下兒。監他幾日，耐耐他性兒，還放他出來，還叫他做買賣。」婦人摟抱着西門慶脖子，說道：「我的親達達！你好歹看奴之面，奈何他兩日，放他出來。隨你教他做買賣不教他做買賣也罷，這一出來，我教他把酒斷了，隨你去近到遠使他，他敢不去？再不你若嫌不自便〔七〕，替他尋上箇老婆，他也罷了。我

詞愈親，則情愈疏矣，人多

不悟。

常遠不是他的人了。」西門慶道：「我的心肝，你話是了。我明日買了對過喬家房，收拾三間房子與你住，搬你那里去，咱兩箇自在頑耍。」婦人道：「着來，親親！隨你張主便了。」說畢，兩箇閉了門兒。原來婦人夏月常不穿褲兒，只單吊着兩條裙子，遇見西門慶在那里，便掀開裙子就幹。于是二人解佩露甄妃之玉，齊眉點漢署之香，雙鳧飛肩，雲雨一席。婦人將身帶的白銀條紗挑線香袋兒——裡面裝着松柏兒并排草，挑着「嬌香美愛」四箇字，把與西門慶。喜的心中要不的，恨不的與他誓共死生，向袖中卽掏了一二兩銀子，與他買菓子吃。再三安撫他：「不消憂慮，只怕憂慮壞了你。我明日寫帖子對夏大人說，就放他出來。」說了一回，西門慶恐有人來，連忙出去了。

這婦人得了西門慶此話，到後邊對衆丫鬟媳婦詞色之間未免輕露，婦人沒受用在此。孟玉樓早已知道，轉來告潘金蓮說，他爹怎的早晚要放來旺兒出來，另替他娶一箇；怎的要買對門喬家房子，把媳婦子吊到那里去，與他三間房住，又買箇丫頭伏侍他；與他編銀絲䯼髻，打頭面。一五一十說了一遍：「就和你我輩一般，甚麼張致！大姐姐也就不管管兒！」潘金蓮不聽便罷，聽了時：

忿氣滿懷無處着，雙腮紅上更添紅。

說道：「真箇繇他，我就不信了！今日與你說的話，我若教賊奴才淫婦，與西門慶放了第七箇老婆〔八〕，我不喇嘴說，就把潘字倒過來！」玉樓道：「漢子沒正條的，大姐姐又不管，咱每能走

〔說出許多未然之想，說得事事可慮，金蓮口嘴殊可畏。此等論頭，似從〕

不能飛，到的那些兒？」〔酷肖玉樓口角。〕金蓮道：「你也忒不長俊，要這命做甚麼？活一百歲殺肉吃！他若不依我，拚着這命擯兌在他手裡也不差甚麼！」玉樓笑道：「我是小膽兒，不敢惹他，看你有本事和他纏。」

到晚，西門慶在花園中翡翠軒書房裡坐的，正要教陳敬濟來寫帖子，往夏提刑處說，要放來旺兒出來。被金蓮驀地走到跟前，搭伏着書桌兒，〔故作緩致。〕問：「你教陳姐夫寫甚麼帖子？」西門慶不能隱諱，因說道：「我想把來旺兒責打與他幾下，放他出來罷。」婦人止住小廝：「且不要叫陳姐夫來。」坐在傍邊，因說道：「你空躭着漢子的名兒，原來是箇隨風倒舵、順水推船的行貨子！我那等對你說的話兒你不依，倒聽那賊奴才淫婦話兒。隨你怎的逐日沙糖拌蜜與他吃，他還只疼他的漢子。依你如今把那奴才放出來，你也不好要他這老婆了，教他奴才好藉口，你放在家裡不葷不素，當做甚麼人兒看成？待要把他做你小老婆，奴才又見在；待要說道奴才老婆，你見把他逞的恁没張致的，在人跟前上頭上臉有些樣兒！就筭另替那奴才娶一箇，着你要了他這老婆，往後儻忽你兩箇坐在一答裡，那奴才或走來跟前回話，或做甚麼，見了有箇不氣的？老婆見了他，站起來是，不站起來是？先不先，只這箇就不雅相〔九〕。傳出去，休說六隣親戚笑話，只家中大小，把你也不着在意裡。正是上梁不正下梁歪。你既要幹這營生，不如一狠二狠，〔活寃家。〕把奴才結果了，你就摟着他老婆也放心。」幾句又把西門慶念翻轉了，反又寫帖子送與夏提刑，教夏提刑限三日提出來，一頓拷打，拷打的通不像模樣。提刑

（武大身上得來。）兩位官并上下觀察、緝捕、排軍，監獄中上下，都受了西門慶財物，只要重不要輕。

內中有一當案的孔目陰先生，名喚陰騭，乃山西孝義縣人，極是箇仁慈正直之士。因見西門慶要陷害此人，圖謀他妻子，再三不肯做文書送問，與提刑官抵面相講。兩位提刑官以此掣肘難行，延挨了幾日，人情兩盡，只把他當廳責了四十，論箇遞解原籍徐州爲民。當查原贓，花費十七兩，鉛錫五包，責令西門慶家人來興兒領回。差人寫箇帖子，回覆了西門慶，隨教即日押發起身。這里提刑官當廳押了一道公文，差兩箇公人把來旺兒取出來，已是打的稀爛，釘了扭，上了封皮，限即日起程，逕往徐州管下交割。

可憐這來旺兒，在監中監了半月光景，沒錢使用，弄的身體狼狽，衣服藍縷，沒處投奔。哀告兩箇公人說：「兩位哥在上，我打了一場屈官司，身上分文沒有，要湊些脚步錢與二位，望你可憐見，押我到我家主處，有我的媳婦兒并衣服箱籠，討出來變賣了，知謝二位，并路途盤費，也討得一步鬆寬。」那兩箇公人道：「你好不知道理！你家主既擺佈了一場，他又肯發出媳婦（畢竟公人有見識。）并箱籠與你？你還有甚親故，俺們看陰師父面上，瞞上不瞞下，領你到那里，胡亂討些錢米，勾你路上盤費便了。誰指望你甚脚步錢兒！」來旺道：「二位哥哥，你只可憐引我先到我家主門首，我央浼兩三位親隣，替我美言討討兒，無多有少。」兩箇公人道：「也罷，我們就押你去。」這來旺兒先到應伯爵門首，伯爵推不在家。（活賊。）又央了左隣賈仁清、伊勉慈二人來西門慶家，替來旺兒說討媳婦箱籠。西門慶也不出來，使出五六箇小厮，一頓棍打出來，不許在門首纏擾。把賈、伊二人羞的要不的。他媳婦兒宋蕙蓮，在屋裡瞞的鐵桶相似，並不知一字。西門慶分付：「那箇小厮走漏消息，決打二十板！」兩箇公人又同到他丈人——賣棺材的宋仁家，來旺兒如此這般對宋仁哭訴其事，打發了他一兩銀子，與兩箇公人一吊銅錢、一斗米，路上盤纏。哭哭啼啼，從四月初旬離了清河縣，往徐州大道而來。正是：

若得苟全癡性命，也甘饑餓過平生。

不說來旺兒遞解徐州去了。且說宋蕙蓮在家，每日只盼他出來。小厮一般的替他送飯，到外邊，衆人都吃了。轉回來蕙蓮問着他，只說：「哥吃了，監中無事。若不是也放出來了，連日提刑老爺没來衙門中問事，也只在一二日來家。」西門慶又哄他說：「我差人說了，不久即出。」婦人以爲信實。一日，風裡言風裡語，聞得人說，來旺兒押出來，在門首討衣箱，不知怎的去了。這婦人幾次問衆小厮，都不說。忽見鉞安兒跟了西門慶馬來家，叫住問他：「你旺哥在監中好麽？幾時出來？」鉞安道：「嫂子，我告你知了罷，俺哥這早晚到流沙河了。」蕙蓮問其故，這鉞安千不合萬不合，如此這般：「打了四十板，遞解原籍徐州家去了。只放你心裡，休題我告你說。」這婦人不聽萬事皆休，聽了此言，關閉了房門，放聲大哭道：「我的人嚛！你在他家幹壞了甚麽事來？被人紙棺材暗筭計了你！你做奴才一場，好衣服没曾挣下一件在屋裡。今日只當把你遠離他鄉，弄的去了，坑得奴好苦也！你在路上死活未知。我就如合在缸底下一般，怎的曉得？」哭了一回，取一條長手巾拴在卧房門楹上，懸梁自縊。不想來昭妻一丈青，

蕙蓮既爲蔣聰報仇，又爲

來旺死節，雖淫，過金蓮、瓶兒遠矣。

住房正與他相連，從後來聽見他屋裡哭了一回，不見動靜，半日只聽喘息之聲。扣房門叫他不應，慌了手脚，教小厮平安兒撬開窗户進去。見婦人穿着隨身衣服，在門樞上正吊得好。一面解救下來，開了房門，取姜湯撅灌。須臾，嚷的後邊知道。吳月娘率領李嬌兒、孟玉樓、西門大姐、李瓶兒、玉簫、小玉都來看視，賁四娘子兒也來瞧。一丈青攙扶他坐在地下，只顧哽咽，白哭不出聲來。月娘叫着他，只是低着頭，口吐涎痰，不答應。月娘便道：「原來是箇傻孩子！你有話只顧說便好，如何尋這條路起來！」又令玉簫扶着他，親叫道：「蕙蓮孩兒，你有甚麽心事，越發老實叫上幾聲，（動人苦衷。）不妨事。」問了半日，那婦人哽咽了一回，大放聲排手拍掌哭起來。月娘叫玉簫扶他上炕，他不肯上炕。月娘衆人勸了半日，回後邊去了。止有賁四嫂同玉簫相伴在屋裡。

半是想來旺，半是恨西門慶不聽己言，故執念不回，

只見西門慶掀簾子進來，看見他坐在冷地下哭泣，令玉簫：「你攙他炕上去罷。」玉簫道：「剛纔娘教他上去，他不肯去。」西門慶道：「好强孩子，冷地下冰着你。你有話對我說，如何這等拙智！」蕙蓮把頭搖着說道：「爹，你好人兒，你瞞着我幹的好勾當兒！還說甚麽孩子不孩子！你原來就是箇弄人的劊子手，把人活埋慣了，害死人還看出殯的！你成日間只哄着我，今日也說放出來，明日也說放出來。只當端的好出來。你如遞解他，也和我說聲兒，暗暗不通風，就解發遠遠的去了。你也要合憑箇天理！你就信着人幹下這等絶户計，把圈套兒做的成成的，你還瞞着我。你就打發，兩箇人都打發了，（語太無情。）如何留下我做甚麽？」西門慶笑道：

非作態以要寵也。

「孩兒，不關你事。那廝壞了事，所以打發他。你安心，我自有處。」因令玉簫：「你和賁四娘子相伴他一夜兒，我使小廝送酒來你每吃。」說畢，往外去了。賁四嫂良久扶他上炕坐的，和玉簫將話兒勸解他。

此時送此物來，自惹人氣。

西門慶到前邊鋪子裡，問傅夥計支了一吊錢，買了一錢酥燒，拿盒子盛了，又是一瓶酒，使來安兒送到蕙蓮屋裡，說道：「爹使我送這箇與嫂子吃。」蕙蓮看見，一頭罵：「賊囚根子！趁早與我拿了去，省的我摔一地。」來安兒道：「嫂子收了罷，我拿回去，爹又要打我。」便就放在桌子上。蕙蓮跳下來，把酒拿起來，纔待趕着摔了去，被一丈青攔住了。那賁四嫂看着一丈青咬指頭兒。正相伴他坐的，只見賁四嫂家長兒走來，叫他媽道：「爹門外頭來家，要吃飯。」賁四嫂和一丈青走出來。到一丈青門首，只見西門大姐在那里，和來保兒媳婦惠祥說話。因問賁四嫂那里去，賁四嫂道：「俺家的門外頭來了，要飯吃〔一〇〕。我到家瞧瞧就來。我只說來看看，吃他大爹再三央，陪伴他坐坐兒，誰知倒把我來掛住了。」惠祥道：「剛纔爹在屋裡，他說甚麼來？」賁四嫂只顧笑，說道：「看不出他旺官娘子，原來也是箇辣菜根子，借旁人口襯出。和他大爹白搽白折的平上。誰家媳婦兒有這箇道理！」惠祥道：「這箇媳婦兒比別的媳婦兒不同，從公公身上拉下來的媳婦兒，妙語。這一家大小誰如他？」說畢惠祥去了。一丈青道：「四嫂，你到家快來。」賁四嫂道：「甚麼話，我若不來，惹他大爹就怪死了。」

却說西門慶白日教賁四嫂和一丈青陪他坐，晚夕教玉簫伴他睡，慢慢將言詞勸他，說道：

說得花花哄哄，雖鐵人亦動。古今名理，不知被此等言語害了多少。

雖非貞節，然能于死生貴賤之際，感戀不忘其情，亦自可悲。

如此語使金蓮聞之應自愧，故宜枘鑿也。

嫁來旺爲報蔣聽仇也。今來旺之仇誰報？雖然蔣聽之仇繇來旺而報，來旺無西門則亦不能報。然則來旺之仇死之可也，不死

「宋大姐，你是箇聰明的，趁恁妙齡之時，一朶花初開，主子愛你，也是緣法相投。你如今將上不足，比下有餘，守着主子，强如守着奴才。他已是去了，你恁煩惱不打緊，一時哭的有好歹，却不虧負了你的性命？常言道：做一日和尚撞一日鐘，往後貞節輪不到你身上了。」那蕙蓮聽了，只是哭泣，每日粥飯也不吃。玉簫回了西門慶話。西門慶又令潘金蓮親來對他說，也不依。金蓮惱了，向西門慶道：「賊淫婦，他一心只想他漢子，千也說一夜夫妻百夜恩，萬也說相隨百步，也有箇徘徊意，這等貞節的婦人，却拿甚麽拴的住他心？」西門慶笑道：「你休聽他摭說，他若早有貞節之心，當初只守着厨子蔣聰不嫁來旺兒了。」一面坐在前廳上，把衆小廝都叫到跟前審問：「來旺兒遞解去時，是誰對他說來？趁早舉出來，我也一下不打他。不然，我打聽出來，每人三十板，卽與我離門離户。」忽有畫童跪下，說道：「那日小的聽見鉞安跟了爹馬來家，在夾道內，嫂子問他，他走了口對嫂子說。」西門慶聽了大怒，一片聲使人尋鉞安兒。

這鉞安兒早知消息，一直躲到潘金蓮房裡去。金蓮正洗臉，小厮走到屋裡，跪着哭道：「五娘救小的則箇！」金蓮駡道：「賊囚！猛可走來，唬我一跳！你又不知幹下甚麽事！」鉞安道：「爹因爲小的告嫂子說了旺哥去了，要打我。娘好歹勸勸爹。若出去，爹在氣頭裡，小的就是死罷了！」金蓮道：「怪囚根子，諕的鬼也似的！我說甚麽勾當來，恁驚天動地的？原來爲那奴才淫婦。」分付：「你在我這屋裡，不要出去。」于是藏在門背後。西門慶見叫不將鉞安去，

之亦可也。

在前廳暴叫如雷。一連使了兩替小厮來金蓮房裡尋，都被金蓮罵的去了。落後，西門慶一陣風自家走來，手裡拿着馬鞭子，問：「奴才在那裡？」金蓮不理他，被西門慶遶屋尋遍，從門背後採出鉞安來要打。吃金蓮向前，把馬鞭子奪了，（金蓮頗有膽氣。）掠在床頂上。說道：「沒廉耻的貨兒，你臉做主了！那奴才淫婦想他漢子上吊，羞急拿小厮來煞氣，關小厮甚事！」那西門慶氣的睁睁的。金蓮叫小厮：「你往前頭幹你那營生去，不要理他。等他再打你，有我哩！」那鉞安得手，一直往前去了。正是：

兩手劈開生死路，翻身跳出是非門。

此等情節不堪說破，說破則西門慶自開口動手不得。

這潘金蓮見西門慶留意在宋蕙蓮身上，乃心生一計。在後邊唆調孫雪娥，說來旺兒媳婦子怎的說你要了他漢子，備了他一篇是非，他爹惱了，纔把他漢子打發了：「前日打了你那一頓，拘了你頭面衣服，都是他過嘴告說的。」這孫雪娥聽了箇耳滿心滿。掉了雪娥口氣兒，走到前邊，向蕙蓮又是一樣話說，說孫雪娥怎的後邊罵你是蔡家使喝的奴才〔二〕，積年轉主子養漢，不是你背養主子，你家漢子怎的離了他家門？說你眼淚留着些脚後跟〔三〕。說的兩下都懷仇恨。

一日，也是合當有事。四月十八日，李嬌兒生日，院中李媽媽并李桂姐，都來與他做生日。吳月娘留他同衆堂客在後廳飲酒，西門慶往人家赴席不在家。這宋蕙蓮吃了飯兒，從早辰在後邊打了箇幌兒，走到屋裡直睡到日西。繇着後邊一替兩替使了丫鬟來叫，只是不出

〔雪娥來得殊無文理，後之一死適足以償。〕

來。雪娥尋不着這箇繇頭兒，走來他房裡叫他，說道：「嫂子做了玉美人了，怎的這般難請？」那蕙蓮也不理他，只顧面朝裏睡。這雪娥又道：「嫂子，你思想你家旺官兒哩。早思想好來！不得你他也不得死，還在西門慶家裡。」這蕙蓮聽了他這一句話，打動潘金蓮說的那情繇，翻身跳起來，望雪娥說道：「你没的走來浪聲顙氣！他便因我弄出去了。你爲甚麽來？打你一頓，攆的不容上前。得人不說出來，大家將就些便罷了，何必撑着頭兒來尋趁人！」這雪娥心中大怒，罵道：「好賊奴才，養漢淫婦！如何大膽罵我？」蕙蓮道：「我是奴才淫婦，你是奴才小婦！我養漢養主子，强如你養奴才！〔罵得痛快。〕你倒背地偷我的漢子，你還來倒自家掀騰？」這幾句話，說的雪娥急了，宋蕙蓮不防，被他走向前，一箇巴掌打在臉上，打的臉上通紅。說道：「你如何打我？」于是一頭撞將去，兩箇就揪扭打在一處。慌的來昭妻一丈青走來勸解，把雪娥拉的後走，兩箇還罵不絕口。吳月娘走來罵了兩句：「你每都没些規矩兒！不管家裡有人没人，都這等家反宅亂的！等你主子回來，看我對你主子說不說！」當下雪娥就往後邊去了。月娘見蕙蓮頭髮揪亂，便道：「還不快梳了頭，往後邊來哩！」蕙蓮一聲兒不答話。打發月娘後邊去了，走到房内，倒插了門，哭泣不止。哭到掌燈時分，衆人亂着，後邊堂客吃酒，可憐這婦人忍氣不過，尋了兩條脚帶，拴在門楹上，自縊身死，亡年二十五歲。正是：

〔四字春秋得妙，以見非爲節也。〕

世間好物不堅牢，彩雲易散琉璃脆。

落後，月娘送李媽媽、桂姐出來，打蕙蓮門首過，房門關着，不見動静，心中甚是疑影。打發李媽媽娘兒上轎去了，回來叫他門不開，都慌了手脚。還使小廝打窗户内跳進去，割斷脚帶，解卸下來，撅救了半日，不知多咱時分，嗚呼哀哉死了。但見：

四肢冰冷，一氣燈殘。香魂眇眇，已赴望鄉臺；星眼瞑瞑，屍猶横地下。不知精爽逝何處，疑是行雲秋水中。

月娘見救不活，慌了。連忙使小廝來興兒，騎頭口往門外請西門慶來家。雪娥恐怕西門慶來家拔樹尋根，歸罪于己，在上房打旋磨兒跪着月娘，教休題出和他嚷鬧來。月娘見他嚇得那等腔兒，心中又下般不得，因説道：「此時你恁害怕，當初大家省言一句兒便了。」至晚，等的西門慶來家，只説蕙蓮因思想他漢子，哭了一日，赶後邊人亂，不知多咱尋了自盡。西門慶便道：「他恁箇拙婦，原來没福。」一面差家人遞了一紙狀子，報到縣主李知縣手裏，只説本婦因本家請堂客吃酒，他管銀器家伙，因失落一件銀鍾〔一三〕，恐家主查問見責，自縊身死。又送了知縣三十兩銀子。知縣自恁要做分上，胡亂差了一員司吏帶領幾箇仵作來看了。自買了一具棺材，討了一張紅票，賁四、來興兒同送到門外地藏寺。與了火家五錢銀子，多架些柴薪。纔待發火燒燬，不想他老子賣棺材宋仁打聽得知，走來攔住，叫起屈來。説他女兒死的不明白，稱西門慶因倚强姦他：「我女貞節不從，威逼身死。我還要撫按告狀，誰敢燒化尸首！」那衆火家都亂走了，不敢燒。賁四、來興少不的把棺材停在寺裡來回話。正是：

青龍與白虎同行，吉凶事全然未保。

只淡淡一語作結便了，蓋無情以繫心也。作者一絲不亂。

校記

〔一〕「詩曰」，按内閣本、首圖本第二十六回至三十回回首詩題、詞題刻印格式與底本同。

〔二〕「串玉簫房裡」，按張評本作「由玉簫房裡」，詞話本作「串作玉簫房裡」。

〔三〕「街上」，内閣本作「街中」。

〔四〕「提刑所」，吳藏本作「提刑廳」。

〔五〕「慌嚇他」，首圖本作「驚嚇他」。

〔六〕「俺們」，原作「俺門」，據吳藏本改。

〔七〕「不自便」，按張評本作「不方便」。

〔八〕「放了」，内閣本、首圖本作「做了」。

〔九〕「雅相」，原作「稚相」，據天圖本、内閣本、首圖本改。

〔一〇〕「要飯吃」，首圖本、吳藏本作「要吃飯」。

〔一一〕「使喝」，按張評本作「使喚」。

〔一二〕「脚後跟」，按張評本作「洗脚後跟」。

〔一三〕「銀鍾」，原作「銀鐘」，據内閣本、首圖本改。

第二十七回　李瓶兒私語翡翠軒

潘金蓮醉鬧葡萄架

第二十七回　李瓶兒私語翡翠軒　潘金蓮醉鬧葡萄架

詞曰：

錦帳鴛鴦，繡衾鸞鳳。一種風流千種態：看雪肌雙瑩，玉簫暗品，鸚舌偷嘗。　屏掩猶斜香冷，回嬌眼，盼檀郎〔一〕。道千金一刻須憐惜，早漏催銀箭，星沉網户，月轉迴廊。

——右調《好女兒》

話説來保正從東京來，在捲棚内回西門慶話，具言：「到東京先見稟事的管家，下了書，然後引見。太師老爺看了揭帖，把禮物收進去，交付明白。老爺分付：不日寫書，馬上差人下與山東巡按侯爺，把山東滄洲鹽客王霽雲等一十二名寄監者，盡行釋放。翟叔多上覆爹：老爺壽誕六月十五日，好歹教爹上京走走，他有話和爹説。」這西門慶聽了，滿心歡喜，旋即使他回喬大户話去。只見賁四、來興走來，見西門慶和來保説話，立在傍邊。來保便往喬大户家去了。西門慶問賁四：「你每燒了回來了？」那賁四不敢言語。來興兒向前，附耳低言説道：「宋仁走到化人場上，攔着屍首，不容燒化，聲言甚是無禮，小的不敢説。」這西門慶不聽萬事皆休，聽了心中大怒，罵道：「這少死光棍，這等可惡！」即令小厮：「請你姐夫來寫帖兒。」就差來安兒送與李知縣。隨即差了兩箇公人，一條索子把宋仁拿到縣裡，反問他打網詐財，倚屍圖賴。公論。當廳一夾二十大板，打的鮮血順腿淋漓。寫了一紙供狀，再不許到西門慶家纏擾。併責令地方火甲，眼同西門慶家人，卽將屍燒化訖。那宋仁打的兩腿棒瘡，歸家着了重氣，害了一場時疫，不上幾日，嗚呼哀哉死了。正是：

失曉人家逢五道，溟泠饑鬼撞鐘馗〔二〕。

西門慶剛了畢宋蕙蓮之事，就打點三百兩金銀，交顧銀率領許多銀匠，在家中捲棚内打造蔡太師上壽的四陽捧壽的銀人，每一座高尺有餘。又打了兩把金壽字壺。尋了兩副玉桃盃、兩套杭州織造的大紅五彩羅段紵絲蟒衣，只少兩疋玄色焦布和大紅紗蟒，一地裡拿銀子尋不出來。李瓶兒道：「我那邊樓上還有幾件没裁的蟒，等我瞧去。」映前有情。西門慶隨卽與他同往樓上去尋，揀出四件來：兩件大紅紗，兩件玄色焦布，俱是織金邊五彩蟒衣，比織來的花樣身分更强幾倍，把西門慶歡喜的要不的。于是打包，還着來保同吳主管五月二十八日離清河縣，上東京去了，不在話下。

過了兩日，却是六月初一日，天氣十分炎熱。到了那赤烏當午的時候，一輪火傘當空，無半點雲翳，真乃爍石流金之際。有一詞單道這熱：

祝融南來鞭火龍，火雲焰焰燒天空。
日輪當午凝不去，萬國如在紅爐中。
五岳翠乾雲彩滅，陽侯海底愁波渴。

金蓮之麗情嬌致，愈出愈奇，真可

何當一夕金風發，爲我掃除天下熱。

這西門慶近來遇見天熱，不曾出門，在家撒髮披襟避暑。（受用。）在花園中翡翠軒捲棚內，看着小廝每打水澆花草。只見翡翠軒正面前栽着一盆瑞香花，開得甚是爛熳。西門慶令來安兒拿小噴壺兒，看着澆水。只見潘金蓮和李瓶兒家常都是白銀條紗衫兒，密合色紗挑線縷金拖泥裙子〔三〕。李瓶兒是大紅焦布比甲，金蓮是銀紅比甲。惟金蓮不戴冠兒，拖着一窩子杭州攢翠雲子網兒〔四〕，露着四鬢，額上貼着三箇翠面花兒，越顯出粉面油頭，朱脣皓齒。兩箇携着手兒，笑嘻嘻驀地走來。看見西門慶澆花兒，說道：「你原來在這裡澆花兒哩！怎的還不梳頭去？」西門慶道：「你教丫頭拿水來，我這里梳頭罷。」金蓮叫來安：「你且放下噴壺，去屋裡對丫頭說，教他快拿水拿梳子來。」來安應諾去了。金蓮看見那瑞香花，就要摘來戴。（媚致。）西門慶攔住道：「怪小油嘴，趁早休動手，我每人賞你一朶罷。」原來西門慶把傍邊少開頭，早已摘下幾朶來，浸在一隻翠磁膽瓶內。金蓮笑道：「我兒，你原來掐下恁幾朶來放在這里，不與娘戴。」于是先搶過一枝來插在頭上。西門慶遞了枝與李瓶兒。只見春梅送了抿鏡梳子來，秋菊拿着洗面水。西門慶遞了三枝花，教送與月娘、李嬌兒、孟玉樓戴：「就請你三娘來，教他彈回月琴我聽。」金蓮道：「你把孟三兒的拿來，等我送與他，教春梅送他大娘和李嬌兒的去。回來你再把一朶花兒與我。——我只替你教唱的〔五〕，也該與我一朶兒。」西門慶道：「你去，回來與你。」金蓮道：「我的兒，誰養的你恁乖！你哄我替你叫了孟三兒來，你却不與我。我不

謂一種風流千種態，使人玩之不能釋手，掩卷不能去心。

寫出美人俏心。

瓶兒受孕，却從此中點出，絕不平鋪直敘。

去！你與了我，我纔叫去。」西門慶笑道：「賊小淫婦兒，這上頭也掐箇先兒。」于是又與了他一朵。金蓮簪于雲髻之傍，方纔往後邊去了。

止撇下李瓶兒，西門慶見他紗裙内罩着大紅紗褲兒，又是一種銷魂。日影中玲瓏剔透，露出玉骨冰肌，不覺淫心輒起。見左右無人，且不梳頭，把李瓶兒按在一張凉椅上，揭起湘裙，紅裩初褪，倒掬着隔山取火幹了半晌，精還不洩。兩人曲盡「于飛」之樂。不想金蓮不曾往後邊叫玉樓去，走到花園角門首，想了想，把花兒遞與春梅送去，回來悄悄躡足，走在翡翠軒槅子外潛聽。聽勾多時，聽見他兩箇在裡面正幹得好，只聽見西門慶向李瓶兒道〔六〕：「我的心肝，你達不愛別的，愛你好箇白屁股兒。今日儘着你達受用。」良久，又聽的李瓶兒低聲叫道：「親達達，你省可的搧罷。奴身上不方便，我前番吃你弄重了些，把奴的小肚子疼起來，這兩日纔好些兒。」西門慶因問：「你怎的身上不方便？」李瓶兒道：「不瞞你說，奴身中已懷臨月孕，望你將就些兒。」西門慶聽言，滿心歡喜，說道：「我的心肝，你怎不早說，既然如此，你爹胡亂耍耍罷。」于是樂極情濃，怡然感之，兩手抱定其股，一泄如注。婦人在下躬股承受其精。良久，只聞得西門慶氣喘吁吁，婦人鶯鶯聲軟，都被金蓮在外聽了〔七〕。

正聽之間，只見玉樓從後驀地走來，便問：「五丫頭，在這裡做甚麼兒？」那金蓮便搖手兒。畫。兩箇一齊走到軒内，慌的西門慶凑手脚不迭。問西門慶：「我去了這半日，你做甚麼？恰好還沒曾梳頭洗臉哩！」西門慶道：「我等着丫頭取那茉莉花肥皂來我洗臉。」金蓮道：「我不好說的，巴巴尋那肥皂洗臉，怪不的你的臉洗的比人家屁股還白！」甚尖。那西門慶聽了，也不着在意裡。落後梳洗畢，與玉樓一同坐下，因問：「你在後邊做甚麼？帶了月琴來不曾？」玉樓道：「我在後邊替大姐姐穿珠花來，到明日與吳舜臣媳婦兒鄭三姐下茶去戴。月琴春梅拿了來。」不一時，春梅來到，說：「花兒都送與大娘、二娘收了。」西門慶令他安排酒來。不一時冰盆內沉李浮瓜，涼亭上偎紅倚翠。玉樓道：「不使春梅請大姐姐？」西門慶道：「他又不飲酒，不消邀他去。」當下西門慶上坐，三箇婦人兩邊打橫。正是：得多少壺斟美釀，盤列珍羞。那潘金蓮放着椅兒不坐，只坐豆青磁涼墩兒。孟玉樓叫道：「五姐，你過這椅兒上坐，那涼墩兒只怕冷。」金蓮道：「不妨事，我老人家不怕冰了胎，偏說得巧。怕甚麼？」

須臾，酒過三巡，西門慶叫春梅取月琴來，教與玉樓；取琵琶，教金蓮彈：「你兩箇唱一套『赤帝當權耀太虛』我聽。」金蓮不肯，說道：「我兒〔八〕，誰養的你恁乖！俺每唱，你兩人到會受用快活，我不！也教李大姐拿了椿樂器兒。」西門慶道：「他不會彈甚麼。」金蓮道：「他不會，教他在傍邊代板。」西門慶笑道：「這小淫婦單管咬蛆兒。」一面令春梅旋取了一副紅牙象板來，教李瓶兒拿着。他兩箇方纔輕舒玉指，款跨鮫綃，合着聲唱《雁過沙》。丫鬟綉春在傍打扇。須臾唱畢，西門慶每人遞了一杯酒，與他吃了。潘金蓮不住在席上只呷冰水，或吃生菓子。玉樓道：「五姐，你今日怎的只吃生冷？」金蓮笑道：「我老人家肚內沒閒事，怕甚麼冷糕麼？」羞的李瓶兒在傍，臉上紅一塊白一塊。西門慶瞅了他一眼，說道：「你這小淫婦兒，單管只胡說

即相如請秦王擊缶之意，一味不肯吃虧。

字字道破，不管瓶兒羞

白道的。」金蓮道：「哥兒，你多說了話。老媽媽睡着吃乾臘肉——是恁一絲兒一絲兒的。你管他怎的？」

死。俏心毒口，可愛可畏。

正飲酒中間，忽見雲生東南，霧障西北，雷聲隱隱，一陣大雨來，軒前花草皆濕。正是：

江河淮海添新水，翠竹紅榴洗濯清。

少頃雨止，天外殘虹，西邊透出日色來。得多少：微雨過碧磯之潤，晚風凉落院之清。只見後邊小玉來請玉樓。玉樓道：「大姐姐叫，有幾朶珠花沒穿了，我去罷，惹的他怪。」李瓶兒道：「咱兩箇一答兒裡去，奴也要看姐姐穿珠花哩。」西門慶道：「等我送你們一送。」于是取過月琴來，教玉樓彈着，西門慶排手，衆人齊唱：

【梁州序】向晚來雨過南軒，見池面紅粧零亂。漸輕雷隱隱，雨收雲散。但聞荷香十里，新月一鈎，此景佳無限。蘭湯初浴罷，晚粧殘。深院黃昏懶去眠。（合）金縷唱，碧筒勸，向冰山雪檻排佳宴。清世界，幾人見？

又：

柳陰中忽噪新蟬，見流螢飛來庭院。聽菱歌何處？畫船歸晚。只見玉繩低度，朱户無聲，此景猶堪羨。起來攜素手，整雲鬟。月照紗厨人未眠。（合前）

【節節高】漣漪戲彩鴛，緑荷翻。清香瀉下瓊珠濺。香風扇，芳草邊，閒亭畔，坐來不覺神清健。蓬萊閬苑何足羨！（合）只恐西風又驚秋，暗中不覺流年換。

衆人唱着不覺到角門首。玉樓把月琴遞與春梅，一痕不亂。和李瓶兒往後去了。

潘金蓮遂叫道：「孟三兒，等我等兒，我也去。」纔待撇了西門慶走，被西門慶一把手拉住了，說道：「小油嘴兒，你躲滑兒，我偏不放你。」拉着只一輪，險些不輪了一交。寫出又愛又惱。婦人道：「怪行貨子，他兩箇都走去了，我看你留下我做甚麽？」西門慶道：「咱兩箇在這太湖石下，取酒來，投箇壺兒耍子，吃三盃。」婦人道：「怪行貨子，放着亭子上不去投，平白在這裡做甚麽？你不信，使春梅小肉兒，他也不替你取酒來。」西門慶因使春梅。春梅越發把月琴丟與婦人，一痕不亂。揚長的去了。婦人接過月琴，彈了一回，說道：「我問孟三兒，也學會了幾句兒了。」一壁彈着，見太湖石畔石榴花經雨盛開，戲折一枝，簪于雲髻之傍，媚致可想。說道：「我老娘帶箇三日不吃飯——眼前花。」開口便嬌。被西門慶聽見，走向前把他兩隻小金蓮扛將起來，戲道：「我把這小淫婦，不看世界面上，就合死了。」寫出又愛又惱。那婦人便道：「怪行貨子，且不要發訕，等我放下這月琴着。」一痕不亂。于是把月琴順手倚在花臺邊，因說道：「我的兒，適纔你和李瓶兒合搗去罷，没地扯囂兒，來纏我做甚麽？」西門慶道：「怪奴才，單管只胡說，誰和他有甚事。」婦人道：「我兒，你但行動，瞞不過當方土地。老娘是誰？你來瞞我！我往後邊送花兒去，你兩箇幹的好營生兒！」西門慶道：「怪小淫婦兒，休胡說！」于是按在花臺上就親嘴。那婦人連忙吐舌頭在他口裡。西門慶道：「你教我聲親達達，我饒了你，放你起來罷。」那婦人強不過，叫了他聲親達達：「我不是你那可意的，你來纏我怎的？」語語不放。兩箇正是：

弄晴鶯舌于中巧，着雨花枝分外妍。

兩箇頑了一回，婦人道：「咱往葡萄架那里投壺耍子兒去。」因把月琴跨在肐膊上，一痕不亂。彈着找《梁州序》後半截〔九〕：游絲縹緲。

【節節高】清宵思爽然，好涼天。瑤臺月下清虛殿，神仙眷，開玳筵。重歡宴，任教玉漏催銀箭，水晶宮裡笙歌按。（合前）

【尾聲】光陰迅速如飛電，好良宵，可惜慚闌，拚取歡娛歌笑喧。

兩人並肩而行，須臾，轉過碧池，抹過木香亭〔一〇〕，從翡翠軒前穿過來，到葡萄架下觀看，端的好一座葡萄架。但見：

四面雕欄石甃，周圍翠葉深稠。迎眸霜色，如千枝紫彈墜流蘇；噴鼻秋香，似萬架綠雲垂繡帶。緺緺馬乳，水晶丸裡浥瓊漿；滚滚綠珠，金屑架中含翠渥。乃西域移來之種，隱甘泉珍玩之芳。端的四時花木襯幽葩，明月清風無價買。

二人到于架下，原來放着四箇涼墩，有一把壺在傍。金蓮把月琴倚了，一痕不亂。和西門慶投壺。只見春梅拿着酒，秋菊掇着菓盒，盒子上一碗冰湃的菓子〔一一〕。婦人道：「小肉兒，你頭裡使性兒去了，如何又送將來了？」春梅道：「教人還往那里尋你每去，誰知驀地這里來。」秋菊放下去了。西門慶一面揭開，盒裡邊攢就的八槅細巧菓菜，一小銀素兒葡萄酒，兩箇小金蓮蓬鍾兒，兩雙牙筯兒，安放一張小涼杌兒上。西門慶與婦人對面坐着，投壺耍子。須臾，過橋翎花，倒入飛雙雁，連科及第，二喬觀書，楊妃春睡，烏龍入洞，珍珠倒捲簾，投了十數壺。把婦人灌的醉了，不覺桃花上臉，秋波斜睨。西門慶要吃藥五香酒，又叫春梅取酒去。金蓮說道：「小油嘴兒，再央你央兒，（襯出。）往房內把涼蓆和枕頭取了來。我困的慌，這里畧儻儻兒。」那春梅故作撒嬌，說道：「罷麼，偏有這些支使人的，誰替你又拿去！」西門慶道：「你不拿，教秋菊抱了來，（襯出。）你拿酒就是了。」那春梅搖着頭兒去了。

遲了半日，只見秋菊兒抱了涼蓆枕衾來。婦人分付：「放下舖蓋，拽上花園門，往房裡看去，我叫你便來。」那秋菊應諾，放下衾枕，一直去了。這西門慶起身，脫下玉色紗襪兒，搭在欄桿上，徑往牡丹臺畔花架下，小淨手去了。回來見婦人早在架兒底下，舖設涼簟枕衾停當，脫的上下沒條絲，仰卧于袵蓆之上，脚下穿着大紅鞋兒，手弄白紗扇兒搖涼。西門慶看見，怎不觸動淫心，于是乘着酒興，亦脫去上下衣，坐在一涼墩上，先將脚指挑弄其花心，挑的淫精流出，如蝸之吐涎。一面又將婦人紅綉花鞋兒摘取下來，戲把他兩條脚帶解下來，拴其雙足，吊在兩邊葡萄架兒上，如金龍探爪相似，使牝戶大張，紅鉤赤露，鷄舌內吐。西門慶先倒覆着身子，執麈柄抵牝口，賣了箇倒入翎花，一手據枕，極力而提之，提的陰中淫氣連綿，如數鰍行泥淖中相似。（好摹寫。）婦人在下沒口子呼叫達達不絕。正幹在美處，只見春梅盪了酒來，一眼看見，把酒注子放下，一直走到假山頂上卧雲亭那里，搭伏着棋桌兒，弄棋子耍子。西門慶擡頭看見，點手兒叫他，不下來，說道：「小油嘴，我拿不下你來就罷了。」于是撇了婦人，大扠步從石磴上走到亭子上來。那春梅早從右邊一條小道兒下去，打藏春塢雪洞兒裡穿過去，走到半中腰滴翠山叢、花木深處，艷冶欲滴。欲待藏躱，不想被西門慶撞見，黑影裡攔腰抱住，說道：「小油嘴，我却也尋着你了。」遂輕輕抱到葡萄架下，笑道：「你且吃鍾酒着。」一面摟他坐在腿上，兩箇一遞一口飲酒。春梅見婦人兩腿拴吊在架上，便說道：「不知你每甚麽張致！大青天白日裡，一時人來撞見，怪模怪樣的。」西門慶問道：「角門子關上了不曾？」春梅道：「我來時扣上了。」西門慶道：「小油嘴，看我投箇肉壺，名喚金彈打銀鵝，你瞧，若打中一彈，我吃一鍾酒。」于是向冰碗內取了枚玉黃李子，向婦人牝中，一連打了三箇，皆中花心。異想。這西門慶一連吃了三鍾藥五香酒，旋令春梅斟了一鍾兒，遞與婦人吃。又把一箇李子放在牝內，不取出來，又不行事，急的婦人春心沒亂，淫水直流。只是朦朧星眼，四肢軃然于枕簟之上，媚甚。口中叫道：「好箇作怪的寃家，捉弄奴死了。」鶯聲顫掉。那西門慶叫春梅在傍打着扇，只顧吃酒不理他，映惱。吃來吃去，仰卧在醉翁椅兒上打睡，就睡着了。愈忙愈閑。春梅見他醉睡，走來摸摸，打雪洞內一溜烟往後邊去了。聽見有人叫角門，開了門，伏。原來是李瓶兒。

繇着西門慶睡了一箇時辰，睁開眼醒來，看見婦人還吊在架上，兩隻白生生腿兒蹺在兩邊，興不可遏。映愛。因見春梅不在跟前，向婦人道：「淫婦，我丟與你罷。」微映愛惱。于是先摳出牝中李子，教婦人吃了。妙。坐在一隻枕頭上，向紗褶子順袋內取出淫器包兒來，使上銀托子，次用硫黃圈束着根子，初時不肯深入，只在牝口子來回擂晃，急的婦人仰身迎播，口中不住聲

數語金蓮雖若戲說，西門慶雖若戲應，然一腔愛惱，自針針相對，冷冷叫破，畫龍點睛之妙。

寫得慌忙恍忽，留作餘地。

叫：「達達！快些進去罷，急壞了淫婦了，我曉的你惱我，爲李瓶兒故意使這促恰來奈何我，今日經着你手段，再不敢惹你了。」西門慶笑道：「小淫婦兒！你知道就好説話兒了。」于是一壁幌着他心子，把那話拽出來，向袋中包兒裡打開，捻了些「閨艷聲嬌」塗在蛙口內，頂入牝中，送了幾送。須臾，那話昂健奢稜，暴怒起來，垂首玩着往來抽拽，玩其出入之勢。那婦人在枕畔，朦朧星眼，呻吟不已，沒口子叫：「大⿱髟巴⿱髟八達達，你不知使了甚麽行貨子進去。罷了，淫婦的毬心癢到骨髓裡去了。可憐見饒了罷。」淫婦口裡磣死的言語都叫出來，這西門慶一上手，就是三四百回，兩隻手倒按住枕蓆，仰身竭力迎播掀幹，抽沒至脛復送至根者，又約一百餘下。婦人以帕不住在下抹拭牝中之津，隨拭隨出，衽蓆爲之皆濕。西門慶行貨子，沒稜露腦，往來逗遛不已。因向婦人説道：「我要耍箇老和尚撞鐘。」忽然仰身望前只一送，那話攮進去了，直抵牝屋之上。牝屋者，乃婦人牝中深極處，有屋如含苞花蕋，到此處，男子莖首，覺翕然暢美不可言。婦人觸疼，急跨其身，只聽磕碴响了一聲，把箇硫黃圈子折在裡面。婦人則目瞑氣息，微有聲嘶，舌尖冰冷，四肢收軃于衽蓆之上。西門慶慌了，急解其縛，向牝中摳出硫黃圈來，折做兩截。于是把婦人扶坐，半日，星眸驚閃，甦省過來。因向西門慶作嬌泣聲，（媚甚。）説道：「我的達達，你今日怎的這般大惡，險不喪了奴的性命！今後再不可這般所爲，不是耍處。我如今頭目森森然，莫知所之。」西門慶見日色已西，連忙替他披上衣裳。叫了春梅、秋菊來，收拾衾枕，同扶他歸房。

春梅回來，看着秋菊收了吃酒的家伙，纔待關花園門，來昭的兒子小鐵棍兒從花架下鑽出來，趕着春梅，問姑娘要菓子吃。春梅道：「小囚兒，你在那里來？」把了幾箇桃子、李子與他，說道：「你爹醉了，還不往前邊去，只怕他看見打你。」那猴子接了菓子，一直去了。春梅關了花園門回來，打發西門慶與婦人上床就寢。正是：

朝隨金谷宴，暮伴紅樓娃。
休道歡娛處，流光逐暮霞。

校記

〔一〕「回嬌眼，盼檀郎」，吳藏本作「回嬌細語檀郎」。

〔二〕「鐘馗」，崇禎諸本同。按張評本、詞話本作「鍾馗」。

〔三〕「密合色」，吳藏本作「蜜合色」。

〔四〕「攢」，崇禎諸本同。按張評本、詞話本亦同。疑爲「攢」（纘）之誤刻。

〔五〕「教唱的」，內閣本、首圖本、吳藏本均作「叫唱的」。按張評本爲「教唱的」，詞話本爲「叫唱的」。

〔六〕「向」，內閣本、首圖本作「與」。

〔七〕「都被」，吳藏本作「却都被」。

〔八〕「我兒」，原作「我是」，據內閣本、首圖本改。

〔九〕「找」，原作「我」，據內閣本改。

〔一〇〕「木香亭」，內閣本、首圖本作「丁香亭」。按張評本、詞話本均作「木香亭」。

〔一一〕「一碗」，吳藏本作「放着一碗」。

金瓶梅

第二十八回

陳敬濟徼倖爵金蓮

西門慶糊塗打鐵棍

第二十八回　陳敬濟徼倖得金蓮　西門慶糊塗打鉄棍

詩曰：

幾日深閨綉得成，看來便覺可人情。
一灣煖玉淩波小，兩瓣秋蓮落地輕。
南陌踏青春有跡，西廂立月夜無聲。
看花又濕蒼苔露，晒向窗前趁晚晴。

話説西門慶扶婦人到房中，脱去上下衣裳，赤着身子，婦人止着紅紗抹胸兒。（又一種態度。）兩箇並肩疊股而坐，重斟杯酌。西門慶一手摟過他粉頸，一遞一口和他吃酒，極盡温存之態。睨視婦人雲鬢斜軃，酥胸半露，嬌眼乜斜，猶如沉醉楊妃一般，纖手不住只向他腰裡摸弄那話。那話因驚，銀托子還帶在上面，軟叮噹毛都魯的纍垂偉長。西門慶戲道：「你還弄他哩，都是你頭裡誂出他風病來了。」婦人問：「怎的風病。」西門慶道：「既不是風病，如何這軟癱熱化，起不來了，你還不下去央及他央及兒哩。」婦人笑瞅了他一眼。一面蹲下身子去，枕着他一隻腿，取過一條褲帶兒來，把那話拴住，用手提着，説道：「你這廝！頭裡那等頭睁睁，股睁睁，把人奈何昏昏的，這咱你推風症裝佯死兒。」提弄了一回，放在粉臉上偎揾良久，然後將口吮之，

（寫得嬌倩如生。）

（分明褻語，閱來但見其風騷，不見

其穢，可謂化腐臭爲神奇矣。

又用舌尖挑砥其蛙口[一]。那話登時暴怒起來，裂瓜頭凹眼睁圓，落腮鬍挺身直豎。西門慶亦發坐在枕頭上，令婦人馬爬在紗帳內，儘着吮咂，以暢其美。俄而淫思益熾，復與婦人交接。婦人哀告道：「我的達達，你饒了奴罷，又要捉弄奴也！」是夜，二人淫樂爲之無度。有詞爲証：

戰酣樂極，雲雨歇，嬌眼乜斜。手持玉莖猶堅硬，告才郎將就些些。滿飲金杯頻勸，兩情似醉如癡。

秋菊蠢不必言，然金蓮醜態亦得他搶白一番方快。

一宿晚景題過。到次日，西門慶往外邊去了。婦人約飯時起來，換睡鞋，尋昨日脚上穿的那雙紅鞋，左來右去少一隻。問春梅，春梅說：「昨日我和爹搊扶着娘進來，秋菊抱娘的舖蓋來。」婦人叫了秋菊來問。秋菊道：「我昨日沒見娘穿着鞋進來。」婦人道：「你看胡說！我沒穿鞋進來，莫不我精着脚進來了？」秋菊道：「娘你穿着鞋，怎的屋裡沒有？」婦人罵道：「賊奴才，還粧憨兒！無過只在這屋裡，你替我老實尋是的！」這秋菊三間屋裡，床上床下，到處尋了一遍，那里討那隻鞋來？婦人道：「端的我這屋裡有鬼，攝了我這隻鞋去了。連我脚上穿的鞋都不見了，要你這奴才在屋裡做甚麽！」秋菊道：「倒只怕娘忘記落在花園裡，沒曾穿進來。」婦人道：「敢是合昏了，自道。我鞋穿在脚上沒穿在脚上，我不知道？」叫春梅：「你跟着這賊奴才，往花園裡尋去。尋出來便罷，若尋不出來，叫他院子裡頂着石頭跪着。」這春梅真箇押着他，花園到處并葡萄架跟前，尋了一遍兒，那里得來！正是：

都被六丁收拾去，蘆花明月竟難尋。

兩箇尋了一遍回來，春梅罵道：「奴才，你媒人婆迷了路兒——没的説了，王媽媽賣了磨——推不的了。」秋菊道：「不知甚麽人偷了娘的這隻鞋去了，我没曾見娘穿進屋裡去。敢是你昨日開花園門放了那箇，拾了娘的鞋去了。」被春梅一口稠唾沫噦了去，罵道：「賊見鬼的奴才，又攪纏起我來了！六娘叫門，我不替他開？可可兒的就放進人來了？你抱着娘的舖蓋就不經心瞧瞧，還敢説嘴兒！」一面押他到屋裡，回婦人説没有鞋。婦人叫採出他院子裡跪着。秋菊把臉哭喪下水來，説：「等我再往花園裡尋一遍，尋不着隨娘打罷。」春梅道：「娘休信他。花園裡地也掃得乾乾凈凈的，就是針也尋出來，那里討鞋來？」秋菊道：「等我尋不出來，教娘打就是了。你在傍戳舌兒怎的！」婦人向春梅道：「也罷，你跟着這奴才，看他那里尋去！」

這春梅又押着他，在花園山子底下，各處花池邊，松墻下，尋了一遍，没有。他也慌了，被春梅兩箇耳刮子，就拉回來見婦人。秋菊道：「還有那箇雪洞裡没尋哩。」春梅道：「那藏春塢是爹的煖房兒，娘這一向又没到那里。我看尋不出來和你答話！」于是押着他，到于藏春塢雪洞内。正面是張坐床，傍邊香几上都尋到，没有。又向書篋内尋，春梅道：「這書篋内都是他的拜帖紙，娘的鞋怎的到這里？没的摭溜子捱工夫兒！翻的他恁亂騰騰的，惹他看見又是一場兒，你這摇刺骨可死的成了！」良久，只見秋菊説道：「這不是娘的鞋！」在一箇紙包内，裹着些棒兒香與排草，取出來與春梅瞧：「可怎的有了，剛纔就調唆打我！」春梅看見，果是一隻大

尋得無因，却用此語庇護。又爲蕙蓮

紅平底鞋兒，説道：「是娘的，怎生得到這書篋内？好蹊蹺的事！」于是走來見婦人。婦人問：「有了我的鞋，端的在那里？」春梅道：「在藏春塢，爹暖房書篋内尋出來，和些拜帖子紙、排草、安息香包在一處。」婦人拿在手内，取過他的那隻來一比，都是大紅四季花段子白綾平底綉花鞋兒，緑提根兒，藍口金兒。惟有鞋上鎖線兒差些，一隻是紗緑鎖線，一隻是翠藍鎖線，不仔細認不出來。婦人登在脚上試了試，尋出來這一隻比舊鞋畧緊些，方知是來旺兒媳婦子的鞋：「不知幾時與了賊强人，不敢拿到屋裡，悄悄藏放在那里。不想又被奴才翻將出來。」看了一回，説道：「這鞋不是我的。奴才，快與我跪着去！」分付春梅：「拿塊石頭與他頂着。」那秋菊哭起來，説道：「不是娘的鞋，是誰的鞋？我饒替娘尋出鞋來，還要打我；若是再尋不出來，不知還怎的打我哩！」婦人罵道：「賊奴才，休説嘴！」春梅一面掇了塊大石頭頂在他頭上。婦人又另换了一雙鞋穿在脚上，嫌房裡熱，分付春梅把粧臺放在玩花樓上，梳頭去了，不在話下。

却説陳敬濟早辰從舖子裡進來尋衣服，走到花園角門首。小鐵棍兒在那里正頑着，見陳敬濟手裡拿着一副銀網巾圈兒，便問：「姑夫，你拿的甚麽？與了我耍子罷。」敬濟道：「此是人家當的網巾圈兒，來贖，我尋出來與他。」那小猴子笑嘻嘻道：「姑夫，你與了我耍子罷，我换與你件好物件兒。」敬濟道：「傻孩子，此是人家當的。你要，我另尋一副兒與你耍子。你有甚麽好物件，拿來我瞧。」那猴子便向腰裡掏出一隻紅綉花鞋兒與敬濟看。敬濟便問：「是那里

作餘波。

的？」那猴子笑嘻嘻道：「姑夫，我對你說了罷！我昨日在花園裡耍子，看見俺爹吊着俺五娘兩隻腿兒，在葡萄架兒底下，摇摇擺擺。諧甚。落後俺爹進去了，我尋俺春梅姑娘要菓子吃，在葡萄架底下拾了這隻鞋。」敬濟接在手裡：曲似天邊新月，紅如退瓣蓮花，把在掌中，恰剛三寸。就知是金蓮脚上之物，便道：「你與了我，明日另尋一對好圈兒與你耍子。」猴子道：「姑夫你休哄我，我明日就問你要哩。」敬濟道：「我不哄你。」那猴子一面笑的耍去了。

這敬濟把鞋褪在袖中，自己尋思：「我幾次戲他，他口兒且是活，及到中間，又走滾了。不想天假其便，此鞋落在我手裡。今日我着實撩逗他一番，不怕他不上帳兒。」正是：

開口便令人解頤。

時人不用穿針線，那得工夫送巧來？

陳敬濟袖着鞋，逕往潘金蓮房來。轉過影壁，只見秋菊跪在院內，便戲道：「小大姐，爲甚麽來？投充了新軍，又掇起石頭來了？」金蓮在樓上聽見，便叫春梅問道：「是誰說他掇起石頭來了？乾净這奴才没頂着？」春梅道：「是姑夫來了。秋菊頂着石頭哩。」婦人便叫：「陳姐夫，樓上没人，你上來。」冷甚。這小夥兒打步撩衣上的樓來。只見婦人在樓上，前面開了兩扇窗兒，掛着湘簾，那里臨鏡梳粧。這陳敬濟走到傍邊一箇小杌兒坐下，看見婦人黑油般頭髮，手挽着梳，還拖着地兒，紅絲繩兒扎着一窩絲，纘上戴着銀絲鬏髻，還墊出一絲香雲，鬏髻內安着許多玫瑰花瓣兒，露着四鬢，打扮的就是活觀音。須臾，婦人梳了頭，掇過粧臺去，向面盆內洗了手，穿上衣裳，喚春梅拿茶來與姐夫吃。那敬濟只是笑，不做聲。婦人因問：「姐夫，笑

寫得花光鬢影，蕩人心魄。眉眼俱有

勾挑意，妙甚。

甚麼？」敬濟道：「我笑你管情不見了些甚麼兒？」婦人道：「賊短命！我不見了，關你甚事？你怎的曉得？」敬濟道：「你看，我好心倒做了驢肝肺，你倒訕起我來。恁說，我去了。」抽身往樓下就走。被婦人一把手拉住，說道：「怪短命，會張致的！來旺兒媳婦子死了，没了想頭了，却怎麼還認的老娘。」因問：「你猜着我不見了甚麼物件兒？」這敬濟向袖中取出來，提着鞋拽靶兒，笑道：「你看這箇是誰的？」婦人道：「好短命，原來是你偷拿了我的鞋去了！教我打着丫頭，遶地里尋。」敬濟道：「你怎的到得我手裡？」婦人道：「我這屋裡再有誰來？敢是你賊頭鼠腦，偷了我這隻鞋去了。」敬濟道：「你老人家不害羞。我這兩日又不往你屋裡來，我怎生偷你的？」婦人道：「好賊短命，等我對你爹說，你倒偷了我鞋，還說我不害羞。」敬濟道：「你只好拿爹來諕我罷了。」婦人道：「你好小膽兒，明知道和來旺兒媳婦子七箇八箇，你還調戲他，你幾時有些忌憚兒的！既不是你偷了我的鞋，這鞋怎落在你手裡？趁早實供出來，交還與我鞋，你還便宜。自古物見主，必索取。但道半箇不字，教你死在我手裡。」敬濟道：「你老人家是箇女番子，且是倒會的放刁。這里無人，咱們好講：你既要鞋，拿一件物事兒，我換與你，不然天雷也打不出去。」婦人道：「好短命！我的鞋應當還我，教換甚物事兒與你？」敬濟笑道：「五娘，你拿你袖的那方汗巾兒賞與兒子，兒子與了你的鞋罷。」婦人道：「我明日另尋一方好汗巾兒，這汗巾兒是你爹成日眼裡見過，不好與你的。」敬濟道：「我不。別的就與我一百方也不筭，我一心只要你老人家這方汗巾兒。」婦人笑道：「好箇牢成久慣的短命！我也没氣力和你兩箇

又插入醋語，覺一日未忘。

勾挑軟昵處，在西門慶之上。

纏。」于是向袖中取出一方細撮穗白綾挑線鶯鶯燒夜香汗巾兒，上面連銀三字兒都掠與他。有詩爲証：

郎君見妾下蘭堦，來索纖纖紅綉鞋。
不管露泥藏袖裡，只言從此事堪諧。

這陳敬濟連忙接在手裡，與他深深的唱箇喏。（妙用。）婦人分付：「好生藏着，休教大姐看見，他不是好嘴頭子。」（自逗出私情。）敬濟道：「我知道。」一面把鞋遞與他，如此這般：「是小鐵棍兒昨日在花園裡拾的，今早拿着問我換網巾圈兒耍子。」如此這般，告訴了一遍。婦人聽了，粉面通紅，說道：「你看賊小奴才，把我這鞋弄的恁漆黑的！看我教他爹打他不打他。」敬濟道：「你弄殺我！打了他不打緊，敢就賴着我身上，是我說的。千萬休要說罷。」婦人道：「我饒了小奴才，除非饒了蝎子。」

兩箇正說在熱鬧處，忽聽小廝來安兒來尋：「爹在前廳請姐夫寫禮帖兒哩。」婦人連忙攛掇他出去了。下的樓來，教春梅取板子來，要打秋菊。秋菊不肯儻，說道：「尋將娘的鞋來，娘還要打我！」婦人把陳敬濟拿的鞋遞與他看，罵道：「賊奴才！你把那箇當我的鞋，將這箇放在那裡？」秋菊看見，把眼瞪了半日，說道：「可是作怪的勾當，怎生跑出娘三隻鞋來了？」婦人道：「好大膽奴才！你拿誰的鞋來搪塞我，倒說我是三隻脚的蟾？」不繇分說，教春梅拉倒，打了十下。打的秋菊抱股而哭，望着春梅道：「都是你開門，教人進來，收了娘的鞋〔三〕，這回教娘打

分明說得

是，只覺其蠢，入情乎。語雖傖懶，氣象却好。

我。」春梅罵道：「你倒收拾娘鋪蓋，不見了娘的鞋，娘打了你這幾下兒，還敢抱怨人！早是這隻舊鞋，若是娘頭上的簪環不見了，你也推賴箇人兒就是了？娘惜情兒，還打的你少。若是我，外邊叫箇小厮，辣辣的打上他二三十板，看這奴才怎麽樣的！」幾句罵得秋菊忍氣吞聲，不言語了。

且說西門慶叫了敬濟到前廳，封尺頭禮物，送賀千户新陞了淮安提刑所掌刑正千户。本衛親識，都與他送行在永福寺，不必細說。西門慶差了鉞安送去，廳上陪着敬濟吃了飯，歸到金蓮房中。這金蓮千不合萬不合，把小鐵棍兒拾鞋之事告訴一遍，説道：「都是你這没才料的貨平白幹的勾當！教賊萬殺的小奴才把我的鞋拾了，拿到外頭，誰是没瞧見。被我知道，要將過來了。你不打與他兩下，到明日慣了他。」西門慶就不問：「誰告你説來。」一冲性子走到前邊。那小猴兒不知，正在石臺基頑耍，被西門慶揪住頂角，拳打脚踢，殺猪也似叫起來，方纔住了手。這小猴子儻在地下，死了半日，慌得來昭兩口子走來扶救，半日甦醒。見小厮鼻口流血，抱他到房裡慢慢問他，方知爲拾鞋之事惹起事來。這一丈青氣忿忿的走到後邊厨下，指東罵西，一頓海罵道：「賊不逢好死的淫婦，王八羔子！我的孩子和你有甚冤仇？他纔十一二歲，曉的甚麽？知道毬也在那塊兒？平白地調唆打他恁一頓，打的鼻口中流血。假若死了，淫婦、王八兒也不好！稱不了你甚麽願！」厨房裡罵了，到前邊又罵，整罵了一二日還不定。因金蓮在房中陪西門慶吃酒，還不知道。

晚夕上床宿歇，西門慶見婦人脚上穿着兩隻綠紬子睡鞋，大紅提根兒，因説道：「阿呀，如何穿這箇鞋在脚上？怪怪的不好看。」婦人道：「我只一雙紅睡鞋，倒吃小奴才將一隻弄油了，那里再討第二雙來？」西門慶道：「我的兒，你到明日做一雙兒穿在脚上。你不知，我達達一心歡喜穿紅鞋兒，看着心裡愛。」婦人道：「怪奴才！可可兒的來想起一件事來，我要説，又忘了。」因令春梅：「你取那隻鞋來與他瞧。」——「你認的這鞋是誰的鞋？」西門慶道：「我不知是誰的鞋。」婦人道：「你看他還打張鷄兒哩！瞞着我，黄猫黑尾，你幹的好繭兒！來旺兒媳婦子的一隻臭蹄子〔三〕，寶上珠也一般，收藏在藏春塢雪洞兒裡拜帖匣子内，攪着些字紙和香兒一處放着。甚麽罕稀物件，也不當家化化的！怪不的那賊淫婦死了，墮阿鼻地獄！」又指着秋菊罵道：「這奴才當我的鞋，又翻出來，教我打了幾下。」分付春梅：「趁早與我掠出去！」春梅把鞋掠在地下，看着秋菊説道：「賞與你穿了罷！」那秋菊拾在手裡，説道：「娘這箇鞋，只好盛我一個脚指頭兒罷了。」婦人罵道：「賊奴才，還教甚麽毬娘哩，他是你家主子前世的娘！不然，怎的把他的鞋這等收藏的嬌貴？到明日好傳代！没廉耻的貨！」秋菊拿着鞋就往外走，被婦人又叫回來，分付：「取刀來，等我把淫婦剁作幾截子，掠到毛司裡去！叫賊淫婦陰山背後，永世不得超生！」因向西門慶道：「你看着越心疼，我越發偏剁箇樣兒你瞧。」西門慶笑道：「怪奴才，丢開手罷了。我那裡有這箇心！」婦人道：「你没這箇心，你就賭了誓。淫婦死的不知往那去了，你還留着他鞋做甚麽？早晚有省，好思想他。正經俺每和你恁一場，你也没恁箇心兒，還要

只是家常口頭語，説來偏妙。

又一波，寫要强婦人邪心癡妒入骨三分，疑有思神供其筆墨。到此方結

人和你一心一計哩！」西門慶笑道：「罷了，怪小淫婦兒，偏有這些兒的！他就在時，也没曾在你根前行差了禮法。」于是摟過粉項來就親了箇嘴，兩箇雲雨做一處。正是：動人春色嬌還媚，惹蝶芳心軟又濃。有詩爲証：

漫吐芳心説向誰？欲于何處寄相思？
相思有盡情難盡，一日都來十二時。

出大意。

校記

〔一〕「砥」，崇禎諸本同。按詞話本作「舐」。
〔二〕「收了」，吳藏本作「取了」。
〔三〕「蹄子」，原作「啼子」，據吳藏本改。

第二十九回 吳神仙冰鑑定終身

潘金蓮蘭湯邀午戰

第二十九回　吳神仙冰鑑定終身　潘金蓮蘭湯邀午戰

詞曰：

新涼睡起，蘭湯試浴郎偷戲。去曾嗔怒，來便生歡喜。奴道無心，郎道奴如此。
情如水，易開難斷，若箇知生死。

——右調《點絳唇》

偏是這些留心。

話說到次日，潘金蓮早起，打發西門慶出門。記掛着要做那紅鞋，拿着針線筐兒，往翡翠軒臺基兒上坐着，描畫鞋扇。使春梅請了李瓶兒來到。李瓶兒問道：「姐姐，你描金的是甚麼？」金蓮道：「要做一雙大紅素段子白綾平底鞋兒，鞋尖上扣綉鸚鵡摘桃。」李瓶兒道：「我有一方大紅十樣錦段子，也照依姐姐描恁一雙兒。我做高底的罷。」于是取了針線筐，兩箇同一處做。金蓮描了一隻丢下，說道：「李大姐，你替我描這一隻，等我後邊把孟三姐叫了來。他昨日對我說，他也要做鞋哩。」一直走到後邊。玉樓在房中倚着護炕兒，也衲着一隻鞋兒哩。看見金蓮進來，說道：「你早辦！」金蓮道：「我起來的早，打發他爹往門外與賀千户送行去了。教我約下李大姐，花園裡趕早涼做些生活。我纔描了一隻鞋，教李大姐替我描着，逕來約你同去，咱三箇一搭兒裡好做。」因問：「你手裡衲的是甚麼鞋？」玉樓道：「是昨日你看我開的那雙

分明要説睡鞋，却從平底、高底慢慢襯入，何等苦心細脉。

隱含着淫

玄色段子鞋。」金蓮道：「你好漢！又早衲出一隻來了。」玉樓道：「那隻昨日就衲了，這一隻又衲了好些了。」金蓮接過看了一回，說：「你這箇，到明日使甚麼雲頭子？」玉樓道：「我比不得你每小後生，（口角入情。）花花黎黎。我老人家了，使羊皮金緝的雲頭子罷，週圍拿紗綠線鎖，好不好？」金蓮道：「也罷。你快收拾，咱去來，李瓶兒那裡等着哩。」玉樓道：「你坐着吃了茶去。」金蓮道：「不吃罷，拿了茶，那里去吃來。」玉樓分付蘭香頓下茶送去。兩箇婦人手拉着手兒，袖着鞋扇，逕往外走。吳月娘在上房穿廊下坐，便問：「你每那去？」金蓮道：「李大姐使我替他叫孟三兒去，與他描鞋。」（開口便是謊，妙。）說着，一直來到花園內。

三人一處坐下，拿起鞋扇，你瞧我的，我瞧你的，（必至之情。）都瞧了一遍。玉樓便道：「六姐，你平白又做平底子紅鞋做甚麼？不如高底好看。你若嫌木底子響脚，也似我用毡底子，却不好？」金蓮道：「不是穿的鞋，是睡鞋。他爹因我那隻睡鞋，被小奴才兒偷去弄油了〔一〕，分付教我從新又做這雙鞋。」玉樓道：「又說鞋哩，這箇也不是舌頭，李大姐在這里聽着。昨日因你不見了這隻鞋，他爹打了小鐵棍兒一頓，說把他打的儻在地下，死了半日。惹的一丈青好不在後邊海罵，罵那箇淫婦王八羔子學舌，打了他恁一頓，早是活了，若死了，淫婦、王八羔子也不得清潔！俺再不知罵的是誰。落後小鐵棍兒進來，大姐姐問他：『你爹爲甚麼打你？』小廝纔說：『因在花園裡耍子，拾了一隻鞋，問姑夫換圈兒來。不知甚麼人對俺爹說了，教爹打我一頓。我如今尋姑夫，問他要圈兒去也。』說畢，一直往前跑了。原來罵的『王八羔子』是陳姐夫。

婦，罵的是金蓮，却不說破，妙甚。

月娘只不開口，開口亦毒。

壞人多此一念成之。告訴了又勸，學舌人往往如此。

早是只李嬌兒在傍邊坐着，大姐沒在跟前，若聽見時，又是一場兒。」金蓮問：「大姐姐沒說甚麽？」虛心。玉樓道：「你還說哩，大姐姐好不說你哩！說：『如今這一家子亂世爲王，九條尾狐狸精出世了，把昏君禍亂的貶子休妻，想着去了的來旺兒小厮，好好的從南邊來了，東一帳西一帳，說他老婆養着主子，又說他怎的拿刀弄杖，生生兒禍弄的打發他出去了，把箇媳婦又逼的吊死了。如今爲一隻鞋子，又這等驚天動地反亂。你的鞋好好穿在脚上，怎的教小厮拾了？想必吃醉了，在花園裡和漢子不知怎的餳成一塊，纔吊了鞋。如今沒的摭羞，拿小厮頂缸，又不曾爲甚麽大事。』」金蓮聽了，道：「沒的扯毬淡！甚麽是『大事』？殺了人是大事了，奴才拿刀要殺主子！」向玉樓道：「孟三姐，早是瞞不了你，咱兩箇聽見來興兒說了一聲，諕的甚麽様兒的！你是他的大老婆，倒說這箇話！你也不管，我也不管，教奴才殺了漢子纔好。他老婆成日在你後邊使喚，你縱容着他不管，教他欺大滅小，和這箇合氣，和那箇合氣。各人寃有頭，債有主，你揭條我，我揭條你，吊死了，你還瞞着漢子不說。早是苦了錢，好人情說下來了，不然怎了？你這等推乾淨，說面子話兒，左右是，左右我調唆漢子！也罷，若不教他把奴才老婆、漢子一條提攆的離門離户也不筭！恒數人挾不到我井裡頭！」玉樓見金蓮粉面通紅，惱了，又勸道：「六姐，你我姐妹都是一箇人，我聽見的話兒，有箇不對你說？說了，只放在你心裡，休要使出來。」金蓮不依他。到晚等的西門慶進入他房來，一五一十告西門慶說：「來昭媳婦子一丈青怎的在後邊指罵，說你打了他孩子，要邏揸兒和人嚷。」這西門不聽便罷，聽了記在心裡。到次日，要攆來昭三口子出門。多虧月娘再三攔勸下，不容他在家，打發他往獅子街房子裡看守，替了平安兒來家守大門。後次月娘知道，甚惱金蓮，不在話下。

西門慶一日正在前廳坐，忽平安兒來報：「守備府周爺差人送了一位相面先生，名喚吳神仙，在門首伺候見爹。」西門慶喚來人進見，遞上守備帖兒，然後道：「有請。」須臾，那吳神仙頭戴青布道巾，身穿布袍草履，腰繫黃絲雙穗絲，手執龜殼扇子，自外飄然進來。年約四十之上，生得神清如長江皓月，貌古似太華喬松。原來神仙有四般古怪：身如松，聲如鐘，坐如弓，走如風。但見他：

能通風鑑，善究子平。觀乾象，能識陰陽；察龍經，明知風水。五星深講，三命秘談。審格局，決一世之榮枯；觀氣色，定行年之休咎。若非華岳修真客，定是成都賣卜人。

西門慶見神仙進來，忙降階迎接，接至廳上。神仙見西門慶，長揖稽首就坐〔三〕。須臾茶罷。西門慶動問神仙：「高名雅號，仙鄉何處，因何與周大人相識？」那吳神仙欠身道：「貧道姓吳名奭，道號守真。本貫浙江仙遊人。自幼從師天台山紫虛觀出家。雲遊上國，因往岱宗訪道，道經貴處。周老總兵相約，看他老夫人目疾，特送來府上觀相。」西門慶道：「老仙長會那幾家陰陽？道那幾家相法？」神仙道：「貧道粗知十三家子平，善曉麻衣相法，又曉六壬神課。常施藥救人，不愛世財，隨時住世。」西門慶聽言，益加敬重，誇道：「真乃謂之神仙也。」一面令左右放棹兒，擺齋管待。神仙道：「貧道未曾觀相，豈可先要賜齋。」西門慶笑道：「仙長遠來，已定未用早齋。待用過，看命未遲。」于是陪着神仙吃了些齋食素饌，擡過桌席，拂抹乾净，討筆硯來。

神仙道：「請先觀貴造，然後觀相尊容。」西門慶便説與八字：「屬虎的，二十九歲了，七月二十八日午時生。」這神仙暗暗十指尋紋〔三〕，良久説道：「官人貴造：戊寅年，辛酉月，壬午日，丙午時。七月廿三日白戊〔四〕，已交八月筭命。月令提剛辛酉，理取傷官格。子平云：傷官傷盡復生財，財旺生官福轉來。立命申宮，七歲行運辛酉，十七行壬戌，二十七癸亥，三十七甲子，四十七乙丑。官人貴造，依貧道所講，元命貴旺，八字清奇，非貴則榮之造。但戊土傷官，生在七八月，身忒旺了。幸得壬午日干，丑中有癸水，水火相濟，乃成大器。丙午時，丙合辛生，後來定掌威權之職。一生盛旺，快樂安然，發福遷官，主生貴子。爲人一生耿直，幹事無二，喜則和氣春風，怒則迅雷烈火。一生多得妻財，不少紗帽戴。臨死有二子送老。今歲丁未流年，丁壬相合，目下丁火來尅。尅我者爲官爲鬼，必主平地登雲之喜，添官進祿之榮。大運見行癸亥，戊土得癸水滋潤，定見發生。目下透出紅鸞天喜，定有熊羆之兆。又命宮驛馬臨申，不過七月必見矣。」西門慶問道：「我後來運限何如？」神仙道：「官人休怪我説，但八字中不宜陰水太多，後到甲子運中，將壬午日冲破了，又有流星打攪，不出六六之年，主有嘔血流濃之災，骨瘦形衰之病。」西門慶問道：「目下如何？」神仙道：「目今流年，日逢破敗五鬼在家炒鬧，些小氣惱，不足爲災，都被喜氣神臨門冲散了。」西門慶道：「命中還有敗否？」神

四柱俱不合，想宋時算命如此。

「不少」二字微詞，寫出不是正路。

仙道：「年趕着月，月趕着日，實難矣。」

西門慶聽了，滿心歡喜，便道：「先生，你相我面何如？」神仙道：「請尊容轉正。」西門慶把座兒掇了一掇。神仙相道：「夫相者，有心無相，相逐心生；有相無心，相隨心往。吾觀官人：頭圓項短，定爲享福之人；体健觔强，決是英豪之輩；天庭高聳，一生衣禄無虧；地閣方圓，晚歲榮華定取。此幾樁兒好處。還有幾樁不足之處，貧道不敢說。」西門慶道：「仙長但說無妨。」神仙道：「請官人走兩步看。」西門慶真箇走了幾步。神仙道：「你行如擺柳，必主傷妻；若無刑尅，必損其身。妻宮尅過方好。」西門慶道：「已刑過了。」神仙道：「請出手來看一看。」西門慶舒手來與神仙看。神仙道：「智慧生於皮毛，苦樂觀於手足。細軟豐潤，必享福禄之人也。兩目雌雄，必主富而多詐；眉生二尾，一生常自足歡娛；根有三紋，中歲必然多耗散；奸門紅紫，一生廣得妻財；黄氣發於高曠，旬日内必定加官；紅色起於三陽，今歲間必生貴子。又有一件不敢說，淚堂豐厚，亦主貪花；且喜得鼻乃財星，驗中年之造化；承漿地閣，管來世之榮枯[五]。

承漿地閣要豐隆，準乃財星居正中。

生平造化皆由命，相法玄機定不容。」

神仙相畢，西門慶道：「請仙長相相房下衆人。」一面令小廝：「後邊請你大娘出來。」于是李嬌兒、孟玉樓、潘金蓮、李瓶兒、孫雪娥等衆人都跟出來，在軟屏後潛聽。神仙見月娘出來，連忙道了稽首，也不敢坐，就立在傍邊觀相。端詳了一回，說：「娘子面如滿月，家道興隆；脣若紅蓮，衣食豐足，必得貴而生子；聲响神清，必益夫而發福。請出手來。」月娘從袖中露出十指春葱來。神仙道：「乾姜之手，女人必善持家，照人之鬢，坤道定須秀氣。這幾椿好處。還有些不足之處，休怪貧道直說。」西門慶道：「仙長但說無妨。」「淚堂黑痣，若無宿疾，必刑夫；眼下皴紋，亦主六親若冰炭。

　　女人端正好容儀，緩步輕如出水龜。
　行不動塵言有節，無肩定作貴人妻。」

相畢，月娘退後。西門慶道：「還有小妾輩，請看看。」于是李嬌兒過來。神仙觀看良久：「此位娘子，額尖鼻小，非側室，必三嫁其夫；肉重身肥，廣有衣食而榮華安享；肩聳聲泣，不賤則孤；鼻梁若低，非貧即夭。請步幾步我看。」李嬌兒走了幾步。神仙道：

　　額尖露背并蛇行，早年必定落風塵。
　假饒不是娼門女，也是屏風後立人。

只十六字，形容得李嬌兒不堪晤對，下筆惡甚。

相畢，李嬌兒下去。吳月娘叫：「孟三姐，你也過來相一相。」神仙觀道：「這位娘子，三停平等，一生衣祿無虧；六府豐隆，晚歲榮華定取。平生少疾，皆因月孛光輝；到老無災，大抵年宮潤秀。請娘子走兩步。」玉樓走了兩步。神仙道：

　口如四字神清徹，溫厚堪同掌上珠。

到他便有許多韻致，自令人改觀。

　　威命兼全財祿有，終主刑夫兩有餘。

玉樓相畢，叫潘金蓮過來。那潘金蓮只顧嬉笑，不肯過來。月娘催之再三，方纔出見。神仙擡頭觀看這箇婦人，沉吟半日，方纔說道：「此位娘子，髮濃鬢重，光斜視以多淫；（嬌甚，媚甚。）臉媚眉彎，身不搖而自顫。面上黑痣，必主刑夫；唇中短促，終須壽夭。

　　舉止輕浮惟好淫，眼如點漆壞人倫。

　　月下星前長不足，雖居大厦少安心。」

相畢金蓮，西門慶又叫李瓶兒上來，教神仙相一相。神仙觀看這箇女人：「皮膚香細，（可愛。）乃富室之女娘；容貌端莊，乃素門之德婦。只是多了眼光如醉，（畫。）主桑中之約；眉眉靨生〔六〕，月下之期難定。觀臥蠶明潤而紫色，必產貴兒；体白肩圓，必受夫之寵愛。常遭疾厄，只因根上昏沉；頻遇喜祥，蓋謂福星明潤。此幾樁好處。還有幾樁不足處，娘子可當戒之：山根青黑，三九前後定見哭聲；法令細纏，雞犬之年焉可過？慎之，慎之！

　　花月儀容惜羽翰，平生良友鳳和鸞。

　　朱門財祿堪依倚，莫把凡禽一樣看。」

相畢，李瓶兒下去。月娘令孫雪娥出來相一相。神仙看了，說道：「這位娘子，体矮聲高，額尖鼻小，（八字更醜。）雖然出谷遷喬，但一生冷笑無情，作事機深內重。只是吃了這四反的虧，後來必主凶亡。夫四反者：唇反無稜，耳反無輪，眼反無神，鼻反不正故也。

燕體蜂腰是賤人，眼如流水不廉真。
常時斜倚門兒立，不爲婢妾必風塵。」

大姐容貌如此，豈是敬濟對手。

雪娥下去，月娘教大姐上來相一相。神仙道：「這位女娘，鼻梁低露，破祖刑家；聲若破鑼，家私消散。面皮太急，雖溝洫長而壽亦夭；行如雀躍，處家室而衣食缺乏。不過三九，當受折磨。

惟夫反目性通靈，父母衣食僅養身。
狀貌有拘難顯達，不遭惡死也艱辛。」

神仙諸相雖射覆不失，然過于削直，恐近時術家所難。

大姐相畢，教春梅也上來教神仙相相。神仙睁眼兒見了春梅，年約不上二九，頭戴銀絲雲髻兒，白線挑衫兒，桃紅裙子，藍紗比甲兒，纏手纏脚出來，道了萬福。神仙觀看良久，相道：「此位小姐五官端正，骨格清奇。髮細眉濃，稟性要强；四語是春梅一幅小像。神急眼圓，爲人急燥。山根不斷，必得貴夫而生子；兩額朝拱，主早年必戴珠冠。行步若飛仙，聲响神清，必益夫而得禄，三九定然封贈。但吃了這左眼大，早年尅父；右眼小，周歲尅娘。左口角下這一點黑痣，主常沾啾唧之災；右腮一點黑痣，一生受夫愛敬。

天庭端正五官平，口若塗硃行步輕。
倉庫豐盈財禄厚，一生常得貴人憐。」

神仙相畢，衆婦女皆咬指以爲神相。西門慶封白銀五兩與神仙，又賞守備府來人銀五錢，拿拜帖回謝。吳神仙再三辭却，説道：「貧道雲遊四方，風飡露宿，要這財何用？決不敢受。」西門慶不得已，拿出一疋大布：「送仙長做一件大衣何如？」神仙方纔受之，令小童接了，稽首拜謝。西門慶送出大門，飄然而去，正是：

柱杖兩頭挑日月，葫蘆一箇隱山川。

西門慶回到後廳，問月娘：「衆人所相何如？」月娘道：「相的也都好，只是三箇人想不着〔七〕。」西門慶道：「那三箇相不着？」月娘道：「相李大姐有實疾，到明日生貴子，他見今懷着身孕，這箇也罷了。相咱家大姐到明日受磨折，不知怎的磨折？相春梅後來也生貴子，或者你用了他，各人子孫也看不見。我只不信，説他後來戴珠冠，有夫人之分，端的咱家又没官，那討珠冠來？就有珠冠，也輪不到他頭上。」西門慶笑道：「他相我目下有平地登雲之喜，加官進禄之榮，我那得官來？他見春梅和你俱站在一處〔八〕，又打扮不同，戴着銀絲雲髻兒，只當是你我親生女兒一般，或後來匹配名門，招箇貴婿，故説有珠冠之分。自古筭的着命，筭不着好，相逐心生，相隨心滅。周大人送來，咱不好嚻了他的，教他相相除疑罷了。」説畢，月娘房中擺下飯，打發吃了飯。

此等議論，揆情度勢，可謂十得其九，然俱屬暗中揣摹，毫不着，只此可銷人炎涼輕薄之念。

西門慶手拿芭蕉扇兒，信步閒遊。來花園大捲棚聚景堂内，週圍放下簾櫳，四下花木掩映。正值日午，只聞緑陰深處一派蟬聲，忽然風送花香，襲人撲鼻。有詩爲証：

緑樹陰濃夏日長，樓臺倒影入池塘。

相得歡喜，故笑。

春梅心眼自寬，非一味說大話。

水晶簾動微風起，一架薔薇滿院香。

西門慶坐於椅上以扇搖涼。只見來安兒、畫童兒兩箇小厮來井上打水。西門慶道：「教一箇來。」來安兒忙走向前，西門慶分付：「到後邊對你春梅姐說，有梅湯提一壺來我吃。」來安兒應諾去了。半日，只見春梅家常戴着銀絲雲髻兒，手提一壺蜜煎梅湯，笑嘻嘻走來，問道：「你吃了飯了？」西門慶道：「我在後邊吃了。」春梅說：「嗔道不進房裡來。說你要梅湯吃，等我放在冰裡湃一湃你吃。」知趣。西門慶點頭兒。春梅湃上梅湯，走來扶着椅兒，取過西門慶手中芭蕉扇兒替他打扇，更趣。問道：「頭裡大娘和你說甚麼？」問得有成心。西門慶道：「說吳神仙相面一節。」春梅道：「那道士平白說戴珠冠，教大娘說『有珠冠，只怕輪不到他頭上』。常言道凡人不可貌相，海水不可斗量，從來旋的不圓，砍的圓，各人裙帶上衣食，怎麽料得定？莫不長遠只在你家做奴才罷！」直與後出門不哭相應。西門慶笑道：「小油嘴兒，你若到明日有了娃兒，就替你上了頭。」於是把他摟到懷裡，手扯着手兒頑耍，問：「你娘在那里？怎的不見？」春梅道：「娘在屋裡，教秋菊熱下水要洗浴。等不的，就在牀上睡了。」西門慶道：「等我吃了梅湯，鬼混他一混去。」於是春梅向冰盆內倒了一甌兒梅湯，與西門慶呷了一口，湃骨之涼，透心沁齒，如甘露洒心一般〔九〕。

須臾吃畢，搭伏着春梅肩膀兒，轉過角門來到金蓮房中。看見婦人睡在正面一張新買的螺蜖牀上。原是因李瓶兒房中安着一張螺蜖廠廳牀〔一〇〕，婦人旋教西門慶使了六十兩銀子，替他也買了這一張螺蜖有欄杆的牀。兩邊槅扇都是螺蜖攢造花草翎毛，掛着紫紗帳幔，錦帶銀鈎。婦人赤露玉体，止着紅綃抹胸兒，蓋着紅紗衾，枕着鴛鴦枕，在涼席之上，睡思正濃。西門慶一見，不覺淫心頓起〔一〕，令春梅帶上門出去，悄悄脱了衣褲〔二〕，上的牀來，掀開紗被，見他玉體互相掩映，戲將兩股輕開，按麈柄徐徐插入牝中〔三〕，比及星眸驚欠之際，已抽拽數十度矣。婦人睁開眼，笑道：「怪强盗，三不知多咱進來？奴睡着了，就不知道。奴睡的甜甜的，攙混死了我！」（達心語。）西門慶道：「我便罷了，若是箇生漢子進來，你也推不知道罷？」婦人道：「我不好罵的，誰人七箇頭八箇胆，敢進我這房裡來！只許你恁没大没小的罷了。」原來婦人因前日西門慶在翡翠軒誇獎李瓶兒身上白净，就暗暗將茉莉花蕋兒攪酥油定粉，把身上都搽遍了，（婦人邀寵亦不易。）搽的白膩光滑，異香可愛，欲奪其寵。西門慶見他身體雪白，穿着新做的兩隻大紅睡鞋。一面蹲踞在上，兩手兜其股，極力而提之，垂首觀其出入之勢。婦人道：「怪貨，只顧端詳甚麽？奴的身上黑，不似李瓶兒的身上白就是了。他懷着孩子，你便輕憐痛惜；俺每是拾的，由着這等掇弄。」西門慶問道：「説你等着我洗澡來？」婦人問道：「你怎得知道來？」西門慶道：「是春梅説的。」婦人道：「你洗，我教春梅掇水來。」不一時把浴盆掇到房中，注了湯。二人下牀來，同浴蘭湯，共效魚水之歡。洗浴了一回，西門慶乘興把婦人仰卧在浴板之上，兩手執其雙足跨而提之，掀騰擁幹，何止二三百回，其聲如泥中螃蠏一般响之不絶。婦人恐怕香雲拖墜，一手扶着雲髩，一手扳着盆沿，口中燕語鶯聲，百般難述。（好描画。）怎見這場交戰，但見：

開口便夾酸帶妬，所以爲妙。

華池蕩漾波紋亂，翠幃高捲秋雲暗。才郎情動逞風流，美女心歡顯手段。砜砜碢碢弄响聲，砰砰硑硑成一片〔一四〕。滑滑濁濁怎住停，攔攔濟濟難存站。一個逆水撐船，將玉股搖；一箇稍公把舵，將金蓮揝。拖泥帶水兩情癡，殢雨尤雲都不辨。任他錦帳鳳鸞交，不似蘭湯魚水戰。

二人水中戰鬬了一回，西門慶精泄而止。拭抹身体乾凈，徹去浴盆。止着薄纊短襦上牀，安放炕桌菓酌飲酒。教秋菊：「取白酒來與你爹吃。」又拿菓餡餅與西門慶吃，恐怕他肚中饑餓。只見秋菊半日拿上一銀注子酒來。婦人纔斟了一鍾，摸了摸冰凉的，就照着秋菊臉上只一潑，潑了一頭一臉，罵道：「好賊少死的奴才！我分付教你盪了來，如何拿冷酒與爹吃？你不知安排些甚麼心兒？」叫春梅：「與我把這奴才採到院子裏跪着去。」春梅道：「我替娘後邊捲裹脚去來，一些兒没在跟前，你就弄下碜兒了。」那秋菊把嘴谷都着，口裏喃喃吶吶說道：「每日爹娘還吃冰湃的酒兒，誰知今日又改了腔兒。」婦人聽見罵道：「好賊奴才，你說甚麼？與我採過來！」叫春梅每邊臉上打與他十箇嘴巴。春梅道：「皮臉，没的打污濁了我手。娘只教他頂着石頭跪着罷。」于是不繇分說，拉到院子裡，教他頂着塊大石頭跪着，不在話下。婦人從新叫春梅煖了酒來，陪西門慶吃了幾鍾，掇去酒桌，放下紗帳子來，分付拽上房門，兩箇抱頭交股，體倦而寢。正是：

□將餘波作態。

若非羣玉山頭見，多是陽臺夢裡尋。

校記

〔一〕「弄油了」，吳藏本作「弄黑了」。
〔二〕「就坐」，吳藏本作「坐定」。
〔三〕「十指」，内閣本、首圖本作「掐指」。
〔四〕「白戊」，内閣本、首圖本作「白露」。
〔五〕「來世」，内閣本作「末世」。
〔六〕「眉眉黶生」，内閣本、首圖本作「眉黶漸生」。按張評本作「眉黛黶生」，詞話本作「眉黶漸生」。
〔七〕「想不着」，吳藏本作「相不着」。
〔八〕「和你俱」，内閣本、首圖本作「和你每」，吳藏本作「你和他」。
〔九〕「洒心」，原作「酒心」，據内閣本改。按詞話本作「洒心」。
〔一〇〕「原是」，吳藏本作「原來」。
〔一一〕「淫心」，吳藏本作「慾心」。
〔一二〕「衣裨」，吳藏本作「衣裳」。
〔一三〕「塵柄」，原作「麈柄」，誤。
〔一四〕「成一片」，原作「成一生」，據内閣本、首圖本改。

第三十回 蔡太師擅恩錫爵

金瓶梅

西門慶生子加官

第三十回　蔡太師擅恩錫爵　西門慶生子加官

詞曰：

十千日日索花奴，白馬驕駝馮子都。今年新拜執金吾。侵幙露桃初結子〔一〕，妬花嬌鳥忽嗛雛。閨中姊妹半愁娱。

——右調《浣沙溪》

話說西門慶與潘金蓮兩箇洗畢澡，就睡在房中。春梅坐在穿廊下一張凉椅兒上納鞋，只見琴童兒在角門首探頭舒腦的觀看。春梅問道：「你有甚話說？」那琴童見秋菊頂着石頭跪在院内，只顧用手往來指。春梅罵道：「怪囚根子！有甚話，說就是了，指手畫脚怎的？」那琴童笑了半日，方纔說：「看墳的張安，在外邊等爹說話哩。」春梅道：「賊囚根子！張安就是了，何必大驚小怪，見鬼也似！悄悄兒的，爹和娘睡着了。驚醒他，你就是死。你且叫張安在外邊等等兒。」琴童兒走出來外邊，約等勾半日，又走來角門首踅探，問道：「爹起來了不曾？」春梅道：「怪囚！失張冒勢，諕我一跳，有要没緊，兩頭遊魂哩！」琴童道：「張安等爹說了話，還要趕出門去，怕天晚了。」春梅道：「爹娘正睡的甜甜兒的，誰敢攪擾他，你教張安且等着去，十分晚了，教他明日去罷。」

極没要緊，偏有情景。

點出二人□鄉之妙。

正說着，不想西門慶在房裡聽見，便叫春梅進房，問誰說話。春梅道：「琴童說墳上張安兒在外邊，見爹說話哩。」西門慶道：「拿衣我穿，等我起去。」春梅一面打發西門慶穿衣裳，金蓮便問：「張安來說甚麽話？」西門慶道：「張安前日來說，咱家墳隔壁趙寡婦家庄子兒連地要賣，價銀三百兩。我只還他二百五十兩銀子，教張安和他講去。裏面一眼井，四箇井圈打水。（伏後一笑，微甚。）若買成這庄子，展開合爲一處，裡面蓋三間捲棚，三間廳房，疊山子花園、井亭、射箭廳、打毬場，耍子去處，破使幾兩銀子收拾也罷。」婦人道：「也罷，咱買了罷。明日你娘每上墳，到那裡好遊玩耍子。」說畢，西門慶往前邊和張安說話去了。

金蓮起來，向鏡臺前重勻粉臉，再整雲鬟。出來院內要打秋菊。那春梅旋去外邊叫了琴童兒來吊板子。金蓮問道：「叫你拿酒，你怎的拿冷酒與爹吃？原來你家没大了，說着，你還釘嘴鐵舌兒的！」喝聲：「叫琴童兒與我老實打與這奴才二十板子！」那琴童纔打到十板子上，多虧了李瓶兒笑嘻嘻走過來勸住了，饒了他十板。金蓮教與李瓶兒磕了頭，放他起來，廚下去了。李瓶兒道：「老潘領了箇十五歲的丫頭，後邊二姐姐買了房裡使喚，要七兩五錢銀子。請你過去瞧瞧。」金蓮遂與李瓶兒一同後邊去了。李嬌兒果問西門慶用七兩銀子買了，改名夏花兒，房中使喚，不在話下。

好時便不覺，伏得有意無意。

單表來保同吳主管押送生辰担，正值炎蒸天氣，路上十分難行，免不得饑餐渴飲。有日到了東京萬壽門外，尋客店安下。到次日，賫抬馱箱禮物，逕到天漢橋蔡太師府門前伺候。來保教吳主管押着禮物，他穿上青衣，逕向守門官吏唱了箇喏。那守門官吏問道：「你是那里來的？」來保道：「我是山東清河縣西門員外家人，帶三分草氣，妙。來與老爺進獻生辰禮物。」官吏罵道：「賊少死野囚軍！你那里便興你東門員外、西門員外？俺老爺當今一人之下，萬人之上，不論三台八位，不論公子王孫，誰敢在老爺府前這等稱呼？趁早靠後！」內中有認的來保的，便安撫來保說道：「此是新參的守門官吏，纔不多幾日，他不認的你，休怪。你要稟見老爺，等我請出翟大叔來。」這來保便向袖中取出一包銀子，重一兩，遞與那人。那人道：「我到不消。你再添一分，與那兩箇官吏，休和他一般見識。」來保連忙拿出三包銀子來，每人一兩，都打發了。

自是權貴門前聲口。

做好做歹都有光景。

那官吏纔有些笑容兒，說道：「你既是清河縣來的，且畧候候，等我領你先見翟管家。老爺纔從上清寶霄宮進了香回來〔二〕，書房內睡。」良久，請將翟管家出來，穿着凉鞋净襪，青絲絹道袍。來保見了，忙磕下頭去。翟管家答禮相還，說道：「前者累你。你來與老爺進生辰担禮來了？」來保先遞上一封揭帖，脚下人捧着一對南京尺頭，三十兩白金，說道：「家主西門慶，多上覆翟爹，無物表情，這些薄禮，與翟爹賞人。前者鹽客王四之事〔三〕，多蒙翟爹費心。」翟謙道：「此禮我不當受。罷，罷，我且收下。」來保又遞上太師壽禮帖兒，看了，還付與來保，分付把禮擡進來，到二門裡首伺候。原來二門西首有三間倒座，來往雜人都在那裡待茶。須臾，一箇小童拿了兩盞茶來，與來保、吳主管吃了。

少頃，太師出廳。翟謙先稟知太師，然後令來保、吳主管進見，跪于堦下。翟謙先把壽禮

寫得豔艷，貪人自讀不得。

揭起前事，映出累次受賄。

應答巧甚，捷甚，然其人之不端已兆於此。

揭帖呈遞與太師觀看，來保、吳主管各擡獻禮物。但見：黃烘烘金壺玉盞，白晃晃減靫仙人。錦綉蟒衣，五彩奪目；南京紵段，金碧交輝。湯羊美酒，盡貼封皮；異菓時新，高堆盤盒。如何不喜，便道：「這禮物決不好受的，你還將回去。」慌的來保等在下叩頭，説道：「小的主人西門慶，没甚孝意，些小微物，進獻老爺賞人。」太師道：「既是如此，令左右收了。」傍邊祗應人等，把禮物盡行收下去。太師又道：「前日那滄州客人王四等之事，我已差人下書，與你巡撫侯爺説了。可見了分上不曾？」來保道：「蒙老爺天恩，書到，衆鹽客就都放出來了〔四〕。」太師又向來保説道：「累次承你主人費心，無物可伸，如何是好？你主人身上可有甚官役？」來保道：「小的主人一介鄉民，有何官役？」太師道：「既無官役，昨日朝廷欽賜了我幾張空名告身劄付，我安你主人在你那山東提刑所，做個理刑副千户，頂補千户賀金的員缺，好不好？」來保慌的叩頭謝道：「蒙老爺莫大之恩，小的家主舉家粉首碎身，莫能報答！」于是喚堂候官擡書案過來〔五〕，即時僉押了一道空名告身劄付，把西門慶名字填註上面，列銜金吾衛衣左所副千户、山東等處提刑所理刑。又向來保道：「你二人替我進獻生辰禮物，多有辛苦。」因問：「後邊跪的是你甚麼人？」來保才待説是夥計，那吳主管向前道〔六〕：「小的是西門慶舅子，名喚吳典恩。」太師道：「你既是西門慶舅子，我觀你倒好箇儀表。」喚堂候官取過一張劄付：「我安你在本處清河縣做箇驛丞，倒也去的。」那吳典恩慌的磕頭如搗蒜。又取過一張劄付來，把來保名字填寫山東鄆王府，做了一名校尉。俱磕頭謝了，領了劄付。分付明日早辰，吏、兵二部掛號，討勘合，限日上任應役。又分付翟謙西厢房管待酒飯，討十兩銀子與他二人做路費，不在話下。

看官聽說：那時徽宗，天下失政，奸臣當道，讒佞盈朝，高、楊、童、蔡四箇奸黨，在朝中賣官鬻獄，賄賂公行，懸秤陞官，指方補價。夤緣鑽刺者，驟陞美任；賢能廉直者，經歲不除。以致風俗頹敗，贓官污吏遍滿天下，役煩賦興，民窮盜起，天下騷然。不因奸佞居台輔，合是中原血染人。

當下翟謙把來保、吳主管邀到厢房管待，大盤大碗飽餐了一頓。翟謙向來保說：「我有一件事，央及你爹替我處處，未知你爹肯應承否？」來保道：「翟爹說那裡話！蒙你老人家這等老爺前扶持看顧，不揀甚事，但肯分付，無不奉命。」翟謙道：「不瞞你說，我答應老爺，每日止賤荊一人。我年將四十，常有疾病，身邊通無所出。央及你爹，你那貴處有好人才女子，不拘十五六上下，替我尋一箇送來。該多少財禮，我一一奉過去。」說畢，隨將一封人事并回書付與來保，又送二人五兩盤纏。來保再三不肯受，說道：「剛纔老爺上已賞過了。翟爹還收回去。」翟謙道：「那是老爺的，此是我的，不必推辭。」當下吃畢酒飯，翟謙道：「如今我這里替你差箇辦事官，同你到下處，明早好往吏、兵二部掛號、就領了勘合，好起身。省的你明日又費往返了。我分付了去，部裡不敢遲滯你文書。」一面喚了箇辦事官，名喚李中友：「你與二位明日同到部裡掛了號，討勘合來回我話。」那員官與來保、吳典恩作辭，出的府門，來到天漢橋街上白

蔡京受私賄，擅私寵，作私恩，已盡出一私門矣。而翟謙私人又致私情，托私事，以私易私，一絲不亂，作者排笑至矣。

酒店内會話。來保管待酒飯，又與了李中友三兩銀子，約定明日絶早先到吏部，然後到兵部，都掛號討了勘合。聞得是太師老爺府裡，誰敢遲滯，顛倒奉行。金吾衛太尉朱勔，即時使印，僉了票帖，行下頭司，把來保填註在本處山東鄆王府當差。又拿了箇拜帖，又旁映。回翟管家。不消兩日，把事情幹得完備。有日顧頭口起身，星夜回清河縣來報喜。正是：

富貴必因奸巧得，功名全仗鄧通成。

且說一日三伏天氣，十分炎熱。西門慶在家中聚景堂上大捲棚内，賞玩荷花，避暑飲酒。吳月娘與西門慶俱上坐，諸妾與大姐都兩邊列坐，春梅、迎春、玉簫、蘭香，一般兒四箇家樂在傍彈唱。怎見的當日酒席？但見：

盆栽綠草，瓶插紅花。水晶簾捲蝦鬚，雲母屏開孔雀。盤堆麟脯，佳人笑捧紫霞觴；盆浸冰桃，美女高擎碧玉斝。食烹異品，菓獻時新。絃管謳歌，奏一派聲清韻美；綺羅珠翠，擺兩行舞女歌兒。當筵象板撒紅牙，遍體舞裙鋪錦綉。消遣壺中閒日月，遨遊身外醉乾坤。

妻妾正飲酒中間，坐間不見了李瓶兒。月娘向綉春説道：「你娘往屋裡做甚麼哩？」綉春道：「我娘害肚裡疼，挺着哩。」月娘道：「還不快對他説去，休要挺着，來這里聽一回唱罷。」西門慶便問月娘：「怎的？」月娘道：「李大姐忽然害肚裡疼，房裡倘着裡。我使小丫頭請他去了。」因向玉樓道：「李大姐七八臨月，只怕攪撒了。」潘金蓮道：「大姐姐，他那里是這箇月？約他是八月裡孩子，還早哩！」西門慶道：「既是早哩，使丫頭請你六娘來聽唱。」不一時，只見李瓶兒來到。月娘道：「只怕你掉了風冷氣，你吃上鍾熱酒，管情就好了。」不一時，各人面前斟滿了酒。西門慶分付春梅：「你每唱箇『人皆畏夏日』我聽。」那春梅等四箇方纔箏排雁柱，阮跨鮫綃，啓朱唇，露皓齒，唱「人皆畏夏日」。那李瓶兒在酒席上，只是把眉頭忔𢝆着，〔四〕也没等的唱完，就回房中去了。月娘聽了詞曲，躭着心，使小玉房中瞧去。回來報說：「六娘害肚裡疼，在炕上打滚哩。」慌了月娘道：「我說是時候，這六姐還强說早哩。還不喚小厮快請老娘去！」西門慶卽令平安兒：「風跑！快請蔡老娘去！」于是連酒也吃不成，都來李瓶兒房中問他。

月娘問道：「李大姐，你心裡覺怎的？」李瓶兒回道：「大娘，我只心口連小肚子，往下鱉墜着疼。」月娘道：「你起來，休要睡着，只怕滚壞了胎。」老娘請去了，便來也。」少頃，漸漸李瓶兒疼的緊了。月娘又問：「使了誰請老娘去了？這咱還不見來？」玳安道：「爹使來安去了。」月娘罵道：「這囚根子，你還不快迎迎去！平白没筭計，使那小奴才去，有緊没慢的。」西門慶叫玳安快騎了騾子趕子去。月娘道：「一箇風火事，還像尋常慢條斯禮兒的。」那潘金蓮見李瓶兒待養孩子，心中未免有幾分氣。在房裡看了一回，把孟玉樓拉出來，兩箇站在西稍間簷柱兒底下那里歇凉〔七〕，一處說話。說道：「耶嚛嚛！緊着熱刺刺的擠了一屋子的人，也不是養孩子，都看着下象膽哩。」良久，只見蔡老娘進門，望衆人道：「那位是主家奶奶？」李嬌兒指着月

寫得大家忙作一團，以動金蓮之氣，不獨口角妙也。

娘道：「這位大娘哩。」那蔡老娘倒身磕頭。月娘道：「姥姥，生受你。怎的這咱纔來？請看這位娘子，敢待生養也？」蔡老娘向牀前摸了摸李瓶兒身上，說道：「是時候了。」問：「大娘預備下繃接、草紙不曾？」月娘道：「有。」（絕不勉强。）便教小玉：「往我房中快取去！」

且說玉樓見老娘進門，便向金蓮說：「蔡老娘來了，咱不往屋裡看看去？」那金蓮一面不是一面，說道：「你要看，你去。我是不看他。他是有孩子的姐姐，又有時運，人怎的不看他？頭裡我自不是，說了句話兒『只怕是八月裡的』，教大姐姐白搶白相。我想起來好没來由，倒惱了我這半日。」玉樓道：「我也只說他是六月裡孩子。」金蓮道：「這回連你也韶刀了！我和你恁算：他從去年八月來，又不是黃花女兒，當年懷，入門養。一箇後婚老婆，漢子不知見過了多少〔八〕，也一兩箇月纔生胎〔九〕，就認做是咱家孩子？我說差了？若是八月裡孩兒，還有咱家些影兒；若是六月的，踩小板凳兒糊險道神——還差着一帽頭子哩！失迷了家鄉，那里尋犢兒去？」正說着，只見小玉抱着草紙、繃接并小褥子兒來。孟玉樓道：「此是大姐姐自預備下他早晚用的，（又替月娘說破。）今日且借來應急兒。」金蓮道：「一箇是大老婆，一箇是小老婆，明日兩箇對養，十分養不出來，零碎出來也罷。俺每是買了箇母雞不下蛋，（忽插入自己，方是妬根。）莫不吃了我不成！」又道：「仰着合着，没的狗咬尿胞虛喜歡？」玉樓道：「五姐是甚麼話！」以後見他說話不防頭腦，只低着頭弄裙帶子，並不作聲應答他。（寫心事，帶出媚態。）少頃，只見孫雪娥聽見李瓶兒養孩子，從後邊慌慌張張走來觀看，不防黑影裡被臺基險些不曾絆了一交。金蓮看見，教玉樓：「你看獻勤的小婦

月娘好心，直根燒香一脉來。后五十三回爲俗筆改壞，可笑可恨。不得此元本，幾失本來面目。

一味搜求詆毁，明作冤家不顧，愚甚，癡甚。然不如此，不足以見奇妬。

玉樓默

然，金蓮似難開口，又引雪娥湊罵之，勢方不窘促，妙甚。似一毫無味，却是至情。何物匠心至此。

奴才！你慢慢走，慌怎的？搶命哩！黑影子絆倒了，磕了牙也是錢！養下孩子來，明日賞你這小婦一箇紗帽戴！」良久，只聽房裡「呱」的一聲養下來了。接緊，妙。蔡老娘道：「對當家的老爹說，討喜錢，分娩了一位哥兒。」吳月娘報與西門慶。西門慶慌忙洗手，天地祖先位下滿爐降香，告許一百二十分清醮，要祈子母平安〔一〇〕，臨盆有慶，坐草無虞。這潘金蓮聽見生下孩子來了，合家歡喜，亂成一塊〔一一〕，越發怒氣，逕自去到房裡，自閉門户，向牀上哭去了。結得甚深。時宣和四年戊申六月念三日也。正是：

不如意事常八九，可與人言無二三。

蔡老娘收拾孩子，咬去臍帶，埋畢衣胞，熬了些定心湯，打發李瓶兒吃了，安頓孩兒停當。月娘讓老娘後邊管待酒飯。臨去，西門慶與了他五兩一定銀子，許洗三朝來，還與他一疋段子。這蔡老娘千恩萬謝出門。

當日，西門慶進房去，見一箇滿抱的孩子，生的甚是白凈，心中十分歡喜。合家無不歡悦。晚夕，就在李瓶兒房中歇了，不住來看孩兒。次日，巴天不明起來，拿十副方盒，使小廝各親戚隣友處，分投送喜麪。應伯爵、謝希大聽見西門慶生了子，送喜麪來，慌的兩步做一步走來賀喜。西門慶留他捲棚內吃麪。剛打發去了，正要使小廝叫媒人來尋養娘，忽有薛嫂兒領了箇妳子來。原是小人家媳婦兒，年三十歲，新近丟了孩兒，不上一箇月。男子漢當軍，過不的，恐出征去無人養贍，只要六兩銀子賣他。月娘見他生的乾淨，伏。對西門慶說，兑了六兩銀子留下，取名如意兒，教他早晚看妳哥兒。又把老馮叫來暗房中使喚，每月與他五錢銀子，管顧他衣服。

正熱鬧一日，忽有平安報：「來保、吳主管在東京回還，見在門首下頭口。」不一時，二人進來，見了西門慶報喜。西門慶問：「喜從何來？」二人悉把到東京見蔡太師進禮一節，從頭至尾說道：「老爺見了禮物甚喜，說道：『我累次受你主人之禮，無可補報。』朝廷欽賞了他幾張空名誥身劄付，就與了爹一張，把爹名姓填註在金吾衛副千户之職，就委差在本處提刑所理刑，頂補賀老爺員缺。把小的做了鐵鈴衛校尉，填註鄆王府當差。吳主管陞做本縣驛丞。」于是把一樣三張印信劄付，并吏、兵二部勘合，并誥身都取出來，放在桌上與西門慶觀看。西門慶看見上面衙着許多印信，朝廷欽依事例，果然他是副千户之職，不覺歡從額角眉尖出，喜向腮邊笑臉生。便把朝廷明降，拿到後邊與吳月娘衆人觀看，說：「太師老爺擡舉我，陞我做金吾衛副千户，居五品大夫之職。你頂受五花官誥，做了夫人。又把吳主管攜帶做了驛丞，來保做了鄆王府校尉。吳神仙相我不少紗帽戴，有平地登雲之喜，今日果然。不上半月，兩樁喜事都應驗了。」又對月娘說：「李大姐養的這孩兒甚是脚硬，到三日洗了三，就起名叫做官哥兒罷。」來保進來，與月娘衆人磕頭，說了回話。分付明日早把文書下到提刑所衙門裡，與夏提刑知會了。吳主管明日早下文書到本縣，作辭西門慶回家去了。

到次日，洗三畢，衆親隣朋友一概都知西門慶第六箇娘子新添了娃兒，未過三日，就有如此美事，官祿臨門，平地做了千户之職。誰人不來趨附？送禮慶賀，人來人去，一日不斷頭。常言：時來誰不來？時不來誰來！正是：

時來頑鐵有光輝，運退真金無艷色。

校記

〔一〕「侵幞」，吴藏本作「侵幔」。
〔二〕「寶霄宫」，内閣本、首圖本作「寶籙宫」。
〔三〕「王四」，吴藏本作「王四峰」。
〔四〕「衆鹽客」，吴藏本作「衆鹽商」。
〔五〕「堂候官」，吴藏本作「堂後官」。
〔六〕「向前道」，首圖本作「自向前道」。
〔七〕「間」，原作「問」，據内閣本改。
〔八〕「見過」，吴藏本作「有過」。
〔九〕「生胎」，按張評本作「坐胎」。
〔一〇〕「祈」，首圖本作「佑」。
〔一一〕「亂成一塊」，首圖本作「笑成一塊」。

金瓶梅　第三十一回　琴童藏壺構釁

金瓶梅

西門開宴爲歡

新刻繡像批評金瓶梅卷之七

第三十一回　琴童兒藏壺構釁　西門慶開宴爲歡

詩曰〔一〕：

幽情憐獨夜，花事復相催。
欲使春心醉，先教玉友來。
濃香猶帶膩，紅暈漸分腮。
莫醒沉酣恨，朝雲逐夢回。

話說西門慶，次日使來保提刑所下文書。一面使人做官帽，又喚趙裁裁剪尺頭，攢造圓領，又叫許多匠人，釘了七八條帶。不說西門慶家中熱亂，且說吳典恩那日走到應伯爵家，把做驛丞之事，再三央及伯爵，要問西門慶借銀子，上下使用，許伯爵十兩銀子相謝，說着跪在地下。慌的伯爵拉起，說道：「此是成人之美，大官人携帶你得此前程，也不是尋常小可。」因問：「你如今所用多少勾了？」吳典恩道：「不瞞老兄說，我家活人家，一文錢也沒有。到明日上任參官贄見之禮，連擺酒，并治衣類鞍馬，少說也得七八十兩銀子。如今我寫了一紙文書在此，也没敢下數兒。望老兄好歹扶持小人，事成恩有重報。」伯爵看了文書，因説：「吴二哥，你借出這七八十兩銀子來也不勾使。依我，取筆來寫上一百兩。恒是看我面，不要你利錢，你且得手使了。到明日做了官，慢慢陸續還他也不遲。俗語説得好：借米下得鍋，討米下不得鍋。哄了一日是兩晌。」（先開賴債門。）吴典恩聽了，謝了又謝。于是把文書上填寫了一百兩之數。

兩箇吃了茶，一同起身，來到西門慶門首。平安兒通報了，二人進入裡面，見有許多裁縫匠人七手八脚做生活。西門慶和陳敬濟在穿廊下，看着寫見官手本揭帖，見二人，作揖讓坐。伯爵問道：「哥的手本劄付，下了不曾？」西門慶道：「今早使小价往提刑府下劄付去了。還有東平府并本縣手本，如今正要叫賁四去下。」説畢，畫童兒拿上茶來。吃畢茶，那應伯爵并不提吴主管之事，（有竅。）走下來且看匠人釘帶。西門慶見他拿起帶來看，就賣弄説道：「你看我尋的這幾條帶如何？」伯爵極口稱讚誇奬，説道：「虧哥那裡尋的，都是一條賽一條的好帶，難得這般寬大。別的倒也罷了，自這條犀角帶并鶴頂紅，就是滿京城拿着銀子也尋不出來。不是面奬，就是東京衛主老爺，玉帶金帶空有，也没這條犀角帶。這是水犀角，不是旱犀角。旱犀角不值錢。水犀號作通天犀。你不信，取一碗水，把犀角安放在水内，分水爲兩處，此爲無價之寶。」因問：「哥，你使了多少銀子尋的？」西門慶道：「你們試估估價值。」伯爵道：「這箇有甚行欵，我每怎麽估得出來！」西門慶道：「我對你説了罷，此帶是大街上王昭宣府裡的帶。昨日一箇人聽見我這裡要，巴巴來對我説。我着賁四拿了七十兩銀子，再三回了來。他家還張致不

先只奉承，暢其歡心，心一歡，便容易打人，絶妙騙法。

捱西門慶先開口，尤妙。稱恩頌德，說得人快甚，不由不借。哄騙財主，非此等口嘴不能。

肯，定要一百兩。」伯爵道：「難得這等寬樣好看。哥，你到明日繫出去，甚是霍綽。就是你同僚間，見了也愛。」誇美了一回，坐下。西門慶便向吳主管問道：「你的文書下了不曾？」伯爵道：「吳二哥正爲要下文書，今日巴巴的央我來激煩你。蒙你照顧他往東京押生辰担，雖是太師與了他這箇前程，就是你擡舉他一般，也是他各人造化。說不的，一品至九品都是朝廷臣子。但他告我說，如今上任，見官擺酒，并治衣服之類，共要許多銀子使，那處活變去？一客不煩二主，没奈何，哥看我面，有銀子借與他幾兩，（又插入情分。）率性賙濟了這些事兒。他到明日做上官，就啣環結草也不敢忘了哥大恩！休說他舊在哥門下出入，就是外京外府官吏，哥也不知拔濟了多少。（映前放官吏債。）不然，你教他那裡區處去？」因說道：「吳二哥你拿出那符兒來，（好口角。）與你大官人瞧。」這吳典恩連忙向懷中取出，遞與西門慶觀看。見上面借一百兩銀子，中人就是應伯爵，每月利行五分。西門慶取筆把利錢抹了，說道：「既是應二哥作保，你明日只還我一百兩本錢就是了。我料你上下也得這些銀子攪纏。」于是把文書收了。纔待後邊取銀子去，忽有夏提刑拿帖兒差了一名寫字的，拿手本三班送了十二名排軍來答應，（是武官行徑。）就問討上任日期，討問字號，衙門同僚具公禮來賀。西門慶教陰陽徐先生擇定七月初二日辰時到任，拿帖兒回夏提刑，賞了寫字的五錢銀子。正打發出門去了，只見陳敬濟拿着一百兩銀子出來，教與吳主管，說：「吳二哥，你明日只還我本錢便了。」那吳典恩一面接銀在手，叩頭謝了。西門慶道：「我不留你坐罷，你家中執你的事去。留下應二哥，我還和你說句話兒。」那吳典恩拿着銀子，歡喜出門。看官聽説：後來西門慶死了，家中時敗勢衰，吳月娘守寡，被平安兒偷盜出解當庫頭面，在南瓦子裡宿娼，被吳驛丞拿住，痛刑拶打，教他指攀月娘與玳安有奸，要羅織月娘出官，恩將仇報。此係後事，表過不題。正是：

不結子花休要種，無義之人不可交。

那時賁四往東平府并本縣下了手本來回話，西門慶留他和應伯爵，陪陰陽徐先生擺飯。正吃着飯，只見吳大舅來拜望，徐先生就起身。良久，應伯爵也作辭出門，來到吳主管家。吳典恩早封下十兩保頭錢，雙手遞與伯爵，磕下頭去。伯爵道：「若不是我那等取巧説着，他會勝不肯借與你。」實實虧他。吳典恩酬謝了伯爵，治辦官帶衣類，擇日見官上任不題。

那時本縣正堂李知縣，會了四衙同僚，差人送羊酒賀禮來，又拿帖兒送了一名小郎來答應。年方一十八歲，本貫蘇州府常熟縣人，唤名小張松。原是縣中門子出身，生得清俊，面如傅粉，齒白唇紅；又識字會寫，善能歌唱南曲；穿着青綃直裰，涼鞋淨襪。西門慶一見小郎伶俐，滿心歡喜，就拿拜帖回覆李知縣，留下他在家答應，改唤了名字叫作書童兒。與他做了一身衣服，新靴新帽，不教他跟馬，教他專管書房，收禮帖，拿花園門鑰匙。祝實念又舉保了一箇十四歲小厮來答應，亦改名棋童，每日派定和琴童兒兩箇背書袋、夾拜帖匣跟馬。

到了上任日期，在衙門中擺大酒席桌面，出票拘集三院樂工承應吹打彈唱。此時李銘也夾在中間來了，後堂飲酒，日暮時分散歸。每日騎着大白馬，頭戴烏紗，身穿五彩洒線揉頭

鋪叙中隱

獅子補子員領，四指大寬萌金茄楠香帶，粉底皂靴，排軍喝道，張打着大黑扇，前呼後擁，何止十數人跟隨，在街上搖擺。上任回來，先拜本府縣帥府都監，并清河左右衛同僚官，然後親朋隣舍，何等榮耀施爲！家中收禮接帖子，一日不斷。正是：

隱寫出小人負且乘光景。

白馬紅纓色色新，不來親者强來親。
時來頑鐵生光彩，運去良金不發明。

西門慶自從到任以來，每日坐提刑院衙門中，陞廳畫卯，問理公事。光陰迅速，不覺李瓶兒坐褥一月將滿。吳大妗子、二妗子、楊姑娘、潘姥姥、吳大姨、喬大户娘子，許多親隣堂客女眷，都送禮來，與官哥兒做彌月。院中李桂姐、吳銀兒見西門慶做了提刑所千户，家中又生了子，亦送大禮，坐轎子來慶賀。西門慶那日在前邊大廳上擺設筵席，請堂客飲酒。春梅、迎春、玉簫、蘭香都打扮起來，在席前斟酒執壺。

原來西門慶每日從衙門中來，只到外邊廳上就脱了衣服，教書童叠了，安在書房中，止帶着冠帽進後邊去。到次日起來〔二〕，旋使丫鬟來書房中取。往往自開端。新近收拾大廳西厢房一間做書房，內安牀几、桌椅、屏幃、筆硯、琴書之類。書童兒晚夕只在牀脚踏板上鋪着鋪睡。西門慶或在那房裡歇，早辰就使出那房裡丫鬟來前邊取衣服。取來取去，不想這小郎本是門子出身，生的伶俐清俊，與各房丫頭打牙犯嘴慣熟，于是暗和上房裡玉簫兩箇嘲戲上了。那日也是合當有事，這小郎正起來，在窗户臺上擱着鏡兒梳頭，拿紅繩扎頭髮。不料玉簫推開門進

騷丫頭意態宛然。

愛香袋正是愛漢子。

來，看見說道：「好賊囚，你這咱還描眉畫眼的，爹吃了粥便出來。」書童也不理，只顧扎包髻兒。玉簫道：「爹的衣服疊了，在那裡放着哩？」書童道：「在牀南頭安放着哩。」玉簫道：「他今日不穿這一套。分付我教問你要那件玄色匾金補子、絲布員領、玉色襯衣穿。」書童道：「那衣服在廚櫃裡。我昨日纔收了，今日又要穿他。姐，你自開門取了去。」那玉簫且不拿衣服，走來跟前看着他扎頭，戲道：「怪賊囚，也像老婆般拿紅繩扎着頭兒，梳的鬌虛籠籠的！」因見他白滾紗漂白布汗掛兒上繫着一箇銀紅紗香袋兒，一箇綠紗香袋兒，就說道：「你與我這箇銀紅的罷！」書童道：「人家箇愛物兒，你就要。」玉簫道：「你小廝家帶不的這銀紅的，只好我帶。」（自認丫頭。）書童道：「早是這箇罷了，儻要是箇漢子兒，你也愛他罷？」被玉簫故意向他肩膊上擰了一把，說道：「賊囚，你夾道賣門神——看出來的好畫兒。」不繇分說，把兩箇香袋子等不的解，都揪斷繫兒，放在袖子內。（寫出賤相。）書童道：「你好不尊貴，把人的帶子也揪斷。」被玉簫發訕，一拳一把，戲打在身上。打的書童急了，說：「姐，你休鬼混我，待我扎上這頭髮着！」玉簫道：「我且問你，沒聽見爹今日往那去？」書童道：「爹今日與縣中華主簿老爹送行，在皇庄薛公公那裡擺酒，來家只怕要下午時分，又聽見會下應二叔，今日兑銀子，要買對門喬大户家房子，那裡吃酒罷了。」玉簫道：「等住回，你休往那去了，我來和你說話。」書童道：「我知道。」玉簫于是與他約會下，纔拿衣服往後邊去了。

少頃，西門慶出來，就叫書童，分付：「在家，別往那去了，先寫十二箇請帖兒，都用大紅紙封套，二十八日請官客吃慶官哥兒酒；教來興兒買辦東西，添廚役茶酒，預備桌面齊整；玳安和兩名排軍送帖兒，叫唱的；留下琴童兒在堂客面前管酒。」分付畢，西門慶上馬送行去了。吳月娘衆姊妹，請堂客到齊了，先在捲棚擺茶，然後大廳上屏開孔雀，褥隱芙蓉，上坐。席間叫了四箇妓女彈唱。果然西門慶到午後時分來家，家中安排一食盒酒菜，邀了應伯爵和陳敬濟，兑了七百兩銀子，往對門喬大户家成房子去了。

堂客正飲酒中間，只見玉簫拿下一銀執壺酒并四箇梨、一箇杯子〔三〕，逕來廂房中送與書童兒吃。推開門，不想書童兒不在裡面，恐人看見，連壺放下，就出來了。可霎作怪，琴童兒正在上邊看酒，冷眼睃見玉簫進書房去，半日出來，只知有書童兒在裡邊，三不知扠進去瞧。不想書童兒外邊去，不曾進來，一壺熱酒和菓子還放在牀底下。這琴童連忙把菓子藏在袖裡，將那一壺酒，影着身子，一直提到李瓶兒房裡。只見奶子如意兒和綉春在屋裡看哥兒。琴童進門就問：「姐在那裡？」綉春道：「他在上邊與娘斟酒哩。你問他怎的？」琴童兒道：「我有箇好的兒，教他替我收着。」綉春問他甚麽，他又不拿出來。正説着，迎春從上邊拿下一盤子燒鵝肉、一碟玉米面玫瑰菓餡蒸餅兒與妳子吃，看見便道：「賊囚，你在這里笑甚麽，不在上邊看酒？」那琴童方纔把壺從衣裳底下拿出來，教迎春：「姐，你與我收了。」迎春道：「此是上邊篩酒的執壺，你平白拿來做甚麽？」琴童道：「姐，你休管他。此是上房裡玉簫，和書童兒小厮，七箇八箇，偷了這壺酒和些柑子、梨，送到書房中與他吃。我趄眼不見，戲了他的來。你只與我

金蓮歡

好生收着，隨問甚麽人來抓尋，休拿出來。我且拾了白財兒着！」因把梨和柑子掏出來與迎春瞧，迎春道：「等住回抓尋壺反亂，你就承當？」琴童道：「我又没偷他的壺。各人當場者亂，隔壁心寬，管我腿事！」説畢，揚長去了。迎春把壺藏放在裡間桌上，不題。

至晚，酒席上人散，查收家火，少了一把壺。玉簫往書房中尋，那裡得來！問書童，説：「我外邊有事去，不知道。」那玉簫就慌了〔四〕，一口推在小玉身上。小玉罵道：「合昏了你這淫婦！我後邊看茶，你抱着執壺，在席上與娘斟酒。這回不見了壺兒，你來賴我！」向各處都抓尋不着。良久，李瓶兒到房來，迎春如此這般告訴：「琴童兒拿了一把進來，教我替他收着。」李瓶兒道：「這囚根子，他做甚麽拿進來？後邊爲這把壺好不反亂，玉簫推小玉，小玉推玉簫，急得那大丫頭賭身發咒，只是哭。你趁早還不快送進去哩，遲回管情就賴在你這小淫婦兒身上。」那迎春方纔取出壺，送入後邊來。後邊玉簫和小玉兩箇，正嚷到月娘面前。月娘道：「賊臭肉，還敢嚷些甚麽？你每管着那一門兒？把壺不見了！」玉簫道：「我在上邊跟着娘送酒，他守着銀器家火。不見了，如今賴我。」小玉道：「大妗子要茶，我不往後邊替他取茶去？你抱着執壺兒，怎的不見了？敢屁股大——吊了心也怎的？」月娘道：「今日席上再無閑雜人，怎的不見了東西？等住回你主子來，没這壺，管情一家一頓。」

正亂着，只見西門慶自外來，問：「因甚嚷亂？」月娘把不見壺一節説了一遍。西門慶道：「慢慢尋就是了，平白嚷的是些甚麽？」潘金蓮道：「若是吃一遭酒，不見了一把，不嚷亂，你家是王十萬！頭醋不酸，到底兒薄。」看官聽說：金蓮此話，譏諷李瓶兒首先生孩子，滿月就不見了壺，也是不吉利。西門慶明聽見，只不做聲。只見迎春送壺進來。玉簫便道：「這不是壺有了。」月娘問迎春：「這壺端的往那裡來？」迎春悉把琴童從外邊拿到我娘屋裡收着，不知在那裡來。月娘因問：「琴童兒那奴才，如今在那裡？」玳安道：「他今日該獅子街房子裏上宿去了。」金蓮在旁不覺鼻子裡笑了一聲。西門慶便問：「你笑怎的？」金蓮道：「琴童兒是他家人，放壺他屋裡，想必要瞞昧這把壺的意思。要叫我，使小厮如今叫將那奴才來，老實打着，問他箇下落。不然，頭裡就賴着他那兩箇，正是走殺金剛坐殺佛！」西門慶聽了，心中大怒，睁眼看着金蓮，畫。說道：「依着你恁說起來，莫不李大姐他愛這把壺？既有了，丟開手就是了，只管亂甚麼！」那金蓮把臉羞的飛紅了，便道：「誰說姐姐手裡沒錢。」說畢，走過一邊使性兒去了。

西門慶就有陳敬濟進來說話。金蓮和孟玉樓站在一處，罵道：「恁不逢好死，三等九做賊强盜！這兩日作死也怎的？自從養了這種子，恰似生了太子一般，見了俺每如同生刹神一般，越發通沒句好話兒說了，行動就睁着兩箇毬窟嚨喓喝人。誰不知姐姐有錢，明日慣的他每小厮丫頭養漢做賊，把人說遍了，也休要管他！」說着，只見西門慶與陳敬濟說了一回話，就往前邊去了。孟玉樓道：「你還不去，他管情往你屋裡去了。」金蓮道：「可是他說的，有孩子屋裡熱鬧，俺每没孩子的屋裡冷清。」正說着，只見春梅從外來。玉樓道：「我說他往你屋裡去了，你還不信，這不是春梅叫你來了。」一面叫過春梅來問。春梅道：「我來問玉簫要汗巾子

時，譏刺無一字不韻趣動人，一至瓶兒生子後，便强口硬舌，愈排詆愈使人愛，愈争寵愈使人憎。一味心忙情急，無忌憚矣。作者傳神至此。

又戲謔一番，益金蓮之怒，令人絶

倒。可見當場惱怒，皆旁觀所笑。

來。」諧甚。玉樓問道：「你爹在那裡？」春梅道：「爹往六娘房裡去了。」這金蓮聽了，心上如攛上一把火相似，罵道：「賊強人，到明日永世千年，就跌折腳，也別要進我那屋裡！踹踹門檻兒，教那牢拉的囚根子把懷子骨搓折了！」玉樓道：「六姐，你今日怎的下恁毒口咒他？」金蓮道：「不是這等說，賊三寸貨強盜，那鼠腹雞腸的心兒，只好有三寸大一般。都是你老婆，無故只是多有了這點尿胞種子罷了，難道怎麼樣兒的！做甚麼恁擡一箇滅一箇，把人躧到泥裡！」正是：

大風刮倒梧桐樹，自有旁人說短長。

這裡金蓮使性兒不題。且說西門慶走到前邊，薛太監差了家人，送了一罈內酒、一牽羊、兩疋金段、一盤壽桃、一盤壽麵、四樣嘉餚，一者祝壽，二者來賀。西門慶厚賞來人，打發去了。到後邊，有李桂姐、吳銀兒兩箇拜辭要家去。西門慶道：「你每兩箇再住一日兒，到二十八日，我請許多官客，有院中雜耍扮戲的，教你二位只管遞酒。」桂姐道：「既留下俺每，我教人家去回媽聲，放心些。」于是把兩人轎子都打發去了，不在話下。

次日，西門慶在大廳上錦屏羅列，綺席鋪陳，請官客飲酒。因前日在皇庄見管磚廠劉公公，故與薛內相都送了禮來。西門慶這裡發柬請他，又邀了應伯爵、謝希大兩箇相陪。從飯時，二人衣帽齊整，又早先到了。西門慶讓他捲棚內待茶。伯爵因問：「今日，哥席間請那幾客？」西門慶道：「有劉薛二內相，帥府周大人，都監荊南江，敝同僚夏提刑，團練張總兵，衛上范千户，吳大哥，吳二哥。喬老便今日使人來回了不來。連二位通只數客。」說畢，適有吳大舅、二舅到，作了揖，同坐下，左右放桌兒擺飯。吃畢，應伯爵因問：「哥兒滿月抱出來不曾？」西門慶道：「也是因衆堂客要看，房下說且休教孩兒出來，恐風試着他，他妳子說不妨事。教妳子用被裹出來，他大媽屋裡走了遭，應了箇日子兒，就進屋去了。」伯爵道：「那日嫂子這裡請去，房下也要來走走，百忙裡舊疾又舉發了，起不得炕兒，心中急的要不的。如今趁人未到，哥倒好說聲，抱哥兒出來，俺每同看一看。」西門慶一面分付後邊：「慢慢抱哥兒出來，休要諕着他。對你娘說，大舅、二舅在這裡，和應二爹、謝爹要看一看。」月娘教妳子如意兒用紅綾小被兒裹的緊緊的，送到捲棚角門首，玳安兒接抱到捲棚內。衆人觀看，官哥兒穿着大紅段毛衫兒，生的面白唇紅，甚是富態，都誇獎不已。吳大舅、二舅與希大每人袖中掏出一方錦段兜肚，上帶着一箇小銀墜兒；惟應伯爵是一柳五色線，上穿着十數文長命錢。教與玳安兒好生抱回房去，休要驚諕哥兒，說道：「相貌端正，天生的就是箇戴紗帽胚胞兒。」雖油嘴，却妙。西門慶大喜，作揖謝了。

說話中間，忽報劉公公、薛公公來了。慌的西門慶穿上衣，儀門迎接。二位內相坐四人轎，穿過肩蟒，纓鎗排隊，喝道而至。西門慶先讓至大廳上拜見，敘禮接茶。落後周守備、荊都監、夏提刑等衆武官都是錦綉服，藤棍大扇，軍牢喝道。須臾都到了門首，黑壓壓的許多伺候。裡面鼓樂喧天，笙歌迭奏。西門慶迎入，與劉、薛二內相相見。廳正面設十二張卓席。西門慶就把盞讓坐。劉、薛二內相再三讓遜道：「還有列位。」只見周守備道：「二位老太監齒德俱尊。常言三歲內宦，居冠王公之上〔五〕。這箇自然首坐，何消泛講。」彼此讓遜了一回。薛內相道：「劉哥，既是列位不肯，難爲東家〔六〕，咱坐了罷。」酷肖。于是羅圈唱了箇喏〔七〕，打了恭，劉內相居左，薛內相居右，每人膝下放一條手巾，兩箇小厮在旁打扇，就坐下了。其次者纔是周守備、荊都監衆人。須臾堦下一派簫韶，動起樂來。當日這筵席，說不盡食烹異品，菓獻時新。須臾酒過五巡，湯陳三獻，教坊司俳官簇擁一段笑樂院本上來。正是：

百寶粧腰帶，珍珠絡臂韝。
笑時能近眼，舞罷錦纏頭。

笑院本扮完下去，就是李銘、吳惠兩箇小優兒上來彈唱。一箇攊箏，一箇琵琶。周守備先舉手讓兩位內相，說：「老太監分付，賞他二人唱那套詞兒？」劉太監道：「列位請先。」周守備道：「老太監，自然之理，不必過謙。」劉太監道：「兩箇子弟唱箇『嘆浮生有如一夢裡』。」何異說法。周守備道：「老太監，此是歸隱嘆世之辭，今日西門大人喜事，又是華誕，唱不的。」劉太監又道：「你會唱『雖不是八位中紫綬臣，管領的六宮中金釵女』？」此題不即不離，尤切。周守備道：「此是《陳琳抱粧盒》雜記，今日慶賀，唱不的。」薛太監道：「你叫他二人上來，等我分付他。你記的《普天樂》『想人生最苦是離別』？」夏提刑大笑道：「老太監，此是離別之詞，越發使不的。」薛太監道：「俺每內官的營生，只曉的答應萬歲爺，刻畫處，入骨三分。不曉得詞曲中滋味，憑他每唱罷。」夏提刑終是金吾執事人員，倚仗他刑名官，遂分付：「你唱套《三十腔》。今日是你西門老爹加官進祿，又

看者只知老太監三曲題懵語可笑，不知作者借老太監懵語一笑，歎盡西門慶之一身事業多而心玩苦自

見矣。

是好日子，又是弄璋之喜，宜該唱這套。」薛内相問：「怎的是弄璋之喜？」趣。周守備道：「二位老太監，此日又是西門大人公子彌月之辰，俺每同僚都有薄禮慶賀。」薛内相道：「這等——」因向劉太監道：「劉家，咱每明日都補禮來慶賀。」西門慶謝道：「學生生一豚犬，不足爲賀，到不必老太監費心。」説畢，喚玳安裡邊叫出吳銀兒、李桂姐，席前遞酒。兩箇唱的打扮出來，花枝招展，望上插燭也似磕了四箇頭兒，起來執壺斟酒，逐一敬奉。兩箇樂工，又唱一套新詞，歌喉宛轉，真有遶梁之聲。當夜前歌後舞，錦簇花攢，直飲至更餘時分，薛内相方纔起身，説道：「生等一者過蒙盛情，二者又值喜慶，不覺留連暢飲，十分擾極，學生告辭。」西門慶道：「杯茗相邀，得蒙光降，頓使蓬蓽增輝，幸再寬坐片時，以畢餘興。」衆人俱出位説道：「生等深擾，酒力不勝。」各躬身施禮相謝。西門慶再三款留不住，只得同吳大舅、二舅等，一齊送至大門。一派鼓樂喧天，兩邊燈火燦爛，前遮後擁，喝道而去。正是，得多少：

歌舞歡娱嫌日短，故燒高燭照紅粧。

校記

〔一〕「詩曰」，内閣本、首圖本無。

〔二〕「起來」，内閣本、首圖本作「起身」。按張評本爲「起來」，詞話本爲「起身」。

〔三〕「杯子」，内閣本、首圖本作「柑子」。按張評本、詞話本均作「柑子」。

〔四〕「慌了」，内閣本、首圖本作「忙了」。按張評本、詞話本均作「慌了」。

〔五〕「居冠」，内閣本作「居於」。

〔六〕「雖爲東家」，原作「誰爲東家」，據内閣、首圖等本改。

〔七〕「唱了箇喏」，原作「唱了箇諾」，據内閣本改。

第三十二回

李桂姐趨炎認女

潘金蓮懷嫉驚兒

第三十二回　李桂姐趨炎認女　潘金蓮懷嫉驚兒

詩曰〔一〕：

牛馬鳴上風，聲應在同類。
小人非一流，要呼各相比。
吹彼壎與篪，翕翕騁志意。
願遊廣漠鄉，舉手謝時輩。

話說當日衆官飲酒席散，西門慶還留吳大舅、二舅、應伯爵、謝希大後坐。打發樂工等酒飯吃了，分付：「你每明日還來答應一日，我請縣中四宅老爹吃酒，俱要齊備些。臨了一總賞你每罷。」衆樂工道：「小的每無不用心，明日都是官樣新衣服來答應。」吃了酒飯，磕頭去了。良久，李桂姐、吳銀兒搭着頭出來，笑嘻嘻道：「爹，晚了，轎子來了，俺每去罷。」應伯爵道：「我兒，你倒且是自在。二位老爹在這裡，不說唱箇曲兒與老舅聽，就要去罷？」桂姐道：「你不說這一聲兒，不當啞狗賣。俺每兩日没往家裡去，媽不知怎麽盼哩。」伯爵道：「盼怎的？玉黄李子兒，掐了一塊兒去了？」西門慶道：「也罷，教他兩箇去罷，本等連日辛苦了。咱叫李銘、吳惠唱罷。」問道：「你吃了飯了？」桂姐道：「剛才大娘留俺每吃了。」于是齊磕頭下去。西門慶道：「你二位後日還來走走，再替我叫兩箇，不拘鄭愛香兒也罷，韓金釧兒也罷，我請親朋吃酒。」伯爵道：「造化了小淫婦兒，教他叫，又討提錢使。」桂姐道：「你又不是架兒，你怎曉得恁切？」說畢，笑的去了。伯爵因問：「哥，後日請誰？」西門慶道：「那日請喬老、二位老舅、花大哥、沈姨夫，并會中列位兄弟，歡樂一日。」伯爵道：「說不得，俺每打攪得哥忒多了。到後日，俺兩箇還該早來，與哥做副東。」多勢。西門慶道：「此是二位下顧了。」說畢話，李銘、吳惠拏樂器上來，唱了一套。吳大舅等衆人方一齊起身。一宿晚景不題。

到次日，西門慶請本縣四宅官員。那日薛內相來的早，西門慶請至捲棚內待茶。薛內相因問：「劉家没送禮來？」西門慶道：「劉老太監送過禮了。」良久，薛內相要請出哥兒來看一看：「我與他添壽。」西門慶推卻不得，只得教玳安後邊說去，抱哥兒出來。不一時，養娘抱官哥送出到角門首，玳安接到上面。薛內相看見，只顧喝采：「好箇哥兒！」便叫：「小厮在那裡？」須臾，兩個青衣家人，戢金方盒拏了兩盒禮物：烱紅官段一疋，福壽康寧鍍金銀錢四個，追金瀝粉綵畫壽星博郎鼓兒一個，銀八寶貳兩。說道：「窮內相没什麽，這些微禮兒與哥兒耍子。」西門慶作揖謝道：「多蒙老公公費心。」看畢，抱哥兒回房不題。西門慶陪着吃了茶〔二〕，就先擺飯。剛纔吃罷，忽報：「四宅老爹到了。」西門慶忙整衣冠〔三〕，出二門迎接。乃是知縣李達天，并縣丞錢成、主簿任廷貴、典史夏恭基。各先投拜帖，然後廳上敘禮。請薛內相出見，衆官讓薛內相坐首席。席間又有尚舉人相陪。分賓坐定，普坐遞了一巡茶。少頃，堦下鼓樂响動，

分明假，做得甚真，自令人喜。

笙歌擁奏，遞酒上坐〔四〕。教坊呈上揭帖。薛內相揀了四摺《韓湘子昇仙記》，又隊舞數回，十分齊整。薛內相心中大喜，喚左右拏兩弔錢出來，賞賜樂工。

不說當日衆官飲酒至晚方散，且說李桂姐到家，見西門慶做了提刑官，與虔婆鋪謀定計。次日，買了四色禮，做了一雙女鞋，教保兒挑着盒担，絶早坐轎子先來，要拜月娘做乾娘。進來先向月娘笑嘻嘻拜了四雙八拜，然後纔與他姑娘和西門慶磕頭。把月娘哄的滿心歡喜，說道：「前日受了你媽的重禮，今日又教你費心，買這許多禮來。」桂姐笑道：「媽說，爹如今做了官，比不得那咱常往裏邊走。我情愿只做乾女兒罷，圖親戚來往，宅裡好走動。」月娘忙教他脫衣服坐的，因問：「吳銀姐和那兩箇怎的還不來？」桂姐道：「吳銀兒，我昨日會下他，不知怎的還不見來。前日爹分付教我叫了鄭愛香兒和韓金釧兒，我來時他轎子都在門首，怕不也待來。」言未了，只見銀兒和愛香兒，又與一箇穿大紅紗衫年小的粉頭，提着衣裳包兒進來，先望月娘磕了頭。吳銀兒看見李桂姐脫了衣裳，坐在炕上，說道：「桂姐，你好人兒！不等俺每等兒，就先來了。」桂姐道：「我等你來，媽見我的轎子在門首，說道：『只怕銀姐先去了，你快去罷。』誰知你每來的遲。」月娘笑道：「也不遲。」因問：「這位姐兒上姓？」吳銀兒道：「他是韓金釧兒的妹子玉釧兒。」不一時，小玉放桌兒，擺了八碟茶食，兩碟點心，打發四箇唱的吃了。那李桂姐賣弄他是月娘的乾女兒，坐在月娘炕上，和玉簫兩箇剥菓仁兒、裝菓盒。吳銀兒三箇在下邊杌兒上，一條邊坐的。那桂姐一徑抖搜精神，一回叫：「玉簫姐，累你，有茶倒一甌子來我

只要高，銀兒三人未必爲伯爵發也。

單題祝麻子、孫寡嘴，便隱

吃。」一回又叫：「小玉姐，你有水盛些來，我洗這手。」那小玉真箇拿錫盆舀了水，與他洗手。吳銀兒衆人都看的睁睁的，不敢言語。桂姐又道：「銀姐，你三箇拿樂器來唱箇曲兒與娘聽。我先唱過了。」更促恰。月娘和李嬌兒對面坐着。吳銀兒見他這般說，只得取過樂器來。當下鄭愛香兒彈箏，吳銀兒琵琶，韓玉釧兒在旁隨唱，唱了一套《八聲甘州》「花遮翠擁」。

須臾唱畢，放下樂器。吳銀兒先問月娘：「爹今日請那幾位官客吃酒？」月娘道：「你爹今日請的都是親朋。」桂姐道：「今日没有那兩位公公？」月娘道：「今日没有，昨日也只薛内相一位。那姓劉的没來。」桂姐道：「劉公公還好，那薛公公慣頑，把人掐擰的魂也没了。」月娘道：「左右是箇内官家〔五〕，又没什麽，不宜說。隨他擺弄一回子就是了。」桂姐道：「娘且是說的好，乞他奈何的人慌。」正說着，只見玳安兒進來取菓盒，見他四箇在屋裡坐着，說道：「客已到了一半，七八待上坐，你每還不快收拾上去？」月娘便問：「前邊有誰來了？」玳安道：「喬大爹、花大爹、大舅、二舅、謝爹都來了這一日了。」桂姐問道：「今日有應二花子和祝麻子二人没有？」玳安道：「會中十位，一箇兒也不少。應二爹從辰時就來了，爹使他有勾當去了，便道就來也。」桂姐道：「爺嚛！遭遭兒有這起攮刀子的，又不知纏到多早晚。我今日不出去，寧可在屋裡唱與娘聽罷。」玳安道：「你倒且是自在性兒。」拿出菓盒去了。桂姐道：「娘還不知道，這祝麻子在酒席上，兩片子嘴不住，只聽見他說話，饒人那等罵着，他還不理。他和孫寡嘴兩箇好不涎臉。」鄭愛香兒道：「常和應二走的那祝麻子，他前日和張小二官兒到俺那裡，拿着十兩銀子，

隱伏後被拿一案。

要請俺家妹子愛月兒。先作聲價，伏後脈。俺媽說：『他纔教南人梳弄了，還不上一箇月，南人還沒起身，我怎麼好留你？』說着他再三不肯。纏的媽急了，把門倒插了，不出來見他。那張二官兒好不有錢，騎着大白馬，四五箇小厮跟隨，是贊語，亦是垂涎。坐在俺每堂屋裡只顧不去。急的祝麻子直撅兒跪在天井內，說道：『好歹請出媽來，收了這銀子。只教月姐兒一見，待一盃茶兒，俺每就去。』把俺每笑的要不的。只像告水災的，好箇涎臉的行貨子！」吳銀兒道：「張小二官兒先包着董猫兒來。」鄭愛香道：「因把猫兒的虎口內火燒了兩醮，和他丁八着好一向了，這日纔散走了。」因望着桂姐道：「昨日我在門外會見周肖兒，多上覆你，說前日同聶鉞兒到你家，你不在。」桂姐使了箇眼色，說道：「我到爹宅里來，他請了俺姐姐桂卿了。」鄭愛香兒道：「你和他沒點兒相交，如何却打熱？」桂姐道：「好合的劉九兒〔六〕，好喜名。把他當箇孤老，甚麼行貨子，可不砢磣殺我罷了。他爲了事出來，逢人至人說了來，嗔我不看他。媽說：『你只在俺家，俺倒買些什麼看看你不打緊。你和別人家打熱，俺傻的不勻了〔七〕。』真是硝子石望着南兒——丁口心！」說着都一齊笑了。月娘坐在炕上聽着他說，道：「你每說了這一日，我不懂，不知說的是那家話！」按下這裡不題。

却說前邊各客都到齊了，西門慶冠冕着遞酒。衆人讓喬大户爲首，先與西門慶把盞。只見他三箇唱的從後邊出來，都頭上珠冠蹀躞，身邊蘭麝濃香。應伯爵一見，戲道：「怎的三箇零布在那裡來？攔住，休放他進來！」因問：「東家，李家桂兒怎不來？」西門慶道：「我不知道。」

初是鄭愛香兒彈箏，吳銀兒琵琶，韓玉釧兒撥板。啓朱唇，露皓齒，先唱《水仙子》「馬蹄金鑄就虎頭牌」一套。及時。良久，遞酒畢，喬大户坐首席，其次者吳大舅、二舅、花大哥、沈姨夫、應伯爵、謝希大、孫寡嘴、祝實念、雲離守、常峙節、白賚光、傅自新、賁第傳，共十四人上席，八張桌兒。西門慶下席主位。說不盡歌喉宛轉，舞態蹁躚，酒若波流，餚如山疊。到了那酒過數巡，歌吟三套之間，應伯爵就在席上開言說道：「東家，也不消教他每唱了，翻來弔過去，左右只是這兩套狗撾門的，誰待聽！你教大官兒拏三箇座兒來，教他與列位遞酒，倒還强似唱。」西門慶道：「且教他孝順衆尊親兩套詞兒着。你這狗才，就這等摇席破坐的。」鄭愛香兒道：「應花子，你門背後放花兒——等不到晚了！」伯爵親自走下席來罵道：「怪小淫婦兒，什麽晚不晚？你娘那毴！」教玳安：「過來，你替他把刑法多拏了。」一手拉着一箇，都拉到席上，教他遞酒。鄭愛香兒道：「怪行貨子，拉的人手脚兒不着地。」伯爵道：「我實和你說，小淫婦兒，時光有限了，不久青刀馬過，遞了酒罷，我等不的了。」謝希大便問：「怎麽是青刀馬？」伯爵道：「寒鴉兒過了，就是青刀馬。」衆人都笑了。

當下吳銀兒遞喬大户，鄭愛香兒遞吳大舅，韓玉釧兒遞吳二舅，兩分頭挨次遞將來。落後吳銀兒遞到應伯爵跟前，伯爵因問：「李家桂兒怎的不來？」吳銀兒道：「你老人家還不知道，李桂姐如今與大娘認義做乾女兒。我告訴二爹，只放在心裡。却說人弄心，前日在爹宅裡散了，都一答兒家去了，都會下了明日早來。我在家裡收拾了，只顧等他。誰知他安心早買了禮，就先來了，倒教我等到這咱晚。使丫頭往他家瞧去，說他來了，好不教媽說我。你就拜認與爹娘做乾女兒，對我說了便怎的？莫不攙了你什麼分兒？瞞着人幹事。嗔道他頭裡坐在大娘炕上，就賣弄顯出他是娘的乾女兒，剥菓仁兒，定菓盒，拏東拏西，把俺每往下躧。我還不知道，倒是裡邊六娘剛纔悄悄對我說，他替大娘做了一雙鞋，買了一盒菓餡餅兒，兩隻鴨子，一大副膀蹄，兩瓶酒，老早坐了轎子來。」從頭至尾告訴一遍。伯爵聽了道：「他如今在這裡不出來，不打緊，我務要奈何那賊小淫婦兒出來。我對你說罷，他想必和他鴇子計較了，見你大爹做了官，又掌着刑名，一者懼怕他勢要，二者恐進去稀了，假着認乾女兒往來，斷絕不了這門兒親。我猜的是不是？我教與你個法兒，他認大娘做乾女，你到明日也買些禮來，却認與六娘做乾女兒就是了。你和他都還是過世你花爹一條路上的人，各進其道就是了。我說的是不是？你也不消惱他。」吳銀兒道：「二爹說的是，我到家就對媽說。」說畢，遞過酒去，就是韓玉釧兒，挨着來遞酒。伯爵道：「韓玉姐起動起動，不消行禮罷。你姐姐家裡做什麼哩？」玉釧兒道：「俺姐姐家中有人包着哩，好些時没出來供唱。」伯爵道：「我記的五月裡在你那裡打攪了，再没見你姐姐。」韓玉釧道：「那日二爹怎的不肯深坐坐，老早就去了？」伯爵道：「不是那日我還坐，坐中有兩箇人不合節，又是你大老爹這裡相招，我就先走了。」韓玉釧兒見他吃過一盃，又斟出一盃。伯爵道：「罷罷，少斟些，我吃不得了！」玉釧道：「二爹你慢慢上，上過待我唱曲兒你聽。」伯爵道：「我的姐姐，誰對你說來？正可着我心坎兒。常言道：養兒不要屌金溺銀，只要見景生情。倒還是麗春院娃娃，到明日不愁没飯吃，强如鄭家那賊小淫婦，搊刺骨兒，只躲滑兒，再不肯唱。」鄭香兒道〔八〕：「應二花子，汗邪了你，好罵！」西門慶道：「你這狗才，頭裡嗔他唱，這回又索落他。」伯爵道：「這是頭裡帳，如今遞酒，不教他唱箇兒？我有三錢銀子，使的那小淫婦鬼推磨。」韓玉釧兒不免取過琵琶來，席上唱了箇小曲兒。

伯爵因問主人：「今日李桂姐兒怎的不教他出來？」西門慶道：「他今日没來。」伯爵道：「我纔聽見後邊唱。就替他説謊！」因使玳安：「好歹後邊快叫他出來。」那玳安兒不肯動，説：「這應二爹錯聽了，後邊是女先生郁大姐彈唱與娘每聽來。」伯爵道：「賊小油嘴還哄我！等我自家後邊去叫。」祝實念便向西門慶道：「哥，也罷，只請李桂姐來，與列位老親遞盃酒來，不教他唱也罷。我曉得，他今日人情來了。」西門慶被這起人纏不過，只得使玳安往後邊請李桂姐去。那李桂姐正在月娘上房彈着琵琶，唱與大妗子、楊姑娘、潘姥姥衆人聽，見玳安進來叫他，便問：「誰使你來？」玳安道：「爹教我來，請桂姨上去遞一巡酒。」桂姐道：「娘，你看爹韶刀，頭裏我説不出去，又來叫我！」玳安道：「爹被衆人纏不過，纔使進我來。」月娘道：「也罷，你出去遞巡酒兒，快下來就了。」桂姐又問玳安：「真箇是你爹叫，我便出去；若是應二花子，隨問他怎的叫〔九〕，我一世也不出去。」于是向月娘鏡臺前，重新粧點打扮出來。衆人看見他頭戴銀絲鬏髻，周圍金纍絲釵梳，珠翠堆滿，上着藕絲衣裳〔一〇〕，下着翠綾裙，尖尖趫趫一對紅鴛，粉面貼着三箇翠面花兒。一陣異香噴鼻，朝上席不端不正只磕了一箇頭。就用洒金扇兒掩面，佯羞整翠，立在西門慶面前。西門慶分付玳安，放錦杌兒在上席，教他與喬大户上酒。喬大户倒忙欠身道：「倒不消勞動，還有列位尊親。」西門慶道：「先從你喬大爹起。」這桂姐于是輕搖羅袖，高捧金樽，遞喬大户酒。伯爵在傍説道：「喬上尊，你請坐，交他侍立。麗春院粉頭供唱遞酒是他的職分，休要慣了他。」喬大户道：「二老，此位姐兒乃是大官府令翠，在下怎敢起動，使我坐起不安。」伯爵道：「你老人家放心，他如今不做表子了，見大人做了官，情愿認做乾女兒了。」那桂姐便臉紅了，説道：「汗邪你了，誰恁胡言〔一一〕！」謝希大道：「真箇有這等事，俺每不曉的。趁今日衆位老爹在此，一箇也不少，每人五分銀子人情，都送到哥這裡來，與哥慶慶乾女兒。」伯爵接過來道：「還是哥做了官好。自古不怕官，只怕管，這回子連乾女兒也有了。到明日洒上些水扭出汁兒來〔一二〕。」被西門慶罵道：「你這賤狗才，單管這閑事胡説。」伯爵道：「胡鉄？倒打把好刀兒哩。」鄭愛香正遞沈姨夫酒，插口道：「應二花子，李桂姐便做了乾女兒，你到明日與大爹做箇乾兒子罷，弔過來就是箇兒乾子。」伯爵罵道：「賤小淫婦兒，你又少死得，我不纏你念佛。」李桂姐道：「香姐，你替我罵這花子兩句。」鄭愛香兒道：「不要理這望江南、巴山虎兒、汗東山、斜紋布。」伯爵道：「你這小淫婦，道你調子曰兒罵我，我没的説，只是一味白鬼，把你媽那褲帶子也扯斷了。」繇他到明日不與你箇功德，你也不怕不把將軍爲神道。」桂姐道：「咱休惹他，哥兒拏出急來了。」鄭愛香笑道：「這應二花子，今日鬼酉上車兒——推醜，東瓜花兒——醜的没時了。他原來是箇王姑來子。」伯爵道：「這小搓刺骨兒，諸人不要，只

方言隱語，含譏帶諷，如枝頭小鳥啾啾，雖不解其奇，嬌婉自可聽

也。

我將就罷了。」桂姐罵道：「怪攮刀子，好乾淨嘴兒，擺人的牙花已擱了。爹，你還不打與他兩下子哩，你看他恁發訕。」西門慶罵道：「怪狗才東西！教他遞酒，你鬬他怎的！」走向席上打了他一下。伯爵道：「賊小淫婦兒！你說你倚着漢子勢兒，我怕你？你看他叫的『爹』那甜！」又道：「且休教他遞酒，倒便益了他。拏過刑法來，且教他唱一套與俺每聽着。他後邊躲了這會滑兒也勾了。」韓玉釧兒道：「二爹，曹州兵備，管的事兒寬。」這裏前廳花攢錦簇，飲酒頑耍不題。

單表潘金蓮自從李瓶兒生了孩子，見西門慶常在他房裡宿歇，于是常懷嫉妬之心，每蓄不平之意。知西門慶前廳擺酒，在鏡臺前巧畫雙蛾，重扶蟬鬢，輕點朱唇，整衣出房〔一三〕。聽見李瓶兒房中孩兒啼哭，便走入來問道：「他怎這般哭？」妳子如意兒道：「娘往後邊去了。哥哥尋娘，這等哭。」那潘金蓮笑嬉嬉的向前戲弄那孩兒，說道：「你這多少時初生的小人芽兒，就知道你媽媽。等我抱到後邊尋你媽媽去！」妳子如意兒說道：「五娘休抱哥哥，只怕一時撒了尿在五娘身上。」金蓮道：「怪臭肉，怕怎的！拏襯兒托着他，不妨事。」一面接過官哥來抱在懷裏，一直往後去了。走到儀門首，一逕把那孩兒舉的高高的。不想吳月娘正在上房穿廊下，看着家人媳婦定添換菜碟兒，那潘金蓮笑嘻嘻看孩子說道：「『大媽媽，你做什麼哩〔一四〕？』你說：『小大官兒來尋俺媽媽來了。』」月娘忽擡頭看見，說道：「五姐，你說的什麼話？早是他媽媽没在跟前，這咱晚平白抱出他來做甚麽？舉的恁高，只怕諕着他。他媽媽在屋裡忙着手哩。」便叫道：「李大姐你出來，你家兒子尋你來了。」那李瓶兒慌走出來，看見金蓮抱着，說道：

聆其言似愛，其實妬心所使。有心

人作用如此。

「小大官兒好好兒在屋裡，妳子抱着，平白尋我怎的？看溺了你五媽身上尿。」金蓮道：「他在屋裡，好不哭着尋你，我抱出他來走走。」這李瓶兒忙解開懷接過來。月娘引鬭了一回，分付：「好好抱進房裡去罷，休要諕他！」李瓶兒到前邊，便悄悄說妳子：「他哭，你慢慢哄着他，等我來，如何教五娘抱到後邊尋我？」如意兒道：「我說來，五娘再三要抱了去。」那李瓶兒慢慢看着他喂了妳，就安頓他睡了。誰知睡下不多時，那孩子就有些睡夢中驚哭，半夜發寒潮熱起來。妳子喂他妳也不吃，只是哭。李瓶兒慌了。

且說西門慶前邊席散，打發四箇唱的出門。月娘與了李桂姐一套重綃絨金衣服，二兩銀子，不必細說。西門慶晚夕到李瓶兒房裡看孩兒，因見孩兒只顧哭，便問：「怎麽的？」李瓶兒亦不題起金蓮抱他後邊去一節，只說道：「不知怎的，睡了起來這等哭，妳也不吃。」西門慶道：「你好好拍他睡。」因罵如意兒：「不好生看哥兒，管何事？諕了他！」走過後邊對月娘說。月娘就知金蓮抱出來諕了他，就一字沒對西門慶說，只說：「我明日叫劉婆子看他看。」西門慶道：「休叫那老淫婦來胡針亂灸的〔一五〕，另請小兒科太醫來看孩兒。」月娘不依他，說道：「一箇剛滿月的孩子，什麼小兒科太醫。」到次日，打發西門慶早往衙門中去了，使小厮請了劉婆來看了，說是着了驚。與了他三錢銀子。灌了他些藥兒，那孩兒方纔得穩睡，不洋妳了。李瓶兒一塊石頭方落地。正是：

滿懷心腹事，盡在不言中。

校記

〔一〕「詩曰」，內閣本、首圖本無。
〔二〕「陪着」，首圖本作「陪他」。
〔三〕「忙整衣冠」，內閣本作「慌整衣冠」。按張評本作「忙整衣冠」，詞話本作「慌整衣冠」。
〔四〕「遞酒上坐」，吳藏本作「遞酒上來」。
〔五〕「左右」，原爲「左有」，據內閣本改。
〔六〕「劉九兒」，吳藏本作「劉九鬼」。
〔七〕「勻了」，首圖本作「勺了」。
〔八〕「鄭香兒」，吳藏本作「愛香兒」。
〔九〕「隨問他」，吳藏本作「隨分他」。
〔一〇〕「衣裳」，內閣本、首圖本作「衣服」。
〔一一〕「誰恁胡言」，吳藏本作「認恁胡言」。
〔一二〕「扭出汁兒來」，首圖本誤作「扭出汗兒來」。按詞話本作「看出汁兒來」。
〔一三〕「出房」，內閣本、首圖本作「出門」。
〔一四〕「做什麽」，原作「做住麽」，據內閣本改。
〔一五〕「灸」，原作「炙」，據內閣本改。按張評本、詞話本作「炙」。

金瓶梅

第三十三回

陳敬濟失鑰罰唱

韓道國縱婦爭風

第三十三回　陳敬濟失鑰罰唱　韓道國縱婦爭鋒

詞曰〔一〕：

衣染鶯黄。愛停板駐拍，勸酒持觴。低鬟蟬影動，私語口脂香。簷滴露、竹風凉，拚劇飲琳琅。夜漸深籠燈就月，仔細端相。

——右調《意難忘前》

話説西門慶衙門中來家，進門就問月娘：「哥兒好些？使小厮請太醫去。」月娘道：「我已叫劉婆子來了。吃了他藥，孩子如今不洋妳，穩穩睡了這半日，覺好些了。」西門慶道：「信那老淫婦胡針亂灸〔二〕，還請小兒科太醫看纔好。既好些了，罷。若不好，拿到衙門裏去拶與老淫婦一拶子。」月娘道：「你恁的枉口拔舌罵人。你家孩兒現吃了他藥好了，還恁舒着嘴子罵人！」説畢，丫鬟擺上飯來。西門慶剛纔吃了飯，只見玳安兒來報：「應二爹來了。」西門慶教小厮：「拏茶出去，請應二爹捲棚内坐。」向月娘道：「把剛纔我吃飯的菜蔬休動，教小厮拿飯出去，教姐夫陪他吃，説我就來。」月娘便問：「你昨日早辰使他往那里去？那咱纔來。」西門慶便告説：「應二哥認的一箇湖州客人何官兒，門外店裡堆着五百兩絲線，急等着要起身家去，來對我説要折些發脱。我只許他四百五十兩銀子。昨日使他同來保拏了兩錠大銀子作樣銀，已是成了來了，約下今日兑銀子去。我想來，獅子街房子空閑，打開門面兩間，倒好收拾開箇絨線舖子，搭箇夥計。況來保已是鄆王府認納官錢，教他與夥計在那裡，又看了房兒，又做了買賣。」月娘道：「少不得又尋夥計。」西門慶道：「應二哥説他有一相識，姓韓，原是絨線行，如今没本錢，閑在家裏，説寫筭皆精，行止端正，再三保舉。改日領他來見我，寫立合同。」説畢，西門慶在房中兑了四百五十兩銀子，教來保拿出來。陳敬濟已陪應伯爵在捲棚内吃完飯，等的心裡火發。見銀子出來，心中歡喜〔三〕，與西門慶唱了喏，説道：「昨日打攪哥，到家晚了，今日再扒不起來。」西門慶道：「這銀子我兑了四百五十兩，教來保取搭連眼同裝了。今日好日子，便僱車輛搬了貨來，鎖在那邊房子裏就是了。」伯爵道：「哥主張的有理。只怕蠻子停留長智，推進貨來就完了帳。」于是同來保騎頭口，打着銀子，逕到門外店中成交易去。誰知伯爵背地與何官兒砸殺了，只四百二十兩銀子，打了三十兩背工。對着來保，當面只拏出九兩用銀來，二人均分了。雇了車脚，卽日推貨進城，堆在獅子街空房内，鎖了門，來回西門慶話。西門慶教應伯爵，擇吉日領韓夥計來見。其人五短身材，三十年紀，言談滚滚，滿面春風。西門慶卽日與他寫立合同。同來保領本錢雇人染絲，在獅子街開張舖面，發賣各色絨絲。一日也賣數十兩銀子，不在話下。

光陰迅速，日月如梭，不覺八月十五日，月娘生辰來到，請堂客擺酒。留下吳大妗子、潘姥姥、楊姑娘并兩箇姑子住兩日，晚夕宣唱佛曲兒，常坐到二三更纔歇。那日，西門慶因上房有吳大妗子在這裡，不方便，走到前邊李瓶兒房中看官哥兒，心裡要在李瓶兒房裡睡。李瓶兒道：「孩子纔好些兒，我心裡不耐煩，往他五媽媽房裡睡一夜罷。」西門慶笑道：「我不惹你。」于是走過金蓮這邊來。那金蓮聽見漢子進他房來，如同拾了金寶一般，連忙打發他潘姥姥過李瓶兒這邊宿歇。他便房中高點銀燈，款伸錦被，薰香澡牝，夜間陪西門慶同寢。枕畔之情，百般難述，無非只要牢籠漢子之心，使他不往別人房裡去。正是：鼓鬣遊蜂，嫩蕋半匀春蕩漾；餐香粉蝶，花房深宿夜風流。

善哉，善哉。

李瓶兒見潘姥姥過來，連忙讓在炕上坐的。教迎春安排酒菜菓餅〔四〕，晚夕說話，坐半夜纔睡。到次日，與了潘姥姥一件葱白綾襖兒，兩雙段子鞋面，二百文錢。把婆子歡喜的眉歡眼笑，過這邊來，拏與金蓮瞧，說：「此是那邊姐姐與我的。」金蓮見了〔五〕，反說他娘：「好恁小眼薄皮的，什麼好的，拏了他的來！」潘姥姥道：「好姐姐，人倒可憐見與我，你却說這箇話。你肯與我一件兒穿？」金蓮道：「我比不得他有錢的姐姐。我穿的還沒有哩，拏什麼與你！你平白吃了人家的來，等住回可整理幾碟子來，篩上壺酒，拏過去還了他就是了。到明日少不的教人砧言試語，我是聽不上。」一面分付春梅，定八碟菜蔬，四盒菓子，一錫瓶酒。打聽西門慶不在家，教秋菊用方盒拏到李瓶兒房裡，說：「娘和姥姥過來，無事和六娘吃盃酒。」李瓶兒道：「又教你娘費心。」少頃，金蓮和潘姥姥來，三人坐定，把酒來斟。春梅侍立斟酒。

以己意度人，是固有君子小人之別。

娘兒每說話間，只見秋菊來叫春梅，說：「姐夫在那邊尋衣裳，教你去開外邊樓門哩。」金蓮分付：「叫你姐夫尋了衣裳來這裏呵甌子酒去。」不一時，敬濟尋了幾家衣服，就往外走。春梅進來回說：「他不來。」金蓮道：「好歹拉了他來。」又使出綉春去把敬濟請來。潘姥姥在炕上坐，小桌兒擺着菓盒兒〔六〕，金蓮、李瓶兒陪着吃酒。連忙唱了喏。金蓮說：「我好意教你來吃酒兒，你怎的張致不來？就弔了造化了？」掀了箇嘴兒，教春梅：「拏寬盃兒來，篩與你姐夫吃。」敬濟把尋的衣服放在炕上，坐下。春梅做定科範，取了箇茶甌子，流沿邊斟上，遞與他。慌的敬濟說道：「五娘賜我，寧可吃兩小鍾兒罷。外邊舖子裡許多人等着要衣裳。」金蓮道：「教他等着去，我偏教你吃這一大鍾，那小鍾子刁刁的不耐煩。」潘姥姥道：「只教哥哥吃這一鍾罷，只怕他買賣事忙。」金蓮道：「你信他！有什麼忙〔七〕？吃好少酒兒〔八〕，金漆桶子吃到第二道箍上。」那敬濟笑着拏酒來，剛呷了兩口。潘姥姥叫春梅：「姐姐，你拏筯兒與哥哥。教他吃寡酒？」春梅也不拿筯，故意毆他，向攢盒內取了兩箇核桃遞與他。那敬濟接過來道：「你敢笑話我就禁不開他？」于是放在牙上只一磕，咬碎了下酒。潘姥姥道：「還是小後生家，好口牙。相老身，東西兒硬些就吃不得。」敬濟道：「兒子世上有兩椿兒——鵝卵石、牛騎角——吃不得罷了。」金蓮見他吃了那鍾酒，教春梅再斟上一鍾兒，說：「頭一鍾是我的了。你姥姥和六娘不是人麽？也不教你吃多，只吃三甌子，饒了你罷。」敬濟道：「五娘可憐見兒子來，真吃不得了。此這一鍾，恐怕臉紅，惹爹見怪。」金蓮道：「你也怕你爹？我說你不怕他。你爹今日往那裡吃酒去了？」敬濟道：「後晌往吳驛丞家吃酒，如今在對門喬大户房子裡看收拾哩。」金蓮

春梅、金蓮此唱彼和的，真肝胆相知。

只一語，隱出戲狎心腸。

問：「喬大户家昨日搬了去，咱今日怎不與他送茶？」敬濟道：「今早送茶去了。」李瓶兒問：「他家搬到那裡住去了？」敬濟道：「他在東大街上使了一千二百銀子，買了所好不大的房子〔九〕，與咱家房子差不多兒，門面七間，到底五層。」説話之間，敬濟揑着鼻子又挨了一鍾，趁金蓮眼錯，得手拏着衣服往外一溜烟跑了。迎春道：「娘你看，姐夫忘記鑰匙去了。」那金蓮取過來坐在身底下，向李瓶兒道：「等他來尋，你每且不要説，等我奈何他一回兒纔與他。」潘姥姥道：「姐姐與他罷了，又奈何他怎的。」

隱然自居，妙。

那敬濟走到舖子裡，袖内摸摸，不見鑰匙，一直走到李瓶兒房裡尋。金蓮道：「誰見你什麽鑰匙，你管着什麽來？放在那裡，就不知道？」春梅道：「只怕你鎖在樓上了。」敬濟道：「我記的帶出來。」金蓮道：「小孩兒家屁股大，敢吊了心！又不知家裡外頭什麽人扯落的你恁有魂沒識，心不在肝上。」敬濟道：「有人來贖衣裳，可怎的樣？趁爹不過來，免不得叫箇小爐匠來開樓門，纔知有沒。」那李瓶兒忍不住，只顧笑。敬濟道：「六娘拾了，與了我罷。」金蓮道：「也没見這李大姐，不知和他笑什麽，恰似我每拿了他的一般。」急得敬濟只是牛回磨轉，轉眼看見金蓮身底下露出鑰匙帶兒來，説道：「這不是鑰匙！」纔待用手去取，被金蓮褪在袖内，不與他，説道：「你的鑰匙兒，怎落在我手裡？」急得那小夥兒只是殺鷄扯膝。金蓮道：「只説你會唱的好曲兒，倒在外邊舖子裡唱與小厮聽，怎的不唱箇兒我聽？今日趁着你姥姥和六娘在這裡，只揀眼生好的唱箇兒，我就與你這鑰匙。不然，隨你就跳上白塔，我也没有。」敬濟道：「這五娘，就勒揹出人痞來。　誰對你老人家說我會唱？」金蓮道：「你還搗鬼？南京沈萬三，北京枯樹彎——人的名兒，樹的影兒。」那小夥兒吃他奈何不過，說道：「死不了人，　等我唱。我肚子裏撑心柱肝，要一百箇也有！」金蓮罵道：「說嘴的短命！」自把各人面前酒斟上。　金蓮道：「你再吃一盃，蓋着臉兒好唱。」敬濟道：「我唱了慢慢吃。　我唱箇菓子名《山坡羊》你聽：

初相交，在桃園兒裡結義。　相交下來，把你當玉黃李子兒擡舉。　人人說你在青翠花家飲酒，氣的我把頻波臉兒搯的粉粉的碎。　我把你賊，你學了虎刺賓了，外實裏虛，氣的我李子眼兒珠淚垂。　我使的一對桃奴兒尋你，　見你在軟棗兒樹下就和我別離了去。　氣的我鶴頂紅剪一柳青絲兒來呵，你海東紅反說我理虧。　罵了句生心紅的强賊〔一〇〕，　逼的我急了，我在吊枝乾兒上尋箇無常，到三秋，我看你倚靠着誰？」

唱畢，就問金蓮要鑰匙，　說道：「五娘快與了我罷！　夥計舖子裡不知怎的等着我哩〔一一〕。　只怕一時爹過來。」金蓮道：「你倒自在性兒，說的且是輕巧。　等你爹問，我就說你不知在那里吃了酒，把鑰匙不見了，走來俺屋裡尋。」敬濟道：「爺嚛！　五娘就是弄人的劊子手。」李瓶兒和潘姥姥再三傍邊說道：「姐姐與他去罷。」金蓮道：「若不是姥姥和你六娘勸我，定罰教你唱到天晚。頭裡騙嘴說一百箇，二百箇，纔唱一箇曲兒就要騰翅子？　我手裡放你不過。」敬濟道：「我還有一箇兒看家的，是銀名《山坡羊》，亦發孝順你老人家罷。」于是頓開喉音唱道：

人固會弄。

寃家你不來，白悶我一月，閃的人反拍着外膛兒細絲諒不徹。　我使獅子頭定兒小厮拏着黄票兒請你，你在兵部窪兒裡元寶兒家歡娛過夜。我陪銅磬兒家私爲焦心一旦兒棄捨，我把如同印箝兒印在心裡愁無救解。叫着你把那挺臉兒高揚着不理，空教我撥着雙火筒兒頓着罐子等到你更深半夜。氣的奴花銀竹葉臉兒咬定銀牙來呵，喚官銀頂上了我房門，隨那潑臉兒寃家輕敲兒不理。罵了句煎徹了的三傾兒搗槽斜賊，空把奴一腔子煖汁兒真心倒與你，只當做熱血。

敬濟唱畢，金蓮纔待叫春梅斟酒與他，忽有吳月娘從後邊來，見妳子如意兒抱着官哥兒在房門首石臺基上坐，便說道：「孩子纔好些，你這狗肉又抱他在風裡，還不抱進去！」金蓮問：「是誰說話？」繡春回道：「大娘來了。」敬濟慌的拏鑰匙往外走不迭。衆人都下來迎接月娘。月娘便問：「陳姐夫在這裡做什麽來？」金蓮道：「李大姐整治些菜，請俺娘坐坐。陳姐夫尋衣服，叫他進來吃一盃。姐姐，你請坐，好甜酒兒，你吃一盃。」月娘道：「我不吃。後邊他大妗子和楊姑娘要家去，我又記掛着這孩子，逕來看看。李大姐，你也不管，又教妳子抱他在風裏坐的。前日劉婆子說他是驚寒，你還不好生看他！」李瓶兒道：「俺陪着姥姥吃酒，誰知賊臭肉三不知抱他出去了。」月娘坐了半歇，回後邊去了。一回，使小玉來，請姥姥和五娘、六娘後邊坐。那潘金蓮和李瓶兒勻了臉，同潘姥姥往後來，陪大妗子、楊姑娘吃酒。到日落時分，與月娘送出大門，上轎去了。都在門裡站立，先是孟玉樓說道：「大姐姐，今日他爹不在，往吳驛丞家吃酒去了，咱到好往對門喬大户家房裡瞧瞧。」月娘問看門的平安兒：「誰拏着那邊鑰匙

開口推及瓶兒，以敬濟之故。

哩？」平安道：「娘每要過去瞧，開着門哩。來興哥看着兩箇坌工的在那里做活。」月娘分付：「你教他躲開，等俺每瞧瞧去。」平安兒道：「娘每只顧瞧，不妨事。他每都在第四層大空房撥灰篩土，叫出來就是了。」

當下月娘、李嬌兒、孟玉樓、潘金蓮、李瓶兒，都用轎子短搬擡過房子內。進了儀門，就是三間廳。第二層是樓。月娘要上樓去，可是作怪，剛上到樓梯中間，不料梯磴陡趄，只聞月娘哎了一聲，滑下一隻脚來，早是月娘攀住樓梯兩邊欄杆。慌了玉樓，便道：「姐姐怎的？」連忙搊住他一隻肐膊，不曾跌下來。月娘吃了一驚，就不上去。衆人扶了下來，諕的臉蠟查兒黃了。玉樓便問：「姐姐，怎麽上來滑了脚，不曾扭着那裡？」月娘道：「跌倒不曾跌着，只是扭了腰子，諕的我心跳在口裡。樓梯子趄，我只當咱家裏樓上來，滑了脚。早是攀住欄杆，不然怎了！」李嬌兒道：「你又身上不方便，早知不上樓也罷了。」于是衆姊妹相伴月娘回家。剛到家，叫的應就肚中疼痛。月娘忍不過，趁西門慶不在家，使小厮叫了劉婆子來看。婆子道：「你已是去經事來着傷，多是成不的了。」月娘道：「便是五箇多月了，上樓着了扭。」婆子道：「你吃了我這藥，安不住，下來罷了。」月娘道：「下來罷！」婆子于是留了兩服大黑丸子藥，教月娘用艾酒吃。那消半夜，弔下來了，在馬桶內。點燈撥看，原來是箇男胎，已成形了。正是：

胚胎未能全性命，真靈先到杳冥天。

幸得那日西門慶在玉樓房中歇了。

劉婆可恨，不得安胎而得催生者，醫家妙訣。

到次日，玉樓早辰到上房，問月娘：「身子如何？」月娘告訴：「半夜果然疼不住，落下來了，倒是小廝兒。」玉樓道：「可惜了！他爹不知道？」月娘道：「他爹吃酒來家，到我屋裏纔待脫衣裳，我說你往他們屋裏去罷，我心裡不自在。他纔往你這邊來了。我没對他說。我如今肚裏還有些隱隱的疼。」玉樓道：「只怕還有些餘血未盡，篩酒吃些鍋臍灰兒就好了。」又道：「姐姐，你還計較兩日兒，且在屋裡不可出去。小産比大産還難調理，只怕掉了風寒，難爲你的身子。」月娘道：「你没的說，倒没的唱揚的一地裡知道，平白噪刺刺的抱什麼空窩，惹的人動那唇齒。」以此就没教西門慶知道。此事表過不題。

出語隱然有指。

且說西門慶新搭的開絨線舖夥計，也不是守本分的人，姓韓名道國，字希堯，乃是破落户韓光頭的兒子。如今跌落下來，替了大爺的差使，亦在鄆王府做校尉，見在縣東街牛皮小巷居住。其人性本虛飄，言過其實，巧于詞色，善于言談。許人錢，如捉影捕風；騙人財，如探囊取物。自從西門慶家做了買賣，手裡財帛從容，新做了幾件虼蚤皮，在街上掇着肩膊兒就摇擺起來。人見了不叫他箇韓希堯，只叫他做「韓一摇」。他渾家乃是宰牲口王屠妹子，排行六兒〔三〕，生的長跳身材，瓜子面皮，紫膛色，約二十八九年紀。身邊有箇女孩兒，嫡親三口兒度日。他兄弟韓二，名二搗鬼，是箇耍錢的搗子，在外另住。舊與這婦人有姦，赶韓道國不在家，舖中上宿，他便時常走來與婦人吃酒，到晚夕刮涎就不去了。不想街坊有幾箇浮浪子弟，見婦人搽脂抹粉，打扮的喬模喬樣，常在門首跕立睃人，人畧鬬他鬬兒，又臭又硬，就張致罵人。因此街坊這些小夥子兒，心中有幾分不憤，暗暗三兩成羣，背地講論，看他背地與什麼人有首尾。那消半箇月，打聽出與他小叔韓二這件事來。原來韓道國這間屋門面三間，房裡兩邊都是隣舍，後門逆水塘〔一三〕。這夥人，單看韓二進去，或夜晚扒在墻上看覷，或白日裡暗使小猴子在後塘推道捉蛾兒〔一四〕，單等捉姦。不想那日二搗鬼打聽他哥不在，大白日裝酒和婦人吃，醉了，倒插了門，在房裡幹事。不防衆人睃見蹤跡，小猴子扒過來，把後門開了，衆人一齊進去，掇開房門。韓二奪門就走，被一少年一拳打倒拿住。老婆還在炕上，慌穿衣不迭。一人進去，先把褲子撾在手裡，都一條繩子拴出來。須臾，圍了一門首人，跟到牛皮街廂鋪里，就哄動了那一條街巷。這一箇來問，那一箇來瞧，內中一老者見男婦二人拴做一處，便問左右看的人：「此是爲什么事的？」旁邊有多口的道：「你老人家不知，此是小叔姦嫂子的。」那老者點了點頭兒說道：「可傷，原來小叔兒要嫂子的，到官，叔嫂通姦，兩箇都是絞罪。」那旁邊多口的，認的他有名叫做陶扒灰，一連娶三箇媳婦，都吃他扒了，因此插口說道：「你老人家深通條律，相這小叔養嫂子的便是絞罪，若是公公養媳婦的却論什麼罪？」那老者見不是話，低着頭一聲兒没言語走了。正是：各人自掃簷前雪，莫管他家屋上霜。這裡二搗鬼與婦人被捉不題。

此輩捉奸，手脚敏捷，可喜。

心虚人，可公道話都難說。

單表那日，韓道國舖子裡不該上宿，來家早，八月中旬天氣，身上穿着一套兒輕紗軟絹衣服，新盔的一頂帽兒，摇着扇兒，在街上闊行大步摇擺。但遇着人〔一五〕，或坐或立，口若懸河，

湊巧事天下不少。

滔滔不絕。就是一回，內中遇着他兩箇相熟的人，一箇是開紙舖的張二哥，一箇是開銀舖的白四哥，慌作揖舉手。張好問便道：「韓老兄連日少見，聞得恭喜在西門大官府上，開寶舖做買賣，我等缺禮失賀，休怪休怪！」一面讓他坐下。那韓道國坐在櫈上，把臉兒揚着，手中搖着扇兒，說道：「學生不才，仗賴列位餘光，與我恩主西門大官人做夥計，三七分錢。掌巨萬之財，督數處之舖，甚蒙敬重，比他人不同。」白汝晃道：「聞老兄在他門下只做線舖生意。」韓道國笑道：「二兄不知，線舖生意只是名目而已。他府上大小買賣，出入貲本，那些兒不是學生算帳！言聽計從，禍福共知，通沒我一時兒也成不得。大官人每日衙門中來家擺飯，常請去陪侍，沒我便吃不下飯去。俺兩箇在他小書房裡，閑中吃菓子說話兒，常坐半夜他方進後邊去。昨日他家大夫人生日，房下坐轎子行人情，他夫人留飲至二更方回。彼此通家，再無忌憚。不可對兄說，就是背地他房中話兒，也常和學生計較。學生先一箇行止端莊，立心不苟，與財主興利除害，拯溺救焚。凡百財上分明，取之有道。就是傅自新也怕我幾分。不是我自己誇奬，大官人正喜我這一件兒。」剛說在熱鬧處，忽見一人慌慌張張走向前叫道：「韓大哥，你還在這裡說什麼，教我舖子裡尋你不着。」拉到僻靜處告他說：「你家中如此這般，大嫂和二哥被街坊衆人撮弄了，拴到舖裡，明早要解縣見官去。你還不早尋人情理會此事？」這韓道國聽了，大驚失色。口中只咂嘴，下邊頓足，就要翅趫走。被張好問叫道：「韓老兄，你話還未盡，如何就去了？」這韓道國舉手道：「大官人有要緊事，尋我商議，不及奉陪。」慌忙而去。正是：

誰人挽得西江水，難洗今朝一面羞。

校記

〔一〕「詞曰」，內閣本、首圖本無。

〔二〕「炙」，原作「灸」，據內閣本改。按張評本、詞話本均作「灸」。

〔三〕「歡喜」，原作「歡吾」，據內閣本改。

〔四〕「酒菜菓餅」，內閣本作「酒席烙餅」。按張評本作「酒菜菓餅」，詞話本作「酒席烙餅」。

〔五〕「見了」，原作「兒了」，據內閣等本改。

〔六〕「菓盒兒」，原作「菓桌兒」，據吳藏本改。內閣本作「菓菜兒」，首圖本作「菓菓兒」，天圖本作「菓桌兒」。按張評本作「菓盒兒」，詞話本作「菓菜兒」。

〔七〕「你信他有什麼忙」，原作「你信饒自什麼惦」，據內閣本、首圖本改。

〔八〕「吃好少酒兒」，原作「吃酒少酒兒」，據內閣本改。天圖本「吃」字後有一字漫漶。

〔九〕「好不大的」，首圖本作「好大大的」。

〔一〇〕「生心紅」，內閣本、首圖本作「牛心紅」。按張評本作「生心紅」，詞話本作「牛心紅」。

〔一一〕「夥計」，原作「夥許」，據內閣本改。

〔一二〕「六兒」，內閣本、首圖本作「六姐」。按張評本作「六兒」，詞話本作「六姐」。

〔一三〕「逆水塘」，內閣本、首圖本作「通水塘」。按張評本作「逆水塘」，詞話本作「通水塘」。

〔一四〕「小猴子」，原作「小兒子」，據內閣本、首圖本改。按張評本作「小兒子」，詞話本作「小猴子」。

〔一五〕「遇着人」，原作「過着人」，據內閣、首圖等本改。

金瓶梅

第三十四回

獻芳樽內室乞恩

受私賄後庭說事

第三十四回　獻芳樽內室乞恩　受私賄後庭説事

詞曰〔一〕：

成吳越，怎禁他巧言相鬭諜。平白地送暖偷寒，平白地送暖偷寒，猛可的搬唇弄舌。水晶丸不住撇，蘸剛鍬一味撅〔二〕。

——右調《川撥棹》

話説韓道國走到家門首打聽〔三〕，見渾家和兄弟韓二栓在鋪中去了，急急走到鋪子內〔四〕，和來保計議。來保説：「你還早央應二叔來，對當家的説了，拏個帖兒對縣中李老爹一説，不論多大事情都了了。」這韓道國竟到應伯爵家。他娘子兒使丫頭出來回：「没人在家，不知往那里去了。只怕在西門大老爹家。」韓道國道：「没在他宅裡。」問應寶，也跟出去了。韓道國慌了，往抅攔院裡抓尋。原來伯爵被湖州何蠻子的兄弟何二蠻子——號叫何兩峯，請在四條巷内何金蟾兒家吃酒。被韓道國抓着了，請出來。伯爵吃的臉紅紅的，帽簷上插着剔牙杖兒。韓道國唱了喏，拉到僻静處，如此這般告他説。伯爵道：「既有此事，我少不得陪你去。」于是辭了何兩峯，與道國先同到家，問了端的。道國央及道：「此事明日只怕要解到縣裡去，只望二叔往大官府宅裡説説，討個帖兒，轉與李老爹，求他只不教你侄婦見官。事畢重謝二叔。」說着跪在地下。伯爵用手拉起來，說道：「賢契，這些事兒，我不替你處？你快寫個說帖，把一切閑話都丟開，只說你常不在家，被街坊這夥光棍時常打磚掠瓦，欺負娘子。你兄弟韓二氣忿不過，和他嚷亂，反被這夥人羣住，揪採踢打，同拴在舖裡。望大官府發個帖兒，對李老爹說，只不教你令正出官。管情見個分上就是了。」那韓道國取筆硯，連忙寫了說帖，安放袖中。

伯爵領他逕到西門慶門首，問守門的平安兒：「爹在家？」平安道：「爹在花園書房裡。二爹和韓大叔請進去。」那應伯爵狗也不咬，走熟了的，同韓道國進入儀門，轉過大廳，由鹿頂鑽山進去，就是花園角門。抹過木香棚，三間小捲棚，名喚翡翠軒，乃西門慶夏月納涼之所。前後簾櫳掩映，四面花竹陰森，裡面一明兩暗書房。有畫童兒小廝在那里掃地，說：「應二爹和韓二叔來了！」二人掀開簾子，進入明間內，書童看見便道：「請坐。俺爹剛纔進後邊去了。」一面使畫童兒請去。畫童兒走到後邊金蓮房內，問春梅：「姐，爹在這裡？」春梅罵道：「賊見鬼小奴才兒！爹在間壁六娘房裡不是，巴巴的跑來這里問！」畫童便走過這邊。只見綉春在石臺基上坐的，悄悄問：「爹在房裡？應二爹和韓大叔來了，在書房裡等爹說話。」綉春道：「爹在房裡，看着娘與哥裁衣服哩。」原來西門慶拏出兩疋尺頭來，一疋大紅紵絲，一疋鸚哥綠潞紬，教李瓶兒替官哥裁毛衫、披襖、背心、護頂之類。在炕上正鋪着大紅氊條。妳子抱着哥兒，迎春執着熨斗。只見綉春進來，悄悄拉迎春一把。迎春道：「你拉我怎麼的？拉撇了這火落在

小丫頭情

致尔尔。

筋筋節節當行法家，豈時(特)清客而已。

有權有勢，想起來官真要

氈條上。」李瓶兒便問：「你平白拉他怎的？」綉春道：「畫童說應二爹來了，請爹說話。」李瓶兒道：「小奴才兒，應二爹來，你進來說就是了，巴巴的扯他！」

西門慶分付畫童：「請二爹坐坐，我就來。」于是看裁完了衣服，便衣出來。書房內見伯爵二人，作揖坐下，韓道國打横。吃了茶，伯爵就開言說道：「韓大哥，你有甚話，對你大官府說。」西門慶道：「你有甚話說來。」韓道國纔待說「街坊有夥不知姓名棍徒……」，被應伯爵攔住便道：「賢侄，你不是這等說了。噙着骨秃露着肉，也不是事。對着你家大官府在這里，越發打開後門說了罷：韓大哥常在舖子裡上宿〔五〕，家下没人，止是他娘子兒一人，還有個孩兒。左右街坊，有幾個不三不四的人，見無人在家，時常打磚掠瓦鬼混。欺負的急了，他令弟韓二哥看不過，來家罵了幾句，被這起光棍不繇分說，羣住打了箇臭死。如今都拴在舖裏，明早要解了往本縣李大人那里去。他哭哭啼啼，央煩我來對哥說，討個帖兒，對李大人說說，青目一二。有了他令弟也是一般，只不要他令正出官就是了。」因說：「你把那說帖兒拏出來與你大官人瞧，好差人替你去。」韓道國便向袖中取出，連忙雙膝跪下，說道：「小人忝在老爹門下，萬乞老爹看應二叔分上，俯就一二，舉家没齒難忘。」西門慶一把手拉起，說道：「你請起來。」于是觀看帖兒，上面寫着：「犯婦王氏，乞青目免提。」西門慶道：「這帖子不是這等寫了！只有你令弟韓二一人就是了。」向伯爵道：「比時我拏帖對縣裏說，不如只分付地方改了報單，明日帶來我衙門裏來發落就是了。」伯爵教：「韓大哥，你還與大老爹下個禮兒。這等亦發好了！」那

做。

韓道國又倒身磕頭下去。西門慶教玳安：「你外邊快叫個答應的班頭來。」不一時，叫了個穿青衣的節級來，在旁邊伺候。西門慶叫近前，分付：「你去牛皮街韓夥計住處，問是那牌那舖地方，對那保甲說，就稱是我的鈞語，分付把王氏卽時與我放了。查出那幾個光棍名字來，改了報帖，明日早解提刑院我衙門裡聽審。」那節級應諾，領了言語出門。伯爵道：「韓大哥，你卽一同跟了他，幹你的事去罷，我還和大官人說話哩。」那韓道國千恩萬謝出門，與節級同往牛皮街幹事去了。

西門慶陪伯爵在翡翠軒坐下，因令玳安放桌兒：「你去對你大娘說，昨日磚廠劉公公送的木樨荷花酒，打開篩了來，我和應二叔吃。就把糟鰣魚蒸了來。」伯爵舉手道：「我還沒謝的哥，昨日蒙哥送了那兩尾好鰣魚與我。送了一尾與家兄去，剩下一尾，對房下說，拏刀兒劈開，送了一段與小女，餘者打成窄窄的塊兒，拏他原舊紅糟兒培着，再攪些香油，安放在一個磁罐內，留着我一早一晚吃飯兒，或遇有個人客兒來，蒸恁一碟兒上去，也不枉辜負了哥的盛情。」西門慶告訴：「劉太監的兄弟劉百户，因在河下管蘆葦場，撰了幾兩銀子，新買了一所庄子在五里店，拏皇木蓋房，近日被我衙門裡辦事官緝聽着，首了。依着夏龍溪，饒受他一百兩銀子，還要動本參送[六]，申行省院。劉太監慌了，親自拏着一百兩銀子到我這里，再三央及，只要事了。不瞞你說，咱家做着些薄生意，料也過了日子，那裡希罕他這樣錢！況劉太監平日與我相交，時常受他些禮，今日因這些事情，就又薄了面皮？教我絲毫沒受他的，只教他將

此一段今日仕途所難，勿以

西門慶而薄之。

房屋連夜拆了。到衙門裡，只打了他家人劉三二十，就發落開了。事畢，劉太監感情不過，宰了一口豬，送我一罈自造荷花酒，兩包糟鰣魚，重四十斤，又兩疋粧花織金段子，親自來謝。彼此有光，見箇情分。」伯爵道：「哥，你是希罕這個錢的？夏大人他出身行伍，起根立地上沒有，他不撾些兒，拏甚過日？哥，你自從到任以來，也和他問了幾樁事兒？」西門慶道：「大小也問了幾件公事。別的到也罷了，只吃了他貪濫蹋婪，有事不論青紅皂白〔七〕，得了錢在手裡就放了，成什麽道理！我便再三扭着不肯，『你我雖是個武職官兒，掌着這刑條，還放些體面纔好』。」說未了，酒菜齊至。西門慶將小金菊花盃斟荷花酒，陪伯爵吃。

仕路皆然，不足深怪。

不說兩個說話兒，坐更餘方散。且說那夥人，見青衣節級下地方，把婦人王氏放回家去，又拘總甲，查了各人名字，明早解提刑院問理，都各人面面相覷。就知韓道國是西門慶家夥計，尋的本家攊子，只落下韓二一人在舖裡。都說這事弄的不好了。這韓道國又送了節級五錢銀子，登時問保甲查寫了那幾個名字，送到西門慶宅內，單等次日早解。

天下事計料停貼而變出意外，大抵此類。

過一日，西門慶與夏提刑兩位官，到衙門裡坐廳。該地方保甲帶上人去，頭一起就是韓二，跪在頭裡。夏提刑先看報單：「牛皮街一牌四舖總甲蕭成，爲地方喧鬧事……」第一個就叫韓二，第二個車淡，第三個管世寬，第四個游守，第五個郝賢。都叫過花名去。然後問韓二：「爲什麽起來？」那韓二先告道：「小的哥是買賣人，常不在家住的。小男幼女，被街坊這幾個光棍，要便彈打胡博詞兒，坐在門首，胡歌野調，夜晚打磚，百般欺負。小的在外另住，來哥

好説。

以此折獄，正理確然，然而失情者亦不少矣。

家看視，含忍不過，罵了幾句。被這夥棍徒，不繇分説，揪倒在地，亂行踢打，獲在老爺案下。望老爺查情。」夏提刑便問：「你怎麽説？」那夥人一齊告道：「老爺休信他巧對！他是要錢的搗鬼。他哥不在家，和他嫂子王氏有姦。王氏平日倚逞刁潑毁罵街坊。昨日被小的們捉住，見有底衣爲證。」夏提刑因問保甲蕭成：「那王氏怎的不見？」蕭成怎的好回節級放了？只説：「王氏脚小，路上走不動，便來。」那韓二在下邊，兩隻眼只看着西門慶。良久，西門慶欠身望夏提刑道：「長官也不消要這王氏。想必王氏有些姿色，這光棍來調戲他不遂，捏成這個圈套。」因叫那爲首的車淡上去，問道：「你在那里捉住那韓二來？」衆人道：「昨日在他屋裡捉來。」又問韓二：「王氏是你甚麽人？」保甲道：「是他嫂子兒。」又問保甲：「這夥人打那里進他屋裡？」保甲道：「越墻進去。」西門慶大怒，罵道：「我把你這起光棍！他既是小叔，王氏也是有服之親，莫不不許上門行走？相你這起光棍，你是他什麽人，如何敢越墻進去？況他家男子不在，又有幼女在房中，非姦卽盜了。」喝令左右拏夾棍來，每人一夾，二十大棍，打的皮開肉綻，鮮血迸流。況四五個都是少年子弟，出娘胞胎未經刑杖，一個個打的號哭動天，呻吟滿地。這西門慶也不等夏提刑開口，分付：「韓二出去聽候。把四個都與我收監，不日取供送問。」四人到監中都互相抱怨，個個都懷鬼胎。監中人都唬恐他：「你四個若送問，都是徒罪。到了外府州縣，皆是死數。」這些人慌了，等的家下人來送飯，稍信出去，教各人父兄使錢，上下尋人情。内中有拏人情央及夏提刑，夏提刑説：「這王氏的丈夫是你西門老爹門下的夥計。他在中間扭着要送問，同僚上，我又不好處得。你須還尋人情和他説去。」也有央吳大舅出來説的。人都知西門慶家有錢，不敢來打點。

四家父兄都慌了，會在一處。内中一個説道：「也不消再央吳千户，他也不依。我聞得人説，東街上住的開紬絹舖應大哥兄弟應二，和他契厚。咱不如湊了幾十兩銀子，封與應二，教他替咱們説説，管情極好。」于是車淡的父親開酒店的車老兒爲首，每人拏十兩銀子來，共湊了四十兩銀子，齊到應伯爵家，央他對西門慶説。伯爵收下，打發衆人去了。他娘子兒便説：「你既替韓夥計出力，擺布這起人，如何又攬下這銀子，反替他説方便，不惹韓夥計怪？」伯爵道：「我可知不好説的。我別自有處。」因把銀子兑了十五兩，包放袖中，早到西門慶家。西門慶還未回來。伯爵進廳上，只見書童正從西廂房書房内出來，頭帶瓦楞帽兒，撇着金頭蓮瓣簪子〔八〕，身上穿着蘇州絹直裰，玉色紗褲兒，凉鞋浄襪。説道：「二爹請客位内坐。」交畫童兒後邊拿茶去，説道：「小厮，我使你拏茶與應二爹，你不動，且耍子兒。等爹來家，看我説不説！」那小厮就拏茶去了。伯爵便問：「你爹衙門裡還没來家？」書童道：「剛纔答應的來，説爹衙門散了，和夏老爹門外拜客去了。二爹有甚説話？」伯爵道：「没甚話。」書童道：「二爹前日説的韓夥計那事，爹昨日到衙門裡，把那夥人都打了收監，明日做文書還要送問他。」伯爵拉他到僻静處，和他説：「如今又一件，那夥人家屬如此這般，聽見要送問，都害怕了。昨日晚夕，到我家哭哭啼啼，再三跪着央及我，教對你爹説。我想我已是替韓夥計説在先，怎又好管他的，惹的韓夥計不怪？沒奈何，教他四家處了這十五兩銀子，看你取巧對你爹說，看怎麼將就饒他放了罷。」因向袖中取出銀子來遞與書童。書童打開看了，大小四錠零四塊。說道：「既是應二爹分上，交他再拏五兩來，待小的替他說，還不知爹肯不肯。昨日吳大舅親自來和爹說了，爹不依。小的虼蟆臉兒——好大面皮！實對二爹說，小的這銀子，不獨自一個使，還破些鉛兒〔九〕，轉達知俺生哥的六娘，遶個灣兒替他說，纔了他此事。」伯爵道：「既如此，等我和他說。你好歹替他上心些，他後晌些來討回話。」書童道：「爹不知多早來家〔一〇〕，你教他明日早來罷。」說畢，伯爵去了。

靈俐。

這書童把銀子拏到舖子，鑿下一兩五錢來，教人買了一罈金華酒，兩隻燒鴨，兩隻雞，一錢銀子鮮魚，一肘蹄子，二錢頂皮酥菓餡餅兒，一錢銀子的搽穰捲兒，送到來興兒屋裡，央及他媳婦惠秀替他整理，安排端正。那一日，潘金蓮不在家，從早間就坐轎子往門外潘姥姥家做生日去了。書童使畫童兒用方盒把下飯先拏在李瓶兒房中，然後又提了一罈金華酒進去。李瓶兒便問：「是那里的？」畫童道：「是書童哥送來孝順娘的。」李瓶兒笑道：「賊囚！他怎的孝順我？」良久，書童兒進來，見瓶兒在描金炕床上，引着玳瑁猫兒和哥兒耍子。因說道：「賊囚！你送了這些東西來與誰吃？」那書童只是笑。李瓶兒道：「你不言語，笑是怎的說？」書童道：「小的不孝順娘，再孝順誰？」李瓶兒道：「賊囚！你平白好好的，怎麼孝順我？你不說明白，我也不吃。」那書童把酒打開，菜蔬都擺在小桌上，教迎春取了把銀素篩了來，傾酒在鍾

伶俐人一二語，便見其措辭

之妙。

內，雙手遞上去，跪下說道：「娘吃過，等小的對娘說。」李瓶兒道：「你有甚事，說了我纔吃。不說，你就跪一百年，我也是不吃。」又道：「你起來說。」那書童于是把應伯爵所央四人之事，從頭訴說一遍：「他先替韓夥計說了，不好來說得，央及小的先來稟過娘。等爹問，休說是小的說，只假做花大舅那頭使人來說。小的寫下個帖兒在前邊書房內，只說是娘遞與小的，教與爹看。娘再加一美言。況昨日衙門裡爹已是打過他，爹胡亂做個處斷，放了他罷，也是老大的陰騭。」李瓶兒笑道：「原來也是這個事！不打緊，等你爹來家，我和他說就是了。你平白整治這些東西來做什麼？」又道：「賊囚！你想必問他起發些東西了？」書童道：「不瞞娘說，他送了小的五兩銀子。」李瓶兒道：「賊囚！你倒且是會排舖撰錢！」于是不吃小鍾，旋教迎春取了箇大銀衢花盃來，先吃了兩鍾，然後也回斟一盃與書童吃。書童道：「小的不敢吃，吃了快臉紅，只怕爹來看見。」李瓶兒道：「我賞你吃，怕怎的！」于是磕了頭起來，一吸而飲之。李瓶兒把各樣嗄飯揀在一箇碟兒裏，教他吃。那小厮一連陪他吃了兩大盃，怕臉紅就不敢吃，就出來了。到了前邊舖子里，還剩了一半點心嗄飯，擺在櫃上，又打了兩提罈酒，請了傅夥計、賁四、陳敬濟、來興兒、玳安兒。衆人都一陣風捲殘雲，吃了箇净光。就忘了教平安兒吃。

那平安兒坐在大門首，把嘴谷都着。不想西門慶約後晌從門外拜了客來家，平安看見也不說。那書童聽見喝道之聲，慌的收拾不迭，兩三步扠到廳上，與西門慶接衣服。西門慶便問：「今日没人來？」書童道：「没人。」西門慶脱了衣服，摘去冠帽，帶上巾幘，走到書房內坐下。

書童兒取了一盞茶來遞上，西門慶呷了一口放下。因見他面帶紅色，便問：「你那裡吃酒來？」這書童就向桌上硯臺下取出一紙柬帖與西門慶瞧，說道：「此是後邊六娘叫小的到房裡，與小的的，說是花大舅那裡送來，說車淡等事。六娘教小的收着與爹瞧。因賞了小的一盞酒吃，不想臉就紅了。」西門慶把帖觀看，上寫道：「犯人車淡四名，乞青目。」看了，遞與書童，分付：「放在我書篋內，教答應的明日衙門裏稟我。」書童一面接了放在書篋內，又走在旁邊侍立〔二〕。西門慶見他吃了酒，臉上透出紅白來，紅馥馥唇兒，露着一口糯米牙兒，如何不愛。于是淫心輒起，摟在懷裡，兩箇親嘴咂舌頭。那小郎口噙香茶桂花餅，身上薰的噴鼻香。西門慶用手撩起他衣服，褪了花褲兒，摸弄他屁股。因囑付他：「少要吃酒，只怕糟了臉。」書童道：「爹分付，小的知道。」兩箇在屋裡正做一處。忽一箇青衣人，騎了一匹馬，走到大門首，跳下馬來，向守門的平安作揖，問道：「這裡是問刑的西門老爹家？」那平安兒因書童兒不請他吃東道，把嘴頭子撅着，正没好氣，半日不答應。那人只顧立着，說道：「我是帥府周老爺差來，送轉帖與西門老爹看。明日與新平寨坐營須老爹送行，在永福寺擺酒。也有荊都監老爹，掌刑夏老爹，營里張老爹，每位分資一兩。遞來報知，累門上哥稟稟進去，小人還等回話。」那平安方拿了他的轉帖入後邊，打聽西門慶在花園書房內，走到裏面，轉過松墻，只見畫童兒在窗外臺基上坐的，見了平安擺手兒。那平安就知西門慶與書童幹那不急的事，悄悄走在窗下聽覷。半日，聽見裏邊氣呼呼，跐的地平一片聲响。西門慶叫道：「我的兒，把身子調正着，休要

箇中光

景，妙在隱顯之間。

動。」就半日沒聽見動靜。只見書童出來，與西門慶舀水洗手，看見平安兒、畫童兒在窗子下站立，把臉飛紅了，往後邊拏去了。平安拿轉帖進去，西門慶看了，取筆畫了知，分付：「後邊問你二娘討一兩銀子，教你姐夫封了，付與他去。」平安兒應諾去了。

書童拿了水來，西門慶洗畢手，回到李瓶兒房中。李瓶兒便問：「你吃酒？教丫頭篩酒你吃。」西門慶看見桌子底下放着一罈金華酒，便問：「是那裏的？」李瓶兒不好說是書童兒買進來的，只說：「我一時要想些酒兒吃，旋使小廝街上買了這罈酒來。打開只吃了兩鍾兒，就懶待吃了。」西門慶道：「阿呀，前頭放着酒，你又拿銀子買！前日我賒了丁蠻子四十罈河清酒，丢在西廂房內。你要吃時，教小廝拿鑰匙取去。」李瓶兒還有頭里吃的一碟燒鴨子、一碟雞肉、一碟鮮魚沒動，教迎春安排了四碟小菜，切了一碟火薰肉，放下桌兒，在房中陪西門慶吃酒。西門慶更不問這嗄飯是那里，可見平日家中受用，這樣東西無日不吃。西門慶飲酒中間想起，問李瓶兒：「頭里書童拿的那帖兒是你與他的？」李瓶兒道：「是門外花大舅那里來說，教你饒了那夥人罷。」西門慶道：「前日吳大舅來說，我沒依。若不是，我定要送問這起光棍。既是他那里分上，我明日到衙門裏，每人打他一頓放了罷。」李瓶兒道：「又打他怎的？打的那雌牙露嘴，什麼模樣！」西門慶道：「衙門是這等衙門，我管他雌牙不雌牙，還有比他嬌貴的。」李瓶兒道：「我的哥哥，你做這刑名官，早晚公門中與人行些方便兒，也是你箇陰騭，別的不打緊，只積你這點孩兒罷。」西門慶道：「可說什麼哩！」李瓶兒道：「你到明日，也要少拶打人，得將就將就些兒，那里不是積福處。」西門慶道：「公事可惜不的情兒。」

兩箇正飲酒中間，只見春梅掀簾子進來。見西門慶正和李瓶兒腿壓着腿兒吃酒，說道：「你每自在吃的好酒兒！這咱晚就不想使箇小廝接接娘去？只有來安兒一箇跟着轎子，隔門隔户，只怕來晚了，你倒放心！」西門慶見他花冠不整，雲鬢蓬鬆，便滿臉堆笑道：「小油嘴兒，我猜你睡來。」李瓶兒道：「你頭上挑線汗巾兒跳上去了，還不往下拉拉！」因讓他：「好甜金華酒，你吃鍾兒。」西門慶道：「你吃，我使小廝接你娘去。」那春梅一手按着桌兒且兜鞋，因說道：「我纔睡起來，心裡惡拉拉，懶待吃。」西門慶道：「你看不出來，小油嘴吃好少酒兒！」李瓶兒道：「左右今日你娘不在，你吃上一鍾兒怕怎的？」春梅道：「六娘，你老人家自飲，我心裡本不待吃，俺娘在家不在家便怎的？就是娘在家，遇着我心不耐煩，他讓我，我也不吃。」西門慶道：「你不吃，呵口茶兒罷。我使迎春前頭叫箇小廝，接你娘去。」因把手中吃的那盞木樨芝蔴薰筍泡茶遞與他。那春梅似有如無，接在手裡，只呷了一口，就放下了。說道：「你不要教迎春叫去〔一三〕。我已叫了平安兒在這裡，他還大些。」西門慶隔窗就叫平安兒。那小廝應道：「小的在這里伺候。」西門慶道：「你去了，誰看大門？」平安道：「小的委付棋童兒在門上。」西門慶道：「既如此，你快拏箇燈籠接去罷。」

試看春梅神情意致，口角間露一種驕心傲骨，後來結果已見一斑。然得之薰陶者亦不淺。

平安兒于是逕拏了燈籠來迎接潘金蓮。迎到半路，只見來安兒跟着轎子從南來了。原來兩箇是熟擡轎的，一箇叫張川兒，一箇叫魏聰兒。走向前一把手拉住轎扛子，說道：「小的

隨處關心，是妬處，亦是愛處。吾怒之，吾尤喜。

至言至言，爲兒女延福者宜省。

來接娘來了。」金蓮就叫平安兒問道：「是你爹使你來接我？誰使你來？」平安道：「是爹使我來倒少！是姐使了小的接娘來了。」金蓮道：「你爹想必衙門裡沒來家。」平安道：「沒來家？門外拜了人，從後晌就來家了。在六娘房裡，吃的好酒兒。若不是姐旋叫了小的進去，催逼着拏燈籠來接娘，還早哩！小的見來安一箇跟着轎子，又小，只怕來晚了，路上不方便，須得箇大的兒來接纔好，小的纔來了。」金蓮又問：「你來時，你爹在那里？」平安道：「小的來時，爹還在六娘房裡吃酒哩。姐稟問了爹，纔打發了小的來了。」金蓮聽了，在轎子內半日沒言語，冷笑罵道：「賊强人，把我只當亡故了的一般。一發在那淫婦屋裏睡了長覺罷了。到明日，只交長遠倚逞那尿胞種，只休要晌午錯了。張川兒在這裡聽着，也沒別人。你脚踏千家門、萬家户，那裡一箇纔尿出來的孩子，拏整綾段尺頭裁衣裳與他穿？你家就是王十萬，使的使不的？」張川兒接過來道：「你老人家不說，小的也不敢說，這箇可是使不的。不說可惜，倒只恐折了他，花麻痘疹還沒見，好容易就能養活的大？去年東門外一箇大庄屯人家，老兒六十歲，見居着祖父的前程，手裏無碑記的銀子，可是說的牛馬成羣，米糧無數，丫鬟侍妾成羣，穿袍兒的身邊也有十七八箇。要箇兒子花看樣兒也沒有。東廟裏打齋，西寺裡修供，捨經施像，那里沒求到？不想他第七箇房里，生了箇兒子，喜歡的了不得。也像咱當家的一般，成日如同掌兒上看擎，錦繡窩兒裡抱大。糊了三間雪洞兒的房，買了四五箇養娘扶持。成日見了風也怎的，那消三歲，因出痘疹丢了。休怪小的說，倒是潑丢潑養的還好。」金蓮道：「潑丢潑養？恨不得成

方今此道深好者，方以爲如飴如蜜，如芝如蘭。此奴漫云齷齪，大胆放肆，雖然，虛平論之，然乎否乎？

女婿非陳敬濟乎？笑，笑。

日金子兒裹着他哩！」平安道：「小的還有椿事對娘說。小的若不說，到明日娘打聽出來，又說小的不是了。便是韓夥計說的那夥人，爹衙門裏都夾打了，收在監裡，要送問他。今早應二爹來和書童兒說話，想必受了幾兩銀子，大包子拏到舖子裡，就便鑿了一二三兩使了〔一三〕。買了許多東西嗄飯，在來興屋裏，教他媳婦子整治了，掇到六娘屋裏，又買了兩鉼金華酒，先和六娘吃了。又走到前邊舖子裡，和傅二叔、賁四、姐夫、玳安、來興衆人打夥兒，直吃到爹來家時分纔散了。」金蓮道：「他就不讓你吃些？」平安道：「他讓小的？好不大胆的蠻奴才！把娘每還不放在心上。不該小的說，還是爹慣了他，爹先不先和他在書房裡幹的齷齪營生。況他在縣裏當過門子，什麽事兒不知道？爹若不早把那蠻奴才打發了，到明日咱這一家子乞他弄的壞了。」金蓮問道：「在你六娘屋裏吃酒，吃的多大回？」平安兒道：「吃了好一日兒。小的看見他吃的臉兒通紅纔出來。」金蓮道：「你爹來家，就不說一句兒？」平安道：「爹也打牙粘住了，說什麽！」金蓮罵道：「恁賊没廉耻的昏君强盜！賣了兒子招女婿，彼此騰倒着做。」囑付平安：「等他再和那蠻奴才在那裡幹這齷齪營生，你就來告我說。」平安道：「娘分付，小的知道。娘也只放在心裡，休要題出小的一字兒來。」于是跟着轎子，直說到家門首。

潘金蓮下了轎，先進到後邊拜見月娘。月娘道：「你住一夜，慌的就來了？」金蓮道：「俺娘要留我住。他又招了俺姨那里一箇十二歲的女孩兒在家過活，都擠在一箇炕上，誰住他！又恐怕隔門隔户的，教我就來了。俺娘多多上覆姐姐：多謝重禮。」于是拜畢月娘，又到李嬌兒、孟玉樓衆人房裡，都拜了。回到前邊，打聽西門慶在李瓶兒屋裡説話，逕來拜李瓶兒。李瓶兒見他進來，連忙起身，笑着迎接進房裏來，説道：「姐姐來家早，請坐，吃鍾酒兒。」教迎春：「快拏座兒與你五娘坐。」金蓮道：「今日我偏了盃，重復吃了雙席兒，不坐了。」説着，揚長抽身就去了。西門慶道：「好奴才，恁大膽，來家就不拜我拜兒？」那金蓮接過來道：「我拜你？還没修福來哩。奴才不大膽，什麽人大膽！」看官聽説：潘金蓮這幾句話，分明譏諷李瓶兒，説他先和書童兒吃酒，然後又陪西門慶，豈不是雙席兒，那西門慶怎曉得就理。正是：

情知語是針和絲，就地引起是非來。

校記

〔一〕「詞曰」，内閣本、首圖本無。

〔二〕「藴剛鍬」，首圖本、天圖本、吳藏本作「藴剛鞭」。按張評本作「藴剛鞭」。

〔三〕「家門首」，吳藏本作「縣門首」。按張評本作「縣門首」，詞話本作「家門首」。

〔四〕「走到舖子内」，吳藏本作「趕到家中」。按張評本作「赶到家中」，詞話本作「走來獅子街舖子内」。

〔五〕「舖子裡」，原作「舖了裡」，據内閣本、首圖本改。

〔六〕「參送」，吳藏本作「參他」。

〔七〕「青紅皂白」，内閣本、首圖本、吳藏本作「青水皂白」。按張評本、詞話本均作「青水皂白」。

〔八〕「撇着」，吳藏本作「插着」。按張評本作「插着」，詞話本作「撇着」。

〔九〕「鉛兒」，吳藏本作「銘兒」。按張評本作「鈔兒」，詞話本作「鉛兒」。

〔一〇〕「多早」，吳藏本作「多咱」。
〔一一〕「侍立」，原作「持立」，據内閣、首圖等本改。
〔一二〕「叫去」，原作「叫我」，據内閣、首圖、吳藏等本改。
〔一三〕「鑿了」，原作「鑿子」，據内閣、首圖等本改。

金瓶梅

第三十五回

西門慶為男寵報仇

書童兒作女粧媚客

第三十五回　西門慶爲男寵報仇　書童兒作女粧媚客

詩曰〔一〕：

娟娟遊冶童，結束類妖姬。
揚歌倚箏瑟，艷舞逞媚姿。
貴人一蠱惑，飛騎爭相追。
婉孌邀恩寵，百態隨所施。

話說西門慶早到衙門，先退廳與夏提刑說：「車淡四人再三尋人情來說，交將就他。」夏提刑道：「也有人到學生那邊，不好對長官說。既是這等，如今提出來，戒飭他一番，放了罷。」西門慶道：「長官見得有理。」卽陞廳，令左右提出車淡等犯人跪下。生怕又打，只顧磕頭。西門慶也不等夏提刑開言，就道：「我把你這起光棍，如何尋這許多人情來說！本當都送問，且饒你這遭，若再犯了我手裡，都活監死。出去罷！」連韓二都喝出來了。往外金命水命，走投無命。這里處斷公事不題。

且說應伯爵拏着五兩銀子，尋書童兒問他討話，悄悄遞與他銀子。書童接的袖了。那平安兒在門首拿眼兒睃着他。書童于是如此這般：「昨日我替爹說了，今日往衙門裡發落去了。」伯爵道：「他四個父兄再三説〔二〕，恐怕又責罰他。」書童道：「你老人家只顧放心去，管情兒一下不打他〔三〕。」那伯爵得了這消息，急急走去，回他們話去了。到早飯時分，四家人都到家，個個撲着父兄家屬放聲大哭。每人去了百十兩銀子，落了兩腿瘡，再也不敢安生事了。還是好人。正是：

禍患每從勉强得，煩惱皆因不忍生。

却説那日西門慶未來家時，書童兒在書房内，叫來安兒掃地，向食盒内把人家送的桌面上响糖與他吃。都是爲嘴起，妙。那小厮千不合萬不合，叫：「書童哥，我有句話兒告你説。昨日俺平安哥接五娘轎子，在路上好不學舌，説哥的過犯。」書童問道：「他説我什麼來？」來安兒道：「他説哥攬的人家幾兩銀子，大膽買了酒肉，送在六娘房裡，吃了半日，出來，又在前邊舖子裡吃，不與他吃。禍根。又説你在書房裡，和爹幹什麼營生。」這書童聽了，暗記在心，也不題起。到次日，西門慶早辰約會了，不往衙門裡去，都往門外永福寺，置酒與須坐營送行去了。直到下午纔來家，下馬就分付平安：「但有人來，只説還没來家。」説畢，進到廳上，書童兒接了衣裳。西門慶因問：「今日没人來？」書童道：「没有。管屯的徐老爹送了兩包螃蟹、十斤鮮魚。小的拿回帖打發去了，與了來人一錢銀子。又有吴大舅送了六個帖兒，明日請娘們吃三日。」原來吴大舅子吴舜臣，娶了喬大户娘子侄女兒鄭三姐做媳婦兒，西門慶送了茶去，他那里來請。

西門慶到後邊，月娘拏着帖兒與他瞧，西門慶説道：「明日你們都收拾了去。」説畢，出來，到書房裡坐下。書童連忙拿炭火爐內燒甜香餅兒，趣人。雙手遞茶上去。西門慶擎茶在手，他慢慢挨近跕立在桌邊。可意。良久，西門慶掀了個嘴兒〔四〕，畫。使他把門關上，用手摟在懷裡，一手捧着他的臉兒。西門慶吐舌頭，那小郎口裡噙着鳳香餅兒遞與他，下邊又替他弄玉莖。西門慶問道：「我兒，外邊沒人欺負你？」那小廝乘機就說：「小的有樁事，不是爹問，小的不敢說。」西門慶道：「你說不妨。」書童就把平安一節告說一遍：「前日爹叫小的在屋裏，他和畫童在窗外聽覷，小的出來舀水與爹洗手，親自看見。他又在外邊對着人罵小的蠻奴才，百般欺負小的。」西門慶聽了，心中大怒，說道：「我若不把奴才腿卸下來也不筭！」這里書房中說話不題。

且說平安兒專一打聽這件事，三不知走去報與金蓮。金蓮使春梅前邊來請西門慶說話，剛轉過松墻，只見畫童兒在那里弄松虎兒，便道：「姐來做什麼？爹在書房裡。」被春梅頭上鑿了一下。西門慶在裡面聽見裙子响，就知有人來，連忙推開小廝，走在床上睡着。那書童在桌上弄筆硯。春梅推門進來，見了西門慶，咂嘴兒說道：「你們悄悄的在屋裡，把門兒關着，敢守親哩！娘請你說話。」西門慶仰睡在枕頭上，便道：「小油嘴兒，他請我說什麼話？你先行，等我畧倘倘兒就去！」寫出稚子神情。那春梅那里容他，說道：「你不去，我就拉起你來！」西門慶怎禁他死拉活拉，拉到金蓮房中。金蓮問：「他在前頭做什麼？」春梅道：「他和小廝兩個在書房裡，把門兒插着，揑殺蠅子兒是的，知道幹的什麼繭兒，恰是守親的一般。我進去，小廝在桌子根前推寫

將就。

字，他便倘刺在床上，拉着再不肯來。」潘金蓮道：「他進來我這屋裡，只怕有鍋鑊吃了他是的。賤没廉耻的貨，你想，有個廉耻，大白日和那奴才平白關着門做什麼來？左右是奴才臭屁股門子，鑽了，到晚夕還進屋裡，和俺每沾身睡〔五〕，好乾淨兒！」西門慶道：「你信小油嘴兒胡説，我那里有此勾當！我看着他寫禮帖兒來，我便揑在床上。」金蓮道：「巴巴的關着門兒寫禮帖？出口便是一串，妙。什麼機密謠言，什麼三隻腿的金剛、兩個鯨角的象，怕人瞧見？明日吳大妗子家做三日，掠了個帖子兒來，不長不短的，也尋件甚麼子與我做拜錢。你不與，莫不教我和野漢子要！大姐姐是一套衣裳、五錢銀子，別人也有簪子的，也有花的。只我没有，我就不去了！」西門慶道：「前邊厨櫃内拏一疋紅紗來，與你做拜錢罷。」金蓮道：「我就去不成，也不要那囂紗片子，拏出去倒没的教人笑話！」西門慶道：「你休亂，等我往那邊樓上，尋一件什麼與他便了〔六〕。如今往東京送賀禮，也要幾疋尺頭，一荅兒尋下來罷。」于是走到李瓶兒那邊樓上，尋了兩疋玄色織金麒麟補子尺頭、兩個南京色段、一疋大紅斗牛紵絲、一疋翠藍雲段。因對李瓶兒説：「要尋一件雲絹衫與金蓮做拜錢，如無，拏帖段子鋪討去罷。」李瓶兒道：「你不要鋪子裡取去，我有一件織金雲絹衣服哩！大紅衫兒、藍裙，留下一件也不中用，俺兩個都做了拜錢罷。」一面向箱中取出來。李瓶兒親自拏與金蓮瞧：「隨姐姐揀，衫兒也得，裙兒也得，咱兩個一事包了做拜錢倒好，省得又取去。」金蓮道：「你的，我怎好要？」李瓶道：「好姐姐，怎生恁説話！」推了半日，金蓮方纔肯了。又出去教陳敬濟換了腰封，寫了二人名字在上，不題。

畫出。

可憐。

且說平安兒正在大門首，只見白賚光走來問道：「大官人在家麽？」平安兒道：「俺爹不在家了。」那白賚光不信，老到。逕入裏面廳上，見槅子關着，說道：「果然不在家。往那里去了？」平安道：「今日門外送行去了，還沒來。」白賚光道：「既是送行，這咱晚也該來家了。」平安道：「白大叔有甚話說下，待爹來家，小的禀就是了。」白賚光道：「没什麽話，只是許多時没見，閑來望望。既不在，我等等罷。」更老到。平安道：「只怕來晚了，你老人家等不得。」白賚光不依，把槅子推開，進入廳内，在椅子上就坐了。衆小厮也不理他，繇他坐去。不想天假其便，西門慶教迎春抱着尺頭，從後邊走來，剛轉過軟壁，頂頭就撞見白賚光在廳上坐着。迎春兒丢下段子，往後走不迭。白賚光道：「這不是哥在家！」一面走下來唱喏。西門慶見了，推辭不得，須索讓坐。睃見白賚光頭帶着一頂出洗覆盔過的、恰如太山遊到嶺的舊羅帽兒，身穿一件壞領磨襟救火的硬漿白布衫，脚下靸着一雙乍板唱曲兒前後彎絕户綻的皂靴，裏邊插着一雙一碌子蠅子打不到黃絲轉香馬欖襪子〔七〕。坐下，也不叫茶，見琴童在旁伺候，就分付：「把尺頭抱到客房裡，教你姐夫封去。」琴童應諾，抱尺頭往廂房裡去了。白賚光舉手道：「一向欠情，没來望的哥。」西門慶道：「多謝罣意。我也常不在家，日逐衙門中有事。」白賚光道：「哥這衙門中也日日去麽？」西門慶道：「日日去兩次，每日坐廳問事。到朔望日子，還要拜牌，畫公座，大發放，地方保甲番役打卯。歸家便有許多窮冗，無片時閒暇。今日門外去，因須南溪新陞了新平寨坐營，衆人和他送行〔八〕，只剛到家。明日管皇庄薛公公家請吃酒，路遠去不成。後日又要打聽接新巡按。又是東京太師老爺四公子又選了駙馬，童太尉侄男童天胤新選上大堂，陞指揮使僉書管事，兩三層都要賀禮。這連日通辛苦的了不得。」說了半日話，來安兒纔拏上茶來。白賚光纔拏在手裡呷了一口，只見玳安拏着大紅帖兒往裏飛跑，報道：「掌刑的夏老爹來了！外邊下馬了。」西門慶就往後邊穿衣服去了。白賚光躲在西厢房内，打簾裡望外張看。

因後被參，先敍得疎處，妙。

良久，夏提刑進到廳上，西門慶冠帶從後邊迎將來。兩個叙禮畢，分賓主坐下。不一時，棋童兒拏了兩盞茶來吃了〔九〕，夏提刑道：「昨日所言接大巡的事，今日學生差人打聽，姓曾，乙未進士，牌已行到東昌地方。他列位每都明日起身遠接。你我雖是武官，係領勅衙門提點刑獄，比軍衞有司不同。咱後日起身，離城十里尋個去所，預備一頓飯，那里接見罷！」西門慶道：「長官所言甚妙，也不消長官費心，學生這里着人尋個菴觀寺院，或是人家庄園亦好〔一〇〕，教個厨役早去整理。」夏提刑謝道：「這等又教長官費心。」說畢，又吃了一道茶，夏提刑起身去了。

的真扯淡，落運人語言無味者如此。

西門慶送了進來，寬去衣裳。那白賚光還不去，走到廳上又坐下了。對西門慶說：「自從哥這兩個月没往會裏去〔一一〕，把會來就散了。老孫雖年紀大，主不得事。應二哥又不管。昨日七月内，玉皇廟打中元醮，連我只三四個人，到没個人拿出錢來，都打撒手兒。難爲吳道官，晚夕謝將，又叫了個說書的，甚是破費他。他雖故不言語，各人心上不安。不如那咱哥做

只吃物數即寫出炎涼世態，使人欲涕欲哭。

會首時，還有個張主。不久還要請哥上會去。」西門慶道：「你沒的說散便散了罷，那里得工夫幹此事，遇閑時，在吳先生那里一年打上個醮，答報答報天地就是了。隨你們會不會，不消來對我說。」幾句話搶白的白賚光沒言語了。又坐了一回，西門慶見他不去，只得喚琴童兒廂房內放棹兒，拏了四碟小菜，牽葷連素，一碟煎麪觔、一碟燒肉。西門慶陪他吃了飯。篩酒上來，西門慶又討副銀鑲大鍾來，斟與他。吃了幾鍾，白賚光纔起身。西門慶送到二門首，說道：「你休怪我不送你，我帶着小帽，不好出去得。」那白賚光告辭去了。

西門慶回到廳上，拉了把椅子坐下，就一片聲叫平安兒。那平安兒走到跟前，西門慶罵道：「賊奴才，還站着？」叫答應的，就是三四個排軍在旁伺候。那平安不知甚麽緣故，諕的臉蠟查黃，跪下了。西門慶道〔一三〕：「我進門就分付你，但有人來，答應不在。你如何不聽？」平安道：「白大叔來時，小的回說爹往門外送行去了，沒來家。他不信，强着進來了。小的就跟進來問他：『有話說下，待爹來家，小的稟就是了。』他又不言語，自家推開廳上槅子坐下。落後，不想出來就撞見了。」西門慶罵道：「你這奴才，不要說嘴！你好小膽子兒！人進來，你在那里要錢吃酒去來，不在大門首守着！」令左右：「你聞他口裡。」那排軍聞了一聞，稟道：「沒酒氣。」西門慶分付：「叫兩個會動刑的上來，與我着實拶這奴才！」當下兩個伏侍一個，套上拶指，只顧拶起來。拶的平安疼痛難忍，叫道：「小的委實回爹不在，他强着進來。」那排軍拶上，把繩子綰住，跪下稟道：「拶上了。」西門慶道：「再與我敲五十敲。」旁邊數着，敲到五十上住了手。

西門慶分付：「打二十棍！」須臾打了二十，打的皮開肉綻，滿腿血淋。西門慶喝令：「與我放了。」兩個排軍向前解了拶子，解的直聲呼喚。西門慶罵道：「我把你這賊奴才！你說你在大門首，想說要人家錢兒，在外邊壞我的事，休吹到我耳朶内，把你這奴才腿卸下來！」那平安磕了頭起來，提着褲子往外去了。西門慶看見畫童兒在旁邊，說道：「把這小奴才拏下去，也拶他一拶子。」一面拶的小厮殺猪兒似怪叫。這里西門慶在前廳拶人不題。

單說潘金蓮從房裡出來往後走，剛走到大廳後儀門首，只見孟玉樓獨自一個在軟壁後聽覷。金蓮便問：「你在此聽甚麽兒哩？」玉樓道：「我在這里聽他爹打平安兒，連畫童小奴才也拶了一拶子，不知爲什麽。」一回棋童兒過來，玉樓叫住問他：「爲什麽打平安兒？」棋童道：「爹嗔他放進白賚光來了。」金蓮接過來道：「也不是爲放進白賚光來，敢是爲他打了象牙來，不是打了象牙，平白爲什麽打得小厮這樣的！賊没廉耻的貨，亦發臉做了主了。想有些廉耻兒也怎的！」那棋童就走了。玉樓便問金蓮：「怎的打了象牙？」金蓮道：「我要告訴你，還没告訴你。我前日去俺媽家做生日去了，不在家，蠻秫秫小厮攬了人家説事幾兩銀子，買兩盒嗄飯，又是一罈金華酒，掇到李瓶兒房裡，和小厮吃了半日酒，小厮纔出來。没廉耻貨來家，也不言語，還和小厮在花園書房裡，插着門兒，兩個不知幹着什麽營生。平安這小厮拏着人家帖子進去，見門關着，就在窗下站着了。蠻小厮開門看見了，想是學與賊没廉耻的貨，今日挾仇打這小厮，打的膫子成。那怕蠻奴才到明日把一家子都收拾了，管人弔脚兒事！」玉樓笑道：「好說，

如見。

如見。

雖是一家子，有賢有愚，自己也在裡頭。莫不都心邪了罷！」金蓮道：「不是這般說，等我告訴你。如今這家中，他心肝肐蒂兒偏歡喜的只兩個人，一個在裏，一個在外，成日把魂恰似落在他身上一般，見了說也有，笑也有。俺們是沒時運的，行動就是烏眼鷄一般。賊不逢好死變心的强盜！通把心狐迷住了，更變的如今相他哩！三姐你聽着，到明日弄出什麼八怪七喇出來！今日爲拜錢，又和他合了回氣。但來家，就在書房裡。今日我使春梅叫他來，誰知大白日裏和賊蠻奴才關着門兒哩！春梅推門入去，諕的一個個眼張失道的。到屋裡，教我儘力數罵了幾句。他只顧左遮右掩的。先拏一疋紅紗與我做拜錢，我不要。落後往李瓶兒那邊樓上尋去。賊人膽兒虛，自知理虧，拏了他箱內一套織金衣服來，親自來儘我，我只是不要。他慌了，說：『姐姐，怎的這般計較！姐姐揀衫兒也得，裙兒也得。看了，好拿到前邊，教陳姐夫封寫去。』儘了半日，我纔吐了口兒。他讓我要了衫子。」玉樓道：「這也罷了，也是他的儘讓之情。」金蓮道：「你不知道，不要讓了他。如今年世，只怕睜着眼兒的金剛，不怕閉着眼兒的佛！老婆漢子，你若放些鬆兒與他，王兵馬的皂隸——還把你不當合的。」玉樓戲道：「六丫頭，你是屬麵觔的，倒且是有靳道。」說着，兩個笑了。只見小玉來請：「三娘、五娘，後邊吃螃蟹哩！我去請六娘和大姑娘去。」

兩個手拉着手兒進來，月娘和李嬌兒正在上房穿廊下坐，說道：「你兩個笑什麼？」金蓮道：「我笑他爹打平安兒。」月娘道：「嗔他恁亂蝍蠊叫喊的，只道打什麼人，原來打他。爲什麼來？」金蓮道：「爲他打折了象牙了。」月娘老實，便問：「象牙放在那里來，怎的教他打折了？」那潘金蓮和孟玉樓兩個嘻嘻哈哈，只顧笑成一塊。月娘道：「不知你每笑什麼，不對我說。」玉樓道：「姐姐你不知道，爹打平安爲放進白賚光來了。」月娘道：「放進白賚光便罷了，怎麼說道打了象牙？也没見這般没稍幹的人，在家閉着膫子坐，平白有要没緊來人家撞些什麼！」來安道：「他來望爹來了。」月娘道：「那個弔下炕來了？望，没的扯臊淡，不說來挑嘴吃罷了。」良久，李瓶兒和大姐來到，衆人圍繞吃螃蟹。月娘分付小玉：「屋裡還有些葡萄酒，篩來與你娘每吃。」金蓮快嘴，說道：「吃螃蟹得些金華酒吃纔好！」又道：「只剛一味螃蟹就着酒吃，得隻燒鴨兒撕了來下酒。」月娘道：「這咱晚那里買燒鴨子去！」李瓶兒聽了，把臉飛紅了。正是：話頭兒包含着深意，題目兒哩暗蓄着留心。那月娘是個誠實的人，怎曉的話中之話。這里吃螃蟹不題。

且說平安兒被責，來到外邊，賁四、來興衆人，都亂來問平安兒〔三〕：「爹爲甚麼打你？」平安哭道：「我知爲甚麼？」來興兒道：「爹嗔他放進白賚光來了。」平安道：「早是頭里你看着，我那等攔他，他只强着進去了。不想爹從後邊出來撞見了。又没甚話，吃了茶，再不起身。只見夏老爹來了，我說他去了，他還躲在廂房裡又不去。直等拏酒來吃了纔去。倒惹的打我這一頓，你說我不造化低！我没攔他？又說我没攔他。他强自進來，管我腿事？打我！教那個賊天殺男盜女娼的狗骨禿，吃了俺家這東西，打背梁脊下過！」來興兒道：「爛折脊梁骨，倒好了他往下撞！」平安道：「教他生噎食病，把顙根軸子爛弔了。天下有没廉耻皮臉的，不相這狗骨秃没廉耻，來我家闖的狗也不咬。賊雌飯吃花子合的，再不爛了賊亡八的屁股門子！」來興笑道：「爛了屁股門子，人不知道，只說是臊的。」衆人都笑了。平安道：「想必是家裡没晚米做飯，老婆不知餓的怎麽樣的。閑的没的幹，來人家抹嘴吃。圖家裡省了一頓，也不是常法兒。不如教老婆養漢，做了忘八倒硬朗些，不教下人唾駡。」玳安在鋪子裡篦頭，篦了，打發那人錢去了，走出來說：「平安兒，我不言語，繁的我慌。虧你還答應主子，當家的性格，你還不知道？你怎怪人？常言養兒不要屙金溺銀，只要見景生情。比不的應二叔和謝叔來，答應在家不在家，他彼此都是心甜厚間便罷了。以下的人，他又分付你答應不在家，你怎的放人來？不打你却打誰！」賁四戲道：「平安兒從新做了小孩兒，纔學閑閑，他又會頑，成日只踢毽兒耍子。」衆人又笑了一回。賁四道：「他便爲放人進來，這畫童兒却爲什麽，也陪拶了一拶子？是甚好吃的菓子，陪吃個兒？吃酒吃肉也有個陪客，十個指頭套在拶子上，也有個陪的來？」那畫童兒揉着手，只是哭。玳安戲道：「我兒少哭，你娘養的你忒嬌，把撒子兒拏繩兒拴在你手兒上，你還不吃？」這里前邊小廝熱亂不題[一四]。

西門慶在廂房中，看着陳敬濟封了禮物尺頭，寫了揭帖，次日早打發人上東京，送蔡駙馬、童堂上禮，不在話下。到次日，西門慶往衙門裏去了。吳月娘與衆房，共五頂轎子，頭戴珠翠，身穿錦繡，來興媳婦一頂小轎跟隨，往吳大妗家做三日去了。止留下孫雪娥在家中，和西門大姐看家。早間韓道國送禮相謝：一罈金華酒，一隻水晶鵝，一副蹄子，四隻燒鴨，四尾鰣魚。帖子上寫着「晚生韓道國頓首拜」〔一五〕。書童因没人在家，不敢收，連盒担留下，待的西門慶衙門回來，拏與西門慶瞧。西門慶使琴童兒鋪子里旋叫了韓夥計來，甚是説他：「没分曉，又買這禮來做甚麽！我決然不受！」那韓道國拜説：「小人蒙老爹莫大之恩，可憐見與小人出了氣，小人舉家感激不盡。令正在內。無甚微物，表一點窮心。望乞老爹好歹笑納。」西門慶道：「這個使不得，你是我門下夥計，如同一家，我如何受你的禮！卽令原人與我擡回去。」韓道國慌了，央説了半日。西門慶分咐左右，只受了鵝酒，別的禮都令擡回去了。教小厮拏帖兒，請應二爹和謝爹去。對韓道國説：「你後晌叫來保看着鋪子，你來坐坐。」韓道國説：「禮物不受，又教老爹費心。」應諾去了。

西門慶又添買了許多菜蔬，後晌時分，在翡翠軒捲棚內，放下一張八仙桌兒。應伯爵、謝希大先到了。西門慶告他説：「韓夥計費心，買禮來謝我。我再三不受他，他只顧死活央告，只留了他鵝酒。我怎好獨享，請你二位陪他坐坐。」伯爵道：「他和我計較來〔一六〕，要買禮謝。我説你大官府那里稀罕你的，休要費心，你就送去，他決然不受。如何？我恰似打你肚子裡鑽過一遭的，果然不受他的。」説畢，吃了茶，兩個打雙陸。不一時，韓道國到了，二人敘禮畢坐下。應伯爵、謝希大居上，西門慶關席，韓道國打横。登時四盤四碗拏來，桌上擺了許多下飯，把金華酒分付來安兒就在旁邊打開，用銅甑兒篩熱了拏來，教書童斟酒。伯爵分付書童兒：「後邊對你大娘房裡說，怎的不拏出螃蟹來與應二爹吃？你去說我要螃蟹吃哩！」西門慶道：「傻狗材，那里有一個螃蟹？實和你說，管屯的徐大人送了我兩包螃蟹〔一七〕，到如今娘們都吃了，剩下醃了幾個。」分付小廝：「把醃螃蟹攞幾個來。今日娘們都往吳妗子家做三日去了。」不一時，畫童拏了兩盤子醃蟹上來。那應伯爵和謝希大兩個搶着，吃的淨光。因見書童兒斟酒，說道：「你應二爹一生不吃啞酒，自誇你會唱的南曲，我不曾聽見。今日你好歹唱個兒，我纔吃這鍾酒。」那書童纔待拍着手唱，伯爵道：「這等唱一萬個也不筭。你裝龍似龍，裝虎似虎，下邊搽畫裝扮起來，相個旦兒的模樣纔好。」那書童在席上，把眼只看西門慶的聲色兒。西門慶笑罵伯爵：「你這狗材，專一歪厮纏人！」因向書童道：「既是他索落你，教玳安兒前邊問你姐要了衣服，下邊粧扮了來。」玳安先走到前邊金蓮房裡問春梅要，春梅不與〔一八〕。旋往後問上房玉簫要了四根銀簪子〔一九〕，一個梳背兒，面前一件仙子兒，一雙金鑲假青石頭墜子，大紅對衿絹衫兒，綠重絹裙子，紫銷金箍兒。要了些脂粉，在書房里搽抹起來，儼然就如個女子，打扮的甚是嬌娜。走在席邊，雙手先遞上一盃與應伯爵，頓聞喉音，在旁唱《玉芙蓉》道：

伯爵差排措勒處，節節多端，然而正中主人之好。此其所以莫逆也。

殘紅水上飄，梅子枝頭小。這些時，眉兒淡了誰描？因春帶得愁來到，春去緣何愁未消？人別後，山遙水遙。我爲你數歸期，畫損了掠兒稍。

伯爵聽了，誇奬不已，說道：「相這大官兒，不枉了與他碗飯吃。你看他這喉音，就是一管簫。

說得正正經經，何等侃鑿。

說那院裡小娘兒便怎的，那些唱都聽熟了。怎生如他這等滋潤！哥，不是俺們面獎，似你這般的人兒在你身邊，你不喜歡！」西門慶笑了。伯爵道：「哥，你怎的笑？我倒說的正經話。你休虧這孩子，凡事衣類兒上，另着個眼兒看他。難爲李大人送了他來，也是他的盛情。」西門慶道：「正是。如今我不在家，書房中一應大小事，都是他和小婿。小婿又要舖子裡兼看看。」應伯爵飲過，又斟雙盃。伯爵道：「你替我吃些兒。」書童道：「小的不敢吃，不會吃。」伯爵道：「你不吃，我就惱了。我賞你待怎的！」書童只顧把眼看西門慶。西門慶道：「也罷，應二爹賞你，你吃了。」那小廝打了個僉兒，慢慢低垂粉頸，呷了一口，餘下半鍾殘酒，用手擎着，與伯爵吃了。方纔轉過身來，遞謝希大酒，又唱了個曲兒。謝希大問西門慶道：「哥，書官兒青春多少？」西門慶道：「他今年纔交十六歲。」問道：「你也會多少南曲？」書童道：「小的也記不多幾個曲子，胡亂答應爹們罷了。」希大道：「好個乖覺孩子！」亦照前遞了酒。下來遞韓道國。道國道：「老爹在上，小的怎敢欺心。」西門慶道：「今日你是客。」韓道國道：「那有此理〔二〇〕！還是從老爹上來，次後纔是小人吃酒。」書童下席來遞西門慶酒，又唱了一個曲兒，西門慶吃畢，到韓道國跟前。韓道國慌忙立起身來接酒。伯爵道：「你坐着，教他好唱。」韓道國方纔坐下。書童又唱了個曲兒。韓道國未等詞終，連忙一飲而盡。

正飲酒中間，只見玳安來說：「賁四叔來了，請爹說話。」西門慶道：「你叫他來這里說罷。」不一時，賁四進來，向前作了揖，旁邊安頓坐了。玳安又取一雙鍾筯放下。西門慶令玳安後邊取菜蔬。西門慶因問他：「庄子上收拾怎的樣了？」賁四道：「前一層纔蓋瓦，後邊捲棚昨日纔打的基，還有兩邊廂房與後一層住房的料，都沒有。客位與捲棚漫地尺二方磚，還得五百〔三〕，那舊的都使不得。砌墻的大城角也沒了。墊地脚帶山子上土，也添勾了百多車子。灰還得二十兩銀子的。」西門慶道：「那灰不打緊，我明日衙門裡分付灰户，教他送去。昨日你磚廠劉公公說送我些磚兒。你開個數兒，封幾兩銀子送與他，須是一半人情兒回去。只少這木植。」賁四道：「昨日老爹分付，門外看那庄子，今早同張安兒去看，原來是向皇親家庄子。大皇親沒了，如今向五要賣神路明堂。咱們不要他的，講過只拆他三間廳、六間廂房、一層羣房就勾了。他口氣要五百兩，到跟前拏銀子和他講，三百五十兩上，也該拆他的。休說木料，光磚瓦連土也值一二百兩銀子。」應伯爵道：「我道是誰來！是向五的那庄子。向五被人爭地土，告在屯田兵備道，打官司使了好多銀子。又在院裏包着羅存兒。如今手裡弄的沒錢了。你若要與他三百兩銀子，他也罷了，冷手撾不着熱饅頭。」西門慶分付賁四：「你明日拏兩錠大銀子，同張安兒和他講去，若三百兩銀子肯，拆了來罷。」賁四道：「小人理會。」良久，後邊拏了一碗湯、一盤蒸餅上來，賁四吃了。斟上，陪衆人吃酒。書童唱了一遍，下去了。

應伯爵道：「這等吃的酒沒趣。取箇骰盆兒，俺們行箇令兒吃纔好。」西門慶令玳安：「就在前邊六娘屋裡取箇骰盆來。」不一時，玳安取了來，放在伯爵跟前，悄悄走到西門慶耳邊，說：「六娘房裡哥哭哩。迎春姐叫爹着個人兒接接六娘去。」西門慶道：「你放下壺，快叫個小斯拏燈籠接去！」因問：「那兩個小廝在那里？」玳安道：「琴童與棋童兒先拏兩個燈籠接去了。」伯爵見盆內放着六個骰兒，卽用手拈着一個，說：「我擲着點兒，各人要骨牌名一句，見合着點數兒，如說不過來，罰一大盃酒。下家唱曲兒，不會唱曲兒說笑話兒，兩樁兒不會，定罰一大盃。」西門慶道：「怪狗材，忒韶刀了！」伯爵道：「令官放個屁，也欽此欽遵。你管我怎的！」叫來安：「你且先斟一盃，罰了爹，然後好行令。」西門慶笑而飲之。伯爵道：「衆人聽着，我起令了！說差了也罰一盃。」說道：「張生醉倒在西廂。吃了多少酒？一大壺兩小壺。」果然是個么。西門慶叫書童兒上來斟酒，該下家謝希大唱。希大拍着手兒道：「我唱個《折桂令》兒你聽罷。」唱道：

　　可人心二八嬌娃，百件風流，所事撐達。眉蹙春山，眼橫秋水，鬢綰着烏鴉。乾相思，撇不下一時半霎；咫尺間，如隔着海角天涯。瘦也因他，病也因他。誰與做個成就了姻緣，便是那救苦難的菩薩。

伯爵吃了酒，過盆與謝希大擲，輪着西門慶唱。謝希大拏過骰兒來，說：「多謝紅兒扶上床。什麽時候？三更四點。」可是作怪，擲出個四來，伯爵道：「謝子純該吃四盃。」希大道：「折兩盃罷，我吃不得。」書童兒滿斟了兩盃，先吃了頭一盃，等他唱。席上，伯爵二人把一碟子荸薺都吃了。西門慶道：「我不會唱，說箇笑話兒罷。」說道：「一個人到菓子舖問：『可有榧子麽？』那人說有。取來看，那買菓子的不住的往口裏放。賣菓子的說：『你不買，如何只顧吃〔三〕？』那人道：『我圖他潤肺。』那賣的說：『你便潤了肺，我却心疼。』』衆人都笑了。伯爵道：「你若心疼，再拏兩碟子來。我媒人婆拾馬糞——越發越晒。」謝希大吃了。第三該西門慶擲。說：

妙。

「留下金釵與表記。多少重？五六七錢。」西門慶拈起骰兒來，擲了個五。書童兒也只斟上兩鍾半酒。謝希大道：「哥大量，也吃兩杯兒，没這個理。哥吃四鍾罷，只當俺一家孝順一鍾兒〔二三〕。」該韓夥計唱。韓道國讓：「賁四哥年長。」賁四道：「我不會唱，說個笑話兒罷。」西門慶吃過兩鍾，賁四說道：「一官問姦情事，問：『你當初如何姦他來？』那男子說：『頭朝東，脚也朝東姦來！』官云：『胡說！那里有個缺着行房的道理！』旁邊一個人走來跪下，說道：『告禀，若缺刑房，待小的補了罷！』」應伯爵道：「好賁四哥，你便益不失當家！你大官府又不老，別的

毒極。

還可說，你怎麽一個行房，你也補他的？」賁四聽見此言，諕的把臉通紅了，說道：「二叔，什麽話！小人出于無心。」伯爵道：「什麽話？檀木靶，没了刀兒，只有刀鞘兒了。」那賁四在席上

惡極。

終是坐不住，去又不好去，如坐針氊相似。西門慶飲畢四鍾酒，就輪該賁四擲。賁四纔待拏起骰子來，只見來安兒來請：「賁四叔，外邊有人尋你。我問他，說是窑上人。」這賁四巴不得要去，聽見這一聲，一個金蟬脱殼走了。西門慶道：「他去了，韓夥計你擲罷。」韓道國舉起骰兒道：「小人遵令了〔二四〕！」說道：「夫人將棒打紅娘。打多少？八九十下。」伯爵道：「該我唱，我不唱罷，我也說個笑話兒。教書童合席都篩上酒，連你爹也篩上。聽我這個笑話：一個道士，師徒二人往人家送疏。行到施主門首，徒弟把絛兒鬆了些，垂下來。師父說：『你看那樣，

倒相没屁股的。』徒弟回頭答道：『我没屁股，師父你一日也成不得。』」西門慶罵道：「你這歪狗材，狗口裏吐出什麼象牙來！」這里飲酒不題。

且說玳安先到前邊，又叫了畫童，拏着燈籠，來吳大妗子家接李瓶兒。瓶兒聽見說家里孩子哭，也等不得上拜，留下拜錢，就要告辭來家。吳大妗、二妗子那里肯放：「好歹等他兩口兒上了拜兒！」月娘道：「大妗子，你不知道，倒教他家去罷。家裡没人，孩子好不尋他哭哩！俺每多坐回兒不妨事。」那吳大妗子纔放了李瓶兒出門。玳安丟下畫童，和琴童兒兩個隨轎子先來家了。落後，上了拜，堂客散時，月娘等四乘轎子，只打着一個燈籠，況是八月二十四日，月黑時分。月娘問：「別的燈籠在那里，如何只一個？」棋童道：「小的原拏了兩個來，玳安要了一個，和琴童先跟六娘家去了。」月娘便不問，就罷了。潘金蓮有心，便問棋童：「你們頭裡拏幾個來？」棋童道：「小的和琴童拏了兩個來，落後玳安與畫童又要了一個去，把畫童換下，和琴童先跟了六娘去了。」金蓮道：「玳安那囚根子，他没拿燈籠來？問得精細。」畫童道：「我和他又拿一個燈籠來了。」金蓮道：「既是有一個就罷了，怎的又問你要這個？」棋童道：「我那們說〔三五〕，他强着奪了去。」金蓮便叫吳月娘：「姐姐，你看玳安恁賊獻勤的奴才！等到家和他答話。」月娘道：「奈煩，孩子家裡緊等着，叫他打了去罷了。」金蓮道：「姐姐，不是這等說。俺便罷了，你是個大娘子，没些家法兒。晴天還好，這等月黑，四頂轎子只點着一個燈籠，顧那些兒的是！」

說着轎子到門首，月娘、李嬌兒便往後邊去了。金蓮和孟玉樓一答兒下轎，進門就問：「玳安兒在那里？」平安道：「在後邊伺候哩！」剛說着，玳安出來，被金蓮罵了幾句：「我把你獻勤的囚根子！明日你只認清了，單揀着有時運的跟，只休要把脚兒蹋蹋兒。有一個燈籠打着罷了，信那斜汗世界一般又奪了個來，又把小厮也換了來。他一頂轎子，倒占了兩個燈籠，俺們四頂轎子，反打着一個燈籠，俺們不是爹的老婆？」玳安道：「娘錯怪小的了。爹見哥兒哭，教小的：『快打燈籠接你六娘先來家罷，恐怕哭壞了哥兒。』莫不爹不使我，我好幹着接去來！」金蓮道：「你這囚根子，不要說嘴！他教你接去，没教你把燈籠都拏了來。哥哥，你的雀兒只揀旺處飛，休要認差了，冷竈上着一把兒、熱竈上着一把兒纔好。俺們天生就是没時運的來？」玳安道：「娘說的什麼話，小的但有這心，騎馬把脯子骨撞折了！」金蓮道：「你這欺心的囚根子！不要慌，我洗淨眼兒看着你哩！」說着，和玉樓往後邊去了。那玳安對着衆人說：「我精晦氣的營生〔二六〕，平白爹使我接去，却被五娘罵了恁一頓。」

玉樓、金蓮二人到儀門首，撞見來安兒，問：「你爹在那里哩？」來安道：「爹和應二爹、謝爹、韓大叔還在捲棚内吃酒。書童哥裝了個唱的，在那里唱哩。娘每瞧瞧去。」二人同走到捲棚槅子外，往裏觀看。只見應伯爵在上坐着，把帽兒歪挺着〔二七〕，醉的只相線兒提的。謝希大醉的把眼兒通睁不開。書童便粧扮在旁邊斟酒唱南曲。西門慶悄悄使琴童兒抹了伯爵一臉粉，又拏草圈兒從後邊悄悄兒弄在他頭上作戲。把金蓮和玉樓在外邊忍不住只是笑，罵：「賊囚根子，到明日死了也没罪了，把醜都出盡了！」西門慶聽見外邊笑，使小厮出來問是誰，二人纔往後邊去了。散時，已一更天氣了。西門慶那日往李瓶兒房裡睡去了。金蓮歸房，因問春梅：「李瓶兒來家說甚麽話來？」春梅道：「没說甚麽。」金蓮又問：「那没廉耻貨，進他屋裡去來没有？」春梅道：「六娘來家，爹往他房裡還走了兩遭。」金蓮道：「真個是因孩子哭接他來？」春梅道：「孩子後晌好不怪哭的，抱着也哭，放下也哭，再没法處。前邊對爹說了，纔使小厮接去。」金蓮道：「若是這等也罷了。我說又是没廉耻的貨，三等兒九般使了接去。」又問：「書童那奴才，穿的是誰的衣服？」春梅道：「先來問我要，教我罵了玳安出去。落後，和玉簫借了。」金蓮道：「再要來，休要與秫秫奴才穿。」說畢，見西門慶不來，使性兒關門睡了。

且說應伯爵見賁四管工，在庄子上撰錢，明日又拏銀子買向五皇親房子，少說也有幾兩銀子背。正行令之間，可可見賁四不防頭，說出這個笑話兒來。伯爵因此錯他這一錯，使他知道。賁四果然害怕，次日封了三兩銀子，親到伯爵家磕頭。伯爵反打張驚兒，說道：「我没曾在你面上盡得心，何故行此事！」賁四道：「小人一向缺禮，早晚只望二叔在老爹面前扶持一二，足感不盡！」伯爵于是把銀子收了。待了一鍾茶，打發賁四出門。拏銀子到房中，與他娘子兒說：「老兒不發狠，婆兒没布裙。賁四這狗啃的，我舉保他一場，他得了買賣，扒自飯碗兒，就不用着我了。大官人教他在庄子上管工，明日又托他拏銀子成向五家庄子，一向撰的錢也勾了。我昨日在酒席上，拏言語錯了他錯兒，他慌了，不怕他今日不來求我。送了我三兩銀子，我且買幾疋布，勾孩子們冬衣了。」正是：

祇恨閒愁成懊惱，豈知伶俐不如癡。

校記

〔一〕「詩曰」，内閣本、首圖本無。

〔二〕「四個」，吳藏本作「四家」。

〔三〕「管情兒」，首圖本作「看情兒」。

〔四〕「掀了」，原作「扳了」，據内閣本、首圖本、吳藏本改。

〔五〕「俺每」，原作「掩每」，據内閣本、首圖本、吳藏本改。

〔六〕「與他」，吳藏本作「與你」。

〔七〕〔蠅子」，吳藏本作「繩子」。

〔八〕「和他送行」，吳藏本作「賀他送行」。

〔九〕「吃了」，原作「吃子」，據内閣本、首圖本、吳藏本改。

〔一〇〕「亦好」，内閣本、首圖本作「亦可」。

〔一一〕「没往會裏去」，吳藏本作「不往會裏去」。

〔一二〕「西門慶」，原作「西陽慶」，據内閣本改。

〔一三〕「平安兒」，原作「平官兒」，據内閣等本改。

〔一四〕「不題」，原作「胡題」，據内閣本、首圖本、吳藏本改。

〔一五〕「帖子上」，原作「帖子正」，吳藏本同，據内閣本、首圖本改。

〔一六〕「他和我」，原作「他説我」，吳藏本同，據内閣本、首圖本改。

〔一七〕「徐大人」，吳藏本作「徐大老」。

〔一八〕「不與」，吳藏本作「不採」。

〔一九〕「旋往後」，吳藏本作「旋往後邊」。

〔二〇〕「那有此理」，内閣本作「豈有此理」。按張評本作「那有此理」，詞話本作「豈有此理」。

〔二一〕「五百」，原作「五日」，據内閣本、首圖本、吳藏本改。按張評本作「五日」，詞話本作「五百」。

〔二二〕「只顧吃」，原作「口頭吃」，據内閣本、首圖本、吳藏本改。

〔二三〕「一家孝順一鍾兒」，吳藏本作「一人孝敬一鍾兒」。

〔二四〕「遵令了」，原作「尊令了」，據吳藏本改。

〔二五〕「我那們説」，吳藏本作「我那等説」。

〔二六〕「我精晦氣」，内閣本、吳藏本作「我精攮氣」。

〔二七〕「歪挺着」，吳藏本作「歪戴着」。

金瓶梅

第三十六回

翟管家寄書尋女子

蔡狀元畱飲借盤纏

新刻繡像評點金瓶梅卷之八

第三十六回　翟管家寄書尋女子　蔡狀元留飲借盤纏

詩曰〔一〕：

既傷千里目，還驚遠去魂。
豈不惲跋涉？深懷國士恩。
季布無一諾，侯嬴重一言。
人生感意氣，黃金何足論。

話說次日，西門慶早與夏提刑接了新巡按，又到庄上犒勞做活的匠人。至晚來家，平安進門就禀：「今日有東昌府下文書快手，往京裡順便稍了一封書帕來，說是太師爺府裡翟大爹寄來與爹的。小的接了，交進大娘房裡去了。那人明日午後來討回書。」西門慶聽了，走到上房，取書拆開觀看，上面寫着：

京都侍生翟謙頓首書拜卽擢大錦堂西門大人門下：久仰山斗，未接丰標，屢辱厚情，感愧何盡！前蒙馳諭，生銘刻在心。凡百于老爺左右，無不盡力扶持。所有小事，曾托盛价煩瀆，想已爲我處之矣。今因鴻便，薄具帖金十兩奉賀，兼候起居。伏望俯賜回音，生不勝感激之至。外新狀元蔡一泉，乃老爺之假子，奉敕回籍省視，道經貴處，仍望留之一飯，彼亦不敢有忘也。至祝至祝！秋後一日信。

爲人之事，雖感德如雲峯，亦要忘了，況其他乎？

西門慶看畢，只顧咨嗟不已，說道：「快叫小厮叫媒人去。我什麽營生，就忘死了。」吳月娘問：「什麽勾當？」西門慶道：「東京太師老爺府裡翟管家，前日有書來，說無子，央及我這里替他尋個女子。不拘貧富，不限財禮，只要好的，他要圖生長。粧奩財禮，該使多少，教我開了去，他一一還我，往後他在老爺面前，一力扶持我做官。我一向亂着上任，七事八事，就把這事忘死了。來保又日逐往舖子裡去了，又不題我。今日他老遠的教人稍書來，問尋的親事怎樣了。又寄了十兩折禮銀子賀我。明日差人就來討回書，你教我怎樣回答他？教他就怪死了！叫了媒人，你分付他，好歹上緊替他尋着，不拘大小人家，只要好女兒，或十五六、十七八的也罷，該多少財禮，我這里與他。再不，把李大姐房裡綉春，倒好模樣兒，與他去罷。」月娘道：「我說你是個火燎腿行貨子！這兩三個月，你早做什麽來？人家央你一場，替他看個真正女子去也好。那丫頭你又收過他，怎好打發去的！你替他當個事幹，他到明日也替你用的力。如今急水發，怎麽下得槳？比不得買什麽兒，拏了銀子到市上就買的來了。一個人家閨門女子，好歹不同，也等着媒人慢慢踏看將來。你倒說的好自在話兒！」西門慶道：「明日他來要回書，怎麼回答他？」月娘道：「虧你還斷事！這些勾當兒，便不會打發人？等那人明日來，你多與他些盤纏，寫書回覆他，只說女子尋下了，只是衣服粧奩未辦，還待幾時完畢，這里差人送去。打發去了，你這里教人替他尋也不遲。此一舉兩得其便，纔幹出好事來，也是人家托你一場。」西門慶笑道：「說的有理！」一面叫將陳敬濟來，隔夜修了回書。

次日，下書人來到，西門慶親自出來，問了備細。又問蔡狀元幾時船到，好預備接他。那人道：「小人來時蔡老爹纔辭朝，京中起身。翟爹說：只怕蔡老爹回鄉，一時缺少盤纏，煩老爹這里多少只顧借與他。寫書去，翟爹那里如數補還。」西門慶道：「你多上覆翟爹，隨他要多少，我這里無不奉命。」說畢，命陳敬濟讓去廂房內管待酒飯。臨去交割回書，又與了他五兩路費。那人拜謝，歡喜出門，長行去了。看官聽說：當初安忱取中頭甲，被言官論他是先朝宰相安惇之弟，係黨人子孫，不可以魁多士。徽宗不得已，把蔡蘊擢爲第一，做了狀元。投在蔡京門下，做了假子，陞秘書省正事〔三〕，給假省親。且說月娘家中使小厮叫了老馮、薛嫂兒并別的媒人來，分付各處打聽人家有好女子，拿帖兒來說，不在話下。

一日，西門慶使來保往新河口，打聽蔡狀元船隻。原來就和同榜進士安忱同船。這安進士亦因家貧未續親，東也不成，西也不就，辭朝還家續親，因此二人同船來到新河口。來保拿着西門慶拜帖來到船上見，就送了一分下程，酒麪、雞鵝、下飯、鹽醬之類。蔡狀元在東京，翟謙已預先和他說了：「清河縣有老爺門下一個西門千户，乃是大巨家，富而好禮。亦是老爺

爲己之事，便牢記在心。

彼此稱雲峯以爲榮，寫出仕途之穢。

口角留連得妙。

擡舉，見做理刑官。你到那里，他必然厚待。」這蔡狀元牢記在心，見西門慶差人遠來迎接，又餽送如此大禮，心中甚喜。次日就同安進士進城來拜。西門慶已是預備下酒席。因在李知縣衙內吃酒，看見有一起蘇州戲子唱的好，旋叫了四個來答應。蔡狀元那日封了一端絹帕、一部書、一雙雲履；安進士亦是書帕二事、四袋芽茶、四柄杭扇。各具官袍烏紗，先投拜帖進去。西門慶冠冕迎接，至廳上，敍禮交拜。獻畢贄儀，然後分賓主而坐。先是蔡狀元舉手欠身説道：「京師翟雲峯，甚是稱道賢公閥閲名家，清河巨族。久仰德望，未能識荆，今得晋拜堂下，爲幸多矣！」西門慶答道：「不敢！昨日雲峯書來，具道二位老先生華輈下臨，理當迎接，奈公事所羈，幸爲寬恕。」因問：「二位老先生仙鄉、尊號？」蔡狀元道：「學生本貫滁州之匡廬人也。賤號一泉，僥倖狀元，官拜秘書正字，給假省親。」安進士道：「學生乃浙江錢塘縣人氏。賤號鳳山。見除工部觀政，亦給假還鄉續親。敢問賢公尊號？」西門慶道：「在下卑官武職，何得號稱。」詢之再三，方言：「賤號四泉，累蒙蔡老爺擡舉，雲峯扶持，襲錦衣千户之職。見任理刑，實爲不稱。」蔡狀元道：「賢公抱負不凡，雅望素著，休得自謙。」敍畢禮話，請去花園捲棚內寬衣。蔡狀元辭道：「學生歸心匆匆，行舟在岸，就要回去。既見尊顔，又不遽舍，奈何奈何！」西門慶道：「蒙二公不棄蝸居，伏乞暫駐文旆，少留一飯，以盡芹獻之情。」蔡狀元道：「既是雅情，學生領命。」一面脱去衣服，二人坐下。左右又換了一道茶上來。蔡狀元以目瞻顧園池臺館，花木深秀，一望無際，心中大喜，極口稱羨道：「誠乃蓬瀛也〔三〕！」于是擡過棋桌來下棋。西門慶道：「今日有兩個戲子在此伺候，以供宴賞。」安進士道：「在那里？何不令來一見？」不一時，四個戲子跪下磕頭。蔡狀元問道：「那兩個是生旦？叫甚名字？」內中一個答道：「小的粧生，叫苟子孝。那一個裝旦的叫周順。一個貼旦叫袁琰。那一個裝小生的叫胡慥。」安進士問：「你們是那裡子弟？」苟子孝道：「小的都是蘇州人。」安進士道：「你等先粧扮了來，唱個我們聽。」四個戲子下邊粧扮去了。西門慶令後邊取女衣釵梳與他，教書童也粧扮起來。共三個旦、兩個生，在席上先唱《香囊記》。大廳正面設兩席，蔡狀元、安進士居上，西門慶下邊主位相陪。飲酒中間，唱了一摺下來，安進士看見書童兒裝小旦，便道：「這個戲子是那里的？」西門慶道：「此是小价書童。」安進士叫上去，賞他酒吃，說道：「此子絶妙而無以加矣！」蔡狀元又叫別的生旦過來，亦賞酒與他吃。因分付：「你唱個《朝元歌》『花邊柳邊』。」苟子孝答應，在旁拍手道：

花邊柳邊，簷外晴絲捲；山前水前，馬上東風軟。自歎行踪，有如蓬轉，盼望家鄉留戀。雁杳魚沉，離愁滿懷誰與傳？日短北堂萱，空勞魂夢牽。洛陽遥遠，幾時得上九重金殿？

唱完了，安進士問書童道：「你們可記的《玉環記》『恩德浩無邊』？」書童答道：「此是《畫眉序》，小的記得。」隨唱道：

恩德浩無邊，父母重逢感非淺。幸終身托與，又與姻緣。風雲會異日飛騰，鸞鳳配今諸繾綣。料應夫婦非今世，前生種玉藍田。

原來安進士杭州人，喜尚男風，見書童兒唱的好，拉着他手兒，兩個一遞一口吃酒。良久，酒闌上來，西門慶陪他復遊花園，向捲棚內下棋。令小廝拿兩個桌盒，三十樣都是細巧菓菜、鮮物下酒。蔡狀元道：「學生們初會，不當深擾潭府，天色晚了，告辭罷。」西門慶道：「豈有此理。」因問：「蔡公此回去〔四〕，還到船上？」蔡狀元道：「暫借門外永福寺寄居。」西門慶道：「如今就門外去也晚了。不如老先生把手下從者止留下一二人答應，其餘都分付回去，明日來接，庶可兩盡其情。」蔡狀元道：「賢公雖是愛客之意，其如過擾何！」當下二人一面分付手下，都回門外寺裡歇去，明日早拏馬來接。衆人應諾去了，不在話下。

二人在捲棚內下了兩盤棋，子弟唱了兩摺，恐天晚，西門慶與了賞錢，打發去了。止是書童一人，席前遞酒伏侍。看看吃至掌燈，二人出來更衣，蔡狀元拉西門慶說話：「學生此去回鄉省親，路費缺少。」西門慶道：「不勞老先生分付。雲峯尊命，一定謹領。」良久，讓二人到花園：「還有一處小亭請看。」把二人一引，轉過粉墻，來到藏春塢雪洞內。裡面煖騰騰掌着燈燭，小琴桌上早已陳設菓酌之類，床榻依然，琴書瀟洒。從新復飲，書童在旁歌唱。蔡狀元問道：「大官，你會唱『紅入仙桃』？」書童道：「此是《錦堂月》，小的記得。」于是把酒都斟，拏住南腔，拍手唱了一個。安進士聽了，喜之不勝，向西門慶道：「此子可愛。」將盃中之酒一吸而飲之。那書童在席間穿着翠袖紅裙，勒着銷金箍兒，高擎玉斝，捧上酒，又唱了一個。當日直飲至夜分，方纔歇息。西門慶藏春塢、翡翠軒兩處俱設床帳，鋪陳綾錦被褥，就派書童、玳安兩個小厮答應。西門慶道了安置，方回後邊去了。

到次日，蔡狀元、安進士跟從人夫轎馬來接。西門慶廳上擺酒伺候，饌盤酒飯與脚下人吃。教兩個小厮，方盒捧出禮物。蔡狀元是金段一端，領絹二端，合香五百，白金一百兩。安進士是色段一端，領絹一端，合香三百，白金三十兩。蔡狀元固辭再三，説道：「但假十數金足矣，何勞如此太多，又蒙厚貺！」安進士道：「蔡年兄領受，學生不當。」西門慶笑道：「些須微贐，表情而已。老先生榮歸續親，在下少助一茶之需。」于是兩人俱出席謝道：「此情此德，何日忘之！」一面令家人各收下去，一面與西門慶相別，説道：「生輩此去，暫違台教。不日旋京，倘得寸進，自當圖報。」安進士道：「今日相別，何年再得奉接尊顔？」西門慶道：「學生蝸居屈尊，多有褻慢，幸惟情恕！本當遠送，奈官守在身，先此告過。」送二人到門首，看着上馬而去。正是：

博得錦衣歸故里，功名方信是男兒。

校記

〔一〕「詩曰」，内閣本、首圖本無。

〔二〕「秘書省正事」，崇禎諸本同，張評本、詞話本亦同。按後文作「秘書省正字」。

〔三〕「蓬瀛」，吳藏本同。

〔四〕「蔡公」，内閣本作「二公」。按張評本作「蔡公」，詞話本作「二公」。

金瓶梅

第三十七回　馮媽媽說嫁韓愛姐

西門慶包占王六兒

第三十七回　馮媽媽說嫁韓愛姐　西門慶包占王六兒

詞曰〔一〕：

淡粧多態，更的的頻回眄睞。便認得琴心先許，與綰合歡雙帶。記華堂風月逢迎，輕嚬淺笑嬌無奈。向睡鴨爐邊，翔鸞屏裡，暗把香羅偷解。

——右調《薄倖前》〔二〕

話說西門慶打發蔡狀元、安進士去了。一日，騎馬帶眼紗在街上喝道而過，撞見馮媽媽，便叫小廝叫住，到面前問他：「你尋的那女子怎樣了？如何也不來回話？」婆子說道：「這幾日，雖是看了幾個，都是賣肉的挑擔兒的，怎好回你老人家話？不想天使其便，眼跟前一個人家女兒，就想不起來。十分人材，屬馬的，交新年十五歲。若不是昨日打他門首過，他娘請我進去吃茶，我還不得看見他哩。纔弔起頭兒，戴着雲髻兒。好不筆管兒般直縷的身子兒，纏得兩隻脚兒一些些，搽的濃濃的臉兒，又一點小小嘴兒，鬼精靈兒是的。他娘說，他是五月端午日養的，小名叫做愛姐。休說俺們愛，就是你老人家見了，也愛的不知怎麽樣的哩！」西門慶道：「你看這風媽媽子，我平白要他做甚麽？家裡放着好少兒。實對你說了罷，此是東京蔡太師老爺府裡大管家翟爹，要做二房，圖生長，托我替他尋。你若與他成了，管情不虧你。」因問道：「是誰家女子？問他討個庚帖兒來我瞧。」馮媽媽道：「誰家的？我教你老人家知道了罷。遠不一千，近只在一磚。不是別人，是你家開絨線韓夥計的女孩兒。你老人家要相看，等我和他老子說，討了帖兒來，約會下個日子，你只顧去就是了。」西門慶分付道：「既如此這般，就和他說，他若肯了，討了帖兒，來宅內回我話」。那婆子應諾去了。

過兩日，西門慶正在前廳坐的，忽見馮媽媽來回話，拏了帖兒與西門慶瞧，上寫着「韓氏，女命，年十五歲，五月初五日子時生」。便道：「我把你老人家的話對他老子說了，他說：『既是大爹可憐見，孩兒也是有造化的。但只是家寒，没些備辦。』」西門慶道：「你對他說：不費他一絲兒東西，凡一應衣服首飾、粧奩厢櫃等件，都是我這里替他辦備，還與他二十兩財禮。教他家止辦女孩兒的鞋脚就是了。臨期，還教他老子送他往東京去。比不的與他做房裡人，翟管家要圖他生長，做娘子。難得他女兒生下一男半女，也不愁個大富貴。」馮媽媽道：「他那里請問，你老人家幾時過去相看，好預備。」西門慶道：「既是他應允了，我明日就過去看看罷。他那里要的急。就對他說，休要他預備什麼，我只吃鍾清茶就起身。」馮媽媽道：「爺嚛，你老人家上門兒怪人家，雖不稀罕他的，也畧坐坐兒。夥計家莫不空教你老人家來了！」西門慶道：「你就不是了。你不知我有事。」馮媽媽道：「既是恁的，等我和他說。」一面先到韓道國家，對他渾家王六兒，將西門慶的話一五一十說了一遍：「明日他衙門中散了，就過來相看。教你一些兒休預備，他只吃一鍾茶，看了就起身。」王六兒道：「真個？媽媽子休要説謊。」馮媽媽道：

「你當家」三字，無意中已隱隱勾挑。觀「丟下」一語，則韓道國明放此着可知矣。

「你當家不恁的說，我來哄你不成！他好少事兒，家中人來人去，通不斷頭的。」婦人聽言，安排了酒食與婆子吃了，打發去了，明日早來伺候。到晚，韓道國來家，婦人與他商議已定。早起往高井上叫了一擔甜水，買了些好細菓仁，放在家中，還往舖子裡做買賣去了。丟下老婆在家，艷粧濃抹，打扮的喬模喬樣，洗手剔甲，揩抹盃盞乾凈，剥下菓仁，頓下好茶等候。馮媽媽先來攛掇。

看得有次第，自是好色中明眼人。

西門慶衙門中散了，到家換了便衣靖巾，騎馬帶眼紗，玳安、琴童兩個跟隨，逕來韓道國家，下馬進去。馮媽媽連忙請入裏面坐了。良久，王六兒引着女兒愛姐出來拜見。這西門慶且不看他女兒，不轉睛只看婦人〔三〕。見他上穿着紫綾襖兒玄色段金比甲，玉色裙子下邊顯着趫趫的兩隻脚兒。生的長挑身材，紫膛色瓜子臉〔四〕，描的水鬢長長的。正是：未知就裡何如，先看他粧色油樣。但見：

淹淹潤潤，不搽脂粉，自然體態妖嬈；嬝嬝娉娉，懶染鉛華，生定精神秀麗。兩彎眉畫遠山，一對眼如秋水。檀口輕開，勾引得蜂狂蝶亂；纖腰拘束，暗帶着月意風情。若非偷期崔氏女，定然聞瑟卓文君。

想起從前作証，透甚，妙甚。

西門慶見了，心搖目蕩，不能定止，口中不說，心中暗道：「原來韓道國有這一個婦人在家，怪不的前日那些人鬼混他。」又見他女孩兒生的一表人物，暗道：「他娘母兒生的這般人物，女兒有個不好的？」婦人先拜見了，教他女兒愛姐轉過來，望上向西門慶花枝招颭也磕了四個

口角甜甚，巧語撩人，豈能不惑！

「我去罷」、「不坐了」二語，不獨留戀不肯出門，且有許多追悔先回不坐之意在其中，下語微妙。

頭，起來侍立在旁。老媽連忙拏茶出來，婦人用手抹去盞上水漬，令他遞上。西門慶把眼上下觀看這個女子：烏雲疊鬢，粉黛盈腮，意態幽花秀麗，肌膚嫩玉生香。便令玳安毡包內取出錦帕二方、金戒指四個、白銀二十兩，教老媽安放在茶盤內。他娘忙將戒指帶在女兒手上，朝上拜謝，回房去了。西門慶對婦人說：「遲兩日，接你女孩兒往宅裡去，與他裁衣服。這些銀子，你家中替他做些鞋脚兒。」婦人連忙又磕下頭去，謝道：「俺們頭頂脚踏都是大爹的，孩子的事又教大爹費心，俺兩口兒就殺身也難報大爹。又多謝爹的插帶厚禮。」西門慶問道：「韓夥計不在家了？」婦人道：「他早辰說了話，就往舖子裡走了。明日教他往宅裡與爹磕頭去。」西門慶見婦人說話乖覺，一口一聲只是爹長爹短，就把心來惑動了，臨出門上覆他：「我去罷。」婦人道：「再坐坐。」西門慶道：「不坐了。」于是出門。一直來家，把上項告吳月娘說了。月娘道：「也是千里姻緣着線牽。既是韓夥計這女孩兒好，也是俺們費心一場。」西門慶道：「明日接他來住兩日兒，好與他裁衣服。我如今先拏十兩銀子，替他打半副頭面簪鐶之類。」月娘道：「及緊儹做去，正好後日教他老子送去，咱這里不着人去罷了。」西門慶道：「把舖子關兩日也罷，還着來保同去，就府內問聲，前日差去節級送蔡駙馬的禮到也不曾？」

話休饒舌。過了兩日，西門慶果然使小廝接韓家女兒。他娘王氏買了禮，親送他來。進門與月娘大小衆人磕頭拜見，說道：「蒙大爹、大娘并衆娘每擡舉孩兒，這等費心，俺兩口兒知感不盡。」先在月娘房擺茶，然後明間內管待。李嬌兒、孟玉樓、潘金蓮、李瓶兒都陪坐。西門慶與他買了兩疋紅綠潞紬、兩疋綿紬，和他做裏衣兒。又叫了趙裁來，替他做兩套織金紗段衣服，一件大紅粧花段子袍兒。他娘王六兒安撫了女兒，晚夕回家去了。西門慶又替他買了半副嫁粧，描金箱籠、鑑粧、鏡架、盒罐、銅錫盆、净桶、火架等件。非止一日，都治辦完備。寫了一封書信，擇定九月初十日起身。西門慶問縣裡討了四名快手，又撥了兩名排軍，執袋弓箭隨身。來保、韓道國雇了四乘頭口，緊緊保定車輛暖轎，送上東京去了，不題。丢的王六兒在家，前出後空，整哭了兩三日。

一日，西門慶無事，騎馬來獅子街房裡觀看。馮媽媽來遞茶，西門慶與了一兩銀子，説道：「前日韓夥計孩子的事累你，這一兩銀子，你買布穿。」婆子連忙磕頭謝了。西門慶又問：「你這兩日，没到他那邊走走？」馮媽道：「老身那一日没到他那里做伴兒坐？他自從女兒去了，他家里没人，他娘母靠慣了他，整哭了兩三日，這兩日纔緩下些兒來了。他又説孩子事多累了爹，問我：『爹曾與你些辛苦錢兒没有？』我便説：『他老人家事忙，我連日也没曾去，隨他老人家多少與我些兒，我敢争？』他也許我等他官兒回來，重重謝我哩！」西門慶道：「他老子回來已定有些東西，少不得謝你。」説了一回話，見左右無人，悄悄在婆子耳邊如此這般：「你閑了到他那里，取巧兒和他説，就説我上覆他，閑中我要到他那里坐半日，看他肯也不肯。我明日還來討回話。」那婆子掩口冷冷笑道：「你老人家坐家的女兒偷皮匠——逢着的就上。一鍬撅了個銀娃娃，還要尋他的娘母兒哩！夜晚些，等老身慢慢皮着臉對他説。爹，你還不知

便作聲

價。

這婦人，他是咱後街宰牲口王屠的妹子，排行叫六姐，屬蛇的，二十九歲了，雖是打扮的喬樣，到没見他輸身。你老人家明日來，等我問他，討個話兒回你。」西門慶道：「是了。」說畢，騎馬來家。

婆子做飯吃了，鎖了房門，慢慢來到婦人家。婦人開門，便讓進房裡坐，道：「我昨日下了些麵，等你來吃，就不來了。」婆子道：「我可知要來哩，到人家就有許多事，掛住了腿，動不得身。」婦人道：「剛纔做的熱飯，炒麵觔兒，逼真。你吃些。」婆子道：「老身纔吃的飯來，呷些茶罷。」那婦人便濃濃點了一盞茶遞與他，看着婦人吃了飯。婦人道：「你看我恁苦！有我那寃家，靠定了他。自從他去了，弄的這屋裡空落落的，件件的都看了我。弄的我鼻兒烏，嘴兒黑，相個人模樣？到不如他死了，扯斷腸子罷了。似這般遠離家鄉去了，你教我這心怎麼放的下來？急切要見他見，也不能勾。」說着，眼酸酸的哭了。婆子道：「說不得，自古養兒人家熱騰騰，養女人家冷清清，就是長一百歲，少不得也是人家的。你如今這等抱怨，到明日，你家姐姐到府裡腳硬，生下一男半女，你兩口子受用，就不說我老身了。」婦人道：「大人家的營生，三層大，兩層小，知道怎樣的？等他長進了，我們不知在那裏晒牙揸骨去了。」婆子道：「怎的恁般說！你們姐姐，比那個不聰明伶俐，愁針指女工不會？各人裙帶衣食，你替他愁！」兩個一遞一口說勾良久，看看說得入港，婆子道：「我每說個傻話兒，你家官人不在，前後恁空落落的，你晚夕一個人兒，不害怕麽？」婦人道：「你還說哩，都是你弄得我，肯晚夕來和我做做

似坐，似想，似托怨，口角宛然。

千古名言，可銷世人無限未來妄想。

伴兒？」婆子道：「只怕我一時來不成，我保舉個人兒來與你做伴兒，肯不肯？」婦人問：「是誰？」婆子掩口笑道：「一客不煩二主，宅裡大老爹昨日到那邊房子裡，如此這般對我說，見孩子去了，丟的你冷落，他要來和你坐半日兒。你怎麽說？這里無人，你若與他凹上了，愁没吃的、穿的、使的、用的！走熟了時，到明日房子也替你尋得一所，强如在這僻格剌子里。」婦人聽了微笑説道：「他宅裡神道相似的幾房娘子，他肯要俺這醜貨兒？」婆子道：「你怎的這般說？自古道情人眼内出西施，一來也是你緣法湊巧，他好閑人兒，不留心在你時，他昨日巴巴的肯到我房子裡說？又與了一兩銀子，説前日孩子的事累我。落後没人在根前，就和我說，教我來對你說。你若肯時，他還等我回話去。典田賣地，你兩家願意，我莫非説謊不成！」婦人道：「既是下顧，明日請他過來，奴這里等候。」這婆子見他吐了口兒，坐了一回去了。

數語是自謙，亦自喜出望外，所以一說便肯。

到次日，西門慶來到，一五一十把婦人話告訴一遍。西門慶不勝歡喜，忙秤了一兩銀子與馮媽媽，拏去治辦酒菜。那婦人聽見西門慶來，收拾房中乾净，薰香設帳，預備下好茶好水。不一時，婆子拏籃子買了許多嗄飯菜蔬菓品，來厨下替他安排。婦人洗手剔甲，又烙了一筯麵餅。明間内，揩抹桌椅光鮮。

西門慶約下午時分，便衣小帽，帶着眼紗，玳安、棋童兩個小厮跟隨，逕到門首，下馬進去。分付把馬回到獅子街房子裡去，晚上來接，止留玳安一人答應。西門慶到明間内坐下。良久，婦人扮的齊齊整整，出來拜見，說道：「前日孩子累爹費心，一言難盡。」西門慶道：「一時不到處，你兩口兒休抱怨。」婦人道：「一家兒莫大之恩，豈有抱怨之理。」磕了四個頭。馮媽媽拏上茶來，婦人遞了茶。見馬回去了，玳安把大門關了。（湊趣。）婦人陪坐一回，讓進房裏坐。（寫景酷肖。）正面紙窗門兒廂的炕床，掛着四扇各樣顏色綾剪貼的張生遇鶯鶯蜂花香的弔屏兒，上桌鑑粧、鏡架、盒罐、錫器家活堆滿，地下插着棒兒香。（尤肖。）上面設着一張東坡椅兒，西門慶坐下。婦人又濃濃點一盞胡桃夾鹽筍泡茶遞上去，西門慶吃了。婦人接了盞，在下邊炕沿兒上陪坐，問了回家中長短。西門慶見婦人自己拏托盤兒，說道：「你這里還要個孩子使纔好。」婦人道：「不瞞爹說，自從俺女兒去了，凡事不方便。少不的奴自己動手。」西門慶道：「這個不打緊，明日教老馮替你看個十三四歲的丫頭子，且胡亂替替手脚。」婦人道：「也得俺家的來，少不得東𨋢西輳的，（薰局，妙。）央馮媽媽尋一個孩子使。」西門慶道：「也不消，該多少銀子，等我與他。」那婦人道：「怎好又煩費你老人家，自恁累你老人家還少哩！」西門慶見他會說話，心中甚喜。一面馮媽媽進來安放桌兒，西門慶就對他說尋使女一節。馮媽媽道：「爹既是許了你，拜謝拜謝兒。南首趙嫂兒有個十三歲的孩子，只要四兩銀子，教爹替你買下罷。」婦人連忙向前道了萬福。不一時，擺下案碟菜蔬，篩上酒來。婦人滿斟一盞，雙手遞與西門慶。纔待磕下頭去，西門慶連忙用手拉起，說：「頭里已是見過，不消又下禮了，只拜拜便了。」婦人笑吟吟道了萬福，旁邊一個小杌兒上坐下。厨下老媽將嗄飯菜菓，一一送上。又是兩筋軟餅，婦人用手揀肉絲細菜兒裹捲了，用小碟兒托了，遞與西門慶吃。兩個在房中，盃來盞去，做一處飲酒。

玳安在廚房裡，老馮陪他另有坐處，打發他吃，不在話下。

彼此飲勾數巡，婦人把座兒挪近西門慶跟前，甚在行。與他做一處說話，遞酒兒。然後西門慶與婦人一遞一口兒吃酒，見無人進來，摟過脖子來親嘴咂舌。婦人便舒手下邊，籠揝西門慶玉莖。彼此淫心蕩漾，把酒停住不吃了。掩上房門，褪去衣褲。婦人就在裏邊炕床上伸開被褥。那時已是日色平西時分。西門慶乘着酒興，順袋內取出銀托子來使上。婦人用手打弄，見奢稜跳腦，紫强光鮮，沉甸甸甚是粗大。一壁坐在西門慶懷裏，一面在上，兩個且摟着脖子親嘴。婦人乃蹻起一足，以手導那話入牝中，兩個挺一回。西門慶摸見婦人肌膚柔膩，牝毛疎秀，先令婦人仰卧于床背，把雙手提其雙足，置之于腰眼間，肆行抽送。怎見得這場雲雨？但見：

威風迷翠榻，殺氣瑣鴛衾。珊瑚枕上施雄，翡翠帳中鬬勇。男兒氣急，使鎗只去扎心窩；女帥心忙，開口要來呑腦袋。一個使雙砲的，往來攻打內襠兵；一個輪傍牌的，上下夾迎臍下將。一個金鷄獨立，高蹺玉腿弄精神；一個枯樹盤根，倒入翎花來刺牝。戰良久朦朧星眼，但動些兒麻上來；鬬多時欵擺纖腰，再戰百回挨不去。散毛洞主倒上橋，放水去淹軍；烏甲將軍虛點鎗，側身逃命走。臍膏落馬，須臾蹂踏肉爲泥；温緊粧呆〔五〕，頃刻跌翻深澗底。大披掛七零八斷，猶如急雨打殘花；錦套頭力盡觔輪，恰似猛風飄敗葉。硫黃元帥，盔歪甲散走無門；銀甲將軍，守住老營還要命。正是：愁雲托上九重天，一塊敗兵連地滾。

原來婦人有一件毛病，但凡交姤，只要教漢子幹他後庭花，在下邊揉着心子纔過。不然隨問怎的不得丟身子。就是韓道國與他相合，倒是後邊去的多，前邊一月走不的兩三遭兒。第二件，積年好咂髻髮，把髻髮常遠放在口裏，一夜他也無個足處。隨問怎的出了毬，禁不的他吮咂挑弄，登時就起。自這兩椿兒，可在西門慶心坎上。當日和他纏到起更纔回家。婦人和西門慶說：「爹到明日再來早些，白日裏咱破工夫，脫了衣裳好生耍耍。」西門慶大喜。到次日，到了獅子街線舖裡，就兑了四兩銀子與馮媽媽，討了丫頭使喚，改名叫做錦兒。

子平云：有病方爲貴。皆知王六兒之受用處在有此毛病也。

西門慶想着這個甜頭兒，過了兩日，又騎馬來婦人家行走。原是棋童、玳安兩個跟隨，到了門首，就分付棋童把馬回到獅子街房裡去。那馮媽媽專一替他提壺打酒，街上買東西整理，通小殷懃兒，圖些油菜養口。西門慶來一遭，與婦人一二兩銀子盤纏。白日裡來，直到起更時分纔家去，瞞的家中鐵桶相似。馮媽媽每日在婦人這裡打勤勞兒，往宅裡也去的少了。李瓶兒使小廝叫了他兩三遍，只是不得閑，要便鎖着門去了一日。

一日，畫童兒撞見婆子，叫了來家。李瓶兒說道：「媽媽子成日影兒不見，幹的什麼猫兒頭差事？叫了一遍，只是不在，通不來這里走走兒，忙的恁樣兒的！丟下好些衣裳帶孩子被褥，等你來幫着丫頭們拆洗拆洗，再不見來了。」婆子道：「我的奶奶，你到說得且是好，寫字的拏逃軍，我如今一身故事兒哩！賣鹽的做雕鑾匠，我是那鹽人兒？」李瓶兒道：「媽媽子請着你

瓶兒何等

待老馮，老馮別有頭路，則一味虛混，此輩之無情不足取如此。

就是不閑，成日撰的錢，不知在那里。」婆子道：「老身大風刮了頰耳去——嘴也赶不上在這裡。撰什麽錢？你惱我，可知心裡急急的要來，再轉不到這里來，我也不知成日幹的什麽事兒哩。後邊大娘從那時與了銀子，教我門外頭替他稍個拜佛的蒲甸兒來，我只要忘了。昨日甫能想起來，賣蒲甸的賊蠻奴才又去了，我怎的回他？」李瓶兒道：「你還敢說没有他甸兒，你就信信拖拖跟了和尚去了罷了！他與了你銀子，這一向還不替他買將來，你這等粧憨打呆的。」婆子道：「等我也對大娘說去，就交與他這銀子去。昨日騎騾子，差些兒没弔了他的。」李瓶兒道：「等你弔了他的，你死也。」這媽媽一直來到後邊，未曾入月娘房，先走在厨下打探子兒。只見玉簫和來興兒媳婦坐在一處，見了說道：「老馮來了，貴人，你在那里來？你六娘要把你肉也嚼下來，說影邊兒就不來了。」那婆子走到跟前拜了兩拜，說道：「我纔到他前頭來，吃他咭咶了這一回來了。」玉簫道：「娘問你替他稍的蒲甸兒怎樣的？」婆子道：「昨日拏銀子到門外，賣蒲甸的賣了家去了，直到明年三月裡纔來哩。銀子我還拏在這里，姐你收了罷！」玉簫笑道：「怪媽媽子，你爹還在屋裡兑銀子，等出去了，你還親交與他罷。」又道：「你且坐的。我問你，韓夥計送他女兒去了多少時了？也待回來，這一回來，你就造化了，他還謝你謝兒。」婆子道：「謝不謝，隨他了。他連今纔去了八日，也得盡頭纔得來家。」不一時，西門慶兑出銀子，與賁四拏了庄子上去，就出去了。

婆子走在上房，見了月娘，也没敢拏出銀子來，只說蠻子有幾個粗甸子，都賣没了，回家明年稍雙料好蒲甸來。月娘是誠實的人，說道：「也罷，銀子你還收着。到明年，我只問你要兩個就是了。」與婆子幾個茶食吃了。後又到李瓶兒房裡來，瓶兒因問：「你大娘没罵你？」婆子道：「被我如此支吾，調的他喜歡了，倒與我些茶吃，賞了我兩個餅定出來了。」李瓶兒道：「還是昨日他往喬大户家吃滿月的餅定。媽媽子，不虧你這片嘴頭子，六月裡蚊子——也釘死了！」又道：「你今日與我洗衣服，不去罷了。」婆子道：「你收拾討下漿，我明日蚤來罷。後晌時分，還要到一個熟主顧人家幹些勾當兒。」李瓶兒道：「你這老貨，偏有這些胡枝扯葉的。你明日不來，我和你答話！」那婆子説笑了一回，脱身走了。李瓶兒留他：「你吃了飯去。」婆子道：「還飽着哩，不吃罷。」恐怕西門慶往王六兒家去，兩步做一步。正是：

媒人婆地里小鬼，兩頭來回抹油嘴。
一日走勾千千步，只是苦了兩隻腿。

校記

〔一〕「詞曰」，内閣本、首圖本題作「薄倖前」。
〔二〕「右調薄倖前」，内閣本、首圖本無。
〔三〕「不轉睛」，首圖本作「不轉眼」。
〔四〕「瓜子臉」，原作「瓜了臉」，據内閣、首圖等本改。
〔五〕「粧呆」，首圖本作「痴呆」。

第三十八回　王六兒棒槌打搗鬼

潘金蓮雪夜弄琵琶

第三十八回　王六兒棒槌打搗鬼　潘金蓮雪夜弄琵琶

詞曰〔一〕：

銀箏宛轉，促柱調弦，聲遶梁間。巧作秦聲獨自憐。指輕妍，風迴雪旋，緩揚清曲，響奪鈞天〔二〕。說甚麼別鶴烏啼，試按『羅敷陌上』篇，休按『羅敷陌上』篇。

——右調《綿搭絮》〔三〕

話說馮婆子走到前廳角門首，看見玳安在廳槅子前，拏着茶盤兒伺候。玳安望着馮媽媽掓嘴兒：「你老人家先往那里去，俺爹和應二爹說了話就起身。已先使棋童兒送酒去了。」那婆子聽見，兩步做一步走的去了。原來應伯爵來說：「攬頭李智、黃四派了年例三萬香蠟等料錢糧下來，該一萬兩銀子，也有許多利息。上完了批，就在東平府見關銀子，來和你計較，做不做？」西門慶道：「我那里做他！攬頭以假充真，買官讓官。我衙門裡搭了事件，還要動他。我做他怎的！」伯爵道：「哥若不做，教他另搭別人。你只借二千兩銀子與他，每月五分行利，教他關了銀子還你，你心下何如？」西門慶道：「既是你的分上，我挪一千銀子與他罷。如今我庄子收拾，還沒銀子哩。」伯爵見西門慶吐了口兒，說道：「哥若十分沒銀子，看怎麼再撥五百兩貨物兒，湊個千五兒與他罷。他不敢少下你的。」西門慶道：「他少下我的，我有法兒處。又一件，應二哥，銀子便與他，只不教他打着我的旗兒，在外邊東駈西騙。我打聽出來，只怕我衙門監裡放不下他。」伯爵道：「哥說的什麽話，典守者不得辭其責。他若在外邊打哥的旗兒，常没事罷了，若壞了事，要我做甚麽？哥你只顧放心，但有差池，我就來對哥說。說定了，我明日教他好寫文書。」西門慶道：「明日不教他來，我有勾當。教他後日來。」說畢，伯爵去了。

西門慶教玳安伺候馬，帶上眼紗，問棋童去没有。玳安道：「來了，取挽手兒去了。」不一時，取了挽手兒來，打發西門慶上馬，逕往牛皮巷來。不想韓道國兄弟韓二搗鬼，耍錢輸了，吃的光睁睁兒的，走來哥家，問王六兒討酒吃。袖子裡掏出一條小腸兒來，說道：「嫂，我哥還没來哩，我和你吃壺燒酒。」那婦人恐怕西門慶來，又見老馮在厨下，不去兜攬他，說道：「我是不吃。你要吃拏過一邊吃去，我那里耐煩？你哥不在家，招是招非的，又來做什麽？」那韓二搗鬼，把眼兒涎睁着，又不去，看見桌底下一罈白泥頭酒，貼着紅紙帖兒，問道：「嫂子，是那里酒？打開篩壺來俺每吃。耶嚛！你自受用！」婦人道：「你趁早兒休動，是宅裡老爹送來的，你哥還没見哩。等他來家，有便倒一甌子與你吃。」韓二道：「等什麽哥？就是皇帝爺的，我也吃一鍾兒！」纔待搬泥頭，被婦人劈手一推，奪過酒來，提到屋裡去了。把二搗鬼仰八叉推了一交，半日扒起來，惱羞變成怒，口裡喃喃呐呐駡道：「賊淫婦，我好意帶將菜兒來，見你獨自一個冷落落，和你吃盃酒。你不理我，倒推我一交。我教你不要慌，你另叙上了有錢的

棒槌正好搗鬼。

漢子，不理我了，要把我打開，故意的罵我，訕我，又趍我。休教我撞見，我教你這不值錢的淫婦，白刀子進去紅刀子出來！」婦人見他的話不妨頭，一點紅從耳邊起，須臾紫脹了雙腮，便取棒槌在手，趕着打出來，罵道：「賊餓不死的殺才！你那里味醉了，來老娘這里撒野火兒。老娘手裡饒你不過！」那二搗鬼口裡喇喇哩哩罵淫婦，直罵出門去。不想西門慶正騎馬來，見了他問是誰，婦人道：「情知是誰，是韓二那廝，見他哥不在家，要便耍錢輸了，吃了酒來毆我。有他哥在家，常時撞見打一頓。」那二搗鬼看見，一溜烟跑了。西門慶又道：「這少死的花子，等我明日到衙門裡與他做功德！」婦人道：「又教爹惹惱。」西門慶道：「你不知，休要慣了他。」婦人道：「爹說的是。自古良善被人欺，慈悲生患害。」一面讓西門慶明間內坐。西門慶分付棋童回馬家去，叫玳安兒：「你在門首看，但掉着那光棍的影兒，就與我鎖在這里，明日帶到衙門裡來。」玳安道：「他的魂兒聽見爹到，不知走的那里去了。」

西門慶坐下。婦人見畢禮，連忙屋裏叫丫鬟錦兒拿了一盞菓仁茶出來，與西門慶吃，就叫他磕頭。西門慶道：「也罷，到好個孩子，你且將就使着罷。」又道：「老馮在這里，怎的不替你拏茶？」婦人道：「馮媽媽他老人家，我央及他厨下使着手哩。」西門慶又道：「頭裡我使小廝送來的那酒，是個內臣送我的竹葉清。裡頭有許多藥味，甚是峻利。我前日見你這里打的酒，都吃不上口，我所以拏的這罈酒來。」婦人又道了萬福，說：「多謝爹的酒。正是這般說，俺每不爭氣，住在這僻巷子里，又沒個好酒店，那里得上樣的酒來吃，只往大街上取去。」西門慶道：「等韓夥計來家，你和他計較，等着獅子街那里，替你破幾兩銀子買所房子，等你兩口子亦發搬到那里住去罷。舖子裡又近，買東西諸事方便。」婦人道：「爹說的是。看你老人家怎的可憐見，離了這塊兒也好。就是你老人家行走，也免了許多小人口嘴——咱行的正，也不怕他。虧他說得出。爹心裡要處自情處，他在家和不在家一個樣兒，也少不的打這條路兒來。」說一回，房裡放下桌兒，請西門慶進去寬了衣服坐。

韓道國明放一着，又反形出來。

須臾，安排酒菜上來，婦人陪定，把酒來斟。不一時，兩個並肩疊股而飲。吃的酒濃時，兩個脫剥上床交歡，自在頑耍。婦人早已床炕上鋪的厚厚的被褥，被裡薰的噴鼻香。西門慶見婦人好風月，一徑要打動他。家中袖了一個錦包兒來，打開，裡面銀托子、相思套、硫黃圈、藥煮的白綾帶子、懸玉環、封臍膏、勉鈴，一弄兒淫器。那婦人仰臥枕上，玉腿高蹺，口舌內吐。西門慶先把勉鈴教婦人自放牝內，然後將銀托束其根，硫黃圈套其首，臍膏貼于臍上，婦人以手導入牝中，兩相迎湊，漸入大半，婦人呼道：「達達！我只怕你墩的腿酸，拏過抱頭來〔四〕，你墊着坐，等我淫婦自家動罷。」又道：「只怕你不自在，你把淫婦腿弔着合，你看好不好。」西門慶真個把他脚帶解下一條來，拴他一足，弔在床槅子上低着拽，拽的婦人牝中之津如蝸之吐涎，綿綿不絕，又拽出好些白漿子來。西門慶問道：「你如何流這些白？」纔待要抹去，婦人道：「你休抹，等我吮咂了罷。」于是蹲跪他面前吮吞數次，鳴咂有聲，咂的西門慶淫心頓起，弔過身子，兩個幹後庭花。龜頭上有硫黃，濡研難澀，婦人蹙眉隱忍，半晌僅没其稜。西門

以淫婦自稱，妙絕。

慶頗作抽送，而婦人用手摸之，漸入大半，把屁股坐在西門慶懷裡，回首流眸，作顫聲叫：「達達！慢着些。後越發粗大，教淫婦怎生挨忍。」西門慶且扶起股，觀其出入之勢，因叫婦人小名：「王六兒，我的兒，你達不知心裡怎的，只好這一庄兒，不想今日遇你，正可我之意。我和你明日生死難開。」婦人道：「達達，只怕後來耍的絮煩了，把奴不理怎了？」西門慶道：「相交下來，纔見我不是這樣人。」說話之間，兩個幹勾一頓飯時。西門慶令婦人没高低淫聲浪語叫着纔過。婦人在下，一面用手舉股承受其精，樂極情濃，一泄如注。已而拽出那話來，帶着圈子，婦人還替他吮咂净了，兩個方纔並頭交股而臥。正是：一般滋味美，好耍後庭花。有詞爲証：

美冤家，一心愛折後庭花。尋常只在門前裡走，又被開路先鋒把住了他。放在户中難禁受，轉絲韁勒回馬，親得勝弄的我身上麻，蹴損了奴的粉臉那丹霞。

西門慶與婦人摟抱到二鼓時分，小厮馬來接，方纔起身回家。到次日，到衙門裡差了兩個緝捕，把二搗鬼拏到提刑院，只當做掏摸土賊，不繇分說，一夾二十，打的順腿流血。睡了一個月，險不把命花了，往後嚇的影也再不敢上婦人門纏攪了。正是：

恨小非君子，無毒不丈夫。

遲了幾日，來保、韓道國一行人東京回來，備將前事對西門慶說：「翟管家見了女子，甚是歡喜，說爹費心。留俺府裡住了兩日，討了回書。送了爹一匹青馬，封了韓夥計女兒五十兩銀子禮錢，又與了小的二十兩盤纏。」西門慶道：「勾了。」看了回書，書中無非是知感不盡之意。自此兩家都下眷生名字，稱呼親家，不在話下。韓道國與西門慶磕頭拜謝回家。西門慶道：「韓夥計，你還把你女兒這禮錢收去，也是你兩口兒恩養孩兒一場。」韓道國再三不肯收，說道：「蒙老爹厚恩，禮錢是前日有了。這銀子小人怎好又受得？從前累的老爹好少哩！」西門慶道：「你不依，我就惱了。你將回家，不要花了，我有個處。」那韓道國就磕頭謝了，拜辭回去。

外面推做親家，似支離可笑，然于內細思之，實亦不愧。

老婆見他漢子來家，滿心歡喜，一面接了行李，與他拂了塵土，問他長短：「孩子到那里好麼？」這道國把往回一路的話，告訴一遍，說：「好人家，孩子到那里，就與了三間房，兩個丫鬟伏侍，衣服頭面不消說。第二日，就領了後邊見了太太。翟管家甚是歡喜，留俺們住了兩日，酒飯連下人都吃不了。又與了五十兩禮錢。我再三推辭，大官人又不肯，還教我拏回來了。」因把銀子與婦人收了。婦人一塊石頭方落地，因和韓道國說：「咱到明日，還得一兩銀子謝老馮，你不在，虧他常來做伴兒。大官人那里，也與了他一兩。」正說着，又見丫頭過來遞茶。韓道國道：「這個是那里大姐？」婦人道：「這個是咱新買的丫頭，名喚錦兒。過來與你爹磕頭！」磕了頭，丫頭往厨下去了。

老婆如此這般，把西門慶勾搭之事，告訴一遍：「自從你去了，來行走了三四遭，纔使四兩銀子買了這個丫頭。但來一遭，帶一二兩銀子來。第二的不知高低，氣不憤走來這里放水。

被他撞見了，拏到衙門裡，打了個臭死，至今再不敢來了。大官人見不方便，許了要替我每大街上買一所房子，教咱搬到那里住去。」韓道國道：「嗔道他頭裡不受這銀子，教我拏回來休要花了，原來就是這些話了。」婦人道：「這不是有了五十兩銀子，他到明日，一定與咱多添幾兩銀子，看所好房兒。也是我輸了身一場，且落他些好供給穿戴。」韓道國道：「等我明日往鋪子裡去了，他若來時，你只推我不知道，休要怠慢了他，凡事奉承他些兒。如今好容易撰錢，怎麽趕的這箇道路！」老婆笑道：「賊强人，倒路死的！你到會吃自在飯兒，你還不知老娘怎樣受苦哩！」兩個又笑了一回，打發他吃了晚飯，夫妻收拾歇下。到天明，韓道國宅裡討了鑰匙，開鋪子去了，與了老馮一兩銀子謝他。俱不必細說。

老婆偷人，難得道國亦不氣苦。予嘗謂好色甚于好財，觀此則好財又甚于好色矣。

說得口角津津榮幸。

一日，西門慶同夏提刑衙門回來。夏提刑見西門慶騎着一匹高頭點子青馬，問道：「長官那匹白馬怎的不騎，又換了這匹馬？到好一匹馬，不知口裡如何？」西門慶道：「那馬在家歇他兩日兒。這馬是昨日東京翟雲峯親家送來的，是西夏劉參將送他的。口裡纔四個牙兒，脚程緊慢都有他的。只是有些毛病兒，快護糟踅蹬〔五〕。初時騎了路上走，把膘跌了許多，這兩日內吃的好些兒。」夏提刑道：「這馬甚是會行，但只好騎着䠶街道兒罷了，不可走遠了他。論起在咱這里〔六〕，也值七八十兩銀子。我學生騎的那馬，昨日又瘸了。今早來衙門裡來，旋拏帖兒問舍親借了這匹馬騎來，甚是不方便。」西門慶道：「不打緊，長官沒馬，我家中還有一匹黃馬，送與長官罷。」夏提刑舉手道：「長官下顧，學生奉價過來。」西門慶道：「不須計較。學生到家，就差人送來。」兩個走到西街口上，西門慶擧手分路來家。到家就使玳安把馬送去。夏提刑見了大喜，賞了玳安一兩銀子，與了回帖兒，說：「多上覆，明日到衙門裡面謝。」

過了兩月〔七〕，乃是十月中旬時分。夏提刑家中做了些菊花酒，叫了兩名小優兒，請西門慶一敘，以酬送馬之情。西門慶家中吃了午飯，理了些事務，往夏提刑家飲酒。原來夏提刑備辦一席齊整酒餚，只爲西門慶一人而設。見了他來，不勝歡喜，降堦迎接，至廳上敘禮。西門慶道：「如何長官這等費心？」夏提刑道：「今年寒家做了些菊花酒，閒中屈執事一敘，再不敢請他客。」于是見畢禮數，寬去衣服，分賓主而坐。茶罷着棋，就席飲酒敘談，兩個小優兒在旁彈唱。正是得多少：

金尊進酒浮香蟻，象板催箏唱鷓鴣。

不說西門慶在夏提刑家飲酒，單表潘金蓮見西門慶許多時不進他房裡來，每日翡翠衾寒，芙蓉帳冷。那一日把角門兒開着，在房內銀燈高點，靠定幃屏，彈弄琵琶。等到一三更，使春梅連瞧數次，不見動靜。正是：銀箏夜久慇勤弄，寂寞空房不忍彈。取過琵琶，橫在膝上，低低彈了個《二犯江兒水》，唱道：

悶把幃屏來靠，和衣强睡倒。

猛聽得房簷上鐵馬兒一片聲响，只道西門慶敲的門環兒响，連忙使春梅去瞧。春梅回道：「娘，錯了〔八〕，是外邊風起，落雪了。」婦人又彈唱道：

人只知隔

越相思之苦，孰知眼前相思之苦如此。人只知野合相思之苦，孰知閨閫夫妻相思之苦尤甚。可勝嘆息。

聽風聲嘹喨，雪洒窗寮，任冰花片片飄。

一回兒燈昏香盡，心裡欲待去剔，見西門慶不來，又意兒懶的動旦了。唱道：

懶把寶燈挑，慵將香篆燒。捱過今宵，怕到明朝。細尋思，這煩惱何日是了？想起來，今夜裡心兒內焦，誤了我青春年少！你撇的人，有上稍來没下稍。

且說西門慶約一更時分，從夏提刑家吃了酒歸來〔九〕。一路天氣陰晦，空中半雨半雪下來，落在衣服上都化了。不免打馬來家，小厮打着燈籠，就不到後邊，逕往李瓶兒房來。李瓶兒迎着，一面替他拂去身上雪霰，接了衣服。止穿綾敞衣，坐在床上，就問：「哥兒睡了不曾？」李瓶兒道：「小官兒頑了這回，方睡下了。」迎春拏茶來吃了。李瓶兒問：「今夜吃酒來的早？」西門慶道：「夏龍溪因我前日送了他那匹馬，今日爲我費心，治了一席酒請我，又叫了兩個小優兒。和他坐了這一回，見天氣下雪，來家早些。」李瓶兒道：「你吃酒，教丫頭篩酒來你吃。大雪裡來家，只怕冷哩。」西門慶道：「還有那葡萄酒，你篩來我吃。今日他家吃的是造的菊花酒，我嫌他殺香殺氣的，我没大好生吃。」于是迎春放下桌兒，就是幾碟嗄飯、細巧菓菜之類。李瓶兒拏杌兒在旁邊坐下。桌下放着一架小火盆兒。

誰謂荼苦，其甘如薺。

這裡兩個吃酒，潘金蓮在那邊屋裡冷清清，獨自一個兒坐在床上。懷抱着琵琶，桌上燈昏燭暗。待要睡了，又恐怕西門慶一時來；待要不睡，又是那盹困，又是寒冷。不免除去冠兒，亂挽烏雲，把帳兒放下半邊來，擁衾而坐。正是：

倦倚綉床愁懶睡，低垂錦帳綉衾空。
早知薄倖輕抛棄，辜負奴家一片心。

又唱道：

懊恨薄情輕棄，離愁閒自惱。

又喚春梅過來：「你去外邊再瞧瞧，你爹來了没有？快來回我話。」那春梅走去，良久回來，説道：「娘還認爹没來哩，爹來家不耐煩了，在六娘房裡吃酒的不是？」這婦人不聽罷了，聽了如同心上戳上幾把刀子一般，駡了幾句負心賊，繇不得樸簌簌眼中流下淚來。一逕把那琵琶兒放得高高的，口中又唱道：

數語傷心之極。

心癢痛難搔，愁懷悶自焦。讓了甜桃，去尋酸棗。奴將你這定盤星兒錯認了。想起來，心兒裡焦，誤了我青春年少。你撇的人，有上稍來没下稍。

西門慶正吃酒，忽聽見彈的琵琶聲，便問：「是誰彈琵琶？」迎春答道：「是五娘在那邊彈琵琶响。」李瓶兒道：「原來你五娘還没睡哩。綉春，你快去請你五娘來吃酒。你説俺娘請哩。」那綉春去了。李瓶兒忙分付迎春：「安下個坐兒，放個鍾筯在面前。」良久，綉春走來説：「五娘摘了頭，不來哩。」李瓶兒道：「迎春，你再去請五娘去。你説，娘和爹請五娘哩。」不多時，迎春來説：「五娘把角門兒關了，説吹了燈，睡下了。」西門慶道：「休要信那小淫婦兒，等我和你兩個拉他去，務要把他拉了來。咱和他下盤棋耍子。」于是和李瓶兒同來打他角門。打了半日，

語雖酸甚，臉雖皮甚，然情自可憐。

當此時此景，金蓮固雖傷耻，然西門慶亦難爲情。

春梅把角門子開了。西門慶拉着李瓶兒進入他房中，只見婦人坐在帳中，琵琶放在傍邊。西門慶道：「怪小淫婦兒，怎的兩三轉請着你不去！」金蓮坐在床上，紋絲兒不動，把臉兒沉着，半日說道：「那没時運的人兒，丢在這冷屋裡，隨我自生自活的，又來瞅採我怎的？没的空費了你這個心，留着别處使。」西門慶道：「怪奴才！八十歲媽媽没牙——有那些唇說的？李大姐那邊請你和他下盤棋兒，只是等你不去了〔一〇〕。」李瓶兒道：「姐姐，可不怎的。我那屋裡擺着棋子了，咱們閒着下一盤兒，賭盃酒吃。」金蓮道：「李大姐，你們自去，我不去。你不知我心裡不耐煩，我如今睡也，比不的你們心寬閑散。我這兩日只有口遊氣兒，黃湯淡水誰嘗着來？我成日睁着臉兒過日子哩！」西門慶道：「怪奴才，你好好兒的，怎的不好？你若心内不自在，早對我說，我好請太醫來看你。」金蓮道：「你不信，教春梅拏過我的鏡子來，等我瞧。這兩日，瘦的相個人模樣哩！」春梅把鏡子真個遞在婦人手裡，燈下觀看。正是：

羞對菱花拭粉粧，爲郎憔瘦減容光。
閉門不管閑風月，任你梅花自主張。

西門慶拏過鏡子也照了照，說道：「我怎麽不瘦？」金蓮道：「拏甚麽比你？你每日碗酒塊肉，吃的肥胖胖的，專一只奈何人。」被西門慶不繇分說，一屁股挨着他坐在床上，摟過脖子來就親了個嘴，舒手被裡摸，見他還没脱衣裳，兩隻手齊插在他腰裡去，說道：「我的兒，真個瘦了些。」金蓮道：「怪行貨子，好冷手，冰的人慌！莫不我哄了你不成？我的苦惱，誰人知道，眼淚打肚裡流罷了。」亂了一回，西門慶還把他强死强活拉到李瓶兒房內，下了一盤棋，吃了一回酒。臨起身，李瓶兒見他這等臉酸，把西門慶攛掇過他這邊歇了。正是得多少：

腰瘦故知閒事惱，淚痕只爲别情濃。

校記

〔一〕「詞曰」，內閣本、首圖本題作「綿搭絮」。
〔二〕「鈞天」，原作「鈞天」，據內閣本改。
〔三〕「右調綿搭絮」，內閣本、首圖本無。
〔四〕「抱頭」，內閣本作「枕頭」。按張評本作「抱頭」，詞話本作「枕頭」。
〔五〕「護糟」，崇禎諸本同。按張評本作「護槽」。
〔六〕「論起」，原作「論起」，據內閣、首圖等本改。
〔七〕「兩月」，吴藏本作「兩日」。
〔八〕「錯了」，吴藏本作「錯聽了」。
〔九〕「歸來」，內閣本、首圖本作「歸家」。按張評本、詞話本均作「歸來」。
〔一〇〕「只是」，內閣本、首圖本、吴藏本作「只顧」。按張評本、詞話本均作「只顧」。

第三十九回　寄法名官哥穿道服

散生日敬濟拜冤家

第三十九回　寄法名官哥穿道服　散生日敬濟拜冤家

漢武清齋夜築壇，自斟明水醮仙官。
殿前玉女移香案，雲際金人捧露盤。
絳節幾時還入夢？碧桃何處更驂鸞？
茂陵烟雨埋弓劍，石馬無聲蔓草寒。

話說當日西門慶在潘金蓮房中歇了一夜。那婦人恨不的鑽入他腹中，在枕畔千般貼戀，萬種牢籠，淚揾鮫綃，語言温順，實指望買住漢子心。不料西門慶外邊又刮剌上了王六兒，替他獅子街石橋東邊，使了一百二十兩銀子，買了一所房屋居住。門面兩間，到底四層，一層做客位，一層供養佛像祖先，一層做住房，一層做厨房。自從搬過來，那街坊隣舍知他是西門慶夥計，不敢怠慢，都送茶盒與他，又出人情慶賀。那中等人家稱他做韓大哥、韓大嫂，以下者赶着以叔嬸呼之。西門慶但來他家，韓道國就在舖子裡上宿，教老婆陪他自在頑耍。朝來暮往，街坊人家也都知道這件事，懼怕西門慶有錢有勢，誰敢惹他！見一月之間，西門慶也來行走三四次，與王六兒打的一似火炭般熱。

看看腊月時分，西門慶在家亂着送東京并府縣、軍衛、本衛衙門中節禮。有玉皇廟吳道官使徒弟送了四盒禮物，并天地疏、新春符、謝灶誥。西門慶正在上房吃飯，玳安兒拏進帖來，上寫着：「玉皇廟小道吳宗嘉頓首拜。」西門慶看了說道：「出家人，又教他費心。」分付玳安，教書童兒封一兩銀子拿回帖與他。月娘在旁，因話題起道：「一個出家人，你要便年頭節尾受他的禮物，到把前日你爲李大姐生孩兒許的願醮，就教他打了罷。」西門慶道：「早是你題起來，我許下一百二十分醮，我就忘死了。」月娘道：「原來你是個大謅答子貨！誰家願心是忘記的？你便有口無心許下，神明都記着。嗔道孩兒成日恁啾啾唧唧的，想就是這願心未還壓的他。」西門慶道：「既恁說，正月裡就把這醮願，在吳道官廟裡還了罷。」月娘道：「昨日李大姐說，這孩子有些病痛兒的，要問那裡討個外名。」西門慶道：「又往那裡討外名？就寄名在吳道官廟裡就是了。」因問玳安：「他廟裡有誰在這裡？」玳安道：「是他第二個徒弟應春跟禮來的。」西門慶一面走出外邊來，那應春連忙磕頭說道：「家師父多拜上老爹，没什麽孝順，使小徒弟來送這天地疏并些微禮兒，與老爹賞人。」西門慶止還了半禮，說道：「多謝你師父厚禮。」一面讓他坐。應春道：「小道怎麽敢坐！」西門慶道：「你坐了，我有話和你說。」那道士頭戴小帽，身穿青布直裰，謙遜數次，方纔把椅兒挪到旁邊坐下，問道：「老爹有甚鈞語分付〔一〕？」西門慶道：「正月裡，我有些醮願，要煩你師父替我還還兒，就要送小兒寄名，不知你師父閑不閑？」徒弟連忙立起身來說道：「老爹分付，隨問有甚經事，不敢應承。請問老爹，訂在正月幾時？」西門慶道：「就訂在初九，爺旦日罷。」徒弟道：「此日正是天誕。又《玉匣記》上我請律爺交慶，五

是婦人信神口角。

福駢臻，修齋建醮甚好。請問老爹多少醮欵？」西門慶道：「今歲七月，爲生小兒許了一百二十分清醮。」徒弟又問：「那日延請多少道衆？」西門慶道：「請十六衆罷。」説畢，左右放桌兒待茶。先封十五兩經錢，另外又是一兩酬答他的節禮，又説：「道衆的襯施，你師父不消備辦，我這裡連阡張香燭一事帶去。」喜歡的道士屁滚尿流，臨出門謝了又謝，磕了頭兒又磕。

到正月初八日，先使玳安兒送了一石白米、一担阡張、十斤官燭、五斤沉檀馬牙香、十六疋生眼布做襯施。又送了一對京段、兩罈南酒、四隻鮮鵝、四隻鮮鷄、一對豚蹄、一脚羊肉、十兩銀子，與官哥兒寄名之禮。西門慶預先發帖兒，請下吳大舅、花大舅、應伯爵、謝希大四位相陪。陳敬濟騎頭口，先到廟中替西門慶瞻拜。到初九日，西門慶也没往衙門中去，絶早冠帶，騎大白馬，僕從跟隨，前呼後擁，竟出東門往玉皇廟來。遠遠望見結綵寶旛，過街榜棚。須臾至山門前下馬，睁眼觀看，果然好座廟宇。但見：

青松欝欝，翠柏森森。金釘朱户，玉橋低影軒宫；碧瓦雕簷，繡幙高懸寶檻。七間大殿，中懸勑額金書；兩廡長廊，彩畫天神帥將。三天門外，離婁與師曠猙獰；左右堦前，白虎與青龍猛勇。八寶殿前，侍立是長生玉女；九龍床上，坐着個不壞金身。金鐘撞處，三千世界盡皈依；玉磬鳴時，萬象森羅皆拱極。朝天閣上，天風吹下步虚聲；演法壇中，夜月常聞仙珮响。自此便爲真紫府，更于何處覓蓬萊？

西門慶繇正門而入，見頭一座流星門上，七尺高朱紅牌架，列着兩行門對，大書：

黃道天開，祥啓九天之閶闔，迓金輿翠蓋以延恩；
玄壇日麗，光臨萬聖之旛幢，誦寶笈瑶章而闡化。

到了寶殿上，懸着二十四字齋題，大書着：「靈寶答天謝地，報國酬恩，九轉玉樞，酬盟寄名，吉祥普滿齋壇。」兩邊一聯：

先天立極，仰大道之巍巍，庸申至悃。
昊帝尊居，鑒清修之翼翼，上報洪恩。

西門慶進入壇中香案前，旁邊一小童捧盆巾盥手畢，鋪排跪請上香。西門慶行禮叩壇畢，只見吳道官頭戴玉環九陽雷巾〔二〕，身披天青二十八宿大袖鶴氅〔三〕，腰繫絲帶，忙下經筵來，與西門慶稽首道：「小道蒙老爹錯愛，迭受重禮，使小道卻之不恭，受之有愧。就是哥兒寄名，小道禮當叩祝，增延壽命，何以有叨老爹厚賞，誠有媿赧。經襯又且過厚，令小道愈不安。」西門慶道：「厚勞費心辛苦，無物可酬，薄禮表情而已。」叙禮畢，兩邊道衆齊來稽首。一面請去外方丈，三間廠廳名曰松鶴軒，那裡待茶。西門慶剛坐下，就令棋童兒：「拏馬接你應二爹去。只怕他没馬，如何這咱還没來？」玳安道：「有姐夫騎的驢子還在這裡。」西門慶道：「也罷，快騎接去。」棋童應諾去了。吳道官誦畢經，下來遞茶，陪西門慶坐，叙話：「老爹敬神一點誠心，小道都從四更就起來，到壇諷誦諸品仙經，今日三朝九轉玉樞法事，都是整做。又將官哥兒的生日八字，另具一文書，奏名于三寶面前，起名叫做吳應元。永保富貴遐昌。小道這裡，又添了二十四分答謝天地，十二分慶讚上帝，二十四分薦亡，共列一百八十分醮欵。」多謝。西門慶道：「多有費心。」不一時，打動法鼓，請西門慶到壇看文書。西門慶從新換了大紅五彩獅補吉服，腰繫蒙金犀角帶，到壇，有絳衣表白在旁，先宣念齋意：

大宋國山東清河縣縣牌坊居住，奉道祈恩，酬醮保安，信官西門慶，本命丙寅年七月廿八日子時建生，同妻吳氏，本命戊辰年八月十五日子時建生。

表白道：「還有寶眷，小道未曾添上。」西門慶道：「你只添上個李氏，辛未年正月十五日卯時建生〔四〕，同男官哥兒，丙申年七月廿三日申時建生罷。」表白文宣過一遍〔五〕，接念道：

領家眷等，即日投誠，拜干洪造。伏念慶一介微生，三才末品。出入起居，每感龍天之護佑；迭遷寒暑，常蒙神聖以匡扶。職列武班，叨承禁衛，沐恩光之寵渥，享符祿之豐盈。是以修設清醮，共二十四分位，答報天地之洪恩，酬祝皇王之巨澤。又修清醮十二分位，茲逢天誕，慶讚帝真，介五福以遐昌，迓諸天而下邁。慶又于去歲七月二十三日，因爲側室李氏生男官哥兒，要祈坐蓐無虞，臨盆有慶。又願將男官哥兒寄于三寶殿下，賜名吳應元，告許清醮一百二十分位，續箕裘之胤嗣，保壽命之延長。附薦西門氏門中三代宗親等魂：祖西門京良，祖妣李氏；先考西門達，妣夏氏；故室人陳氏，及前亡後化，昇墜罔知。是以修設清醮十二分位，恩資道力，均證生方。共列仙醮一百八十分位，仰干化單，俯賜勾銷。謹以宣和三年正月初九日天誕良辰，特就大慈玉皇殿，仗延官道，修建靈寶，答天謝地，報國酬盟，慶神保安，寄名轉經，吉祥普滿大齋一晝夜。延三境之司尊，迓萬天之帝駕。一門長叨均安，四序公和迪吉。統資道力，介福方來。謹意。

宣畢齋意，鋪設下許多文書符命、表白，一一請看，共有一百八九十道，甚是齊整詳細。又是官哥兒三寶蔭下寄名許多文書、符索、牒劄，不暇細覽。西門慶見吳道官十分費心，于是向案前炷了香，畫了文書，叫左右捧一疋尺頭，與吳道官畫字。吳道官固辭再三，方令小童收了。然後一個道士向殿角頭砧碌碌擂動法鼓，有若春雷相似。合堂道衆，一派音樂响起。吳道官身披大紅五彩法氅〔六〕，脚穿朱履，手執牙笏，關發文書，登壇召將。兩邊鳴起鐘來。鋪排引西門慶進壇裏，向三寶案左右兩邊上香。西門慶睁眼觀看，果然鋪設齋壇齊整。但見：

位按五方，壇分八級。上供三清四御，旁分八極九霄，中列山川嶽瀆，下設幽府冥官。香騰瑞靄，千枝畫燭流光；花簇錦筵，百盞銀燈散彩。天地亭，高張羽蓋；玉帝堂，密布幢旛。金鐘撞處，高功躡步奏虛皇；玉珮鳴時，都講登壇朝玉帝。絳綃衣，星辰燦爛；美蒙冠，金碧交加。監壇神將猙獰，直日功曹猛勇。青龍隱隱來黃道，白鶴翩翩下紫宸。

西門慶剛遶壇拈香下來，被左右就請到松鶴軒閣兒裡，地鋪錦毯，爐焚獸炭，那裡坐去了。不一時，應伯爵、謝希大來到。唱畢喏，每人封了一星折茶銀子，說道：「實告要送些茶兒來，路遠。這些微意，權爲一茶之需。」西門慶也不接，說道：「奈煩！自恁請你來陪我坐坐，又幹這營生做什麽？吳親家這裡點茶，我一總都有了。」應伯爵連忙又唱喏，說：「哥，真個？俺每還收了罷。」因望着謝希大說道：「都是你幹這營生！收拾得妙。我說哥不受，拏出來，倒惹他訕兩句好的。」良久，吴大舅、花子繇都到了。每人兩盒細茶食來點茶，西門慶都令吴道官收了。吃畢茶，一同擺齋，鹹食齋饌，點心湯飯，甚是豐潔。西門慶同吃了早齋。原來吴道官叫了個說書的，寫出道家行徑。說西漢評話《鴻門會》。吴道官發了文書，走來陪坐，問：「哥兒今日來不來？」西門慶道：「正是，小頑還小哩，房下恐怕路遠諕着他，來不的。到午間，拿他穿的衣服來，三寶面前攝受過，就是一般。」吴道官道：「小道也是這般計較，最好。」西門慶道：「別的倒也罷了，他只是有些小膽兒。家裡三四個丫鬟連養娘輪流看視，只是害怕。猫狗都不敢到他根前。」冷脉。吴大舅道：「孩兒們好容易養活大——」正說着，只見玳安進來說：「裡邊桂姨、銀姨使了李銘、吴惠送茶來了。」西門慶道：「叫他進來。」李銘、吴惠兩個拿着兩個盒子跪下，揭開都是頂皮餅、松花餅、白糖萬壽糕、玫瑰搽穰捲兒。西門慶俱令吴道官收了，因問李銘：「你每怎得知道？」李銘道：「小的早辰路見陳姑夫騎頭口，問來，纔知道爹今日在此做好事。歸家告訴桂姐、三媽說，旋約了吴銀姐，纔來了。多上覆爹，本當親來，不好來得，這粗茶兒與爹賞人罷了。」西門慶分付：「你兩個等着吃齋。」吴道官一面讓他二人下去，自有坐處，連手下人都飽食一頓。

話休饒舌。到了午朝，拜表畢，吴道官預備了一張大插卓，又是一罈金華酒，又是哥兒的一頂青段子綃金道髻，一件玄色紵絲道衣，一件綠雲段小襯衣，一雙白綾小襪，一雙青潞紬納

玉樓因針線之細而想及道士有老婆，金蓮又因老婆一語想及尼姑有漢子。一層深一層，二美人何等穎悟。王姑子似微露真

臉小履鞋，一根黃絨線絛，一道三寶位下的黃線索，一道子孫娘娘面前紫線索，一付銀項圈條脫，刻着「金玉滿堂，長命富貴」，一道朱書辟非黃綾符，上書着「太乙司命，桃延合康」八字，就扎在黃線索上，都用方盤盛着，又是四盤羹果，擺在桌上。差小童經袱內包着宛紅紙經疏，將三朝做過法事，一一開載節次，請西門慶過了目，方纔裝入盒擔內。共約八擡，送到西門慶家。西門慶甚是歡喜，快使棋童兒家去，叫賞道童兩方手帕、一兩銀子。

且說那日是潘金蓮生日，有吳大妗子、潘姥姥、楊姑娘、郁大姐，都在月娘上房坐的。見廟裡送了齋來，又是許多羹果插卓禮物，擺了四張卓子，還擺不下，都亂出來觀看。金蓮便道：「李大姐，你還不快出來看哩！你家兒子師父廟裡送禮來了，又有他的小道冠髻、道衣兒。噫，你看，又是小履鞋兒！」宛然。孟玉樓走向前，拿起來手中看，說道：「大姐姐，你看道士家也恁精細，這小履鞋，白綾底兒〔七〕，都是倒扣針兒方勝兒，鎖的這雲兒又且是好〔八〕。我說他敢有老婆！不然，怎的扣捺的恁好針脚兒？」吳月娘道：「沒的說。他出家人，那裡有老婆！畢竟老實。想必是傭人做的。」潘金蓮接過來說：「道士有老婆，相王師父和大師父會挑的好汗巾兒，莫不是也有漢子？」王姑子道：「道士家，掩上個帽子，那裡不去了！似俺這僧家，行動就認出來。」金蓮說道：「我聽得說，你住的觀音寺背後就是玄明觀。常言道：男僧寺對着女僧寺，沒事也有事。」月娘道：「這六姐，好恁囉說白道的！」金蓮道：「這個是他師父與他娘娘寄名的紫線瑣。又是這個銀脖項符牌兒，上面銀打的八個字，帶着且是好看。背面墜着他名字，吳什麼元？」

情，又似明作戲謔，說得帶水拖泥，妙甚。

識字淺，方傳金蓮之神，知此則知前後寄詞題詩未免墮小傳說也。

便無月娘，或又作別語矣。

陰毒人必不以口嘴傷人，金蓮一味口

棋童道：「此是他師父起的法名吳應元。」金蓮道：「這是個『應』字。」叫道：「大姐姐，道士無禮，怎的把孩子改了他的姓？」大議論反爲情所掩，可悲。月娘道：「你看不知禮！」因使李瓶兒：「你去抱了你兒子來，穿上這道衣，俺每瞧瞧好不好？」李瓶兒道：「他纔睡下，又抱他出來？」金蓮道：「不妨事，你揉醒他。」那李瓶兒真個去了。

這潘金蓮識字，取過紅紙袋兒，扯出送來的經疏，看見上面西門慶底下同室人吳氏，傍邊只有李氏，再没別人，心中就有幾分不忿，拏與衆人瞧：「你說賊三等兒九格的强人！你說他偏心不偏心？這上頭只寫着生孩子的，把俺每都是不在數的，都打到贅字號裡去了。」孟玉樓問：「可有大姐姐没有？」金蓮道：「没有大姐姐倒好笑。」答得畧過一層，妙甚。月娘道：「也罷了，有了一個，也就是一般。莫不你家有一隊伍人，也都寫上，惹的道士不笑話麽？」金蓮道：「俺每都是劉湛兒鬼兒麽？比那個不出材的，那個不是十個月養的哩！」正說着，李瓶兒從前邊抱了官哥兒來。孟玉樓道：「拿過衣服來，等我替哥哥穿。」李瓶兒抱着，孟玉樓替他戴上道髻兒，套上項牌和兩道索，諕的那孩子只把眼兒閉着，半日不敢出氣兒。玉樓把道衣替他穿上。吳月娘分付李瓶兒：「你把這經疏，拿箇阡張頭兒，親往後邊佛堂中，自家燒了罷。」那李瓶兒去了。玉樓抱弄孩子說道：「穿着這衣服，就是個小道士兒。」金蓮接過來說道：「什麽小道士兒，倒好相個小太乙兒！」被月娘正色說了兩句道：「六姐，你這個什麽話！孩兒們面上，快休恁的。」那金蓮訕訕的不言語了。一回，那孩子穿着衣服害怕，就哭起來。李瓶兒走來，連忙接過來，替他

嘴傷人，畢竟還淺，吾故辯其蓄猫陰害官哥爲未必然也。

用方言處，不減引經。

只一語，便遞入宣卷，捷甚。

道士最好

脱衣裳時，就拉了一抱裙奶屎。孟玉樓笑道：「好個吳應元，原來拉屎也有一托盤。」月娘連忙叫小玉拿草紙替他抹。不一時，那孩子就磕伏在李瓶兒懷裡睡着了。李瓶兒道：「小大哥原來困了，媽媽送你到前邊睡去罷。」吳月娘一面把卓面都散了，請大妗子、楊姑娘、潘姥姥衆人出來吃齋。

看看晚來。原來初八日西門慶因打醮，不用葷酒。潘金蓮晚夕就沒曾上的壽，直等到今晚來家與他遞酒，來到大門站立。不想等到日落時分，只見陳敬濟和玳安自騎頭口來家。潘金蓮問：「你爹來了？」敬濟道：「爹怕來不成了，我來時，醮事還未了，纔拜懺，怕不弄到起更！道士有個輕饒素放的，還要謝將吃酒。」金蓮聽了，一聲兒沒言語，使性子回到上房裡，對月娘說：「賈瞎子傳操——乾起了個五更！隔墻掠肝腸——死心塌地，兜肚斷了帶子——沒得絆了！剛纔在門首跕了一回，只見陳姐夫騎頭口來了，說爹不來了，醮事還沒了，先打發他來家。」月娘道：「他不來罷，咱每自在，晚夕聽大師父、王師父說因果、唱佛曲兒。」正說着，只見陳敬濟掀簾進來，已帶半酣兒，說：「我來與五娘磕頭。」問大姐：「有鍾兒，尋個兒篩酒，與五娘遞一鍾兒。」大姐道：「那裡尋鍾兒去？只恁與五娘磕個頭兒。到住回，等我遞罷。你看他醉的腔兒，恰好今日打醮，只好了你，吃的恁憨憨的來家。」月娘便問道：「你爹真個不來了？玳安那奴才沒來？」陳敬濟道：「爹見醮事還沒了，恐怕家裡沒人，先打發我來了，留下玳安在那裡答應哩。道士再三不肯放我，强死强活拉着吃了兩三大鍾酒，纔來了。」月娘問：「今日有那幾

> 吃(灌)人酒，借口寫出，可謂空中樓閣。花大舅，李瓶兒大伯也，而謂之大舅，名分原糊塗甚矣。金蓮道破，雖毁之而未爲過也。

個在那裡？」敬濟道：「今日有大舅和門外花大舅、應二叔、謝三叔，又有李銘、吳惠兩個小優兒，不知纏到多咱晚。只吳大舅來了。門外花大舅教爹留住了，也是過夜的數。」金蓮沒見李瓶兒在根前，便道：「陳姐夫，連你也叫起花大舅來？是那們兒親？死了的知道罷了。你叫他李大舅纔是。」敬濟道：「五娘，你老人家鄉里姐姐嫁鄭恩——睁着個眼兒，閉着箇眼兒罷了。」大姐道：「賊囚根子，快磕了頭，趁早與我外頭挺去！（隱隱爲瓶兒。）又口裡恁汗邪胡說了！」敬濟于是請金蓮轉上，踉踉蹌蹌磕了四個頭，往前邊去了。（画。）

不一時，掌上燈燭，放卓兒，擺上菜兒，請潘姥姥、楊姑娘、大妗子與衆人來。金蓮遞了酒，打發坐下，吃了麵。吃到酒闌，收了家活，擡了卓出去。月娘分付小玉把儀門關了，炕上放下小卓兒，衆人圍定兩個姑子，在正中間焚下香，秉着一對蠟燭，聽着他說因果。先是大師父講說，講說的乃是西天第三十二祖下界降生東土，傳佛心印的佛法因果，直從張員外家豪大富說起，漫漫一程一節，直說到員外感悟佛法難聞，棄了家園富貴，竟到黃梅寺修行去。說了一回，王姑子又接念偈言。

念了一回，吳月娘道：「師父餓了，且把經請過，吃些甚麽。」一面令小玉安排了四碟兒素菜鹹食，又四碟薄脆、蒸酥糕餅，請大妗子、楊姑娘、潘姥姥陪二位師父吃。大妗子說：「俺每都剛吃的飽了，教楊姑娘陪個兒罷，他老人家又吃着個齋。」月娘連忙用小描金碟兒，每樣揀了個點心，放在碟兒裡，先遞與兩位師父，然後遞與楊姑娘，說道：「你老人家陪二位請些兒。」

婆子道：「我的佛爺，老身吃的勾了。」又道：「這碟兒裡是燒骨朵，姐姐你拿過去，只怕錯揀到口裡。」把衆人笑的了不得。月娘道：「奶奶，這個是廟上送來的托葷鹹食。你老人家只顧用，不妨事。」楊姑娘道：「既是素的，等老身吃。老身乾淨眼花了，只當做葷的來。」正吃着，只見來興兒媳婦子惠香走來。月娘道：「賊臭肉，你也來做什麽？」惠香道：「我也來聽唱曲兒。」月娘道：「儀門關着，你打那裡進來了？」玉簫道：「他在廚房封火來。」月娘道：「嗔道恁鼻兒烏嘴兒黑的，成精鼓搗，來聽什麽經！」

此一段似可省而不省，文情紆回之妙正在此。

當下衆丫鬟婦女圍定兩個姑子，吃了茶食，收過家活去，搽抹經桌乾淨。月娘從新剔起燈燭來，炷了香。兩個姑子打動擊子兒，又高念起來。從張員外在黃梅山寺中修行，白日長跪聽經，夜夜參禪打坐，四祖禪師見他不凡，收留做了徒弟，與了他三庄寶貝，教他往濁河邊投胎奪舍，直說到千金小姐在濁河邊洗濯衣裳，見一僧人借房兒住，不合答了他一聲，那老人就跳下河去了。潘金蓮熬的磕困上來，（必至之情。）就往房裡睡去了。少頃，李瓶兒房中綉春來叫，說官哥兒醒了，也去了。只剩下李嬌兒、孟玉樓、潘姥姥、孫雪娥、楊姑娘、大妗子守着。又聽到河中漂過一個大鱗桃來〔九〕，小姐不合吃了，歸家有孕，懷胎十月。王姑子又接唱了一個《耍孩兒》。唱完，大師父又念了四偈言：

五祖一佛性，投胎在腹中，
權住十個月，轉凡度衆生。

一房困倦，情景宛然。

念到此處，月娘見大姐也睡去了，大妗子捱在月娘裡間床上睡着了，楊姑娘也打起欠呵來，桌上蠟燭也點盡了兩根，問小玉：「這天有多少晚了？」小玉道：「已是四更天氣，鷄叫了。」月娘方令兩位師父收拾經卷。楊姑娘便往玉樓房裡去了。郁大姐在後邊雪娥房裡宿歇。月娘打發大師父和李嬌兒一處睡去了。王姑子和月娘在炕上睡。兩個還等着小玉頓了一瓶子茶，吃了纔睡。大妗子在裡間床上和玉簫睡。月娘因問王姑子：「後來這五祖長大了，怎生成正果？」王姑子復從爹娘怎的把千金小姐赶出，小姐怎的逃生，來到仙人庄；又怎的降生五祖，落後五祖養活到六歲；又怎的一直走到濁河邊，取了三庄寶貝，逕往黃梅寺聽四祖說法；又怎的遂成正果，後來還度脱母親生天；直說完了纔罷。月娘聽了，越發好信佛法了。有詩爲証：

睡上床還要問完，妙出其情。

聽法聞經怕無常，　紅蓮舌上放毫光。
何人留下禪空話？　留取尼僧化飯粮！

校記

〔一〕「鈞語」，原作「鈞語」，內閣本、天圖本同，吳藏本作「麽」，據三十四回改。按張評本作「鈞語」，詞話本作「鈞語」。

〔二〕「雷巾」，原作「雷申」，據內閣本、首圖本改。

〔三〕「鶴氅」，吳藏本作「鶴氅」。

〔四〕「卯時」，內閣本、首圖本作「申時」。按張評本作「卯時」，詞話本作「申時」。

〔五〕「表白文宣過」，吳藏本同，內閣本、首圖本作「表白又宣過」。按張評本作「表白文宣過」。
〔六〕「法襲」，內閣本、首圖本同，吳藏本作「法衣」。
〔七〕「白綾底兒」，原作「自綾底兒」，據內閣本、首圖本、吳藏本改。
〔八〕「雲兒」，吳藏本作「雲頭」。按張評本、詞話本均作「雲兒」。
〔九〕「大鱗桃」，吳藏本作「大鮮桃」。

金瓶梅

第四十回

抱孩童瓶兒希寵

金瓶梅

裝丫鬟金蓮市愛

第四十回　抱孩童瓶兒希寵　粧丫鬟金蓮市愛

詞曰〔一〕：

種就藍田玉一株，看來的的可人娛。多方珍重好支持，掌中珠。　　傞俹漫驚新態變，妖嬈偏與舊時殊。相逢一見笑成癡，少人知。

——右調《山花子》〔二〕

話說當夜月娘和王姑子一炕睡。王姑子因問月娘：「你老人家怎的就没見點喜事兒？」月娘道：「又説喜事哩！前日八月裡，因買了對過喬大户房子，平白俺每都過去看。上他那樓梯，一脚蹋滑了，把個六七個月身扭吊了。至今再誰見什麽喜兒來〔三〕！」王姑子道：「我的奶奶，有七個月也成形了！」月娘道：「半夜裡吊下榪子裡〔四〕，我和丫頭點燈撥着瞧，倒是個小厮兒。」王姑子道：「我的奶奶，可惜了！怎麽來扭着了？還是胎氣坐的不牢。開端妙。你老人家養出個兒來，强如别人。你看前邊六娘，進門多少時兒，倒生了個兒子，何等的好！」月娘道：「他各人的兒女，隨天罷了。」王姑子道：「也不打緊，俺每同行一個薛師父，一紙好符水藥。前年陳郎中娘子，也是中年無子，常時小産了幾胎，白不存，也是吃了薛師父符藥，如今生了好不好一個滿抱的小厮兒！一家兒歡喜的要不得。只是用着一件物件兒難尋。」月娘問道：「什麽物件兒？」王姑子道：「用着頭生孩子的衣胞，拏酒洗了，燒成灰兒，伴着符藥，揀壬子日，人不知，鬼不覺，空心用黄酒吃了。筭定日子兒不錯，至一個月就坐胎氣，好不准！」月娘道：「這師父是男僧女僧？在那里住？」王姑子道：「他也是俺女僧，也有五十多歲〔五〕。原在地藏菴兒住來，如今搬在南首法華菴兒做首座，好不有道行！他好少經典兒！又會講説《金剛科儀》，各樣因果寶卷，成月説不了。專在大人家行走，要便接了去，十朝半月不放出來。」月娘道：「你到明日請他來走走。」王姑子道：「我知道。等我替你老人家討了這符藥來着。止是這一件兒難尋，這里没尋處。恁般如此，你不如把前頭這孩子的房兒，借情跑出來使了罷。」月娘道：「緣何損別人安自己。我與你銀子，你替我慢慢另尋便了。」王姑子道：「這個到只是問老娘尋，他纔有。我替你整治這符水，你老人家吃了管情就有。難得你明日另養出來，隨他多少，十個明星當不的月！」月娘分付：「你却休對人説。」王姑子道：「好奶奶，傻了我？肯對人説！」説了一回，方睡了。一宿晚景題過。

到次日，西門慶打廟裡來家，月娘纔起來梳頭，玉簫接了衣服，坐下。月娘因説：「昨日家裡六姐等你來上壽，怎的就不來了？」西門慶悉把醮事未了，吳親家晚夕費心，擺了許多桌席——「吳大舅先來了，留住我和花大哥、應二哥、謝希大。兩個小優兒彈唱着，俺每吃了一夜酒。今早我便先進城來了，應二哥他三個還吃酒哩。」告訴了一回。玉簫遞茶吃了。也没往衙門裡去，走到前邊書房裡，搵着床上就睡着了。落後潘金蓮、李瓶兒梳了頭，抱着孩子出來，都到上房，陪着吃茶。月娘向李瓶兒道：「他爹來了這一日，在前頭哩。我教他吃茶食，他不吃。如今有了飯了。你把你家小道士替他穿上衣裳，抱到前頭與他爹瞧瞧去。」潘金蓮道：「我也去。等我替道士兒穿衣服。」于是戴上銷金道髻兒，穿上道衣，帶了項牌符索，套上小鞋襪兒，金蓮就要奪過去。月娘道：「教他媽媽抱罷。你這蜜褐色挑繡裙子不耐污，撒上點子臢到了不成。」于是李瓶兒抱定官哥兒，潘金蓮便跟着，來到前邊西廂房內。書童見他二人掀簾，連忙就躲出來了。金蓮見西門慶臉朝裡睡，就指着孩子說：「老花子，你好睡！小道士兒自家來請你來了。大媽媽房裡擺下飯，教你吃去，你還不快起來，還推睡兒！」那西門慶吃了一夜酒的人，丟倒頭，那顧天高地下，鼾睡如雷。

强插入，没趣。

　　金蓮與李瓶兒一邊一個坐在床上，把孩子放在他面前，怎禁的鬼渾，不一時把西門慶弄醒了。睁開眼看見官哥兒在面前，穿着道士衣服，喜歡的眉開眼笑。連忙接過來，抱到懷裡，與他親個嘴兒。金蓮道：「好乾淨嘴頭子〔六〕，就來親孩兒！小道士兒吳應元，你噦他一口，你說昨日在那里使牛耕地來，今日乏困的這樣的，大白日困覺？昨日叫五媽只顧等着你。你恁大胆，不來與五媽磕頭。」西門慶道：「昨日醮事散得晚。晚夕謝將，整吃了一夜。今日到這咱還一頭酒，在這裡睡回，還要往尚舉人家吃酒去。」金蓮道：「你不吃酒去罷了。」西門慶道：「他家從昨日送了帖兒來，不去惹人家不怪！」金蓮道：「你去，晚夕早些兒來家，我等着你哩。」李瓶兒道：「他大媽媽擺下飯了，又做了些酸笋湯，請你吃飯去哩。」西門慶道：「我心裡還不待

自家心事，只信口戲說出，巧甚，慧甚。

吃，等我去呵些湯罷。」于是起來往後邊去了。

這潘金蓮見他去了，一屁股就坐在床上正中間，脚蹬着地爐子説道：「這原來是個套炕子。」伸手摸了摸褥子裡，説道：「到且是燒的滚熱的炕兒。」瞧了瞧旁邊桌上，放着個烘硯瓦的銅絲火爐兒，隨手取過來，叫：「李大姐，那邊香几兒上牙盒裡盛的甜香餅兒，你取些來與我。」一面揭開了，拿幾個在火炕內，一面夾在襠裡，拿裙子裹的沿沿的，且薰熱身上。坐了一回，李瓶兒説道：「咱進去罷，只怕他爹吃了飯出來。」金蓮道：「他出來不是？怕他麽！」于是二人抱着官哥，進入後邊來。良久，西門慶吃了飯，分付排軍備馬，午後往尚舉人家吃酒去了。潘姥姥先去了。

且説晚夕王姑子要家去。月娘悄悄與了他一兩銀子，叫他休對大師姑説，好歹請薛姑子帶了符藥來。王姑子接了銀子，和月娘説：「我這一去，只過十六日纔來。就替你尋了那件東西兒來。」月娘道：「也罷，你只替我幹的停當，我還謝你。」于是作辭去了。看官聽説：但凡大人家，似這等尼僧牙婆，決不可擡舉。在深宮大院，相伴着婦女，俱以談經説典爲繇，背地裡送煖偷寒，甚麽事兒不幹出來？有詩爲証：

最有緇流不可言，深宮大院哄嬋娟。
此輩若皆成佛道，西方依舊黑漫漫。

却説金蓮晚夕走到鏡臺前，把鬏髻摘了，打了個盤頭楂髻，把臉搽的雪白，抹的嘴唇兒鮮

不曰哄而曰謊，更深一步，可思可思。

不妬之妬，自不能禁。

慌字應前。

紅，戴着兩個金燈籠墜子，貼着三個面花兒，帶着紫銷金箍兒，尋了一套大紅織金襖兒，下着翠藍段子裙：要粧丫頭，哄月娘衆人耍子。叫將李瓶兒來與他瞧。把李瓶兒笑的前仰後合，說道：「姐姐，你粧扮起來，活像個丫頭。我那屋裏有紅布手巾，替你蓋着頭。等我往後邊去，對他們只說他爹又尋了個丫頭，謊他們謊，管定就信了。」春梅打着燈籠在頭裡走，走到儀門首，撞見陳敬濟，笑道：「我道是誰來，這箇就是五娘幹的營生！」李瓶兒叫道：「姐夫，你過來，等我和你說了着：你先進去見他們，只如此這般。」敬濟道：「我有法兒哄他。」于是先走到上房裡。衆人都在炕上坐着吃茶，敬濟道：「娘，你看爹平白裡叫薛嫂兒使了十六兩銀子，買了人家一個二十五歲，會彈唱的姐兒。剛纔拏轎子送將來了。」月娘道：「真個？薛嫂兒怎不先來對我說？」敬濟道：「他怕你老人家罵他，送轎子到大門首，就去了。丫頭便叫他們領進來了。」大妗子還不言語，楊姑娘道：「官人有這幾房姐姐勾了，又要他來做什麼？」月娘道：「好奶奶，你禁的〔七〕！有錢就買一百個有什麼多？俺們都是老婆當軍——充數兒罷了！」玉簫道：「等我瞧瞧去。」只見月亮地裡，原是春梅打燈籠，落後叫了來安兒打着，井然。和李瓶兒後邊跟着，搭着蓋頭，穿着紅衣服進來。慌的孟玉樓、李嬌兒都出來看。良久，進入房裡。玉簫挨在月娘邊說道：「這個是主子，還不磕頭哩！」一面揭了蓋頭。那潘金蓮插燭也似磕下頭去，忍不住撲矻的笑了。玉樓道：「好丫頭，不與你主子磕頭，且笑！」月娘也笑了，說道：「這六姐成精死了罷！把俺們哄的信了。」玉樓道：「我不信。」玉樓不信得妙。楊姑娘道：「姐姐，你怎的見出來不信？」玉樓道：「俺六姐平昔磕頭，也學的那等磕了頭起來，倒退兩步纔拜。」楊姑娘道：「還是姐姐看的出來，要着老身就信了。」李嬌兒道：「我也就信了。剛纔不是揭蓋頭，他自家笑，還認不出來。」楊姑娘、李嬌兒信得又妙。正說着，只見琴童兒抱進氈包來，說：「爹來家了。」孟玉樓道：「你且藏在明間裡。等他進來，等我哄他哄。」

不一時，西門慶來到，楊姑娘、大妗子出去了，進入房內椅子上坐下。月娘在旁不言語。玉樓道：「今日薛嫂兒轎子送人家一個二十歲丫頭來，說是你教他送來要他的。你恁大年紀，前程也在身上，還幹這勾當？」西門慶笑道：「我那里教他買丫頭來？信那老淫婦哄你哩！」玉樓道：「你問大姐姐不是？丫頭也領在這里，我不哄你。你不信，我叫出來你瞧。」于是叫玉簫：「你拉進那新丫頭來，見你爹。」那玉簫掩着嘴兒笑，又不敢去拉，前邊走了走兒，又回來了，說道：「他不肯來。」玉樓道：「等我去拉，恁大膽的奴才，頭兒没動，就扭主子，也是個不聽指教的！」一面走到明間內。只聽說道：「怪行貨子，我不好罵的！人不進去，只顧拉人，拉的手脚兒不着。」玉樓笑道：「好奴才，誰家使的你恁没規矩，不進來見你主子磕頭。」一面拉進來。西門慶燈影下睜眼觀看，却是潘金蓮打着揸髻裝丫頭，笑的眼没縫兒。那金蓮就坐在傍邊椅子上〔八〕。玉樓道：「好大膽丫頭！新來乍到，就恁少條失教的，大剌剌對着主子坐着！」月娘笑道：「你趁着你主子來家，與他磕個頭兒罷。」那金蓮也不動，走到月娘裡間屋裡，一頓把簪子拔了，戴上䯼髻出來。月娘道：「好淫婦，討了誰上頭話，就帶上䯼髻了！」衆人又笑了一回。

已伏遞眼色之脉。

月娘告訴西門慶說：「今日喬親家那里，使喬通送了六個帖兒來，請俺們十二日吃看燈酒。咱到明日，不先送些禮兒去？」西門慶道：「明早叫來興兒，買四盤餚品一罈南酒送去就是了。到明日，咱家發柬，十四日也請他娘子，并周守備娘子、荊都監娘子、夏大人娘子、張親家母。大妗子也不必家去了。教賁四叫將花兒匠來，做幾架烟火。王皇親家一起扮戲的小廝，叫他來扮《西廂記》。往院中再把吳銀兒、李桂兒接了來。你們在家看燈吃酒，我和應二哥、謝子純往獅子街樓上吃酒去。」說畢，不一時放下桌兒，安排酒上來。

潘金蓮遞酒，衆姊妹相陪吃了一回。西門慶因見金蓮裝扮丫頭，燈下艷粧濃抹，不覺淫心漾漾，不住把眼色遞與他。金蓮就知其意，就到前面房裡，去了冠兒，挽着杭州纘，重勻粉面，復點朱唇。早在房中預備下一桌齊整酒菜等候。不一時，西門慶果然來到，見婦人還挽起雲髻來，心中甚喜，摟着他坐在椅子上，兩個說笑。不一時，春梅收拾上酒菜來。婦人從新與他遞酒。西門慶道：「小油嘴兒，頭裡已是遞過罷了，又教你費心。」金蓮笑道：「那個大夥裡酒兒不筭，這個是奴家業兒，與你遞鍾酒兒，年年累你破費，你休抱怨。」把西門慶笑的沒眼縫兒，連忙接了他酒，摟在懷裡膝蓋上坐的。春梅斟酒，秋菊拿菜兒。金蓮道：「我問你，十二日喬家請，俺每都去？只教大姐姐去？」西門慶道：「他既下帖兒都請，你每如何不去？到明日，叫妳子抱了哥兒也去走走，省得家裡尋他娘哭。」金蓮道：「大姐姐他們都有衣裳穿，我老道只有數的那幾件子，沒件好當眼的。你把南邊新治來那衣裳，一家分散幾件子，裁與俺們穿了罷！只顧放着，敢生小的兒也怎的？到明日咱家擺酒，請衆官娘子，俺們也好見他，不惹人笑話。我長是説着，你把臉兒憨着。」西門慶笑道：「既是恁的，明日叫了趙裁來，與你們裁了罷。」金蓮道：「及至明日叫裁縫做，只差兩日兒，做着還遲了哩。」西門慶道：「對趙裁説，多帶幾個人來，替你們儹造兩三件出來就勾了。剩下別的慢慢再做也不遲。」金蓮道：「我早對你説過，好歹揀兩套上色兒的與我，我難比他們都有，我身上你没與我做什麼大衣裳。」西門慶笑道：「賊小油嘴兒，去處掐個尖兒。」兩個説話飲酒，到一更時分方上床。兩個如被底鴛鴦[九]，帳中鸞鳳，整狂了半夜。

到次日，西門慶衙門中回來，開了箱櫃，拿出南邊織造的羅段尺頭來。每人做件粧花通袖袍兒，一套遍地錦衣服，一套粧花衣服。惟月娘是兩套大紅通袖遍地錦袍兒，四套粧花衣服。在捲棚内，一面使琴童兒叫將趙裁來。趙裁見西門慶，連忙磕了頭。桌上鋪着氈條，取出剪尺來，先裁月娘的：一件大紅遍地錦五彩粧花通袖襖，獸朝麒麟補子段袍兒；一件玄色五彩金遍邊葫蘆樣鸞鳳穿花羅袍；一套大紅段子遍地金通袖麒麟補子襖兒，翠藍寬拖遍地金裙；一套沉香色粧花補子遍地錦羅襖兒，大紅金枝緑葉百花拖泥裙。其餘李嬌兒、孟玉樓、潘金蓮、李瓶兒四個都裁了一件大紅五彩通袖粧花錦雞段子袍兒，兩套粧花羅段衣服。孫雪娥只是兩套，就没與他袍兒。須臾共裁剪三十件衣服。兑了五兩銀子，與趙裁做工錢。一面叫了十來個裁縫在家儹造，不在話下。正是：

金鈴玉墜粧閨女，錦綺珠翹飾美娃。

校記

〔一〕「詞曰」，內閣本、首圖本題作「山花子」。
〔二〕「右調山花子」，內閣本、首圖本無。
〔三〕「喜兒」，吳藏本作「喜事」。
〔四〕「吊下」，內閣本、首圖本、吳藏本作「吊在」。按張評本、詞話本均作「吊在」。
〔五〕「五十」，吳藏本作「七十」。
〔六〕「嘴頭子」，原作「嘴頭了」，據內閣、首圖等本改。
〔七〕「你禁的」，吳藏本作「你呆的」。
〔八〕「傍邊」，吳藏本作「右邊」。
〔九〕「鴛鴦」，原作「鴦鴦」，據內閣本改。

金瓶梅

第四十一回　兩孩兒聯姻共笑嬉

二佳人憤深同氣苦

新刻繡像批點金瓶梅詞話卷之九〔一〕

第四十一回　兩孩兒聯姻共笑嬉　二佳人憤深同氣苦

詞曰〔二〕：

瀟洒佳人，風流才子，天然分付成雙。蘭堂綺席，燭影耀熒煌。數幅紅羅錦繡，寶粧篆、金鴨焚香。分明是，芙蕖浪裡，一對鴛鴦。

——右調《滿庭芳前》〔三〕

話說西門慶在家中，裁縫攢造衣服，那消兩日就完了。到十二日，喬家使人邀請。早辰，西門慶先送了禮去。那日，月娘并衆姊妹、大妗子，六頂轎子一搭兒起身，留下孫雪娥看家。妳子如意兒抱着官哥，又令來興媳婦蕙秀伏侍叠衣服，又是兩頂小轎。

西門慶在家，看着賁四叫了花兒匠來紮縛烟火，在大廳、捲棚内掛燈，使小厮拏帖兒往王皇親宅内定下戲子，俱不必細說。後晌時分，走到金蓮房中。金蓮不在家，春梅在旁伏侍茶飯，放桌兒吃酒。西門慶因對春梅說：「十四日請衆官娘子，你們四個都打扮出去，與你娘跟着遞酒，也是好處。」春梅聽了，斜靠着桌兒説道：「你若叫，只叫他三個出去，我是不出去。」西

春梅意見往往高人一頭，可見人品成於所養者，其後而立志貴。

門慶道：「你怎的不出去？」春梅道：「娘們都新做了衣裳，陪侍衆官户娘子便好看。俺們一個一個只像燒煳了卷子一般，平白出去惹人家笑話。」西門慶道：「你們都有各人的衣服首飾、珠翠花朵。」春梅道：「頭上將就戴着罷了，身上有數那兩件舊片子，怎麽好穿出去見人的！到没的羞刺刺的。」西門慶笑道：「我曉的你這小油嘴兒，見你娘們做了衣裳，却使性兒起來。不打緊，叫趙裁來，連大姐帶你四個，每人都裁三件：一套段子衣裳、一件遍地錦比甲。」春梅道：「我不比與他。我還問你要件白綾襖兒，搭襯着大紅遍地錦比甲兒穿。」西門慶道：「你要不打緊，少不的也與你大姐裁一件。」春梅道：「大姑娘有一件罷了，我却没有，他也說不的。」西門慶于是拏鑰匙開樓門，揀了五套段子衣服、兩套遍地錦比甲兒，一疋白綾裁了兩件白綾對衿襖兒。惟大姐和春梅是大紅遍地錦比甲兒，迎春、玉簫、蘭香，都是藍緑顔色；衣服都是大紅段子織金對衿襖，翠藍邊拖裙，共十七件。一面叫了趙裁來，都裁剪停當。又要一疋黄紗做裙腰，貼裡一色都是杭州絹兒。春梅方纔喜歡了，陪侍西門慶在屋裡吃了一日酒，說笑頑耍不題。

且說吳月娘衆姊妹到了喬大户家。原來喬大户娘子那日請了尚舉人娘子，并左隣朱臺官娘子、崔親家母，并兩個外甥姪女兒——段大姐及吳舜臣媳婦兒鄭三姐。叫了兩個妓女，席前彈唱。聽見月娘衆姊妹和吳大妗子到了，連忙出儀門首迎接，後廳叙禮。赶着月娘呼姑娘，李嬌兒衆人都排行叫二姑娘、三姑娘……俱依吳大妗子那邊稱呼之禮。又與尚舉人、朱臺官娘子叙禮畢，段大姐、鄭三姐向前拜見了。各依次坐下。丫鬟遞過了茶，喬大户出來拜見，謝了禮。他娘子讓進衆人房中去寬衣服，就放桌兒擺茶，請衆堂客坐下吃茶。妳子如意兒和蕙秀在房中看官哥兒，另自管待。須臾，吃了茶到廳，屏開孔雀，褥隱芙蓉，正面設四張桌席。讓月娘坐了首位，其次就是尚舉人娘子、吴大妗子、朱臺官娘子、李嬌兒、孟玉樓、潘金蓮、李瓶兒，喬大户娘子關席坐位，旁邊放一桌，是段大姐、鄭三姐，共十一位。兩個妓女在旁邊唱。上了湯飯，厨役上來獻了頭一道水晶鵝，月娘賞了二錢銀子；第二道是頓爛烤蹄兒，月娘又賞了一錢銀子；第三道獻燒鴨，月娘又賞了一錢銀子。喬大户娘子下來遞酒，遞了月娘過去，又遞尚舉人娘子。月娘就下來往後房換衣服、匀臉去了。

其心歡喜。

孟玉樓也跟下來，到了喬大户娘子卧房中，只見妳子如意兒看守着官哥兒，在炕上鋪着小褥子兒倘着。他家新生的長姐，也在傍邊卧着。兩個你打我下兒，我打你下兒頑耍。把月娘、玉樓見了，喜歡的要不得，説道：「他兩個倒好相兩口兒。」只見吴大妗子進來，説道：「大妗子，你來瞧瞧，兩個倒相小兩口兒。」大妗子笑道：「正是。孩兒每在炕上，張手蹬脚兒的，你打我，我打你，小姻緣一對兒要子。」喬大户娘子和衆堂客都進房來。吴妗子如此這般説。喬大户娘子道：「列位親家聽着，小家兒人家，怎敢攀的我這大姑娘府上？」月娘道：「親家好説，我家嫂子是何人？鄭三姐是何人？我與你愛親做親，就是我家小兒也玷辱不了你家小姐，如何却説此話？」玉樓推着李瓶兒説道：「李大姐，你怎的説？」那李瓶兒只是笑。吴妗子道：「喬

玉樓自

韵，瓶兒自媚，金蓮獨不在耶？何不出人言也。

親家不依，我就惱了。」尚舉人娘子和朱臺官娘子皆說道：「難爲吳親家厚情，喬親家你休謙辭了。」因問：「你家長姐去年十一月生的？」月娘道：「我家小兒六月廿三日生的，原大五個月，正是兩口兒。」衆人不繇分說，把喬大户娘子和月娘、李瓶兒拉到前廳，兩個就割了衫襟。兩個妓女彈唱着。旋對喬大户說了，拏出菓盒、三段紅來遞酒。月娘一面分付玳安、琴童快往家中對西門慶說。旋擡了兩罈酒、三疋段子、紅綠板兒絨金絲花、四個螺甸大菓盒〔四〕。兩家席前，掛紅吃酒。一面堂中畫燭高擎，花燈燦爛，麝香靉靉，喜笑匆匆。兩個妓女，啟朱唇，露皓齒，輕撥玉阮，斜抱琵琶唱着。

衆堂客與吳月娘、喬大户娘子、李瓶兒三人都簪了花，掛了紅，遞了酒，各人都拜了。從新復安席坐下飲酒。廚子上了一道裹餡壽字雪花糕、喜重重滿池嬌並頭蓮湯。月娘坐在上席，滿心歡喜，叫玳安過來，賞一疋大紅與廚役，兩個妓女每人都是一疋。俱磕頭謝了。喬大户娘子不放起身，還在後堂留坐，擺了許多勸碟、細菓攢盒。約吃到一更時分，月娘等方纔拜辭回來，說道：「親家，明日好歹下降寒舍那里坐坐。」喬大户娘子道：「親家盛情，家老兒說來，只怕席間不好坐的，改日望親家去罷。」月娘道：「好親家，再没人。親家只是見外。」因留了大妗子：「你今日不去，明日同喬親家一搭兒裹來罷。」大妗子道：「喬親家，別的日子你不去罷，到十五日，你正親家生日，你莫不也不去？」喬大户娘子道：「親家十五日好日子，我怎敢不去！」月娘道：「親家若不去，大妗子，我交付與你，只在你身上。」于是，生死把大妗子留下了，然後作辭上轎。

頭裡兩個排軍，打着兩個大紅燈籠；後邊又是兩個小廝，打着兩個燈籠。吳月娘在頭裡，李嬌兒、孟玉樓、潘金蓮、李瓶兒一字在中間，如意兒和蕙秀隨後。妳子轎子裏用紅綾小被把官哥兒裹得沿沿的〔五〕，恐怕冷，脚下還蹬着銅火爐兒。兩邊小廝圍隨，到了家門首下轎。西門慶正在上房吃酒，月娘等衆人進來，道了萬福，坐下。衆丫鬟都來磕了頭。月娘先把今日酒席上結親之話，告訴了一遍。西門慶聽了道：「今日酒席上有那幾位堂客？」月娘道：「有尚舉人娘子、朱序班娘子、崔親家母、兩個姪女。」西門慶說：「做親也罷了，只是有些不搬陪。」月娘道：「倒是俺嫂子，見他家新養的長姐和咱孩子在床炕上睡着，都蓋着那被窩兒，你打我一下兒，我打你一下兒，恰是小兩口兒一般，纔叫了俺們去，說將起來，酒席上就不因不繇做了這門親。我方纔使小廝來對你說，擡送了花紅菓盒去。」西門慶道：「既做親也罷了，只是有些不搬陪些。喬家雖有這個家事，他只是個縣中大户白衣人。你我如今見居着這官，又在衙門中管着事，到明日會親酒席間，他戴着小帽，與俺這官户怎生相處？甚不雅相。就是前日，荊南岡央及營里張親家，再三赶着和我做親，說他家小姐今纔五個月兒，也和咱家孩子同歲。我嫌他没娘母子，是房裡生的，所以没曾應承他。不想到與他家做了親。」潘金蓮在旁接過來道：「嫌人家是房裡養的，誰家是房外養的？就是喬家這孩子，也是房裡生的。正是險道神撞着壽星老兒——你也休說我長，我也休嫌你短。」西門慶聽了此言，心中大怒，罵道：

金蓮揖愛，恒以取愛尖

利，亦以招尤。

「賊淫婦，還不過去！人這里說話，也插嘴插舌的。有你甚麽說處！」金蓮把臉羞的通紅了，抽身走出來，說道：「誰說這里有我說處？可知我没說處哩！」

可惕然於三緘之銘。

看官聽說：今日潘金蓮在酒席上，見月娘與喬大户家做了親，李瓶兒都披紅簪花遞酒，心中甚是氣不憤，來家又被西門慶罵了這兩句，越發急了，走到月娘這邊屋裡哭去了。西門慶因問：「大妗子怎的不來？」月娘道：「喬親家母明日見有衆官娘子，說不得來。我留下他在那里，教明日同他一搭兒裡來。」西門慶道：「我說只這席間坐次上不好相處，到明日怎麽廝會？」說了回話，只見孟玉樓也走到這邊屋裡來，見金蓮哭泣，說道：「你只顧惱怎的？隨他說幾句罷了。」金蓮道：「早是你在旁邊聽着，我說他什麽歹話來？他說別家是房裡養的，我說喬家是房外養的？也是房裡生的。那個紙包兒包着，瞞得過人？賊不逢好死的强人，就睜着眼罵起我來。罵的人那絕情絕義。怎的没我說處？改變了心，教他明日現報在我的眼裡！多大的孩子，一個懷抱的尿泡種子，平白扳親家，有錢没處施展的，争破卧單——没的蓋，狗咬尿胞——空歡喜！如今做濕親家還好，到明日休要做了乾親家纔難。吹殺燈擠眼兒——後來的事看不見。做親時人家好，過三年五載妨了的纔一個兒！」玉樓道：「如今人也賊了，不幹這個營生。論起來也還早哩。纔養的孩子，割甚麽衫襟？無過只是圖往來扳陪着耍子兒罷了。」金蓮道：「你便浪擸着圖扳親家耍子，平白教賊不合鈕的强人罵我。」玉樓道：「誰教你說話不着個頭項兒就說出來？他不罵你罵狗？」金蓮道：「我不好說的，他不是房裡，是大老婆？就是

既然曉的，又何必怒。

一到瓶兒開口，不使人愛，便使人憐。

喬家孩子，是房裡生的，還有喬老頭子的些氣兒。你家失迷家鄉，還不知是誰家的種兒哩！」玉樓聽了，一聲兒没言語。坐了一回，金蓮歸房去了。

李瓶兒見西門慶出來了，從新花枝招颭與月娘磕頭，説道：「今日孩子的事，累姐姐費心。」那月娘笑嘻嘻，也倒身還下禮去，説道：「你喜呀？」李瓶兒道：「與姐姐同喜。」磕畢頭起來，與月娘、李嬌兒坐着説話。只見孫雪娥、大姐來與月娘磕頭，與李嬌兒、李瓶兒道了萬福。小玉拿茶來，正吃茶，只見李瓶兒房裡丫鬟綉春來請，説：「哥兒屋裏尋哩，爹使我請娘來了。」李瓶兒道：「妳子慌的三不知就抱的屋裏去了。一搭兒去也罷了，只怕孩子没個燈兒。」月娘道：「頭裡進門，到是我叫他抱的房裡去，恐怕晚了。」小玉道：「頭裡如意兒抱着他，來安兒打着燈籠送他來。」李瓶兒道：「這等也罷了。」于是，作辭月娘，回房中來〔六〕。只見西門慶在屋裡，官哥兒在妳子懷裡睡着了。因説：「你如何不對我説就抱了他來？」如意兒道：「大娘見來安兒打着燈籠，就趁着燈兒來了。哥哥哭了一回，纔拍着他睡着了。」西門慶道：「他尋了這一回，纔睡了。」李瓶兒説畢，望着他笑嘻嘻説道：「今日與孩兒定了親，累你，我替你磕個頭兒。」于是，插燭也是磕下去。喜歡的西門慶滿面堆笑，連忙拉起來，做一處坐的。一面令迎春擺下酒兒，兩個吃酒。

且説潘金蓮到房中使性子，没好氣，明知道西門慶在李瓶兒這邊，因秋菊開的門遲了，進門就打了兩個耳刮子，高聲罵道：「賊淫婦奴才，怎的叫了恁一日不開？你做甚麽來？我且不和你答話。」于是走到屋裡坐下。春梅走來磕頭遞茶。婦人問他：「賊奴才他在屋裡做什麽來？」春梅道：「在院子裏坐着來。我這等催他，還不理。」婦人道：「我知道他和我兩個毆氣。党太尉吃匾食〔七〕，他也學人照樣兒欺負我。」待要打他，又恐西門慶聽見，不言語，心中又氣。一面卸了濃粧，春梅與他搭了鋪，上床就睡了。

尖嘴人常受此氣，余亦多坐此病。

到次日，西門慶衙門中去了。婦人把秋菊叫他頂着大塊柱石，跪在院子裏。跪的他梳了頭，教春梅扯了他褲子，拏大板子要打他。春梅道：「好乾净的奴才，教我扯褲子，到没的污濁了我的手！」走到前邊，旋叫了畫童兒扯去秋菊的衣。婦人打着他罵道：「賊奴才淫婦，你從幾時就恁大來？別人興你，我却不興你。姐姐，你知我見的，將就膿着些兒罷了。平白撑着頭兒，逞什麼强？姐姐，你休要倚着，我到明日洗着兩個眼兒看着你哩！」一面罵着又打，打了又罵，打的秋菊殺猪也似叫。李瓶兒那邊纔起來，正看着妳子打發官哥兒睡着了，又諕醒了。明明白白聽見金蓮這邊打丫鬟，罵的言語兒有因，一聲兒不言語，諕的只把官哥兒耳朵握着。一面使繡春：「去對你五娘說休打秋菊罷。哥兒纔吃了些奶睡着了。」金蓮聽了，越發打的秋菊狠了，罵道：「賊奴才，你身上打着一萬把刀子，這等叫饒。我是恁性兒，你越叫，我越打。莫不爲你拉斷了路行人？人家打丫頭，也來看着你。好姐姐，對漢子說，把我別變了罷！」李瓶兒這邊分明聽見指罵的是他，把兩隻手氣的冰冷，忍氣吞聲，敢怒而不敢言。早辰茶水也没吃，摟着官哥兒在炕上就睡着了。

可恨。

等到西門慶衙門中回家，入房來看官哥兒，見李瓶兒哭的眼紅紅的，睡在炕上，問道：「你怎的這咱還不梳頭？上房請你説話。你怎揉的眼恁紅紅的？」李瓶兒也不題金蓮指罵之事，只説：「我心中不自在。」西門慶告説：「喬親家那里，送你的生日禮來了。一疋尺頭、兩罈南酒、一盤壽桃、一盤壽麵、四樣下飯。又是哥兒送節的兩盤元宵、四盤蜜食、四盤細菓、兩掛珠子吊燈、兩座羊皮屏風燈、兩疋大紅官段、一頂青段攃的金八吉祥帽兒、兩雙男鞋、六雙女鞋。咱家倒還没往他那里去，他又早與咱孩兒送節來了。如今上房的請你計較去。他那里使了個孔嫂兒和喬通押了禮來。大妗子先來了，説明日喬親家母不得來，直到後日纔來。他家有一門子做皇親的喬五太太聽見和咱們做親，好不喜歡！到十五日，也要來走走，咱少不得補個帖兒請去。」李瓶兒聽了，方慢慢起來梳頭，走到後邊，拜了大妗子。孔嫂兒正在月娘房裡待茶。禮物擺在明間内，都看了。一面打發回盒起身，與了孔嫂兒、喬通每人兩方手帕、五錢銀子，寫了回帖去了。正是：但將鐘鼓悦和愛，好把犬羊爲國羞。有詩爲証：

西門獨富太驕矜，襁褓孩兒結做親。
不獨資財如糞土，也應嗟嘆後來人。

校記

〔一〕「新刻繡像批點金瓶梅詞話卷之九」，天圖本、上圖乙本同，内閣本、首圖本作「新刻繡像評點金瓶梅卷之九」。

〔二〕「詞曰」，內閣本、首圖本題作「滿庭芳前」。
〔三〕「右調滿庭芳前」，內閣本、首圖本無。
〔四〕「螺甸」，原爲「蝶甸」，據吳藏本改。
〔五〕「沿沿的」，崇禎諸本同。按詞話本作「没没的」。
〔六〕「回房中來」，原作「回房中中」，據內閣本、首圖本、吳藏本改。
〔七〕「党太尉」，原作「党大尉」，據吳藏本改。

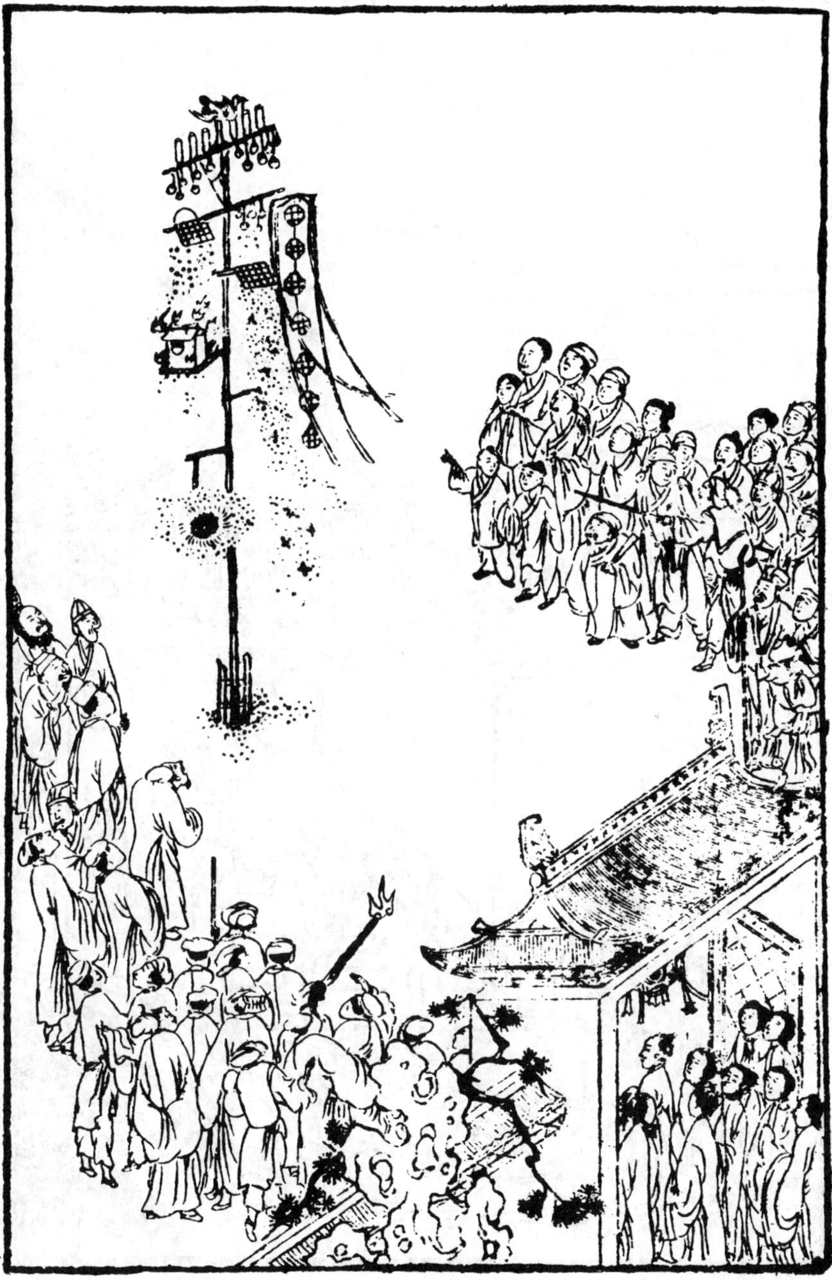

第四十二回　逞豪華門前放烟火

賞元宵樓上醉花燈

第四十二回　逞豪華門前放烟火　賞元宵樓上醉花燈

詩曰〔一〕：

星月當空萬燭燒，人間天上兩元宵。
樂和春奏聲偏好，人蹈衣歸馬亦嬌。
易老韶光休浪度，最公白髮不相饒。
千金博得斯須刻，分付譙更仔細敲。

話説西門慶打發喬家去了，走來上房，和月娘、大妗子、李瓶兒商議。月娘道：「他家既先來與咱孩子送節，咱少不得也買禮過去，與他家長姐送節。就權爲插定一般，庶不差了禮數。」大妗子道：「咱這裡，少不的立上箇媒人，往來方便些。」月娘道：「他家是孔嫂兒，咱家安上誰好？」西門慶道：「一客不煩二主，就安上老馮罷。」于是，連忙寫了請帖八箇〔二〕，就叫了老馮來，同玳安拿請帖盒兒，十五日請喬老親家母、喬五太太并尚舉人娘子、朱序班娘子、崔親家母、段大姐、鄭三姐來赴席，與李瓶兒做生日，并吃看燈酒。一面分付來興兒，拿銀子早定下蒸酥點心并羹菓食物。又是兩套遍地錦羅段衣服，一件大紅小袍兒、一頂金絲縐紗冠兒、兩盞雲南羊角珠燈、一盒衣翠、一對小金手鐲、四箇金寶石戒指兒。十四日早裝盒擔，教女婿陳敬濟和賁四穿青衣服押送過去。喬大户那邊，酒筵管待，重加答賀。回盒中，又回了許多生活鞋脚，俱不必細說。正亂着，應伯爵來講李智、黄四官銀子事，看見問其所以。西門慶告訴與喬大户結親之事〔三〕：「十五日好歹請令正來陪親家坐坐。」伯爵道：「嫂子呼喚，房下必定來。」西門慶道：「今日請衆堂官娘子吃酒，咱每往獅子街房子内看燈去罷。」伯爵應諾去了，不題。

且說那日院中吴銀兒先送了四盒禮來，又是兩方銷金汗巾，一雙女鞋，送與李瓶兒上壽，就拜乾女兒。月娘收了禮物，打發轎子回去。李桂姐只到次日纔來，見吴銀兒在這裡，便悄悄問月娘：「他多咱來的？」月娘如此這般告他說：「昨日送了禮來，拜認你六娘做乾女兒了。」李桂姐聽了，一聲兒没言語，一日只和吴銀兒使性子，兩個不說話。

無謂，可笑。

却說前廳王皇親家二十名小厮，兩箇師父領着，挑了箱子來，先與西門慶磕頭。西門慶分付西廂房做戲房，管待酒飯。不一時，周守備娘子、荊都監母親荊太太與張團練娘子，都先到了。俱是大轎，排軍喝道，家人媳婦跟隨。月娘與衆姊妹，都穿着袍出來迎接，至後廳敘禮。與衆親相見畢，讓坐遞茶，等着夏提刑娘子到纔擺茶。不料等到日中，還不見來。小厮邀了兩三遍，約午後纔喝了道來，擡着衣匣，家人媳婦跟隨，許多僕從擁護。鼓樂接進後廳，與衆堂客見畢禮數，依次序坐下。先在捲棚内擺茶，然後大廳上坐。春梅、玉簫〔四〕、迎春、蘭香，都是齊整粧束，席上捧茶斟酒。那日扮的是《西廂記》。

不説畫堂深處，珠圍翠繞，歌舞吹彈飲酒。單表西門慶打發堂客上了茶，就騎馬約下應伯爵、謝希大，往獅子街房裏去了。分付四架烟火，拿一架那里去；晚夕，堂客跟前放兩架。旋叫了箇厨子，家下擡了兩食盒下飯菜蔬，兩罈金華酒去；又叫了兩個唱的——董嬌兒、韓玉釧兒。原來西門慶已先使玳安顧轎子，請王六兒同往獅子街房裡去。玳安見婦人道：「爹説請韓大嬸，那里晚夕看放烟火。」婦人笑道：「我羞剌剌，怎麽好去的，你韓大叔知道不嗔？」玳安道：「爹對韓大叔説了，教你老人家快收拾哩。因叫了兩箇唱的，没人陪他。」那婦人聽了，還不動身。一回，只見韓道國來家。玳安道：「這不是韓大叔來了。韓大嬸這里，不信我説哩。」婦人向他漢子説：「真箇教我去？」韓道國道：「老爹再三説，兩箇唱的没人陪他，請你過去，晚夕就看放烟火。你還不收拾哩！剛纔教我把舖子也收了，就晚夕一搭兒裡坐坐。保官兒也往家去了，晚夕該他上宿哩。」婦人道：「不知多咱纔散，你到那里坐回就來罷，家裡没人，你又不該上宿。」説畢，打扮穿了衣服，玳安跟隨，逕到獅子街房裡來。來昭妻一丈青早在房裡收拾下床炕，帳幔褥被，安息沉香薰的噴鼻香。房裡吊着一對紗燈，籠着一盆炭火。婦人走到裡面炕上坐下。一丈青走出來，道了萬福，拿茶吃了。西門慶與應伯爵看了回燈，纔到房子裡。兩箇在樓上打雙陸。樓上除了六扇窗户，掛着簾子，下邊就是燈市，十分鬧熱。打了回雙陸，收拾擺飯吃了，二人在簾裡觀看燈市。但見：

請客來看烟火，却收拾床舖，妙甚。

萬井人烟錦綉圍，香車寶馬鬧如雷。

鰲山聳出青雲上，何處遊人不看來？

二人看了一回，西門慶忽見人叢裡謝希大、祝實念，同一箇戴方巾的在燈棚下看燈，指與伯爵瞧。因問：「那戴方巾的，你可認的他？」伯爵道：「此人眼熟，不認的他。」西門慶便叫玳安：「你去下邊，悄悄請了謝爹來。休教祝麻子和那人看見。」玳安小廝賊，一直走下樓來，挨到人鬧裡，待祝實念和那人先過去了，從旁邊出來，把謝希大拉了一把。慌的希大回身觀看，却是玳安。玳安道：「爹和應二爹在這樓上，請謝爹說話。」希大道：「你去，我知道了。等我陪他兩箇到粘梅花處，就來見你爹。」玳安便一道烟去了。希大到了粘梅花處，向人鬧處，就扠過一邊，繇着祝實念和那一箇人只顧尋。他便走來樓上，見西門慶、應伯爵二個作揖，因說道：「哥來此看燈，早辰就不呼喚兄弟一聲？」西門慶道：「我早辰對衆人，不好教你每的〔五〕。已托應二哥到你家請你去，說你不在家。剛纔，祝麻子没看見麽？」因問：「那戴方巾的是誰？」希大道：「那戴方巾的，是王昭宣府裡王三官兒。今日和祝麻子到我家，要問許不與先生那里借三百兩銀子。央我和老孫、祝麻子作保。要幹前程，入武學肄業。我那里管他這閒帳！剛纔陪他燈市裡走了走，聽見哥呼喚，我只伴他到粘梅花處，交我乘人亂，就扠開了走來見哥。」因問伯爵：「你來多大回了？」伯爵道：「哥使我先到你家，你不在，我就來了，和哥在這裡打了這回雙陸。」西門慶問道：「你吃了飯不曾？」謝希大道：「早辰從哥那里出來，和他兩箇搭了這一日，誰吃飯來！」西門慶分付玳安：「廚下安排飯來，與你謝爹吃。」不一時，就是春盤小菜、兩碗稀爛

不過一杯酒，無大利害，便東藏西躲，半路拋人。寫出交情之薄。

下飯、一碗炯肉粉湯、兩碗白米飯。希大獨自一箇，吃的裏外乾淨，剩下些汁湯兒，還泡了碗吃了。玳安收下家活去。希大在旁看着兩箇打雙陸。

只見兩箇唱的門首下了轎子，擡轎的提着衣裳包兒，笑進來。伯爵在窗裏看見，說道：「兩箇小淫婦兒，這咱纔來。」分付玳安：「且別教他往後邊去，先叫他樓上來見我。」希大道：「今日叫的是那兩箇？」玳安道：「是董嬌兒、韓玉釧兒。」忙下樓說道：「應二爹叫你說話。」兩箇那裡肯來，一直往後走了。見了一丈青，拜了，引他入房中。看見王六兒頭上戴着時樣扭心鬏髻兒，身上穿紫潞紬襖兒，玄色披襖兒，白挑線絹裙子，下邊露兩隻金蓮，拖的水鬢長長的，紫膛色，不十分搽鉛粉，學箇中人打扮，耳邊帶着丁香兒。進門只望着他拜了一拜，都在炕邊頭坐了。小鉄棍拿茶來，王六兒陪着吃了。兩箇唱的，上上下下把眼只看他身上。看一回，兩箇笑一回，更不知是什麽人。落後，玳安進來，兩箇悄悄問他道：「房中那一位是誰？」玳安没的回答，只說是：「俺爹大姨人家，接來看燈的。」兩箇聽的，從新到房中說道：「俺每頭裡不知是大姨，没曾見的禮，休怪。」于是插燭磕了兩箇頭。慌的王六兒連忙還下半禮。落後，擺上湯飯來，陪着同吃。兩箇拿樂器，又唱與王六兒聽。

伯爵打了雙陸，下樓來小淨手，聽見後邊唱，點手兒叫玳安，畫。問道：「你告我說，兩箇唱的在後邊唱與誰聽？」玳安只是笑，不做聲，說道：「你老人家曹州兵備——管事寬。唱不唱，管他怎的？」伯爵道：「好賊小油嘴，你不說，愁我不知道？」玳安笑道：「你老人家知道罷了，又問怎的？」說畢，一直往後走了。賊。伯爵上的樓來，西門慶又與謝希大打了三貼雙陸。只見李銘、吳惠兩箇驀地上樓來磕頭。伯爵道：「好呀！你兩箇來的正好，怎知道俺每在這里？」李銘跪下說道：「小的和吳惠先到宅裡來，宅裡說爹在這邊擺酒。特來伏侍爹每。」西門慶道：「也罷，你起來伺候。玳安，快往對門請你韓大叔去。」不一時，韓道國到了，作了揖，坐下〔六〕。一面放桌兒，擺上春盤案酒來，琴童在旁邊篩酒。伯爵與希大居上，西門慶主位，韓道國打橫，坐下把酒來篩；一面使玳安後邊請唱的去。

少頃，韓玉釧兒、董嬌兒兩箇，慢條斯禮上樓來。望上不當不正磕下頭去。伯爵罵道：「我道是誰來，原來是這兩箇小淫婦兒。頭裡我叫着，怎的不先來見我？這等大膽！到明日，不與你箇功德，你也不怕。」董嬌兒笑道：「哥兒，那裡隔墻掠箇鬼臉兒，可不把我諕殺！」韓玉釧兒道：「你知道，愛奴兒掇着獸頭往城裡掠——好箇丟醜兒的孩兒！」伯爵道：「哥，你今日忒多餘了。有了李銘、吳惠在這裡唱罷了，又要這兩箇小淫婦做什麽？還不趁早打發他去。大節夜，還趕幾箇錢兒，等住回晚了，越發没人要了。」韓玉釧兒道：「哥兒，你怎麽没羞？大爹叫了俺每來答應，又不伏侍你，你怎的閑出氣？」伯爵道：「傻小歪剌骨兒，你見在這裡，不伏侍我，你說伏侍誰？」韓玉釧道：「唐胖子吊在醋缸裏——把你撅酸了。」伯爵道：「賊小淫婦兒，是心酸了我〔七〕。等住回散了家去時，我和你答話。我左右有兩箇法兒，你原出得我手！」董嬌兒問道：「哥兒，那兩箇法兒？說來我聽。」伯爵道：「我頭一箇，是對巡捕說了，拿你犯夜，教他拿了去，樛你一頓好樛子。十分不巧，只消三分銀子燒酒，把擡轎的灌醉了，隨你這小淫婦兒去，天晚到家没錢，不怕鴇子不打。」韓玉釧道：「十分晚了，俺每不去，在爹這房子裡睡。再不，教爹差人送俺每，王媽媽支錢一百文，不在于你。好淡嘴女又十撇兒。」（好罵。）伯爵道：「我是奴才，如今年程反了，拏三道三。」說笑回，兩箇唱的在旁彈唱春景之詞。

衆人纔拿起湯飯來吃，只見玳安兒走來，報道：「祝爹來了。」衆人都不言語。（偏又尋來，妙。傳神。）不一時，祝實念上的樓來，看見伯爵和謝希大在上面，說道：「你兩箇好吃，可成個人。」因說：「謝子純，哥這裡請你，也對我說一聲兒，三不知就走的來了，教我只顧在粘梅花處尋你。」希大道：「我也是悞行，纔撞見哥在樓上和應二哥打雙陸。走上來作揖，被哥留住了。」西門慶因令玳安兒：「拏椅兒來，我和祝兄弟在下邊坐罷。」于是安放鍾筯，在下席坐了。廚下拿了湯飯上來，一齊同吃。西門慶只吃了一箇包兒，呷了一口湯，因見李銘在旁，都遞與李銘下去吃了。那應伯爵、謝希大、祝實念、韓道國，每人吃一大深碗八寶攢湯，三箇大包子，還零四箇桃花燒賣，只留了一箇包兒壓碟兒。左右收下湯碗去，斟上酒來飲酒。希大因問祝實念道：「你陪他到那里纔拆開了？怎知道我在這裡？」祝實念如此這般告說：「我因尋了你一回尋不着，就同王三官到老孫家會了，那許不與先生那里〔八〕，（放債美名。）借三百兩銀子去，吃孫寡嘴老油嘴把借契寫差了。」希大道：「你每休寫上我，我不管。左右是你與老孫作保，討保頭錢使。」因問：「怎的寫差了？」祝實念道：「我那等分付他，文書寫滑着些，立與他三限纔還。他不依我，教我從

今人借銀子只約在明日、後日，偏能不還，比此更妙。

新把文書又改了〔九〕。」希大道：「你立的是那三限？」祝實念道：「頭一限，風吹轆軸打孤雁；第二限，水底魚兒跳上岸；第三限，水裡石頭泡得爛。這三限交還他。」謝希大道：「你這等寫着，還說不滑哩。」祝實念道：「你到說的好，倘或一朝天旱水淺，朝廷挑河，把石頭吃做工的兩三钁頭坎得稀爛，怎了？那時少不的還他銀子。」衆人說笑了一回。

看看天晚，西門慶分付樓上點燈，又樓簷前一邊一盞羊角玲燈，甚是奇巧。家中，月娘又使棋童兒和排軍，擡送了四箇攢盒，都是美口糖食、細巧菓品。西門慶叫棋童兒問道：「家中衆奶奶們散了不曾？誰使你送來？」棋童道：「大娘使小的送來，與爹這邊下酒。衆奶奶們還未散哩。戲文扮了四摺，大娘留在大門首吃酒，看放烟火哩。」西門慶問：「有人看沒有？」棋童道：「擠圍着滿街人看。」西門慶道：「我分付留下四名青衣排軍，拏扞欄攔人伺候，休放閑雜人挨擠。」棋童道：「小的與平安兒兩箇，同排軍都看放了烟火，並沒閑雜人攪擾。」西門慶聽了，分付把桌上飲饌都搬下去，將攢盒擺上，厨下又拏上一道果餡元宵來。兩個唱的在席前遞酒。西門慶分付棋童回家看去〔一〇〕。一面重篩美酒，再設珍羞，教李銘、吳惠席前彈唱了一套燈詞。唱畢，吃了元宵，韓道國先往家去了。知局。少頃，西門慶分付來昭將樓下開下兩間，吊掛上簾子，把烟火架擡出去。西門慶與衆人在樓上看，教王六兒陪兩箇粉頭和一丈青在樓下觀看。玳安和來昭將烟火安放在街心裏，須臾，點着。那兩邊圍看的，挨肩擦膀，不知其數。都說西門大官府在此放烟火，谁人不來觀看？果然紥得停當好烟火。但見：

一丈五高花樁，四圍下山棚熱鬧[一一]。最高處一隻仙鶴，口裡啣着一封丹書，乃是一枝起火，一道寒光，直鑽透斗牛邊。然後，正當中一箇西瓜砲迸開，四下裡人物皆着，觱剝剝萬箇轟雷皆燎徹。彩蓮舫，賽月明，一箇趕一箇，猶如金燈沖散碧天星；紫葡萄，萬架千株，好似驪珠倒掛水晶簾。霸王鞭，到處响喨；地老鼠，串遶人衣。瓊盞玉臺，端的旋轉得好看；銀蛾金彈，施逞巧妙難移。八仙捧壽，名顯中通；七聖降妖，通身是火。黄烟兒，緑烟兒，氤氲籠罩萬堆霞；緊吐蓮，慢吐蓮，燦爛爭開十段錦。一丈菊與烟蘭相對，火梨花共落地桃爭春[一三]。樓臺殿閣，頃刻不見巍峩之勢；村坊社鼓，彷佛難聞歡鬧之聲。貨郎担兒，上下光焰齊明；鮑老車兒，首尾迸得粉碎。五鬼鬧判，焦頭爛額見猙獰；十面埋伏，馬到人馳無勝負。總然費却萬般心，只落得火滅烟消成煨燼。

應伯爵見西門慶有酒了，剛看罷烟火下樓來，因見王六兒在這裡，推小淨手，拉着謝希大、祝實念，也不辭西門慶就走了。玳安便道：「二爹那里去？」伯爵向他耳邊説道：「傻孩子，我頭裡説的那本帳，我若不起身，别人也只顧坐着，顯的就不趣了。等你爹問，你只説俺每都跑了。」落後，西門慶見烟火放了，問伯爵等那裡去了，玳安道：「應二爹和謝爹都一路去了。小的攔不回來，多上覆爹。」西門慶就不再問了。因叫過李銘、吴惠來，每人賞了一大巨杯酒與他吃。分付：「我且不與你唱錢，你兩箇到十六日早來答應。還是應二爹三箇并衆夥計當家兒，晚夕在門首吃酒。」李銘跪下道：「小的告禀爹：十六日和吴惠、左順、鄭奉三箇，都往東平府，新陞的胡爺那里到任，官身去，只到後晌纔得來。」西門慶道：「左右俺每晚夕纔吃酒哩。你只休悞了就是了。」二人道：「小的並不敢悞。」兩箇唱的也就來拜辭出門。西門慶分付：「明日，家中堂客擺酒，李桂姐、吳銀姐都在這裡，你兩箇好歹來走一走。」二人應諾了，一同出門，不在話下。西門慶分付來昭、玳安、琴童收家活。滅息了燈燭，就往後邊房裡去了。

且說來昭兒子小鐵棍兒，正在外邊看放了烟火，見西門慶進去了，就來樓上。見他爹老子收了一盤子雜合的肉菜、一甌子酒和些元宵，拿到屋裡，就問他娘一丈青討，被他娘打了兩下。不防他走在後邊院子裏頑耍，只聽正面房子裏笑聲，只說唱的還沒去哩，見房門關着，就在門縫裡張看，見房裡掌着燈燭。原來西門慶和王六兒兩箇，在床沿子上行房，西門慶已有酒的人，把老婆倒按在床沿上，褪去小衣，那話上使着托子幹後庭花。一進一退往來攙打，何止數百回，攙打的連聲响喨，其喘息之聲，往來之勢，猶賽折床一般，無處不聽見。這小孩子正在那里張看，不防他娘一丈青走來看見，揪着頭角兒拖到前邊，鑿了兩箇栗爆，罵道：「賊禍根子，小奴才兒，你還少第二遭死？又往那裡聽他去！」于是，與了他幾箇元宵吃了，不放他出來，就謊住他上炕睡了。西門慶和老婆足幹搗有兩頓飯時纔了事。玳安打發擡轎的酒飯吃了，跟送他到家，然後纔來同琴童兩箇打着燈兒跟西門慶家去。正是：

不愁明月盡，自有夜珠來。

校記

〔一〕「詩曰」，内閣本、首圖本無。
〔二〕「八箇」，吳藏本作「八帖」。
〔三〕「結親」，吳藏本作「結姻」。
〔四〕「玉簫」，原作「玉蕭」，據吳藏本改。
〔五〕「教你」，内閣本、首圖本作「邀你」。按張評本作「教你」，詞話本作「邀你」。
〔六〕「坐下」，吳藏本作「坐了」。
〔七〕「心酸」，内閣本、首圖本作「撅酸」。按張評本、詞話本均作「撅酸」。
〔八〕「那許不與」，吳藏本、首圖本作「要問許不與」。詞話本、内閣本作「往許不與」。
〔九〕「文書又改了」，首圖本作「文書文改了」。
〔一〇〕「看去」，吳藏本作「看看」。
〔一一〕「四圍下」，首圖本作「四圍了」。
〔一二〕「落地桃」，吳藏本作「落地梅」。

金瓶梅

第四十三回

爭寵愛金蓮鬪氣

賣富貴吳月攀新

第四十三回　爭寵愛金蓮惹氣　賣富貴吳月攀親

詞曰〔一〕：

情懷增悵望，新歡易失，往事難猜。問籬邊黃菊，知爲誰開？謾道愁須滯酒，酒未醒、愁已先回。憑闌久，金波漸轉，白露點蒼苔。

——右調《滿庭芳後》〔二〕

話說西門慶歸家，已有三更時分，吳月娘還未睡，正和吳大妗子衆人説話，李瓶兒還伺候着與他遞酒。大妗子見西門慶來家，就過那邊去了。月娘見他有酒了，打發他脱了衣裳。只教李瓶兒與他磕了頭，同坐下〔三〕，問了回今日酒席上話。玉簫點茶來吃。因有大妗子在，就往孟玉樓房中歇了。

到次日，廚役早來收拾酒席。西門慶先到衙門中拜牌，大發放。夏提刑見了，致謝日昨房下厚擾之意。西門慶道：「日昨甚是簡慢。恕罪，恕罪！」來家早有喬大户家〔四〕，使孔嫂兒引了喬五太太家人送禮來了。西門慶收了，家人管待酒飯。孔嫂兒進月娘房裡坐的。吳舜臣媳婦兒鄭三姐轎子也先來了，拜了月娘衆人，都陪着吃茶。

正值李智、黃四關了一千兩香蠟銀子，賁四從東平府押了來家。應伯爵打聽得知，亦走來幫扶交納。西門慶令陳敬濟拏天平在廳上兑明白，收了。黃四又拿出四錠金鐲兒來，重三十兩，筭一百五十兩利息之數，還欠五百兩，就要搗換了合同。西門慶分付二人：「你等過燈節再來計較。我連日家中有事。」那李智、黃四，老爺長，老爺短，千恩萬謝出門。應伯爵因記掛着二人許了他些業障兒，趁此機會好問他要，正要跟隨同去，又被西門慶叫住說話。因問：「昨日你每三箇，怎的三不知就走了？」伯爵道：「昨日甚是深擾哥，本等酒多了。我見哥也有酒了，今日嫂子家中擺酒，已定還等哥説話。俺每不走了，還只顧纏到多咱？我猜哥今日也沒往衙門裡去，本等連日辛苦。」西門慶道：「我昨日來家，已有三更天氣。今日還早到衙門拜了牌，坐廳大發放，理了回公事。如今家中治料堂客之事。今日觀裡打上元醮，拈了香回來，還趕往周菊軒家吃酒去，不知到多咱纔得來家。」伯爵道：「虧哥好神思，你的大福。不是面獎，若是第二箇也成不的。」兩箇說了一回，西門慶要留伯爵吃飯，伯爵道：「我不吃飯，去罷。」西門慶又問：「嫂子怎的不來？」伯爵道：「房下轎子已叫下了，便來也。」舉手作辭出門，一直趕黃四、李智去了。正是：

明明面獎，却說不是面獎。今人多用此法。

假饒駕霧騰雲術，取火鑽冰只要錢。

西門慶打發伯爵去了，手中拿着黃烘烘四錠金鐲兒，心中甚是可愛，口中不言，心裡暗道：「李大姐生的這孩子甚是脚硬，一養下來，我平地就得些官。我今日與喬家結親，又進這許多財！」于是用袖兒抱着那四錠金鐲兒，也不到後邊，徑往李瓶兒房裡來。正走到潘金蓮角門首，只見金蓮出來看見，叫他問道：「你手裡托的是什麼東西兒，過來我瞧瞧。」那西門慶道：「等我回來與你瞧。」托着一直往李瓶兒那邊去了。（活氣殺人。）金蓮見叫不回他來，心中就有幾分羞訕，説道：「什麼罕稀貨，忙的這等諕人子剌剌的！不與我瞧罷，賊跌折腿的三寸貨強盜，進他門去，矻齊的把那兩條腿掗折了，纔現報了我的眼。」

却説西門慶拏着金子，走入李瓶兒房裡，見李瓶兒纔梳了頭，妳子正抱着孩子頑耍。西門慶一徑把四箇金鐲兒抱着，教他手兒撾弄。李瓶兒道：「是那裡的？只怕冰了他手。」西門慶道：「是李智、黄四今日還銀子准折利錢的。」李瓶兒生怕冰着他，取了一方通花汗巾兒，與他裹着耍子。只見玳安走來説道：「雲夥計騎了兩疋馬來，在外邊請爹出去瞧。」西門慶問道：「雲夥計他是那里的馬？」玳安道：「他説是他哥雲參將邊上稍來的。」正説着，只見後邊李嬌兒、孟玉樓陪着大妗子并他媳婦鄭三姐，都來李瓶兒房裡看官哥兒。西門慶丢了那四錠金子，就往外邊看馬去了。

李瓶兒見衆人來到，只顧與衆人見禮讓坐，也就忘記了孩子拿着這金子，弄來弄去，少了一錠。只見妳子如意兒問李瓶兒道：「娘沒曾收哥哥兒耍的那錠金子？怎只三錠，少了一錠了？」李瓶兒道：「我沒曾收，我把汗巾子替他裹着哩。」如意兒道：「汗巾子也落在地下了。那裡得那錠金子？」屋裡就亂起來，妳子問迎春，迎春就問老馮。老馮道：「耶嚛，耶嚛！我老身就瞎了眼，也沒看見〔五〕。老身在這裡恁幾年，莫説折針斷線我不敢動，娘他老人家知道我，就是金子，我老身也不愛。你每守着哥兒，怎的寃枉起我來了！」李瓶兒笑道：「你看這媽媽子説混話，這裡不見的，不是金子却是什麽？」又駡迎春：「賊臭肉！平白亂的是些甚麽？等你爹進來，等我問他，只怕是你爹收了。怎的只收一錠兒？」孟玉樓問道：「是那裡金子？」李瓶兒道：「是他爹拏來的，與孩子耍。誰知道是那裡的。」

且説西門慶在門首看馬，衆夥計家人都在跟前，教小厮來回溜了兩遭。西門慶道：「雖是東路來的馬，鬃尾醜，不十分會行，論小行也罷了〔六〕。」因問雲夥計道：「此馬你令兄那裡要多少銀子？」雲離守道：「兩疋只要七十兩。」西門慶道：「也不多。只是不會行，你還綁了去，另有好馬騎來，倒不説銀子。」説畢，西門慶進來。只見琴童來説：「六娘房裡請爹哩。」于是走入李瓶兒房裡來。李瓶兒問他：「金子你收了一錠去了？如何只三錠在這裡？」西門慶道：「我丟下，就外邊去看馬，誰收來！」李瓶兒道：「你没收，却往那裡去了？尋了這一日没有。妳子推老馮，急的那老馮賭身罰咒，只是哭。」西門慶道：「端的是誰拿了，繇他慢慢兒尋罷。」李瓶兒道：「頭裡因大妗子女兒兩箇來，亂着就忘記了。我只説你收了出去，誰知你也没收，就兩躭了。纔尋起來，諕的他們都走了。」于是把那三錠，還交與西門慶收了。正值賁四傾了一百兩銀子來交，西門慶就往後邊收兑銀子去了。

且説潘金蓮聽見李瓶兒這邊嚷，不見了孩子耍的一錠金鐲子，得不的風兒就是雨兒，就先走來房裡，告月娘説：「姐姐，你看三寸貨幹的營生！隨你家怎的有錢，也不該拏金子與孩子耍。」月娘道：「剛纔他每告我說，他房裡不見了金鐲子，端的不知是那里的？」金蓮道：「誰知他是那里的！你還没見，他頭裡從外邊拏進來，用襖子袖兒裹着，恰似八蠻進寶的一般。好摹擬。我問他是什麽，拏過來我瞧瞧。頭兒也不回，一直奔命往屋裡去了。遲了一回，反亂起來，說不見了一錠金子。乾淨就是他學三寸貨，說不見了，繇他慢慢兒尋罷。你家就是王十萬也使不的。一錠金子，至少重十來兩，也值五六十兩銀子，平白就罷了？瓮裡走了鱉——左右是他家一窩子〔七〕。再有誰進他屋裏去？」正說着，只見西門慶進來，兑收賁四傾的銀子，把剩的那三錠金子交與月娘收了。因告訴月娘：「此是李智、黄四還的四錠金子，拿了與孩子耍了耍，就不見了一錠。」分付月娘：「你與我把各房裡丫頭叫出來審問審問。我使小廝街上買狼觔去了，早拏出來便罷，不然，我就叫狼觔抽起來。」下語絕有含蓄。月娘道：「論起來，這金子也不該拏與孩子，沉甸甸冰着他，一時砸了他手脚怎了！」潘金蓮在旁接過來說道：接字便有心。「不該拏與孩子耍？只恨拏不到他屋裡。頭裡叫着，想回頭也怎的，恰似紅眼軍搶將來的，不教一箇人兒知道。這回不見了金子，虧你怎麽有臉兒來對大姐姐說！教大姐姐替你查考各房裡丫頭，教各房裡丫頭口裡不笑，毬眼裏也笑！」

數語崛强

幾句說的西門慶急了，走向前把金蓮按在月娘炕上，提起拳來，罵道：「狠殺我罷了！不看世界面上，把你這小搥刺骨兒，就一頓拳頭打死了！單管嘴尖舌快的，不管你事也來插一脚。」那潘金蓮就假做喬粧，哭將起來，說道：「我曉的你倚官仗勢，倚財爲主，把心來横了，

中實含歡媚，認真處微帶戲謔，非有二十分奇妬，二十分呆膽，二十分靈心利口，不能當機圓活如此。金蓮真可人也。

只欺負的是我。你說你這般威勢，把一箇半箇人命兒打死了，不放在意裏。那箇攔着你手兒哩不成？你打不是的！我隨你怎麼打，難得只打得有這口氣兒在着，若没了，愁我家那病媽媽子不問你要人！隨你家怎麼有錢有勢，和你家一遞一狀。你說你是衙門裡千户便怎的？無故只是個破紗帽債殼子——窮官罷了，能禁的幾個人命？就不是教皇帝敢殺下人也怎麼〔八〕！」幾句說的西門慶反呵呵笑了，說道：「你看這小搵刺骨兒，這等刁嘴！我是破紗帽窮官？教丫頭取我的紗帽來，我這紗帽那塊兒破？這清河縣問聲，我少誰家銀子？你說我是債殼子！」金蓮道：「你怎的叫我是搵刺骨來！」因蹺起一隻脚來，「你看老娘這脚，那些兒放着歪？你怎罵我是搵刺骨？」月娘在旁笑道：「你兩個銅盆撞了鉄刷箒。常言：惡人自有惡人磨，見了惡人没奈何！自古嘴强的爭一步。六姐，也虧你這箇嘴頭子，不然，嘴鈍些兒也成不的。」

那西門慶見奈何不過他，穿了衣裳往外去了。迎見玳安來說：「周爺家差人邀來了。請問爹先往打醮處去，往周爺家去？」西門慶分付：「打醮處，教你姐夫去罷。伺候馬，我往你周爺家吃酒去就是了。」只見王皇親家扮戲兩個師父率衆過來，與西門慶叩頭。西門慶教書童看飯與他吃，說：「今日你等用心伏侍衆奶奶，我自有重賞，休要上邊打箱去〔九〕！」那師父跪下說道：「小的每若不用心答應，豈敢討賞！」西門慶因分付書童：「他唱了兩日，連賞賜封下五兩銀子賞他。」書童應諾。西門慶就上馬往周守備家吃酒去了。

月娘婆心，詈無一毫彼此，獨不足□跟□金蓮，可見小人難養。

單表潘金蓮在上房坐的，吳月娘便說：「你還不往屋裡勻勻那臉去！揉的恁紅紅的，等住回人來看着什麽張致！誰教你惹他來？我倒替你捏兩把汗。若不是我在跟前勸着，掫着鬼，是也有幾下子打在身上。漢子家臉上有狗毛，不知好歹，只顧下死手的和他纏起來了。不見了金子，隨他不見去，尋不尋不在你。又不在你屋裡不見了，平白扯着脖子和他强怎麽！你也丟了這口氣兒罷！一語見血。」幾句說的金蓮閉口無言，往屋裡勻臉去了。

不一時，李瓶兒和吳銀兒都打扮出來，到月娘房裡。月娘問他：「金子怎的不見了？剛纔惹他爹和六姐兩箇，在這裏好不辨了這回嘴，差些兒没曾辦惱了打起來！吃我勸開了。他爹就往人家吃酒去了。分付小厮買狼觔去了，等他晚上來家，要把各房丫頭抽起來。你屋裡丫頭老婆管着那一門兒來？看着孩子耍，便不見了他一錠金子。是一箇半箇錢的東西兒也怎的？」李瓶兒道：「平白他爹拏進四錠金子來與孩子耍，我亂着陪大妗子和鄭三姐並他二娘坐着說話，誰知就不見了一錠。如今丫頭推妳子，妳子推老馮。急的馮媽媽哭哭啼啼，只要尋死。無眼難明勾當，如今寃誰的是！」吳銀兒道：「天麽，天麽！每常我還和哥兒耍子，早是今日我在這邊屋裡梳頭，没曾過去。不然怎了？雖然爹娘不言語，你我心上何安！誰人不愛錢，俺裡邊人家，最忌叫這箇名聲兒，傳出去醜聽！」

月娘菩薩也，瓶兒佛也，使他人當此，又不知變出多少牛鬼神蛇矣。

正說着，只見韓玉釧兒、董嬌兒兩箇提着衣包兒進來，笑嘻嘻先向月娘、大妗子、李瓶兒磕了頭，起來望着吳銀兒拜了一拜，說道：「銀姐昨日没家去？」吳銀兒道：「你怎的曉得？」董嬌兒道：「昨日俺兩個都在燈市街房子裡唱來，大爹對俺們說，教俺今日來伏侍奶奶。」一面月娘讓他兩箇坐下。須臾，小玉拏了兩盞茶來。那韓玉釧兒、董嬌兒連忙立起身來接茶，還望小玉拜了一拜。吳銀兒因問〔一〇〕：「你兩箇昨日唱多咱散了？」韓玉釧道：「俺們到家，也有二更多了，同你兄弟吳惠都一路去的。」說了一回話，月娘分付玉簫：「早些打發他們吃了茶罷。等住回只怕那邊人來忙了。」一面放下桌兒，兩方春槅、四盒茶食。月娘使小玉：「你二娘房裡，請了桂姐來同吃了茶罷。」不一時和他姑娘來到，兩箇各道了禮數坐下，同吃了茶，收過家活去。

忽見迎春打扮着，抱了官哥兒來，頭上戴了金梁段子八吉祥帽兒，身穿大紅氅衣兒，下邊白綾襪兒、段子鞋兒，胸前項牌符索，手上小金鐲兒。李瓶兒看見說道：「小大官兒，没人請你，來做什麽！」一面接過來，放在膝蓋上。看見一屋裏人，把眼不住的看了這箇，又看那箇。桂姐坐在月娘炕上，笑引鬭他耍子，道：「哥子只看着這裡，想必要我抱他。」于是用手引了他引兒。那孩子就撲到懷裏教他抱。吳大妗子笑道：「恁點小孩兒，他也曉的愛好！」月娘接過來說：「他老子是誰！到明日大了，管情也是小嫖頭兒。」孟玉樓道：「若做了小嫖頭兒，教大媽媽就打死了。」李瓶兒道：「小厮，你姐姐抱，只休溺了你姐姐衣服，我就打死了！」桂姐道：「耶嘜！怕怎麽。溺了也罷，不妨事。我心裡要抱哥兒耍耍兒。」于是與他兩箇嘴揾嘴兒耍子。董嬌兒、韓玉釧兒說道：「俺兩箇來了這一日，還没曾唱箇兒與娘每聽。」因取樂器，韓玉釧兒琵琶，董嬌兒彈箏，吳銀兒也在旁邊陪唱。唱了一套「繁華滿月開」《金索掛梧桐》。唱出一句來，端的有落塵遶梁之聲，裂石流雲之響，把官哥兒諕的在桂姐懷裡只磕倒着，再不敢擡頭出氣兒。月娘看見，便叫：「李大姐，你接過孩子來，教迎春抱到屋裡去罷。好箇不長進的小厮，你看諕的那臉兒。」這李瓶兒連忙接過來，教迎春掩着他耳朶，抱的往那邊房裡去了。

四箇唱的正唱着，只見玳安進來，說道：「小的到喬親家娘那邊邀來，朱奶奶、尚舉人娘子，都過喬親家來了，只等着喬五太太到了就來了。大門前邊、大廳上，都有鼓樂迎接。娘每都收拾伺候就是了。」月娘又分付後廳明間鋪下錦毯，安放坐位。捲起簾來，金鈎雙控，蘭麝香飄。春梅、迎春、玉簫、蘭香，都打扮起來。家人媳婦都插金戴銀，披紅垂綠，准備迎接新親。只見應伯爵娘子應二嫂先到了，應保跟着轎子。月娘等迎接進來。見了禮數，明間內坐下，向月娘拜了又拜，說：「俺家的常時打攪，多蒙看顧！」月娘道：「二娘，好說！常時累你二爹。」良久，只聞喝道之聲漸近，前廳鼓樂响動。平安兒先進來報道：「喬太太轎子到了！」須臾，黑壓壓一羣人，跟着五頂大轎落在門首。惟喬五太太轎子在頭裡，轎上是垂珠銀頂、天青重沿、綃金走水轎衣，使籐棍喝路。後面家人媳婦坐小轎跟隨，四名校尉擡衣箱、火爐，兩箇青衣家人騎着小馬，後面隨從。其餘就是喬大户娘子、朱臺官娘子、尚舉人娘子、崔大官媳婦、段大姐，并喬通媳婦也坐着一頂小轎，跟來收疊衣裳。

吳月娘與李嬌兒、孟玉樓、潘金蓮、李瓶兒、孫雪娥，一箇箇打扮的似粉粧玉琢，錦繡耀目，都出二門迎接。衆堂客簇擁着喬五太太進來〔一一〕。生的五短身材，約七旬年紀，戴着疊翠寶珠冠，身穿大紅宮繡袍兒，近面視之，鬢髮皆白，正是：眉分八道雪，髻綰一窩絲，眼如秋水微渾，鬢似楚山雲淡。接入後廳，先與吳大妗子叙畢禮數，然後與月娘等厮見。月娘再三請太太受禮，太太不肯，讓了半日，受了半禮。次與喬大户娘子，又叙其新親家之禮，彼此道及欵曲，謝其厚儀。已畢，然後向錦屏正面設放一張錦裀座位，坐了喬五太太，其次就讓喬大户娘子。喬大户娘子再三辭説：「姪婦不敢與五太太上僭〔一二〕。」讓朱臺官、尚舉人娘子，兩箇又不肯。彼此讓了半日，喬五太太坐了首座，其餘客東主西，兩分頭坐了。當中大方爐火廂籠起火來，堂中氣煖如春。春梅、迎春、玉簫、蘭香，一般兒四箇丫頭，都打扮起來，在跟前遞茶。

良久，喬五太太對月娘説：「請西門大人出來拜見，叙叙親情之禮。」月娘道：「拙夫今日衙門中去了，還未來家哩！」喬五太太道：「大人居于何官？」月娘道：「乃一介鄉民，蒙朝廷恩例，實授千户之職，見掌刑名。寒家與親家那邊結親，實是有玷。」喬五太太道：「娘子説那裡話，似大人這等峥嶸也彀了〔一三〕。昨日老身聽得舍姪婦與府上做親，心中甚喜。今日我來會會，到明日好厮見。」月娘道：「只是有玷老太太名目。」喬五太太道：「娘子是甚説話，想朝廷不與庶民做親哩！老身説起來話長，如今當今東宮貴妃娘娘，係老身親姪女兒。他父母都没了，止有老身。老頭兒在時，曾做世襲指揮使，不幸五十歲故了。身邊又無兒孫，輪着別門姪另替了，手裡没錢，如今倒是做了大户。我這箇姪兒，雖是差役立身，頗得過的日子，庶不玷污了門户。」說了一回，吳大妗子對月娘說：「抱孩子出來與老太太看看，討討壽。」李瓶兒慌分付奶子抱了官哥來與太太磕頭。喬太太看了誇道：「好箇端正的哥哥！」卽叫過左右，連忙把毡包內打開，捧過一端宮中紫閃黃錦段，并一副鍍金手鐲，與哥兒戴。月娘連忙下來拜謝了。請去房中換了衣裳。須臾，前邊捲棚內安放四張桌席擺茶。每桌四十碟，都是各樣茶菓、細巧油酥之類。吃了茶，月娘就引去後邊山子花園中，遊玩了一回下來。

那時，陳敬濟打醮去，吃了午齋回來了。和書童兒、玳安兒，又早在前廳擺放桌席齊整，請衆奶奶每遞酒上席。端的好筵席，但見：

屏開孔雀，褥隱芙蓉。盤堆異菓奇珍，瓶插金花翠葉。爐焚獸炭，香裊龍涎。白玉碟高堆麟脯，紫金壺滿貯瓊漿。梨園子弟，簇捧着鳳管鸞簫；內院歌姬，緊按定銀箏象板。進酒佳人雙洛浦，分香侍女兩姮娥。正是：兩行珠翠列堦前，一派笙歌臨座上。

吳月娘與李瓶兒同遞酒，堦下戲子鼓樂响動。喬太太與衆親戚，又親與李瓶兒把盞祝壽，方入席坐下。李桂姐、吳銀兒、韓玉釧兒、董嬌兒四箇唱的，在席前唱了一套「壽比南山」。戲子呈上戲文手本，喬太太分付下來，教做《王月英元夜留鞋記》。厨役上來獻小割燒鵝，賞了五錢銀子。比及割凡五道，湯陳三獻，戲文四摺下來，天色已晚。堂中畫燭流光，各樣花燈都點起來，錦帶飄飄，彩繩低轉。一輪明月從東而起，照射堂中，燈光掩映。樂人又在堦下，琵琶箏纂，笙簫笛管，吹打了一套燈詞《畫眉序》「花月滿香城」。吹打畢，喬太太和喬大户娘

元人曲不意宋時已有。

子叫上戲子，賞了兩包一兩銀子，四個唱的，每人二錢。月娘又在後邊明間內，擺設下許多果碟兒，留後坐。四張桌子都堆滿了。唱的唱，彈的彈，又吃了一回酒。喬太太再三說晚了，要起身。月娘衆人欵留不住，送在大門首，又攔門遞酒，看放烟火。兩邊街上，看的人鱗次蜂排一般。平安兒同衆排軍執棍攔當再三，還湧擠上來。須臾，放了一架烟火，兩邊人散了。喬太太和衆娘子方纔拜辭月娘等，起身上轎去了。那時也有三更天氣，然後又送應二嫂起身。月娘衆姊妹歸到後邊來，分付陳敬濟、來興、書童、玳安兒，看着廳上收拾家活，管待戲子并兩箇師範酒飯，與了五兩銀子唱錢，打發去了。

月娘分付出來，剩饡下一桌餚饌、半罈酒，請傅夥計、賁四、陳姐夫，說：「他每管事辛苦，大家吃鍾酒。」就在大廳上安放一張桌兒，你爹不知多咱纔回。」於是還有殘燈未盡，當下傅夥計、賁四、敬濟、來保上坐，來興、書童、玳安、平安打橫，把酒來斟。來保叫平安兒：「你還委箇人大門首，怕一時爹回，没人看門。」平安道：「我教畫童看着哩，不妨事。」於是八箇人猜枚飲酒。敬濟道：「你每休猜枚，大驚小怪的，惹後邊聽見。咱不如悄悄行令兒耍子。每人要一句，說的出免罰，說不出罰一大盃。」該傅夥計先說：「堪笑元宵草物。」賁四道：「人生歡樂有數。」敬濟道：「趁此月色燈光。」來保道：「咱且休要辜負。」來興道：「纔約嬌兒不在。」書童道：「又學大娘分付。」玳安道：「雖然剩酒殘燈。」平安道：「也是春風一度。」衆人念畢，呵呵笑了。正是：

飲罷酒闌人散後，不知明月轉花稍。

校記

〔一〕「詞曰」，内閣本、首圖本題作「滿庭芳後」。
〔二〕「右調滿庭芳後」，内閣本、首圖本無。
〔三〕「同坐下」，首圖本作「同坐回」。
〔四〕「喬大户」，原作「喬太户」，據吴藏本改。
〔五〕「也没看見」，吴藏本作「也没見有」。
〔六〕「論小行」，首圖本作「論小行的」。
〔七〕「走了鱉」，吴藏本作「走風鱉」。
〔八〕「怎麽」，内閣本、首圖本、吴藏本作「怎的」。
〔九〕「打箱去」，首圖本作「打相去」。
〔一〇〕「吴銀兒」，「吴」字，底本漫漶，據内閣本、吴藏本改。
〔一一〕「衆堂客」，首圖本作「見堂客」。
〔一二〕「上僭」，原作「上儹」，據首圖本改。
〔一三〕「彀了」，原作「㲄了」，據吴藏本改。

第四十四回

避馬房侍女偷金

下象棋佳人消夜

第四十四回　避馬房侍女偷金　下象棋佳人消夜

詞曰〔一〕：

晝日移陰，攬衣起、春幃睡足。臨寶鑑、綠鬟繚亂，未斂裝束。蝶粉蜂黃渾褪了，枕痕一線紅生玉。背畫闌、脉脉悄無言，尋棋局。

——右《滿江紅前》〔二〕

話說敬濟衆人，同傅夥計前邊吃酒，吳大妗子轎子來了，收拾要家去。月娘款留再三，說道：「嫂子再住一夜兒，明日去罷。」吳大妗子道：「我連在喬親家那里，就是三四日了。家裡沒人，你哥衙裡又有事，不得在家，我去罷。明日請姑娘衆位，好歹往我那里坐坐，晚夕走百病兒家來。」月娘道：「俺們明日，只是晚上些去罷了。」吳大妗子道：「姑娘早些坐轎子去，晚夕同走了來家就是了。」說畢，裝了一盒子元宵、一盒子饅頭，叫來安兒送大妗子到家。李桂姐等四個都磕了頭，拜辭月娘，也要家去。月娘道：「你們慌怎的，也就要去？還等你爹來家。他分付我留下你們，只怕他還有話和你們說，我是不敢放你去。」桂姐道：「爹去吃酒，到多咱晚來家？俺們怎等的他？娘先教我和吳銀姐去罷。他兩個今日纔來，俺們來了兩日〔三〕，媽在家還不知怎麽盼望！」月娘道：「可可的就是你媽盼望，這一夜兒等不的？」李桂姐道：「娘且是說的好，我家裡沒人，俺姐姐又被人包住了。寧可拿樂器來，唱箇與娘聽，娘放了奴去罷。」正說着，只見陳敬濟走進來，交剩下的賞賜，說道：「喬家并各家貼轎賞一錢，共使了十包，重三兩。還剩下十包在此。」月娘收了。桂姐便道：「我央及姑夫，你看外邊俺們的轎子來了不曾？」敬濟道：「只有他兩個的轎子。你和銀姐的轎子沒來。從頭裏不知誰回了去了。」桂姐道：「姑夫，你真個回了？你哄我哩！」那陳敬濟道：「你不信，瞧去不是！我不哄你。」剛言未罷，只見琴童抱進毡包來，說：「爹家來了！」月娘道：「早是你們不曾去，這不你爹來了。」

不一時，西門慶進來，已帶七八分酒了。走入房中，正面坐下，董嬌兒、韓玉釧兒二人向前磕頭〔四〕。西門慶問月娘道：「人都散了，怎的不教他唱？」月娘道：「他們在這里求着我，要家去哩。」西門慶向桂姐說：「你和銀兒亦發過了節兒去。且打發他兩個去罷。」月娘道：「如何？我說你們不信，恰相我哄你一般。」那桂姐把臉兒苦低着，畫。不言語。西門慶問玳安：「他兩個轎子在這里不曾？」玳安道：「只有董嬌兒、韓玉釧兒兩頂轎子伺候着哩。」西門慶道：「我也不吃酒了。你們拿樂器來，唱《十段錦》兒我聽。打發他兩個先去罷。」當下四個唱的，李桂姐彈琵琶，吳銀兒彈箏，韓玉釧兒撥阮，董嬌兒打着緊急鼓子，一遞一個唱《十段錦》「二十八半截兒」。吳月娘、李嬌兒、孟玉樓、潘金蓮、李瓶兒都在房裡坐的聽唱。

唱畢，西門慶與了韓玉釧、董嬌兒兩個唱錢，拜辭出門。「留李桂姐、吳銀兒兩個，這裡歇罷。」忽聽前邊玳安兒和琴童兒兩個嚷亂，簇擁定李嬌兒房裡夏花兒進來，稟西門慶說道：「小的剛送兩個唱的出去，打燈籠往馬房裡拌草，牽馬上槽，只見二娘房裡夏花兒，躲在馬槽底下，諕了小的一跳。不知甚麼緣故，小的每問着他，又不說。」西門慶聽見，就出外邊明間穿廊下椅子上坐着，一面叫琴童兒把那丫頭揪着跪下。西門慶問他：「往前邊做甚麼去？」那丫頭不言語。李嬌兒在傍邊說道：「我又不使你，平白往馬房裡做甚麼去？」見他慌做一團，西門慶只說丫頭要走之情，即令小廝搜他身上。琴童把他拉倒在地，只聽滑浪一聲，從腰裡吊下一件東西來。西門慶問：「是甚麼？」玳安遞上去，可霎作怪，却是一錠金子。西門慶燈下看了道：「是頭裡不見了的那錠金子。原來是你這奴才偷了。」他說：「是拾的。」西門慶問：「是那里拾的？」他又不言語。西門慶心中大怒，令琴童往前邊取拶子來，把丫頭拶起來，拶的殺猪也是叫。拶了半日，又敲二十敲。月娘見他有酒了，又不敢勸。那丫頭挨忍不過〔五〕，方說：「我在六娘房裡地下拾的。」西門慶方命放了拶子，又分付與李嬌兒領到屋裡去：「明日叫媒人即時與我賣了這奴才，還留着做甚麼！」李嬌兒沒的話說，便道：「恁賊奴才，誰叫你往前頭去來？三不知就出去了。你就拾了他屋裡金子，也對我說一聲兒！」若對你說，不如不偷。那夏花兒只是哭。李嬌兒道：「拶死你這奴才纔好哩，你還哭！」西門慶道罷，把金子交與月娘收了，就往前邊李瓶兒房裡去了。

月娘令小玉關上儀門，因叫玉簫問：「頭裡這丫頭也往前邊去來麼？」小玉道：「二娘、三娘陪大妗子娘兒兩個，往六娘那邊去，他也跟了去來。誰知他三不知就偷了這錠金子在手裡。

頭裡聽見娘說，爹使小厮買狼觔去了，諕的他要不的，在厨房問我：『狼觔是甚麽？』教俺每衆人笑道：『狼觔敢是狼身上的觔，若是那個偷了東西，不拿出來，把狼觔抽將出來，就纏在那人身上，抽攢的手脚兒都在一處！』他見咱說，想必慌了，到晚夕趕唱的出去，就要走的情，見大門首有人，纔藏入馬坊裡。不想被小厮又看見了。」月娘道：「那里看人去！恁小丫頭原來這等賊頭鼠腦的〔六〕，就不是個台孩的。」

且說李嬌兒領夏花兒到房裡，李桂姐甚是說夏花兒：「你原來是個傻孩子！你恁十五六歲，也知道些人事兒，還這等懵懂！要着俺裡邊，纔使不的。這里沒人，你就拾了些東西，來屋裡悄悄交與你娘。就弄出來，他在傍邊也好救你。你怎的不望他題一字兒？剛纔這等拶打着好麽？乾净傻丫頭！常言道：穿青衣，抱黑柱。你不是他這屋裡人，就不管你。剛纔這等掠掣着你，你娘臉上有光沒光？」又說他姑娘：「你也忒不長俊，要是我，怎教他把我房裡丫頭對衆拶恁一頓拶子！有不是，拉到房裡來，等我打。前邊幾房裡丫頭怎的不拶，只拶你房裡丫頭！你是好欺負的，就鼻子口裡沒些氣兒？等不到明日，真個教他拉出這丫頭去罷，你也就沒句話兒說？你不說，等我說。休教他領出去，教別人笑話。你看看孟家的和潘家的，兩箇就是狐狸一般，你怎鬭的他過！」因叫夏花兒過來，問他：「你出去不出去？」那丫頭道：「我不出去！」桂姐道：「你不出去，今後要貼你娘的心。凡事要你和他一心一計。不拘拿了甚麽，交付與他。也似元宵一般擡舉你。」那夏花兒說：「姐分付，我知道了。」按下這里教唆夏花兒不題。

且說西門慶走到前邊李瓶兒房裡，只見李瓶兒和吳銀兒炕上做一處坐的，心中就要脫衣去睡。李瓶兒道：「銀姐在這里，沒地方兒安插你，且過一家兒罷。」西門慶道：「怎的沒地方兒，你娘兒兩個在兩邊，等我在當中睡就是。」李瓶兒便瞅他一眼兒道：「你就說下道兒去了。」西門慶道：「我如今在那里睡？」李瓶兒道：「你過六姐那邊去睡一夜罷。」西門慶坐了一回，起身說道：「也罷，也罷！省的我打攪你娘兒們，我過那邊屋裡睡去罷。」于是一直走過金蓮這邊來。金蓮聽見西門慶進房來，天上落下來一般，向前與他接衣解帶，鋪陳牀鋪，展放鮫綃，吃了茶，兩個上牀歇宿不題。

李瓶兒這裡打發西門慶出來，和吳銀兒兩個燈下放炕卓兒，擺下棋子，對坐下象棋兒。分付迎春：「拿個菓盒兒，把甜金華酒篩下一壺兒來，我和銀姐吃。」因問銀姐：「你吃飯？教他盛飯來你吃。」吳銀兒道：「娘，我不餓。休叫姐盛來。」李瓶兒道：「也罷。銀姐不吃飯，你拿個盒蓋兒，我揀粧裡有菓餡餅兒，拾四個兒來與銀姐吃罷。」須臾，迎春都拿了，放在傍邊。李瓶兒與吳銀兒下了三盤棋，篩上酒來，拿銀鍾兒兩個共飲。吳銀兒叫迎春：「姐，你遞過琵琶來，我唱個曲兒與娘聽。」李瓶兒道：「姐姐不唱罷，小大官兒睡着了，他爹那邊又聽着，教他說。咱擲骰子耍耍罷。」于是教迎春遞過色盆來，兩個擲骰兒賭酒爲樂。擲了一回，吳銀兒因叫迎春：「姐，你那邊屋裡請過妳媽兒來，教他吃鍾酒兒。」迎春道：「他摟着哥兒在那邊炕上睡哩。」

李瓶兒道：「教他摟着孩子睡罷。拿一甌子酒，送與他吃就是了。你不知俺這小大官好不伶俐，人只離開他就醒了。有一日兒，在我這邊炕上睡，他爹這裡畧動一動兒，就睜開眼醒了，恰似知道的一般。教奶子抱了去那邊屋裡，只是哭，只要我摟着他。」吳銀兒笑道：「娘有了哥兒，和爹自在覺兒也不得睡一個兒。爹幾日來這屋裡走一遭兒？」李瓶兒道：「他也不論，遇着一遭也不可知，兩遭也不可知。常進屋裡，爲這孩子，來看不打緊，教人把肚子也氣破了。將他爹和這孩子背地咒的白湛湛的。我是不消說的，只與人家墊舌根。誰和他有甚麼大閒事，寧可他不管我這裡還好〔七〕。第二日教人眉兒眼兒，只說俺們把攔漢子。像剛纔到這屋裡，我就攛掇他出去。銀姐你不知，俺家人多舌頭多，今日爲不見了這錠金子，早是你看着，就有人氣不憤，在後邊調白你大娘，說拿金子進我屋裡來，怎的不見了。落後，不想是你二娘屋裡丫頭偷了，纔顯出你青紅皂白來。不然，綁着鬼只是俺屋裡丫頭和奶子、老馮。馮媽媽急的那哭，只要尋死，説道：『若没有這金子，我也不家去。』落後見有了金子，那咱纔打了燈家去了。」吳銀兒道：「娘，也罷。你看爹的面上，你守着哥兒慢慢過，到那里是那里！論起後來〔八〕，大娘没甚言語，也罷了。倒只是別人見娘生了哥兒，未免都有些兒氣，爹他老人家有些主就好。」李瓶兒道：「若不是你爹和你大娘看覷，這孩子也活不到如今。」說話之間，你一鍾我一盞，不覺坐到三更天氣，方纔宿歇。正是：

得意客來情不厭，知心人到話相投。

校記

〔一〕「詞曰」，内閣題本、首圖本題作「滿江紅」。
〔二〕「右滿江紅前」，内閣本、首圖本無。
〔三〕「來了」，内閣本、天圖本作「住了」。
〔四〕「韓玉釧兒」，原作「韓玉馴兒」，據内閣本改。
〔五〕「挨忍」，吳藏本作「痛忍」。
〔六〕「鼠腦」，吳藏本作「狗腦」。
〔七〕「不管」，内閣本、首圖本作「不來」。
〔八〕「後來」，内閣本、首圖本作「後邊」。

第四十五回　應伯爵勸當銅鑼

李瓶兒解衣銀姐

第四十五回　應伯爵勸當銅鑼　李瓶兒解衣銀姐

詞曰〔一〕：

徘徊。相期酒會，三千朱履，十二金釵。雅俗熙熙，下車成宴盡春臺。好雍容、東山妓女，堪笑傲、北海樽罍。且追陪。鳳池歸去，那更重來！

——右《玉蝴蝶後》〔二〕

話說西門慶因放假没往衙門裡去，早辰起來，前廳看着，差玳安送兩張桌面與喬家去。一張與喬五太太，一張與喬大户娘子，俱有高頂方糖、時鮮樹菓之類〔三〕。喬五太太賞了兩方手帕、三錢銀子，喬大户娘子是一疋青絹，俱不必細說。

原來應伯爵自從與西門慶作別，趕到黄四家。黄四又早夥中封下十兩銀子謝他：「大官人分付教俺過節去，口氣只是搗那五百兩銀子文書的情。你我錢粮拿甚麽支持？」應伯爵道：「你如今還得多少纔勾？」黄四道：「李三哥他不知道，只要靠着問那内臣借，一般也是五分行利。不如這裡借着衙門中勢力兒，就是上下使用也省些。如今我筭再借出五十箇銀子來，把一千兩合用，就是每月也好認利錢。」應伯爵聽了，低了低頭兒，說道：「不打緊。假若我替你說成了，你夥計六人怎生謝我？」黄四道：「我對李三說，夥中再送五兩銀子與你。」伯爵道：「休說五兩的話。要我手段，五兩銀子要不了你的，我只消一言，替你每巧一巧兒，就在裡頭了。今日俺房下往他家吃酒，我且不去。明日他請俺們晚夕賞燈，你兩箇明日絕早買四樣好下飯，再着上一罈金華酒。不要叫唱的，他家裡有李桂兒、吳銀兒，還沒去哩！你院裏叫上六箇吹打的，等我領着送了去。他就要請你兩箇坐，我在旁邊，只消一言半句，管情就替你說成了。找出五百兩銀子來，共搗一千兩文書〔四〕，一箇月滿破認他三十兩銀子，那裡不去了，只當你包了一箇月老婆了。常言道：秀才無假漆無真。未必。進錢糧之時，香裡頭多放些木頭，蠟裡頭多攙些柏油，那裡查帳去？不圖打魚，只圖混水，借着他這名聲兒，纔好行事。」于是計議已定。到次日，李三、黃四果然買了酒禮，伯爵領着兩箇小廝，擡送到西門慶家來。

西門慶正在前廳打發桌面，只見伯爵來到，作了揖，道及：「昨日房下在這裡打攪，回家晚了。」西門慶道：「我昨日周南軒那裡吃酒，回家也有一更天氣，也不曾見的新親戚〔五〕，老早就去了。今早衙門中放假，也沒去。」說畢坐下，伯爵就喚李錦：「你把禮擡進來。」不一時，兩箇擡進儀門裡放下。伯爵道：「李三哥、黃四哥再三對我說，受你大恩，節間沒甚麽，買了些微禮來，孝順你賞人。」只見兩箇小廝向前磕頭。西門慶道：「你們又送這禮來做甚麽？我也不好受的，還教他抬回去。」伯爵道：「哥，你不受他的，這一擡出去，就醜死了。他還要叫唱的來伏侍，是我阻住他了，只叫了六名吹打的在外邊伺候。」西門慶向伯爵道：「他既叫將來了，莫不又打發他？不如請他兩箇來坐坐罷。」伯爵得不的一聲兒，即叫過李錦來，分付：「到家對你爹說：老爹收了禮了，這裡不着人請去了，叫你爹同黃四爹早來這裡坐坐。」那李錦應諾下去。須臾，收進禮去，令玳安封二錢銀子賞他，磕頭去了。六名吹打的下邊伺候。

少頃，棋童兒拏茶來，西門慶陪伯爵吃了茶，就讓伯爵西廂房裡坐。因問伯爵：「你今日沒會謝子純？」伯爵道：「我早辰起來時，李三就到我那裡，看着打發了禮來，誰得閑去會他？」西門慶即使棋童兒：「快請你謝爹去！」不一時，書童兒放桌兒擺飯，兩箇同吃了飯，收了家伙去。西門慶就與伯爵兩箇賭酒兒打雙陸。伯爵趁謝希大未來，乘先問西門慶道：「哥，明日找與李智、黃四多少銀子〔六〕？」西門慶道：「把舊文書收了，另搗五百兩銀子文書就是了。」伯爵道：「這等也罷了。哥，你不如找足了一千兩，到明日也好認利錢〔七〕。我又一句話，那金子你用不着，還算一百五十兩與他，再找不多兒了。」西門慶聽罷，道：「你也說的是。我明日再找三百五十兩與他罷，改一千兩銀子文書就是了，省的金子放在家，也只是閒着。」

兩箇正打雙陸，忽見玳安兒來說道：「賁四拏了一座大螺蜔大理石屏風，兩架銅鑼銅鼓連鐺兒，說是白皇親家的，要當三十兩銀子，爹當與他不當？」西門慶道：「你教賁四拿進來我瞧。」不一時，賁四同兩箇人擡進去，放在廳堂上。西門慶與伯爵丟下雙陸，走出來看，原來是三尺闊五尺高可桌放的螺蜔描金大理石屏風，端的黑白分明。伯爵覷了一回，悄與西門慶道：「哥，你仔細瞧，恰好似蹲着箇鎮宅獅子一般。兩架銅鑼銅鼓，都是彩畫金粧〔八〕，雕刻雲頭，十分齊整。」在傍一力攛掇，說道：「哥，該當下他的。休說兩架銅鼓，只一架屏風，五十兩銀子還没處尋去。」西門慶道：「不知他明日贖不贖。」伯爵道：「没的說，贖甚麽？下坡車兒營生，及到三年過來，七本八利相等。」西門慶道：「也罷，教你姐夫前邊舖子裡兑三十兩與他罷。」剛打發去了，西門慶把屏風拂抹乾淨，安在大廳正面，左右看視，金碧彩霞交輝。因問：「吹打樂工吃了飯不曾？」琴童道：「在下邊吃飯哩。」西門慶道：「叫他吃了飯來吹打一回我聽。」于是廳内擡出大鼓來，穿廊下邊一帶安放銅鑼銅鼓，吹打起來，端的聲震雲霄，韻驚魚鳥。正吹打着，只見棋童兒請謝希大到了。進來與二人唱了喏。西門慶道：「謝子純，你過來估估這座屏風兒，值多少價？」謝希大近前觀看了半日，口裡只顧誇獎不已，說道：「哥，你這屏風，買得巧也得一百兩銀子，少也他不肯。」伯爵道：「你看，連這外邊兩架銅鑼銅鼓，帶鐺鐺兒，通共與了三十兩銀子。」那謝希大拍着手兒叫道：「我的南無耶，那裡尋本兒利兒！休說屏風，三十兩銀子還攪給不起這兩架銅鑼銅鼓來。你看這兩座架子，做的這工夫，硃紅彩漆，都照依官司裡的樣範，少說也有四十觔響銅，該值多少銀子？怪不的一物一主，那裡有哥這等大福，偏有這樣巧價兒來尋你的。」

伯爵、希大，一鼓一鑼，即兩張嘴，可當銀百二十兩。

說了一回，西門慶請入書房裡坐的。不一時，李智、黃四也到了。西門慶說道：「你兩箇如何又費心送禮來？我又不好受你的。」那李智、黃四慌的說道：「小人惶恐，微物胡亂與老爹賞人罷了。蒙老爹呼喚，不敢不來。」于是搬過座兒來，打橫坐了。須臾，小厮畫童兒拏了五盞茶上來，衆人吃了。少頃，玳安走上來請問：「爹，在那里放桌兒？」西門慶道：「就在這裡坐罷。」于是玳安與書童兩箇擡了一張八仙桌兒，騎着火盆安放。伯爵、希大居上，西門慶主位，李智、黃四兩邊打橫坐了。須臾，拏上春槃按酒，大盤大碗湯飯點心、各樣下飯。酒泛羊羔，湯浮桃浪。樂工都在窗外吹打。西門慶叫了吳銀兒席上遞酒，這裡前邊飲酒不題。

却說李桂姐家保兒，吳銀兒家丫頭蠟梅，都叫了轎子來接。那桂姐聽見保兒來，慌的走到門外，和保兒兩箇悄悄說了半日話，竟到上房告辭要回家去〔九〕。月娘再三留他道：「俺每如今便都往吳大妗子家去，連你每也帶了去。你越發晚了從他那裡起身，也不用轎子，伴俺每走百病兒，就往家去便了。」桂姐道：「娘不知，我家裡無人，俺姐姐又不在家，有我五姨媽那裡又請了許多人來做盒子會，不知怎麽盼我。昨日等了我一日，他不急時，不使將保兒來接我。若是閑常日子，隨娘留我幾日我也住了。」月娘見他不肯，一面教玉簫將他那原來的盒子裝了一盒元宵、一盒白糖薄脆，交與保兒掇着，又與桂姐一兩銀子，打發他回去。這桂姐先辭月娘衆人，然後他姑娘送他到前邊，叫畫童替他抱了毡包，竟來書房門首，教玳安請出西門慶來說話。這玳安慢慢掀簾子進入書房，向西門慶請道：「桂姐家去，請爹說話。」應伯爵道：「李桂兒這小淫婦兒，原來還没去哩。」西門慶道：「他今日纔家去。」一面走出前邊來。李桂姐與西門慶磕了四箇頭，就道：「打攪爹娘這裡。」西門慶道：「你明日家去罷。」桂姐道：「家裡無人，媽使保兒拿轎子來接了。」又道：「我還有一件事對爹說：俺姑娘房裡那孩子，休要領出去罷。俺姑娘昨日晚夕又打了他幾下。說起來還小哩，也不知道甚麽，吃我說了他幾句，從今改了,他說再不敢了。 不爭打發他出去,大節間,俺姑娘房中没箇人使,他心裡不急麽?自古木杓火杖兒短,强如手撥剌。 爹好歹看我分上, 留下這丫頭罷。」西門慶道:「既是你恁說,留下這奴才罷。」就分付玳安:「你去後邊對你大娘說,休要叫媒人去了。」玳安見畫童兒抱着桂姐毡包,說道:「拿桂姨毡包等我抱着,教畫童兒後邊說去罷。」那畫童應喏, 一直往後邊去了。 桂姐與西門慶說畢,又到窗子前叫道:「應花子,我不拜你了, 你娘家去。」伯爵道:「拉回賊小淫婦兒來, 休放他去了, 叫他且唱一套兒與我聽聽着。」桂姐道:「等你娘閒了唱與你聽。」伯爵道:「恁大白日就家去了,便益了賊小淫婦兒了, 投到黑還接好幾箇漢子。」桂姐道:「汗邪了你這花子!」一面笑了出去。 玳安跟着,打發他上轎去了。

西門慶與桂姐說了話,就後邊更衣去了。 應伯爵向謝希大說:「李家桂兒這小淫婦兒,就是箇真脱牢的强盜,越發賊的疼人子! 恁箇大節,他肯只顧在人家住着? 鴇子來叫他, 又不知家裡有甚麽人兒等着他哩。」謝希大道:「你好猜。」悄悄向伯爵耳邊,如此這般。 說未數句,伯爵道:「悄悄兒說,哥正不知道哩。」不一時,西門慶走的脚步兒响, 兩箇就不言語了。 這應伯爵就把吳銀兒摟在懷裡,和他一遞一口兒吃酒,說道:「是我這乾女兒又溫柔,又軟欵,强如李家狗不要的小淫婦兒一百倍了。」吳銀兒笑道:「二爹好罵。 說一箇就一箇, 百箇就百箇。一般一方之地也有賢有愚, 可可兒一箇就比一箇來? 俺桂姐没惱着你老人家!」 西門慶道:「你問賊狗才,單管只六說白道的!」伯爵道:「你休管他, 等我守着我這乾女兒過日子。 乾女

老賊。

兒過來，拿琵琶且先唱箇兒我聽。」這吴銀兒不忙不慌，輕舒玉指，欵跨鮫綃，把琵琶横于膝上，低低唱了一回《柳摇金》。伯爵吃過酒，又遞謝希大，吴銀兒又唱了一套。這裡吴銀兒遞酒彈唱不題。

且說畫童兒走到後邊，月娘正和孟玉樓、李瓶兒、大姐、雪娥并大師父，都在上房裡坐的，只見畫童兒進來。月娘纔待使他叫老馮來，領夏花兒出去，畫童便道：「爹使小的對大娘說，教且不要領他出去罷了。」月娘道：「你爹教賣他，怎的又不賣他了？你實說，是誰對你爹說，教休要領他出去？」畫童兒道：「剛纔小的抱着桂姨毡包，桂姨臨去對爹說，央及留下了將就使罷。爹使玳安進來對娘說，玳安不進來，使小的進來，他就奪過毡包送桂姨去了。」這月娘聽了，就有幾分惱在心中，罵玳安道：「恁賊兩頭獻勤欺主的奴才，嗔道頭裡使他叫媒人，他就說道爹叫領出去，原來都是他弄鬼。如今又幹辦着送他去了，住回等他進後來，和他答話。」正說着，只見吴銀兒前邊唱了進來。月娘對他說：「你家蠟梅接你來了。李家桂兒家去了，你莫不也要家去了罷？」吴銀兒道：「娘既留我，我又家去，顯的不識敬重了。」因問蠟梅：「你來做甚麽？」蠟梅道：「媽使我來瞧瞧你。」吴銀兒問道：「家裡没甚勾當？」蠟梅道：「没甚事。」吴銀兒道：「既没事，你來接我怎的？你家去罷。娘留下我，晚夕還同衆娘們往妗奶奶家走百病兒去。我那裡回來，纔往家去哩。」說畢，蠟梅就要走。月娘道：「你叫他回來，打發他吃些甚麽兒。」吴銀兒道：「你大奶奶賞你東西吃哩。等着就把衣裳包了帶了家去，對媽媽說，休教轎子來，晚夕我走了家去。」因問：「吳惠怎的不來？」蠟梅道：「他在家裡害眼哩。」月娘分付玉簫領蠟梅到後邊，拿下兩碗肉，一盤子饅頭，一甌子酒，打發他吃。又拿他原來的盒子，裝了一盒元宵、一盒細茶食，回與他拏去。

原來吳銀兒的衣裳包兒放在李瓶兒房裡，李瓶兒早尋下一套上色織金段子衣服、兩方銷金汗巾兒、一兩銀子，安放在他毡包内與他。那吳銀兒喜孜孜辭道：「娘，我不要這衣服罷。」又笑嘻嘻道：「實和娘說，我没箇白襖兒穿，娘收了這段子衣服，不拘娘的甚麼舊白綾襖兒，與我一件兒穿罷。」李瓶兒道：「我的白襖兒寬大，你怎的穿？」叫迎春：「拿鑰匙，大橱櫃裡拏一疋整白綾來與銀姐。」「對你媽說，教裁縫替你裁兩件好襖兒。」因問：「你要花的，要素的？」吳銀兒道：「娘，我要素的罷，圖襯着比甲兒好穿。」笑嘻嘻向迎春說道：「又起動姐往樓上走一遭，明日我没甚麽孝順，只是唱曲兒與姐姐聽罷了。」

須臾，迎春從樓上取了一疋松江闊機尖素白綾，下號兒寫着「重三十八兩」，遞與吳銀兒。銀兒連忙與李瓶兒磕了四箇頭，起來又深深拜了迎春八拜。李瓶兒道：「銀姐，你把這段子衣服還包了去，早晚做酒衣兒穿。」吳銀兒道：「娘賞了白綾做襖兒，怎好又包了這衣服去？」于是又磕頭謝了。

不一時，蠟梅吃了東西，交與他都拿回家去了。月娘便說：「銀姐，你這等我纔喜歡。休學李桂兒那等喬張致，昨日和今早，只相卧不住虎子一般，留不住的，只要家去。可可

銀兒、瓶兒，兩個好人。金蓮、桂兒，一對辣子。

兒家裡就忙的恁樣兒？連唱也不用心唱了。見他家人來接，飯也不吃就去了。銀姐，你快休學他。」吳銀兒道：「好娘，這裡一箇爹娘宅裡，是那箇去處？就有虛簀[一〇]，放着別處使，敢在這裡使？桂姐年幼，他不知事，俺娘休要惱他。」正說着，只見吳大妗子家使了小廝來定兒來請，說道：「俺娘上覆三姑娘，好歹同衆位娘并桂姐、銀姐，請早些過去罷。又請雪姑娘也走走。」月娘道：「你到家對你娘說，俺們如今便收拾去。二娘害腿疼不去，他在家看家了。你姑夫今日前邊有人吃酒，家裡没人，後邊姐也不去。李桂姐家去了。連大姐、銀姐和我們六位去。你家少費心整治甚麽，俺們坐一回，晚上就來。」因問來定兒：「你家叫了誰在那裡唱？」來定兒道：「是郁大姐。」說畢，來定兒先去了。月娘一面同玉樓、金蓮、李瓶兒、大姐并吳銀兒，對西門慶說了，分付奶子在家看哥兒，都穿戴收拾，共六頂轎子起身。派定玳安兒、棋童兒、來安兒三箇小廝，四箇排軍跟轎，往吳大妗子家來。正是：

萬井風光吹落落[一一]，千門燈火夜沉沉。

校記

[一]「詞曰」，内閣本、首圖本題作「玉蝴蝶後」。

[二]「右玉蝴蝶後」，内閣本、首圖本無。

[三]「時鮮」，内閣本、首圖本、天圖本作「時件」。按張評本作「時新」，詞話本作「時件」。

[四]「共搗」，内閣本、首圖本作「另搗」。按張評本、詞話本均爲「共搗」。

〔五〕「親戚」，原作「親戚」，據内閣本改。
〔六〕「找與」，内閣本、首圖本作「我與」。按張評本爲「我與」，詞話本爲「找與」。
〔七〕「明日」，原作「明目」，據内閣等本改。
〔八〕「金粧」，内閣本、首圖本作「生粧」。按張評本作「金粧」，詞話本作「生粧」。
〔九〕「竟到」，内閣本、首圖本作「回到」。按張評本爲「竟到」，詞話本爲「回到」。
〔一〇〕「虛篢」，吳藏本作「虛文」。
〔一一〕「吹落落」，内閣本、首圖本作「春落落」。按張評本爲「吹落落」，詞話本爲「春落落」。

第四十六回　元夜遊行遇雨雪

妻妾戲笑卜龜兒

新刻繡像批評金瓶梅卷之十〔一〕

第四十六回　元夜遊行遇雪雨　妻妾戲笑卜龜兒

詞曰〔二〕：

小市東門欲雪天，衆中依約見神仙。蕋黄香畫貼金蟬〔三〕。　飲散黄昏人草草，醉容無語立門前。馬嘶塵哄一街烟。

——右調《浪淘沙》〔四〕

話説西門慶那日，打發吳月娘衆人往吳大妗子家吃酒去了。李智、黄四約坐到黄昏時分，就告辭起身。伯爵趕送出去，如此這般告訴：「我已替二公説了，准在明日還找五百兩銀子。」那李智、黄四向伯爵打了恭又打恭，去了。伯爵復到廂房中，和謝希大陪西門慶飲酒，只見李銘掀簾子進來。伯爵看見，便道：「李日新來了。」李銘扒在地下磕頭。西門慶問道：「吳惠怎的不來？」李銘道：「吳惠今日東平府官身也没去，在家裡害眼。小的叫了王柱來了。」便叫王柱：「進來，與爹磕頭。」那王柱掀簾進入房裡，朝上磕了頭，與李銘站立在旁。伯爵道：「你家桂姐剛纔家去了，你不知道？」李銘道：「小的官身到家，洗了洗臉就來了，並不知道。」伯爵向西門慶説：「他兩箇怕不的還没吃飯哩，哥分付拿飯與他兩箇吃。」書童在旁説：「二爹，叫他等一等，亦發和吹打的一答裡吃罷，敢也拏飯去了。」伯爵令書童取過一箇托盤來，桌上掉了兩碟下飯，一盤燒羊肉，遞與李銘：「等拿了飯來，你每拏兩碗在這明間吃罷。」説書童兒：「我那傻孩子，常言道：方以類聚，物以羣分。你不知，他這行人故雖是當院出身，小優兒比樂工不同，一概看待也罷了，顯的説你我不幫襯了〔五〕。」被西門慶向伯爵頭上打了一下，笑罵道：「怪不的你這狗才，行計中人只護行計中人，又知這當差的甘苦。」伯爵道：「傻孩兒，你知道甚麽？你空做子弟一場，連惜玉憐香四箇字你還不曉的。粉頭小優兒，如同鮮花一般，你惜憐他，越發有精神。你但折剉他，敢就《八聲甘州》懨懨瘦損，難以存活。」西門慶笑道：「還是我的兒曉的道理。」

那李銘、王柱須臾吃了飯，應伯爵叫過來分付：「你兩箇會唱『雪月風花共裁剪』不會？」李銘道：「此是黄鍾，小的每記的。」于是王柱彈琵琶，李銘攥箏，頓開喉音唱了一套。唱完了，看看晚來，正是：

金烏漸漸落西山，玉兔看看上畫闌。
佳人款款來傳報，月透紗窗衾枕寒。

西門慶命收了家火，使人請傅夥計、韓道國、雲主管、賁四、陳敬濟，大門首用一架圍屏安放兩張桌席，懸掛兩盞羊角燈，擺設酒筵，堆集許多春檠菓盒，各様餚饌。西門慶與伯爵、希大都一帶上面坐了，夥計、主管兩旁打橫。大門首兩邊，一邊十二盞金蓮燈。還有一座小烟火，西門慶分付等堂客來家時放。先是六箇樂工，擡銅鑼銅鼓在大門首吹打。吹打了一回，又清吹細樂上來。李銘、王柱兩箇小優兒箏、琵琶上來，彈唱燈詞。那街上來往圍看的人，莫敢仰視。西門慶帶忠靖冠，絲絨鶴氅，白綾襖子。玳安與平安兩箇，一遞一桶放花兒。兩名排軍執攪杆攔擋閑人，不許向前擁擠。不一時，碧天雲靜，一輪皓月東升之時，街上遊人十分熱鬧。但見：

戶戶鳴鑼擊鼓，家家品竹彈絲。遊人隊隊踏歌來〔六〕，士女翩翩垂舞調。鰲山結綵，巍峨百尺矗晴雲；鳳禁縟香，縹緲千層籠綺隊。閑廷內外，溶溶寶月光輝；畫閣高低，燦燦花燈照耀。三市六街人鬧熱，鳳城佳節賞元宵。

且說春梅、迎春、玉簫、蘭香、小玉衆人，見月娘不在，聽見大門首吹打銅鼓彈唱，又放烟火，都打扮着走來，在圍屏後扒着望外瞧。書童兒和畫童兒兩箇，在圍屏後火盆上篩酒。原來玉簫和書童舊有私情，兩箇常時戲狎。兩箇因按在一處奪瓜子兒磕，不防火盆上坐着一錫瓶酒，推倒了，那火烘烘望上騰起來，瀰了一地灰起去。那玉簫還只顧嘻笑，被西門慶聽見，使下玳安兒來問：「是誰笑？怎的這等灰起？」那日春梅穿着新白綾襖子，大紅遍地金比甲，正坐在一張椅兒上，看見他兩個推倒了酒，就揚聲罵玉簫道：「好箇怪浪的淫婦！見了漢子，就邪的不知怎麼樣兒的了，只當兩箇把酒推倒了纔罷了。都還嘻嘻哈哈，不知笑的是甚麽！把火也淌死了，平白落人恁一頭灰。」玉簫見他罵起來，諕的不敢言語，往後走了。慌的書童兒走上去，回說：「小的火盆上篩酒來，扒倒了錫瓶裡酒了。」西門慶聽了，便不問其長短，就罷了。

先是那日，賁四娘子打聽月娘不在，平昔知道春梅、玉簫、迎春、蘭香四箇是西門慶貼身答應得寵的姐兒，大節下安排了許多菜蔬菓品，使了他女孩兒長兒來，要請他四箇去他家裡坐坐。衆人領了來見李嬌兒。李嬌兒說：「我燈草拐杖——做不得主。你還請問你爹去。」問雪娥，雪娥亦發不敢承攬。只等挨到掌燈已後〔七〕，賁四娘子又使了長兒來邀四人。蘭香推玉簫，玉簫推迎春，迎春推春梅，要會齊了轉央李嬌兒和西門慶說，放他去。那春梅坐着，紋絲兒也不動，反罵玉簫等：「都是那没見食面的行貨子，從没見酒席，也聞些氣兒來！我就去不成，也不到央及他家去。一箇箇鬼攛攢的也似，不知忙些甚麽，教我半箇眼兒看的上！」那迎春、玉簫、蘭香都穿上衣裳，打扮的齊齊整整出來，又不敢去，這春梅又只顧坐着不動身。書童見賁四嫂又使了長兒來邀，說道：「我拚着爹罵兩句也罷，等我上去替姐每稟稟去。」一直走到西門慶身邊，附耳說道：「賁四嫂家大節間要請姐每坐坐，姐教我來稟問爹，去不去？」西門慶聽了，分付：「教你姐每收拾去，早些來，家裡没人。」這書童連忙走下來，說道：「還虧我到上頭，一言就准了。教你姐快收拾去，早些來。」那春梅纔慢慢往房裡勻施脂粉去了。

不一時，四箇都一答兒裡出門。書童扯圍屏掩過半邊來，遮着過去。到了賁四家，賁四娘子見了，如同天上落下來的一般，迎接進屋裡。頂槅上點着綉毬紗燈，一張桌兒上整齊餚菜。趕着春梅叫大姑，迎春叫二姑，玉簫是三姑，蘭香是四姑，都見過禮。又請過韓回子娘子來相陪。春梅、迎春上坐，玉簫、蘭香對席，賁四嫂與韓回子娘子打横，長兒往來盪酒拿菜。按下這裡不題。

西門慶因叫過樂工來分付：「你每吹一套『東風料峭』《好事近》與我聽。」正值後邊拿上玫瑰元宵來，衆人拿起來同吃，端的香甜美味，入口而化，甚應佳節。李銘、王柱席前拿樂器，接着彈唱此詞，端的聲韻悠揚，疾徐合節。這裡彈唱飲酒不題。

且說玳安與陳敬濟袖着許多花炮，又叫兩箇排軍拿着兩箇燈籠，竟往吳大妗子家來接月娘衆人。正在明間飲酒，見了陳敬濟來：「教二舅和姐夫房裡坐，你大舅今日不在家，衛裡看着造册哩。」一面放桌兒，拿春盛點心酒菜上來，陪敬濟。玳安走到上邊，對月娘說：「爹使小的來接娘每來了，請娘早些家去，恐晚夕人亂，和姐夫一答兒來了。」月娘因頭裡惱他，就一聲兒没言語答他。吳大妗子便叫來定兒：「拿些兒甚麽與玳安兒吃。」來定兒道：「酒肉湯飯，都前頭擺下了。」吳月娘道：「忙怎的？那裡纔來乍到就與他吃！教他前邊站着，我每就起身。」吳大妗子道：「三姑娘慌怎的？上門兒怪人家？大節下，姊妹間，衆位開懷大坐坐兒。左右家裡有他二娘和他姐在家裡，怕怎的，老早就要家去？是别人家又是一說。」因叫郁大姐：「你唱箇好曲兒，伏侍他衆位娘。」孟玉樓道：「他六娘好不惱他哩，説你不與他做生日。」郁大姐連忙下席來，與李瓶兒磕了四個頭，說道：「自從與五娘做了生日，家去就不好起來。昨日姈奶奶這裡接我，教我纔收拾鬧閫了來。若好時，怎的不與你老人家磕頭？」金蓮道：「郁大姐，你六娘不自在哩，你唱箇好的與他聽，他就不惱你了。」那李瓶兒在旁只是笑，不做聲。郁大姐道：「不打緊，拿琵琶過來，等我唱。」大妗子叫吳舜臣媳婦鄭三姐：「你把你二位姑娘和衆位娘的酒兒斟上，這一日還没上過鍾酒兒。」那郁大姐接琵琶在手，用心用意唱了一箇《一江風》。

瓶兒一味嫣潤，機變不及金蓮，乖恬雅過。

正唱着，月娘便道：「怎的這一回子恁凉凄凄的起來？」來安在旁說道：「外邊天寒下雪哩。」孟玉樓道：「姐姐，你身上穿的不單薄？我倒帶了箇綿披襖子來了。咱這一回，夜深不冷麽？」月娘道：「既是下雪，叫箇小厮家裡取皮襖來咱每穿。」那來安連忙走下來，對玳安說：「娘分付，叫人家去取娘們皮襖哩。」那玳安便叫琴童兒：「你取去罷，等我在這裡伺候。」那琴童也不問，一直家去了。少頃，月娘想起金蓮没皮襖，因問來安兒：「誰取皮襖去了？」來安道：「琴童取去了。」月娘道：「也不問我，就去了。」玉樓道：「剛纔短了一句話，不該教他拿俺每的，他五娘没皮襖，只取姐姐的來罷。」月娘道：「怎的没有？還有當的人家一件皮襖，取來與六姐穿就是了。」因問：「玳安那奴才怎的不去，却使這奴才去了？你叫他來！」一面把玳安叫到跟前，吃月娘儘力罵了幾句道：「好奴才！使你怎的不動？又坐壇遣將兒，使了那箇奴才去了。也不問我聲兒，三不知就去了。怪不的你做大官兒，恐怕打動你展翅兒，就只遣他去！」玳安道：「娘錯怪了小的。頭裡娘分付若是叫小的去，小的敢不去？來安下來，只說教一箇家裡去。」

月娘道：「那來安小奴才敢分付你？俺每恁大老婆，還不敢使你哩！如今慣的你這奴才們有些摺兒也怎的？一來主子烟薰的佛像——掛在墻上，有恁施主，有恁和尚。你說你恁行動兩頭戳舌，獻勤出尖兒，外合裡應，好懶食饞，背地瞞官作弊，幹的那繭兒我不知道哩！頭裡你家主子沒使你送李桂兒家去，你怎的送他？人拿着毡包，你還匹手奪過去了。留丫頭不留丫頭不在你，使你進來說，你怎的不進來？你便送他，圖嘴吃去了，却使別人進來。須知我若罵只罵那箇人了。你還說你不久慣牢成！」玳安道：「這箇也沒人，就是畫童兒過的舌。爹見他抱着毡包，教我：『你送送你桂姨去罷』，使了他進來的。娘說留丫頭不留丫頭不在於小的，小的管他怎的！」月娘大怒，罵道：「賊奴才，還要說嘴哩！我可不這裡閑着和你犯牙兒哩。你這奴才，脫脖倒坳過颷了。我使着不動，耍嘴兒，我就不信到明日不對他說，把這欺心奴才打與你箇爛羊頭也不筭。」吳大妗子道：「玳安兒，還不快替你娘每取皮襖去。」又道：「姐姐，你分付他拿那裡皮襖與他五娘穿？」潘金蓮接過來說道：「姐姐，不要取去，我不穿皮襖，教他家裡稍了我的披襖子來罷。人家當的，好也歹也，黃狗皮也似的，（輕口。）穿在身上，教人笑話，也不長久，後還贖的去了。」月娘道：「這皮襖倒不是當的，是李智少十六兩銀子准折的。當的王招宣府裡那件皮襖，與李嬌兒穿了。」因分付玳安：「皮襖在大橱裡，叫玉簫尋與你，就把大姐的皮襖也帶了來。」

此一節，便見金蓮起心瓶兒皮襖非一日矣。

玳安把嘴谷都，走出來，陳敬濟問道：「你到那去？」玳安道：「精是攮氣的營生，一遍生活兩遍做，這咱晚又往家裡跑一遭。」逕走到家。西門慶還在大門首吃酒，傅夥計、雲主管都去了，還有應伯爵、謝希大、韓道國、賁四衆人吃酒未去，便問玳安：「你娘們來了？」玳安道：「没來，使小的取皮襖來了。」説畢，便往後走。先是琴童到家，上房裡尋玉簫要皮襖。小玉坐在炕上正没好氣，説道：「四箇淫婦今日都在賁四老婆家吃酒哩。我不知道皮襖放在那裡，往他家問他要去。」這琴童一直走到賁四家，且不叫，在窗外悄悄覷聽。只見賁四嫂説道：「大姑和三姑，怎的這半日酒也不上，菜兒也不揀一筯兒？嫌俺小家兒人家，整治的不好吃也怎的？」春梅道：「四嫂，俺每酒勾了。」賁四嫂道：「耶嚛！没的説。怎的這等上門兒怪人家！」又叫韓回子老婆：「你是我的切隣，就如副東一樣，三姑、四姑跟前酒，你也替我勸勸兒，怎的單板着像客一般？」又叫長姐：「篩酒來，斟與三姑吃，你四姑鍾兒淺斟些兒罷。」蘭香道：「我自來吃不的。」賁四嫂道：「你姐兒們今日受餓，没甚麽可口的菜兒管待，休要笑話。今日要叫了先生來，唱與姑娘們下酒，又恐怕爹那裡聽着。淺房淺屋，説不的俺小家兒人家的苦。」説着，琴童兒敲了敲門，衆人都不言語了。長兒問：「是誰？」琴童道：「是我，尋姐説話。」一面開了門，那琴童入來。玉簫便問：「娘來了？」那琴童看着待笑，半日不言語。玉簫道：「怪雌牙的，誰與你雌牙？問着不言語。」琴童道：「娘每還在妗子家吃酒哩，見天陰下雪，使我來家取皮襖來，都教包了去哩。」玉簫道：「皮襖在描金箱子裡不是，叫小玉拿與你。」琴童道：「小玉説教我來問你要。」玉簫道：「你信那小淫婦兒，他不知道怎的！」春梅道：「你每有皮襖的，都打發與他。俺娘没皮襖，只我不動身。」蘭香對琴童：「你三娘皮襖，問小鸞要。」迎春便向腰裡拿鑰匙與琴童兒：「教綉春開裏間門拿與你。」

琴童兒走到後邊上房，小玉和玉樓房中小鸞，都包了皮襖交與他。正拿着往外走，遇見玳安，問道：「你來家做甚麽？」玳安道：「你還説哩！爲你來了，平白教大娘罵了我一頓好的。又使我來取五娘的皮襖來。」琴童道：「我如今取六娘的皮襖去也。」玳安道：「你取了，還在這裡等着我，一答兒裡去。你先去了不打緊，又惹的大娘罵我。」説畢，玳安來到上房。小玉正在炕上籠着爐臺拷火，口中磕瓜子兒，見了玳安，問道：「你也來了？」玳安道：「你又説哩，受了一肚子氣在這裡。娘説我遺將兒。因爲五娘没皮襖，又教我來，説大櫥裡有李三准折的一領皮襖，教拿去哩。」小玉道：「玉簫拿了裏間門上鑰匙，都在賁四家吃酒哩，教他來拿。」玳安道：「琴童往六娘房裡去取皮襖，便來也，教他叫去，我且歇歇腿兒，拷拷火兒着。」那小玉便讓炕頭兒與他，並肩相挨着向火。小玉道：「壺裡有酒，篩盞子你吃？」玳安道：「可知好哩，看你下顧。」小玉下來，把壺坐在火上，抽開抽替，拿了一碟子臘鵝肉，篩酒與他。無人處兩箇就摟着咂舌親嘴。

正吃着酒，只見琴童兒進來。玳安讓他吃了一盞子，便使他：「叫玉簫姐來，拿皮襖與五娘穿。」那琴童把毡包放下，走到賁四家叫玉簫。玉簫罵道：「賊囚根子，又來做甚麽？」又不來。遞與鑰匙，教小玉開門。那小玉開了裡間房門，取了一把鑰匙，通了半日，白通不開。琴童兒又往賁四家問去。那玉簫道：「不是那箇鑰匙。娘櫥裡鑰匙在床褥子座下哩。」小玉又罵道：「那淫婦丁子釘在人家不來，兩頭來回，只教使我。」及開了，櫥裡又没皮襖。琴童兒來回走的抱怨道：「就死也死三日三夜，又撞着恁瘟死鬼小奶奶兒們，把人魂也走出了。」向玳安道：「你說此回去，又惹的娘罵。不說屋裡，只怪俺們。」走去又對玉簫說：「裡間娘櫥裡尋，没有皮襖。」玉簫想了想，笑道：「我也忘記，在外間大櫥裡。」到後邊，又被小玉罵道：「淫婦吃那野漢子搗昏了，皮襖在這裡，却到處尋。」一面取出來，將皮襖包了，連大姐披襖都交付與玳安、琴童。

兩箇拿到吳大妗子家，月娘又罵道：「賊奴才，你說同了都不來罷了。」那玳安不敢言語，琴童道：「娘的皮襖都有了，等着姐又尋這件青鑲皮襖。」于是打開取出來。吳大妗子燈下觀看，說道：「好一件皮襖。五娘，你怎的說他不好，說是黃狗皮。那裡有恁黃狗皮，與我一件穿也罷了。」月娘道：「新新的皮襖兒，只是面前歇胸舊了些兒。到明日，從新換兩個遍地金歇胸，就好了。」孟玉樓拿過來，與金蓮戲道：「我兒，你過來，你穿上這黃狗皮，娘與你試試看好不好。」金蓮道：「有本事到明日問漢子要一件穿，也不枉的。平白拾人家舊皮襖披在身上做甚麼！」玉樓戲道：「好個不認業的，人家有這一件皮襖，穿在身上念佛。」于是替他穿上。見寬寬大大，金蓮纔不言語。

當下月娘與玉樓、瓶兒俱是貂鼠皮襖，都穿在身上，拜辭吳大妗子、二妗子起身。月娘與了郁大姐一包二錢銀子。吳銀兒道：「我這裡就辭了妗子、列位娘，磕了頭罷。」當下吳大妗子與了一對銀花兒，月娘與李瓶兒每人袖中拿出一兩銀子與他，磕頭謝了。吳大妗子同二妗子、鄭三姐都還要送月娘衆人，因見天氣落雪，月娘阻回去了。琴童道：「頭裡下的還是雪，這回沾在身上都是水珠兒，只怕濕了娘們的衣服，問妗子這裡討把傘打了家去。」吳二舅連忙取了傘來。琴童兒打着，頭裡兩個排軍打燈籠，引着一簇男女，走幾條小巷，到大街上。陳敬濟沿路放了許多花炮，因叫：「銀姐，你家不遠了，俺每送你到家。」月娘便問：「他家在那裡？」敬濟道：「這條衚衕内一直進去，中間一座大門樓，就是他家。」吳銀兒道：「我這裡就辭了娘每家去。」月娘道：「地下濕，銀姐家去罷，頭裡已是見過禮了。我還着小廝送你到家。」因叫過玳安：「你送送銀姐家去。」敬濟道：「娘，我與玳安兩個去罷。」月娘道：「也罷，你與他兩箇同送他送。」那敬濟得不的一聲，同玳安一路送去了。

吳月娘衆人便回家來。潘金蓮路上說：「大姐姐，你原說咱每送他家去，怎的又不去了？」月娘笑道：「你也只是個小孩兒，哄你說耍子兒，你就信了。麗春院是那裡，你我送去？」金蓮道：「像人家漢子在院裡嫖了來，家裡老婆没曾往那裡尋去？尋出没曾打成一鍋粥？」月娘道：「你等他爹到明日往院裡去，你尋他尋試試。倒没的教人家漢子當粉頭拉了去，看你——」兩箇口裡說着，看看走到東街上，將近喬大户門首。只見喬大户娘子和他外甥媳婦段大姐，在門首站立。遠遠見月娘一簇男女過來，就要拉請進去。月娘再三說道：「多謝親家盛情，天晚

每見席上倒菓碟者，貪心一動。便不惜體面。伯爵趕眼錯，尚有恥。春梅舉止大家，終有後福，故士不可不先樹品。

了，不進去罷。」那喬大户娘子那裡肯放，説道：「好親家，怎的上門兒怪人家？」强把月娘衆人拉進去了〔八〕。客位内掛着燈，擺設酒菓，有兩箇女兒彈唱飲酒，不題。

却説西門慶，在門首與伯爵衆人飲酒將闌。伯爵與希大整吃了一日，頂顙吃不下去，見西門慶在椅子上打盹，趕眼錯把菓碟兒都倒在袖子裡，和韓道國就走了。只落下賁四，陪西門慶打發了樂工賞錢，分付小厮收家火，息燈燭，歸後邊去了。只見平安走來賁四家叫道：「你們還不起身，爹進去了。」那玉簫聽見，和迎春、蘭香慌的辭也不辭，都一溜烟跑了。只落下春梅，拜謝了賁四嫂〔九〕，纔慢慢走回來。看見蘭香在後邊脱了鞋趕不上，因罵道：「你們都搶棺材奔命哩！把鞋都跑脱了，穿不上，像甚腔兒！」到後邊，打聽西門慶在李嬌兒房裡，都來磕頭。大師父見西門慶進入李嬌兒房中，都躲到上房，和小玉在一處。玉簫進來，道了萬福，那小玉就説玉簫：「娘那裡使小厮來要皮襖，你就不來管管兒，只教我拿。我又不知那根鑰匙開櫥門，及自開了又没有，落後却在外邊大櫥櫃裡尋出來。你放在裡頭，怎昏搶了不知道？姐姐每都吃勾來了罷，幾曾見長出塊兒來！」玉簫吃的臉紅紅的道：「怪小淫婦兒，如何狗撾了臉似的？人家不請你，怎的和俺們使性兒！」小玉道：「我稀罕那淫婦請！」妙。大師父在傍勸道：「姐姐每義讓一句兒罷，你爹在屋裡聽着。只怕你娘們來家，頓下些茶兒伺候。」正説着，只見琴童抱進毡包來。玉簫便問：「娘來了？」琴童道：「娘每來了，又被喬親家娘在門首讓進去吃酒哩，也將好起身。」兩箇纔不言語了。

不一時，月娘等從喬大户娘子家出來。到家門首，賁四娘子走出來廝見。陳敬濟和賁四一面取出一架小烟火來。在門首又看放了一回烟火，方纔進來，與李嬌兒、大師父道了萬福。雪娥走來，向月娘磕了頭，與玉樓等三人見了禮。月娘因問：「他爹在那裡？」李嬌兒道：「剛纔在我那屋裡，我打發他睡了。」月娘一聲兒没言語。只見春梅、迎春、玉簫、蘭香進來磕頭。李嬌兒便説：「今日前邊賁四嫂請了四箇去，坐了回兒就來了。」月娘聽了，半日没言語，駡道：「恁成精狗肉們，平白去做甚麼！誰教他去來？」李嬌兒道：「問過他爹纔去來。」月娘道：「問他？好有張主的貨！你家初一十五開的廟門早了，放出些小鬼來了。」大師父道：「我的奶奶，恁四箇上畫兒的姐姐，還説是小鬼。」月娘道：「上畫兒只畫的半邊兒，平白放出去做甚麼？與人家喂眼？」孟玉樓見月娘説來的不好，就先走了。落後金蓮見玉樓起身，和李瓶兒、大姐也走了。止落下大師父，和月娘同在一處睡了。那雪霰直下到四更方止。正是：

香消燭冷樓臺夜，挑菜燒燈掃雪天。

一宿晚景題過。到次日，西門慶往衙門中去了。月娘約飯時前後，與孟玉樓、李瓶兒三箇同送大師父家去。因在大門裡首站立，見一箇鄉里卜龜兒卦兒的老婆子，穿着水合襖藍布裙子，舊黑包頭〔一〇〕，背着褡褳，正從街上走來。月娘使小廝叫進來，在二門裡鋪下卦帖，安下靈龜，説道：「你卜卜俺每。」那老婆扒在地下磕了四箇頭：「請問奶奶，多大年紀？」月娘道：「你卜箇屬龍的女命。」那老婆道：「若是大龍，四十二歲，小龍兒三十歲。」月娘道：「是三十歲了，八月十五日子時生。」那老婆把靈龜一擲，轉了一遭兒住了。揭起頭一張掛帖兒，上面畫着一箇官人和一位娘子在上面坐，其餘都是侍從人，也有坐的，也有立的，守着一庫金銀財寶。老婆道：「這位當家的奶奶，是戊辰生，戊辰己巳大林木。爲人一生有仁義，性格寬洪，心慈好善，看經佈施，廣行方便。一生操持，把家做活，替人頂缸受氣，還不道是。喜怒有常，主下人不足。正是：喜樂起來笑嘻嘻，惱將起來鬧哄哄。別人睡到日頭半天還未起，你老早在堂前轉了。梅香洗銚鐺，雖是一時風火性，轉眼却無心。和人說也有，笑也有，只是這疾厄宮上着刑星，常沾些啾唧。虧你這心好，濟過來了，往後有七十歲活哩。」孟玉樓道：「你看這位奶奶，命中有子没有？」婆子道：「休怪婆子說，兒女宮上有些不實，往後只好招箇出家的兒子送老罷了。隨你多少也存不的。」玉樓向李瓶兒笑道：「就是你家吳應元，見做道士家名哩。」月娘指着玉樓：「你也叫他卜卜。」玉樓道：「你卜箇三十四歲的女命，十一月二十七日寅時生。」那婆子從新撇了卦帖，把靈龜一卜，轉到命宮上住了。揭起第二張卦帖來，上面畫着一個女人，配着三箇男人：頭一箇小帽，商旅打扮；第二箇穿紅官人；第三箇是箇秀才。也守着一庫金銀，左右侍從伏侍。婆子道：「這位奶奶是甲子年生，甲子乙丑海中金。命犯三刑六害，夫主尅過方可。」玉樓道：「已尅過了。」婆子道：「你爲人温柔和氣，好箇性兒。你惱那箇人也不知，喜歡那箇人也不知，顯不出來。一生上人見喜下欽敬，爲夫主寵愛。只一件，你饒與人爲了美，多不得人心。命中一生替人頂缸受氣，小人駁雜，饒吃了還不道你是。你心地好了，雖有小人也拱不動你。」玉樓笑道：「剛才爲小厮討銀子和他亂了這回，說是頂缸受氣。」月娘道：「你看這位奶奶往後有子没有？」婆子道：「濟得好，見箇女兒罷了，子上不敢許。若說壽，倒儘有。」月娘道：「你卜卜這位奶奶。李大姐，你與他八字兒。」李瓶兒笑道：「我是屬羊的。」婆子道：「若屬小羊的，今年念七歲，辛未年生的。生幾月？」李瓶兒道：「正月十五日午時。」那婆子卜轉龜兒，到命宮上矻磴住了。揭起卦帖來，上面畫着一箇娘子，三箇官人：頭一箇官人穿紅，第二箇官人穿綠，第三箇穿青。懷着箇孩兒，守着一庫金銀財寶，傍邊立着箇青臉獠牙紅髮的鬼。婆子道：「這位奶奶庚午辛未路旁土。一生榮華富貴，吃也有，穿也有，所招的夫主都是貴人。爲人心地有仁義，金銀財帛不計較，人吃了轉了他的，他喜歡；不吃他，不轉他，到惱。只是吃了比肩不和的虧，凡事恩將仇報。正是：比肩刑害亂擾擾，轉眼無情就放刁；寧逢虎摘三生路，休遇人前兩面刀。奶奶，你休怪我說，你儘好疋紅羅，只可惜尺頭短了些。氣惱上要忍耐些，就是子上，也難爲。」李瓶兒道：「今已是寄名做了道士。」婆子道：「既出了家，無妨了。又一件，你老人家今年計都星照命，主有血光之災，仔細七八月不見哭聲纔好。」說畢，李瓶兒袖中掏出五分一塊銀子，月娘和玉樓每人與錢五十文。

還該有個賣藥的。

剛打發卜龜卦婆子去了，只見潘金蓮和大姐從後邊出來，笑道：「我說後邊不見，原來你每都往前頭來了。」月娘道：「俺們剛纔送大師父出來，卜了這回龜兒卦。你早來一步，也教他與你卜卜兒。」金蓮搖頭兒道：「我是不卜他。常言：筭的着命，筭不着行。想前日道士說我短命哩，怎的哩，說的人心裡影影的。隨他明日街死街埋，路死路埋，倒在洋溝裡就是棺材。」說畢，和月娘同歸後邊去了。正是：

萬事不由人筭計，一生都是命安排。

校記

〔一〕「卷之十」，原作「卷之九」，天圖本、上圖乙本、天理本同。據內閣本、首圖本改。

〔二〕「詞曰」，內閣本、首圖本題作「浪淘沙」。

〔三〕「香畫」，吳藏本作「香細」。按張評本爲「香細」。

〔四〕「右調浪淘沙」，內閣本、首圖本無。

〔五〕「你我不幫襯了」，內閣本、首圖本作「你合我不幫襯了」。

〔六〕「踏歌來」，內閣本、首圖本作「踏歌聲」。按張評本爲「踏歌來」，詞話本爲「踏歌聲」。

〔七〕「只等」，內閣本、首圖本作「看看」。按張評本爲「只等」，詞話本爲「看看」。

〔八〕「拉進去了」，內閣本、首圖本作「扯進去了」。

〔九〕「拜謝」，內閣本、首圖本作「拜辭」。

〔一〇〕「舊黑包頭」，內閣本、首圖本、天圖本、吳藏本等均作「勒黑包頭」。按張評本、詞話本亦爲「勒黑包頭」。

第四十七回

苗青謀財害主

西門枉法受贓

第四十七回　苗青貪財害主　西門枉法受贓

詩曰〔一〕：

懷璧身堪罪〔二〕，償金跡未明。
龍蛇一失路，虎豹屢相驚。
暫遣虞羅急，終知漢法平。
須憑魯連箭，爲汝謝聊成。

話説江南揚州廣陵城内，有一苗員外，名喚苗天秀。家有萬貫資財，頗好詩禮。年四十歲，身邊無子，止有一女尚未出嫁。其妻李氏，身染痼疾在牀，家事盡托與寵妾刁氏，名喚刁七兒。原是娼妓出身，天秀用銀三百兩娶來家，納爲側室，寵嬖無比。忽一日，有一老僧在門首化緣，自稱是東京報恩寺僧，因爲堂中缺少一尊鍍金銅羅漢，故雲遊在此，訪善紀録。天秀問之，不吝，即施銀五十兩與那僧人。僧人道：「不消許多，一半足矣。」天秀道：「吾師休嫌少，除完佛像，餘剩可作齋供。」那僧人問訊致謝，臨行向天秀説道：「員外左眼眶下有一道死氣，主不出此年當有大災。你有如此善緣與我，貧僧焉敢不預先説知。今後隨有甚事，切勿出境，戒之戒之。」言畢，作辭而去。

要娼妓便是死兆。

那消半月，天秀偶遊後園，見其家人苗青正與刁氏亭側私語，不意天秀卒至看見，不由分說，將苗青痛打一頓，誓欲逐之。苗青恐懼，轉央親隣再三勸留得免，終是切恨在心。不期有天秀表兄黃美，原是揚州人氏，乃舉人出身，在東京開封府做通判，亦是博學廣識之人，一日寄一封書來與天秀，要請天秀上東京，一則遊玩，二者爲謀其前程。苗天秀得書大喜，因向其妻妾說道：「東京乃輦轂之地，景物繁華，吾心久欲遊覽，無由得便。今不期表兄書來相招，實慰平生之意。」其妻李氏便說：「前日僧人相你面上有災厄，囑付不可出門。此去京都甚遠，況你家私沉重，抛下幼女病妻在家，未審此去前程如何，不如勿往爲善。」天秀不聽，反加怒叱，說道：「大丈夫生于天地之間，桑弧蓬矢，不能遨遊天下，觀國之光，徒老死牖下，無益矣。況吾胸中有物，囊有餘資，何愁功名不到手？此去表兄必有美事于我，切勿多言。」于是分付家人苗青，收拾行李衣裝，多打點兩廂金銀，載一船貨物，帶了個安童并苗青，上東京。囑付妻妾守家，擇日起行。

正值秋末冬初之時，從揚州馬頭上船，行了數日，到徐州洪。但見一派水光，十分陰惡。但見：

萬里長洪水似傾，東流海島若雷鳴。
滔滔雪浪令人怕，客旅逢之誰不驚？

前過地名陜灣，苗員外看見天晚，命舟人泊住船隻。也是天數將盡，合當有事，不料搭的船隻却是賊船。兩個稍子皆是不善之徒：一個名喚陳三，一個乃是翁八。常言道：不着家人，弄不得家鬼。這苗青深恨家主，日前被責之仇一向要報無繇，口中不言，心内暗道：「不如我如此這般，與兩個稍子做一路，將家主害了性命，推在水内，盡分其財物。我回去再把病婦謀死，這分家私連刁氏，都是我情受的。」正是：

花枝葉下猶藏刺，人心怎保不懷毒

這苗青于是與兩個艄子密密商量，說道：「我家主皮廂中還有一千兩金銀，二千兩段疋，衣服之類極廣。汝二人若能謀之，願將此物均分。」陳三、翁八笑道：「汝若不言，我等亦有此意久矣。」

是夜天氣陰黑，苗天秀與安童在中艙裏睡，苗青在艣後。將近三鼓時分，那苗青故意連叫有賊。苗天秀夢中驚醒，便探頭出艙外觀看，被陳三手持利刀，一下刺中脖下，推在洪波蕩裡。那安童正要走時，乞翁八一悶棍打落水中。三人一面在船艙内打開箱籠，取出一應財帛金銀，并其段貨衣服，點數均分。二艄便說：「我若留此貨物，必然有犯。你是他手下家人，載此貨物到於市店上發賣，没人相疑。」因此二艄盡把皮箱中一千兩金銀，并苗員外衣服之類分訖，依前撐船回去了。這苗青另搭了船隻，載至臨清馬頭上，鈔關上過了，裝到清河縣城外官店内卸下。見了揚州故舊商家，只說：「家主在後船，便來也。」這個苗青在店發賣貨物，不題。

常言：人便如此如此，天理未然未然。可憐苗員外平昔良善，一旦遭其僕人之害，不得好死，雖是不納忠言之勸，其亦大數難逃。不想安童被一棍打昏，雖落水中，幸得不死，浮没蘆港。忽有一隻漁船撑將下來，船上坐着個老翁，頭頂箬笠，身披短蓑，聽得啼哭之聲。移船看時，却是一個十七八歲小厮，慌忙救了。問其始末情繇，却是揚州苗員外家安童，在洪上被劫之事。這漁翁帶下船，取衣服與他换了，給以飲食。因問他：「你要回去，却是同我在此過活？」安童哭道：「主人遭難，不見下落，如何回得家去？願隨公公在此。」漁翁道：「也罷，你且隨我在此，等我慢慢替你訪此賊人是誰，再作理會。」安童拜謝公公，遂在此翁家過活。

一日，也是合當有事。年除歲末，漁翁忽帶安童正出河口賣魚，正撞見陳三、翁八在船上飲酒，穿着他主人衣服，上岸來買魚。安童認得，即密與漁翁説道：「主人之寃當雪矣。」漁翁道：「何不具狀官司處告理？」安童將情具告到巡河周守備府内。守備見没贜証，不接狀子。又告到提刑院。夏提刑見是强盜劫殺人命等事，把狀批行了。從正月十四日差緝捕公人，押安童下來拿人。前至新河口，把陳三、翁八獲住到案，責問了口詞。二艄見安童在旁執証，也没得動刑，一一招了。供稱：「下手之時，還有他家人苗青，同謀殺其家主，分贜而去。」這里把三人監下，又差人訪拿苗青，一起定罪。因節間放假，提刑官吏一連兩日没來衙門中問事，早有衙門透信的人，悄悄把這件事兒報與苗青。苗青慌了，把店門鎖了，暗暗躲在經紀樂三家。

這樂三就住在獅子街韓道國家隔壁，他渾家樂三嫂，與王六兒所交極厚，常過王六兒這邊來做伴兒。王六兒無事，也常往他家行走，彼此打的熱鬧。這樂三見苗青面帶憂容，問其所以，說道：「不打緊，間壁韓家就是提刑西門老爹的外室，又是他家夥計，和俺家交往的甚好，凡事百依百隨。若要保得你無事，破多少東西，教俺家過去和他家說說。」這苗青聽了，連忙下跪，說道：「但得我身上没事，恩有重報，不敢有忘。」于是寫了說帖，封下五十兩銀子，兩套粧花段子衣服，樂三教他老婆拿過去，如此這般對王六兒說。王六兒喜歡的要不的，把衣服銀子并說帖都收下，單等西門慶，不見來。

到十七日日西時分，只見玳安夾着氈包，騎着頭口，從街心裡來。王六兒在門首，叫下來問道：「你往那里去來？」玳安道：「我跟爹走了個遠差，往東平府送禮去來。」王六兒道：「你爹如今來了不曾？」玳安道：「爹和賁四兩箇先往家去了。」王六兒便叫進去，和他如此這般說話，拿帖兒與他瞧。玳安道：「韓大嬸，管他這事！休要把事輕看了，如今衙門裡監着那兩個船家〔三〕，供着只要他哩。拿過幾兩銀子來，也不勾打發脚下人哩。我不管別的帳，韓大嬸和他說，只與我二十兩銀子罷。等我請將俺爹來，隨你老人家與俺爹說就是了。」王六兒笑道：「怪油嘴兒，要飯吃休要惡了火頭。事成了，你的事甚麼打緊？寧可我們不要，也少不得你的。」玳安道：「韓大嬸，不是這等說。常言：君子不羞當面，先斷過，後商量。」王六兒當下備幾樣菜，留玳安吃酒。玳安道：「吃的紅頭紅臉，咱家去爹問，却怎的回爹？」王六兒道：「怕怎的？你就說在我這里來。」玳安只吃了一甌子，就走了。王六兒道：「好歹累你，說是我這里等着哩。」

玳安一直來家，交進毡包。等的西門慶睡了一覺出來，在廂房中坐的，這玳安慢慢走到根前說：「小的回來，韓大嬸叫住小的，要請爹快些過去，有句要緊話和爹說。」西門慶說：「甚麼話？我知道了。」說畢，正值劉學官來借銀子。又映官吏債。打發劉學官去了，西門慶騎馬，帶着眼紗、小帽，便叫玳安、琴童兩個跟隨，來到王六兒家。下馬進去，到明間坐下，王六兒出來拜見了。那日，韓道國舖子裡上宿，没來家，老婆買了許多東西，叫老馮厨下整治。見西門慶來了，慌忙遞茶。西門慶分付琴童：「把馬送到對門房子裡去，把大門關上。」婦人且不敢就題此事，先只說：「爹家中連日擺酒辛苦。我聞得說哥兒定了親事，你老人家喜呀！」西門慶道：「只因舍親吳大妗那裡說起，和喬家做了這門親事。他家也只這一個女孩兒，論起來也還不班配〔四〕，胡亂親上做親罷了。」王六兒道：「就是和他做親也好，只是爹如今居着恁大官，會在一處，不好意思的。」西門慶道：「說甚麼哩！」說了一回，老婆道：「只怕爹寒冷，往房裡坐去罷。」一面讓至房中，一面安着一張椅兒，籠着火盆，西門慶坐下。婦人慢慢先把苗青揭帖拿與西門慶看〔五〕，說：「他央了間壁經紀樂三娘子過來對我說：這苗青是他店裡客人，如此這般，被兩個船家拽扯，只望除豁了他這名字，免提他。他備了些禮兒在此謝我。好歹望老爹怎的將就他罷。」西門慶看了帖子，因問：「他拿了多少禮物謝你？」王六兒向箱中取出五十兩銀子來與西門慶瞧，說道：「明日事成，還許兩套衣裳。」西門慶看了，笑道：「這些東西兒，平白你要他做甚麽？你不知道，這苗青乃揚州苗員外家人，因爲在船上與兩個船家殺害家主，攛在河裡，圖財謀命。如今見打撈不着屍首，他原跟來的一個小厮安童與兩個船家，當官三口執証着要他。這一拿去，穩定是個凌遲罪名。那兩個都是真犯斬罪。兩個船家見供他有二千兩銀貨在身上。拿這些銀子來做甚麽？還不快送與他去！」這王六兒一面到厨下，使了丫頭錦兒把樂三娘子兒叫了來，將原禮交付與他，如此這般對他説了去。

那苗青不聽便罷，聽他説了，猶如一桶水頂門上直灌到脚底下。正是：

驚開六葉連肝肺，諕壞三魂七魄心。

卽請樂三一處商議道：「寧可把二千貨銀都使了，只要救得性命家去。」樂三道：「如今老爹上邊既發此言，一些半些恒屬打不動。兩位官府，須得湊一千貨物與他。其餘節級、原解、緝捕再得一半，纔得勾用。」苗青道：「況我貨物未賣，那討銀子來？」因使過樂三嫂來，和王六兒説：「老爹就要貨物，發一千兩銀子貨與老爹。如不要，伏望老爹再寬限兩三日，等我倒下價錢，將貨物賣了，親往老爹宅裡進禮去。」王六兒拿禮帖復到房裡與西門慶瞧。西門慶道：「既是恁般，我分付原解且寬限他幾日，教他卽便進禮來。」當下樂三娘子得此口詞，回報苗青，苗青滿心歡喜。西門慶見間壁有人，也不敢久坐，吃了幾鍾酒，與老婆坐了回，見馬來接，就起身家去了。

次日，到衙門早發放，也不題問這件事。這苗青就托經紀樂三，連夜替他會了人，攛掇貨

寫得闇闇昧昧，是箇暮夜受金光景。

物出去。那消三日，都發盡了，共賣了一千七百兩銀子。把原與王六兒的不動，又另加上五十兩銀子，四套上色衣服。到十九日，苗青打點一千兩銀子，裝在四個酒提內〔六〕，又宰一口猪，約掌燈已後，擡送到西門慶門首。手下人都是知道的，玳安、平安、書童、琴童四個家人，與了十兩銀子纔罷。玳安在王六兒這邊，梯己又要十兩銀子。須臾，西門慶出來，捲棚內坐的，也不掌燈，月色朦朧纔上來，擡至當面。苗青穿青衣，望西門慶只顧磕頭，說道：「小人蒙老爹超拔之恩，粉身碎骨難報。」西門慶道：「你這件事情，我也還沒好審問哩。那兩個船家甚是攀你，你若出官，也有老大一個罪名。既是人說，我饒了你一死。此禮我若不受你的，你也不放心。我還把一半送你掌刑夏老爹，同做分上。你不可久住，即便星夜回去。」因問：「你在揚州那里？」苗青磕頭道：「小的在揚州城內住。」西門慶分付後邊拿了茶來，那苗青在松樹下立着吃了，畫。磕頭告辭回去。又叫回來問：「下邊原解的，你都與他說了不曾？」苗青道：「小的外邊已說停當了。」西門慶分付：「既是說了，你即回家。」那苗青出門，走到樂三家收拾行李，還剩一百五十兩銀子。苗青拿出五十兩來，并餘下幾疋段子，都謝了樂三夫婦。五更替他僱長行牲口，起身往揚州去了。正是：

忙忙如喪家之狗，急急似漏網之魚。

不說苗青逃出性命去了，單表次日，西門慶、夏提刑從衙門中散了出來，並馬而行。走到大街口上，夏提刑要作辭分路，西門慶在馬上舉着馬鞭兒說道：「長官不棄，到舍下一敘。」把夏提刑邀到家來。進到廳上叙禮，請入捲棚裡，寬了衣服，左右拿茶吃了。書童、玳安就安放桌席。夏提刑道：「不當閑來打攪長官。」西門慶道：「豈有此理。」須臾，兩個小廝用方盒擺下各樣雞、蹄、鵝、鴨、鮮魚下飯。先吃了飯，收了家伙去，就是吃酒的各樣菜蔬出來。小金鍾兒，銀臺盤兒，慢慢斟勸。飲酒中間，西門慶方題起苗青的事來，道：「這厮昨日央及了個士夫，再三來對學生說，又餽送了些禮在此。學生不敢自專，今日請長官來，與長官計議。」于是把禮帖遞與夏提刑。夏提刑看了，便道：「恁憑長官尊意裁處。」西門慶道：「依着學生，明日只把那個賊人、真贓送過去罷，也不消要這苗青。那個原告小厮安童，便收領在外，待有了苗天秀屍首，歸結未遲。」禮還送到長官處。」夏提刑道：「長官，這就不是了。長官見得極是，此是長官費心一番，何得見讓於我〔七〕？決然使不得。」彼此推辭了半日，西門慶不得已，還把禮物兩家平分了，裝了五百兩在食盒內。夏提刑下席來，作揖謝道：「既是長官見愛，我學生再辭，顯的迂闊了。盛情感激不盡，實爲多愧。」又領了幾盃酒，方纔告辭起身。西門慶隨即差玳安拿食盒還當酒擡送到夏提刑家。夏提刑親在門上收了，拿回帖，又賞了玳安二兩銀子，兩名排軍四錢，俱不在話下。

常言道：火到猪頭爛，錢到公事辦。西門慶、夏提刑已是會定了。次日到衙門裡陞廳，那提控、節級并緝捕、觀察，都被樂三上下打點停當。擺設下刑具，監中提出陳三、翁八，審問情繇。只是供稱：「跟伊家人苗青同謀。」西門慶大怒，喝令左右：「與我用起刑來！你兩個賊人，專一積年在江河中，假以舟楫裝載爲名，實是劫幫鑿漏，邀截客旅，圖財致命。見有這個小廝供稱，是你等持刀戮死苗天秀波中，又將棍打傷他落水，見有他主人衣服存証，你如何抵賴別人！」因把安童提上來，問道：「是誰刺死你主人？是誰推你在水中？」安童道：「某日三更時分，先是苗青叫有賊，小的主人出艙觀看，被陳三一刀戮死，推下水去。小的便被翁八一棍打落水中，纔得逃出性命。苗青並不知下落。」西門慶道：「據這小厮所言，就是實話，汝等如何展轉得過？」于是每人兩夾棍，三十榔頭，打的脛骨皆碎，殺猪也似喊叫。一千兩贓貨已追出大半，餘者花費無存。這裡提刑做了文書，并贓貨申詳東平府。府尹胡師文又與西門慶相交，照原行文書叠成案卷，將陳三、翁八問成强盗殺人斬罪。

安童保領在外聽候。有日走到東京，投到開封府黃通判衙內，具訴：「苗青奪了主人家事，使錢提刑衙門，除了他名字出來。主人寃仇，何時得報？」通判聽了，連夜修書，并他訴狀封在一處，與他盤費，就着他往巡按山東察院裡投下。這一來，管教苗青之禍從頭上起，西門慶往時做過事，今朝没興一齊來。有詩爲証：

善惡從來報有因，吉凶禍福並肩行。
平生不作虧心事，夜半敲門不吃驚。

校記

〔一〕「詩曰」，内閣本、首圖本無。

〔二〕「懷壁」，原作「懷壁」，據吳藏本改。

〔三〕「衙門」，原作「衙問」，據内閣等本改。

〔四〕「不班配」，内閣本、首圖本作「不搬陪」。按張評本作「不班陪」，詞話本作「不敢陪」。

〔五〕「揭拈」，崇禎諸本同，疑爲「揭帖」之誤。按詞話本作「揭帖」。

〔六〕「酒提」，内閣本、首圖本作「酒壜」。天圖本作「酒罈」，「罈」字爲墨筆描寫。吳藏本作「酒罈」。按張評本作「酒鐔」，詞話本作「酒壜」。

〔七〕「何得」，原作「回得」，據内閣、天圖等本改。

第四十八回

弄私情戲贈一枝桃

全希有

走捷徑探歸七件事

第四十八回　弄私情戲贈一枝桃　走捷徑探歸七件事

詞曰〔一〕：

碧桃花下，紫簫吹罷。驀然一點心驚〔二〕，却把那人牽掛，向東風淚洒。東風淚洒，不覺暗沾羅帕，恨如天大。那寃家既是無情去，回頭看怎麽！

——右調《桂枝香》〔三〕

話説安童領着書信，辭了黄通判，徑往山東大道而來。打聽巡按御史在東昌府住劄，姓曾，雙名孝序，乃都御史曾布之子，新中乙未科進士，極是個清廉正氣的官。這安童自思：「我若説下書的，門上人決不肯放。不如等放告牌出來，我跪門進去，連狀帶書呈上。老爹見了，必然有個決斷。」于是早把狀子寫下，揣在懷裡，在察院門首等候多時。只聽裡面打的雲板响，開了大門，曾御史坐廳。頭面牌出來，大書告親王、皇親、駙馬勢豪之家；第二面牌出來，告都、布、按并軍衛有司官吏；第三面牌出來纔是百姓户婚田土詞訟之事〔四〕。這安童就隨狀牌進去，待把一應事情發放净了，方走到丹墀上跪下。兩邊左右問是做甚麽的，這安童方纔把書雙手舉得高高的呈上。只聽公座上曾御史叫：「接上來！」慌的左右吏典下來把書接上去，安放于書案上。曾公拆開觀看，端的上面寫着甚言詞？書曰：

數語凜然，應使朝廷側目。

寓都下年教生黃端肅　書奉

大柱史少亭曾年兄先生大人門下：違越光儀，倏忽一載。知己難逢，勝遊易散。此心耿耿，常在左右。去秋忽報瑤章，開軸啟函，捧誦之間而神遊恍惚，儼然長安對面時也。未幾，年兄省親南旋，復聞德音，知年兄按巡齊魯，不勝欣慰。叩賀，叩賀。惟年兄忠孝大節，風霜貞操，砥礪其心，耿耿在廊廟，歷歷在士論。今茲出巡，正當摘發官邪，以正風紀之日。區區愛念，尤所不能忘者矣。竊謂年兄平日抱可爲之器，當有爲之年，值聖明有道之世，老翁在家康健之時。當乘此大展才猷，以振揚法紀，勿使舞文之吏以撓其法，而奸頑之徒以逞其欺。胡乃如東平一府，而有撓大法如苗青者，抱大寃如苗天秀者乎？生不意聖門之世而有此魍魎。年兄巡歷此方，正當分理寃滯，振刷爲之一清可也。去伴安童，持狀告訴，幸察。不宣。

仲春望後一〔五〕

這曾御史覽書已畢，便問：「有狀没有？」左右慌忙下來問道：「老爺問你有狀没有。」這安童向懷中取狀遞上。曾公看了，取筆批：「仰東平府府官，從公查明，驗相屍首，連卷詳報。」喝令安童東平府伺候。這安童連忙磕頭起來，從便門放出。

這里曾公將批詞連狀裝在封套內，鈐了關防，差人賫送東平府來。府尹胡師文見了上司批下來，慌得手脚無措，卽調委陽谷縣縣丞狄斯彬——本貫河南舞陽人氏，爲人剛方不要錢，問事糊突，人都號他做狄混。先是這狄縣丞往清河縣城西河邊過，忽見馬頭前起一陣旋風，團團不散，只隨着狄公馬走。狄縣丞道：「怪哉！」便勒住馬，令左右公人：「你隨此旋風，務要跟尋個下落。」那公人真個跟定旋風而來，七八將近新河口而止，走來回覆了狄公話。狄公即拘集里老，用鍬掘開岸土數尺，見一死屍，宛然頸上有一刀痕。命仵作簡視明白，問其前面是那裡。公人禀道：「離此不遠就是慈惠寺。」縣丞即拘寺中僧行問之，皆言：「去冬十月中，本寺因放水燈兒，見一死屍從上流而來，漂入港裡。長老慈悲，故收而埋之。不知爲何而死。」縣丞道：「分明是汝衆僧謀殺此人，埋于此處。想必身上有財帛，故不肯實說。」于是不繇分說，先把長老一箍兩拶，一夾一百敲，餘者衆僧都是二十板，俱令收入獄中。報與曾公，再行查看。各僧皆稱寃不服。曾公尋思：「既是此僧謀死，屍必棄於河中，豈反埋于岸上？又說干礙人衆。此有可疑。」因令將衆僧收監。將近兩月，不想安童來告此狀。即令委官押安童前至屍所，令其認視。安童見屍大哭道：「正是我的主人，被賊人所傷，刀痕尚在。」于是簡驗明白，回報曾公，即把衆僧放回。一面查刷卷宗[六]，復提出陳三、翁八審問，俱執稱苗青主謀之情。曾公大怒，差人行牌，星夜往揚州提苗青去了。一面寫本參劾提刑院兩員問官受贓賣法。正是：

此處甚不混。

至此大混。然原情察理，不無有之。非刻意做官者不爲也。

污吏贓官濫國刑，曾公判刷雪寃情。

雖然號令風霆肅，夢裡輸贏總未真。

乞兒路撿一金，便手足無措，韓氏夫婦較猶能位置者。

話分兩頭，却表王六兒自從得了苗青幹事的那一百兩銀子、四套衣服，與他漢子韓道國就白日不閑，一夜没的睡，計較着要打頭面，治簪環，喚裁縫來裁衣服，從新抽銀絲䯼髻。用十六兩銀子，又買了個丫頭——名喚春香——使喚，早晚教韓道國收用不題。

一日，西門慶到韓道國家，王六兒接着。裡面吃茶畢，西門慶往後邊淨手去，看見隔壁月臺，問道：「是誰家的？」王六兒道：「是隔壁樂三家月臺。」西門慶分付王六兒：「如何教他遮住了這邊風水？你對他説，若不與我卽便拆了，我教地方分付他。」這王六兒與韓道國説：「隣舍家，怎好與他説的。」韓道國道：「咱不如瞞着老爹，買幾根木植來，咱這邊也搭起個月臺來。上面晒醬，下邊不拘做馬坊，做個東净，也是好處。」老婆道：「呸！賊没筭計的。比是搭月臺，不如買些磚瓦來，蓋上兩間厦子却不好？」韓道國道：「蓋兩間厦子，不如蓋一層兩間小房罷。」于是使了三十兩銀子，又蓋了兩間平房起來。西門慶差玳安兒擡了許多酒、肉、燒餅來，與他家犒賞匠人。那條街上誰人不知。

生員往往繇此。可嘆！

夏提刑得了幾百兩銀子在家，把兒子夏承恩——年十八歲——幹入武學肄業，做了生員。每日邀結師友，習學弓馬。西門慶約會劉薛二内相、周守備、荊都監、張團練、合衛官員，出人情與他掛軸文慶賀，俱不必細説。

西門慶因墳上新蓋了山子捲棚房屋，自從生了官哥，并做了千户，還没往墳上祭祖。教陰陽徐先生看了，從新立了一座墳門，砌的明堂神路，門首栽桃柳，周圍種松柏，兩邊疊成坡

真心寔
愛。

峯。清明日上墳，要更換錦衣牌扁，宰猪羊，定桌面。三月初六日清明，預先發柬，請了許多人，搬運了東西酒米下飯菜蔬，叫的樂工雜耍扮戲的。小優兒是李銘、吳惠、王柱、鄭奉，唱的是李桂姐、吳銀兒、韓金釧、董嬌兒。官客請了張團練、喬大户、吳大舅、吳二舅、花大舅、沈姨夫、應伯爵、謝希大、傅夥計、韓道國、雲離守、賁第傳并女壻陳敬濟等，約二十餘人。堂客請了張團練娘子、張親家母、喬大户娘子、朱臺官娘子、尚舉人娘子、吳大妗子、二妗子、楊姑娘、潘姥姥、花大妗子、吳大姨、孟大姨、吳舜臣媳婦鄭三姐、崔本妻段大姐，并家中吳月娘、李嬌兒、孟玉樓、潘金蓮、李瓶兒、孫雪娥、西門大姐、春梅、迎春、玉簫、蘭香、妳子如意兒抱着官哥兒，裏外也有二十四五頂轎子。先是月娘對西門慶說：「孩子且不消教他往墳上去罷。一來還不曾過一周，二者劉婆子說這孩子顖門還未長滿，膽兒小。這一到墳上路遠，只怕諕着他。依着我不教他去，留下奶子和老馮在家和他做伴兒，只教他娘母子一個去罷。」西門慶不聽，便道：「此來爲何？他娘兒兩個不到墳前與祖宗磕個頭兒去！你信那婆子老淫婦胡說，可可就是孩子顖門未長滿，教妳子用被兒裹着，在轎子裏按的孩兒牢牢的，怕怎的？」那月娘便道：「你不聽人說，隨你。」從清早晨，堂客都從家裏取齊，起身上了轎子，無辭。

出南門，到五里外祖墳上，遠遠望見青松鬱鬱，翠柏森森，新蓋的墳門，兩邊坡峯上去，周圍石墻，當中甬道，明堂、神臺、香爐、燭臺都是白玉石鑿的。墳門上新安的牌扁，大書「錦衣武畧將軍西門氏先塋」。墳內正面土山環抱，林樹交枝。西門慶穿大紅冠帶，擺設猪羊祭品

處處寫出月娘根心生色，一片菩提熱念。

桌席祭奠。官客祭畢，堂客纔祭。响器鑼鼓，一齊打起來。那官哥兒諕的在妳子懷裏磕伏着，只倒咽氣，不敢動一動兒。月娘便叫：「李大姐，你還不教妳子抱了孩子往後邊去哩，你看諕的那腔兒！我說且不教孩兒來罷，恁强的貨，只管教抱了他來。你看諕的那孩兒這模樣！」李瓶兒連忙下來，分付玳安：「且叫把鑼鼓住了。」連忙攛掇掩着孩兒耳朵，快抱了後邊去了。

須臾，祭畢，徐先生念了祭文，燒了紙。西門慶邀請官客在前客位。月娘邀請堂客在後邊捲棚內，繇花園進去，兩邊松墻竹徑，周圍花草一望無際。正是：

桃紅柳綠鶯梭織，都是東君造化成。

當下，扮戲的在捲棚內扮與堂客們瞧，四個小優兒在前廳官客席前彈唱。四個唱的，輪番遞酒。春梅、玉簫、蘭香、迎春四個，都在堂客上邊執壺斟酒，就立在大姐桌頭，同吃湯飯點心。

意致便別。韻甚，媚甚！

吃了一回，潘金蓮與玉樓、大姐、李桂姐、吳銀兒同往花園裡打了回鞦韆，原來捲棚後邊，西門慶收拾了一明兩暗三間房兒，裏邊鋪陳床帳，擺放桌椅〔七〕、梳籠、抿鏡〔八〕、粧臺之類，預備堂客來上墳，在此梳粧歇息。糊的猶如雪洞般乾淨，懸掛的書畫，琴棋瀟洒。奶子如意兒看守官哥兒，正在那洒金床炕上鋪着小褥子兒睡，迎春也在傍和他頑耍〔九〕。只見潘金蓮獨自從花園驀地走來，手中拈着一枝桃花兒，看見迎春便道：「你原來這一日沒在上邊伺候。」迎春道：「有春梅、蘭香、玉簫在上邊哩，俺娘教我下邊來看哥兒，就拏了兩楪下飯點心與如意兒

也是天緣。

雖說不親錯，却正恨不得親錯耳。

「今後」二字，「惹着我」三字，隱隱開門揖盜。愛殺，愛殺！

調處亦是當情。只一桃花圈出自金蓮手，便饒風韻。

吃。」妳子見金蓮來，就抱起官哥兒來。金蓮便戲他說道：「小油嘴兒，頭裡見打起鑼鼓來，諕的不則聲，原來這等小膽兒。」于是一面解開藕絲羅襖兒，接過孩兒抱在懷裡，與他兩個嘴對嘴親嘴兒。忽有陳敬濟掀簾子走入來，看見金蓮鬬孩子頑耍，便也鬬那孩子。金蓮道：「小道士兒，你也與姐夫親個嘴兒。」可霎作怪，那官哥兒便嘻嘻望着他笑。敬濟不繇分說，把孩子就摟過來，一連親了幾個嘴。金蓮罵道：「怪短命，誰家親孩子，把人的鬌都抓亂了！」敬濟笑戲道：「你還說，早時我没錯親了哩！」金蓮聽了，恐怕妳子瞧科，便戲發訕，將手中拏的扇子倒過柄子來，向他身上打了一下，打的敬濟鯽魚般跳。罵道：「怪短命，誰和你那等調嘴調舌的！」敬濟道：「不是，你老人家摸量惜些情兒，人身上穿着恁單衣裳〔一〇〕，就打您一下〔一一〕！」金蓮道：「我平白惜甚情兒？今後惹着我，只是一味打。」如意兒見他頑的訕，連忙把官哥兒接過來抱着，金蓮與敬濟兩個還戲謔做一處。金蓮將那一枝桃花兒做了一個圈兒，悄悄套在敬濟帽子上。走出去，正值孟玉樓和大姐、桂姐三個從那邊來。大姐看見，便問：「是誰幹的營生？」敬濟取下來去了，一聲兒也没言語。堂客前戲文扮了四大折，但見：

窗外日光彈指過，席前花影座間移。

看看天色晚來，西門慶分付賁四，先把擡轎子的每人一碗酒、四個燒餅、一盤子熟肉，分散停當，然後纔把堂客轎子起身。官家騎馬在後，來興兒與厨役慢慢的擡食盒煞後。玳安、來安、畫童、棋童兒跟月娘衆人轎子，琴童并四名排軍跟西門慶馬。妳子如意兒獨自坐一頂

如此留心，誰人到得？吾謂月娘去螽斯之化不遠。閒閒下此數語，隱出緊急情驟，多少波瀾！

小轎，懷中抱着哥兒，用被裹得緊緊的進城。月娘還不放心，又使回畫童兒來，叫他跟定着妳子轎子，恐怕進城人亂。

且說月娘轎子進了城，就與喬家那邊衆堂客轎子分路。來家先下轎進去，半日西門慶、陳敬濟纔到家下馬。只見平安兒迎門就禀說：「今日掌刑夏老爹，親自下馬到廳，問了一遍去了。落後又差人問了兩遍。不知有甚勾當。」西門慶聽了，心中猶豫。到于廳上，只見書童兒在傍接衣服，西門慶因問：「今日你夏老爹來，留下甚麽話來？」書童道：「他也没説出來，只問爹往那去了。『使人請去，我有句要緊話兒說。』小的便道：『今日都往墳上燒紙去了，至晚纔來。』夏老爹說：『我到午上還來。』落後又差人來問了兩遭，小的說：『還未來哩！』」西門慶心下轉道：「却是甚麽？」

正疑惑之間，只見平安來報：「夏老爹來了。」那時已有黃昏時分，只見夏提刑便衣坡巾，兩個伴當跟隨。下馬到于廳上叙禮，說道：「長官今日往寶庄去來？」西門慶道：「今日先塋祭掃，不知長官下降，失迎，恕罪，恕罪！」夏提刑道：「有一事敢來報與長官知道。」因說：「咱們往那邊客位内坐去罷。」西門慶令書童開捲棚門，請往那里説話，左右都令下去。夏提刑道：「今朝縣中李大人到學生那裡，如此這般，說大巡新近有參本上東京，長官與學生俱在參例。學生令人抄了箇底本在此，與長官看。」西門慶聽了，大驚失色。急接過底報來燈下觀看〔一三〕，端的上面寫着甚言詞？

巡按山東監察御史曾孝序一本，參劾貪肆不職武官，乞賜罷黜，以正法紀事：臣聞巡蒐四方，省察風俗，乃天子巡狩之事也；彈壓官邪，振揚法紀，乃御史糾政之職也。昔《春秋》載天王巡狩，而萬邦懷保，民風協矣，王道彰矣，四民順矣，聖治明矣。臣自去年奉命巡按山東齊魯之邦，一年將滿，歷訪方面有司文武官員賢否，頗得其實。茲當差滿之期，敢不循例甄別，爲我皇上陳之！除參劾有司方面官員，另具疏上請。參照山東提刑所掌刑金吾衛正千户夏延齡，闒茸之材，貪鄙之行，久于物議，有玷班行。昔者典牧皇畿，大肆科擾，被屬官陰發其私。今省理山東刑獄，復著狼貪，爲同僚之箝制。縱子承恩冒籍武舉，倩人代考，而士風掃地矣。信家人夏壽監索班錢，被軍騰詈而政事不可知乎！接物則奴顏婢膝，時人有丫頭之稱；問事則依違兩可，羣下有木偶之誚。理刑副千户西門慶，本係市井棍徒，夤緣陞職，濫冒武功，菽麥不知，一丁不識。縱妻妾嬉遊街巷而帷薄爲之不清；携樂婦而酣飲市樓，官箴爲之有玷。至于包養韓氏之婦，恣其歡淫，而行簡不修；受苗青夜賂之金，曲爲掩飾，而贓迹顯著。此二臣者，皆貪鄙不職，久乖清議，一刻不可居任者也。伏望聖明垂聽，敕下該部，再加詳查。如果臣言不謬，將延齡等亟賜罷斥，則官常有賴而俾聖德永光矣。

西門慶看了一遍，諕的面面相覷，默默不言。夏提刑道：「長官，似此如何計較？」西門慶道：「常言：兵來將擋，水來土掩。事到其間，道在人爲。少不的你我打點禮物，早差人上東京央及老爺那里去。」要着。于是，夏提刑急急作辭，到家拏了二百兩銀子、兩把銀壺。西門慶這裡是金鑲玉寶石鬧粧一條、三百兩銀子。夏家差了家人夏壽，西門慶這里是來保，將禮物打包端正，西門慶寫了一封書與翟管家，兩箇早僱了頭口，星夜往東京幹事去了，不題。

且表官哥兒自從墳上來家，夜間只是驚哭，不肯吃妳。但吃下妳去就吐了。慌的李瓶兒走來告訴月娘，月娘道：「我那等說，還未到一周的孩子，且休帶他出城門去。濁漒貨他生死不依，只說：『今日墳上祭祖爲甚麽來？不教他娘兒兩箇走走！』只像那裡攙了分兒一般，睁着眼和我兩箇叫。如今却怎麽好？」李瓶兒正没法兒擺佈。況西門慶又因巡按參了，和夏提刑在前邊說話，往東京打點幹事，心上不遂，家中孩子又不好。月娘使小厮叫劉婆子來看，又請小兒科太醫，開門闔户，亂了一夜。劉婆子看了說：「哥兒着了些驚氣入肚，又路上撞見五道將軍。不打緊，買些紙兒退送退送就好了。」又留了兩服朱砂丸藥兒，用薄荷燈心湯送下去，那孩兒方纔寧貼睡了一覺，不驚哭吐妳了。只是身上熱還未退。李瓶兒連忙拿出一兩銀子，教劉婆子備紙去。後又帶了他老公，還和一箇師婆來，在捲棚内與哥兒燒紙跳神。那西門慶早五更打發來保、夏壽起身，就亂着和夏提刑往東平府胡知府那裡打聽提苗青消息去了。吳月娘聽見劉婆說孩兒路上着了驚氣，甚是抱怨如意兒，說他：「不用心看孩兒，想必路上轎子裡諕了他了。不然，怎的就不好起來？」如意兒道：「我在轎子裡，將被兒包得緊緊的，又没砧着他。娘叫畫童兒來跟着轎子，他還好好的，我按着他睡。只進城七八到家門首，

不聽好言，宜乎有此。

病根還在金蓮調戲，筆意隱然，却不說出。妙手！

因劉婆數語，妳子便得藉口，自是恒情。本尚未行而打點先到。的真神手！

我只覺他打了箇冷戰，到家就不吃妳，哭起來了。」

按下這裡家中燒紙，與孩子下神。且說來保、夏壽一路儹行，只六日就趕到東京城內。到太師府內見了翟管家，將兩家禮物交割明白。翟謙看了西門慶書信，說道：「曾御史參本還未到哩，你且住兩日。如今老爺新近條陳了七件事，旨意還未曾下來。待行下這箇本去，曾御史本到，等我對老爺說，交老爺閣中只批與他該部知道。我這里差人再拏帖兒分付兵部余尚書，把他的本只不覆上來。交你老爹只顧放心，管情一些事兒沒有。」于是把二人管待了酒飯，還歸到客店安歇，等聽消息。

一日蔡太師條陳本，聖旨准下來了。來保央府中門吏暗暗抄了箇邸報，帶回家與西門慶瞧，不在話下。一日等的翟管家寫了回書，與了五兩盤纏，與夏壽取路回山東清河縣。來到家中，西門慶正在家躭心不下，那夏提刑一日一遍來問信。聽見來保二人到了，叫至後邊問他端的。來保對西門慶悉把上項事情訴說一遍，道：「翟爹看了爹的書，便說：『此事不打緊，教你爹放心。見今巡按也滿了，另點新巡按下來了。況他的參本還未到，等他本上時，等我對老爺說了，隨他本上參的怎麼重，只批該部知道，老爺這裡再拏帖兒分付兵部余尚書，只把他的本立了案不覆上去，隨他有撥天關本事也無妨。』」西門慶聽了，方纔心中放下。因問：「他的本怎還不到？」來保道：「俺們一去時，晝夜馬上行去，只五日就趕到京中，可知在他頭裡。俺每回來，見路上一簇响鈴驛馬，背着黃包袱，插着兩根雉尾、兩面牙旗，怕不就是巡按衙門進送實封纔到了。」西門慶道：「得他的本上的遲，事情就停當了。我只怕去遲了。」來保道：「爹放心，管情没事。小的不但幹了這件事，又打聽得兩樁好事來〔一三〕，報爹知道。」西門慶問道：「端的何事？」來保道：「太師老爺新近條陳了七件事，旨意已是准行。如今老爺親家户部侍郎韓爺題准事例：在陝西等三邊開引種鹽，各府州郡縣設立義倉，官糴粮米。令民間上上之户赴倉上米，討倉鈔，派給鹽引支鹽。舊倉鈔七分，新倉鈔三分。咱舊時和喬親家爹，高陽關上納的那三萬粮倉鈔，派三萬鹽引，户部坐派。如今蔡狀元又點了兩淮巡鹽，不日離京，倒有好些利息。」西門慶聽言問道：「真箇有此事？」來保道：「爹不信，小的抄了箇底報在此。」向書篋中取出來與西門慶觀看。因見上面許多字樣，前邊叫了陳敬濟來念與他聽。陳敬濟念到中間，只要結住了，還有幾箇眼生字不認的。旋叫了書童兒來念。那書童倒還是門子出身，蕩蕩如流水不差，直念到底。端的上面奏着那七件事？

既饒巨萬，復悉錙銖，來保亦可兒也！

崇政殿大學士吏部尚書魯國公蔡京一本，爲陳愚見，竭愚衷，收人才，臻實効，足財用，便民情，以隆聖治事：

此疏條理井然，使實心行之，當亦有利。孰得以其人而忽其言乎！

第一曰罷科舉，取士悉繇學校陞貢。竊謂教化凌夷，風俗頹敗，皆繇取士不得真才，而教化無以仰賴。《書》曰：「天生斯民，作之君，作之師。」漢舉孝廉，唐興學校，我國家始制考貢之法，各執偏陋，以致此輩無真才，而民之司牧何以賴焉？今皇上寤寐求才，宵旰圖治。治在于養賢，養賢莫如學校。今後取士，悉遵古繇學校陞貢。其州縣發解禮闈，一切罷之。每歲考試上舍則差知貢舉，亦如禮闈之式。仍立八行取士之科。八行者，謂孝、友、睦、姻、任、恤、忠、和也。士有此者，即免試，率相補太學上舍。

二曰罷講議財利司〔一四〕。竊惟國初定制，都堂置講議財利司。蓋謂人君節浮費，惜民財也。今陛下即位以來，不寶遠物，不勞逸民，躬行節儉以自奉。蓋天下亦無不可返之俗，亦無不可節之財。惟當事者以俗化爲心，以禁令爲信，不忽其初，不弛其後，治隆俗美，豐亨豫大，又何講議之爲哉？悉罷。

三曰更鹽鈔法。竊惟鹽鈔，乃國家之課以供邊備者也。今合無遵復祖宗之制鹽法者。詔雲中、陝西、山西三邊，上納粮草，關領舊鹽鈔，易東南淮浙新鹽鈔。每鈔折派三分，舊鈔搭派七分。今商人照所派産鹽之地下場支鹽。亦如茶法，赴官秤驗〔一五〕，納息請批引，限日行鹽之處販賣。如遇過限，並行拘收；別買新引增販者，俱屬私鹽。如此則國課日增，而邊儲不乏矣。

四曰制錢法。竊謂錢貨〔一六〕，乃國家之血脈，貴乎流通而不可淹滯。如有阨阻淹滯不行者，則小民何以變通，而國課何以仰賴矣？自晉末鵝眼錢之後，至國初瑣屑不堪，甚至雜以鉛鐵夾錫。邊人販于虜，因而鑄兵器〔一七〕，爲害不小，合無一切通行禁之也。以陛下新鑄大錢崇寧、大觀通寶，一以當十，庶小民通行，物價不致于踴貴矣。

五曰行結糶俵糴之法。竊惟官糴之法，乃賑恤之義也。近年水旱相仍〔一八〕，民間就食，上始下賑恤之詔。近有户部侍郎韓侶題覆欽依：將境内所屬州縣各立社會，行結糶俵糴之法。保之于黨，黨之于里，里之于鄉，倡之結也。每鄉編爲三户，按上上、中中、下下。上户者納糧，中户者減半，下户者退派粮數關支〔一九〕，謂之俵糴。如此則斂散便民之法得以施行，而皇上可廣不費之仁矣。惟責守令嚴切舉行，其關係蓋匪細矣。

六曰詔天下州郡納免夫錢。竊惟我國初寇亂未定，悉令天下軍徭丁壯集于京師，以供運餽〔二〇〕，以壯國勢。今承平日久，民各安業，合頒詔行天下州郡，每歲上納免夫錢，每名折錢三十貫，解赴京師，以資邊餉之用。庶兩得其便，而民力少蘇矣。

七曰置提舉御前人船所。竊惟陛下自即位以來，無聲色犬馬之奉。所尚花石，皆山林間物，乃人之所棄者。但有司奉行之過因而致擾，有傷聖治〔二一〕。陛下節其浮濫，仍請作御前提舉人船所。凡有用悉出内帑，差官取之，庶無擾于州郡。伏乞聖裁。

奉聖旨：「卿言深切時艱，朕心嘉悦，足見忠猷，都依擬行。」該部知道。

數語微露，使吻人下，俱見憂民之忠。

西門慶聽了，又看了翟管家書信，已知禮物交得明白。蔡狀元見朝，又點了兩淮巡鹽，不日往此經過，心中不勝歡喜。一面打發夏壽回家：「報與你老爹知道。」一面賞了來保五兩銀子、兩瓶酒、一方肉，回房歇息，不在話下。正是：樹大招風風損樹，人爲名高名喪身。有詩爲証：

得失榮枯命裡該，皆因年月日時栽。
胸中有志終須至，囊内無財莫論才。

校記

[一]「詞曰」，內閣本、首圖本題作「桂枝香」。
[二]「心驚」，吳藏本作「驚心」。
[三]「右調桂枝香」，內閣本、首圖本無。
[四]「田土」，原作「田士」，據內閣、吳藏等本改。
[五]「望後一」，內閣本、首圖本作「望後一日具」。
[六]「查刷」，內閣本、首圖本作「查尉」。
[七]「桌椅」，吳藏本作「桌兒」。
[八]「抿鏡」，吳藏本作「刷鏡」。
[九]「頑要」，原作「頑要」，據內閣、吳藏等本改。
[一〇]「恁單」，原作「您單」，據內閣本、首圖本改。
[一一]「打您一下」，吳藏本作「打恁一下」。按張評本、詞話本作「打恁一下」。
[一二]「底報」，崇禎諸本同。按詞話本作「邸報」。
[一三]「兩椿」，原作「兩椿」，據內閣、吳藏等本改。
[一四]「財利」，內閣本、首圖本作「財則」。
[一五]「官秤」，吳藏本作「官科」。
[一六]「竊謂」，「竊」字底本缺，據內閣、天圖、吳藏等本補。
[一七]「因而」，吳藏本作「因爲」。

〔一八〕「水旱相仍」，原作「水旱相似」，據內閣、首圖、天圖等本改。

〔一九〕「退派」，內閣本、首圖本、天圖本、吳藏本作「遞派」。

〔二〇〕「運餽」，「運」字原本缺空，據內閣、天圖本、吳藏等本補。

〔二一〕「聖治」，原作「聖冶」，據內閣、天圖、吳藏等本改。

金瓶梅

第四十九回 請巡按屈體求榮

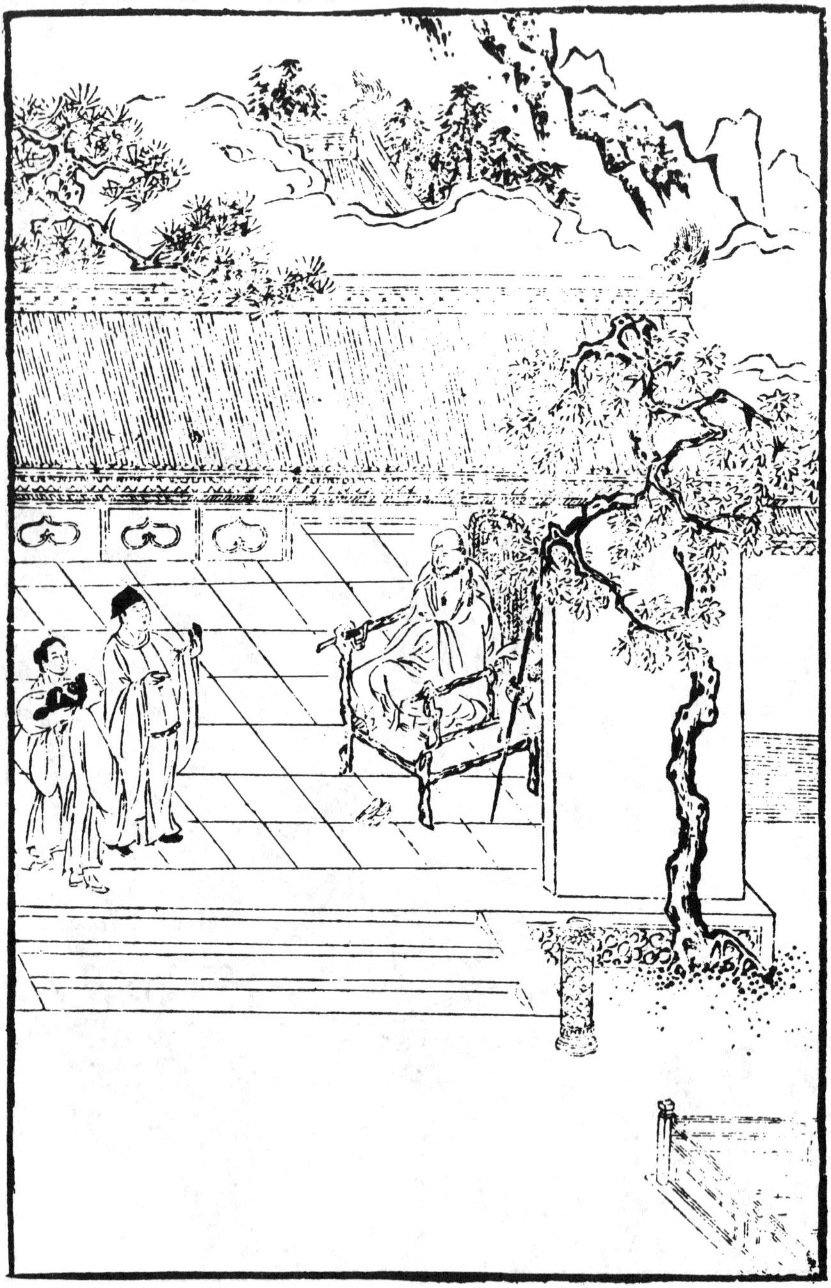

遇胡僧現身施藥

第四十九回　請巡按屈體求榮　遇胡僧現身施藥

詩曰〔一〕：

雅集無兼客，高情洽二難。
一尊傾智海，八斗擅吟壇。
話到如生旭，霜來恐不寒。
爲行王舍乞，玄屑帶雲餐。

話說夏壽到家回覆了話，夏提刑隨即就來拜謝西門慶，說道：「長官活命之恩，不是托賴長官餘光這等大力量，如何了得！」西門慶笑道：「長官放心。料着你我沒曾過爲，隨他說去，老爺那里自有箇明見。」一面在廳上放桌兒留飯，談笑至晚，方纔作辭回家。到次日，依舊入衙門裡理事，不在話下。

却表巡按曾公見本上去不行，就知道二官打點了，心中忿怒。因蔡太師所陳七事，內多舛訛，皆損下益上之事，卽赴京見朝覆命，上了一道表章。極言：「天下之財貴于通流，取民膏以聚京師，恐非太平之治。民間結糶俵糴之法不可行，當十大錢不可用，鹽鈔法不可屢更。臣聞民力殫矣〔二〕，誰與守邦？」蔡京大怒，奏上徽宗天子，說他大肆倡言，阻撓國事。將曾公付吏部考察，黜爲陝西慶州知州。陝西巡按御史宋盤，就是學士蔡攸之婦兄也。太師陰令盤就劾其私事，逮其家人，煆煉成獄，將孝序除名，竄于嶺表，以報其仇。此係後事，表過不題。

再説西門慶在家，一面使韓道國與喬大户外甥崔本，拏倉鈔早往高陽關户部韓爺那里趕着掛號。留下來保家中定下果品，預備大桌面酒席，打聽蔡御史船到。一日，來保打聽得他與巡按宋御史船一同京中起身，都行至東昌府地方，使人來家通報。這裡西門慶就會夏提刑起身。來保從東昌府船上就先見了蔡御史，送了下程。然後，西門慶與夏提刑出郊五十里迎接到新河口〔三〕——地名百家村，先到蔡御史船上拜見了，備言邀請宋公之事。蔡御史道：「我知道，一定同他到府。」那時，東平胡知府，及合屬州縣方面有司軍衛官員、吏典生員、僧道陰陽，都具連名手本，伺候迎接。帥府周守備、荊都監、張團練，都領人馬披執跟隨，清蹕傳道，雞犬皆隱跡。鼓吹迎接宋巡按進東平府察院，各處官員都見畢，呈遞了文書，安歇一夜。

到次日，只見門吏來報：「巡鹽蔡爺來拜。」宋御史連忙出迎。敍畢禮數，分賓主坐下。獻茶已畢，宋御史便問：「年兄幾時方行？」蔡御史道：「學生還待一二日。」因告説：「清河縣有一相識西門千兵，乃本處巨族，爲人清慎，富而好禮，亦是蔡老先生門下，與學生有一面之交。蒙他遠接，學生正要到他府上拜他拜。」宋御史問道：「是那箇西門千兵？」蔡御史道：「他如今見是本處提刑千户，昨日已參見過年兄了。」宋御史令左右取手本來看，見西門慶與夏提刑名字，說道：「此莫非與翟雲峯有親者？」蔡御史道：「就是他。如今見在外面伺候，要央學生奉陪年兄到他家一飯，未審年兄尊意若何？」宋御史道：「學生初到此處，只怕不好去得。」蔡御史道：「年兄怕怎的？既是雲峯分上，可笑。你我走走何害？」于是分付看轎，就一同起行，一面傳將出來。

西門慶知了此消息，與來保、賁四騎快馬先奔來家，預備酒席。門首搭照山綵棚，兩院樂人奏樂，叫海鹽戲并雜耍承應。原來宋御史將各項伺候人馬都令散了，只用幾箇藍旗清道官吏跟隨〔四〕，與蔡御史坐兩頂大轎，打着雙簷傘，同往西門慶家來。當時哄動了東平府，大鬧了清河縣，都說：「巡按老爺也認的西門大官人，來他家吃酒來了。」慌的周守備、荊都監、張團練，各領本哨人馬把住左右街口伺候。西門慶青衣冠帶，遠遠迎接。兩邊鼓樂吹打，到大門首下了轎進去。宋御史與蔡御史都穿着大紅獬豸繡服，烏紗皂履，鶴頂紅帶，從人執着兩把大扇。只見五間廳上湘簾高捲，錦屏羅列。正面擺兩張吃看桌席，高頂方糖，定勝簇盤，十分齊整。二官揖讓進廳，與西門慶敍禮。蔡御史令家人具贄見之禮：兩端湖紬、一部文集、四袋芽茶、一方端溪硯。宋御史只投了箇宛紅單拜帖，上書「侍生宋喬年拜」。向西門慶道：「久聞芳譽。學生初臨此地，尚未盡情，不當取擾。若不是蔡年兄邀來進拜，何以幸接尊顏？」慌的西門慶倒身下拜，說道：「僕乃一介武官，屬于按臨之下。今日幸蒙清顧，蓬蓽生光。」于是鞠恭展拜，禮容甚謙。宋御史亦答禮相還，敘了禮數。當下蔡御史讓宋御史居左，他自在右，西門慶垂首相陪。茶湯獻罷，堦下簫韶盈耳〔五〕，鼓樂喧闐，動起樂來。西門慶遞酒安席已畢，下邊呈獻割道。說不盡餚列珍羞，湯陳桃浪，端的歌舞聲容，食前方丈。兩位轎上跟從人，每位五十瓶酒、五百點心、一百斤熟肉，都領下去。家人、吏書、門子人等，另在廂房中管待，不必細說。當日西門慶這席酒，也費勾千兩金銀。

那宋御史又係江西南昌人，爲人浮躁，只坐了没多大回，聽了一摺戲文，就起來。慌的西門慶再三固留。蔡御史在傍便說：「年兄無事，再消坐一時，何遽回之太速耶？」宋御史道：「年兄還坐坐，學生還欲到察院中處分些公事。」西門慶早令手下，把兩張桌席連金銀器，已都裝在食盒內，共有二十擡，叫下人夫伺候。宋御史的一張大桌席、兩罈酒、兩牽羊、兩對金絲花、兩疋段紅、一副金臺盤、兩把銀執壺、十個銀酒盃、兩箇銀折盂、一雙牙筯。蔡御史的也是一般的。都遞上揭帖。宋御史再三辭道：「這箇，我學生怎麽敢領？」因看着蔡御史。蔡御史道：「年兄貴治所臨，自然之道，我學生豈敢當之！」西門慶道：「些須微儀，不過侑觴而已，何爲見外？」比及二官推讓之次，而桌席已擡送出門矣。宋御史不得已，方令左右收了揭帖，向西門慶致謝說道〔六〕：「今日初來識荆，既擾盛席，又承厚貺，何以克當？餘容圖報不忘也。」因向蔡御史道：「年兄還坐坐，學生告別。」于是作辭起身。西門慶還要遠送，宋御史不肯，急令請回，舉手上轎而去。

西門慶回來，陪侍蔡御史，解去冠帶，請去捲棚內後坐。因分付把樂人都打發散去，只留下戲子。西門慶令左右重新安放桌席，擺設珍羞菓品上來，二人飲酒。蔡御史道：「今日陪我這宋年兄坐便僭了，又叨盛筵并許多酒器，何以克當？」西門慶笑道：「微物惶恐，表意而已！」因問道：「宋公祖尊號？」蔡御史道：「號松原。松樹之松，原泉之原。」又說起：「頭裡他再三不來，被學生因稱道四泉盛德，與老先生那邊相熟，他纔來了。他也知府上與雲峯有親。」西門慶道：「想必翟親家有一言于彼。我觀宋公爲人有些蹊蹺。」蔡御史道：「他雖故是江西人，倒也没甚蹊蹺處。只是今日初會，怎不做些模樣！」說畢笑了。西門慶便道：「今日晚了，老先生不回船上去罷了。」蔡御史道：「我明早就要開船長行。」西門慶道：「請不棄在舍留宿一宵，明日學生長亭送餞。」蔡御史道：「過蒙愛厚。」因分付手下人：「都回門外去罷，明早來接。」衆人都應諾去了，只留下兩箇家人伺候。

西門慶見手下人都去了，走下席來，叫玳安兒附耳低言，如此這般：「卽去院裡坐名叫了董嬌兒、韓金釧兒兩箇，打後門裏用轎子擡了來，休交一人知道。」那玳安一面應諾去了。西門慶復上席陪蔡御史吃酒。海鹽子弟在傍歌唱。西門慶因問：「老先生到家多少時就來了？令堂老夫人起居康健麽？」蔡御史道：「老母倒也安。學生在家，不覺荏苒半載，回來見朝，不想被曹禾論劾，將學生敝同年一十四人之在史舘者，一時皆黜授外職。學生便選在西臺，新點兩淮巡鹽。宋年兄便在貴處巡按，也是蔡老先生門下。」西門慶問道：「如今安老先生在那里？」蔡御史道：「安鳳山他已陞了工部主事，往荊州催儹皇木去了。也待好來也。」說畢，西門

做官的，此等處要自反。

慶教海鹽子弟上來遞酒，蔡御史分付：「你唱箇《漁家傲》我聽。」子弟排手在傍正唱着，只見玳安走來請西門慶下邊説話。玳安道：「叫了董嬌兒、韓金釧兒打後門來了，在娘房裡坐着哩。」西門慶道：「你分付把轎子擡過一邊纔好。」玳安道：「擡過一邊了。」

這西門慶走至上房，兩箇唱的向前磕頭。西門慶道：「今日請你兩箇來，晚夕在山子下扶侍你蔡老爹。他如今見做巡按御史，你不可怠慢，用心扶侍他，我另酬答你。」韓金釧兒笑道：「爹不消分付，俺每知道。」西門慶因戲道：「他南人的营生，好的是南風，你每休要扭手扭脚的。」董嬌兒道：「娘在這里聽着，爹你老人家羊角葱靠南墻——越發老辣了。王府門首磕了頭，俺們不吃這井裡水了？」

西門慶笑的往前邊來。走到儀門首，只見來保和陳敬濟拏着揭帖走來，與西門慶看，説道：「剛纔喬親家爹説，趁着蔡老爹這回閑，爹倒把這件事對蔡老爹説了罷，只怕明日起身忙了。教姐夫寫了俺兩個名字在此。」西門慶道：「你跟了來。」來保跟到捲棚槅子外邊站着。西門慶飲酒中間因題起：「有一事在此，不敢干瀆。」蔡御史道：「四泉，有甚事只顧分付，學生無不領命。」西門慶道：「去歲因舍親在邊上納過些粮草，坐派了些鹽引，正派在貴治揚州支鹽。望乞到那里青目青目，早些支放就是愛厚。」因把揭帖遞上去，蔡御史看了。上面寫着：「商人來保、崔本，舊派淮鹽三萬引，乞到日早掣。」蔡御史看了笑道：「這箇甚麽打緊。」一面把來保叫至跟前跪下，分付：「與你蔡爺磕頭。」蔡御史道：「我到揚州，你等徑來察院見我。我比別的商入早掣一箇月。」西門慶道：「老先生下顧，早放十日就勾了。」蔡御史把原帖就袖在袖內。一面書童傍邊斟上酒，子弟又唱。

唱畢，已有掌燈時分，蔡御史便說：「深擾一日，酒告止了罷。」因起身出席，左右便欲掌燈。西門慶道：「且休掌燭，請老先生後邊更衣。」于是從花園裡遊翫了一回，讓至翡翠軒，那里又早湘簾低簇，銀燭熒煌，設下酒席。海鹽戲子，西門慶已命打發去了。書童把捲棚內家活收了，關上角門，只見兩箇唱的盛粧打扮，立於堦下，向前插燭也似磕了四箇頭。但見：

綽約容顏金縷衣，香塵不動下堦墀。
時來水濺羅裙濕，好似巫山行雨歸。

蔡御史看見，欲進不能，欲退不捨。便說道：「四泉，你如何這等愛厚？恐使不得。」西門慶笑道：「與昔日東山之遊，又何異乎？」蔡御史道：「恐我不如安石之才，而君有王右軍之高致矣。」于是月下與二妓携手，恍若劉阮之入天台。因進入軒內，見文物依然，因索紙筆就欲留題相贈。西門慶卽令書童連忙將端溪硯研的墨濃濃的，拂下錦箋。這蔡御史終是狀元之才，拈筆在手，文不加點，字走龍蛇，燈下一揮而就，作詩一首。詩曰：

不到君家半載餘，軒中文物尚依稀。
雨過書童開藥圃，風回仙子步花臺。

飲將醉處鐘何急，詩到成時漏更催。
此去又添新悵望，不知何日是重來。

寫畢，教書童粘于壁上，以爲後日之遺焉。因問二妓：「你們叫甚名字？」一箇道：「小的姓董，名喚嬌兒。他叫韓金釧兒。」蔡御史又道：「你二人有號没有？」董嬌兒道：「小的無名娼妓，那討號來？」蔡御史道：「你等休要太謙。」問至再三，韓金釧方説：「小的號玉卿。」董嬌兒道：「小的賤號薇仙。」蔡御史一聞「薇仙」二字，心中甚喜，遂留意在懷。令書童取棋桌來，擺下棋子，蔡御史與董嬌兒兩箇着棋。西門慶陪侍，韓金釧兒把金樽在旁邊遞酒，書童歌唱。蔡御史贏了一盤棋，董嬌兒吃過，又回奉蔡御史一杯。韓金釧這里也遞與西門慶一杯陪飲。飲了酒，兩人又下。董嬌兒贏了，連忙遞酒一盃與蔡御史，西門慶在傍又陪飲一盃。飲畢，蔡御史道：「四泉，夜深了，不勝酒力。」于是走出外邊來，站立在花下。

此字原佳。

那時正是四月半頭，月色纔上，西門慶道：「老先生，天色還早哩。還有韓金釧，不曾賞他一盃酒。」蔡御史道：「正是。你喚他來，我就此花下立飲一盃。」于是韓金釧將大金桃盃[七]，滿斟一盃，用纖手捧遞上去。董嬌兒在傍捧菓，蔡御史吃過，又斟了一盃，賞與韓金釧兒。因告辭道：「四泉，今日酒太多了，令盛价收過去罷。」于是與西門慶握手相語，説道：「賢公盛情盛德，此心懸懸。非斯文骨肉，何以至此？向日所貸，學生耿耿在心，在京已與雲峯表過。倘我後日有一步寸進，斷不敢有辜盛德。」西門慶道：「老先生何出此言？到不消介意。」

韓金釧見他一手拉着董嬌兒，知局，就往後邊去了。到了上房裡，月娘問道：「你怎的不陪他睡，來了？」韓金釧笑道：「他留下董嬌兒了，我不來，只管在那里做甚麽？」良久，西門慶亦告了安置進來，叫了來興兒分付：「明日早五更，打發食盒酒米點心下飯，叫了厨役，跟了往門外永福寺去，與你蔡老爹送行。叫兩個小優兒答應。休要悞了。」來興兒道：「家裡二娘上壽，没有人看。」西門慶道：「留下棋童兒買東西，叫厨子後邊大竈上做罷。」

不一時，書童、玳安收下家活來，又討了一壺好茶，往花園裡去與蔡老爹漱口。翡翠軒書房床上，鋪陳衾枕俱各完備。蔡御史見董嬌兒手中拏着一把湘妃竹泥金面扇兒，上面水墨畫着一種湘蘭平溪流水。董嬌兒道：「敢煩老爹賞我一首詩在上面。」蔡御史道：「無可爲題，就指着你這薇仙號。」于是燈下拈起筆來，寫了四句在上：

小院閑庭寂不譁，一池月上浸窗紗。

邂逅相逢天未晚，紫薇郎對紫薇花。

寫畢，那董嬌兒連忙拜謝了。兩個收拾上床就寢。書童、玳安與他家人在明間裡睡。一宿晚景不題。

次日早辰，蔡御史與了董嬌兒一兩銀子，用紅紙大包封着，到于後邊，拏與西門慶瞧。西門慶笑説道：「文職的嘗生，他那里有大錢與你！這個就是上上籤了。」因交月娘每人又與了他五錢銀子，從後門打發去了。書童舀洗面水，打發他梳洗穿衣。西門慶出來，在廳上陪他吃了粥。手下又早伺候轎馬來接，與西門慶作辭，謝了又謝。西門慶又道：「學生日昨所言之事，老先生到彼處，學生這里書去，千萬留神一二，足仞不淺〔八〕。」蔡御史道：「休説賢公華扎下臨，只盛价有片紙到，學生無不奉行。」説畢，二人同上馬，左右跟隨。出城外，到于永福寺，借長老方丈擺酒餞行。來興兒與厨役早已安排桌席停當。李銘、吳惠兩個小優彈唱。

數盃之後，坐不移時，蔡御史起身，夫馬、坐轎在于三門外伺候。臨行，西門慶説起苗青之事：「乃學生相知，因誤在舊大巡曾公案下，行牌往揚州案候捉他。此事情已問結了。倘見宋公，望乞借重一言，彼此感激。」蔡御史道：「這個不妨，我見宋年兄説。設使就提來，放了他去就是了。」西門慶又作揖謝了。看官聽説：後來宋御史往濟南去，河道中又與蔡御史會在那船上。公人揚州提了苗青來，蔡御史説道：「此係曾公手裡案外的，你管他怎的？」遂放回去了。倒下詳去東平府，還只把兩個船家，决不待時，安童便放了。正是：

公道人情兩是非，人情公道最難爲。
若依公道人情失，順了人情公道虧。

當日西門慶要送至船上，蔡御史不肯，説道：「賢公不消遠送，只此告別。」西門慶道：「萬惟保重，容差小价問安。」説畢，蔡御史上轎而去。

西門慶回到方丈坐下，長老走來合掌問訊遞茶，西門慶答禮相還。見他雪眉交白，便問：「長老多大年紀？」長老道：「小僧七十有四。」西門慶道：「到還這等康健。」因問法號，長老

細看此僧，却像何物。

和尚舉止，與陽物原差不遠。

道：「小僧法名道堅。」又問：「有幾位徒弟？」長老道：「止有兩個小徒。本寺也有三十餘僧行。」西門慶道：「這寺院也寬大，只是欠修整。」長老道：「不瞞老爹説，這座寺原是周秀老爹蓋造，長住裏没錢糧修理，丢得壞了。」西門慶道：「原來就是你守備府周爺的香火院。我見他家庄子不遠。不打緊處，你禀了你周爺，寫個緣簿，别處也再化些，我也資助你些布施。」道堅連忙又合掌問訊謝了。西門慶分付玳安兒：「取一兩銀子謝長老。今日打攪。」道堅道：「小僧不知老爹來，不曾預備齋供。」西門慶道：「我要往後邊更更衣去。」道堅連忙叫小沙彌開門。西門慶更了衣，因見方丈後面五間大佛堂，有許多雲遊和尚在那里敲着木魚看經。西門慶不因不繇，信步走入裡面觀看。見一個和尚形骨古怪，相貌搊搜，生的豹頭凹眼，色若紫肝。戴了雞蠟箍兒，穿一領肉紅直裰。頦下髭鬚亂拃，頭上有一溜光簷，就是個形容古怪真羅漢，未除火性獨眼龍。在禪床上旋定過去了，垂着頭，把脖子縮到腔子裡，鼻孔中流下玉筯來。西門慶口中不言，心内暗道：「此僧必然是個有手段的高僧。不然，如何有此異相？等我叫醒他，問他個端的。」于是高聲叫：「那位僧人，你是那里人氏，何處高僧？」叫了頭一聲不答應；第二聲也不言語；第三聲，只見這個僧人在禪床上把身子打了個挺，伸了伸腰，睜開一隻眼，跳將起來，向西門慶點了點頭兒，麄聲應道：「你問我怎的？貧僧行不更名，坐不改姓，乃西域天竺國密松林齊腰峯寒庭寺下來的胡僧〔九〕，雲遊至此，施藥濟人。官人，你叫我有甚話説？」西門慶道：「你既是施藥濟人，我問你求些滋補的藥兒，你有也没有？」胡僧道：「我有，我有。」又道：

「我如今請你到家，你去不去？」胡僧道：「我去，我去。」西門慶道：「你説去，卽此就行。」那胡僧直豎起身來，向床頭取過他的鉄柱杖來柱着，背上他的皮褡褳——褡褳内盛了兩個藥葫蘆兒，下的禪堂，就往外走。西門慶分付玳安：「叫了兩個驢子，同師父先往家去等着，我就來。」胡僧道：「官人不消如此，你騎馬只顧先行。貧僧也不騎頭口，管情比你先到。」西門慶道：「已定是個有手段的高僧。不然如何開這等朗言。」恐怕他走了，分付玳安：「好歹跟着他同行。」于是作辭長老上馬，僕從跟隨，逕直進城來家。

那日四月十七日，不想是王六兒生日，家中又是李嬌兒上壽，有堂客吃酒。後晌時分，只見王六兒家没人使，使了他兄弟王經來請西門慶。分付他宅門首只尋玳安兒説話，不見玳安在門首，只顧立。立了約一個時辰，正值月娘與李嬌兒送院里李媽媽出來上轎，看見一個十五六歲扎包髻兒小廝，問是那里的。那小廝三不知走到跟前，與月娘磕了個頭，説道：「我是韓家，尋安哥説話。」月娘問：「那安哥？」平安在傍邊，恐怕他知道是王六兒那里來的，恐怕他説岔了話，向前把他拉過一邊，對月娘説：「他是韓夥計家使了來尋玳安兒，問韓夥計幾時來。」以此哄過。月娘不言語，回後邊去了。

不一時玳安與胡僧先到門首，走的兩腿皆酸，渾身是汗，抱怨的要不的。那胡僧體貌從容，氣也不喘。平安把王六兒那邊使了王經來請爹，尋他説話一節，對玳安兒説了一遍，道：「不想大娘看見，早是我在傍邊替他摭拾過了。不然就要露出馬覺來了。等住回娘若問，你也是這般說。」那玳安走的睁睁的，只顧搧扇子：「今日造化低也怎的？平白爹交我領了這賊禿囚來。好近路兒！從門外寺裡直走到家，路上通没歇脚兒，走的我上氣兒接不着下氣兒。爹交顧驢子與他騎，他又不騎。他便走着没事，難爲我這兩條腿了！把鞋底子也磨透了，脚也踏破了。攮氣的營生！」平安道：「爹請他來家做甚麽？」玳安道：「誰知道！他說問他討甚麽藥哩。」正說着，只聞喝道之聲，西門慶到家。看見胡僧在門首，說道：「吾師真乃人中神也。果然先到。」一面讓至裏面大廳上坐。西門慶叫書童接了衣裳，換了小帽，陪他坐的。吃了茶，那胡僧睁眼觀見廳堂高遠，院宇深沉。門上掛的是龜背紋蝦鬚織抹緑珠簾，地下鋪獅子滚綉毬絨毛線毯，正當中放一張蜻蜓腿、螳螂肚、肥皂色起楞的桌子，桌子上安着縧環樣須彌座大理石屏風。周圍擺的都是泥鰍頭楠木靶腫觔的交椅，兩壁掛的畫都是紫竹桿兒綾邊、瑪瑙軸頭。正是：

鼉皮畫鼓振庭堂，烏木春檯盛酒器。

讀此書者，于器用食物皆病其贅。誠潛心細讀數遍，方知其非贅也。

胡僧看畢，西門慶問道：「吾師用酒不用？」胡僧道：「貧僧酒肉齊行。」西門慶一面分付小廝：「後邊不消看素饌，拿酒飯來。」那時正是李嬌兒生日，厨下餚饌下飯都有。安放桌兒，只顧拿上來。先綽邊兒放了四碟果子、四碟小菜，又是四碟案酒：一碟頭魚、一碟糟鴨、一碟烏皮雞、一碟舞鱸公。又拿上四樣下飯來：一碟羊角葱炒的核桃肉、一碟細切的鮨餗樣子肉、一碟肥肥的羊貫腸、一碟光溜溜的滑鰍。次又拿了一道湯飯出來：一箇碗内兩箇肉圓子，夾着一條花腸滾子肉，名喚一龍戲二珠湯；一大盤裂破頭高裝肉包子。西門慶讓胡僧吃了，教琴童拏過團靶鉤頭雞脖壺來，打開腰州精製的紅泥頭，一股一股邈出滋陰摔白酒來〔一〇〕，傾在那倒垂蓮蓬高脚鍾內，遞與胡僧。那胡僧接放口內，一吸而飲之。隨卽又是兩樣添換上來：一碟寸扎的騎馬腸兒、一碟子醃臘鵝脖子。又是兩樣艷物與胡僧下酒：一碟子癩葡萄、一碟流心紅李子。落後又是一大碗鱔魚麵與菜卷兒，一齊拏上來與胡僧打散。登時把胡僧吃的楞子眼兒，便道：「貧僧酒醉飯飽，足以勾了。」

西門慶叫左右拏過酒桌去，因問他求房術的藥兒。胡僧道：「我有一枝藥，乃老君煉就，王母傳方。非人不度，非人不傳，專度有緣。既是官人厚待于我，我與你幾丸罷。」于是向褡褳內取出葫蘆來，傾出百十丸，分付：「每次只一粒，不可多了，用燒酒送下。」又將那一個葫兒揑了〔一一〕，取二錢一塊粉紅膏兒，分付：「每次只許用二厘，不可多用。若是脹的慌，用手揑着，兩邊腿上只顧摔打，百十下方得通。你可撙節用之，不可輕泄于人。」西門慶雙手接了，說道：「我且問你：這藥有何功效？」胡僧說：

形如雞卵，色似鵝黃。三次老君炮煉，王母親手傳方。外視輕如糞土，內覷貴乎玕琅。比金金豈換，比玉玉何償！任你腰金衣紫，任你大廈高堂，任你輕裘肥馬，任你才俊棟梁，此藥用托掌內，飄然身入洞房。洞中春不老，物外景長芳；玉山無頹敗，丹田夜有光。一戰精神爽，再戰氣血剛。不拘嬌艷寵，十二美紅粧，交接從吾好，徹夜硬如鎗。服久寬脾胃，滋腎又扶陽。百日鬚髮黑，千朝體自强〔一二〕。固齒能明目，陽生姤始藏。恐君如不信，拌飯與猫嚐：三日淫無度，四日熱難當；白猫變爲黑，尿糞俱停亡；夏月當風卧，冬天水裏藏。若還不解泄，毛脱盡精光。每服一厘半，陽興愈健强，一夜歇十女，其精永不傷。老婦顰眉蹙，淫娼不可當。有時心倦怠，收兵罷戰場。冷水吞一口，陽回精不傷。快美終宵樂，春色滿蘭房。贈與知音客，永作保身方。

西門慶聽了，要問他求方兒，説道：「請醫須請良，傳藥須傳方。吾師不傳于我方兒，倘或我久後用没了，那里尋師父去？隨師父要多少東西，我與師父。」因令玳安：「後邊快取二十兩白金來〔一三〕。」遞與胡僧，要問他求這一枝藥方。那胡僧笑道：「貧僧乃出家之人，雲遊四方，要這資財何用？官人趁早收拾回去。」一面就要起身。西門慶見他不肯傳方，便道：「師父，你不受資財，我有一疋五丈長大布，與師父做件衣服罷。」卽令左右取來，雙手遞與胡僧。胡僧方才打問訊謝了。臨出門又分付：「不可多用，戒之！戒之！」言畢，背上褡褳，拴定拐杖，出門揚長而去。正是：

果然用不着。高僧，高僧！

柱杖挑擎雙日月，芒鞋踏遍九軍州。

校記

〔一〕「詩曰」，内閣本、首圖本無。

〔二〕「民力殫」，原作「民力嬋」，據内閣、首圖、天圖等本改。

〔三〕「新河口」，原作「新河只」，據内閣、首圖、天圖等本改。

〔四〕「藍旗」，原作「監旗」，據内閣、天圖、吳藏等本改。

〔五〕「堦下」，原作「揩下」，據内閣、天圖、吳藏等本改。

〔六〕「致謝」，原作「政謝」，據内閣、首圖等本改。

〔七〕「將」，内閣本、首圖本、天圖本、吳藏本作「拏」。按張評本、詞話本作「拏」。

〔八〕「足仞不淺」，首圖本作「足伯不淺」，天圖本、吳藏本作「足仍不淺」。按張評本作「足仞不淺」，詞話本作「足仞不淺」。

〔九〕「胡僧」，崇禎諸本同。按張評本作「梵僧」。崇禎本中的「胡僧」，張評本均作「梵僧」。

〔一〇〕「摔白」，内閣本、首圖本作「捽白」。

〔一一〕「將那一個葫兒揑了」，崇禎諸本同。按張評本作「將那一個葫蘆兒揭了」。

〔一二〕「千朝」，原作「干朝」，據内閣、吳藏等本改。

〔一三〕「二十兩」，原作「二二十兩」，據内閣本、吳藏本改。按詞話本作「二十兩」。

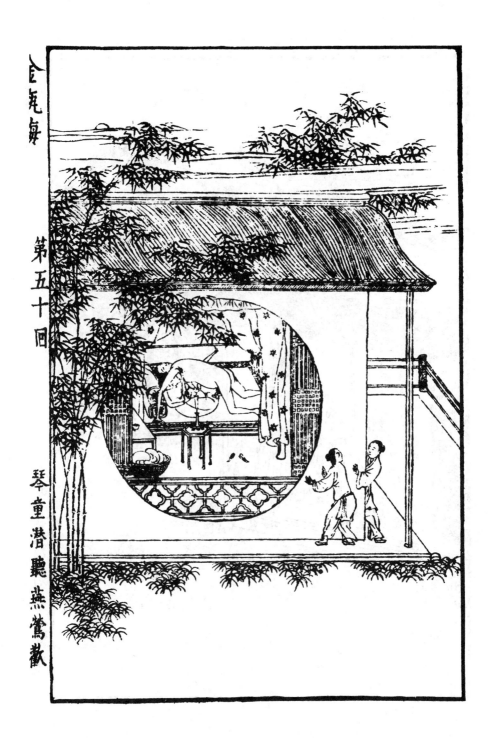

金瓶梅

第五十回

琴童潛聽燕鶯歡

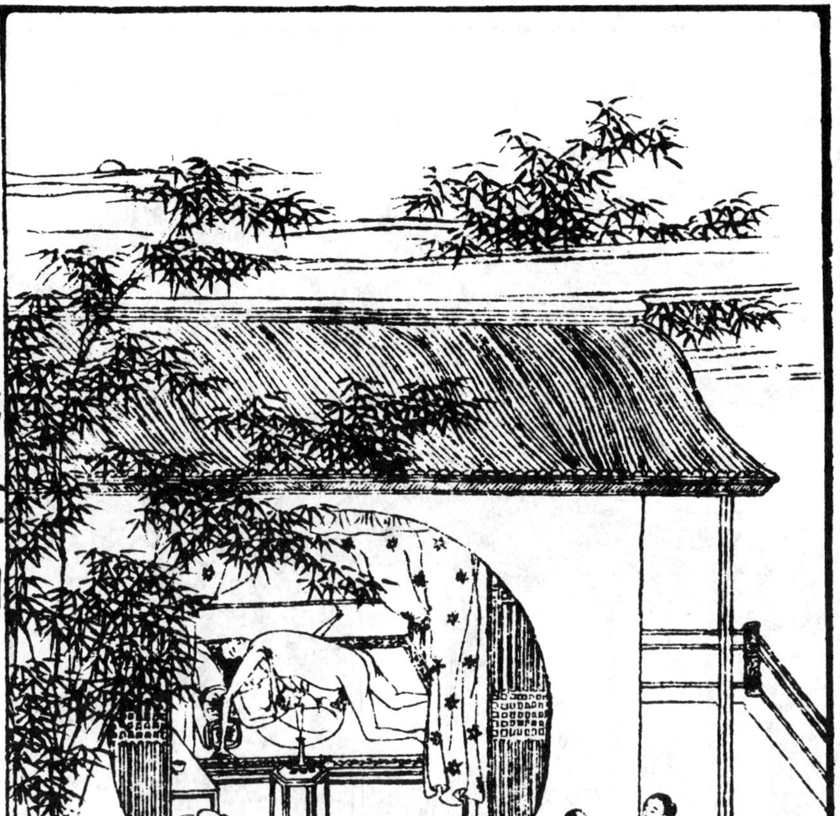

玳安嬉遊蝴蝶巷

第五十回　琴童潛聽燕鶯歡　玳安嬉遊蝴蝶巷

詞曰〔一〕：

欲掩香幃論繾綣〔二〕，先斂雙蛾愁夜短。催促少年郎，先去睡、鴛衾圖暖。須臾整頓蝶蜂情，脱羅裳、恣情無限。留着帳前燈，時時看伊嬌面。

——右調《菊花新》〔三〕

話説那日李嬌兒上壽，觀音菴王姑子請了蓮花菴薛姑子來，又帶了他兩個徒弟妙鳳、妙趣。月娘知道他是個有道行的姑子，連忙出來迎接。見他戴着清淨僧帽，披着茶褐袈裟，剃的青旋旋頭兒，生的魁肥胖大，沼口豚腮。進來與月娘衆人合掌問訊，慌的月娘衆人連忙行禮。見他鋪眉苫眼〔四〕，拏班做勢，口裏咬文嚼字，一口一聲只稱呼他「薛爺」。他便叫月娘是「在家菩薩」，或稱「官人娘子」。月娘甚是敬重他。那日大妗子、楊姑娘都在這里，月娘擺茶與他吃，菜蔬點心擺了一大桌子，比尋常分外不同。兩個小姑子妙趣、妙鳳纔十四五歲，生的甚是清俊，就在他傍邊桌頭吃東西。吃了茶，都在上房内坐的，聽着他講道説話。只見書童兒前邊收下家活來〔五〕，月娘便問道：「前邊那吃酒肉的和尚去了？」書童道：「剛纔起身，爹送出他去了。」吴大妗子因問：「是那里請來的僧人？」月娘道：「是他爹今日與蔡御史送行，門外寺裏帶來的一個和尚，酒肉都吃的。他求甚麽藥方，與他銀子也不要，錢也不受，誰知他幹的甚麽營生！」那薛姑子聽見，便說道：「茹葷、飲酒這兩件事也難斷。倒是俺這比丘尼還有些戒行，他漢僧們那里管！《大藏經》上不說的，如你吃他一口，到轉世過來須還他一口。」吴大妗聽了，道：「像俺們終日吃肉，却不知轉世有多少罪業！」薛姑子道：「似老菩薩，都是前生修來的福，享榮華，受富貴。譬如五穀，你春天不種下，到那有秋之時，怎望收成？」這里說話不題。

且說西門慶送了胡僧進來，只見玳安悄悄說道：「頭裏韓大嬸使了他兄弟來請爹，說今日是他生日，請爹好歹過去坐坐。」西門慶得了胡僧藥，心裏正要去和婦人試驗，不想來請，正中下懷。卽分付玳安備馬，使琴童先送一罈酒去。于是逕走到金蓮房裏取了淫器包兒，便衣小帽，帶着眼紗，玳安跟隨，徑往王六兒家來。下馬到裏面，就分付：「留琴童兒伺候，玳安回了馬家去。等家裏問，只說我在獅子街房子裏筭帳哩。」玳安應諾，騎馬回家去了。王六兒出來與西門慶磕了頭，在傍邊陪坐，說道：「無事，請爹過來散心坐坐。又多謝爹送酒來。」西門慶道：「我忘了你生日。今日往門外送行去，纔來家。」因向袖中取出一根簪兒，遞與他道：「今日與你上壽。」婦人接過來觀看，却是一對金壽字簪兒，説道：「到好樣兒。」連忙道了萬福。西門慶又遞與他五錢銀子，分付：「你秤五分，交小厮有南燒酒買一瓶來我吃。」王六兒笑道：「爹老人家别的酒吃厭了，想起來又要吃南燒酒了。」連忙秤了五分銀子，使琴童兒拿瓶買去。一面替西門慶脱了衣裳，請入房裏坐的。親自頓好茶與西門慶吃，又放小桌兒看牌耍子。看了一回，纔收拾吃酒不題。

單表玳安回馬到家，因跟和尚走的乏困了，一覺直睡到掌燈時便纔醒了〔六〕。揉揉眼兒，見天晚了，走到後邊要燈籠接爹去，只顧立着。月娘因問他：「頭裏你爹打發和尚去了，也不進來換衣裳，三不知就去了。端的在誰家吃酒？」玳安道：「爹没往人家去，在獅子街房裏筭帳哩。」月娘道：「筭帳？没的筭恁一日！」玳安道：「筭了帳，爹自家吃酒哩。」月娘道：「又没人陪他，莫不平白的自家吃酒？眼見的就是兩樣話。頭裏韓道國的小厮來尋你做甚麽？」玳安道：「他來問韓大叔幾時來。」月娘罵道：「賊囚根子，你又不知弄甚麽鬼！」玳安不敢多言。月娘交小玉拿了燈籠與他，分付：「你説家中你二娘等着上壽哩。」

玳安應諾，走到前邊鋪子裏，只見書童兒和傅夥計坐着，水櫃上放着一瓶酒、幾個碗碟、一盤牛肚子，平安兒從外挐了兩瓶鮓來，正飲酒。玳安看見，把燈籠掠下，説道：「好呀！我赶着了。」因向書童兒戲道：「好淫婦，我那里没尋你，你原來躲在這里吃酒兒。」書童道：「你尋我做甚麽？想是要與我做半日孫子兒！」玳安罵道：「秫秫小厮，你也回嘴！我尋你，要合你的屁股。」于是走向前按在椅子上就親嘴。那書童用手推開，説道：「怪行貨子，我不好罵出來的。把人牙花都磕破了，帽子都抓落了人的。」傅夥計見他帽子在地下，説道：「新一盞燈帽兒。」交平安兒：「你替他拾起來，只怕蹝了。」被書童挐過，往炕上只一摔，把臉通紅了。玳安道：「好淫婦，我鬭你鬭兒，你就惱了？」不繇分説，掀起腿把他按在炕上，儘力往他口裏吐了一口唾沫，把酒推翻了，流在水櫃上。傅夥計恐怕濕了帳簿，連忙取手巾來抹了。説道：「管情住回兩個頑惱了。」玳安道：「好淫婦，你今日討了誰口裏話，這等扭手扭脚？」書童把頭髮都揉亂了，説道：「要便耍，笑便笑，臢剌剌的屣水子吐了人恁一口。」玳安道：「賊村秫秫，你今日纔吃屣？你從前已後把屣不知吃了多少！」平安篩了一甌子酒遞與玳安，説道：「你快吃了接爹去罷，有話回來和他説。」玳安道：「等我接了爹回來，和他答話。我不把秫秫小厮不擺布的見神見鬼的，他也不怕。我使一些唾沫也不是人養的，我只一味乾粘。」

于是吃了酒，門班房内叫了個小伴當拏着燈籠，他便騎着馬，到了王六兒家。叫開門，問琴童兒：「爹在那里？」琴童道：「爹在屋裏睡哩。」于是關上門，兩個走到後邊厨下。老馮便道：「安官兒，你韓大嬸只顧等你不見來，替你留下分兒了。」就向厨櫃裏拏了一盤驢肉、一碟臘燒雞、兩碗壽麵、一素子酒。玳安吃了一回，又讓琴童道：「你過來，這酒我吃不了，咱兩個噤了罷。」琴童道：「留與你的，你自吃罷。」玳安道：「我剛纔吃了甌子來了。」于是二人吃畢，玳安便叫道：「馮奶奶，我有句話兒説，你休惱。我想着你老人家在六娘那里，與俺六娘當家，如今在韓大嬸這里，又與韓大嬸當家。到家看我對六娘説也不説！」那老馮便向他身上拍了一下，説道：「怪倒路死猴兒，休要是言不是語到家裏説出來，就交他惱我一生，我也不敢見他去。」

「當家」二字，措辭甚雅。

這里玳安兒和老馮説話，不想琴童走到臥房窗子底下，悄悄聽覷。原來西門慶用燒酒把胡僧藥吃了一粒下去，脱了衣裳，坐在床沿上。打開淫器包兒，先把銀托束其根下，龜頭上

一人而兼南北之趣，六兒不怕聞童妬殺耶。

使了硫黃圈子，又把胡僧與他的粉紅膏子藥兒，盛在個小銀盒兒內，捏了有一厘半兒，安放在馬眼內。登時藥性發作，那話暴怒起來，露稜跳腦，凹眼圓睜，橫觔皆見，色若紫肝，約有六七寸長，比尋常分外粗大。西門慶心中暗喜：果然此藥有些意思。婦人脱得光赤條條，坐在他懷裏，一面用手籠揝。說道：「怪道你要燒酒吃，原來幹這營生！」因問：「你是那里討來的藥？」西門慶把胡僧與他的藥告訴一遍。先令婦人仰卧床上，背靠雙枕，手拏那話往裏放〔七〕。龜頭昂大，濡研半晌，方纔進入些須。婦人淫津流溢，少頃滑落，已而僅没龜稜。西門慶酒興發作，淺抽深送，覺翕翕然暢美不可言。婦人則淫心如醉，酥癱于枕上，口内呻吟不止。口口聲聲只叫：「大𩬈𩭼達達，淫婦今日可死也！」又道：「我央及你，好歹留些工夫在後邊耍耍。」西門慶于是把老婆倒蹶在床上，那話頂入户中，扶其股而極力搧磞，搧磞的連聲响喨。老婆道：「達達，你好生搧打着淫婦，休要住了。再不，你自家拏過燈來照着頑耍。」西門慶于是移燈近前，令婦人在下直舒雙足，他便騎在上面，兜其股蹲踞而提之；老婆在下一手揉着花心，扳其股而就之，顫聲不已。西門慶因對老婆說道：「等你家的來，我打發他和來保、崔本揚州支鹽去。支出鹽來賣了，就交他往湖州織了絲紬來，好不好？」老婆道：「好達達，隨你交他那里，只顧去，留着王八在家裏做甚麽〔八〕？」因問：「鋪子却交誰管？」西門慶道：「我交賁四且替他買着〔九〕。」王六兒道：「也罷，且交賁四看着罷。」

這里二人行房，不想都被琴童兒窗外聽了。玳安從後邊來，見他聽覷，向身上拍了一下說道：「平白聽他怎的？趁他未起來，咱們去來。」琴童跟他到外邊。玳安道：「這後面小衚衕子裏，新來了兩個小丫頭子，我頭裏騎馬打那里過，看見在魯長腿屋裏。一個叫金兒，一個叫賽兒，都不上十七八歲。交小伴當在這里看着，咱們混一回子去。」一面分付小伴當：「你在此聽着門，俺們淨淨手去。等裏邊尋，你往小衚衕口兒上來叫俺們。」分付了，兩個月亮地裏走到小巷內。原來這條巷喚做蝴蝶巷，裏邊有十數家，都是開坊子吃衣飯的。玳安已有酒了，叫門叫了半日纔開。原來王八正和虔婆魯長腿在燈下拏黄桿大等子稱銀子，見兩個兇神也似撞進來，連忙把裏間屋裏燈一口吹滅。王八認的玳安是提刑所西門老爹家管家，便讓坐〔一〇〕。玳安道：「叫出他姐兒兩個，唱個曲兒俺們聽就去。」忘八道：「管家，你來的遲了一步兒，兩個剛纔都有人了。」玳安不繇分說，兩步就撞進裏面。只見燈也不點，月影中，看見炕上有兩個戴白毡帽的酒太公——一個炕上睡下，那一個纔脱裏脚，便問道：「是甚麽人進屋里來？」玳安道：「我合你娘的眼！」颼的只一拳去，打的那酒保叫聲〔一一〕：「阿嚛！」裹脚襪子也穿不上，往外飛砲〔一二〕。那一個在炕上扒起來，一步一跌也走了。玳安叫掌起燈來，罵道：「賊野蠻流民，他倒問我是那里人！剛纔把毛搞淨了他的纔好，平白放他去了。好不好拏到衙門裏去，交他且試試新夾棍着！」魯長腿向前掌上燈，拜了又拜，説：「二位管家哥哥息怒。他外京人不知道，休要和他一般見識。」因令：「金兒、賽兒出來，唱與二位叔叔聽。」只見兩個都是一窩絲盤髻，穿着洗白衫兒，紅綠羅裙兒，向前道：「今日不知叔叔來，夜晚了，没曾做得准備。」

一面放了四碟乾菜，其餘幾碟都是鴨蛋、蝦米、熟鮓、醎魚、猪頭肉、乾板腸兒之類。玳安便摟着賽兒，琴童便擁着金兒。玳安看見賽兒帶着銀紅紗香袋兒，就拏袖中汗巾兒，兩個換了。少頃篩酒上來，賽兒拏鍾兒斟酒遞與玳安。先是金兒取過琵琶來，奉酒與琴童，唱箇《山坡羊》道〔一三〕：

烟花寨，委實的難過。白不得清涼到坐〔一四〕。逐日家迎賓待客，一家兒吃穿全靠着奴身一個。到晚來印子房錢逼的是我。老虔婆他不管我死活。在門前跕到那更深兒夜晚，到晚來有那個問聲我那飽餓？烟花寨再住上五載三年來，奴活命的少來死命的多。不繇人眼淚如梭。有鐵樹上開花，那是我收圓結果。

金兒唱畢，賽兒又斟一盃酒遞與玳安兒，接過琵琶來纔待要唱，忽見小伴當來叫，二人連忙起身。玳安向賽兒說：「俺們改日再來望你。」說畢出門，來到王六兒家。西門慶纔起來，老婆陪着吃酒哩。兩個進入厨房內，問老馮：「爹尋俺每來？」老馮道：「你爹没尋，只問馬來了，我回說來了。再没言語。」兩個坐在厨下問老馮要茶吃。每人呵了一甌子茶，交小伴當點上燈籠牽出馬去。西門慶臨起身，老婆道：「爹，好煖酒兒，你再吃上一鍾兒。你到家莫不又吃酒？」西門慶道：「到家不吃了。」于是拏起酒來又吃了一鍾。老婆便道：「你這一去，幾時來走走？」西門慶道：「等打發了他每起身，我纔來哩。」說畢，丫頭點茶來漱了口。王六兒送到門首，西門慶方上馬歸家。

却表潘金蓮同衆人在月娘房内，聽薛姑子徒弟——兩個小姑子唱佛曲兒，忽想起頭裏月娘罵玳安：「説兩樣話，……不知弄的甚麽鬼！」因回房向床上摸那淫器包兒，又没了。叫春梅問，春梅説：「頭裏爹進屋裏來，向床背閣抽替内翻了一回去了。誰知道那包子放在那里。」金蓮道：「他多咱進來，我怎就不知道？」春梅道：「娘正往後邊瞧薛姑子去了。爹帶着小帽兒進屋裏來，我問着，他又不言語。」金蓮道：「已定拏了這行貨，往院中那淫婦家去了。等他來家，我好生問他！」因又往後邊去了。不想西門慶來家，見夜深，也没往後邊去，琴童打着燈籠，送到花園角門首，就往李瓶兒屋裏去了。琴童兒把燈一交送到後邊[一三]，小玉收了。月娘看見，便問道：「你爹來了？」琴童道：「爹來了，往前邊六娘房裏去了。」月娘道：「你看是有個槽道的？這里人等着，就不進來了。」李瓶兒慌的走到前邊，對西門慶説道：「他二娘在後邊等着你上壽，你怎的平白進我這屋裏來了？」西門慶笑道：「我醉了，明日罷。」李瓶兒道：「就是你醉了，到後邊也接個鍾兒。你不去，惹他二娘不惱麽？」一力攛掇西門慶進後邊來。李嬌兒遞了酒，月娘問道：「你今日獨自一個，在那邊房子裏坐到這早晚？」西門慶道：「我和應二哥吃酒來。」月娘道：「可又來。我説没個人兒，自家怎麽吃。」説過就罷了。

西門慶坐不移時，提起脚兒還踅到李瓶兒房裏來。原來是王六兒那里，因吃了胡僧藥，被藥性把住了，與老婆弄聳了一日，恰好没曾丢身子。那話越發堅硬，形如鐵杵。進房交迎春脱了衣裳，就要和李瓶兒睡。李瓶兒只説他不來，和官哥在床上已睡下了。回過頭來見是他，便道：「你在後邊睡罷了，又來做甚麼？孩子纔睡的甜甜兒的。我這裏不奈煩，又身上來了，不方便。你往別人屋裏睡去不是，只來這里纏！」被西門慶摟過脖子來就親了個嘴，說道：「這奴才，你達心裏要和你睡睡兒。」因把那話露出來與李瓶兒瞧，唬的李瓶兒要不的。說道：「耶嚛！你怎麼弄的他這等大？」西門慶笑着告他說吃了胡僧藥一節：「你若不和我睡，我就急死了。」李瓶兒道：「可怎麼樣的？身上纔來了兩日，還沒去，亦發等去了，我和你睡罷。你今日且往他五娘屋裏歇一夜兒，也是一般。」西門慶道：「我今日不知怎的，一心只要和你睡。我如今拉個雞兒央及你央及兒[一六]，再不你交丫頭掇些水來洗洗，和我睡睡也罷。」李瓶兒道：「我到好笑起來——你今日那里吃的恁醉醉兒的，來家歪斯纏我？就是洗了也不乾淨。一個老婆的月經沾污在男子漢身上臢刺刺的，也晦氣。我到明日死了，你也只尋我？」于是吃逼勒不過，交迎春掇了水，下來澡牝乾淨，方上床與西門慶交會。可霎作怪，李瓶兒慢慢拍哄的官哥兒睡下，只剛扒過這頭來，那孩子就醒了。一連醒了三次。李瓶兒交迎春拏博浪鼓兒哄着他，抱與奶子那邊屋裏去了，這里二人方纔自在頑耍。西門慶坐在帳子裏，李瓶兒便馬爬在他身上，西門慶倒插那話入牝中。已而燈下窺見他雪白的屁股兒，用手抱着，且細觀其出入。那話已被吞進小截，興不可遏。李瓶兒恐怕帶出血來，不住取巾帕抹之。西門慶抽拽了一個時辰，兩手抱定他屁股，只顧揉搓。那話盡入至根，不容毛髮，臍下毳毛皆刺其股，覺翕翕然暢美不可言。瓶兒道：「達達，慢着些，頂的奴裏邊好不疼！」西門慶道：「你既害疼，我丟

病根。

了罷。」于是向桌上取過冷茶來呷了一口〔一七〕，登時精來，一泄如注。正是：四體無非暢美，一團都是陽春。西門慶方知胡僧有如此之妙藥。睡下時已三更天氣。

且說潘金蓮見西門慶在李瓶兒屋裏歇了，只道他偷去淫器包兒和他頑耍，更不體察外邊勾當。是夜暗咬銀牙，關門睡了。月娘和薛姑子、王姑子在上房宿睡。王姑子把整治的頭男衣胞并薛姑子的藥，悄悄遞與月娘。薛姑子教月娘：「揀個壬子日，用酒吃下，晚夕與官人同床一次，就是胎氣〔一八〕。不可交一人知道。」月娘連忙將藥收了，拜謝了兩個姑子。又向王姑子道：「我正月裡好不等着，你就不來了。」王姑子道：「你老人家倒說的好，這件物兒好不難尋！虧了薛師父。——也是個人家媳婦兒養頭次娃兒，可可薛爺在那里，悄悄與了個熟老娘三錢銀子，纔得了。替你老人家熬礬水打磨乾淨，兩盒鴛鴦新瓦〔一九〕，泡煉如法，用重羅篩過，攪在符藥一處纔拏來了。」月娘道：「只是多累薛爺和王師父。」于是每人拏出二兩銀子來相謝。說道：「明日若坐了胎氣，還與薛爺一疋黃褐段子做袈裟穿。」那薛姑子合掌道了問訊：「多承菩薩好心！」常言：十日賣一担針賣不得，一日賣三担甲倒賣了〔二〇〕。正是：

若教此輩成佛道，天下僧尼似水流。

出家人如此作福的真難得。雖然，然乎否？

校記

〔一〕「詞曰」，內閣本、首圖本題作「菊花新」。

〔二〕「論纏綣」，天圖本、吳藏本作「諭纏綣」。

〔三〕「右調菊花新」，内閣本、首圖本無。天圖本、上圖乙本、吳藏本作「右調菊花心」。

〔四〕「苦眼」，原作「苦眼」，據内閣本改。天圖本、上圖乙本、吳藏本作「蒙眼」。按張評本作「蒙眼」，詞話本作「苦眼」。

〔五〕「書童」，内閣本作「畫童」。按張評本作「書童」，詞話本作「畫童」。

〔六〕「掌燈時便纔醒」，内閣本、首圖本、天圖本、吳藏本作「掌燈時候纔醒」。

〔七〕「拏那話往裏放」，首圖本作「拿那廷硬放進」。

〔八〕「留着」，内閣本、首圖本、天圖本、吳藏本作「閒着」。按張評本、詞話本作「閒着」。

〔九〕「買着」，崇禎諸本同。按張評本作「賣着」。

〔一〇〕「便讓坐」，天圖本作「便請坐」，吳藏本作「便説請坐」。按張評本作「便請坐」，詞話本作「便讓坐」。

〔一一〕「酒保」，内閣本、首圖本、天圖本、吳藏本作「酒子」。

〔一二〕「飛砲」，吳藏本作「飛跑」。

〔一三〕「山坡羊」，原作「出坡羊」，據内閣、天圖、吳藏等本改。

〔一四〕「白不得」，天圖本、吳藏本作「日不得」。

〔一五〕「一交送到」，内閣本、首圖本作「交送到」。

〔一六〕「拉個雞」，内閣本、首圖本、天圖本、吳藏本作「殺個雞」。

〔一七〕「呷了一口」，原作「哩了一口」，據内閣本、天圖本改。首圖本作「吃了一口」。按張評本、詞話本作「呷了一口」。

〔一八〕「就是」，吳藏本作「就有」。

〔一九〕「鴛鴦」，原作「爲鴦」，據内閣、吴藏等本改。

〔二〇〕「十日賣一担針賣不得，一日賣三担甲倒賣了」，「一日」，天圖本、吴藏本作「二日」。按此二句，張評本作「十日賣不的一担真，一日倒賣三担假了」。「三担」，吴藏本作「二担」。

新刻繡像批評

金瓶梅

會校本

金瓶梅

新刻繡像批評

會校本　重訂版

下

閆昭典　王汝梅　孫言誠　趙炳南　校點

三聯書店（香港）有限公司

責任編輯　孫言誠　閆昭典
護封插圖　陳全勝
書籍設計　吳冠曼
排　　版　曾小英

書　　名　新刻繡像批評金瓶梅（會校本・重訂版）（全兩冊）
校　　點　閆昭典　王汝梅　孫言誠　趙炳南
出　　版　三聯書店（香港）有限公司
香港北角英皇道四九九號北角工業大廈二十樓
Joint Publishing (H.K.) Co., Ltd.
20/F., North Point Industrial Building,
499 King's Road, North Point, Hong Kong
香港發行　香港聯合書刊物流有限公司
香港新界荃灣德士古道二二〇至二四八號十六樓
印　　刷　中華商務彩色印刷有限公司
香港新界大埔汀麗路三十六號十四字樓
版　　次　一九九〇年二月香港第一版第一次印刷
二〇〇九年七月香港修訂版第一次印刷
二〇一一年十月香港重訂版第一次印刷
二〇二三年六月香港重訂版第七次印刷
規　　格　特十六開（152×228 mm）一六八四面
國際書號　ISBN 978-962-04-3156-2（套裝）
© 1990, 2009, 2011 Joint Publishing (H.K.) Co., Ltd.
Published in Hong Kong, China.

第五十一回

打猫兒金蓮品玉

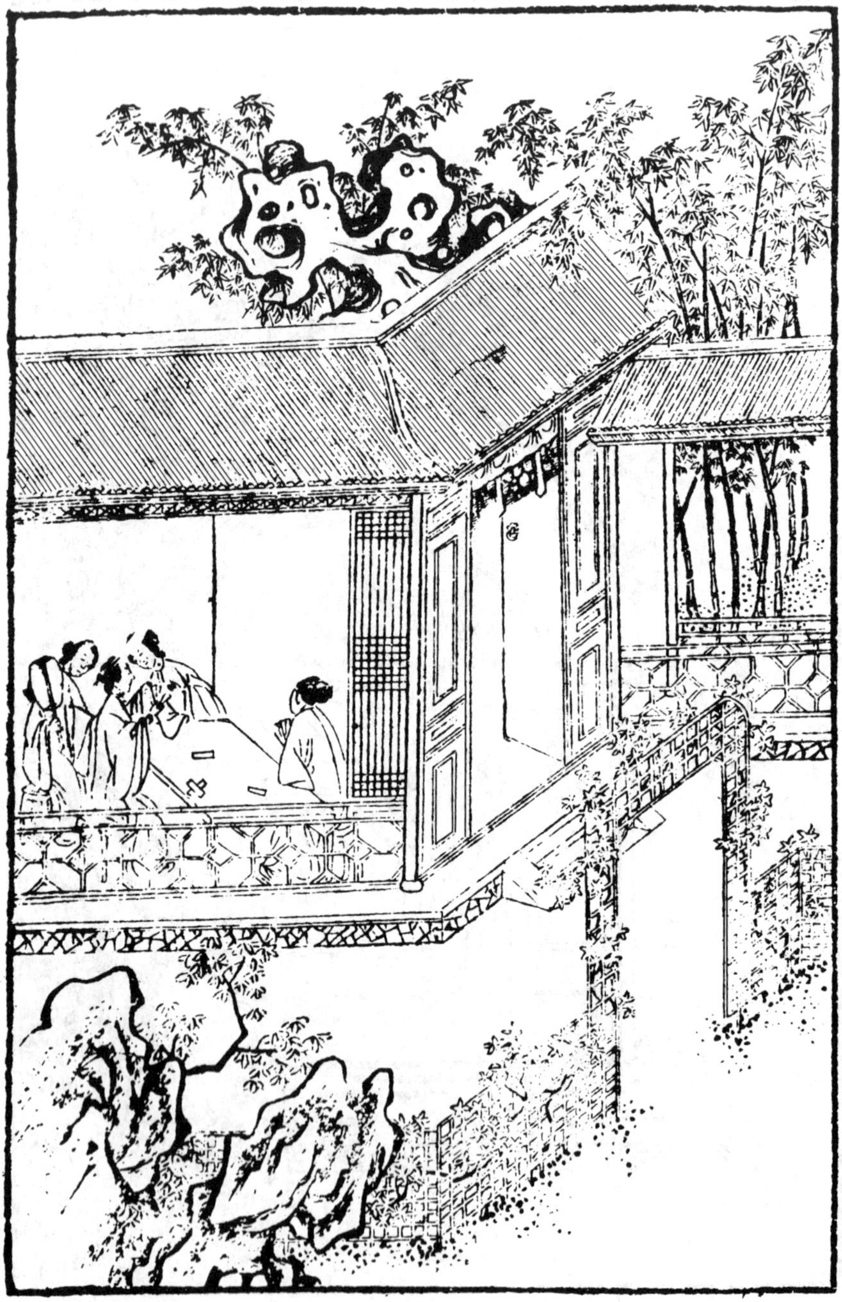

鬬葉子敬濟輸金

新刻繡像批評金瓶梅卷之十一〔一〕

第五十一回　打猫兒金蓮品玉　鬬葉子敬濟輸金

詩曰〔二〕：

羞看鸞鏡惜朱顏，手托香腮懶去眠。
瘦損纖腰寬翠帶，淚流粉面落金鈿。
薄倖惱人愁切切，芳心撩亂恨綿綿。
何時借得東風便，刮得檀郎到枕邊。

話說潘金蓮見西門慶拏了淫器包兒，與李瓶兒歇了，足惱了一夜沒睡，（此妬婦之苦。）懷恨在心。到第二日，打聽西門慶往衙門裏去了，老蚤走到後邊對月娘說：「李瓶兒背地好不說姐姐哩！說姐姐會那等虔婆勢，喬作衙，別人生日，又要來管。『你漢子吃醉了進我屋裡來，我又不曾在前邊，平白對着人羞我，望着我丟臉兒。交我惱了，走到前邊，把他爹赶到後邊來。落後他怎的也不在後邊，還到我房裏來了？我兩箇黑夜說了一夜梯己話兒，只有心腸五臟沒曾倒與我罷了。』」這月娘聽了，如何不惱！因向大妗子、孟玉樓說：「你們昨日都在根前看着，我又沒

金蓮學瓶兒之言，妙在心思、口角仍是金蓮之言，若平心聽之，原不

難辨。但恨聽言者觸於怒而不暇矣。從認瓶兒爲好人中推勘其不好處，直寫出月娘信讒一時之轉念，妙不容言。

曾說他甚麽。小廝交燈籠進來，我只問了一聲：『你爹怎的不進來？』小廝倒說：『往六娘屋裏去了。』我便說：『你二娘這里等着，恁没槽道，卻不進來！』論起來也不傷他，怎的說我虔婆勢，喬作衙？我還把他當好人看成，原來知人知面不知心，那裏看人去？乾淨是個綿裏針、肉裏刺的貨，還不知背地在漢子根前架甚麽舌兒哩！怪道他昨日決烈的就往前走了。傻姐姐，那怕漢子成日在你屋里不出門，不想我這心動一動兒。說不動，正是動處。一個漢子丢與你們，隨你們去，守寡的不過。想着一娶來之時，賊强人和我門裏門外不相逢，那等怎的過來？觸便想到，怨之難忘如此。大妗子在傍勸道：「姑娘罷麽，看孩兒的分上罷！自古宰相肚裏好行船。當家人是個惡水缸兒，好的也放在心裏，歹的也放在心裏。」月娘道：「不拘幾時，我也要對這兩句話。等我問他，我怎麽虔婆勢，喬作衙？」金蓮慌的没口子說道：「姐姐寬恕他罷。常言大人不責小人過，那個小人没罪過？他在背地調唆漢子，俺們這幾箇誰没吃他排說過？我和他緊隔着壁兒，要與他一般見識起來，倒了不成！行動只倚着孩兒降人，他還說的好話兒哩！說他的孩兒到明日長大了，有恩報恩，有仇報仇。俺們都是餓死的數兒——你還不知道哩！」吳大妗子道：「我的奶奶，那里有此話說？」月娘一聲兒也没言語。

語雖毒，未免太甚，轉生人之疑。大妗子旁觀甚清。

常言：路見不平，也有向燈向火。不想西門大姐平日與李瓶兒最好，常没針線鞋面，李瓶兒不拘好綾羅段帛就與他，好汗巾手帕兩三方背地與大姐，銀錢不消說。當日聽了此話，如何不告訴他。李瓶兒正在屋裏與孩子做端午戴的絨線符牌，及各色紗小粽子并解毒艾虎兒，

人情皆惜瓶兒不能辨，不知瓶兒正妙在不能辨，而西門慶始憐之也。若然，則瓶兒智出金蓮上矣，非也。瓶兒性實愚不能辨，非能辨而有不辨之妙。所以往往受金蓮之累

好點綴。只見大姐走來。李瓶兒讓他坐，又交迎春：「拏茶與你大姑娘吃。」大姐道：「頭里請你吃茶，你怎的不來？」李瓶兒道：「打發他爹出門，我赶蚤凉與孩子做這戴的碎生活兒來。」大姐道：「有椿事兒，我也不是舌頭，敢來告你說：你没曾惱着五娘？他對着俺娘，如此這般說了你一篇是非——說你說俺娘虔婆勢，喬作衙。如今俺娘要和你對話哩！你別要說我對你說，交他怪我。你須預備些話兒打發他。」這李瓶兒不聽便罷，聽了此言，手中拿着那針兒通拿不起來，兩隻肐膊都軟了，半日說不出話來，對着大姐吊眼淚，說道：「大姑娘，我那里有一字兒？昨晚我在後邊，聽見小廝說他爹往我這邊來了，我就來到前邊，催他往後邊去了。再誰說一句話兒來？你娘恁覷我一場，莫不我恁不識好歹，敢說這個話？設使我就說，對着誰說來？也有個下落。」大姐道：「他聽見俺娘說不拘幾時要對這話，他也就慌了。要是我，你兩個當面鑼對面鼓的對不是！」李瓶兒道：「我對的過他那嘴頭子？只憑天罷了。他左右晝夜筭計的只是俺娘兒兩個，到明日終久吃他筭計了一個去，纔是了當。」說畢哭了。大姐坐着勸了一回，只見小玉來請六娘、大姑娘吃飯。李瓶兒丢下針指，同大姐到後邊，也不曾吃飯，回來房中，倒在床上就睡着了。

西門慶衙門中來家，見他睡，問迎春。迎春道：「俺娘一日飯也還没吃哩。」慌的西門慶向前問道：「你怎的不吃飯？你對我說。」又見他哭的眼紅紅的，只顧問：「你心里怎麽的？對我說。」李瓶兒連忙起來，揉了揉眼說道：「我害眼疼，不怎的。今日心里懶待吃飯。」並不題出一

也。

金蓮之讒，月娘此時已識破矣。猶曰「兩個」，可見讒人者雖輪，亦只平交，亦何憚而不讒人哉！

字兒來。正是：滿懷心腹事，盡在不言中。有詩爲証：

莫道佳人總是痴，惺惺伶俐没便宜。
只因會盡人間事，惹得閒愁滿肚皮。

大姐在後邊對月娘說：「纔五娘說的話，我問六娘來，他好不睹身罰咒〔三〕，望着我哭，說娘這般看顧他，他肯說此話！」吳大妗子道：「我就不信。李大姐好個人兒，他怎肯說這等話！」月娘道：「想必兩個有些小節不足，哄不動漢子，走來後邊，没的拿我墊舌根。我這里還多着個影兒哩！」大妗子道：「大姑娘，今後你也別要虧了人。不是我背地說，潘五姐一百個不及他。爲人心地兒又好，來了咱家恁二三年，要一些歪樣兒也没有。」正言金蓮有歪樣處

正說着，只見琴童兒背進個藍布大包袱來。月娘問是甚麽，琴童道：「是三萬鹽引。韓夥計和崔本纔從關上掛了號來，爹說打發飯與他二人吃，如今兑銀子打包。後日二十，是個好日子，起身，打發他三個往揚州去。」吳大妗子道：「只怕姐夫進來，我和二位師父往他二娘房里坐去罷。」剛說未畢，只見西門慶掀簾子進來，慌的吳妗子和薛姑子、王姑子往李嬌兒房里走不迭。早被西門慶看見，問月娘：「那個是薛姑子？賊胖禿淫婦，來我這里做甚麽？」月娘道：「你好恁枉口拔舌，不當家化化的，罵他怎的？他惹着你來？你怎的知道他姓薛？」西門慶道：「你還不知他弄的乾坤兒哩！他把陳參政的小姐吊在地藏菴兒里和一個小夥偷奸，他知情，受了三兩銀子。事發，拿到衙門裡，被我褪衣打了二十板，交他嫁漢子還俗。他怎的還不

薛姑之醜已和盤托出，月娘猶委曲回護。婦人一種偏執之性，覺溺愛、佞佛俱說不着。

還俗？好不好，拏來衙門裡再與他幾拶子。」月娘道：「你有要没緊，恁毁僧謗佛的。他一個佛家弟子，想必善根還在，他平白還甚麽俗？你還不知他好不有道行！」只信先人之言。西門慶道：「你問他有道行一夜接幾個漢子？」月娘道：「你就休汗邪！又討我那没好口的罵你。」因問：「幾時打發他三個起身？」西門慶道：「我剛纔使來保會喬親家去了，他那里出五百兩，我這里出五百兩。二十是個好日子，打發他每起身去罷了。」月娘道：「線舖子卻交誰開？」西門慶道：「且交賁四替他開着罷。」說畢，月娘開箱子拿銀子，一面兑了出來，交付與三人，在捲棚内看着打包。每人又兑五兩銀子，交他家中收拾衣裝行李。

只見應伯爵走到捲棚里，看見便問：「哥，打包做甚麽？」西門慶因把二十日打發來保等往揚州支鹽去一節告訴一遍。伯爵舉手道：「哥，恭喜！此去回來必得大利。」西門慶一面讓坐，喚茶來吃，因問：「李三、黄四銀子幾時關？」應伯爵道：「也只在這個月裡就關出來了。他昨日對我說，如今東平府又派下二萬香來了，還要問你挪五百兩銀子，接濟他這一時之急。如今關出這批銀子，一分也不動，都擡過這邊來。」西門慶道：「到是你看見，我打發揚州去還没銀子，問喬親家借了五百兩在裡頭，那討銀子來？」伯爵道：「他再三央及我對你說，一客不煩二主，你不接濟他這一步兒，交他又問那里借去？」西門慶道：「門外街東徐四舖少我銀子，我那裡挪五百兩銀子與他罷。」伯爵道：「可知好哩。」正說着，只見平安兒拏進帖兒來，說：「夏老爹家差了夏壽〔四〕，說請爹明日坐坐。」西門慶看了柬帖，道：「曉得了。」伯爵道：「我有椿事兒來報與哥〔五〕：你知道李桂兒的勾當麼？他没來？」西門慶道：「他從正月去了，再幾時來？我並不知道甚麽勾當。」伯爵因説道：「王招宣府里第三的，原來是東京六黄太尉姪女兒女婿。從正月往東京拜年，老公公賞了一千兩銀子，與他兩口兒過節。你還不知六黄太尉這姪女兒生的怎麽標致，上畫兒只畫半邊兒，也没恁俊俏相的。你只守着你家裡的罷了，每日被老孫、祝麻子、小張閑三四個摽着在院裡撞，把二條巷齊家那小丫頭子齊香兒梳籠了，又在李桂兒家走。把他娘子兒的頭面都拿出來當了，氣的他娘子兒家裡上吊。不想前日老公公生日，他娘子兒到東京只一説，老公公惱了，將這幾個人的名字送與朱太尉〔六〕，朱太尉批行東平府，着落本縣拿人。昨日把老孫、祝麻子與小張閑都從李桂兒家拿的去了。李桂兒便躲在隔壁朱毛頭家過了一夜。今日説來央及你來了。」西門慶道：「我説正月裏都摽着他走，這里誰人家銀子，那里誰人家銀子〔七〕。那祝麻子還對着我搗生鬼。」説畢，伯爵道：「我去罷。等住回只怕李桂兒來，你管他不管他，他又説我來串作你。」西門慶道：「我還和你説，李三，你且別要許他，等我門外討了銀子來，再和你説話。」伯爵道：「我曉的。」剛走出大門首，只見李桂姐轎子在門首，又早下轎進去了。伯爵去了。

桂姐到

西門慶正分付陳敬濟，交他往門外徐四家催銀子去，只見琴童兒走來道：「大娘後邊請，李桂姨來了。」西門慶走到後邊，只見李桂姐身穿茶色衣裳，也不搽臉，用白挑線汗巾子搭着頭，雲鬢不整，花容淹淡，與西門慶磕着頭哭起來，説道：「爹可怎麽樣兒的，恁造化低的營生，正此，只曰「造化低」，曰「平白地」，一字不肯認錯，轉滑强忍之極。

桂姐妙在不管人信不信，只一味强辨，全無慚色。既有説者，自有信者。然有良心人自説不出。只要洗自家清，便不顧推人落水。桂姐狠甚，惡甚！一毫無情。

是關着門兒家裡坐，禍從天上來。一個王三官兒，俺每又不認的他，平白的祝麻子、孫寡嘴領了來俺家討茶吃。俺姐姐又不在家，依着我説別要招惹他，那些兒不是，俺這媽越發老的韶刀了。就是來宅里與俺姑娘做生日的這一日，你上轎來了就是了，見祝麻子打旋磨兒跟着，從新又回去，對我説：『姐姐，你不出去待他鍾茶兒，却不難爲囂了人！』他便往爹這里來了。交我把門插了不出來，誰想從外邊撞了一夥人來，把他三個不繇分説都拏的去了。王三官兒便奪門走了，我便走在隔壁人家躲了。家裡有箇人牙兒！纔使保兒來這里接的他家去。到家把媽諕的魂都没了，只要尋死。今日縣里皂隸，又拏着票喝囉了一清早起去了。如今坐名兒只要我往東京回話去。爹，你老人家不可憐見救救兒，却怎麽樣兒的？娘也替我説説兒。」西門慶笑道：「你起來。」因問票上還有誰的名字。桂姐道：「還有齊香兒的名字。他梳籠了齊香兒，在他家使錢，他便該當。俺家若見了他一箇錢兒，就把眼睛珠子吊了；若是沾他沾身子兒，一箇毛孔兒裡生一箇天疱瘡。」月娘對西門慶道：「也罷，省的他恁説誓刺刺的，你替他説説罷。」西門慶道：「如今齊香兒拏了不曾？」桂姐道：「齊香兒他在王皇親宅裡躲着哩。」西門慶道：「既是恁的，你且在我這里住兩日，我就差人往縣裡替你説去。」就叫書童兒：「你快寫箇帖兒，往縣裡見你李老爹，就説桂姐常在我這里答應，看怎的免提他罷。」書童應諾，穿青絹衣服去了。不一時，拏了李知縣回帖兒來。書童道：「李老爹説：『多上覆你老爹，別的事無不領命，這個却是東京上司行下來批文，委本縣拏人，縣裡只拘的人到。既是你老爹分上，我這裡

籠絡得妙！不獨籠絡來保，并西門慶、月娘俱在其中矣。

怕人笑話，是大老官使錢撒漫之根。

且寬限他兩日。要免提，還往東京上司說去。』」西門慶聽了，只顧沉吟，說道：「如今來保一兩日起身，東京沒人去。」月娘道：「也罷，你打發他兩箇先去，存下來保，替桂姐往東京說了這勾當，交他隨後邊趕了去罷。你看謊的他那腔兒。」那桂姐連忙與月娘、西門慶磕頭。（當機。）

西門慶隨使人叫將來保來，分付：「二十日你且不去罷。教他兩箇先去，你明日且往東京替桂姐說說這勾當來。見你翟爹，如此這般，好歹差人往衛裡說說。」桂姐連忙就與來保下禮。慌的來保頂頭相還，說道：「桂姨，我就去。」西門慶一面教書童兒寫就一封書，致謝翟管家前日曾巡按之事甚是費心，又封了二十兩折節禮銀子，連書交與來保。桂姐便歡喜了，拏出五兩銀子來與來保做盤纏，說道：「回來俺媽還重謝保哥。」西門慶不肯，還了桂姐，教月娘另拏五兩銀子與來保盤纏。桂姐道：「也沒這箇道理，我央及爹這里說人情，又教爹出盤纏。」西門慶道：「你笑話我沒這五兩銀子盤纏了，要你的銀子！」那桂姐方纔收了，向來保拜了又拜，說道：「累保哥，好歹明早起身罷，只怕遲了。」來保道：「我明日早五更就走道兒了。」

于是領了書信，又走到獅子街韓道國家。王六兒正在屋裡縫小衣兒哩，打窗眼看見是來保，忙道：「你有甚說話，請房裡坐。他不在家，往裁縫那裡討衣裳去了，便來也。」便叫錦兒：「還不往對過徐裁家叫你爹去！你說保大爺在這里。」（好稱呼。）來保道：「我來說聲，我明日還去不成，又有椿業障鑽出來，當家的留下，教我往東京替院裡李桂姐說人情去哩。他剛纔在爹跟前，再三磕頭禮拜央及我。（墮入桂姐術中矣。）明早就起身了。且教韓夥計和崔大官兒先去，我回來就趕了來。」因問：「嫂子，你做的是甚麽？」王六兒道：「是他的小衣裳兒。」來保道：「你教他少帶衣裳。（豈廉潔之言？）到那去處是出紗羅段絹的窩兒裡，愁没衣裳穿！」正説着，韓道國來了。兩箇唱了喏，因把前事説了一遍。因説：「我到明日，揚州那里尋你每？」韓道國道：「老爹分付，教俺每馬頭上投經紀王伯儒店裡下。説過世老爹曾和他父親相交，他店内房屋寬廣，下的客商多，放財物不躭心。你只往那里尋俺每就是了。」來保又説：「嫂子，我明日東京去，你没甚鞋脚東西稍進府裏，與你大姐去？」王六兒道：「没甚麽，只有他爹替他打的兩對簪兒，并他兩雙鞋，起動保叔稍稍進去與他。」于是將手帕包袱停當，遞與來保。一面教春香看菜兒篩酒，婦人連忙丟下生活就放桌兒。來保道：「嫂子，你休費心，我不坐。我到家還要收拾褡褳，明日早起身。」王六兒笑嘻嘻道：（寫出老婆作主。）「耶嚛，你怎的上門怪人家！夥計家，自恁與你餞行，也該吃鍾兒。」因説韓道國：「你好老實！桌兒不穩，你也撒撒兒，讓保叔坐。只相没事的人兒一般。」于是拿上菜兒來，斟酒遞與來保，王六兒也陪在傍邊，三人坐定吃酒。來保吃了幾鍾，説道：「我家去罷。晚了，只怕家裡關門早。」韓道國問道：「你頭口顧下了不曾？」來保道：「明日早顧罷了。舖子裡鑰匙并帳簿都交與賁四罷了，省的你又上宿去。家裏歇息歇息，好走路兒。」韓道國道：「夥計説的是，我明日就交與他。」王六兒又斟了一甌子，説道：「保叔，你只吃這一鍾，我也不敢留你了。」來保道：「嫂子，你既要我吃，再篩熱着些。」那王六兒連忙歸到壺裡，教錦兒炮熱了，傾在盞内，雙手遞與來保，説道：「没甚好菜兒與保叔下酒。」來保道：「嫂子好説，家無

此家常閒話，似無深意，然非老婆作主人家，決無此語。彼此通家無分，寫得宛然。

常禮。」拏起酒來與婦人對飲，一吸同乾，方纔作辭起身。王六兒便把女兒鞋脚遞與他，說道：「累保叔，好歹到府裡問聲孩子好不好，我放心些。」兩口兒齊送出門來。

不說來保到家收拾行李，第二日起身東京去了。單表這吳大舅前來對西門慶說：「有東平府行下文書來，派俺本衛兩所掌印千户管工修理社倉，題准旨意，限六月工完，陞一級；違限，聽巡按御史查參。姐夫有銀子借得幾兩，工上使用。待關出工價來，一一奉還。」西門慶道：「大舅用多少，只顧拏去。」吳大舅道：「姐夫下顧，與二十兩罷。」一面同進後邊，見月娘說了話，教月娘拏二十兩出來，交與大舅，又吃了茶。因後邊有堂客，就出來了。月娘教西門慶留大舅大廳上吃酒。正飲酒中間，只見陳敬濟走來，與吳大舅作了揖，就回說：「門外徐四家銀子，頂上爹〔八〕，還要再讓兩日兒。」西門慶道：「胡說！我這里等銀子使，照舊還去罵那狗第子孩兒〔九〕。」敬濟應諾。吳大舅就讓他打横坐下，陪着吃酒不題。

且說後邊大妗子、楊姑娘、李嬌兒、孟玉樓、潘金蓮、李瓶兒、大姐，都伴桂姐在月娘房裡吃酒。先是郁大姐數了一回「張生遊寶塔」，放下琵琶，孟玉樓在傍斟酒遞菜兒與他吃，說道：「賊瞎轉磨的唱了這一日，又說我不疼你。」潘金蓮又大筋子夾塊肉放在他鼻子上，戲弄他頑耍。桂姐因叫玉簫姐：「你遞過郁大姐琵琶來，等我唱箇曲兒與姑奶奶和大妗子聽。」月娘道：「桂姐，你心裡熱剌剌的，不唱罷。」桂姐道：「不妨事。見爹娘替我說人情去了，我這回不焦了。」孟玉樓笑道：「李桂姐倒還是院中人家娃娃，做臉兒快。頭裡一來時，把眉頭忔皺着，焦的茶兒也吃不下去。〔補出愁容。〕這回説也有，笑也有。」當下桂姐輕舒玉指，頓撥冰絃[一〇]，唱了一回。

正唱着，只見琴童兒收進家活來。月娘便問道：「你大舅去了？」琴童兒道：「大舅去了。」吴大妗子道：「只怕姐夫進來，我每活變活變兒。」琴童道：「爹往五娘房裡去了。」這潘金蓮聽見，就坐不住，趨趄着脚兒只要走，又不好走的。月娘也不等他動身就説道：「他往你屋裡去了，你去罷。省的你欠肚兒親家是的。」〔月娘嘴亦狠。〕那潘金蓮嚷：「可可兒的——，」起來，口兒裏硬着，那脚步兒且是去的快。

〔若無心，竟走何妨？一有心，便告難如此。可見身世之難，皆心所造。〕

〔自家寫出歸房急情。〕

來到房裡，西門慶已是吃了胡僧藥，教春梅脱了衣裳，在床上帳子里坐着哩。金蓮看見笑道：「我的兒！今日好呀，不等你娘來就上床了。俺每在後邊吃酒，被李桂姐唱着，灌了我幾鍾好的。獨自一箇兒，黑影子裡，一步高一步低，不知怎的走來了。」叫春梅：「你有茶倒甌子我吃。」那春梅真箇點了茶來。金蓮吃了，掇了箇嘴與春梅，那春梅就知其意。〔二人相合在此。〕那邊屋裏早已替他熱下水。婦人抖些檀香、白礬在裏面，洗了牝。〔罪過。〕就燈下摘了頭，止撇着一根金簪子，拏過鏡子來，從新把嘴唇抹了些胭脂，口中噙着香茶，走過這邊來。春梅床頭上取過睡鞋來與他換了，帶上房門出去。這婦人便將燈臺挪近傍邊桌上放着，一手放下半邊紗帳子來，褪去紅褲，露出玉體。西門慶坐在枕頭上，那話帶着兩箇脱子，一霎弄的大大的與他瞧。婦人燈下看見，諕了一跳——一手揝不過來，紫巍巍，沉甸甸——便昵瞅了西門慶一眼，説道：

他人俱問，只金蓮一猜便着。妙甚！妙語！聞所未聞。

「我猜你没別的話，已定吃了那和尚藥，弄聳的恁般大，一味要來奈何老娘。好酒好肉，王里長吃的去。你在誰人跟前試了新，這回剩了些殘軍敗將，纔來我這屋裏來了。俺每是雌剩髩髟合的？你還說不偏心哩！嗔道那一日我不在屋裏〔一一〕，三不知把那行貨包子偷的往他屋裏去了。原來晚夕和他幹這箇營生，他還對着人撇清搗鬼哩。你這行貨子，乾淨是箇没挽回的三寸貨〔一二〕。想起來，一百年不理你纔好。」西門慶笑道：「小淫婦兒，你過來。你若有本事，把他咂過了，我輸一兩銀子與你。」婦人道：「汗邪了你了。你吃了甚麼行貨子，我禁的過他！」于是把身子斜軃在衽席之上，雙手執定那話，用朱唇吞裹。說道：「好大行貨子，把人的口也撑的生疼的。」說畢，出入鳴咂。或舌尖挑弄蛙口，舐其龜弦；或用口噙着，往來哺摔；或在粉臉上擂晃，百般搏弄，那話越發堅硬措掘起來。

此處，人只知其善生情設色，作一回戲笑，不知已冷冷伏雪獅子之脈矣。非細

西門慶垂首窺見婦人香肌掩映于紗帳之內〔一三〕，纖手捧定毛都魯那話，往口裏吞放，燈下一往一來。不想傍邊蹲着一箇白獅子猫兒，看見動旦，不知當做甚物件兒，撲向前，用爪兒來撾。這西門慶在上，又將手中拏的洒金老鴉扇兒，只顧引鬭他耍子。被婦人奪過扇子來，把猫儘力打了一扇靶子，打出帳子外去了。眤向西門慶道：「怪發訕的寃家！緊着這扎扎的不得人意，又引鬭他恁上頭上臉的，一時間撾了人臉却怎樣的？好不好我就不幹這營生了。」西門慶道：「怪小淫婦兒，會張致死了！」婦人道：「你怎的不教李瓶兒替你咂來？我這屋裏儘着教你掇弄。不知吃了甚麼行貨子，咂了這一日，益發咂的没些事兒。」西門慶于是向汗巾上

心人，不許讀此。

小銀盒兒裏，用挑牙挑了些粉紅膏子藥兒，抹在馬口內，仰卧于上，教婦人騎在身上。婦人道：「等我⿰扌扉着，你往裏放。」龜頭昂大，濡研半晌，僅没龜稜。婦人在上，將身左右捱擦，似有不勝隱忍之態。真耶？假耶？因叫道：「親達達，裏邊緊澀住了，好不難捱。」一面用手摸之，窺見麈柄已被牝户吞進半截〔一四〕，撑的兩邊皆滿。婦人用唾津塗抹牝户兩邊，已而稍寬滑落，頗作往來，一舉一坐，漸没至根。婦人因向西門慶説：「你每常使的顫聲嬌，在裏頭只是一味熱癢不可當，怎如和尚這藥，使進去，從子宫冷森森直掣到心上，這一回把渾身上下都酥麻了。我曉的今日死在你手裡了。好難捱忍也！」西門慶笑道：「五兒，我有箇笑話兒説與你聽——是應二哥説的：一箇人死了，閻王就拿驢皮披在身上，教他變驢。落後判官查簿籍，還有他十三年陽壽，又放回來了。他老婆看見渾身都變過來了，只有陽物還是驢的，未變過來。那人道：『我往陰間換去。』他老婆慌了，説道：『我的哥哥，你這一去，只怕不放你回來怎了？等我慢慢兒的挨罷！』」婦人聽了，笑將扇把子打了一下子，説道：「怪不的應花子的老婆挨慣了驢的行貨。硶説嘴的賊，我不看世界，這一下打的你……」

他人只蠢蠢然知快活而已，到金蓮便有許多賞鑑評品。妙人，妙人！

兩箇足纏了一箇更次，西門慶精還不過。他在下合着眼，繇着婦人蹲踞在上極力抽提，提的龜頭刮答刮答怪響。提勾良久，又吊過身子去，朝向西門慶。西門慶雙手舉其股，没稜露腦而提之，往來甚急。西門慶雖身接目視，而猶如無物。良久，婦人情極，轉過身子來，兩手摟定西門慶脖項，合伏在身上，舒舌頭在他口裏，那話直抵牝中，只顧揉搓，没口子叫：「親達達，罷了，五兒合死了！」須臾，一陣昏迷，舌尖冰冷。泄訖一度，西門慶覺牝中一股熱氣直透丹田，心中翕翕然，美快不可言也。已而，淫津溢出，婦人以帕抹之。兩個相摟相抱，交頭叠股，鳴咂其舌，那話通不拽出來。睡的没半箇時辰，婦人淫情未定，扒上身去，兩箇又幹起來。婦人一連丟了兩遭身子，亦覺稍倦。西門慶只是佯佯不採，暗想胡僧之藥通神。看看窗外雞鳴，東方漸白，婦人道：「我的心肝，你不過却怎樣的？到晚夕你再來，等我好歹替你咂過了罷。」西門慶道：「就咂也不得過。管情只一椿事兒就過了〔一五〕。」婦人道：「告我說是那一椿兒？」西門慶道：「法不傳六耳，等我晚夕來對你說。」

早辰起來梳洗，春梅打發穿上衣裳。韓道國、崔本又早外邊伺候。西門慶出來燒了紙，打發起身。交付二人兩封書：「一封到揚州馬頭上投王伯儒店里下；這一封就往揚州城内抓尋苗青，問他的事情下落，快來回報我。如銀子不勾，我後邊再教來保稍去。」崔本道：「還有蔡老爹書没有？」西門慶道：「你蔡老爹書還不曾寫，教來保後邊稍了去罷。」二人拜辭，上頭口去了，不在話下。

西門慶冠帶了，就往衙門中來與夏提刑相會，道及昨承見招之意。夏提刑道：「今日奉屈長官一叙，再無他客。」發放已畢，各分散來家。只見一箇穿青衣皂隸，騎着快馬，夾着毡包，走的滿面汗流。到大門首，問平安：「此是提刑西門老爹家？」平安道：「你是那來的？」那人即便下馬作揖，說：「我是督催皇木的安老爹差來，送禮與老爹。俺老爹與管磚廠黃老爹，如今都往東平府胡老爹那里吃酒，順便先來拜老爹，看老爹在家不在。」平安道：「有帖兒没有？」那人向毡包内取出，連禮物都遞與平安。平安拏進去與西門慶看，見禮帖上寫着浙紬二端、湖綿四斤、香帶一束、古鏡一圓。分付：「包五錢銀子，拏回帖打發來人，就説在家拱候老爹。」那人急急去了。

西門慶一面預備酒菜，等至日中，二位官員喝道而至，乘轎張蓋甚盛。先令人投拜帖，一箇是「侍生安忱拜」，一箇是「侍生黄葆光拜」，都是青雲白鷴補子，烏紗皂履，下轎揖讓而入。西門慶出大門迎接，至廳上叙禮，各道契闊之情，分賓主坐下：黄主事居左，安主事居右，西門慶主位相陪。先是黄主事舉手道：「久仰賢名芳譽，學生拜遲。」西門慶道：「不敢！辱承老先生先施枉駕，當容踵叩。敢問尊號？」安主事道：「黄年兄號泰宇，取『履泰定而發天光』之意。」黄主事道：「敢問尊號？」西門慶道：「學生賤號四泉，——因小庄有四眼井之説。」安主事道：「昨日會見蔡年兄，説他與宋松原都在尊府打攪。」西門慶道：「因承雲峯尊命，又是敝邑公祖，敢不奉迎！小价在京已知鳳翁榮選，未得躬賀。」又問：「幾時起身府上來？」安主事道：「自去歲尊府别後，到家續了親，過了年，正月就來京了。還在工部，備員主事，欽差督運皇木，前往荆州，道經此處，敢不奉謁！」西門慶又説：「盛儀感謝不盡。」説畢，因請寬衣，令左右安放桌席。黄主事就要起身，安主事道：「實告：我與黄年兄，如今還往東平胡太府那里赴席，因打尊府過，敢不奉謁。容日再來取擾。」西門慶道：「就是往胡公處，去路尚遠，縱二公不餓，其如從

寫西門慶市井口談，令人絶倒。

者何？學生不敢具酌，只備一飯在此，以犒從者。」于是先打發轎上攢盤，廳上安放桌席，珍羞異品，極時之盛。就是湯飯點心、海鮮美味，一齊上來。西門慶將小金鍾，每人只奉了三盃，連桌兒擡下去，管待親隨家人吏典。少頃，兩位官人拜辭起身，安主事因向西門慶道：「生輩明日有一小東，奉屈賢公到我這黄年兄同僚劉老太監庄上一敘，未審肯命駕否？」西門慶道：「既蒙寵招，敢不趨命！」説畢，送出大門，上轎而去。

只見夏提刑差人來邀，西門慶説道：「我就去。」一面分付備馬，走到後邊換了冠帶衣服，出來上馬。玳安、琴童跟隨，排軍喝道，逕往夏提刑家來。到廳上叙禮，説道：「適有工部督催皇木安主政和磚廠黄主政來拜，留坐了半日，方纔去了。不然，也來的早。」説畢，讓至大廳，上面設放兩張桌席，讓西門慶居左，其次就是西賓倪秀才。伏。座間因敘話問道：「老先生尊號？」倪秀才道：「學生賤名倪鵬，字時遠，號桂巖，見在府庠備數，在我這東主夏老先生門下，設館教習賢郎大先生舉業。友道之間，實有多愧。」説話間，兩箇小優兒上來磕頭，彈唱飲酒不題。

一種風流困倦情態，寫得懨懨在目。

且説潘金蓮從打發西門慶出來，直睡到晌午纔扒起來。甫能起來，又懶待梳頭。恐怕後邊人説他，月娘請他吃飯也不吃，只推不好。大後晌纔出房門，來到後邊。月娘因西門慶不在，要聽薛姑子講説佛法，演頌金剛科儀，在明間内安放一張經桌兒，焚下香。薛姑子與王姑子兩箇對坐，妙趣、妙鳳兩箇徒弟立在兩邊[一六]，接念佛號。大妗子、楊姑娘、吳月娘、李嬌兒、孟玉樓、潘金蓮、李瓶兒、孫雪娥和李桂姐衆人，一箇不少，都在跟前圍着他坐的，聽他演誦。先是薛姑子道：

蓋聞電光易滅，石火難消。落花無返樹之期，逝水絶歸源之路。畫堂繡閣，命盡有若長空；極品高官，祿絶猶如作夢。黄金白玉，空爲禍患之資；紅粉輕衣，總是塵勞之費。妻孥無百載之歡〔一七〕，黑暗有千重之苦。一朝枕上，命掩黄泉，青史揚虚假之名，黄土埋不堅之骨。田園百頃，其中被兒女争奪；綾錦千箱，死後無寸絲之分。青春未半，而白髮來侵；賀者纔聞，而吊者隨至。苦，苦，苦！氣化清風塵歸土。點點輪迴喚不回，改頭換面無遍數。

讀數語，令人修行不及，爲歡不及。奈何，奈何！

南無盡虚空遍法界，過去未來佛法僧三寶。

無上甚深微妙法，百千萬刧難遭遇。

我今見聞得受持，願解如來真實義。

王姑子道：「當時釋迦牟尼佛，乃諸佛之祖，釋教之主，如何出家？願聽演説。」薛姑子便唱《五供養》：

釋伽佛，梵王子，捨了江山雪山去，割肉喂鷹鵲巢頂。只修的九龍吐水混金身，纔成南無大乘大覺釋伽尊。

王姑子又道：「釋伽佛既聽演説，當日觀音菩薩如何修行，纔有莊嚴百化化身，有大道力？願

玳安畢竟有正景，有主意。後之能爲小員外者，非盡僥倖。

聽其說——」

薛姑子正待又唱，只見平安兒慌慌張張走來說道：「巡按宋爺差了兩箇快手、一箇門子送禮來。」月娘慌了，說道：「你爹往夏家吃酒去了，誰人打發他？」正說着，只見玳安兒回馬來家，放進毡包來〔一八〕，說道：「不打緊，等我拏帖兒對爹說去。教姐夫且請那門子進來，管待他些酒飯兒着。」這玳安交下毡包，拏着帖子，騎馬雲飛般走到夏提刑家，如此這般，說巡按宋老爺送禮來。西門慶看了帖子，上寫着鮮猪一口、金酒二尊、公紙四刀、小書一部。下書「侍生宋喬年拜」。連忙分付：「到家交書童快拏我的官銜雙摺手本回去〔一九〕，門子答賞他三兩銀子、兩方手帕，擡盒的每人與他五錢。」玳安來家，到處尋書童兒，那裡得來？急的只牛回磨轉。陳敬濟又不在，交傅夥計陪着人吃酒，玳安旋打後邊討了手帕、銀子出來，又没人封，自家在櫃上彌封停當，教傅夥計寫了，大小三包。因向平安兒道：「你就不知往那去了？」平安道：「頭裡姐夫在家時，他還在家來；落後姐夫往門外討銀子去了，他也不見了。」玳安道：「別要題，已定秫秫小厮在外邊胡行亂走的，養老婆去了。」正在急唣之間，只見陳敬濟與書童兩箇，疊騎着騾子纔來，被玳安罵了幾句，教他寫了官銜手本，打發送禮人去了。玳安道：「賊秫秫小厮，仰摣着掙了合蓬着丟。寫得恰好。爹不在，家裡不看，跟着人養老婆兒去了。爹又没使你和姐夫門外討銀子，你平白跟了去做甚麽？看我對爹說不說！」書童道：「你說不是，我怕你？寫出大膽。你不說就是我的兒。」玳安道：「賊狗攮的秫秫小厮，你賭幾箇真箇？」走向前，一箇潑脚撇翻倒，兩箇就硪碌成一塊了。那玳安得手，吐了他一口唾沫纔罷了。說道：「我接爹去，等我來家和淫婦筭帳。」騎馬一直去了。

金蓮之動，玉樓之靜，月娘之憎，瓶兒之隨，人各一心，心各一口，各說各是，都爲寫出。

月娘在後邊，打發兩箇姑子吃了些茶食，又聽他唱佛曲兒，宣念偈子。那潘金蓮不住在傍先拉玉樓不動，又扯李瓶兒，又怕月娘說。月娘便道：「李大姐，他叫你，你和他去不是。省的急的他在這裡恁有𠜱劃沒是處的。」那李瓶兒方纔同他出來。被月娘瞅了一眼，說道：「拔了蘿蔔地皮寬，交他去了，省的他在這裡跑兎子一般，原不是聽佛法的人。」

這潘金蓮拉着李瓶兒走出儀門，因說道：「大姐姐好幹這營生，你家又不死人，平白交姑子家中宣起卷來了。都在那裡圍着他怎的？咱們出來走走，就看看大姐在屋裡做甚麽哩。」于是一直走出大廳來。只見廂房內點着燈，大姐和敬濟正在裡面絮聒，說不見了銀子。被金蓮向窗欞上打了一下，說道：「後面不去聽佛曲兒，兩口子且在房裡伴的甚麽嘴兒？」陳敬濟出來看見二人，說道：「早是我沒曾罵出來，原來是五娘、六娘來了。請進來坐。」金蓮道：「你好膽子，罵不是！」進來見大姐正在燈下納鞋，說道：「這咱晚，熱刺刺的，還納鞋？」因問：「你兩口子嚷的是些甚麽？」陳敬濟道：「你問他。爹使我門外討銀子去，他與了我三錢銀子，就教我替他稍銷金汗巾子來。不想到那里，袖子裡摸銀子沒了，不曾稍得來。來家他說我那里養老婆，和我嚷罵了這一日，急的我賭身罰咒。不想丫頭掃地，地下拾起來。他把銀子收了不與，還教我明日買汗巾子來。你二位老人家說，却是誰的不是？」那大姐便罵道：「賊囚根子，別要

大姐既無

容又無情，徒以父母之勢降伏其夫，豈婦道哉？後之不得其死，有繇然哉！

說嘴。你不養老婆，平白帶了書童兒去做甚麽？剛纔教玳安甚麽不罵出來！想必兩箇打夥兒養老婆去來。去到這咱晚纔來，你討的銀子在那里？」金蓮問道：「有了銀子不曾？」大姐道：「剛纔丫頭掃地拾起來，我拏着哩。」金蓮道：「不打緊處。我與你些銀子，明日也替我帶兩方銷金汗巾子來。」李瓶兒便問：「姐夫，門外有，也稍幾方兒與我。」敬濟道：「門外手帕巷有名王家，專一發賣各色改樣銷金點翠手帕汗巾兒，隨你要多少也有。你老人家要甚顏色，銷甚花樣，早說與我，明日都替你一齊帶的來了。」李瓶兒道：「我要一方老黃銷金點翠穿花鳳的。」敬濟道：「六娘，老金黃銷上金不現。」李瓶兒道：「你別要管我。我還要一方銀紅綾銷江牙海水嵌八寶兒的，又是一方閃色芝蔴花銷金的。」敬濟便道：「五娘，你老人家要甚花樣？」金蓮道：「我没銀子，只要兩方兒勾了。要一方玉色綾瑣子地兒銷金的。」敬濟道：「你又不是老人家，白刺刺的，要他做甚麽？」金蓮道：「你管他怎的？戴不的，等我往後有孝戴。」（呪人。）敬濟道：「那一方要甚顏色？」金蓮道：「那一方，我要嬌滴滴紫葡萄顏色四川綾汗巾兒，上銷金間點翠，十様錦，同心結，方勝地兒——一箇方勝兒裡面一對兒喜相逢，兩邊闌子兒，都是纓絡珍珠碎八寶兒。」敬濟聽了，說道：「耶嚛，耶嚛！再没了？賣瓜子兒開廂子打噴嚏——瑣碎一大堆。」金蓮道：「怪短命，有錢買了稱心貨，隨各人心裡所好，你管他怎的！」李瓶兒便向荷包裡拏出一塊銀子兒，遞與敬濟，說：「連你五娘的都在裡頭了。」金蓮搖着頭兒說道：「等我與他罷。」（又受了，又不服氣。）李瓶兒道：「都一答兒交姐夫稍了來，那又起個窨兒！」敬濟道：「就是連五娘的，這銀子還多着哩。」一面取等子稱稱，一兩九錢。李瓶兒道：「剩下的就與大姑娘稍兩方來。」大姐連忙道了萬福。金蓮道：「你六娘替大姐買了汗巾兒，把那三錢銀子拏出來，你兩口兒鬬葉兒，賭了東道罷。還不饒他。惡人。少，便叫你六娘貼些兒出來，明日等你爹不在，買燒鴨子、白酒咱每吃。」敬濟道：「既是五娘說，拏出來。」大姐遞與金蓮，金蓮交付與李瓶兒收着。拏出紙牌來，燈下大姐與敬濟鬬。金蓮又在傍替大姐指點，登時贏了敬濟三掉。忽聽前邊打門，西門慶來家，金蓮與李瓶兒纔回房去了。

敬濟出來迎接西門慶回了話，說徐四家銀子，後日先送二百五十兩來，餘者出月交還。西門慶罵了幾句，酒帶半酣，也不到後邊，逕往金蓮房裡來。正是：

自有內事迎郎意，何怕明朝花不開。

夫妻輸贏都要拿出來，何必賭？騙法妙甚！

校記

〔一〕「新刻繡像批評金瓶梅卷之十一」，原脫「之十一」三字，據內閣本補。

〔二〕「詩曰」，內閣本無。

〔三〕「睹身」，崇禎諸本同。按張評本、詞話本作「賭身」。

〔四〕「差」，吳藏本作「着」。

〔五〕「椿」，原作「樁」，據內閣、吳藏等本改。

〔六〕「太尉」，原作「大尉」，據內閣、吳藏等本改。

〔七〕「這里誰人家銀子，那里誰人家銀子」，兩「誰」字，崇禎諸本同。按張評本作「借」，詞話本作「誰」。

〔八〕「頂」，吳藏本作「稟」。

〔九〕「狗第子」，内閣本作「狗弟子」。

〔一〇〕「撥」，内閣、吳藏等本作「發」。按張評本作「發」，詞話本作「撥」。

〔一一〕「嗔道」，吳藏本作「怪道」。

〔一二〕「挽回」，内閣本作「掩回」。

〔一三〕「于」，原作「干」，據内閣等本改。

〔一四〕「麈柄」，原作「麈柄」，據内閣、天圖等本改。

〔一五〕「一椿」，原作「一椿」，據内閣本改。

〔一六〕「兩邊」，吳藏本作「旁邊」。

〔一七〕「妻孥」，原作「妻拏」，據吳藏本改。

〔一八〕「放」，吳藏本作「抱」。

〔一九〕「官銜」，内閣本作「官御」。

金瓶梅

第五十二回　應伯爵山洞戲春嬌

潘金蓮花園調愛壻

第五十二回　應伯爵山洞戲春嬌　潘金蓮花園調愛婿

詩曰〔一〕：

青樓曉日珠簾映，紅粉春粧寶鏡催。
已厭交歡憐舊枕，相將遊戲繞池臺。
坐時衣帶縈纖草，行處裙裾掃落梅。
更道明朝不當作，相期共鬭管絃來。

話說那日西門慶在夏提刑家吃酒，見宋巡按送禮，他心中十分歡喜。夏提刑亦敬重不同往日，勢利一時便起。攔門勸酒，吃至三更天氣纔放回家。潘金蓮又早向燈下除去冠兒，設放衾枕，薰香澡牝等候。西門慶進門，接着，見他酒帶半酣，連忙替他脫衣裳。春梅點茶吃了，打發上床歇息。見婦人脫得光赤條身了〔二〕，坐着床沿，低垂着頭，將那白生生腿兒橫抱膝上纏脚，那得不愛。換了雙大紅平底睡鞋兒。西門慶一見，淫心輒起，麈柄挺然而興〔三〕。因問婦人要淫器包兒，婦人忙向褥子底下摸出來遞與他。西門慶把兩箇托子都帶上，一手摟過婦人在懷裡，因說：「你達今日要和你幹箇『後庭花兒』，你肯不肯？」那婦人瞅了一眼，說道：「好箇沒廉耻寃家，你成日和書童兒小厮幹的不值了，又纏起我來了，你和那奴才幹去不是！」西門慶笑道：「怪

□是厨中□争如炙裹心。作者風流已曜□紙上。

小油嘴兒，罷麼！你若依了我，又稀罕小厮做甚麼？你不知你達心裡好的是這椿兒〔四〕，管情放到裡頭去就過了。」哄騙口角，妙。婦人被他再三纏不過，說道：「奴只怕挨不得你這大行貨。你把頭子上圈去了，我和你耍一遭試試。」西門慶真箇除去硫黄圈，根下只束着銀托子，令婦人馬爬在床上，屁股高蹶，將唾津塗抹在龜頭上，往來濡研頂入。龜頭昂健，半晌僅没其稜。婦人在下蹙眉隱忍，口中咬汗巾子難捱，叫道：「達達漫着些。這箇比不的前頭，撐得裏頭熱炙火燎的疼起來。」這西門慶叫道：「好心肝，你叫着達達，不妨事。到明日買一套好顏色粧花紗衣服與你穿。」婦人道：「那衣服倒也有在，我昨日見李桂姐穿的那玉色線掐羊皮挑的金油鵝黄銀條紗裙子，倒好看，說是裏邊買的。他每都有，只我没這裙子。倒不知多少銀子，你倒買一條我穿罷了。」西門慶道：「不打緊，我到明日替你買。」一壁說着，在上頗作抽拽，只顧没稜露腦，淺抽深送不已。婦人回首流眸叫道：「好達達，這里緊着人疼的要不的，如何只顧這般動作起來了？我央及你，好歹快些丢了罷！」這西門慶不聽，且扶其股，翫其出入之勢。一面口中呼道：「潘五兒，小淫婦兒，你好生浪浪的叫着達達，哄出你達達屣兒來罷。」那婦人真箇在下星眼朦朧，鶯聲欵掉，柳腰欵擺，香肌半就，口中艷聲柔語，百般難述。良久，西門慶覺精來，兩手扳其股，極力而擁之，扣股之聲响之不絕。那婦人在下邊呻吟成一塊，不能禁止。臨過之時，西門慶把婦人屁股只一扳，塵柄盡没至根，直底于深異處，其美不可當。于是怡然感之，一泄如注〔五〕。婦人承受其精，二體偎貼。良久拽出塵柄，但見猩紅染莖，蛙口流涎，婦人以帕抹之，方纔就寢。一宿晚景題過。

次日，西門慶早辰到衙門中回來，有安主事、黃主事那里差人來下請書，二十二日在磚廠劉太監庄上設席，請早去。西門慶打發來人去了，從上房吃了粥，正出廳來，只見篦頭的小周兒扒倒地下磕頭。西門慶道：「你來的正好，我正要篦篦頭哩。」于是走到翡翠軒小捲棚內，坐在一張涼椅兒上，除了巾幘，打開頭髮，小周兒舖下梳篦家活，與他篦頭櫛髮。觀其泥垢，辨其風雪，跪下討賞錢，說：「老爹今歲必有大遷轉，髮上氣色甚旺。」西門慶大喜。篦了頭，又叫他取耳，掐捏身上。他有滾身上一弄兒家活，到處與西門慶滾捏過，又行導引之法，把西門慶弄的渾身通泰。賞了他五錢銀子，教他吃了飯，伺候着哥兒剃頭。西門慶就在書房內，倒在大理石床上就睡着了。

那日楊姑娘起身，王姑子與薛姑子要家去。吳月娘將他原來的盒子都裝了些蒸酥茶食，打發起身。兩箇姑子，每人又是五錢銀子，兩箇小姑子，與了他兩疋小布兒，管待出門。薛姑子又囑付月娘：「到壬子日把那藥吃了，管情就有喜事。」月娘道：「薛爺，你這一去，八月裏到我生日，好來走走，我這里盼你哩。」薛姑子合掌問訊道：「打攪。菩薩這里，我到那日已定來。」于是作辭。月娘衆人都送到大門首。月娘與大妗子回後邊去了，只有玉樓、金蓮、瓶兒、西門大姐、李桂姐抱着官哥兒，來花園裡遊翫。李瓶兒道：「桂姐，你遞過來，等我抱罷。」桂姐道：「六娘，不妨事，我心裡要抱抱哥子。」玉樓道：「桂姐，你還没到你爹新收拾書房裏瞧瞧哩。」到花園內，金蓮見紫薇花開得爛熳，摘了兩朵與桂姐戴。偏有弄頭。于是順着松牆兒到翡翠軒，見裏面擺設的床帳屏几、書畫琴棋極其瀟灑。床上綃帳銀鈎、冰簟珊枕，西門慶倒在床上，睡思正濃。傍邊流金小篆，焚着一縷龍涎，綠窗半掩，窗外芭蕉低映。潘金蓮且在桌上掀弄他的香盒兒，玉樓和李瓶兒都坐在椅兒上。西門慶忽翻過身來，看見衆婦人都在屋裡，便道：「你每來做甚麽？」金蓮道：「桂姐要看看你的書房，俺每引他來瞧瞧。」那西門慶見他抱着官哥兒，又引鬭了一回。忽見畫童來說：「應二爹來了。」衆婦人都亂走不迭，往李瓶兒那邊去了。應伯爵走到松墻邊，看見桂姐抱着官哥兒，便道：「好呀！李桂姐在這里。」故意問道：「你幾時來？」映前先設。那桂姐走了，說道：「罷麽，怪花子，又不關你事，問怎的？」伯爵道：「好小淫婦兒，不關我事也罷，你且與我箇嘴着。」于是摟過來就要親嘴。被桂姐用手只一推，罵道：「賊不得人意怪攮刀子，若不是怕諕了哥子，我這一扇把子打的你……」西門慶走出來看見，說道：「怪狗才，看諕了孩兒！」因教書童：「你抱哥兒送與你六娘去。」那書童連忙接過來。妳子如意兒正在松墻拐角邊等候，接的去了。伯爵和桂姐兩箇站着說話，問：「你的事怎樣了？」桂姐道：「多虧爹這里可憐見，差保哥替我往東京說去了。」伯爵道：「好，好，也罷了。如此你放心些。」說畢，桂姐就往後邊去了。伯爵道：「怪小淫婦兒，你過來，我還和你說話。」桂姐道：「我走走就來。」于是也往李瓶兒這邊來了。

伯爵與西門慶纔唱喏坐的。西門慶道：「昨日我在夏龍溪家吃酒，大巡宋道長那里差人

以西門慶

口腹，豈嗜一猪？而出之大巡，便覺視爲上品異味。人情乎？勢利乎？吾所不解。

數語蓋爲此輩油手幫閑現身說法，不可作戲談閑話草草看過。

謝希大只同走一遭，便受一遭之累。擇交可不慎

送禮，送了一口鮮豬。我恐怕放不的，今早旋叫厨子來卸開，用椒料連猪頭燒了。你休去，如今請謝子純來，咱每打雙陸，同享了罷。」一面使琴童兒：「快請你謝爹去。你說應二爹在這里。」琴童兒應諾去了。伯爵因問：「徐家銀子討來了不曾？」西門慶道：「賊没行止的狗骨禿，明日纔先與二百五十兩。你教他兩箇後日來，少的，我家里凑與他罷。」伯爵道：「這等又好了。怕不得他今日也買些鮮物兒來孝順你。」西門慶道：「倒不消教他費心。」說了一回，西門慶問道：「老孫、祝麻子兩箇，都起身去了不曾？」伯爵道：「自從李桂兒家拏出來，在縣裡監了一夜，第二日，三箇一條鐵索〔六〕，都解上東京去了。到那里，没箇清潔來家的！你只說成日圖飲酒吃肉，好容易吃的果子兒！似這等苦兒，也是他受。路上這等大熱天，着鐵索扛着，又没盤纏，有甚麽要緊。」西門慶笑道：「怪狗才，充軍擺戰的不過〔七〕！誰教他成日跟着王家小廝只胡撞來！他尋的苦兒他受。」伯爵道：「哥說的有理。蒼蠅不鑽没縫的鷄蛋，他怎的不尋我和謝子純？清的只是清，渾的只是渾。」

正說着，謝希大到了。唱畢喏坐下，只顧搧扇子。西門慶問道：「你怎的走恁一臉汗？」希大道：「哥别題起，今日平白惹了一肚子氣。大清早辰，老孫媽媽子走到我那里，說我弄了他去。恁不合理的老淫婦！你家漢子成日摽着人在院裡大酒大肉吃，大把搗了銀子錢家去，你過陰去來？誰不知道！你討保頭錢，分與那箇一分兒使也怎的？交我扛了兩句走出來，不想哥這里呼喚。」伯爵道：「我剛纔和哥不說，新酒放在兩下里，清自清，渾自渾。當初咱每怎麽說

哉！

一自誇，一旁譽，真相知！

來？我説跟着王家小厮，到明日有一失。今日如何？撞到這網裡，怨悵不的人！」西門慶道：「王家那小厮，有甚大氣概？腦子還未變全，養老婆！還不勾俺每那咱撒下的，羞死鬼罷了！」伯爵道：「他曾見過甚麼大頭面，且比哥那咱的勾當，題起來把他誂殺罷了。」説畢，小厮拿茶上來吃了。西門慶道：「你兩箇打雙陸，後邊做着水麵，等我叫小厮拿來咱每吃。」不一時，琴童來放桌兒，畫童兒用方盒拿上四箇小菜兒，又是三碟兒蒜汁、一大碗猪肉滷，一張銀湯匙、三雙牙筯。擺放停當，三人坐下，然後拿上三碗麵來，各人自取澆滷，傾上蒜醋。那應伯爵與謝希大拏起筯來，只三扒兩嚥就是一碗。兩人登時狠了七碗。西門慶兩碗還吃不了，説道：「我的兒，你兩箇吃這些！」伯爵道：「哥，今日這麵是那位姐兒下的？又好吃又爽口。」謝希大道：「本等滷打的停當，我只是剛纔吃了飯了，不然我還禁一碗。」兩箇吃的熱上來，把衣服脱了。見琴童兒收家活，便道：「大官兒，到後邊取些水來，俺每漱漱口。」謝希大道：「温茶兒又好。熱的盪的死蒜臭。」少頃，畫童兒拿茶至。三人吃了茶，出來外邊松墻外各花臺邊走了一遭。只見黃四家送了四盒子禮來，平安兒掇進來與西門慶瞧：一盒鮮烏菱、一盒鮮荸薺、四尾冰湃的大鰣魚、一盒枇杷果。伯爵看見説道：「好東西兒！他不知那里剜的送來，我且嚐箇兒着。」一手撾了好幾箇，遞了兩箇與謝希大，説道：「還有活到老死，還不知此是甚麼東西兒哩。」西門慶道：「怪狗才，還没供養佛，就先撾了吃？」伯爵道：「甚麼没供佛，我且入口無贓着。」西門慶分付：「交到後邊收了。問你三娘討三錢銀子賞他。」伯爵問：「是李錦送來，是黃

此書只一味要打破世情，故不論事之大小冷熱，但世情所有，便一筆刺入。

看了好日子剃頭，却幾乎將孩子剃殺。陰陽可信乎？不可信乎？微詞逗出。開口便如天造地設，絕無一語杜撰。所以

寧兒？」平安道：「是黃寧兒。」伯爵道：「今日造化了這狗骨禿了，又賞他三錢銀子。」這里西門慶看着他兩個打雙陸不題。

且說月娘和桂姐、李嬌兒、孟玉樓、潘金蓮、李瓶兒、大姐，都在後邊吃了飯，在穿廊下坐的。只見小周兒在影壁前探頭舒腦的，李瓶兒道：「小周兒，你來的好。且進來與小大官兒剃剃頭，他頭髮都長長了。」小周兒連忙向前都磕了頭，說：「剛纔老爹分付，交小的進來與哥兒剃頭。」月娘道：「六姐，你拏曆頭看看，好日子，歹日子，就與孩子剃頭？」金蓮便交小玉取了曆頭來，揭開看了一回，說道：「今日是四月廿一日〔八〕，是箇庚戌日〔九〕，金定婁金狗當直，宜祭祀、官帶、出行、裁衣、沐浴、剃頭、修造、動土，宜用午時。——好日期。」月娘道：「既是好日子，叫丫頭熱水，你替孩兒洗頭，教小周兒慢慢哄着他剃。」小玉在傍替他用汗巾兒接着頭髮，纔剃得幾刀兒，這官哥兒呱的怪哭起來。那小周連忙趕着他哭只顧剃，不想把孩子哭的那口氣憋下去，不做聲了，臉便脹的紅了。李瓶兒諕慌手脚，連忙說：「不剃罷，不剃罷！」那小周兒諕的收不迭家活，往外没脚的跑。月娘道：「我說這孩子有些不長俊，護頭。自家替他剪剪罷，平白教進來剃，剃的好麽！」天假其便，那孩子憋了半日氣，纔放出聲來。李瓶兒方纔放心，只顧拍哄他，說道：「好小周兒，恁大膽！平白進來把哥哥頭來剃了去了。剃的恁半落不合的，欺負我的哥哥。還不拏回來，等我打與哥哥出氣。」于是抱到月娘跟前，月娘道：「不長俊的小花子兒，剃頭耍了你了，這等哭？剩下這些，到明日做剪毛賊！」引斸了一回，李瓶兒交

爲妙。

與妳子。月娘分付：「且休與他妳吃，等他睡一回兒與他吃。」妳子抱的前邊去了。只見來安兒進來取小周兒的家活，說諕的小周兒臉焦黃的。月娘問道：「他吃了飯不曾？」來安道：「他吃了飯，爹賞他五錢銀子。」月娘教來安：「你拏一甌子酒出去與他。諕着人家，好容易討這幾箇錢！」小玉連忙篩了一盞，拏了一碟臘肉，教來安與他吃了去了。

月娘悠然接上，妙在個中；桂姐突然插入，趣在言外。讀而噴飯者，猶只解得此文一半。

吳月娘因教金蓮：「你看看曆頭，幾時是壬子日？」金蓮看了說道：「二十三是壬子日〔一〇〕，交芒種五月節。」便道：「姐姐，你問他怎的？」月娘道：「我不怎的，問一聲兒。」李桂姐接過曆頭來看了，說道：「這二十四日，苦惱！是俺娘的生日，我不得在家。」月娘道：「前月初十日是你姐姐生日，過了。這二十四日，可可兒又是你媽的生日了。原來你院中人家一日害兩樣病，做三箇生日：日里害思錢病，黑夜思漢子的病；早辰是媽的生日，晌午是姐姐生日，晚夕是自家生日。——怎的都擠在一塊兒？趁着姐夫有錢，攛掇着都生日了罷！」桂姐只是笑，不做聲。只見西門慶使了畫童兒來請，桂姐方向月娘房中粧點勻了臉，往花園中來。

捲棚內，又早放下八僊桌兒，桌上擺設兩大盤燒猪肉并許多餚饌。衆人吃了一回，桂姐在傍拏鍾兒遞酒，伯爵道：「你爹聽着說，不是我索落你，人情兒已是停當了。你爹又替你縣中說了，不尋你了。虧了誰？還虧了我再三央及你爹，他纔肯了。平白他肯替你說人情去？隨你心愛的甚麼曲兒，你唱箇兒我下酒〔一一〕。也是拏勤勞准折。」桂姐笑罵道：「怪碜花子，你蛇蠑包網兒——好大面皮！爹他肯信你說話？」伯爵道：「你這賊小淫婦兒！你經還沒念，就

數語，伯爵猶作戲說。若今人說來，

便不以爲戲矣。

先打和尚。要吃飯，休惡了火頭！你敢笑和尚没丈母，我就單丁擺佈不起你這小淫婦兒？你休笑譁，我半邊俏還動的。」被桂姐把手中扇靶子，儘力向他身上打了兩下。西門慶笑罵道：「你這狗才，到明日論箇男盜女娼，還虧了原問處。」笑了一回，桂姐慢慢纔拏起琵琶，横担膝上，啓朱唇，露皓齒，唱道：

【黄鶯兒】誰想有這一種。減香肌，憔瘦損，鏡鸞塵鎖無心整。脂粉倦匀，花枝又懶簪。空教黛眉蹙破春山恨。

伯爵道：「你兩箇當初好來，如今就爲他躭些驚怕兒，也不該抱怨了。」桂姐道：「汗邪了你，怎的胡說！」——

最難禁，樵樓上畫角，吹徹了斷腸聲。

伯爵道：「腸子倒没斷，這一回來提你的斷了線，你兩箇休提了。」被桂姐儘力打了一下，罵道：「賊攮刀的，今日汗邪了你，只鬼混人的。」——

【集賢賓】幽窗静悄月又明，恨獨倚幃屏。驀聽的孤鴻只在樓外鳴，把萬愁又還題醒。更長漏永，早不覺燈昏香燼眠未成。他那里睡得安穩！

搶白得

伯爵道：「傻小淫婦兒，他怎的睡不安穩？又没拏了他去。落的在家裡睡覺兒哩。你便在人家躲着，逐日懷着羊皮兒，直等東京人來，一塊石頭方落地。」桂姐被他說急了，便道：「爹，你看應花子，不知怎的，只發訕纏我。」伯爵道：「你這回纔認的爹了？」桂姐不理他，彈着琵琶

尖，奉承得巧。伯爵殊有竅。

又唱：

【雙聲叠韻】思量起，思量起，怎不上心？無人處，無人處，淚珠兒暗傾。

伯爵道：「一箇人慣溺尿。一日，他娘死了，守孝打舖在靈前睡。晚了，不想又溺下了。人進來看見褥子濕，問怎的來，那人没的回答，只說：『你不知，我夜間眼淚打肚裡流出來了。』——就和你一般，爲他聲說不的，只好背地哭罷了。」桂姐道：「没羞的孩兒，你看見來？汗邪了你哩！」——

我怨他，我怨他，說他不盡，誰知道這里先走滾。自恨我當初不合他認真。

伯爵戲搶桂姐，似乎没趣，不知桂姐此事非西門慶所喜，特留情不言耳。西門慶不言，而伯爵代言之，正是大湊趣處。

又白描一

伯爵道：「傻小淫婦兒，如今年程，三歲小孩兒也哄不動，何況風月中子弟。你和他認真？你且住了，等我唱箇南曲兒你聽：『風月事，我說與你聽：如今年程，論不得假真。箇箇人古怪精靈，箇箇人久慣牢成，倒將計活埋把瞎缸暗頂。老虔婆只要圖財，小淫婦兒少不得拽着脖子往前挣。苦似投河，愁如覓井。幾時得把業罐子填完，就變驢變馬也不幹這營生。』」當下把桂姐說的哭起來了。被西門慶向伯爵頭上打了一扇子，笑罵道：「你這搊斷腸子的狗才，生生兒吃你把人就歐殺了。」因叫桂姐：「你唱，不要理他。」謝希大道：「應二哥，你好没趣！今日左來右去只欺負我這乾女兒。你再言語，口上生箇大疔瘡。」那桂姐半日拿起琵琶，又唱：

【簇御林】人都道他志誠。

伯爵纔待言語，被希大把口按了，說道：「桂姐你唱，休理他！」桂姐又唱道：

却原來厮勾引，眼睁睁心口不相應。

筆，情景宛然。

希大放了手，伯爵又說：「相應倒好了。心口裏不相應，如今虎口裏倒相應。不多，也只三兩炷兒。」桂姐道：「白眉赤眼，你看見來？」伯爵道：「我没看見，在樂星堂兒裏不是？」連西門慶衆人都笑起來了。桂姐又唱：

山誓海盟，説假道真，險些兒不爲他錯害了相思病。負人心，看伊家做作，如何教我有前程。

伯爵道：「前程也不敢指望他，到明日，少不了他箇招宣襲了罷。」桂姐又唱：

【琥珀猫兒墜】日疎日遠，何日再相逢？枉了奴痴心寧耐等。想巫山雲雨夢難成。薄情，猛拚今生和你鳳拆鸞零。

【尾聲】寃家下得忒薄倖，割捨的將人孤另。那世里的恩情番成做話餅〔一二〕。

唱畢，謝希大道：「罷，罷。叫畫童兒接過琵琶去，等我酬勞桂姐一杯酒兒，消消氣罷。」伯爵道：「等我哺菜兒。我本領兒不濟事，拏勤勞准折罷了。」桂姐道：「花子過去，誰理你！你大拳打了人，這回拏手來摸挲。」當下，希大一連遞了桂姐三杯酒，拉伯爵道：「咱每還有那兩盤雙陸，打了罷。」于是二人又打雙陸。西門慶遞了箇眼色與桂姐，就往外走。伯爵道：「哥，你往後邊去，稍些香茶兒出來。頭裡吃了些蒜，這回子倒反惡泛泛起來了。」西門慶道：「我那里得香茶來！」伯爵道：「哥你還哄我哩，杭州劉學官送了你好少兒〔一三〕，你獨吃也不好。」西門慶

桂姐自家理短，不敢十分認真。若平日，不知如何拌嘴矣。

笑的後邊去了。桂姐也走出來，在太湖石畔推掐花兒戴〔一四〕，也不見了。伯爵與希大一連打了三盤雙陸，等西門慶白不見出來。問畫童兒：「你爹在後邊做甚麼哩？」畫童兒道：「爹在後邊，就出來了。」伯爵道：「就出來，有些古怪！」因交謝希大：「你這里坐着，等我尋他尋去。」那謝希大且和書童兒兩個下象棋。

原來，西門慶只走到李瓶兒房里，吃了藥就出來了。在木香棚下看見李桂姐，就拉到藏春塢雪洞兒裡，把門兒掩着，坐在矮床兒上，把桂姐摟在懷中，腿上坐的，一徑露出那話來與他瞧，把桂姐諕了一跳。便問：「怎的就這般大？」西門慶悉把吃胡僧藥告訴了一遍。先交他低垂粉頸，欵啓猩唇，品咂了一回。然後，輕輕搊起他兩隻小小金蓮來，跨在兩邊肐膊上，抱到一張椅兒上，兩個就幹起來。不想應伯爵到各亭兒上尋了一遭，尋不着，打滴翠巖小洞兒裡穿過去，到了木香棚，抹過葡萄架，到松竹深處，藏春塢邊，隱隱聽見有人笑聲，又不知在何處。這伯爵慢慢躡足潛踪，掀開簾兒，見兩扇洞門兒虛掩，在外面只顧聽覷。聽見桂姐顫着聲兒，將身子只顧迎播着西門慶，叫：「達達，快些了事罷，只怕有人來。」被伯爵猛然大叫一聲，推開門進來，看見西門慶把桂姐扛着腿子正幹得好。說道：「快取水來，潑潑兩箇摟心的，摟到一答里了！」李桂姐道：「怪攮刀子，猛的進來，諕了我一跳！」伯爵道：「快些兒了事？好容易，也得值那些數兒是的。怕有人來看見，我就來了。且過來，等我抽箇頭兒着。」西門慶便道：「怪狗才，快出去罷了，休鬼混！我只怕小廝來看見。」那應伯爵道：「小淫婦兒，你央及我

情中着一癡屑子，便格格不化。西門慶與桂姐

雖歡私如故，而實無心可談。故借伯爵一混，草草完事。又作餘波。

央及兒。不然我就吆喝起來，連後邊嫂子每都嚷的知道。你既認做乾女兒了，好意教你躲住兩日兒，你又偷漢子。教你了不成！」桂姐道：「去罷，應怪花子！」伯爵道：「我去罷？我且親箇嘴着。」于是按着桂姐親了一箇嘴，纔走出來。西門慶道：「怪狗才，還不帶上門哩。」伯爵一面走來把門帶上，説道：「我兒，兩箇儘着搗，儘着搗，搗吊底也不關我事。」纔走到那箇松樹兒底下，又回來説道：「你頭裡許我的香茶在那里？」西門慶道：「怪狗才，等住回我與你就是了，又來纏人！」那伯爵方纔一直笑的去了。桂姐道：「好箇不得人意的攮刀子。」這西門慶和那桂姐兩箇，在雪洞內足幹勾一箇時辰，吃了一枚紅棗兒，纔得了事，雨散雲收。有詩爲証：

海棠枝上鶯梭急，緑竹陰中燕語頻。
閒來付與丹青手，一段春嬌畫不成。

少頃，二人整衣出來。桂姐向他袖子內掏出好些香茶來袖了。西門慶使的滿身香汗，氣喘吁吁，走來馬纓花下溺尿。李桂姐腰裏摸出鏡子來，妙。在月窗上擱着，整雲理髩，往後邊去了。

西門慶走到李瓶兒房裡，洗洗手出來。伯爵問他要香茶，西門慶道：「怪花子，你害了痞？如何只鬼混人！」每人掐了一撮與他。伯爵道：「只與我這兩箇兒？繇他，繇他！等我問李家小淫婦兒要。」正説着，只見李銘走來磕頭，伯爵道：「李日新在那里來？你沒曾打聽得他每的事怎麽樣兒了？」李銘道：「俺桂姐虧了爹這里。這兩日，縣里也沒人來催，只等京中示下哩。」伯爵道：「齊家那小老婆子出來了？」李銘道：「齊香兒還在王皇親宅內躲着哩。桂姐在爹這里好，誰人敢來尋？」伯爵道：「要不然也費手。虧我和你謝爹再三央勸你爹：『你不替他處處兒，教他那里尋頭腦去！』」李銘道：「爹這里不管，就了不成。俺三嬸老人家，風風勢勢的，幹出甚麽事！」伯爵道：「我記的這幾時是他生日，（偏他記得。）俺每會了你爹，與他做做生日。」（就伸脚兒。）李銘道：「爹每不消了。到明日事情畢了，三嬸和桂姐，愁不請爹每坐坐？」伯爵道：「到其間，俺每補生日就是了。」（便安根。）因叫他近前：「你且替我吃了這鍾酒着。我吃了這一日，吃不的了。」那李銘接過銀靶鍾來，跪着一飲而盡。謝希大交琴童又斟了一鍾與他。伯爵道：「你敢没吃飯？」桌上還剩了一盤點心，謝希大又拏兩盤燒猪頭肉和鴨子遞與他〔一五〕，李銘雙手接的，下邊吃去了。伯爵用筯子又撥了半段鰣魚與他，説道：「我見你今年還没食這箇哩，且嚐新着。」西門慶道：「怪狗才，都拏與他吃罷了〔一六〕，又留下做甚麽？」伯爵道：「等住回吃的酒闌，上來餓了，我不會吃飯兒？你們那里曉得，江南此魚一年只過一遭兒，吃到牙縫裡剔出來都是香的。好容易！公道説，就是朝廷還没吃哩！不是哥這里，誰家有？」正説着，只見畫童兒拿出四碟鮮物兒來：一碟烏菱、一碟荸薺、一碟雪藕、一碟枇杷。西門慶還没曾放到口裏，被應伯爵連碟子都搗過去，倒的袖了。謝希大道：「你也留兩箇兒我吃。」也將手搗一碟子烏菱來。只落下藕在桌子上，西門慶掐了一塊放在口內，別的與了李銘吃了。分付畫童後邊再取兩箇枇杷來賞李銘。李銘接的袖了，纔上來拿箏彈唱。唱了一回，伯爵又出題目，叫他唱了一套《花藥

要爲李三表情，故有許多此論。

欄》。三箇直吃到掌燈時候，還等後邊拿出綠豆白米水飯來吃了，纔起身。伯爵道：「哥，我曉得明日安主事請你，不得閒。李四、黃三那事，我後日會他來罷。」西門慶點頭兒。二人也不等送，就去了。西門慶教書童看收家伙，就歸後邊孟玉樓房中歇去了。

醉則醉，事在心頭。

一宿無話。到次日早起，也沒往衙門中去，吃了粥，冠帶騎馬，書童、玳安兩箇跟隨，出城南三十里，逕往劉太監庄上來赴席，不在話下。

潘金蓮趕西門慶不在家，與李瓶兒計較，將陳敬濟輸的那三錢銀子，又教李瓶兒添出七錢來，教來興兒買了一隻燒鴨、兩隻雞、一錢銀子下飯、一罈金華酒、一瓶白酒、一錢銀子裹餡涼糕，教來興兒媳婦整理端正。金蓮對着月娘說：「大姐那日鬬牌，贏了陳姐夫三錢銀子，李大姐又添了些，今治了東道兒，請姐姐在花園裡吃。」吳月娘就同孟玉樓、李嬌兒、孫雪娥、大姐、桂姐衆人，先在捲棚內吃了一回，然後拿酒菜兒，在山子上卧雲亭下棋，投壺，吃酒耍子。月娘想起問道：「今日主人怎倒不來坐坐？」大姐道：「爹又使他往門外徐家催銀子去了，也好待來也。」

不一時，陳敬濟來到，向月娘衆人作揖，就拉過大姐一處坐下。向月娘說：「徐家銀子討了來了，共五封二百五十兩，送到房裡，玉簫收了。」于是傳杯換盞，酒過數巡，各添春色。月娘與李嬌兒、桂姐三箇下棋，玉樓衆人都起身向各處觀花玩草耍子。惟金蓮獨自手搖着白團紗扇兒，往山子後芭蕉深處納涼。因見墻角草地下一朵野紫花兒可愛，便走去要摘。不想敬濟

獨自靜處走，未必無心。

柔情一牽，便不約而至。

有心，一眼睃見，便悄悄跟來，在背後說道：「五娘，你老人家尋甚麽？這草地上滑虀虀的，只怕跌了你，教兒子心疼。」油嘴。那金蓮扭回粉頸，斜睨秋波，帶笑帶罵道：「好箇賊短命的油嘴，跌了我，可是你就心疼哩？誰要你管！你又跟了我來做甚麽，也不怕人看着。」因問：「你買的汗巾兒怎了？」敬濟笑嘻嘻向袖子中取出，遞與他，說道：「六娘的都在這裡了。」又道：「汗巾兒買了來，你把甚來謝我？」于是把臉子挨的他身邊，被金蓮舉手只一推。不想李瓶兒抱着官哥兒，并妳子如意兒跟着，從松墻那邊走來，見金蓮手拏白團扇一動，不知是推敬濟，只認做撲蝴蝶，忙叫道：「五媽媽，撲的蝴蝶兒，把官哥兒一箇耍子。」慌的敬濟趕眼不見，兩三步就鑽進山子裡邊去了。金蓮恐怕李瓶兒瞧見，故意問道：「陳姐夫與了汗巾不曾？」李瓶兒道：「他還沒有與我哩。」金蓮道：「他剛纔袖着，對着大姐姐不好與咱的〔一七〕，悄悄遞與我了。」于是兩箇坐在芭蕉叢下花臺石上，打開分了。兩箇坐了一回，李瓶兒說道：「這答兒裡到且是蔭凉。」因使如意兒：「你去叫迎春屋裏取孩子的小枕頭并凉蓆兒來，就帶了骨牌來，我和五娘在這里抹回骨牌兒，你就在屋裡看罷。」如意兒去了。

問得賊甚。瞧見不瞧見都好轉嘴。

不一時，迎春取了枕蓆并骨牌來。李瓶兒舖下蓆，把官哥兒放在小枕頭兒上倘着，教他頑耍，他便和金蓮抹牌。抹了一回，交迎春往屋裡拿一壺好茶來〔一八〕。不想孟玉樓在卧雲亭上看見，點手兒叫李瓶兒說：「大姐姐叫你說句話兒。」李瓶兒撇下孩子，教金蓮看着：「我就來。」瓶兒疎略之甚。那金蓮記掛敬濟在洞兒裡，那里又去顧那孩子。趕空兒兩三步走入洞門首，教敬濟，說：

「没人，你出來罷。」敬濟便叫婦人進去瞧蘑菇：「裏面長出這些大頭蘑菇來了〔一九〕。」哄的婦人入到洞裏，就折疊腿跪着，要和婦人雲雨。兩箇正接着親嘴。也是天假其便，李瓶兒走到亭子上，月娘說：「孟三姐和桂姐投壺輸了〔二〇〕，你來替他投兩壺兒。」李瓶兒道：「底下没人看孩子哩。」玉樓道：「左右有六姐在那里，怕怎的？」月娘道：「孟三姐，你替他看看罷。」（畢竟月娘没心。）李瓶兒道：「三娘累你，亦發抱了他來罷。」教小玉：「你去就抱他的蓆和小枕頭兒來。」那小玉和玉樓走到芭蕉叢下，孩子便儻在蓆上，登手登脚的怪哭〔二一〕，並不知金蓮在那里。只見傍邊一箇大黑猫，見人來，一溜烟跑了。玉樓道：「他五娘那里去了？耶嚛，耶嚛！把孩子丟在這里，吃猫諕了他了。」那金蓮連忙從雪洞兒裏鑽出來，說道：「我在這里淨了淨手，誰往那去來！那里有猫諕了他？白眉赤眼的！」那玉樓也更不往洞裏看，只顧抱了官哥兒，拍哄着他往卧雲亭兒上去了。小玉拏着枕蓆跟的去了。（偏有此人知。）金蓮恐怕他學舌，隨屁股也跟了來。月娘問：「孩子怎的哭？」玉樓道：「我去時，不知是那里一箇大黑猫蹲在孩子頭跟前。」月娘說：「乾淨諕着孩兒？」李瓶兒道：「他五娘看着他哩。」玉樓道：「六姐往洞兒里淨手去來。」金蓮走上來說：「三姐，你怎的恁白眉赤眼兒的？那里討箇猫來！（不得不賴。）他想必餓了，要妳吃哭，就賴起人來？」李瓶兒見迎春拏上茶來，就使他叫奶子來喂哥兒妳。

（瓶兒東便東，西便西，大没主意。）

陳敬濟見無人，從洞兒鑽出來，順着松墻兒轉過捲棚，一直往外去了。正是：

兩手劈開生死路〔二二〕，一身跳出是非門。

月娘見孩子不吃妳，只是哭，分付李瓶兒：「你抱他到屋裏，好好打發他睡罷。」于是也不吃酒，衆人都散了。原來陳敬濟也不曾與潘金蓮得手，事情不巧，歸到前邊廂房中，有些咄咄不樂。正是：

無可奈何花落去，似曾相識燕歸來。

校記

〔一〕「詩曰」，內閣本無。
〔二〕「光赤條身了」，內閣本、天圖本、吳藏本作「光赤條身子」。
〔三〕「麈柄」，原作「塵柄」，據內閣、天圖、吳藏等本改。
〔四〕「椿」，原作「樁」，據內閣等本改。
〔五〕「一泄如注」，原作「一泄如汪」，據內閣本改。
〔六〕「三」，吳藏本作「二」。
〔七〕「不過」，吳藏本作「不過了」。
〔八〕「廿一日」，吳藏本作「二十一日」。
〔九〕「庚戌」，原作「庚戍」，據吳藏本改。
〔一〇〕「二十三」，吳藏本作「二十三日」。
〔一一〕「我下酒」，吳藏本作「我每下酒」。
〔一二〕「話餅」，吳藏本作「畫餅」。

〔一三〕「好少兒」，吳藏本作「好些兒」。

〔一四〕「掐花」，吳藏本作「採花」。

〔一五〕「拏兩盤」，原作「拏兩盤」，據內閣本改。

〔一六〕「拏與他吃罷」，吳藏本「他」下無「吃」字。

〔一七〕「對着大姐姐」，「大」字原缺，據內閣、吳藏等本補。

〔一八〕「拿」字，原係墨筆描補，內閣本作「煩」。按張評本作「拿」，詞話本作「炖」。

〔一九〕「便教婦人進去瞧蘑菇，裹面長出這些大頭蘑菇來了」，兩「蘑菇」，原均作「蘑茹」，據張評本改。

〔二〇〕「輸了」，原作「輸了」，據內閣本改。

〔二一〕「登手登脚的怪哭」，「怪」字原缺，據內閣本補。吳藏本作「大」。

〔二二〕「兩手」，內閣、吳藏等本作「雙手」。

金瓶梅

第五十三回

潘金蓮驚散幽歡

吳月娘拜求子息

第五十三回　潘金蓮驚散幽歡　吳月娘拜求子息

詞曰〔一〕：

小院閒階玉砌，墻隈半簇蘭芽。一庭萱草石榴花，多子宜男愛插。休使風吹雨打，老天好爲藏遮。莫教變作杜鵑花，粉褪紅銷香罷。

——右調《應天長》〔二〕

話說陳敬濟與金蓮不曾得手，悵怏不題。單表西門慶赴黃、安二主事之席，乘着馬，跟隨着書童、玳安四五人，來到劉太監庄上。早有承局報知，黃、安二主事忙整衣冠，出來迎接。那劉太監是地主，也同來相迎。西門慶下了馬，劉太監一手挽了西門慶，笑道：「咱三箇等候的好半日了，老丈却纔到來。」西門慶答道：「蒙兩位老先生見招，本該早來，實爲家下有些小事，反勞老公公久待，望乞恕罪！」三個大打恭〔三〕，進儀門來。讓到廳上，西門慶先與黃主事作揖，次與安主事、劉太監都作了揖，四人分賓主而坐。第一位讓西門慶坐了，第二就該劉太監坐。劉太監再四不肯，道：「咱忝是房主，還該兩位老先生，是遠客。」安主事道：「定是老先兒。」西門慶道：「若是序齒，還該劉公公。」劉太監推却不過，向黃、安兩主事道：「斗膽占了。」便坐了第一位。黃、安二主事坐了主席。一班小優兒上來磕了頭，左右獻過茶，當直的就遞上酒來。黃、安二主事起身安席坐下，小優兒拿檀板、琵琶、紘索〔四〕、簫管上來，合定腔調，細細唱了一套《宜春令》「青陽候烟雨淋」。唱畢，劉太監舉盃勸衆官飲酒。安主事道：「這一套曲兒，做的清麗無比，定是一箇絕代才子。況唱的聲音嘹喨，響遏行雲。却不是箇雙絕了麽！」西門慶道：「那個也不當奇，今日有黃、安二位做了賢主，劉公公做了地主，這纔是難得哩！」黃主事笑道：「也不爲奇，劉公公是出入紫禁，日覲龍顏，可不是貴臣？西門老丈，堆金積玉，彷彿陶朱，可不是富人〔五〕？富貴雙美，這纔是奇哩！」四個人哈哈大笑。當值的斟上酒來，又飲了一回。小優兒又拿碧玉洞簫，吹得悠悠咽咽，和着板眼，唱一套《沾美酒》「桃花溪，楊柳腰」的時曲。唱畢，衆客又贊了一番，歡樂飲酒不題。

贊處妙在帶三分笑罵意。

且說陳敬濟因與金蓮不曾得手，耐不住滿身慾火。見西門慶吃酒到晚還未來家，依舊閃入捲棚後面，探頭探腦張看。原來金蓮被敬濟鬼混了一場，也十分難熬，正在無人處手托香腮，沉吟思想。不料敬濟三不知走來，黑影子裡看見了，恨不的一碗水嚥將下去。就大着膽，悄悄走到背後，將金蓮雙手抱住，便親了箇嘴，說道：「我前世的娘！起先吃孟三兒那冤家打開了，幾乎把我急殺了。」金蓮不隄防，吃了一嚇。回頭看見是敬濟，心中又驚又喜，便罵道：「賊短命，閃了我一閃，快放手，有人來撞見怎了！」敬濟那裡肯放，便用手去解他褲帶。金蓮猶半推半就，早被敬濟一扯扯斷了。金蓮故意失驚道：「怪賊囚，好大膽！就這等容容易易要奈何小丈母？」猶立名分，妙。敬濟再三央求道：「我那前世的親娘，要敬濟的心肝煮湯吃，我也肯割出來。

驚喜便罵。因知婦人罵人必定驚而喜矣。寫佯推故就，字字銷魂。

敬濟一味急。金蓮雖急又急不得，更苦。

曖昧處偏

没奈何，只要今番成就成就。」敬濟口裡説着，腰下那話已是硬幫幫的露出來，朝着金蓮單裙只顧亂插。金蓮桃頰紅潮，情動久了。初還假做不肯，及被敬濟纍垂敖曹觸着，就禁不的把手去摸。（真情露矣。）敬濟便趁勢一手掀開金蓮裙子，儘力往内一插，不覺没頭露腦。原來金蓮被纏了一回，臊水濕漉漉的，（又下一註，更妙。）因此不費力送進了。兩個緊傍在紅欄杆上，任意抽送，敬濟還嫌不得到根，教金蓮倒在地下：「待我奉承你一箇不亦樂乎！」金蓮恐散了頭髮，又怕人來，推道：「今番且將就些，後次再得相聚，憑你便了。」（自開後約。）一個「達達」連聲，一個「親親」不住，厮併了半箇時辰。只聽得隔墻外簌簌的響，又有人説話，兩個一鬨而散。

敬濟雲情未已，金蓮雨意方濃，却是書童、玳安拿着冠帶拜匣，都醉醺醺的嚷進門來。月娘聽見，知道是西門慶來家，忙差小玉出來看。書童、玳安道：「爹隨後就到了。我兩人怕晚了，先來了。」不多時，西門慶下馬進門，已醉了，直奔到月娘房裡來，摟住月娘就待上床。月娘因要他明日進房，應二十三壬子日服藥行事，便不留他，道：「今日我身子不好，你往别房裡去罷。」西門慶笑道：「我知道你嫌我醉了，不留我。也罷，别要惹你嫌。我去了，明晚來罷。」月娘笑道：「我真有些不好，月經還未淨。誰嫌你？明晚來罷。」（連絡得妙。）西門慶就往潘金蓮房裡去了。金蓮正與敬濟不盡興回房〔六〕，眠在炕上，一見西門慶進來，忙起來笑迎道：「今日吃酒，這咱時纔來家？」西門慶也不答應，一手摟將過來，連親了幾個嘴，一手就下邊一摸，摸着他牝户，道：「怪小淫婦，你想着誰來？兀那話濕搭搭的。」金蓮自覺心虛，也不做聲。（做聲便不妙。）只笑

〔識破，却又當面瞞過。寫得奇險驚人。〕

推開了西門慶，向後邊澡牝去了。當晚與西門慶雲情雨意，不消説得。

且表吳月娘次日起身，正是二十三壬子日。梳洗畢，就教小玉擺着香桌，上邊放着寶爐，燒起名香，又放上《白衣觀音經》一卷。月娘向西皈依禮拜，拈香畢，將經展開，念一遍，拜一拜，念了二十四遍，拜了二十四拜，圓滿。然後，箱内取出丸藥放在桌上，又拜了四拜，禱告道：「我吳氏上靠皇天，下賴薛師父、王師父這藥，仰祈保佑，早生子嗣。」告畢，小玉盪的熱酒，傾在盞内。月娘接過酒盞，一手取藥調勻，西向跪倒，先將丸藥嚥下，又取末藥也服了，喉嚨内微覺有些腥氣。（映出胎衣。）月娘迸着氣一口呷下〔七〕，（愚人之苦。）又拜了四拜。當日不出房，只在房裡坐的。

〔以二尼並申祝贊，妙刺。〕

西門慶在潘金蓮房中起身，就叫書童寫謝宴帖，往黄、安二主事家謝宴。書童去了，就是應伯爵來到。西門慶出來，應伯爵作了揖，説道：「哥昨在劉太監家吃酒，幾時來家？」西門慶道：「承兩公十分相愛，灌了好幾盃酒，歸路又遠，更餘來家。已是醉了，這咱纔起身。」玳安捧出早飯〔八〕，西門慶正和伯爵同吃，又報黄主事、安主事來拜。西門慶整衣冠，教收過家活出迎。應伯爵忙廻避了。黄、安二主事一齊下轎。進門厮見畢，三人坐下，一面捧出茶來吃了。黄、安二主事道：「夜來有褻。」西門慶道：「多感厚情，政要叩謝兩位老先生，如何反勞台駕先施！」安主事道：「昨晚老先生還未盡興，爲何就別了？」西門慶道：「晚生已大醉了。臨起身，又被劉公公灌上十數盃葡萄酒，在馬上就要嘔，耐得到家，睡到今日還有些不醒哩。」笑了一番，又吃過三盃茶，説些閑話，作別去了。應伯爵也推事故家去。西門慶回進後邊吃了飯，就坐轎答拜黃、安二主事去。又寫兩個紅禮帖，分付玳安備辦兩副下程，趕到他家面送。當日無話。

西門慶來家，吳月娘打點床帳，等候進房。西門慶進了房，月娘就教小玉整設餚饌，盪酒上來，兩人促膝而坐。西門慶道：「我昨夜有了盃酒，你便不肯留我，又假推甚麼身子不好，這咱搗鬼！」月娘道：「這不是搗鬼，果然有些不好。難道夫妻之間恁地疑心？」西門慶吃了十數盃酒，又吃了些鮮魚鴨腊，便不吃了，月娘交收過了。小玉薰的被窩香噴噴的，兩個洗澡已畢，脫衣上床。枕上綢繆，被中繾綣，言不可盡。這也是吳月娘該有喜事，恰遇月經轉。兩下似水如魚，便得了子了〔九〕。正是：

月娘得子，寫得此藥毫不相干。春秋妙筆。

花有並頭蓮並蒂，帶宜同挽結同心。

次日，西門慶起身梳洗，月娘備有羊羔美酒、雞子腰子補腎之物，與他吃了，打發進衙門去。西門慶衙門散了回來，就進李瓶兒房看哥兒。李瓶兒抱着孩子向西門慶道：「前日我有些心愿未曾了。這兩日身子有些不好，坐淨桶時，常有些血水淋得慌。早晚要酬酬心愿，你又忙碌碌的，不得個閒空〔一〇〕。」西門慶道：「你既要了愿時，我叫玳安去接王姑子來，與他商量，做些好事就是了。」便叫玳安，分付接王姑子。玳安應諾去了。

西門慶平日最鄙薄姑子，今日忽自接來。所謂愚人易惑

書童又報：「常二叔和應二爹來到。」西門慶便出迎廝見。應伯爵道：「前日謝子純在這裡吃酒，我說的黃四、李三的那事，哥應付了他罷。」西門慶道：「我那裡有銀子？」應伯爵道：「哥

也。

財主只一不答，便令來者無所施其喙。

前日已是許下了，如何又變了卦？哥不要瞞我，等地財主，説個無銀出來？隨分湊些與他罷。」西門慶不答應他，只顧呆了臉看常峙節。常峙節道：「連日不曾來，哥，小哥兒長養麽？」西門慶道：「生受注念。却纔你李家嫂子要酬心愿，只得去請王姑子來家做些好事。」應伯爵道：「但凡人家富貴，專待子孫掌管。養得來時，須要十分保護。譬如種五穀的，初長時也得時時灌溉，纔望個秋收。小哥兒萬金之軀，是個掌中珠，又比別的不同。小兒郎三歲有關，六歲有厄，九歲有煞，又有出痧出痘等症。哥，不是我口直，論起哥兒，自然該與他做些好事，廣種福因。若是嫂子有甚愿心，正宜及早了當，管情交哥兒無災無害好養。」説話間，只見玳安來回話道：「王姑子不在菴裡，到王尚書府中去了。小的又到王尚書府中找尋他，半日纔得出來。與他説了，便來了。」西門慶聽罷，依舊和伯爵、常峙節説話兒，一處坐地，書童拿些茶來吃了。伯爵因開言道：「小弟蒙哥哥厚愛，一向因寒家房子窄隘，不敢簡褻，多有疎失。今日稟明了哥，若明後日得空，望哥同常二哥出門外花園裡頑耍一日，少盡兄弟孝順之心。」常峙節從旁贊道：「應二哥一片獻芹之心，哥自然鑒納，決没有見却的理。」西門慶道：「若論明日〔二〕，到没事，只不該生受。」伯爵道：「小弟在宅裡，快子也不知吃了多少下去。似非謙詞。今日一盃水酒當的甚麽！」西門慶道：「既如此，我便不往別處去了。」伯爵道：「只是還有一件——小優兒，小弟便教了。但郊外去，必須得兩個唱的去，方有興趣。」西門慶道：「這不打緊，我叫人去叫了吳銀兒與韓金釧兒就是了。」伯爵道：「如此可知好哩。只是又要哥費心不當。」西門慶一面就叫琴童，分付去叫吳銀兒、韓金釧兒，明日早往門外花園內唱〔一二〕。琴童應諾去了。

不多時，王姑子來到廳上，見西門慶道個問訊：「動問施主，今日見召，不知有何分付？老身因王尚書府中有些小事去了，不得便來，方纔得脫身。」西門慶道：「因前日養官哥許下些愿心，一向忙碌碌，未曾完得。托賴皇天保護，日漸長大。我第一來要酬報佛恩，第二來要消災延壽，因此請師父來商議。」王姑子道：「小哥兒萬金之軀，全憑佛力保護。老爹不知道，我們佛經上說，人中生有夜叉羅刹，常喜噉人，令人無子，傷胎奪命，皆是諸惡鬼所爲。如今小哥兒要做好事，定是看經念佛，其餘都不是路了。」西門慶便問做甚功德好，王姑子道：「先拜卷《藥師經》，待回向後，再印造兩部《陀羅經》，極有功德。」西門慶問道：「不知幾時起經？」王姑子道：「明日到是好日，就我菴中完愿罷。」西門慶點着頭道：「依你，依你。」

僧尼專拿鬼神嚇人，故易使人怕。怕則信，信則從矣。

王姑子說畢，就到後邊，見吳月娘和六房姊妹都在李瓶兒房裡，王姑子各打了問訊。月娘便道：「今日央你做好事保護官哥，你幾時起經頭？」王姑子道：「來日黃道吉日，就我菴裡起經。」小玉拿茶來吃了。李瓶兒因對王姑子道：「師父，我還有句話，一發央及你。」王姑子道：「你老人家有甚話，但說不妨。」李瓶兒道：「自從有了孩子，身子便有些不好。明日疏意裡邊，帶通一句何如〔一三〕？行的去，我另謝你。」王姑子道：「這也何難。且待寫疏的時節，一發寫上就是了。」正是：

禍因惡積非無種，福自天來定有根。

校記

〔一〕「詞曰」，內閣本題作「應天長」。
〔二〕「右調應天長」，內閣本無。
〔三〕「三個」，吳藏本作「三人」。
〔四〕「紘索」，吳藏本作「紘子」。
〔五〕「富人」，吳藏本作「富翁」。
〔六〕「不盡興」，吳藏本作「不能盡興」。
〔七〕「逆着氣」，原作「進着氣」，據內閣本改。按張評本作「閉着氣」。
〔八〕「捧出早飯」，原作「相出早飯」，據內閣本改。吳藏本作「搬出早飯」。按張評本作「弇出早飯」。
〔九〕「得了子」，吳藏本作「得了孕」。
〔一〇〕「不得個閒空」，原作「不得相閒空」，據內閣本改。吳藏本作「不得空閒」。
〔一一〕「明日」，吳藏本無「日」字。
〔一二〕「花園內唱」，吳藏本作「花園伺候」。
〔一三〕「帶通」，吳藏本作「帶通言」。

金瓶梅

第五十四回

應伯爵隔花戲金釧

任醫官垂帳診瓶兒

第五十四回　應伯爵隔花戲金釧　任醫官垂帳診瓶兒

詞曰〔一〕：

美酒斗十千，更對花前。芳樽肯放手中閒？起舞酬花花不語，似解人憐。不醉莫言還，請看枝間。已飄零一片減嬋娟。花落明年猶自好，可惜朱顏。

——右《浪淘沙》〔二〕

却說王姑子和李瓶兒、吳月娘，商量來日起經頭停當，月娘便拏了些應用物件送王姑子去〔三〕，又教陳敬濟來分付道：「明日你李家丈母拜經保佑官哥，你早去禮拜禮拜。」敬濟推道：「爹明日要去門外花園吃酒，留我店裡照管，着別人去罷。」原來敬濟聽見應伯爵請下了西門慶，便想要乘機和潘金蓮弄鬆，因此推故。月娘見說照顧生意，便不違拗他，放他出去了，便着書童禮拜。調撥已定，單待明日起經。

且說西門慶和應伯爵、常峙節談笑多時，只見琴童來回話道：「唱的叫了。吳銀兒有病去不的，韓金釧兒答應了，明日早去。」西門慶道：「吳銀兒既病，再去叫董嬌兒罷。」常峙節道：「郊外飲酒，有一箇儘勾了，不消又去叫。」說畢，各各別去，不在話下。

次日黎明，西門慶起身梳洗畢，月娘安排早飯吃了，便乘轎往觀音菴起經。書童、玳安跟隨而行。王姑子出大門迎接，西門慶進菴來，北面皈依參拜。但見：

金仙建化，啓第一之真乘；玉偈演音，集三千之妙利。寶花座上，裝成莊嚴世界；惠日光中，現出歡喜慈悲。香烟繚繞，直透九霄；仙鶴盤旋，飛來祇樹。訪問緣繇，果然稀罕；但思福果，那惜金錢！正是：辦箇至誠心，何處皇天難感；願將大佛事，保祈殤子彭籛。

王姑子宣讀疏頭，西門慶聽了，平身更衣。王姑子捧出茶來，又拿些點心餅饊之物擺在桌上。西門慶不吃，單呷了口清茶，便上轎回來，留書童禮拜。正是：

願心酬畢喜匆匆，感謝靈神保佑功。
更願皈依蓮座下，却教關煞永亨通。

回來，紅日纔半竿，應伯爵早同常峙節來請。西門慶笑道：「那裡有請吃早飯的？我今日雖無事故，也索下午纔好去。」應伯爵道：「原來哥不知，出城二十里，有個内相花園，極是華麗，且又幽深，兩三日也遊玩不到哩。因此要早去，盡這一日工夫，可不是好。」常峙節道：「今日哥既没甚事故，應哥早邀，便索去休。」西門慶道：「既如此，常二哥和應二哥先行，我乘轎便到了。」應伯爵道：「專待哥來。」説罷，兩人出門，叫頭口前去。又轉到院内，立等了韓金釧兒坐轎子同去。應伯爵先一日已着火家來園内，殺雞宰鵝，安排筵席，又叫下兩箇優童隨着去了。

西門慶見二人去了多時，便乘轎出門，迤運漸近。擧頭一看，但見：

千樹濃陰，一灣流水。粉墻藏不謝之花，華屋掩長春之景。武陵桃放，漁人何處識迷津？庾嶺梅開，詞客此中尋好句〔四〕。端的是天上蓬萊，人間閬苑。

西門慶贊嘆不已道：「好景致！」下轎步入園來。應伯爵和常峙節出來迎接，園亭内坐的。先是韓金釧兒磕了頭，纔是兩個歌童磕頭。吃了茶，伯爵就要遞上酒來，西門慶道：「且住，你每先陪我去瞧瞧景致來。」一面立起身來，攙着韓金釧手兒同走。伯爵便引着慢慢的步出迴廊，循朱闌轉過垂楊邊一曲茶蘼架，踅過太湖石、松風亭，來到奇字亭。亭後是繞屋梅花三十樹，中間探梅閣，閣上名人題咏極多，西門慶備細看了。又過牡丹臺，臺上數十種奇異牡丹。又過北是竹園，園左有聽竹館、鳳來亭，扁額都是名公手跡；右是金魚池，池上樂水亭，凭朱欄俯看金魚，却像錦被也是一片浮在水面〔五〕。西門慶正看得有趣，伯爵催促，好頓挫。又登一箇大樓，上寫「聽月樓」。樓上也有名人題詩對聯，也是刊板砂緑嵌的。下了樓，往東一座大山，山中八仙洞，深幽廣闊。洞中有石棋盤，壁上鐵笛銅簫，似仙家一般。出了洞，登山頂一望，滿園都是見的。

鋪敍園林丘壑，頗有別致，不似内臣家一味排偶富麗。

西門慶走了半日，常峙節道：「恐怕哥勞倦了，且到園亭上坐坐，再走不遲。」西門慶道：「十分走不過一分，却又走不得了〔六〕。多虧了那些擡轎的，一日趕百來里多路。」是俗人之奇想。大家笑了，讓到園亭裡，西門慶坐了上位，常峙節坐東，應伯爵坐西，韓金釧兒在西門慶側邊陪坐。

大家送過酒來，西門慶道：「今日多有相擾，怎的生受！」伯爵道：「一盃水酒，哥說那裡話。」三人吃穀數盃，兩個歌童上來。西門慶看那歌童生得——

粉塊捏成白面，胭脂點就朱唇。綠糁糁披幾寸青絲，可愛。香馥馥着滿身羅綺。秋波一轉，憑他鐵石心腸；檀板輕敲，遮莫金聲玉振。正是：但得傾城與傾國，不論南方與北方。

好男色者，見此語定不能平。

兩個歌童上來，拿着鼓板，合唱了一套時曲《字字錦》「羣芳綻錦鮮」。唱的嬌喉婉轉，端的是繞梁之聲，西門慶稱贊不已。常峙節道：「怪他是男子，若是婦女，便無價了。」西門慶道：「若是婦女，咱也早叫他坐了，決不要他站着唱。」伯爵道：「哥本是在行人，說的話也在行。」眾人都笑起來。三人又吃了數盃，伯爵送上令盆，斟一大鍾酒，要西門慶行令。西門慶道：「這便不消了。」伯爵定要行令，西門慶道：「我要一個風花雪月，第一是我，第二是常二哥，第三是主人，第四是釧姐。但說的出來，只吃這一盃。若說不出，罰一盃，還要講十個笑話。講得好便休〔七〕；不好，從頭再講。如今先是我了。」拏起令鍾，一飲而盡。就道：「雲淡風輕近午天。虧他說。——如今該常二哥了。」常峙節接過酒來吃了，便道：「傍花隨柳過前川。更虧他。——如今該主人家了。」應伯爵吃了酒，呆登登講不出來。西門慶道：「應二哥請受罰。」伯爵道：「且待我思量。」又遲了一回，被西門慶催逼得緊，便道：「洩漏春光有幾分。」西門慶大笑道：「好箇說別字的，論起來，講不出該一盃，說別字又該一盃，共兩盃。」伯爵笑道：「我不信，有兩個『雪』字，便

諺云：言多語失。任伯爵乖人巧嘴，亦要説差，况不如伯爵者乎？此作者微意。若執伯爵必不如此，便失之矣。

受罰了兩盃？」衆人都笑了。催他講笑話，伯爵説道：「一秀才上京，泊船在揚子江。到晚，叫稍公：『泊別處罷，這里有賊。』稍公道：『怎的便見得有賊？』秀才道：『兀那碑上寫的不是江心賊？』稍公笑道：『莫不是江心賦，怎便識差了？』太奉承秀才。秀才道：『賦便賦，有些賊形。』」西門慶笑道：「難道秀才也識別字？」常峙節道：「應二哥該罰十大盃。」伯爵失驚道：「却怎的便罰十盃？」常峙節道：「你且自家去想。」原來西門慶是山東第一個財主，却被伯爵説了「賊形」，可不罵他了！西門慶先没理會，到被常峙節這句話提醒了。伯爵自覺失言，取酒罰了兩盃，便求方便。西門慶笑道：「你若不該，一盃也不强你；若該罰時，却饒你不的。」伯爵滿面不安。又吃了數盃，矁着常峙節道：畫。「多嘴！」西門慶道：「再説來！」伯爵道：「如今不敢説了。」西門慶道：「胡亂取笑，顧不的許多，且説來看。」伯爵纔安心，又説：「孔夫子西狩得麟〔八〕，不能彀見，在家裡日夜啼哭。弟子恐怕哭壞了，尋箇牯牛，滿身掛了銅錢哄他。那孔子一見便識破道：『這分明是有錢的牛，却怎的做得麟！』」説罷，慌忙掩着口跪下道：「小人該死了，實是無心。」西門慶笑着道：「怪狗才，還不起來？」金釧兒在旁笑道：「應花子成年説嘴麻犯人，道出。今日一般也説錯了。大爹，別要理他。」説的伯爵急了，走起來把金釧兒頭上打了一下，説道：「緊自常二那天殺的韶叨，還禁的你這小淫婦兒來插嘴插舌！」不想這一下打重了，把金釧疼的要不的，又不敢哭，肐膢着臉，待要使性兒。西門慶笑罵道：「你這狗才，可成個人？嘲戲了我，反又打人，該得何罪？」伯爵一面笑着，摟了金釧説道：「我的兒，誰養的你恁嬌？輕輕盪得一溢兒就待哭，虧你挨那驢大的行貨子來！」金釧兒揉着頭，瞅了他一眼，罵道：「怪花子，你見來？沒的扯淡！敢是你家媽媽子倒挨驢的行貨來。」伯爵笑說道：「我怎不見？只大爹他是有名的潘驢鄧小閒，不少一件，你怎的賴得過？」又道：「哥，我還有個笑話兒，一發奉承了列位罷：一箇小娘，因那話寬了，有人教道他：『你把生礬一塊，塞在裡邊，敢就緊了。』那小娘真箇依了他。不想被那礬澀得疼了，不好過，肐膍着立在門前。一箇走過的人看見了，說道：『這小淫婦兒，倒像粧霸王哩！』這小娘正沒好氣，聽見了，便罵道：『怪囚根子，俺樊噲粧不過，誰這裡粧霸王哩？』」說畢，一座大笑，連金釧兒也撲扢的笑了。

少頃，伯爵飲過酒，便送酒與西門慶完令。西門慶道：「該釧姐了。」金釧兒不肯。常峙節道：「自然還是哥。」西門慶取酒飲了，道：「月殿雲梯拜洞仙。」令完，西門慶便起身更衣散步。伯爵一面叫擺上添換來，轉眼却不見了韓金釧兒。伯爵四下看時，只見他走到山子那邊薔薇架兒底下，正打沙窩兒溺尿。伯爵看見了，連忙折了一枝花枝兒，輕輕走去，蹲在他後面，伸手去挑弄他的花心。韓金釧兒吃了一驚，尿也不曾溺完就立起身來，連褲腰都濕了。不防常峙節從背後又影來，猛力把伯爵一推，撲的向前倒了一交，險些兒不曾濺了一臉子的尿。伯爵扒起來，笑罵着趕了打。西門慶立在那邊松陰下看了，笑的要不的。連韓金釧兒也笑的打跌道：「應花子，可見天理近哩！」于是重新入席飲酒。西門慶道：「你這狗才，剛纔把俺們都嘲了，如今也要你說箇自己的本色。」伯爵連說：「有有有。一財主撒屁，幫閒道：『不臭。』財主慌的

戲謔處，俱千古韻事。

又深一層，尤妙。

道：『屁不臭，不好了，快請醫人！』幫閒道：『待我聞聞滋味看。』假意兒把鼻一嗅，口一咂，妙在此。道：『回味畧有些臭，還不妨。』」說的衆人都笑了。常峙節道：「你自得罪哥哥，怎的把我的本色也說出來？」衆人又笑了一場。伯爵又要常峙節與西門慶猜枚飲酒，韓金釧兒又彈唱着奉酒，衆人歡笑，不在話下。

且說陳敬濟探聽西門慶出門，便百般打扮的俊俏，一心要和潘金蓮弄鬼，又不敢造次，只在雪洞裡張看，還想婦人到後園來。等了半日不見來，耐心不過，就一直逕奔到金蓮房裡來，喜得没有人看見。走到房門首，忽聽得金蓮嬌聲低唱了一句道：「莫不你纔得些兒便將人忘記。」已知婦人動情，便接口道：「我那敢忘記了你！」搶進來，緊緊抱住道：「親親，昨日丈母教我去觀音菴禮拜，我一心放你不下，推事故不去。今日爹去吃酒了，我絶早就在雪洞裡張望。望得眼穿，並不見我親親的俊影兒。因此，拚着死踅得進來。」金蓮道：「硶說嘴的，你且禁聲。墻有風，壁有耳，這裡說話不當穩便。」說未畢，窗縫裡隱隱望見小玉手拿一幅白絹，漸漸走近屋裡來，又忽地轉去了。金蓮忖道：「這怪小丫頭，要進房却又跑轉去，定是忘記甚東西。」知道他要再來，慌教陳敬濟：「你索去休，這事不濟了。」敬濟没奈何，一溜烟出去了。果然，小玉因月娘教金蓮描畫副裙拖送人，没曾拿得花樣，因此又跑轉去。這也是金蓮造化，不該出醜。小玉待的小玉拿了花樣進門，敬濟已跑去久了。金蓮接着絹兒，尚兀是手軃哩。

借唱一句作針線引入，何等幽細。

驚散得幽然有致。

話分兩頭。再表西門慶和應伯爵、常峙節，三人吃的酩酊，方纔起身。伯爵再四留不住，忙跪着告道：「莫不哥還怪我那句話麽？可知道留不住哩。」西門慶笑道：「怪狗才，誰記着你話來！」伯爵便取箇大甌兒，滿滿斟了一甌遞上來，西門慶接過吃了。常峙節又把些細果供上來，西門慶也吃了，便謝伯爵起身。與了金釧兒一兩銀子，叫玳安又賞了歌童三錢銀子，分付：「我有酒，也着人叫你。」説畢，上轎便行，兩箇小厮跟隨。伯爵叫火家收過家活，打發了歌童，騎頭口同金釧兒轎子進城來，不題。

西門慶到家，已是黄昏時分，就進李瓶兒房裡歇了。次日，李瓶兒和西門慶説：「自從養了孩子，身上只是不淨。早晨看鏡子，兀那臉皮通黄了，飲食也不想，走動却似閃朒了腿的一般。倘或有些山高水低，丢了孩子教誰看管？」西門慶見他吊下淚來，便道：「我去請任醫官來，看你脉息，吃些丸藥，管就好了。」便叫書童寫箇帖兒，去請任醫官來。書童依命去了。

西門慶自來廳上，只見應伯爵早來謝勞，西門慶謝了相擾，兩人一處坐地説話。不多時，書童通報任醫官到，西門慶慌忙出迎，和應伯爵厮見，三人依次而坐。書童遞上茶來吃了，任醫官便動問：「府上是那一位貴恙？」西門慶道：「就是第六個小妾〔九〕，身子有些不好，勞老先生仔細一看。」任醫官道「莫不就是前日得哥兒的麽？」西門慶道：「正是。不知怎麽生起病來。」任醫官道：「且待學生進去看看。」説畢，西門慶陪任醫官進到李瓶兒屋裡，就床前坐下。叫丫頭把帳兒輕輕揭開一縫，先放出李瓶兒的右手來，用帕兒包着，閣在書上〔一〇〕。任醫官道：「且待脉息定着。」妙甚。定了一回，然後把三箇指頭按在脉上，自家低着頭，細玩脉息，畫。多費了半日工夫遮掩，却又全體露出。寫藏頭露尾情景，真令人噴飯。

觀此，則貧賤人有病，萬萬不可服藥。

自叙勢要貴人作聲價，是醫生常套，忽然拈出，令人捧腹不已。

時纔放下。李瓶兒在帳縫裡慢慢的縮了進去。不一時，又把帕兒包着左手，捧將出來，閣在書上，任醫官也如此看了。看完了，便向西門慶道：「老夫人兩手脉都看了，却斗膽要瞧瞧氣色。」西門慶道：「通家朋友，但看何妨。」就教揭起帳兒。任醫官一看，只見：臉上桃花紅綻色，眉尖柳葉翠含顰。那任醫官畧看了兩眼，便對西門慶說：「夫人尊顏，學生已是望見了。大約没有甚事，還要問箇病源，纔是箇望、聞、問、切。」西門慶就喚奶子〔一一〕。只見如意兒打扮的花花哨哨走過來，向任醫官道箇萬福，把李瓶兒那口燥唇乾、睡炕不穩的病症，細細說了一遍。那任醫官卽便起身，打箇恭兒道：「老先生，若是這等，學生保的没事。大凡以下人家，他形神粗鹵，氣血强旺，可以隨分下藥，就差了些，也不打緊的。如宅上這樣大家〔一二〕，夫人這樣柔弱的形軀，怎容得一毫兒差池！正是藥差指下，延禍四肢。以此望、聞、問、切，一件兒少不得的。前日，王吏部的夫人也有些病症，看來却與夫人相似。學生診了脉，問了病源，看了氣色，心下就明白得緊。到家查了古方，參以己見，把那熱者凉之，虚者補之，停停當當，不消三四劑藥兒，登時好了。那吏部公也感小弟得緊，不論尺頭銀兩，加禮送來。那夫人又有梯己謝意，吏部公又送學生一箇扁兒，鼓樂喧天，送到家下。扁上寫着『儒醫神術』四箇大字。近日，也有幾箇朋友來看，説道寫的是甚麽顏體，一箇箇飛得起的。（奇想。）況學生幼年曾讀幾行書，因爲家事消乏，就去學那岐黄之術。真正那『儒醫』兩字，一發道的着哩！」西門慶道：「既然不妨，極是好了。不瞞老先生說，家中雖有幾房，只是這箇房下，極與學生契合。學生偌大年紀，近日得了小兒，全靠他扶養，怎生差池的！全仗老先生神術，與學生用心兒調治他速好，學生恩有重報。縱是咱們武職比不的那吏部公，須索也不敢怠慢。」任醫官道：「老先生這樣相處，小弟一分也不敢望謝。就是那藥本，也不敢領。」西門慶聽罷，笑將起來道：「學生也不是吃白藥的。近日有箇笑話兒講得好：有一人說道：『人家猫兒若是犯了癩的病，把烏藥買來，喂他吃了就好了。』旁邊有一人問：『若是狗兒有病，還吃甚麽藥？』那人應聲道：『吃白藥，吃白藥。』可知道白藥是狗吃的哩！」那任醫官拍手大笑道：「竟不知那寫白方兒的是什麽？」又大笑一回。任醫官道：「老先生既然這等說，學生也止求一箇扁兒罷。謝儀斷然不敢，不敢。」又笑了一回，起身，大家打恭到廳上去了。正是：

又襯一句，更肖。

神方得自蓬萊監，　脈訣傳從少室君。
凡爲採芝騎白鶴〔三〕，時緣度世訪豪門。

校記

〔一〕「詞曰」，內閣本題作「浪淘沙」。
〔二〕「右浪淘沙」，內閣本無。
〔三〕「去」，吳藏本作「去了」。
〔四〕「好句」，吳藏本作「佳句」。
〔五〕「是」，吳藏本作「似」。

〔六〕「走不得」，原作「走一得」，據內閣、吳藏等本改。

〔七〕「便休」，原作「一休」，據內閣本改。吳藏本作「罷休」。按張評本作「罷休」。

〔八〕「得麟」，吳藏本作「獲麟」。

〔九〕「小妾」，原作「小多」，據內閣、吳藏等本改。

〔一〇〕「閣在」，原作「閒在」，據內閣本改。按下文寫李瓶兒伸左手切脉，底本亦作「閣在」。吳藏本作「放在」。

〔一一〕「喚」，吳藏本作「叫」。

〔一二〕「宅上」，吳藏本作「府上」。

〔一三〕「騎白鶴」，吳藏本作「逢白鶴」。

第五十五回

西門慶兩番慶壽誕

苗員外一諾贈歌童

第五十五回　西門慶兩番慶壽旦　苗員外一諾送歌童

詞曰〔一〕：

師表方眷遇，魚水君臣，須信從來少。寶運當千，佳辰餘五，嵩嶽誕生元老。帝遣阜安宗社，人仰雍容廊廟。願歲歲共祝眉壽，壽比山高。

——右調《喜遷鶯後》〔二〕

却說任醫官看了脉息，依舊到廳上坐下。西門慶便開言道：「不知這病症端的何如？」任醫官道：「夫人這病，原是產後不慎調理，因此得來。目下惡路不淨，面帶黃色，飲食也沒些要緊，走動便覺煩勞。依學生愚見，還該謹慎保重。如今夫人兩手脉息虛而不實，按之散大。這病症都只爲火炎肝腑，土虛木旺，虛血妄行。若今番不治〔三〕，後邊一發了不的。」說畢，西門慶道：「如今該用甚藥纔好？」任醫官道：「只用些清火止血的藥——黃栢、知母爲君，其餘再加減些，吃下看住，就好了。」圓活得妙。西門慶聽了，就叫書童封了一兩銀子，送任醫官做藥本，任醫官作謝去了。不一時，送將藥來，李瓶兒屋裡煎服，不在話下。

且說西門慶送了任醫官去，回來與應伯爵說話。伯爵因說：「今日早辰，李三、黃四走來，說他這宗香銀子急的緊，再三央我來求哥。好歹哥看我面，接濟他這一步兒罷。」西門慶道：

「既是這般急，我也只得依你了。你叫他明日來兑了去罷。」一面讓伯爵到小捲棚內，留他吃飯。伯爵因問：「李桂兒還在這裡住着哩？東京去的也該來了。」西門慶道：「正是，我緊等着還要打發他往揚州去，敢怕也只在早晚到也。」說畢，吃了飯，伯爵別去。到次日，西門慶衙門中回來，伯爵早已同李智、黃四坐在廳上等。見西門慶回來，都慌忙過來見了。西門慶進去換了衣服，就問月娘取出徐家討的二百五十兩銀子〔四〕，又添兑了二百五十兩，叫陳敬濟拿了，同到廳上，兑與李三、黃四。因說道：「我没銀子，因應二哥再三來說，只得湊與你。——我却是就要的。」李三道：「蒙老爹接濟，怎敢遲延！如今關出這批銀子，一分也不敢動，就都送了來。」于是兑收明，千恩萬謝去了。伯爵也就要去，被西門慶留下。

正坐的說話，只見平安兒進來報說：「來保東京回來了。」伯爵道：「我昨日就說也該來了。」不一時，來保進到廳上，與西門慶磕了頭。西門慶便問：「你見翟爹麽？李桂姐事情怎樣了？」來保道：「小的親見翟爹。翟爹見了爹的書，隨即叫長班拿帖兒與朱太尉去說，小的也跟了去。朱太尉親分付說：『既是太師府中分上，就該都放了。因是六黃太尉送的，難以回他。如乃未到者〔五〕，俱免提；已拿到的，且監些時。他內官性兒，有頭没尾。等他性兒坦些，也都從輕處就是了。』」伯爵道：「這等說，連齊香兒也免提了？——造化了這小淫婦兒了！」來保道：「就是祝爹他每，也只好打幾下罷了。罪，料是没了。」一面取出翟管家書遞上。西門慶看了說道：「老孫與祝麻子，做夢也不曉的是我這裡人情。」伯爵道：「哥，你也只當積陰騭罷了。」

來保又説：「翟爹見小的去，好不歡喜。問爹明日可與老爺去上壽？小的不好回説不去，只得答應：『敢要來也。』翟爹説：『來走走也好，我也要與你爹會一會哩。』」西門慶道：「我到也不曾打點自去。既是這等説，只得要去走遭了。」因分付來保：「你辛苦了，且到後面吃些酒飯，歇息歇息。遲一兩日，還要趕到揚州去哩。」來保應諾去了。西門慶就要進去與李桂姐説知，向伯爵道：「你坐着，我就來。」伯爵也要去尋李三、黄四，乘機説道：「我且去着，再來罷。」一面別去。

西門慶來到月娘房裡，李桂姐已知道信了，忙走來與西門慶、月娘磕頭謝道：「難得爹娘費心，救了我這一場大禍。拿甚麽補報爹娘！」口角甜甚。月娘道：「你既在咱家恁一場，有些事兒，不與你處處，却爲着甚麽來？」桂姐道：「俺便賴爹娘可憐救了，只造化齊香兒那小淫婦兒，他甚相干？連他都饒了。他家賺錢賺鈔，帶累俺們受驚怕，俺每倒還只當替他説了箇大人情，不該饒他纔好！」西門慶笑道：「真造化了這小淫婦兒了。」説了一回，桂姐便要辭了家去，道：「我家媽還不知道這信哩，我家去説聲，免得他記掛，再同媽來與爹娘磕頭罷。」西門慶道：「也罷，我不留你，你且家去説聲着。」月娘道：「桂姐，你吃了飯去。」桂姐道：「娘，我不吃飯了。」一面又拜辭西門慶與月娘衆人。臨去，西門慶説道：「事便完了，你今後，這王三官兒也少要招攬他了。」畢竟道破。桂姐道：「爹説的是甚麽話，還招攬他哩！再要招攬他，就把身子爛化了。就是前日，也不是我招攬他。」挽回一語，妙。月娘道：「不招攬他就是了，又平白説誓怎的？」一面叫轎

自得免已爲萬幸，又氣不憤免了別人。寫婦人窄小肚腸如見。

分明醋話，却做正景説，甚妙。

子，打發桂姐去了。西門慶因告月娘説要上東京之事。月娘道：「既要去，須要早打點，省得臨時促忙促急。」西門慶道：「蟒袍錦繡、金花寶貝，上壽禮物，俱已完備，倒只是我的行李不曾整備。」月娘道：「行李不打緊。」西門慶説畢，就到前邊看李瓶兒去了。到次日，坐在捲棚內，叫了陳敬濟來，看着寫了蔡御史的書，交與來保，又與了他盤纏，叫他明日起早趕往揚州去，不題。

倏忽過了數日，看看與蔡太師壽誕將近，只得擇了吉日，分付琴童、玳安、書童、畫童四個小廝跟隨，各各收拾行李。月娘同玉樓、金蓮衆人，將各色禮物并冠帶衣服應用之物，共裝了二十餘扛。頭一日晚夕，妻妾衆人擺設酒餚和西門慶送行。吃完酒，就進月娘房裡宿歇。次日，把二十扛行李先打發出門，又發了一張通行馬牌〔六〕，仰經過驛遞起夫馬迎送。各各停當，然後進李瓶兒房裡來。看了官哥兒，與李瓶兒説道：「你好好調理。要藥，叫人去問任醫官討。我不久便來家看你。」那李瓶兒閣着淚道：「路上小心保重。」直送出廳來，和月娘、玉樓、金蓮打夥兒送了出大門。西門慶乘了涼轎，四個小廝騎了頭口，望東京進發。迤逦行來，免不得朝登紫陌，夜宿郵亭，一路看了些山明水秀，相遇的無非都是各路文武官員進京慶賀壽誕，生辰擔不計其數。寫得天下皆然。約行了十來日，早到東京。進了萬壽城門，那時天色將晚，趕到龍德街牌樓底下，就投翟家屋裡去住歇。

那翟管家聞知西門慶到了，忙出來迎接，各敘寒暄。吃了茶，西門慶叫玳安將行李一一交盤進翟家來。翟謙交府幹收了，就擺酒和西門慶洗塵。不一時，只見剔犀官桌上，擺上珍羞美味來，只好没有龍肝鳳髓罷了，其餘般般俱有。便是蔡太師自家受用，也不過如此。當直的拿上酒來，翟謙先滴了天，然後與西門慶把盞。西門慶也回敬了，兩人坐下。糖果按酒之物，流水也似遞將上來。酒過兩巡，西門慶便對翟謙道：「學生此來，單爲與老太師慶壽，聊備些微禮孝順太師，想不見却。只是學生久有一片仰高之心，欲求親家預先禀過：但得能拜在太師門下做箇乾生子，便也不枉了人生一世。好大志。不知可以啓口麽？」翟謙道：「這箇有何難哉！我們主人雖是朝廷大臣，却也極好奉承。今日見了這般盛禮，不忙拜做乾子〔七〕，定然允從，自然還要陞選官爵。」西門慶聽説，不勝之喜。飲彀多時，西門慶便推不吃酒了。翟管家道：「再請一杯，怎的不吃了？」西門慶道：「明日有正經事，不敢多飲。」再四相勸，只又吃了一杯。

蔡太師爲人，數語道盡。

翟管家賞了隨從人酒食，就請西門慶到後邊書房裡安歇。排下煖床綃帳，銀鈎錦被，香噴噴的。一班小廝扶侍西門慶脱衣上床獨宿——西門慶一生不慣，那一晚好難捱過。巴到天明，正待起身，那翟家門户重重掩着。直挨到巳牌時分，纔有箇人把鑰匙一路開將出來。隨後纔是小廝拿手巾香湯進書房來。西門慶梳洗完畢，只見翟管家出來和西門慶厮見，坐下。當值的就托出一箇朱紅盒子來，裡邊有三十來樣美味，一把銀壺斟上酒來吃早飯。翟謙道：「請用過早飯，學生先進府去和主翁説知，然後親家搬禮物進來。」西門慶道：「多勞費心！」

酒過數盃，就拏早飯來吃了，收過家活。翟管家道：「且權坐一回，學生進府去便來。」

翟謙去不多時，就忙來家，（宛然。）向西門慶說：「老爺正在書房梳洗，外邊滿朝文武官員都伺候拜壽，未得厮見哩。學生已對老爺說過了，如今先進去拜賀罷，省的住回人雜。學生先去奉候，親家就來罷了。」說畢去了。西門慶不勝歡喜。使教跟隨人拉同翟家幾箇伴當〔八〕，先把那二十扛金銀段疋擡到太師府前，一行人應聲去了。西門慶卽冠帶，乘了轎來。只見亂哄哄，挨肩擦背，都是大小官員來上壽的。西門慶遠遠望見一箇官員，也乘着轎進龍德坊來。西門慶仔細一看，却認的是故人揚州苗員外。不想那苗員外也望見西門慶，兩箇同下轎作揖，敘說寒溫。原來這苗員外也是箇財主，他身上也現做着散官之職，向來結交在蔡太師門下，那時也來上壽，恰遇了故人。當下，兩箇忙匆匆路次話了幾句，問了寓處，分手而別。

忽插入一苗員外，似甚無味，蓋欲見以權門爲壟斷者，不獨一西門慶也。觀數「也」字自明。

西門慶來到太師府前，但見：

堂開緑野，閣起凌烟。門前寬綽堪旋馬，閥閱巍峩好竪旗。錦繡叢中，風送到畫眉聲巧；金銀堆裏，日映出琪樹花香。左右活屏風，一箇箇夷光紅拂；滿堂死寶玩，一件件周鼎商彝。室掛明珠十二，黑夜裡何用燈油；門迎珠履三千，白日間盡皆名士。九州四海，大小官員，都來慶賀；六部尚書，三邊總督，無不低頭。正是：除却萬年天子貴，只有當朝宰相尊。

西門慶恭身進了大門，翟管家接着，（寫得到。）只見中門關着不開，官員都打從角門而入。西門慶便問：「爲何今日大事，却不開中門？」翟管家道：「中門曾經官家行幸，因此人不敢走。」西門慶和翟謙進了幾重門，門上都是武官把守，一些兒也不混亂。見了翟謙，一箇箇都欠身問管家：「從何處來？」翟管家答道：「舍親打山東來拜壽老爺的。」説罷，又走過幾座門，轉幾箇灣，無非是畫棟雕樑，金張甲第。隱隱聽見鼓樂之聲，如在天上一般。西門慶又問道：「這裡民居隔絶，那裡來的鼓樂喧嚷？」翟管家道：「這是老爺教的女樂，一班二十四人，都曉得天魔舞、霓裳舞、觀音舞。但凡老爺早膳，中飯，夜宴，都是奏的。如今想是早膳了。」西門慶聽言未了，又鼻子裡覺得異香馥馥，樂聲一發近了。翟管家道：「這裡與老爺書房相近了，脚步兒放鬆些。」

西門慶家居亦可謂富貴矣，今以此相形，便覺純是市井暴發户景象。富貴寧有極耶？隱隱寫出。

轉箇廻廊，只見一座大廳，如寶殿仙宮。廳前仙鶴、孔雀種種珍禽，又有那瓊花、曇花、佛桑花，四時不謝，開的閃閃爍爍，應接不暇。西門慶還未敢闖進，交翟管家先進去了，然後挨挨排排走到堂前。只見堂上虎皮交椅上坐一箇大腥紅蟒衣的，是太師了。屏風後列有二三十箇美女，一箇箇都是宮樣粧束，執巾執扇，捧擁着他。翟管家也站在一邊。西門慶朝上拜了四拜，蔡太師也起身，就羢單上回了箇禮。——這是初相見了。落後，翟管家走近蔡太師耳邊，暗暗説了幾句話下來，西門慶理會的是那話了，又朝上拜四拜，蔡太師便不答禮。——這四拜是認乾爺，因此受了。西門慶開言便以父子稱呼道：「孩兒没恁孝順爺爺，今日華誕，特備的幾件菲儀，聊表千里鵝毛之意。願老爺壽比南山。」蔡太師道：「這怎的生受！」便請坐

獻媚者與受媚者，寫得默默會心，最有情景。

下。當值的拿了把椅子上來，西門慶朝上作了箇揖道：「告坐了。」就西邊坐地吃茶。翟管家慌跑出門來，叫擡禮物的都進來。須臾，二十扛禮物擺列在堦下。揭開了涼箱蓋，呈上一箇禮目：大紅蟒袍一套、官綠龍袍一套、漢錦二十疋、蜀錦二十疋、火浣布二十疋、西洋布二十疋，其餘花素尺頭共四十疋、獅蠻玉帶一圍、金鑲奇南香帶一圍、玉杯犀杯各十對、赤金攢花爵杯八隻、明珠十顆，又另外黃金二百兩，送上蔡太師做贄見禮。蔡太師看了禮目，又瞧見擡上二十來扛，心下十分懽喜。説了聲：「多謝！」便教翟管家收進庫房去了。一面分付擺酒欵待。西門慶因見他忙冲冲，就起身辭蔡太師。太師道：「既如此，下午早早來罷。」西門慶又作箇揖，起身出來。蔡太師送了幾步，便不送了。肖。西門慶依舊和翟管家同出府來。翟管家府内有事，也作別進去。

西門慶竟回到翟家來，脱下冠帶，已整下午飯，吃了一頓。回到書房，打了箇盹，恰好蔡太師差舍人邀請赴席，西門慶謝了些扇金，着先去了。卽便重整冠帶，又叫玳安封下許多賞封，做一拜匣盛了，跟隨着四個小厮，復乘轎望太師府來。蔡太師那日滿朝文武官員來慶賀的，各各請酒。自次日爲始，分做三停〔九〕：第一日是皇親内相，第二日是尚書顯要、衙門官員，第三日是内外大小等職。只有西門慶，一來遠客，二來送了許多禮物，蔡太師到十分歡喜，因此就是正日獨獨請他一箇。見西門慶到了〔一〇〕，忙走出軒下相迎〔一一〕。西門慶再四謙遜，讓爺爺先行，自家屈着背，輕輕跨入檻内。蔡太師道：「遠勞駕從，又損隆儀。今日畧坐，少表微

當勢利時一種親愛情景，亦易動人。故舉世慕勢利也。

忱。」西門慶道：「孩兒戴天履地，全賴爺爺洪福，些小敬意，何足掛懷！」兩箇喁喁笑語，真似父子一般。二十四箇美女，一齊奏樂，府幹當直的斟上酒來。蔡太師要與西門慶把盞，西門慶力辭不敢，只領的一盞，立飲而盡，隨卽坐了卓席。西門慶叫書童取過一隻黃金桃杯，斟上一杯，滿滿走到蔡太師席前，雙膝跪下道：「願爺爺千歲！」蔡太師滿面歡喜道：「孩兒起來。」接過便飲箇完。西門慶纔起身，依舊坐下。那時相府華筵〔三〕，珍奇萬狀，都不必說。西門慶直飲到黃昏時候，拿賞封賞了諸執役人，纔作謝告別道：「爺爺貴冗，孩兒就此叩謝，後日不敢再來求見了。」出了府門，仍到翟家安歇。

次日，要拜苗員外，着玳安跟尋了一日，却在皇城後李太監房中住下。玳安拏着帖子通報了，苗員外來出迎道：「學生正想箇知心朋友講講，恰好來得湊巧。」就留西門慶筵燕。西門慶推却不過，只得便住了。當下山餚海錯不記其數，又有兩箇歌童，生的眉清目秀，頓開喉音，唱幾套曲兒。西門慶指着玳安、琴童向苗員外說道：「這班蠢材，只會吃酒飯，怎地比的那兩箇！」苗員外笑道：「只怕伏侍不的老先生，若愛時，就送上也何難！」西門慶謙謝，不敢奪人之好。飲到更深，別了苗員外，依舊來翟家歇。那幾日內相府管事的，各各請酒，留連了八九日。西門慶歸心如箭，便叫玳安收拾行李。翟管家苦死留住，只得又吃了一夕酒，重敘姻親，極其眷戀。次日早起辭別，望山東而行。一路水宿風飡，不在話下。

且說月娘家中，自從西門慶往東京慶壽，姊妹每望眼巴巴，各自在屋裡做些針指，通不出來閒耍。只有潘金蓮打扮的如花似玉，喬模喬樣，在丫鬟夥裡，或是猜枚，或是抹牌，說也有，笑也有〔三〕，狂的通没些成色。嘻嘻哈哈，也不顧人看見，只想着與陳敬濟勾搭。每日只在花園雪洞内踅來踅去，指望一時湊巧。敬濟也一心想着婦人，不時進來尋撞，撞見無人便調戲，親嘴咂舌做一處。只恨人多眼多，不能盡情歡會。正是：

雖然未入巫山夢，却得時逢洛水神。

一日，吳月娘、孟玉樓、李瓶兒同一處坐地，只見玳安慌慌跑進門來，見月娘衆人磕了頭，報道：「爹回來了。」月娘便問：「如今在那裡？」玳安道：「小的一路騎頭口，拏着馬牌先行，因此先到家。爹這時節，也差不上二十里遠近了。」月娘道：「你曾吃飯没有？」玳安道：「從早上吃來，却不曾吃中飯。」月娘便分付整飯伺候，一面就和六房姊妹同夥兒到廳上迎接。正是：

詩人老去鶯鶯在，公子歸時燕燕忙。

妻妾每在廳上等候多時，西門慶方到門前下轎了，衆妻妾一齊相迎進去。西門慶先和月娘厮見畢，然後孟玉樓、李瓶兒、潘金蓮依次見了，各敘寒温。落後，書童、琴童、畫童也來磕了頭，自去厨下吃飯。西門慶把路上辛苦并到翟家住下、感蔡太師厚情請酒并與内相日日吃酒事情，備細說了一遍。因問李瓶兒：「孩子這幾時好麽？你身子吃的任醫官藥，有些應驗麽？我雖則往東京，一心只弔不下家裡。」李瓶兒道：「孩子也没甚事，我身子吃藥後，略覺好些。」月娘一面收好行李及蔡太師送的下程，一面做飯與西門慶吃。到晚又設酒和西門慶接風。西門慶晚夕就在月娘房裡歇了。兩箇是久旱逢甘雨，他鄉遇故知，懽愛之情，俱不必說。

次日，陳敬濟和大姐也來見了，說了些店裡的帳目。應伯爵和常峙節打聽的來家，都來探望。西門慶出來相見畢，兩箇一齊說：「哥一路辛苦。」西門慶便把東京富麗的事情及太師管待情分，備細說了一遍。兩人只顧稱羨不已。當日，西門慶留二人吃了一日酒。常峙節臨起身向西門慶道：「小弟有一事相求，不知哥可照顧麼？」說着，只是低了臉，半含半吐。西門慶道：「但說不妨。」常峙節道：「實爲住的房子不方便，待要尋問房子安身，却沒有銀子。因此要求哥周濟些兒，日後少不的加些利錢送還哥。」西門慶道：「相處中說甚利錢！只我如今忙忙的，那討銀子？且待韓夥計貨船來家，自有箇處。」說罷，常峙節、應伯爵作謝去了，不在話下。

十弟兄內，惟常二尚有良心。

西門慶施予結交，人人背去。忽劈空幻出一苗員外，

且說苗員外自與西門慶相會，在酒席上把兩箇歌童許下。不想西門慶歸心如箭，不曾別的他，竟自歸來。苗員外還道西門慶在京，差伴當來翟家問，纔曉得西門慶家去了。苗員外自想道：「君子一言，快馬一鞭。我既許了他，怎麽失信！」于是叫過兩箇歌童分付道：「我前日請山東西門大官人，曾把你兩箇許下他。我如今就要送你到他家去，你們早收拾行李。」那兩箇歌童一齊跪告道：「小的每伏侍的員外多年，員外不知費盡多少心力，教的俺每這些南曲，却不留下自家歡樂，怎地到送與別人？」說罷，撲簌簌吊下泪來〔一四〕。那員外也覺慘然不樂。說道：「你也說的是，咱何苦定要送人？只是：『人而無信，不知其可也。』——那孔聖人說的話怎

認真信義，亦大可笑。不知造化錯綜之妙正在此。當與韓愛姐守節參看。

麼違得！如今也繇不得你了，待咱脩書一封〔一五〕，差人送你去，教他好生看覷你就是了。」兩箇歌童違拗不過，只得應諾起來。苗員外就叫那門管先生寫着一封書信，寫那相送歌童之意。又寫箇禮單兒，把些尺頭書帕封了，差家人苗實齎書，護送兩箇歌童往西門慶家來。兩箇歌童灑淚辭謝了員外，番身上馬，迤逦同望山東大道而來。有日到了清河縣，三人下馬訪問，一直逕到縣牌坊西門慶家府裡投下。

却說西門慶自從東京到家，每日忙不迭，送禮的，請酒的，日日三朋四友，以此竟不曾到衙門裡去。那日稍閒無事，纔到衙門裡升堂畫卯，把那些解到的人犯，同夏提刑一一審問一番。審問了半日，公事畢，方乘了一乘凉轎，幾箇牢子喝道，簇擁來家。只見那苗實與兩箇歌童已是候的久了，就跟着西門慶的轎子，隨到前廳，跪下稟說〔一六〕：「小的是揚州苗員外有書拜候老爹。」隨將書并禮物呈上。西門慶連忙說道：「請起來。」一面打開副啓，細細看了。見是送他歌童，心下喜之不勝，說道：「我與你員外意外相逢，不想就蒙你員外情投意合。酒後一言，就果然相贈，又不憚千里送來。你員外真可謂千金一諾矣。難得，難得！」兩箇歌童從新走過，又磕了四箇頭，說道：「員外着小的們伏侍老爹，萬求老爺青目〔一七〕！」西門慶道：「你起來，我自然重用。」一面叫擺酒飯，管待苗實并兩箇歌童；一面整辦厚禮——綾羅細軟，脩書答謝員外；一面就叫兩箇歌童，在于書房伺候。不想韓道國老婆王六兒，因見西門慶事忙，要時常通箇信兒，没人往來，算計將他兄弟王經——纔十五六歲，也生得清秀——送來伏侍西門慶，也是這日進門。西門慶一例收下，也叫在書房中俟候。

西門慶正在廳上分撥，忽伯爵走來。西門慶與他說知苗員外送歌童之事，就叫玳安裡面討出酒菜兒來，留他坐，就叫兩箇歌童來唱南曲。那兩箇歌童走近席前，並足而立，手執檀板，唱了一套《新水令》「小園昨夜放江梅」，果然是響遏行雲，調成白雪。伯爵聽了，歡喜的打跌，贊說道：「哥的大福，偏有這些妙人兒送將來。也難爲這苗員外好情。」西門慶道：「我少不得尋重禮答他。」一面又與這歌童起了兩箇名：一箇叫春鴻，一箇叫春燕。又叫他唱了幾箇小詞兒，二人吃了一回酒，伯爵方纔別去。正是：

風花弄影新鶯囀，俱是筵前歌舞人〔一八〕。

校記

〔一〕「詞曰」，内閣本題作「喜遷鶯後」。

〔二〕「右調喜遷鶯後」，内閣本無。

〔三〕「若今番不治」，原作「若今爲不治」，據内閣本改。吳藏本作「今若不治」。按張評本、詞話本作「若今番不治」。

〔四〕「徐家討的」，吳藏本無「討」字，作「徐家的」。天圖本作「徐家還的」，「還」字缺空，墨筆填補。

〔五〕「如乃未到者」，吳藏本無「乃」字，作「如未到者」。按張評本作「如尚未到者」。

〔六〕「馬牌」，吳藏本作「馬票」。

〔七〕「不忙」，内閣本作「不惟」。按張評本作「不但」，詞話本作「不惟」。

〔八〕「使教」，内閣本作「便教」。按張評本、詞話本均作「便教」。
〔九〕「分做」，原作「分故」，據内閣本改。按張評本、詞話本皆作「分做」。
〔一〇〕「見西門慶到了」，「慶到」二字原缺，據内閣、天圖等本補。
〔一一〕「忙走出軒下」，「忙走」二字原缺，據内閣、天圖等本補。
〔一二〕「華筵」，内閣本作「華誕」。按張評本、詞話本俱作「華筵」。
〔一三〕「説也有，笑也有」，兩「也」字，吴藏本作「時」。
〔一四〕「吊下泪來」，原作「吊下洎來」，據内閣本改。
〔一五〕「脩書」，「脩」字原缺，據内閣本、天圖本補。
〔一六〕「禀説」，内閣本作「禀道」。
〔一七〕「伏侍老爹，萬求老爺青目」，「老爹」、「老爺」互異，内閣本兩處均作「老爹」。按張評本兩處均作「老爹」，詞話本兩處均作「老爺」。
〔一八〕「歌舞」，吴藏本作「鼓舞」。

金瓶梅

第五十六回

西門慶捐金助朋友

常峙節得鈔傲妻兒

新刻繡像批評金瓶梅卷之十二

第五十六回　西門慶捐金助朋友　常峙節得鈔傲妻兒

詩曰〔一〕：

清河豪士天下奇，意氣相投山可移。
濟人不惜千金諾，狂飲寧辭百夜期。
雕盤綺食會衆客，吳歌趙舞香風吹。
堂中亦有三千士，他日酬恩知是誰？

話說西門慶留下兩箇歌童〔二〕，隨卽打發苗家人回書禮物，又賞了些銀錢。苗實領書，磕頭謝了出門。後來不多些時，春燕死了，止春鴻一人。正是：

千金散盡教歌舞，留與他人樂少年。

却說常峙節自那日求了西門慶的事情，還不得到手，房主又日夜催逼。恰遇西門慶從東京回家，今日也接風，明日也接風，一連過了十來日，只不得個會面。常言道：見面情難盡。一箇不見，却告訴誰？每日央了應伯爵，只走到大官人門首問聲，說不在，就空回了。一求人，

貧賤與富貴交，往往有虛名而無實惠。數語掃盡。

窮鬼已自可憐，而復寫一段富貴飽暖受用與之相形，惡甚！

便有此苦。回家又被渾家埋怨道：「你也是男子漢大丈夫，房子没間住，吃這般懊惱氣。你平日只認的西門大官人，今日求些周濟，也做了瓶落水。」説的常峙節有口無言，呆瞪瞪不敢做聲。到了明日，早起身尋了應伯爵，來到一個酒店内，便請伯爵吃三盃。亦所不免。伯爵道：「這却不當生受。」常峙節拉了坐下，量酒打上酒來，擺下一盤薫肉、一盤鮮魚。酒過兩巡，常峙節道：「小弟向求哥和西門大官人説的事情，這幾日通不能會面，房子又催逼的緊，昨晚被房下聒絮了一夜，耐不的。五更抽身，專求哥趁着大官人還没出門時〔三〕，慢慢的候他。苦語。不知哥意下如何？」應伯爵道：「受人之託，必當終人之事。我今日好歹要大官人助你些就是了。」兩箇又吃過幾盃，應伯爵便推早酒不吃了。常峙節又勸一盃，筭還酒錢，一同出門，徑奔西門慶家裡來。

那時，正是新秋時候，金風薦爽，西門慶連醉了幾日，覺精神減了幾分。正遇周内相請酒，便推事故不去，自在花園藏春塢，和吳月娘、孟玉樓、潘金蓮、李瓶兒五個尋花問柳頑耍，好不快活。常峙節和應伯爵來到廳上，問知大官人在屋裡，滿心歡喜。坐着等了好半日，却不見出來。只見門外書童和畫童兩個擡着一隻箱子，都是綾絹衣服，氣吁吁走進門來，亂嚷道：「等了這半日，還只得一半。」就廳上歇下。應伯爵便問：「你爹在那裡？」書童道：「爹在園裡頑耍哩。」伯爵道：「勞你説聲。」兩箇依舊擡着進去了。不一時，書童出來道：「爹請應二爹、常二叔少待，便來也。」兩人又等了一回，西門慶纔走出來。二人作了揖，便請坐的。伯爵道：

孟子曰：勿視其巍巍然。正欲開豁此等眼孔。

開口告人之難如此。

「連日哥吃酒忙，不得些空，今日却怎的在家裡？」西門慶道：「自從那日別後，整日被人家請去飲酒，醉的了不的，通没些精神。今日又有人請酒，我只推有事不去。」伯爵道：「方纔那一箱衣服，是那里擡來的？」西門慶道：「目下交了秋，大家都要添些秋衣。方纔一箱，是你大嫂子的。還做不完，纔勾一半哩。」常峙節伸着舌道：「六房嫂子，就六箱了，好不費事！小户人家，一疋布也難得。哥果是財主哩。」西門慶和應伯爵都笑起來。伯爵道：「這兩日，杭州貨船怎的還不見到？不知買賣貨物何如。這幾日，不知李三、黃四的銀子，曾在府裡頭開了些送來與哥麽？」西門慶道：「貨船不知在那里擔閣着，書也没稍封寄來，好生放不下。李三、黃四的，又說在出月纔關。」應伯爵挨到身邊坐下，乘閒便說：「常二哥那一日在哥席上求的事情，一向哥又没的空，不曾說的。常二哥被房主催逼慌了，每日被嫂子埋怨，二哥只麻作一團，没個理會。如今又是秋凉了，身上皮襖兒又當在典舖裡。哥若有好心，常言道，救人須救急時無，省的他嫂子日夜在屋裡絮絮叨叨。況且尋的房子住着，也是哥的體面。因此，常二哥央小弟特地來求哥，早些周濟他罷。」西門慶道：「我曾許下他來，因爲東京去，費的銀子多了，本待等韓夥計到家〔四〕，和他理會。如今又恁的要緊？」伯爵道：「不是常二哥要緊，當不的他嫂子聒絮，只得求哥早些便好。」西門慶躊躇了半晌道：「既這等，也不難。且問你，要多少房子纔勾住？」伯爵道：「他兩口兒，也得一間門面、一間客坐、一間床房、一間厨竈——四間房子，是少不得的。論着價銀，也得三四箇多銀子。哥只早晚湊些，教他成就了這樁事罷〔五〕。」西門慶道：

此一番稱頌不可少。

不以施予爲功，而反以積財爲罪，雖不可爲敗子藉口，然自是千古名言至理。西門慶始終用財，不出此意。

袖中有物，便覺舉止安詳。

「今日先把幾兩碎銀與他拏去，買件衣服，辦些家活，盤攪過來〔六〕，待尋下房子，我自兑銀與你成交，可好麽？」兩箇一齊謝道：「難得哥好心。」西門慶便叫書童：「去對你大娘說，皮匣内一包碎銀取了出來。」書童應諾。不一時，取了一包銀子出來，遞與西門慶。西門慶對常峙節道：「這一包碎銀子，是那日東京太師府賞封剩下的十二兩，你拿去好雜用。」打開與常峙節看，都是三五錢一塊的零碎紋銀。常峙節接過放在衣袖裡，就作揖謝了。西門慶道：「我這幾日不是要遲你的，你又没曾尋的。只等你尋下，待我有銀，一起兑去便了。」常峙節又稱謝不迭。三個依舊坐下，伯爵便道：「多少古人輕財好施，到後來子孫高大門閭〔七〕，把祖宗基業一發增的多了。慳吝的，積下許多金寶，後來子孫不好，連祖宗墳土也不保〔八〕。可知天道好還哩！」西門慶道：「兀那東西，是好動不喜靜的，怎肯埋没在一處！也是天生應人用的，一個人堆積，就有一箇人缺少了。因此，積下財寶，極有罪的。」

正說着，只見書童托出飯來〔九〕。三人吃了，常峙節作謝起身，袖着銀子懽喜走到家來。剛剛進門，只見渾家鬧炒炒嚷將出來，罵道：「梧桐葉落——滿身光棍的行貨子！出去一日，把老婆餓在家裡，尚兀自千懽萬喜到家來，可不害羞哩！房子没的住，受別人許多酸嘔氣，只教老婆耳躲裡受用。」那常二只是不開口，任老婆罵的完了，輕輕把袖裡銀子摸將出來，放在桌兒上，打開瞧着道：「孔方兄，孔方兄，我瞧你光閃閃、响噹噹無價之寶，（數語，又是一錢神小贊。）滿身通麻了，恨没口水嚥你下去。你早些來時，不受這淫婦幾場氣了。」那婦人明明看見包裡十二

止此一物，其未得也，婦人怨之、罵之，而啞口不能對；其既得也，則冷譏熱訕，使之陪哭、陪笑不已，使之下淚。寫貧家一種有柴米而無恩愛夫妻情景，真令人欲哭。轉念方想到情義，更可悲。

西門慶施予借貸多矣，背地

三兩銀子一堆，喜的搶近前來，就想要在老公手裡奪去。急情饞眼，摹寫殆盡。常二道：「你生世要罵漢子，見了銀子，就來親近哩。我明日把銀子買些衣服穿，自去別處過活，再不和你鬼混了。」那婦人陪着笑臉道：「我的哥！端的此是那里來的這些銀子？」常二也不做聲。婦人又問道：「我的哥，難道你便怨了我？我也只是要你成家。今番有了銀子，和你商量停當，買房子安身却不好？倒恁地喬張致！我做老婆的，不曾有失花兒，憑你怨我，也是枉了。」常二也不開口。那婦人只顧饒舌，又見常二不揪不採，自家也有幾分慚愧，禁不得吊下淚來。常二看了，嘆口氣道：「婦人家〔一〇〕，不耕不織，把老公恁地發作！」那婦人一發吊下淚來。兩個人都閉着口，又没個人勸解，悶悶的坐着。聲臭俱無處，偏能摹寫。常二尋思道：「婦人家也是難做。受了辛苦，埋怨人，也怪他不的。我今日有了銀子不採他，人就道我薄情。便大官人知道，也須斷我不是。」就對那婦人笑道：「我自耍你，誰怪你來！只你時常聒噪，我只得忍着出門去了，却誰怨你來？我明白和你說：這銀子，原是早上耐你不的，特地請了應二哥在酒店裡吃了三盃，一同往大官人宅裡等候。恰好大官人正在家，没曾去吃酒，虧了應二哥許多婉轉，纔得這些銀子到手。還許我尋下房子，兑銀與我成交哩！這十二兩，是先教我盤攪過日子的。」那婦人道：「原來正是大官人與你的，如今不要花費開了〔一一〕，尋件衣服過冬，省的耐冷。」常二道：「我正要和你商量，十二兩紋銀，買幾件衣服，辦幾件家活在家裡。等有了新房子，搬進去也好看些。只是感不盡大官人恁好情，後日搬了房子，也索請他坐坐是。」婦人道：「且到那時再作理會。」正是：

感恩止博此一語。

寫窮，則一團寒酸之氣逼人。

纔數語，便近於戲。富貴易淫可想。

惟有感恩并積恨，萬年千載不生塵。

常二與婦人說了一回，婦人道：「你吃飯來没有？」常二道：「也是大官人屋裡吃來的。你没曾吃飯，就拿銀子買了米來。」婦人道：「仔細拴着銀子，我等你就來。」常二取栲栳望街上買了米，栲栳上又放着一大塊羊肉，拏進門來。婦人迎門接住道：「這塊羊肉，又買他做甚？」常二笑道：「剛纔說了許多辛苦，不爭這一些羊肉，就牛也該宰幾箇請你。」婦人笑指着常二罵道：「狠心的賊！今日便懷恨在心，看你怎的奈何了我！」常二道：「只怕有一日，叫我一萬聲：『親哥，饒我小淫婦罷！』我也只不饒你哩。試試手段看！」那婦人聽說，笑的往井邊打水去了。（到底不脫貧家景象。）當下婦人做了飯，切了一碗羊肉，擺在桌兒上，便叫：「哥，吃飯。」常二道：「我纔吃的飯，不要吃了。你餓的慌，自吃些罷。」那婦人便一箇自吃了。收了家活，打發常二去買衣服。常二袖着銀子，一直奔到大街上來。看了幾家，都不中意。只買了一件青杭絹女襖、一條綠紬裙子、一件月白雲紬衫兒、一件紅綾襖子、一件白紬裙兒，共五件。自家也對身買了一件鵝黃綾襖子、一件丁香色紬直身，又買幾件布草衣服。共用去六兩五錢銀子。打做一包，背到家中，教婦人打開看看。婦人看了，便問：「多少銀子買的？」常二道：「六兩五錢銀子。」婦人道：「雖没便宜，却直這些銀子。」一面收拾箱籠放好，明日去買家活。當日婦人懽天喜地過了一日，埋怨的話都吊在東洋大海去了，不在話下。

再表應伯爵和西門慶兩個，自打發常峙節出門，依舊在廳上坐的。西門慶因說起：「我雖是箇武職，恁的一個門面，京城內外也交結許多官員，近日又拜在太師門下，那些通問的書柬，流水也似往來，我又不得細工夫料理。我一心要尋個先生在屋裡，教他替寫寫，省些力氣也好，只沒個有才學的人。你看有時，便對我說。」伯爵道：「哥，你若要別樣却有，要這個倒難。第一要才學，第二就要人品了。又要好相處，沒些說是說非，翻唇弄舌，這就好了。若是平平才學，又做慣搗鬼的，怎用的他！小弟只有一箇朋友，他現是本州秀才，應舉過幾次，只不得中。他胸中才學，果然班馬之上，就是人品，也孔孟之流。他和小弟，通家兄弟，極有情分。曾記他十年前，應舉兩道策，那一科試官極口贊好，不想又有一箇賽過他的，便不中了。後來連走了幾科，禁不的鬢白髩斑。如今雖是飄零書劍，家裡也還有一百畝田、三四帶房子住着。」西門慶道：「他家幾口兒也勾用了，却怎的肯來人家坐館？」應伯爵道：「當先有的田房，都被那些大户人家買去了，如今只剩得雙手皮哩。」西門慶道：「原來是賣過的田，算甚麼數！」伯爵道：「這果是算不的數了。只他一箇渾家，年紀只好二十左右，生的十分美貌，又有兩個孩子，纔三四歲。」西門慶道：「他家有了美貌渾家，那肯出來？」伯爵道：「喜的是兩年前，渾家專要偷漢，跟了箇人，走上東京去了，兩箇孩子又出痘死了，如今止存他一口，定然肯出來。」西門慶笑道：「恁地說的他好，都是鬼混。你且說他姓甚麼。」伯爵道：「姓水，他才學果然無比，哥若用他時，管情書柬詩詞，一件件增上哥的光輝。人看了時，都道西門大官人恁地才學哩！」西門慶道：「你都是吊慌，我却不信。你記的他些書柬兒，念來我聽，看好時，我就請他來家，撥

此後薦水秀才數段，皆以戲謔取笑而已。

間房子住下。只一口兒，也好看承的。」伯爵道：「曾記得他稍書來，要我替他尋個主兒。這一封書，畧記的幾句，念與哥聽：

【黃鶯兒】書寄應哥前，別來思，不待言〔三〕。滿門兒托賴都康健。舍字在邊，傍立着官，有時一定求方便。羨如椽，往來言疏，落筆起雲烟。」

人有欲譽妻美而難於發言者，乃譽姨之美與妻相似。此正師其意而反用之。

西門慶聽畢，便大笑將起來，道：「他既要你替他尋個好主子，却怎的不稍書來，到寫一隻曲兒來？又做的不好。可知道他才學荒疎，人品散蕩哩。」伯爵道：「這到不要作准他。只爲他與我是三世之交，自小同上學堂。先生曾道：『應家學生子和水學生子一般的聰明伶俐，後來已定長進。』落後做文字，一樣同做，再沒些妬忌，極好兄弟。故此不拘形迹，便隨意寫個曲兒。況且那隻曲兒，也倒做的有趣。」西門慶道：「別的罷了，只第五句是甚麽說話？」伯爵道：「哥不知道，這正是拆白道字，尤人所難。『舍』字在邊，旁立着『官』字，不是個『舘』字？——若有舘時，千萬要舉薦。因此說：『有時定要求方便。』哥，你看他詞裡，有一箇字兒是閒話麽？只這幾句，穩穩把心窩裡事都寫在紙上，可不好哩！」西門慶被伯爵説的他恁地好處，到没的説了。只得對伯爵道：「到不知他人品如何？」伯爵道：「他人品比才學又高。前年，他在一箇李侍郎府裡坐舘，那李家有幾十個丫頭，一個個都是美貌俊俏的。又有幾個伏侍的小厮，也一個個都標致龍陽的。那水秀才連住了四五年，再不起一些邪念。後來不想被幾個壞事的丫頭小厮，見他似聖人一般，反去日夜括他。那水秀才又極好慈悲的人，便口軟勾搭上了。因此被主人逐

今人實有類此而大言不慚

者。

出門來，鬨動街坊，人人都説他無行。其實，水秀才原是坐懷不亂的。若哥請他來家，憑你許多丫頭、小廝，同眠同宿，你看水秀才亂麽？再不亂的。」西門慶笑罵道：「你這狗才，單管説謊吊皮鬼混人。前月敝同僚夏龍溪請的先生倪桂岩，曾説他有箇姓温的秀才。且待他來時再處。」正是：

將軍不好武，稚子總能文。

校記

〔一〕「詩曰」，內閣本、首圖本無。
〔二〕「留下」，吳藏本作「留了」。
〔三〕「趁着」，內閣本、首圖本作「趁早」。按張評本作「趁着」，詞話本作「趁早」。
〔四〕「夥計」，原作「移計」，據內閣、首圖等本改。
〔五〕「這椿」，原作「這椿」，據內閣本改。
〔六〕「盤攪」，內閣本、首圖本作「盤攪」，天圖本、吳藏本作「盤攬」。按張評本、詞話本作「盤攬」。
〔七〕「門閭」，首圖本作「門間」。
〔八〕「墳土」，原作「墳土」，據內閣、首圖等本改。
〔九〕「托出」，首圖本作「拍出」。
〔一〇〕「婦人」，「人」字原缺，據內閣、首圖等本補。
〔一一〕「花費開」，首圖本作「花費閒」。
〔一二〕「不待」，首圖本作「不得」。

金瓶梅

第五十七回　開緣簿千金喜捨

金瓶梅

戲雕欄一笑回嗔

第五十七回　開緣簿千金喜捨　戲雕欄一笑回嗔

詩曰〔一〕：

野寺根石壁，諸龕遍崔嵬。
前佛不復辨，百身一莓苔。
惟有古殿存，世尊亦塵埃。
如聞龍象泣，足令信者哀。
公爲領兵徒，咄嗟檀施開。
吾知多羅樹，却倚蓮花臺。
諸天必歡喜，鬼物無嫌猜。

話說那山東東平府地方，向來有箇永福禪寺，起建自梁武帝普通二年，開山是那萬迴老祖。怎麼叫做萬迴老祖？因那老祖做孩子的時節，纔七八歲，有個哥兒從軍邊上，音信不通，不知生死。他老娘思想大的孩兒，時常在家啼哭。忽一日，孩子問母親，說道：「娘，這等清平世界，咱家也儘挨得過，爲何時時吊下淚來？娘你說與咱，咱也好分憂的。」老娘就說：「小孩子，你那裡知道。自從你老頭兒去世，你大哥兒到邊上去做了長官，四五年，信兒也沒一個。

不知他生死存亡，教我老人家怎生吊的下！」說着，又哭起來。那孩子說：「早是這等，有何難哉！娘，如今哥在那里？咱做弟郎的，早晚間走去抓尋哥兒，討個信來，回覆你老人家，却不是好？」那婆婆一頭哭，一頭笑起來，說道：「怪呆子，你哥若是一百二百里程途，便可去的，直在那遼東地面，去此一萬餘里，就是好漢子，也走四五個月纔到哩，你孩兒家怎麽去的？」那孩子就說：「嗄，若是果在遼東，也終不在個天上，我去尋哥兒就回也。」只見他把靸鞋兒繫好了，把直裰兒整一整，望着婆兒拜個揖，一溜烟去了。那婆婆叫之不應，追之不及，愈添愁悶。也有隣舍街坊、婆兒婦女前來解勸，說道：「孩兒小，怎去的遠？早晚間自回也。」因此，婆婆收着兩眶眼淚，悶悶坐的。看看紅日西沉，那婆婆探頭探腦向外張望，只見遠遠黑魆魆影兒裡，有一個小的兒來也。那婆婆就說：「靠天靠地，靠日月三光。若的俺小的兒子來了，也不枉了俺修齋吃素的念頭。」只見那萬迴老祖忽地跪到跟前說：「娘，你還未睡哩？咱已到遼東抓尋哥兒，討的平安家信來也。」婆婆笑道：「孩兒，你不去的正好，免教我老人家挂心。只是不要吊謊哄着老娘。那有一萬里路程朝暮往還的？」孩兒道：「娘，你不信麽？」一直卸下衣包，取出平安家信，果然是他哥兒手筆。又取出一件汗衫，帶回漿洗，也是婆婆親手縫的，毫厘不差。因此哄動了街坊，叫做萬回。日後捨俗出家，就叫做萬回長老。果然道德高妙，神通廣大。曾在後趙皇帝石虎跟前，吞下兩升鐵針，又在梁武皇殿下，在頭頂上取出舍利三顆。因此勑建永福禪寺，做萬回老祖的香火院，正不知費了多少錢糧。正是：

荒唐得妙。

神僧出世神通大，聖主尊隆聖澤深。

不想歲月如梭，時移事改。那萬迴老祖歸天圓寂，就有些得皮得肉的上人們，一個個多化去了。只有幾箇憊賴和尚，養老婆，吃燒酒，甚事兒不弄出來！不消幾日兒，把袈裟也當了，鐘兒、磬兒都典了，殿上椽兒、磚兒、瓦兒換酒吃了。弄的那雨淋風刮，佛像兒倒的，荒荒凉凉，將一片鐘鼓道場，忽變作荒烟衰草。三四十年，那一個肯扶衰起廢！不想有個道長老，原是西印度國出身〔二〕，因慕中國清華，打從流沙河、星宿海走了八九個年頭，纔到中華區處。迤逦來到山東，就卓錫在這個破寺裡，面壁九年，不言不語。真個是：

是和尚正課。

佛法原無文字障，工夫好向定中尋。

是佛諦，亦是文詮。

忽一日發個念頭，説道：「呀，這寺院坍塌的不成模樣了〔三〕，這些蠢狗才膿的秃驢，止會吃酒噇飯，把這古佛道場弄得赤白白地，豈不可惜！到今日，咱不做主，那箇做主？咱不出頭，那個出頭？況山東有個西門大官人，居錦衣之職，他家私巨萬，富比王侯，前日餞送蔡御史，曾在咱這裏擺設酒席。他見寺宇傾頹，就有個鼎建重新的意思。若得他爲主作倡，管情早晚間把咱好事成就也。咱須去走一遭。」當時唤起法子徒孫，打起鐘鼓，舉集大衆，上堂宣揚此意。那長老怎生打扮？只見：

身上禪衣猩血染，雙環掛耳是黃金。
手中錫杖光如鏡，百八胡珠耀日明。

開覺明路現金繩，提起凡夫夢亦醒。
龐眉紺髮銅鈴眼，道是西天老聖僧。

長老宣揚已畢，就教行者拏過文房四寶，寫了一篇疏文。好長老，真個是古佛菩薩現身。于是辭了大衆，着上禪鞋，戴上個斗笠子，一壁廂直奔到西門慶家里來。

且說西門慶辭別了應伯爵，走到吳月娘房內，把應伯爵薦水秀才的事體說了一番，就說道：「咱前日東京去，多得衆親朋與咱把盞，如今少不的也要整酒回答他。今日到空閑，就把這事兒完了罷。」當下就叫了玳安，分付買辦嗄飯之類〔四〕。又分付小厮，分頭去請各位。一面拉着月娘，走到李瓶兒房裏來看官哥。李瓶兒笑嘻嘻的接住了，就叫妳子抱出官哥兒來。只見眉目稀疎，就如粉塊粧成，笑欣欣，直攛到月娘懷裡來。月娘把手接着，抱起道：「我的兒，恁的乖覺，長大來，定是聰明伶俐的。」又向那孩子說：「兒長大起來，恁地奉養老娘哩！」李瓶兒就說：「娘說那里話。假饒兒子長成，討的一官半職，也先向上頭封贈起，那鳳冠霞帔，穩穩兒先到娘哩。」西門慶接口便說：「兒，你長大來還挣個文官，不要學你家老子做個西班出身，——雖有興頭，却没十分尊重。」正說着，不想潘金蓮在外邊聽見，不覺怒從心上起，芥菜子偏落在綉花針眼裡。就罵道：「没廉耻、弄虛脾的臭娼根，偏你會養兒子！也不曾經過三箇黃梅、四箇夏至，又不曾長成十五六歲，出幼過關，上學堂讀書，還是箇水泡，與閻羅王合養在這裡的，趣。怎見的就做官〔五〕，就封贈那老夫人？怪賊囚根子，没廉耻的貨，怎的就見的要做文官，不要像你？」

語出至誠，不可看作尋常討好。

期望中更多賣弄，小人口角爾爾，奈折福何！雖發於妬心，亦是正論。

遷怒處，使聞者突然，極扯淡又煞甚要緊。

正在嘮嘮叨叨，喃喃吶吶，一頭罵，一頭着惱的時節，只見玳安走將進來，叫聲「五娘」，說道：「爹在那裡？」潘金蓮便罵：「怪尖嘴的賊囚根子，那箇曉的你什麼爹在那里，怎的到我這屋裡來？他自有五花官誥的太奶奶老封婆，八珍五鼎奉養他的在那里，那里問着我討！」那玳安就曉的不是路了，望六娘房裡就走。知局。走到房門前，打個咳嗽，朝着西門慶道：「應二爹在廳上。」西門慶道：「應二爹，纔送的他去，又做甚？」玳安道：「爹出去便知。」

四語刺人心苗。

西門慶只得撇了月娘、李瓶兒，走到外邊。見伯爵，正要問話，只見那募緣的道長老已到西門慶門首了。高聲叫：「阿彌陀佛！這是西門老爹門首麼？那箇掌事的管家與吾傳報一聲，說道：扶桂子，保蘭孫，求福有福，求壽有壽。——東京募緣的長老求見。」原來，西門慶平日原是一箇撒漫使錢的漢子，又是新得官哥，心下十分歡喜，也要幹些好事，保佑孩兒。小廝們通曉得，並不作難，一壁廂進報西門慶。西門慶就說：「且教他進來看。」不一時，請那長老進到花廳裡面，打了個問訊，說道：「貧僧出身西印度國，行脚到東京汴梁，卓錫在永福禪寺，面壁九年，頗傳心印。止為那宇殿傾頹，琳宮倒塌，貧僧想起來，為佛弟子，自應為佛出力，因此上貧僧發了這個念頭。前日老檀越餞行各位老爹時，悲憐本寺廢壞〔六〕，也有個良心美腹，要和本寺作主。那時，諸佛菩薩已作證盟。貧僧記的佛經上說得好：如有世間善男子、善女人以金錢喜捨莊嚴佛像者，主得桂子蘭孫，端嚴美貌，日後早登科甲，蔭子封妻之報。故此特叩高門，不拘五百一千，要求老檀那開疏發心，成就善果。」就把錦帕展開，取出那募緣疏簿，

和尚語，自是募化口頭禪，恰湊着閫

房摩弄期愿婆心，當是因緣拍合。

雙手遞上。不想那一席話兒，早已把西門慶的心兒打動了，不覺的歡天喜地接了疏簿，就叫小厮看茶。揭開疏簿，只見寫道：

伏以白馬駝經開象教，竺騰衍法啓宗門。大地衆僧，無不皈依佛祖；三千世界，盡皆蘭若裝嚴。看此瓦礫傾頹，成甚名山勝境？若不慈悲喜捨，何稱佛子仁人！今有永福禪寺，古佛道場，梵修福地，啓建自梁武皇帝，開山是萬迴祖師。規制恢弘，彷佛那給孤園黄金舖地；雕鏤精製，依稀似祇洹舍白玉爲堦。高閣摩空，旃檀氣直接九霄雲表；層基亘地，大雄殿可容千衆禪僧。兩翼嵬峩，盡是琳宫紺宇〔七〕；廊房潔净，果然精勝洞天。那時鐘鼓宣揚，盡道是寰中佛國；只這緇流濟楚，却也像塵界人天。那知歲久年深，一瞬時移事換。莽和尚縱酒撒潑，毁壞清規；獃道人懶惰貪眠，不行打掃，漸成寂寞，斷絶門徒；以致凄凉，罕稀瞻仰。兼及鳥鼠穿蝕，那堪風雨漂摇。棟宇摧頹，一而二，二而三，支撑靡計；墻垣坍塌〔八〕，日復日，年復年，振起無人。朱紅櫺槅〔九〕，拾來煨酒煨茶；合抱棟梁，拿去換鹽換米。風吹羅漢金消盡，雨打彌陀化作塵。吁嗟乎！金碧焜炫，一旦爲灌莽荆榛。雖然有成有敗，終須否極泰來。幸而有道長老之虔誠，不忍見梵王宫之費敗。發大弘願，遍叩檀那，伏願咸起慈悲，盡興惻隱。梁柱椽楹，不拘大小，喜捨到高題姓字；銀錢布幣，豈論豐嬴，投櫃入疏簿標名。仰仗着佛祖威靈，福禄壽永永百年千載；倚靠他伽藍明鏡，父子孫個個厚禄高官。瓜瓞綿綿，森挺三槐五桂；門庭奕奕，輝煌金阜錢山。

一對廢寺絶好門聯。

凡所營求，吉祥如意。疏文到日，各破慳心。謹疏。

西門慶看畢，恭恭敬敬放在桌兒上面，對長老説：「實不相瞞，在下雖不成箇人家，也有幾萬産業，忝居武職。不想偌大年紀，未曾生下兒子，有意做些善果。去年第六房賤内生下孩子，咱萬事已是足了。偶因餞送俺友，得到上方，因見廟宇傾頹，實有箇捨財助建的念頭。蒙老師下顧，那敢推辭！」拿着兔毫妙筆，正在躊躇之際，應伯爵就説：「哥，你既有這片好心爲姪兒發願，何不一力獨成，也是小可的事體。」西門慶拿着筆笑道：「力薄，力薄。」伯爵又道：「極少也助一千。」西門慶又笑道：「力薄，力薄。」那長老就開口説道：「老檀越在上，不是貧僧多口，我們佛家的行徑，只要隨緣喜捨，終不强人所難，但憑老爹發心便是。此外親友，更求檀越吹噓吹噓。」西門慶説道：「還是老師體量。少也不成，就寫上五百兩。」閣了兔毫筆，那長老打個問訊謝了。西門慶又説：「我這里内官太監、府縣倉巡，一個個都與我相好的，我明日就拿疏簿去要他們寫。寫的來，就不拘三百二百、一百五十，管情與老師成就這件好事。」當日留了長老素齋，相送出門。正是：

慈悲作善豪家事，保福消災父母心。

西門慶送了長老，轉到廳上，與應伯爵坐地，道：「我正要差人請你，你來的正好。我前日往西京，多謝衆親友們與咱把盞，今日安排小酒與衆人回答，要二哥在此相陪，不想遇着這個長老，鬼混了一會兒。」伯爵便説道：「好箇長老，想是果然有德行的。他説話中間，連咱也心

謀己便誇，的真市井蘭亭。

伯爵一片諛腸，奈何長老却無保頭錢奉送。

動起來，做了施主。」西門慶說道：「你又幾時做施主來？疏簿又是幾時寫的？」呆致。應伯爵笑道：「哥，你不知道，佛經上第一重的是心施，第二法施，第三纔是財施。難道我從旁攛掇的，不當箇心施？」西門慶笑道：「二哥，只怕你有口無心哩。」兩人拍手大笑。應伯爵就說：「小弟在此等待客來，哥有正事，自與嫂子商議去。」

不獨韵趣，伯爵直能自占地位。

只見西門慶別了伯爵，轉到內院裏頭。只見那潘金蓮咩咩叨叨，没揪没采，不覺的睡魔纏擾，打了幾箇噴涕，走到房中，倒在象牙床上睡去了。李瓶兒又爲孩子啼哭，自與妳子、丫鬟在房中坐地，看官哥。只有吳月娘與孫雪娥兩個看着整辦嗄飯。西門慶走到面前坐的，就把道長老募緣與自己開疏的事，備細說了一番。又把應伯爵耍笑打趣的話也說了一番，懽天喜地，大家嘻笑了一會。那吳月娘必竟是箇正經的人，不慌不忙說下幾句話兒，到是西門慶頂門上針。正是：

妻賢每至雞鳴警，欵語常聞藥石言。

吳是道學種子。

自信處，却說得道理分明。

月娘說道：「哥，你天大的造化，生下孩兒。你又發起善念，廣結良緣，豈不是俺一家兒的福分！只是那善念頭怕他不多，那惡念頭怕他不盡。哥，你日後那没來回没正經養婆娘、没搭煞貪財好色的事體少幹幾樁兒〔一〇〕，却不儹下些陰功，與那小孩子也好！」西門慶笑道：「你的醋話兒又來了。却不道天地尚有陰陽，男女自然配合。今生偷情的、苟合的，都是前生分定，姻緣簿上註名，今生了還，難道是生刺刺胡搊亂扯歪廝纏做的？咱聞那佛祖西天，也止不過

是以聖人惡佞舌。

西門慶口角逼真市井，妙。

絶妙比方，更趣絶。

畢竟原有善緣。

敘得歷落，却又是和尚等本色。

要黃金鋪地，陰司十殿，也要些楮鏹營求。咱只消儘這家私廣爲善事，就使强姦了姮娥，和姦了織女，拐了許飛瓊，盜了西王母的女兒，也不減我潑天富貴。」月娘笑道：「狗吃熱屎，原道是個香甜的；生血弔在牙兒內，怎生改得！」

正在笑間，只見王姑子同了薛姑子，提了一個盒兒〔二〕，直闖進來，朝月娘打問訊，又向西門慶拜了拜，說：「老爹，你倒在家裡。」月娘一面讓坐。看官聽說：原來這薛姑子不是從幼出家的，少年間曾嫁丈夫，在廣成寺前賣蒸餅兒生理。不料生意淺薄，與寺裡的和尚、行童調嘴弄舌，眉來眼去，刮上了四五六個。常有些饅頭齋供拿來進奉他，又有那應付錢與他買花，開地獄的布，送與他做裹脚。他丈夫那里曉得！以後，丈夫得病死了，他因佛門情熟，就做了箇姑子。專一在士夫人家往來，包攬經懺。又有那些不長進、要偷漢子的婦人，叫他牽引。聞得西門慶家裡豪富，侍妾多人，思想拐些用度，因此頻頻往來。有一隻歌兒道得好：

尼姑生來頭皮光，
拖子和尚夜夜忙。
三個光頭好像師父師兄并師弟，
只是鐃鈸原何在裡床？

薛姑子坐下，就把小盒兒揭開，說道：「咱每没有甚麽孝順，拏得施主人家幾個供佛的菓子兒，權當獻新。」月娘道：「要來竟自來便了，何苦要你費心！」只見潘金蓮睡覺，聽得外邊有人說話，又認是前番光景，便走向前來聽看。李瓶兒在房中弄孩子，因曉得王姑子在此，也要與他商議保佑官哥，因一同走到月娘房中。大家道個萬福，各各坐地。西門慶因見李瓶兒來，又把那道長老募緣與自家開疏捨財，替官哥求福的事情，又説一番。不想惱了潘金蓮，抽身竟走，喃喃噥噥，竟自去了。那薛姑子聽了，就站將起來，合掌叫聲：「佛阿！老爹你這等樣好心作福，怕不的壽年千歲，五男二女，七子團圓。只是我還有一件説與你老人家——這個因果費不甚多，更自獲福無量。咦，老檀越，你若幹了這件功德，就把那老瞿曇雪山修道，迦葉尊散髮鋪地，二祖師投崖飼虎〔一三〕，給孤老滿地黄金，也比不得你功德哩！」西門慶笑道：「姑姑且坐下，細説甚麽功果，我便依你。」薛姑子就説：「我們佛祖留下一件《陀羅經》〔一三〕，專一勸人生西方净土。因爲那肉眼凡夫不生尊信，故此佛祖演説此經，勸你專心念佛，竟往西方，永永不落輪迴。那佛祖説的好，如有人持誦此經，或將此經印刷抄寫，轉勸一人至千萬人持誦，獲福無量。況且此經裏面又有《護諸童子經》兒〔一四〕，凡有人家生育男女，必要從此發心，方得易長易養，灾去福來。如今這副經板現在，只没人印刷施行。老爹只消破些工料印上幾千卷，裝釘完成，普施十方，那箇功德真是大的緊。」西門慶道：「這也不難，只不知這一卷經要多少紙札，多少裝釘，多少印刷，有個細數纔好動彈。」薛姑子又道：「老爹，你那里去細細筭他，止消先付九兩銀子，教經坊裏印造幾千萬卷，裝釘完滿，以後一攪果筭還他就是了。」

夾帳背手包在四句中。

正説的熱鬧，只見陳敬濟要與西門慶説話，尋到捲棚底下，剛剛凑巧遇着了潘金蓮憑闌

煩惱中見了歡喜寃家，固火燒一劑清涼飲。情事如畫。

獨惱。猛擡頭見了敬濟，就是猫兒見了魚鮮飯一般，不覺把一天愁悶都改做春風和氣。兩個見没有人來，就執手相偎，剥嘴咂舌頭。兩下肉麻頑了一回，又恐怕西門慶出來撞見，連筭帳的事情也不提了。一雙眼又像老鼠兒防猫，左顧右盼，要做事又没個方便，只得一溜烟出去了。

且說西門慶聽了薛姑子的話頭，不覺又動了一片善心。就叫玳安拿拜匣，取出一封銀子，准准三十兩，便交付薛姑子與王姑子：「卽便同去經坊裏，與我印下五千卷經，待完了，我就筭帳找他。」正話間，只見書童忙忙來報道：「請的各位客人都到了。」少不的是吳大舅、花大舅、謝希大、常峙節這一班。西門慶忙整衣出外迎接陞堂。就叫小厮擺下桌兒，請衆人一行兒分班列次，各叙長幼坐的。不一時，大魚大肉、時新菓品，一齊兒捧將出來。只見酒逢知己，形迹都忘。猜枚的、打鼓的、催花的，三拳兩謊的〔一五〕，歌的歌，唱的唱，頑不盡少年場光景，說不了醉鄉裏日月。正是：

秋月春花隨處有〔一六〕，賞心樂事此時同。

只以幾句便了許多情景，是文章捷收法。

校記

〔一〕「詩曰」，內閣本、首圖本無。

〔二〕「西印度」，內閣本作「西年度」，首圖本作「西方度」。

〔三〕「坍塌」，原作「堋塌」，據吳藏本改。

〔四〕「買辦」，吳藏本作「置辦」。

〔五〕「怎見的」，首圖本作「怎是的」。

〔六〕「廢壞」，原作「廢壤」，據内閣、首圖等本改。

〔七〕「盡是」，内閣本、首圖本作「盡最」。

〔八〕「坍塌」，原作「塌塌」，據吳藏本改。

〔九〕「樯槅」，首圖本作「柗槅」。

〔一〇〕「幾椿」，原作「幾椿」，據吳藏本改。

〔一一〕「盒兒」，原作「盆兒」，據内閣、首圖等本改。按本回下文亦作「盒兒」。

〔一二〕「二祖師」，首圖本作「二祝師」。「飼虎」，首圖本作「餉虎」。

〔一三〕「陀羅經」，内閣本、首圖本作「阿羅經」。

〔一四〕「護諸童子經兒」，内閣本、首圖本作「護諸童子經咒」。按張評本與底本同，詞話本與内閣本同。

〔一五〕「兩謊」，原作「雨謊」，據内閣、首圖等本改。

〔一六〕「春花」，内閣本、首圖本作「春風」。

金瓶梅

第五十八回

潘金蓮打狗傷人

孟玉樓周貧磨鏡

第五十八回　潘金蓮打狗傷人　孟玉樓周貧磨鏡

詞曰〔一〕：

愁旋釋，還似織；淚暗拭，又偷滴。嗔怒着丫頭，强開懷，也只是恨懷千疊。拚則而今已拚了，忘只怎生便忘得！又還倚欄杆，試重聽消息。

——右《帝臺春後》〔二〕

話說當日西門慶陪親朋飲酒，吃的酩酊大醉，走入後邊孫雪娥房裡來。雪娥正顧灶上，看收拾家火，聽見西門慶往房裡去，慌的兩步做一步走。先是郁大姐在他炕上坐的，一面攛掇他往月娘房裏和玉簫、小玉一處睡去了。原來孫雪娥也住着一明兩暗三間房——一間床房，一間炕房。西門慶也有一年多没進他房中來。聽見今日進來，連忙向前替西門慶接衣服，安頓中間椅子上坐的。一面指抹涼蓆，收拾舖床，薰香澡牝，走來遞茶與西門慶吃了，攙扶上床，脱靴解帶，打發安歇。一宿無話。喜極時光景。

到次日廿八，乃西門慶正生日。剛燒畢紙，只見韓道國後生胡秀到了門首，下頭口。左右禀知西門慶，就叫胡秀到廳上，磕頭見了。問他貨船在那里，胡秀遞上書帳，説道：「韓大叔在杭州置了一萬兩銀子段絹貨物，見今直抵臨清鈔關，缺少税鈔銀兩，未曾裝載進城。」西門慶看了書帳，心中大喜，分付棋童看飯與胡秀吃了，教他往喬親家爹那里見見去。就進來對吳月娘說：「韓夥計貨船到了臨清，使後生胡秀送書帳上來，如今少不的把對門房子打掃，卸到那里，尋夥計收拾，開鋪子發賣。」月娘聽了，就說：「你上緊尋着，也不早了。」西門慶道：「如今等應二哥來，我就對他說。」不一時，應伯爵來了。西門慶陪着他在廳上坐，就對他說：「韓夥計杭州貨船到了，缺少箇夥計發賣。」伯爵就說：「哥，恭喜！今日華誕的日子，貨船到，決增十倍之利，喜上加喜。哥若尋賣手，不打緊，我有一相識，却是父交子往的朋友，原是段子行賣手，連年運拙，閑在家中，今年纔四十多歲，眼力看銀水是不消說，寫筭皆精，又會做買賣。此人姓甘，名潤，字出身，現在石橋兒巷住，倒是自己房兒。」西門慶道：「若好，你明日叫他見我。」

貨到與生日何關！然自是諛者投機語。

正說着，只見李銘、吳惠、鄭奉三箇先來磕頭。不一時，雜耍樂工都到了，廂房中打發吃飯。只見答應的節級拏票來回話說：「小的叫唱的，止有鄭愛月兒不到。他家鴇子說，收拾了纔待來，被王皇親家人攔往宅裡唱去了。小的只叫了齊香兒、董嬌兒、洪四兒三個，收拾了便來也。」西門慶聽見他不來，便道：「胡說！怎的不來？」便叫過鄭奉問：「怎的你妹子我這里叫他不來？果係是被王皇親家攔了去？」那鄭奉跪下便道：「小的另住，不知道。」西門慶道：「他說往王皇親家唱就罷了？敢量我拿不得來！」便叫玳安兒近前分付：「你多帶兩箇排軍，就拿我個侍生帖兒，到王皇親家宅內見你王二老爹，就說我這裡請幾位客吃酒，鄭愛月兒答應下兩三日了，好歹放了他來。儻若推辭，連那鴇子都與我鎖了，墪在門房兒裡。這等可惡！」一面叫鄭奉：「你也跟了去。」那鄭奉又不敢不去，走出外邊來，央及玳安兒説道：「安哥，你進去，我在外邊等着罷。一定是王二老爹府裏叫，怕不還沒去哩。有累安哥，若是沒動身，看怎的將就叫他好好的來罷。」玳安道：「若果然往王家去了，等我拿帖兒討去；若是在家藏着，你進去對他媽説，教他快收拾一答兒來，俺就替他回護兩句言語兒，爹就罷了。你每不知道他性格，他從夏老爹宅裏定下，你不來，他可知惱了哩。」這鄭奉一面先往家中説去，玳安同兩個排軍、一名節級也隨後走來。

且説西門慶打發玳安去了，因向伯爵道：「這個小淫婦兒，這等可惡。在別人家唱，我這里叫他不來。」伯爵道：「小行貨子，他曉的甚麽？他還不知你的手段哩！」西門慶道：「我倒見他酒席上説話兒伶俐，叫他來唱兩日試他，倒這等可惡！」伯爵道：「哥今日揀這四箇粉頭，都是出類拔萃的尖兒了。」李銘道：「二爹，你還沒見愛月兒哩！」伯爵道：「我同你爹在他家吃酒，他還小哩，這幾年倒沒曾見，不知出落的怎樣的了。」李銘道：「這小粉頭子，雖故好箇身段兒〔三〕，光是一味粧飾，唱曲也會，怎生趕的上桂姐一半兒。爹這裡是那裡？叫着敢不來！就是來了，虧了你？還是不知輕重。」正説着，只見胡秀來回話道：「小的到喬爹那邊見了來了，伺候老爹示下。」西門慶教陳敬濟：「後邊討五十兩銀子，令書童寫一封書，使了印色，差一名節級，明日早起身，一同下去，與你鈔關上錢老爹，教他過稅之時青目一二。」須臾，陳敬濟取了一封銀子來交與胡秀，胡秀領了文書并稅帖，次日早同起身，不在話下。

忽聽喝的道子响，平安來報：「劉公公與薛公公來了。」西門慶忙冠帶迎接至大廳，見畢禮數，請至捲棚內，寬去上蓋蟒衣，上面設兩張交椅坐下。應伯爵在下，與西門慶關席陪坐。薛內相便問：「此位是何人？」西門慶道：「去年老太監會過來，乃是學生故友應二哥。」薛內相道：「却是那快耍笑的應先兒麽？」應伯爵欠身道：「老公公還記的，就是在下。」須臾拿茶上來吃了。只見平安走來禀道：「府裡周爺差人拏帖兒來說，今日還有一席，來遲些，教老爹這裡先坐，不須等罷。」西門慶看了帖兒，便說：「我知道了。」薛內相因問：「西門大人〔四〕，今日誰來遲？」西門慶道：「周南軒那邊還有一席，使人來說休要等他，只怕來遲些。」薛內相道：「既來說，咱虛着他席面就是。」

正說話間，王經拿了兩個帖兒進來：「兩位秀才來了。」西門慶見帖兒上，一個是倪鵬，一個是温必古，就知倪秀才舉薦了同窗朋友來了，連忙出來迎接。見都穿着衣巾進來，且不看倪秀才，只見那温必古，年紀不上四旬，生的端莊質樸，落腮鬍，儀容謙抑，舉止温恭。未知行藏如何，先觀動静若是。有幾句單道他好：

雖抱不羈之才，慣遊非禮之地。功名蹭蹬〔五〕，豪傑之志已灰；家業凋零，浩然之氣先喪。把文章道學，一併送還了孔夫子；將致君澤民的事業及榮身顯親的心念，都撇在東洋大海。和光混俗，惟其利欲是前；隨方逐圓，不以廉耻爲重。峩其冠，博其帶，而眼底旁若無人；闊其論，高其談，而胸中實無一物。三年叫案，而小考尚難，豈望月桂之高攀！廣坐啣杯，遯世無悶，且作岩穴之隱相。

西門慶讓至廳上叙禮，每人遞書帕二事與西門慶祝壽。交拜畢，分賓主而坐。西門慶道：「久仰温老先生大才，敢問尊號？」温秀才道：「學生賤字日新，號葵軒。」西門慶道：「葵軒老先生。」又問：「貴庠？何經？」温秀才道：「學生不才，府學備數。初學《易經》。口角妙甚。一向久仰大名，未敢進拜。昨因我這敝同窗倪桂岩道及老先生盛德，敢來登堂恭謁。」西門慶道：「承老先生先施，學生容日奉拜。只因學生一個武官粗俗，不知文理，往來書柬無人代筆。前者因在敝同僚府上會遇桂岩老先生〔六〕，甚是稱道老先生大才盛德，正欲趨拜請教，不意老先生下降，兼承厚貺，感激不盡。」温秀才道：「學生匪才薄德，謬承過譽。」茶罷，西門慶讓至捲棚內，有薛、劉二老太監在座。薛内相道：「請二位老先生寬衣進來。」西門慶一面請寬了青衣，請進裡面，各遜讓再四，方纔一邊一位，垂首坐下。

正叙談間，吳大舅、范千户到了，叙禮坐定。不一時，玳安與同答應的和鄭奉都來回話道：「四個唱的都叫來了。」西門慶問：「可是王皇親那裡？」玳安道：「是王皇親宅內叫，還没起身，小的要拿他鴇子整鎖，他慌了，纔上轎，都一答兒來了。」西門慶即出到廳臺基上站立，只見四箇唱的一齊進來，向西門慶磕下頭去。那鄭愛月兒穿着紫紗衫兒、白紗挑線裙子。腰肢嬝娜，猶如楊柳輕盈；花貌娉婷，好似芙蓉艷麗。正是：

萬種風流無處買，千金良夜實難消。

西門慶便向鄭愛月兒道：「我叫你，如何不來？這等可惡！敢量我拿不得你來？」那鄭愛月兒磕了頭起來，一聲兒也不言語，笑着同衆人一直往後邊去了。到後邊，與月娘衆人都磕了頭。看見李桂姐、吳銀兒都在跟前，各道了萬福，說道：「你二位來的早。」李桂姐道：「我每兩日沒家去了。」因說：「你四個怎的這咱纔來？」董嬌兒道：「都是月姐帶累的俺們來遲了。收拾下，只顧等着他，白不起身〔七〕。」鄭愛月兒用扇兒遮着臉，只是笑，不做聲。月娘便問：「這位大姐是誰家的？」董嬌兒道：「娘不知道，他是鄭愛香兒的妹子鄭愛月兒。纔成人，還不上半年光景。」月娘道：「可倒好個身段兒。」說畢，看茶吃了，一面放桌兒，擺茶與衆人吃。潘金蓮且揭起他裙子，撮弄他的脚看，說道：「你每這裡邊的樣子，只是恁直尖了，不像俺外邊的樣子趫。俺外邊尖底停匀，你裡邊的後跟子大。」月娘向大妗子道：「偏他恁好勝，問他怎的！」一回又取下他頭上金魚撇杖兒來瞧，因問：「你這樣兒是那裡打的？」鄭愛月兒道：「是俺裡邊銀匠打的。」須臾，擺下茶，月娘便叫：「桂姐，銀姐，你陪他四箇吃茶。」不一時，六個唱的做一處同吃了茶。李桂姐、吳銀兒便向董嬌兒四個說：「你每來花園裡走走。」董嬌兒道：「等我每到後邊走走就來。」伏案。李桂姐和吳銀兒就跟着潘金蓮、孟玉樓，出儀門往花園中來。因有人在大捲棚內，就不曾過那邊去，只在這邊看了回花草，就往李瓶兒房裡看官哥兒。官哥心中又有些不自在，睡夢中驚哭，吃不下奶去。李瓶兒在屋裡守着不出來。看見李桂姐、吳銀兒和孟玉

媚極。若出一聲，便費分解。使俗筆爲之，不知如何絮絮矣。一到金蓮，遂多此一番絮長較短。然不如此，不足以爲金蓮也。

一開口，便非一二語可了，吾恨不得犁其舌。入宮生妬，士亦悲焉。況妬嫉如金蓮者乎！一入有心者之眼，便面目都是疑團，入世之難

樓、潘金蓮進來，連忙讓坐。桂姐問道：「哥兒睡哩？」李瓶兒道：「他哭了這一日，纔睡下了。」玉樓道：「大娘説，請劉婆子來看他看，你怎的不使小厮請去？」李瓶兒道：「今日他爹好日子，明日請他去罷。」

正説話中間，只見四個唱的和西門大姐、小玉走來。大姐道：「原來你每都在這里，却教俺花園内尋你。」玉樓道：「花園内有人，咱們不好去的，瞧了瞧兒就來了。」李桂姐問洪四兒：「你每四箇在後邊做甚麽，這半日纔來？」洪四兒道：「俺每在後邊四娘房裡吃茶來。」潘金蓮聽了，望着玉樓、李瓶兒笑，問洪四兒：「誰對你説是四娘來？」董嬌兒道：「他留俺每在房裡吃茶，他每問來：『還不曾與你老人家磕頭，不知娘是幾娘？』他便説：『我是你四娘哩。』」金蓮道：「没廉耻的小婦奴才，别人稱你便好，誰家自己稱是四娘來。這一家大小，誰與你、誰數你、誰叫你是四娘？漢子在屋裡睡了一夜兒，得了些顔色兒，就開起染房來了。若不是大娘房裡有他大妗子，他二娘房裡有桂姐，你房裡有楊姑奶奶，李大姐有銀姐在這裡，我那屋裡有他潘姥姥，且輪不到往你那屋裡去哩。」（叙述處，好不扯淡，在金蓮又是絶正經事。）玉樓道：「你還没曾見哩——今日早辰起來，打發他爹往前邊去了，在院子裡呼張唤李的，便那等花哨起來。」金蓮道：「常言道：奴才不可逞，小孩兒不宜哄。」又問小玉：「我聽見你爹對你奶奶説，要替他尋丫頭。説你爹昨日在他屋裡，見他只顧收拾不了，因問他。那小淫婦就趁勢兒對你爹説〔八〕：『我終日不得箇閒收拾屋裡，只好晚夕來這屋裡睡罷了。』你爹説：『不打緊，到明日對你娘説，尋一個丫頭與你使便

如是。可嘆，可嘆！本爲一宵之忿，忽又纏入其生平。小人故入人罪，往往皆然。

俺。』——真箇有此話？」小玉道：「我不曉的，敢是玉簫聽見來。」金蓮向桂姐道：「你爹不是俺各房裡有人，等他不往他後邊去〔九〕。莫不俺每背地説他，本等他嘴頭子不達時務，慣傷犯人，俺每急切不和他説話。」正説着，綉春拿了茶上來。正吃間，忽聽前邊鼓樂响動，荆都監衆人都到齊了，遞酒上座，玳安兒來叫四個唱的，就往前邊去了。

那日，喬大户没來。先是雜耍百戲，吹打彈唱，隊舞纔罷，做了個笑樂院本。割切上來，獻頭一道湯飯。只見任醫官到了，冠帶着進來。西門慶迎接至廳上叙禮。任醫官令左右，氊包内取出一方壽帕、二星白金來，與西門慶拜壽。説道：「昨日韓明川説，纔知老先生華誕。恕學生來遲！」西門慶道：「豈敢動勞車駕，又兼謝盛儀。外日多謝妙藥。」彼此拜畢，任醫官還要把盞，西門慶辭道：「不消了。」一面脱了大衣，與衆人見過，就安在左首第四席，與吳大舅相近而坐。獻上湯飯并手下攢盒，任醫官謝了，令僕從領下去。四箇唱的彈着樂器，在旁唱了一套壽詞。西門慶令上席分頭遞酒。下邊樂工呈上揭帖，劉、薛二内相揀了韓湘子度陳半街《陞仙會》雜劇。纔唱得一摺，只見喝道之聲漸近。平安進來禀道：「守備府周爺來了。」西門慶慌忙迎接。未曾相見，就先請寬盛服。周守備道：「我來要與四泉把一盞。」薛内相説道：「周大人不消把盞，只見禮兒罷。」于是二人交拜畢，纔與衆人作揖，左首第三席安下鍾筯。下邊就是湯飯割切上來，又是馬上人兩盤點心、兩盤熟肉、兩瓶酒。周守備謝了，令左右領下去，然後坐下。一面觥籌交錯，歌舞吹彈，花攢錦簇飲酒。正是：

舞低楊柳樓頭月，歌罷桃花扇底風。

吃至日暮，先是任醫官隔門去的早。西門慶送出來，任醫官因問：「老夫人貴恙覺好了？」西門慶道：「拙室服了良劑，已覺好些。這兩日不知怎的，又有些不自在。明日還望老先生過來看看。」説畢，任醫官作辭上馬而去。落後又是倪秀才、温秀才起身。西門慶再三欵留不住，送出大門，説道：「容日奉拜請教。寒家就在對門收拾一所書院，與老先生居住。連寶眷都搬來，一處方便。學生每月奉上束修，以備菽水之需。」温秀才道：「多承厚愛，感激不盡。」倪秀才道：「此是老先生崇尚斯文之雅意矣。」打發二秀才去了。

西門慶陪客飲酒，吃至更闌方散。四個唱的都歸在月娘房内，唱與月娘、大妗子、楊姑娘衆人聽。西門慶還在前邊留下吳大舅、應伯爵，復坐飲酒。看着打發樂工酒飯吃了，先去了。其餘席上家火都收了，又分付從新後邊拿菓碟兒上來，教李銘、吳惠、鄭奉上來彈唱，拏大杯賞酒與他吃。應伯爵道：「哥今日華誕設席，列位都是喜懽。」李銘道：「今日薛爺和劉爺也費了許多賞賜，落後見桂姐、銀姐又出來，每人又遞了一包與他。只是薛爺比劉爺年小，快頑些。」不一時，畫童兒拿上菓碟兒來，應伯爵看見酥油蚫螺，就先揀了一箇放在口内，如甘露洒心，入口而化。説道：「倒好吃。」西門慶道：「我的兒，你倒會吃！此是你六娘親手揀的。」伯爵笑道：「也是我女兒孝順之心。」説道：「老舅，你也請箇兒。」于是揀了一箇，放在吳大舅口内。又叫李銘、吳惠、鄭奉近前，每人揀了一箇賞他。

正飲酒間，伯爵向玳安道：「你去後邊，叫那四箇小淫婦出來。我便罷了，也叫他唱箇兒與老舅聽，再遲一回兒，便好去。今日連遞酒，他只唱了兩套，休要便宜了他。」那玳安不動身，說道：「小的叫了他了，在後邊唱與妗子和娘每聽哩，便來也。」伯爵道：「賊小油嘴，你幾時去來？還哄我。」因叫王經：「你去。」那王經又不動。伯爵道：「我使着你每都不去，等我自去罷。」正說着，只聞一陣香風過，覺有笑聲，四個粉頭都用汗巾兒答着頭出來。伯爵看見道：「我的兒，誰養的你恁乖！搭上頭兒，心裡要去的情，好自在性兒。不唱箇曲兒與俺每聽，就指望去？好容易！連轎子錢就是四錢銀子，買紅梭兒米買一石七八斗，勾你家鴇子和你一家大小吃一個月。」董嬌兒道：「哥兒，恁便益衣飯兒，你也入了籍罷了。」洪四兒道：「這咱晚，七八有二更，放了俺每去罷了。」齊香兒道：「俺每明日還要起早，往門外送殯去哩。」伯爵道：「誰家？」齊香兒道：「是房簷底下開門的那家子。」伯爵道：「莫不又是王三官兒家？前日被他連累你那場事，多虧你大爹這里人情，替李桂兒說，連你也饒了。這一遭，雀兒不在那窠兒罷了。」齊香兒笑罵道：「怪老油嘴，汗邪了你，恁胡說。」伯爵道：「你笑話我老，我半邊俏把你這四箇小淫婦兒還不勾擺布哩！」洪四兒笑道：「哥兒，我看你行頭不怎麽好，光一味好撇。」伯爵道：「我那兒，到根前看手段還錢。」又道：「鄭家那賊小淫婦兒，吃了糖五老座子兒，白不言語，有些出神的模樣，敢記掛着那孤老兒在家裡？」董嬌兒道：「他剛纔聽見你說，在這里有些怯床。」伯爵道：「怯床不怯床，拏樂器來，每人唱一套，你每去罷，我也不留你了。」西門慶道：「也罷，你們

語語靈穎，俗筆有一字否？補出時線索生動，的是針工匠斧。

兩個遞酒，兩個唱一套與他聽罷。」齊香兒道：「等我和月姐唱。」當下，鄭月兒琵琶，齊香兒彈箏，坐在交床上，歌美韻，放嬌聲，唱了一套《越調・鬬鵪鶉》「夜去明來」。董嬌兒遞吳大舅酒，洪四兒遞應伯爵酒，在席上交杯換盞，倚翠偎紅。正是：

舞回明月墜秦樓，歌遏行雲迷楚館。

當下，酒進數巡，歌吟兩套，打發四個唱的去了。西門慶還留吳大舅坐，又叫春鴻上來唱了一套南曲，纔分付棋童備馬〔一○〕，拏燈籠送大舅。大舅道：「姐夫不消備馬，我同應二哥一路走罷。」西門慶道：「既如此，教棋童打燈籠送到家。」吳大舅與伯爵起身作別。西門慶送至大門首，因和伯爵説：「你明日好歹上心，約會了那甘夥計來見我，批合同。我會了喬親家，好收拾那邊房子卸貨。」伯爵道：「哥不消分付，我知道。」一面作辭，與吳大舅同行，棋童打着燈籠。吳大舅便問：「剛纔姐夫説收拾那裡房子？」伯爵道：「韓夥計貨船到，他新開箇段子鋪，收拾對門房子，教我替他尋個夥計。」大舅道：「幾時開張？咱每親朋少不的作賀作賀。」須臾，出大街，到了伯爵小衚衕口上，吳大舅要棋童：「打燈籠送你應二爹到家。」伯爵不肯，説道：「棋童，你送大舅，我不消燈籠，進巷内就是了。」一面作辭，分路回家。棋童便送大舅去了。

此段似閒，然得此便覺餘波瀠洄，文勢不窘。

西門慶打發李銘等唱錢去了，回後邊月娘房中歇了一夜。到次日，果然伯爵領了甘出身，穿青衣走來拜見，講説買賣之事。西門慶叫將崔本來會喬大户，那邊收拾房子，開張舉事。喬大户對崔本説：「將來凡一應大小事，隨你親家爹這邊只顧處，不消計較〔一一〕。」當下就和甘夥計批了合同。就立伯爵作保，得利十分爲率：西門慶五分〔二〕，喬大户三分，其餘韓道國、甘出身與崔本三分均分。一面修蓋土庫，裝畫牌面，待貨車到日，堆卸開張。後邊又獨自收拾一所書院，請將温秀才來作西賓，專修書柬，回答往來士夫。每月三兩束修，四時禮物不缺，又撥了畫童兒小厮伏侍他。伏。西門慶家中宴客，常請過來陪侍飲酒，俱不必細說。

不覺過了西門慶生辰。第二日早辰，就請了任醫官來看李瓶兒，又在對門看着收拾。楊姑娘先家去了，李桂姐、吳銀兒還没家去。吳月娘買了三錢銀子螃蠏，午間煮了，請大妗子、李桂姐、吳銀兒衆人圍着吃了一回。只見月娘請的劉婆子來看官哥兒，吃了茶，李瓶兒就陪他往前邊房裡去了。劉婆子說：「哥兒驚了，要住了妳。」又留下幾服藥。月娘與了他三錢銀子，打發去了。孟玉樓、潘金蓮和李桂姐、吳銀兒、大姐都在花架底下，放小桌兒，鋪氊條，同抹骨牌賭酒頑耍。孫雪娥吃衆人贏了七八鍾酒，不敢久坐，就去了。衆人就拿李嬌兒頂缺。金蓮又教吳銀兒、桂姐唱了一套。當日衆姊妹飲酒至晚，月娘裝了盒子，相送李桂姐、吳銀兒家去了。

潘金蓮吃的大醉歸房，因見西門慶夜間在李瓶兒房裡歇了一夜，早辰又請任醫官來看他，惱在心裡。知道他孩子不好，進門不想天假其便——黑影中躧了一脚狗屎，到房中叫春梅點燈來看，一雙大紅段子鞋，滿幫子都展污了。登時柳眉剔竪，星眼圓睁，叫春梅打着燈把角門關了，拏大棍把那狗没高低只顧打，打的怪叫起來。李瓶兒使過迎春來說：「俺娘說，哥

「教他」二字，來得奇特。

可恨。

動念情慾

兒纔吃了老劉的藥，睡着了，教五娘這邊休打狗罷。」潘金蓮坐着，半日不言語。一面把那狗打了一回，開了門放出去，又尋起秋菊的不是來。看着那鞋，左也惱，右也惱，因把秋菊喚至跟前說：「這咱晚，這狗也該打發去了，只顧還放在這屋裡做甚麽？是你這奴才的野漢子？你不發他出去，教他恁遍地撒屎，把我恁雙新鞋兒——連今日纔三四日兒——躧了恁一鞋幫子屎。知道我來，你也該點箇燈兒出來，你如何恁推聾粧啞裝憨兒的？」春梅道：「我頭裡就對他說，你趁娘不來，早喂他些飯，關到後邊院子裡去罷[一三]。他佯打耳睜的不理我，還拿眼兒瞅着我。」婦人道：「可又來，賊膽大萬殺的奴才，我知道你在這屋裡成了把頭，把這打來不作准。」因叫他到跟前[一四]：「瞧，躧的我這鞋上的齷齪！」哄得他低頭瞧，提着鞋拽巴，兜臉就是幾鞋底子。打的秋菊嘴唇都破了，只顧搵着抹血，忙走開一邊。婦人罵道：「好賊奴才，你走了！教春梅：「與我採過來跪着。取馬鞭子來，把他身上衣服與我扯去。好好教我打三十馬鞭子便罷，但扭一扭兒，我亂打了不筭。」春梅于是扯了他衣裳，婦人教春梅把他手扯住，雨點般鞭子打下來，打的這丫頭殺猪也似叫。那邊官哥纔合上眼兒，又驚醒了。又使了綉春來說：「俺娘上覆五娘，饒了秋菊罷，只怕諕醒了哥哥。」那潘姥姥正歪在裡間炕上，聽見打的秋菊叫，一砧碌子扒起來，在傍邊勸解。見金蓮不依，落後又見李瓶兒使過綉春來說，又走向前奪他女兒手中鞭子，說道：「姐姐少打他兩下兒罷，惹得他那邊姐姐說，只怕諕了哥哥。爲驢扭棍不打緊，倒没的傷了紫荊樹。」金蓮緊自心裡惱，又聽見他娘說了這一句，越發心中攛上

之起，忿怒之發，不難。滅倫敗紀，不獨一金蓮也。

把火一般。須臾，紫漒了面皮，把手只一推，險些兒不把潘姥姥推了一交。便道：「怪老貨，你與我過一邊坐着去！不干你事，來勸甚麽？甚麽紫荆樹、驢扭棍，單管外合裏應。」潘姥姥道：「賊作死的短壽命，罵得痛快。我怎的外合裏應？我來你家討冷飯吃，教你恁頓摔我？」金蓮道：「你明日夾着那老毴走，怕他家拿長鍋煮吃了我！」潘姥姥聽見女兒這等擦他，走到裡邊屋裡嗚嗚咽咽哭去了，隨着婦人打秋菊。打勾二三十馬鞭子，然後又蓋了十欄杆，打的皮開肉綻，纔放出來。又把他臉和腮頰都用尖指甲掐的稀爛。李瓶兒在那邊，只是雙手握着孩子耳朵，腮邊墮淚，敢怒而不敢言。

可恨。

西門慶在對門房子裡，與伯爵、崔本、甘夥計吃了一日酒散了，逕往玉樓房中歇息。到次日，周守備家請吃補生日酒，不在家。李瓶兒見官哥兒吃了劉婆子藥不見動靜，夜間又着驚諕，一雙眼只是往上吊吊的。因那日薛姑子、王姑子家去，走來對月娘說：「我向房中拿出他壓被的一對銀獅子來，要教薛姑子印造《佛頂心陀羅經》，趕八月十五日嶽廟裡去捨。」那薛姑子就要拏着走，被孟玉樓在旁說道：「師父你且住，大娘，你還使小廝叫將賁四來，替他兑兑多少分兩，就同他往經舖裡講定箇數兒來，每一部經多少銀子，到幾時有，纔好。你教薛師父去，他獨自一個，怎弄的來？」月娘道：「你也說的是。」一面使來安兒叫了賁四來，向月娘衆人作了揖，把那一對銀獅子上天平兑了，重四十一兩五錢。月娘分付，同薛師父往經舖印造經數去了。

老到。

潘金蓮隨即叫孟玉樓：「咱送送兩位師父去，就前邊看看大姐，他在屋裡做鞋哩。」兩箇携着手兒往前邊來。賁四同薛姑子、王姑子去了。金蓮與玉樓走出大廳東廂房門首，見大姐正在簷下納鞋，金蓮拏起來看，却是紗綠潞紬鞋面。玉樓道：「大姐，你不要這紅鎖線子，爽利着藍頭線兒，好不老作些！你明日還要大紅提跟子？」大姐道：「我有一雙是大紅提跟子的。這箇，我心裡要藍提跟子，所以使大紅線鎖口。」金蓮瞧了一回，三個都在廳臺基上坐的。玉樓問大姐：「你女婿在屋裡不在？」大姐道：「他不知那里吃了兩鍾酒，在屋裡睡哩。」孟玉樓便向金蓮道：「剛纔若不是我在旁邊說着，李大姐恁哈帳行貨，就要把銀子交姑子拿了印經去。經也印不成，没脚蟹行貨子藏在那大人家，你那里尋他去？早是我說，叫將賁四來，同他去了。」金蓮道：「恁有錢的姐姐，不撰他些兒是傻子[一五]，只相牛身上拔一根毛兒。你孩兒若没命，休說捨經，隨你把萬里江山捨了也成不的。如今這屋裡，只許人放火，不許俺每點燈。——大姐聽着，也不是別人。偏染的白兒不上色，偏他會那等輕狂使勢。大清早辰，刁蹬着漢子請太醫看。他亂他的，俺每又不管。每常在人前會那等撇清兒說話：『我心裡不耐煩，他爹要便進我屋裡推看孩子，雌着和我睡，誰耐煩！教我就攛掇往別人屋裡去了。俺每自恁好罷了，好得有數。背地還嚼說俺們！』那大姐姐偏聽他一面詞兒。不是俺每爭這箇事，怎麽昨日漢子不進你屋裡去，你使丫頭在角門子首叫進屋裡？推看孩子，你便吃藥，一徑把漢子作成和吳銀兒睡了一夜，一逕顯你那乖覺，教漢子喜歡你，那大姐姐就没的話說了[一六]。昨日晚夕，人進屋

說得鑿鑿，卽使瓶兒百吻，亦無可辨。

說作成銀兒，隱然見不作成

我爲可怨。把自家長技寃人，固是小人度君子之腹。

裡躧了一脚狗屎，打丫頭趕狗，也嗔起來，使丫頭過來說，諕了他孩子了。俺娘那老貨，又不知道，走來勸甚麽的驢扭棍傷了紫荆樹〔一七〕。我惱他那等輕聲浪氣，教我墩了他兩句，他今日使性子家去了。——去了罷！教我說，他家有你這樣窮親戚也不多，没你也不少。」玉樓笑道：「你這個没訓教的子孫，你一個親娘母兒，你這等訌他！」金蓮道：「不是這等說。——惱人的腸子，單管黄猫黑尾，外合裏應，只替人説話。吃人家碗半，被人家使喚。得不的人家一箇甜頭兒，千也說好，萬也說好。——想着迎頭兒養了這個孩子，把漢子調唆的生根也似的，把他便扶的正正兒的，把人恨不的躧到泥裡頭還躧。今日恁的天也有眼，你的孩兒也生出病來了。」

正說着，只見賁四往經鋪裡交了銀子，來回月娘話，看見玉樓、金蓮和大姐都在廳臺基上坐的，只顧在儀門外立着，不敢進來。來安走來說道：「娘每閃閃兒，賁四來了。」金蓮道：「怪囚根子，你叫他進去不是，纔乍見他來？」來安兒說了，賁四低着頭，一直後邊見月娘、李瓶兒，說道：「銀子四十一兩五錢，眼同兩箇師父交付與翟經兒家收了。講定印造綾殼《陀羅》五百部，每部五分；絹殼經一千部，每部三分。共該五十五兩銀子。除收過四十一兩五錢，還找與他十三兩五錢。准在十四日早擡經來。」李瓶兒連忙向房裡取出一個銀香毬來，教賁四上天平兑了，十五兩。李瓶兒道：「你拿了去，除找與他，别的你收着，換下些錢，到十五日廟上捨經，與你們做盤纏就是了，省的又來問我要。」賁四于是拿了香毬出來。李瓶兒道：「四哥，多累你。」賁四躬着身說道：「小人不敢。」走到前邊，金蓮、玉樓又叫住問他：「銀子交付與經舖了？」賁四道：「已交付明白。共一千五百部經，共該五十五兩銀子，除收過四十一兩五錢，剛纔六娘又與了這件銀香毬。」玉樓、金蓮瞧了瞧，没言語，賁四便回家去了。玉樓向金蓮說道：「李大姐像這等都枉費了錢。他若是你的兒女，就是榔頭也椿不死；他若不是你兒女，莫說捨經造像，隨你怎的也留不住他。信着姑子，甚麽繭兒幹不出來！」

兩箇說了一回，都立起來。金蓮道：「咱每往前邊大門首走走去。」因問大姐：「你去不去？」大姐道：「我不去。」潘金蓮便拉着玉樓手兒，兩個同來到大門裡首站立。因問平安兒：「對門房子都收拾了？」平安道：「這咱哩？昨日爹看着就都打掃乾净了。後邊樓上堆貨，昨日教陰陽來破土，樓底下還要裝廂房三間，土庫閣段子，門面打開，一溜三間，都教漆匠裝新油漆，在出月開張。」玉樓又問：「那寫書的温秀才，家小搬過來了不曾？」平安道：「從昨日就過來了。今早爹分付，把後邊那一張凉床拆了與他，又搬了兩張桌子、四張椅子與他坐。」金蓮道：「你没見他老婆怎的模樣兒？」平安道：「黑影子坐着轎子來，誰看見他來！」

正說着，只見遠遠一箇老頭兒，斯琅琅摇着驚閨葉過來。潘金蓮便道：「磨鏡子的過來了。」教平安兒：「你叫住他，與俺每磨磨鏡子。我的鏡子這兩日都使的昏了，分付你這囚根子，看着過來再不叫！俺每出來站了多大回，怎的就有磨鏡子的過來了？」那平安一面叫住磨鏡老兒，放下擔兒，金蓮便問玉樓道：「你要磨，都教小廝帶出來，一答兒里磨了罷。」于是使來安兒：「你去我屋裡，問你春梅姐討我的照臉大鏡子、兩面小鏡子兒，就把那大四方穿衣鏡也帶出來，教他好生磨磨。」玉樓分付來安：「你到我屋裏，教蘭香也把我的鏡子拏出來。」那來安兒去不多時，兩隻手提着大小八面鏡子，懷裡又抱着四方穿衣鏡出來。金蓮道：「臭小囚兒，你拏不了做兩遭兒拿，如何恁拿出來？一時叮噹了我這鏡子怎了？」玉樓道：「我没見你這面大鏡子，是那里的？」金蓮道：「是人家當的，我愛他且是亮，安在屋裡，早晚照照。」因問：「我的鏡子只三面。」玉樓道：「我大小只兩面。」金蓮道：「這兩面是誰的？」來安道：「這兩面是春梅姐的，稍出來也叫磨磨。」金蓮道：「賊小肉兒，他放着他的鏡子不使，成日只撾着我的鏡子照，弄的恁昏昏的。」共大小八面鏡子，交付與磨鏡老叟，教他磨。當下絆在坐架上，使了水銀，那消頓飯之間，都浄磨的耀眼爭光。婦人拏在手內對照花容，猶如一汪秋水相似。有詩爲証：

　　蓮萼菱花共照臨，風吹影動碧沉沉。
　一池秋水芙蓉現，好似姮娥傍月陰。

婦人看了，就付與來安兒收進去。玉樓便令平安，問舖子裡傅夥計櫃上要五十文錢與磨鏡的。那老子一手接了錢，只顧立着不去。玉樓教平安問那老子：「你怎的不去？敢嫌錢少？」那老子不覺眼中撲簌簌流下淚來，哭了。平安道：「俺當家的奶奶問你怎的煩惱。」老子道：「不瞞哥哥說，老漢今年癡長六十一歲，在前丟下個兒子，二十二歲尚未娶妻，專一浪遊，不幹生理。老漢日逐出來挣錢養活他。他又不守本分，常與街上搗子耍錢。昨日惹了禍，同拴到守備府中，當土賊打了二十大棍。歸來把媽媽的裙襖都去當了，媽媽便氣了一場病，打了寒，睡在炕上半箇月。老漢說他兩句，他便走出來不往家去，教老漢日逐抓尋他不着箇下落。待要賭氣不尋他，老漢恁大年紀，止生他一個兒子，往後無人送老；有他在家，見他不成人，又要惹氣。似這等，乃老漢的業障。有這等負屈啣寃，各處告訴，所以淚出痛腸。」玉樓叫平安兒：「你問他，你這後娶婆兒今年多大年紀了？」老子道：「他今年五十五歲了，男女花兒没有，如今打了寒纔好些，只是没將養的，心中想塊臘肉兒吃。老漢在街上恁問了兩三日，白討不出塊臘肉兒來。甚可嗟嘆人子〔一八〕。」玉樓道：「不打緊處，我屋裡抽替內有塊臘肉兒哩。」卽令來安兒：「你去對蘭香說，還有兩個餅錠，教他拿與你來。」金蓮叫：「那老頭子，問你家媽媽兒吃小米兒粥不吃？」老漢子道：「怎的不吃？那裡有，可知好哩！」金蓮也叫過來安兒來：「你對春梅說，把昨日你姥姥稍來的新小米兒量二升，就拿兩根醬瓜兒出來，與他媽媽兒吃。」那來安去不多時，拏出半腿臘肉、兩個餅錠、二升小米、兩個醬瓜兒，叫道：「老頭子過來，造化了你！你家媽媽子不是害病想吃，只怕害孩子坐月子，想定心湯吃。」那老子連忙雙手接了，安放在擔內，望着玉樓、金蓮唱了個喏，揚長挑着擔兒，搖着驚閨葉去了。平安道：「二位娘不該與他這許多東西，被這老油嘴設智誆的去了。他媽媽子是個媒人，昨日打這街上走過去不是，幾時在家不好來？」金蓮道：「賊囚〔一九〕！你早不說做甚麼來？」平安道：「罷了，也是他造化。可可二位娘出來看見叫住他，照顧了他這些東西去了〔二〇〕。」正是：

閑來無事倚門楣，恰見驚閨一老來。
不獨纖微能濟物，無緣滴水也難爲。

校記

〔一〕「詞曰」，内閣本、首圖本題作「帝臺春後」。
〔二〕「右帝臺春後」，内閣本、首圖本無。
〔三〕「故好」，崇禎諸本同。按詞話本作「做好」。
〔四〕「西門大人」，「大」，内閣本、首圖本作「慶」，則「人」應從下讀，亦可通。按詞話本、張評本作「大」。
〔五〕「功名」，原作「功各」，從内閣、首圖等本改。
〔六〕「桂岩」，原作「桂崖」，據吳藏本改。按書中前後文通作「桂岩」或「桂巖」，張評本、詞話本亦作「桂岩」。
〔七〕「白」，原作「曰」，據内閣、首圖等本改。吳藏本作「因」。
〔八〕「説」，内閣本、首圖本作「就」，從下，亦通。
〔九〕「等他」，内閣本、首圖本作「等閒」。按張評本、詞話本皆作「等閒」。
〔一〇〕「備馬」，首圖本作「打燈」。
〔一一〕「計較」，内閣本、首圖本、吳藏本均作「多較」。按張評本、詞話本作「多較」。
〔一二〕「五分」，吳藏本作「四分」。
〔一三〕「闞到」，首圖本作「開到」。
〔一四〕「他」，吳藏本作「秋菊」。
〔一五〕「傻子」，内閣本、首圖本作「傻了」。

〔一六〕「話」，首圖本作「語」。
〔一七〕「紫荆樹」，内閣本、首圖本作「紫金樹」。
〔一八〕「子」，吳藏本作「也」。
〔一九〕「賊囚」，原作「賊因」，據内閣、首圖等本改。
〔二〇〕「照顧」，内閣本、首圖本作「照顧」。

第五十九回　西門慶露陽驚愛月

李瓶兒睹物哭官哥

第五十九回　西門慶露陽驚愛月　李瓶兒睹物哭官哥

詩曰〔一〕：

楓葉初丹槲葉黃，河陽愁鬢恰新霜。
鬼門徒憶空回首，泉路憑誰說斷腸？
路杳雲迷愁漠漠，珠沉玉殞事茫茫。
惟有淚珠能結雨，盡傾東海恨無疆。

話説孟玉樓和潘金蓮，在門首打發磨鏡叟去了。忽見從東一人，帶着大帽眼紗，騎着騾子，走得甚急，逕到門首下來，慌的兩箇婦人往後走不迭。落後揭開眼紗，却是韓夥計來家了。平安忙問道：「貨車到了不曾？」韓道國道：「貨車進城了，稟問老爹卸在那里？」平安道：「爹不在家，往周爺府里吃酒去了，教卸在對門樓上哩。你老人家請進裡邊去。」不一時，陳敬濟出來，陪韓道國入後邊見了月娘，出來廳上，拂去塵土，把行李搭連教王經送到家去。月娘一面打發出飯來與他吃了。不一時，貨車纔到。敬濟拏鑰匙開了那邊樓上門，就有卸車的小脚子領籌搬運，一廂廂都堆卸在樓上。十大車段貨，直卸到掌燈時分。崔本也來幫扶。完畢，查數鎖門，貼上封皮，打發小脚錢出門。早有玳安往守備府報西門慶去了。

西門慶聽見家中卸貨，吃了幾杯酒，約掌燈以後就來家。韓夥計等着見了，在廳上坐的，悉把前後往回事說了一遍。西門慶因問：「錢老爹書下了，也見些分上不曾？」韓道國道：「全是錢老爹這封書，十車貨少使了許多稅錢。小人把段箱兩箱併一箱，三停只報了兩停，都當茶葉、馬牙、香櫃上稅過來了。通共十大車貨，只納了三十兩五錢鈔銀子。老爹接了報單，也沒差巡攔下來查點，就把車喝過來了。」西門慶聽言，滿心歡喜，因說：「到明日，少不的重重買一分禮謝他。」于是分付陳敬濟：「陪韓夥計、崔大哥坐。」後邊拏菜出來，留吃了一回酒，方纔各散回家。

此一喜，要知其不獨爲銀子便益。

王六兒聽見韓道國來了，分付丫頭春香、錦兒，伺候下好茶好飯。等的晚上，韓道國到家，拜了家堂，脱了衣裳，淨了面目，夫妻二人各訴離情一遍。韓道國悉把買賣得意一節告訴老婆，老婆又見搭連內沉沉重重許多銀兩，因問他，替己又帶了一二百兩貨物酒米，卸在門外店裏，慢慢發賣了銀子來家。老婆滿心歡喜道：「我聽見王經說，又尋了箇甘夥計做賣手，咱每和崔大哥與他同分利錢使，這箇又好了。到出月開鋪子。」韓道國道：「這裡使着了人做賣手，南邊還少箇人立庄置貨，老爹已定還裁派我去。」老婆道：「你看貨才料，自古能者多勞。你不會做買賣，那老爹託你麼！常言：不將辛苦意，難得世間財。你外邊走上三年，你若懶得去，等我對老爹說了，教姓甘的和保官兒打外，你便在家賣貨就是了。」韓道國道：「外邊走熟了，也罷了。」老婆道：「可又來，你先生迷了路，在家也是閒。」說畢，擺上酒來，夫婦二人飲了幾盃闊別之酒，收拾就寢。是夜歡娛無度，不必細說〔二〕。次日却是八月初一日，韓道國早到房子內，同崔本、甘夥計看着收拾裝修土庫，不在話下。

却說西門慶見貨物卸了，家中無事，忽然心中想起要往鄭愛月兒家去。暗暗使玳安兒送了三兩銀子、一套紗衣服與他。鄭家鴇子聽見西門老爹來請他家姐兒，如天上落下來的一般，連忙收下禮物，没口子向玳安道：「你多頂上老爹，就說他姐兒兩箇都在家裡伺候老爹，請老爹早些兒下降。」玳安走來家中書房內，回了西門慶話。西門慶約午後時分，分付玳安收拾着涼轎〔三〕，頭上戴着坡巾，身上穿青緯羅暗補子直身，粉底皂靴，先走在房子看了一回裝修土庫，然後起身，坐上涼轎，放下斑竹簾來，琴童、玳安跟隨，留王經在家，止叫春鴻背着直袋，逕往院中鄭愛月兒家。正是：

天仙機上整香羅，入手先拖雪一窩。
不獨桃源能問渡，却來月窟伴嫦娥。

却說鄭愛香兒打扮的粉面油頭，見西門慶到，笑吟吟在半門裡首迎接進去。到於明間客位，道了萬福。西門慶坐下，就分付小厮琴童：「把轎回了家去，晚夕騎馬來接。」琴童跟轎家去，止留玳安和春鴻兩箇伺候。少頃，鴇子出來拜見，說道：「外日姐兒在宅內多有打攪，老爹來這裡，自恁走走罷了，如何又賜將禮來？又多謝與姐兒的衣服。」西門慶道：「我那日叫他，怎的不去？——只認王皇親家了！」鴇子道：「俺每如今還怪董嬌兒和李桂兒。不知是老

開口只怪

爹生日叫唱，他每都有了禮，只俺們姐兒没有。若早知時，决不答應王皇親家唱，先往老爹宅裡去了。落後，老爹那裡又差了人來，慌的老身背着王家人，連忙攛掇姐兒打後門上轎去了。」西門慶道：「先日我在他夏老爹家酒席上，就定下他了。他若那日不去，我不消説的就惱了。怎的他那日不言不語，不做喜歡，端的是怎麽説？」鴇子道：「小行貨子家，自從梳弄了，那里好生出去供唱去！到老爹宅内，見人多，不知諕的怎樣的。他從小是恁不出語，嬌養慣了。你看，甚時候纔起來！老身該催促了幾遍，説老爹今日來，你早些起來收拾了罷。他不依，還睡到這咱晚。」

别人，是鴇兒口角。

此鄭月兒深處，西門慶淺人，所以不知。語語洗發鄭月兒嬌癡之性。

不一時，丫鬟拏茶上來，鄭愛香兒向前遞了茶吃了。鴇子道：「請老爹到後邊坐罷。」鄭愛香兒就讓西門慶進入鄭愛月兒的房外明間内坐下，西門慶看見上面楷書「愛月軒」三字。坐了半日，忽聽簾櫳响處，鄭愛月兒出來，不戴鬏髻，頭上挽着一窩絲杭州攢，梳的黑鬖鬖光油油的烏雲〔四〕，雲髩堆鴉，猶若輕烟密霧。上着白藕絲對衿仙裳，下穿紫綃翠紋裙，脚下露紅鴛鳳嘴鞋〔五〕，前摇寶玉玲瓏，越顯那芙蓉粉面。正是：

若非道子觀音畫，定然延壽美人圖。

愛月兒走到下面，望上不端不正與西門慶道了萬福，就用洒金扇兒掩着粉臉坐在旁邊。西門慶注目停視，比初見時節越發齊整，不覺心摇目蕩，不能禁止。不一時，丫鬟又拏一道茶來。這粉頭輕摇羅袖，微露春纖，取一鍾，雙手遞與西門慶，然後與愛香各取一鍾相陪。吃畢，收

鄭月兒深情人，不肯便滿面春風，西

門慶又恐失官體，所以乍見時疎疎落落。

曲題妙絕。不獨當西門慶之心，而來情去脈，隱隱接上。分明損藥，到說是補藥，妙！妙！

下盞托去，請寬衣服房裡坐。西門慶叫玳安上來，把上蓋青紗衣寬了，搭在椅子上。進入粉頭房中，但見瑤窗綉幕，錦褥華裀，異香襲人，極其清雅，真所謂神仙洞府，人跡不可到者也。彼此攀話調笑之際，只見丫鬟進來安放桌兒，擺下許多精製菜蔬。先請吃荷花細餅，鄭愛月兒親手揀攢肉絲，捲就，安放小泥金碟兒內，遞與西門慶吃。須臾，吃了餅，收了家火去，就鋪茜紅氈條，取出牙牌三十二扇，與西門慶抹牌。抹了一回，收過去，擺上酒來。但見盤堆異菓，酒泛金波，十分齊整。姊妹二人遞了酒，在旁箏排雁柱，款跨鮫綃——愛香兒彈箏，愛月兒琵琶，唱了一套「兜的上心來」。端的詞出佳人口，有裂石繞梁之聲。唱畢，促席而坐，拏骰盆兒與西門慶搶紅猜枚。

飲勾多時，鄭愛香兒推更衣出去了，獨有愛月兒陪着西門慶吃酒。先是西門慶向袖中取出白綾汗巾兒，上頭束着箇金穿心盒兒。鄭愛月兒只道是香茶，便要打開，西門慶道：「不是香茶，是我逐日吃的補藥。我的香茶不放在這裏面，只用紙包着。」于是袖中取出一包香茶桂花餅兒遞與他。那愛月兒不信，還伸手往他袖子裏掏，又掏出個紫縐紗汗巾兒，上拴着一副揀金挑牙兒。拏在手中觀看，甚是可愛。說道：「我見桂姐和吳銀姐都拏着這樣汗巾兒，原來是你與他的。」西門慶道：「是我揚州船上帶來的。不是我與他，誰與他的？你若愛，與了你罷。到明日，再送一副與你姐姐。」說畢，西門慶就着鍾兒裡酒，把穿心盒兒內藥吃了一服，把粉頭摟在懷中，兩箇一遞一口兒飲酒咂舌，無所不至。西門慶又舒手摸弄他香乳，緊緊就就賽麻圓滑膩。一面扯開衫兒觀看，白馥馥猶如瑩玉一般。揣摩良久，淫心輒起，腰間那話突然而興。解開褲帶，令他纖手籠揝。粉頭見其粗大，諕的吐舌害怕，雙手摟定西門慶脖項説道：「我的親親，你今日初會，將就我，只放半截兒罷！若都放進去，我就死了。你敢吃藥養的這等大，不然，如何天生恁怪刺刺兒的——紅赤赤，紫漒漒，好砢磣人子！」西門慶笑道：「我的兒！你下去替我品品。」愛月兒道：「慌怎的，往後日子多如樹葉兒。今日初會，人生面不熟，再來等我替你品。」説畢，西門慶欲與他交歡，愛月兒道：「你不吃酒了？」西門慶道：「我不吃了，咱睡罷。」愛月兒便叫丫鬟把酒桌擡過一邊，與西門慶脱靴，他便往後邊更衣澡牝去了。西門慶脱靴時，還賞了丫頭一塊銀子，打發先上床睡，炷了香，放在薰籠內。良久，婦人進房，問西門慶：「你吃茶不吃？」西門慶道：「我不吃。」一面掩上房門，放下綾綃來，將絹兒安在褥下，解衣上床。兩箇枕上鴛鴦，被中鸂鶒。西門慶見粉頭肌膚纖細，牝淨無毛，猶如白麵蒸餅一般，柔嫩可愛。抱了抱腰肢，未盈一掬。誠爲軟玉温香，千金難買。于是把他兩隻白生生銀條般嫩腿兒夾在兩邊腰眼間，那話上使了托子，向花心裡頂入。龜頭昂大，濡攪半晌，方纔没稜。那愛月兒把眉頭綯在一處，兩手攀閣在枕上，隱忍難挨。朦朧着星眼，低聲説道：「今日你饒了鄭月兒罷！」西門慶聽了，愈覺銷魂，肆行抽送，不勝歡娛。正是：得多少——

兩「不吃」，情急甚矣。

春點桃花紅綻蕊，風欺楊柳綠翻腰。

西門慶與鄭月兒留戀至三更方纔回家。到次日，吳月娘打發他往衙門中去了，和玉樓、金蓮、李嬌兒都在上房坐的。只見玳安進來上房取尺頭匣兒，往夏提刑送生日禮去。月娘因問玳安：「你爹昨日坐轎子往誰家吃酒，吃到那咱晚纔回家？想必又在韓道國家，望他那老婆去來。原來賊囚根子成日只瞞着我，背地替他幹這等繭兒！」玳安道：「不是。他漢子來家，爹怎好去的！」月娘道：「不是那裡，却是誰家？」那玳安又不説，只是笑。取了段匣，送禮去了。潘金蓮道：「大姐姐，你問這賊囚根子，他怎肯實説？我聽見説蠻小廝昨日也跟了去來，只叫蠻小廝來問就是了。」一面把春鴻叫到跟前。金蓮問：「你昨日跟了你爹轎子去，在誰家吃酒來？你實説便罷，不實説，如今你大娘就要打你。」那春鴻跪下便道：「娘休打小的，待小的説就是了。小的和玳安、琴童哥三箇，跟俺爹從一座大門樓進去，轉了幾條街巷，到箇人家，只半截門兒，都用鋸齒兒鑲了。門裡立着箇娘娘，打扮的花花黎黎的。」金蓮聽見笑了，説道：「囚根子，一箇院裡半門子也不認的？趕着粉頭叫娘娘起來。」又問道：「那箇娘娘怎麽模樣？你認的他不認的？」春鴻道：「我不認的他，也相娘每頭上戴着這箇假殼。進入裏面，一箇白頭的阿婆出來，望俺爹拜了一拜。落後請到後邊，又是一位年小娘娘出來，不戴假殼，生的瓜子面，搽的嘴唇紅紅的，陪着俺爹吃酒。」金蓮道：「你們都在那裡坐來？」春鴻道：「我和玳安、琴童哥便在阿婆房裡，陪着俺每吃酒并肉兜子來。」把月娘、玉樓笑的了不得。因問道：「你認的他不認的〔六〕？」春鴻道：「那一個好似在咱家唱的。」玉樓笑道：「就是李桂姐了。」月娘道：「原來摸到他家去來。」李嬌兒道：「俺家没半門子。」金蓮道：「只怕你家新安了半門子是的。」問了

月娘不開口則已，開口亦不饒人。

若玳安一口説破，有何趣味！妙在令春鴻隱隱約約畫個影子，似是而實非。涵養文情，真如生龍活虎。

説來想來，自是桂姐無

疑。雖百口亦難置辨，而孰知其不然？天下事不可意度如此。

一回。西門慶來家，就往夏提刑家拜壽去了。

却說潘金蓮房中養的一隻白獅子猫兒，渾身純白，只額兒上帶龜背一道黑，名喚雪裡送炭，又名雪獅子。又善會口啣汗巾子，拾扇兒。西門慶不在房中，婦人晚夕常抱他在被窩裡睡，又不撒尿屎在衣服上。呼之即至，揮之即去，婦人常喚他是雪賊。每日不吃牛肝乾魚，只吃生肉，調養的十分肥壯，毛内可藏一雞彈。甚是愛惜他，終日在房裏用紅絹裹肉，令猫撲而撾食。這日也是合當有事，官哥兒心中不自在，連日吃劉婆子藥，畧覺好些。李瓶兒與他穿上紅段衫兒，安頓在外間炕上頑耍〔七〕，迎春守着，奶子便在旁吃飯。不料這雪獅子正蹲在護炕上〔八〕，看見官哥兒在炕上，穿着紅衫兒一動動的頑耍，只當平日哄喂他肉食一般，猛然望下一跳，將官哥兒身上皆抓破了。只聽那官哥兒「呱」的一聲，倒咽了一口氣，就不言語了，手脚俱風搐起來。慌的妳子丟下飯碗，摟抱在懷，只顧唾噦與他收驚。那猫還來趕着他要撾，被迎春打出外邊去了。如意兒實承望孩子搐過一陣好了，誰想只顧常連，一陣不了一陣搐起來。忙使迎春後邊請李瓶兒去，說：「哥兒不好了，風搐着哩，娘快去！」那李瓶兒不聽便罷，聽了，正是：

驚損六葉連肝肺，諕壞三毛七孔心。

連月娘慌的兩步做一步，逕撲到房中。見孩子搐的兩隻眼直往上弔，通不見黑眼睛珠兒，口中白沫流出，咿咿猶如小鷄叫，手足皆動。一見心中猶如刀割相侵，連忙摟抱起來，臉搵着他

以瓶兒之忍耐，到此時亦忍耐不住。怨恨極矣。

此亦在有意無意間，未必如所言者之甚也。

嘴兒，大哭道：「我的哥哥，我出去好好兒，怎麼就搐起來？」迎春與奶子，悉把被五娘房裡猫所諕一節說了。那李瓶兒越發哭起來，說道：「我的哥哥，你緊不可公婆意，今日你只當脫不了打這條路兒去了！」月娘聽了，一聲兒沒言語，一面叫將金蓮來，問他說：「是你屋裡的猫諕了孩子？」多此一問。金蓮問：「是誰說的？」月娘指着：「是奶子和迎春說來。」金蓮道：「你看這老婆子這等張嘴！俺猫在屋裡好好兒的卧着不是。你每怎的把孩子諕了，沒的賴人起來。爪兒只揀軟處捏〔九〕，俺每這屋裡是好纏的〔一〇〕！」月娘道：「他的猫怎得來這屋里？」迎春道：「每常也來這邊屋裡走跳。」金蓮接過來道：「早時你說，每常怎的不撾他？可可今日兒就撾起來。你這丫頭也跟着他恁張眉瞪眼兒，六說白道的〔一一〕。將就些兒罷了，怎的要把弓兒扯滿了？可可兒俺每自恁沒時運來。」惹他開口。于是使性子抽身往房裡去了。看官聽說：潘金蓮見李瓶兒有了官哥兒，西門慶百依百隨，要一奉十，故行此陰謀之事，馴養此猫，必欲諕死其子，使李瓶兒寵衰，教西門慶復親于己〔一二〕。就如昔日屠岸賈養神獒害趙盾丞相一般〔一三〕。正是：

花枝葉底猶藏刺，我心怎保不懷毒〔一四〕。

月娘衆人見孩子只顧搐起來，一面熬姜湯灌他，一面使來安兒快叫劉婆去。不一時，劉婆子來到，看了脉息，只顧跌脚，說道：「此遭驚諕重了，難得過了。快熬燈心薄荷金銀湯。」取出一丸金箔丸來，向鍾兒內研化。牙關緊閉，月娘連忙拔下金簪兒來，撬開口，灌下去。劉婆道：「過得來便罷，如過不來，告過主家奶奶，必須要灸幾醮纔好〔一五〕。」月娘道：「誰敢耽？必須等他爹來問了不敢〔一六〕。灸了，惹他來家嘐喝。」李瓶兒道〔一七〕：「大娘救他命罷！若等來家，只恐遲了。若是他爹罵，等我承當就是了。」月娘道：「孩兒是你的孩兒，隨你灸，我不敢張主。」當下，劉婆子把官哥兒眉攢、脖根、兩手關尺并心口，共灸了五醮，放他睡下。那孩子昏昏沉沉，直睡到日暮時分西門慶來家還不醒。那劉婆見西門慶來家，月娘與了他五錢銀子，一溜烟從夾道內出去了。

西門慶歸到上房，月娘把孩子風搐不好對西門慶說了，西門慶連忙走到前邊來看視。見李瓶兒哭的眼紅紅的，問：「孩兒怎的風搐起來？」李瓶兒滿眼落淚，只是不言語。問丫頭、奶子，都不敢說。西門慶又見官兒手上皮兒去了，灸的滿身火艾，心中焦燥〔一八〕，又走到後邊問月娘。月娘隱瞞不住，只得把金蓮房中猫驚唬之事說了：「劉婆子剛纔看，說是急驚風，若不針灸，難過得來。若等你來，又恐怕遲了。他娘母子自主張，教他灸了孩兒身上五醮，纔放下他睡了。這半日還未醒。」西門慶不聽便罷，聽了此言，三尸暴跳，五臟氣冲，怒從心上起，惡向膽邊生，直走到潘金蓮房中，不繇分說，尋着雪獅子，提着脚走向穿廊，望石臺基輪起來只一摔，只聽响嘹一聲，腦漿迸萬朵桃花，滿口牙零噙碎玉。正是：

不在陽間擒鼠耗，却歸陰府作狸仙。

潘金蓮見他拏出猫去摔死了，坐在炕上風紋也不動〔一九〕。待西門慶出了門，口裡喃喃吶吶罵道：「賊作死的强盜，把人粧出去殺了纔是好漢。一個猫兒碍着你味屎？亡神也似走的來摔

西門慶正在氣頭上，又不

敢明嚷，又不能暗忍。明嚷恐討没趣，暗忍又恐人笑。等其去後却啐啐刀刀作絮語。妙得其情。

死了。他到陰司裡，明日還問你要命，你慌怎的？賊不逢好死變心的强盗！」西門慶走到李瓶兒房里，因説奶子、迎春：「我教你好看着孩兒，怎的教猫諕了他，把他手也搐了？又信劉婆子那老淫婦，平白把孩子灸的恁樣的。若好便罷，不好，把這老淫婦拏到衙門裡，與他兩拶！」李瓶兒道：「你看孩兒緊自不得命，你又是恁樣的。孝順是醫家，他也巴不得要好哩。」李瓶兒只指望孩兒好來，不料被艾火把風氣反于內，變爲慢風，內裡抽搐的腸肚兒皆動〔三〇〕，尿屎皆出，大便屙出五花顏色，眼目忽睜忽閉，終朝只是昏沉不省，奶也不吃了。李瓶兒慌了，到處求神問卜打卦，皆有凶無吉。月娘瞞着西門慶又請劉婆子來家跳神，又請小兒科太醫來看。都用接鼻散試之：若吹在鼻孔內打鼻涕，還看得；若無鼻涕出來，則看陰騭守他罷了。于是吹下去，茫然無知，並無一個噴涕出來。越發晝夜守着哭涕不止，連飲食都減了。

看看到八月十五日將近，月娘因他不好，連自家生日都回了不做，親戚內眷，就送禮來也不請。家中止有吴大妗子、楊姑娘并大師父來相伴。那薛姑子和王姑子兩個，在印經處爭分錢不平，又使性兒，被此互相揭調〔三一〕。十四日，賁四同薛姑子催討，將經卷挑將來，一千五百卷都完了。李瓶兒又與了一弔錢買紙馬香燭。十五日同陳敬濟早往岳廟裡進香紙，把經看着都散施盡了，走來回李瓶兒話。喬大户家，一日一遍使孔嫂兒來看，又舉薦了一個看小兒的鮑太醫來看，説道：「這個變成天弔客忤，治不得了。」白與了他五錢銀子，打發去了。灌下藥去也不受，還吐出了。只是把眼合着，口中咬的牙格支支响。李瓶兒通衣不解帶，晝夜抱在懷中，眼淚不乾的只是哭。西門慶也不往那裡去，每日衙門中來家，就進來看孩兒。那時正值八月下旬天氣，李瓶兒守着官哥兒睡在床上，卓上點着銀燈，丫鬟養娘都睡熟了。覷着滿窗月色，更漏沉沉，果然愁腸萬結，離思千端。正是：人逢喜事精神爽，悶來愁腸磕睡多。但見：

銀河耿耿，玉漏迢迢。穿窗皓月耿寒光，透户涼風吹夜氣。譙樓禁鼓，一更未盡一更敲；別院寒砧，千搗將殘千搗起。畫簷前叮噹鐵馬，敲碎思婦情懷；銀臺上閃爍燈光，偏照佳人長嘆。一心只想孩兒好，誰料愁來睡夢多。

國家將亡，必有妖孽。好時偏不夢見。

當下，李瓶兒卧在床上，似睡不睡，夢見花子虛從前門外來，身穿白衣，恰像活時一般。見了李瓶兒，厲聲罵道：「潑賊淫婦，你如何抵盜我財物與西門慶？如今我告你去也。」被李瓶兒一手扯住他衣袖，央及道：「好哥哥，你饒恕我則個！」花子虛一頓，撒手驚覺，却是南柯一夢。醒來，手裡扯着却是官哥兒的衣衫袖子。連噦了幾口道：「怪哉！怪哉！」聽一聽更鼓，正打三更三點。李瓶兒諕的渾身冷汗，毛髮皆竪。

到次日，西門慶進房來，就把夢中之事告訴一遍。西門慶道：「知道他死到那裡去了！此是你夢想舊境。只把心來放正着，休要理他。如今我使小厮拏轎子接了吳銀兒來，與你做個伴兒，再把老媽叫來伏侍兩日。」玳安打院裡接了吳銀兒來。那消到日西時分，那官哥兒在奶子懷裡只搐氣兒了。慌的奶子叫李瓶兒：「娘，你來看哥哥，這黑眼睛珠兒只往上翻，口裡氣兒

常峙節不先不後，偏到此時來，真若有窮鬼使之者然。

只有出來的，没有進去的。」這李瓶兒走來抱到懷中，一面哭起來，叫丫頭：「快請你爹去！你説孩子待斷氣也。」可可常峙節又走來説話，告訴房子兒尋下了，門面兩間，二層，大小四間，只要三十五兩銀子。西門慶聽見後邊官哥兒重了，就打發常峙節起身，説：「我不送你罷，改日我使人拿銀子和你看去。」急急走到李瓶兒房中。月娘衆人都在房里瞧着，那孩子在他娘懷里一口口搐氣兒。情景逼真。西門慶不忍看他，走到明間椅子上坐着，只長吁短嘆。那消半盞茶時，官哥兒嗚呼哀哉，斷氣身亡。時八月廿三日申時也，只活了一年零兩個月。合家大小放聲號哭。那李瓶兒撾耳撓腮，一頭撞在地下，哭的昏過去。半日方纔甦省，摟着他大放聲哭叫道〔三二〕：「我的没救星兒，心疼殺我了，寧可我同你一答兒裡死了罷，我也不久活在世上了。我的拋悶殺人的心肝〔三三〕，撇的我好苦也！」那妳子如意兒和迎春在旁哭的言不得，動不得。西門慶卽令小厮收拾前廳西廂房乾淨，放下兩條寬櫈，要把孩子連枕席被褥擡出去那裡挺放。那李瓶兒倘在孩兒身上，兩手摟抱着，那里肯放！口口聲聲直教：「没救星的寃家，嬌嬌的兒，生揭了我的心肝去了！撇的我枉費辛苦，乾生受一場，再不得見你了，我的心肝！……」月娘衆人哭了一回，在旁勸他不住。西門慶走來，見他把臉抓破了，滚的寶髻鬅鬆，烏雲散亂，便道：

畢竟男子漢，轉念快。

「你看蠻的！他既然不是你我的兒女，乾養活他一場，他短命死了，哭兩聲丟開罷了，如何只顧哭了去！又哭不活他，你的身子也要緊。如今擡出去，好叫小厮請陰陽來看。——這是甚麼時候？」月娘道：「這個也有申時前後。」玉樓道：「我頭裡怎麼説來？他管情還等他這個時候纔去。——原是申時生，還是申時死。日子又相同，都是二十三日，只是月分差些。圓圓的一年零兩個月。」李瓶兒見小廝每伺候兩旁要擡他，又哭了，說道：「慌擡他出去怎麽的？大媽媽你伸手摸摸，他身上還熱哩！」婦人癡語酷肖。叫了一聲：「我的兒嚛！你教我怎生割捨的你去？坑得我好苦也！……」一頭又撞倒在地下，哭了一回。衆小廝纔把官哥兒擡出，停在西廂房內。

月娘向西門慶計較：「還對親家那里并他師父廟裡說聲去？」西門慶道：「他師父廟裡，明早去罷。」一面使玳安往喬大户家說了，一面使人請了徐陰陽來批書。又拏出十兩銀子與賁四，教他快擡了一付平頭杉板，令匠人隨即攢造了一具小棺槨兒，就要入殮。喬宅那里一聞來報，喬大户娘子隨即坐轎子來，進門就哭。月娘衆人又陪着大哭了一場，告訴前事一遍。不一時，陰陽徐先生來到，看了，說道：「哥兒還是正申時永逝。」月娘分付出來，教與他看看黑書。徐先生將陰陽秘書瞧了一回，說道：「哥兒生于政和丙申六月廿三日申時，卒于政和丁酉八月廿三日申時。月令丁酉，日干壬子，犯天地重喪〔三四〕，本家要忌：忌哭聲。親人不忌。入殮之時，蛇、龍、鼠、兔四生人，避之則吉。又黑書上云：壬子日死者，上應寶瓶宮，下臨齊地。他前生曾在兗州蔡家作男子，曾倚力奪人財物，吃酒落魄，不敬天地六親，橫事牽連，遭氣寒之疾，久臥床蓆，穢污而亡。今生爲小兒，亦患風癇之疾。十日前被六畜驚去魂魄，又犯土司太歲，先亡攝去魂死，托生往鄭州王家爲男子，後作千户，壽六十八歲而終。」須臾，徐先生看了黑書，請問老爹，明日出去或埋或化，西門慶道：「明日如何出得！閣三日，念了經，到五日出去，墳上埋了罷。」徐先生道：「二十七日丙辰，合家本命都不犯，宜正午時掩土。」批畢書，一面就收拾入殮，已有三更天氣。李瓶兒哭着往房中，尋出他幾件小道衣、道髻、鞋襪之類，替他安放在棺槨內，釘了長命釘，合家大小又哭了一場，打發陰陽去了。

次日，西門慶亂着，也没往衙門中去。夏提刑打聽得知，早辰衙門散時，就來弔問。又差人對吳道官廟裡説知，到三日，請報恩寺八衆僧人在家誦經。吳道官廟裡并喬大户家，俱備折卓三牲來祭奠。吳大舅、沈姨夫、門外韓姨夫、花大舅都有三牲祭卓來燒紙。應伯爵、謝希大、温秀才、常峙節、韓道國、甘出身、賁第傳、李智、黄四都鬬了分資，晚夕來與西門慶伴宿。打發僧人去了，叫了一起提偶的，先在哥兒靈前祭畢，然後，西門慶在大廳上放卓席管待衆人。那日院中李桂姐、吳銀兒并鄭月兒三家，都有人情來上紙。

李瓶兒思想官哥兒，每日黄懨懨，連茶飯兒都懶待吃。題起來只是哭涕，把喉音都哭啞了。西門慶怕他思想孩兒，尋了拙智，白日裡分付奶子、丫鬟和吳銀兒相伴他，不離左右。晚夕，西門慶一連在他房中歇了三夜，枕上百般解勸。薛姑子夜間又替他念《楞嚴經》、解寃咒，勸他：「休要哭了。他不是你的兒女，都是宿世寃家債主。《陀羅經》上不説的好：昔日有一婦人，生産孩兒三遍，俱不過兩歲而亡，婦人悲啼不已。抱兒江邊，不忍抛棄。感得觀世音菩薩化作一僧，謂此婦人曰：『不用啼哭，此非你兒，是你生前寃家。三度托生，皆欲殺汝。你若不信，我交你看。』將手一指，其兒遂化作一夜叉之形，向水中而立，報言：『汝曾殺我來，我特

一邊捨經，而一邊人死，似難再言因果矣。而薛姑反以人死爲捨經之報，說得有源有委。利嘴之可畏如此，尼僧之利嘴如此。

李瓶兒初進門時何等冷落，尚歡喜忍耐。今雖

來報冤。今因汝常持《佛頂心陀羅經》，善神日夜擁護，所以殺汝不得。我已蒙觀世音菩薩受度了，從今永不與汝爲冤。』道畢，遂沉水中不見。不該我貧僧說，你這兒子，必是宿世冤家，托來你蔭下，化目化財，要惱害你身，爲你捨了此《佛頂心陀羅經》一千五百卷，有此功行，他害你不得，故此離身。到明日再生下來，纔是你兒女。」此一說奥妙。李瓶兒聽了，終是愛緣不斷。但題起來，輒流涕不止。

須臾過了五日，到廿七日早辰，雇了八名青衣白帽小童，大紅銷金棺與旛幢、雪蓋、玉梅、雪柳圍隨，前首大紅銘旌，題着「西門冢男之柩」。吳道官廟裡，又差了十二衆青衣小道童兒來，遶棺轉咒《生神玉章》，動清樂送殯。衆親朋陪西門慶穿素服走至大街東口，將及門上，纔上頭口。西門慶恐怕李瓶兒到墳上悲痛，不叫他去，只是吳月娘、李嬌兒、孟玉樓、潘金蓮、大姐，家裡五頂轎子，陪喬親家母、大妗子和李桂兒、鄭月兒、吳舜臣媳婦鄭三姐往墳頭去〔二五〕，留下孫雪娥、吳銀兒并個姑子在家與李瓶兒做伴兒。李瓶兒見不放他去，見棺材起身，送出到大門首，赶着棺材大放聲，一口一聲只叫：「不來家虧心的兒嘛！」叫的連聲氣破了。不防一頭撞在門底下，把粉額磕傷，金釵墜地，慌的吳銀兒與孫雪娥向前搊扶起來，勸歸後邊去了。到了房中，見炕上空落落的，只有他耍的那壽星博浪鼓兒還掛在床頭上，想將起來，拍了卓子，又哭個不了。吳銀兒在旁，拉着他手勸說道：「娘少哭了，哥哥已是抛閃你去了，那裡再哭得活！你須自解自歎，休要只顧煩惱。」雪娥道：「你又年少青春，愁到明日養不出來也怎的？

子死，實無減于舊，遂淒涼痛苦如此，何人心之不能平耶！三句話就說到自己心事。積恨之深可想。

這裡墻有縫，壁有眼，俺每不好說的。他使心用心，反累己身。他將你孩子害了，教他一還一報，問他要命。不知你我被他活埋了幾遭了！只要漢子常守着他便好，到人屋裡睡一夜兒，他就氣生氣死。早是前者，你每都知道，漢子等閒不到我後邊〔二六〕，纔到了一遭兒，你看他就背地裡唧喳成一塊〔二七〕，對着他姐兒每說我長道我短。俺每也不言語，每日洗眼兒看着他。這個淫婦，到明日還不知怎麼死哩！」李瓶兒道：「罷了，我也惹了一身病在這裡，不知在今日明日死，和他也爭執不得了，隨他罷！」

正說着，只見妳子如意兒向前跪下，哭道：「小媳婦有句話，不敢對娘說——今日哥兒死了，乃是小媳婦没造化。只怕往後爹與大娘打發小媳婦出去，小媳婦男子漢又没了，那裡投奔？」李瓶兒見他這般說，又心中傷痛起來，便道：「怪老婆，孩子便没了，我還没死哩！總然我到明日死了，你恁在我手下一場，我也不教你出門。往後你大娘生下哥兒小姐來，交你接了奶，就是一般了。你慌亂的是甚麼？」那如意兒方纔不言語了。李瓶兒良久又悲慟哭起來，雪娥與吳銀兒兩個又解勸說道：「你肚中吃了些甚麼，只顧哭了去！」一面叫綉春後邊拿了飯來，擺在卓上，陪他吃。那李瓶兒怎生嚥下去！只吃了半甌兒，就丟下不吃了。

西門慶在墳上，叫徐先生畫了穴，把官哥兒就埋在先頭陳氏娘懷中，抱孫葬了。那日喬大户并衆親戚都有祭祀，就在新蓋捲棚管待飲酒一日。來家，李瓶兒與月娘、喬大户娘子、大妗子磕着頭又哭了。向喬大户娘子說道：「親家，誰似奴養的孩兒不氣長〔二八〕，短命死了。既死了，累你家姐姐做了望門寡，勞而無功。親家休要笑話。」喬大户娘子説道：「親家怎的這般説話？孩兒每各人壽數，誰人保的後來的事！常言：先親後不改。親家每又不老，往後愁没子孫？須要慢慢來。親家也少要煩惱了。」説畢，作辭回家去了。

西門慶在前廳教徐先生洒掃，各門上都貼辟非黄符。死者煞高三丈，向東北方而去，遇日遊神沖回不出，斬之則吉〔二九〕，親人不忌。西門慶拏出一疋大布、二兩銀子謝了徐先生，管待出門〔三〇〕。晚夕入李瓶兒房中陪他睡，夜間百般言語温存。見官哥兒的戲耍物件都還在根前，恐怕李瓶兒看見思想煩惱，都令迎春拏到後邊去了。正是：

思想嬌兒晝夜啼，寸心如割命懸絲。
世間萬般哀苦事，除非死别共生離。

校記

〔一〕「詩曰」，内閣本、首圖本無。
〔二〕「細説」，内閣本、首圖本作「用説」。
〔三〕「分付」，原作「付付」，據内閣、首圖等本改。
〔四〕「鬖鬖」，吳藏本作「鬆鬆」。
〔五〕「鞋」，内閣本、首圖本作「胸」，則應從下。
〔六〕「認的」，吳藏本作「認他」。
〔七〕「在外間炕上」，首圖本作「着哥兒炕上」。

〔八〕「護炕」，首圖本作「這炕」。

〔九〕「揀軟處捏」，內閣本、首圖本作「揀軟虎捏」。

〔一〇〕「纏」，內閣本、首圖本作「纔」。

〔一一〕「六說白道」，首圖本作「大家看見」。

〔一二〕「己」，首圖本作「他」。

〔一三〕「就如」，吳藏本作「猶如」。

〔一四〕「我心」，內閣本、首圖本作「人心」。

〔一五〕「灸」，吳藏本作「炙」。

〔一六〕「不敢」，內閣本、首圖本作「不然」。按張評本作「不敢」，詞話本作「不然」。

〔一七〕「李瓶」，原作「李孩」，據內閣、首圖等本改。

〔一八〕「心中」，吳藏本作「口中」。

〔一九〕「炕上」，原作「坑上」，據吳藏本改。

〔二〇〕「抽搶」，崇禎諸本同。按張評本、詞話本作「抽搐」。「腸肚」，原作「腸用」，據內閣本、首圖本改。按張評本作「腸胃」，詞話本作「腸肚」。

〔二一〕「被此」，吳藏本作「彼此」。

〔二二〕「摟着他」，吳藏本「摟」上有「便」字。

〔二三〕「抛悶」，本回下文吳銀兒勸慰李瓶兒有「哥哥已是抛閃你」語。按張評本、詞話本作「抛閃」。

〔二四〕「重丧」，內閣本、首圖本作「重春」。按張評本作「重丧」，詞話本作「重春」。

〔二五〕「鄭三姐」，天圖本、吳藏本作「鄭二姐」。

〔二六〕「等閒」，原作「等間」，據内閣本、首圖本改。

〔二七〕「背地裡」，「裡」，内閣本、首圖本作「亂」，「亂唧喳」，亦通。

〔二八〕「氣長」，首圖本作「壽長」。按張評本、詞話本作「氣長」。

〔二九〕「斬之」，首圖本作「禳之」。

〔三〇〕「管待」，原作「官待」，據内閣本改。

金瓶梅

第六十回

李瓶兒病纏死孽

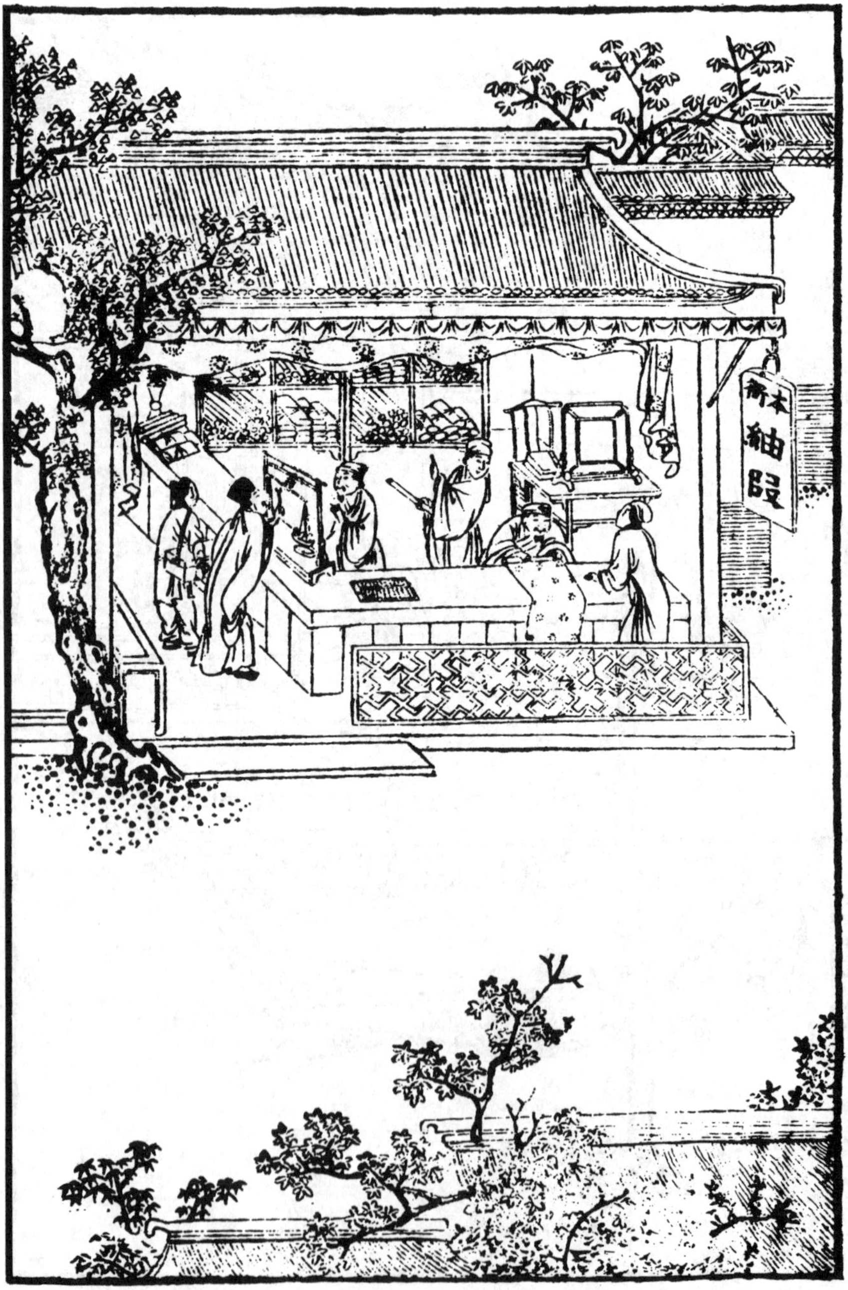

西門慶官作生涯

第六十回　李瓶兒病纏死孽　西門慶官作生涯

官哥既死，怨妬俱可相忘，而猶喋喋不已，何哉？豈花子虛附之而逼其命耶！

詞曰〔一〕：

倦睡懨懨生怕起，如癡如醉如慵。半垂半捲舊簾櫳。眼穿芳草緑，淚襯落花紅。

追憶當年魂夢斷〔二〕，爲雲爲雨爲風。凄凄樓上數歸鴻。悲淚三兩陣〔三〕，哀緒萬千重。

——右調《臨江仙》〔四〕

話説潘金蓮見孩子没了，每日抖擻精神，百般稱快，指着丫頭駡道：「賊淫婦！我只説你日頭常晌午，却怎的今日也有錯了的時節？你班鳩跌了彈——也嘴谷了〔五〕。椿凳折了靠背兒〔六〕——没的椅了。王婆子賣了磨——推不的了。老鴇子死了粉頭——没指望了。却怎的也和我一般！」李瓶兒這邊屋裏分明聽見，不敢聲言，背地裏只是弔淚。着了這暗氣暗惱，又加之煩惱憂戚，漸漸心神恍亂〔七〕，夢魂顛倒，每日茶飯都減少了。自從葬了官哥兒第二日，吴銀兒就家去了。老馮領了個十三歲的丫頭來，五兩銀子賣與孫雪娥房中使喚，改名翠兒，不在話下。

這李瓶兒一者思念孩兒，二者着了重氣，把舊病又發起來，照舊下邊經水淋漓不止。西門慶請任醫官來看，討將藥來吃下去，如水澆石一般，越吃越旺。那消半月之間，漸漸容顔頓減，肌膚消瘦，而精彩豐標無復昔時之態矣。正是：肌骨大都無一把，如何禁架許多愁！一日，九月初旬，天氣凄涼，金風漸漸。李瓶兒夜間獨宿房中，銀床枕冷，紗窗月浸，不覺思想孩兒，欷歔長嘆，恍恍然恰似有人彈的窗欞响。李瓶兒呼喚丫鬟，都睡熟了不答，乃自下床來，倒靸弓鞋，翻披綉襖，開了房門。出户視之，彷彿見花子虚抱着官哥兒叫他，新尋了房兒，同去居住。李瓶兒還捨不的西門慶，不肯去，雙手就抱那孩兒，被花子虚只一推，跌倒在地。撒手驚覺，却是南柯一夢。嚇了一身冷汗，嗚嗚咽咽，只哭到天明。正是：有情豈不等，着相自家迷。有詩爲証：

（明知爲子虚之報，而猶憐惜，不忍讀。甚矣，情色之奪理也！）

纖纖新月照銀屏，人在幽閨欲斷魂。
益悔風流多不足，須知恩愛是愁根。

那時，來保南京貨船又到了，使了後生王顯上來取車稅銀兩。西門慶這里寫書，差榮海拏一百兩銀子，又具羊酒金段禮物謝主事：「就說此貨過稅，還望青目一二。」家中收拾舖面完備，又擇九月初四日開張，就是那日卸貨，連行李共裝二十大車。那日，親朋遞果盒掛紅者約有三十多人，夏提刑也差人送禮花紅來。喬大户叫了十二名吹打的樂工、雜耍撮弄。西門慶這里，李銘、吳惠、鄭春三個小優兒彈唱，甘夥計與韓夥計都在櫃上發賣，一個看銀子，一個講說價錢，崔本專管收生活。西門慶穿大紅，冠帶着，（市井氣可笑。）燒罷紙，各親友遞菓盒把盞畢，後邊廳上安放十五張桌席，五菓五菜、三湯五割，從新遞酒上坐，鼓樂喧天。在坐者有喬大户、吳

此題蓋指富貴功名俱從財出。

大舅、吳二舅、花大舅、沈姨夫、韓姨夫、吳道官、倪秀才、温葵軒、應伯爵、謝希大、常峙節，還有李智、黃四、傅自新等衆夥計主管并街坊隣舍，都坐滿了席面。三個小優兒在席前唱了一套《南吕・紅衲襖》「混元初生太極」。須臾，酒過五巡，食割三道，下邊樂工吹打彈唱，雜耍百戲過去，席上觥籌交錯，應伯爵、謝希大飛起大鍾來，杯來盞去。

飲至日落時分，把衆人打發散了，西門慶只留下吳大舅、沈姨夫、韓姨夫、温葵軒、應伯爵、謝希大，從新擺上桌席留後坐。那日新開張，夥計攢帳，就賣了五百餘兩銀子。西門慶滿心歡喜，晚夕收了舖面，把甘夥計、韓夥計、傅夥計、崔本、賁四連陳敬濟都邀來，到席上飲酒。吹打良久，把吹打樂工也打發去了，止留下三個小優兒在席前唱。

應伯爵吃的已醉上來，走出前邊解手，叫過李銘問道：「那個扎包髻兒清俊的小優兒，是誰家的？」李銘道：「二爹元來不知道？」因説道：「他是鄭奉的兄弟鄭春。前日爹在他家吃酒，請了他姐姐愛月兒了〔八〕。」伯爵道：「真個？怪道前日上紙送殯都有他。」于是歸到酒席上，向西門慶道：「哥，你又恭喜，又招了小舅子了。」西門慶笑道：「怪狗才，休要胡説。」一面叫過王經來：「斟與你應二爹一大杯酒。」伯爵向吳大舅説道：「老舅，你怎麽説？這鍾罰的我没名。」西門慶道：「我罰你這狗材一個出位妄言。」伯爵低頭想了想兒，呵呵笑了，道：「不打緊處，等我吃，我吃死不了人。」又道：「我從來吃不得啞酒，你叫鄭春上來唱個兒我聽，我纔罷了。」當下，三個小優一齊上來彈唱。伯爵令李銘、吳惠下去：「不要你兩個。我只要鄭春單彈着箏

寫笑則有聲，寫想則有形，寫舉止語默則俱有

心。何得文人刻畫至此！

兒，只唱個小小曲兒我下酒罷。」謝希大叫道：「鄭春你過來，依着你應二爹唱個罷。」西門慶道：「和花子講過：有一個曲兒吃一鍾酒。」叫玳安取了兩個大銀鍾放在應二面前。那鄭春欵按銀箏，低低唱《清江引》道：

即「打起黃鶯兒」之意。

一個姐兒十六七，見一對蝴蝶戲。香肩靠粉墻，春笋彈珠淚。喚梅香趕他去別處飛。

鄭春唱了請酒，伯爵纔飲訖，玳安又連忙斟上。鄭春又唱：

寫私會，幽冷之極。

轉過雕闌正見他，斜倚定荼蘼架，佯羞整鳳釵，不說昨宵話，笑吟吟掐將花片兒打。

伯爵吃過，連忙推與謝希大，說道：「罷，我是成不的，成不的！這兩大鍾把我就打發了。」謝希大道：「傻花子，你吃不得推與我來，我是你家有毬的鑾子？」伯爵道：「傻花子，我明日就做了堂上官兒，少不的是你替。」西門慶道：「你這狗才，到明日只好做個韶武。」伯爵笑道：「傻孩兒，我做了韶武，把堂上讓與你就是了。」西門慶笑令玳安兒：「拏磕瓜來打這賊花子！」謝希大悄悄向他頭上打了一個响瓜兒，說道：「你這花子，温老先生在這里，你口裡只恁胡說。」伯爵道：「温老先兒他斯文人，不管這閒事。」温秀才道：「二公與我這東君老先生，原來這等厚。酒席中間，誠然不如此也不樂。悦在心，樂主發散在外，自不覺手之舞之，足之蹈之如此。」

滿堂醉人荒言穢語中，忽點一段酸腐之談，錯織如錦。

沈姨夫向西門慶說：「姨夫，不是這等。請大舅上席，還行個令兒——或擲骰，或猜枚，或看牌，不拘詩詞歌賦、頂真續麻、急口令，說不過來吃酒。這個庶幾均勻，彼此不亂。」西門慶

語云：嬉笑怒罵皆文章。閱此，方知其言之妙。

道：「姨夫說的是。」先斟了一杯，與吳大舅起令。吳大舅拿起骰盆兒來說道：「列位，我行一令：順着數去，遇點要個花名，花名下要頂真，不拘詩詞歌賦說一句。說不來，罰一大杯。我就是一起[九]——

一擲一點紅，紅梅花對白梅花。」

吳大舅擲了個二，多一杯。飲過酒，該沈姨夫接擲。沈姨夫說道：

「二擲並頭蓮，蓮漪戲彩鴛。」

沈姨夫也擲了個二，飲過兩杯，就過盆與韓姨夫行令。韓姨夫說道：

「三擲三春李，李下不整冠。」

韓姨夫擲完，吃了酒，送與温秀才。秀才道：「我學生奉令了——

四擲狀元紅，紅紫不以爲褻服。」到底帶酸。

温秀才只遇了一杯酒，吃過，該應伯爵行令。伯爵道：「我在下一個字也不識，不會頂真，只說個急口令兒罷：

一個急急脚脚的老小，左手拏着一個黃豆巴斗，右手拏着一條綿花叉口，望前只管跑走。一個黃白花狗，咬着那綿花叉口。那急急脚脚的老小，放下那左手提的那黃豆巴斗，走向前去打那黃白花狗。不知手鬬過那狗，狗鬬過那手。」

西門慶笑罵道：「你這賊謅斷腸子的天殺的，誰家一個手去鬬狗來？一口不被那狗咬了？」伯爵道：「誰教他不拏個棍兒來！我如今抄化子不見了拐棒兒——受狗的氣了。」又自露破賺，妙。謝希大道：「大官人，你看花子自家倒了架，説他是花子。」西門慶道：「該罰他一鍾，不成個令。謝子純，你行罷！」謝希大道：「我也説一個，比他更妙：

墻上一片破瓦，墻下一疋騾馬。落下破瓦，打着騾馬。不知是那破瓦打傷騾馬，不知是那騾馬踏碎了破瓦。」

伯爵道：「你笑話我的令不好，你這破瓦倒好？你家娘子兒劉大姐就是個騾馬，我就是個破瓦。——俺兩個破磨對瘸驢〔一〇〕。」謝希大道：「你家那杜蠻婆老淫婦，撒把黑豆只好喂猪哄狗，也不要他。」兩個人鬬了回嘴，每人斟了一鍾，該韓夥計擲。韓道國道：「老爹在上，小人怎敢占先？」西門慶道：「順着來，不要遜了。」于是韓道國道説：

「五擲臈梅花，花裏遇神仙。」

擲畢，該西門慶擲，西門慶道：「我要擲個六：

六擲滿天星，星辰冷落碧潭水。」

果然擲出個六來。應伯爵看見，説道：「哥今年上冬，管情加官進禄，主有慶事。」于是斟了一大杯酒與西門慶，一面李銘等三個上來彈唱，頑耍至更闌方散。西門慶打發小優兒出門，看收了家火，派定韓道國、甘夥計、崔本、來保四人輪流上宿，分付仔細門户，就過那邊去了。一宿晚景不題。

歸到奉承上，方不失言。

次日，應伯爵領了李智、黃四來交銀子，說：「此遭只關了一千四百五十六十兩銀子，不勾還人，只挪了三百五十兩銀子與老爹。等下遭關出來再找完，不敢遲了。」伯爵在旁又替他說了兩句美言。西門慶教陳敬濟來，把銀子兑收明白，打發去了。銀子還擺在桌上，西門慶因問伯爵道：「常二哥說他房子尋下了，前後四間，只要三十五兩銀子。他來對我說，正值小兒病重，我心裡亂，就打發他去了。不知他對你說來不曾？」伯爵道：「他對我說來，我說，你去的不是了，他乃郎不好，他自亂亂的，有甚麼心緒和你說話？你且休回那房主兒〔二〕，等我見哥，替你題就是了。」西門慶道：「也罷，你吃了飯，拏一封五十兩銀子，今日是個好日子，替他把房子成了來罷。剩下的，教常二哥門面開個小舖兒，月間撰幾錢銀子兒，就勾他兩口兒盤攪了。」伯爵道：「此是哥下顧他了。」不一時，放桌兒擺上飯來，西門慶陪他吃了飯，道：「我不留你。你拏了這銀子去，替他幹幹這勾當去罷。」伯爵道：「你這里還教個大官和我去。」西門慶道：「没的扯淡，你袖了去就是了。」伯爵道：「不是這等說，今日我還有小事。實和哥說，家表弟杜三哥生日〔三〕，早辰我送了些禮兒去，他使小厮來請我後晌坐坐。我不得來回你話，教個大官兒跟了去，成了房子，好教他來回你話的。」西門慶道：「若是恁說，教王經跟你去罷。」一面叫王經跟伯爵來到了常家。

西門慶一段脱手相贈，全無吝色處，亦古今所難。

常峙節正在家，見伯爵至，讓進裏面坐。伯爵拏出銀子來與常峙節看，說：「大官人如此如此，教我同你今日成房子去，我又不得閒，杜三哥請我吃酒。我如今了畢你的事，我方纔得去。」常峙節連忙叫渾家快看茶來，說道：「哥的盛情，誰肯！」一面吃茶畢，叫了房中人來，同到新市街，兑與賣主銀子，寫立房契。伯爵分付與王經，歸家回西門慶話。剩的銀子，教與常峙節收了，他便與常峙節作別，往杜家吃酒去了。西門慶看了文契，還使王經送與常二收了，不在話下〔一三〕。正是：

求人須求大丈夫，濟人須濟急時無。
一切萬般皆下品，誰知恩德是良圖〔一四〕。

校記

〔一〕「詞曰」，內閣本、首圖本題作「臨江仙」。
〔二〕「夢斷」，首圖本作「斷斷」。
〔三〕「悲淚」，內閣本、首圖本、天圖本、吳藏本作「悲鴻」。按張評本作「悲鴻」。
〔四〕「右調臨江仙」，內閣本、首圖本無。
〔五〕「谷谷」，內閣本、首圖本、天圖本、吳藏本作「答谷」。按張評本、詞話本均作「答谷」。
〔六〕「拆了」，內閣本、首圖本、天圖本、吳藏本作「折了」。
〔七〕「恍亂」，內閣本作「恍惚」。按張評本、詞話本均作「恍亂」。
〔八〕「姐姐」，吳藏本作「如姐」。
〔九〕「就是一起」，內閣本、首圖本無「是」字，作「就一起」。
〔一〇〕「驢」，內閣本、首圖本作「騾」。

〔一一〕「休回」，吳藏本作「暫回」。

〔一二〕「表弟」，吳藏本作「長弟」。

〔一三〕「不在」，原作「不正」，據吳藏本改。

〔一四〕「良圖」，首圖本作「長圖」。

第六十一回

西門慶乘醉燒陰戶

金瓶梅

李甁兒帶病宴重陽

新刻繡像批評金瓶梅卷之十三

第六十一回　西門慶乘醉燒陰户　李瓶兒帶病宴重陽

詞曰〔一〕：

蛩聲泣露驚秋枕，淚濕鴛鴦錦。獨卧玉肌凉，殘更與恨長。　陰風翻翠幌〔二〕，雨澁燈花暗。畢竟不成眠，鴉啼金井寒。

——右調《菩薩蠻》〔三〕

話説一日，韓道國鋪中回家，睡到半夜，他老婆王六兒與他商議道：「你我被他照顧，挣了恁些錢，也該擺席酒兒請他來坐坐。話不忘本。況他又丢了孩兒，只當與他釋悶。他能吃多少！彼此好看。就是後生小郎看着，到明日南邊去，也知財主和你我親厚，比別人不同。」伏得妙。韓道國道：「我心裡也是這等説。明日初五日是月忌，不好。到初六日，安排酒席，叫兩個唱的，具個柬帖，等我親自到宅內，請老爹散悶坐坐。我晚夕便往鋪子裡睡去。」王六兒道：「平白又叫甚麼唱的？只怕他酒後要來這屋裡坐坐，不方便。隔壁樂三嫂家，常走的一個女兒申二姐，年紀小小的，且會唱，他又是瞽目的，請將他來唱唱罷。要打發他過去還容易。」韓道國道：「你説

下此一語，別不説出緣故，兩下心照。道國固是解人。

人家依老婆說的，亦只爲其說得是耳。

的是。」一宿晚景題過。

到次日，韓道國走到舖子裡，央及温秀才寫了箇請柬兒，親見西門慶，聲喏畢，說道：「明日，小人家裡治了一杯水酒，無事請老爹貴步下臨，散悶坐一日。」因把請柬遞上去。西門慶看了，說道：「你如何又費此心。我明日倒没事，衙門中回家就去。」韓道國作辭出門。到次早，拿銀子叫後生胡秀買嗄飯菜蔬，一面叫厨子整理，又拿轎子接了申二姐來，王六兒同丫鬟侍候下好茶好水，單等西門慶來到。等到午後，只見琴童兒先送了一罈葡萄酒來，然後西門慶坐着凉轎，玳安、王經跟隨，到門首下轎，頭戴忠靖冠，身穿青水緯羅直身，粉頭皂靴。韓道國迎接入內，見畢禮數，說道：「又多謝老爹賜將酒來。」正面獨獨安放一張交椅，西門慶坐下。

這回不怕韓二要吃矣。

不一時，王六兒打扮出來，與西門慶磕了四個頭，回後邊看茶去了。須臾，王經拿出茶來，韓道國先取一盞，舉的高高的奉與西門慶，然後自取一盞，傍邊相陪。吃畢，王經接了茶盞下去，韓道國便開言說道：「小人承老爹莫大之恩，一向在外，家中小媳婦承老爹看顧，王經又蒙擡舉，叫在宅中答應，感恩不淺。前日哥兒没了，雖然小人在那里，媳婦兒因感了些風寒，不曾往宅裡弔問的，恐怕老爹惱。今日，一者請老爹解解悶，二者就恕俺兩口兒罪。」西門慶道：「無事又教你兩口兒費心。」說着，只見王六兒也在旁邊坐下。因向韓道國道：「你和老爹說了不？」道國道：「我還不曾說哩。」西門慶問道：「是甚麽？」王六兒道：「他今日要內邊請兩位姐兒來伏侍老爹，我恐怕不方便，故不去請。隔壁樂家常走的一個女兒，叫做申二姐，諸般

照顧着那一件，不說之說，妙。西門慶何以語辭。

描寫處，獨不及秋波。作者用筆之妙。

大小時樣曲兒，連數落都會唱。我前日在宅裡，見那一位郁大姐唱的也中中的，還不如這申二姐唱的好。教我今日請了他來，唱與爹聽。未知你老人家心下何如？若好，到明日叫了宅裡去，唱與他娘每聽。」西門慶道：「既是有女兒，亦發好了。你請出來我看看。」不一時，韓道國叫玳安上來：「替老爹寬去衣服。」一面安放桌席，胡秀拏菓菜案酒上來。王六兒把酒打開，盪熱了，在旁執壺，道國把盞，與西門慶安席坐下，然後纔叫出申二姐來。西門慶睁眼觀看，見他高髻雲鬟，插着幾枝稀稀花翠，淡淡釵梳；緑襖紅裙，顯一對金蓮趫趫；桃腮粉臉，抽兩道細細春山。望上與西門慶磕了四個頭，西門慶便道：「請起。你今青春多少？」申二姐道：「小的二十一歲了。」又問：「你記得多少唱？」申二姐道：「大小也記百十套曲子。」西門慶令韓道國旁邊安下個坐兒與他坐，申二姐向前行畢禮，方纔坐下。先拿箏來唱了一套《秋香亭》，然後吃了湯飯，添換上來，又唱了一套「半萬賊兵」。落後酒闌上來，西門慶分付：「把箏拿過去，取琵琶與他，等他唱小詞兒我聽罷。」那申二姐一逕要施逞他能彈會唱。一面輕搖羅袖，款跨鮫綃，頓開喉音，把絃兒放得低低的，彈了個《四不應・山坡羊》。唱完了，韓道國教渾家滿斟一盞，遞與西門慶。王六兒因說申二姐：「你還有好《鎖南枝》，唱兩箇與老爹聽。」那申二姐就改了調兒，唱《鎖南枝》道：

初相會，可意人，年少青春，不上二旬。黑鬖鬖兩朵烏雲，紅馥馥一點朱唇，臉賽夭桃如嫩筍。若生在畫閣蘭堂，端的也有箇夫人分。可惜在章臺，出落做下品。但能勾改嫁從良，勝强似棄舊迎新。

初相會，可意嬌，月貌花容，風塵中最少。瘦腰肢一捻堪描，俏心腸百事難學，恨只恨和他相逢不早。常則怨席上樽前，淺斟低唱相偎抱。一覷一箇真，一看一箇飽。雖然是半霎懽娛，權且將悶解愁消。

西門慶聽了這兩個《鎖南枝》，正打着他初請了鄭月兒那一節事來，心中甚喜。王六兒滿滿的又斟上一盞，笑嘻嘻說道：「爹，你慢慢兒的飲，申二姐這個纔是零頭兒，他還記的好些小令兒哩。到明日閒了，拿轎子接了，唱與他娘每聽，管情比郁大姐唱的高。」西門慶因說：「申二姐，我重陽那日，使人來接你，去不去？」申二姐道：「老爹說那里話，但呼喚，怎敢違阻！」西門慶聽見他說話伶俐，心中大喜。

語致都媚。

不一時，交盃換盞之間〔四〕，王六兒恐席間說話不方便，叫他唱了幾套，悄悄向韓道國說：「教小厮招弟兒〔五〕，送過樂三嫂家歇去罷。」臨去拜辭，西門慶向袖中掏出一包兒三錢銀子，賞他買絃。申二姐連忙磕頭謝了。西門慶約下：「我初八日使人請你去。」王六兒道：「爹只使王經來對我說，等我這里教小厮請他去。」說畢，申二姐往隔壁去了。韓道國與老婆說知，也就往舖子裡睡去了。只落下老婆在席上，陪西門慶擲骰飲酒。吃了一回，兩個看看吃的涎將上來，西門慶推起身更衣，就走入婦人房裡，兩箇頂門頑耍。王經便把燈燭拏出來〔六〕，在前

照前。

一個「悄悄說向」，一個「說知」，都不說出。心

事了然。

半問和玳安、琴童兒做一處飲酒。

那後生胡秀，在廚下偷吃了幾碗酒，打發廚子去了，走在王六兒隔壁供養佛祖先堂內，地下鋪着一領蓆，就睡着了。睡了一覺起來，忽聽見婦人房裡聲喚，又見板壁縫裏透過燈嚊來，只道西門慶去了，韓道國在房中宿歇。暗暗用頭上簪子刺破板縫中糊的紙，往那邊張看。見那邊房中嚊騰騰點着燈燭，不想西門慶和老婆在屋里正幹得好。伶伶俐俐看見，把老婆兩隻腿，却用脚帶吊在床頂上，西門慶上身止着一件綾襖兒，下身赤露，就在床沿上一來一往，一動一靜，搧打的連聲响嚊，老婆口裡百般言語都叫將出來。良久，只聽老婆說：「我的親達！你要燒淫婦，隨你心裡揀着那塊只顧燒，淫婦不敢攔你。左右淫婦的身子屬了你，顧的那些兒了！」西門慶道：「只怕你家裡的嗔是的。」（豈有此理！）老婆道：「那忘八七箇頭八箇膽，他敢嗔！他靠着那裡過日子哩？」（妙，妙！）西門慶道：「你既一心在我身上，等這遭打發他和來保起身〔七〕，亦發留他長遠在南邊，做個買手置貨罷。」（道國十分大雅，此着似乎不必。）老婆道：「等走過兩遭兒，却教他去。省的閒着在家做甚麽？他說倒在外邊走慣了，一心只要外邊去。你若下顧他，可知好哩！等他回來，我房裡替他尋下一個，我也不要他，一心撲在你身上，隨你把我安插在那里就是了。我若說一句假，把淫婦不值錢身子就爛化了！」西門慶道：「我兒，你快休賭誓！」兩箇一動一靜，都被胡秀聽了箇不亦樂乎。

韓道國先在家中不見胡秀，只說往鋪子裡睡去了。走到段子鋪裡，問王顯、榮海，說他没

前說使後生看着，至此照出，作者針密如蝨。

道國與王經、玳安等收拾已過，此番光景，却幻出胡秀以作波瀾。凌空駕奇，文心靈巧如此。王六兒牢籠牽挽技倆在金蓮之上。蓋金蓮地親故用强，

六兒地遠故用柔，兩人心事異出而同揆也。

來。韓道國一面又走回家，叫開門，前後尋胡秀，那裡得來，只見王經陪玳安、琴童三箇在前邊吃酒。胡秀聽見他的語音來家，連忙倒在蓆上，又推睡了。不一時，韓道國點燈尋到佛堂地下，看見他鼻口内打鼾睡，用脚踢醒，罵道：「賊野狗死囚，還不起來！我只説先往舖子裡睡去，你原來在這里挺得好覺兒。還不起來跟我去！」那胡秀起來，推揉了揉眼，睖睖睜睜跟道國往舖子裡去了。

西門慶弄老婆，直弄勾有一箇時辰，方纔了事。燒了王六兒心口裡并毯蓋子上、尾亭骨兒上共三處香。老婆起來穿了衣服，教丫鬟打發舀水淨了手，重篩煖酒，再上佳肴，情話攀盤。又吃了幾鍾，方纔起身上馬，玳安、王經、琴童三箇跟着。到家中已有二更天氣，走到李瓶兒房中。李瓶兒睡在床上，見他吃的酣酣兒的進來，説道：「你今日在誰家吃酒來？」西門慶道：「韓道國家請我。見我丢了孩子，與我釋悶。他叫了個女先生申二姐來，年紀小小，好不會唱！又不説郁大姐。等到明日重陽，使小厮拿轎子接他來家，唱兩日你每聽，就與你解解悶。你緊心裡不好，休要只顧思想他了。」説着，就要叫迎春來脱衣裳，和李瓶兒睡。李瓶兒

海棠着雨，楊柳經秋，冷致凄情，可憐可愛。

道：「你没的説！我下邊不住的長流，丫頭替我煎着藥哩。你往別人屋裡睡去罷。你看着我成日好模樣兒罷了，只有一口遊氣兒在這里，又來纏我起來。」西門慶道：「我的心肝！我心裡捨不的你。只要和你睡，如之奈何？」李瓶兒瞟了他一眼，笑了笑兒：「誰信你那虛嘴掠舌的。我到明日死了，你也捨不的我罷！」又道：「亦發等我好好兒，你再進來和我睡也不遲。」西門慶

西門慶捨

此則彼，微瓶兒則金蓮寵極矣。瓶兒蓋心知之而心傷之。「往潘六兒那邊去」二語，固瓶兒不忍聞而不欲聞者。宜乎瓶兒之不起也！

意中事若出之意外，全在「忽見」二字寫出。

偏是他曉得。是固其性生天授也。

極其醜詆。

坐了一回，說道：「罷，罷。你不留我，等我往潘六兒那邊睡去罷。」李瓶兒道：「原來你去，省的屈着你那心腸兒。他那裡正等的你火裡火發，你不去，却忙惚兒來我這屋裡纏。」西門慶道：「你恁說，我又不去了。」李瓶兒微笑道：「我哄你哩，你去罷。」于是打發西門慶過去了。李瓶兒起來，坐在床上，迎春伺候他吃藥。拏起那藥來，止不住撲簌簌香腮邊滾下淚來。可憐。長吁了一口氣，方纔吃了那盞藥。正是：

心中無限傷心事，付與黃鸝叫幾聲。

不說李瓶兒吃藥睡了，單表西門慶到于潘金蓮房裏，金蓮纔教春梅罩了燈上床睡下。忽見西門慶推開門進來便道：「我兒，又早睡了？」金蓮道：「稀倖！那陣風兒刮你到我這屋里來。」因問：「你今日往誰家吃酒去來？」西門慶道：「韓夥計打南邊來，見我没了孩子，一者與我釋悶，二者照顧他外邊走了這遭，請我坐坐。」金蓮道：「他便在外邊，你在家又照顧他老婆了。」西門慶道：「夥計家，那里有這道理？」婦人道：「夥計家，有這個道理！齊腰拴着根線兒，只怕合過界兒去了。你還搗鬼哄俺每哩，俺每知道的不耐煩了！你生日，賊淫婦他没在這里？你悄悄把李瓶兒壽字簪子，黃猫黑尾偷與他，却教他戴了來施展。大娘、孟三兒，這一家子那個没看見？吃我問了一句，他把臉兒都紅了，他没告訴你？今日又摸到那裡去，賊没廉耻的貨，一個大摔瓜長淫婦，喬眉喬樣，描的那水鬢長長的，搽的那嘴唇鮮紅的——倒相人家那血毴。甚麼好老婆，一個大紫腔色黑淫婦，我不知你喜歡他那些兒！嗔道把忘八舅子也招

慧心所照，如見肺肝。

惹將來，一早一晚教他好往回傳話兒〔八〕。」西門慶堅執不認，笑道：「怪小奴才兒，單管只胡說，那裡有此勾當？今日他男子漢陪我坐，他又没出來。」婦人道：「你拿這箇話兒來哄我？誰不知他漢子是箇明忘八，又放羊，又拾柴，一徑把老婆丢與你，圖你家買賣做，要賺你的錢使。你這傻行貨子，只好四十里聽銃响罷了！」西門慶脱了衣裳，坐在床沿上，婦人探出手來，着。把褲子扯開，摸見那話軟叮噹的，托子還帶在上面，說道：「可又來，你臘鴨子煮到鍋裡——身子兒爛了，嘴頭兒還硬。見放着不語先生在這里，好美號。强盗和那淫婦怎麽弄聳，聳到這咱晚纔來家？弄的恁個樣兒，嘴頭兒還强哩！你賭箇誓，我教春梅舀一甌子凉水，你只吃了，我就筭你好膽子。論起來，鹽也是這般鹹，醋也是這般酸，秃子包綢巾——饒這一抿子兒也罷了。若是信着你意兒，把天下老婆都耍遍了罷。賊没羞的貨，一個大眼裡火行貨子！你早是箇漢子，若是個老婆，就養遍街，合遍巷。」幾句說的西門慶睁睁的，只是笑。

先設以必不可逃之數，隱隱說着自己。機鋒尖穎，比勘精詳，直可折獄！

上的床來，教春梅篩熱了燒酒，把金穿心盒兒内藥拈了一粒，放在口裡嚥下去，仰卧在枕上，令婦人：「我兒，你下去，替你達品品，起來是你造化。」那婦人一徑做喬張致，便道：「好乾淨兒！你在那淫婦窟礲子裡鑽了來，教我替你咂，可不臢殺了我！」西門慶道：「怪小淫婦兒，單管胡說白道的，那里有此勾當？」婦人道：「那里有此勾當？你指着肉身子賭個誓麽！」亂了一回，教西門慶下去使水，西門慶不肯下去。婦人旋向袖子裡掏出個汗巾來，妙用。將那話抹展了一回，方纔用朱唇裹没。嗚咂半晌，咂弄的那話奢稜跳腦，暴怒起來，乃騎在婦人身上，

金蓮明知

其從六兒個中來，不得不啞；西門慶亦知金蓮知其從六兒個中來，而使之不敢不啞。十分妙用，金蓮入其範圍矣。

縱麈柄自後插入牝中，兩手兜其股，蹲踞而擺之，肆行搧打，連聲响喨。燈光之下，窺翫其出入之勢，婦人倒伏在枕畔，舉股迎湊者久之。西門慶興猶不愜，將婦人仰卧朝上，那話上使了紅粉藥兒，頂入去，執其雙足，又舉腰没稜露腦掀騰者將二三百度。婦人禁受不的，瞑目顫聲，没口子叫：「達達，你這遭兒只當將就我，不使上他也罷了。」西門慶口中呼叫道：「小淫婦兒，你怕我不怕？再敢無禮不敢？」婦人道：「我的達達，罷麼，你將就我些兒，我再不敢了！達達慢慢提，看提散了我的頭髮。」兩箇顛鸞倒鳳，足狂了半夜，方纔體倦而寢。

話休饒舌，又早到重陽令節。西門慶對吳月娘說：「韓夥計前日請我，一個唱的申二姐，生的人材又好，又會唱。我使小廝接他來，留他兩日，教他唱與你每聽。」又分付厨下收拾餚饌菓酒，在花園大捲棚聚景堂內，安放大八仙桌席，合家宅眷，慶賞重陽。

不一時，王經轎子接的申二姐到了。入到後邊，與月娘衆人磕了頭。月娘見他年小，生的好模樣兒。問他套數，也會不多，諸般小曲兒倒記的有好些。一面打發他吃了茶食，先教在後邊唱了兩套，然後花園擺下酒席。那日，西門慶不曾往衙門中去，在家看着栽了菊花。請了月娘、李嬌兒、孟玉樓、潘金蓮、李瓶兒、孫雪娥并大姐，都在席上坐的。春梅、玉簫、迎春、蘭香在旁斟酒伏侍。申二姐先拿琵琶在旁彈唱。那李瓶兒在房中，因身上不方便，請了半日纔來。恰似風兒刮倒的一般，强打着精神陪西門慶坐，衆人讓他酒兒也不大吃。西門慶和月娘見他面帶憂容，眉頭不展，說道：「李大姐，你把心放開，教申二姐彈唱曲兒你聽。」玉樓道：「你說與他，教他唱甚麽曲兒，他好唱。」李瓶兒只顧不說。正飲酒中間，忽見王經走來說道：「應二爹、常二叔來了。」西門慶道：「請你應二爹、常二叔在小捲棚内坐，我就來。」王經道：「常二叔教人拏了兩個盒子在外頭。」西門慶向月娘道：「此是他成了房子，買禮來謝我的意思。」月娘道：「少不的安排些甚麽管待他，怎好空了他去！你陪他坐去，我這裡分付看菜兒。」西門慶臨出來，又叫申二姐：「你唱箇好曲兒，與你六娘聽。」一直往前邊去了。金蓮道：「也没見這李大姐，隨你心裡說箇甚麽曲兒，教申二姐唱就是了，辜負他爹的心！爲你叫將他來，你又不言語。」催逼的李瓶兒急了，半日纔說出來：「你唱箇『紫陌紅塵』罷。」那申二姐道：「這箇不打緊，我有。」于是取過箏來，頓開喉音，細細唱了一套。唱畢，吳月娘道：「李大姐，好甜酒兒，你吃上一鍾兒。」李瓶兒又不敢違阻，拏起鍾兒來咽了一口兒，又放下了。坐不多時，下邊一陣熱熱的來，又往屋裡去了，不題。

且說西門慶到于小捲棚翡翠軒，只見應伯爵與常峙節在松墻下正看菊花。原來松墻兩邊，擺放二十盆，都是七尺高，各樣有名的菊花，也有大紅袍、狀元紅、紫袍金帶、白粉西、黃粉西、滿天星、醉楊妃〔九〕、玉牡丹、鵝毛菊、鴛鴦花之類。西門慶出來，二人向前作揖。常峙節卽唤跟來人，把盒兒掇進來。西門慶一見便問：「又是甚麽？」伯爵道：「常二哥蒙哥厚情，成了房子，無可酬答，教他娘子製造了這螃蠏鮮并兩隻爐燒鴨兒，邀我來和哥坐坐。」西門慶道：「常二哥，你又費這個心做甚麽？你令正病纔好些，你又禁害他！」伯爵道：「我也是恁說。他說道

是當（富）人口吻。

政（？）固不俗。

別的東西兒來，恐怕哥不稀罕。」西門慶令左右打開盒兒觀看：四十箇大螃蠏，都是剔剝淨了的，裏邊釀着肉，外用椒料薑蒜米兒團粉裹就，香油煠，醬油醋造過，香噴噴，酥脆好食。又是兩大隻院中爐燒熟鴨。西門慶看了，卽令春鴻、王經搬進去，分付拏五十文錢賞拿盒人，因向常峙節謝了。

琴童在旁掀簾，請入翡翠軒坐。伯爵只顧誇奬不盡好菊花，問：「哥是那里尋的？」西門慶道：「是管磚廠劉太監送的。這二十盆，就連盆都送與我了。」伯爵道：「花到不打緊，這盆正是官窑雙箍鄧漿盆，都是用絹羅打，用脚跐過泥，纔燒造這箇物兒，與蘇州鄧漿磚一個樣兒做法。如今那里尋去！」誇了一回。西門慶換茶來吃了，因問：「常二哥幾時搬過去？」伯爵道：「從兑了銀子三日就搬過去了。昨見好日子，買了些雜貨兒，門首把舖兒也開了。就是常二嫂兄弟，替他在舖裡看銀子兒。」西門慶道：「俺每幾時買些禮兒，休要人多了，再邀謝子純你三四位，我家裡整理菜兒擡了去——休費煩常二哥一些東西——叫兩個妓者，咱每替他煖煖房，耍一日。」常峙節道：「小弟有心也要請哥坐坐，筭計來不敢請。地方兒窄狹，只怕褻瀆了哥。」西門慶道：「没的扯淡，那里又費你的事起來。如今使小厮請將謝子純來，和他說說。」卽令琴童兒：「快請你謝爹去！」伯爵因問：「哥，你那日叫那兩個去？」西門慶笑道：「叫將鄭月兒和洪四兒去罷。」伯爵道：「哥，你是箇人，你請他就不對我說聲，我怎的也知道了？比李桂兒風月如何？」西門慶道：「通色絲子女不可言！」伯爵道：「他怎的前日你生日時，那等不言語，扭

前便有一番誇奬，鑿鑿可據。

扭的，也是箇肉佞賊小淫婦兒〔一〇〕。」西門慶道：「等我到幾時再去着，也携帶你走走。你月娘會打的好雙陸，你和他打兩貼雙陸。」伯爵道：「等我去混那小淫婦兒，休要放了他！」西門慶道：「你這歪狗才，不要惡識他便好。」正説着，謝希大到了，聲喏畢，坐下。西門慶道：「常二哥如此這般，新有了華居，瞞着俺每，已搬過去了。咱每人隨意出些分資，休要費煩他絲毫。我這里整治停當，教小廝擡到他府上，我還叫兩箇妓者，咱要一日何如？」謝希大道：「哥分付每人出多少分資，俺每都送到哥這里來就是了。還有那幾位？」西門慶道：「再没人，只這三四個兒，每人二星銀子就勾了。」伯爵道：「十分人多了，他那里没地方兒。」

正説着，只見琴童來説：「吴大舅來了。」西門慶道：「請你大舅這里來坐。」不一時，吴大舅進入軒内，先與三人作了揖，然後與西門慶叙禮坐下。小厮拿茶上來，同吃了茶，吴大舅起身説道：「請姐夫到後邊説句話兒。」西門慶連忙讓大舅到後邊月娘房裡。月娘還在捲棚内與衆姊妹吃酒聽唱，聽見説：「大舅來了，」爹陪着在後邊説話哩。」一面走到上房，見大舅道了萬福，叫小玉遞上茶來。大舅向袖中取出十兩銀子遞與月娘，説道：「昨日府裡纔領了三錠銀子，姐夫且收了這十兩，餘者待後次再送來。」西門慶道：「大舅，你怎的這般計較？且使着，慌怎的！」大舅道：「我恐怕遲了姐夫的。」西門慶因問：「倉厫修理的也將完了？」大舅道：「還得一個月終完。」西門慶道：「工完之時，一定撫按有些奬勵。」大舅道：「今年考選軍政在邇，還望姐夫扶持，大巡上替我説説。」西門慶道：「大舅之事，都在于我。」

說畢話，月娘道：「請大舅前邊同坐罷。」大舅道：「我去罷，只怕他三位來有甚話說。」西門慶道：「没甚麽話。常二哥新近問我借了幾兩銀子，買下了兩間房子〔一〕，已搬過去了，今日買了些禮兒來謝我，節間留他每坐坐。大舅來的正好。」于是讓至前邊坐了。月娘連忙叫厨下打發菜兒上去。琴童與王經先安放八仙桌席端正，西門慶旋教開庫房〔二〕，拿出一罈夏提刑家送的菊花酒來。打開碧靛清，噴鼻香，未曾篩，先攙一瓶凉水，以去其蓼辣之性，然後貯于布甑内，篩出來醇厚好吃，又不說葡萄酒。教王經用小金鍾兒斟一杯兒，先與吴大舅嘗了，然後，伯爵等每人都嘗訖〔三〕，極口稱羨不已。須臾，大盤大碗擺將上來，衆人吃了一頓。然後纔拿上釀螃蠏并兩盤燒鴨子來〔四〕，伯爵讓大舅吃。連謝希大也不知是甚麽做的，這般有味，酥脆好吃。西門慶道：「此是常二哥家送我的。」大舅道：「我空癡長了五十二歲，並不知螃蟹這般造作，委的好吃！」伯爵又問道：「後邊嫂子都嘗了嘗兒不曾？」西門慶道：「房下每都有了。」伯爵道：「也難爲我這常嫂子，真好手段兒！」常峙節笑道：「賤累還恐整理的不堪口，教列位哥笑話。」

吃畢螃蟹，左右上來斟酒，西門慶令春鴻和書童兩個，在傍一遞一個歌唱南曲。應伯爵忽聽大捲棚内彈箏歌唱之聲，便問道：「哥，今日李桂姐在這里？不然，如何這等音樂之聲？」西門慶道：「你再聽，看是不是？」伯爵道：「李桂姐不是，就是吴銀兒。」西門慶道：「你這花子單管只瞎謅。倒是個女先生。」伯爵道：「不是郁大姐？」西門慶道：「不是他，這個是申二姐。年小哩，好箇人材，又會唱。」伯爵道：「真個這等好？哥怎的不捧出來俺每瞧瞧？就唱個兒俺每聽。」西門慶道：「今日你衆娘每大節間，叫他來賞重陽頑耍，偏你這狗才耳朵尖，聽的見！」伯爵道：「我便是千里眼，順風耳，隨他四十里有蜜蜂兒叫，我也聽見了。」謝希大道：「你這花子，兩耳朵似竹簽兒也似，愁聽不見！」兩個又頑笑了一回，伯爵道：「哥，你好歹叫他出來，俺每見見兒，俺每不打緊，教他只當唱個與老舅聽也罷了。你要就古執了〔一五〕。」西門慶吃他逼迫不過，一面使王經領申二姐出來唱與大舅聽。不一時，申二姐來，望上磕了頭起來，旁邊安放交床兒與他坐下。伯爵問申二姐：「青春多少？」申二姐回道：「屬牛的，二十一歲了。」又問：「會多少小唱？」申二姐道：「琵琶箏上套數小唱，也會百十來套。」伯爵道：「你會許多唱也勾了。」西門慶道：「申二姐，你拿琵琶唱小詞兒罷，省的勞動了你。說你會唱『四夢八空』，你唱與大舅聽。」分付王經、書童兒，席間斟上酒。那申二姐欵跨鮫綃，微開檀口，慢慢唱着，衆人飲酒不題。

且說李瓶兒歸到房中，坐淨桶，下邊似尿的一般，只顧流將起來，登時流的眼黑了。起來穿裙子，忽然一陣旋暈，向前一頭撞倒在地。饒是迎春在旁攙扶着，還把額角上磕傷了皮〔一六〕。和奶子攙到炕上，半日不省人事。慌了迎春，忙使綉春：「快對大娘說去！」綉春走到席上，報與月娘衆人。月娘撇了酒席，與衆姐妹慌忙走來看視。見迎春、奶子兩個攙扶着他坐在炕上，不省人事。便問：「他好好的進屋里，端的怎麽來就不好了？」迎春揭開淨桶與月娘瞧，把月娘諕了一跳。説道：「他剛纔只怕吃了酒，助趕的他血旺了，流了這些。」玉樓、金蓮都説：「他幾曾大吃酒來！」一面煎燈心薑湯灌他。半晌甦醒過來，纔説出話兒來。月娘問：「李大姐，你怎的來？」李瓶兒道：「我不怎的。坐下桶子起來穿裙子，只見眼兒前黑黑的一塊子，就不覺天旋地轉起來，繇不的身子就倒了。」月娘便要使來安兒：「請你爹進來。——對他説，教他請任醫官來看你。」李瓶兒又嗔教請去：「休要大驚小怪，打攪了他吃酒。」月娘分付迎春：「打舖教你娘睡罷。」月娘于是也就吃不成酒了。分付收拾了家火，都歸後邊去了。

瓶兒、月娘，一對婆心。——月娘可敬，瓶兒可憐。

西門慶陪侍吳大舅衆人，至晚歸到後邊月娘房中。月娘告訴李瓶兒跌倒之事，西門慶慌走到前邊來看視。見李瓶兒睡在炕上，面色蠟查黃了〔一七〕，扯着西門慶衣袖哭泣。西門慶問其所以，李瓶兒道：「我到屋裏坐杩子，不知怎的，下邊只顧似尿也一般流將起來，不覺眼前一塊黑黑的。起來穿裙子，天旋地轉，就跌倒了。」西門慶見他額上磕傷一道油皮，説道：「丫頭都在那里，不看你，怎的跌傷了面貌？」李瓶兒道：「還虧大丫頭都在跟前，和奶子搊扶着我，不然，還不知跌的怎樣的。」西門慶道：「我明早請任醫官來看你。」當夜就在李瓶兒對面床上睡了一夜。

次日早辰，往衙門裡去，旋使琴童請任醫官去了。直到晌午纔來。西門慶先在大廳上陪吃了茶，使小厮説進去。李瓶兒房裡收拾乾淨，薰下香，細。然後請任醫官進房中。診畢脉，走出外邊廳上，對西門慶説：「老夫人脉息，比前番甚加沉重，七情傷肝，肺火太旺，以致木旺土

此醫見理極明。

虛，血熱妄行，猶如山崩而不能節制。若所下的血紫者，猶可以調理；若鮮紅者，乃新血也。學生撮過藥來，若稍止，則可有望〔一八〕；不然，難爲矣。」西門慶道：「望乞老先生留神加減，學生必當重謝！」任醫官道：「是何言語！你我厚間，又是明用情分，學生無不盡心。」西門慶待畢茶，送出門，隨即具一疋杭絹、二兩白金，使琴童兒討將藥來，名曰「歸脾湯」，乘熱吃下去，其血越流之不止。西門慶越發慌了，又請大街口胡太醫來瞧。胡太醫說是氣冲血管，熱入血室，亦取將藥來。吃下去，如石沉大海一般。

此醫想善于打胎，與瓶兒固非對症之劑。

月娘見前邊亂着請太醫，只留申二姐住了一夜，與了他五錢銀子、一件雲絹比甲兒并花翠，裝了個盒子，就打發他坐轎子去了。花子繇自從那日開張吃了酒去，聽見李瓶兒不好，使了花大嫂，買了兩盒禮來看他。見他瘦的黃懨懨兒，不比往時，兩箇在屋裡大哭了一回。亦是好人。月娘後邊擺茶請他吃了。韓道國說：「東門外住的一個看婦人科的趙太醫，指下明白，極看得好。前歲，小媳婦月經不通，是他看來。老爹請他來看看六娘，管情就好哩。」西門慶聽了，就使琴童和王經兩箇叠騎着頭口，往門外請趙太醫去了。

西門慶請了應伯爵來，和他商議道：「第六箇房下，甚是不好的重，如之奈何？」伯爵失驚道：「這個嫂子貴恙說好些，怎的又不好起來？」西門慶道：「自從小兒沒了，着了憂慼，把病又發了。昨日重陽，我接了申二姐，與他散悶頑耍，他又沒好生吃酒，誰知走到屋中就暈起來，一交跌倒，把臉都磕破了。請任醫官來看，說脉息比前沉重。吃了藥，倒越發血盛了。」伯爵道：「你請胡太醫來看，怎的說？」西門慶道：「胡太醫說，是氣冲了血管，吃了他的，也不見動靜。今日韓夥計說，門外一個趙太醫，名喚趙龍崗，專科看婦女，我使小厮請去了。把我焦愁的了不的。生生爲這孩子不好，白日黑夜思慮起這病來了。婦女人家，又不知個回轉，勸着他，又不依你，教我無法可處。」

丈夫處此真難。

正說着，平安來報：「喬親家爹來了。」西門慶一面讓進廳上，同伯爵叙禮坐下。喬大户道：「聞得六親家母有些不安，特來候問。」西門慶道：「便是。一向因小兒没了，着了憂慼，身上原有些不調，又發起來了。蒙親家掛念。」喬大户道：「也曾請人來看不曾？」西門慶道：「常吃任後溪的藥，昨日又請大街胡先生來看，吃藥越發轉盛。今日又請門外專看婦人科趙龍崗去了。」喬大户道：「咱縣門前住的何老人，大小方脉俱精。他兒子何岐軒，見今上了箇冠帶醫士。親家何不請他來看看親家母？」西門慶道：「既是好，等趙龍崗來，來過再請他來看看。」喬大户道：「親家，依我愚見，不如先請了何老人來，再等趙龍崗來，叫他兩箇細講一講，就論出病原來了。然後下藥，無有不效之理。」西門慶道：「親家說的是。」一面使玳安拏拜帖兒和喬通去請。

何家積祖名醫。

那消半晌，何老人到來，與西門慶、喬大户等作了揖，讓于上面坐下。西門慶舉手道：「數年不見你老人家，不覺越發蒼髯皓首。」喬大户又問：「令郎先生肄業盛行？」何老人道：「他逐日縣中迎送，也不得閒，倒是老拙常出來看病。」伯爵道：「你老人家高壽了，還這等健朗。」何老人道：「老拙今年痴長八十一歲。」敘畢話，看茶上來吃了，小厮説進去。須臾，請至房中，就床看李瓶兒脉息，旋攙扶起來，坐在炕上，形容瘦的十分狼狽了。但見他——

面如金紙，體似銀條。看看減褪丰標，漸漸消磨精彩。隱隱耳虚聞磬响，昏昏眼暗覺螢飛。六脉細沉，一靈縹緲，丧門弔客已臨身〔一九〕，扁鵲盧醫難下手。

（畢竟老醫，開口道破。）

何老人看了脉息，出到廳上，向西門慶、喬大户説道：「這位娘子，乃是精冲了血管起，（病從胡僧藥起。）然後着了氣惱。氣與血相搏，則血如崩。不知當初起病之繇是也不是？」西門慶道：「是便是，却如何治療？」

正論間，忽報：「琴童和王經請了趙先生來了。」何老人便問：「是何人？」西門慶道：「也是夥計舉來一醫者，你老人家只推不知，待他看了脉息，你老人家和他講一講，好下藥。」不一時，趙太醫從外而入，西門慶與他叙禮畢，然後與衆人相見。何、喬二老居中，讓他在左，伯爵在右，西門慶主位相陪。吃了茶，趙太醫便問：「列位尊長貴姓？」喬大户道：「俺二人一姓何，一姓喬。」伯爵道：「在下姓應。老先想就是趙龍崗先生了。」趙太醫答道：「龍崗是賤號。（開口便妙。）在下以醫爲業，家祖見爲太醫院院判，家父見充汝府良醫，祖傳三輩，習學醫術。每日攻習王叔和、東垣勿聽子《藥性賦》、《黄帝素問》、《難經》、《活人書》、《丹溪纂要》、《丹溪心法》、《潔古老脉訣》、《加減十三方》、《千金奇効良方》、《壽域神方》、《海上方》，無書不讀。藥用胸中活法〔二〇〕，脉明指下玄機。六氣四時，辨陰陽之標格；七表八裡，定關格之沉浮。風虚寒熱之症

（只少一副串鈴，已供出一個真方假藥面孔。）

擬信餘瀋，便覺談此風生。當今儒道不少此輩。

妙極！一出幽閨□病。

趁口敲來。近日醫人多得此訣。

候，一覽無餘；弦洪芤石之脉理〔三一〕，莫不通曉。小人拙口鈍腮，不能細陳。」何老人聽了，道：「敢問看病當以何者爲先？」趙太醫道：「古人云：望聞問切，神聖功巧。學生先問病，後看脉，還要觀其氣色。就如子平兼五星一般，纔看得准，（引得不通。惟不通，故妙。）庶乎不差。」何老人道：「既是如此，請先生進去看看。」西門慶卽令琴童：「後邊説去，又請了趙先生來了。」

不一時，西門慶陪他進入李瓶兒房中。那李瓶兒方纔睡下安逸一回，（細。）又搊扶起來，靠着枕褥坐着。這趙太醫先診其左手，次診右手，便教：「老夫人抬起頭來，看看氣色。」那李瓶兒真個把頭兒揚起來。趙太醫教西門慶：「老爹，你問聲老夫人，我是誰？」（奇。）西門慶便教李瓶兒：「你看這位是誰？」那李瓶兒擡頭看了一眼，便低聲説道：「他敢是太醫？」趙先生道：「老爹，不妨事，還認的人哩。」西門慶道：「趙先生，你用心看，我重謝你。」一面看視了半日，説道：「老夫人此病，休怪我説，據看其面色，又診其脉息，非傷寒，只爲雜症，不是産後，定然胎前。」西門慶道：「不是此疾。先生你再仔細診一診。」趙先生又沉吟了半晌道：「如此面色這等黄〔三二〕，多管是脾虛泄瀉，再不然定是經水不調。」西門慶道：「實説與先生，房下如此這般，下邊月水淋漓不止，所以身上都瘦弱了。有甚急方妙藥，我重重謝你。」趙先生道：「如何？我就説是經水不調。不打緊處，小人有藥。」

西門慶一面同他來到前廳，喬大户、何老人問他甚麽病源，趙先生道：「依小人講，只是經水淋漓。」何老人道：「當用何藥治之？」趙先生道：「我有一妙方，用着這幾味藥材，吃下去管情就好。聽我說：

甘草甘遂與硇砂，藜蘆巴荳與芫花，
姜汁調着生半夏，用烏頭杏仁天麻。
這幾味兒齊加，葱蜜和丸只一撾，
清辰用燒酒送下。」

何老人聽了便道：「這等藥恐怕太狼毒〔三〕，吃不得。」趙先生道：「自古毒藥苦口利于病，怎麼吃不得？」西門慶見他滿口胡說，因是韓夥計舉保來，不好嚚他，稱二錢銀子，也不送，就打發他去了。因向喬大户說：「此人原來不知甚麼。」何老人道：「老拙適纔不敢說，此人東門外有名的趙搗鬼，專一在街上賣杖摇鈴，哄過往之人，他那里曉的甚脉息病源！」因說：「老夫人此疾，老拙到家撮兩帖藥來，遇緣，若服畢經水少減，胸口稍開，就好用藥。只怕下邊不止，就難爲矣。」說畢，起身。

西門慶封白金一兩，使玳安拏盒兒討將藥來，晚夕與李瓶兒吃了，並不見分毫動静。吳月娘道：「你也省可與他藥吃。他飲食先阻住了，肚腹中有甚麼兒，只是拿藥陶碌他。前者，那吳神仙筭他三九上有血光之災，今年却不整二十七歲了。你還使人尋這吳神仙去，教替他打筭筭那禄馬數上如何。只怕犯着甚麼星辰，替他禳保禳保。」西門慶聽了，旋差人拏帖兒往周守備府裡問去。那裡回說：「吳神仙雲遊之人，來去不定。但來，只在城南土地廟下。今歲

此言若出口金蓮，吾便疑爲妬心下石；出自月娘，當是聖人之

心。

寫出匆忙混亂，一毫不能主持。當局人自是如是。

如此術家，並不多得。

從四月裡，往武當山去了。要打數筭命，真武廟外有個黃先生打的好數，一數只要三錢銀子，不上人家門。」西門慶隨即使陳敬濟拏三錢銀子，逕到北邊真武廟門首黃先生家。門上貼着：「抄筭先天易數，每命卦金三錢。」陳敬濟向前作揖，奉上卦金，說道：「有一命煩先生推筭。」寫與他八字：女命，年二十七歲，正月十五日午時。這黃先生把筭子一打，就說：「這個命，辛未年庚寅月辛卯日甲午時，理取印綬之格，借四歲行運。四歲己未，十四歲戊午〔二四〕，二十四歲丁巳，三十四歲丙辰。今年流年丁酉，比肩用事，歲傷日干，計都星照命，又犯喪門五鬼，災殺作炒。夫計都者，陰晦之星也。其象猶如亂絲而無頭，變異無常。大運逢之〔二五〕，多主暗昧之事，引惹疾病，主正、二、三、七、九月病災有損，小口凶殃，小人所筭，口舌是非，主失財物，或是陰人大爲不利。」抄畢數，敬濟拏來家。西門慶正和應伯爵、温秀才坐的，見抄了數來，拏到後邊，解說與月娘聽。見命中多凶少吉，不覺——

眉間搭上三黃鎖，腹內包藏一肚愁。

校記

〔一〕「詞曰」，內閣本、首圖本題作「菩薩蠻」。

〔二〕「翻翠」，內閣本作「門翠」，首圖本作「門外」。按張評本作「翻翠」。

〔三〕「右調菩薩蠻」，內閣本、首圖本無。

〔四〕「交盃」，天圖本、吳藏本作「收盃」。按張評本作「收盃」，詞話本作「交盃」。

〔五〕「招弟」，首圖本作「與他」，天圖本、吳藏本作「玼安」。按張評本作「玼安」，詞話本作「招弟」。

〔六〕「拏出」，天圖本、吳藏本作「移出」。按張評本作「移出」，詞話本作「拏出」。
〔七〕「這遭」，内閣本、首圖本作「這裡」。
〔八〕「傳話」，内閣本、首圖本作「轉話」。
〔九〕「醉楊妃」，首圖本作「花楊妃」。
〔一〇〕「是箇肉佞賊小淫婦」，首圖本作「是他這個小淫婦」。
〔一一〕「兩間」，首圖本作「他的」。
〔一二〕「旋」，内閣本、首圖本作「先」。
〔一三〕「每人」，首圖本作「數人」。
〔一四〕「釀」，天圖本、吳藏本作「醇」。
〔一五〕「你要」，崇禎諸本同。按詞話本、張評本作「休要」。
〔一六〕「額角」，首圖本作「頭腦」。
〔一七〕「蠟查」，原作「蠟査」，據内閣、首圖等本改。
〔一八〕「可」，内閣本、首圖本作「前」。
〔一九〕「已臨」，首圖本作「兩臨」。
〔二〇〕「用」，吳藏本作「月」。
〔二一〕「弦」，内閣本、首圖本作「抜」。
〔二二〕「如此」，内閣本、首圖本、天圖本、吳藏本作「如何」。「這等黄」，首圖本作「這等的」。
〔二三〕「狼毒」，按詞話本作「狠毒」。
〔二四〕「戊午」，原作「戍午」，據内閣、首圖等本改。
〔二五〕「大運」，吳藏本作「天運」。

第六十二回　潘道士法遣黃巾士

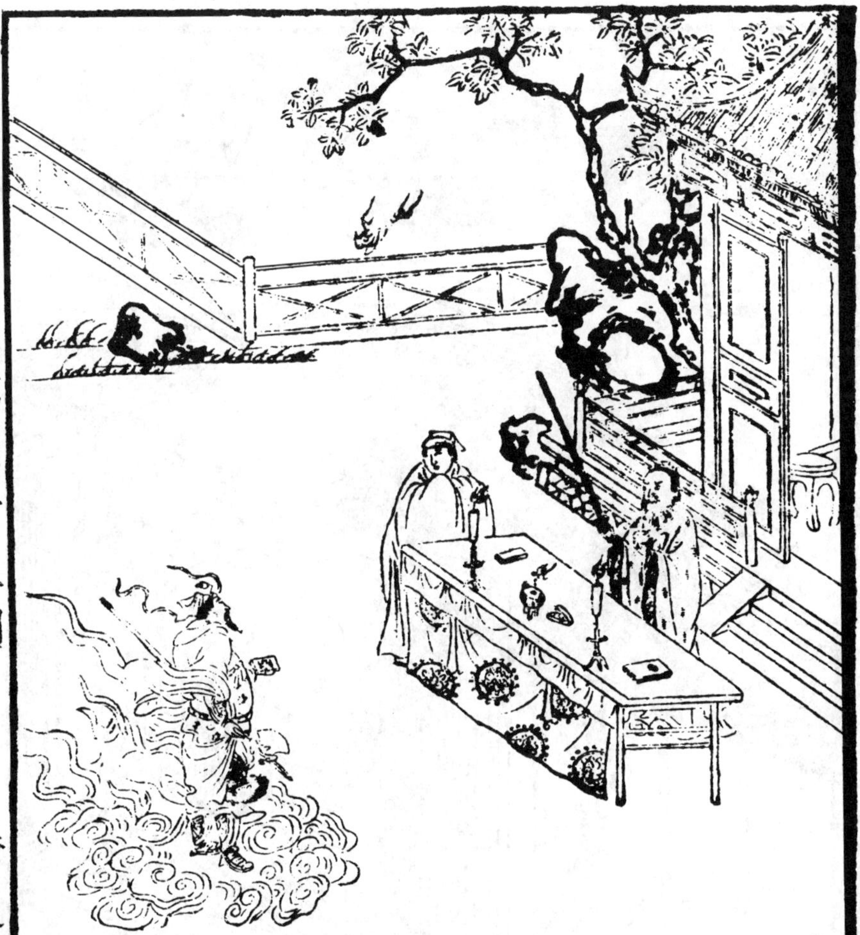

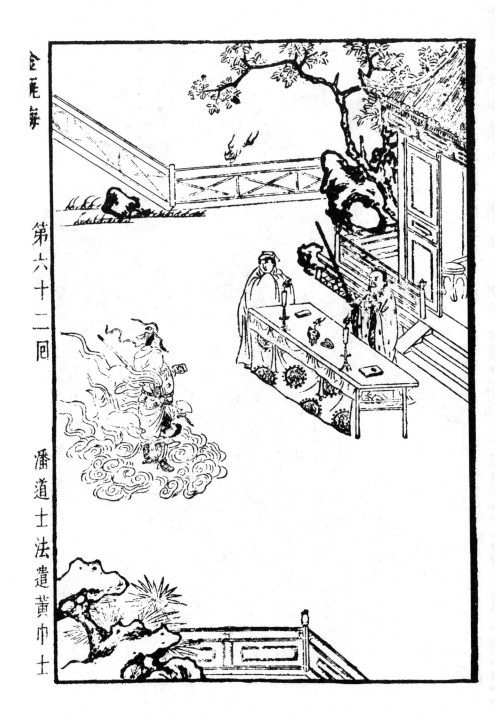

西門慶痛哭李瓶兒

第六十二回　潘道士法遣黃巾士　西門慶大哭李瓶兒

詩曰〔一〕：

玉釵重合兩無緣，魚在深潭鶴在天〔二〕。
得意紫鸞休舞鏡，傳言青鳥罷啣牋。
金盆已覆難收水，玉軫長籠不續絃。
若向蘼蕪山下過，遙將紅淚灑窮泉。

話說西門慶見李瓶兒服藥無効，求神問卜發課，皆有凶無吉，無法可處。初時，李瓶兒還閘閘着梳頭洗臉，下炕來坐淨桶，次後漸漸飲食減少，形容消瘦，那消幾時，把個花朵般人兒，瘦弱得黃葉相似，也不起炕了，只在床褥上鋪墊草紙。恐怕人嫌穢惡，教丫頭只燒着香。西門慶見他肐膊兒瘦得銀條相似，只守着在房內哭泣，衙門中隔日去走一走。李瓶兒道：「我的哥，你還往衙門中去，只怕悞了你公事。我不妨事，只吃下邊流的虧，若得止住了，再把口裏放開，吃些飲食兒，就好了。你男子漢，常絆在我房中做甚麼？」西門慶哭道：「我的姐姐，我見你不好，心中捨不的你。」李瓶兒道：「好傻子，只不死，死將來你攔的住那些！」又道：「我有句話要對你說：我不知怎的，但没人在房裡，心中只害怕，恰似影影綽綽有人在跟前一般。夜裡要便夢見他，拏刀弄杖，和我厮嚷，孩子也在他懷裡。我去奪，反被他推我一交。說他又買了房子，來纏了好幾遍，只叫我去。只不好對你說。」西門慶聽了說道：「人死如燈滅，這幾年知道他往那里去了！此是你病的久，神虛氣弱了，那里有甚麽邪魔魍魎、家親外祟！我如今往吳道官廟裡，討兩道符來，貼在房門上，看有邪祟沒有。」

說畢，走到前邊，卽差玳安騎頭口往玉皇廟討符去。走到路上，迎見應伯爵和謝希大，忙下頭口。伯爵因問：「你往那里去？你爹在家裡？」玳安道：「爹在家裡，小的往玉皇廟討符去。」伯爵與謝希大到西門慶家，因說道：「謝子純聽見嫂子不好，諕了一跳，敬來問安。」西門慶道：「這兩日身上瘦的通不相模樣了，丟的我上不上，下不下，却怎生樣的？」伯爵道：「哥，你使玳安往廟裡做甚麽去？」西門慶悉把李瓶兒害怕之事告訴一遍：「只恐有邪祟，教小厮討兩道符來鎭壓鎭壓。」謝希大道：「哥，此是嫂子神氣虛弱，那里有甚麽邪祟？」伯爵道：「哥若遣邪也不難，門外五岳觀潘道士，他受的是天心五雷法，極遣的好邪，有名喚着潘捉鬼，常將符水救人。哥，你差人請他來，看看嫂子房裡有甚邪祟，他就知道。你就教他治病，他也治得。」西門慶道：「等討了吳道官符來看。在那里住？沒奈何，你就領小厮騎了頭口，請了他來。」伯爵道：「不打緊，等我去。天可憐見嫂子好了，我就頭着地也走。」說了一回話，伯爵和希大起身去了。

玳安兒討了符來，貼在房中。晚間李瓶兒還害怕，對西門慶說：「死了的，他剛纔和兩箇人來拿我，見你進來，躲出去了。」西門慶道：「你休信邪，不妨事。昨日應二哥說，此是你虛極了。他說門外五岳觀有箇潘道士，好符水治病，又遣的好邪，我明日早教應伯爵去請他來，看你有甚邪祟，教他遣遣。」李瓶兒道：「我的哥哥，你請他早早來，那厮他剛纔發恨而去，明日還來拿我哩！你快些使人請去。」西門慶道：「你若害怕，我使小厮拏轎子接了吳銀兒，和你做兩日伴兒。」李瓶兒搖頭兒說：「你不要叫他，只怕悮了他家裡勾當。」西門慶道：「叫老馮來伏侍你兩日兒如何？」李瓶兒點頭兒。這西門慶一面使來安，往那邊房子裡叫馮媽媽，又不在，鎖了門出去了。對一丈青說下：「等他來，好歹教他快來，宅內六娘叫他哩。」西門慶一面又差下玳安：「明日早起，你和應二爹往門外五岳觀請潘道士去。」俱不在話下。

次日，只見王姑子跨着一盒兒粳米、二十塊大乳餅、一小盒兒十香瓜茄來看。李瓶兒見他來，連忙教迎春搊扶起來坐的。王姑子道了問訊，李瓶兒請他坐下，道：「王師父，你自印經時去了，影邊兒通不見你。我恁不好，你就不來看我看兒？」王姑子道：「我的奶奶，我通不知你不好，昨日大娘使了大官兒到菴裡，我纔曉得〔三〕。又說印經哩，你不知道，我和薛姑子老淫婦合了一場好氣。與你老人家印了一場經，只替他趕了網兒。背地裡和印經的打了五兩銀子夾帳，我通沒見一個錢兒。你老人家作福，這老淫婦到明日墮阿鼻地獄！爲他氣的我不好了，把大娘的壽日都悮了，沒曾來。」李瓶兒道：「他各人作業，隨他罷，你休與他爭執了。」王姑子道：「誰和他爭執甚麼〔四〕。」李瓶兒道：「大娘好不惱你哩，說你把他受生經都悮了。」王姑

不問病，且先揭條人，自心之病發，不能忍矣。

子道：「我的菩薩，我雖不好，敢悞了他的經？——在家整誦了一箇月，昨日圓滿了，今日纔來。先到後邊見了他，把我這些屈氣告訴了他一遍。我說，不知他六娘不好。沒甚麽，這盒粳米和些十香瓜、幾塊乳餅，與你老人家吃粥兒。大娘纔叫小玉姐領我來看你老人家。」小玉打開盒兒，李瓶兒看了說道：「多謝你費心。」王姑子道：「迎春姐，你把這乳餅就蒸兩塊兒來，我親看你娘吃些粥兒。」迎春一面收下去了。李瓶兒分付迎春：「擺茶來與王師父吃。」王姑子道：「我剛纔後邊大娘屋裡吃了茶，煎些粥來，我看着你吃些。」不一時，迎春安放桌兒，擺了四樣茶食，打發王姑子吃了，然後拿上李瓶兒粥來，一碟十香甜醬瓜茄、一碟蒸的黃霜霜乳餅、兩盞粳米粥，一雙小牙快。迎春拏着，奶子如意兒在旁拏着甌兒，喂了半日，只呷了兩三口粥兒，咬了一些乳餅兒，就搖頭兒不吃了，教：「拿過去罷。」王姑子道：「人以水食爲命，恁煎的好粥兒，你再吃些兒不是？」李瓶兒道：「也得我吃得下去是！」迎春便把吃茶的桌兒掇過去。王姑子揭開被，看李瓶兒身上，肌體都瘦的沒了。諕了一跳，說道：「我的奶奶，我去時，你好些了，如何又不好了，就瘦的恁樣的了？」如意兒道：「可知好了哩！娘原是氣惱上起的病，爹請了太醫來看，每日服藥，已是好到七八分了。只因八月內，哥兒着了驚諕不好，娘晝夜憂慼，那樣劳碌，連睡也不得睡，實指望哥兒好了，不想沒了。成日哭泣，又着了那暗氣，暗惱在心裡，就是鐵石人也禁不的，怎的不把病又發了！是人家有些氣惱兒，對人前分解分解，也還好，娘又不出語，着緊問還不說哩。」王姑子道：「那討氣來？你爹又疼他，你大娘又敬他，左右

瓶兒受累處，只是一味要做好人。所謂不怒

人，必自忍也。

如意嘴不饒人，此其一斑。已伏與金蓮合氣張本。

以瓶兒之爲人而罹夭折，使不見子虛一段，吾必謂無非無儀之賢婦人，而且咎天道之不平矣，而孰

是五六位娘，端的誰氣着他？」妳子道：「王爺，你不知道，」因使綉春外邊瞧瞧，看關着門不曾：畫。「俺娘都因爲着了那邊五娘一口氣。——他那邊猫撾了哥兒手，生生的諕出風來。爹來家，那等問着，娘只是不說。落後大娘說了，纔把那猫來摔殺了。他還不承認，拏我每煞氣。八月裡，哥兒死了，他每日那邊指桑樹駡槐樹，百般稱快。俺娘這屋裡分明聽見，有個不惱的！左右背地裡氣，只是出眼淚。因此這樣暗氣暗惱，纔致了這一場病。——天知道罷了！娘可是好性兒，好也在心裡，歹也在心裡。姊妹之間，自來没有箇面紅面赤。有件稱心的衣裳，不等的別人有了，他還不穿出來。這一家子，那箇不叨貼娘些兒？可是說的，饒叨貼了娘的，還背地不道是。」王姑子道：「怎的不道是？」如意兒道：「相五娘那邊潘姥姥，來一遭，遇着爹在那邊歇，就過來這屋裡和娘做伴兒。臨去，娘與他鞋面、衣服、銀子，甚麼不與他？五娘還不道是。」李瓶兒聽見，便嗔如意兒：「你這老婆，平白只顧說他怎的？我已是死去的人了，隨他罷了。天不言而自高，地不言而自厚。」王姑子道：「我的佛爺，誰知你老人家這等好心！天也有眼，望下看着哩。你老人家往後來還有好處。」李瓶兒道：「王師父，還有甚麼好處！一箇孩兒也存不住，去了。我如今又不得命，身底下弄這等疾，就是做鬼，走一步也不得個伶俐。我心裡還要與王師父些銀子兒，望你到明日我死了，你替我在家請幾位師父，多誦些《血盆經》，懺懺我這罪業。」王姑子道：「我的菩薩，你老人家忒多慮了。你好心人，龍天自然加護。」正說着，只見琴童兒進來對迎春說：「爹分付把房內收拾收拾，花大舅便進來看娘，在前邊坐

知其不然。可輕許人而妄論天道哉！

着哩。」王姑子便起身說道：「我且往後邊去走走。」李瓶兒道：「王師父，你休要去了，與我做兩日伴兒，我還和你說話哩。」王姑子道：「我的奶奶，我不去。」

不一時，西門慶陪花大舅進來看問，見李瓶兒睡在炕上不言語，花子繇道：「我不知道，昨日聽見這邊大官兒去說，纔曉的。明日你嫂子來看你。」那李瓶兒只說了一聲：「多有起動！」冷得妙。就把面朝裡去了。花子繇坐了一回，起身到前邊，向西門慶說道：「俺過世老公在廣南鎮守，帶的那三七藥，曾吃了不曾？不拘婦女甚崩漏之疾，用酒調五分末兒，吃下去即止。大姐他手裡曾收下此藥，何不服之？」西門慶道：「這藥也吃過了。昨日本縣胡大尹來拜，我因說起此疾，他也說了個方兒：棕炭與白鷄冠花煎酒服之。只止了一日，到第二日，流的比常更多了。」花子繇道：「這箇就難爲了。姐夫，你早替他看下副板兒，預備他罷。明日教他嫂子來看他。」說畢，起身去了。

寫不關心人皮嘴舌如畫。

妳子與迎春正與李瓶兒墊草紙在身底下，只見馮媽媽來到，向前道了萬福。如意兒道：「馮媽媽貴人，怎的不來看看娘？昨日爹使來安兒叫你去，說你鎖着門，往那里去來？」馮婆子道：「說不得我這苦。成日往廟裡修法，早辰出去了，是也直到黑，不是也直到黑來家，偏有那些張和尚、李和尚、王和尚。」如意兒道：「你老人家怎的有這些和尚〔五〕？早時沒王師父在這里？」那李瓶兒聽了，微笑了一笑兒，說道：「這媽媽子，單管只撒風。」如意兒道：「馮媽媽，叫着你還不來！娘這幾日，粥兒也不吃，只是心內不耐煩。你剛纔來到，就引的娘笑了一笑兒。

你老人家伏侍娘兩日〔六〕，管情娘這病就好了。」馮媽媽道：「我是你娘退災的博士！」又笑了一回。因向被窩裡摸了摸他身上，說道：「我的娘，你好些兒也罷了！」又問：「坐橺子還下的來？」迎春道：「下的來倒好！前兩遭，娘還悶鬬，俺每攙扶着下來。這兩日通只在炕上舖墊草紙，一日兩三遍。」

正說着，只見西門慶進來，看見馮媽媽，說道：「老馮，你也常來這邊走走，怎的去了就不來？」婆子道：「我的爺，我怎不來？這兩日醃菜的時候，挣兩箇錢兒，醃些菜在屋裡，遇着人家領來的業障，好與他吃。不然，我那討閒錢買菜來與他吃？」西門慶道：「你不對我說，昨日俺庄子上起菜，撥兩三畦與你也勾了。」婆子道：「又敢纏你老人家。」說畢，過那邊屋裡去了。

老馮此時且只講自家心事，所謂下愚不及情。

西門慶便坐在炕沿上，迎春在傍薰爇芸香，西門慶便問：「你今日心裡覺怎樣？」又問迎春：「你娘早辰吃些粥兒不曾？」迎春道：「吃的倒好！王師父送了乳餅，蒸來，娘只咬了一些兒，呷了不上兩口粥湯，就丢下了。」西門慶道：「應二哥剛纔和小厮門外請那潘道士，又不在了。明日我教來保再請去。」李瓶兒道：「你上緊着人請去〔七〕，那厮，但合上眼，只在我跟前纏。」西門慶道：「此是你神弱了，只把心放正着〔八〕，休要疑影他。請他來替你把這邪祟遣遣，再服他些藥，管情你就好了。」李瓶兒道：「我的哥哥，奴已是得了這箇拙病，那裡好甚麼！奴指望在你身邊團圓幾年，也是做夫妻一場，誰知到今二十七歲，先把冤家死了，奴又没造化，這般不得命，抛閃了你去。若得再和你相逢，只除非在鬼門關上罷了。」說着，一把拉着西門慶手，兩眼落淚，哽哽咽咽，再哭不出聲來。那西門慶又悲慟不勝，哭道：「我的姐姐，你有甚話，只顧說。」兩箇正在屋裡哭，忽見琴童兒進來，說：「答應的稟爹，明日十五，衙門裡拜牌，畫公座，大發放，爹去不去？班頭好伺候。」西門慶道：「我明日不得去，拏帖兒回了夏老爹，自家拜了牌罷。」琴童應諾去了。李瓶兒道：「我的哥哥，你依我還往衙門去，休要悞了公事。我知道幾時死，還早哩！」西門慶道：「我在家守你兩日兒，其心安忍！你把心來放開，不要只管多慮了。剛纔花大舅和我說，教我早與你看下副壽木，冲你冲，管情你就好了。」李瓶兒點頭兒，便道：「也罷，你休要信着人使那憨錢，將就使十來兩銀子，買副熟料材兒，把我埋在先頭大娘墳傍，只休把我燒化了，就是夫妻之情。早晚我就搶些漿水，也方便些。你偌多人口，往後還要過日子哩！」西門慶不聽便罷，聽了如刀剜肝膽、劍剉身心相似。哭道：「我的姐姐，你說的是那里話！我西門慶就窮死了，也不肯虧負了你！」

語語恐其過情，又心心慮其不及情。臨危人一段身死無主，不敢以夙昔自信心腸，真足使人痛哭。

正說着，只見月娘親自拏着一小盒兒鮮蘋菠進來，說道：「李大姐，他大妗子那裡送蘋菠兒來你吃。」因令迎春：「你洗淨了，拏刀兒切塊來你娘吃。」李瓶兒道：「又多謝他大妗子掛心。」不一時，迎春旋去皮兒，切了，用甌兒盛貯，拈了一塊，與他放在口內，只嚼了些味兒，還吐出來了。月娘恐怕勞碌他，安頓他面朝裡就睡了。

西門慶與月娘都出外邊商議。月娘道：「李大姐，我看他有些沉重，你須早早與他看一副材板兒，省得到臨時馬捉老鼠，又亂不出好板來。」西門慶道：「今日花大哥也是這般說。適纔我畧與他題了題兒，他分付：『休要使多了錢，將就擡副熟板兒罷。你偺多人口，往後還要過日子。』倒把我傷心了這一會。我說亦發等請潘道士來看了，看板去罷。」寫出癡心。月娘道：「你看没分曉，一個人形也脱了，關口都鎖住，勺水也不進，還指望好！咱一壁打鼓，一壁磨旗。幸的他好了，把棺材就捨與人，也不值甚麽。」西門慶道：「既是恁說……」就出到廳上，叫將賁四來，問他：「誰家有好材板，你和姐夫兩個拏銀子看一副來。」賁四道：「大街上陳千户家，新到了幾副好板。」西門慶道：「既有好板，」即令陳敬濟：「你後邊問你娘要五錠大銀子來，你兩箇看去。」那陳敬濟忙進去取了五錠元寶出來，同賁四去了。直到後晌纔來回話〔九〕，說：「到陳千户家看了幾副板，都中等，又價錢不合。回來路上，撞見喬親家爹，說尚舉人家有一副好板——原是尚舉人父親在四川成都府做推官時，帶來預備他老夫人的兩副桃花洞，他使了一副，只剩下這一副——墻磕、底蓋、堵頭俱全，共大小五塊，定要三百七十兩銀子。喬親家爹同俺每過去看了，板是無比的好板。喬親家與做舉人的講了半日，只退了五十兩銀子。不是明年上京會試用這幾兩銀子，他也還捨不得賣哩。」西門慶道：「既是你喬親家爹主張，兑三百二十兩擡了來罷，休要只顧搖鈴打鼓的。」陳敬濟道：「他那里收了咱二百五十兩，還找與他七十兩銀子就是了。」一面問月娘又要出七十兩銀子，二人去了。

比及黄昏時分，只見幾個閒漢，用大紅毡條裹着，擡板進門，放在前廳天井内。打開，西門慶觀看，果然好板。隨即叫匠人來鋸開，裡面噴香。每塊五寸厚，二尺五寸寬，七尺五寸長。看了滿心歡喜。又旋尋了伯爵道來看〔一〇〕，因説：「這板也看得過了。」伯爵喝采不已，説道：「原説是姻緣板，大抵一物必有一主。嫂子嫁哥一場，今日情受這副材板勾了。」分付匠人：「你用心只要做的好，我老爹賞你五兩銀子〔一一〕。」匠人道：「小人知道。」一面在前廳，七手八脚，連夜儹造。伯爵囑來保：「明日早五更去請潘道士。他若來，就同他一答兒來，不可遲滯。」説畢，陪西門慶在前廳看着做材，到一更時分纔家去。西門慶道：「明日早些來，只怕潘道士來的早。」伯爵道：「我知道。」作辭出門去了。

却説老馮與王姑子，晚夕都在李瓶兒屋裡相伴。只見西門慶前邊散了，進來看視，要在屋裡睡。李瓶兒不肯，説道：「没的這屋裡齷齷齪齪的，他每都在這里，不方便，你往別處睡去罷。」西門慶又見王姑子都在這里，遂過那邊金蓮房裡去了。

李瓶兒教迎春把角門關了，上了拴，教迎春點着燈，打開箱子，取出幾件衣服、銀首飾來，放在旁邊。先叫過王姑子來，與了他五兩一錠銀子、一疋紬子：「等我死後，你好歹請幾位師父，與我誦《血盆經懺》。」王姑子道：「我的奶奶，你忒多慮了〔一二〕。天可憐見你，只怕好了。」李瓶兒道：「你只收着，不要對大娘説我與你銀子，只説我與了你這疋紬子做經錢。」王姑子道：「我知道。」于是把銀子和紬子收了。又喚過馮媽媽來，向枕頭邊也拿過四兩銀子、一件白綾襖、黄綾裙、一根銀掠兒，遞與他，説道：「老馮，你是箇舊人，我從小兒，你跟我到如今。我如今死了去，也没甚麽，這一套衣服并這件首飾兒，與你做一念兒。這銀子你收着，到明日做箇

一言一默，一舉一動，俱有餘悲，

不獨在詞也。

棺材本兒。你放心，那邊房子，等我對你爹說，你只顧住着。只當替他看房兒，他莫不就攆你不成！」語淺悲深。馮媽媽一手接了銀子和衣服，倒身下拜，哭着説道：「老身没造化了。有你老人家在一日，與老身做一日主兒。你老人家若有些好歹，那裡歸着？」王六兒家去。李瓶兒又叫過妳子如意兒，與了他一襲紫紬子襖兒、藍紬裙、一件舊綾披襖兒、兩根金頭簪子、一件銀滿冠兒，説道：「也是你妳哥兒一場。哥兒死了，我原説的，教你休撅上妳去，實指望我在一日，占用你一日，不想我又死去了。我還對你爹和你大娘説，到明日我死了，你大娘生了哥兒，就教接你的妳兒罷。這些衣服，與你做一念兒，你休要抱怨。」那妳子跪在地下，磕着頭哭道：「小媳婦實指望伏侍娘到頭，娘自來没曾大氣兒呵着小媳婦。還是小媳婦没造化，哥兒死了，娘又病的這般不得命。好歹對大娘説，小媳婦男子漢又没了，死活只在爹娘這裡答應了，出去投奔那裡〔一三〕？」説畢，接了衣服首飾，磕了頭起來，立在傍邊，只顧揩眼淚畫出傷心。李瓶兒一面叫過迎春、綉春來跪下，囑付道：「你兩個，也是你從小兒在我手裡答應一場，我今死去，也顧不得你每了。你每衣服都是有的，不消與你了。我每人與你這兩對金裹頭簪兒、兩枝金花兒做一念兒。大丫頭迎春，已是他爹收用過的，出不去了，我教與你大娘房裡拘管。這小丫頭綉春，我教你大娘尋家兒人家，你出身去罷。省的觀眉説眼，在這屋裏教人罵没主子的奴才。我死了，就見出樣兒來了。你伏侍別人，還相在我手裡那等撒嬌撒癡，好也罷，歹也罷了，誰人容的你？」那綉春跪在地下哭道：「我娘，我就死也不出這箇門。」李瓶兒道：「你看傻丫頭，我死

韓愈《祭十二郎文》曰：「汝時尚小，不知其言之悲。」千古同一傷心。

語語是托孤囑遺，却又語語是貪生戀世。酸酸楚楚，不忍多讀。

了，你在這屋裡伏侍誰？」綉春道：「我守着娘的靈。」李瓶兒道：「就是我的靈，供養不久，也有個燒的日子，你少不的也還出去。」綉春道：「我和迎春都答應大娘。」李瓶兒道：「這個也罷了。」這綉春還不知甚麽，那迎春聽見李瓶兒囑付他，接了首飾，一面哭的言語都說不出來。正是：

流淚眼觀流淚眼，斷腸人送斷腸人。

當夜，李瓶兒都把各人囑付了。到天明，西門慶走進房來。李瓶兒問：「買了我的棺材來了没有？」西門慶道：「昨日就擡了板來，在前邊做哩。——且冲你冲，你若好了，情愿捨與人罷。」李瓶兒因問：「是多少銀子買的？休要使那枉錢。」西門慶道：「没多，只百十兩來銀子。」李瓶兒道：「也還多了。預備下，與我放着。」西門慶說了回出來，前邊看着做材去了。吳月娘和李嬌兒先進房來，看見他十分沉重，便問道：「李大姐，你心裡却怎樣的？」李瓶兒揝着月娘手哭道：遍哭。「大娘，我好不成了。」月娘亦哭道：「李大姐，你有甚麽話兒，二娘也在這里，你和俺兩個說〔一四〕。」李瓶兒道：「奴有甚話兒——奴與娘做姊妹這幾年，又没曾虧了我，實承望和娘相守到白頭，不想我的命苦，先把個寃家没了，如今不幸，我又得了這箇拙病死去了。我死之後，房裡這兩箇丫頭無人收拘。那大丫頭已是他爹收用過的，教他往娘房裡伏侍娘。小丫頭，娘若要使喚，留下；不然，尋個單夫獨妻，與小人家做媳婦兒去罷，省得教人罵没主子的奴才。也是他伏侍奴一場，奴就死，口眼也閉。妳子如意兒，再三不肯出去，大娘也看奴分上，也是他妳孩兒一場，明日娘生下哥兒，就教接他妳兒罷。」月娘説道：「李大姐，你放寬心，都在俺兩個身上。説凶得吉，若有些山高水低，迎春教他伏侍我，綉春教他伏侍二娘罷。如今二娘房裡丫頭不老實做活，早晚要打發出去，教綉春伏侍他罷。妳子如意兒，既是你説他没投奔，咱家那里占用不下他來？就是我有孩子没孩子，到明日配上個小廝，與他做房家人媳婦也罷了。」李嬌兒在傍便道〔一五〕：「李大姐，你休只要顧慮，一切事都在俺兩箇身上。綉春到明日過了你的事，我收拾房内伏侍我，等我擡舉他就是了。」李瓶兒一面叫妳子和兩個丫頭過來，與二人磕頭。那月娘繇不得眼淚出。

不一時，孟玉樓、潘金蓮、孫雪娥都進來看他，李瓶兒都留了幾句姊妹仁義之言。（接得妙。）落後，待的李嬌兒、玉樓、金蓮衆人都出去了，獨月娘在屋裡守着他，李瓶兒悄悄向月娘哭泣道：「娘到明日好生看養着，與他爹做個根蒂兒，休要似奴粗心，吃人暗筭了。」月娘道：「姐姐，我知道。」看官聽説：只這一句話，就感觸月娘的心來。後次西門慶死了，金蓮就在家中住不牢者，就是想着李瓶兒臨終這句話。正是：

（金蓮毀瓶兒千萬言，不如瓶兒此一言之毒。豈可欺不言人無口哉！）

惟有感恩并積恨，千年萬載不生塵。

正説話間，只見琴童分付房中收拾焚下香，五岳觀請了潘法官來了。月娘一面看着，教丫頭收拾房中乾净，伺候净茶净水，焚下百合真香。月娘與衆婦女都藏在那邊床屋裡聽觀。不一時，只見西門慶領了那潘道士進來。怎生形相？但見：

頭戴雲霞五岳冠，身穿皂布短褐袍，腰繫雜色彩絲縧，背插横紋古銅劍〔一六〕。兩隻脚穿雙耳麻鞋，手執五明降鬼扇。八字眉，兩箇杏子眼；四方口，一道落腮鬍。威儀凛凛，相貌堂堂。若非霞外雲遊客，定是蓬萊玉府人。

有手段人，舉止自異。

潘道士進入角門，剛轉過影壁，將走到李瓶兒房穿廊臺基下，那道士往後退訖兩步，似有呵叱之狀，爾語數四，方纔左右揭簾進入房中，向病榻而坐〔一七〕。運雙睛，努力以慧通神目一視，仗劍手内，掐指步罡，念念有辭，早知其意。走出明間，朝外設下香案。西門慶焚了香，這潘道士焚符，喝道：「直日神將，不來等甚？」噀了一口法水去，忽堦下卷起一陣狂風，彷彿似有神將現于面前一般。潘道士便道：「西門氏門中，有李氏陰人不安，投告于我案下。汝卽與我拘當坊土地、本家六神查考，有何邪祟，卽與我擒來，毋得遲滯！」良久，只見潘道士瞑目變神，端坐于位上，據案擊令牌，恰似問事之狀，畫。良久乃止。出來，西門慶讓至前邊捲棚内，問其所以，潘道士便說：「此位娘子，惜乎爲宿世寃愆訴于陰曹，非邪祟也，不可擒之。」西門慶道：「法官可解禳得麽？」潘道士道：「寃家債主，須得本人，雖陰官亦不能强。」因見西門慶禮貌虔切，便問：「娘子年命若干？」西門慶道：「屬羊的，二十七歲。」潘道士道：「也罷，等我與他祭祭本命星壇，看他命燈如何。」西門慶問：「幾時祭？用何香紙祭物？」潘道士道：「就是今晚三更正子時，用白灰界畫，建立燈壇，以黃絹圍之，鎮以生辰壇斗，祭以五穀棗湯，不用酒脯，只用本命燈二十七盞，上浮以華蓋之儀，餘無他物。官人可齋戒青衣，壇内俯伏行禮，貧道祭之，鷄犬

已明明説破，有良心者當毛骨悚然。而西門慶毫不知警，豈歲月久而忘其事耶？

抑蔽于情而溺于愛耶？俱非也。蓋元不以此事爲虧心耳！

皆開去〔一八〕，不可入來打攪。」西門慶聽了，忙分付一一備辦停當。就不敢進去，只在書房中沐浴齋戒，換了净衣。留應伯爵也不家去了，陪潘道士吃齋饌。

到三更天氣，建立燈壇完備，潘道士高坐在上。下面就是燈壇，按青龍、白虎、朱雀、玄武，上建三台華蓋，周列十二宮辰〔一九〕，下首纔是本命燈，共合二十七盞。先宣念了投詞〔二〇〕，西門慶穿青衣俯伏堦下，左右盡皆屏去，不許一人在左右。燈燭熒煌，一齊點將起來。那潘道士在法座上披下髮來，仗劍，口中念念有詞，望天罡取真炁，布步玦躡瑤壇。正是：三信焚香三界合，一聲令下一聲雷。但見晴天月明星燦，忽然地黑天昏，起一陣怪風。正是：

非干虎嘯，豈是龍吟？彷彿入户穿簾，定是催花落葉。推雲出岫，送雨歸川。雁迷失伴作哀鳴，鷗鷺驚羣尋樹杪；姮娥急把蟾宫閉，列子空中叫救人。

大風所過三次，忽一陣冷氣來，把李瓶兒二十七盞本命燈盡皆刮滅。潘道士明明在法座上見一箇白衣人領着兩箇青衣人，從外進來，手裡持着一紙文書，呈在法案下。潘道士觀看，却是地府勾批，上面有三顆印信，諕的慌忙下法座來〔二一〕，向前喚起西門慶來，如此這般，説道：「官人請起來罷。娘子已是獲罪于天，無所禱也！本命燈已滅，豈可復救乎？只在旦夕之間而已。」那西門慶聽了，低首無語，滿眼落淚，哀告道：「萬望法師搭救則箇！」癡心。潘道士道：「定數難逃，不能搭救了。」就要告辭。西門慶再三欵留：「等天明早行罷！」潘道士道：「出家人草行露宿，山栖廟止，自然之道。」西門慶不復强之。因令左右取出布一疋、白金三兩作經襯錢。

臨死生禍福之際，情生情滅，初意轉念，脈脈可思。思之欲哭。

生者方痛死者不已，而死

潘道士道：「貧道奉行皇天至道，對天盟誓，不敢貪受世財，取罪不便。」推讓再四，只令小童收了布疋，作道袍穿，就作辭而行。囑付西門慶：「今晚，官人切忌不可往病人房裡去，恐禍及汝身。慎之！慎之！」言畢，送出大門，拂袖而去。

西門慶歸到捲棚內，看着收拾燈壇。見没救星，心中甚慟，向伯爵，不覺眼淚出。伯爵道：「此乃各人稟的壽數，到此地位，强求不得。哥也少要煩惱。」因打四更時分，說道：「哥，你也辛苦了，安歇安歇罷。我且家去，明日再來。」西門慶道：「教小厮拏燈籠送你去。」即令來安取了燈送伯爵出去，關上門進來。

那西門慶獨自一箇坐在書房內，掌着一枝蠟燭，心中哀慟，口裏只長吁氣，尋思道：「法官教我休往房裡去，我怎生忍得！寧可我死了也罷，須厮守着和他說句話兒。」于是進入房中。見李瓶兒面朝裡睡〔三〕，聽見西門慶進來，翻過身來便道：「我的哥哥，你怎的就不進來了？」情對處，不差一針，差一針便見矣。因問：「那道士點得燈怎麽說？」西門慶道：「你放心，燈上不妨事。」李瓶兒道：「我的哥哥，你還哄我哩，剛纔那厮領着兩箇人又來，在我跟前闘了一回，說道：『你請法師來遣我，我已告准在陰司，决不容你！』發恨而去，明日便來拿我也。」西門慶聽了，兩淚交流，放聲大哭道：此時方信。「我的姐姐，你把心來放正着，休要理他。我實指望和你相伴幾日，誰知你又抛閃了我去了。寧教我西門慶口眼閉了，倒也没這等割肚牽腸。」那李瓶兒雙手摟抱着西門慶脖子，嗚嗚咽咽悲哭，半日哭不出聲。說道：「我的哥哥，奴承望和你白頭相守，誰知奴今日死去也。趁奴不閉眼，我和你説幾句話兒：你家事大，孤身無靠，又沒幫手，凡事斟酌，休要一冲性兒。大娘等，你也少要虧了他。（不滿金蓮之詞。）他身上不方便，早晚替你生下個根絆兒，庶不散了你家事。你又居着個官，今後也少要往那里去吃酒，早些兒來家，你家事要緊。比不的有奴在，還早晚勸你。奴若死了，誰肯苦口説你？」西門慶聽了，如刀剜心肝相似，哭道：「我的姐姐，你所言我知道，你休掛慮我了。我西門慶那世裡絶緣短倖，今世裡與你做夫妻不到頭。疼殺我也！天殺我也！」李瓶兒又分付迎春、綉春之事：「奴已和他大娘説來，到明日我死，把迎春伏侍他大娘；那小丫頭，他二娘已承攬。——他房内無人，便教伏侍二娘罷。」西門慶道：「我的姐姐，你沒的説，你死了，誰人敢分散你丫頭！妳子也不打發他出去，都教他守你的靈。」李瓶兒道：「甚麽靈！回箇神主子，過五七燒了罷了。」西門慶道：「我的姐姐，你不要管他，有我西門慶在一日，供養你一日。」兩個説話之間，李瓶兒催促道：「你睡去罷，這咱晚了。」西門慶道：「我不睡了，在這屋裡守你守兒。」李瓶兒道：「我死還早哩，這屋裡穢污，薰的你慌，他每伏侍我不方便。」

（又殷殷以生者爲念。一段彌留眷戀情態，摹寫殆盡。）

西門慶不得已，分付丫頭：「仔細看守你娘。」往後邊上房裡，對月娘悉把祭燈不濟之事告訴一遍：「剛纔我到他房中，我觀他説話兒還伶俐。天可憐，只怕還熬出來也不見得。」（癡心語。）月娘道：「眼眶兒也塌了，嘴唇兒也乾了，耳輪兒也焦了，還好甚麽！也只在早晚間了。他這箇病是恁伶俐，臨斷氣還説話兒。」西門慶道：「他來了咱家這幾年，大大小小，沒曾惹了一箇人，

（金蓮愛減）

瓶兒處，已明明道破。

且是又箇好性格兒，又不出語，金蓮正反此。你教我捨的他那些兒！」題起來又哭了。月娘亦止不住落淚。

不說西門慶與月娘說話，且說李瓶兒喚迎春、妳子：「你扶我面朝裡畧倒倒兒。」因問道：「有多咱時分了？」妳子道：「鷄還未叫〔二三〕，有四更天了。」叫迎春替他鋪墊了身底下草紙，搊他朝裡，蓋被停當，睡了。衆人都熬了一夜没曾睡，老馮與王姑子都已先睡了。迎春與綉春在面前地坪上搭着鋪，剛睡倒没半個時辰，正在睡思昏沉之際，夢見李瓶兒下炕來，推了迎春一推，囑付：「你每看家，我去也。」忽然驚醒，見桌上燈尚未滅。忙向床上視之，還面朝裡，摸了摸，口内已無氣矣。不知多咱時分嗚呼哀哉，斷氣身亡。可憐一箇美色佳人，都化作一場春夢。正是：

閻王教你三更死，怎敢留人到五更！

迎春慌忙推醒衆人，點燈來瞧，果然没了氣兒，身底下流血一窪，慌了手脚，忙走去後邊，報知西門慶。西門慶聽見李瓶兒死了，和吳月娘兩步做一步奔到前邊，揭起被，但見面容不改，體尚微温〔二四〕，悠然而逝，身上正着一件紅綾抹胸兒〔二五〕。西門慶也不顧甚麼身底下血漬，兩隻手捧着他香腮親着，口口聲聲只叫：「我的没救的姐姐，有仁義、好性兒的姐姐，你怎的閃了我去了？寧可教我西門慶死了罷。我也不久活于世了，平白活着做甚麼！」在房裡離地跳的有三尺高，大放聲號哭。吳月娘亦揾淚哭涕不止。落後，李嬌兒、孟玉樓、潘金蓮、孫雪娥、

此一哭，直想到初進門逼打瓶兒上吊時，非泛然語此。細甚，冷甚！不平則鳴，月娘且然，何況金蓮。

合家大小丫頭養娘都哭起來，哀聲動地。月娘向衆人道：「不知多咱死的，恰好衣服兒也不曾穿一件在身上。」玉樓道：「我摸他身上還温温兒的，也纔去了不多回兒。咱趁熱脚兒不替他穿上衣裳，還等甚麼？」月娘見西門慶搕伏在他身上，搊臉兒那等哭，只叫：「天殺了我西門慶了！姐姐，你在我家三年光景，一日好日子没過，都是我坑陷了你了。」「有泪未出土，傍人那得知。」此之謂也。月娘聽了，心中就有些不耐煩了，說道：「你看韶刀！哭兩聲兒，丢開手罷了。一箇死人身上，也没個忌諱，就臉搊着臉兒哭，倘或口裡惡氣撲着你是的！他没過好日子，誰過好日子來？各人壽數到了，誰留的住他！那個不打這條路兒來？」因令李嬌兒、孟玉樓：「你兩箇拿鑰匙，那邊屋裡尋他幾件衣服出來，咱每眼看着與他穿上。」又叫：「六姐，咱兩箇把這頭來替他整理整理。」西門慶又向月娘說：「多尋出兩套他心愛的好衣服，與他穿了去。」月娘分付李嬌兒、玉樓：「你尋他新裁的大紅段遍地錦襖兒、柳黄遍地錦裙，并他今年喬親家去那套丁香色雲紬粧花衫、翠藍寬拖子裙，并新做的白綾襖、黄紬子裙出來罷〔二六〕。」

當下，迎春拿着燈，孟玉樓拿鑰匙，走到那邊屋裏，開了箱子，尋了半日，尋出三套衣裳來，又尋出一件襯身紫綾小襖兒、伏。一件白紬子裙、一件大紅小衣兒并白綾女襪兒、粧花膝褲腿兒。李嬌兒抱過這邊屋裡與月娘瞧。月娘正與金蓮燈下替他整理頭髻，用四根金簪兒綰一方大鴉青手帕，旋勒停當。李嬌兒因問：「尋雙甚麼顏色鞋，與他穿了去？」潘金蓮道：「姐姐，他心愛穿那雙大紅遍地金高底鞋兒，只穿了没多兩遭兒，倒尋出來與他穿去罷。」吳月娘道：「不好，倒没的穿到陰司裡，教他跳火坑。你把前日往他嫂子家去穿的那雙紫羅遍地金高底鞋，與他裝捬了去罷。」李嬌兒聽了，忙叫迎春尋出來。衆人七手八脚，都裝捬停當。

西門慶率領衆小厮，在大廳上收捲書畫，圍上幃屏，把李瓶兒用板門擡出，停于正寢。下鋪錦褥，上覆紙被，安放几筵香案，點起一盞隨身燈來。專委兩箇小厮在旁侍奉：一個打磬，一個炷紙〔二七〕。一面使玳安：「快請陰陽徐先生來看時批書。」月娘打點出裝捬衣服來，就把李瓶兒床房門鎖了，只留炕屋裡，交付與丫頭養娘。馮媽媽見没了主兒，哭的三個鼻頭兩行眼淚，王姑子且口裏喃喃吶吶，（忙忙且發一笑。）替李瓶兒念《密多心經》、《藥師經》、《解寃經》、《楞嚴經》并《大悲中道神咒》，請引路王菩薩與他接引冥途。西門慶在前廳，手拍着胸膛，撫尸大慟，哭了又哭，把聲都哭啞了。口口聲聲只叫：「我的好性兒有仁義的姐姐。」

比及亂着，鷄就叫了。玳安請了徐先生來，向西門慶施禮，說道：「老爹煩惱，奶奶没了在于甚時候？」西門慶道：「因此時候不真：睡下之時，已可四更，房中人都困倦睡熟了，不知多咱時候没了。」徐先生道：「不打緊。」因令左右掌起燈來，揭開紙被觀看，手掐丑更，說道：「正當五更二點轍，還屬丑時斷氣。」西門慶即令取筆硯，請徐先生批書。徐先生向燈下問了姓氏并生辰八字，批將下來：「一故錦衣西門夫人李氏之喪。生于元祐辛未正月十五日午時，卒于政和丁酉九月十七日丑時。今日丙子，月令戊戌，犯天地往亡，煞高一丈，本家忌哭聲，成服後無妨。入殮之時，忌龍、虎、鷄、蛇四生人，親人不避。」吳月娘使出玳安來：「叫徐先生看看黑

死生天地，前生後世，大約如此。可勝嘆息。

書上，往那方去了。」徐先生一面打開陰陽秘書觀看，說道：「今乃丙子日，己丑時，死者上應寶瓶宮，下臨齊地。前生曾在濱州王家作男子，打死懷胎母羊，今世爲女人，屬羊。雖招貴夫，常有疾病，比肩不和，生子夭亡，主生氣疾而死。前九日魂去，托生河南汴梁開封府袁家爲女，艱難不能度日。後耽閣至二十歲嫁一富家，老少不對，終年享福，壽至四十二歲，得氣而終。」看畢黑書，衆婦女聽了，皆各嘆息。西門慶就叫徐先生看破土安葬日期。徐先生請問：「老爹，停放幾時？」西門慶哭道：「熱突突怎麽就打發出去的，須放過五七纔好。」徐先生道：「五七内没有安葬日期，倒是四七内，宜擇十月初八日丁酉午時破土，十二日辛丑未時安葬，合家六位本命都不犯。」西門慶道：「也罷，到十月十二日發引，再没那移了。」徐先生寫了殃榜，蓋伏死者身上，向西門慶道：「十九日辰時大殮，一應之物，老爹這裡備下。」

剛打發徐先生出了門，天已發曉。西門慶使琴童兒騎頭口，往門外請花大舅，然後分班差人各親眷處報喪。又使人往衙門中給假，又使玳安往獅子街取了二十桶瀼紗漂白、三十桶生眼布來，叫趙裁催了許多裁縫，在西廂房先造帷幕、帳子、桌圍，并入殮衣衾纏帶、各房裡女人衫裙，外邊小厮伴當，每人都是白唐巾、一件白直裰。又兑了一百兩銀子，教賁四往門外店裡買了三十桶魁光麻布、二百疋黄絲孝絹，一面又教搭彩匠，在天井内搭五間大棚。西門慶因思想李瓶兒動止行藏模樣，忽然想起忘了與他傳神，叫過來保來問：「那裡有好畫師，尋一個來傳神，我就把這件事忘了。」來保道：「舊時與咱家畫圍屏的韓先兒，他原是宣和殿上的畫士，革退來家，他傳的好神。」西門慶道：「他在那里住？快與我請來。」來保應諾去了。

西門慶熬了一夜没睡的人，前後又亂了一五更，心中又着了悲慟，神思恍亂，只是没好氣，罵丫頭、踢小厮，守着李瓶兒屍首，繇不的放聲哭叫。那玳安在傍，亦哭的言不的語不的。

忽插入玳安一哭，甚曖昧而妙不容言。

冷冷效伯爵之聲。吳月娘正和李嬌兒、孟玉樓、潘金蓮在帳子後，打夥兒分孝與各房裡丫頭并家人媳婦，看見西門慶啞着喉嚨只顧哭，問他，茶也不吃，只顧没好氣。月娘便道：「你看恁勞叨！死也死了，你没的哭的他活？只顧扯長絆兒哭起來了。三兩夜没睡，頭也没梳，臉也没洗，亂了恁五更，黃湯辣水還没嚐着，就是鐵人也禁不的。月娘之怨自愛出，與金蓮不同。把頭梳了，出來吃些甚麽，還有箇主張。好小身子，一時摔倒了，却怎樣兒的？」玉樓道：「原來他還没梳頭洗臉哩？」

玉樓于西門慶原不關心。

月娘道：「洗了臉倒好！我頭裡使小厮請他後邊洗臉，他把小厮踢進來，誰再問他來！」金蓮道：「你還没見，頭裡我倒好意說，他已死了，你恁般起來，把骨秃肉兒也没了。你在屋裡吃些甚麽兒，出去再亂也不遲〔二八〕。他倒把眼睁紅了的，罵我：金蓮一味不憤。『狗攮的淫婦，管你甚麽事！』我如今整日不教狗攮，却教誰攮哩！——恁不合理的行貨子。只說人和他合氣。」月娘道：「熱突突死了，怎麽不疼？月娘畢竟愛他。你就疼，也還放在心裡，那裡就這般顯出來？人也死了，不管那有惡氣没惡氣，就口搊着口那等叫唤，不知甚麽張致。他可可兒來三年没過一日好日子，鎮日教他挑水挨磨來？月娘泥其詞，自以爲過情之言，無怪也。」孟玉樓道：「李大姐倒也罷了，公道。倒吃他爹恁三等九格的。」

正說着，只見陳敬濟手裡拿着九疋水光絹，說：「爹教娘每剪各房裡手帕，剩下的與娘每做裙子。」月娘收了絹，便道：「姐夫，你去請你爹進來扒口子飯。這咱七八晌午，他茶水還沒嚐着哩。」敬濟道：「我是不敢請他。頭裡小廝請他吃飯，差些没一脚踢殺了，（好形容。）我又惹他做甚麽？」月娘道：「你不請他，等我另使人請他來吃飯。」良久，叫過玳安來説道：「你爹還没吃飯，哭這一日了。你拿上飯去，趁温先生在這里，陪他吃些兒。」玳安道：「請應二爹和謝爹去了。等他來時，娘這里使人拏飯上去，消不的他幾句言語，管情爹就吃了。」吳月娘説道：「硶嘴的囚根子，你是你爹肚裡蛔虫？俺每這幾個老婆倒不如你了。你怎的知道他兩個來纔吃飯？」玳安道：「娘每不知，爹的好朋友，大小酒席兒，那遭少了他兩箇？爹三錢，他也是三錢；爹二星，他也是二星。爹隨問怎的着了惱，只他到，畧説兩句話兒，爹就眉花眼笑的。」

説了一回，棋童兒請了應伯爵、謝希大二人來到。進門撲倒靈前地下，（入門訣先妙。）哭了半日，只哭「我那有仁義的嫂子」，（哭得便投機。）被金蓮和玉樓罵道：「賊油嘴的囚根子，俺每都是没仁義的？」二人哭畢，扒起來，西門慶與他回禮，兩箇又哭了，説道：「哥煩惱，煩惱。」一面讓至廂房内，與温秀才叙禮坐下。先是伯爵問道：「嫂子是甚時候殁了？」西門慶道：「正丑時斷氣。」伯爵道：「我到家已是四更多了，房下問我，我説看陰騭，嫂子這病已在七八了。不想剛睡下就做了一夢，夢見哥使大官兒來請我，説家裡吃慶官酒，教我急急來到。見哥穿着一身大紅衣服，向袖中取出兩根玉簪兒與我瞧，説一根折了。我瞧了半日，對哥説：『可惜了，這折了是玉的，完全的倒是硝子石。』哥説兩根都是玉的。（微言可思。）我醒了，就知道此夢做的不好。房下見

夢亦投機，可見幫閒皆天意也。金蓮固硝石，而瓶兒為玉亦

未必。

夢語一解便贅。只一咂嘴、跌脚便了，何等簡透。

明明虧欠子虛，若不記憶。可見自省之難。

先伸情，後論理，末復以從厚一議安頓其情。

語自醒人，非溺愛伯爵而私其聽也。

我只顧咂嘴，便問：『你和誰説話？』我道：『你不知，等我到天曉告訴你。』等到天明，只見大官兒到了，戴着白，教我只顧跌脚。果然哥有孝服。」西門慶道：「我昨夜也做了恁個夢，和你這個一樣兒。夢見東京翟親家那里寄送了六根簪兒，内有一根硒折了。我説，可惜了。醒來正告訴房下，不想前邊斷了氣。好不睜眼的天，撇的我真好苦！正是睜眼處。寧可教我西門慶死了，眼不見就罷了。到明日，一時半刻想起來，你教我怎不心疼！平時，我又没曾虧欠了人，天何今日奪吾所愛之甚也！——先是一箇孩兒没了，今日他又長伸脚去了。我還活在世上做甚麽？雖有錢過北斗，成何大用？」伯爵道：「哥，你這話就不是了。我這嫂子與你是那樣夫妻，熱突突死了，怎的不心疼？爭奈你偌大家事，又居着前程，這一家大小，泰山也似靠着你。你若有好歹，怎麽了得！就是這些嫂子，都没主兒。常言：一在三在，一亡三亡。哥，你聰明伶俐人，何消兄弟每説？就是嫂子他青春年少，你疼不過，越不過他的情，成了服，令僧道念幾卷經，大發送，葬埋在墳裡，哥的心也盡了，也是嫂子一場的事，再還要怎樣的？哥，你且把心放開。」當時，被伯爵一席話，説的西門慶心地透徹，茅塞頓開，也不哭了。須臾，拿上茶來吃了，便喚玳安：「後邊説去，看飯來，我和你應二爹、温師父、謝爹吃。」伯爵道：「哥原來還未吃飯哩？」西門慶道：「自你去了，亂了一夜，到如今誰嚐甚麽兒來。」伯爵道：「哥，你還不吃飯，這個就糊突了。常言道：『寧可折本，休要饑損。』《孝經》上不説的：『教民無以死傷生，毁不滅性。』二語該温秀才説。死的自死了，存者還要過日子。哥要做箇張主〔三九〕。」正是：

數語撥開君子路，片言題醒夢中人。

校記

〔一〕「詩曰」，内閣本、首圖本無。

〔二〕「鶴」，原作「隺」，據吳藏本改。

〔三〕「曉得」，内閣本、首圖本作「晚得」。

〔四〕「和」，内閣本、首圖本作「與」。

〔五〕「有這些和尚」，内閣本、首圖本作「有些這和尚」。

〔六〕「伏侍」，首圖本作「看侍」。「兩日」，首圖本作「明日」，從下，亦通。

〔七〕「上緊」，首圖本作「上要」。

〔八〕「只把」，首圖本作「要把」。

〔九〕「後晌」，内閣本、首圖本作「後時」。

〔一〇〕「道來」，内閣本、首圖本作「過來」。按張評本、詞話本作「到來」。

〔一一〕「我老爹」，崇禎諸本同。按詞話本作「你老爹」。

〔一二〕「忒」，内閣本、首圖本作「歹」。

〔一三〕「那裡」，原作「那姐」，據内閣、首圖等本改。

〔一四〕「俺」，内閣本、首圖本作「我」。

〔一五〕「李嬌兒」，原作「李瓶兒」，據内閣、首圖等本改。

〔一六〕「古銅劍」，内閣本、首圖本作「古銅銅劍」。

〔一七〕「而坐」，吳藏本作「面坐」。按張評本作「面坐」，詞話本作「而至」。
〔一八〕「開去」，内閣本、首圖本、吳藏本作「闗去」。按張評本、詞話本作「闗去」。
〔一九〕「宫辰」，原作「官辰」，據吳藏本改。按張評本、詞話本作「宫辰」。
〔二〇〕「投詞」，原作「投兩」，據内閣、天圖、吳藏等本改。
〔二一〕「法座」，内閣本、首圖本作「法案」。
〔二二〕「面朝裡」，原作「而朝裡」，據内閣、首圖等本改。
〔二三〕「叫」，内閣本、首圖本作「嗚」。
〔二四〕「微温」，吳藏本作「温微」。
〔二五〕「正着」，崇禎諸本同。按張評本、詞話本作「止着」。
〔二六〕「黄紬子」，原作「黄袖子」，據吳藏本、天圖本改。按張評本、詞話本作「黄紬子」。
〔二七〕「炷紙」，吳藏本作「燒紙」。按張評本作「燒紙」，詞話本作「炷紙」。
〔二八〕「出去」，吳藏本作「出來」。
〔二九〕「張主」，吳藏本作「主張」。

第六十三回

韓畫士傳眞作遺愛

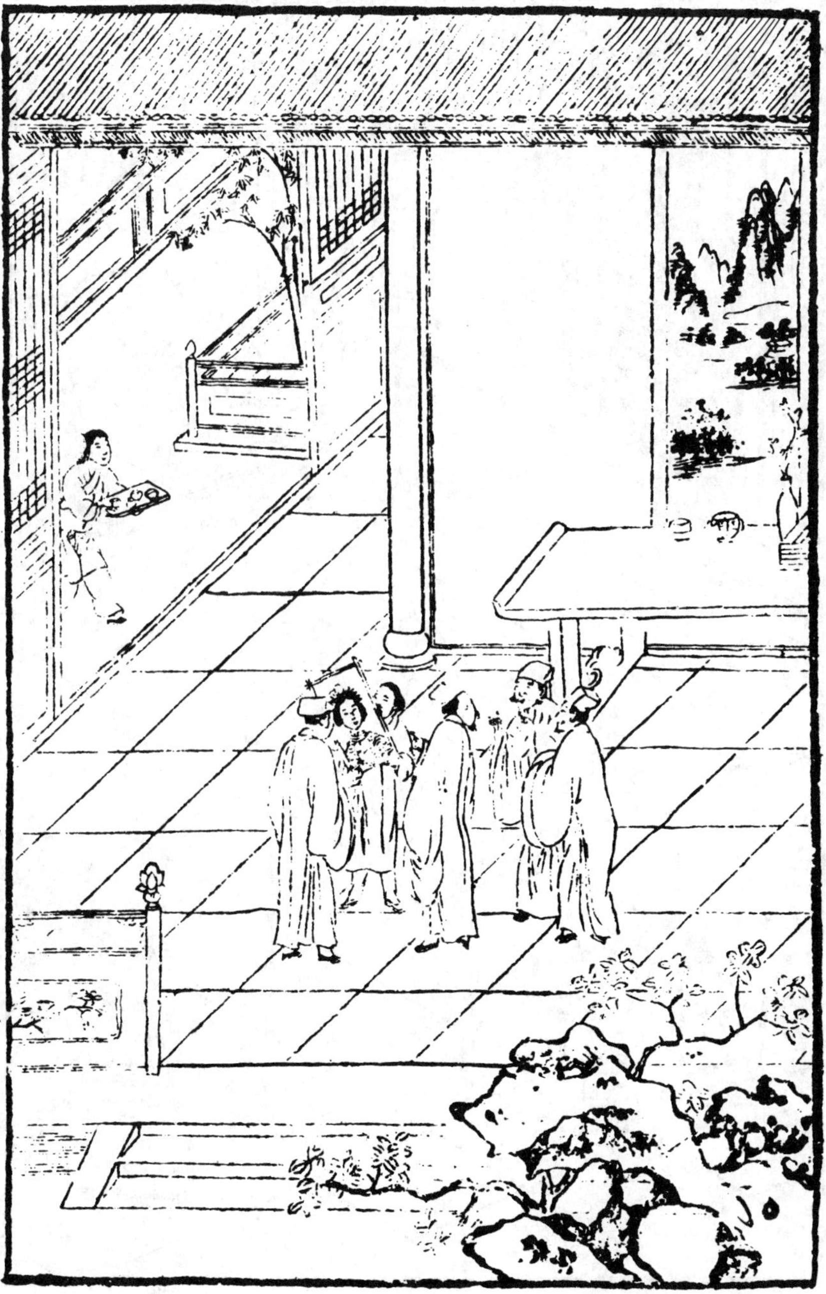

西門慶觀戲動深悲

第六十三回　韓畫士傳真作遺愛　西門慶觀戲動深悲〔一〕

詩曰〔二〕：

香杳美人違〔三〕，遥遥有所思。
幽明千里隔，　風月兩邊時。
相對春那劇，　相望景偏遲。
當緜分別久，　夢來還自疑。

話説西門慶被應伯爵勸解了一回，拭淚令小厮後邊看飯去了。不一時，吳大舅、吳二舅都到了。靈前行禮畢，與西門慶作揖，道及煩惱之意。請至廂房中，與衆人同坐。

玳安走至後邊，向月娘説：「如何？我説娘每不信，怎的應二爹來了，一席話説的爹就吃飯了。」金蓮道：「你這賊，積年久慣的囚根子，鎮日在外邊替他做牽頭，有個拿不住他性兒的！」玳安道：「從小兒答應主子，不知心腹？」月娘問道：「那幾箇陪他吃飯？」玳安道：「大舅、二舅纔來，和温師父，連應二爹、謝爹、韓夥計、姐夫，共爹八箇人哩。」月娘道：「請你姐夫來後邊吃罷了，也擠在上頭！」玳安道：「姐夫坐下了。」月娘分付：「你和小厮往厨房裡拿飯去。你另拿甌兒粥與他吃，怕清早晨不吃飯。」玳安道：「再有誰？止我在家，都使出報喪、買東西，王經，又使他往張親家爹那里借雲板去了。」月娘道：「書童那奴才和你拿去是的，怕打了他紗帽展翅兒！」玳安道：「書童和畫童兩箇在靈前，一箇打磬，一箇伺候焚香燒紙哩。春鴻，爹又使他跟賁四換絹去了——嫌絹不好，要換六錢一疋的破孝。」月娘道：「論起來，五錢的也罷，又巴巴兒換去。」又道：「你叫下畫童兒那小奴才，和他快拿去，只顧還挨甚麽？」玳安于是和畫童兩個，大盤大碗拿到前邊，安放八仙桌席。衆人正吃着飯，只見平安拿進手本來禀：「夏老爹差寫字的，送了三班軍衞來這裡答應。」西門慶看了，分付：「討三錢銀子賞他。寫期服生帖兒回你夏老爹：多謝了！」

一面吃畢飯，收了家火，只見來保請的畫師韓先生來到。西門慶與他行畢禮，說道：「煩先生揭白傳箇神子兒。」那韓先生道：「小人理會得。」吳大舅道：「動手遲了些，只怕面容改了。」韓先生道：「也不妨，就是揭白也傳得。」正吃茶畢，忽見平安來報：「門外花大舅來了。」西門慶陪花子繇靈前哭涕了一回，見畢禮數，與衆人一處，因問：「甚麽時候？」西門慶道：「正丑時斷氣。臨死還伶伶俐俐說話兒，剛睡下，丫頭起來瞧，就没了氣兒。」因見韓先生傍邊小童拿着屏插，袖中取出描筆顏色來，花子繇道：「姐夫如今要傳箇神子？」西門慶道：「我心裡疼他，少不得留個影像兒，早晚看着，題念他題念兒。」一面分付後邊堂客躲開，掀起帳子，領韓先生和花大舅衆人到跟前。這韓先生揭起千秋旛，打一觀看，見李瓶兒勒着鴉青手帕，雖故久病，其顏色如生，姿容不改，黄懨懨的，嘴唇兒紅潤可愛。那西門慶繇不的掩淚而哭。來保

湊趣話，俱被伯爵說去。觀此，則畫工出門，人人皆當留心。

與琴童在傍捧着屏插、顏色，韓先生一見就知道了。衆人圍着他求畫，應伯爵便道：「先生，此是病容，平昔好時，還生的面容飽滿，姿容秀麗。」韓先生道：「不須尊長分付，小人知道。敢問老爹：此位老夫人，前者五月初一日曾在岳廟裡燒香，親見一面，可是否？」西門慶道：「正是。那時還好哩。先生，你用心想着，傳畫一軸大影、一軸半身，靈前供養，我送先生一疋段子、十兩銀子。」韓先生道：「老爹分付，小人無不用心。」須臾，描染出個半身來，端的玉貌幽花秀麗，肌膚嫩玉生香。拿與衆人瞧，就是一幅美人圖兒。西門慶看了，分付玳安：「拿與你娘每瞧瞧去，看好不好。有那些兒不是，說來好改。」

玳安拿到後邊，向月娘道：「爹說叫娘每瞧瞧，六娘這影畫得如何，那些兒不像，說出去教韓先生好改。」月娘道：「成精鼓搗，人也不知死到那里去了，又描起影來了。」潘金蓮接說道：「那個是他的兒女？畫下影，傳下神，好替他磕頭禮拜。到明日六個老婆死了，畫六箇影纔好。」孟玉樓和李嬌兒接過來觀看，說道：「大娘，你來看，李大姐這影，倒像好時模樣，打扮的鮮鮮的，只是嘴唇畧匾了些。」月娘看了道：「這右邊額頭畧低了些，他的眉角還灣些。虧這漢子，揭白怎的畫來！」玳安道：「他在廟上曾見過六娘一面，剛纔想着，就畫到這等模樣。」

少頃，只見王經進來說道：「娘每看了，就教拿出去。喬親家爹來了，等喬親家爹瞧哩。」玳安走到前邊，向韓先生道：「裡邊說來，嘴唇畧匾了些，左額角稍低些，眉還要畧放灣些兒。」韓先生道：「這箇不打緊。」隨即取描筆改過了，呈與喬大户瞧。喬大户道：「親家母這幅尊像，真畫得好，只少了口氣兒。」西門慶滿心歡喜，一面遞了三鍾酒與韓先生，管待了酒飯，又教取出一疋尺頭、十兩白金與韓先生，教他：「先攢造出半身來，就要挂；大影，不悞出殯就是了。」俱要用大青大緑，冠袍齊整，綾裱牙軸。」韓先生道：「不必分付，小人知道。」領了銀子，教小童拿着插屏，拜辭出門。　喬大户與衆人又看了一回做成的棺木，便道：「親家母今日小殮罷了？」西門慶道：「如今仵作行人來就小殮。　大殮還等到三日。」喬大户吃畢茶，就告辭去了。

（若金蓮死，敬濟亦甘心矣。）

不一時，仵作行人來伺候，紙劄打捲，鋪下衣衾，西門慶要親與他開光明，　强着陳敬濟做孝子，（寫出依人之苦。）與他抿了目，西門慶旋尋出一顆胡珠，　安放在他口裡。　登時小殮停當，　照前停放端正，合家大小哭了一場。　來興又早冥衣鋪裡，　做了四座堆金瀝粉捧盆巾盥櫛毛女兒，一邊兩座擺下。　靈前的彝爐商瓶、燭臺香盒，教錫匠打造停當，擺在桌上，耀日爭輝。　又兑了十兩銀子，教銀匠打了三付銀爵盞。　又與應伯爵定管喪禮簿籍：　先兑了五百兩銀子、一百吊錢來，委付與韓夥計管帳；賁四與來興兒管買辦，兼管外厨房；　應伯爵、謝希大、温秀才、甘夥計輪番陪待吊客；崔本專管付孝帳；來保管外庫房；王經管酒房；春鴻與畫童專管靈前伺候；平安與四名排軍，單管人來打雲板，捧香紙；又叫一個寫字帶領四名排軍，在大門首記門簿，值念經日期，打傘挑旛幢。　都派委已定，寫了告示，貼在影壁上，各遵守去訖。　只見皇庄上薛内相差人送了六十根杉條、三十條毛竹、三百領蘆蓆、一百條麻繩，　西門慶賞了來人五錢銀子，拿期服生回帖兒打發去了。　分付搭採匠把棚起脊搭大些，留兩個門走，把影壁夾在中間，前厨房内還搭三間罩棚，大門首紮七間榜棚，請報恩寺十二衆僧人先念倒頭經，每日兩箇茶酒伺候茶水。

花大舅、吳二舅坐了一回，起身去了。西門慶交温秀才寫孝帖兒，要刊去，令寫「荆婦奄逝」。温秀才悄悄拿與應伯爵看，伯爵道：「這箇禮上説不通。見有如今吳家嫂子在正室，如何使得？（大有主意。）這一出去，不被人議論！就是吳大哥，心内也不自在。等我慢慢再與他講，你且休要寫着。」陪坐至晚，各散歸家去了。

西門慶晚夕也不進後邊去，就在李瓶兒靈傍裝一張凉床，拿圍屏圍着，獨自宿歇，止春鴻、書童兒近前伏侍。天明便往月娘房裡梳洗，穿戴了白唐巾孝冠孝衣、白絨襪、白履鞋，絰帶隨身。

第二日清晨，夏提刑就來探喪弔問，慰其節哀。西門慶還禮畢，温秀才相陪，待茶而去。到門首，分付寫字的：「好生答應，查有不到的排軍，呈來衙門內懲治。」説畢，騎馬去了。西門慶令温秀才發帖兒，差人請各親眷，三日誦經，早來吃齋。後晌，鋪排來收拾道場，懸挂佛像，不必細説。

那日，吳銀兒打聽得知，坐轎子來靈前哭泣上紙。到後邊，月娘相接，吳銀兒與月娘磕頭，哭道：「六娘没了，我通一字不知，就没箇人兒和我説聲兒。可憐，傷感人也！」孟玉樓道：「你是他乾女兒，他不好了這些時，你就不來看他看兒？」吳銀兒道：「好三娘，我但知道，有個不來看的？說句假就死了！委實不知道。」月娘道：「你不來看你娘，他倒還掛牽着你，留下件東西兒，與你做一念兒，我替你收着哩。」因令小玉：「你取出來與銀姐看。」小玉走到裡面，取出包袱，打開是一套段子衣服、兩根金頭簪兒、一枝金花。把吳銀兒哭的淚如雨點相似，說道：「我早知他老人家不好，也來伏侍兩日兒。」說畢，一面拜謝了月娘。月娘待茶與他吃，留他過了三日去。

銀兒此時又慚又感，安得不哭！

到三日，和尚打起磬子，道場誦經，挑出紙錢去，合家大小都披麻帶孝。陳敬濟穿重孝經巾，佛前拜禮，街坊隣舍、親朋長官都來吊問，上紙祭奠者，不論其數。陰陽徐先生早來伺候大殮。祭告已畢，擡屍入棺，西門慶交吳月娘又尋出他四套上色衣服來，裝在棺內，四角又安放了四錠小銀子兒。花子繇說：「姐夫，倒不消安他在裡面，金銀日久定要出世，倒非久遠之計。」西門慶不肯，定要安放。不一時，放下了七星板，閣上紫蓋，仵作四面用長命丁一齊釘起來，一家大小放聲號哭。西門慶亦哭的呆了，口口聲聲只叫：「我的年小的姐姐〔四〕，再不得見你了！」良久哭畢，管待徐先生齋饌，打發去了。闔家夥計都是巾帶孝服，行香之時，門首一片皆白。温秀才贊禮〔五〕，北邊杜中書來題銘旌。杜中書名子春，號雲野，原侍真宗寧和殿〔六〕，今坐閑在家，西門慶備金帛請來。在捲棚内備菓盒〔七〕，西門慶親遞三杯酒，應伯爵與温秀才相陪。鋪大紅官紵題旌，西門慶要寫「詔封錦衣西門恭人李氏柩」十一字，伯爵再三不肯，說：「見有正室夫人在，如何使得？」杜中書道：「曾生過子，於禮也無碍。」講了半日，去了「恭」字，

伯爵於此可謂諍友矣。酒肉

朋友未必全無好處。

改了「室人」。温秀才道：「恭人係命婦，有爵；室人乃室内之人，只是個渾然通常之稱。」于是用白粉題畢，「詔封」二字貼了金，懸於靈前。又題了神主。叩謝杜中書，管待酒饌，拜辭而去。

那日，喬大户、吴大舅、花大舅、韓姨夫、沈姨夫各家都是三牲祭桌來燒紙。喬大户娘子并吴大妗子、二妗子、花大妗子，坐轎來吊喪，祭祀哭泣。月娘等皆孝髻，頭鬚繫腰，麻布孝裙，出來回禮舉哀，讓後邊待茶擺齋。惟花大妗子與花大舅便是重孝直身，餘者都是輕孝。那日李桂姐打聽得知，坐轎子也來上紙，看見吴銀兒在這里，説道：「你幾時來的？怎的也不會我會兒？好人兒，原來只顧你！」吴銀兒道：「我也不知道娘没了，早知也來看看了〔八〕。」月娘後邊管待，俱不必細説。

須臾過了，看看到首七，又是報恩寺十六衆上僧，朗僧官爲首座，引領做水陸道場，誦《法華經》，拜三昧水懺，親朋夥計無不畢集。那日，玉皇廟吴道官來上紙吊孝，就攬二七經，西門慶留在捲棚内吃齋。忽見小厮來報：「韓先生送半身影來。」衆人觀看，但見頭戴金翠圍冠，雙鳳珠子挑牌〔九〕、大紅粧花袍兒，白馥馥臉兒，儼然如生。西門慶見了，滿心歡喜，懸掛材頭，衆人無不誇獎：「只少口氣兒！」一面讓捲棚内吃齋，囑付：「大影還要加工夫些。」韓先生道：「小人隨筆潤色，豈敢粗心！」西門慶厚賞而去。

午間，喬大户來上祭，猪羊祭品、金銀山、段帛綵繒、冥紙炷香共約五十餘擡，地弔高撬，鑼鼓細樂吹打，纓絡喧闐而至〔一〇〕。西門慶與陳敬濟穿孝衣在靈前還禮。喬大户邀了尚舉人、朱堂官、吳大舅、劉學官、花千户、段親家七八位親朋，各在靈前上香。三獻已畢，俱跪聽陰陽生讀祝文曰：

維政和七年，歲次丁酉，九月庚申朔，越二十二日辛巳，眷生喬洪等謹以剛鬣柔毛庶羞之奠，致祭于故親家母西門孺人李氏之靈曰：嗚呼！孺人之性，寬裕温良，治家勤儉，御衆慈祥，克全婦道，譽動鄉邦。閨闈之秀，蘭蕙之芳，夙配君子，效聘鸞凰〔一一〕。藍玉已種，浦珠已光。正期諧琴瑟於有永，享彌壽於無疆。胡爲一病，夢斷黄粱？善人之歿，孰不哀傷？弱女襁褓，沐爱姻嬙。不期中道，天不從願，鴛伴失行。恨隔幽冥，莫覩行藏。悠悠情誼，寓此一觴。靈其有知，來格來歆。尚饗。

官客祭畢，回禮畢，讓捲棚内桌席管待。然後喬大户娘子、崔親家母、朱堂官娘子、尚舉人娘子、段大姐衆堂家女眷祭奠，地弔鑼鼓，靈前弔鬼判隊舞。吳月娘陪着哭畢，請去後邊待茶設席，三湯五割，俱不必細説。

西門慶正在捲棚内陪人吃酒，忽前邊打的雲板响。答應的慌慌張張進來禀報：「本府胡爺上紙來了，在門首下轎子。」慌的西門慶連忙穿孝衣〔一二〕，靈前伺候。即使温秀才衣巾素服出迎，左右先捧進香紙，然後胡府尹素服金帶進來。許多官吏圍隨，扶衣擲帶，到了靈前，春鴻跪着，捧的香高高的，上了香，展拜兩禮。西門慶便道：「老先生請起，多有勞動。」連忙下來回禮。胡府尹道：「令夫人幾時没了？學生昨日纔知。吊遲，吊遲！」西門慶道：「側室一疾不救，辱承老先生枉吊。」温秀才在傍作揖畢，請到廳上待茶一杯。胡府尹起身，温秀才送出大門，上轎而去。上祭人吃至後晌方散。

第二日，院中鄭愛月兒家來上紙。愛月兒進至靈前，燒了紙。月娘見他擡了八盤餅饊、三牲湯飯來祭奠，連忙討了一疋整絹孝裙與他。吴銀兒與李桂姐都是三錢奠儀，告西門慶説，西門慶道：「值甚麽，每人都與他一疋整絹就是了。」月娘邀到後邊房裡，擺茶管待，過夜。

婦人家一種似斟酌似筭小心腸，如畫。

晚夕，親朋夥計來伴宿，叫了一起海鹽子弟搬演戲文。李銘、吴惠、鄭奉、鄭春都在這裡答應。西門慶在大棚内放十五張桌席，爲首的就是喬大户、吴大舅、吴二舅、花大舅、沈姨夫、韓姨夫、倪秀才、温秀才、任醫官、李智、黄四、應伯爵、謝希大、祝實念、孫寡嘴、白賚光、常峙節、傅日新、韓道國、甘出身、賁第傳、吴舜臣、兩箇外甥，還有街坊六七位人，都是開桌兒。點起十數枝大燭來，堂客便在靈前圍着圍屏，垂簾放桌席，往外觀戲。當時衆人祭奠畢，西門慶與敬濟回畢禮，安席上坐。下邊戲子打動鑼鼓，搬演的是韋臯、玉簫女兩世姻緣《玉環記》。不一時弔場，生扮韋臯，唱了一回下去。貼旦扮玉簫，又唱了一回下去。厨役上湯飯割鵝。應伯爵便向西門慶説：「我聞的院裡姐兒三箇在這裡，何不請出來，與喬老親家、老舅席上遞盃酒兒。他倒是會看戲文，倒便益了他！」西門慶便使玳安進入説去：「請他姐兒三箇出來。」喬大户道：「這箇却不當。他來弔喪，如何叫他遞起酒來？」忠厚人語。伯爵道：「老親家，你不知，相這樣小淫婦兒，别要閑着他。——快與我牽出來！你說應二爹說，六娘没了，只當行孝順，也該與俺每人遞杯酒兒。」玳安進去半日，說：「聽見應二爹在坐，都不出來哩。」伯爵道：「既恁說，我去罷。」走了兩步，又回坐下。西門慶笑道：「你怎的又回了？」伯爵道：「我有心待要扯那三箇小淫婦出來，等我罵兩句，出了我氣，我纔去。」落後又使玳安請了一遍，三箇纔慢條條出來。都一色穿着白綾對衿襖兒、藍段裙子，向席上不端不正拜了拜兒，笑嘻嘻立在傍邊。應伯爵道：「俺每在這裡，你如何只顧推三阻四，不肯出來？」那三個也不答應，向上邊遞了回酒，設一席坐着。下邊鼓樂响動，關目上來，生扮韋皐，淨扮包知水，同到拘欄裡玉簫家來。那媽兒出來迎接，包知水道：「你去叫那姐兒出來。」媽云：「包官人，你好不着人，俺女兒等閒不便出來。說不得一箇『請』字兒，你如何說『叫他出來』？」那李桂姐向席上笑道：「這個姓包的，就和應花子一般，就是箇不知趣的蹇味兒！」伯爵道：「小淫婦，我不知趣，你家媽怎喜歡我？」桂姐道：「他喜歡你？過一邊兒！」西門慶道：「看戲罷，且說甚麼。再言語，罰一大盃酒！」那伯爵纔不言語了。那戲子又做了一回，並下。分明歪廝纏，却說出一段情理來。可悟佞口之妙。

廳內左邊吊簾子看戲的，是吳大妗子、二妗子、楊姑娘、潘姥姥、吳大姨、孟大姨、吳舜臣媳婦鄭三姐、段大姐，并本家月娘姊妹；右邊弔簾子看戲的，是春梅、玉簫、蘭香、迎春、小玉，都擠着觀看。那打茶的鄭紀，正拿着一盤菓仁泡茶從簾下過，被春梅叫住，問道：「拿茶與誰

或亦無意拈來，拈來恰合恰妙。宛若爲下菊命名時便伏此意。

吃?」鄭紀道：「那邊大妗子娘每要吃。」這春梅取一盞在手。不想小玉聽見下邊扮戲的旦兒名字也叫玉簫，便把玉簫拉着説道：「淫婦，你的孤老漢子來了。鴇子叫你接客哩，你還不出去?」使力往外一推，直推出簾子外，春梅手裡拿着茶，推潑一身。罵玉簫：「怪淫婦，不知甚麽張致，都頑的這等！把人的茶都推潑了，早是没曾打碎盞兒。」西門慶聽得，使下來安兒來問：「誰在裡面喧嚷?」春梅坐在椅上道：「你去就説，玉簫浪淫婦，見了漢子這等浪。」那西門慶問了一回，亂着席上遞酒，就罷了。月娘便走過那邊數落小玉：「你出來這一日，也往屋裡瞧瞧去。都在這里，屋裡有誰?」小玉道：「大姐剛纔後邊去的，兩位師父也在屋裏坐着。」月娘道：「教你們賊狗胎在這里看看，就恁惹是招非的。」春梅見月娘過來，連忙立起身來説道：「娘，你問他。都一個個只像有風病的，狂的通没些成色兒，嘻嘻哈哈，也不顧人看見。」那月娘數落了一回，仍過那邊去了。

關得門裏門外俱起身不得。趣甚。

那時，喬大户與倪秀才先起身去了。沈姨夫與任醫官、韓姨夫也要起身，被應伯爵攔住道：「東家，你也説聲兒。俺每倒是朋友，不敢散，一個親家都要去。沈姨夫又不隔門，韓姨夫與任大人、花大舅都在門外。這咱晚三更天氣，門也還未開，慌的甚麽?都來大坐回兒，左右關目還未了哩。」西門慶又令小廝提四罈麻姑酒，放在面前，説：「列位只了此四罈酒，我也不留了。」因拿大賞鍾放在吳大舅面前，説道：「那位離席破坐説起身者，任大舅舉罰。」于是衆人又復坐下了。西門慶令書童：「催促子弟，快吊關目上來，分付揀着熱鬧處唱罷。」須臾打動鼓

自是斷腸聽不得，非甘吹出斷腸聲。

金蓮狠心無情，自家說出。

板，扮末的上來，請問西門慶：「『寄真容』那一摺可要唱？」西門慶道：「我不管你，只要熱鬧。」貼旦扮玉簫唱了回。西門慶看唱到「今生難會面，因此上寄丹青」一句，忽想起李瓶兒病時模樣，不覺心中感觸起來，止不住眼中淚落，袖中不住取汗巾兒搽拭。又早被潘金蓮在簾內冷眼看見，活賊。指與月娘瞧，說道：「大娘，你看他好個沒來頭的行貨子，如何吃着酒，看見扮戲的哭起來？」孟玉樓道：「你聰明一場，這些兒就不知道了？樂有悲歡離合，想必看見那一段兒觸着他心，他覩物思人，見鞍思馬，纔吊淚來。」金蓮道：「我不信。打談的弔眼淚——替古人躭憂，這些都是虛。他若唱的我淚出來，我纔筭他好戲子。」月娘道：「六姐，悄悄兒，咱每聽罷。」玉樓因向大妗子道：「俺六姐不知怎的，只好快說嘴。」

那戲子又做了一回，約有五更時分，衆人齊起身。西門慶拿大杯攔門遞酒，欵留不住，俱送出門。看收了家火，留下戲廂：「明日有劉公公、薛公公來祭奠，還做一日。」衆戲子答應。管待了酒飯，歸下處歇去了。李銘等四個亦歸家不題。西門慶見天色已將曉〔三〕，就歸後邊歇息去了。伏。正是：得多少——

紅日映窗寒色淺，淡烟籠竹曙光微。

校記

〔一〕「遺愛」，首圖本作「恩愛」。

〔二〕「詩曰」，內閣本、首圖本無。

〔三〕「香杳」，内閣本、天圖本、吴藏本作「杳杳」。按張評本作「杳杳」。
〔四〕「年小」，内閣本、首圖本作「年少」。
〔五〕「贊禮」，内閣本、首圖本作「舉荐」。按張評本作「贊禮」，詞話本作「舉荐」。
〔六〕「侍」，内閣本、首圖本作「在」。
〔七〕「内備」，首圖本作「内獻」，天圖本、吴藏本作「安排」。按張評本作「安排」，詞話本作「内備」。
〔八〕「也來」，首圖本作「得來」。
〔九〕「雙鳳珠子」，吴藏本無「鳳」字。
〔一〇〕「纓絡」，天圖本、吴藏本作「纓纓」。按張評本作「纓纓」，詞話本作「纓絡」。
〔一一〕「鸞凰」，内閣本、首圖本作「鸞鳳」。按張評本作「鸞鳳」，詞話本作「鸞凰」。
〔一二〕「孝衣」，吴藏本作「孝服」。
〔一三〕「晩」，内閣本、首圖本作「晚」。

金瓶梅

第六十四回

玉簫跪受三章約

書童私挂一帆風

第六十四回　玉簫跪受三章約　書童私挂一帆風

詩曰〔一〕：

玉殞珠沉思悄然，明中流淚暗相憐。
常圖蛺蝶花樓下，記效鴛鴦翠幕前。
秪有夢魂能結雨，更無心緒學非烟。
朱顏皓齒歸黃土，脈脈空尋再世緣〔二〕。

話說衆人散了，已有雞唱時分，西門慶歇息去了。玳安拿了一大壺酒、幾碟下飯，在鋪子裡還要和傅夥計、陳敬濟同吃。傅夥計老頭子熬到這咱，已是坐不住，搭下鋪就倒在炕上，向玳安道：「你自和平安吃罷，陳姐夫想也不來了。」玳安叫進平安來，兩個把那酒你一鍾我一盞都吃了。收過家伙，平安便去門房裡睡了。玳安一面關上鋪子門，上炕和傅夥計兩個對厮脚兒睡下。傅夥計因閒話，向玳安說道：「你六娘没了，這等棺槨念經發送，也勾他了。」玳安道：「他的福好，只是不長壽。俺爹饒使了這些錢〔三〕，還使不着俺爹的哩。俺六娘嫁俺爹，瞞不過你老人家，他帶了多少帶頭來！別人不知道，我知道。銀子休說，只金珠玩好、玉帶、縧環、鬏髻、值錢的寶石，也不知有多少。爲甚俺爹心裏疼？不是疼人，是疼錢。歪議論，妙。若說起六娘

又將各人

（眉批：品題一番，好則太濫，刻則太苛。不獨寫出情性之偏，而奴僕一味懷惠藏怨如此，亦以見小人爲難養也。小人何嘗無春秋？然語語從私起見，自是小人之春秋。）

的性格兒，一家子都不如他，又謙讓又和氣，見了人，只是一面兒笑，自來也不曾呵俺每一呵，並没失口駡俺每一句『奴才』。使俺每買東西，只拈塊兒。俺每但說：『娘，拿等子，你稱稱。』他便笑道：『拿去罷，稱甚麽。你不圖落圖甚麽來？只要替我買值着。』這一家子，那個不借他銀使？只有借出來，没有個還進去的。還也罷，不還也罷。俺大娘和俺三娘使錢也好，只是五娘和二娘，慳吝的緊。他當家，俺每就遭瘟來。會勝買東西，也不與你個足數，綁着鬼，一錢銀子只稱九分半，着緊只九分，俺每莫不賠出來！」傅夥計道：「就是你大娘還好些。」玳安道：「雖故俺大娘好，毛司火性兒，一回家好，娘兒每親親噠噠說話兒，你只休惱着他，不論誰，他也駡你幾句兒。（映前駡。）總不如六娘，萬人無怨，又常在爹跟前替俺每說方便兒。隨問天來大事，俺每央他央兒對爹說，無有個不依。只是五娘，行動就說：『你看我對爹說不說！』把這打只提在口裏。如今春梅姐，又是個合氣星。——天生的都在他一屋裏。」傅夥計道：「你五娘來這裏也好幾年了。」玳安道：「你老人家是知道的，想的起他那咱來的光景哩。（輕薄。）他一個親娘也不認的，（厚者薄，自是觀人妙法。）來一遭，要便搶的哭了家去。如今六娘死了，這前邊又是他的世界，明日那個管打掃花園，乾淨不乾淨，還吃他駡的狗血噴了頭哩！」兩個說了一回，那傅夥計在枕上齁齁就睡着了。（好作法。）玳安亦有酒了，合上眼，不知天高地下，直至紅日三竿，都還未起來。

原來西門慶每常在前邊靈前睡，早辰玉簫出來收叠牀鋪，西門慶便往後邊梳頭去。書童

寫亂，寫懈，寫辛苦，只兩語，宛然。

鬔着頭，要便和他兩個在前邊打牙犯嘴，互相嘲鬬，半日纔進後邊去。不想這日西門慶歸上房歇去，玉簫趕人没起來，暗暗走出來，與書童約了，走在花園書房裏幹營生去了。不料潘金蓮起的早，驀地走到廳上，只見靈前燈兒也没了，大棚裏丢的桌椅横三竪四，没一個人兒，只有畫童兒在那里掃地。金蓮道：「賊囚根子，乾淨只你在這里，都往那里去了？」畫童道：「他每都還没起來哩。」金蓮道：「你且丢下笤箒，到前邊對你姐夫說，有白絹拿一疋來，你潘姥姥還少一條孝裙子，再拿一副頭鬚繫腰來與他。他今日家去。」畫童道：「怕不俺姐夫還睡哩，等我問他去。」良久回來道：「姐夫說不是他的首尾，書童哥與崔本哥管孝帳。娘問書童哥要就是了。」金蓮道：「知道那奴才往那去了，你去尋他來。」畫童向廂房裏瞧了瞧，畫說道：「纔在這里來，敢往花園書房裏梳頭去了。」金蓮說道：「你自掃地，等我自家問這囚根子要去。」因走到花園書房內，忽然聽見裏面有人笑聲。推開門，只見書童和玉簫在床上正幹得好哩。便罵道：「好囚根子，你兩個幹得好事！」諕得兩個做手脚不迭，齊跪在地下哀告。金蓮道：「賊囚根子，你且拿一疋孝絹、一疋布來，打發你潘姥姥家去着。」書童連忙拿來遞上，金蓮逕歸房來。

那玉簫跟到房中，打旋磨兒跪在地下央及：「五娘，千萬休對爹說。」金蓮便問：「賊狗肉，你和我實說，從前已往，偷了幾遭？一字兒休瞞我，便罷。」那玉簫便把和他偷的緣由說了一遍。金蓮道：「既要我饒你，你要依我三件事。」玉簫道：「娘饒了我，隨問幾件事我也依娘。」金蓮道：「第一件，你娘房裏，但凡大小事兒，就來告我說。你不說，我打聽出來，定不饒你。第二件，我但問你要甚麽，你就稍出來與我。第三件，你娘向來没有身孕，如今他怎生便有了？」玉簫道：「不瞞五娘說，俺娘如此這般，吃了薛姑子的衣胞符藥，便有了。」潘金蓮一一聽記在心，纔不對西門慶說了。

三件事，究竟不出聽籬察壁、愛小便宜心腸。所以妙。

書童見潘金蓮冷笑領進玉簫去了，知此事有幾分不諧。向書房厨櫃内收拾了許多手帕汗巾、挑牙簪紐，并收的人情，他自己也攢有十來兩銀子，又到前邊櫃上誆了傅夥計二十兩，只說要買孝絹，逕出城外，顧了長行頭口，到馬頭上，搭在鄉里船上，往蘇州原籍家去了。正是：

去固是，即不去，亦不妨。

撞碎玉籠飛彩鳳，頓開金鎖走蛟龍。

那日，李桂姐、吴銀兒、鄭愛月都要家去了。薛内相、劉内相早辰差人擡三牲桌面來祭奠燒紙。又每人送了一兩銀子伴宿分資，叫了兩個唱道情的來，配合得妙。白日裏要和西門慶坐坐。緊等着要打發孝絹，尋書童兒要鑰匙，一地裏尋不着。傅夥計道：「他早辰問我櫃上要了二十兩銀子買孝絹去了，口稱爹分付他孝絹不勾，敢是向門外買去了？」西門慶道：「我並没分付他，如何問你要銀子？」一面使人往門外絹舖找尋，那里得來。月娘向西門慶說：「我猜這奴才有些蹺蹊，不知弄下甚麽碍兒，拐了幾兩銀子走了。你那書房裏還大瞧瞧，只怕還挈甚麽去了。」西門慶走到兩個書房裏都瞧了，只見庫房裏鑰匙挂在墻上，大橱櫃裏不見了許多汗巾手

月娘猜到弄碍，可謂善猜。然決不猜到自家丫

頭弄碎。人家如月娘者不少。

帕〔四〕，并書禮銀子、挑牙紐扣之類，西門慶心中大怒，叫將該地方管役來，分付：「各處三街兩巷與我訪緝。」那里得來！正是：

不獨懷家歸興急，五湖烟水正茫茫。

左顧右盼都有情景。可悟筆墨一種生氣。

那日，薛内相從晌午就坐轎來了。西門慶請下吳大舅、應伯爵、温秀才相陪。先到靈前上香，打了個問訊，然後與西門慶敍禮，説道：「可傷，可傷！如夫人是甚病兒歿了？」太監稱謂轉不苟。西門慶道：「不幸患崩漏之疾歿了，多謝老公公費心。」薛内相道：「没多兒，將就表意罷了。」因看見挂的影，説道：「好位標致娘子！不諱，妙。正好青春享福，只是去世太早些。」温秀才在傍道：「物之不齊，物之情也。開口腐氣直冲，妙甚。窮通壽夭，自有個定數，雖聖人亦不能强。」薛内相扭回頭來，見温秀才穿着衣巾，因説道：「此位老先兒是那學裏的？」温秀才躬身道：「學生不才，備名府庠。」薛内相道：「我瞧瞧娘子的棺木兒。」婆氣得妙。西門慶即令左右把兩邊帳子撩起，薛内相進去觀看了一遍，極口稱贊道：「好付板兒！請問多少價買的？」西門慶道：「也是舍親的一付板，學生回了他的來了。」應伯爵道：「請老公公試估估，那里地道，甚麽名色？」薛内相仔細看了説：「此板不是建昌，就是付鎮遠。」伯爵道：「就是鎮遠，也值不多。」薛内相道：「最高者，必定是楊宣榆。」伯爵道：「楊宣榆單薄短小，怎麽看得過？此板還在楊宣榆之上，名唤做桃花洞，在於湖廣武陵川中。昔日唐漁父入此洞中，曾見秦時毛女在此避兵，是個人跡罕到之處。此板七尺多長，四寸厚，二尺五寬。還看一半親家分上，還要了三百七十兩銀子哩。公公，你不曾看見，

奉承一番，只博得「會説話」三字，可思，可思。此改容致敬，稱「吳大人」，與前「如夫人」三字，「兄」字，「令兄」字，冷冷相應，有許多輕重在内，細玩自見。笑人者，復爲人所笑，世情大都如此。然薛太監笑得

解開噴鼻香的，裏外俱有花色。」薛内相道：「是娘子這等大福，纔享用了這板。俺每内官家，到明日死了，還没有這等發送哩。」吳大舅道：「老公公好説，與朝廷有分的人，享大爵禄，俺們外官焉能趕的上。老公公日近清光，代萬歲傳宣金口。見今童老爺加封王爵，子孫皆服蟒腰玉，何所不至哉！」薛内相便道：「此位會説話的兄，請問上姓？」西門慶道：「此是妻兄吳大哥，見居本衛千户之職。」薛内相道：「就是此位娘子令兄麼？」糊塗得妙，却又不是糊塗。西門慶道：「不是。乃賤荆之兄。」薛内相復於吳大舅聲諾説道：「吳大人，失瞻！」

看了一回，西門慶讓至捲棚内，正面安放一把交椅，薛内相坐下，打茶的拿上茶來吃了。薛内相道：「劉公公怎的這咱還不到？叫我答應的迎迎去。」青衣人跪下稟道：「小的邀劉公公去來，劉公公轎已伺候下了，便來也。」薛内相又問道：「那兩個唱道情的來了不曾？」西門慶道：「早上就來了。——叫上來！」不一時，走來面前磕頭。薛内相道：「你每吃了飯不曾？」那人道：「小的每吃了飯了。」薛内相道：「既吃了飯，你每今日用心答應，我重賞你。」西門慶道：「老公公，學生這里還預備着一起戲子，唱與老公公聽。」薛内相問：「是那里戲子？」西門慶道：「是一班海鹽戲子。」薛内相道：「那蠻聲哈刺，誰曉的他唱的是甚麽！那酸子每在寒窗之下，三年受苦，九載遨遊，背着琴劍書箱來京應舉，得了個官，又無妻小在身邊[五]，便希罕他這樣人。你我一個光身漢、老内相，要他做甚麽？」温秀才在傍邊笑説道：「老公公説話，太不近情了。居之齊則齊聲，居之楚則楚聲。老公公處於高堂廣廈，豈無一動其心哉？」這薛内相便拍

直，笑得孩，温秀才笑得矯，笑得腐。與其矯腐，寧直寧孩。

手笑將起來道：「我就忘了温先兒在這里。你每外官，原來只護外官。」温秀才道：「雖是士大夫〔六〕，也只是秀才做的。老公公砍一枝損百林〔七〕，兔死狐悲，物傷其類。」薛内相道：「不然。一方之地，有賢有愚。」

正説着，忽左右來報：「劉公公下轎了。」吳大舅等出去迎接進來，向靈前作了揖。敍禮已畢，薛内相道：「劉公公，你怎的這咱纔來？」劉内相道：「北邊徐同家來拜望〔八〕，陪他坐了一回，打發去了。」一面分席坐下，左右遞茶上去。因問答應的：「祭奠桌面兒都擺上了不曾？」下邊人説：「都排停當了。」劉内相道：「咱每去燒了紙罷。」西門慶道：「老公公不消多禮，頭裏已是見過禮了。」劉内相道：「此來爲何？還當親祭祭。」當下，左右捧過香來，兩個内相上了香，遞了三鍾酒，拜下去。西門慶道：「老公公請起。」于是拜了兩拜起來，西門慶還了禮，復至捲棚内坐下。然後收拾安席，遞酒上坐。兩位内相分左右坐了，吳大舅、温秀才、應伯爵從次，西門慶下邊相陪。子弟鼓板响動，遞了關目揭帖。兩位内相看了一回，揀了一段《劉智遠白兔記》。唱了還未幾摺，心下不耐煩，一面叫上兩個唱道情的去，打起漁鼓，並肩朝上，高聲唱了一套「韓文公雪擁藍關」故事下去。

薛太監情性口角模寫已盡，至此又

薛内相便與劉内相兩個説説話兒，道：「劉哥，你不知道，昨日這八月初十日，下大雨如注〔九〕，雷電把内裏凝神殿上鴟尾裘碎了，諕死了許多宫人。朝廷大懼，命各官修省，逐日在上清宫宣《精靈疏》建醮。禁屠十日，法司停刑，百官不許奏事。昨日大金遣使臣進表，要割内

明目張膽談一通朝政，令人絕倒。

地三鎮，依着蔡京那老賊〔一〇〕，罵得妙。就要許他。掣童掌事的兵馬，交都御史譚積、黃安十大使節制三邊兵馬，又不肯，還交多官計議。昨日立冬，萬歲出來祭太廟，太常寺一員博士，名喚方軫，早辰打掃，看見太廟磚縫出血，殿東北上地陷了一角，寫表奏知萬歲。科道官上本，極言童掌事大了，宦官不可封王。如今馬上差官，拿金牌去取童掌事回京。」劉內相道：「你我如今出來在外做土官，那朝事也不干咱每。俗語道，咱過了一日是一日。便塌了天，還有四個大漢。到明日，大宋江山管情被這些酸子弄壞了，定論。王十九，咱每只吃酒！」因叫唱道情的上來，分付：「你唱個『李白好貪杯』的故事。」好題目。那人立在席前，打動漁鼓，又唱了一回。

直吃至日暮時分，分付下人，看轎起身。西門慶欵留不住，送出大門，喝道而去。回來，分付點起燭來，把桌席休動，留下吳大舅、應伯爵、溫秀才坐的，又使小廝請傅夥計、甘夥計、韓道國、賁第傳、崔本和陳敬濟復坐。叫上子弟來分付：「還找着昨日《玉環記》上來。」因向伯爵道：「內相家不曉的南戲滋味。早知他不聽，我今日不留他。」伯爵道：「哥，倒辜負你的意思。內臣斜局的營生，他只喜《藍關記》、搗喇小子山歌野調，那里曉的大關目悲歡離合。」于是下邊打動鼓板，將昨日《玉環記》做不完的摺數，一一緊做慢唱，都搬演出來。西門慶令小廝席上頻斟美酒。伯爵與西門慶同桌而坐，便問：「他姐兒三個還没家去，怎的不叫出來遞杯酒兒？」西門慶道：「你還想那一夢兒，他每去的不耐煩了！」伯爵道：「他每在這里住了有兩三日？」西門慶道：「吳銀兒住的久了。」當日，衆人坐到三更時分，搬戲已完，方起身各散。西門

又冒一句，方不露從前之相。

慶邀下吳大舅，明日早些來陪上祭官員。與了戲子四兩銀子，打發出門。

到次日，周守備、荊都監、張團鍊、夏提刑，合衞許多官員，都合了分資，辦了一副猪羊吃桌祭奠，有禮生讀祝。西門慶預備酒席，李銘等三個小優兒伺候答應。到晌午，只聽鼓响，祭禮到了。吳大舅、應伯爵、温秀才在門首迎接，只見後擁前呼，衆官員下馬，在前廳換衣服。良久，把祭品擺下，衆官齊到靈前，西門慶與陳敬濟還禮。禮生喝禮，三獻畢，跪在傍邊讀祝，祭畢。西門慶下來謝禮已畢，吳大舅等讓衆官至捲棚內，寬去素服，待畢茶，就安席上坐，觥籌交錯，慇懃勸酒。李銘等三個小優兒，銀箏檀板，朝上彈唱。衆官歡飲，直到日暮方散。西門慶還要留吳大舅衆人坐，吳大舅道：「各人連日打攪，姐夫也辛苦了，各自歇息去罷。」當時告辭回家。正是：

天上碧桃和露種，日邊紅杏倚雲栽。
家中巨富人趨附，手內多時莫論財。

校記

〔一〕「詩曰」，內閣本、首圖本無。
〔二〕「空尋」，首圖本作「室尋」。
〔三〕「爹饒使了」，內閣本、首圖本作「多饒使了」。
〔四〕「大櫥櫃」，首圖本作「大局櫃」。「汗巾」，首圖本作「手巾」。

〔五〕「妻小」，吴藏本作「妻子」。
〔六〕「士大夫」，首圖本作「上大夫」。
〔七〕「損百林」，首圖本作「鶩百林」。
〔八〕「北邊」，首圖本作「咱和」。
〔九〕「如注」，吴藏本作「如洼」。
〔一〇〕「老賊」，吴藏本作「老賤」。

第六十五回　願同穴一時喪禮盛

守孤靈半夜口脂香

第六十五回　願同穴一時喪禮盛　守孤靈半夜口脂香

詩曰〔一〕：

湘皋烟草碧紛紛，淚洒東風憶細君。
見說嫦娥能入月，虛疑神女解爲雲。
花陰晝坐閒金剪，竹裏遊春冷翠裙。
留得丹青殘錦在，傷心不忍讀迴文。

話說到十月二十八日，是李瓶兒二七，玉皇廟吳道官受齋，請了十六個道衆，在家中揚旛修建齋壇。又有安郎中來下書，西門慶管待來人去了。吳道官廟中擡了三牲祭禮來，又是一疋尺頭以爲奠儀。道衆遶官傳咒〔二〕，吳道官靈前展拜。西門慶與敬濟回禮，謝道：「師父多有破費〔三〕，何以克當？」吳道官道：「小道甚是惶愧，本該助一經追薦夫人，奈力薄，粗祭表意而已。」西門慶命收了，打發擡盒人回去。那日三朝轉經，演生神章，破九幽獄，對靈攝召，整做法事，不必細說。

第二日，先是門外韓姨夫家來上祭。那時孟玉樓兄弟孟銳做買賣來家，伏。見西門慶這邊有喪事，跟隨韓姨夫那邊來上祭，討了一分孝去，送了許多人事。西門慶叙禮，進入玉樓房中拜見。西門慶亦設席管待，俱不在言表。

那日午間，又是本縣知縣李拱極、縣丞錢斯成、主簿任良貴、典史夏恭基，又有陽谷縣知縣狄斯朽〔四〕，共有五個員官〔五〕，都鬬了分子，穿孝服來上紙帛吊問。西門慶備席在捲棚內管待，請了吴大舅與温秀才相陪，三個小優兒彈唱。

正飲酒到熱鬧處，忽報：「管磚廠工部黃老爹來弔孝。」慌的西門慶連忙穿孝衣靈前伺候，温秀才又早迎接至大門外，讓至前廳，換了衣裳進來。家人手捧香燭紙疋金段到靈前，黃主事上了香，展拜畢，西門慶同敬濟下來還禮。黃主事道：「學生不知尊閫沒了，弔遲，恕罪，恕罪！」西門慶道：「學生一向欠恭，今又承老先生賜弔，兼辱厚儀，不勝感激。」敘畢禮，讓至捲棚上面坐下。西門慶與温秀才下邊相陪，左右捧茶上來吃了。黃主事道：「昨日宋松原多致意先生，他也聞知令夫人作過，也要來弔問，爭奈有許多事情羈絆。他如今在濟州住劄。先生還不知，朝廷如今營建艮嶽，勅令太尉朱勔，往江南湖湘採取花石綱，運船陸續打河道中來。頭一運將到淮上。又欽差殿前六黃太尉來迎取卿雲萬態奇峯——長二丈，闊數尺，都用黃毡蓋覆，張打黃旗，費數號船隻，由山東河道而來。況河中沒水，起八郡民夫牽挽。官吏倒懸，民不聊生。宋道長督率州縣，事事皆親身經歷，案牘如山，晝夜勞苦，通不得閒。況黃太尉不久自京而至，宋道長說，必須率三司官員，要接他一接。想此間無可相熟者，委托學生來，敬煩尊府做一東，要請六黃太尉一飯，未審尊意允否？」因喚左右：「叫你宋老爹承差上來。」有二

說宋若深知其爲勞民傷財之事，而萬萬不顧身爲之者，究畢身卒爲之，而勞民傷財

特甚。古今具臣已爲小人所爲，而猶不肯服其爲小人，皆此類也。

青衣官吏跪下，毡包內捧出一對金段、一根沉香、兩根白蠟、一分綿紙。黃主事道：「此乃宋公致賻之儀。那兩封，是兩司八府官員辦酒分資——兩司官十二員、府官八員，計二十二分，共一百零六兩。」交與西門慶：「有勞盛使一備何如？」西門慶再三辭道：「學生有服在家，奈何，奈何？」因問：「迎接在於何時？」黃主事道：「還早哩，也得到出月半頭。黃太監京中還未起身。」西門慶道：「學生十月十二日纔發引。既是宋公祖與老先生分付，敢不領命！但這分資決不敢收。該多少桌席，只顧分付，學生無不畢具。」黃主事道：「四泉此意差矣！松原委托學生來煩瀆，此乃山東一省各官公禮，又非松原之己出，何得見却？如其不納，學生即回松原，再不敢煩瀆矣！」（又換制一句，妙。）西門慶聽了此言，說道：「學生權且領下。」因令玳安、王經接下去。問備多少桌席，黃主事道：「六黃備一張吃看大桌面，宋公與兩司都是平頭桌席，以下府官散席而已。承應樂人，自有差撥伺候，府上不必再叫。」說畢，茶湯兩換，作辭起身。西門慶款留，黃主事道：「學生還要到尚柳塘老先生那里拜拜，他昔年曾在學生敝處作縣令〔六〕，然後轉成都府推官。如今他令郎兩泉，又與學生鄉試同年。」西門慶道：「學生不知老先生與尚兩泉相厚，兩泉亦與學生相交。」黃主事起身，西門慶道：「煩老先生多致意宋公祖，至期寒舍拱候矣。」黃主事道：「臨期，松原還差人來通報先生，亦不可太奢。」西門慶道：「學生知道。」送出大門，上馬而去。

熱鬧中不廢冷案，文情如空谷幽蘭，芳香自吐。

那縣中官員，聽見黃主事帶領巡按上司人來，諕的都躲在山子下小捲棚內飲酒，分付手

絶平處皆

是奇思，極俗事亦有畫意。

下，把轎馬藏過一邊。當時，西門慶回到捲棚與衆官相見，具說宋巡按率兩司八府來，央煩出月迎請六黃太尉之事。衆官悉言：「正是州縣不勝憂苦這件事。欽差若來，凡一應秖迎、廩餼、公宴、器用、人夫，無不出于州縣，州縣必取之于民〔七〕。公私困極，莫此爲甚。我輩還望四泉于上司處美言提拔，足見厚愛。」言訖，都不久坐，告辭起身而去。

話休饒舌，到李瓶兒三七，有門外永福寺道堅長老，領十六衆上堂僧來念經。穿雲錦袈裟，戴毘盧帽，大鈸大鼓，甚是齊整。十月初八日是四七，請西門外寶慶寺趙喇嘛〔八〕，亦十六衆，來念番經，結壇跳沙，洒花米行香，口誦真言。齋供都用牛乳茶酪之類，懸掛都是九醜天魔變相〔九〕，身披纓絡琍璃，項掛髑髏，口咬嬰兒，坐跨妖魅，腰纏蛇螭，或四頭八臂，或手執戈戟，朱髮藍面，醜惡莫比。午齋已後，就動葷酒。西門慶那日不在家，同陰陽徐先生往墳上破土開壙去了，後晌方回。晚夕，打發喇嘛散了。

一味點綴，炫人耳目。

次日，推運山頭酒米、桌面餚品一應所用之物，又委付主管夥計，庄上前後搭棚，墳內穴邊又起三間罩棚〔一〇〕。先請附近地隣來，大酒大肉管待。臨散，皆肩背項負而歸，俱不必細說。

鋪叙處，蓋欲極其盛而言之。

十一日白日，先是歌郎并鑼鼓地弔來靈前參靈〔一一〕，弔《五鬼鬧判》、《張天師着鬼迷》、《鍾馗戲小鬼》、《老子過函關》、《六賊鬧彌陀》、《雪裏梅》、《莊周夢蝴蝶》、《天王降地水火風》、《洞賓飛劍斬黃龍》、《趙太祖千里送荊娘》，各樣百戲弔罷，堂客都在簾內觀看。參罷靈去了，內外親戚都來辭靈燒紙，大哭一場。

到次日發引，先絶早擡出名旌、各項旛亭紙劄，僧道、鼓手、細樂、人役都來伺候。西門慶預先問帥府周守備討了五十名巡捕軍士，都帶弓馬，全裝結束。留十名在家看守，四十名在材邊擺馬道，分兩翼而行。衙門裏又是二十名排軍打路，照管冥器。墳頭又是二十名把門，管收祭祀。那日官員士夫、親隣朋友來送殯者，車馬喧呼，填街塞巷。本家并親眷轎子也有百十餘頂，三院鴇子粉頭小轎也有數十。徐陰陽擇定辰時起棺，西門慶留下孫雪娥并二女僧看家，平安兒同兩名排軍把前門。女婿陳敬濟跪在柩前摔盆，活悔氣。六十四人上扛，有仵作一員官立于增架上，敲响板，指撥擡材人上肩。先是請了報恩寺僧官來起棺，轉過大街口望南走。兩邊觀看的人山人海。那日正值晴明天氣，果然好殯。但見：

和風開綺陌，細雨潤芳塵，東方曉日初升，北陸殘烟乍斂。鼕鼕嚨嚨，花喪鼓不住聲喧；叮叮噹噹，地吊鑼連宵振作。銘旌招颭，大書九尺紅羅；起火軒天，冲散半天黃霧。狰狰獰獰開路鬼，斜擔金斧；忽忽洋洋險道神，端秉銀戈。逍逍遥遥八洞仙，龜鶴遶定；窈窈窕窕四毛女，虎鹿相隨。熱熱鬧鬧採蓮船，撒科打諢；長長大大高撬漢，貫甲頂盔。清清秀秀小道童一十六衆，都是霞衣道髻，動一派之仙音；肥肥胖胖大和尚二十四個，個個都是雲錦袈裟，轉五方之法事。一十二座大絹亭，亭亭皆綠舞紅飛；一十四座小絹亭，座座盡珠圍翠繞。左勢下，天倉與地庫相連；右勢下，金山與銀山作隊。掌醖厨列八珍之礶〔一二〕，香燭亭供三獻之儀〔一三〕。六座百花亭，現千團錦綉；一乘引魂轎，扎百結黃絲。這邊把花與雪柳爭輝，那邊寶蓋與銀幢作隊。金字旛銀字旛，緊護棺輿；白絹繖綠絹繖，同圍增架。功布招颭，孝眷聲哀。打路排軍執欖杆，前後呼擁；迎喪神會耍武藝，左右盤旋。賣解猶如鷹鷂，走馬好似猿猴。竪肩樁，打斤斗，隔肚穿錢，金鷄獨立，人人喝采，個個爭誇。扶肩擠背，不辨賢愚；挨覩並觀，那分貴賤！張三蠢胖，只把氣吁；李四矮矬，頻將脚跕。白頭老叟，盡將拐棒拄髭鬚〔一四〕；綠鬢佳人，也帶兒童來看殯。

吳月娘與李嬌兒等本家轎子十餘頂〔一五〕，一字兒緊跟材後。西門慶總冠孝服同衆親朋在材後，陳敬濟緊扶棺輿，走出東街口。西門慶具禮，請玉皇廟吳道官來懸真。身穿大紅五彩鶴氅，頭戴九陽雷巾，脚登丹舄，手執牙笏，坐在四人肩輿上，迎殯而來。將李瓶兒大影捧于手內，陳敬濟跪在面前，那殯停住了。衆人聽他在上高聲宣念：

恭惟

故錦衣西門恭人李氏之靈，存日陽年二十七歲，元命辛未相，正月十五日午時受生，大限于政和七年九月十七日丑時分身故。伏以尊靈，名家秀質，綺閣嬌姝。禀花月之儀容，蘊蕙蘭之佳氣。鬱德柔婉〔一六〕，賦性温和。配我西君，克諧伉儷。處閨門而賢淑，資琴瑟以好和。曾種藍田，尋嗟楚畹。正宜享福百年〔一七〕，可惜春光三九。句巧。嗚呼！明月易缺，好物難全。善類無常，修短有數。今則棺輿載道，丹旐迎風。良夫躃踊于柩前，孝眷哀矜于巷陌。離别情深而難已，音容日遠以日忘。某等謬忝冠簪，愧領玄教。愧無新垣平之神術，（用得當。）恪遵玄元始之遺風。徒展崔巍鏡裏之容，難返莊周夢中之蝶。漱甘露而沃瓊漿，超知識登于紫府；披百寶而面七真，引淨魄出于冥途。一心無掛，四大皆空。苦，苦，苦！氣化清風形歸土。一靈真性去弗迴，改頭換面無遍數。

衆聽末後一句：咦！精爽不知得何處，真容留與後人看。

吴道官念畢，端坐轎上，那轎捲坐退下去了。這裏鼓樂喧天，哀聲動地，殯纔起身，迤逦出南門。衆親朋陪西門慶，走至門上方乘馬，陳敬濟扶柩，到于山頭五里原。

原來坐營張團練，帶領二百名軍，同劉、薛二内相，又早在墳前高阜處搭帳房，吹响器，打銅鑼銅鼓，迎接殯到，看着裝燒冥器紙劄，烟焰漲天。棺輿到山下扛，徐先生率仵作，依羅經弔向，巳時祭告后土方隅後〔一八〕，纔下葬掩土。西門慶易服，備一對尺頭禮，請帥府周守備點主。衛中官員并親朋夥計，皆爭拉西門慶遞酒，鼓樂喧天，烟火匝地，熱鬧豐盛，不必細說。

吃畢，後晌回靈，吴月娘坐魂轎，抱神主魂旛，陳敬濟扶靈床，鼓手細樂十六衆小道童兩邊吹打。吴大舅并喬大户、吴二舅、花大舅、沈姨夫、孟二舅、應伯爵、謝希大、温秀才、衆主管夥計，都陪着西門慶進城，堂客轎子壓後，到家門首燎火而入。李瓶兒房中安靈已畢，徐先生前廳祭神洒掃，各門户皆貼辟非黄符。謝徐先生一疋尺頭、五兩銀子出門，各項人役打發散了。又拏出二十吊錢來，五吊賞巡捕軍人，五吊與衙中排軍，十吊賞營裏人馬。拏帖兒回謝

以瓶兒之爲人，在西門慶妻妾中似不應獲早死之報，不知早死正瓶兒之福。知此，方可論因果報應。

周守備、張團練〔一九〕、夏提刑，俱不在話下。西門慶還要留喬大户、吴大舅衆人坐，衆人都不肯，作辭起身。來保進説：「搭棚在外伺候，明日來拆棚。」西門慶道：「棚且不消拆，亦發過了你宋老爹擺酒日子來拆罷。」打發搭彩匠去了。後邊花大娘子與喬大户娘子衆堂客，還等着安畢靈，哭了一場，方纔去了。

西門慶不忍遽捨，晚夕還來李瓶兒房中，要伴靈宿歇。見靈床安在正面，大影掛在旁邊，靈床内安着半身，裏面小錦被褥、床几、衣服、粧奩之類，無不畢具，下邊放着他的一對小小金蓮，寫出傷心。桌上香花燈燭、金碟樽俎般般供養，西門慶大哭不止。令迎春就在對面炕上搭鋪，到夜半，對着孤燈，半窗斜月，翻復無寐，長吁短嘆，思想佳人。有詩爲証：

短嘆長吁對鎖窗，舞鸞孤影寸心傷。
蘭枯楚畹三秋雨，楓落吴江一夜霜。
夙世已逢連理願，此生難滅返魂香。
九泉果有精靈在，地下人間兩斷腸。

白日間供養茶飯，西門慶俱親看着丫鬟擺下，他便對面和他同吃。更寫得傷心。舉起筯兒來：「你請些飯兒！」行如在之禮。丫鬟養娘都忍不住掩淚而哭。奶子如意兒，無人處常在根前遞茶遞水，挨挨搶搶，掐掐捏捏，插話兒應答，那消三夜兩夜。「那消」二字，甚言此道感人。這日，西門慶因請了許多官客堂客，墳上暖墓來家，陪人吃得醉了。進來，迎春打發歇下。到夜間要茶吃，叫迎春不應，如意兒便來

之易。

遞茶。因見被拖下炕來，接過茶盞，用手扶被，西門慶一時興動，摟過脖子就親了個嘴，遞舌頭在他口內。老婆就咂起來，一聲兒不言語。西門慶令脫去衣服上炕，兩個摟在被窩內，不勝歡娛，雲雨一處。老婆說：「既是爹擡舉，娘也沒了，小媳婦情願不出爹家門，隨爹收用便了。」西門慶便叫：「我兒，你只用心伏侍我，愁養活不過你來！」談何容易！這老婆聽了，枕席之間，無不奉承，顛鸞倒鳳，隨手而轉，把西門慶歡喜的要不的。

次日，老婆早辰起來，與西門慶拿鞋脚，疊被褥，就不靠迎春，極盡慇懃，無所不至。西門慶開門尋出李瓶兒四根簪兒來賞他，老婆磕頭謝了。迎春知收用了他，兩個打成一路。老婆自恃得寵，脚跟已牢，無復求告於人，就不同往日，打扮喬模喬樣，淺人往往如此。在丫鬟夥內，說也有，笑也有，早被潘金蓮看在眼裏。

早辰，西門慶正陪應伯爵坐的，忽報宋御史差人來送賀黃太尉一桌金銀酒器：兩把金壺，兩副金臺盞，十副小銀鍾，兩副銀折盂，四副銀賞鍾；兩疋大紅彩蟒，兩疋金段，十罈酒，兩牽羊。傳報：「太尉船隻已到東昌地方，煩老爹這里早備酒席，准在十八日迎請。」西門慶收入明白，與了來人一兩銀子，用手本打發回去。隨即兑銀與賁四、來興兒，定桌面，粘果品，買辦整理，不必細說。因向伯爵說：「自從他不好起，到而今，我再沒一口兒心閒。剛剛打發喪事出去了，又鑽出這等勾當來，教我手忙脚亂。」分明快心事，却作埋怨說，酷肖。伯爵道：「這箇，哥不消抱怨，你又不曾兜攬他，他上門兒來央煩你。雖然你這席酒替他陪幾兩銀子，到明日，休說朝廷一位欽差殿

艷，幾垂天下之涎。以灌夫之意氣，而猶以丞相過竇嬰爲榮，未免此見，則士之怪人熏灼者有幾？何況伯爵！

要從其心愛處，直言不避。賊甚。

亦是冷案，似乎可省，然

前大太尉來咱家坐一坐，只這山東一省官員，并巡撫巡按、人馬散級，也與咱門戶添許多光輝。」西門慶道：「不是此說，我承望他到二十已外也罷，不想十八日就迎接，忒促急促忙。這日又是他五七，我已與了吳道官寫法銀子去了，如何又改！不然，雙頭火杖都擠在一處，怎亂得過來？」應伯爵道：「這箇不打緊，我筭來，嫂子是九月十七日沒了，此月二十一日正是五七。你十八日擺了酒，二十日與嫂子念經也不遲。」西門慶道：「你說的是，我就使小廝回吳道官改日子去。」伯爵道：「哥，我又一件：東京黃真人，朝廷差他來泰安州進金鈴弔掛御香，建七晝夜羅天大醮，如今在廟裏住。趁他未起身，倒好教吳道官請他那日來做高功，領行法事。咱圖他這個名聲，（一味好名。）也好看。」西門慶道：「都說這黃真人有利益，（想到實處，畢竟情深。）請他到好，爭奈吳道官齋日受他祭禮，出殯又起動他懸真，道童送殯，沒的酬謝他，教他念這個經兒，表意而已。今又請黃真人主行，却不難爲他？」伯爵道：「齋一般還是他受，只教他請黃真人做高功就是了。哥只多費幾兩銀子，爲嫂子，沒曾爲了別人。」西門慶一面教陳敬濟寫帖子，又多封了五兩銀子，教他早請黃真人，改在二十日念經，二十四衆道士，水火煉度一晝夜。卽令玳安騎頭口去了。

西門慶打發伯爵去訖，進入後邊。只見吳月娘說：「賁四嫂買了兩個盒兒，他女兒長姐定與人家，來磕頭。」西門慶便問：「誰家？」賁四娘子領他女兒，穿着大紅段襖兒、黃紬裙子，戴着花翠插燭，向西門慶磕了四個頭。月娘在旁說：「咱也不知道，原來這孩子與了夏大人房裏擡

細觀首尾，方知其妙。

舉，昨日纔相定下。這二十四日就娶過門，只得了他三十兩銀子。論起來，這孩子倒也好身量，不相十五歲，到有十六七歲的。多少時不見，就長的成成的。」西門慶道：「他前日在酒席上和我說，要擡舉兩個孩子學彈唱，不知你家孩子與了他。」于是教月娘讓至房內，擺茶留坐。落後，李嬌兒、孟玉樓、潘金蓮、孫雪娥、大姐都來見禮陪坐。臨去，月娘與了一套重絹衣服、一兩銀子，李嬌兒衆人都有與花翠、汗巾、脂粉之類。晚上，玳安回話：「吳道官收了銀子，知道了。黃真人還在廟裏住，過二十頭纔回東京去。十九日早來鋪設壇場。」

西門慶次日，家中廚役落作治辦酒席，務要齊整，大門上紮七級彩山，廳前五級彩山。十七日，宋御史差委兩員縣官來觀看筵席：廳正面，屏開孔雀，地匝氍毹，都是錦繡桌幃，粧花椅甸。黃太尉便是肘件大飯簇盤、定勝方糖，吃看大插桌；觀席兩張小插桌，是巡撫、巡按陪坐；兩邊布按三司，有桌席列坐。其餘八府官，都在廳外棚內兩邊，只是五菓五菜平頭桌席。看畢，西門慶待茶，起身回話去了。

到次日，撫按率領多官人馬，早迎到船上，張打黃旗「欽差」二字，捧着勑書在頭裏走，地方統制、守禦、都監、團練，各衛掌印武官，皆戎服甲冑，各領所部人馬圍隨，儀杖擺數里之遠。黃太尉穿大紅五彩雙掛綉蟒，坐八擡八簇銀頂暖轎，張打茶褐傘。後邊名下執事人役跟隨無數，皆駿騎咆哮，如萬花之燦錦，隨鼓吹而行。黃土墊道[三〇]，雞犬不聞，樵採遁跡。人馬過東平府，進清河縣，縣官黑壓壓跪於道傍迎接，左右喝叱起去。隨路傳報，直到西門慶門首。教坊

此時各官禮貌已如此，而爲西門慶諱不可，誇不可，最難下筆。此只以「拜見獻茶」一混，又若誇，又若諱，絕妙躲閃之法。

席終賓主不交一

鼓樂，聲震雲霄，兩邊執事人役皆青衣排伏，雁翅而列。西門慶青衣冠冕，望塵拱伺。隱約其詞。良久，人馬過盡，太尉落轎進來，後面撫按率領大小官員，一擁而入。到于廳上，又是箏篥、方響、雲璈、龍笛、鳳管，細樂响動。爲首就是山東巡撫都御史侯濛，巡按監察御史宋喬年參見，太尉還依禮答之。其次就是山東左布政龔共、左參政何其高、右布政陳四箴、右參政季侃廷、參議馮廷鵠、右參議汪伯彥、廉使趙訥、採訪使韓文光、提學副使陳正彙、兵備副使雷啟元等兩司官參見，太尉稍加優禮。及至東昌府徐崧、東平府胡師文、兗州府凌雲翼、徐州府韓邦奇、濟南府張叔夜、青州府王士奇、登州府黃甲、萊州府葉遷等八府官行廳參之禮，太尉答以長揖而已。至于統制、制置、守禦、都監、團練等官，太尉則端坐。各官聽其發放，外邊伺候。然後，西門慶與夏提刑上來拜見獻茶，侯巡撫、宋巡按向前把盞，下邊動鼓樂，來與太尉簪金花，捧玉斝，彼此酬飲。遞酒已畢，太尉正席坐下，撫按下邊主席，其餘官員并西門慶等，各依次第坐了。教坊伶官遞上手本奏樂，一應彈唱隊舞，各有節次，極盡聲容之盛。當筵搬演《裴晉公還帶記》，一摺下來，廚役割獻燒鹿、花猪、百寶攢湯、大飯燒賣。又有四員伶官，箏篥、琵琶、箜篌，上來清彈小唱。

唱畢，湯未兩陳，樂已三奏。下邊跟從執事人等，宋御史差兩員州官，在西門慶捲棚內自有桌席管待。守禦、都監等官，西門慶都安在前邊客位，自有坐處。黃太尉令左右拿十兩銀子來賞賜各項人役，隨卽看轎起身。衆官再三欵留不住，卽送出大門。鼓樂笙簧迭奏，兩街

言，寫出勢分所臨，元無情義，徒以套禮尊拱而已。

儀衛喧闐，清蹕傳道，人馬森列。多官俱上馬遠送，太尉悉令免之，舉手上轎而去。

宋御史、侯巡撫分付都監以下軍衛有司，直護送至皇船上來回話。桌面器皿，答賀羊酒，具手本差東平府知府胡師文與守禦周秀，親送到船所，交付明白。回至廳上，拜謝西門慶說：「今日負累取擾，深感，深感！分資有所不足，容當奉補。」西門慶慌躬身施禮道：「卑職重承教愛，累辱盛儀，日昨又蒙賻禮，蝸居卑陋，猶恐有不到處，萬望公祖諒宥。幸甚！」宋御史謝畢，即令左右看轎，與侯巡撫一同起身，兩司八府官員皆拜辭而去。各項人役，一鬨而散。西門慶回至廳上，將伶官樂人賞以酒食，俱令散了，止留下四名官身小優兒伺候。廳內外各官桌面，自有本官手下人領不題。絕不漏空。

秀才便講宗師，若誇矣。而

西門慶見天色尚早，收拾家伙停當，攢下四張桌席，使人請吳大舅、應伯爵、謝希大、溫秀才、傅自新、甘出身、韓道國、賁四、崔本及女婿陳敬濟，——從五更起來，各項照管辛苦〔二〕，坐飲三杯。不一時，衆人來到，擺上酒來飲酒。伯爵道：「哥，今日黃太尉坐了多大一回？歡喜不歡喜？」韓道國道：「今日六黃老公公見咱家酒席齊整，無個不歡喜的。巡撫、巡按兩位甚是知感不盡，謝了又謝。」伯爵道：「若是第二家擺這酒席也成不的，也沒咱家恁大地方〔三〕，也沒府上這些人手。今日少說也有上千人進來，都要管待出去。哥就陪了幾兩銀子，咱山東一省也响出名去了。」溫秀才道：「學生宗主提學陳老先生，也在這里預席。」西門慶問其名，溫秀才道：「名陳正彙者，乃諫垣陳了翁先生乃郎，本貫河南鄄城縣人，十八歲科舉，中壬辰進士，

不知其爲聞見之陋，可發一笑。

今任本處提學副使，極有學問。」西門慶道：「他今年纔二十四歲？」正說着，湯飯上來。

衆人吃畢，西門慶叫上四個小優兒，問道：「你四人叫甚名字？」答道：「小的叫周采、梁鐸、馬真、韓畢。」伯爵道：「你不是韓金釧兒一家？」韓畢跪下說道：「金釧兒、玉釧兒是小的妹子。」西門慶因想起李瓶兒來：「今日擺酒，就不見他。」分付小優兒：「你每拿樂器過來，唱個『洛陽花，梁園月』我聽。」韓畢與周采一面搊箏撥阮，唱道：

此曲詞旨甚悲，雖歡時亦不堪讀。

【普天樂】洛陽花，梁園月。好花須買，皓月須賒。花倚欄杆看爛熳開，月曾把酒問團圞夜。月有盈虧，花有開謝，想人生最苦離別。花謝了，三春近也；月缺了，中秋到也；人去了，何日來也？

字字從深情中流出，却妙在一字不切。若切便淺。一語同一意，而口角各肖其人。化工之手。

唱畢，應伯爵見西門慶眼裏酸酸的，便道：「哥教唱此曲，莫非想起過世嫂子來？」西門慶看見後邊上菓碟兒，叫：「應二哥，你只嗔我說，有他在，就是他經手整定。從他沒了，隨着丫鬟撮弄，你看相甚模樣？好應口菜也沒一根我吃。」温秀才道：「這等盛設，老先生中饋也不謂無人，足可以勾了。」伯爵道：「哥休說此話。你心間疼不過，便是這等說，恐一時冷淡了別的嫂子們心。」

這里酒席上說話，不想潘金蓮在軟壁後聽唱，聽見西門慶說此話，走到後邊，一五一十告訴月娘。月娘道：「隨他說去就是了，你如今却怎樣的？前日他在時，即許下把綉春教伏侍李嬌兒，他到睁着眼與我叫，說：『死了多少時，就分散他房裏丫頭？』教我就一聲兒再沒言語。

這兩日憑着他那媳婦子和兩個丫頭，狂的有些樣兒？我但開口，就說咱們擠撮他。」金蓮道：「這老婆這兩日有些別改模樣，只怕賊没廉耻貨，鎮日在那屋裡，纏了這老婆也不見的。我聽見說，前日與了他兩對簪子，老婆帶在頭上，拿與這個瞧，拿與那個瞧。」月娘道：「荳芽菜兒——有甚綑兒！」衆人背地里都不喜歡。正是：

遺踪堪入時人眼，多買胭脂畫牡丹。

校記

〔一〕「詩曰」，內閣本、首圖本無。

〔二〕「遶官」，首圖本作「遶棺」。按張評本、詞話本作「遶棺」。

〔三〕「多有破費」，首圖本作「多勞重費」。

〔四〕「狄斯朽」，首圖本作「萬歲」。

〔五〕「共有五個員官」，內閣本作「共有五百員官」，首圖本作「出來有五百員官」。按張評本作「共有五個官員」，詞話本作「共五員官」。

〔六〕「昔年」，原作「背年」，據內閣、首圖等本改。

〔七〕「于民」，首圖本作「子民」。

〔八〕「趙喇嘛」，吳藏本作「起喇嘛」。

〔九〕「九醜」，首圖本作「九州」。

〔一〇〕「穴邊」，首圖本作「穴室」。

〔一一〕「鑼鼓」，首圖本作「旗鼓」。

〔一二〕「八珍之礶」，首圖本作「八百之名」。

〔一三〕「三獻」，首圖本作「三寶」。

〔一四〕「拄髭鬚」，内閣本、首圖本作「挂髭鬚」。

〔一五〕「李嬌兒」，原作「李瓶兒」，據首圖本改。按張評本、詞話本作「李嬌兒」。

〔一六〕「鬱德」，吳藏本作「容德」。

〔一七〕「百年」，吳藏本作「有年」。

〔一八〕「祭告」，内閣本、首圖本作「登告」。

〔一九〕「張團練」，原作「張團陳」，據内閣、首圖等本改。

〔二〇〕「黃土墊道」，吳藏本作「黃土道」。按張評本、詞話本作「黃土墊道」。

〔二一〕「辛苦」，原作「幸苦」，據内閣、首圖等本改。

〔二二〕「大地方」，原作「人地方」，據内閣、吳藏等本改。

金瓶梅

第六十六回

翟管家寄書致賻

黃眞人發牒薦亡

新刻繡像批點金瓶梅卷之十四〔一〕

第六十六回　翟管家寄書致賻　黄真人發牒薦亡

詞曰〔二〕：

胸中千種愁，挂在斜陽樹。緑葉陰陰自得春，草滿鶯啼處。不見淩波步，空想如簧語。門外重重叠叠山，遮不斷愁來路。

——右調《卜算子》〔三〕

話説西門慶陪吳大舅、應伯爵等飲酒中間，因問韓道國：「客夥中標船幾時起身？咱好收拾打包。」韓道國道：「昨日有人來會，也只在二十四日開船。」西門慶道：「過了二十念經，打包便了。」伯爵問道：「這遭起身，那兩位去？」西門慶道：「三個人都去。明年先打發崔大哥押一船杭州貨來，他與來保還往松江下五處，置買些布貨來賣。家中段貨紬綿都還有哩。」伯爵道：「哥主張極妙。常言道：要的般般有，纔是買賣。」説畢，已有起更時分，吳大舅起身説：「姐夫連日辛苦，俺每酒已勾了，告回，你可歇息歇息。」西門慶不肯，還留住，令小優兒奉酒唱曲，每人吃三鍾纔放出門。西門慶賞小優四人六錢銀子，再三不敢接，説：「宋爺出票叫小的每來官

西門慶只以生意爲本，不盡改換門閭，大是高處。恐今人有不及者矣。

身，如何敢受老爹重賞？」西門慶道：「雖然官差，此是我賞你，怕怎的？」四人方磕頭領去。西門慶便歸後邊歇去了。

次日早起往衙門中去，早有吳道官差了一個徒弟、兩名鋪排，來大廳上鋪設壇場，鋪設的齊齊整整。西門慶來家看見，打發徒弟鋪排齋食吃了回去。隨卽令温秀才寫帖兒，請喬大户、吳大舅、吳二舅、花大舅、沈姨夫、孟二舅、應伯爵、謝希大、常峙節、吳舜臣許多親眷并堂客，明日念經。家中廚役落作，治辦齋供不題。

次日五更，道衆皆來，進入經壇內，明燭焚香，打動响樂，諷誦諸經，鋪排大門首挂起長旛，懸弔榜文，兩邊黃紙門對一聯，大書：

東極垂慈仙識乘晨而超登紫府，

南丹赦罪淨魄受煉而逕上朱陵。

大廳經壇，懸挂齋題二十字〔四〕，大書：「青玄救苦、頒符告簡、五七轉經、水火煉度薦揚齋壇。」卽日，黃真人穿大紅，坐牙轎，繫金帶，左右圍隨，儀從喧喝，日高方到。吳道官率衆接至壇所，行畢禮，然後西門慶着素衣絰巾，拜見遞茶畢。洞案傍邊安設經筵法席，大紅銷巾桌圍，粧花椅褥，二道童侍立左右。發文書之時，西門慶備金段一疋；登壇之時，換了九陽雷巾，大紅金雲白百鶴法氅。先是表白宣畢齋意，齋官沐手上香。然後黃真人焚香淨壇，飛符召將，關發一應文書符命，啓奏三天，告盟十地。三獻禮畢，打動音樂，化財行香。西門慶與陳敬濟執手爐跟隨，排軍喝路，前後四把銷金傘、三對纓絡挑搭。行香回來，安請監齋畢，又動音樂，往李瓶兒靈前攝召引魂，朝參玉陛，傍設几筵，聞經悟道。到了午朝，高功冠裳，步罡踏斗，拜進朱表，遣差神將，飛下羅酆。原來黃真人年約三旬，儀表非常，粧束起來，午朝拜表，儼然就是個活神仙。但見：

星冠攢玉葉，鶴氅縷金霞。神清似長江皓月，貌古如太華喬松。踏罡朱履進丹霄，步虛琅函浮瑞氣。長髯廣頰，修行到無漏之天；皓齒明眸，佩籙掌五雷之令。三更步月鸞聲遠，萬里乘雲鶴背高。就是都仙太史臨凡世，廣惠真人降下方。

拜了表文，吳道官當壇頒生天寶籙神虎玉劄。行畢午香，捲棚內擺齋。黃真人前，大桌面定勝；吳道官等，稍加差小；其餘散衆，俱平頭桌席。黃真人、吳道官皆襯段尺頭、四對披花、四疋絲紬，散衆各布一疋。桌面俱令人擡送廟中，散衆各有手下徒弟收入箱中，不必細說。

吃畢午齋，都往花園內遊玩散食去了，一面收下家火，從新擺上齋饌，請吳大舅等衆親朋夥計來吃。正吃之間，忽報：「東京翟爺那里差人下書。」西門慶即出廳上，請來人進來。只見是府前承差幹辦，青衣窄袴，萬字頭巾，乾黃靴，全付弓箭，向前施禮。西門慶答禮相還。那人向身邊取出書來遞上，又是一封折賻儀銀十兩。問來人上姓，那人道：「小人姓王名玉，蒙翟爺差遣，送此書來。不知老爹這邊有喪事，安老爹書到纔知。」西門慶問道：「你安老爹書幾時到的？」那人說：「十月纔到京。因催皇木一年已滿，陞都水司郎中。如今又奉勅脩理河道，直到工完回京。」西門慶問了一遍，卽令來保廂房中管待齋飯，分付明白來討回書。那人問：「韓老爹在那里住？宅內稍信在此。小的見了，還要赶往東平府下書去。」西門慶卽喚出韓道國來見那人，陪吃齋飯畢，同往家中去了。

西門慶拆看書中之意，於是乘着喜歡，將書拿到捲棚內教温秀才看。說：「你照此脩一封回書答他，就稍寄十方緺紗汗巾、十方綾汗巾、十副揀金挑牙、十個烏金酒杯作回奉之禮。他明日就來取回書。」温秀才接過書來觀看，其書曰：

一喜便洩，方知安石鎮物之難。

寓京都眷生翟謙頓首，書奉卽擢大錦堂西門四泉親家大人門下：自京邸話別之後，未得從容相敍，心甚歉然。其領教之意，生已於家老爺前悉陳之矣。邇者，安鳳山書到，方知老親家有鼓盆之嘆，但恨不能一弔爲悵，奈何，奈何！伏望以禮節哀可也。外具賻儀，少表微忱，希筦納。又久仰貴任榮修德政，舉民有五袴之歌，境內有三留之譽，今歲考績，必有甄陞。昨日神運都功，兩次工上〔五〕，生已對老爺說了，安上親家名字。工完題奏，必有恩典，親家必有掌刑之喜。夏大人年終類本，必轉京堂指揮列銜矣。謹此預報，伏惟高照，不宣。

附云：此書可自省覽，不可使聞之於渠。謹密，謹密！

又云：楊老爺前月二十九日卒于獄。又完冷案。

冬上澣具

温秀才看畢，纔待袖，早被應伯爵取過來，觀看了一遍，還付與温秀才收了。説道：「老先生把回書千萬加意做好些。翟公府中人才極多，休要教他笑話。」温秀才道：「貂不足，狗尾續。學生匪才，焉能在班門中弄大斧！不過乎塞責而已。」西門慶道：「温老先他自有個主意，你這狗才曉的甚麽？」須臾，吃罷午齋，西門慶分付來興兒打發齋饌，送各親眷街隣。又使玳安回院中李桂姐、吴銀兒、鄭愛月兒、韓釧兒、洪四兒、齊香兒六家香儀人情禮去。每家回答一疋大布、一兩銀子。

後晌，就叫李銘、吴惠、鄭奉三個小優兒來伺候。良久，道衆陞壇發擂，上朝拜懺觀燈，解壇送聖。天色漸晚，及比設了醮，就有起更天氣。門外花大舅被西門慶留下不去了，喬大户、沈姨夫、孟二舅告辭回家。止有吴大舅、二舅、應伯爵、謝希大、温秀才、常峙節并衆夥計在此，晚夕觀看水火煉度。就在大廳棚内搭高座，扎綵橋，安設水池火沼，放擺斛食。李瓶兒靈位另有几筵幃幕，供獻齊整。傍邊一首魂旛、一首紅旛、一首黄旛，上書「制魔保舉，受煉南宫」。先是道衆音樂，兩邊列坐，持節捧盂劍，四個道童侍立兩邊。黄真人頭戴黄金降魔冠，身披絳綃雲霞衣，登高座，口中念念有詞，宣偈云：

太乙慈尊降駕來，夜壑幽關次第開。
童子雙雙前引導，死魂受煉步雲階。

宣偈畢，又薰沐焚香，念曰：「伏以玄皇闡教，廣開度于冥途；正一垂科，俾煉形而昇舉。恩沾幽爽，澤被飢噓。謹運真香，志誠上請東極大慈仁者太乙救苦天尊、十方救苦諸真人聖衆，仗此真香〔六〕，來臨法會。切以人處塵凡，月縈俗務，不知有死，惟欲貪生。鮮能種于善根，多隨入于惡趣，昏迷弗省，恣慾貪嗔。將謂自己常存，豈信無常易到！一朝傾逝，萬事皆空。業障纏身，冥司受苦。今奉道伏為亡過室人李氏靈魂，一棄塵緣，久淪長夜。若非薦拔于愆辜，必致難逃于苦報〔七〕。恭惟天尊秉好生之仁，救尋聲之苦，洒甘露而普滋羣類，放瑞光而遍燭昏衢。命三官寬考較之條，詔十殿閣推研之筆。開囚釋禁，宥過解冤。各隨符使，盡出幽關。咸令登火池之沼，悉蕩滌黃華之形。凡得更生，俱歸道岸。兹焚靈寶煉形真符，謹當宣奏：

太微迴黃旗，無英命靈旛。
攝召長夜府，開度受生魂。」

道衆先將魂旛安于水池內，焚結靈符，換紅旛；次于火沼内焚鬱儀符，換黃旛。高功念：「天一生水，地二生火，水火交煉，乃成真形。」煉度畢，請神主冠帔步金橋，朝參玉陛，皈依三寶，朝玉清，衆舉《五供養》。舉畢，高功曰：「既受三皈，當宣九戒。」九戒畢，道衆舉音樂，宣念符命并《十類孤魂》。煉度已畢，黃真人下高座，道衆音樂送至門外，化財焚燒箱庫。

回來，齋功圓滿，道衆都換了冠服，鋪排收捲道像。西門慶又早大廳上畫燭齊明，酒筵羅列。三個小優彈唱，衆親友都在堂前。西門慶先與黃真人把盞，左右捧着一疋天青雲鶴金

真人舉動宣念，仍是衆道之舉動宣念，別無玄妙。想玄妙處不可以語言求也。

段、一疋色段、十兩白銀，叩首下拜道：「亡室今日賴我師經功救拔，得遂超生，均感不淺，微禮聊表寸心。」黃真人道：「小道謬忝冠裳，濫膺玄教，有何德以達人天？皆賴大人一誠感格，而尊夫人已駕景朝元矣。此禮若受，實爲赧顏。」西門慶道：「此禮甚薄，有褻真人，伏乞笑納！」黃真人方令小童收了。西門慶遞了真人酒，又與吳道官把盞，乃一疋金段、五兩白銀，又是十兩經資。吳道官只受經資，餘者不肯受，說：「小道素蒙厚愛，自恁效勞誦經，追拔夫人往生仙界，以盡其心〔八〕。受此經資尚爲不可，又豈敢當此盛禮乎！」西門慶道：「師父差矣。真人掌壇，其一應文簡法事，皆乃師父費心。此禮當與師父酬勞，何爲不可？」吳道官不得已，方領下，再三致謝。西門慶與道衆遞酒已畢，然後吳大舅、應伯爵等上來與西門慶散福遞酒。吳大舅把盞，伯爵執壺，謝希大捧菜，一齊跪下。伯爵道：「嫂子今日做此好事，幸請得真人在此，又是吳師父費心，嫂子自得好處。此雖賴真人追薦之力，實是哥的虔心，嫂子的造化。」于是滿斟一盃送與西門慶。西門慶道：「多蒙列位連日勞神，言謝不盡。」（謝得妙。）說畢，一飲而盡。伯爵又斟一盞，說：「哥，吃個雙盃，不要吃單盃。」謝希大慌忙遞一筯菜來吃了。西門慶回敬衆人畢，安席坐下。小優彈唱起來，廚役上割道。當夜在席前猜拳行令，品竹彈絲，直吃到二更時分，西門慶已帶半酣，衆人方作辭起身而去。西門慶進來賞小優兒三錢銀子，往後邊去了。正是：

人生有酒須當醉，一滴何曾到九泉。

校記

〔一〕「批點」，上圖甲本、天理本同，內閣本作「批評」。
〔二〕「詞曰」，內閣本、首圖本題作「卜算子」。
〔三〕「右調卜算子」，內閣本、首圖本無。
〔四〕「齋題」，內閣本、首圖本、天圖本、吳藏本作「齊題」。按張評本、詞話本均作「齊題」。
〔五〕「工上」，吳藏本作「上上」。按張評本作「上上」，詞話本作「工上」。
〔六〕「仗此」，內閣本、首圖本、吳藏本作「伏此」。按張評本作「仗此」，詞話本作「伏此」。
〔七〕「難逃」，吳藏本作「難離」。按張評本作「難離」，詞話本作「難逃」。
〔八〕「以盡」，吳藏本作「誠盡」。

第六十七回　西門慶書房賞雪

李瓶兒夢訴幽情

第六十七回　西門慶書房賞雪　李瓶兒夢訴幽情

詞曰〔一〕：

朔風天，瓊瑤地。凍色連波，波上寒煙砌。山隱彤雲雲接水，衰草無情，想在彤雲內。黯香魂，追苦意。夜夜除非，好夢留人睡。殘月高樓休獨倚，酒入愁腸，化作相思淚。

——右調《蘇幕遮》〔二〕

話說西門慶歸後邊，辛苦的人，直睡至次日日高還未起來。有來興兒進來說：「搭綵匠外邊伺候，請問拆棚。」西門慶罵了來興兒幾句，說：「拆棚教他拆就是了，只顧問怎的！」搭綵匠一面卸下蓆繩松條，送到對門房子裏堆放不題。玉簫進房說：「天氣好不陰的重。」西門慶令他向煖炕上取衣裳穿，要起來。月娘便說：「你昨日辛苦了一夜，天陰，大睡回兒也好。慌的老早扒起去做甚麽？就是今日不往衙門裏去也罷了。」西門慶道：「我不往衙門裏去，只怕翟親家那人來討書。」月娘道：「既是恁說，你起去，我叫丫鬟熬下粥等你吃。」西門慶也不梳頭洗面，披着絨衣，戴着毡巾，逕走到花園裏書房中。

無一毫要緊，却妙。

原來自從書童去了，西門慶就委王經管花園書房，春鴻便收拾大廳前書房。冬月間，西門慶只在藏春閣書房中坐。那里燒下地爐煖炕，地平上又放着黃銅火盆，放下油單絹煖簾來。明間內擺着夾枝桃，各色菊花，清清瘦竹，翠翠幽蘭；裏面筆硯瓶梅，琴書瀟洒。西門慶進來，王經連忙向流金小篆炷爇龍涎。西門慶使王經：「你去叫來安兒請你應二爹去。」王經出來分付來安兒請去了。只見平安走來對王經說：「小周兒在外邊伺候。」王經走入書房對西門慶說了，西門慶叫進小周兒來，磕了頭，說道：「你來得好，且與我篦篦頭，捏捏身上。」因說：「你怎一向不來？」小周兒道：「小的見六娘沒了，忙，沒曾來。」西門慶于是坐在一張醉翁椅上，打開頭髮教他整理梳篦。只見來安兒請的應伯爵來了，頭戴毡帽，身穿綠絨襖子，脚穿一雙舊皂靴棕套，掀簾子進來唱喏。西門慶正篦頭，說道：「不消聲喏，請坐。」伯爵拉過一張椅子來，就着火盆坐下。西門慶道：「你今日如何這般打扮？」伯爵道：「你不知，外邊飄雪花兒哩，好不寒冷。昨日家去，雞也叫了，今日白扒不起來。不是大官兒去叫，我還睡哩。哥，你好漢，還起的早。若是我，成不的。」西門慶道：「早是你看着，我怎得個心閒！自從發送他出去了，又亂着接黃太尉，念經，直到如今。今日房下說：『你辛苦了，大睡回起去。』我又記挂着翟親家人來討回書，又看着拆棚，二十四日又要打發韓夥計和小价起身〔三〕。喪事費勞了人家，親朋罷了，士大夫官員，你不上門謝謝孝，禮也過不去。」伯爵道：「正是，我愁着哥謝孝這一節。少不的只摘撥謝幾家要緊的，胡亂也罷了。其餘相厚的，若會見，告過就是了。誰不知你府上事多，彼此心照罷。」

此等好漢，決不長久。

同一物，羡者涎垂，而厭者欲嘔。飢飽使然耶，抑貧富之口異耶？悠然可思。

正說着，只見畫童兒拿了兩盞酥油白糖熬的牛奶子。伯爵取過一盞，拿在手內，見白瀲瀲鵝脂一般酥油飄浮在盞內，說道：「好東西，滾熱！」呷在口裏，香甜美味，那消氣力，幾口就呵沒了。西門慶直待篦了頭，又教小周兒替他取耳，把奶子放在桌上，只顧不吃。伯爵道：「哥且吃些不是？可惜放冷了。相你清晨吃恁一盞兒，倒也滋補身子。」西門慶道：「我且不吃，你吃了，停會我吃粥罷〔四〕。」那伯爵得不的一聲，拿在手中，又一吸而盡。西門慶取畢耳，又叫小周兒拿木滾子滾身上，行按摩導引之術。伯爵問道：「哥滾着身子，也通泰自在麼？」西門慶道：「不瞞你說，相我晚夕身上常發酸起來，腰背疼痛，不着這般按捏，通了不得！」伯爵道：「你這胖大身子，日逐吃了這等厚味，豈無痰火！」西門慶道：「任後溪常說：『老先生雖故身體魁偉，而虛之太極。』送了我一罐兒百補延齡丹，說是林真人合與聖上吃的，教我用人乳常清晨服。我這兩日心上亂，也還不曾吃。你們只說我身邊人多，終日有此事，自從他死了，誰有甚麼心緒理論此事！」到此事雖知已前，亦要說謊。

正說着，只見韓道國進來，作揖坐下，說：「剛纔各家都來會了，船已顧下，准在二十四日起身。」西門慶分付甘夥計，攢下帳目兌了銀子，明日打包。因問：「兩邊鋪子裏賣下多少銀兩？」韓道國說：「共湊六千餘兩。」西門慶道：「兌二千兩一包，着崔本往湖州買紬子去。那四千兩，你與來保往松江販布，過年赶頭水船來。你每人先拿五兩銀子，家中收拾行李去。」韓道國道：「又一件：小人身從鄆王府，要正身上直，不納官錢如何處？」西門慶道：「怎的不納官錢？相來保一般也見鄆王差事〔五〕，他每月只納三錢銀子。」韓道國道：「保官兒那個，虧了太師老爺那邊文書上註過去，便不敢纏擾。小人乃是祖役，還要勾當餘丁。」西門慶道：「既是如此，你寫個揭帖，我央任後溪到府中替你和王奉承說，把你名字註銷，常遠納官錢罷。你每月只委人打米就是了。」韓夥計作揖謝了。伯爵道：「哥，你替他處了這件事，他就去也放心。」少頃，小周滚畢身上，西門慶往後邊梳頭去了，分付打發小周兒吃點心。

良久，西門慶出來，頭戴白絨忠靖冠，身披絨氅，賞了小周三錢銀子。又使王經：「請你温師父來。」不一時，温秀才峩冠博帶而至。敍禮已畢，左右放桌兒，拿粥來，伯爵與温秀才上坐，西門慶關席，韓道國打橫。西門慶分付來安兒：「再取一盞粥、一雙快兒，請姐夫來吃粥。」不一時，陳敬濟來到，頭戴孝巾，身穿白紬道袍，與伯爵等作揖打橫坐下。須臾吃了粥，收下家火去，韓道國起身去了。西門慶因問温秀才：「書寫了不曾？」温秀才道：「學生已寫稿在此，與老先生看過，方可謄真。」一面袖中取出，遞與西門慶觀看。其書曰：

寓清河眷生西門慶端肅書復大碩德柱國雲峯老親丈大人先生臺下：自從京邸邂逅，不覺違越光儀，倏忽半載。生不幸閨人不禄，特蒙親家遠致賻儀〔六〕，兼領誨教，足見爲我之深且厚也。感刻無任，而終身不能忘矣。但恐一時官守責成有所踈陋之處，企仰門墻有負薦拔耳，又賴在老爺鈞前常爲錦覆。則生始終蒙恩之處，皆親家所賜也。今因便鴻謹候起居，不勝馳戀，伏惟炤亮，不宣。外具揚州縐紗汗巾十方、色綾汗巾十方、揀金挑牙二十付，烏金酒鍾十個，少將遠意，希笑納。

西門慶看畢，即令陳敬濟書房內取出人事來，同温秀才封了，將書謄寫錦箋，彌封停當，印了圖書。另外又封五兩白銀與下書人王玉，不在話下。

一回見雪下的大了，西門慶留下温秀才在書房中賞雪，揩抹卓兒，拿上案酒來。只見有人在煖簾外探頭兒，西門慶問是誰，王經説：「是鄭春。」西門慶叫他進來。那鄭春手內拿着兩個盒兒，舉的高高的跪在當面，上頭又閣着個小描金方盒兒，西門慶問是甚麽，鄭春道：「小的姐姐月姐，知道昨日爹與六娘念經辛苦了，没甚麽，送這兩盒兒茶食兒來，與爹賞人。」揭開，一盒菓餡頂皮酥、一盒酥油泡螺兒。鄭春道：「此是月姐親手揀的。知道爹好吃此物，敬來孝順爹。」西門慶道：「昨日多謝你家送茶，今日你月姐費心又送這個來。」伯爵道：「好呀！拿過來，我正要嚐嚐。死了我一個女兒會揀泡螺兒，如今又是一個女兒會揀了。」先捏了一個放在口內，又拈了一個遞與温秀才，説道：「老先兒，你也嚐嚐。吃了牙老重生，抽胎換骨。眼見希奇物，勝活十年人。」温秀才呷在口內，入口而化。説道：「此物出于西域，非人間可有。沃肺融心，實上方之佳味。」西門慶又問：「那小盒兒內是甚麽？」鄭春悄悄跪在西門慶根前，遞上盒兒，説：「此是月姐稍與爹的物事。」西門慶把盒子放在膝蓋兒上，揭開纔待觀看，早被伯爵一手搶過去，打開是一方廻紋錦同心方勝桃紅綾汗巾兒，裏面裹着一包親口磕的瓜仁兒。伯爵把汗巾兒掠與西門慶，將瓜仁兩把喃在口裏都吃了。比及西門慶用手奪時，只剩下没多些兒，

分明贊泡螺，却作戲弄温秀才語。出之小人油嘴，故自不易。伯爵雖太

頑皮，然瓜仁入口亦只尋常，實不如搶去之有餘味。則謂頑皮也可，謂湊趣也可。

便罵道：「怪狗才，你害饞癆饞痞！留些兒與我見見兒，也是人心。」伯爵道：「我女兒送來，不孝順我，再孝順誰？我兒，你尋常吃的勾了。」安頓得妙。西門慶道：「溫先兒在此，我不好罵出來，你這狗才忒不相模樣。」一面把汗巾收入袖中，分付王經把盒兒掇到後邊去。

不一時杯盤羅列，篩上酒來。纔吃了一巡酒，玳安兒來說：「李智、黃四關了銀子，送銀子來了。」西門慶問多少，玳安道：「他說一千兩，餘者再一限送來。」伯爵道：「你看這兩個天殺的，他連我也瞞了不對我說。嗔道他昨日，你這里念經他也不來，原來往東平府關銀子去了。你今收了，也少要發銀子出去了。這兩個光棍，他攬的人家債多了，只怕往後後手不接。昨日，北邊徐內相發恨要親往東平府，自家擡銀子去。只怕他老牛箝嘴箝了去，却不難爲哥的本錢！」西門慶道：「我不怕他。我不管甚麼徐內相李內相，好不好把他小厮提在監裏坐着，不怕他不與我銀子。」一面教陳敬濟：「你拿天平出去收兑了他的就是了。我不出去罷。」

只一事不相聞，便轉口打破局。小人，小人！

良久，陳敬濟走來回話說：「銀子已兑足一千兩，交入後邊，大娘收了。黃四說，還要請爹出去說句話兒。」西門慶道：「你只說我陪着人坐着哩。左右他只要搗合同，教他過了二十四日來罷。」敬濟道：「不是。他說有庄事兒要央煩爹。」西門慶道：「甚麼事？等我出去。」一面走到廳上，那黃四磕頭起來，說：「銀子一千兩，姐夫收了。餘者下單我還。小人有一庄事兒央煩老爹。」說着磕在地下哭了。西門慶拉起來道：「端的有甚麼事，你說來。」黃四道：「小的外父孫清，搭了個夥計馮二，在東昌府販綿花。不想馮二有個兒子馮淮，不守本分，要便鎖了門出去宿娼。那日把綿花不見了兩大包，被小人丈人說了兩句，馮二將他兒子打了兩下。他兒子就和俺小舅子孫文相厮打起來，把孫文相牙打落了一個，他亦把頭磕傷。被客夥中解勸開了。不想他兒子到家，遲了半月破傷風身死。他丈人是河西有名土豪白五，綽號白千金，專一與强盜作窩主。教唆馮二，具狀在巡按衙門朦朧告下來，批雷兵備老爹問。雷老爹又伺候皇船，不得閑，轉委本府童推官問。白家在童推官處使了錢，教隣見人供狀，說小人丈人在旁喝聲來。如今童推官行牌來提俺丈人。望乞老爹千萬垂憐，討封書對雷老爹說，寧可監幾日，抽上文書去，還見雷老爹問，就有生路了。他兩人厮打，委的不管小人丈人事，又係歇後身死，出于保辜限外。先是他父馮二打來，何必獨賴孫文相一人身上？」西門慶看了說帖，寫着：「東昌府見監犯人孫清、孫文相，乞青目。」因說：「雷兵備前日在我這里吃酒，我只會了一面，又不甚相熟，我怎好寫書與他？」黄四就跪下哭哭啼啼哀告說：「老爹若不可憐見，小的丈人子父兩個就都是死數了。如今隨孫文相出去罷了，只是分豁小人外父出來，就是老爹莫大之恩。小人外父今年六十歲，家下無人，冬寒時月再放在監裏，就死罷了。」西門慶沉吟良久，說：「也罷，我轉央鈔關錢老爹和他說說去——與他是同年，都是壬辰進士。」黄四又磕下頭去，向袖中取出「一百石白米」帖兒遞與西門慶，腰裏就解兩封銀子來。西門慶不接，說道：「我那里要你這行錢！」黄四道：「老爹不稀罕，謝錢老爹也是一般。」西門慶道：「不打緊，事成我買禮謝他。」

似戲而實非戲。此小人拿捏人賣弄手段處。

正說着，只見應伯爵從角門首出來，說：「哥，休替黃四哥說人情。他閒時不燒香，忙時抱佛腿。昨日哥這里念經，連茶兒也不送，也不來走走兒，今日還來說人情！」那黃四便與伯爵唱喏，說道：「好二叔，你老人家殺人哩！答語亦是慣家。我因這件事，整走了這半月，誰得閒來？昨日又去府裏領這銀子，今日一來交銀子，就央說此事，救俺丈人老爹。再三不肯收這禮物，還是不下顧小人。」伯爵看見一百兩雪花官銀放在面前，因問：「哥，你替他去說不說？」西門慶道：「我與雷兵備不熟，如今要轉央鈔關錢主政替他說去。到明日，我買分禮謝老錢就是了，又收他禮做甚麼？」伯爵道：「哥，你這等就不是了。難道他來說人情，哥你到賠出禮去謝人？也無此道理。你不收，恰似嫌少的一般。你依我收下。雖你不稀罕，明日謝錢公也是一般。黃四哥在這里聽着：開口決不放鬆。看你外父和你小舅子造化，這一回求了書去，難得兩個都沒事出來。你老爹他恒是不希罕你錢，你在院裡老實大大擺一席酒，請俺們耍一日就是了。」黃四道：「二叔，你老人家費心，小人擺酒不消說，還叫俺丈人買禮來，磕頭酬謝你老人家。不瞞說，我爲他爺兒兩個這一場事，晝夜替他走跳，還尋不出個門路來。老爹再不可憐怎了！」伯爵道：「傻瓜，你摟着他女兒，語不趣不已。你不替他上緊誰上緊？」黃四道：「房下在家只是哭。」西門慶被伯爵說着，把禮帖收了，說禮物還令他拿回去。西門慶臨財往往有廉耻，有良心。黃四道：「你老人家沒見好大事，這般多計較！」就往外走。伯爵道：「你過來，我和你說：你書幾時要？」黃四道：「如今緊等着救命，望老爹今日寫了書，差下人，明早我使小兒同去走遭。不知差那位大官兒去，我會他會。」西門慶道：「我就替你寫書。」因叫過玳安來分付：「你明日就同黃大官一路去。」

那黃四見了玳安，辭西門慶出門。走到門首，問玳安要盛銀子的搭連。玳安進入後邊，月娘房裏正與玉簫、小玉裁衣裳，見玳安站着等搭連，玉簫道：「使着手，不得閒騰，教他明日來與他就是了。」玳安道：「黃四等緊着明日早起身東昌府去，不得來了，你騰騰與他罷。」月娘便說：「你拿與他就是了，只教人家等着。」玉簫道：「銀子還在牀地平上掠着不是？」走到裏間，把銀子往牀上只一倒，掠出搭連來，說：「拿了去！怪囚根子，那個吃了他這條搭連，只顧立虰螞蝗的要！」玳安道：「人家不要，那個好來取的。」于是拿了出去，走到儀門首，還抖出三兩一塊蔴姑頭銀子來。原來紙包破了，怎禁玉簫使性子那一倒，漏下一塊在搭連底內。玳安道：「且喜得我拾個白財。」于是褪入袖中。到前邊遞與黃四，約會下明早起身。

且說西門慶回到書房中，卽時教温秀才修了書，付與玳安不題。一面覷那門外下雪，紛紛揚揚，猶如風飄柳絮，亂舞梨花相似。西門慶另打開一罈雙料麻姑酒，教春鴻用僕甑篩上來〔七〕，鄭春在傍彈箏低唱，西門慶令他唱一套「柳底風微」。正唱着，只見琴童進來說〔八〕：「韓大叔教小的拿了這個帖兒與爹瞧。」西門慶看了，分付：「你就拿往門外任醫官家，替他說說去。央他明日到府中承奉處替他說說，註銷差事。」琴童道：「今日晚了，小的明早去罷。」西門慶道：「明早去也罷。」不一時，來安兒用方盒拿了八碗下飯，又是兩大盤玫瑰鵝油盪麵蒸

貧者爭一錢不可得，而富家狠戾若此。作者其有感憤乎？今人愈富愈不能有此。

餅，連陳敬濟共四人吃了。西門慶教王經盒盤兒拿兩碗下飯、一盤點心與鄭春吃，又賞了他兩大鍾酒。鄭春跪稟：「小的吃不的。」伯爵道：「傻孩子，冷呵呵的，你爹賞你不吃，你哥他怎的吃來？」鄭春道：「小的哥吃的，小的本吃不的。」伯爵道：「你只吃一鍾罷，那一鍾我教王經替你吃罷。」王經説道：「二爹，小的也吃不的。」伯爵道：「你這傻孩兒，你就替他吃些兒也罷，休説一個大分上。自古長者賜，少者不敢辭。」一面站起來説：「我好歹教你吃這一杯。」那王經捏着鼻子，一吸而飲。西門慶道：「怪狗才，小行貨子他吃不的，只恁奈何他！」還剩下半盞，應伯爵教春鴻替他吃了，就要令他上來唱南曲。西門慶道：「咱每和温老先兒行個令，飲酒之時教他唱便有趣。」于是教王經取過骰盆兒，「就是温老先兒先起。」温秀才道：「學生豈敢僭，還從應老翁來。」因問：「老翁尊號？」伯爵道：「在下號南坡。」西門慶戲道：「老先生你不知，他孤老多，到晚夕桶子掇出來，不敢在左近倒，恐怕街坊人罵，教丫頭直掇到大南首縣倉墻底下那里潑去，因起號叫做『南潑』。」温秀才笑道：「此『坡』字不同。那『潑』字乃點水邊之『發』，這『坡』字却是『土』字傍邊着個『皮』字。」西門慶道：「老先兒倒猜得着，他娘子鎮日着皮子纏着哩。」（就「皮」字作謔語，趣甚。）温秀才笑道：「豈有此説？」伯爵道：「葵軒，你不知道，他自來有些快傷叔人家。」温秀才道：「自古言不褻不笑。」伯爵道：「老先兒，悮了咱每行令，只顧和他説甚麽，他快屎口傷人！你就在手，不勞謙遜。」温秀才道：「擲出幾點，不拘詩詞歌賦，要個『雪』字，就照依點數兒上。説過來，飲一小杯；説不過來，吃一大盞。」温秀才擲了個么點，説道：「學生有了：雪殘鳷

形容教書先生賣弄學問處，直添頰上三毛。語語不脱頭巾氣。

鵲亦多時〔九〕。」推過去，該應伯爵行，擲出個五點來。伯爵想了半日，想不起來，說：「逼我老人家命也！」良久，說道：「可怎的也有了。」說道：「雪裡梅花雪裡開。——好不好？」温秀才道：「南老說差了，犯了兩個『雪』字，頭上多了一個『雪』字。」伯爵道：「頭上只小雪，後來下大雪來了。」西門慶道：「這狗才，單管胡說。」教王經斟上大鍾，春鴻拍手唱南曲《駐馬聽》：

> 寒夜無茶，走向前村覓店家。這雪輕飄僧舍，密洒歌樓，遥阻歸槎。江邊乘興探梅花，庭中歡賞燒銀蠟。一望無涯，有似灞橋柳絮滿天飛下。

伯爵纔待拿起酒來吃，只見來安兒後邊拿了幾碟菓食，內有一碟酥油泡螺，又一碟黑黑的團兒，用橘葉裹着。伯爵拈將起來，聞着噴鼻香，吃到口猶如飴密，細甜美味，不知甚物。西門慶道：「你猜？」伯爵道：「莫非是糖肥皂？」西門慶笑道：「糖肥皂那有這等好吃。」伯爵道：「待要說是梅酥丸，裏面又有核兒。」西門慶道：「狗才過來，我說與你罷，你做夢也夢不着。是昨日小价杭州船上稍來，名喚做衣梅。都是各樣藥料和蜜煉製過，滚在楊梅上，外用薄荷、橘葉包裹，纔有這般美味。每日清辰噙一枚在口內，生津補肺，去惡味，煞痰火，解酒尅食，比梅酥丸更妙。」伯爵道：「你不說我怎的曉得。」因說：「温老先兒，咱再吃個兒。」教王經：「拿張紙兒來，我包兩丸兒，到家稍與你二娘吃。」又拿起泡螺兒來問鄭春：「這泡螺兒果然是你家月姐親手揀的？」鄭春跪下說：「二爹，莫不小的敢說謊？不知月姐費了多少心，只揀了這幾個兒來孝順爹。」伯爵道：「可也虧他上頭紋溜，就像螺螄兒一般，粉紅、純白兩樣兒。」西門慶道：「我兒，

先說過一遍，無人會意，至此又自宣一遍。一句趣語不肯埋沒，人往往有此。寫得人人有心。

此物不免使我傷心。惟有死了的六娘他會揀，他没了，如今家中誰會弄他！」伯爵道：「我頭裏不說的，我愁甚麽？死了一個女兒會揀泡螺兒孝順我，如今又鑽出個女兒會揀了。偏你也會尋，尋的都是妙人兒。」西門慶笑的兩眼没縫兒，趕着伯爵打，說：「你這狗才，單管只胡說。」温秀才道：「二位老先生可謂厚之至極。」伯爵道：「老先兒，你不知他是你小侄人家。」西門慶道：「我是他家二十年舊孤老。」陳敬濟見二人犯言，就起身走了。那温秀才只是掩口而笑。

須臾伯爵飲過大鍾，次該西門慶擲骰兒。于是擲出個七點來，想了半日說：「我說《香羅帶》上一句唱：『東君去意切，梨花似雪。』」伯爵道：「你說差了，此在第九個字上了。且吃一大鍾。」于是流沿兒斟了一銀衢花鍾，放在西門慶面前，教春鴻唱，說道：「我的兒，你肚子裏棗胡解板兒—— 能有幾句！」春鴻又拍手唱了一個。看看飲酒至昏，掌燭上來。西門慶飲過，伯爵道：「姐夫不在，温老先生你還該完令。」温秀才拿起骰兒擲出個么點，想了想，見壁上挂着一幅吊屏，泥金書一聯：「風飄弱柳平橋晚，雪點寒梅小院春。」就說了末後一句。伯爵道：「不筭，不筭，不是你心上發出來的。該吃一大鍾。」春鴻斟上，那温秀才不勝酒力，坐在椅上只顧打盹，起來告辭。伯爵還要留他，西門慶道：「罷罷！老先兒他斯文人，吃不的。」令畫童兒：「你好好送你温師父那邊歇去。」温秀才得不的一聲，作別去了。伯爵道：「今日葵軒不濟，吃了多少酒兒就醉了。」于是又飲勾多時，伯爵起身說：「地下滑，我也酒勾了。」因說：「哥，明日你早教玳安替他下書去。」西門慶道：「你不見我交與他書，明日早去了。」伯爵掀開簾子，見天

丟甜桃尋苦李，淫心何邪如此？想亦妾不如婢，婢不如偷之意。

頗有愛屋及烏之意。

陰地下滑，旋要了個燈籠，和鄭春一路去。西門慶又與了鄭春五錢銀子，盒內回了一罐衣梅，梢與他姐姐鄭月兒吃。臨出門，西門慶因戲伯爵：「你哥兒兩個好好去。」雅謔。伯爵道：「你多說話。父子上山，各人努力。好不好，我如今就和鄭月兒那小淫婦兒答話去。」說着，琴童送出門去了。

西門慶看收了家伙，扶着來安兒，打燈籠入角門，從潘金蓮門首過，見角門關着，悄悄就往李瓶兒房裏來。彈了彈門，繡春開了門，來安就出去了。西門慶進入明間，見李瓶兒影，就問：「供養了羹飯不曾？」如意兒就出來應道：「剛纔我和姐供養了。」西門慶椅上坐了，迎春拿茶來吃了。西門慶令他解衣帶，如意兒就知他在這房裏歇，連忙收拾床鋪，用湯婆熨的被窩暖洞洞的，打發他歇下。繡春把角門關了，都在明間地平上支着板凳打鋪睡下。西門慶要茶吃，兩個已知科範，連忙攛掇奶子進去和他睡。老婆脫衣服鑽入被窩內，西門慶乘酒興服了藥，那話上使了托子，老婆仰臥炕上，架起腿來，極力鼓搗，沒高低搧磞。搧磞的老婆舌尖冰冷，淫水溢下，口中呼「達達」不絕。夜静時分，其聲遠聆數室。忽作文語，妙。西門慶見老婆身上如綿瓜子相似，用一雙肐膊摟着他，令他蹲下身子，在被窩內咂髱，老婆無不曲體承奉。西門慶說：「我兒，你原來身體皮肉也和你娘一般白淨，我摟着你，就如和他睡一般。你須用心伏侍我，我看顧你。」老婆道：「爹没的說，將天比地，折殺奴婢！奴婢男子漢已沒了，爹不嫌醜陋，早晚只看奴婢一眼兒就勾了。」西門慶便問：「你年紀多少？」老婆道：「我今年屬兔的，三十一歲了。」西門慶道：「你原來小我一歲。」見他會說話兒，枕上又好風月，心下甚喜。早辰起來，老婆伏侍拿鞋襪，打發梳洗，極盡慇懃，把迎春、繡春打靠後。又問西門慶討葱白紬子：「做披襖子，與娘穿孝。」西門慶開口許他〔一〇〕。就教小廝鋪子裏拿三疋葱白紬來：「你每一家裁一件。」瞞着月娘，背地銀錢、衣服、首飾，甚麼不與他。

次日，潘金蓮就打聽得知，走到後邊對月娘說：「大姐姐，你不說他幾句！賊沒廉耻貨，昨日悄悄鑽到那邊房裏，與老婆歇了一夜。餓眼見瓜皮，甚麼行貨子好的歹的攬搭下。不明不暗，到明日弄出個孩子來筭誰的？又相來旺兒媳婦子，往後教他上頭上臉，甚麼張致！」月娘道：「你們只要栽派教我說，他要了死了的媳婦子，你每背地都做好人兒，只把我合在缸底下。我如今又做傻子哩！你每說只顧和他說，我是不管你這閑帳。」金蓮見月娘這般說，一聲兒不言語，走回房去了。

西門慶早起見天晴了，打發玳安往錢主事家下書去了。往衙門回來，平安兒來禀：「翟爹人來討書。」西門慶打發書與他，因問那人：「你怎的昨日不來取？」那人說：「小的又往巡撫侯爺那裏下書來，擔閣了兩日。」說畢，領書出門。西門慶吃了飯就過對門房子裏，看着兑銀、打包、寫書帳。二十四日燒紙，打發韓夥計、崔本并後生榮海、胡秀五人起身往南邊去。寫了一封書稍與苗小湖，就謝他重禮。寫私門之廣，不獨一提刑也。

看看過了二十五六，西門慶謝畢孝，一日早辰，在上房吃了飯坐的。月娘便說：「這出月初一日，是喬親家長姐生日，咱也還買分禮兒送了去。常言先親後不改，莫非咱家孩兒沒了，就斷禮不送了？」西門慶道：「怎的不送！」于是分付來興買四盒禮，又是一套粧花段子衣服、兩方銷金汗巾、一盒花翠。寫帖兒，叫王經送了去。這西門慶分付畢，就往花園藏春閣書房中坐的。只見玳安下了書回來回話說：「錢老爹見了爹的帖子，隨即寫書差了一吏，同小的和黃四兒子到東昌府兵備道下與雷老爹。雷老爹旋行牌問童推官催文書，連犯人提上去從新問理。連他家兒子孫文相都開出來，只追了十兩燒埋錢，問了個不應罪名，杖七十，罰贖。復又到鈔關上回了錢老爹話，討了回帖，纔來了。」西門慶見玳安中用，心中大喜。拆開回帖觀看，原來雷兵備回錢主事帖子都在裡面。上寫道：

來諭悉已處分。但馮二已曾責子在先，何况與孫文相忿毆，彼此俱傷，歇後身死，又在保辜限外，問之抵命，難以平允。量追燒埋錢十兩給與馮二，相應發落。謹此回覆。

下書：「年侍生雷啓元再拜。」

西門慶看了歡喜，因問：「黃四舅子在那里？」玳安道：「他出來都往家去了。明日同黃四來與爹磕頭。黃四丈人與了小的一兩銀子。」西門慶分付置鞋脚穿，玳安磕頭而出。西門慶就搵在牀炕上眠着了。王經在桌上小篆内炷了香，悄悄出來了。良久，忽聽有人掀的簾兒响，只見李瓶兒驀地進來，身穿糝紫衫，白絹裙，亂挽烏雲，黃懨懨面容，向牀前叫道：「我的哥哥，你在這里睡哩，奴來見你一面。我被那厮告了一狀，把我監在獄中，血水淋漓，與

瓶兒之情，死後方深。

穢污在一處，整受了這些時苦。昨日蒙你堂上說了人情，減我三等之罪。黃真人之功。那廝再三不肯，發恨還要告了來拿你。我待要不來對你說，誠恐你早晚暗遭毒手。我今尋安身之處去也，你須防範他。没事少要在外吃夜酒，往那去，早早來家。千萬牢記奴言，休要忘了！」說畢，二人抱頭而哭。西門慶便問：「姐姐，你往那去？對我說。」李瓶兒頓脱，撒手却是南柯一夢。西門慶從睡夢中直哭醒來，看見簾影射入，正當日午，繇不的心中痛切。正是：花落土埋香不見，鏡空鸞影夢初醒。有詩為証：

殘雪初晴照紙窗，地爐灰燼冷侵牀。
個中邂逅相思夢，風撲梅花斗帳香。

金蓮心眼俱慧，開口便着人痛癢。無論諷笑，雖毒罵，亦勝于不痛不癢而

不想早辰送了喬親家禮，喬大户娘子使了喬通來送請帖兒，請月娘衆姊妹。小厮說：「爹在書房中睡哩。」都不敢來問。月娘在後邊管待喬通，潘金蓮說：「拿帖兒，等我問他去。」于是驀地推開書房門，見西門慶搭着，他一屁股就坐在旁邊，說：「我的兒，獨自個自言自語，在這裏做甚麽？嗔道不見你，原來在這里好睡也！」一面說話，一面看着西門慶，因問：「你的眼怎生揉的恁紅紅的？」一眼便到。西門慶道：「想是我控着頭睡來。」金蓮道：「到只相哭的一般。」一語便着。西門慶道：「怪奴才，我平白怎的哭？」金蓮道：「只怕你一時想起甚心上人兒來是的。」西門慶道：「没的胡說，有甚心上人、心下人？」金蓮道：「李瓶兒是心上的，奶子是心下的，俺們是心外的人，入不上數。」西門慶道：「怪小淫婦兒，又六說白道起來〔二〕。」因問〔三〕：「我和你說正

（一味奉承者也。）

經話——前日李大姐裝槨，你每替他穿了甚麼衣服在身底下來？」金蓮道：「你問怎的？」西門慶道：「不怎的，我問聲兒。」金蓮道：「你問必有緣故。上面穿兩套遍地金段子衣服，底下是白綾襖、黃紬裙，貼身是紫綾小襖、白絹裙、大紅小衣。」西門慶點了點頭兒。金蓮道：「我做獸醫二十年，猜不着驢肚裏病？你不想他，問他怎的？」西門慶道：「我纔方夢見他來。」（忍不住。）金蓮道：「夢是心頭想，噴嚏鼻子癢。（輕輕一語抹過。）饒他死了，你還這等念他。相俺每都是可不着你心的人，到明日死了，苦惱，也没那人想念。」西門慶向前一手摟過他脖子來，就親個嘴，說：「怪小油嘴，你有這些賊嘴賊舌的。」金蓮道：「我的兒，老娘猜不着你那黃猫黑尾的心兒！」兩個又咂了一回舌頭，自覺甜唾溶心，脂滿香唇，身邊蘭麝襲人。西門慶于是淫心輒起，摟他在懷裏。他便仰靠梳肯〔一三〕，露出那話來，教婦人品簫。婦人真個低垂粉面，吞吐裹没，往來嗚咂有聲。西門慶見他頭上戴金赤虎分心，香雲上圍着翠梅花鈿兒，後鬢上珠翹錯落，興不可遏。正做到美處，忽見來安兒隔簾說：「應二爹來了。」西門慶道：「請進來。」慌的婦人没口子叫來安兒：「賊囚，且不要叫他進來，等我出去着。」來安兒道：「進來了，在小院內。」婦人道：「還不去教他躲躲兒！」那來安兒走去，說：「二爹且閃閃兒，有人在屋裏。」這伯爵便走到松墻傍邊，看雪培竹子。王經掀着軟簾，只聽裙子响，金蓮一溜烟後邊走了。正是：

（以金蓮之貌，而猶若以珠翹翠鈿增嬌。可見笑女簪花，粧飾之不可少也。）

雪隱鷺鷥飛始見，柳藏鸚鵡語方知。

伯爵進來，見西門慶，唱喏坐下。西門慶道：「你連日怎的不來？」伯爵道：「哥，惱的我要不

有子者往往爲此言甚真，而無子者必以爲矯。必也有子者忽而失其子，無子者忽而多其子，而後知其言之

的在這里。」西門慶問道：「又怎的惱，你告我說。」伯爵道：「緊自家中没錢，昨日俺房下那個，平白又桶出個孩兒來。白日裏還好搗撓，半夜三更，房下又七痛八病。少不得扒起來收拾草紙被褥，叫老娘去。打緊應保又被俺家兄使了往庄子上馱草去了。百忙搗不着個人，我自家打燈籠叫了巷口鄧老娘來。及至進門，養下來了。」西門慶問：「養個甚麼？」伯爵道：「養了個小厮。」西門慶罵道：「傻狗才，生了兒子倒不好，如何反惱？是春花兒那奴才生的？」伯爵笑道：「是你春姨。」西門慶道：「那賊狗掇腿的奴才，誰教你要他來？叫叫老娘還抱怨！」伯爵道：「哥，你不知，冬寒時月，比不的你們有錢的人家，又有偌大前程，生個兒子錦上添花，便喜歡。俺們連自家還多着個影兒哩，要他做甚麼！家中一窩子人口要吃穿，巴劫的魂也没了。應保逐日該操當他的差事去了，家兄那里是不管的。大小女便打發出去了，天理在頭上，多虧了哥你。先以感激動之。眼見的這第二個孩兒又大了，交年便是十三歲。昨日媒人來討帖兒，我說：『早哩！你且去着。』緊自焦的魂也没了，猛可半夜又鑽出這個業障來。那黑天摸地，那里活變錢去？房下見我抱怨，没奈何，把他一根銀挖兒與了老娘去了。又以苦衷動之。明日洗三，嚷的人家知道了，到滿月拿甚麼使？到那日我也不在家，信信拖拖到那寺院裏且住幾日去罷。」西門慶笑道：「你去了，好了和尚來赶熱被窩兒。你這狗才，到底占小便益兒。」又笑了一回，那應伯爵故意把嘴谷都着不做聲。又以愁容動之。西門慶道：「我的兒，不要惱，你用多少銀子，對我說，等我與你處。」伯爵道：「有甚多少？」西門慶道：「也勾你攪纏是的。到其間不勾了，又拿衣服當去。」伯

爲真爲矯也。

小人善騙人伎倆，大約不出此三者。

西門慶不獨交結烏紗帽、紅綉鞋，而冷親戚、窮朋友無不周濟。亦可謂有財而會使鬼矣。

爵道：「哥若肯下顧，二十兩銀子就勾了，我寫個符兒在此。費煩的哥多了，不好開口的，也不敢填數兒，隨哥尊意便了。」西門慶也不接他文約，說：「沒的扯淡，朋友家，什麽符兒！」正說着，只見來安兒拿茶進來。西門慶叫小厮：「你放下盞兒，喚王經來。」不一時，王經來到。西門慶分付：「你往後邊對你大娘說，我裏間牀背閣上，有前日巡按宋老爹擺酒兩封銀子，拿一封來。」王經應諾，不多時拿了銀子來。西門慶就遞與應伯爵，說：「這封五十兩，你都拿了使去。原封未動，你打開看看。」伯爵道：「忒多了。」西門慶道：「多的你收着，眼下你二令愛不大了？你可也替他做些鞋脚衣裳，到滿月也好看。」伯爵道：「哥說的是。」將銀子拆開，都是兩司各府傾就分資，三兩一錠，松紋足色，滿心歡喜。連忙打恭致謝，說道：「哥的盛情，誰肯！真個不收符兒？」西門慶道：「傻孩兒，誰和你一般計較？左右我是你老爺老娘家。不然你但有事就來纏我？這孩子也不是你的孩子，自是咱兩個分養的。寔和你說，過了滿月，把春花兒那奴才叫了來，且答應我些時兒，只當利錢不筭帳罷。」伯爵道：「你春姨這兩日瘦的像你娘那樣哩！」兩個戲了一回，伯爵因問：「黃四丈人那事怎樣了？」西門慶說：「錢龍野書到，雷兵備旋行牌提了犯人上去從新問理，把孫文相父子兩個都開出來，只認了十兩燒埋錢。」伯爵道：「造化他了。他就點着燈兒，那里尋這人情去！你不受他的，乾不受他的。雖然你不稀罕，留送錢大人也好。別要饒了他，教他好歹擺一席大酒，裏邊請俺們坐一坐。你不說，等我和他說。饒了他小舅一個死罪，當別的小可事兒！」這里說話不題。

且說月娘在上房，只見孟玉樓走來，說他兄弟孟銳：「不久又起身往川廣販雜貨去。今來辭辭他爹，在我屋裏坐着哩。他在那里？姐姐使個小厮對他說聲兒。」月娘道：「他在花園書房和應二坐着哩。又說請他爹哩，頭裏潘六姐到請的好！喬通送帖兒來，等着討個話兒，到明日咱們好去不去。我便把喬通留下，打發吃茶，長等短等不見來，熬的喬通也去了。半日，只見他從前邊走將來，教我問他：『你對他說了不曾？』他没的話回，只噦了一聲：『我就忘了。』画。帖子還袖在袖子裏。原來是恁個没尾䩕行貨子！不知前頭幹甚麽營生，那半日纔進來，恰好還不曾說。吃我訌了兩句，往前去了。」少頃，來安進來，月娘使他請西門慶，說孟二舅來了。西門慶便起身，留伯爵：「你休去了，我就來。」走到後邊，月娘先把喬家送帖來請說了。西門慶說：「那日只你一人去罷。熱孝在身，語語不忘瓶兒。莫不一家子都出來！」月娘說：「他孟二舅來辭辭你，一兩日就起身往川廣去。在三姐屋裏坐着哩。」又問：「頭裏你要那封銀子與誰？」西門慶道：「應二哥房裏春花兒，昨晚生了個兒子，問我借幾兩銀子使。告我說，他第二個女兒又大，愁的要不的。」月娘道：「好，好。他恁大年紀，也纔見這個孩子，應二嫂不知怎的喜歡哩！到明日，咱也少不的送些粥米兒與他。」西門慶道：「這箇不消說。到滿月，不要饒花子，奈何他好歹發帖兒，請你們往他家走走去，就瞧瞧春花兒怎麽模樣。」只管提，何故？月娘笑道：「左右和你家一般樣兒，也有鼻兒也有眼兒，莫不差別些兒？」一面使來安請孟二舅來。

以己度人，月娘心好，此其一斑。

不一時，孟玉樓同他兄弟來拜見。叙禮已畢，西門慶陪他叙了回話，讓至前邊書房內與伯爵相見。分付小厮看菜兒，放桌兒篩酒上來，三人飲酒。西門慶教再取雙鍾筯：「對門請温師父陪你二舅坐。」來安不一時回說：「温師父不在，望倪師父去了。」（伏脉冷甚。）西門慶說：「請你姐夫來坐坐。」良久，陳敬濟來，（又伏一案。）與二舅見了禮，打橫坐下。西門慶問：「二舅幾時起身，去多少時？」孟鋭道：「出月初二日准起身。定不的年歲，還到荆州買紙，川廣販香蠟，着緊一二年也不止。販畢貨就來家了。此去從河南、陜西、漢州去，回來打水路從峽江、荆州那條路來，往回七八千里地。」伯爵問：「二舅貴庚多少？」孟鋭道：「在下虚度二十六歲。」伯爵道：「虧你年小小的，曉的這許多江湖道路。似俺們虚老了，只在家裏坐着。」須臾添換上來，杯盤羅列，孟二舅吃至日西時分，告辭去了。

奉承慣，隨處便插兩句。

西門慶送了回來，還和伯爵吃了一回。只見買了兩座庫來，西門慶委付陳敬濟裝庫。問月娘尋出李瓶兒兩套錦衣，攪金銀錢紙裝在庫內。因向伯爵說：「今日是他六七，不念經，燒座庫兒。」伯爵道：「好快光陰，嫂子又早没了個半月了。」西門慶道：「這出月初五日是他斷七，少不的替他念個經兒。」伯爵道：「這遭哥念佛經罷了。」（偏奏得着。）西門慶道：「大房下說，他在時，因生小兒許了些《血盆經懺》〔一四〕，許下家中走的兩個女僧做首座，請幾衆尼僧，替他禮拜幾卷懺兒罷了。」說畢，伯爵見天晚，說道：「我去罷。只怕你與嫂子燒紙。」又深深打恭說：「蒙哥厚情，死生難忘！」西門慶道：「難忘不難忘，我兒，你休推夢裡睡哩！你衆娘到滿月那日，買禮都要去哩。」伯爵道：「又買禮做甚？我就頭着地，好歹請衆嫂子到寒家光降光降。」西門慶道：「到那日，好歹把春花兒那奴才收拾起來，牽了來我瞧瞧。」伯爵道：「你春姨他説來，有了兒子，不用着你了。」西門慶道：「不要慌，我見了那奴才和他答話。」伯爵笑的去了。

提春花凡四五遍。不論有意無意，是真是戲，而一片好完（玩）貪念已可想見。

西門慶令小厮收了家伙，走到李瓶兒房裏。陳敬濟和玳安已把庫裝封停當。那日玉皇廟、永福寺、報恩寺都送疏來。西門慶看着迎春擺設羹飯完備，下出匾食來，點上香燭，使繡春請了吳月娘衆人來。西門慶與李瓶兒燒了紙，擡出庫去，教敬濟看着，大門首焚化。正是：

芳魂料不隨灰死，再結來生未了緣。

校記

〔一〕「詞曰」，内閣本、首圖本題作「蘇幕遮」。

〔二〕「右調蘇幕遮」，内閣本、首圖本無。

〔三〕「二十四日」，原作「三十四日」，據内閣、首圖、天圖等本改。

〔四〕「罷」，原作能，據内閣本、首圖本、天圖本、吳藏本改。

〔五〕「也見」，内閣本、首圖本作「也是」。按張評本作「也當」，詞話本作「也是」。

〔六〕「特蒙」，内閣本、首圖本作「時蒙」。按張評本、詞話本均作「特蒙」。

〔七〕「僕甑」，内閣本、首圖本、天圖本、吳藏本作「布甑」。按張評本、詞話本均作「布甑」。

〔八〕「只見」，原作「只進」，據内閣、天圖、吳藏等本改。

〔九〕「鵁鶄」，内閣本、天圖本、吳藏本作「瀉鷞」。按張評本、詞話本均作「瀉鷞」。

〔一〇〕「開口許他」，内閣本、首圖本、天圖本、吴藏本作「一一許他」。按張評本、詞話本作「一一許他」。

〔一一〕「六説」，天圖本、吴藏本作「亂説」。按張評本作「亂説」，詞話本作「六説」。

〔一二〕「因問」，原作「困問」，據内閣、天圖、吴藏等本改。

〔一三〕「梳背」，崇禎諸本同。按張評本、詞話本作「梳背」。

〔一四〕「血盆經懺」，原作「血盆經籤」，據吴藏本改。

第六十八回

應伯爵戲銜玉臂

玳安兒密訪蜂媒

第六十八回　應伯爵戲啣玉臂　玳安兒密訪蜂媒

詞曰〔一〕：

鍾情太甚，到老也無休歇。月露烟雲都是態，況與玉人明說。軟語叮嚀〔二〕，柔情婉戀，鎔盡肝腸鐵。岐亭把盞，水流花謝時節。

——《翠雲吟半》〔三〕

話說西門慶與李瓶兒燒紙畢，歸潘金蓮房中歇了一夜。到次日，先是應伯爵家送喜麵來。落後黃四領他小舅子孫文相宰了一口猪、一壜酒、兩隻燒鵝、四隻燒鷄、兩盒菓子來與西門慶磕頭，西門慶再三不受，黃四打旋磨兒跪着說：「蒙老爹活命之恩，舉家感激不淺。無甚孝順，些微薄禮，與老爹賞人，如何不受！」推阻了半日，西門慶止受猪酒：「留下送你錢老爹罷。」黃四道：「既是如此，難爲小人一點窮心，無處所盡。」只得把羹菓擡回去。又請問：「老爹幾時閑暇？小人問了應二叔，裡邊請老爹坐坐。」西門慶道：「你休聽他哄你哩！又費煩你，不如不央我了。」那黃四和他小舅子千恩萬謝出門去了。

到十一月初一日，西門慶往衙門中回來，又往李知縣衙內吃酒去，月娘獨自一人，素粧打扮，坐轎子往喬大户家與長姐做生日，都不在家。到後晌，有庵裡薛姑子，聽見月娘許下他初五日念經拜《血盆懺》，于是悄悄瞞着王姑子，買了兩盒禮物來見月娘。月娘不在家，李嬌兒、孟玉樓留他吃茶，說：「大姐姐往喬親家做生日去了。你須等他來，他還和你說話哩。」那薛姑子就坐住了。潘金蓮思想着玉簫告他說，月娘吃了他的符水藥纔坐了胎氣，又見西門慶把奶子要了，恐怕一時奶子養出孩子來，攙奪了他寵愛。于是把薛姑子讓到前邊他房裡，悄悄央薛姑子，與他一兩銀子，替他配坐胎氣符藥，不在話下。

到晚夕，等的月娘回家，留他住了一夜。次日，問西門慶討了五兩銀子經錢寫法與他。這薛姑子就瞞着王姑子、大師父，到初五日早請了八衆女僧，在花園捲棚内建立道場，諷誦《華嚴》、《金剛》經咒，禮拜《血盆》寶懺。晚夕設放焰口施食。那日請了吳大妗子、花大嫂并官客吳大舅、應伯爵、温秀才吃齋。尼僧也不動响器，只敲木魚，擊手磬，念經而已。

那日伯爵領了黃四家人，具帖初七日在院中鄭愛月兒家置酒請西門慶。西門慶看了帖兒，笑道：「我初七日不得閒，張西村家吃生日酒。倒是明日空閒。」問還有誰，伯爵道：「再没人。只請了我與李三相陪哥，又叫了四箇女兒唱《西廂記》。」西門慶分付與黃四家人齋吃了，打發回去，改了初六。伯爵便問：「黃四那日買了分甚麼禮來謝你？」西門慶如此這般：「我不受他的，再三磕頭禮拜，我只受了猪酒。添了兩疋白鷴紵絲、兩疋京段、五十兩銀子，謝了龍野錢公了。」伯爵道：「哥，你不接錢儘勾了，這箇是他落得的。少說四疋尺頭值三十兩銀子，那二十兩，那里尋這分上去？便益了他，救了他父子二人性命！」當日坐至晚夕方散。西門慶

大老官口氣皆然。

向伯爵說：「你明日還到這邊。」伯爵說：「我知道。」作別去了。八衆尼僧直亂到一更多，方纔道場圓滿，焚燒箱庫散了。

至次日，西門慶早往衙門中去了。且說王姑子打聽得知，大清早辰走來，說薛姑子攬了經去，要經錢。月娘怪他道：「你怎的昨日不來？他說你往王皇親家做生日去了。」王姑子道：「這個就是薛家老淫婦的鬼。他對着我說咱家挪了日子，到初六念經。難道經錢他都拿的去了，一些兒不留下？」月娘道：「還等到這咱哩？未曾念經，經錢寫法就都找與他了。早是我還與你留下一疋襯錢布在此。」教小玉連忙擺了些昨日剩下的齋食與他吃了，把與他一疋藍布。這王姑子口裡喃喃吶吶罵道：「這老淫婦，他印造經，賺了六娘許多銀子。原說這個經兒，咱兩個使，你又獨自掉攬的去了。」月娘道：「老薛說你接了六娘《血盆經》五兩銀子，你怎的不替他念？」王姑子道：「他老人家五七時，我在家請了四位師父，念了半個月哩。」月娘道：「你念了，怎的挂口兒不對我題？你就對我說，我還送些襯施兒與你。」那王姑子便一聲兒不言語，訕訕的坐了一回，往薛姑子家嚷去了。正是：

佛會僧尼是一家，法輪常轉度龍華。
此物只好圖生育，枉使金刀剪落花。

却說西門慶從衙門中回來，吃了飯，應伯爵又早到了。盔的新段帽，沉香色漩褶，粉底皂靴，向西門慶聲喏，說：「這天也有晌午，好去了。他那裡使人邀了好幾遍了。」西門慶道：「咱今

如此功德，能免罪過足矣。三姑六婆處心設慮，大抵如是。讀此可作有家冰鑑。

道着心病，便開口不得。

畢竟佛門弟子，良心不昧。

伯爵來往太熟。從此忽又粧

點一番，便見運筆不死。

邀葵軒同走走去。」使王經：「往對過請你温師父來。」王經去不多時，回說：「温師父不在家，望朋友去了。」伯爵便說：「咱等不的他。秀才家有要没緊望朋友，知多咱來？倒没的悮了勾當。」西門慶分付琴童：「備黄馬與應二爹騎。」伯爵道：「我不騎。你依我：省的摇鈴打鼓，我先走一步兒，你坐轎子慢慢來就是了。」西門慶道：「你說的是，你先行罷。」那伯爵舉手先走了。

西門慶分付玳安、琴童、四箇排軍，收拾下暖轎跟隨。纔待出門，忽平安兒慌慌張張從外拿着雙帖兒來報，說：「工部安老爹來拜。先差了個吏送帖兒，後邊轎子便來也。」慌的西門慶分付家中厨下備飯，使來興兒買攢盤點心伺候。良久，安郎中來到，西門慶冠冕出迎。安郎中穿着粧花雲鷺補子員領，起花萌金帶，進門拜畢，分賓主坐定，左右拿茶上來。茶罷，叙其問闊之情。西門慶道：「老先生榮擢，失賀，心甚缺然。前日蒙賜華扎厚儀，生正值喪事，匆匆未及奉候起居爲歉。」安郎中道：「學生有失吊問，罪罪！生到京也曾道達雲峯，未知可有禮到否？」西門慶道：「正是，又承翟親家遠勞致賻。」安郎中道：「四泉已定今歲恭喜。」西門慶道：「在下才微任小，豈敢非望。」又說：「老先生榮擢美差，足展雄才。河治之功，天下所仰。」安郎中道：「蒙四泉過譽。一介寒儒，辱蔡老先生擡舉，謬典水利，修理河道，當此民窮財盡之時。前者皇船載運花石，毁閘折壩，所過倒懸，公私困弊之極。又兼賊盜梗阻，雖有神輸鬼役之才，亦無如之何矣。」西門慶道：「老先生大才展布，不日就緒，必大陞擢矣。」因問：「老先生敕書上有期限否？」安郎中道：「三年欽限。河工完畢，聖上還要差官來祭謝河神。」說話中間，西門慶令

問答似閙，然情理鑿比，非俗筆可辦。

放桌兒，安郎中道：「學生實說，還要往黃泰宇那里拜拜去。」西門慶道：「既如此，少坐片時，教從者吃些點心。」不一時，就是春盛案酒，一色十六碗下飯，金鍾暖酒斟來，下人俱有攢盤點心酒肉。安郎中席間只吃了三鍾，就告辭起身，說：「學生容日再來請教。」西門慶欵留不住，送至大門首，上轎而去。回到廳上，解去冠帶，換了巾幘，止穿紫絨獅袖直身〔四〕。使人問：「温師父來了不曾？」玳安回說：「温師父尚未回哩。有鄭春和黃四叔家來定兒來邀，在這里半日了。」

不做官時，衆兒討好；已做官時，架兒躲避。作者下筆直如此分青理白。

西門慶卽出去上轎〔五〕，左右跟隨，逕往鄭愛月兒家來。比及進院門，架兒們都躲過一邊，只該日俳長兩邊站立，不敢跪接。鄭春與來定兒先通報去了。應伯爵正和李三打雙陸，聽見西門慶來，連忙收拾不及。鄭愛月兒、愛香兒戴着海獺臥兔兒，一窩絲杭州纘，打扮的花仙也似，都出來門首迎接。西門慶下了轎，進入客位內。西門慶分付不消吹打，好。止住鼓樂。先是李三、黃四見畢禮數，然後鄭家鴇子出來拜見了，纔是愛月兒姊妹兩個磕頭。正面安放兩張交椅，西門慶與應伯爵坐下，李智、黃四與鄭家姊妹打橫。玳安在傍稟問：「轎子在這里，回了家去？」西門慶令排軍和轎子都回去，又分付琴童：「到家看你温師父來了，拿黃馬接了來。」琴童應喏去了。伯爵因問：「哥怎的這半日纔來？」西門慶悉把安郎中來拜留飯之事說了一遍。

須臾，鄭春拿上茶來，愛香兒拿了一盞遞與伯爵。愛月兒便遞西門慶，那伯爵連忙用手

一到伯爵開口，諢則似莊，諢便帶韻。應是古今清客之祖。

去接，說：「我錯接，只說你遞與我來。」愛月兒道：「我遞與你？——没修這樣福來！」伯爵道：「你看這小淫婦兒，原來只認的他家漢子，倒把客人不着在意裡。」愛月兒笑道：「今日輪不着你做客人哩！」吃畢茶，須臾四個唱《西廂》妓女都出來與西門慶磕頭，一一問了姓名。西門慶對黃四說：「等住回上來唱，只打鼓兒，不吹打罷。」黃四道：「小人知道。」鴇子怕西門慶冷，又教鄭春放下暖簾來，火盆内添上許多獸炭。只見幾個青衣圓社聽見西門慶在鄭家吃酒，走來門首伺候，探頭舒腦，不敢進去。有認得玳安的，向玳安打恭，央及作成作成。玳安悄悄進來替他稟問，被西門慶喝了一聲，大威風。諕的衆人一溜烟走了。不一時，收拾菓品案酒上來，正面放兩張桌席：西門慶獨自一席，伯爵與温秀才一席——留下温秀才坐位在左首，傍邊一席李三和黃四，右邊是他姊妹二人。端的餚堆異品，花插金瓶。鄭奉、鄭春在傍彈唱。

開口卽腐，妙。

纔遞酒安席坐下，只見温秀才到了。頭戴過橋巾，身穿綠雲襖，進門作揖。伯爵道：「老先生何來遲也？留席久矣。」温秀才道：「學生有罪，不知老先生呼喚。適往敝同窗處會書，伏案。來遲了一步。」慌的黃四一面安放鍾筯，與伯爵一處坐下。不一時，湯飯上來，兩個小優兒彈唱一回下去。四個妓女纔上來唱了一摺「游藝中原」，只見玳安來說：「後邊銀姨那裡使了吳會和蠟梅送茶來了〔六〕。」原來吳銀兒就在鄭家後邊住，止隔一條巷。聽見西門慶在這裡吃酒，故使送茶。西門慶喚入裡面，吳惠、蠟梅磕了頭，說：「銀姐使我送茶來爹吃。」揭開盒兒，斟茶上去，每人一盞瓜仁香茶。西門慶道：「銀姐在家做甚麼哩？」臘梅道：「姐兒今日在家没出門。」

西門慶吃了茶，賞了他兩個三錢銀子，即令玳安同吳惠：「你快請銀姨去。」鄭愛月兒急俐，便就教鄭春：「你也跟了去，好歹纏了銀姨來。他若不來，你就說我到明日就不和他做夥計了。」應伯爵道：「我倒好笑，你兩個原來是販毯的夥計。」妙。溫秀才道：「南老好不近人情。自古同聲相應，尤妙。同氣相求。本乎天者親上，本乎地者親下。妙極，妙極！同他做夥計亦是理之當然。」愛月兒道：「應花子，你與鄭春他們都是夥計，當差供唱都在一處。」伯爵道：「傻孩子，我是老王八！那咱和你媽相交，你還在肚子裡。」說笑中間，妓女又上來唱了一套「半萬賊兵」。西門慶叫上唱鶯鶯的韓家女兒近前，問：「你是韓家誰的女兒？」愛香兒說：「爹，你不認的？他是韓金釧侄女兒，小名消愁兒，今年纔十三歲。」西門慶道：「這孩子到明日成個好婦人兒。舉止伶俐，又唱的好。」因令他上席遞酒。黃四下湯下飯，極盡慇懃。

描來素服倩粧，眉目生動。句句自道，句句譽着大老官。的是老篾之尤。

不一時，吳銀兒來到。頭上戴着白縐紗鬏髻、珠子箍兒、翠雲鈿兒〔七〕，周圍撇一溜小簪兒。上穿白綾對衿襖兒，粧花眉子，下着紗綠潞紬裙，羊皮金滾邊。脚上墨青素段鞋兒。笑嘻嘻進門，向西門慶磕了頭，後與溫秀才等各位都道了萬福。伯爵道：「我倒好笑，來到就教我惹氣。俺每是後娘養的？只認的你爹，與他磕頭，望着俺每只一拜。原來你這麗春院小娘兒這等欺客！我若有五棍兒衙門，定不饒你。」愛月兒叫：「應花子，好沒羞的孩兒。你行頭不怎麽，光一味好撇。」一面安座兒，讓銀姐就在西門慶桌邊坐下。西門慶見他戴着白鬏髻，問：「你戴的誰人孝？」吳銀兒道：「爹故意又問個兒，與娘戴孝一向了。」西門慶一聞與李瓶兒戴孝，不覺滿心歡喜。與他側席而坐，兩個說話。

須臾湯飯上來，愛月兒下來與他遞酒。吳銀兒下席說：「我還没見鄭媽哩。」一面走到鴇子房内見了禮，出來，鴇子叫：「月姐，讓銀姐坐。只怕冷，教丫頭燒箇火籠來，與銀姐烤手兒。」隨即添換熱菜上來，吳銀兒在傍只吃了半個點心，呵了兩口湯。放下箸兒，和西門慶攀話道：「娘前日斷七念經來？」西門慶道：「五七多謝你每茶。」吳銀兒道：「那日俺每送了些粗茶，倒教爹把人情回了，又多謝重禮，教媽惶恐的要不的。昨日娘斷七，我會下月姐和桂姐，也要送茶來，又不知宅内念經不念。」西門慶道：「斷七那日，胡亂請了幾位女僧，在家拜了拜懺。親眷一個都没請，恐怕費煩。」飲酒說話之間，吳銀兒又問：「家中大娘衆娘每都好？」西門慶道：「都好。」吳銀兒道：「爹乍没了娘，到房裡孤孤兒的，心中也想麽？」西門慶道：「想是不消說。前日在書房中，白日夢見他，哭的我要不的。」吳銀兒道：「熱突突没了，可知想哩！」伯爵道：「你每說的知情話，把俺每只顧旱着。不說來遞鍾酒，也唱個兒與俺聽。俺每起身去罷！」荒的李三、黄四連忙攛掇他姐兒兩個上來遞酒，安下樂器，吳銀兒也上來。三個粉頭一般兒坐在席上，躧着火盆，合着聲兒唱了套《中吕·粉蝶兒》「三弄梅花」，端的有裂石流雲之响。

筆之所至，何所不至。

唱畢，西門慶向伯爵說：「你索落他姐兒三個唱，你也下來酬他一杯兒。」伯爵道：「不打緊，死不了人。等我打發他：仰靠着，直舒着，側卧着，金鷄獨立，隨我受用；又一件，野馬蹀場，野狐描絲[八]，猿猴獻菓，黄狗溺尿，仙人指路，——哥，隨他揀着要。」愛香道：「我不好罵

熱處生情，冷處生韵，尖

處生巧，調笑是恒情。措思不落俗調。

寫得活活現現，真覺生、旦、丑、淨一齊搬出。吾恐排場中有此做作，無此神情也。

先描伯爵衣飾，却從此處照出。作者針絲線脚一毫不漏。

出來的，汗邪了你這賊花子，胡說亂道的。」應伯爵用酒碟安三個鍾兒，說：「我兒，你每在我手裡吃兩鍾。不吃，望身上只一潑。」愛香道：「我今日忌酒。」愛月兒道：「你跪着月姨，教我打個嘴巴兒，我纔吃。」伯爵道：「銀姐，你怎的說？」吳銀兒道：「二爹，我今日心裡不自在，吃半盞兒罷。」愛月兒道：「花子，你不跪我，一百年也不吃。」黃四道：「二叔，你不跪顯的不是趣人。也罷，跪着不打罷。」愛月兒道：「跪了也不打多，只教我打兩箇嘴巴兒罷。」伯爵道：「温老先兒，你看着，怪小淫婦兒只顧趕盡殺絶。」于是奈何不過，真個直撅兒跪在地下。那愛月兒輕揎彩袖，款露春纖，罵道：「賊花子，再可敢無禮傷犯月姨了？——高聲兒答應。你不答應，我也不吃。」伯爵無法可處，只得應聲道：「再不敢傷犯月姨了。」這愛月兒方連打了兩個嘴巴，方纔吃那鍾酒。伯爵起來道：「好箇没仁義的小淫婦兒，你也剩一口兒我吃。把一鍾酒都吃的淨淨兒的。」愛月兒道：「你跪下，等我賞你一鍾吃。」于是滿滿斟上一杯，笑望伯爵口裏只一灌。伯爵道：「怪小淫婦兒，使促恰灌撒了我一身。我老實說，只這件衣服，新穿了纔頭一日兒，就污濁了我的。我問你家漢子要。」笑了一回，各歸席上坐定。

看看天晚，掌燭上來。西門慶分付取個骰盆來。先讓温秀才，秀才道：「豈有此理！還從老先生來。」于是西門慶與銀兒用十二個骰兒搶紅，下邊四個妓女拿着樂器彈唱。飲過一巡，吳銀兒却轉過來與温秀才、伯爵搶紅，愛香兒却來西門慶席上遞酒猜枚。須臾過去，愛月兒近前與西門慶搶紅，吳銀兒却往下席遞李三、黃四酒。原來愛月兒旋往房中新粧打扮出來，上着烟裡火廻紋錦對衿襖兒、鵝黃杭絹點翠縷金裙、粧花膝褲、大紅鳳嘴鞋兒，燈下海獺卧兔兒，越顯的粉濃濃雪白的臉兒。真是：

芳姿麗質更妖嬈，秋水精神瑞雪標。
白玉生香花解語，千金良夜實難消。

西門慶見了，如何不愛。吃了幾鍾酒，半酣上來，因想着李瓶兒夢中之言：少貪在外夜飲。一面起身後邊淨手。慌的鴇子連忙叫丫鬟點燈，引到後邊。解手出來，愛月隨即跟來伺候。盆中淨手畢，拉着他手兒同到房中。

房中又早月窗半啓，銀燭高燒，氣暖如春，蘭麝馥郁。于是脫了上蓋，止穿白綾道袍，兩個在床上腿壓腿兒做一處。先是愛月兒問：「爹今日不家去罷了。」西門慶道：「我還去。今日一者銀兒在這里，不好意思。二者我居着官，今年考察在迩，恐惹是非，只是白日來和你坐坐罷了。」又說：「前日多謝你泡螺兒。你送了去，倒惹的我心酸了半日。當初止有過世六娘他會揀。他死了，家中再有誰會揀他！」愛月道：「揀他不難，只是要拿的着禁節兒便好。那瓜仁都是我口裡一個個兒磕的，畫說應花子倒搗了好些吃了。」西門慶道：「你問那訕臉花子，兩把搗去喃了好些。只剩下没多，我吃了。」愛月兒道：「倒便益了賊花子，恰好只孝順了他。」又說：「多謝爹的衣梅。媽看見吃了一個兒，歡喜的要不的。他要便痰火發了，晚夕咳嗽半夜，把人聒死了。常時口乾，得恁一個在口裡噙着他，倒生好些津液。我和俺姐姐吃了没多幾個

情至語，楚人心鼻。

閒閒叙來，語語鬆，節節緊。

兒，連罐兒他老人家都收在房內早晚吃，誰敢動他！」西門慶道：「不打緊，我明日使小廝再送一礶來你吃。」愛月又問：「爹連日會桂姐没有？」西門慶道：「自從孝堂內到如今，誰見他來？」愛月兒道：「六娘五七，他也送茶去來？」西門慶道：「他家使李銘送去來。」愛月道：「我有句話兒，只放在爹心裡。」西門慶問：「甚麽話？」那愛月又想了想說：「我不說罷。若說了，顯的姐妹每恰似我背地說他一般，不好意思的。」西門慶一面摟着他脖子說道：「怪小油嘴兒，甚麽話？說與我，不顯出你來就是了。」

寫出靈心巧舌。

兩個正說得入港，猛然應伯爵入來大叫一聲：「你兩個好人兒，撇了俺每走在這里說梯己話兒！」愛月兒道：「嚱，好個不得人意怪訕臉花子，猛可走來諕了人恁一跳！」西門慶罵：「怪狗才，前邊去罷。丢的葵軒和銀姐在那裡，都往後頭來了。」這伯爵一屁股坐在床上，說：「你拿肐膊來，我且咬口兒，我纔去。你兩個在這裡儘着合搗！」于是不繇分說，向愛月兒袖口邊勒出那賽鵝脂雪白的手腕兒來〔九〕，誇道：「我兒，你這兩隻手兒天生下就是發髩髮的行貨子〔一〇〕。」趣。愛月兒道：「怪攮刀子的，我不好罵出來。」被伯爵拉過來，咬了一口走了。咬得老婆怪叫，罵：「怪花子，平白進來鬼混人死了！」便叫桃花兒：「你看他出去了，把街道子門關上。」

顯然使說有何情致？插入伯爵，文情文趣悠然不盡。怪花子趣絶矣。

愛月便把李桂姐如今又和王三官兒好一節說與西門慶：「怎的有孫寡嘴、祝麻子、小張閑，架兒于寛、聶鉞兒、踢行頭白回子、向三，日逐標着在他家行走。如今丢開齊香兒，又和秦家玉芝兒打熱，兩下裡使錢。使没了，將皮襖當了三十兩銀子，拿着他娘子兒一副金鐲子放在李

是老淫像讚。

此語大不可訓。甚矣，此輩之不可近也！

細眼麻子，大受削刮。

桂姐家，笄了一個月歇錢。」西門慶聽了，口中罵道：「這小淫婦兒，我恁分付休和這小厮纏，他不聽，還對着我賭身發咒，恰好只哄着我。」愛月兒道：「爹也没要惱。我説與爹個門路兒，管情教王三官打了嘴，替爹出氣。」西門慶把他摟在懷裏説道：「我的兒，有甚門路兒，説與我知道。」愛月兒道：「我説與爹，休教一人知道。就是應花子也休對他題，只怕走了風。」西門慶道：「你告我説，我傻了，肯教人知道！」鄭愛月道：「王三官娘林太太，今年不上四十歲，生的好不喬樣！描眉畫眼，打扮的狐狸也似。他兒子鎮日在院裏，他專在家，只尋外遇。假托在姑姑菴裡打齋，但去，就在説媒的文嫂兒家落腳。文嫂兒單管與他做牽頭，只説好風月。我説與爹，到明日遇他遇兒也不難。又一個巧宗兒：王三官娘子兒今纔十九歲，是東京六黄太尉姪女兒，上畫般標致，雙陸、棋子都會。三官常不在家，他如同守寡一般，好不氣生氣死。爲他也上了兩三遭吊，救下來了。爹難得先刮剌上了他娘，不愁媳婦兒不是你的。」當下，被他一席話兒説的西門慶心邪意亂，摟着粉頭説：「我的親親，你怎的曉的就裡？」愛月兒就不説常在他家唱，只説：「我一個熟人兒，如此這般和他娘在某處會過一面，也是文嫂兒説合。」西門慶問：「那人是誰？莫不是大街坊張大户姪兒張二官兒？」（伏案。）愛月兒道：「那張懋德兒，好合的貨，麻着個臉彈子，密縫兩個眼，可不砢磣殺我罷了！只好蔣家百家奴兒接他。」西門慶道：「我猜不着，端的是誰？」愛月兒道：「教爹得知了罷：原是梳籠我的一個南人。他一年來此做買賣兩遭，正經他在裡邊歇不的一兩夜，倒只在外邊常和人家偷猫遞狗，幹此勾當。」西門慶聽了，見粉頭所事，合着他的板眼，亦發歡喜。說：「我兒，你既貼戀我心，我每月送三十兩銀子與你媽盤纏，也不消接人了。我遇閒就來。」愛月兒道：「爹，你若有我心時，甚麽三十兩二十兩，隨着掠幾兩銀子與媽，我自恁懶待留人，只是伺候爹罷了。」西門慶道：「甚麽話！我決然送三十兩銀子來。」說畢，兩個上牀交歡。牀上鋪的被褥約一尺高，愛月道：「爹脫衣裳不脫？」西門慶道：「咱連衣耍耍罷，只怕他們前邊等咱。」一面扯過枕頭來，粉頭解去下衣，仰卧枕畔，西門慶把他兩隻小小金蓮扛在肩上，解開藍綾褲子，那話使上托子。但見花心輕折，柳腰欵擺。正是：

六語道箇中情，可勝千萬言。

花嫩不禁柔，春風卒未休。
花心猶未足，脉脉情無極。
低低喚粉郎，春宵樂未央。

兩個交歡良久，至精欲洩之際，西門慶幹的氣喘吁吁，粉頭嬌聲不絕，鬢雲拖枕，滿口只教：「親達達，慢着些兒！」少頃，樂極情濃，一泄如注。雲收雨散，各整衣理容，淨了手，同携手來到席上。

吳銀兒和愛香兒正與葵軒、伯爵擲色猜枚，觥籌交錯，耍在熱鬧處。衆人見西門慶進入，俱立起身來讓坐。伯爵道：「你也下般的，把俺每丟在這里，你纔出來，拿酒兒且扶扶頭着。」西門慶道：「俺每說句話兒，有甚閑勾當！」伯爵道：「好話，你兩個原來說梯己話兒。」當下伯爵拿大鍾斟上暖酒，衆人陪西門慶吃。四個妓女拿樂器彈唱。玳安在傍説道：「轎子來了。」西門慶努了個嘴兒與他，那玳安連忙分付排軍打起燈籠，外邊伺候。西門慶也不坐，陪衆人執杯立飲。分付四箇妓女：「你再唱箇『一見嬌羞』我聽。」那韓愁消兒拿起琵琶來，款放嬌聲，拿腔唱道：

　　一見嬌羞，雨意雲情兩意投。我見他千嬌百媚，萬種妖嬈，一捻温柔。通書先把話兒勾，傳情暗裏秋波溜，記在心頭。心頭，未審何時成就。

唱了一箇，吳銀兒遞西門慶酒，鄭香兒便遞伯爵，愛月兒奉温秀才、李智、黄四都斟上。四妓女又唱了一個〔一一〕。吃畢，衆人又彼此交换遞了兩轉，妓女又唱了兩箇。

唱畢，都飲過，西門慶就起身。一面令玳安向書袋内取出大小十一包賞賜來：四個妓女每人三錢，厨役賞了五錢，吳惠、鄭春、鄭奉，每人三錢，攛掇打茶的每人二錢，丫頭桃花兒也與了他三錢。俱磕頭謝了。黄四再三不肯放，道：「應二叔，你老人家説聲，天還早哩。老爹大坐坐，也盡小人之情，如何就要起身？我的月姨，你也留留兒。」愛月兒道：「我留他，他白不肯坐。」西門慶道：「你每不知，我明日還有事。」一面向黄四作揖道：「生受打攪！」黄四道：「惶恐！没的請老爹來受餓，又不肯久坐，還是小人没敬心。」説着，一個唱的都磕頭説道〔一二〕：「爹到家多頂上大娘和衆娘們，俺每閑了，會了銀姐往宅内看看大娘去。」西門慶道：「你每閒了去坐上一日來〔一三〕。」一面掌起燈籠，西門慶下臺磯，鄭家鴇子迎着道萬福，説道：「老爹大坐回

去的像箇要去，留的像箇要留，吃的像箇要吃，寫生定也。

一轉秋波。

兒，慌的就起身，嫌俺家東西不美口？還有一道米飯兒未曾上哩！」西門慶道：「勾了。我明日還要起早，衙門中有勾當。應二哥他没事，教他大坐回兒罷。」那伯爵就要跟着起來，被黃四使力攔住，説道：「我的二爺，你若去了，就没趣死了。」伯爵道：「不是，你休攔我。你把温老先生有本事留下，我就筭你好漢。」那温秀才奪門就走，被黃家小厮來安兒攔腰抱住。西門慶到了大門首，因問琴童兒：「温師父有頭口在這里没有？」琴童道：「備了驢子在此，畫童兒看着哩。」西門慶向温秀才道：「既有頭口，也罷，老先兒你再陪應二哥坐坐，我先去罷。」于是，都送出門來。那鄭月兒拉着西門慶手兒悄悄捏了一把，説道：「我説的話，爹你在心些，法不傳六耳。」西門慶道：「知道了。」愛月又叫鄭春：「你送老爹到家。」西門慶纔上轎去了。吳銀兒就在門首作辭了衆人并鄭家姐兒兩箇，吳惠打着燈回家去了。鄭月兒便叫：「銀姐，見了那個流人兒，(指桂姐。)好歹休要説。」吳銀兒道：「我知道。」衆人回至席上，重添獸炭，再泛流霞，歌舞吹彈，歡娛樂飲，直耍了三更方散。黃四擺了這席酒，也與了他十兩銀子，不在話下。當日西門慶坐轎子，兩箇排軍打着燈，逕出院門，打發鄭春回家。

一宿晚景題過。到次日，夏提刑差答應的來請西門慶早往衙門中審問賊情等事，直問到晌午來家。吃了飯，早是沈姨夫差大官沈定，拿帖兒送了個後生來，在段子舖煮飯做火頭，名喚劉包，西門慶留下了，正在書房中，拿帖兒與沈定回家去了。只見玳安在傍邊站立，西門慶便問道：「温師父昨日多咱來的？」玳安道：「小的舖子裡睡了好一回，只聽見畫童兒打對過門，那咱有三更時分纔來了。今早問温師父倒没酒，應二爹醉了，唾了一地，月姨恐怕夜深了，使鄭春送了他家去了。」西門慶聽了，哈哈笑了，因叫過玳安近前，説道：「舊時與你姐夫説媒的文嫂兒在那里住？你尋了他來，對門房子裡見我。我和他説話。」玳安道：「小的不認的文嫂兒家，等我問了姐夫去。」西門慶道：「你問了他快去。」

玳安走到舖子裡問陳敬濟，敬濟道：「問他做甚麽？」玳安道：「誰知他做甚麽，猛可教我抓尋他去。」敬濟道：「出了東大街一直往南去，過了同仁橋牌坊轉過往東，打王家巷進去，半中腰裡有個發放巡捕的廳兒，對門有箇石橋兒，轉過石橋兒，緊靠着個姑姑菴兒，傍邊有個小衚衕兒，進小衚衕往西走，第三家豆腐舖隔壁上坡兒，有雙扇紅對門兒的就是他家。你只叫文媽，他就出來答應你。」玳安聽了説道：「再没有小爐匠跟着行香的走——鎖碎一浪湯。趣。你再説一遍我聽，只怕我忘了。」那陳敬濟又説了一遍，玳安道：「好近路兒！等我騎了馬去。」一面牽出大白馬來騎上，打了一鞭，那馬跑蹽跳躍，一直去了。出了東大街逕往南，過同仁橋牌坊，繇王家巷進去，果然中間有個巡捕廳兒，對門亦是座破石橋兒，裡首半截紅墻是大悲菴兒，往西小衚衕，上坡挑着個豆腐牌兒，門首只見一個媽媽晒馬糞。玳安在馬上就問：「老媽媽，這里有個説媒的文嫂兒？」那媽媽道：「這隔壁對門兒就是。」

説得路數一些不差。

玳安到他門首，果然是兩扇紅對門兒，連忙跳下馬來，拿鞭兒敲着門叫道：「文媽在家不在？」只見他兒子文鏜開了門問道：「是那里來的？」玳安道：「我是縣門前提刑西門老爹家，來

口角宛然。

請，教文嫂快去哩。」文繾聽見是提刑西門大官府裡來的，便讓家裡坐。那玳安把馬拴住，進入裡面。見上面供養着利市紙，有幾個人在那里筭進香帳哩。半日拿了鍾茶出來，說道：「俺媽不在了。來家說了，明日早去罷。」玳安道：「驢子見在家裡，賊。如何推不在？」側身逕往後走。不料文嫂和他媳婦兒，陪着幾個道媽媽子正吃茶，躲不及，被他看見了，說道：「這個不是文嫂？就回我不在家！」文嫂笑哈哈與玳安道了個萬福，說道：「累哥哥到家回聲，我今日家裡會茶。不知老爹呼喚我做甚麽，我明日早去罷。」玳安道：「只分付我來尋你，誰知他做甚麽。原來你在這咭溜搭刺兒裡住〔一四〕，教我抓尋了個小發昏。」文嫂兒道：「他老人家這幾年買使女，說媒，用花兒，自有老馮和薛嫂兒、王媽媽子走跳，稀罕俺每！今日忽刺八又冷鍋中荳兒爆，我猜着你六娘没了，已定教我去替他打聽親事，要補你六娘的窩兒。」玳安道：「我不知道。你到那里，俺爹自有話和你說。」文嫂兒道：「既如此，哥哥你畧坐坐兒，等我打發會茶人去了，同你去罷。」玳安道：「俺爹在家緊等的火裡火發，分付了又分付，教你快去哩。和你說了話，還要往府裡羅同知老爹家吃酒去哩。」文嫂道：「也罷，等我拿點心你吃了，同你去。」玳安道：「不吃罷。」文嫂因問：「你大娘生了孩兒没有？」玳安道：「還不曾見哩。」文嫂一面打發玳安吃了點心，穿上衣裳，說道：「你騎馬先行一步兒，我慢慢走。」玳安道：「你老人家放着驢子，怎不備上騎？」文嫂兒道：「我那討箇驢子來？那驢子是隔壁荳腐鋪裡的，借俺院兒裡喂喂兒，你就當我的。」玳安道：「我記的你老人家騎着匹驢兒來，往那去了？」文嫂兒道：「這咱哩！那一年吊死人家丫頭，打官司把舊房兒也賣了，且説驢子哩！」玳安道：「房子到不打緊，且留着那驢子和你早晚做伴兒也罷了。別的罷了，我見他常時落下來好個大鞭子。」妙謔。文嫂哈哈笑道：「怪猴子，短壽命，老娘還只當好話兒，側着耳躲聽。幾年不見，你也學的恁油嘴滑舌的。到明日，還教我尋親事哩！」玳安道：「我的馬走的快，你步行，赤道挨磨到多咱晚，不惹的爹説？你也上馬，咱兩箇疊騎着罷。」文嫂兒道：「怪小短命兒，我又不是你影射的！街上人看着，怪刺刺的。」玳安道：「再不你備荳腐舖裡驢子騎了去，到那里等我打發他錢就是了。」文嫂兒道：「這還是話。」一面教文纔將驢子備了，帶上眼紗，騎上，玳安與他同行，逕往西門慶宅中來。正是：

欲向深閨求艷質〔一五〕，全憑紅葉是良媒。

校記

〔一〕「詞曰」，內閣本、首圖本題作「翠雲吟」。

〔二〕「軟語叮嚀」，內閣本、首圖本「軟」上有「我」字。

〔三〕「翠雲吟半」，內閣本、首圖本無。

〔四〕「獅袖」，內閣本、首圖本、天圖本、吳藏本作「獅補」。按張評本、詞話本作「獅補」。

〔五〕「出去」，內閣本、首圖本、天圖本、吳藏本作「出門」。按張評本、詞話本作「出門」。

〔六〕「吳會」，崇禎諸本同。按張評本、詞話本亦均作「吳會」。

〔七〕「翠雲釧」，內閣本、首圖本、天圖本、吳藏本作「翠雲鈿」。按張評本、詞話本作「翠雲鈿」。

〔八〕「描絲」，内閣本、首圖本、天圖本、吳藏本作「抽絲」。按張評本、詞話本作「抽絲」。
〔九〕「勒出」，原作「勤出」，據内閣、天圖、吳藏等本改。
〔一〇〕「髢髿」，原作「髢髿」，據天圖本、吳藏本改。
〔一一〕「唱了」，原作「唱子」，據内閣、天圖、吳藏等本改。
〔一二〕「二個」，内閣本、首圖本、天圖本、吳藏本作「三個」。
〔一三〕「閒了」，原作「間了」，據天圖本、吳藏本改。
〔一四〕「住」，原作「佳」，據内閣、天圖、吳藏等本改。
〔一五〕「欲向」，二字原缺空，據内閣本、天圖本、吳藏本補。

金瓶梅

第六十九回

招宣府初調林太太

仝角會

麗春院驚走王三官

第六十九回　招宣府初調林太太　麗春院驚走王三官

詞曰〔一〕：

香烟裊，羅幃錦帳風光好。風光好，金釵斜嚲，鳳顛鸞倒。　恍疑身在蓬萊島，邂逅相逢緣不小。緣不小，最開懷處，蛾眉淡掃。

——右調《憶秦娥》〔二〕

話説玳安同文嫂兒到家，平安説：「爹在對門房子裡。」進去禀報。西門慶正在書房中和温秀才坐的，見玳安，隨即出來，小客位内坐下。玳安道：「文嫂兒叫了來，在外邊伺候。」西門慶即令：「叫他進來。」那文嫂悄悄掀開暖簾，進入裡面，向西門慶磕頭。西門慶道：「文嫂，許久不見你。」文嫂道：「小媳婦有。」西門慶道：「你如今搬在那裡住了？」文嫂道：「小媳婦因不幸爲了場官司，把舊時那房兒棄了，如今搬在大南首王家巷住哩。」西門慶分付道：「起來説話。」那文嫂一面站立在傍邊。西門慶令左右都出去，那平安和畫童都躲在角門外伺候，只玳安兒影在簾兒外邊聽。西門慶因問：「你常在那幾家大人家走跳？」文嫂道：「就是大街皇親家，守備府周爺家，喬皇親、張二老爹、夏老爹家，都相熟。」西門慶道：「你認的王昭宣府裡不認的？」文嫂道：「是小媳婦定門主顧，太太和三娘常照顧我的花翠。」西門慶道：「你既相熟，我有樁事兒央及你〔三〕，休要阻了我。」向袖中取出五兩一定銀子與他，悄悄和他説：「如此這般，你怎的尋個路兒把他太太吊在你那裡，我會他會兒，我還謝你。」那文嫂聽了，哈哈笑道：「是誰對爹説來？你老人家怎的曉得來？」西門慶道：「常言：人的名兒，樹的影兒。我怎不得知道！」文嫂道：「若説起我這太太來，今年屬猪，三十五歲，端的上等婦人，百伶百俐，只好像三十歲的。他雖是幹這營生，好不幹的細密！就是往那里去，許多伴當跟隨，徑路兒來，逕路兒去。三老爹在外爲人做人，他怎在人家落脚？——這個人傳的訛了。倒是他家裡深宅大院，一時三老爹不在，藏掖個兒去，人不知鬼不覺，倒還許。若是小媳婦那裡，窄門窄户，敢招惹這個事？就是爹賞的這銀子，小媳婦也不敢領去。寧可領了爹言語，對太太説就是了。」西門慶道：「你不收，便是推托，我就惱了。事成，我還另外賞幾個紬段你穿。」文嫂道：「愁你老人家没有也怎的？上人着眼覷，就是福星臨。」磕了個頭，把銀子接了，説道：「待小媳婦悄悄對太太説，來回你老人家。」西門慶道：「你當件事幹，我這裡等着你。來時只在這裡來就是了，我不使小厮去了。」文嫂道：「我知道。不在明日，只在後日，隨早隨晚，討了示下就來了。」一面走出來。玳安道：「文嫂，隨你罷了，我只要你一兩銀子，也是我叫你一場。你休要獨吃。」文嫂道：「猢猻兒隔牆掠篩箕，還不知仰着合着哩。」于是出門騎上驢子，他兒子籠着，一直去了。西門慶和温秀才坐了一回，良久，夏提刑來，就冠冕着同往府裡羅同知——名喚羅萬象那裡吃酒去了。直到掌燈已後纔來家。

此等事是伶俐人會做。

且說文嫂兒拿着西門慶五兩銀子，到家歡喜無盡，打發會茶人散了。至後晌時分，走到王宣府宅裡，見了林太太，道了萬福。林氏便道：「你怎的這兩日不來看看我？」文嫂便把家中會茶，趕臘月要往頂上進香一節告訴林氏。林氏道：「你兒子去，你不去罷了。」文嫂兒道：「我如何得去？只教文䋲帶進香去罷了。」林氏道：「等臨期，我送些盤纏與你。」文嫂便道：「多謝太太布施。」說畢，林氏叫他近前烤火，丫鬟拿茶來吃了。這文嫂一面吃了茶，問道：「三爹不在家了？」林氏道：「他又有兩夜沒回家，只在裡邊歇哩。逐日搭着這夥喬人，只眠花卧柳，把花枝般媳婦兒丟在房裡，通不顧，如何是好？」文嫂又問：「三娘怎的不見？」林氏道：「他還在房裡未出來哩。」這文嫂見無人，便說道：「不打緊，太太寬心。小媳婦有個門路兒，管就打散了這夥人，三爹收心，也再不進院去了。太太容，小媳婦便敢說；不容便不敢說。」林氏道：「你說的話兒，那遭兒我不依你來？你有話只顧說不妨。」這文嫂方說道：「縣門前西門大老爹，如今見在提刑院做掌刑千户，家中放官吏債，開四五處鋪面：段子鋪、生藥鋪、紬絹鋪、絨線鋪，外邊江湖又走標船，揚州興販鹽引，東平府上納香蠟，夥計主管約有數十。東京蔡太師是他乾爺，朱太尉是他衛主，翟管家是他親家，巡撫巡按都與他相交，知府知縣是不消說。家中田連阡陌，米爛成倉。身邊除了大娘子——乃是清河左衛吳千户之女，填房與他爲繼室——只成房頭、穿袍兒的，也有五六個。以下歌兒舞女，得寵侍妾，不下數十。端的朝朝寒食，夜夜元宵。今老爹不上三十一二年紀，正是當年漢子，大身材，一表人物。也曾吃藥養龜，慣調風

進言之巧，立說之妙，一毫不露本意，而寬爲之地，是女隋何。

向富貴家亦必先及勢利。甚矣，勢利之不可已也！

頓及此

物，意想不到。

《書》云：「四海困窮。」「四海」二字絶妙歇後語。

「後門首扁食巷」，好美名。

情；雙陸象棋，無所不通；蹴踘打毬，無所不曉；諸子百家，拆白道字，眼見就會。端的擊玉敲金，百伶百俐。聞知咱家乃世代簪纓人家，根基非淺，又見三爹在武學肄業，也要來相交，只是不曾會過，不好來的。昨日聞知太太貴誕在邇，又四海納賢，也一心要來與太太拜壽。小媳婦便道：『初會，怎好驟然請見的。待小的達知老太太，討個示下，來請老爹相見。』今老太太不但結識他來往相交，只央浼他把這干人斷開了，須玷辱不了咱家門户。」林氏被文嫂這篇話説的心中迷留摸亂，情竇已開，便向文嫂兒較計道：「人生面不熟，怎好遽然相見？」文嫂道：「不打緊，等我對老爹説。只説太太先央浼他要在提刑院遞狀，告引誘三爹這起人，預先請老爹來私下先會一會，此計有何不可？」説得林氏心中大喜，約定後日晚夕等候。

這文嫂討了婦人示下歸家，到次日飯時，走來西門慶宅内。西門慶正在對門書院内坐的，忽玳安報：「文嫂來了。」西門慶聽了，即出小客位，令左右放下簾兒。良久，文嫂進入裡面，磕了頭，玳安知局，就走出來了。文嫂便把怎的説念林氏：「誇獎老爹人品家道，怎樣結識官府，又怎的仗義疎財，風流博浪，説得他千肯萬肯，約定明日晚間，三爹不在家，家中設席等候。假以説人情爲繇，暗中相會。」西門慶聽了，滿心歡喜。又令玳安拿了兩疋紬段賞他。文嫂道：「爹明自要去〔四〕，休要早了。直到掌燈街上人静時，打他後門首扁食巷中——他後門傍有個住房的段媽媽，我在他家等着爹。只使大官兒彈門，我就出來引爹入港，休令左近人知道。」西門慶道：「我知道。你明日先去，不可離寸地，我也依期而至。」説畢，文嫂拜辭出門，又回林氏話去了。

若在金蓮房中，怎得精神培養！

西門慶那日，歸李嬌兒房中宿歇，一宿無話。巴不到次日，培養着精神。午間，戴着白忠靖巾，便同應伯爵騎馬往謝希大家吃生日酒。席上兩個唱的。西門慶吃了幾杯酒，約掌燈上來，就逃席走出來了。騎上馬，玳安、琴童兩個小厮跟隨。那時約十九日，月色朦朧，帶着眼紗，繇大街抹過，逕穿到扁食巷王昭宣府後門來。那時纔上燈一回，街上人初靜之後。西門慶離他後門半舍，把馬勒住，令玳安先彈段媽媽家門。原來這媽媽就住着王招宣家後房，也是文嫂舉薦，早晚看守後門，開門閉户。但有入港，在他家落脚做窩。文嫂在他屋裡聽見彈門，連忙開門。見西門慶來了，一面在後門裡等的西門慶下了馬，除去眼紗兒，引進來，分付琴童牽了馬，往對門人家西首房簷下那裡等候，玳安便在段媽媽屋裡存身。這文嫂一面請西門慶入來，便把後門關了，上了拴，繇夾道進内。轉過一層羣房，就是太太住的五間正房，傍邊一座便門閉着。這文嫂輕敲敲門環兒，原來有個聽頭。少頃，見一丫鬟出來，開了雙扉。文嫂導引西門慶到後堂，掀開簾櫳，只見裡面燈燭熒煌，正面供養着他祖爺太原節度頒陽郡王王景崇的影身圖〔五〕：穿着大紅團袖，蟒衣玉帶，虎皮交椅坐着觀看兵書。有若關王之像，只是髯鬚短些。迎門朱紅匾上寫着「節義堂」三字，兩壁隸書一聯：「傳家節操同松竹，（未必。）報國勳功並斗山。」西門慶正觀看之間，只聽得門簾上鈴兒响，文嫂從裡拿出一盞茶來與西門慶吃。西門慶便道：「請老太太出來拜見。」文嫂道：「請老爹且吃過茶着，剛纔禀過太太知道了。」不

可畏哉！

想林氏悄悄從房門簾裡望外觀看，見西門慶身材凜凜，一表人物，頭戴白段忠靖冠，貂鼠暖耳，身穿紫羊絨鶴氅，脚下粉底皂靴，就是個——

富而多詐奸邪輩，壓善欺良酒色徒。

善喻。

林氏一見滿心歡喜，因悄悄叫過文嫂來，問他戴的孝是誰的。文嫂道：「是他第六個娘子的孝，新近九月間没了不多些時。饒少殺，家中如今還有一巴掌人兒。他老人家，你看不出來？出籠兒的鵪鶉——也是個快鬬的。」這婆娘聽了，越發歡喜無盡。文嫂催逼他出去，婦人道：「我羞答答怎好出去？請他進來見罷。」文嫂一面走出來，向西門慶説：「太太請老爹房内拜見哩。」于是忙掀門簾，西門慶進入房中，但見簾幙垂紅，毡毹鋪地，麝蘭香靄，氣暖如春。繡榻則斗帳雲横，錦屏則軒轅月映。婦人頭上戴着金絲翠葉冠兒，身穿白綾寬紬襖兒，沉香色遍地金粧花段子鶴氅，大紅宮錦寬襴裙子，老鸛白綾高底鞋兒。就是個綺閣中好色的嬌娘，深閨内施毯的菩薩。妙偈。有詩爲証：

進來豈遂不羞？可笑！

雲濃脂膩黛痕長，蓮步輕移蘭麝香。
醉後情深歸綉帳，始知太太不尋常。深思哉。

西門慶一見便躬身施禮，説道：「請太太轉上，學生拜見。」林氏道：「大人免禮罷。」西門慶不肯，就側身磕下頭去拜兩拜，婦人亦叙禮相還。拜畢，西門慶正面椅子上坐了，林氏就在下邊梳背炕沿斜僉相陪。文嫂又早把前邊儀門閉上了，再無一個僕人在後邊。三公子那邊角門

兩下未同而言，真難啓齒。文嫂就中點撥，的的能人。

名節在此，而不在彼。此輩藉口往往而然，真欲嘔死。

也關了。一個小丫鬟名喚芙蓉，拿茶上來，林氏陪西門慶吃了茶，文嫂就在傍說道：「太太久聞老爹執掌刑名，敢使小媳婦請老爹來央煩庄事兒，未知老爹可依允不依？」西門慶道：「不知老太太有甚事分付？」林氏道：「不瞞大人說，寒家雖世代做了這招宣，不幸夫主去世年久，家中無甚積蓄。小兒年幼優養，未曾考襲，如今雖入武學肄業，年幼失學。外邊有幾個奸詐不良的人，日逐引誘他在外飄酒，把家事都失了。幾次欲待要往公門訴狀，誠恐抛頭露面，有失先夫名節。今日敢請大人至寒家訴其衷曲，就如同遞狀一般。望乞大人千萬留情把這干人怎生處斷開了，使小兒改過自新，專習功名，以承先業，實出大人再造之恩，妾身感激不淺，自當重謝。」西門慶道：「老太太怎生這般說。尊家乃世代簪纓，先朝將相。令郎既入武學，正當努力功名，承其祖武，不意聽信遊食所哄，留連花酒，實出少年所爲。太太既分付學生，到衙門裡，即時把這干人處分懲治，庶可杜絕將來。」這婦人聽了，連忙起身，向西門慶道了萬福，說道：「容日妾身致謝大人。」西門慶道：「你我一家，何出此言。」

說話之間，彼此眉目顧盼留情。（亦可不必。）不一時，文嫂放桌兒擺上酒來，西門慶故意辭道：（不必。）「學生初來進謁，倒不曾送禮來，如何反承老太太盛情留坐！」林氏道：「不知大人下降，没作整備。寒天聊具一杯水酒，表意而已。」丫鬟篩上酒來，端的金壺斟美醸，玉盞貯佳餚。林氏起身捧酒，西門慶亦下席道：「我當先奉老太太一杯。」文嫂兒在傍插口說道：「老爹且不消遞太太酒。這十一月十五日是太太生日，那日送禮來與太太祝壽就是了。」西門慶道：「阿呀！

早時你說。今日是初九，差六日。我在下已定來與太太登堂拜壽。」林氏笑道：「豈敢動勞大人！」須臾，大盤大碗，就是十六碗美味佳餚，傍邊絳燭高燒，下邊金爐添火，交杯一盞，行令猜枚，笑雨嘲雲。

酒爲色膽。看看飲至蓮漏已沉、窗月倒影之際，一雙竹葉穿心，兩個芳情已動。文嫂已過一邊，連次呼酒不至。西門慶見左右無人，漸漸促席而坐，言頗涉邪，把手揑腕之際，挨肩擦膀之間。初時戲摟粉項，婦人則笑而不言；次後欵啓朱唇，西門慶則舌吐其口，嗚咂有聲，笑語密切。婦人於是自掩房門，解衣鬆珮，微開錦帳，輕展綉衾，鴛枕横牀，鳳香薰被，相挨玉體，抱摟酥胸。原來西門慶知婦人好風月，家中帶了淫器包在身邊，又服了胡僧藥。婦人摸見他陽物甚大，西門慶亦摸其牝户，彼此歡欣，情興如火。展猿臂，不覺蝶浪蜂狂；蹺玉腿，那個羞雲怯雨！正是：

如何不害半些羞？

縱横慣使風流陣，那管牀頭墮玉釵。

西門慶當下竭平生本事，將婦人儘力盤桓了一場。纏至更深天氣，方纔精泄。婦人則髮亂釵横，花憔柳困。兩個並頭交股，摟抱片時，起來穿衣。婦人欵剔銀燈，開了房門，照鏡整容，呼丫鬟捧水淨手。復飲香醪，再勸美酌。三杯之後，西門慶告辭起身，婦人挽留不已，叮嚀頻囑。西門慶躬身領諾，謝擾不盡，相別出門。婦人送到角門首回去了。文嫂先開後門，呼喚玳安、琴童牽馬過來，騎上回家。街上已喝號提鈴，更深夜靜，但見一天霜氣，萬籟無聲。西門慶回家，一宿無話。

到次日，西門慶到衙門中發放已畢，在後廳叫過該地方節級緝捕，分付如此這般：「王招宣府裡三公子，看有甚麼人勾引他，院中在何人家行走，卽查訪出名字來，報我知道。」因向夏提刑說：「王三公子甚不學好，昨日他母親再三央人來對我說，倒不關他兒子事，只被這干光棍勾引他。今若不痛加懲治，將來引誘壞了人家子弟。」夏提刑道：「長官所見不錯，必該治他。」節級緝捕領了西門慶鈞語，當日卽查訪出各人名姓來，打了事件，到後晌時分來西門慶宅內呈遞揭帖。西門慶見上面有孫寡嘴、祝實念、小張閒、聶鉞兒、向三、于寬、白回子，樂婦是李桂姐、秦玉芝兒。西門慶取過筆來，把李桂姐、秦玉芝兒并老孫、祝實念名字都抹了，分付：「這小張閒等五個光棍，卽與我拿了，明日早帶到衙門裡來。」衆公人應諾下去。至晚，打聽王三官衆人都在李桂姐家吃酒踢行頭，都埋伏在房門首。深更時分，剛散出來，衆公人把小張閒、聶鉞、于寬、白回子、向三五人都拿了。孫寡嘴與祝實念扒李桂姐後房去了，王三官藏在李桂姐床底下，不敢出來。桂姐一家諕的捏兩把汗，更不知是那裡的人，亂央人打聽實信。王三官躲了一夜不敢出來。李家鴇子又恐怕東京下來拿人，到五更時分，攛掇李銘換了衣服，送王三官來家。

節級緝捕把小張閒等拿在聽事房吊了一夜。到次日早辰，西門慶進衙門與夏提刑陞廳，兩邊刑杖羅列，帶人上去。每人一夾二十大棍，打得皮開肉綻，鮮血迸流，响聲震天，哀號慟地。西門慶囑付道：「我把你這起光棍，專一引誘人家子弟在院飄風，不守本分，本當重處，今姑從輕責你這幾下兒。再若犯在我手裡，定然枷號，在院門首示衆！」喝令左右：「扠下去！」衆人望外，金命水命，走投無命。

兩位官府發放事畢，退廳吃茶。夏提刑因說起：「昨日京中舍親崔中書那里書來，說衙門中考察本上去了，還未下來哩。今日會了長官，咱倒好差人往懷慶府同僚林蒼峯那裡，打聽打聽消息去。他那里臨京近。」西門慶道：「長官所見甚明。」卽喚走差的上來分付：「與你五錢銀子盤纏，卽拿俺兩個拜帖，到懷慶府提刑林千户老爹那裡，打聽京中考察本示下，看經歷司行下照會來不曾。務要打聽的實，來回報。」那人領了銀子、拜帖，又到司房結束行裝，討了匹馬長行去了。兩位官府纔起身回家。

一路叙致疎落，有要没緊，情事又逼真。

却說小張閒等從提刑院打出來，走在路上各人思想，更不料今日受這場虧是那里藥線，互相埋怨。小張閒道：「莫不還是東京那里的消息？」白回子道：「不是。若是那里消息，怎肯輕饒素放？」常言說得好：乖不過唱的，賊不過銀匠，能不過架兒。聶鉞兒一口就說道：「你每都不知道，只我猜得着。此已定是西門官府和三官兒上氣，嗔請他表子，故拿俺每煞氣。正是：龍鬬虎傷，苦了小獐。」小張閒道：「列位倒罷了，只是苦了我在下了。孫寡嘴、祝麻子都跟着，只把俺每頂缸。」于寬道：「你怎的說渾話？他兩個是他的朋友，若拿來跪在地下，他在上面坐着，怎生相處？」小張閒道：「怎的不拿老婆？」聶鉞道：「兩個老婆，都是他心上人。李家桂姐是他的表子，他肯拿來！也休怪人，是俺每的晦氣，偏撞在這網裡。纔夏老爹怎生不言語，只是他說話？這個就見出情弊來了。如今往李桂姐家尋王三官去！白爲他打了這一屁股瘡來不成？便罷了，就問他要幾兩銀子盤纏，也不吃家中老婆笑話。」于是逕入构欄，見李桂姐家門關的鐵桶相似。叫了半日，丫頭隔門問是誰，小張閑道：「是俺每，尋三官兒說話。」丫頭回說：「他從那日半夜就回家去了，不在這裡。無人在家中，不敢開門。」這衆人只得回來，到王招宣府內，逕入他客位裡坐下。王三官聽見衆人來尋他，諕得躲在房裡不敢出來。半日，使出小廝永定兒來說：「俺爹不在家了。」衆人道：「好自在性兒！不在家了，往那里去了？叫不將來！」于寬道：「實和你說了罷，休推睡裡夢裡。剛纔提刑院打了俺每，押將出來。如今還要他正身見官去哩！」摟起腿來與永定瞧，教他進裡面去說：「爲你打俺每，有甚要緊！」一個個都倘在櫈上聲疼叫喊。

那王三官兒越發不敢出來，只叫：「娘，怎麽樣兒？如何救我則可。」林氏道：「我女婦人家，如何尋人情去救得？」求了半日，見外邊衆人等得急了，要請老太太說話。那林氏又不出去，只隔着屏風說道：「你每畧等他等，委的在庄上，不在家了。我這裡使小廝叫他去。」小張閒道：「老太太，快使人請他來！這個癤子終要出膿，只顧膿着不是事。俺每爲他連累打了這一頓，剛纔老爹分付押出俺每來要他。他若不出來，大家都不得清淨，就弄的不好了。」

因禍患爲取利之媒，此輩深得塞翁之意。

林氏聽言，連忙使小廝拿出茶來與衆人吃。王三官諕的鬼也似逼他娘尋人情，直到至急

不若令堂更爲切貼。請問三官因何說他？大屬不解。

之處，林氏方纔說道：「文嫂他只認的提刑西門官府家，昔年曾與他女兒說媒來，在他宅中走的熟。」王三官道：「就認的西門提刑也罷。快使小廝請他來。」林氏道：「他自從你前番說了，他使性兒一向不來走動，怎好又請他？他也不肯來。」王三官道：「好娘，如今事在至急，請他來，等我與他陪個禮兒便了。」林氏便使永定兒悄悄打後門出去，請了文嫂來。王三官再三央及他一口一聲只叫：有景。「文媽，你認的提刑西門大官府，好歹說個人情救我。」這文嫂故意做出許多喬張致來，說道：「舊時雖故與他宅內大姑娘說媒，這幾年誰往他門上走？大人家深宅大院，不去纏他。」王三官連忙跪下說道：妙，有景。「文媽，你救我，恩有重報，不敢有忘。那幾個人在前邊只要出官，我怎去得？」文嫂只把眼看他娘，他娘道：「也罷，你便替他說說罷了。」文嫂道：「我獨自個去不得。三叔，你衣巾着，等我領你親自到西門老爹宅上，你自拜見央浼他，等我在傍再說，管情一天事就了了。」王三官道：「見今他衆人在前邊催逼甚急，只怕一時被他看見怎了？」文嫂道：「有甚難處勾當？等我出去安撫他，再安排些酒肉點心茶水哄他吃着，我悄悄領你從後門出去，幹事回來，他就便也不知道。」

這文嫂一面走出前廳，向衆人拜了兩拜，說道：「太太教我出來，多上覆列位哥每：本等三叔往庄上去了，不在家，使人請去了，便來也。你每略坐坐兒。吃打受罵，連累了列位。誰人不吃鹽米，等三叔來，教他知遇你們。你們千差萬差來人不差，恒屬大家只要圖了事。上司差派，不繇自己。有了三叔出來，一天大事都了了。」衆人聽了，一齊道：「還是文媽見的多，你老人家早出來説恁句有南北的話兒，俺每也不急的要不的。執殺法兒只回不在家，莫不俺每自做出來的事？你恁帶累俺每吃官棒，上司要你，假推不在家。吃酒吃肉，教人替你不成？文媽，你是曉道理的：你出來，俺每還透個路兒與你——破些東西兒，尋個分上兒説説，大家了事。你不出來見俺每，這事情也要消繳，一個緝捕問刑衙門，平不答的就罷了？」文嫂兒道：「哥每説的是。你每畧坐坐兒，我對太太説，安排些酒飯兒管待你每。你每來了這半日也餓了。」衆人都道：「還是我的文媽知人苦辣。不瞞文媽説，俺每從衙門裡打出來，黃湯兒也没曾嚐着哩！」這文嫂走到後邊，一力攛掇，打了二錢銀子酒，買了一錢銀子點心，猪羊牛肉各切幾大盤，拿將出去，一壁哄他衆人在前邊大酒大肉吃着。

這王三官儒巾青衣，寫了揭帖，文嫂領着，帶上眼紗，悄悄從後門出來，步行徑往西門慶家來。到了大門首，平安兒認的文嫂，説道：「爹纔在廳上，進去了。文媽有甚話説？」文嫂遞與他拜帖，説道：「哥哥，累你替他禀禀去。」連忙問王三官要了二錢銀子遞與他，那平安兒方進去替他禀知西門慶。西門慶見了手本拜帖，上寫着：「眷晚生王宷頓首百拜。」一面先叫進文嫂，問了回話，然後纔開大廳槅子門，使小厮請王三官進去。西門慶頭戴忠靖巾，便衣出來迎接，見王三衣巾進來，故意説道：「文嫂，怎不早説？我褻衣在此。」便令左右：「取我衣服來。」慌的王三官向前攔住道：「尊伯尊便，小姪敢來拜瀆，豈敢動勞！」至廳內，王三官務請西門慶轉上行禮，西門慶笑道：「此是舍下。」再三不肯。西門慶居先拜下去，王三官説道：「小姪

當云「小

兒」，豈止「小姪」。

有罪在身，久仰，欠拜。」西門慶道：「彼此少禮。」王三官因請西門慶受禮，說道：「小姪人家，老伯當得受禮，以恕拜遲之罪。」務讓起來，受了兩禮。西門慶讓坐，王三官又讓了一回，然後挪座兒斜僉坐的。

少頃，吃了茶，王三官向西門慶說道：「小姪有一事，不敢奉瀆尊嚴。」因向袖中取出揭帖遞上，隨卽離座跪下。被西門慶一手拉住，說道：「賢契有甚話，美稱。但說何害！」王三官就說：「小姪不才，誠爲得罪，望乞老伯念先父武弁一派之臣〔六〕，寬恕小姪無知之罪，完其廉耻，免令出官，則小姪垂死之日，實再生之幸也。啣結圖報，惶恐，惶恐！」西門慶展開揭帖，上面有小張閒等五人名字，說道：「這起光棍，我今日衙門裡，已各重責發落，饒恕了他，怎的又央你去？」王三官道：「他說老伯衙門中責罰了他，押出他來，還要小姪見官。在家百般辱罵喧嚷，索詐銀兩不得安生，無處控訴，特來老伯這裡請罪。」又把禮帖遞上。西門慶一見便道：「豈有此理！這起光棍可惡。我倒饒了他，如何倒往那里去攪擾？」把禮帖還與王三官收了，道：「賢契請回，我且不留你坐。如今就差人拿這起光棍去。容日奉招。」王三官道：「豈敢！蒙老伯不棄，小姪容當叩謝。」千恩萬謝出門。西門慶送至二門首，說：「我褻服不好送的。」那王三官自出門來，帶上眼紗，小廝跟隨去了。文嫂還討了西門慶話。西門慶分付：「休要驚動他，我這里差人拿去。」

這文嫂同王三官暗暗到家。不想西門慶隨卽差了一名節級、四個排軍，走到王招宣宅

螳顧而雀攫，事有類然。不可不爲設險者之惕。

內。那起人正在那裡飲酒喧鬧，被公人進去，不繇分説都拿了，帶上鐲子。諕得衆人面如土色，説道：「王三官幹的好事，把俺每穩住在家，倒把鋤頭反弄俺每來了。」那個節級排軍罵道：「你這廝還胡説，當的甚麽？各人到老爹跟前哀告，討你那命是正經。」小張閒道：「大爺教導的是。」

不一時，都拿到西門慶宅門首，門上排軍并平安兒都張着手兒要錢，纔替他禀。衆人不免脱下褶兒，并拿頭上簪圈下來，打發停當，方纔説進去。半日西門慶出來坐廳，節級帶進去跪在廳下。西門慶罵道：「我把你這起光棍，我倒將就了你，你如何指稱我衙門往他家諕詐去？實説詐了多少錢？若不説，令左右拿拶子與我着實拶起來！」當下只説了聲，那左右排軍登時拿了五六把新拶子來伺候。小張閒等只顧叩頭哀告道：「小的每並没諕詐分文財物，只説衙門中打出來，對他説聲。他家拿出些酒食來管待小的們，小的每並没需索他的。」西門慶道：「你也不該往他家去。你這些光棍，設騙良家子弟，白手要錢，深爲可恨。既不肯實供，都與我帶了衙門裡收監，明日嚴審取供，枷號示衆！」衆人一齊哀告，哭道：「天官爺，超生小的每罷，小的再不敢上他門纏擾了。休説枷號，這一送到監裡去，冬寒時月，小的每都是死數。」西門慶道：「我把你這起光棍，饒出你去，都要洗心改過，務要生理。不許你挨坊靠院，引誘人家子弟，詐騙財物。再拿到我衙門裡來，都活打死了。」喝令：「扠出去！」衆人得了個性命，往外飛跑。正是：

大可寒心，此輩不可不看。

雖出私意，却是至論。

敲碎玉籠飛彩鳳，頓開金鎖走蛟龍。

西門慶發了衆人去，回至後房，月娘問道：「這是那個王三官兒？」西門慶道：「此是王招宣府中三公子，前日李桂兒爲那場事，（出細。）就是他。今日賊小淫婦兒不改，又和他纏，每月三十兩銀子教他包着。嗔道一向只哄着我！不想有個底脚裏人兒又告我說，教我差幹事的拏了這干人，到衙門裏都夾打了。不想這干人又到他家裡嚷賴，指望要詐他幾兩銀子，只說衙門中要他。他從没見官，慌了，央文嫂兒拿了五十兩禮帖來求我說人情。我剛纔把那起人又拿了來扎發了一頓，替他杜絶了。人家倒運，偏生這樣不肖子弟出來。——你家祖父何等根基，又做招宣，你又見入武學，放着那名兒不幹，家中丢着花枝般媳婦兒不去理論，白日黑夜只跟着這夥光棍在院裏嫖弄。今年不上二十歲，年小小兒的，通不成器！」月娘道：「你乳老鴉笑話猪兒足，原來燈臺不照自。你自道成器的？你也吃這井裡水，無所不爲，清潔了些甚麽兒？還要禁人！」幾句說的西門慶不言語了。

此爲世人說法也。讀者當下須猛省。

正擺上飯來吃，來安來報：「應二爹來了。」西門慶分付：「請書房裡坐，我就來。」王經連忙開了廳上書房門，伯爵進裏面坐了。良久，西門慶出來。聲喏畢，就坐在炕上，兩個說話。伯爵道：「哥你前日在謝二哥家，怎老早就起身？」西門慶道：「我連日有勾當，又考察在邇，差人東京打聽消息。我比你每閒人兒？」伯爵又問：「哥連日衙門中有事没有？」西門慶道：「事那日没有？」伯爵又道：「王三官兒說，哥衙門中把小張閒他每五個，初八日晚夕，在李桂姐屋裡都

混賴得奇，恐傷應二之心。

拿的去了，只走了老孫、祝麻子兩個。今早解到衙門裡，都打出來了，衆人都往招宣府纏王三官去了。怎的還瞞着我不説？」西門慶道：「傻狗才，誰對你説來？你敢錯聽了。敢不是我衙門裡，敢是周守備府裡？」伯爵道：「守備府中那裡管這閑事！」西門慶道：「只怕是京中提人。」伯爵道：「也不是。今早李銘對我説，那日把他一家子諕的魂也没了，李桂兒至今諕的睡倒了，還没曾起炕兒。怕又是東京下來拿人，今早打聽，方知是提刑院拿人。」西門慶道：「我連日不進衙門，並没知道。李桂兒既賭過誓不接他，隨他拿亂去，又害怕睡倒怎的？」伯爵見西門慶迸着臉兒待笑，畫。説道：「哥，你是個人，連我也瞞着起來。今日他告我説，我就知道哥的情。怎的祝麻子、老孫走了？一個緝捕衙門，有個走脱了人的？此是哥打着綿羊駒驟戰，使李桂兒家中害怕，知道哥的手段。若都拿到衙門去，彼此絶了情意，都没趣了。事情許一不許二。如今就是老孫、祝麻子見哥也有幾分慚愧。此是哥明修棧道，暗度陳倉的計策。休怪我説，哥這一着做的絶了。這一個叫做真人不露相，露相不真人。若明逞了臉，就不是乖人兒了。還是哥智謀大，見的多。」幾句説的西門慶撲吃的笑了，説道：「我有甚麽大智謀？」伯爵道：「我猜已定還有底脚裡人兒對哥説，怎得知道這等切？端的有鬼神不測之機！」西門慶道：「傻狗才，若要人不知，除非己莫爲。」伯爵道：「哥衙門中如今不要王三官兒罷了。」西門慶道：「誰要他做甚麽？當初幹事的打上事件，我就把王三官、祝麻子、老孫并李桂兒、秦玉芝名字都抹了，只拿幾個光棍來打了。」伯爵道：「他如今怎的還纏他？」西門慶道：「我實和你説罷，他指望

一味諛奉，微帶三分譏刺。兔死狐悲，理之固然。

誑詐他幾兩銀子。不想剛纔王三官親上門來拜見，與我磕了頭，陪了不是。我又差人把那幾箇光棍拿了，要枷號，他衆人再三哀告説，再不敢上門纏他了。王三官一口一聲稱我是老伯，拿了五十兩禮帖兒，我不受他的。他到明日還要請我家中知謝我去。」伯爵失驚道：「真個他來和哥陪不是來了？」西門慶道：「我莫不哄你？」因喚王經：「拿王三官拜帖兒與應二爹瞧。」那王經向房子裡取出拜帖，上面寫着：「眷晚生王寀頓首百拜。」伯爵見了極口稱贊道：「哥的所筭，神妙不測。」西門慶分付伯爵：「你若看見他每，只說我不知道。」伯爵道：「我曉得。機不可泄，我怎肯和他說！」坐了一回，吃了茶，伯爵道：「哥，我去罷，只怕一時老孫和祝麻子摸將來。只說我沒到這裡。」西門慶道：「他就來，我也不見他。」一面叫將門上人來都分付了：「但是他二人，只答應不在家。」西門慶從此不與李桂姐上門走動，家中擺酒也不叫李銘唱曲，就疎淡了。正是：

昨夜浣花溪上雨，綠楊芳草爲何人？

當以老尊自居。

較結拜時，交情何似？

校記

〔一〕「詞曰」，內閣本、首圖本題作「憶秦娥」。

〔二〕「右調憶秦娥」，內閣本、首圖本無。

〔三〕「有椿事」，原作「有椿事」，據內閣、首圖等本改。

〔四〕「明自要去」，內閣本、首圖本、天圖本、吳藏本作「明日要去」。

〔五〕「頒陽郡王」，崇禎諸本同。按詞話本作「邠陽郡王」。

〔六〕「一派之臣」，崇禎諸本同。按張評本作「一派之臣」，詞話本作「一殿之臣」。

第七十回

老太監朝房邀酌

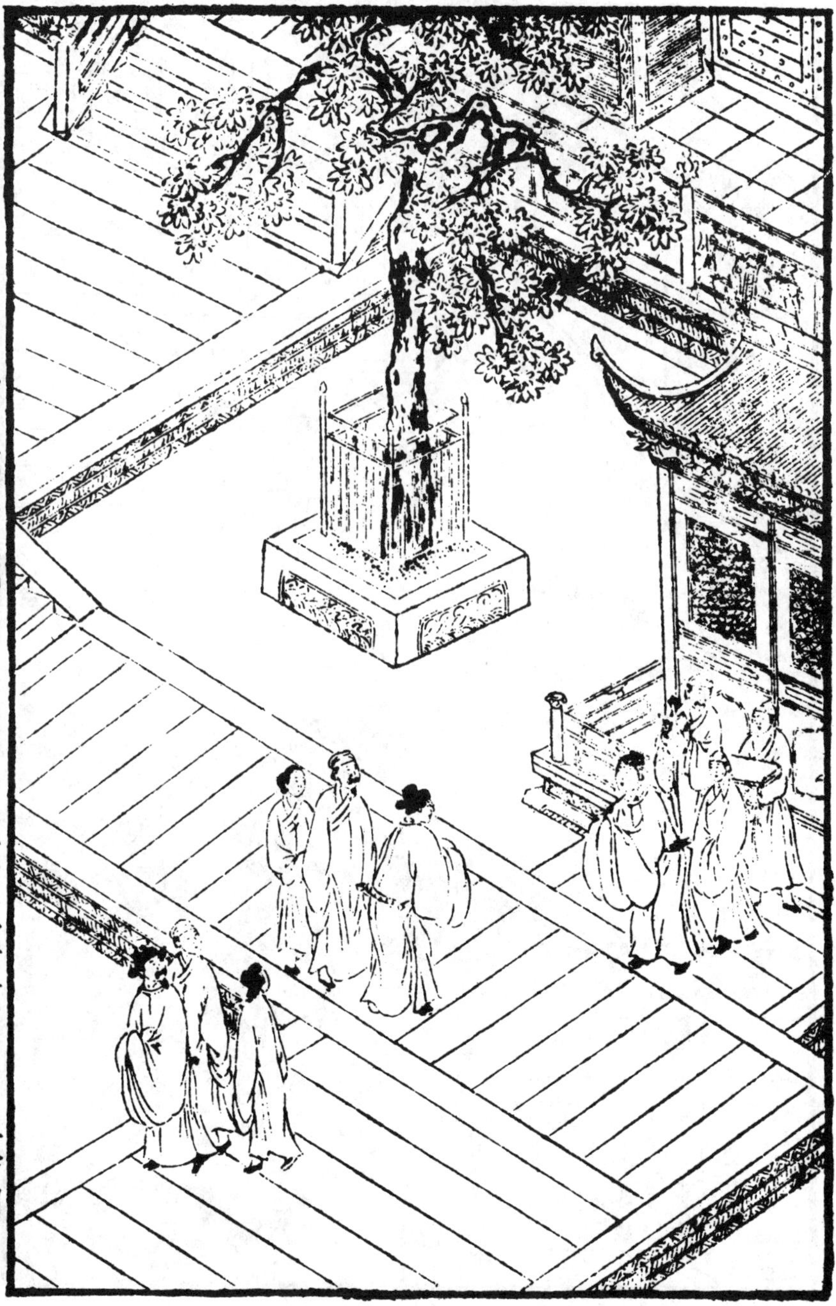

兩提刑樞府庭參

第七十回　老太監引酌朝房　二提刑庭參太尉

詩曰〔一〕：

帝曰簡才能，旌賢在股肱。
文章體一變，禮樂道逾弘。
芸閣英華入，賓門鵷鷺登。
恩筵過所望，聖澤實超恒。

話説西門慶自此與李桂姐斷絶不題〔二〕。却説走差人到懷慶府林千户處打聽消息，林千户將陞官邸報封付與來人，又賞了五錢銀子，連夜來遞與提刑兩位官府。當廳夏提刑拆開，同西門慶先觀本衛行來考察官員照會，其畧曰：

兵部一本，尊明旨，嚴考覈，以昭勸懲，以光聖治事：先該金吾衛提督官校太尉太保兼太子太保朱，題前事，考察禁衛官員，除堂上官自陳外，其餘兩廂詔獄緝捕、内外提刑所指揮千百户、鎮撫等官，各挨咨格〔三〕，從公舉劾，甄別賢否，具題上請等因。

奉聖旨：兵部知道，欽此欽遵。抄出到部。看得太尉朱題前事，遵奉舊例，委的本官殫力致忠，公于考覈，皆出聞見之實，而無偏執之私。足以勵人心而孚公議，無容臣等再喙。但恩威賞罰，出自朝廷，合俟命下之日，一體照例施行等因。續奉欽依擬行。

內開：山東提刑所正千户夏延齡，資望既久，才練老成，昔視典牧而坊隅安靜，今理齊刑而綽有政聲。宜加奬勵，以冀甄陞，可備鹵簿之選者也。貼刑副千户西門慶，才幹有爲，精察素著。家稱殷實而在任不貪，國事克勤而臺工有績。翌神運而分毫不索，司法令而齊民果仰。宜加轉正，以掌刑名者也。懷慶提刑千户所正千户林承勳，年清優學，占籍武科，繼祖職抱負不凡，提刑獄詳明有法，可加奬勵簡任者也。副千户謝恩，年齒既殘，昔在行猶有可觀〔四〕，今任理刑罷軟尤甚，宜罷黜革任者也。

西門慶看了他轉正千户掌刑，心中大悦。夏提刑見他陞指揮，管鹵簿，大半日無言，面容失色。于是又展開工部工完的本觀看，上面寫道：

工部一本，神運屆京，天人胥慶，懇乞天恩，俯加渥典，以蘇民困，以廣聖澤事。

奉聖旨：這神運奉迎大內，奠安艮嶽，以承天眷，朕心嘉悦。你每既效有勤勞，副朕事玄至意。所經過地方，委的小民困苦，着行撫按衙門，查勘明白，着行蠲免今歲田租之半。所毁垻閘，着部裡差官會同巡按御史卽行修理，完日還差内侍孟昌齡前去致祭。蔡京、李邦彦、王煒、鄭居中、高俅，輔弼朕躬，直贊内庭，勳勞茂著，京加太師，邦彦加柱國太子太師，王煒太傅，鄭居中、高俅太保，各賞銀五十兩，四表禮。蔡京還蔭一子爲殿中監。國師林靈素，佐國宣化，遠致神運，北伐虜謀，實與天通，加封忠孝伯，食禄一千石，

慶賞如

此，可想朝廷法紀。即此可爲細目補遺。

賜坐龍衣一襲，肩輿入內，賜號玉真教主，加淵澄玄妙廣德真人、金門羽客、達靈玄竗先生。朱勔、黃經臣，督理神運，忠勤可嘉。勔加太傅兼太子太傅，經臣加殿前都太尉，提督御前人船。各蔭一子爲金吾衛正千户。內侍李彥、孟昌齡、賈祥、何沂、藍從頤着直延福五位宫近侍，各賜莽衣玉帶，仍蔭弟姪一人爲副千户，俱見任管事。禮部尚書張邦昌、左侍郎兼學士蔡攸、右侍郎白時中、兵部尚書余深、工部尚書林攄，俱加太子太保，各賞銀四十兩，彩段二表禮。巡撫兩浙僉都御史張閣，陞工部右侍郎。巡撫山東都御史侯濛，陞太常正卿。巡撫兩浙山東監察御史尹大諒、宋喬年，都水司郎中安忱、伍訓，各陞俸一級，賞銀二十兩。祇迎神運千户魏承勳、徐相、楊廷珮、司鳳儀、趙友蘭、扶天澤、西門慶、田九臯等，各陞一級。內侍宋推等，礐將王佑等，俱各賞銀十兩。所官薛顯忠等，各賞銀五兩。校尉昌玉等絹二疋。該衙門知道。

夏提刑與西門慶看畢，各散回家。後晌時分，有王三官差永定同文嫂拿請書，十一日請西門慶往他府中赴席，少罄謝私之意。西門慶收下，不勝歡喜，以爲其妻指日在于掌握。可惡。不期到初十日晚夕，東京本衛經歷司差人行照會：「曉諭各省提刑官員知悉：火速赴京，赶冬節見朝謝恩，毋得違悞取罪。」西門慶看了，到次日衙門中會了夏提刑，各人到家，即收拾行裝，備辦贄見禮物，約早晚起程。西門慶使玳安叫了文嫂兒，教他回王三官：「我今日不得來赴席，要上京見朝謝恩去。」文嫂連忙去回。王三官道：「既是老伯有事，容回來潔誠具請。」西門慶一面叫將賁四來，分付教他跟了去，與他五兩銀子，家中盤纏。留下春鴻看家，帶了玳安、王經跟隨答應。又問周守備討了四名巡捕軍人，四匹小馬，打點馱裝轎馬，排軍擡扛。夏提刑便是夏壽跟隨。兩家共有二十餘人跟從。十二日起身離了清河縣，冬天易晚，晝夜趲行。到了懷西懷慶府會林千户，千户已上東京去了。一路天寒坐轎，天暖乘馬，朝登紫陌，暮踐紅塵。正是：

意急款摇青帳幕，心忙敲碎紫絲鞭。

話説一日到了東京，進得萬壽門。西門慶主意要往相國寺下，夏提刑不肯，堅執要往他親眷崔中書家投下。西門慶不免先具拜帖拜見。正值崔中書在家，卽出迎接，至廳敘禮相見，與夏提刑道及寒温契闊之情。坐下茶畢，拱手問西門慶尊號。西門慶道：「賤號四泉。」因問：「老先生尊號？」崔中書道：「學生性最愚朴，名閑林下，賤名守愚，拙號遜齋。」因説道：「舍親龍溪久稱盛德，全仗扶持，同心協恭，莫此爲厚。」西門慶道：「不敢。在下常領教誨，今又爲堂尊，受益恒多，不勝感激。」夏提刑道：「長官如何這等稱呼！便不見相知了。」崔中書道：「四泉説的也是，名分使然。」言畢，彼此笑了。不一時，收拾行李。天晚了，崔中書分付童僕放桌擺飯，無非是菓酌餚饌之類，不必細説。當日〔五〕，二人在崔中書家宿歇不題。

到次日，各備禮物拜帖，家人跟隨，早往蔡太師府中叩見。那日太師在内閣還未出來，府前官吏人等如蜂屯蟻聚，擠匝不開。西門慶與夏提刑與了門上官吏兩包銀子，拿揭帖稟進

此兒大有體面。

去。翟管家見了，卽出來相見，讓他到外邊私宅。先是夏提刑先見畢，然後西門慶叙禮，彼此道及往還酬答之意，各分賓位坐下。夏提刑先遞上禮帖：兩疋雲鶴金段、兩疋色段。翟管家是十兩銀子。西門慶禮帖上是一疋大紅絨綵蟒、一疋玄色粧花斗牛補子員領、兩疋京段，另外梯己送翟管家一疋黑綠雲絨、三十兩銀子。翟謙分付左右：「把老爺禮都收進府中去，上簿籍。」他只受了西門慶那疋雲絨，將三十兩銀子連夏提刑的十兩銀子都不受。說道：「豈有此禮。若如此，不見至交親情。」一面令左右放桌兒擺飯，說道：「今月聖上奉艮嶽新蓋上清寶籙宮〔六〕，奉安牌扁，該老爺主祭，直到午後纔散。到家同李爺又往鄭皇親家吃酒。只怕親家和龍溪等不的，悞了你每勾當。遇老爺閑，等我替二位稟就是一般。」西門慶道：「蒙親家費心。」翟謙因問：「親家那里住？」西門慶就把夏龍溪令親家下歇說了。不一時，安放桌席端正，就是大盤大碗，湯飯點心一齊拿上來，都是光祿烹炮，美味極品無加。每人金爵飲酒三杯，就要告辭起身。翟謙欵留，令左右又篩上一杯。西門慶因問：「親家，俺每幾時見朝？」翟謙道：「親家，你同不得夏大人。夏大人如今是京堂官，不在此例。你與本衞新陞的副千户何太監姪兒何永壽，他便貼刑，你便掌刑，與他作同僚了。他先謝了恩，只等着你見朝引奏畢，一同好劄付。你凡事只會他去。」夏提刑聽了，一聲兒不言語。西門慶道：「請問親家，只怕我還要等冬至郊天回來見朝。」翟謙道：「親家，你等不的冬至聖上郊天回來。那日天下官員上表朝賀，還要排慶成宴，你每怎等的？不如你今日先往鴻臚寺報了名，明日早朝謝了恩，直到那日堂上官引奏畢，領劄付起身就是了。」西門慶謝道：「蒙親家指教，何以爲報！」臨起身，翟謙又拉西門慶到側净處說話，甚是埋怨西門慶說：「親家，前日我的書上那等寫了，大凡事要謹密，不可使同僚每知道。照應。親家如何對夏大人說了？教他央了林真人帖子來，立逼着朱太尉來對老爺說，要將他情愿不管鹵簿，仍以指揮職啣在任所掌刑三年；何太監又在內廷，轉央朝廷所寵安妃劉娘娘的分上，便也傳旨出來，親對老爺和朱太尉說了，要安他姪兒何永壽在山東理刑。兩下人情阻住了，教老爺好不作難！不是我再三在老爺跟前維持，回倒了林真人，把親家不撑下去了？」慌的西門慶連忙打躬，說道：「多承親家盛情！我並不曾對一人說，此公何以知之？」翟謙道：「自古機事不密則害成，今後親家凡事謹慎些便了。」包苴賄賂如此，尚有法守乎？

西門慶千恩萬謝，與夏提刑作辭出門。來到崔中書家，一面差賁四鴻臚寺報了名。次日同夏提刑見朝，青衣冠帶，正在午門前謝恩出來，剛轉過西闕門來，只見一個青衣人走向前問道：「那位是山東提刑西門老爹？」賁四問道：「你是那里的？」那人道：「我是內府匠作監何公公來請老爹說話。」言未畢，只見一個太監，身穿大紅莽衣，頭戴三山帽，脚下粉底皂靴，從御街定聲叫道：「西門大人請了！」西門慶遂與夏提刑分別，被這太監用手一把拉在傍邊一所直房內，相見作揖。慌的西門慶倒身還禮不迭。這太監說道：「大人，你不認的我，在下是匠作監太監何沂〔七〕，見在延寧第四宮端妃馬娘娘位下近侍。時日內工完了〔八〕，蒙萬歲爺爺恩典，將姪兒何永壽陞受金吾衛副千户，見在貴處提刑所理刑管事，與老大人作同僚。」西門慶道：「原來是何老太監，學生不知，恕罪，恕罪！」一面又作揖說道：「此禁地，不敢行禮，容日到老太監外宅進拜。」于是叙禮畢讓坐，家人捧茶來吃了。茶畢，就揭桌盒蓋兒，桌上許多湯飯餚品，拿盞筯兒來安下。何太監道：「不消小盃了，我曉的大人朝下來，天氣寒冷，拿個小盞來，没甚餚饌，褻瀆大人，且吃個頭腦兒罷。」西門慶道：「不當厚擾。」何太監于是滿斟上一大杯，遞與西門慶，西門慶道：「承老太監所賜，學生領下。只是出去還要見官拜部，若吃得面紅，不成道理。」何太監道：「吃兩盞兒盪寒何害！」因說道：「舍姪兒年幼，不知刑名，望乞大人看我面上，同僚之間凡事教導他教導。」西門慶道：「豈敢。老太監勿得太謙，令姪長官雖是年幼，居氣養體，自然福至心靈。」何太監道：「大人好說。常言：學到老不會到老。天下事如牛毛，孔夫子也只識的一腿。恐有不到處，大人好歹說與他。」西門慶道：「學生謹領。」因問：「老太監外宅在何處？學生好來奉拜長官。」何太監道：「舍下在天漢橋東，文華坊雙獅馬臺就是。」亦問：「大人下處在那里？我教做官的先去叩拜。」西門慶道：「學生暫借崔中書家下。」

妙語非老太監不能道。

彼此問了住處，西門慶吃了一大杯就起身。何太監送出門，拱着手說道：「適間所言，大人凡事看顧看顧。他還等着你一答兒引奏，好領劄付。」西門慶道：「老太監不消分付，學生知道。」于是出朝門，又到兵部，又遇見了夏提刑，同拜了部官來。比及到本衞參見朱太尉，遞履歷手本，繳劄付，又拜經歷司并本所官員，已是申刻時分。夏提刑改換指揮服色，另具手本參見了朱太尉，免行跪禮，擇日南衙到任。剛出衙門，西門慶還等着，遂不敢與他同行，讓他先上馬。夏延齡那里肯，定要同行。西門慶趕着他呼「堂尊」，夏指揮道：「四泉，你我同僚在先，爲何如此稱呼？」西門慶道：「名分已定，自然之理，何故太謙。」因問：「堂尊高陞美任，不還山東去了，寶眷幾時搬取？」夏延齡道：「欲待搬來，那邊房舍無人看守。如今且在舍親這邊權住，直待過年，差人取家小罷了。還望長官早晚看顧一二。房子若有人要，就央長官替我打發，自當報謝。」西門慶道：「學生謹領。請問府上那房價值若干？」夏延齡道：「舍下此房原是一千三百兩買的，後邊又蓋了一層，使了二百兩。如今賣原價也罷了。」

二人歸到崔宅，王經向前稟說：「新陞何老爹來拜，下馬到廳，小的回部中還未來家。何老爹說多拜上夏老爹、崔老爹，都投下帖。午間又差人送了兩疋金段來。」宛紅帖兒拿與西門慶看，上寫着：「謹具段帕二端，奉引贄敬〔九〕。寅侍教生何永壽頓首拜。」西門慶看了，連忙差王經封了兩疋南京五彩獅補員領，寫了禮帖，吃了飯連忙往何家回拜去。到于廳上，何千户忙出來迎接，烏紗皂履，年紀不上二十歲，生的面如傅粉，唇若塗朱，趨下堦來揖讓，退遜謙恭特甚。二人到廳上叙禮，西門慶令玳安捧上贄見之禮，拜下去，說道：「適承光顧，兼領厚儀，又失迎迓，今早又蒙老公公直房賜饌，感德不盡。」何千户忙還禮說：「學生叨受微職，忝與長官同例，早晚得領教益，實爲三生有幸。適間進拜不遇，又承垂顧，蓬蓽光生。」令左右收下去，一面扯椅兒分賓主坐下，左右捧茶上來。吃茶之間，彼此問號。西門慶道：「學生賤號四泉。」何千户道：「學生賤號天泉。」又問：「長官今日拜畢部堂了？」西門慶道：「從内裡蒙公公賜酒出來，拜畢部，又到本衙門見堂，繳了劄付，拜了所司。出來就要奉謁長官，不知反先辱長官下顧。」何千户因問：「長官今日與夏公都見朝來？」西門慶道：「夏龍溪已陞了指揮直駕，今日都見朝謝恩在一處，只到衙門見堂之時，他另具手本參見。」説畢，何千户道：「咱每還是先與本主老爹進禮，還是先領劄付？」西門慶道：「依着舍親説，咱每先在衛主宅中進了禮，然後大朝引奏，還在本衙門到堂同衆領劄付。」何千户道：「既是如此，咱每明早備禮進了罷。」于是都會下各人禮數，何千户是兩疋蟒衣、一束玉帶，西門慶是一疋大紅麒麟金段、一疋青絨蟒衣、一柄金鑲玉絛環，各金華酒四罈。明早在朱太尉宅前取齊。約會已定，茶湯兩換，西門慶告辭而回，並不與夏延齡題此事。

一宿晚景題過，到次日，早到何千户家。何千户又預備頭腦小席，大盤大碗，齊齊整整，連手下人飽餐一頓，然後同往太尉宅門前來。賁四同何家人押着禮物。那時正值朱太尉新加太保，徽宗天子又差使往南壇視牲未回，各家饋送賀禮并參見官吏人等，黑壓壓在門首等候。何千户同西門慶下了馬，在左近一相識人家坐的，差人打聽老爺道子嚮就來通報。直等到午後，忽見一人飛馬而來，傳報道：「老爺視牲回來，進南薰門了。」分付閒雜人打開。不一時又騎報回來，傳：「老爺過天漢橋了。」少頃，只見官吏軍士各打執事旗牌，一對一對傳呼，走了半日，纔遠遠望見朱太尉八擡八簇肩輿明轎，頭戴烏紗，身穿猩紅斗牛絨袍，腰横荆山白玉，懸掛太保牙牌，黄金魚鑰，好不顯赫威嚴。執事到了宅門首，都一字兒擺開，喝的肅静迴避，無一人聲嗽。那來見的官吏人等，黑壓壓一羣跪在街前。良久，太尉轎到跟前，左右喝聲：「起來伺候！」那衆人一齊應諾，誠然聲震雲霄。只聽東邊鼕鼕鼓樂響動，原來本衙門六員太尉堂官，見朱太尉新加光禄大夫、太保，又蔭一子爲千户，都各備大禮，治酒慶賀，故有許多教坊伶官在此動樂。太尉纔下轎，樂就止了。各項官吏人等，預備進見。忽然一聲道子响〔一〇〕，一青衣承差手拿兩個紅拜帖，飛走而來，遞與門上人説：「禮部張爺與學士蔡爺來拜。」連忙禀報進去。須臾轎在門首，尚書張邦昌與侍郎蔡攸，都是紅吉服孔雀補子，一個犀帶，一個金帶，進去拜畢，待茶畢，送出來。又是吏部尚書王祖道與左侍郎韓侶、右侍郎尹京也來拜，朱太尉都待茶送了。又是皇親喜國公、樞密使鄭居中、駙馬掌宗人府王晉卿，都是紫花玉帶來拜。唯鄭居中坐轎，這兩個都騎馬。送出去，方是本衙堂上六員太尉到了：頭一位是提督管兩廂捉察使孫榮，第二位管機察梁應龍，第三管内外觀察典牧皇畿童太尉姪兒童天胤，第四提督京城十三門巡察使黄經臣，第五管京營衛緝察皇城使竇監，第六督管京城内外巡捕史陳宗善，都穿大紅，頭戴貂蟬，惟孫榮是太子太保玉帶，餘者都是金帶。下馬進去，各家都有金幣禮物。少頃裡面樂聲响動，衆太尉插金花，與朱太尉把盞遞酒，堦下一派簫韶盈耳，兩行絲竹和鳴。端的食前方丈，花簇錦筵。怎見得太尉的富貴？但見：

一路寫得威儀顯赫，可見勢利不可一刻無。

官居一品，位列三台，赫赫公堂，潭潭相府。虎符玉節，門庭甲仗生寒；象板銀箏，磈磊排場熱鬧。終朝謁見，無非公子王孫；逐歲追遊，盡是侯門戚里。那里解調和燮理，一味能趨諂逢迎。端的談笑起干戈〔二〕，真個吹嘘驚海岳。假旨令八位大臣拱手，巧辭使九重天子點頭。督擇花石，江南淮盡灾殃〔三〕；進獻黃楊，國庫民財皆匱竭。正是：輦下權豪第一，人間富貴無雙。

須臾遞畢，安席坐下。一班兒五個排優，朝上箏纂琵琶，方响箜篌，紅牙象板，唱了一套「享富貴，受皇恩」。

當時酒進三巡，歌吟一套，六員太尉起身，朱太尉親送出來。回到廳，樂聲暫止，管家稟事，各處官員進見。朱太尉令左右擡公案，當廳坐下。分付出來，先令各勳戚中貴仕宦家人送禮的進去。須臾打發出來，纔是本衛紀事、南北衙兩廂、五所、七司捉察、譏察、觀察、巡察、典牧、直駕、提牢、指揮、千百户等官，各具手本呈遞。然後纔傳出來，叫兩淮、兩浙、山東、山西、關東、關西、河東、河北、福建、廣南、四川十三省提刑官挨次進見。西門慶與何千户在第五起上，擡進禮物去，管家接了禮帖，鋪在書案上，二人立在堦下，等上邊叫名字。西門慶擡頭見正面五間廠廳，上面朱紅牌扁，懸着徽宗皇帝御筆欽賜「執金吾堂」斗大四個金字，甚是顯赫。須臾叫名，二人應諾陞堦，到滴水簷前躬身參謁，四拜一跪，聽發放。朱太尉道：「那兩員千户，怎的又叫你家太監送禮來？」令左右收了，分付：「在地方謹慎做官，我這裡自有公道。伺候大朝引奏畢，來衙門中領劄赴任。」二人齊聲應諾。左右喝：「起去！」由左角門出來。剛出大門來，尋見賁四等擡担出來。正要走，忽見一人拿宛紅帖飛馬來報，說道：「王爺、高爺來了。」西門慶與何千户閃在人家門裏觀看。須臾，軍牢喝道，只見總督京營八十萬禁軍隴西公王燁，同提督神策御林軍總兵官太尉高俅，俱大紅玉帶，坐轎而至。那各省參見官員一湧出來，又不得見了。西門慶與何千户走到僻處，呼跟隨人扯過馬來，二人方騎上馬回寓。正是：

一奸誤國禍機深，開國承家戒小人。
逆賊深誅何足道，奈何二聖遠蒙塵。

校記

〔一〕「詩曰」，內閣本、首圖本無。
〔二〕「話説」，原作「説説」，據內閣本改。
〔三〕「咨格」，內閣本、天圖本、吳藏本作「次格」。按張評本、詞話本作「次格」。
〔四〕「昔在行」，內閣本、首圖本作「昔在」。按張評本作「昔在行伍」。詞話本作「昔在行」。
〔五〕「當日」，原作「當月」，據內閣、天圖、吳藏等本改。
〔六〕「今月」，內閣本、首圖本、天圖本、吳藏本作「今日」。
〔七〕「何泝」，按本回上文作「何沂」，張評本、詞話本作「何沂」。
〔八〕「時日」，內閣本、首圖本、天圖本、吳藏本作「昨日」。按張評本、詞話本均作「昨日」。
〔九〕「奉引贄敬」，吳藏本作「引敬」。
〔一〇〕「道子」，原作「道了」，據內閣、吳藏等本改。
〔一一〕「干戈」，原作「千戈」，據內閣、吳藏等本改。
〔一二〕「江南淮盡灾殃」，崇禎諸本同。按張評本、詞話本作「江南淮北盡灾殃」，與下文「國庫民財皆匱竭」成對句。

金瓶梅

第七十一回

李瓶兒何家托夢

朱太尉引奏朝儀

新刻繡像批點金瓶梅卷之十五

第七十一回　李瓶兒何家托夢　提刑官引奏朝儀

詞曰〔一〕：

花事闌珊芳草歇，客裏風光，又過些時節。小院黄昏人憶别，淚痕點點成紅血。咫尺江山分楚越，目斷神驚，只道芳魂絶。夢破五更心欲折，角聲吹落梅花月。

——右調《蝶戀花》〔二〕

話説西門慶同何千户回來，走到大街，何千户就邀請西門慶到家一飯〔三〕。西門慶再三固辭，何千户令手下把馬環拉住，説道：「學生還有一事與長官商議。」于是並轡同到宅前下馬，賁四同擡盒巡往崔中書家去了。原來何千户盛陳酒筵在家等候。進入廳上，但見獸炭焚燒，金罏香靄。正中獨設一席，下邊一席相陪，傍邊東首又設一席。皆盤堆異菓，花插金瓶。西門慶問道：「長官今日筵何客？」何千户道：「家公公今日下班，敢屈長官一飯。」西門慶道：「長官這等費心，就不是同僚之情。」何千户道：「家公公粗酌屈尊〔四〕，長官休怪。」一面看茶吃了。西門慶請老公公拜見，何千户道：「家公公便出來。」

內臣心性、口角，如聞如睹。

淡淡一語，寫出名分之爛。

不一時，何太監從後邊出來，穿着綠絨蟒衣，冠帽皂靴，寶石絛環。西門慶展拜四拜：「請公公受禮。」何太監不肯，說道：「使不的。」西門慶道：「學生與天泉同寅晚輩，老公公齒德俱尊，又係中貴，自然該受禮。」講了半日，何太監受了半禮，讓西門慶上坐，他主席相陪，何千户傍坐。西門慶道：「老公公，這個斷然使不得。同僚之間，豈可傍坐！老公公叔侄便罷了，學生使不的。」何太監大喜道：「大人甚是知禮。罷罷，我閣老位兒傍坐罷，教做官的陪大人就是了。」西門慶道：「這等，學生坐的也安。」于是各照位坐下。何太監道：「小的兒們，再燒了炭來。酷肖。今日天氣甚是寒冷。」須臾，左右火池、火叉，拿上一包水磨細炭，向火盆內只一倒。廳前放下油紙煖簾來，日光掩映，十分明亮。何太監道：「大人請寬了盛服罷。」西門慶道：「學生裏邊沒穿甚麼衣服，使小价下處取來。」何太監道：「不消取去。」令左右接了衣服，「拿我穿的飛魚綠絨氅衣來，與大人披上。」西門慶笑道：「老先生職事之服，學生何以穿得？」何太監道：「大人只顧穿，怕怎的！昨日萬歲賜了我蟒衣，我也不穿他了，就送了大人遮衣服兒罷。」不一時，左右取上來，西門慶令玳安接去員領，披上氅衣，作揖謝了。又請何千户也寬去上蓋陪坐。

又拿上一道茶來吃了，何太監道：「叫小廝們來。」此內相家所必有。原來家中教了十二名吹打的小廝，兩個師範領着上來磕頭。何太監就分付動起樂來，然後遞酒上坐。何太監親自把盞，西門慶慌道：「老公公請尊便。有長官代勞，只安放鍾筯兒就是一般。」何太監道：「我與大人遞

的是內相口中話，一字挪移不動。西門慶處世情亦頗在行。

一鍾兒。我家做官的初入蘆葦，不知深淺，望乞大人〔五〕，凡事扶持一二，就是情了。」西門慶道：「老公公說那里話！常言：同僚三世親。學生亦托賴老公公餘光，豈不同力相助！」何太監道：「好說，好說。共同王事，彼此扶持。」西門慶也沒等他遞酒，只接了盃兒，領到席上，隨即回奉一盃，安在何千户并何太監席上，彼此告揖過坐下。吹打畢，三個小厮連師範，在筵前銀箏象板，三絃琵琶，唱了一套《正宮·端正好》「雪夜訪趙普」、「水晶宮鮫綃帳」。唱畢下去。

世情即是道理，信口說破，覺翟公書門、孟嘗唾面，俱

酒過數巡，食割兩道，看看天晚，秉上燈來。西門慶喚玳安拿賞賜與厨役并吹打各色人役，就起身，說道：「學生厚擾一日了，就此告回。」那公公那里肯放，說道：「我今日正下班，要與大人請教。有甚大酒席，只是清坐而已，教大人受饑。」西門慶道：「承老公公賜這等美饌，如何反言受饑！學生回去歇息歇息，明早還要與天泉參謁參謁兵科，好領劄付掛號。」何太監道：「既是大人要與我家做官的同幹事，何不令人把行李搬過來我家住兩日？我這後園兒裏有幾間小房兒，甚是僻静，就早晚和做官的理會些公事兒也方便些，强如在别人家。」西門慶道：「在這里最好，只是使夏公見怪，相學生疎他一般。」何太監道：「沒的說。如今時年，早辰不做官〔六〕，晚夕不唱喏，衙門是恁偶戲衙門。見道話。雖故當初與他同僚，今日前官已去，後官接管承行，與他就無干。他若這等說，他就是個不知道理的人了。今日我定要和大人坐一夜，不放大人去。」喚左右：「下邊房裏快放桌兒，管待你西門老爹大官兒飯酒。我家差幾個

見之晚也。

人，跟他卽時把行李都搬了來。」又分付：「打掃後花園西院乾淨，預備鋪陳，炕中籠下炭火。」堂上一呼，堦下百諾，答應下去了。西門慶道：「老公公盛情，只是學生得罪夏公了。」何太監道：「他既出了衙門，不在其位，不謀其政。他管他那鑾駕庫的事，管不的咱提刑所的事了。愈淺愈真。難怪于你。」不繇分說，就打發玳安并馬上人吃了酒飯，差了幾名軍牢，各拿繩扛，逕往崔中書家搬取行李去了。

何太監道：「又一件相煩大人：我家做官的到任所，還望大人替他看所宅舍兒，好搬取家小。今先教他同大人去，待尋下宅子，然後打發家小起身。也不多，連幾房家人也只有二三十口。」西門慶道：「老公公分付，要看多少銀子宅舍？」何太監道：「也得千金外房兒纔勾住。」西門慶道：「夏龍溪他京任不去了，他一所房子到要打發，老公公何不要了與天泉住，一舉兩得其便。此宅門面七間，到底五層，儀門進去大廳，兩邊廂房，鹿角頂，後邊住房、花亭，周圍羣房也有許多，街道又寬濶，正好天泉住。」何太監道：「他要許多價值兒？」西門慶道：「他對我說原是一千三百兩，又後邊添蓋了一層平房，收拾了一處花亭。老公公若要，隨公公與他多少罷了。」何太監道：「我托大人，隨大人主張就是了。趁今日我在家，差個人和他說去，討他那原文書我瞧瞧。難得尋下這房舍兒，我家做官的去到那里，就有個歸着了。」

不一時，只見玳安同衆人搬了行李來回話。西門慶問：「賁四、王經來了不曾？」玳安道：「王經同押了衣箱行李先來了。還有轎子，叫賁四在那里看守着哩。」西門慶因附耳低言：「如

此數語何足喜？而何太監喜之，所謂內臣心性也。天下事皆有如此做，何患叢挫，只就時刻，寥寥數語，而皇家氣象宛然。

此這般上覆夏老爹，借過那里房子的原契來，何公公要瞧瞧。就同賁四一答兒來。」這玳安應的去了。不一時，賁四青衣小帽，同玳安拿文書回西門慶說：「夏老爹多多上覆：既是何公公要，怎好說價錢！原文書都拿的來了。又收拾添蓋，使費了許多，隨爹主張了罷。」西門慶把原契遞與何太監親看了一遍，見上面寫着一千二百兩，說道：「這房兒想必也住了幾年，未免有些糟爛，也別要說收拾，大人面上還與他原價。」那賁四連忙跪下說：「何爺說的是。自古道：使的憨錢，治的庄田。千年房舍換百主，一番拆洗一番新。」何太監聽了喜歡道：「你是那里人？倒會說話兒。常言成大事者不惜小費，其實說的是。他教甚麽名字？」西門慶道：「他名喚賁四。」何太監道：「也罷，没個中人兒，你就做個中人兒，替我討了文書來。今日是個好日期，就把銀子兑與他罷。」西門慶道：「如今晚了，待的明日也罷了。」何太監道：「到五更我早進去，明日大朝。今日不如先交與他銀子，就了事。」西門慶問道：「明日甚時駕出？」何太監道：「子時駕出到壇，三更鼓祭了，寅正一刻就回宮。擺了膳，就出來設朝，陞大殿，朝賀天下，諸司都上表拜冬。次日，文武百官吃慶成宴。你每是外任官，大朝引奏過就没事了。」說畢，何太監分付何千户進後邊，打點出二十四錠大元寶來，用食盒擡着，差了兩個家人，同賁四、玳安押送到崔中書家交割。夏公見擡了銀子來，滿心歡喜，隨即親手寫了文契，付與賁四等，拿來遞上。何太監不勝歡喜，賞了賁四十兩銀子，玳安、王經每人三兩。西門慶道：「小孩子家，不當賞他。」何太監道：「胡亂與他買嘴兒吃。」三人磕頭謝了。何太監分付管待酒飯，又向西門慶唱了兩個喏：「全仗大人餘光。」西門慶道：「還是看老公公金面。」何太監道：「還望大人對他說說，早把房兒騰出來，就好打發家小起身。」西門慶道：「學生已定與他說，教他早騰。長官這一去，且在衙門公廨中權住幾日。待他家小搬到京，收拾了，長官寶眷起身不遲。」何太監道：「收拾直待過年罷了，先打發家小去纔好。十分在衙門中也不方便。」

說話之間，已有一更天氣，西門慶說道：「老公公請安置罷，學生亦不勝酒力了。」何太監方作辭歸後邊歇息去了。何千户教家樂彈唱，還與西門慶吃了一回，方纔起身，送至後園：三間書院，臺榭湖山，盆景花木，房內絳燭高燒，篆內香焚麝餅，十分幽雅。何千户陪西門慶敘話，又看茶吃了，方道安置，歸後邊去了。

西門慶摘去冠帶，解衣就寢。王經、玳安打發了，就往下邊暖炕上歇去了。西門慶有酒的人，睡在枕畔，見滿窗月色，番來覆去。良久，只聞夜漏沉沉，花陰寂寂，寒風吹得那窗紙有聲，況離家已久。正要呼王經進來陪他睡，忽聽得窗外有婦人語聲甚低，卽披衣下牀，靸着鞋襪，悄悄啓户視之，只見李瓶兒霧髩雲鬟，淡粧麗雅，素白舊衫籠雪體，淡黃軟襪襯弓鞋，輕移蓮步，立于月下。西門慶一見，挽之入室，相抱而哭，說道：「寃家，你如何在這里？」李瓶兒道：「奴尋訪至此。對你說，我已尋了房兒了，今特來見你一面，早晚便搬去了。」西門慶忙問道：「你房兒在于何處？」李瓶兒道：「咫尺不遠。出此大街迤東，造釜巷中間便是。」言訖，西門慶共他相偎相抱，上牀雲雨，不勝美快之極。已而整衣扶髻，徘徊不捨。李瓶兒叮嚀囑付西門

以瓶兒之事，死見子虛于地下，方且慚愧謝

罪，改過不遑，乃猶眷眷西門慶，與子虛爲仇如此。可見淫婦人一種痴情，雖鬼神亦無如之何矣。

寫夢境可謂幽冷有致，却又帶一夢遺，發一笑。文心遊戲處，決不爲筆墨縛束。

慶道〔七〕：「我的哥哥，切記休貪夜飲，早早回家。那廝不時伺害于你，千萬勿忘！」言訖，挽西門慶相送。走出大街上，見月色如晝，果然往東轉過牌坊，到一小巷，見一座雙扇白板門，指道：「此奴之家也。」言畢，頓袖而入。西門慶急向前拉之，恍然驚覺，乃是南柯一夢。但見月影横窗，花枝倒影矣。西門慶向褥底摸了摸，見精流滿席，餘香在被，殘唾猶甜。追悼莫及，悲不自勝。正是：

玉宇微茫霜滿襟，疎窗淡月夢魂驚。

淒涼睡到無聊處，恨殺寒雞不肯鳴。

西門慶夢醒睡不着，巴不得天亮。比及天亮，又睡着了。次日早，何千户家童僕起來伺候，打發西門慶梳洗畢，何千户又早出來陪侍，吃了姜茶，放卓兒請吃粥。西門慶問：「老公公怎的不見？」何千户道：「家公公從五更就進内去了。」須臾拿上粥來。吃了粥，又拿上一盞肉員子餛飩鷄蛋頭腦湯，一面吃着，就分付備馬。何千户與西門慶冠冕，僕從跟隨，早進内參見兵科。出來，何千户便分路來家，西門慶又到相國寺拜智雲長老。忽插一閒人，妙。長老又留擺齋。西門慶只吃了一個點心，餘者收與手下人吃了，就起身從東街穿過來，要往崔中書家拜夏龍溪去。因從造釜巷所過，中間果見有雙扇白板門，與夢中所見一般，悄悄使玳安問隔壁賣荳腐老姬：「此家姓甚名誰？」老姬答道：「此袁指揮家也。」西門慶于是不勝嘆異。到了崔中書家，夏公纔待出門拜人，見西門慶到，忙令左右把馬牽過，迎至廳上，拜揖叙禮。西門慶令玳安拿上賀禮：青織金綾紵一端、色段一端。夏公道：「學生還不曾拜賀長官，到承長官先施。昨日小房又煩費心，感謝不盡。」西門慶道：「昨日何太監說起看房，我因堂尊分上，就說此房來。何公討了房契去看了，一口就還原價。果是內臣性兒，立馬蓋橋就成了。還是堂尊大福！」說畢，二人笑了。夏公道：「何天泉，我也還未回拜他。」因問：「他此去與長官同行罷了。」西門慶道：「他已會定同學生一路去，家小且待後。昨日他老公公多致意，煩堂尊早些把房兒騰出來，搬取家眷。他如今權在衙門裏住幾日罷了。」夏公道：「學生也不肯久稽，待這里尋了房兒，就使人搬取家小。也只待出月罷了。」說畢，西門慶起身，又留了個拜帖與崔中書，夏公送出上馬，歸至何千户家。何千户又早有午飯等候。西門慶悉把拜夏公之事說了一遍：「騰房已在出月。」何千户大喜，謝道：「足見長官盛情。」

吃畢飯，二人正在廳上着棋，忽左右來報：「府裏翟爹差人送下程來了。抓尋到崔老爹那里，（周密。）崔老爹使他這里來了。」于是拿帖看，上寫着：「謹具金段一端、雲紵一端、鮮豬一口、北羊一腔、內酒一罈、點心二盒。眷生翟謙頓首拜。」西門慶見來人說道：「又蒙你翟爹費心。」一面收了禮物，寫回帖，賞來人二兩銀子，擡盒人五錢，說道：「客中不便，有褻管家。」那人磕頭收了。王經在傍悄悄說：「小的姐姐說，教我府裏去看看愛姐，有物事稍與他。」西門慶問：「甚物事？」王經道：「是家中做的兩雙鞋脚手。」西門慶道：「單單兒怎好拿去？」分付玳安：「我皮箱內有帶的玫瑰花餅，（西門慶做事心頗細。）取兩罐兒。」就把回帖付與王經，穿上青衣，跟了來人往府裏看愛姐不題。這西門慶寫了帖兒，送了一腔羊、一罈酒謝了崔中書；把一口猪、一罈酒、兩盒點心擡到後邊孝順老公公。何千户拜謝道：「長官，你我一家，如何這等計較！」

且説王經到府内，請出韓愛姐，外廳拜見了。打扮的如瓊林玉樹一般，比在家出落自是不同，長大了好些。問了回家中事務，管待了酒飯，見王經身上單薄，與了一件天青綜絲貂鼠氅衣兒〔八〕，又與了五兩銀子，拿來回覆西門慶話。西門慶大喜。正與何千户下棋，忽聞綽道之聲，門上人來報：「夏老爹來拜，拿進兩個拜帖兒。」兩個忙迎接到廳敘禮，何千户又謝昨日房子之事。夏公具了兩分段帕酒禮，奉賀二公。西門慶與何千户再三致謝，令左右收了。夏公又賞了賁四、玳安、王經十兩銀子，一面分賓主坐下。茶罷，共敘寒温。夏公道：「請老公公拜見。」何千户道：「家公公進内去了。」夏公又留下了一個雙紅拜帖兒，説道：「多頂上老公公，拜遲，恕罪！」言畢起身去了。何千户隨即也具一分賀禮，一疋金段，差人送去，不在言表。

到晚夕，何千户又在花園暖閣中擺酒與西門慶共酌，家樂歌唱，到二更方寝。西門慶因昨日夢遺之事，晚夕令王經拿鋪蓋來書房地平上睡。半夜叫上牀，摟在被窩内，一味好淫。兩個口吐丁香，舌融甜唾。正是：不能得與鶯鶯會，且把紅娘去解饞。

一晚題過，到次日，起五更與何千户一行人跟隨進朝。先到待漏院伺候，等的開了東華門進入。但見：

星斗依稀禁漏殘，禁中環珮响珊珊。

欲知今日天顏喜，遙睹蓬萊紫氣皤。

少頃，只聽九重門啓，鳴噦噦之鸞聲；閶闔天開，覩巍巍之袞冕。當時天子祀畢南郊回來，文武百官聚集，等候設朝。須臾鐘响，天子駕出大殿，受百官朝賀。須臾，香毬撥轉，簾捲扇開，正是：

晴日明開青鎖闥，天風吹下御爐香。
千條瑞靄浮金闕，一朵紅雲捧玉皇。

這帝皇生得堯眉舜目，禹背湯肩，才俊過人：口工詩韻，善寫墨君竹，能揮薛稷書，通三教之書，曉九流之典。朝歡暮樂，依稀似劍閣孟商王；愛色貪花，彷彿如金陵陳後主。當下駕坐寶位，靜鞭响罷，文武百官秉簡當胸，向丹墀五拜三叩頭，進上表章。已而有殿頭官口傳聖旨道：「朕今即位二十禩矣，艮嶽于兹告成，上天降瑞，今值履端之慶，與卿共之。」言未畢，班首中閃過一員大臣來，朝靴踏地响，袍袖列風生。視之，乃左丞相崇政殿大學士，兼吏部尚書太師魯國公蔡京也。幞頭象簡，俯伏金堦，口稱：「萬歲，萬歲，萬萬歲！臣等誠惶誠恐，稽首頓首，恭惟皇上御極二十禩以來，海宇清寧，天下豐稔，上天降鑒，禎祥叠見。三邊永息兵戈，萬國來朝天闕。銀岳排空，玉京挺秀。即如頌語，亦一無謂。寶籙膺頒于昊闕，絳霄深聳於乾宮。臣等何幸，欣逢盛世，交際明良，永效華封之祝，常沾日月之光。不勝瞻天仰聖，激切屏蒙之至〔九〕！謹獻頌以聞〔一〇〕。」良久，聖旨下來：「賢卿獻頌，益見忠誠，朕心嘉悅。詔改明年爲重和元年，正月

稱堯眉舜目，忽接到孟商王、陳後主，又似贊。又似貶可見敗亡之主，何嘗不具聖人之姿？即孟子所謂「堯舜與人同」之意。據，頌所稱過于賡歌遠矣。而然乎？否乎？可悟。國家

一聞此便非好消息。

元旦受定命寶，肆赦覃賞有差。」蔡太師承旨下來。殿頭官口傳聖旨：「有事出班早奏，無事捲簾退朝。」言未畢，見一人出離班部，倒笏躬身，緋袍象簡，玉帶金魚，跪在金堦，口稱：「光禄大夫掌金吾衛事、太尉太保兼太子太保臣朱勔，引天下提刑官員章隆等二十六員，例該考察已更陞補、繳換劄付，合當引奏。未敢擅便，請旨定奪。」于是二十六員提刑官都跪在後面。不一時，聖旨傳下來：「照例給領。」朱太尉承旨下來。天子袍袖一展，羣臣皆散，駕即回宮。百官皆從端禮門兩分而出。那十二象不待牽而先走，鎮將長隨紛紛而散。朝門外車馬縱橫，侍仗羅列，人喧呼，海沸波翻；馬嘶喊，山崩地裂。衆提刑官皆出朝上馬，都來本衙門伺候。良久，只見知印拿了印牌來，傳道：「老爺不進衙門了，已往蔡爺、李爺宅內拜冬去了。」以此衆官都散了。

西門慶與何千户回到家中。又過了一夕，到次日，衙門中領了劄付，又掛了號，又拜辭了翟管家，打點殘裝，收拾行李，與何千户一同起身。何太監晚夕置酒餞行，囑付何千户：「凡事請教西門大人，休要自專，差了禮數。」從十一月二十日東京起身，兩家也有二十人跟隨，竟往山東大道而來。已是數九嚴寒之際，點水滴凍之時，一路上見了些荒郊野路，枯木寒鴉。疎林淡日影斜暉，暮雪凍雲迷晚渡。一山未盡一山來，後村已過前村望。比及剛過黃河，到水關八角鎮，驟然撞遇天起一陣大風。畧處偏詳。但見：

非干虎嘯，豈是龍吟。卒律律寒颷撲面，急颼颼冷氣侵人。初時節無踪無影，次後來捲霧收雲。吹花擺柳白茫茫，走石揚砂昏慘慘。刮得那大樹連聲吼，驚得那孤雁落深濠。須臾，砂石打地，塵土遮天。砂石打地，猶如滿天驟雨卽時來；塵土遮天，好似百萬貔貅捲土至〔一一〕。這風大不大？——真個是吹折地獄門前樹，刮起酆都頂上塵；嫦娥急把蟾宮閉，列子空中叫救人。險些兒玉皇住不得崑崙頂，只刮得大地乾坤上下搖。

西門慶與何千户坐着兩頂毡幃暖轎，被風刮得寸步難行。又見天色漸晚，恐深林中撞出小人來，西門慶分付手下：「快尋那里安歇一夜，明日風住再行罷。」折尋了半日〔一二〕，遠遠望見路傍一座古刹，數株疎柳，半堵横墻，但見：

石砌碑横夢草遮，廻廊古殿半欹斜。
夜深宿客無燈火，月落安禪更可嗟。

西門慶與何千户忙入寺中投宿，上題着「黄龍寺」。見方丈内幾個僧人在那里坐禪，此方是真正枯禪。又無燈火，房舍都毁壞，半用籬遮。長老出來問訊，旋吹火煮茶，伐草根喂馬。煮出茶來，西門慶行囊中帶得乾鷄臘肉菓餅之類，晚夕與何千户胡亂食得一頓。長老爨一鍋豆粥吃了，過得一宿。次日風止天晴，與了和尚一兩銀子相謝，作辭起身往出東來〔一三〕。正是：

王事驅馳豈憚勞，關山迢遞赴京朝。
夜投古寺無烟火，解使行人心内焦。

校記

〔一〕「詞曰」，內閣本、首圖本題作「蝶戀花」。

〔二〕「右調蝶戀花」，內閣本、首圖本無。

〔三〕「一飯」，內閣本、首圖本、吳藏本作「一飲」。按張評本作「一飲」，詞話本作「一飯」。

〔四〕「粗酌」，吳藏本作「粗餚」。

〔五〕「初入蘆葦，不知深淺，望乞大人」，原作「初蘆葦，不知深，望乞望乞大人」。據內閣、天圖、吳藏等本改。

〔六〕「不做官」，內閣本、吳藏本作「不做家」。

〔七〕「叮嚀」，原作「叮吟」，據內閣、首圖等本改。

〔八〕「綜絲」，內閣本、首圖本作「紵絲」。按張評本、詞話本作「紵絲」。

〔九〕「屏蒙」，「蒙」字原缺，據內閣、吳藏等本補。按張評本、詞話本作「屏瞢」。

〔一〇〕「以聞」，首圖本作「以文」。

〔一一〕「捲土」，原作「捲上」，據內閣本、首圖本改。

〔一二〕「折尋」，內閣本、首圖本作「抓尋」。按張評本作「找尋」，詞話本作「抓尋」。

〔一三〕「作辭」，原作「作亂」，據內閣等本改。「出東」，崇禎諸本同。按張評本、詞話本作「山東」。

第七十二回

潘金蓮摳打如意兒

王三官義拜西門慶

第七十二回　潘金蓮摳打如意兒　王三官義拜西門慶〔一〕

詞曰〔二〕：

掉臂疊肩情態，炎涼冷煖紛紜。興來閹豎長兒孫，石女須教有孕。　莫使一朝勢謝，親生不若他生。爹爹媽媽向何親？掇轉窟臀不認。

——右調《勝長天》〔三〕

話說西門慶與何千户在路不題。單表吳月娘在家，因西門慶上東京，見家中婦女多，恐惹是非，分付平安無事關好大門，後邊儀門夜夜上鎖。姊妹每都不出來，各自在房做針指。若敬濟要往後樓上尋衣裳，月娘必使春鴻或來安兒跟出跟入。常時查門户，凡事都嚴緊了。這潘金蓮因此不得和敬濟勾搭。只賴奶子如意備了舌，逐日只和如意兒合氣。

一日，月娘打點出西門慶許多衣服、汗衫、小衣，教如意兒同韓嫂兒漿洗。不想這邊春梅也洗衣裳，使秋菊問他借棒搥。這如意兒正與迎春搥衣，不與他，說道：「前日你拿了個棒搥使着罷了，又來要！（此亦如意多事。）趁韓嫂在這里，要替爹搥褲子和汗衫兒哩。」那秋菊使性子走來對春梅說：「平白教我借，他又不與。迎春倒說拿去，如意兒攔住了不肯。」春梅道：「耶嚛，耶嚛！怎的這等生分？大白日裡借不出個乾燈盞來。借個棒槌使使兒，就不肯與將來，替娘洗了這裏

寫得巧甚，幾令如意無立脚處。如意若知局，此時便宜轉口，何更出抵觸之言？蓋乍得主人寵，驕喜心正盛，未經磨鍊，不能一時卒平耳。瓶兒以有子擅寵，金蓮受累極矣。故今捕風捉影，而即摳其腹。

脚，教拿甚麽搥？秋菊，你往後邊問他們借來使使罷。」這潘金蓮正在房中炕上裹脚，忽然聽得，又因懷着仇恨，尋不着頭繇兒，便罵道：「賊淫婦怎的不與？你自家問他要去，不與，罵那淫婦不妨事。」這春梅一冲性子，就一陣風走來李瓶兒那邊，說道：「那個是外人也怎的？棒搥借使使就不與。如今這屋裏又鑽出個當家的來了！」如意兒道：「耶嚛，耶嚛！放着棒搥拿去使不是，誰在這里把住？就怒說起來。大娘分付，趁韓媽在這里，替爹漿出這汗衫子和綿紬褲子來。秋菊來要，我說待我把你爹這衣服搥兩下兒着，就駕上許多詿，說不與來？早是迎春姐聽着。」不想潘金蓮隨即跟了來，便罵道：「你這個老婆不要說嘴！死了你家主子，如今這屋裏就是你？你爹身上衣服不着你恁個人兒拴束，誰應的上他那心！俺這些老婆死絶了，教你替他漿洗衣服？你拿這個法兒降伏俺每，我好耐驚耐怕兒！」如意兒道：「五娘怎的說這話？大娘不分付，俺們好掉攬替爹整理的？」金蓮道：「賊捶刺骨，雌漢的淫婦，還漒說甚麽嘴！半夜替爹遞茶兒扶被兒是誰來？（搶白得毒甚。）討披襖兒穿是誰來？你背地幹的那繭兒，你說我不知道？就偷出肚子來，我也不怕！」（心病。）如意道：「正經有孩子還死了哩，俺每到的那些兒！」（挺撞得更毒。）這金蓮不聽便罷，聽了心頭火起，粉面通紅，走向前一把手把老婆頭髮扯住，只用手摳他腹。虧得韓嫂先向前勸開了。金蓮罵道：「没廉耻的淫婦，嘲漢的淫婦，俺每這里還閒的聲喚，你來雌漢子，你在這屋裏是甚麽人？你就是來旺兒媳婦子從新又出世來了，（又是心病。）我也不怕你！」那如意兒一壁哭着，一壁挽頭髮，（画。）說道：「俺每後來，也不知什麽來旺兒媳婦

可謂曾經蛇咬，夢井索而懼也。讀之噴飯。

子，只知在爹家做奶子。」金蓮道：「你做奶子行你那奶子的事，怎的在屋裏狐假虎威，成起精兒來？老娘成年拿雁，教你弄鬼兒去了！」

正罵着，只見孟玉樓後邊慢慢的走將來，說道：「六姐，我請你後邊下棋，你怎的不去，却在這里亂些甚麼？」一把手拉到他房裏坐下，說道：「你告我說，因爲什麼起來？」這金蓮消了回氣，春梅遞上茶來，呵了些茶，便道：「你看教這賊淫婦氣的我手也冷了，茶也拿不起來。我在屋裏正描鞋，你使小鸞來請我，我說且倘倘兒去。揸在牀上也未睡着，只見這小肉兒百忙且搥裙子。我說你就帶着把我的裏脚搥搥出來。半日只聽的亂起來，却是秋菊問他要棒搥使，他不與，把棒搥匹手奪下了。添言，妙。說道：『前日拿個去不見了，又來要，如今緊等着與爹搥衣服哩！』教我心裏就惱起來，使了春梅去罵那賊淫婦：『從幾時就這等大膽降服人，俺每手裏教你降伏！你是這屋裏什麼兒？壓折轎竿兒娶你來？你比來旺兒媳婦子差些兒！』我就隨跟了去，他還嘴裏砌裏剌剌的，教我一頓捲罵。不是韓嫂兒死氣力賴在中間拉着我，我把賊没廉耻雌漢的淫婦口裏肉也掏出他的來。大姐姐也有些不是，想着他把死的來旺兒賊奴才淫婦慣的有些摺兒？教我和他爲寃結仇，落後一朵膿帶還垛在我身上，說是我弄出那奴才去了。如今這個老婆又是這般慣他，慣的恁没張倒置的。你做妳子行妳子的事，許你在跟前花黎胡哨！俺每眼裏是放不下砂子的人。有那没廉耻的貨，人也不知死的那里去了，還在那屋裏纏。但往那里回來，就望着他那影作個揖，口裏一似嚼蛆的，不知說些甚麼。到晚夕要茶

金蓮一口叙七八百言，繇淺入深，節上生枝，竟無歇口處。而其中自爲起伏，自爲頓挫，不緊不慢，不閒不忙，似亂似整，似若

斷若續，細心玩之，竟是一篇漢人絶妙大文字。忽思前，忽慮後，忽恨張，忽怨李。金蓮一腔痴妬，千古如生。

吃，淫婦就連忙起來替他送茶，又替他蓋被兒，兩個就弄將起來。就是個久慣的淫婦，只該丫頭遞茶，許你去撑頭獲腦雌漢子？爲什麽問他要披襖兒，没廉耻的便連忙鋪裏拿了細段來替他裁披襖兒？你還没見哩：斷七那日，他爹進屋裏燒紙去，見丫頭、老婆在炕上撾子兒，就不説一聲兒，反説道：『這供養的匾食和酒，也不要收到後邊去，你每吃了罷。』這等縱容着他。這淫婦還説：『爹來不來，俺每好等的。』不想我兩三步扠進去，諕得他眼張失道，就不言語了。什麽好老婆？一個賊活人妻淫婦，就這等餓眼見瓜皮，不管好歹的都收攬下。原來是一個眼裏火爛桃行貨子。那淫婦的漢子説死了，前日漢子抱着孩子，没在門首打探兒？還瞞着人搗鬼，張眼溜睛的。你看他如今別模改樣的，又是個李瓶兒出世了！那大姐姐成日在後邊只推聾粧啞的，人但開口，就説不是了。」那玉樓聽了，只是笑。因説：「你怎知道的這等詳細？」金蓮道：「南京沈萬三，北京枯柳樹。人的名兒，樹的影兒，怎麽不曉得？雪裏埋死屍，自然消將出來。」玉樓道：「原説這老婆没漢子，如何又鑽出漢子來了？」金蓮道：「天不着風兒晴不的，人不着謊兒成不的〔四〕。他不攛瞞着，你家肯要他！想着一來時，餓答的個臉黃皮寡瘦的，（揭條得妙。）乞乞縮縮那個腔兒！吃了這二年飽飯，就生事兒，雌起漢子來了。你如今不禁下他來，到明日又教他上頭上臉的。一時桶出個孩子，（又説到心病。）當誰的？」玉樓笑道：「你這六丫頭，到且是有權屬。」説畢，坐了一回，兩個往後邊下棋去了。正是：

三光有影遺誰繫，萬事無根只自生。

話休饒舌，有日後晌時分，西門慶來到清河縣。分付賁四、王經跟行李先往家去，他便送何千户到衙門中，看着收拾打掃公廨乾淨住下，方纔騎馬來家。進入後廳，吳月娘接着，舀水淨面畢，就令丫鬟院子内放桌兒，滿爐焚香，對天地位下告許愿心。月娘便問：「你爲什麽許愿心？」西門慶道：「休説起，我拾得性命來家。昨日十一月二十三日，剛過黄河，行到沂水縣八角鎮上，遭遇大風，砂石迷目，通行不得。天色又晚，百里不見人，衆人都慌了。況馱垜又多，誠恐鑽出個賊來怎了？比及投到個古寺中，和尚又窮，夜晚連燈火也没個兒，只吃些豆粥兒就過了一夜。次日風住，方纔起身。這場苦比前日更苦十分。前日雖熱，天還好些。這遭又是寒冷天氣，又耽許多驚怕。幸得平地還罷了，若在黄河遭此風浪怎了？我在路上就許了愿心，到臘月初一日，宰猪羊祭賽天地。」月娘又問：「你頭裏怎不來家，却往衙門裏做甚麽？」西門慶道：「夏龍溪已陞做指揮直駕，不得來了。新陞是匠作監何太監姪兒何千户——名永壽，貼刑，不上二十歲，捏出水兒來的一個小後生，（誇語酷肖。）任事兒不知道。他太監再三央及我，凡事看顧教道他。我不送到衙門裏安頓他個住處，他知道甚麽？他如今一千二百兩銀子——也是我作成他——要了夏龍溪那房子，直待夏家搬取了家小去，他的家眷纔搬來。前日夏大人不知什麽人走了風與他，他又使了銀子，央當朝林真人分上，對堂上朱太尉説，情愿以指揮職銜再要提刑三年。朱太尉來對老爺説，把老爺難的要不得。若不是翟親家在中間竭力維持，把我撑在空地裏去了。去時親家好不怪我，説我幹事不謹密，不知是什麽人對他説來。」月娘道：

一陣風便刮得有趣，富貴人嬌脆如此。

是淺人，

亦是好人。

「不是我說，你做事有些三慌子火燎腿樣，有不的些事兒，告這個說一場，告那個說一場，恰似逞強賣富的。正是有心筭無心，不備怎隄備？人家悄悄幹的事兒停停妥妥，你還不知道哩！」西門慶又說：「夏大人臨來，再三央我早晚看顧看顧他家裏，容日你買分禮兒走走去。」月娘道：「他娘子出月初二日生日，就一事兒去罷。你今後把這狂樣來改了。常言道：『逢人且說三分話，未可全拋一片心。』老婆還有個裏外心兒，真。休說世人。」

情從何生？一往而深。

正說着，只見玳安來說：「賁四問爹，要往夏大人家說去不去？」西門慶道：「你教他吃了飯去。」玳安應諾去了。李嬌兒、孟玉樓、孫雪娥、潘金蓮、大姐都來參見道萬福，問話兒，陪坐的。西門慶又想起前番往東京回來，還有李瓶兒在，一面走到他房內，與他靈牀作揖，因落了幾點眼淚。如意兒、迎春、綉春都向前磕頭。月娘隨即使小玉請在後邊，擺飯吃了，一面分付拿出四兩銀子，賞跟隨小馬兒上的人，拿帖兒回謝周守備去了。又叫來興兒宰了半口猪、半腔羊、四十斤白麵、一包白米、一罈酒、兩腿火燻、兩隻鵞、十隻鷄，又并許多油鹽醬醋之類，與何千户送下程。又叫了一名厨役在那里答應。

大老官來家，幫閒便有生

正在廳上打點，忽琴童兒進來說道：「温師父和應二爹來望。」西門慶連忙請進温秀才、伯爵來，二人連連作揖，道其風霜辛苦。西門慶亦道：「蒙二公早晚看家。」伯爵道：「我早起來時，忽聽房上喜鵲喳喳的叫，俺房下就先說：『只怕大官人來家了，你還不快走了瞧瞧去？』我便說：『哥從十二日起身，到今還未上半個月，怎能來得快？』房下說：『來不來，你看看去！』

教我穿衣裳到宅裏，不想哥真個來家了。恭喜恭喜！」因見許多下飯酒米裝在廳擡上，便問道：「送誰家的？」西門慶道：「新同僚何大人，一路同來，家小還未到。今在衙門中權住，送分下程與他。又發柬明日請他吃接風酒，再没人，請二位與吳大舅奉陪。」伯爵道：「又一件：吳大舅與哥是官，温老先生戴着方巾，我一個小帽兒怎陪得他坐！不知把我當甚麽人兒看，我惹他不笑話？」西門慶笑道：「這等把我買的段子忠靖巾借與你戴着，等他問你，只說是我的大兒子，好不好？」說畢，衆人笑了。伯爵道：「說正景話，我頭八寸三，又戴不得你的。」温秀才道：「學生也是八寸三分，倒將學生方巾與老翁戴戴何如？」西門慶道：「老先生不要借與他，他到明日借慣了，往禮部當官身去，又來纏你。」温秀才笑道：「老先生好說，連我也扯下水去了。」少頃，拿上茶來吃了，温秀才問：「夏公已是京任，不來了？」西門慶道：「他已做堂尊了，直掌鹵簿，穿麟服，使藤棍，如此華任，又來做甚麽！」須臾看寫了帖子，擡下程出門，教玳安送去了。西門慶就拉温秀才、伯爵到廂房内暖炕上坐去了。又使琴童往院裏叫吳惠、鄭春、邵奉、左順四名小優兒明日早來伺候。

不一時，放桌兒陪二人吃酒。西門慶分付：「再取雙鍾筯兒，請你姐夫來坐坐。」良久，陳敬濟走來，作揖，打橫坐下。四人圍爐把酒來斟，因說起一路上受驚的話。伯爵道：「哥，你的心好，一福能壓百禍，就有小人，一時自然都消散了。」温秀才道：「善人爲邦百年，亦可以勝殘去殺，休道老先生爲王事驅馳，上天也不肯有傷善類。」西門慶因問：「家中没甚事？」敬濟道：

意，喜鵲安得不叫！

恍惚一問，前後之情俱透。不細心，定作閒話讀過。

纔提刑二三年，奈何？想亦

孔子説錯，非秀才錯引也。

「家中無事。只是工部安老爹那里差人來問了兩遭。昨日還來問，我回説還没來家哩。」

正説着，忽有平安來報：「衙門令史和衆節級來禀事。」西門慶即到廳上站立，令他進見。二人跪下：「請問老爹幾時上任？官司公用銀兩動支多少？」西門慶道：「你們只照舊時整理就是了。」令史道：「去年只老爹一位到任，如今老爹轉正，何老爹新到任，兩事並舉，比舊不同。」西門慶道：「既是如此，添十兩銀子與他就是了。」二人應喏下去。西門慶又叫回來分付：「上任日期，你還問何老爹擇幾時。」二人道：「何老爹擇定二十六日。」西門慶道：「既如此，你每伺候就是了。」二人去了，就是喬大人來拜望道喜。西門慶留坐不肯，吃茶起身去了。西門慶進來陪二人飲至掌燈方散。西門慶往月娘房裏歇了一宿。

到次日，家中置酒，與何千户接風。文嫂又早打聽得西門慶來家，對王三官説了，具個柬帖兒來請。西門慶這里買了一付豕蹄、兩尾鮮魚、兩隻燒鴨、一罈南酒，差玳安送去，與太太補生日之禮。他那里賞了玳安三錢銀子，不在話下。正廳上設下酒，錦屏耀日，桌椅鮮明，吳大舅、應伯爵、温秀才都來的早，西門慶陪坐吃茶，使人邀請何千户。不一時，小優兒上來磕頭，應伯爵便問：「哥，今日怎的不叫李銘？」西門慶道：「他不來我家來，我没的請他去！」惱語酷肖。

正説話，只見平安忙拿帖兒禀説：「帥府周爺來拜，下馬了。」吳大舅、温秀才、應伯爵都躲在西廂房内。西門慶冠帶出來，迎至廳上，叙禮畢，道及轉陞恭喜之事，西門慶又謝他人馬。于是分賓主而坐。周守備問京中見朝之事，西門慶一一説了。周守備道：「龍溪不來，已定差人來取家小上京去。」西門慶道：「就取也待出月。如今何長官且在衙門權住着哩。夏公的房子與了他住，也是我替他主張的。」守備道：「這等更妙。」因見堂中擺設桌席，問道：「今日所延甚客？」西門慶道：「聊具一酌，與何大人接風。同僚之間，不好意思。」二人吃了茶，周守備起身，説道：「容日合衞列位，與二公奉賀。」西門慶道：「豈敢動勞，多承先施。」作揖出門，上馬而去。西門慶回來，脱了衣服，又陪三人在書房中擺飯。何千户到午後方來，吳大舅等各相見叙禮畢，各叙寒温。茶湯換罷，各寬衣服。何千户見西門慶家道相稱，酒筵齊整，四個小優銀箏象板，玉阮琵琶，遞酒上坐。直飲至起更時分，何千户方起身往衙門中去了。吳大舅、應伯爵、温秀才也辭回去了。

西門慶打發小優兒出門，分付收了家伙，就往前邊金蓮房中來。婦人在房内濃施朱粉，復整新粧，薰香澡牝，正盼西門慶進他房來，滿面笑容，向前替他脱衣解帶。連忙叫春梅點茶與他吃了，打發上牀歇宿。端的被窩中相挨素體，枕席上緊貼酥胸。婦人雲雨之際，百媚俱生。西門慶抽拽之後，靈犀已透，睡不着，枕上把離言深講。交接後，淫情未足，又從下替他品簫。這婦人只要拴西門慶之心，又況抛離了半月在家，久曠幽懷，淫情似火，得到身，恨不得鑽入他腹中。將那話品弄了一夜，再不離口。西門慶要下牀溺尿，婦人還不放，説道：「我的親親，你有多少尿，溺在奴口裏，替你嚥了罷，省的冷呵呵的，熱身子下去凍着，倒值了多的。」西門慶聽了，越發歡喜無已，叫道：「乖乖兒，誰似你這般疼我！」于是真個溺在婦人口内。

糞且有嘗之者，況溺乎！吾

以此爲金蓮解嘲可乎？

婦人用口接着，慢慢一口一口都嚥了。西門慶問道：「好吃不好吃？」妙問。金蓮道：「畧有些鹹味兒。妙答。你有香茶與我些壓壓。」西門慶道：「香茶在我白綾襖內，你自家拿。」這婦人向牀頭拉過他袖子來，掏摸了幾個放在口內，纔罷。正是：

侍臣不及相如渴，特賜金莖露一杯。

看官聽說：大抵妾婦之道，蠱惑其夫，無所不至，雖屈身忍辱，殆不爲耻。若夫正室之妻，光明正大，豈肯爲也！是夜，西門慶與婦人盤桓無度。

次早往衙門中與何千户上任，吃公宴酒，兩院樂工動樂承應。午後纔回家，排軍隨卽擡了桌席來。王三官那里又差人早來邀請。西門慶纔收拾出來，左右來報：「工部安老爹來拜。」慌的西門慶整衣出來迎接。安郎中食寺丞的俸，繫金鑲帶，穿白鷳補子，跟着許多官吏，滿面笑容，相携到廳叙禮，彼此道及恭賀，分賓主坐下。安郎中道：「學生差人來問幾次，説四泉還未回。」西門慶道：「正是。京中要等見朝引奏，纔起身回來。」須臾，茶湯吃罷，安郎中方説：「學生敬來有一事不當奉瀆：今有九江太府蔡少塘，乃是蔡老先生第九公子，來上京朝覲，前日有書來，早晚便到。學生與宋松泉、錢雲野、黄泰宇四人作東，欲借府上設席請他，未知允否？」西門慶道：「老先生尊命，豈敢有違。約定幾時？」安郎中道：「在二十七日。明日學生送分子過來，煩盛使一辦，足見厚愛矣。」説畢，又上了一道茶，作辭，起身上馬，喝道而去。

西門慶卽出門，往王招宣府中來赴席。到門首，先投了拜帖，王三官連忙出來迎接，至廳上叙禮。大廳正面欽賜牌額，金字題曰「世忠堂」。兩邊門對寫着：「喬木風霜古，山河磚礪新。」王三官與西門慶行畢禮，尊西門慶上坐，他便傍設一椅相陪。須臾拿上茶來，交手遞了茶，左右收了去。彼此扳了些說話，然後安排酒筵遞酒。原來王三官叫了兩名小優兒彈唱。西門慶道：「請出老太太拜見拜見。」慌的王三官令左右後邊說。少頃，出來說道：「請老爹後邊見罷。」王三官讓西門慶進內，西門慶道：「賢契你先導引。」于是逕入中堂。林氏又早戴着滿頭珠翠，身穿大紅通袖袍兒，腰繫金鑲碧玉帶，下着玄錦百花裙，搽抹的如銀人也一般。西門慶一面施禮：「請太太轉上。」林氏道：「大人是客，請轉上。」讓了半日，兩個人平磕頭。林氏道：「小兒不識好歹，前日冲瀆大人，蒙大人又處斷了那些人，知感不盡。今日備了一盃水酒，請大人過來，老身磕個頭兒謝謝，如何又蒙大人賜將禮來？使我老身却之不恭，受之有愧。」西門慶道：「豈敢。學生因爲公事往東京去了，悮了與老太太拜壽。些須薄禮，胡亂送與老太太賞人。」因見文嫂兒在傍，顧盼處，鬢眉俱動。便道：「老文，你取副盞兒來，等我與太太遞一杯壽酒。」一面呼玳安上來。原來西門慶毡包内，預備着一套遍地金時樣衣服，放在盤内獻上。林氏一見，金彩奪目，滿心歡喜。文嫂隨卽捧上金盞銀臺，王三官便要叫小優拿樂器進來彈唱。三官呆甚。林氏道：「你叫他進來做甚麽？愧心何嘗不在。在外答應罷了。」當下，西門慶把盞畢，林氏也回奉了一盞與西門慶，謝了。然後王三官與西門慶遞酒，西門慶纔待還下禮去，林氏便道：「大人請起，受他一禮兒。」西門慶道：「不敢，豈有此禮？」林氏道：「好大人，怎這般說？你恁大職級，做不

竟明賣其

〔子，婦人一邪，何所不至？可畏哉！全不推辭，只模模糊糊答應。寫出一時心喜口澀，倉卒措詞不來光景，妙甚！〕

起他個父親！小兒自幼失學，不曾跟着好人。若是大人肯垂愛，凡事指教他爲個好人，今日我跟前，就教他拜大人做了義父。但有不是處，一任大人教誨，老身並不護短。」西門慶道：「老太太雖故説得是，但令郎賢契，賦性也聰明，如今年少，爲小試行道之端，往後自然心地開闊，改過遷善。老太太倒不必介意。」當下教西門慶轉上，王三官把盞，遞了三鍾酒，受其四拜之禮。遞畢，西門慶亦轉下與林氏作揖謝禮。林氏笑吟吟還了萬福。自此已後，王三見着西門慶以父稱之。正是：常將壓善欺良意，權作尤雲殢雨心。復有詩以嘆之：

從來男女不通酬，賣俏營奸真可羞。
三官不解其中意，饒貼親娘還磕頭。

遞畢酒，林氏分付王三官：「請大人前邊坐，寬衣服。」玳安拿忠靖巾來換了。不一時，安席坐下。小優彈唱起來，厨役上來割道，玳安拿賞賜伺候。當下食割五道，歌吟二套，秉燭上來，西門慶起身告辭。王三官再三欵留，又邀到他書院中。獨獨的三間小軒裡面，花竹掩映，文物瀟洒。正面懸着一個金粉箋扁，曰「三泉詩舫」，四壁挂四軸古畫。西門慶便問：「三泉是何人？」王三官只顧隱避，不敢回答。〔純用白描。〕半日纔説：「是兒子的賤號。」西門慶便一聲兒没言語。擡過高壺來，又投壺飲酒，四個小優兒在傍彈唱。林氏後邊只顧打發添換菜蔬菓碟兒上來。

吃到二更時分，西門慶已帶半酣，方纔起身賞了小優兒并厨役，作辭回家。到家逕往金

只說害冷，而一種相思可憐處傷心酸鼻。

每讀至此，令人笑不自制。

蓮房中。原來婦人還没睡，纔摘去冠兒，挽着雲髻，淡粧濃抹，正在房内茶烹玉蕋，香裊金猊等待。見西門慶進來，歡喜無限。忙向前接了衣裳，叫春梅點了一盞雀舌芽茶與西門慶吃。西門慶吃了，然後春梅脱靴解帶，打發上床。婦人在燈下摘去首飾，換了睡鞋，上牀並頭交股而寢。西門慶將一隻胳膊與婦人枕着，摟在懷中，猶如軟玉温香一般。兩個酥胸相貼，臉兒厮揾，鳴咂其舌。不一時，甜唾融心，靈犀春透。婦人不住手下邊捏弄他那話。西門慶因問道：「我的兒，我不在家，你想我不想？」婦人道：「你去了這半個來月，奴那刻兒放下心來？晚間夜又長，獨自一個偏睡不着。隨問怎的暖床暖鋪，只是害冷。非真相思人不知此語之妙。腿兒觸冷伸不開，只得忍酸兒縮着，白盼不到，枕邊眼淚不知流了多少。落後春梅小肉兒見我短嘆長吁，晚間鬬着我下棋，坐到起更時分，俺娘兒兩個一炕兒通厮脚兒睡。我的哥哥，奴心便是如此，不知你的心兒如何？」西門慶道：「怪油嘴，這一家雖是有他們，誰不知我在你身上偏多。」是真。婦人道：「罷麼，你還哄我哩！你那吃着碗裏看着鍋裡的心兒，你説我不知道？想着你和來旺兒媳婦子密調油也似的，把我來就不理了。落後李瓶兒生了孩子，見我如同烏眼鷄一般。今日都往那去了？止是奴老實的還在。你就是那風裏楊花，滾上滾下，如今又興起如意兒賊捱刺骨來了。他隨問怎的，只是奶子，見放着他漢子，是個活人妻。不爭你要了他，到明日又教漢子好在門首放羊兒剌剌。你爲官爲宦，傳出去好聽？你看這賊淫婦，前日你去了，同春梅兩個爲一個棒搥，和我大嚷大閙，通不讓我一句兒。」西門慶道：「罷麼，我的兒，他隨問怎的，只是

西門慶亦善調停。

個手下人。他那里有七個頭八個膽敢頂撞你？你高高手兒他過去了，低低手兒他敢過不去。」婦人道：「唧嚛，說的倒好聽！没了李瓶兒，他就頂了窩兒。學你對他說：『你若伏侍的好，我把娘這分家當就與你罷。』你真個有這個話來？」孩氣得妙。西門慶道：「你休胡猜疑，我那里有此話！你寬恕他，我教他明日與你磕頭陪不是罷。」婦人道：「我也不要他陪不是，我也不許你到那屋裏睡。」西門慶道：「我在那邊睡，非爲別的，因越不過李大姐情。在那邊守守靈兒，誰和他有私鹽私醋！」婦人道：「我不信你這摭溜子。人也死了一百日來，還守什麽靈？在那屋裏也不是守靈，屬米倉的，上半夜摇鈴，下半夜丫頭聽的好梆聲。」幾句說的西門慶急了，摟過脖子來親了個嘴，說道：「怪小淫婦兒，有這些張致的！」于是令他吊過身子去，隔山討火，那話自後插入牝中，接抱其股，竭力搧磞的連聲响喨。一面令婦人呼叫大東大西，問道：「你怕我不怕？再敢管着！」婦人道：「怪奴才，不管着你好上天也！我曉的你也丢不開這淫婦，到明日，問了我方許你那邊去。他若問你要東西，須對我說，只不許你悄悄偷與他。若不依，我打聽出來，看我嚷不嚷！我就擯兑了這淫婦，也不差甚麽兒。又相李瓶兒來頭，教你哄了，險些不把我打到贅字號去了。你這爛桃行貨子，荳芽菜——有甚正條細兒也怎的？老娘如今也賊了些兒了。」映前「老實」。說的西門慶笑了。當下兩個殢雨尤雲，纏到三更方歇。正是：

出語諧甚，任愁時亦破愁爲喜。

帶雨籠烟世所稀，妖嬈身勢似難支。
終宵故把芳心訴，留得東風不放歸。

兩個並頭交股睡到天明，婦人淫情未足，還不住手揑弄那話，登時把麈柄揑弄起來。叫道：「親達達，我一心要你身上睡睡。」一面扒伏在西門慶身上倒澆燭，接着他脖子只顧揉搓。教西門慶兩手扳住他腰，扳的緊緊的，他便在上極力抽提，一回，那話漸没至根，餘者被托子所阻，不能入。婦人便道：「我的達達，等我白日裏替你縫一條白綾帶子，你把和尚與你那末子藥裝些在裏面，我再墜上兩根長帶兒。等睡時，你拴他在根子上，却拿這兩根帶拴在後邊腰裏，拴的緊緊的，又柔軟，又得全放進，却不强如這托子硬硬的，格的人疼？」西門慶道：「我的兒，你做下，藥在磁盒兒內，你自家裝上就是了。」婦人道：「你黑夜好歹來，咱兩個試試看好不好？」于是兩個頑耍一番。

此等處，若令温秀才見之，當贊云：「工欲善其事，必先利其器矣。」

只見玳安拿帖兒進來，問春梅：「爹起身不曾？安老爹差人送分資來了。又擡了兩罈酒、四盆花樹進來。」春梅道：「爹還没起身，教他等等兒。」玳安道：「他好少近路兒，還要趕新河口閘上回話哩。」不想西門慶在房中聽見，隔窗叫玳安問了話，拿帖兒進去，拆開看，上寫道：

奉去分資四封，共八兩。惟少塘桌席，餘者散酌而已。仰冀從者留神，足見厚愛之至。外具時花四盆，以供清玩；浙酒二樽，少助待客之需。希莞納，幸甚。

西門慶看了，一面起身，且不梳頭，戴着毡巾，穿着絨氅衣走出廳上，令安老爹人進見，遞上分資。西門慶見四盆花草：一盆紅梅、一盆白梅、一盆茉莉、一盆辛夷，兩罈南酒，滿心歡喜。連忙收了，發了回帖，賞了來人五錢銀子，因問：「老爹們明日多咱時分來？用戲子不用？」來人道：「都早來，戲子用海鹽的。」說畢，打發去了。西門慶叫左右把花草擡放藏春塢書房中擺放，一面使玳安叫戲子去，一面兑銀子與來安兒買辦。那日又是孟玉樓上壽，院中叫小優兒晚夕彈唱。

按下一頭，卻說應伯爵在家，拿了五箇箋帖，教應保捧着盒兒，往西門慶對過房子内央温秀才寫請書，要請西門慶五位夫人，二十八日家中做滿月。剛出門轉過街口，只見後邊一人高叫道：「二爹請回來。」伯爵紐頭回看是李銘，立住了脚。李銘走到跟前，問道：「二爹往那里去？」伯爵道：「我到温師父那里有些事兒去。」李銘道：「到家中還有句話兒說。」只見後邊一個閒漢掇着盒兒，伯爵不免又到家堂屋内。李銘連忙磕了個頭，把盒兒掇進來放下。揭開卻是燒鴨二隻、老酒二瓶，說道：「小人没甚，這些微物兒孝順二爹賞人。小的有句話逕來央及二爹。」一面跪在地下不起來。伯爵一把手拉起來，說道：「傻孩兒，你有話只管說，怎的買禮來？」李銘道：「小的從小兒在爹宅内，答應這幾年，如今爹到看顧别人，不用小的了。就是桂姐那邊的事，各門各户，小的實不知道。如今爹因怪那邊，連小的也怪了。這負屈啣寃，没處伸訴，逕來告二爹。二爹到宅内見爹，千萬替小的加句美言兒說說。就是桂姐有些一差半錯，不干小的事。爹動意惱小的不打緊，同行中人越發欺負小的了。」伯爵道：「你原來這些時没往宅内答應去。」李銘道：「小的没曾去。」伯爵道：「嗔道昨日擺酒與何老爹接風，叫了吳惠、鄭春、鄭奉、左順在那里答應，我說怎的不見你。我問你爹，你爹說：『他没來，我没的請他去！』

傻孩兒，你還不走跳些兒還好？你與誰賭氣？」李銘道：「爹宅內不呼喚，小的怎的好去？前日他每四個在那里答應，今日三娘上壽，安官兒早辰又叫了兩名去了，明日老爹擺酒，又是他們四個。倒没小的，小的心裏怎麽有個不急的！只望二爹替小的説個明白，小的還來與二爹磕頭。」伯爵道：「我没有個不替你説的。我從前已往不知替人完美了多少勾當，你央及我這些事兒，我不替你説？你依着我，把這禮兒你還拿回去。你是那里錢兒，我受你的！你如今就跟了我去，等我慢慢和你爹説。」李銘道：「二爹不收此禮，小的也不敢去了。雖然二爹不希罕，也盡小的一點窮心。」再三央告，伯爵把禮收了。討出三十文錢，打發拿盒人回去。于是同出門來到西門慶對門房子裏。進到書院門首，搖的門環兒响，説道：「葵軒老先生在家麽？」温秀才正在書窗下寫帖兒，忙應道：「請裏面坐。」畫童開門，伯爵在明間内坐的。温秀才即出來相見，叙禮讓坐，説道：「老翁起來的早，往那里去來？」伯爵道：「敢來煩瀆大筆寫幾個請書兒。如此這般，二十八日小兒滿月，請宅内他娘們坐坐。」温秀才道：「帖在那里？將來學生寫。」伯爵即令應保取出五個帖兒遞過去。温秀才拿到房内，纔寫得兩個，只見棋童慌走來説道：「温師父，再寫兩個帖兒——大娘的名字，要請喬親家娘和大妗子去。頭里琴童來取門外韓大姨和孟二妗子那兩個帖兒，打發去了不曾？」温秀才道：「你姐夫看看〔五〕，打發去這半日了。」棋童道：「温師父寫了這兩個，還再寫上四個，請黄四嬸、傅大娘、韓大嬸和甘夥計娘子的，我使來安兒來取。」不一時打發去了。只見來安來取這四個帖兒，伯爵問：「你爹在家裏，是衙門中去了？」來安道：「爹今日没往衙門裏去，在廳上看收禮哩。」温秀才道：「老先生昨日王宅赴席來晚了？」伯爵問起那王宅，温秀才道：「是招宣府中。」伯爵就知其故。良久，來安等了帖兒去，方纔與伯爵寫完。伯爵卽帶了李銘過這邊來。

西門慶鬆着頭，只在廳上收禮，打發回帖，傍邊排擺桌面。見伯爵來，唱喏讓坐。伯爵謝前日厚情，因問：「哥定這桌席做什麽？」西門慶把安郎中來央浼作東請蔡知府之事，告他説了一遍。伯爵道：「明日是戲子是小優？」西門慶道：「叫了一起海鹽子弟，我這里又預備四名小優兒答應。」伯爵道：「哥，那四個？」西門慶道：「吴惠、鄭奉、鄭春、左順。」伯爵道：「哥怎的不用李銘？」西門慶道：「他已有了高枝兒，又稀罕我這里做什麽？」伯爵道：「哥怎的説這個話？你喚他，他纔敢來。我也不知道你一向惱他。但是各人勾當，不干他事。三嬸那邊幹事，他怎的曉得？你到休要屈了他。他今早到我那里，哭哭啼啼告訴我：『休説小的姐姐在爹宅内，只小的答應該幾年，今日有了别人，到没小的。』他再三賭身罰咒〔六〕，並不知他三嬸那邊一字兒。你若惱他，却不難爲他了。他小人有什麽大湯水兒？你若動動意兒，他怎的禁得起！」便教李銘：「你過來，親自告訴你爹。你只顧躱着怎的？自古醜媳婦免不得見公婆。」

見景生情，一步一步打人，頗有戰國説古之風。

那李銘站在槅子邊，低頭歛足，就似僻廳鬼兒一般看着二人説話。聽得伯爵叫他，連忙走進去，跪着地下，只顧磕頭，説道：「爹再訪，那邊事小的但有一字知道，小的車碾馬踏，遭官刑揲死。爹從前已往，天高地厚之恩，小的一家粉身碎骨也報不過來。不爭今日惱小的，惹的同行人耻笑，他也欺負小的，小的再向那里尋個主兒！」說畢號淘痛哭，跪在地下只顧不起來。伯爵在傍道：「罷麽，哥也是看他一場。大人不見小人之過，休說没他不是，就是他有不是處，他既如此，你也將就可恕他罷。」又叫李銘：「你過來，自古穿青衣抱黑柱，你爹既說開，就不惱你了，你往後也要謹慎些。」李銘道：「二爹說的是，知過必改，往後知道了。」西門慶沉吟半晌，便道：「既你二爹再三說，我不惱你了，起來答應罷。」伯爵道：「你還不快磕頭哩！」那李銘連忙磕個頭，立在傍邊。伯爵方纔令應保取出五個請帖兒來，遞與西門慶道：「二十八日小兒彌月，請列位嫂子過舍光降光降。」西門慶看畢，教來安兒：「連盒兒送與大娘瞧去。——管情後日去不成。實和你說，明日是你三娘生日，家中又是安郎中擺酒〔七〕，二十八日他又要看夏大人娘子去，如何去的成？」伯爵道：「哥殺人哩！嫂子不去，滿園中菓子兒，再靠着誰哩！我就親自進屋裏請去。」少頃，只見來安拿出空盒子來了：「大娘說，多上覆，知道了。」伯爵把盒兒遞與應保接去，笑了道：「哥，你就哄我起來。若是嫂子不去，我就把頭磕爛了，也好歹請嫂子走走去。」西門慶教伯爵：「你且休去。等我梳起頭來，咱每吃飯。」說畢，入後邊去了。

不獨言笑儼然，而心思皆吐于紙上。真寫生。

這伯爵便向李銘道：「如何？剛纔不是我這般說着，他甚是惱你。他有錢的性兒，隨他說幾句罷了。常言：嗔拳不打笑面。如今時年，尚個奉承的。拿着大本錢做買賣，還帶三分和氣。你若撐硬船兒，誰理你！全要隨機應變，似水兒活，纔得轉出錢來。你若撞東墻，別人吃

雖非有道之言，而一種涉世

不得不然之情，不可不奉爲蓍龜也。

飯飽了，你還忍餓。你答應他幾年，還不知他性兒？明日交你桂姐赶熱脚兒來，兩當一：就與三娘做生日，就與他陪了禮兒來。一天事却了了〔八〕。」李銘道：「二爹說的是。小的到家，過去就對三媽說。」說着，只見來安兒放桌兒，說道：「應二爹請坐，爹就出來。」

不一時西門慶梳洗出來，陪伯爵坐的，問他：「你連日不見老孫、祝麻子？」伯爵道：「我今他來，他知道哥惱他。我便說：『還是哥十分情分，看上顧下，那日蝨蟲螞蚱一例撲了去，你敢怎樣的！』他每發下誓，再不和王家小厮走。說哥昨日在他家吃酒來？他每也不知道。」西門慶道：「昨日他如此這般，置了一席大酒請我，拜認我做乾老子，吃到二更來了。他每怎的再不和他來往？只不干碍着我的事，隨他去，我管他怎的？胸襟亦是爽達。我不真是他老子，管他不成！」伯爵道：「哥這話說絕了。他兩個，一二日也要來與你服個禮兒，解釋解釋。」西門慶道：「你教他只顧來，平白服甚禮？」一面來安兒拿上飯來，無非是炮烹美口餚饌。西門慶吃粥，伯爵用飯。吃畢，西門慶問：「那兩個小優兒來了不曾？」來安道：「來了這一日了。」西門慶叫他和李銘一答兒吃飯。一個韓佐，一個邵鎌，向前來磕了頭，下邊吃飯去了。

良久，伯爵起身，說道：「我去罷，家裏不知怎樣等着我哩。小人家兒幹事最苦，從爐臺底下直買到堂屋門首，那些兒不要買？」西門慶道：「你去幹了事，晚間來坐坐，與你三娘上壽，磕個頭兒，也是你的孝順。」伯爵道：「這個已定來，還教房下送人情來。」說畢，一直去了。正是：

酒深情不厭，知己話偏長。
莫負相欽重，明朝到草堂。

校記

〔一〕「第七十二回」，原本脱「第」字，「潘金蓮」，誤作「第七蓮」，均據內閣、天圖、吳藏等本補改。

〔二〕「詞曰」，內閣本、首圖本題作「勝長天」。

〔三〕「右調勝長天」，內閣本、首圖本無。

〔四〕「謊」，底本似描過，內閣、首圖等本作「説」。按張評本作「謊」，詞話本作「説」。

〔五〕「看看」，崇禎諸本同。按張評本、詞話本作「看着」。

〔六〕「睹身罰咒」，吳藏本作「賭身罰咒」。

〔七〕「擺酒」，原作「罷酒」，據吳藏本改。

〔八〕「却了了」，內閣本、首圖本、吳藏本作「都了了」。按張評本作「都了了」，詞話本作「多了了」。

第七十三回

潘金蓮不憤憶吹簫

西門慶新試白綾帶

第七十三回　潘金蓮不憤憶吹簫　西門慶新試白綾帶

詞曰〔一〕：

喚多情，憶多情，誰把多情喚我名？喚名人可憎。　爲多情，轉多情，死向多情心不平。休教情重輕。

——右調《長相思》〔二〕

話説應伯爵回家去了，西門慶就在藏春塢坐着，看泥水匠打地炕。墻外燒火，安放花草，庶不至煤烟薰觸。忽見平安拿進帖兒稟説：「帥府周爺差人送分資來了。」盒内封着五封分資：周守備、荆都監、張團練、劉薛二内相，每人五星，粗帕二方，奉引賀敬。西門慶令左右收入後邊，拿回帖打發去了。

且説那日，楊姑娘與吴大妗子、潘姥姥坐轎子先來了，然後薛姑子、大師父、王姑子，并兩個小姑子妙趣、妙鳳，并郁大姐，都買了盒兒來，與玉樓做生日。月娘在上房擺茶，衆姊妹都在一處陪待。須臾吃了茶，各人取便坐了。

潘金蓮想着要與西門慶做白綾帶兒，卽便走到房裏，拿過針線匣，揀一條白綾兒，將磁盒内顫聲嬌藥末兒裝在裏面，周圍用倒口針兒撩縫的甚是細法，預備晚夕要與西門慶雲雨之

此時有個說嘴處矣。

一味貪利，却夾佛法果報出之。說得似惡鬼，似羅剎，又似活菩薩。此輩可笑可憎，莫不具見。

歡。不想薛姑子驀地進房來，送那安胎氣的衣胞符藥與他，這婦人連忙收過，一面陪他坐的。薛姑子見左右無人，便悄悄遞與他，說道：「你揀個壬子日空心服，到晚夕與官人在一處，管情一度就成胎氣。你看後邊大菩薩，也是貧僧替他安的胎，今已有了半肚子了。我還說個法兒與你：縫個錦香囊，我書道朱砂符兒安在裏面，帶在身邊，又出奇妙。管情就是男胎，好不准驗。」這婦人聽了，滿心歡喜，一面接了符藥，藏放在箱內。拿過曆日來看，二十九日是壬子日，于是就稱了三錢銀子送與他，說：「這個不當什麽，拿到家買菜吃。等坐胎之時，我尋匹絹與你做衣穿。」薛姑子道：「菩薩快休計較，我不相王和尚那樣利心重。前者因過世那位菩薩念經〔三〕，他說我攙了他的主顧，好不和我嚷鬧，到處拿言語喪我。我的爺，隨他墮業，我不與他爭執。我只替人家行好事，救人苦難。」婦人道：「薛爺，你只行你的事，各人心地不同。我這勾當，你也休和他說。」薛姑子道：「法不傳六耳，我肯和他說！去年爲後邊大菩薩喜事，他還說我背地得多少錢，擗了一半與他纔罷了。一個僧家，戒行也不知，利心又重，得了十方施主錢糧，不修功果，到明日死後，披毛戴角還不起。」說了回話，婦人教春梅：「看茶與薛爺吃。」那姑子吃了茶，又同他到李瓶兒那邊參了靈，方歸後邊來。

約後晌時分，月娘放桌兒炕屋裏，請衆堂客并三個姑子坐的。又在明間內放八仙桌兒，鋪着火盆擺下案酒與孟玉樓上壽。不一時，瓊漿滿泛，玉斝高擎，孟玉樓打扮的粉粧玉琢，先與西門慶遞了酒，然後與衆姊妹叙禮，安席而坐。陳敬濟和大姐又與玉樓上壽，行畢禮，就在傍邊坐下。廚下壽麵點心添換，一齊拿上來。衆人纔吃酒，只見來安拿進盒兒來説：「應保送人情來了。」西門慶教月娘收了，就教來安：「送應二娘帖兒去，就請你應二爹和大舅來坐坐。我曉的他娘子兒，明日也是不來，請你二爹來坐坐罷，改日回人情與他就是了。」來安拿帖兒同應保去了。西門慶坐在上面，不覺想起去年玉樓上壽還有李大姐，今日妻妾五個，只少了他，繇不得心中痛酸，眼中落淚。遍插茱萸少一人，那得不悲！

不一時，李銘和兩個小優兒進來了。月娘分付：「你會唱『比翼成連理』不會？」韓佐道：「小的記得。」纔待拿起樂器來彈唱，被西門慶叫近前分付：「你唱一套『憶吹簫』我聽罷。」兩個小優連忙改調唱《集賢賓》「憶吹簫，玉人何處也。」唱了一回，唱到「他爲我褪湘裙杜鵑花上血」，潘金蓮見唱此詞，就知西門慶念思李瓶兒之意，慧心處可愛。及唱到此句，在席上故意把手放在臉兒上，這點兒那點兒羞他。畫。説道：「孩兒，那里猪八戒走在冷舖中坐着——你怎的醜的没對兒！一個後婚老婆，又不是女兒，那里討『杜鵑花上血』來？好個没羞的行貨子！」西門慶道：「怪奴才，聽唱罷麽，我那里曉得什麽。單管胡枝扯葉的。」只見兩個小優又唱到：「一個相府内懷春女，忽刺八抛去也。我怎肯恁隨邪，又去把墻花亂折！」那西門慶只顧低着頭留心細聽。畫。須臾唱畢，這潘金蓮就不憤他，兩個在席上只顧拌嘴起來。月娘有些看不上，便道：「六姐，你也耐煩，兩個只顧強什麽？楊姑奶奶和他大妗子丢在屋裏，冷清清的，没個人兒陪他，你每着兩個進去陪他坐坐兒，我就來。」當下金蓮和李嬌兒就往房裏去了。

不一時，只見來安來說：「應二娘帖兒送到了。二爹來了，大舅便來。」西門慶道：「你對過請温師父來坐坐。」因對月娘說：「你分付廚下拿菜出來，我前邊陪他坐去。」又叫李銘：「你往前邊唱罷。」李銘卽跟着西門慶出來，到西廂房内陪伯爵坐的。又謝他人情：「明日請令正好歹來走走〔四〕。」伯爵道：「他怕不得來，家下没人。」良久，温秀才到，作揖坐下。伯爵舉手道：「早辰多有累老先生。」温秀才道：「豈敢。」吳大舅也到了，相見讓位畢，一面琴童兒秉燭來，四人圍煖爐坐定。來安拿春盛案酒擺在桌上。伯爵燈下看見西門慶白綾襖子上，罩着青段五彩飛魚蟒衣，張爪舞牙，頭角峥嶸，揚鬚鼓鬣，金碧掩映，蟠在身上，諕了一跳，問：「哥，這衣服是那里的？」西門慶便立起身來笑道：「你每瞧瞧，猜是那里的？」伯爵道：「俺們如何猜得着。」西門慶道：「此是東京何太監送我的。我在他家吃酒，因害冷，他拿出這件衣服與我披。這是飛魚，因朝廷另賜了他蟒龍玉帶〔五〕，他不穿這件，就送我了。此是一個大分上。」伯爵極口誇奬：「這花衣服，少說也值幾個錢兒。此是哥的先兆，到明日高轉做到都督上，愁没玉帶蟒衣？何况飛魚！只怕穿過界兒去哩！」說着，琴童安放鍾筯拿酒上來。李銘在面前彈唱。伯爵道：「也該進去與三娘遞杯酒兒纔好，如何就吃酒？」西門慶道：「我兒，你既有孝順之心，往後邊與三嫂磕個頭兒就是了，說他怎的？」伯爵道：「磕頭到不打緊，只怕惹人議論我做大不尊，到不如你替我磕個兒罷。」被西門慶向他頭上打了一下，罵道：「你這狗材，單管恁没大小。」伯爵道：「有大小到不教孩兒們打了。」兩個戲說了一回，琴童拿將壽麵來，西門慶讓他三

賣弄處，鬚眉俱動。

贊處妙在深一層，方暢其賣弄之意。富貴人家自少此輩不得。

人吃。自己因在後邊吃了，就遞與李銘吃。那李銘吃了，又上來彈唱。伯爵叫吳大舅：「分付曲兒教他唱。」大舅道：「不要索落他，隨他揀熟的唱罷。」西門慶道：「大舅好聽《瓦盆兒》這一套。」一面令琴童斟上酒，李銘于是筝排雁柱，款定冰絃，唱了一套「教人對景無言，終日減芳容」，下邊去了。只見來安上來禀說：「廚子家去，請問爹，明日叫幾名答應？」西門慶分付：「六名廚役，二名茶酒，酒筵共五桌，俱要齊備。」來安應諾去了。吳大舅便問：「姐夫明日請甚麼人？」西門慶悉把安郎中作東請蔡九知府說了。吳大舅道：「既明日大巡在姐夫這里吃酒，又好了。」西門慶道：「怎的說？」吳大舅道：「還是我修倉的事，要在大巡手裏題本，望姐夫明日說說，教他青目青目，到年終考滿之時保舉一二，就是姐夫情分。」西門慶道：「這不打緊。大舅明日寫個履歷揭帖來，等我取便和他說。」大舅連忙下來打恭。伯爵道：「老舅，你老人家放心，你是個都根主子，不替你老人家說，再替誰說？管情消不得吹噓之力，一箭就上垜。」前邊吃酒到二更時分散了，西門慶打發李銘等出門，就分付：「明日俱早來伺候。」李銘等應諾去了。小廝收進家伙，上房內擠着一屋裏人，聽見前邊散了，都往那房裏去了。

說得兩人都快活。妙舌。

却說金蓮，只說往他屋裏去，慌的往外走不迭。不想西門慶進儀門來了，他便藏在影壁邊黑影兒裏，看着西門慶進入上房，悄悄走來窗下聽覷。只見玉簫站在堂屋門首，說道：「五娘怎的不進去？」又問：「姥姥怎的不見？」金蓮道：「老行貨子，他害身上疼，往房裏睡去了。」良久，只聽月娘問道：「你今日怎的叫恁兩個新小王八子？唱又不會唱，只一味『三弄梅花』。」玉

欲爲稍果子打秋菊線索，偏在忙裏下

針。寧與人指之爲冗爲淡，不與人見其神龍首尾。高文妙法，子長以下所無。

金蓮幽踪與玉樓小膽，又作一笑映出。妙手！

提出月娘做主，不獨題目正大，得樹敵之意，自使西門慶惱不得。

樓道：「只你臨了教他唱『鴛鴦浦蓮開』，他纔依了你唱。好兩個猾小王八子，不知叫什麽名字，一日在這裏只是頑。」西門慶道：「一個叫韓佐，一個叫邵謙。」月娘道：「誰曉的他叫什麽謙兒李兒！」不防金蓮躡足潛踪進去，立在煖炕兒背後，忽說道：「你問他？正景姐姐分付的曲兒不叫他唱，平白胡枝扯葉的教他唱什麽『憶吹簫』，支使的小王八子亂騰騰的，不知依那個的是。」玉樓「嘁」了一聲，扭回頭看見是金蓮，便道：「這個六丫頭，你在那里來？猛可說出話來，倒諕我一跳。單愛行鬼路兒。你從多咱走在我背後？」小玉道：「五娘在三娘背後，好少一回兒。」金蓮點着頭兒向西門慶道：「哥兒，你膿着些兒罷了，你那小見識兒，只說人不知道。他是甚『相府中懷春女』？他和我都是一般的後婚老婆。（妙在放倒自己。）什麽他爲你『褪湘裙杜鵑花上血』，三個官唱兩個喏，誰見來？孫小官兒問朱吉，別的都罷了，這個我不敢許。可是你對人說的，自從他死了，好應心的菜兒也沒一碟子兒。沒了王屠，連毛吃猪！你日逐只咊屎哩？俺們便不是上數的，可不着你那心罷了。一個大姐姐這般當家立紀，也扶持不過你來，可可兒只是他好。他死，你怎的不拉住他？當初沒他來時，你怎的過來？如今就是諸般兒稱不上你的心了。題起他來，就疼的你這心裡格地地的！拿別人當他，借汁兒下麪，（忽插入如意，不費一痕氣力。神化之筆。）也喜歡的你要不的。只他那屋裏水好吃麽？」月娘道：「好六姐，常言道：好人不長壽，禍害一千年。（月娘出語亦毒。）自古鏇的不圓砍的圓。你我本等是遲貨，應不上他的心，隨他說去罷了。」金蓮道：「不是咱不說他，他說出來的話灰人的心。只說人憤不過他。」那西門慶只是笑，罵道：「怪小淫婦

六黃太尉何等勢焰？金蓮「黃內官」三字寫得冰冷。可見真正情婦人、淫婦人胸中原無富貴。

再呆講，便贅矣。

走得甚，且賊得有線索。

搶白西門慶一頓，而西門慶又去尋他，要强好勝之心遂矣。復從後邊來，一者湊春梅之趣，二者要顯出由他自睡，不因搶白

兒，胡說了你，我在那里說這個話來？」金蓮道：「還是請黃內官那日，（偏他記得。）你沒對着應二和溫蠻子說？怪不的你老婆都死絕了，就是當初有他在，也不怎麽的。到明日再扶一個起來，（到底不放如意。）和他做對兒就是了。賊沒廉耻撒根基的貨！」說的西門慶急了，跳起來，趕着拿靴脚踢他，那婦人奪門一溜烟跑了。

這西門慶趕出去不見他，只見春梅站在上房門首，就一手搭伏春梅肩背往前邊來。（移花接木，妙。）月娘見他醉了，巴不的打發他前邊去睡，要聽三個姑子宣卷。于是教小玉打個燈籠，送他前邊去。金蓮和玉簫站在穿廊下黑影中，西門慶沒看見，逕走過去。玉簫向金蓮道：「我猜爹管情向娘屋裏去了。」金蓮道：「他醉了，快發訕，（六字簡透。）繇他先睡，等我慢慢進去。」這玉簫便道：「娘，你等等，我取些菓子兒稍與姥姥吃去。」（又映愛小便宜。）于是走到牀房內，拿些菓子遞與婦人。婦人接的袖了，一直走到他前邊。只見小玉送了回來，說道：「五娘在那邊來？爹好不尋五娘。」

金蓮到房門首，不進去，悄悄向窗眼望裏張覷，看見西門慶坐在牀上，正摟着春梅做一處頑耍，恐怕攪擾他，連忙走到那邊屋裏，將菓子交付秋菊。因問：「姥姥睡沒有？」秋菊道：「睡了一大回了。」金蓮囑付他：「菓子好生收在揀粧內。」又復往後邊來。只見月娘、李嬌兒、孟玉樓、西門大姐、大妗子、楊姑娘，并三個姑子帶兩個小姑子，坐了一屋裏人。薛姑子便盤膝坐在月娘炕上，（象個活佛。）當中放着一張炕桌兒，炷了香，衆人都圍着他，聽他說佛法。只見金蓮笑掀簾子進來，月娘道：「你惹下禍來，他往屋裏尋你去了。你不打發他睡，如何又來了？我還愁

而小心周□。

一「笑」字接前，脉斷，而不斷，且寫出滿肚皮賣弄。

又樹一敵，機鋒圓利。

他到屋裏要打你。」金蓮笑道：「你問他敢打我不敢？」自要說嘴。月娘道：「你頭裏話出來的忒緊了，他有酒的人，一時激得惱了，不打你打狗不成？俺每倒替你揑兩把汗，原來你到這等潑皮。」金蓮道：「他就惱，我也不怕他，看不上那三等兒九做的。正景姐姐分付的曲兒不教唱，且東溝犁，西溝䩻，唱他的心事。就是今日孟三姐的好日子，也不該唱這離別之詞。人也不知死到那里去了，偏有那些佯慈悲假孝順，我是看不上。」大妗子道：「你姐妹每亂了這一回，我還不知因爲什麽來。姑夫好好的進來坐着，怎的又出去了？」月娘道：「大妗子，你還不知道，那一個因想起李大姐來，說年時孟三姐生日還有他，今年就没他，落了幾點眼淚，教小優兒唱了一套『憶吹簫，玉人兒何處也』。這一個就不憤他唱這詞，剛纔搶白了他爹幾句。搶白的那個急了，趕着踢打，這賊就走了。」楊姑娘道：「我的姐姐，你隨官人教他唱罷了，又搶白他怎的？想必每常見姐姐每都全全兒的，今日只不見了李家姐姐，漢子的心怎麽不慘切個兒。」孟玉樓道：「好奶奶，若是我每，誰嗔他唱！俺這六姐姐平昔曉的曲子裡滋味，見那個誇死了的李大姐，比古人那個不如他，又怎的兩個相交情厚，又怎麽山盟海誓，你爲我，我爲你。這個牢成的又不服氣，只顧拿言語搶白他，整厮亂了這半日。」楊姑娘道：「我的姐姐，原來這等聰明。」月娘道：「他什麽曲兒不知道？但題起頭兒，就知尾兒。相我每叫唱老婆和小優兒來，只曉的唱出來就罷了。偏他又說那一段兒唱的不是了，那一句兒唱的差了，又那一節兒稍了。但是他爹說出個曲兒來，就和他白搽白亂，必須搽惱了纔罷。」孟玉樓在旁邊戲道：「姑奶奶你不知，我三四胎兒只存了這個丫頭子，這般精靈古怪的。」金蓮笑向他打了一下，說道：「我到替你爭氣，你到沒規矩起來了。」楊姑娘道：「姐姐，你今後讓官人一句兒罷。常言：一夜夫妻百夜恩，相隨百步也有個徘徊之意。一個熱突突人兒，指頭兒似的少了一個，（妙譬。）有個不想不疼不題念的？」金蓮道：「想怎不想，也有個常時兒。一般都是你的老婆，做什麼擡一個滅一個？只嗔俺們不替他戴孝，他又不是婆婆，胡亂帶過斷斷罷了〔六〕，（好過文。）只顧帶幾時？」楊姑娘道：「姐姐每見一半不見一半兒罷。」大妗子道：「好快！斷斷過了〔七〕，這一向又早百日來了。」楊姑娘問：「幾時是百日？」月娘道：「早哩，臘月二十六日。」王姑子道：「少不的念個經兒。」（一感便應。）月娘道：「挨年近節，念什麼經！他爹只好過年念罷了。」說着，只見小玉拿上一道茶來，每人一盞。

（淡淡接去，天衣無縫。）

須臾吃畢，月娘洗手，向爐中炷了香，聽薛姑子講說佛法。薛姑子就先宣念偈言，講了一段五戒禪師破戒戲紅蓮女子〔八〕，轉世爲東坡佛印的佛法。講說了良久方罷。只見玉樓房中蘭香，拿了兩方盒細巧素菜菓碟、茶食點心來，收了香爐，擺在桌上。又是一壺茶，與衆人陪三個師父吃了。然後又拿葷下飯來，打開一罈麻姑酒，衆人圍爐吃酒。月娘便與大妗子擲色搶紅。金蓮便與李嬌兒猜枚，玉簫在後邊斟酒，便替金蓮打桌底下轉子兒。須臾把李嬌兒贏了數杯。玉樓道：「等我和你猜，你只顧贏他罷。」却要金蓮拿出手來，不許褪在袖子裏，又不許玉簫近前，一連反贏了金蓮幾大鍾。

（李嬌兒老滯貨，玉樓便心眼不同。）

明明揉眼，却賴沒睡，此蠢人弄巧處。

博寵人必有受寵處，溺愛人必有繫愛處。其受寵繫愛處，必有一段冷煖苦心，出于蠢人，萬萬不得。單指其恃寵之言、溺愛之情，而遂爲蠢人不平也。

春梅與西門慶狂淫情態，只暗暗摹寫。

金蓮坐不住去了。到前邊叫了半日，角門纔開，只見秋菊揉眼。婦人罵道：「賊奴才，你睡來？」秋菊道：「我沒睡。」婦人道：「見睡起來，你哄我。你到自在，就不說往後來接我接兒去。」因問：「你爹睡了？」秋菊道：「爹睡了這一日了。」婦人走到炕房裏，摟起裙子來就坐在炕上烤火。婦人要茶吃，秋菊連忙傾了一盞茶來。婦人道：「賊奴才，好乾淨手兒。我不吃這陳茶，熬的怪泛湯氣。你叫春梅來，叫他另拿小銚兒頓些好甜水茶兒，多着些茶葉，頓的苦艷艷我吃。」秋菊道：「他在那邊床房裡睡哩，等我叫他來。」婦人道：「你休叫他，且教他睡罷。」這秋菊不依，走在那邊屋裏，見春梅搵在西門慶脚頭睡得正好。究竟是丫頭情景，人多異之，吾且憐之。被他搖推醒了，道：「娘來了，要吃茶，你還不起來哩。」這春梅噦他一口，罵道：「見鬼的奴才，娘來了罷了，平白諕人刺刺的！」一面起來，慢條厮禮，撒腰拉袴走來見婦人，只顧倚着炕兒揉眼。婦人反罵秋菊：「恁奴才，你睡的甜甜兒的，把你叫醒了。」因叫他：「你頭上汗巾子跳上去了，還不往下扯扯哩。」又問：「你耳躲上墜子怎的只帶着一隻？」這春梅摸了摸，果然只有一隻。便點燈往那邊床上尋去，尋不見。良久，不想落在那脚踏板上，拾起來。婦人問：「在那里來？」春梅道：「都是他失驚打怪叫我起來，吃帳鈎子抓下來了，纔在踏板上拾起來。」婦人道：「我那等說着，他還只當叫起你來。」春梅道：「他說娘要茶吃來。」婦人道：「我要吃口茶兒，嫌他那手不乾淨。」這春梅連忙舀了一小銚子水，坐在火上，使他撾了些炭在火內，須臾就是茶湯。滌盞乾淨，濃濃的點上去，遞與婦人。婦人問春梅：「你爹睡下多大回了？」春梅道：「我打發睡了這一日了。問娘來，我說娘在後邊還未來哩。」

這婦人吃了茶，因問春梅：「我頭裡袖了幾個菓子和蜜餞，是玉簫與你姥姥吃的，交付這奴才接進來，你收了？」春梅道：「我沒見，他知道放在那里？」婦人叫秋菊，問他菓子在那里，秋菊道：「我放在揀粧內哩。」走去取來，婦人數了數兒，（數角兒習氣未除。）少了一個柑子，問他那里去了。秋菊道：「我拿進來就放在揀粧內，那個害饞癆、爛了口吃他不成！」婦人道：「賊奴才，還漲溷嘴，你不偷那去了？我親手數了交與你的，怎就少了一個？原來只孝順了你！」教春梅：「你與我把那奴才一邊臉上打與他十個嘴巴子。」春梅道：「那臢臉彈子，倒沒的齷齪了我的手。」婦人道：「你與我拉過他來。」春梅用雙手推顙到婦人跟前，婦人用手擰着他腮頰，罵道：「賊奴才，這個柑子是你偷吃了不是？你實實說了，我就不打你。不然，取馬鞭子來，我這一旋剝就打個不數。我難道醉了？你偷吃了，一逕裹鬼混我。」因問春梅：「我醉不醉？」（以不認醉寫醉，妙甚。）那春梅道：「娘清省白醒，（湊趣。）那討酒來？娘不信只掏他袖子，怕不的還有柑子皮兒在袖子裡哩。」婦人于是扯過他袖子來，用手去掏，秋菊慌用手撇着不教掏。春梅一面拉起手來，果然掏出些柑子皮兒來。被婦人儘力臉上擰了兩把，打了兩下嘴巴，罵道：「賊奴才，你諸般兒不會，相這說舌偷嘴吃偏會。真贓實犯拿住，你還賴那個？我如今茶前酒後且不打你，（前云不醉，此又云「茶前酒後」，模糊得妙。）到明日清省白醒和你筭帳。」春梅道：「娘到明日，休要與他行行忽忽的，好生旋剝了，教個人把他實辣辣打與他幾十板子，教他忍疼也懼怕些。甚麼鬬猴兒似湯那幾棍兒，他纔不放在心

人之憎惡一人，雖極偏極暴，亦必有繇。人因其偏暴，往往轉爲蠢人

上！」那秋菊被婦人擰得臉脹腫的，谷都着嘴往廚下去了。婦人把那一個柑子平分兩半，又拿了些蘋婆石榴，遞與春梅，説道：「這個與你吃，把那個留與姥姥吃。」這春梅也不瞧，接過來似有如無，掠在抽替內。婦人把蜜餞也要分開，春梅道：「娘不要分，我懶得吃這甜行貨子，留與姥姥吃罷。」以此婦人不分，都留下了。

婦人走到桶子上小解了，教春梅掇進坐桶來，澡了牝，又問春梅：「這咱天有多時分了？」春梅道：「睡了這半日，也有三更了。」婦人摘了頭面，走來那邊牀房裡，見桌上銀燈已殘，從新剔了剔，向牀上看西門慶正打鼾睡。于是解鬆羅帶，卸褪湘裙，上床鑽入被窩裡，與西門慶並枕而卧。

護短。此果掏出皮來，可謂至公之筆。使淺人爲之，定寫作金蓮、春梅宛秋菊矣。

睡下不多時，向他腰間摸他那話。弄了一回，白不起。原來西門慶與春梅纔行房不久，那話綿軟，急切捏弄不起來。這婦人酒在腹中，慾情如火，蹲身在被底，把那話用口吮咂。挑弄蛙口，吞裹龜頭，只顧往來不絕。西門慶猛然醒了，便道：「怪小淫婦兒，如何這咱纔來？」婦人道：「俺每在後邊吃酒，孟三兒又安排了兩大方盒酒菜，郁大姐唱着，俺每猜枚擲骰兒，又頑了這一日，被我把李嬌兒贏醉了。落後孟三兒和我五子三猜，俺到輸了好幾鍾酒。你到是便宜，睡這一覺兒來好熬我，你看我依你不依？」西門慶道：「你整治那帶子有了？」婦人道：「在褥子底下不是？」一面探手取出來與西門慶看了，替他紮在塵柄根下〔九〕，繫在腰間，拴的緊緊的。又問：「你吃了不曾？」西門慶道：「我吃了。」須臾，那話吃婦人一壁廂弄起來，只見奢稜跳腦，

修身爲學肯如此，何患不造其極。

用得好蘇文。

挺身直舒，比尋常更舒半寸有餘。婦人扒在身上，龜頭昂大，兩手搧着牝户往裏放。須臾突入牝中，婦人兩手摟定西門慶脖項，令西門慶亦扳抱其腰，在上只顧揉搓，那話漸没至根。婦人叫西門慶：「達達，你取我的拄腰子墊在你腰底下。」這西門慶便向牀頭取過他大紅綾抹胸兒，四摺叠起墊着腰，婦人在他身上馬伏着，那消幾揉，那話盡入。婦人道：「達達你把手摸摸，都全放進去了，撑的裏頭滿滿兒的。你自在不自在？」西門慶用手摸摸，見盡没至根，間不容髮，止剩二卵在外，心中覺翕翕然暢美不可言。婦人道：「好急的慌，只是寒冷，咱不得拿燈兒照着幹，趕不上夏天好。」因問西門慶，説道：「這帶子比那銀托子好不好？又不格的陰門生痛的，又長出許多來。你不信，摸摸我小肚子，七八頂到奴心。」又道：「你摟着我，等我一發在你身上睡一覺。」西門慶道：「我的兒，你睡，達達摟着。」那婦人把舌頭放在他口裏含着，一面朦朧星眼，欸抱香肩。睡不多時，怎禁那慾火燒身，芳心撩亂，于是兩手按着他肩膊，一舉一坐，抽徹至首，復送至根，叫：「親心肝，罷了，六兒的死了！」往來抽捲，又三百回。比及精洩，婦人口中只叫：「我的親達達，把腰扱緊了。」一面把妳頭教西門慶咂，不覺一陣昏迷，淫水溢下，婦人心頭小鹿突突的跳。登時四肢困軟，香雲撩亂。那話拽出來猶剛勁如故，婦人用帕搽之，説道：「我的達達，你不過却怎麽的？」西門慶道：「等睡一覺來再耍罷。」婦人道：「我的身子已軟癱熱化的。」當下雲收雨散，兩個並肩交股，相與枕籍于牀上，不知東方之既白。正是：

等閒試把銀釭照，一對天生連理人。

校記

〔一〕「詞曰」，內閣本、首圖本題作「長相思」。

〔二〕「右調長相思」，內閣本、首圖本無。

〔三〕「念經」，吳藏本作「一絲」。

〔四〕「明日」，原作「明目」，據內閣、吳藏等本改。

〔五〕「玉帶」，原作「土帶」，據內閣、首圖等本改。

〔六〕「斷斷」，崇禎諸本同。按張評本作「斷七」，詞話本作「斷斷」。崇禎本延詞話本誤。

〔七〕「斷斷」，吳藏本作「斷七」。

〔八〕「講了一段」，原作「請了一段」，「破戒」，原作「破飛」，均據內閣本、首圖本改。

〔九〕「紫在」，內閣本、首圖本作「繫在」。

第七十四回　潘金蓮香腮偎玉

薛姑子佛口談經

第七十四回　潘金蓮香腮偎玉　薛姑子佛口談經

詩曰〔一〕：

富貴如朝露，交游似聚沙。
不如竹窗裏，對卷自趺跏〔二〕。
靜慮同聆偈，清神旋煮茶。
惟憂曉鷄唱，塵裏事如麻。

是假是真，說來俱可人意。

話說西門慶摟抱潘金蓮，一覺睡到天明。婦人見他那話還直竪一條棍相似，便道：「達達你饒了我罷，我來不得了。待我替你咂咂罷。」西門慶道：「怪小淫婦兒，你若咂的過了，是你造化。」這婦人真個蹲向他腰間，按着他一隻腿，用口替他吮弄那話。吮勾一個時分，精還不過，西門慶用手按着粉項，往來只顧没稜露腦摇撼，那話在口裡吞吐不絶。抽拽的婦人口邊白沫横流，殘脂在莖。婦人一面問西門慶：「二十八日應二家請俺每，去不去？」西門慶道：「怎的不去！」婦人道：「我有庄事兒央你，依不依？」西門慶道：「怪小淫婦兒，你有甚事，說不是。」婦人道：「你把李大姐那皮襖拿出來與我穿了罷。明日吃了酒回來，他們都穿着皮襖，只奴没件兒穿。」西門慶道：「有王招宣府當的皮襖，你穿就是了。」婦人道：「當的，我不穿他，你與了

以金蓮之取索一物，但乘

歡樂之際開口，可悲可嘆。軟一句，硬一句，雖是撒嬌，然情悄詞婉甚。

李嬌兒去，把李嬌兒那皮襖却與雪娥穿。你把李大姐那皮襖與了我，等我揀上兩個大紅遍地金鶴袖，襯着白綾襖兒穿，也是與你做老婆一場，沒曾與了別人。」西門慶道：「賊小淫婦兒，單管愛小便益兒。他那件皮襖直六十兩銀子哩，你穿在身上是會搖擺！」婦人道：「怪奴才，你與了張三、李四的老婆穿了？左右是你的老婆，替你裝門面，沒的有這些聲兒氣兒的。好不好我就不依了。」西門慶道：「你又求人又做硬兒。」婦人道：「怪碜貨，我是你房裏丫頭，在你跟前服軟？」一面說着，把那話放在粉臉上只顧偎摬，良久，又吞在口裏挑弄蛙口，一回又用舌尖底其琴絃，攪其龜稜，然後將朱唇裹着，只顧動動的。西門慶靈犀灌頂，滿腔春意透腦。良久精來，呼：「小淫婦兒，好生裹緊着，我待過也！」言未絶，其精邈了婦人一口。婦人口口接着，都咽了。正是：

自有內事迎郎意，慇懃愛把紫簫吹。

當日是安郎中擺酒，西門慶起來梳頭淨面出門。婦人還睡在被裏，便說道：「你趁閒尋尋兒出來罷。熱上趕。等住回，你又不得閒了。」這西門慶于是走到李瓶兒房中，妳子、丫頭又早起來頓下茶水供養。西門慶見如意兒薄施脂粉，長畫蛾眉，笑嘻嘻遞了茶，在旁邊說話兒。西門慶一面使迎春往後邊討牀房裏鑰匙去，如意兒便問：「爹討來做甚麽？」西門慶道：「我要尋皮襖與你五娘穿。」如意道：「是娘的那貂鼠皮襖？」西門慶道：「就是。他要穿穿，拿與他罷。」迎春去了，就把老婆摟在懷裏，摸他奶頭，說道：「我兒，你雖然生了孩子，妳頭兒到還恁緊。」就

西門慶於家可謂無所不淫。然月娘與金蓮合氣，雖愛金蓮，終以月娘爲重。金蓮與如意合氣，如意縱不敢敵金蓮，然使之陪禮亦可免耳。而西門慶必不免，亦可謂不亂上下之分。今人不如者多矣。如意至此

兩個臉對臉兒親嘴咂舌頭做一處。如意兒道：「我見爹常在五娘身邊，沒見爹往別的房裏去。留心之言，輸心之言。他老人家別的罷了，只是心多容不的人。前日爹不在，爲個棒槌，好不和我大嚷了一場。多虧韓嫂兒和三娘來勸開了。落後爹來家，也沒敢和爹說。不知甚麼多嘴的人對他說，說爹要了我。他也告爹來不曾？」西門慶道：「他也告我來，你到明日替他陪個禮兒便了。他是恁行貨子，受不的人個甜棗兒就喜歡的。知金蓮實深。嘴頭子雖利害，到也沒什麽心。」如意兒道：「前日我和他嚷了，第二日爹到家，就和我說好話。說爹在他身邊偏多，『就是別的娘都讓我幾分，你凡事只有個不瞞我，我放着河水不洗船？』」西門慶道：「既是如此，大家取和些。」又許下老婆：「你每晚夕等我來這房裏睡。」如意道：「爹真個來？休哄俺每！」西門慶道：「誰哄你來？」正說着，只見迎春取鑰匙來了。西門慶教開了牀房門，又開櫥櫃，拿出那皮襖來抖了抖，還用包袱包了，教迎春拿到那邊房裏去。如意兒就悄悄向西門慶說：人各有私。「我沒件好裙襖兒，爹趁着手兒再尋件兒與了我罷。有娘小衣裳兒，再與我一件兒。」西門慶連忙又尋出一套翠藍段子襖兒、黃綿紬裙子，又是一件藍潞紬綿褲兒，又是一雙粧花膝褲腿兒，與了他。老婆磕頭謝了。西門慶鎖上門，就使他送皮襖與金蓮房裏來。

金蓮纔起來，在牀上裹脚，只見春梅說：「如意兒送皮襖來了。」婦人便知其意，說道：「你教他進來。」問道：「爹使你來？」如意道：「是爹教我送來與娘穿。」金蓮道：「也與了你些什麽兒沒有？」活賊。如意道：「爹賞了我兩件紬絹衣裳年下穿。教我來與娘磕頭。」于是向前磕了四個

頭。婦人道：「姐姐每這般却不好？你主子既愛你，常言：船多不碍港，車多不碍路，那好做惡人？你只不犯着我，我管你怎的？我這裡還多着個影兒哩！」如意兒道：「俺娘已是没了，雖是後邊大娘承攬，娘在前邊還是主兒，早晚望娘擡舉。小媳婦敢欺心！那裡是葉落歸根之處？」婦人道：「你這衣服少不得還對你大娘説聲。」如意道：「小的前者也問大娘討來，大娘説：『等爹開時，拿兩件與你。』」婦人道：「既説知罷了。」這如意就出來，還到那邊房裏，西門慶已往前廳去了。如意便問迎春：「你頭裏取鑰匙去，大娘怎的説？」迎春説：「大娘問：『你爹要鑰匙做什麼？』我也没説拿皮襖與五娘，只説我不知道。大娘没言語。」

方輪心金蓮。

雖没要緊，却寫得人有心。

却説西門慶走到廳上看設席，海鹽子弟張美、徐順、苟子孝都挑戲箱到了，李銘等四名小優兒又早來伺候，都磕頭見了。西門慶分付打發飯與衆人吃，分付李銘三個在前邊唱，左順後邊答應堂客。那日韓道國娘子王六兒没來，打發申二姐買了兩盒禮物坐轎子，伏。他家進財兒跟着，也來與玉樓做生日。王經送到後邊，打發轎子出去了。不一時，門外韓大姨、孟大妗子都到了，又是傅夥計、甘夥計娘子、崔本媳婦兒段大姐并賁四娘子。西門慶正在廳上，看見夾道内玳安領着一個五短身子，穿綠段襖兒，紅裙子，不搽胭粉，兩個密縫眼兒，一似鄭愛香模樣，便問是誰。玳安道：「是賁四嫂。」西門慶就没言語。往後見了月娘。月娘擺茶，西門慶進來吃粥，遞與月娘鑰匙。月娘道：「你開門做什麼？」西門慶道：「潘六兒他説，明日往應二哥家吃酒没皮襖，要李大姐那皮襖穿。」被月娘瞅了一眼，説道：「你自家把不住自家嘴頭

西門慶見賁四嫂幾遍矣。姻緣該動，便覺異樣。

曾日月幾

何，而瓶兒之衣已爲金蓮所有。詩曰：「子有衣裳，弗曳弗婁。宛其死矣，他人是愉。」千古傷心似屬此作。

話只淺淺，而滿臉冷訕之色，至今如在。

了〔三〕，他死了，嗔人分散他房裏丫頭，相你這等，就沒的話兒說了。他見放皮襖不穿，巴巴兒只要這皮襖穿。——早時他死了，他不死，你只好看一眼兒罷了。」幾句說的西門慶閉口無言。忽報李學官來還銀子〔四〕，西門慶出去陪坐，在廳上說話。只見玳安拿進帖兒說：「王招宣府送禮來了。」西門慶問：「是什麽禮？」玳安道：「是賀禮：一疋尺頭、一罈南酒、四樣下飯。」西門慶卽叫王經拿眷生回帖兒謝了，賞了來人五錢銀子，打發去了。

只見李桂姐門首下轎，保兒挑四盒禮物。慌的玳安替他抱毡包，說道：「桂姨，打夾道內進去罷，廳上有劉學官坐着哩。」那桂姐卽向夾道內進去，來安兒把盒子挑進月娘房裡。月娘道：「爹看見不曾？」月娘亦細。玳安道：「爹陪着客，還不見哩。」月娘便說道：「且連盒放在明間內着。」一回客去了，西門慶進來吃飯，月娘道：「李桂姐送禮在這裏。」西門慶道：「我不知道。」月娘令小玉揭開盒兒，見一盒果餡壽糕、一盒玫瑰糖糕、兩隻燒鴨、一副豕蹄。只見桂姐從房內出來，滿頭珠翠，穿着大紅對衿襖兒，藍段裙子，望着西門慶磕了四個頭。西門慶道：「罷了，又買這禮來做什麽？」月娘道：「剛纔桂姐對我說，怕你惱他。不干他事，說起來都是他媽的不是：那日桂姐害頭疼來，只見這王三官領着一行人往秦玉芝兒家去，打門首過，進來吃茶，就被人驚散了。桂姐也沒出來見他。」西門慶道：「那一遭兒沒出來見他，這一遭兒又沒出來見他，自家也說不過。論起來，我也難管你。這麗春院拿燒餅砌着門不成？到處銀錢兒都是一樣，我也不惱。」那桂姐跪在地下只顧不起來，說道：「爹惱的是。我若和他沾沾身子，就爛化了，一個毛孔兒裏生一個天疱瘡。都是俺媽，空老了一片皮，幹的營生没個主意。好的也招惹，歹的也招惹，平白教爹惹惱。」月娘道：「你既來說開就是了，又惱怎的？」西門慶道：「你起來，我不惱你便了。」（未便釋然，妙。）那桂姐故作嬌態，說道：「爹笑一笑兒我纔起來。你不笑，我就跪一年也不起來。」潘金蓮在傍插口道：「桂姐你起來，只顧跪着他，求告他黄米頭兒，教他張致！如今在這裏你便跪着他，明日到你家他却跪着你，——你那時却别要理他。」（非金蓮即無解釋，妙。）把西門慶、月娘都笑了，桂姐纔起來了。只見玳安慌慌張張來報：「宋老爹、安老爹來了。」西門慶便拿衣服穿了，出去迎接。桂姐向月娘說道：「爺嚛嚛，從今後我也不要爹了，只與娘做女兒罷。」月娘道：「你的虛頭愿心，說過道過罷了。前日兩遭往裏頭去，没在那裏？」桂姐道：「天麼，天麼，可是殺人！爹何曾往我家里？若是到我家裏，見爹一面，沾沾身子兒，就促死了！娘你錯打聽了，敢不是我那裏，是往鄭月兒家走了兩遭，請了他家小粉頭子了。我這篇是非，就是他氣不憤架的。不然爹如何惱我？」金蓮道：「各人衣飯，他平白怎麼架你是非？」（金蓮亦作此蠢語。）桂姐道：「五娘，你不知俺們裏邊人，一個氣不憤一個，好不生分！」月娘接過來道：「你每裏邊與外邊差甚麼？也是一般，一個不憤一個。那一個有些時道兒，就要躧下去。」月娘攞茶與他吃，不在話下。

（眉批：往往以趣語作收。）

（眉批：慣說謊人，真處轉覺詞窮。鄭月之搬是非，可謂密矣，而桂姐亦知之。詩云：「他人有心，予忖度之。」良不虛已。）

却說西門慶迎接宋御史、安郎中，到廳上叙禮。每人一疋段子、一部書，奉賀西門慶。見了卓席齊整，甚是稱謝不盡。一面分賓主坐下，吃了茶，宋御史道：「學生有一事奉瀆四泉：今有巡撫侯石泉老先生，新陞太常卿，學生同兩司作東，三十日敢借尊府置杯酒奉餞，初二日就起行上京去了。未審四泉允否？」西門慶道：「老先生分付，敢不從命！但未知多少卓席？」宋御史道：「學生有分資在此。」卽喚書吏取出布按兩司連他共十二兩分資來：要一張大插桌、六張散桌，叫一起戲子。西門慶答應收了，就請去捲棚坐的。不一時，錢主事也到了。三員官會在一處下棋。宋御史見西門慶堂廡寬廣，院宇幽深，書畫文物極一時之盛。又見屏風前安着一座八仙捧壽的流金鼎，約數尺高，甚是做得奇巧。爐内焚着沉檀香，烟從龜鶴鹿口中吐出。只顧近前觀看，誇奬不已。問西門慶：「這副爐鼎造得好！」因向二官說：「我學生寫書與淮安劉年兄那里，央他替我稍帶一付來，送蔡老先，還不見到。四泉不知是那里得來的？」西門慶道：「也是淮上一個人送學生的。」說畢下棋。西門慶分付下邊看了兩個桌盒細巧菜蔬菓餡點心上來，一面叫生旦在上唱南曲。宋御史道：「客尚未到，主人先吃得面紅，說不通。」安郎中道：「大寒〔五〕，飲一杯無碍。」宋御史又差人去邀，差人稟道：「邀了，在磚廠黄老爹那里下棋，便來也。」一面下棋飲酒，安郎中喚戲子：「你們唱個《宜春令》奉酒。」于是生旦合聲唱一套「第一來爲壓驚。」

今之效此法者頗多，讀至此，不知是笑是愧。

唱未畢，忽吏進報：「蔡老爹和黄老爹來了。」宋御史忙令收了桌席，各整衣冠出來迎接。蔡九知府穿素服金帶，先令人投一「侍生蔡修」拜帖與西門慶〔六〕。進廳上，安郎中道：「此是主人西門大人，見在本處作千兵，也是京中老先生門下。」那蔡知府又作揖稱道：「久仰，久

用兩處宛合，豈淺淺文人所辨！

仰。」西門慶説道：「容當奉拜。」叙禮畢，各寛衣服坐下。左右上了茶，各人板話，良久就上坐。蔡九知府居上，主位四坐。厨役割道湯飯，戲子呈遞手本，蔡九知府揀了《雙忠記》，演了兩折。酒過數巡，小優兒席前唱一套《新水令》「玉鞭驕馬出皇都」。蔡知府笑道：「松原直得多少，可謂『御史青驄馬』，三公乃『劉郎舊索髯』。」安郎中道：「今日更不道『江州司馬青衫濕』。」言罷，衆人都笑了。西門慶未免瞎笑。西門慶又令春鴻唱了一套「金門獻罷平胡表〔七〕」，把宋御史喜歡的要不的，因向西門慶道：「此子可愛。」西門慶道：「此是小价，原是揚州人。」宋御史携着他手兒，教他遞酒，賞了他三錢銀子，磕頭謝了。正是：

窗外日光彈指過，席前花影坐間移。
一杯未盡笙歌送，堦下申牌又報時。

不覺日色沉西，蔡九知府見天色晚了，即令左右穿衣告辭。衆位欵留不住，俱送出大門而去。隨即差了兩名吏典，把桌席羊酒尺頭擡送到新河口去訖。宋御史亦作辭西門慶，因説道：「今日且不謝，後日還要取擾。」各上轎而去。

西門慶送了回來，打發戲子，分付：「後日還是你們來，再唱一日。叫幾個會唱的來，宋老爹請巡撫侯爺哩。」戲子道：「小的知道了。」西門慶令攢上酒桌，使玳安：「去請温師父來坐坐。」再教來安兒：「去請應二爹去。」不一時，次第而至，各行禮坐下。三個小優兒在傍彈唱，把酒來斟。西門慶問伯爵：「你娘們明日都去，你叫唱的是雜耍的？」伯爵道：「哥到説得好，小人家那里擡放？將就叫兩個唱女兒唱罷了。明日早些請衆位嫂子下降。」這里前廳吃酒不題。

後邊，孟大姨與孟三妗子先起身去了。落後楊姑娘也要去，月娘道：「姑奶奶你再住一日兒不是，薛師父使他徒弟取了卷來，咱晚夕叫他宣卷咱們聽。」楊姑娘道：「老身實和姐姐說，要不是我也住，明日俺第二個侄兒定親事，使孩子來請我，我要瞧瞧去。」于是作辭而去。衆人吃到掌燈已後，三位夥計娘子也都作辭去了，止留下段大姐没去，潘姥姥也往金蓮房內去了。只有大妗子、李桂姐、申二姐和三個姑子，郁大姐和李嬌兒、孟玉樓、潘金蓮，在月娘房內坐的。忽聽前邊散了，小厮收下家火來。這金蓮忙抽身就往前走，到前邊悄悄立在角門首。只見西門慶扶着來安兒，打着燈，趔趄着脚兒就要往李瓶兒那邊走，看見金蓮在門首立着，拉了手進入房來。那來安兒便往上房交鍾筯。

月娘只說西門慶進來，把申二姐、李桂姐、郁大姐都打發往李嬌兒房內去了。問來安道：「你爹來没有？」來安道：「爹在五娘房裡，不耐煩了。」月娘聽了，心內就有些惱，（後合氣張本。）因向玉樓道：「你看恁没來頭的行貨子，我說他今日進來往你房裡去，如何三不知又摸到他屋裡去了？這兩日又浪風發起來，只在他前邊纏。」玉樓道：「姐姐，隨他纏去！這等說，恰似咱每爭他的一般。可是大師父說的笑話兒，左右這六房裡，繇他串到。他爹心中所欲，你我管的他！」月娘道：「乾淨他有了話！剛纔聽見前頭散了，就慌的奔命往前走了。」因問小玉：「竈上没人，與我把儀門拴上，後邊請三位師父來，咱每且聽他宣一回卷着。」又把李桂姐、申二姐、段大姐、郁大姐都請了來。月娘向大妗子道：「我頭裏旋叫他使小沙彌請了《黃氏女卷》來，且今日可可兒楊姑娘又去了〔八〕。」分付玉簫頓下好茶。玉樓對李嬌兒說：「咱兩家輪替管茶，休要只顧累大姐姐。」于是各房裡分付預備茶去。

不一時，放下炕桌兒，三個姑子來到，盤膝坐在炕上。衆人俱各坐了，聽他宣卷。月娘洗手炷了香，這薛姑子展開《黃氏女卷》，高聲演說道：

蓋聞法初不滅，故歸空。道本無生，每因生而不用。由法身以垂八相，繇八相以顯法身。朗朗惠燈，通開世户；明明佛鏡，照破昏衢。百年景賴刹那間，四大幻身如泡影。每日塵勞碌碌，終朝業試忙忙。豈知一性圓明，徒逞六根貪慾。功名蓋世，無非大夢一場；富貴驚人，難免無常二字。風火散時無老少，溪山磨盡幾英雄！

演說了一回，又宣念偈子，又唱幾個勸善的佛曲兒，方纔宣黃氏女怎的出身，怎的看經好善，又怎的死去轉世爲男子，又怎的男女五人一時昇天。

慢慢宣完，已有二更天氣。先是李嬌兒房内元宵兒拿了一道茶來，衆人吃了。落後孟玉樓房中蘭香，又拿了幾樣精製果菜、一大壺酒來，又是一大壺茶來，與大妗子、段大姐、桂姐衆人吃。月娘又教玉簫拿出四盒兒茶食餅糖之類，與三位師父點茶。李桂姐道：「三個師父宣了這一回卷，也該我唱個曲兒孝順。」月娘道：「桂姐，又起動你唱？」郁大姐道：「等我先唱。」月娘道：「也罷，郁大姐先唱。」申二姐道：「等姐姐唱了，我也唱個兒與娘們聽。」桂姐不肯，道：「還是我先唱。」因問月娘要聽什麽，月娘道：「你唱個『更深静悄』罷。」當下桂姐送衆人酒，取過琵琶來，輕舒玉笋，款跨鮫綃，唱了一套。桂姐唱畢，郁大姐纔要接琵琶，早被申二姐要過去了，伏。掛在肐膊上，先說道：「我唱個《十二月兒掛真》兒與大妗子和娘每聽罷。」于是唱道：「正月十五鬧元宵，滿把焚香天地燒……」那時大妗子害夜深困的慌，也没等的申二姐唱完，吃了茶就先往月娘房内睡去了。須臾唱完，桂姐便歸李嬌兒房内，段大姐便往孟玉樓房内，三位師父便往孫雪娥房裏，郁大姐、申二姐就與玉簫、小玉在那邊炕屋裏睡，月娘同大妗子在上房内睡。俱不在話下。看官聽說：古婦人懷孕，不側坐，不偃卧，不聽淫聲，不視邪色，常玩詩書金玉，故生子女端正聰慧，此胎教之法也。今月娘懷孕，不宜令僧尼宣卷，聽其死生輪迴之説。後來感得一尊古佛出世投胎奪舍，幻化而去，不得承受家緣。蓋可惜哉！正是：

前程黑暗路途險，十二時中自着迷〔九〕。

校記

〔一〕「詩曰」，内閣本、首圖本無。

〔二〕「趺跏」，原作「跌跏」，據内閣本改。

〔三〕「把不住自家嘴頭了」，崇禎諸本同。按張評本作「把不住自家嘴頭子」，詞話本與崇禎本同。

〔四〕「李學官」，崇禎諸本同。按張評本作「劉學官」，詞話本與崇禎本同。底本下文即作「劉學官」。

〔五〕「大寒」，内閣本、首圖本作「太寒」。按張評本作「大寒」，詞話本作「天寒」。

〔六〕「先令人」，原作「九今人」，據内閣、首圖等本改。

〔七〕「平胡表」，崇禎諸本同。按張評本作「平邊表」，詞話本與崇禎本同。

〔八〕「且」，内閣本、首圖本作「宣」，從上讀。按張評本、詞話本作「宣」。

〔九〕「自着迷」，内閣本作「自着研」，首圖本作「自着斫」。按張評本與底本同。

第七十五回 因抱恙玉姐含酸

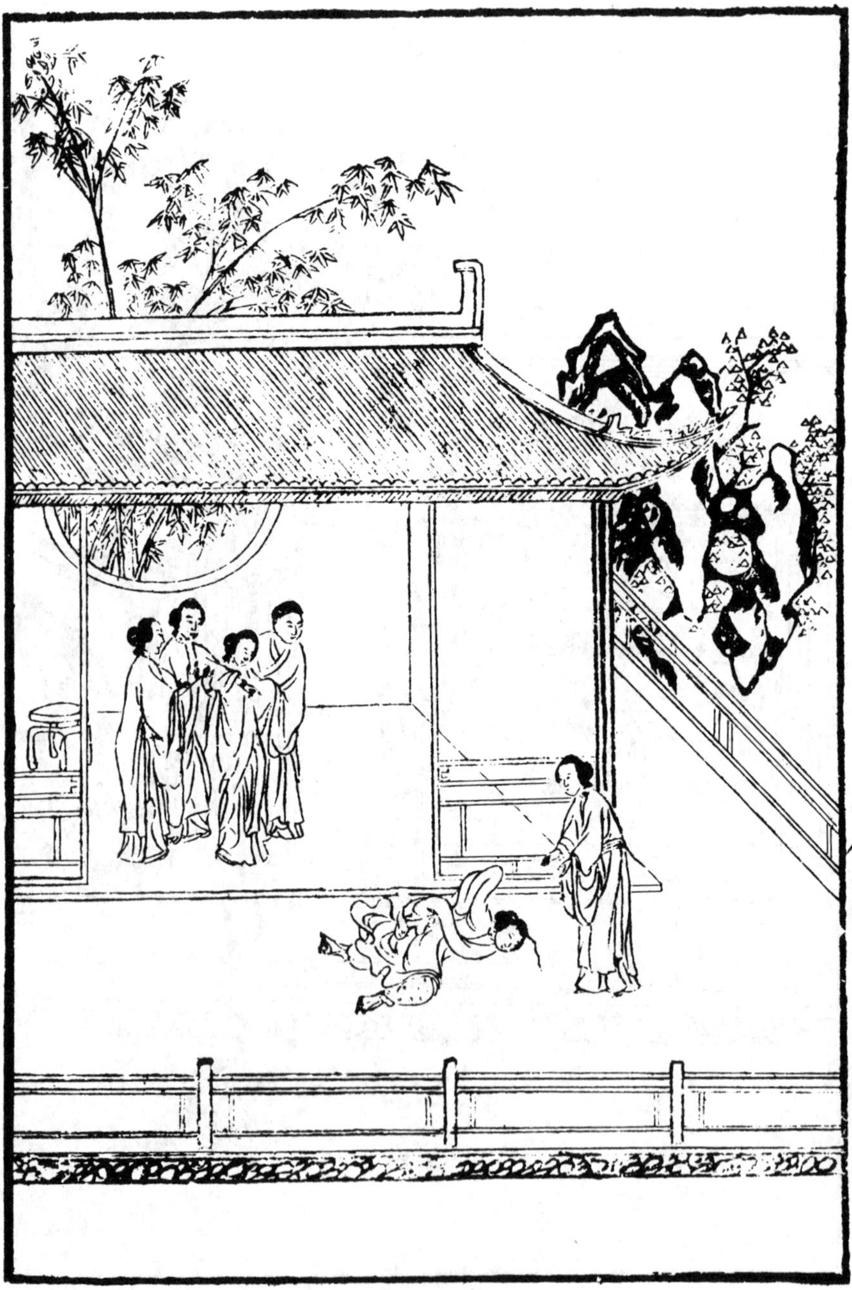

為護短金蓮潑醋

第七十五回　因抱恙玉姐含酸　爲護短金蓮潑醋

詩曰〔一〕：

雙雙蛺蝶繞花溪，半是山南半水西。
故院有情風月亂，美人多怨雨雲迷。
頻開檀口言如織，漫托香腮醉似泥。
莫道佳人太命薄，一鶯啼罷一鶯啼。

老作家，自是騙他不得。

瓶兒之死，金蓮快心滿志，却從此處供

話說月娘聽宣畢《黃氏寶卷》，各房宿歇不題。單表潘金蓮在角門邊撞見西門慶，相攜到房下〔二〕，見西門慶只顧坐在床上，便問：「你怎的不脫衣裳？」那西門慶摟定婦人，笑嘻嘻說道：「我特來對你說聲，我要過那邊歇一夜兒去。你拏那淫器包兒來與我。」婦人罵道：「賊牢，你在老娘手裡使巧兒，拏這面子話兒來哄我！我剛纔不在角門首站着，你過去的不耐煩了，又肯來問我？這是你早辰和那歪剌骨商定了腔兒。嗔道頭裡使他來送皮襖兒，又與我磕了頭。小賊歪剌骨，把我當甚麼人兒，在我手內弄剌子？我還是李瓶兒時，可憐，可嘆。教你活埋我？雀兒不在那窩兒裡，我不醋了！」西門慶笑道：「那裡有此勾當？他不來與你磕個頭兒，你又說他的不是。」婦人沉吟良久，說道：「我放你去便去，欲留餘味。不許你拏了這包子去。和那歪剌骨弄答的出。

一片妬心，却是十分正理。心思問劄（答）無此。

一個心意急，一個慮此防彼。循此事逕庭，而執中則一。

春梅局外，不解個中一種熱□□□宜乎有此。然而心死氣缺，言下可起生乎！

齷齷齪齪的，到明日還要來和我睡，毫不放鬆。好乾凈兒！」西門慶道：「我使慣了，你不與我却怎樣的？」纏了半日，婦人把銀托子掠與他，說道：「你要，拿了這個行貨子去！」西門慶道：「與我這個也罷。」一面接的袖了，趔趄着脚兒往外就走。婦人道：「你過來，我問你：莫非你與他一鋪兒長遠睡？惹的那兩個丫頭也羞耻。無故只是睡那一回兒，還放他另睡去！」西門慶道：「誰和他長遠睡！」說畢就走。婦人又叫回來說道：「你過來，我分付你，慌怎的？」西門慶道：「又說甚麽？」婦人道：「我許你和他睡便睡，不許你和他說甚閒話，教他在俺們跟前欺心大膽的。我到明日打聽出來，你就休要進我這屋裡來，我就把你下截咬下來！」極。西門慶道：「怪小淫婦兒，瑣碎死了！」一直走過那邊去了。春梅便向婦人道：「繇他去，你管他怎的？婆婆口絮，媳婦耳頑。倒没的教人與你爲寃結仇〔三〕，悞了咱娘兒兩個下棋〔四〕。」一面叫秋菊關上角門，放桌兒擺下棋子，兩個下棋不題。

且說西門慶走過李瓶兒房内，掀開簾子，如意兒正與迎春、綉春炕上吃飯，見了西門慶，慌的跳起身來。西門慶道：「你們吃飯。」于是走出明間，李瓶兒影跟前一張交椅上坐下。不一時，如意兒笑嘻嘻走出來，說道：「爹，這裡冷，你往屋裡坐去罷。」這西門慶就一把手摟過來，就親了個嘴，一面走到房中床正面坐了。火爐上頓着茶，迎春連忙點茶來吃了。如意兒在炕邊烤着火兒站立，問道：「爹，你今日没酒，還有頭裏與娘供養的一桌菜兒、一素兒金華酒，留下預備篩來與爹吃。」西門慶道：「下飯你們吃了罷，只拿幾個菓碟兒來，我不吃金華酒。」一面教綉春：「你打個燈籠往藏春軒書房內，還有一罈葡萄酒，你問王經要了來，篩與我吃。」綉春應諾，打着燈籠去了。迎春連忙放桌兒，拿菜兒。如意兒道：「姐，你揭開盒子，等我揀兩樣兒與爹下酒。」于是燈下揀了幾楪精味菓菜擺在桌上。良久，綉春取了酒來，打開篩熱了，如意兒斟在鍾內遞上。西門慶嚐了嚐，十分清美。如意兒就挨近桌邊站立，侍奉斟酒，又親剥炒栗子兒與他下酒。迎春知局，就往後邊閒房內〔三〕，與綉春坐去了。

西門慶見無人在跟前，就叫老婆坐在他膝蓋兒上，摟着與他一遞一口兒飲酒。一面解開他對衿襖兒，露出他白馥馥酥胸，用手揣摸他奶頭，誇道：「我的兒，你達達不愛你別的，只愛你到好白淨皮肉兒，與你娘一般樣兒。我摟你就如同摟着他一般。」如意兒笑道：「爹，沒的說，還是娘的身上白。我見五娘雖好模樣兒，皮膚也中中兒的，紅白肉色兒，不如後邊大娘、三娘到白淨——三娘只是多幾個麻兒。倒是他雪姑娘生得清秀又白淨。」又道：「我有句話對爹說：迎春姐有件正面戴的仙子兒要與我，他要問爹討娘家常戴的金赤虎，正月裡戴，爹與了他罷。」西門慶道：「你沒正面戴的，等我叫銀匠拿金子另打一件與你。你娘的頭面箱兒，你大娘都拿的後邊去了，怎好問他要的！」老婆道：「也罷，你還另打一件赤虎與我罷。」一面走下來，就磕頭謝了。兩個吃了半日酒，如意兒道：「爹，你叫姐來也與他一杯酒吃，惹他不惱麽？」西門慶便叫迎春，不應。老婆親走到厨房內，說道：「姐，爹叫你哩。」迎春一面到跟前，西門慶令如意兒斟了一甌酒與他，又揀了兩筯菜兒放在酒托兒上，那迎春站在傍邊，一面吃了。如

□人提起瓶兒，愛中着想，熱處餘情，當亦情種。小人少得寸地，便有一番批點推敲。金蓮所防在是，彼春梅未之或知也。

意道：「你叫綉春姐來也吃些兒。」迎春去了，回來說道：「他不吃了。」就向炕上抱他鋪蓋，和綉春厨房炕上睡去了。

這老婆陪西門慶吃了一回酒，收拾家火，又點茶與西門慶吃了。原來另預備着一床兒鋪蓋與西門慶睡，都是紬絹被褥〔六〕，扣花枕頭，在薰籠內薰的煖烘烘的。老婆便問：「爹你在炕上睡，床上睡？」西門慶道：「我在床上睡罷。」如意兒便將鋪蓋抱在牀上鋪下，打發西門慶解衣上床。他又在明間內打水洗了牝，掩上房門，將燈移近牀邊，方纔脫衣褲上床，與西門慶相摟相抱，並枕而臥。婦人用手揑弄他那話兒，一邊束着托子〔七〕，猙獰跳腦，又喜又怕。兩個口吐丁香交摟在一處。西門慶見他仰臥在被窩內，脫的精赤條條，恐怕凍着他，又取過他的抹胸兒，替他蓋着胸膛上，兩手執其兩足，極力抽提。老婆氣喘吁吁，被他合得面如火熱，（此景難與不解者說。）又道：「這袛腰子，還是娘在時與我的。」西門慶道：「我的心肝，不打緊處。到明日，鋪子裏拿半個紅段子做小衣兒，穿在身上伏侍我。」老婆道：「可知好哩！」西門慶道：「我只要忘了你今年多少年紀，你姓甚麽，排行幾姐？我只記你男子漢姓熊。」老婆道：「他便姓熊，叫熊旺兒。我娘家姓章，排行第四，今三十二歲。」西門慶道：「我原來還大你一歲。」一壁幹着，一面口中呼叫他：「章四兒，我的兒，你用心伏侍我。等明日後邊大娘生了孩子，你好生看妳着。你若有造化，也生長一男半女，我就扶你起來與我做一房小，就頂你娘的窩兒。你心下何如？」老婆道：「奴男子漢已是沒了，娘家又沒人，奴情愿一心伏侍爹，就死也不出爹這門。若爹可憐

只「雪白腿兒」四字，便足銷魂。金蓮在其下風矣。

合着寵利，丈夫吮癰舐痔者多矣，況婦人女子乎！大廷廣衆之中寡廉喪恥者多矣，況閨榻房幃乎！莫訝，莫笑。

見，可知好哩！」西門慶見他言語兒投着機會，心中越發喜歡，揩着他雪白的兩隻腿兒，只顧沒稜露腦搧幹抽提。抽提的老婆在下無般不叫出來，嬌聲怯怯，星眼濛濛。良久，又令他馬伏在下，直舒雙足，西門慶披着紅綾被騎在他身上，投那話入牝中。燈光下，兩手按着他屁股雪白的，只顧搧打，口中叫：「章四兒，你好生叫着親達達，休要住了，我丟與你罷！」那婦人在下舉股相就，（妙。）真個口中顫聲柔語，呼叫不絕。足頑了一個時辰，西門慶方纔精泄。良久，拽出麈柄來，老婆取帕兒替他揩拭。摟着睡到五更鷄叫時方醒，老婆又替他吮咂。西門慶告他說：「你五娘怎的替我咂，（叫莫要說，又說。）下夜怕我害冷〔八〕，連尿也不教我下來溺，都替我嚥了。」老婆道：「這不打緊，等我也替爹吃了就是了。」（效尤的妙。）這西門慶真個把胞尿都溺在老婆口內。當下兩個綺妮温存，萬千囉唣，合搗了一夜。

次日，老婆先起來開了門，預備火盆，打發西門慶穿衣梳洗出門。到前邊，分付玳安：「教兩名排軍，把捲棚放的流金八仙鼎，寫帖兒擡送到宋御史老爹察院內，交付明白，討回帖來。」又教陳敬濟封了一疋金段、一疋色段，教琴童用毡包拿着，預備下馬，要早往清河口拜蔡知府去。正在月娘房内吃粥，月娘問他：「應二那里，俺們莫不都去？也留一個兒看家。留下他姐在家，陪大妗子做伴兒罷？」西門慶道：「我已預備下五分人情，都去走走罷。左右有大姐在家，陪大妗子就是一般。我已許下應二了。」月娘聽了，一聲兒没言語。李桂姐便拜辭說道：「娘，我今日家去罷？」月娘道：「慌去怎的，再住一日兒不是？」桂姐道：「不瞞娘說，俺媽心裏不自在，家中没人。改日正月間來往兩日兒罷。」拜辭了西門慶。月娘裝了兩盤茶食，又與桂姐一兩銀子，吃了茶，打發出門。

西門慶纔穿上衣服往前邊去，忽有平安兒來報：「荆都監老爹來拜。」西門慶即出迎接，至廳上叙禮。荆都監叩拜堂上道：「久違欠禮，高轉失賀。」西門慶道：「多承厚貺，尚未奉賀。」叙畢契闊之情，分賓主坐下，左右獻上茶湯。荆都監便道：「良騎俟候何往？」西門慶道：「京中太師老爺第九公子——九江蔡知府，昨日巡按宋公祖與工部安鳳山、錢雲野、黄泰宇，都借學生這里作東請他一飯。蒙他具拜帖與我，我豈可不回拜他拜去？誠恐他一時起身去了。」荆都監道：「正是。小弟有一事特來奉瀆：巡按宋公正月間差滿，只怕年終舉劾地方官員，望乞四泉借重與他一説。聞知昨日在宅上吃酒，故此斗胆恃愛。倘得寸進，不敢有忘。」西門慶道：「此是好事，你我相厚，敢不領命！你寫個説帖來。幸得他後日還有一席酒在我這里，等我抵面和他説又好説些。」荆都監連忙下位來，又與西門慶打一躬，道：「多承盛情，啣結難忘！」便道：「小弟已具了履歷手本在此。」一面叫寫字的取出，荆都監親手遞上，與西門慶觀看。上面寫着：「山東等處兵馬都監〔九〕、清河左衛指揮僉事荆忠，年三十二歲，係山後檀州人。由祖後軍功，累陞本衛正千户；從某年繇武舉中式，歷陞今職，管理濟州兵馬。」一一開載明白。西門慶看畢，荆都監又向袖中取出禮帖來遞上，説道：「薄儀望乞笑留！」西門慶見上面寫着「白米二百石」，説道：「豈有此理！這個學生斷不敢領。以此視人，相交何在？」荆都監道：「不然。總

自所難。

鬭氣之根坐此。

若非西門慶覥覥，未免口硬不得。

然四泉不受，轉送宋公也是一般。何見拒之深耶？倘不納，小弟亦不敢奉瀆。」推讓再三，西門慶只得收了。說道：「學生暫且收下。」一面接了，說道：「學生明日與他說了，就差人回報。」茶湯兩換，荆都監拜謝起身去了。西門慶就上馬，琴童跟隨拜蔡知府去了。

却說玉簫打發西門慶出門，就走到金蓮房中說：「五娘，昨日怎的不往後邊去坐？俺娘好不說五娘哩！說五娘聽見爹前邊散了，往屋裏走不迭。昨日三娘生日，就不放往他屋裏去，把攔的爹恁緊。三娘道：『没的羞人子剌剌的，誰耐煩爭他！左右是這幾房裏，隨他串去。』」金蓮道：「我待說就没好口，合瞎了他的眼來？昨日你道他在我屋裏睡來麽？」玉簫道：「前邊老到只娘屋裏，六娘又死了，爹却往誰屋裏去？」金蓮道：「鷄兒不撒尿——各自有去處。死了一個，還有一個頂窩兒的。」玉簫又說：「俺娘又惱五娘問爹討皮襖不對他說。落後爹送鑰匙到房裏，娘說了爹幾句好的。說：『早是李大姐死了，便指望他的；他不死，只好看一眼兒罷了！』」果然。金蓮道：「没的扯那毯淡！有一個漢子做主兒罷了，你是我婆婆？你管着我。我把攔他，我拿繩子拴着他腿兒不成？偏有那些毯聲浪氣的！」玉簫道：「我來對娘說，娘只放在心裏，休要說出我來。今日桂姐也家去了，俺娘收拾戴頭面哩，五娘也快些收拾了罷。」說畢，玉簫後邊去了。這金蓮向鏡臺前搽胭抹粉，插花戴翠，又使春梅後邊問玉樓，今日穿甚顏色衣裳。玉樓道：「你爹嗔換孝，都教穿淺色衣服。」五個婦人會定了，都是白鬏髻珠子箍兒，淺色衣服，惟吳月娘戴着白縐紗金梁冠兒，上穿着沉香遍地金粧花補子襖兒，紗綠遍地金裙。一頂大轎，四頂小轎，排軍喝路，棋童、來安三個跟隨。拜辭了吳大妗子、三位師父、潘姥姥，逕往應伯爵家吃滿月酒去了，不題。

却說如意兒和迎春，有西門慶晚夕來吃的一桌菜，安排停當，還有一壺金華酒，映前。向罈内又打出一壺葡萄酒來，午間請了潘姥姥、春梅，郁大姐彈唱着，在房内做一處吃。吃到中間，也是合當有事，春梅道：「只說申二姐會唱的好《掛真兒》，使個人往後邊去叫他來，好歹教他唱個咱們聽。」迎春纔待使綉春叫去，只見春鴻走來烘火，春梅道：「賊小蠻囚兒，你原來今日没跟轎子去。」春鴻道：「爹派下教王經去了，留我看家。」春梅道：「賊小蠻囚兒，你不是凍的那腔兒，還不尋到這屋裏來烘火。」因叫迎春：「你釃半甌子酒與他吃。」分付：「你吃了替我後邊叫將申二姐來，你就說我要他唱個兒與姥姥聽。」春鴻把酒吃了，一直走到後邊。不想申二姐伴着大妗子、大姐、三個姑子、玉簫，都在上房裏坐的，正吃茶哩。忽見春鴻掀簾子進來，叫道：「申二姐，你來，俺大姑娘前邊叫你唱個曲兒與他聽去哩。」這申二姐道：「你大姑娘在這裏，又有個大姑娘出來了？」春鴻道：「是俺前邊春梅姑娘叫你。」申二姐道：「你春梅姑娘他稀罕怎的，也來叫我？有郁大姐在那里也是一般。我這里唱與大妗奶奶聽哩。」大妗子道：「也罷，申二姐，你去走走再來。」那申二姐坐住了不動身。春鴻一直走到前邊，對春梅說：「我叫他，他不來哩。」春梅道：「你說我叫他，他就來了。」春鴻道：「我說前邊大姑娘叫你，他意思不動，說這是大姑娘，那里又鑽出個大姑娘來了？我說是春梅姑娘，他說：『你春梅姑娘便怎的？有郁大

有此自負，宜其不平愈

甚。

扯得奇。

春梅大膽，口氣自是不凡。

姐罷了，他從幾時來也來叫我？我不得閒，在這里唱與大妗奶奶聽哩！』大妗奶奶到說：『你去走走再來。』他不肯來哩。」這春梅不聽便罷，聽了三尸神暴跳〔一〇〕，五臟氣冲天，一點紅從耳畔起，須臾紫遍了雙腮。衆人攔阻不住，一陣風走到上房裏，指着申二姐一頓大罵道：「你怎麼對着小廝說：『我那里又鑽出個大姑娘來了？稀罕他也來叫我！』你是甚麼總兵官娘子，不敢叫你？俺們在那毛裏夾着，是你擡舉起來，如今從新又出來了？你無非只是個走千家門、萬家户、賊狗攮的瞎淫婦。你來俺家纔走了多少時兒，就敢恁量視人家？你會曉的甚麼好成樣的套數兒，左右是那幾句東溝籬，西溝灞，油嘴狗舌，不上紙筆的那胡歌野詞，就拏班做勢起來！俺家本司三院唱的老婆不知見過多少，稀罕你！韓道國那淫婦家興你，俺這里不興你。——你就學與那淫婦，我也不怕你。好不好趁早兒去，賈媽媽與我離門離户。」那大妗子攔阻說道：「快休要破口。」把申二姐罵的睁睁的，敢怒而不敢言，說道：「爺嚛嚛！這位大姐怎的恁般粗魯性兒？就是剛纔對着大官兒，我也没曾說甚歹話，怎就這般言語，潑口罵出來？此處不留人，更有留人處。」春梅越發惱了，罵道：「賊合遍街、搗遍巷的瞎淫婦，你家有恁好大姐，比是你有恁性氣，不該出來往人家求衣食，唱與人家聽。趁早兒與我走，再也不要來了。」申二姐道：「我没的賴在你家！」春梅道：「賴在我家，叫小廝把髩毛都撏光了你的。」大妗子道：「你這孩兒，今日怎的恁樣兒的？還不往前邊去罷！」那春梅只顧不動身。這申二姐一面哭哭啼啼下炕來，拜辭了大妗子，收拾衣裳包子，也等不的轎子來，央及大妗子，使平安對過叫將畫童兒來，領他往韓道國家去了。春梅罵了一頓，往前邊去了。大妗子看着大姐和玉簫說道：「他敢前邊吃了酒進來？不然如何恁冲言冲語的！罵的我也不好看的了。你叫他慢慢收拾了去就是了，立逼着攆他去了，又不叫小廝領他，十分水深人不過。」玉簫道：「他們敢在前頭吃酒來。」

却說春梅走到前邊，還氣狠狠的向衆人說道：「方纔把賊瞎淫婦兩個耳刮子纔好，他還不知道我是誰哩？叫着他張兒致兒，拿班做勢兒的！」迎春道：「你砍一枝損百枝。忌口些，郁大姐在這里。」春梅道：「不是這等說。像郁大姐在俺家這幾年，大大小小他惡訕了那個來？教他唱個兒，他就唱，那里像這賊瞎淫婦大膽。他記的甚麽成樣的套數？左來右去只是那幾句《山坡羊》、《瑣南枝》，油裏滑言語，上個甚麽擡盤兒也怎的？我纔乍聽這個曲兒也怎的？我見他心裏就要把郁大姐掙下來一般。」郁大姐道：「可不怎的！昨日晚夕，大娘教我唱小曲兒，他就連忙把琵琶奪過去，他要唱。大姑娘你也休怪，他怎知道咱家深淺？他還不知把你當誰人看成。」春梅道：「我剛纔不罵的：『你上覆韓道國老婆那賊淫婦，你就學與他，我也不怕他。』」潘姥姥道：「我的姐姐，你没要緊，氣的恁樣兒的！」如意兒道：「我傾杯兒酒與大姐姐消消兒惱。」迎春道：「我這女兒着惱就是氣。」便道：「郁大姐，你揀套好曲兒，唱個伏侍他。」這郁大姐拿過琵琶來說道：「等我唱個鶯鶯鬧卧房《山坡羊》兒與姥姥和大姑娘聽罷。」如意兒道：「你用心唱，等我斟上酒。」那迎春拿起杯兒酒來，望着春梅道：「罷罷，我的姐姐，你也不要惱了，胡

老人家口角。然亦見其是貧婆常語。春梅熱鬧，迎春冷韻，自此雙鬟可

稱不俗。

亂且吃你媽媽這鍾酒兒罷。」那春梅忍不住笑罵道：「怪小淫婦兒，你又做起我媽媽來了！」又説道：「郁大姐，休唱《山坡羊》，你唱個《江兒水》俺們聽罷〔二〕。」這郁大姐在傍彈着琵琶，慢慢唱「花嬌月豔」，與衆人吃酒不題。

且説西門慶從新河口拜了蔡九知府回來下馬，平安就禀：「今日有衙門裏何老爹差答應的來，請爹明日早進衙門中，拿了一起賊情審問。又本府胡老爹送了一百本新曆日，荆都監老爹差人送了一口鮮猪、一罈豆酒，又是四封銀子。姐夫收下，交到後邊去了。没敢與他回帖兒，晚上他家人還來見爹説話哩。只胡老爹家與了回帖，賞了來人一錢銀子。又是喬親家爹送帖兒，明日請爹吃酒。」玳安兒又拿宋御史回帖兒來回話：「小的送到察院内，宋老爹説，明日還奉價過來。賞了小的并擡盒人五錢銀子、一百本曆日。」西門慶走到廳上，春鴻連忙報與春梅衆人，説道：「爹來家了，還吃酒哩！」春梅道：「怪小蠻囚兒，爹來家隨他來去，管俺們腿事！没娘在家，他也不往俺這邊來。」衆人打夥兒吃酒頑笑，只顧不動身。西門慶到上房，大妗子和三個姑子都往那邊屋裏去了，玉簫向前與他接了衣裳坐下，放卓兒打發他吃飯。教來興兒：「定桌席，三十日與宋巡按擺酒；初一日劉薛二内相、帥府周爺衆位吃慶官酒。」分付去了。玉簫在傍請問：「爹吃酒，篩甚麽酒吃？」西門慶道：「有剛纔荆都監送來的那豆酒，取來打開我嚐嚐，看好不好。」只見來安兒進來禀問接月娘去，玉簫便使他揭開來，打破泥頭，傾在鍾内。遞與西門慶呷了一呷，碧靛般清，其味深長。西門慶令：「斟來我吃。」須臾擺上菜來，西

説得好笑，真見輕薄。

摹寫笑處，便見其胸中有一種賣弄諸姬人物之意。春花之貶，應爲此地。

門慶在房中吃酒。

却説來安同排軍，拿燈籠晚夕接了月娘衆人來家，都穿着皮襖，都到上房來拜西門慶。惟雪娥與西門慶磕頭，起來又與月娘磕頭。拜完了，又都過那邊屋裏去拜大妗子與三個姑子。月娘便坐着與西門慶説話：「應二嫂見俺們都去，好不喜歡！酒席上，有隔壁馬家娘子和應大嫂、杜二娘，也有十來位娘子，叫了兩個女兒彈唱。養了好個平頭大臉的小廝兒。原來他房裏春花兒比舊時黑瘦了好些，只剩下個大驢臉一般的，也不自在哩！今日亂的他家裏大小不安，本等没人手。臨來時，應二哥與俺們磕頭，謝了又謝：多多上覆你，多謝重禮。」西門慶道：「春花兒那成精奴才，也打扮出來見人？」月娘道：「他比那個没鼻子没眼兒？是鬼兒，出來見不的？」西門慶道：「那奴才，撒把黑豆只好教猪拱罷！」月娘道：「我就聽不上你恁説嘴，只你家的好，拿掇的出來見的人！」那王經在傍立著説道：「應二爹見娘們去，先頭不敢出來見，躲在下邊房裡，打窗户眼兒望前瞧，被小的看見了，説道：『你老人家没廉耻，平白瞧甚麽？』他赶着小的打。」西門慶笑的没眼縫兒，説道：「你看這賊花子，等明日他來着，老實抹他一臉粉。」王經笑道：「小的知道了。」月娘喝道：「這小廝别要胡説，他幾時瞧來？平白枉口拔舌的！一日誰見他個影兒，只臨來時纔與俺們磕頭。」王經站了一回出來了。

月娘也起身過這邊屋裏拜大妗子并三個師父，大姐與玉簫衆丫頭媳婦都來磕頭。月娘便問：「怎的不見申二姐？」衆人都不做聲，玉簫説：「申二姐家去了。」月娘道：「他怎的不等我

該惱。

來就去？」大妗子隱瞞不住，把春梅罵他之事說了一遍。月娘就有幾分惱，說道：「他不唱便罷了，這丫頭恁慣的沒張倒置的，平白罵他怎麼的？怪不的俺家主子也沒那正主了，奴才也沒個規矩，成甚麼道理！」望着金蓮道：「你也管他管兒，慣的他通沒些摺兒。」金蓮在傍笑着說道：「也沒見這個瞎曳麼的。風不搖，樹不動，你走千家門萬家户，在人家無非只是唱，人叫你唱個兒，也不失了和氣。誰教他拏班兒做勢的？他不罵他，嫌腥！」月娘道：「你到且是會說話兒的。都像這等，好人歹人都吃他罵了去，也休要管他一管兒了！」金蓮道：「莫不為瞎淫婦打他幾棍兒？」月娘聽了他這句話，氣的他臉通紅了，說道：「慣着他，明日把六隣親戚都教他罵遍了罷！」于是起身走過西門慶這邊來。西門慶便問：「怎麼的？」月娘道：「情知是誰！——你家使的有好規矩的大姐姐，似這般把申二姐罵的去了。」西門慶笑道：「誰教他不唱與他聽來。好混。也不打緊處，到明日使小廝送他一兩銀子，補伏他也是一般。」玉簫道：「申二姐盒子還在這裏沒拿去哩。」月娘見西門慶笑，便說道：「不說教將來嗔喝他兩句，大是。虧你還雌着嘴兒，不知笑的是甚麼？」玉樓、李嬌兒見月娘惱起來，就都先歸房去了，西門慶只顧吃酒。良久，月娘進裏問內脫衣裳摘頭，便問玉簫：「這箱上四包銀子是那里的？」西門慶說：「是荆都監的二百兩銀子，要央宋巡按圖幹陞轉。」玉簫道：「頭裏姐夫送進來，我就忘了對娘說。」月娘道：「人家的還不收進櫃裏去哩。」玉簫一面安放在廚櫃中。

金蓮在那邊屋裏只顧坐的，要等西門慶一答兒往前邊去，今日晚夕要吃薛姑子符藥與他

語出愛憎人口，便是非顛倒。

金蓮出語狠辣，似少平日機變。然非王士有以中之，當不至是。所以成心不可使有。

有此至

交姤，圖壬子日好生子。見西門慶不動身，走來掀着簾兒叫他說：「你不往前邊去，我等不得你，我先去也。」西門慶道：「我兒，你先走一步兒，我吃了這些酒就來。」那金蓮一直往前去了。月娘道：「我偏不要你去，妙。我還和你說話哩。你兩人合穿着一條褲子也怎的？强汗世界〔三〕，巴巴走來我屋裏，硬來叫你。沒廉耻的貨，只你是他的老婆，別人不是他的老婆？你這賊皮搭行貨子，怪不的人說你。一視同仁！都是你的老婆，休要顯出來便好。就吃他在前邊把攔住了，從東京來，通影邊兒不進後邊歇一夜兒，教人怎麽不惱？你冷竈着一把兒，熱竈着一把兒纔好，通教他把攔住了！我便罷了，不和你一般見識，要是此道，原妙。別人他肯讓的過？口兒內雖故不言語，好殺他心兒裏也有幾分惱。夫子自道。今日孟三姐在應二嫂那里，通一日沒吃甚麽兒，不知掉了口冷氣，只害心淒惡心。來家，應二嫂遞了兩鍾酒都吐了。你還不往屋裏瞧他瞧去？」

西門慶聽了，說道：「真個？分付收了家火罷，我不吃酒了。」于是走到玉樓房中，只見婦人已脫了衣裳，摘去首飾，渾衣兒歪在炕上，正倒着身子嘔吐。西門慶見他呻吟不止，慌問道：「我的兒，你心裏怎麽的來？對我說，明日請人來看你。」婦人一聲不言語，只顧嘔吐。被西門慶一面抱起他來，與他坐的。見他兩隻手只揉胸前，便問：「我的心肝，你心裏怎麽？你告訴我。」婦人道：「我害心淒的慌，你問他怎的？你幹你那營生去。」西門慶道：「我不知道。剛纔上房對我說，我纔曉的。」婦人道：「可知你不曉的，雋。俺每不是你老婆，你疼你那心愛的去

情，不宜硬氣。

急態亦急心。

雖月娘一時憤激之言，然一段宜家道理。金蓮則小不忍而亂大謀。可惜，可戒！

金蓮十分熱急，玉樓一味酸柔。熱使人愛，酸使人憐。試看西門慶光景多少之趣，

故處家無僻。

口說不爭，却語冷情凄，猶深于爭。讀之，一回心酸，一回心癢。玉樓、金蓮素稱莫逆，一到此際，含酸帶刺有無限低徊。可見利害一切于己，交情知愛又落第二義矣。

罷。」西門慶于是摟過粉項來親個嘴，說道：「怪油嘴，就徯落我起來。」便叫蘭香：「快頓好苦艷茶兒來，與你娘吃。」蘭香道：「有茶伺候着哩。」一面捧茶上來，西門慶親手拿在他口兒邊吃。婦人道：「犁來等我自吃，會那等喬劬勞、旋蒸熱賣兒的，誰這里爭你哩！雋。今日日頭打西出來，稀罕往俺這屋裏來走一走兒。也有這大娘，平白說怎的，爭出來烞包氣。」西門慶道：「你不知，我這兩日七事八事，心不得個閒。」扯淡得妙。婦人道：「可知你心不得閒，自有那心愛的扯落着你哩。把俺們這僻時的貨兒都打到贅字號聽題去了，後十年挂在你那心裏。」見西門慶嘴搵着他那香腮，便道：「吃的那酒氣，還不與我過一邊去。人一日黃湯辣水兒誰嘗着來，那里有甚麼神思和你兩個纏！」西門慶道：「你没吃甚麼兒，叫丫頭拿飯來咱們吃，我也還没吃飯哩。」婦人道：「你没的說，人這里凄疼的了不得，且吃飯？你要吃，你自家吃去！」西門慶道：「你不吃，我敢也不吃了，咱兩個收拾睡了罷。明日早使小廝請任醫官來看你。」婦人道：「繇他去，請甚麼任醫官、李醫官，教劉婆子來，吃他服藥也好了。」西門慶道：「你睡下，等我替你心口內撲撒撲撒，管情就好了。你不知道，我專一會揣骨捏病。」扯淡得趣。西門慶忽然想起道：「昨日劉學官送了十圓廣東牛黃蠟丸，那藥酒兒吃下極好。」卽使蘭香：「問你大娘要去，在上房磁礶兒內盛着哩。就拿素兒帶些酒來吃了，管情手到病除。」婦人道：「我不好罵出來，你會揣甚麽病？要酒，俺這屋裏有酒。」

不一時，蘭香到上房要了兩丸來，西門慶看篩熱了酒，剥去蠟，裏面露出金丸來，拿與玉樓吃下去。西門慶因令蘭香：「趁着酒，你篩一鍾兒來，我也吃了藥罷。」被玉樓瞅了一眼，嬌絕。說道：「就休要汗邪！你要吃藥，往別人房裏去吃。此人是誰？你這里且做甚麽哩？却這等胡作做。你見我不死，來攛掇上路兒來了。緊要教人疼的魂也没了，還要那等掇弄人。虧你也下般的，誰耐煩和你兩個只顧涎纏！」西門慶笑道：「罷罷，我的兒，我不吃藥了，咱兩個睡罷。」那婦人一面吃畢藥，與西門慶兩個解衣上床同寢。西門慶在被窩内替他手撒撲着酥胸〔三〕，揣摸香乳，一手摟其粉項，問道：「我的親親，此兒亦善修飾。你心口這回吃下藥覺好些？」婦人道：「疼便止了，還有些嘈雜。」西門慶道：「不打緊，消一回也好了。」因說道：「你不在家，我今日兑了五十兩銀子與來興兒，後日宋御史擺酒，初一日燒紙還願心，到初三日，再破兩日工夫把人都請了罷。受了人家許多人情禮物，只顧挨着也不是事。」婦人道：「你請也不在我，不請也不在我。明日三十日，我教小厮來攢帳交與你，隨你交付與六姐，教他管去。也該教他管管兒，却是他昨日說的：『甚麽打緊處，雕佛眼兒便難，等我管！』」西門慶道：「你聽那小淫婦兒，他勉强！着緊處他就慌了。亦發擺過這幾席酒兒，你交與他就是了。」玉樓道：「我的哥哥，誰養的你恁乖！還說你不護他，這些事兒就見出你那心兒來了。擺過酒兒交與他，俺們是合死的？像這清早辰，得梳個頭兒，小厮你來我去，稱銀換錢，氣也掏乾了。饒費了心，那個道個是也怎的！」西門慶道：「我的兒，常言道：當家三年狗也嫌。」說着，一面慢慢搊起這一隻腿兒，妙有措置。跨在肐膊上，摟抱在懷裏，揝着他白生生的小腿兒——穿着大紅綾子的綉鞋兒——說道：「我

金蓮別有所長，無事勉强，西門慶固善于因才任使。道破持家之難，不差一黍。

的兒，你達不愛你別〔一四〕，只愛你這兩隻白腿兒。就是普天下婦人選遍了，也没你這等揉嫩可愛。」詼處帶幾分自愧意，深想乃見。婦人道：「好個説嘴的貨，誰信那棉花嘴兒。可可兒的就是普天下婦人選遍了没有來！不説俺們皮肉兒粗糙，你拿左話兒右説着哩。」西門慶道：「我的心肝，我有句謊就死了我。」婦人道：「行貨子，没要緊賭什麼誓！」好人好心。這西門慶説着就把那話帶上銀托子，插放入他牝中。婦人道：「我説你行行就下道兒來了。」因摸見銀托子，説道：「從多咱三不知就帶上這行貨子了？還不趁早除下來哩！」那西門慶那里肯依，抱定他一隻腿在懷裏，只顧没稜露腦淺抽深送。須臾淫水浸出，往來有聲，如狗㖭糨子一般。婦人一面用絹抹之隨出，口裏不住的作柔顫聲，叫他：「達達，你省可往裏去，奴這兩日好不腰酸，下邊流白漿子出來。」西門慶道：「我到明日問任醫官討服煖藥來你吃，就好了。」

不説兩個在床上歡娛頑耍，單表吳月娘在上房陪着大妗子、三位師父，晚夕坐的説話，因説起春梅怎的駡申二姐，駡的哭涕，又不容他坐轎子去，旋央及大妗子對過叫畫童兒送他往韓道國家去。大妗子道：「本等春梅出來的言語粗魯，饒我那等説着，還刀截的言語駡出來。他怎的不急了？他平昔不曉的恁口潑駡人，我只説他吃了酒。」小玉道：「他們五個在前頭吃酒來。」月娘道：「恁不合理的行貨子，生生把個丫頭慣的恁没大没小的，還嗔人説哩！到明日不管好歹人，都吃他駡了去罷，要俺們在屋裏做甚麽？一個女兒，他走千家門萬家户，教他傳出去好聽？敢説西門慶家那大老婆，也不知怎麽出來的亂世，不知那個是主子，那個是奴才。大是。

不說你們這等慣的没些規矩，恰似俺們不長俊一般，成個甚麽道理！」大妗子道：「隨他去罷，他姑夫不言語〔一五〕，怎好惹氣？」當夜無辭〔一六〕，同歸到房中歇了。

天下事原有此等不奏巧不知趣者，爲可恨耳。

次日，西門慶早起往衙門中去了。潘金蓮見月娘攔了西門慶不放來，又悮了壬子日期，心中甚是不悦。自然。次日老早就使來安叫了一頂轎子，把潘姥姥打發往家去了。要閑的大主意。吳月娘早辰起來，三個姑子要告辭家去，月娘每個一盒茶食、五錢銀子。又許下薛姑子正月裏庵裡打齋，先與他一兩銀子請香燭紙馬，到臘月還送香油白麵、細米素食，與他齋僧供佛。因擺下茶，在上房内管待，同大妗子一處吃。先請了李嬌兒、孟玉樓、大姐，都坐下。問玉樓：「你吃了那蠟丸，心口内不疼了？」玉樓道：「今早吐了兩口酸水，纔好了。」叫小玉往前邊請潘姥姥和五娘來吃點心，玉簫道：「小玉在後邊蒸點心哩，我去請罷。」禍根。于是一直走了前邊金蓮房中，便問他：「姥姥怎的不見？後邊請姥姥和五娘吃茶哩。」金蓮道：「他今日早辰，我打發他家去了。」玉簫說：「怎的不說聲，三不知就去了？」金蓮道：「住的人心淡，只顧住着怎的？」玉簫道：「我拿了塊臘肉兒、四個甜醬瓜茄子與他老人家，誰知他就去了。五娘，你替他老人家收着罷。」于是遞與秋菊，放在抽替内。這玉簫便向金蓮説道：「昨日晚夕五娘來了，俺娘如此這般，對着爹好不說五娘强汗世界，與爹兩個合穿着一條褲子，没廉耻，怎的把攔着爹在前邊不往後邊來。落後把爹打發三娘房裡歇了一夜，又對着大妗子、三位師父，怎的說五娘慣的春梅没規矩，毁罵申二姐，爹到明日還要送一兩銀子與申二姐遮羞。」一五一十說了一遍，這金蓮聽記在心。玉簫先來回月娘說：「姥姥起早往家去了，五娘便來也。」月娘便望着大妗子說道：「你看，昨日說了他兩句兒，今日就使性子，也不進來說聲兒，老早打發他娘去了。我猜姐姐又不知心裡安排着要起甚麼水頭兒哩！」

當下月娘自知屋裡說話，不防金蓮暗走到明間簾下，聽覷多時了。猛可開言說道：「可是大娘說的，我打發了他家去，我好把攔漢子？」月娘道：「是我說來，你如今怎麼我？本等一個漢子，從東京來了，成日只把攔在你那前頭，通不來後邊傍個影兒。原來只你是他的老婆，別人不是他的老婆？行動題起來：『別人不知道，我知道。』就是昨日李桂姐家去了，大妗子問了聲：『李桂姐住了一日兒，如何就家去了？他姑夫因爲甚麼惱他？』我還說：『誰知爲甚麼惱他？』你便就撐着頭兒說：『別人不知道，只我曉的。』你成日守着他，怎麼不曉的！」（扯着處頭頭是道，可見蓄心之久。）金蓮道：「他不往我那屋裡去，我莫不拿猪毛繩子套了他去不成！那個浪的慌了也怎的？」月娘道：「你不浪的慌，他昨日在我屋裡好好兒坐的，你怎的掀着簾子硬入來叫他前邊去，是怎麼說？漢子頂天立地，吃辛受苦，犯了甚麼罪來，你拿猪毛繩子套他？（撮着一句，便可入罪，女流慣用此法。）賤不識高低的貨，俺每倒不言語了，你倒只顧赶人。一個皮襖兒，你悄悄就問漢子討了穿在身上，挂口兒也不來後邊題一聲兒。都是這等起來，俺每在這屋裡放小鴨兒？就是孤老院裡也有個甲頭！一個使的丫頭，和他猫鼠同眠，慣的有些摺兒？不管好歹就罵人。說着你，嘴頭子不伏個燒埋！」金蓮道：「是我的丫頭也怎的？你每打不是！我也在這裡還多着個影兒哩。

兩下蓄心已久，一觸便來，真如雷轟電掣，不假思議，不用安排，可觀可聽，妙，妙。

所以橫爭者，非止此一節。然，所以構爭，何莫非！此一節，婆氣在此，婆心在此。

月娘大是。

只爲如意一宿，寃及金蓮，故氣苦不平乃尔。

善哉，善哉！大爲瓶兒吐氣。卽我胸中鬱結，亦爲一開。

皮襖是我問他要來。莫不只爲我要皮襖開門來？也拿了幾件衣裳與人，那個你怎的就不說了？丫頭便是我慣了他，是我浪了圖漢子喜歡，像這等的卻是誰浪？」吳月娘吃他這兩句觸在心上，便紫漲了雙腮說道：「這個是我浪了？隨你怎的說，我當初是女兒填房嫁他，不是趁來的老婆。月娘亦屬牽强。然相罵到此，不得不搬出矣。故凡人脚根要硬。那沒廉恥趁漢精便浪；俺每真材實料，不浪。」吳大妗子便在跟前攔說：「三姑娘，你怎的？快休舒口！」饒勸着，那月娘口裏話紛紛發出來，說道：「你害殺了一個，只多我了。」孟玉樓道：「耶嚛，耶嚛！大娘，你今日怎的這等惱的大發了，連累俺每，一棒打着好幾個。也沒見這六姐，你讓大娘一句兒也罷了，只顧拌起嘴來了。」大妗子道：「常言道：『要打沒好手，廝罵沒好口。』不爭你姊妹每嚷鬬，俺每親戚在這裏住着也羞。姑娘，你不依我，想是嗔我在這裏，叫轎子來我家去罷！」被李嬌兒一面拉住大妗子。那潘金蓮見月娘罵他這等言語，坐在地下就打滚撒潑，有趣，有趣。好看。妙，妙。自家打幾個嘴巴，妙，妙。頭上髮髻都撞落一邊，放聲大哭叫起來，說道：「我死了罷，要這命做什麼！你家漢子說條念欵說將來，我趁將你家來了。這也不難的勾當，等他來家與了我休書，我去就是了。你趕人不得趕上。」月娘道：「你看就是了，潑脚子貨！別人一句兒還沒說出來，你看他嘴頭子就相淮洪一般。他還打滚兒賴人，莫不等的漢子來家把我別變了！你放恁個刁兒，那個怕你麽？」金蓮道：「你是真材實料的，誰敢辯別你？」月娘越發大怒，說道：「我不真材實料，我敢在這家裡養下漢來？」有得他說。金蓮道：「你不養下漢，誰養下漢來，你就拿主兒來與我！」準道陳敬濟現在。玉樓見兩箇拌的越發不好起來，一面拉金蓮往前邊去，說道：「你恁怪剌剌的，大家都省口些罷了。只顧亂起來，左右是兩句話，教三位師父笑話。你起來，我送你前邊去罷。」那金蓮只顧不肯起來，被玉樓和玉簫一齊扯起來，送他前邊去了。

大妗子便勸住月娘說道：「姑娘，你身上又不方便，好惹氣，分明沒要緊！你姐妹們歡歡喜喜，俺每在這裏住着有光。似這等合氣起來，又不依個勸，却怎樣兒的？」那三個姑子見嚷鬧起來，打發小姑兒吃了點心，包了盒子，告辭月娘衆人。月娘道：「三位師父休要笑話。」薛姑子道：「我的佛菩薩，沒的說，誰家竈內無烟？心頭一點無明火，些兒觸着便生烟。大家儘讓些就罷了。（賊禿，你與王姑爭攬經錢爲何不儘讓？佛法何在？）佛法上不說的好：『冷心不動一孤舟，淨埽靈臺正好修。』若還繩慢鎖頭鬆，就是萬個金剛也降不住。爲人只把這心猿意馬牢拴住了，成佛作祖都打這上頭起。貧僧去也，多有打攪菩薩，好好兒的。」一面打了兩個問訊。月娘連忙還萬福，說道：「空過師父，多多有慢，另日着人送齋襯去。」卽叫大姐：「你和二娘送送三位師父出去，看狗。」于是打發三個姑子出門去了。

有此密口，不信敬者幾人。

月娘陪大妗子坐着，說道：「你看這回氣的我，兩隻肐膊都軟了，手冰冷的，從早辰吃了口清茶，還汪在心裡。」大妗子道：「姑娘，我這等勸你少攬氣，你不依我。你又是臨月的身子，有甚要緊！」月娘道：「嫂子，早是你在這裏住看着，又是我和他合氣？如今犯夜的倒拿住巡更的，我倒容了人，人倒不肯容我。一個漢子，你就通身把攔住了。和那丫頭通同作弊，在前頭

天下人有終身不白而徐俟論定，如瓶兒者，猶不足數。故處世接物，要具兩只明眼，不可當面錯過。

一提起便着自己，并及來旺。仇口固無讐言，然而虛心處良知終自不昧。

幹的那無所不爲的事，人幹不出來的，你幹出來。女婦人家，通把個廉耻也不顧。他燈臺不照自己，還張着嘴兒説人浪。想着有那一個在，成日和那一個合氣，對着俺每千也説那一個的不是，他就是清淨姑姑兒了。單管兩頭和番，曲心矯肚，人面獸心。行説的話兒，就不承認了，賭的那誓詭人子。我洗着眼兒看着他，到明日還不知怎麼樣兒死哩！剛纔擺着茶兒，我還好意等他娘來吃，誰知他三不知的就打發去了。就安排着要嚷的心兒，悄悄兒走來這里聽。聽怎的？那個怕你不成！待等漢子來，輕學重告，把我休了就是了。」小玉道：「俺每都在屋裏守着爐臺站着，不知五娘幾時走來，也不聽見他脚步兒响。」孫雪娥道：「他單會行鬼路兒，脚上只穿毡底鞋，你可知聽不見。想着起頭兒一來時，該和我合了多少氣！背地打夥兒嚼説我，教爹打我那兩頓，娘還説我和他偏生好鬭的。」月娘道：「他活埋慣了人，今日還要活埋我哩。你剛纔不見他那等撞頭打滚撒潑兒，一徑使你爹來家知道，管就把我翻倒底下。」李嬌兒笑道：「大娘没的説，反了世界！」月娘道：「你不知道，他是那九條尾的狐狸精，把好的吃他弄死了，且稀罕我能有多少骨頭肉兒！你在俺家這幾年，雖是個院中人，不像他久慣牢頭。你看他昨日那等氣勢，硬來我屋裡叫漢子：『你不往前邊去，我等不的你，先去。』恰似只他一箇人的漢子一般，就占住了。不是我心中不惱，他從東京來家，就不放一夜兒進後邊來。一個人的生日，也不往他屋裡走走兒去。十個指頭都放在你口内纔罷了！」（十箇指頭不抵一箇此物。）大妗子道：「姑娘，你耐煩！你又常病兒痛兒的，不貪此事，隨他去罷。不爭你爲衆好，與人爲怨結仇。」

勸了一回，玉簫安排上飯來，也不吃，説道：「我這回好頭疼，心口內有些惡沒沒的上來〔一七〕。」教玉簫：「那邊炕上放下枕頭，我且倘倘去。」分付李嬌兒：「你們陪大妗子吃飯。」那日，郁大姐也要家去，月娘分付裝一盒子點心，與他五錢銀子，打發去了。

却説西門慶衙門中審問賊情，到午牌時分纔來家。正值荆都監家人討回帖，西門慶道：「多謝你老爹重禮。如何這等計較？你還把那禮扛將回去，等我明日説成了取家來。」家人道：「家老爹沒分付，小的怎敢將回去！放在老爹這裡，也是一般。」西門慶道：「既恁説，你多上覆，我知道了。」拏回帖，又賞家人一兩銀子。因進上房，見月娘睡在炕上，叫了半日，白不答應。問丫鬟，都不敢説。走到前邊金蓮房裡，見婦人蓬頭撒腦，拿着個枕頭睡。問着又不言語，更不知怎的。一面封銀子，打發荆都監家人去了，走到孟玉樓房中問。玉樓隱瞞不住，只得把月娘和金蓮早辰嚷鬧合氣之事備説一遍〔一八〕。

這西門慶慌了，走到上房，一把手把月娘拉起來，説道：「你甚要緊，自身上不方便，理那小淫婦兒做甚麽！平白和他合甚麽氣？」月娘道：「我和他合氣，是我偏生好鬭尋趁他來？他來尋趁將我來，你問衆人不是。早辰好意擺下茶兒請他娘來吃，他使性子把他娘打發去了，便走來後邊撑着頭兒和我嚷。自家打滾撞頭，鬏髻都踩扁了，皇帝上位的叫，只是沒打在我臉上罷了。若不是衆人拉勸着，是也打成一塊。他平白欺負慣了人，他心裡也要把我降伏下來。行動就説：『你家漢子説條念欸念將我來了，打發了我罷，我不在你家了。』一句話兒出

人之將死，其言也善。只爲瓶兒臨終一言，刻入肺腑。

來，他就是十句説不下來，嘴一似淮洪一般，我拿甚麽骨秃肉兒拌的他過？專會那潑皮賴肉的，氣的我身子軟癱兒熱化。甚麽孩子李子，就是太子也成不的！如今倒弄的不死不活，心口内只是發脹，肚子往下鱉墜着疼，頭又疼，兩隻胳膊都麻了。剛纔桶子上坐了這一回，又不下來。若下來也乾淨了，省的死了做帶累肚子鬼。到半夜尋一條繩子，等我吊死了，隨你和他過去，往後没的又像李瓶兒吃他害死了。我曉的你三年不死老婆，也是大悔氣。」西門慶不聽便罷，聽的説，越發慌了。一面把月娘摟抱在懷裏，説道：「我的好姐姐，你别要和那小淫婦兒一般見識，他識什麽高低香臭？没的氣了你，倒值了多的。我往前邊罵這賊小淫婦兒去。」月娘道：「你還敢罵他？他還要拿猪毛繩子套你哩！」西門慶道：「你教他説，惱了我，吃我一頓好脚。」因問月娘：「你如今心内怎麽的，吃了些甚麽兒没有？」月娘道：「誰嚐着些甚麽兒？大清早辰纔拿起茶，等着他娘來吃，他就走來和我嚷起來。如今心内只發脹，肚子往下鱉墜着疼，腦袋又疼，兩隻胳膊都麻了。你不信，摸我這手，恁半日還没握過來。」西門慶聽了，只顧跌脚，説道：「可怎樣兒的？快着小厮去請任醫官來看看。」月娘道：「請什麽任醫官，隨他去！有命活，没命教他死，纔趁了人的心。什麽好的，老婆是墻上土坯，去了一層又一層。我就死了，把他扶了正就是了。恁個聰明的人兒，當不的家？」西門慶道：「你也耐煩，把那小淫婦兒只當臭屎一般丢着他去便罷了。你如今不請任后溪來看你看，一時氣裹住了這胎氣，弄的上不上，下不下，怎麽了！」月娘道：「這等，叫劉婆子來瞧瞧，吃他服藥，再不，頭上剁兩針，繇他自好了。」西門慶道：「你没的說，那劉婆子老淫婦，他會看甚胎產？叫小廝騎馬快請任醫官來看。」月娘道：「你敢去請，你就請了來，我也不出去。」西門慶不依他，走到前邊，即叫琴童：「快騎馬往門外請任老爹，緊等着，一答兒就來。」琴童應喏，騎上馬雲飛一般去了。

西門慶只在屋裡厮守着月娘，分付丫頭連忙熬粥兒拏上來，勸他吃，月娘又不吃。等到後晌時分，琴童空回來說：「任老爹在府裡上班未回來。他家知道咱這裏請，說明日任老爹絕早就來了。」月娘見喬大户一替兩替來請，便道：「大約已是明日來了，你往喬親家那里去罷。天晚了，你不去，惹的喬親家怪。」西門慶道：「我去了，誰看你？」月娘笑道：「傻行貨子，誰要你做恁個腔兒！你去，我不妨事。等我消一回兒，慢慢閘閫着起來，與大妗子坐的吃飯，你慌的是些甚麼？」西門慶令玉簫：「快請你大妗子來，和你娘坐的。」又問：「郁大姐在那里？叫他唱與娘聽。」玉簫道：「郁大姐往家去，不耐煩了。」西門慶道：「誰教他去來？留他再住兩日兒也罷了。」趕着玉簫踢了兩脚。月娘道：「他見你家反宅亂，要去，管他腿事。」玉簫道：「正經罵申二姐的倒不踢。」

那西門慶只做不聽見，一面穿了衣裳，往喬大户家吃酒去了。未到起更時分就來家，到了上房，月娘正和大妗子、玉樓、李嬌兒四人坐的。大妗子見西門慶進來，忙往後邊去了。西門慶便問月娘道：「你這咱好些子麽〔一九〕？」月娘道：「大妗子陪我吃了兩口粥兒，心口内不大十分脹了，還只有些頭疼腰酸。」西門慶道：「不打緊，明日任后溪來看，吃他兩服藥，解散散氣，安安胎，就好了。」月娘道：「我那等樣教你休請他，你又請他。白眉赤眼教人家漢子來做甚麽？你明日看我出去不出去！」因問：「喬親家請你做甚麽？」西門慶道：「他說我從東京來了，與我坐坐。今日他也費心整治許多菜蔬，叫兩個唱的，落後又邀過朱臺官來陪我。我熱着你，心裡不自在，吃了幾鍾酒，老早就來了。」月娘道：「好個說嘴的貨，我聽不上你這巧言花語，可可兒就是熱着我來？我是那活佛出現，也不放在你那心上，就死了也不值個破沙鍋片子。」又問：「喬親家再没和你說什麽話？」西門慶方告說：「喬親家如今要趁着新例，上三十兩銀子納個義官。銀子也封下了，教我對胡府尹說。我說：『不打緊，胡府尹昨日送了我一百本曆日，我還没曾回他禮。等我送禮時，稍了帖子與他，問他討一張義官劄付來與你就是了。』他不肯，他說納些銀子是正理。如今央這里分上討討兒，免上下使用，也省十來兩銀子。」月娘道：「既是他央及你，替他討討兒罷。你没拿他銀子來？」西門慶道：「他銀子明日送過來，還要買分禮來，我止住他了。到明日，咱僉一口猪、一罈酒送胡府尹就是了。」說畢，西門慶晚夕就在上房睡了一夜。

到次日，宋巡按擺酒，後廳筵席治酒，裝定菓品。大清早辰，本府已差撥了兩院三十名官身樂人、兩名伶官、四名排長，領着來西門慶宅中答應。只見任醫官從早辰就騎馬來了，西門慶忙迎到廳上陪坐，道連日闊懷之事。任醫官道：「昨日盛使到，學生該班，至晚纔來家，見尊刺，今日不俟駕而來。敢問何人欠安？」西門慶道：「大賤内偶然有些失調，請后溪一診。」須臾茶至，吃了茶。任醫官道：「昨日聞得明川説老先生恭喜，容當奉賀。」西門慶道：「菲才備員而已，何賀之有！」一面西門慶分付：「後邊對你大娘説：『任老爹來了，明間內收拾。』」琴童應諾，到後邊。

大妗子、李嬌兒、孟玉樓都在房內，只見琴童來説：「任醫官來了，爹分付教收拾明間裡坐的。」月娘只不動身，説道：「我説不要請他，平白教將人家漢子，睜着活眼，把手揑腕的，不知做甚麽！叫劉媽媽子來，吃兩服藥，繇他好了。好這等摇鈴打鼓的，好與人家漢子喂眼！」玉樓道：「大娘，已是請人來了，你不出去，却怎樣的！莫不回了人去不成？」大妗子又在傍邊勸着説：「姑娘，他是個太醫，你教他看看你這脉息，還知道你這病源，不知你爲甚起氣惱，傷犯了那一經，吃了他藥，替你分理理氣血，安安胎氣也好。劉婆子他曉的甚麽病源脉理？一時就悮怎了！」月娘方動身梳頭，戴上冠兒，玉簫拿鏡子，孟玉樓跳上炕去，替他拏抿子掠後髩，李嬌兒替他勒鈿兒，孫雪娥預備拏衣裳。不一時，打扮的粉粧玉琢。正是：

羅浮仙子臨凡世，月殿嬋娟出畫堂。

校記

〔一〕「詩曰」，內閣本、首圖本無。

〔二〕「房下」，底本殘缺，從吳藏本。內閣本、天圖本、首圖本作「房中」。按張評本、詞話本作「房中」。

〔三〕「爲寃結仇」，底本殘缺，從內閣本、天圖本。吳藏本作「爲寃結寃」。

〔四〕「咱娘兒兩個」，底本殘缺，從内閣本。吳藏本無「咱」字。

〔五〕「閒房」，内閣本、首圖本作「厨房」。按張評本作「閒房」，詞話本作「厨房」。

〔六〕「紬絹被褥」，内閣本、首圖本作「絞綃被褥」。按張評本同底本，詞話本作「綾絹被褥」。

〔七〕「一邊」，内閣本、首圖本作「上邊」。「束着托子」，原作「東着托子」，據内閣本改。

〔八〕「下夜」，内閣本、首圖本作「半夜」。按張評本作「下夜」，詞話本作「半夜」。

〔九〕「山東」，原作「出東」，據内閣、首圖等本改。

〔一〇〕「三尸神」，原作「二尸神」，據内閣、吳藏等本改。

〔一一〕「俺們」，原作「俺個」，據内閣、吳藏等本改。

〔一二〕「强汗世界」，原作「强汙世界」，據内閣本改。按張評本作「强污世界」，詞話本作「强汗世界」。

〔一三〕「撒撲」，吳藏本作「撲撒」。

〔一四〕「不愛你别」，吳藏本作「不愛你别的」。按張評本作「不愛你别的」，詞話本作「不愛你别」。

〔一五〕「姑夫」，吳藏本作「姑丈」。

〔一六〕「無辭」，「辭」字漫漶，爲墨筆描補。内閣本、首圖本作「説語」，吳藏本作「無話」。按張評本作「無詞」，詞話本作「無語」。

〔一七〕「惡没没的」，崇禎諸本同。按張評本作「惡泛泛的」，詞話本作「惡没没的」。

〔一八〕「備説」，原作「住説」，據内閣、吳藏等本改。

〔一九〕「好些子」，内閣本、首圖本作「好些了」。

第七十六回 春梅嬌撒西門慶

畫童哭躲溫葵軒

新刻繡像批評金瓶梅卷之十六[一]

第七十六回　春梅姐嬌撒西門慶　畫童兒哭躲温葵軒

詩曰[二]：

相勸頻携金粟杯，莫將閒事繫柔懷。
年年只是人依舊，處處何曾花不開。
歌詠且添詩酒興，醉酣還命管絃來。
尊前百事皆如昨，簡點惟無温秀才。

人情之常。

話説西門慶見月娘半日不出去，又親自進來催促，見月娘穿衣裳，方纔請任醫官進明間內坐下。少頃，月娘從房內出來，望上道了萬福。慌的任醫官躲在傍邊，屈身還禮。月娘就在對面椅上坐下。琴童安放桌兒錦裀，月娘向袖口邊伸玉腕，露青葱，教任醫官胗脈。良久胗完，月娘又道個萬福，抽身回房去了。房中小厮拿出茶來。吃畢茶，任醫官説道：「老夫人原來稟的氣血弱，尺脉來的浮澀。雖是胎氣，有些榮衛失調，易生嗔怒，又動了肝火。如今頭目不清，中膈有些阻滯煩悶[三]，四肢之內，血少而氣多。」月娘使出琴童來説：「娘如今只是有

明醫。

些頭疼心脹，肐膊發麻，肚腹往下墜着疼，腰酸，吃飲食無味。」任醫官道：「我已知道，說得明白了。」西門慶道：「不瞞后溪說，房下如今見懷臨月身孕，因着氣惱，不能運轉，滯在胸膈間。望乞老先生留神加減一二，足見厚情。」任醫官道：「豈勞分付，學生無不用心。此去就奉過安胎理氣和中養榮蠲痛之劑來。老夫人服過，要戒氣惱，此第一着。就厚味也少吃。」西門慶道：「望乞老先生把他這胎氣好生安一安。」任醫官道：「已定安胎理氣，養其榮衛，不勞分付，學生自有斟酌。」西門慶復說：「學生第三房下有些肚疼，望乞有暖宮丸藥并見賜些。」任醫官道：「學生謹領，就封過來。」說畢起身，走到前廳院內，見許多教坊樂工伺候，因問：「老翁，今日府上有甚事？」西門慶道：「巡按宋公連兩司官請巡撫侯石泉老先生，在舍擺酒。」這任醫官聽了，越發駭然尊敬，在前門揖讓上馬，打了恭又打恭，比尋常不同，倍加敬重。西門慶送他回來，隨即封了一兩銀子、兩方手帕，使琴童騎馬討藥去。

是誰之過歟？

李嬌兒、孟玉樓衆人，都在月娘屋裏裝定菓盒，搽抹銀器，因說：「大娘，你頭裡還要不出去，怎麽他看了就知道你心中的病？」月娘道：「甚麽好成樣的老婆，由他死便死了罷。可是他說的：『你是我婆婆？無故只是大小之分罷了，我還大他八個月哩！漢子疼我，你只好看我一眼兒罷了。』他不討了他口裡話，他怎麽和我大嚷大鬧？若不是你們攛掇我出去，我後十年也不出去。隨他死，教他死去！常言道：一鷄死，一鷄鳴，新來鷄兒打鳴忒好聽〔四〕。猛然念及瓶兒。我死了，憑他立起來〔五〕，也不亂，也不嚷，纔拔了蘿葡地皮寬！」玉樓道：「大娘，耶嚛，耶嚛！那里

揣摩而成，月娘亦有蘇張之口。

玉樓善于

說詞。

千古格言，不獨爲金蓮解釋。

丈夫怒時言語，出口便忘，一到女子，偏偏記得。筆之所至，何所不有？

亦自有

有此話，俺每就替他賭個大誓。這六姐，不是我說他，有些不知好歹。行事要便勉强，恰似咬羣出尖兒的一般，一個大有口没心的行貨子。未必。大娘你惱他〔六〕，可知錯惱了哩。」月娘道：「他是比你没心？他一團兒心機！他怎的會悄悄聽人，行動拿話兒譏諷人。」玉樓道：「娘，你是個當家人，惡水缸兒，不恁大量些，卻怎樣兒的！常言：一個君子待了十個小人。你手放高些，他敢過去了；你若與他一般見識起來，他敢過不去。」月娘道：「只有了漢子與他做主兒，着那大老婆且打靠後。」玉樓道：「哄那個哩？如今像大娘心裡恁不好，他爹敢往那屋裡去麽？」月娘道：「他怎的不去？可是他說的，他屋裡拿猪毛繩子套他。不去？一個漢子的心，如同没籠頭的馬一般。他要喜歡那一個，只喜歡那個，誰敢攔他？攔他，又說是浪了。」玉樓道：「罷麽，大娘，你已是說過，通把氣兒納納兒。等我教他來與娘磕頭，賠個不是。趁着他大妗子在這里，你們兩箇笑開了罷。你不然，教他爹兩下里不作難？就行走也不方便。但要往他屋裡去，又怕你惱〔七〕；若不去，他又不敢出來。今日前邊恁擺酒，俺們都在這里定菓盒，忙的了不得，他倒落得在屋裡躲猾兒。俺每也饒不過他。大妗子，我說的是不是？」大妗子道：「姑娘，也罷，他三娘也說的是。不爭你兩個話差，只顧不見面，教他姑夫也難，兩下里都不好行走的。」月娘通一聲也不言語。

孟玉樓抽身就往前走。乖。月娘道：「孟三姐，不要叫他去，隨他來不來罷。」玉樓道：「他不敢不來。若不來，我可拿猪毛繩子套了他來。」趣。一直走到金蓮房中，見他頭也不梳，把臉

理。

黃着，坐在炕上。玉樓說：「五姐〔八〕，你怎的裝憨兒？把頭梳起來。今日前邊擺酒，後邊恁忙亂，你也進去走走兒，怎的只顧使性兒起來？剛纔如此這般，俺每勸了他這一回。你去到後邊，把惡氣兒揣在懷裏，將出好氣兒來，看怎的與他下個禮，賠個不是兒罷。你我既在矮簷下，怎敢不低頭。常言：甜言美語三冬暖，惡語傷人六月寒。你兩個已是見過話，只顧使性兒到幾時？人受一口氣，佛受一爐香。你去與他賠個不是兒，天大事都了了。不然，你不教他爹兩下里也難。待要往你這邊來，他又惱。」金蓮道：「耶嚛，耶嚛！我拿甚麽比他？原是。可是他說的，他是真材實料，正經夫妻。你我都是趁來的露水，能有多大湯水兒？比他的脚指頭兒也比不的兒。」玉樓道：「你又說，我昨日不說的，一棒打三四個人。就是後婚老婆，也不是趁將來的，當初也有個三媒六證，難道只恁就跟了往你家來！砍一枝，損百株。就是六姐惱了你，還有沒惱你的。有勢休要使盡，有話休要說盡。凡事看上顧下，留些兒防後纔好。不管蝗蟲螞蚱〔九〕，一例都說着。對着他三位師父、郁大姐，人人有面，樹樹有皮，俺每臉上就沒些血兒？他今日也覺不好意思的。只是你不去，卻怎樣兒的？少不的逐日唇不離腮，還在一處兒。你快些把頭梳了，咱兩箇一答兒到後邊去。」那潘金蓮見他恁般說，尋思了半日，忍氣吞聲，鏡臺前拿過抿鏡，只抿了頭，戴上鬏髻〔一〇〕，穿上衣裳，同玉樓徑到後邊上房來。

玉樓掀開簾兒先進去，說道：「大娘，我怎的走了去就牽了他來？他不敢不來！」便道：「我兒，還不過來與你娘磕頭！」在傍邊便道：「親家，孩兒年幼，不識好歹，冲撞親家。高擡貴手，

此一語足動金蓮。

刺心語一兩言便了，千古說法也。

可憐英雄失勢時，不知爲此四字束縛多少。

玉樓戲

臉。

雖謔語，然道着金蓮實病。

可憐英雄失地，不得不違心徇物者，類然也。

黜陟賢否，朝廷鉅典，乃咨及市井之人。甚

將就他罷。饒過這一遭兒，到明日再無禮，犯到親家手裡，隨親家打，我老身也不敢說了。」戲臉。那潘金蓮與月娘磕了四個頭，跳起來趕着玉樓打道：「汗邪了你這麻淫婦，你又做我娘來了。」連衆人都笑了，那月娘忍不住也笑了。好人。玉樓道：「賊奴才，你見你主子與了你好臉兒，就抖毛兒打起老娘來了。」大妗子道：「你姐妹們笑開，恁歡喜歡喜卻不好？就是俺這姑娘，一時間一言半語聒聒你們，大家厮擡厮敬，儘讓一句兒就罷了。常言：牡丹花兒雖好，還要綠葉扶持。」月娘道：「他不言語，那個好說他？」金蓮道：「娘是個天，俺每是箇地。娘容了俺每，俺每骨禿扠着心裡。」玉樓打了他肩背一下，說道：「我的兒，你這回纔像老娘養的。且休要說嘴，俺每做了這一日活，也該你來助助忙兒。」這金蓮便向炕上與玉樓裝定菓盒，不在話下。

琴童討將藥來，西門慶看了藥帖，就叫送進來與月娘、玉樓。月娘便問玉樓：「你也討藥來？」玉樓道：「還是前日那根兒，下首裡只是有些怪疼，我教他爹對任醫官說，稍帶兩服丸子藥來我吃。」月娘道：「你還是前日空心掉了冷氣了，那裡管下寒的是！」

按下後邊，却說前廳宋御史先到了，西門慶陪他在捲棚內坐。宋御史深謝其爐鼎之事：「學生還當奉價。」西門慶道：「奉送公祖猶恐見却，豈敢云價！」宋御史道：「這等，何以克當。」一面又作揖致謝。茶罷，因說起地方民情風俗一節，西門慶大畧可否而答之。次問及有司官員，西門慶道：「卑職只知本府胡正堂民望素著，李知縣吏事克勤。其餘不知其詳，不敢妄說。」宋御史問道：「守備周秀曾與執事相交，爲人却也好不好？」西門慶道：「周總兵雖歷練老成，還不如濟州荆都監，青年武舉出身，才勇兼備。公祖倒看他看。」宋御史道：「莫不是都監荆忠？執事何以相熟？」西門慶道：「他與我有一面之交。昨日遞了個手本與我，望乞公祖青盼一二〔一二〕。」宋御史道：「我也久聞他是個好將官。」又問其次者，西門慶道：「卑職還有妻兄吳鎧，見任本衙右所正千户之職。昨日委管修義倉，例該陞指揮，亦望公祖提拔，實卑職之沾恩惠也。」宋御史道：「既是令親，到明日類本之時，不但加陞本等職級，我還保舉他見任管事。」西門慶連忙作揖謝了，因把荆都監并吳大舅履歷手本遞上。宋御史看了，即令書吏收執，分付：「到明日類本之時，呈行我看。」那吏典收下去了。西門慶又令左右悄悄遞了三兩銀子與他，不在話下。

矣，錢神可畏而官箴可笑也！

正說話間，前廳鼓樂响，左右來報：「兩司老爺都到了。」慌的西門慶卽出迎接，到廳上叙禮。這宋御史慢慢纔走出花園角門。衆官見禮畢數觀看〔一三〕，正中擺設大插卓一張，五老定勝方糖，高頂簇盤，甚是齊整，周圍卓席俱豐勝，心中大悦。都望西門慶謝道：「生受，容當奉補。」宋御史道：「分資誠爲不足〔一三〕，四泉看我分上罷了，諸公也不消奉補。」西門慶道：「豈有此理。」一面各分次序坐下，左右拿上茶來。衆官又一面差官邀去。

看看等到午後，只見一疋報馬來到，說：「侯爺來了。」這裡兩邊鼓樂一齊响起，衆官都出大門迎接，宋御史只在二門裡相候。不一時，藍旗馬道過盡，侯巡撫穿大紅孔雀，戴貂鼠暖耳，渾金帶，坐四人大轎〔一四〕，直至門首下轎。衆官迎接進來。宋御史亦换了大紅金雲白豸員領，犀角帶，相讓而入。到於大廳上，敘畢禮數，各官廷參畢，然後是西門慶拜見。侯巡撫因前次擺酒請六黄太尉，認得西門慶，即令官吏拿雙紅「友生侯濛」單拜帖，遞與西門慶。西門慶雙手接了，分付家人捧上去。一面參拜畢，寬衣上坐。衆官兩傍僉坐，宋御史居主位。奉畢茶，堦下動起樂來。宋御史遞酒簪花，捧上尺頭，隨即擡下卓席來，裝在盒内，差官吏送到公廳去了。然後上座，獻湯飯，割獻花猪，俱不必細説。先是教坊弔隊舞，撮弄百戲，十分齊整。然後纔是海鹽子弟上來磕頭，呈上關目揭帖。侯公分付搬演《裴晉公還帶記》。唱了一摺下來，又割錦纏羊。端的花簇錦攢，吹彈歌舞，簫韶盈耳〔一五〕，金貂滿座。有詩爲証：

華堂非霧亦非烟，歌遏行雲酒滿筵。
不但紅娥垂玉珮，果然緑鬢插金蟬。

侯巡撫只坐到日西時分，酒過數巡，歌唱兩摺下來，令左右拿五兩銀子，分賞厨役、茶酒、樂工、脚下人等，就穿衣起身。衆官俱送出大門，看着上轎而去。回來，宋御史與衆官謝了西門慶，亦告辭而歸。

西門慶送了回來，打發樂工散了。因見天色尚早，分付把卓席休動，一面使小厮請吴大舅并温秀才、應伯爵、傅夥計、甘夥計、賁第傳、陳敬濟來坐，聽唱。又拿下兩卓酒餚，打發子弟吃了。等的人來，教他唱《四節記·冬景·韓熙載夜宴陶學士》，擡出梅花來，放在兩邊卓上，賞梅飲酒。先是三夥計來傍邊坐下。不一時，温秀才也過來了，吴大舅、吴二舅、應伯爵都來了。應伯爵與西門慶唱喏：「前日空過衆位嫂子，又多謝重禮。」西門慶笑罵道：「賊天没的狗材〔一六〕，你打窗户眼兒内偷瞧的你娘們好！」應出，趣甚。伯爵道：「你休聽人胡説，豈有此理。我想來也没人——」指王經道：「就是你這賊狗骨秃兒，乾淨來家就學舌。我到明日把你這小狗骨秃兒肉也咬了。」説畢，吃了茶。

無意中却便供出。

吴大舅要到後邊，西門慶陪下來，向吴大舅如此這般説：「對宋大巡已替大舅説，他看了揭帖，交付書辦收了。我又與了書辦三兩銀子，連荆大人的都放在一處。他親口許下，到明日類本之時，自有意思。」吴大舅聽見，滿心歡喜，連忙與西門慶唱喏：「多累姐夫費心。」西門慶道：「我就説是我妻兄，他説既是令親，我已定見過分上。」于是同到房中，見了月娘。月娘與他哥道萬福。大舅向大妗子説道：「你往家去罷了，家裡没人，如何只顧不去了？」大妗子道：「三姑娘留下，教我過了初三日去哩。」吴大舅道：「既是姑娘留你，到初四日去便了。」説畢，來到前邊，同衆坐下飲酒。不一時，下邊戲子鑼鼓响動，搬演《韓熙載夜宴·郵亭佳遇》。正在熱鬧處，忽見玳安來説：「喬親家爹那里，使了喬通在下邊請爹説話。」西門慶隨即下席見喬通。喬通道：「爹昨日晚空過親家爹〔一七〕，使我送那援納例銀子來，一封三十兩。另外又拿着五兩與吏房使用。」西門慶道：「我明日早封過與胡大尹，他就與了劄付來。又與吏房銀子做甚麽？你還帶回去。」一面分付玳安〔一八〕，拿酒飯點心管待喬通，打發去了。

話休饒舌，當日唱了「郵亭」兩摺，有一更時分，西門慶前邊人散了，看收了家火，就進入月娘房來。大妗子正坐的，見西門慶進來，連忙往那邊屋裡去了。西門慶因向月娘說：「我今日替你哥如此這般對宋巡按說，他許下除加陞一級，還教他見任管事，就是指揮僉事。我剛纔已對你哥說了，他好不喜歡。只在年終就題本。」月娘便道：「没的說，他一個窮衛家官兒，那裡有二三百兩銀子使？」西門慶道：「誰問他要一百文錢兒！我就對宋御史說是我妻兄，他親口既許下，無有個不做分上的。」月娘道：「隨你與他幹，我不管你。」西門慶便問玉簫：「替你娘煎了藥，拿來我瞧着，打發你娘吃了罷。」月娘道：「你去，休管他，等我臨睡自家吃。」那西門慶纔待往外走，被月娘又叫回來，問道：「你往那去？若是往前頭去，趁早兒不要去。他頭裡與我陪過不是了，只少你與他陪不是去哩。」西門慶道：「我不往他屋裡去。」月娘道：「你不往他屋裡去，往誰屋裡去？那前頭媳婦子跟前也省可去。惹的他昨日對着大妗子，好不拿話兒咂我，說我縱容着你要他，圖你喜歡哩。你又恁没廉耻的。」西門慶道：「你理那小淫婦兒怎的。」罵處多露愛心。月娘道：「你只依我說，今日偏不要你往前邊去，也不要你在我這屋裡，你往下邊李嬌姐房裡睡去。隨你明日去不去，我就不管了。」西門慶見恁說，無法可處，只得往李嬌兒房裡歇了一夜。

金蓮之陪禮爲此着也，偏不許去，大煞風景。

到次日，臘月初一日，早往衙門中同何千户發牌陞廳畫卯，發放公文。一早辰纔來家，又打點禮物猪酒并三十兩銀子，差玳安往東平府送胡府尹去。胡府尹收下禮物，即時封過劄付來。西門慶在家請了陰陽徐先生，廳上擺設猪羊酒菓，燒紙還願心畢，打發徐先生去了。因見玳安到了，看了回帖，劄付上面用着許多印信，填寫喬洪本府義官名目。一面使玳安送兩盒胙肉與喬大户家，就請喬大户來吃酒，與他劄付瞧。又分送與吳大舅、温秀才、應伯爵、謝希大并衆夥計，每人都是一盒，不在話下。一面又發帖兒，初三日請周守備、荊都監、張團練、劉薛二内相、何千户、范千户、吳大舅、喬大户、王三官兒，共十位客，叫一起雜耍樂工，四個唱的。

那日孟玉樓攢了帳，遞與西門慶，就交代與金蓮管理，他不管了。因來問月娘道：「大娘，你昨日吃了藥兒可好些？」月娘道：「怪不的人說怪浪肉，平白教人家漢子捏了捏手，今日好了，頭也不疼，心口也不發脹了。」玉樓笑道：「大娘，你原來只少他一捏兒。」連大妗子也笑了。西門慶拿了攢的帳來，又問月娘。月娘道：「該那個管，你交與那個就是了，來問我怎的！誰肯讓的誰？」這西門慶方打帳兑三十兩銀子、三十吊錢，交與金蓮管理，不在話下。

月娘亦有此妙想。

想見西門慶百種虛心，月娘一番冷臉，如畫如睹。應轉前番，一語作結。

良久，喬大户到了。西門慶陪他廳上坐的，如此這般，拿胡府尹劄付與他看。看見上寫義官喬洪名字，「援例上納白米三十石，以濟邊餉」，滿心歡喜，連忙向西門慶打恭致謝：「多累親家費心，容當叩謝。」因叫喬通：「好生送到家去。」又說：「明日若親家見招，在下有此冠帶，就敢來陪。」西門慶道：「初三日親家好歹早些下降。」一面吃茶畢，分付琴童：「西廂書房裡放桌兒，親家請那裡坐，還暖些。」同到書房，纔坐下，只見應伯爵到了。斂了幾分人情，交與西門慶說：「此是列位奉賀哥的分資。」西門慶接了，看頭一位就是吳道官，其次應伯爵、謝希大、祝實念、孫寡嘴、常峙節、白賚光、李智、黃四、杜三哥，共十分人情。西門慶道：「我這邊還有吳二舅、沈姨夫，門外任醫官、花大哥并三個夥計、温葵軒，也有二十多人。就在初四日請罷。」一面令左右收進人情去，使琴童兒：「拿馬請你吳大舅來，陪你喬親家爹坐。」因問：「温師父在家不在？」來安兒道：「温師父不在家，望朋友去了。」不一時，吳大舅來到，連陳敬濟五人共坐，把酒來斟。桌上擺列許多下飯。飲酒中間，西門慶因向吳大舅說：「喬親家恭喜的事，今日已領下劄付來了。容日我這裡備禮寫文軸，咱每從府中迎賀迎賀。」喬大户道：「惶恐。甚大職役，敢起動列位親家費心。」忽有本縣衙差人送曆日來了，共二百五十本。西門慶拿回帖賞賜，打發來人去了。應伯爵道：「新曆日俺每不曾見哩。」西門慶把五十本拆開，與喬大户、吳大舅、伯爵三人分了。伯爵看了看，開年改了重和元年，該閏正月。

不說當日席間猜枚行令，飲酒至晚，喬大户先告家去。西門慶陪吳大舅、伯爵坐到起更時分方散。分付伴當：「早伺候備馬，邀你何老爹到我這裡起身，同往郊外送侯爺。」留下四名排軍，與來安、春鴻兩個跟大娘轎，往夏家去。」說畢，就歸金蓮房中來。那婦人未等他進房，就先摘了冠兒，亂挽烏雲，花容不整，朱粉懶施，渾衣兒揾在床上。房内燈兒也不點，靜悄悄的。西門慶進來便叫春梅，不應。只見婦人睡在床上，叫着只不做聲。西門慶便坐在床上問道：「怪油嘴，你怎的恁個腔兒？」也不答應。被西門慶用手拉起他來，說道：「你如何悻悻的？」那婦人便做出許多喬張致來，把臉扭着，止不住紛紛香腮上滾下淚來。那西門慶就是鐵石人，也把心來軟了。（自然。）連忙一隻手摟着他脖子說：「怪油嘴，好好兒的，平白你兩個合甚麼氣？」那婦人半日方回說道：「誰和他合氣來？他平白尋起個不是，對着人罵我是攔漢精，趁漢精，趁了你來了。他是真材實料，正經夫妻，誰教你又到我這屋裡做甚麼？你守着他去就是了，省的我把攔着你，說你來家只在我這房裡纏。早是肉身聽着，你這幾夜只在我這屋裡睡來？白眉赤眼兒的嚼舌根。一件皮襖，也說我不問他，擅自就問漢子討了。我是使的奴才丫頭，莫不往你屋裡與你磕頭去？爲這小肉兒罵了那賊瞎淫婦，也說不管，偏有那些聲氣的。你是個男子漢，若是有主張，一拳柱定，那裡有這些閒言帳語。怪不的俺每自輕自賤，常言道：賤裡買來賤裡賣，容易得來容易捨。趁將你家來，與你家做小老婆，不氣長。你看昨日，生怕氣了他，在屋裡守着的是誰？請太醫的是誰？在跟前攛掇侍奉的是誰？苦惱俺每這陰山背後，就死在這屋裡，也沒個人兒來偢問。這個就見出那人的心來了！還教我含着眼淚兒，走到後邊與他賠不是。」說着，那桃花臉上止不住又滾下珍珠兒，倒在西門慶懷裡，嗚嗚咽咽，哭的捽鼻涕，彈眼淚。西門慶一面摟抱着，勸道：「罷麼，我的兒，我連日心中有事，你兩家各省一句兒就罷了。你教我說誰的是？（果然大難。）昨日要來看你，他說我來與你賠不是，不放我來。我往李嬌兒睡了一夜。雖然我和人睡，一片心只想着你。」婦人道：「罷麼，我也見出你那心來了。一味在我面上虛情假意，倒老還疼你那正經夫妻。他如今見替你懷着孩子，俺每一根草兒，拿甚麼比他？」被西門慶摟過脖子來，親了個嘴，道：「小油嘴，休要胡說。」只見秋菊拿進

罵得不差。

責備件件都是，然又不得不然。丈夫處此，大費調停，欲娶妾者，看樣。

茶來。西門慶便道：「賊奴才，好乾淨兒，如何教他拿茶？」因問：「春梅怎的不見？」婦人道：「你還問春梅哩，他餓的只有一口遊氣兒，那屋裡倘着不是。帶今日三四日沒吃點湯水兒了，一心只要尋死在那里。說他大娘對着人罵了他奴才，氣生氣死，整哭了三四日了。」這西門慶聽了，說道：「真個？」婦人道：「莫不我哄你不成？你瞧去不是！」

這西門慶慌過這邊屋裡，只見春梅容粧不整，雲髻歪斜，睡在炕上。西門慶叫道：「怪小油嘴，你怎的不起來？」叫着他，只不做聲，推睡，被西門慶雙關抱將起來。那春梅從酪子裡伸腰，一個鯉魚打挺，險些兒沒把西門慶掃了一交，早是抱的牢，有護炕倚住不倒。春梅道：「達達，放開了手。你又來理論俺每這奴才做甚麽，也玷辱了你這兩隻手。」西門慶道：「小油嘴兒，你大娘說了你兩句兒罷了，只顧使起性兒來了。說你這兩日沒吃飯？」春梅道：「吃飯不吃飯，你管他怎的！左右是奴才貨兒，死便隨他死了罷。我做奴才，也沒幹壞了甚麽事，並沒教主子罵我一句兒，打我一下兒，做甚麽爲這合遍街擣遍巷的賊瞎婦，教大娘這等罵我！嗔俺娘不管我，莫不爲瞎淫婦打我五板兒？等到明日，韓道國老婆不來便罷，若來，你看我指着他一頓好罵。原來送了這瞎淫婦來，就是個禍根。」西門慶道：「就是送了他來，也是好意，誰曉的爲他合起氣來。」春梅道：「他若肯放和氣些，我好罵他？他小量人家。」西門慶道：「我來這裡，你還不倒鍾茶兒我吃？那奴才手不乾淨，我不吃他倒的茶。」春梅道：「死了王屠，連毛吃猪。我如今走也走不動在這裡，還教我倒甚麽茶！」西門慶道：「怪小油嘴兒，誰教你不吃些甚

娘兒一派，甚有傳授。

遷怒，大奇，然婦人女子恒情如是。

麽兒！」因說道：「咱每往那邊屋裡去。我也還沒吃飯哩，教秋菊後邊取菜兒，篩酒，烤菓餡餅兒，炊鮓湯，咱每吃。」于是不繇分訴，拉着春梅手，到婦人房內。分付秋菊：「拿盒子後邊取吃飯的菜兒去。」不一時，拿了一方盒菜蔬來。西門慶分付春梅：「把肉鮓拆上幾絲鷄肉，加上酸笋、韮菜，和成一大碗香噴噴餛飩湯來。」放下卓兒擺上，一面盛飯來。又烤了一盒菓餡餅兒。西門慶和金蓮並肩而坐，春梅在傍陪着同吃。三個你一盃，我一盃，吃到一更方睡。

到次日，西門慶起早，約會何千户來到，吃了頭腦酒起身，同往郊外送侯巡撫去了。吳月娘先送禮往夏指揮家去，然後打扮，坐大轎，排軍喝道，來安、春鴻跟隨，來吃酒，看他娘子兒，不在話下。

且說玳安、王經看家，將到晌午時分，只見縣前賣茶的王媽媽領着何九，來大門首尋問玳安：「老爹在家不在家？」玳安道：「何老人家、王奶奶，稀罕，今日那陣風兒吹你老人家來這里走走？」王婆子道：「没勾當怎好來踅門踅户？今日不因老九，爲他兄弟的事，要央煩你老爹，老身還不敢來。」玳安道：「老爹今日與侯爺送行去了，俺大娘也不在家。你老人家站站，等我進去對五娘說聲。」進入不多時出來，說道：「俺五娘請你老人家進去哩。」王婆道：「我敢進去？你引我引兒，只怕有狗。」那玳安引他進入花園金蓮房門首，掀開簾子。王婆進去，見婦人家常戴着卧兔兒，穿着一身錦段衣裳，搽抹的粉粧玉琢，正在炕上，脚登着爐臺兒坐的。進去不免下禮，慌的婦人答禮，說道：「老王，免了罷。」那婆子見畢禮，坐在炕邊頭。婦人便問：「怎的

口角輕

薄。

又應出何九。

一向不見你？」王婆子道：「老身心中常想着娘子，只是不敢來親近。」問：「添了哥哥不曾？」婦人道：「有倒好了。小産過兩遍，白不存。」問：「你兒子有了親事未？」王婆道：「還不曾與他尋。他跟客人淮上來家這一年多，家中積攢了些〔一九〕，買箇驢兒，胡亂磨些麵兒賣來度日。」因問：「老爹不在家了？」婦人道：「他今日往門外與撫按官送行去了，他大娘也不在家。有甚話説？」王婆道：「何老九有樁事，央及老身來對老爹説。他兄弟何十吃賊攀了，見拿在提刑院老爹手裡問。攀他是窩主，本等與他無干。望乞老爹案下與他分豁分豁，賊若指攀，只不准他就是了。何十出來，到明日買禮來重謝老爹。有個説帖兒在此。」一面遞與婦人。婦人看了，説道：「你留下，等你老爹來家，我與他瞧。」婆子道：「老九在前邊伺候着哩，明日教他來討話罷。」婦人一面叫秋菊看茶來。須臾，秋菊拿了一盞茶來，與王婆吃了。那婆子坐着，説道：「娘子，你這般受福勾了。」（此語未免居功。）婦人道：「甚麽勾了，不惹氣便好，成日歐氣不了在這里。」婆子道：「我的奶奶，你飯來張口，水來濕手，這等插金戴銀，呼奴使婢，又惹甚麽氣？」婦人道：「常言説得好：三窩兩塊，大婦小妻，一個碗內兩張匙，不是湯着就抹着，如何没些氣兒？」婆子道：「好奶奶，你比那個不聰明？趁着老爹這等好時月，你受用到那里是那里。」説道：「我明日使他來討話罷。」於是拜辭起身。婦人道：「老王，你多坐回去不是？」那婆子道：「難爲老九只顧等我，不坐罷。改日再來看你。」那婦人也不留他留兒，就放出他來了。到了門首，又叮嚀玳安。玳安道：「你老人家去，我知道，等俺爹來家我就稟。」何九道：「安哥，我明日早來討話罷。」于是和王婆一路去了。

至晚，西門慶來家，玳安便把此事稟知。西門慶到金蓮房看了帖子，交付與答應的：「收着，明日到衙門中稟我。」一面又令陳敬濟發初三日請人帖兒〔三〇〕。瞞着春梅，又使琴童兒送了一兩銀子并一盒點心到韓道國家，對着他說：「是與申二姐的，教他休惱。」那王六兒笑嘻嘻接了，說：「他不敢惱。多上覆爹娘，沖撞他春梅姑娘。」俱不在言表。

至晚，月娘來家，先拜見大妗子衆人，然後見西門慶，道了萬福。就告訴：「夏大人娘子見了我去，好不喜歡。今日也有許多親隣堂客。原來夏大人有書來了，也有與你的書，伏着老溫一案。明日送來與你。也只在這初六七起身，搬取家小上京。說了又說，好歹央賁四送他家到京就回來。賁四的那孩子長兒，今日與我磕頭，好不出跳的好個身段兒。嗔道他傍邊捧着茶，把眼只顧偷瞧我。我也忘了他，倒是夏大人娘子叫他——改換的名字，叫做瑞雲：『過來與你西門奶奶磕頭。』他纔放下茶托兒，與我磕了四個頭。我與了他兩枝金花兒。夏大人娘子好不喜歡擡舉他，也不把他當房裡人，只做親兒女一般看他。」西門慶道：「還是這孩子有福，若是別人家手裡，怎麽容得？不罵奴才少椒末兒，又肯擡舉他？」被月娘瞅了一眼，說道：「硶說嘴的貨，是我罵了你心愛的小姐兒了！」西門慶笑了，說道：「他借了賁四押家小去，我線舖子教誰看？」月娘道：「關兩日也罷了。」西門慶道：「關兩日，阻了買賣。近年近節，紬絹絨線正快，如何關閉了舖子！到明日再處。」說畢，月娘進裡間脫衣裳摘頭，走到那邊房內，和大妗子坐

慧心人面前，帶坬話原說不得。

的。家中大小都來參見磕頭。

是日，西門慶在後邊雪娥房中歇了一夜，早往衙門中去了。只見何九走來問玳安討信，與了玳安一兩銀子。玳安道：「昨日爹來家，就替你說了。今日到衙門中，敢就開出你兄弟來了。你往衙門首伺候。」何九聽言，滿心歡喜，一直走到衙門前去了。西門慶到衙門中坐廳，提出强盜來，每人又是一夾，二十大板，把何十開出來放了。另拿了弘化寺一名和尚頂缺，說强盜曾在他寺内宿了一夜。正是：張公吃酒李公醉，桑樹上脱枝柳樹上報。有詩爲証：

宋朝氣運已將終，執掌提刑甚不公。
畢竟難逃天下眼，那堪激濁與揚清。

近來刑獄，大抵如斯。

那日西門慶家中叫了四個唱的：吳銀兒、鄭愛月兒、洪四兒、齊香兒，日頭晌午就來了，都到月娘房內，與月娘大妗子衆人磕頭。月娘擺茶與他們吃了。正彈着樂器唱曲兒與衆人聽，忽見西門慶從衙門中來家，進房來。四箇唱的都放了樂器，笑嘻嘻向前與西門慶磕頭。坐下，月娘便問：「你怎的衙門中這咱纔來？」西門慶告訴：「今日問理好幾樁事情。」因望着金蓮說：「昨日王媽媽來說何九那兄弟，今日我已開除來放了。那兩名强盜還攀扯他，教我每人打了二十，夾了一夾，拿了門外寺裡一個和尚頂缺，明日做文書送過東平府去。又是一起奸情事，是丈母養女壻的。敬濟也將就。那女婿不上二十多歲，名喚宋得原，與這家是養老不歸家女婿。落後親丈母死了，娶了個後丈母周氏，不上一年，把丈人死了。這周氏年小，守不得，就與這女婿暗暗通姦。後因爲責使女，被使女傳於兩隣，纔首告官。今日取了供招，都一日送過去了。這一到東平府，姦妻之母係緦麻之親，兩箇都是絞罪。」潘金蓮道：「要着我，把學舌的奴才打的爛糟糟的〔三〕，問他個死罪也不多。你穿青衣抱黑柱，一句話就把主子弄了。」（便伏秋菊案。）西門慶道：「也吃我把那奴才撥了幾撥子好的。爲你這奴才一時小節不完，喪了兩個人性命。」月娘道：「大不正則小不敬，母狗不掉尾，公狗不上身。大凡還是女人心邪，若是那正氣的，誰敢犯他？」四個唱的都笑道：「娘說的是。就是俺裡邊唱的，接了孤老的朋友，還使不的，休說外頭人家。」說畢，擺飯與西門慶吃了。

忽聽前廳鼓樂响，荆都監來了。西門慶連忙冠帶出迎，接至廳上叙禮，分賓主坐下。茶罷，如此這般告說：「宋巡按收了說帖，已慨然許下，執事恭喜必然在邇。」荆都監聽了，又下坐作揖致謝：「老翁費心。提携之力，銘刻難忘。」西門慶又說起周老總兵：「生亦薦言一二，宋公必有主意。」談話間，忽報劉、薛二公公到。鼓樂迎接進來，西門慶相讓入廳，叙禮。二內相皆穿青緑絨蟒衣，寶石縧環，正中間坐下。次後周守備到了，一處叙話。荆都監又向周守備說：「四泉厚情，昨日宋公在尊府擺酒，曾稱頌公之才猷。宋公已留神於中，高轉在邇。」周守備亦欠身致謝不盡。落後張團練、何千户、王三官、范千户、吳大舅、喬大户陸續都到了。喬大户冠帶青衣，四個伴當跟隨。（便有氣勢。）進門見畢諸公，與西門慶拜了四拜。衆人問其恭喜之事，西門慶道：「舍親家在本府援例，新受恩榮義官之職。」周守備道：「四泉令親，吾輩亦當奉賀。」喬

鬭着敬濟，便言之激烈乃爾。

月娘詞氣侃侃，足寒金蓮之胆。

大户道：「蒙列位老爹盛情，妙。豈敢動勞。」説畢，各分次序坐下，遍遞了一道茶，然後遞酒上坐。錦屏前玳筵羅列，畫堂内寶玩爭輝，堦前動一派笙歌，席上堆滿盤異菓。良久，遞酒安席畢，各歸席坐下。王三官再三不肯上來坐，西門慶道：「尋常罷了，今日在舍，權借一日陪諸公上坐。」王三官必不得已，左邊垂首坐了。須臾，上罷湯飯，下邊教坊撮弄雜耍百戲上來。良久，纔是四個唱的，拿着銀箏玉板，放嬌聲當筵彈唱。正是：

舞裙歌板逐時新，散盡黄金只此身。
寄與富兒休暴殄，儉如良藥可醫貧。

當日劉内相坐首席，也賞了許多銀子，飲酒爲歡，至一更時分方散。西門慶打發樂工賞錢出門。四個唱的都在月娘房内彈唱，月娘留下吴銀兒過夜，打發三個唱的去。臨去，見西門慶在廳上，拜見拜見。西門慶分付鄭愛月兒：「你明日就拉了李桂姐，兩個還來唱一日。」鄭愛月兒就知今日有王三官兒，不叫李桂姐來唱，乖。笑道：「爹，你兵馬司倒了墻，賊走了。」又問：「明日請誰吃酒？」西門慶道：「都是親朋。」鄭月兒道：「有應二那花子我不來，我不要見那醜冤家怪物。」西門慶道：「明日没有他。」愛月兒道：「没有他纔好，若有那怪攮刀子的，俺們不來。」説畢，磕了頭去了。西門慶看着收了家火，回到李瓶兒那邊，和如意兒睡了。一宿晚景題過。

次日早往衙門，送問那兩起人犯過東平府去。回來家中擺酒，請吴道官、吴二舅、花大舅、沈姨夫、韓姨夫、任醫官、温秀才、應伯爵，并會衆人李智、黄四、杜三哥，并家中三箇夥計，十二張桌兒。席中止是李桂姐、鄭月兒、鄭愛月兒三個粉頭遞酒，李銘、吳惠、鄭奉三個小優兒彈唱。正遞酒中間，忽平安兒來報：「雲二叔新襲了職，來拜爹，送禮來。」西門慶聽言，忙道：「有請。」只見雲理守穿着青紵絲補服員領，冠冕着，腰繫金帶，後面伴當擡着禮物，先遞上揭帖與西門慶觀看。上寫：「新襲職山東清河右衛指揮同知門下生雲理守頓首百拜。謹具土儀：貂鼠十個、海魚一尾、蝦米一包、臘鵝四隻、臘鴨十隻、油紙簾二架，少申芹敬。」西門慶即令左右收了，連忙致謝。雲理守道：「在下昨日纔來家，今日特來拜老爹。」于是四雙八拜，説道：「蒙老爹莫大之恩，些少土儀，表意而已。」然後又與衆人叙禮拜見。西門慶見他居官，就待他不同，安他與吳二舅一桌坐了。連忙安鍾筯，下湯飯。脚下人俱打發攢盤酒肉。因問起發丧替職之事，這雲理守一一數言：「蒙兵部余爺憐先兄在鎮病亡，祖職不動，還與了個本衛見任僉書。」西門慶歡喜道：「恭喜恭喜，容日已定來賀。」當日衆人席上每位奉陪一杯，又令三個唱的奉酒。須臾，把雲理守灌的醉了。那應伯爵在席上，如線兒提的一般，起來坐下，又與李桂姐、鄭月兒彼此互相戲駡不絶。當日酒筵笑聲，花攢錦簇，觥籌交錯，耍頑至二更時分方纔席散。打發三個唱的去了，西門慶歸上房宿歇。

到次日起來遲，正在上房擺粥吃了，穿衣要拜雲理守，只見玳安來説：「賁四在前邊請爹説話。」西門慶就知爲夏龍溪送家小之事，一面出來廳上。只見賁四向袖中取出夏指揮書來呈上，説道：「夏老爹要教小人送送家小往京裡去，小人稟問老爹去不去？」西門慶看了書中言語，無非是敘其闊別，謝其早晚看顧家下，又借賁四携送家小之事，因説道：「他既央你，你怎的不去？」因問：「幾時起身？」賁四道：「今早他大官兒叫了小人去，分付初六日家小准起身。小人也得半月纔回來。」説畢，把獅子街鋪内鑰匙交遞與西門慶。西門慶道：「你去，我教你吳二舅來替你開兩日罷。」那賁四方纔拜辭出門，往家中收拾行裝去了。西門慶就冠冕着出門，拜雲指揮去了。

畫童較近時未冠，覺有操守。

那日大妗子家去，叫下轎子門首伺候。也是合當有事，月娘裝了兩盒子茶食點心下飯，送出門首上轎，只見畫童兒小廝躲在門傍，大哭不止。那平安兒只顧扯他，那小廝越扯越哭起來。今日肯哭者誰？被月娘等聽見，送出大妗子去了，便問平安兒：「賊囚，你平白扯他怎的？惹的他恁怪哭！」平安道：「温師父那邊叫他，他白不去〔三〕，只是駡小的。」月娘道：「你教他好好去罷。」因問道：「小廝，你師父那邊叫，去就是了，怎的哭起來？」那畫童嚷平安道：「又不關你事，我不去罷了，你扯我怎的？」月娘道：「你因何不去？」那小廝又不言語。金蓮道：「這賊小囚兒，就是個肉佞賊。你大娘問你，怎的不言語？」被平安向前打了一個嘴巴，奇。那小廝越發大哭了。月娘道：「怪囚根子，你平白打他怎的？你好好教他説，怎的不去？」正問着，只見玳安騎了馬進來。月娘問道：「你爹來了？」玳安道：「被雲二叔留住吃酒哩。使我送衣裳來了，要帶毡巾去。」看見畫童兒哭，便問：「小大官兒，怎的號啕痛也是的？」平安道：「對過温師父叫他，

如今沒屁股過不得的甚多，安得盡以温屁股名之也？

列位先生請看，小使且不可，況門生乎？

不去，反哭駡起我來了。」玳安道：「我的哥哥，温師父叫，你仔細，有名的温屁股〔三三〕，他一日沒屁股也成不的。你每常怎麽挨他的，今日又躱起來了。」月娘駡道：「怪囚根子，怎麽温屁股？」玳安道：「娘只問他就是。」那潘金蓮得不的風兒就是雨兒，（留心此道。）一面叫過畫童兒來，只顧問他：「小奴才，你實説，他叫你做甚麽？你不説，看我教你大娘打你。」逼問那小厮急了，説道：「他只要哄着小的，把他那行貨子放在小的屁股裡，弄的脹脹的疼起來。我説你還不快拔出來，他又不肯拔，只顧來回動。教小的扯出來，跑過來，他又來叫小的。」月娘聽了，便喝道：「怪賊小奴才兒，還不與我過一邊去！也有這六姐，只管審問他，説的磣死了。我不知道，還當是好話兒，側着耳朵兒聽他。這蠻子也是個不上蘆幕的行貨子，人家小厮與你使，却背地幹這個營生。」金蓮道：「大娘，那個上蘆幕的肯幹這營生？冷舖睡的花子纔這般所爲。」（金蓮獨不記討紗裙時耶？）孟玉樓道：「這蠻子他有老婆，怎生這等沒廉耻？」金蓮道：「他來了這一向，俺們就沒見他老婆怎生樣兒。」平安道：「娘每會勝也不看見他〔三四〕，他但往那里去，就鎖了門。住了這半年，我只見他坐轎子往娘家去了一遭，沒到晚就來家了。往常幾時出個門兒來？只好晚夕門首倒槅子走走兒罷了。」金蓮道：「他那老婆也是個不長俊的行貨子，嫁了他，怕不的也沒見個天日兒，敢每日只在屋裡坐天牢哩。」説了回，月娘同衆人回後邊去了。

西門慶約莫日落時分來家，到上房坐下。月娘問道：「雲夥計留你坐來？」西門慶道：「他在家，見我去，旋放桌兒留我坐，打開一罈酒和我吃。如今衛中荆南崗陞了，他就挨着掌印。

不繇他不吃驚。

外冠裳而內穿窬者，不止温秀才一個。

一個疑團到此結出，有意無意之中，何等冷雋？

明日連他和喬親家就是兩分賀禮。衆同僚都説了，要與他挂軸子，少不得教温葵軒做兩篇文章，買軸子寫。」月娘道：「還纏甚麽温葵軒鳥葵軒哩！平白安扎恁樣行貨子，没廉耻，傳出去教人家知道，把醜來出盡了。」西門慶聽言詫了一跳，便問：「怎麽的？」月娘道：「你别要來問我，你問你家小厮去。」西門慶道：「是那箇小厮？」金蓮道：「情知是誰——畫童賊小奴才！俺去送大妗子去，他正在門首哭，如此這般，温蠻子弄他來。」西門慶聽了，還有些不信，便道：「你教那小奴才來，等我問他。」一面使玳安兒前邊把畫童兒叫到上房，跪下。西門慶要拿拶子拶他，（何必？）便道：「賊奴才，你實説，他叫你做甚麽？」畫童兒道：「他叫小的，要灌醉了小的，幹那小營生兒。今日小的害疼，躲出來了，不敢去。他只顧使平安叫，又打小的，教娘出來看見了。他常時問爹家中各娘房裡的事，小的不敢説。昨日爹家中擺酒，他又教唆小的偷銀器家火與他。又某日，他望倪師父去，拿爹的書稿兒與倪師瞧，倪師父又與夏老爺瞧。」這西門慶不聽便罷，聽了便道：「畫虎畫皮難畫骨，知人知面不知心。我把他當個人看，誰知他人皮包狗骨東西，要他何用！」一面喝令畫童兒起去，分付：「再不消過那邊去了。」那畫童磕了頭起來，往前邊去了。西門慶向月娘道：「怪道前日翟親家説我機事不密則害成，我想來没人，原來是他把我的事透泄與人。我怎的曉得？這樣狗骨秃東西，平白養在家做甚麽！」月娘道：「你和誰説！你家又没孩子上學，平白招攬個人在家養活，只爲寫禮帖兒，饒養活着他，還教他弄乾坤兒。」西門慶道：「不消説了，明日教他走道兒就是了。」一面叫將平安來，分付：「對過對他説，家老爹要房子堆貨，教温師父轉尋房兒便了。等他來見我，你在門首只回我不在家。」那平安兒應諾去了。

西門慶告月娘說：「今日賁四來辭我，初六日起身，與夏龍溪送家小往東京去。我想來，線舖子没人，倒好教二舅來替他開兩日兒，好不好？」月娘道：「好不好隨你叫他去，我不管你，省的人又說照顧了我的兄弟。」西門慶不聽，于是使棋童兒：「請你二舅來。」不一時，請吴二舅到，在前廳陪他吃酒坐的，把鑰匙交付與他：「明日同來昭早往獅子街開舖子去。」不在話下。

却說温秀才見畫童兒一夜不過來睡，心中省恐。到次日，平安走來說：「家老爹多上覆温師父，早晚要這房子堆貨，教師父别尋房兒罷。」這温秀才聽了，大驚失色，就知畫童兒有甚話說。穿了衣巾，要見西門慶說話。平安兒道：「俺爹往衙門中去了，還未來哩。」比及來，這温秀才又衣巾過來伺候，具了一篇長柬遞與琴童兒。中有何說？琴童又不敢接，說道：「俺爹纔從衙門中來家，辛苦，後邊歇去了，俺每不敢禀。」這温秀才就知疏遠他，一面走到倪秀才家商議，還搬移家小往舊處住去了。正是：誰人汲得西江水，難洗今朝一面羞。

靡不有初鮮克終，交情似水淡長濃。
自古人無千日好，果然花無摘下紅。

校記

〔一〕「卷之十六」，原作「卷之十五」，據内閣本、首圖本改。

〔二〕「詩曰」，内閣本、首圖本無。

〔三〕「中膈」，吴藏本作「中隔」。按詞話本作「中腕」。

〔四〕「新來鷄兒打鳴忒好聽」，崇禎諸本同。按詞話本作「新來鷄兒打鳴不好聽」。

〔五〕「憑他」，内閣本、首圖本作「把他」，天圖本作「悲他」，吴藏本作「扶他」。按張評本作「憑他」，詞話本作「把他」。

〔六〕「你惱他」，内閣本、首圖本作「休惱他」。按張評本作「你惱他」，詞話本作「你若惱他」。

〔七〕「又怕你惱」，内閣本、首圖本作「不怕你惱」。按張評本作「又怕你惱」，詞話本作「又不怕你惱」。

〔八〕「五姐」，崇禎諸本同。按張評本作「六姐」，詞話本作「二姐」。

〔九〕「蜢蟲螞蚱」，崇禎諸本同。按張評本作「蜢蟲蟋蟀」，詞話本作「螺蟲螞蚱」。

〔一〇〕「戴上」，原作「戴兒」，據内閣、首圖等本改。吴藏本作「戴了」。按張評本作「戴了」，詞話本作「戴上」。

〔一一〕「青盼」，内閣本、首圖本作「相盼」。按張評本作「青盼」，詞話本作「情盼」。

〔一二〕「見禮畢數」，崇禎諸本同。按張評本、詞話本作「見畢禮數」。

〔一三〕「不足」，原作「不是」，據内閣、首圖等本改。

〔一四〕「四人大轎」，吴藏本作「八人大轎」。

〔一五〕「霄韶」，首圖本作「香韶」。按張評本、詞話本均作「簫韶」。

〔一六〕「天没」，内閣本、首圖本作「天殺」。按張評本、詞話本均作「天殺」。

〔一七〕「爹昨日晚空過親家爹」，内閣本、首圖本作「爹説昨日空過親家爹」。天圖本作「爹晚昨日空過親家爹」。按張評本、詞話本均與内閣本、首圖本同。

〔一八〕「分付」，原作「付付」，據内閣、首圖等本改。

〔一九〕「積遺」，吳藏本作「積遺」。按張評本作「積遺」，詞話本作「積賺」。
〔二〇〕「初三日」，内閣本、首圖本作「初四日」。
〔二一〕「爛糟糟的」，内閣本、首圖本作「爛糟的」。
〔二二〕「温師父那邊叫他，他白不去」，内閣本、首圖本作「温師父那邊叫，扯他，白不去」。
〔二三〕「温師父叫，你仔細，有名的温屁股」，吳藏本作「温師父叫你，看仔細，有名的温屁股」。
〔二四〕「娘每會勝也不看見他」，崇禎諸本同。按詞話本作「娘每合勝看的見他」。

第七十七回

西門慶踏雪訪愛月

自角有

貞四嫂帶水戰情郎

第七十七回　西門慶踏雪訪愛月　賁四嫂帶水戰情郎

詞曰〔一〕：

梅共雪，歲暮鬪新粧。月底素華同弄色，風前輕片半含香。不比柳花狂。　雙雀影，堪比雪衣娘。六出光中曾結伴，百花頭上解尋芳。爭似兩鴛鴦。

——右調《望江南》〔二〕

話説温秀才求見西門慶不得，自知慚愧，隨移家小搬過舊家去了。西門慶收拾書院，做了客座，不在話下。

一日，尚舉人來拜辭上京會試，問西門慶借皮箱毡衫。西門慶陪坐待茶，因説起喬大户、雲理守：「兩位舍親，一受義官，一受祖職，見任管事〔三〕，欲求兩篇軸文奉賀，不知老翁可有相知否？借重一言，學生具幣禮相求。」尚舉人笑道：「老翁何用禮，學生敝同窗聶兩湖，見在武庫肄業，與小兒爲師，本領雜作極富。學生就與他説，老翁差盛使持軸來就是了。」西門慶連忙致謝。茶畢起身，西門慶隨即封了兩方手帕、五錢白金，差琴童送軸子并毡衫、皮箱到尚舉人處收下。那消兩日，寫成軸文，差人送來。西門慶挂在壁上，但見金字輝煌〔四〕，文不加點，心中大喜。只見應伯爵來問：「喬大户與雲二哥的事幾時舉行？軸文做了不曾？温老先兒怎的連日不見？」西門慶道：「又題什麽温老先兒，通是個狗類之人！」如此這般，告訴一遍。伯爵道：「哥，我說此人言過其實，虛浮之甚。早時你有後眼，不然教他調壞了咱家小兒每了。」又問：「他二公賀軸何人寫了？」西門慶道：「昨日尚小塘來拜我，說他朋友聶兩湖善于詞藻，央求聶兩湖作了。文章已寫了來，你瞧。」于是引伯爵到廳上觀看，喝采不已。又說道：「人情都全了。哥，你早送與人家，好預備。」西門慶道：「明日好日期，早差人送去。」正說着，忽報：「夏老爹兒子來拜辭，說初六日起身去。小的回爹不在家，他說教對何老爹那里說聲，差人那邊看守去。」西門慶看見帖兒上寫着：「寅家晚生夏承恩頓首拜。謝辭。」西門慶道：「連尚舉人搭他家，就是兩分程儀香絹。」分付琴童：「連忙買了，教你姐夫封了，寫帖子送去。」

正在書房中留伯爵吃飯，忽見平安兒慌慌張張拿進三個帖兒來報：「參議汪老爹、兵備雷老爹、郎中安老爹來拜。」西門慶看帖兒：「汪伯彥、雷啓元、安忱拜」，連忙穿衣繫帶。伯爵道：「哥，你有事，我去罷。」西門慶道：「我明日會你哩。」一面整衣出迎。三員官皆相讓而入。進入大廳，敘禮，道及向日叨擾之事。少頃茶罷，坐話間，安郎中便道：「雷東谷、汪少華并學生又來干瀆：有浙江本府趙大尹，新陞大理寺正，學生三人借尊府奉請。已發柬，定初九日，主家共五席。戲子，學生那里叫來。未知肯允諾否？」西門慶道：「老先生分付，學生掃門拱候。」安郎中令吏取分資三兩遞上，西門慶令左右收了，相送出門。雷東谷向西門慶道：「前日錢龍野書到，說那孫文相乃是貴夥計，學生已并他除開了，曾來相告不曾？」西門慶道：「正是，多承

照出。

老先生費心，容當叩拜。」雷兵備道：「你我相愛間，何爲多較！」言畢，相揖上轎而去。

原來潘金蓮自從當家管理銀錢，另定了一把新等子。每日小廝買進菜蔬來，拿到跟前與他瞧過，方數錢與他。他又不數，只教春梅數錢，提等子。小厮被春梅罵的狗血噴頭，行動就説落，教西門慶打。以此衆小厮互相抱怨，都説在三娘手兒裡使錢好。

雖筭小，却是當家人要着。

卻説次日，西門慶衙門中散了，對何千户説：「夏龍溪家小已是起身去了，長官可曾委人那里看守門户去？」何千户道：「正是。昨日那邊着人來説，學生已令小价去了。」西門慶道：「今日同長官那邊看看去。」于是出衙門，並馬到了夏家宅内。家小已是去盡了，伴當在門首伺候。兩位官府下馬，進到廳上。西門慶引着何千户前後觀看了，又到前邊花亭上，見一片空地，無甚花草。西門慶道：「長官到明日還收拾個耍子所在，栽些花柳，把這座亭子修理修理。」何千户道：「這個已定。學生開春從新修整修整，蓋三間捲棚，早晚請長官來消閑散悶。」看了一回，分付家人收拾打掃，開閉門户〔五〕。不日寫書往東京回老公公話，趕年裏搬取家眷。西門慶作別回家，何千户還歸衙門去了。到次日纔搬行李來住，不在言表。

西門慶剛到家下馬，見何九買了一疋尺頭、四樣下飯、一罈酒來謝。又是劉内相差人送了一食盒蠟燭、二十張桌圍、八十股官香、一盒沉速料香、一罈自造内酒、一口鮮猪。西門慶進門，劉公公家人就磕頭，説道：「家公公多上覆：這些微禮，與老爹賞人。」西門慶道：「前日空過老公公，怎又送這厚禮來？」便令左右：「快收了，請管家等等兒。」少頃，畫童兒拿出一鍾茶來，打發吃了。西門慶封了五錢銀子賞錢，拿回帖打發去了。一面請何九進去。西門慶見何九，一把手扯在廳上來。何九連忙倒身磕下頭去，道：「多蒙老爹天心，超生小人兄弟，感恩不淺。」請西門慶受禮。西門慶不肯受磕頭，拉起來，說道：「老九，你我舊人，快休如此。」就讓他坐。何九說道：「小人微末之人，豈敢僭坐！」只站立在傍邊。西門慶也站着陪吃了一盞茶，說道：「老九，你如何又費心送禮來？我斷然不受。若有甚麼人欺負你，只顧來說，我替你出氣。倘縣中派你甚差事，我拿帖兒與你李老爹說。」何九道：「蒙老爹恩典，小人知道。小人如今也老了，差事已告與小兒何欽頂替了。」西門慶道：「也罷，也罷，你清閑些好。」又說道：「既你不肯，我把這酒禮收了，那尺頭你還拿去，我也不留你坐了。」那何九千恩萬謝，拜辭去了。

西門慶就坐在廳上，看看打點禮物菓盒、花紅羊酒、軸文并各人分資。先差玳安送往喬大户家去，後叫王經送往雲理守家去。玳安回來，喬家與了五錢銀子。王經到雲理守家，管待了茶食，與了一疋真青大布、一雙琴鞋，回「門下辱愛生」雙帖兒，「多上覆老爹，改日奉請」。西門慶滿心歡喜，到後邊月娘房中擺飯吃。因向月娘說：「賁四去了，吳二舅在獅子街賣貨。我今日倒閒，往那里看看去。」月娘道：「你去不是。若是要酒菜兒，蚤使小厮來家說。」西門慶道：「我知道。」一面分付備馬，就戴着毡忠靖巾，貂鼠暖耳，綠絨補子褶，粉底皂靴，琴童、玳安跟隨，逕往獅子街來。到房子內，吳二舅與來昭正挂着花拷拷兒發賣紬絹、絨線、絲綿，擠一舖子人做買賣，打發不開。西門慶下馬看了看，走到後邊暖房內坐下。吳二舅走來作揖，因說：「一日也攢銀錢二三十兩。」西門慶又分付來昭妻一丈青：「二舅每日茶飯休要悞了。」來昭妻道：「逐日伺候酒飯，不敢有悞。」

西門慶見天色陰晦，彤雲密布，冷氣侵人，將有作雪的模樣。忽然想起要往鄭月兒家去，卽令琴童：「騎馬家中取我的皮襖來，問你大娘，有酒菜兒稍一盒與你二舅吃。」琴童應諾。到家，不一時取了貂鼠皮襖并一盒酒菜來。西門慶陪二舅在房中吃了三盃，分付：「二舅，你晚夕在此上宿，慢慢再用，我家去罷。」于是帶上眼紗，騎馬，玳安、琴童跟隨，逕進抅欄，往鄭愛月兒家來。轉過東街口，只見天上紛紛揚揚，飄下一天瑞雪來。但見：

漠漠嚴寒匝地，這雪兒下得正好。扯絮撏綿，裁成片片大如拷栲。見林間竹筍茆茨，爭些被他壓倒。富豪俠却言消災障，猶嫌少。圍向那紅爐獸炭，穿的是貂裘綉襖。手撚梅花，唱道是國家祥瑞，不念貧民些小。高卧有幽人，吟詠多詩艸。

西門慶踏着那亂瓊碎玉，進入抅欄，到于鄭愛月兒家門首下馬。只見丫鬟飛報進來說：「老爹來了。」鄭媽媽看見，出來迎接。至于中堂，見禮，說道：「前日多謝老爹重禮，姐兒又在宅內打攪，又教他大娘、三娘賞他花翠汗巾。」西門慶道：「那日空了他來。」一面坐下。西門慶令玳安：「把馬牽進來，後邊院落安放。」老媽道：「請爹後邊明間坐罷，月姐纔起來梳頭。只說老爹昨日來，到伺候了一日。今日他心中有些不快，起來的遲些。」這西門慶一面進入他後邊明間內，但見綠牕半啓，毡幙低張，地平上黃銅大盆生着炭火。西門慶坐在正面椅上。先是鄭愛香兒出來相見了，遞了茶。然後愛月兒纔出來，頭挽一窩絲杭州纘，翠梅花鈿兒，金鈒釵梳，海獺卧兔兒，打扮的霧靄雲鬟，粉粧玉琢。笑嘻嘻向西門慶道了萬福，說道：「爹，我那一日來晚了。緊自前邊人散的遲，到後邊，六娘又只顧不放俺每，留着吃飯，來家有三更天了。」西門慶笑道：「小油嘴兒，你倒和李桂姐兩個把應花子打的好响瓜兒。」鄭愛月兒道：「誰教他怪叨嘮，在酒席上屎口兒傷俺每來！那一日祝麻子也醉了，哄我，要送俺每來。我便說：没爹這里燈籠，送俺每？蔣胖子弔在陰溝裏——缺臭了你了。」西門慶道：「我昨日聽見洪四兒說，祝麻子又會着王三官兒，大街上請了榮嬌兒。」鄭月兒道：「只在榮嬌兒家歇了一夜，燒了一炷香，不去了。如今還在秦玉芝兒走着哩。」說了一回話，道：「爹，只怕你冷，在房裡坐〔六〕。」

這西門慶到于房中，脱去貂裘，和粉頭圍爐共坐，房中香氣襲人。須臾，丫頭拿了三甌兒黃芽韭菜肉包一寸大的水角兒來。姊妹二人陪西門慶每人吃了一甌兒，愛月兒又撥上半甌兒添與西門慶。西門慶道：「我勾了，纔吃了兩個點心來了。心裡要來你這里走走，不想恰好天氣又落下雪來了。」愛月兒道：「爹前日不會下我，我昨日等了一日不見爹，不想爹今日纔來。」西門慶道：「昨日家中有兩位士夫來望，亂着，就不曾來得。」愛月兒道：「我要問爹，有貂鼠買個兒與我，我要做了圍脖兒戴。」西門慶道：「不打緊，昨日韓夥計打遼東來〔七〕，送了我幾個好貂鼠。你娘們都没圍脖兒，到明日一總做了，送一個來與你。」愛香兒道：「爹只認的月姐，就不送與我一個兒？」西門慶道：「你姊妹兩個一家一個。」于是愛香、愛月兒連忙起身，道

問着的就送，方是姊妹。知今人不乖戾，都便稱撒漫

矣。

了萬福。西門慶分付：「休見了桂姐、銀姐說。」鄭月兒道：「我知道。」因說：「前日李桂姐見吳銀兒在那里過夜，問我他幾時來的。我没瞞他，教我說：『昨日請周爺，俺每四個都在這里唱了一日。爹說有王三官兒在這里，不好請你的。今日是親朋會中人吃酒，纔請你來唱。』他一聲兒也没言語。」西門慶道：「你這個回的他好。前日李銘，我也不要他唱來，再三央及你應二爹來說。落後你三娘生日，桂姐買了一分禮來，再三與我陪不是。你娘們說着，我不理他。昨日我竟留下銀姐，使他知道。」愛月兒道：「不知三娘生日，我失悞了人情。」西門慶道：「明日你雲老爹擺酒，你再和銀姐來唱一日。」愛月兒道：「爹分付，我去。」說了回話，粉頭取出三十二扇象牙牌來，和西門慶在炕毡條上抹牌頑耍。愛香兒也坐在傍邊同抹。三人抹了回牌，須臾，擺上酒來。愛香與愛月兒一邊一個捧酒，不免箏排雁柱，欵跨鮫綃，姊妹兩個彈唱。唱了一套，姐妹兩個又拿上骰盆兒來，和西門慶搶紅頑笑。杯來盞去，各添春色。西門慶忽看見鄭愛月兒房中，牀傍側首錦屏風上挂着一軸「愛月美人圖」，題詩一首：

有美人兮迥出羣，輕風斜拂石榴裙。
花開金谷春三月，月轉花陰夜十分。
玉雪精神聯仲琰，瓊林才貌過文君。
少年情思應須慕，莫使無心托白雲。

王三泉此詩，較蔡狀元尚通。

今之號軒亭橋泉者，熟讀此書者也。

西門慶看了，便問：「三泉主人是王三官兒的號？」慌的鄭愛月兒連忙摭說道：「這還是他舊時寫下的。他如今不號三泉了，號小軒了。他告人說，學爹說：『我號四泉，他怎的號三泉？』他恐怕爹惱，因此改了號小軒。」一面走向前，取筆過來，把那三字就塗抹了。西門慶滿心歡喜，（歡喜是何主意？）說道：「我並不知他改號一節。」粉頭道：「我聽見他對一個人說來，我纔曉的。說他去世的父親號逸軒，他故此改號小軒。」說畢，鄭愛香兒往下邊去了，獨有愛月兒陪西門慶在房內。兩個並肩疊股，搶紅飲酒。因說起林太太來，怎的大量，好風月：「我在他家吃酒，那日王三官請我到後邊拜見。還是他主意，教三官拜認我做義父，教我受他禮，委托我指教他成人。」（好說。）粉頭拍手大笑道：「還虧我指與爹這條路兒。到明日，連三官兒娘子不怕不屬了爹。」（可惡。）西門慶道：「我到明日，我先燒與他一炷香。到正月裡，請他和三官娘子往我家看燈吃酒，看他去不去。」粉頭道：「爹，你還不知三官娘子生的怎樣標致，就是個燈人兒，也沒他那一段風流妖艷。今年十九歲兒，只在家中守寡，王三官兒通不着家。（可恨。）爹，你肯用些工夫兒，不愁不是你的人。」兩個說話之間，相挨相湊。只見丫鬟又拿上許多細菓碟兒來，粉頭親手奉與西門慶下酒。又用舌尖噙鳳香蜜餅，送入他口中，又用纖手解開西門慶褲帶，露出那話來，替他捏弄。那話猙獰跳腦，紫漲光鮮。西門慶令他品之，這粉頭真個低垂粉頸，輕啓朱唇，半吞半吐，或進或出，嗚咂有聲。品弄了一回，靈犀已透，淫心似火，便欲交歡。粉頭便往後邊去了。西門慶出房更衣，見雪越下得甚緊。回到房中，丫鬟向前打發脫靴解帶，先上牙床。粉頭澡牝回來，關上雙扉〔八〕，共入鴛帳。正是：得多少動人春色嬌還媚，惹蝶芳心軟欲濃。有詩爲証：

聚散無憑在夢中，起來殘燭映紗紅。
鍾情自古多神合，誰道陽臺路不通。

兩個雲雨歡娛，到一更時分起來。整衣理髩，丫頭復釃美酒，重整佳肴，又飲勾幾杯。問玳安：「有燈籠、傘没有？」玳安道：「琴童家去取燈籠、傘來了。」這西門慶方纔作別，鴇子、粉頭相送出門，看着上馬。鄭月兒揚聲叫道：「爹若叫我，蚤些來説。」西門慶道：「我知道。」一面上馬，打着傘出院門，一路踏雪到家中。對着吳月娘，只説在獅子街和吳二舅飲酒，不在話下。

一宿晚景題過。到次日，却是初八日，打聽何千户行李都搬過夏家房子内去了，西門慶送了四盒細茶食、五錢折帕賀儀過去。只見應伯爵驀地走來。西門慶見雪晴，風色甚冷，留他前邊書房中向火，叫小厮拿菜兒，留他吃粥。因説起：「昨日喬親家、雲二哥禮并折帕，都送去了。你的人情，我也替你封了二錢出上了。你不消與他罷，只等發柬請吃酒。」應伯爵舉手謝了，因問：「昨日安大人三位來做甚麽？那兩位是何人？」西門慶道：「那兩個，一個是雷兵備，一個是汪參議，都是浙江人，要在我這里擺酒，明日請杭州趙霆知府——新陞京堂大理寺丞，是他每本府父母官。相處分上，又不可回他的。通身只三兩分資。」伯爵道：「大凡文職好細，三兩銀子勾做甚麽！哥少不得賠些兒。」西門慶道：「這雷兵備，就是問黃四小舅子孫文相的，昨日還對我題起開除他罪名來哩。」伯爵道：「你說他不仔細，如今還記着，折准擺這席酒纔罷了。」

肯准折的，還是清廉官。

說話之間，伯爵叫：「應寶，你叫那個人來見你大爹。」西門慶便問：「是何人？」伯爵道：「一個小後生，倒也是舊人家出身。父母都没了，自幼在王皇親宅内答應。已有了媳婦兒，因在庄子上和一般家人不和，出來了。如今閒着，做不的甚麽。他與應寶是朋友，央及應寶要投個人家。今早應寶對我說：『爹倒好，舉薦與大爹宅内答應。』我便說：『不知你大爹用不用。』」因問應寶：「他叫甚麽名字？你叫他進來。」應寶道：「他姓來，叫來友兒。」只見那來友兒扒在地上磕了個頭起來，簾外站立。伯爵道：「若論他這身材，膂力儘有，掇輕負重却去的〔九〕。」因問：「你多少年紀了？」來友兒道：「小的二十歲了。」又問：「你媳婦没子女？」那人道：「只光兩口兒。」應寶道：「不瞞爹說，他媳婦纔十九歲兒，厨竈針線，大小衣裳都會做。」西門慶見那人低頭並足，爲人朴實，便道：「既是你應二爹來說，用心在我這里答應。」分付：「揀個好日期寫紙文書，兩口兒搬進來罷。」那來友兒磕了個頭，西門慶就教琴童兒領到後邊，見月娘衆人磕頭去。月娘就把來旺兒原住的那一間房與他居住。伯爵坐了回，家去了。應寶仝他寫了一紙投身文書，交與西門慶收了，改名來爵，不在話下。

卻說賁四娘子，自從他家長兒與了夏家，每日買東買西，只央及平安兒和來安、畫童兒。

西門慶家中這些大官兒，常在他屋裡打平和兒吃酒。賁四娘子和氣，就定出菜兒來，或要茶水，應手而至。就是賁四一時舖中歸來撞見，亦不見怪。以此今日他不在家，使着那個不替他動？玳安兒與平安兒，在他屋裡坐的更多。初九日，西門慶與安郎中、汪參議、雷兵備擺酒，請趙知府，俱不必細說。那日蚤辰，來爵兩口兒就搬進來。他媳婦兒後邊見月娘衆人磕頭。月娘見他穿着紫紬襖，青布披襖，綠布裙子，生的五短身材，瓜子面皮兒，搽脂抹粉，纏的兩隻脚趫趫的。問起來，諸般針指都會做。取了他個名字，叫做惠元，與惠秀、惠祥一遞三日上灶，不題。

一日，門外楊姑娘没了，安童兒來報喪。西門慶整治了一張插卓，三牲湯飯，又封了五兩香儀。吳月娘、李嬌兒、孟玉樓、潘金蓮四頂轎子，都往北邊與他燒紙弔孝。琴童兒、棋童兒、來爵兒、來安兒四個都跟轎子，不在家。西門慶在對過段舖子書房內，看着毛襖匠與月娘做貂鼠圍脖。先攢出一個圍脖兒，使玳安送與院中鄭月兒去，封了十兩銀子與他過節。鄭家管待酒饌，與了他三錢銀子。玳安走來，回西門慶話，說：「月姨多上覆：多謝了，前日空過了爹來。與了小的三錢銀子。」西門慶道：「你收了罷。」因問他：「賁四不在家，你頭里從他屋裡出來，做甚麼？」玳安道：「賁四娘子從他女孩兒嫁了，没人使，常央及小的每替他買買甚麼兒。」西門慶道：「他既没人使，你每替他勤勤兒也罷。」又悄悄向玳安道：「你慢慢和他說：如此這般，爹要來看你看兒，你心下如何？看他怎的說。他若肯了，你問他討個汗巾兒來與我。」玳安道：「小的知道了。」領了西門慶言語，應諾下去。

西門慶就走到家中來。只見王經向顧銀鋪內取了金赤虎并四對金頭銀簪兒，交與西門慶。西門慶留下兩對在書房內，餘者袖進李瓶兒房內，與了如意兒那赤虎，又是一對簪兒。把那一對簪兒就與了迎春。二人接了，連忙磕頭。西門慶就令迎春取飯去。須臾，拿飯來吃了，出來又到書房內坐下。只見玳安慢慢走到跟前，見王經在傍，不言語。西門慶使王經後邊取茶去，那玳安方說：「小的將爹言語對他說了，他笑了，約會晚上些伺候，等爹進去。叫小的拿了這汗巾兒來。」西門慶見紅綿紙兒包着一方紅綾織錦迴紋汗巾兒，聞了聞，噴鼻香，滿心歡喜，連忙袖了。只見王經拿茶來，吃了。又走過對門，看匠人做生活去。

忽報花大舅來了，西門慶道：「請過來這邊坐。」花子繇走到書房暖閣兒裡，作揖坐下，致謝外日相擾。序話間，畫童兒拿過茶來吃了。花子繇道：「門外一個客人，有五百包無錫米，凍了河，緊等要賣了回家去。我想着姐夫倒好買下，等價錢。」西門慶道：「我平白要他做甚麽？凍河還没人要，到開河船來了，越發價錢跌了。如今家中也没銀子。」即分付玳安：「收拾放桌兒。家中說，看菜兒來。」一面使畫童兒：「請你應二爹來，陪你花爹坐。」不一時，伯爵來到。三人共在一處圍爐飲酒，又叫烙了兩炷餅吃。良久，只見吳道官徒弟應春送節禮疏誥來。西門慶請來同坐吃酒，就攬李瓶兒百日經，與他銀子去。吃至日落時分，花子繇和應春二人先起身去了。次後甘夥計收了舖子，又請來坐，與伯爵擲骰猜枚談話，不覺到掌燈已後。

吳月娘衆人轎子到了， 來安走來回話。 伯爵道：「嫂子們今日都往那里去來？」西門慶道：「楊姑娘没了，今日三日念經，我這里備了張祭卓， 又封了香儀兒， 都去弔問弔問[一〇]。」伯爵道：「他老人家也高壽了。」西門慶道：「敢也有七十五六。 男花女花都没有， 只靠侄兒那里養活。材兒也是我替他備下這幾年了。」伯爵道：「好，好，老人家有了黄金入櫃，就是一場事了，哥的大陰騭。」説畢，酒過數巡， 伯爵與甘夥計作辭去了。 西門慶就起身走過來， 分付後生王顯：「仔細火燭。」王顯道：「小的知道。」看着把門關上了。

這西門慶見没人，兩三步就走入賁四家來。 只見賁四娘子兒在門首獨自站立已久，見對門關的門响，西門慶從黑影中走至跟前，這婦人連忙把封門一開， 西門慶鑽入裡面。 婦人還扯上封門，説道：「爹請裡邊紙門内坐罷。」原來裡間槅扇廂着後半間， 紙門内又有個小炕兒，籠着旺旺的火，桌上點着燈。 兩邊護炕糊的雪白。 婦人勒着翠藍銷金箍兒， 上穿紫紬襖，青綃絲披襖，玉色綃裙子， 向前與西門慶道了萬福， 連忙遞了一盞茶與西門慶吃。 因悄悄説：「只怕隔壁韓嫂兒知道。」西門慶道：「不妨事。 黑影子裏他那里曉得？」于是不繇分説，把婦人摟到懷中就親嘴。 拉過枕頭來，解衣按在炕沿子上，扛起腿來就聳。 那話上已束着托子， 剛插入牝中，纔拽了幾拽，婦人下邊淫水直流，把一條藍布褲子都濕了。 西門慶拽出那話來，向順袋内取出包兒顫聲嬌來，蘸了些在龜頭上，攮進去，方纔澀住淫津，肆行抽拽。 婦人雙手扳着西門慶肩膊，兩相迎湊，在下颼聲顫語， 呻吟不絕。 這西門慶乘着酒興， 架其兩腿在肐膊

有本者如是。

上，只顧没稜露腦，鋭進長驅，肆行搧磞，何止二三百度。須臾，弄的婦人雲髻鬅鬆，舌尖冰冷，口不能言。西門慶則氣喘吁吁，靈龜暢美，一泄如注。良久，拽出那話來，淫水隨出，用帕抹之。兩個整衣繫帶，復理殘粧。西門慶向袖中掏出五六兩一包碎銀子，又是兩對金頭簪兒，遞與婦人，節間買花翠帶。婦人拜謝了，悄悄打發出來。那邊玳安在舖子里，專心只聽這邊門環兒响，便開大門放西門慶進來，自知更無一人曉的。後次朝來暮往，也入港一二次。正是：若要人不知，除非己莫爲。不想被韓嫂兒冷眼睃見，傳的後邊金蓮知道了。這金蓮亦不説破他。

一日，臘月十五日，喬大户家請吃酒。西門慶會同應伯爵、吴大舅一齊起身。那日有許多親朋看戲飲酒，至二更方散。第二日，每家一張桌面，俱不必細説。

單表崔本治了二千兩湖州紬絹貨物，臘月初旬起身，顧船裝載，赶至臨清馬頭〔二〕。教後生榮海看守貨物，便顧頭口來家取車稅銀兩。到門首下頭口，琴童道：「崔大哥來了，請廳上坐。爹在對門房子里，等我請去。」一面走到對門，不見西門慶，因問平安兒。平安兒道：「爹敢進後邊去了。」這琴童兒走到上房，問月娘。月娘道：「見鬼的，你爹從蚤辰出去，再幾時進來？」又到各房裡并花園、書房都瞧遍了，没有。琴童在大門首揚聲道：「省恐殺人，不知爹往那里去了，白尋不着！大白日里把爹來不見了。崔大哥來了這一日，只顧教他坐着。」那玳安分明知道，只不做聲。不想西門慶忽從前邊進來，把衆人諕了一驚。原來西門慶在賁四屋裡

絶不説出在那里，妙甚。

入港，纔出來。那平安打發西門慶進去了，望着琴童兒吐舌頭，都替他捏兩把汗，道：「管情崔大哥去了，有幾下子打。」不想西門慶走到廳上，崔本見了，磕頭畢，交了書帳，說：「船到馬頭，少車稅銀兩。我從臘月初一日起身，在揚州與他兩個分路。他每往杭州去了，俺每都到苗青家住了兩日。」因說：「苗青替老爹使了十兩銀子，擡了揚州衛一個千户家女子，十六歲了，名喚楚雲。說不盡生的花如臉，玉如肌，星如眼，月如眉，腰如柳，襪如鉤，兩隻脚兒恰剛三寸，端的有沉魚落鴈之容，閉月羞花之貌。腹中有三千小曲，八百大曲。苗青如今還養在家，替他打粧奩，治衣服。待開春，韓夥計、保官兒船上帶來，伏侍老爹，消愁解悶。」西門慶聽了，滿心歡喜，說道：「你船上稍了來也罷，又費煩他治甚衣服，打甚粧奩？愁我家没有？」于是恨不的騰雲展翅，飛上揚州，搬取嬌姿，賞心樂事。正是：鹿分鄭相應難辨，蝶化莊周未可知。有詩爲証：

聞道揚州一楚雲，偶憑青鳥語來真。
不知好物都離隔，試把梅花問主人。

西門慶陪崔本吃了飯，兑了五十兩銀子做車稅錢，又寫書與錢主事，煩他青目。崔本言訖，作辭往喬大户家回話去了。平安見西門慶不尋琴童兒，都說：「我兒，你不知有多少造化。爹今日不知有甚事喜歡，若不是，綁着鬼有幾下打。」琴童笑道：「只你知爹性兒。」

比及起了貨來獅子街卸下，就是下旬時分。西門慶正在家打發送節禮，忽見荆都監差人

絶秘書札。拿帖兒來問：「宋大巡題本已上京數日，未知旨意下來不曾？伏惟老翁差人察院衙門一打聽爲妙。」西門慶即差答應節級拿了五錢銀子，往巡按公衙打聽。果然昨日東京邸報下來，寫抄得一紙全報來與西門慶觀看。上面寫着：

山東巡按監察御史宋喬年一本，循例舉劾地方文武官員，以勵人心，以隆聖治事：竊惟吏以撫民，武以禦亂，所以保障地方以司民命者也。苟非其人，則處置乖方，民受其害，國何賴焉！臣奉命按臨山東等處，吏政民瘼，監司守禦，無不留心咨訪。復命按撫大臣詳加鑒別各官賢否，頗得其寔。茲當差滿之期，敢不一一陳之！訪得山東左布政陳四箴，操履忠貞，臨民有方；廉使趙訥，綱紀肅清，士民服習；提學副使陳正彙，操砥礪之行，嚴督率之條；兵備副使雷啓元，軍民咸服其恩威，僚幕悉推其練達；濟南府知府張叔夜，經濟可觀，才堪司牧；東平府知府胡師文，居任清慎，視民如傷。此數臣者，皆當薦獎而優擢者也。又訪得左參議馮廷鵠，傴僂之形，桑榆之景，形若木偶，尚肆貪婪；東昌府知府徐松，縱父妾而通賄，毁謗騰于公堂，慕羨餘而誅求，詈言遍聞閭里〔一二〕。此二臣者，所當亟賜罷斥者也。再訪得左軍院僉書守備周秀，器宇恢弘，操持老練，軍心允服，賊盜潛消；濟州兵馬都監荆忠，年力精强，才猶練達，冠武科而稱爲儒將，勝筭可以臨戎，號令而極其嚴明〔一三〕，長策卒能禦侮。此二臣者，所當亟賜遷擢者也。清河縣千户吳鎧，以練達之才，得衛守之法。驅兵以擣中堅，靡攻不克；儲食以資糧餉，無人不飽。推心置腹，人思効命。實一方之保障，爲國家之屏藩。宜特加超擢，鼓舞臣寮。陛下如以臣言可採，舉而行之，庶幾官爵不濫而人思奮守，故得人而聖治有賴矣〔一四〕。等因。

奉欽依：該部知道。續該吏兵二部題前事：看得御史宋喬年所奏內，劾舉地方文武官員，無非體國之忠，出于公論，詢訪得寔，以裨聖治之事。伏乞聖明俯賜施行，天下幸甚，生民幸甚。奉欽依：擬行。

西門慶一見，滿心歡喜。拏着邸報走到後邊，對月娘説：「宋道長本下來了。已是保舉你哥陞指揮僉事，見任管屯。周守備與荊大人都有奬勵，轉副參、統制之任。如今快使小厮請他來，對他説聲。」月娘道：「你使人請去，我交丫鬟看下酒菜兒。我愁他這一上任，也要銀子使。」西門慶道：「不打緊，我借與他幾兩銀子也罷了。」不一時，請得吳大舅到了。西門慶送那題奏旨意與他瞧，吳大舅連忙拜謝西門慶與月娘，説道：「多累姐夫、姐姐扶持，恩當重報，不敢有忘！」西門慶道：「大舅，你若上任擺酒没銀子，我這里兑些去使。」那大舅又作揖謝了。于是就在月娘房中，安排上酒來，吃酒。月娘也在旁邊陪坐〔一五〕。西門慶即令陳敬濟把全抄寫了一本，與大舅拏着。即差玳安拿帖送邸報往荊都監、周守禦兩家報喜去。正是：

勸君不費鐫研石，路上行人口似碑。

校記

〔一〕「詞曰」，內閣本、首圖本題作「望江南」。

〔二〕「右調望江南」，內閣本、首圖本無。

〔三〕「見任管事」，內閣本、首圖本作「見任管事」。

〔四〕「但見」，內閣本、首圖本作「他見」。

〔五〕「開閉」，內閣本、首圖本作「關閉」。　按張評本、詞話本均作「關閉」。

〔六〕「在房里坐」，內閣本、首圖本作「往房里坐」。　按張評本作「在房里坐」，詞話本作「往房里的」。

〔七〕「韓夥計」，崇禎諸本同。　按張評本作「雲夥計」，詞話本作「舍夥計」。

〔八〕「關上」，內閣本、首圖本、天圖本作「掩上」。　按張評本、詞話本均作「掩上」。

〔九〕「却去的」，內閣本作「那去的」。　按張評本、詞話本作「都去的」。

〔一〇〕「弔問弔問」，內閣本、首圖本作「弔問」。　按張評本作「弔問弔問」，詞話本作「弔問弔兒」。

〔一一〕「赶至」，吳藏本作「赴至」。　按張評本作「赶至」，詞話本作「赶至」。

〔一二〕「遍聞」，內閣本、首圖本、天圖本作「遍于」，吳藏本作「遍於」。　按張評本、詞話本作「遍於」。

〔一三〕「號令」，原作「號合」，據內閣本、首圖本改。　按張評本爲「號令一」，詞話本作「號令」。

〔一四〕「庶幾官爵不濫而人思奮守，　故得人而聖治有賴矣」，　內閣本、首圖本「故得人」作「牧得人」。　按張評本與底本同，詞話本作「庶幾官爵不濫而人心思奮，守牧得人而聖治有賴矣」。

〔一五〕「旁邊」，原作「房邊」，據內閣、首圖等本改。

第七十八回　林太太鴛幃再戰

如意兒莖露獨嘗

第七十八回　林太太鴛幃再戰　如意兒莖露獨嘗

詞曰〔一〕：

鳳髻金泥帶，龍紋玉掌梳。去來窗下笑來扶，愛道畫眉深淺入時無？　弄筆偎人久，描花試手初。等閒含笑問狂夫，笑問歡情不減舊時麽？

話說西門慶陪大舅飲酒，至晚回家。到次日，荆都監早辰騎馬來拜謝，說道：「昨日見旨意下來，下官不勝欣喜，足見老翁愛厚，費心之至，實爲啣結難忘。」說畢，茶湯兩換，荆都監起身。因問：「雲大人到幾時請俺門吃酒？」西門慶道：「近節這兩日也是請不成，直到正月間罷了。」送至大門，上馬而去。西門慶宰了一口鮮猪，兩坛浙江酒，一疋大紅絨金豸員領，一疋黑青粧花紵絲員領，一百果餡金餅，謝宋御史。就差春鴻拏帖兒送到察院去。門吏人報進去，宋御史喚至後廳火房內，賞茶吃。等寫了回帖，又賞了春鴻三錢銀子，來見西門慶。拆開觀看，上寫着：

兩次造擾華府，悚愧殊甚。今又辱承厚貺，何以克當？外令親荆子事，已具本矣，想已知悉。連日渴仰豐標，容當面悉。使旋謹謝。

侍生宋喬年拜

大錦衣西門先生大人門下。

宋御史隨即差人，送了一百本曆日、四萬紙、一口猪來回禮。一日，上司行下文書來，令吳大舅本衛到任管事。西門慶拜去，就與吳大舅三十兩銀子、四疋京段，交他上下使用。到二十四日，封了印來家，又備羊酒花紅軸文，邀請親朋，等吳大舅從衛中上任回來，迎接到家，擺大酒席與他作賀。又是何千户東京家眷到了，西門慶寫月娘名字送茶過去。到二十六日，玉皇廟吳道官十二個道衆，在家與李瓶兒念百日經，整做法事，大吹大打。各親朋都來送茶，請吃齋供，至晚方散。俱不在言表。

至廿七日，西門慶打發各家送禮，應伯爵、謝希大、常峙節、傅夥計、甘夥計、韓道國、賁第傳、崔本，每家半口猪、半腔羊、一坛酒、一包米、一兩銀子；院中李桂姐、吳銀兒、鄭愛月兒，每人一套衣服、三兩銀子。吳月娘又與菴裡薛姑子打齋，令來安兒送香油米麵銀錢去，不在言表。

如此財主，儘自不俗。

看看到年除之日，牕梅表月，簷雪滚風，幽致。竹爆千門萬户，家家帖春勝，處處掛桃符。西門慶燒了紙，又到于李瓶兒房，靈前祭奠。祭畢，置酒于後堂，合家大小歡樂。手下家人小厮并丫頭、媳婦，都來磕頭。西門慶與吳月娘，俱有手帕、汗巾、銀錢賞賜。

到次日，重和元年新正月元旦，西門慶早起冠冕，穿大紅，天地上燒了紙，吃了點心，備馬就拜巡按賀節去了。月娘與衆婦人早起來，施朱傅粉，插花插翠，錦裙綉襖，羅襪弓鞋，粧點

寫出新年光景。

妖嬈，打扮可喜，都來月娘房裡行禮。那平安兒與該日節級，在門首接拜帖，上門簿，答應往來官長士夫。玳安與王經穿着新衣裳，新靴新帽，在門首踢毽子，放炮燇，磕瓜子兒。衆夥計主管伺候見節者，不計其數，都是陳敬濟一人管待。約晌午，西門慶往府縣拜了人回來，剛下馬，招宣府王三官兒衣巾着來拜。到廳上拜了西門慶四雙八拜，然後請吳月娘見。西門慶請到後邊，與月娘見了，出來前廳留坐。纔拏起酒來吃了一盞，只見何千户來拜。西門慶就教陳敬濟管待陪王三官兒，他便往捲棚内陪何千户坐去了。王三官吃了一回，告辭起身。陳敬濟送出大門，上馬而去。落後又是荆都監、雲指揮、喬大户，皆絡繹而至。西門慶待了一日人，已酒帶半酣，至晚打發人去了。回到上房，歇了一夜。到次早，又出去賀節，至晚歸來，家中已有韓姨夫、應伯爵、謝希大、常峙節、花子繇來拜。陳敬濟陪在廳上坐的。西門慶到了，見畢禮，從新擺上酒來飲酒。韓姨夫與花子繇隔門，先去了。剩下伯爵、希大、常峙節，坐個定光油兒不去。又撞見吳二舅來了，見了禮，又往後邊拜見月娘，出來一處坐的。直吃到掌燈已後方散。

賁四嫂與王六兒一般夥計娘子，而巧

西門慶已吃的酩酊大醉，送出伯爵等到門首，衆人去了。西門慶見玳安在旁跕立，捏了一把手。玳安就知其意，說道：「他屋裡没人。」這西門慶就撞入他房内。老婆早已在門裡迎接進去，兩個也無閑話，走到裡間，脱衣解帶就幹起來。原來老婆好並着腿幹，兩隻手揝着，只教西門慶攮他心子。那浪水熱熱一陣流出來，把床褥皆濕。西門慶龜頭蘸了藥，攮進去，

拙遂分厚薄。

兩手扳着腰，只顧揉搓。麈柄盡入至根，不容毫髮。婦人瞪目，口中只叫親爺。那西門慶問他：「你小名叫甚麽？說與我。」老婆道：「奴娘家姓葉，排行五姐。」西門慶口中喃喃吶吶，就叫葉五兒不絕。那老婆原是妳子出身，與賁四私通，被拐出來，占爲妻子，今年三十二歲，甚麽事兒不知道！口裡如流水連叫親爺不絕。情濃一泄如注。西門慶扯出麈柄要抹，婦人攔住：「休抹，等淫婦下去替你吮淨了罷。」西門慶滿心歡喜。婦人真個蹲下身子，雙手捧定那話，吮咂的乾乾淨淨，纔繫上褲子。因問西門慶：「他怎的去恁些時不來？」西門慶道：「我這里也盼他哩。只怕京中你夏老爹留住他使。」又與了老婆二三兩銀子盤纏，因說：「我待與你一套衣服，恐賁四知道不好意思，不如與你些銀子兒，你自家治買罷。」開門送出來，玳安又早在鋪子里掩門等候。西門慶便往後邊去了。

看官聽說：自古上梁不正則下梁歪，原來賁四老婆先與玳安有姦，這玳安剛打發西門慶進去了，因傅夥計又没在鋪子里上宿，他與平安兒打了兩大壺酒，就在老婆屋裏吃到有二更時分，平安在鋪子里歇了，他就和老婆在屋裏睡了一宿。有這等的事！正是：

滿眼風流滿眼迷，殘花何事濫如泥。
拾琴暫息商陵操，惹得山禽遶樹啼。

却說賁四老婆晚夕同玳安睡了，因對他說：「我一時依了爹，只怕隔壁韓嫂兒傳嚷的後邊知道，也似韓夥計娘子，一時被你娘們說上幾句，羞人答答的，怎好相見？」玳安道：「如今家

金蓮于財色二者無所不愛，然亦有以其不甚愛而易其所最愛者。色不可自主，而財則亦其樂得也。

中，除了俺大娘和五娘不言語，別的不打緊。俺大娘倒也罷了，只是五娘快出尖兒。你依我，節間買些甚麼兒，進去孝順俺大娘。別的不希罕，他平昔好吃蒸酥，你買一錢銀子菓餡蒸酥，一盒好大壯瓜子送進去。這初九日是俺五娘生日，你再送些禮去，梯己再送一盒瓜子與俺五娘，管情就掩住許多口嘴。」這賁四老婆真個依着玳安之言，第二日趕西門慶不在家，玳安就替他買了盒子，掇進月娘房中。月娘便道：「是那裡的？」玳安道：「是賁四嫂送與娘吃的。」月娘道：「他男子漢又不在家，那討個錢來？又交他費心。」連忙收了，又回出一盒饅頭，一盒菓子，說：「上覆他，多謝了。」

那日西門慶拜人回家，早又玉皇廟吳道官來拜，在廳上留坐吃酒。剛打發吳道官去了，西門慶脱了衣服，使玳安：「你騎了馬，問聲文嫂兒去：俺爹今日要來拜拜太太。看他怎的說。」玳安道：「爹不消去。頭里文嫂兒騎着驢子打門首過去了。他說明日初四，王三官兒起身往東京，與六黄公公磕頭去了。太太說，交爺初六日過去見節，他那里伺候。」西門慶便道：「他真個這等說來？」玳安道：「莫不小的敢説謊！」這西門慶就入後邊去了。

剛到上房坐下，忽來安兒來報：「大舅來了。」只見吳大舅冠冕着，束着金帶，進入後堂。先拜西門慶，說道：「我吳鎧多蒙姐夫抬舉看顧，又破費姐夫，多謝厚禮。日昨姐夫下降，我又不在家，失迎。今日敬來與姐夫磕個頭兒，恕我遲慢之罪。」說着，磕下頭去。西門慶慌忙頂頭相還，說道：「大舅恭喜，至親何必計較。」拜畢，月娘出來與他哥磕頭。慌的大舅忙還半禮，説道：「姐姐，兩禮兒罷。哥哥嫂嫂不識好歹，常來擾害你兩口兒。你哥老了，看顧看顧罷。」月娘道：「一時有不到處，望哥躭帶便了。」吳大舅道：「姐姐没的説，累你兩口兒還少哩！」拜畢，西門慶留吳大舅坐，説道：「這咱晚了，料大舅也不拜人了，寬了衣裳，咱房里坐罷。」不想孟玉樓與潘金蓮兩個都在屋裡，聽見嚷吳大舅進來，連忙走出來，與大舅磕頭。磕了頭，逕往各人房裡去了。西門慶讓大舅房内坐的，騎火盆安放桌兒，擺上菜兒來。小玉、玉簫都來與大舅磕頭。月娘用小金鑲鍾兒斟酒，遞與大舅，西門慶主位相陪。吳大舅讓道：「姐姐，你也來坐的。」月娘道：「我就來。」又往裡間房内拿出數樣配酒的菓菜來。飲酒之間，西門慶便問：「大舅的公事都停當了？」吳大舅道：「蒙姐夫擡舉，衛中任便到了，上下人事倒也都周給的七八。只有屯所裡未曾去到到任。明日是個好日期，衛中開了印來家，整理些盒子，須得擡到屯所裡到任，行牌拘將那屯頭來參見，分付分付。前官丁大人壞了事情，已被巡撫侯爺參劾去了。如今我接管承行，須要振刷在册花户，警勵屯頭，務要把這舊管新增開報明白，到明日秋糧夏税，纔好下屯徵收。」西門慶道：「通共約有多少屯田？」吳大舅道：「太祖舊例，爲養兵省轉輸之勞，纔立下這屯田。那時只是上納秋糧，後吃宰相王安石立青苗法，增上這夏税。而今這濟州管内，除了拋荒、葦場、港隘，通共二萬七千頃屯地，每頃秋税夏税只徵收一兩八錢，不上五百兩銀子。到年終總傾銷了，往東平府交納，轉行招商，以備軍糧馬草作用。」西門慶又問：「還有羨餘之利？」吳大舅道：「雖故還有些拋零人户不在册者，鄉民頑滑，若十分徵緊了，等秤斛斗重，恐聲口致起公論。」西門慶道：「若是多寡有些兒也罷，難道說全徵？」吳大舅道：「不瞞姐夫說：若會管此屯，見一年也有百十兩銀子。到年終，人户們還有些鷄鵝豚米相送，那個是各人取覓，不在數内的。只是多賴姐夫力量扶持。」西門慶道：「得勾你老人家攬給，也盡我一點之心。」說了回，月娘也走來旁邊陪坐。三人飲酒到掌燈已後，吳大舅纔起身去了。西門慶就在金蓮房中歇了一夜。到次日早往衙門中開印，陞廳畫卯，發放公事。先是雲理守家發帖兒，初五日請西門慶并合衛官員吃慶官酒。次日，何千户娘子藍氏下帖兒，初六日請月娘姊妹相會。

且說那日西門慶同應伯爵、吳大舅三人起身，到雲理守家。原來旁邊又典了人家一所房子，三間客位内擺酒，叫了一起吹打鼓樂迎接，都有桌面，吃至晚夕來家。巴不到次日，月娘往何千户家吃酒去了。西門慶打選衣帽齊整，騎馬帶眼紗，玳安、琴童跟隨，午後時分，逕來王招宣府中拜節。王三官兒不在，送進帖兒去。文嫂兒又早在那裡接了帖兒，連忙報與林太太說，出來，請老爺後邊坐。轉過大廳，到于後邊，掀起明簾，只見裏邊氍毹匝地，簾幙垂紅。少傾，林氏穿着大紅通袖袍兒，珠翠盈頭，與西門慶見畢禮數，留坐待茶。分付：「大官，把馬牽于後槽喂着。」茶罷，讓西門慶寬衣房内坐，説道：「小兒從初四日往東京與他叔岳父六黃太尉磕頭去了，只過了元宵纔來。」西門慶一面喚玳安脱去上蓋，裡邊穿着白綾襖子，天青飛魚氅衣，十分綽耀。婦人房裏安放桌席。須臾，丫鬟拿酒菜上來，杯盤羅列，肴饌堆盈，酒泛金波，茶烹玉蕋。婦人玉手傳杯，秋波送意，猜枚擲骰，笑語烘春。話良久，意洽情濃；飲多時，目邪心蕩。看看日落黄昏，又早高燒銀燭。玳安、琴童自有文嫂兒管待。三官兒娘子另是一所屋裡居住，自有丫鬟養娘伏侍，等閑不過這邊來。婦人又倒扣角門，僮僕誰敢擅入！酒酣之際，兩個共入裡間房内，掀開綉帳，關上窗户，輕剔銀釭，忙掩朱户。男子則解衣就寢，婦人卽洗牝上床。枕設寶花，被翻紅浪。原來西門慶帶了淫器包兒來，安心要鏖戰這婆娘，早把胡僧藥用酒吃在腹中，那話上使着雙托子，在被窩中架起婦人兩股，縱麈柄入牝中。舉腰展力，一陣掀騰鼓擣，連聲响喨。婦人在下，没口叫達達如流水。正是：招海旌幢秋色裏，擊天鼙鼓月明中。但見：

迷魂陣擺，攝魄旗開。迷魂陣上閃出一員洒金剛〔二〕，色魔王能爭貫戰；攝魂旗下擁一個粉骷髏，花狐狸百媚千嬌。這陣上撲鼕鼕，鼓震春雷；那陣上鬧挨挨，麝蘭靉靆。這陣上復溶溶，被翻紅浪精神健；那陣上刷剌剌，帳控銀鈎情意乖。這一個急展展，二十四解任徘徊〔三〕；那一個忽剌剌，一十八滾難挣扎。鬬良久，汗浸浸釵横鬢亂；戰多時，喘吁吁枕側衾歪。頃刻間腫眉矓眼〔四〕，霎時下肉綻皮開。正是：幾番鏖戰貪淫婦，不是今番這一遭。

當下西門慶就在這婆娘心口與陰户燒了兩炷香，許下明日家中擺酒，使人請他同三官兒娘子去看燈耍子。這婦人一段身心已被他拴縛定了，于是滿口應承都去。西門慶滿心歡喜，起來與他留連痛飲。至二更時分，把馬從後門牽出，作別回家。正是：

盡日思君倚畫樓，相逢不捨又頻留。
劉郎莫謂桃花老，浪把輕紅逐水流。

西門慶到家，有平安攔門稟説：「今日有薛公公家差人送請帖兒，請爹早往門外皇庄看春。又是雲二叔家送了五個帖兒，請五位娘吃節酒。」西門慶聽了，進入月娘房來。只見孟玉樓、潘金蓮都在房內坐的。月娘從何千户家赴了席來家，正坐着説話，見西門慶進來，連忙道了萬福。因問：「你今日往那裡，這咱纔來？」西門慶没得説，只説：「我在應二哥家留坐。」月娘便説起今日何千户家酒席上事：「原來何千户娘子年還小哩，今年纔十八歲，生的燈上人兒也似，一表人物，好嫖致，知今博古。見我去，恰似會了幾遍，好不喜洽。嫁了何大人二年光景，房裡到使着四個丫頭、兩個養娘、兩房家人媳婦。」西門慶道：「他是內府生活所藍太監姪女兒〔五〕，嫁與他，陪了好少錢兒！」月娘道：「明日雲夥計家又請俺每吃節酒，送了五個帖兒來，端的去不去？」西門慶説：「他既請你每，都去走走罷。」月娘道：「留雪姐在家罷，只怕大節下一時有個人客闖將來，他每没處撾撓。」西門慶道：「也罷，留雪姐在家裡，你每四個去罷。明日薛太監請我看春，我也懶待去。這兩日春氣發也怎的，只害這腰腿疼。」月娘道：「你腰腿疼，只怕是痰火，問任醫官討兩服藥吃不是，只顧挨着怎的？」西門慶道：「不妨事，由他，一發過了這兩日吃，心淨些。」因和月娘計較：「到明日燈節，咱少不的置席酒兒，請請何大人娘子。連周守備娘子、荊南崗娘子、張親家母、雲二哥娘子，連王三官兒母親和大妗子、崔親家母，這幾位都會會。也只在十二三掛起燈來，還叫王皇親家那起小厮扮戲，耍一日。去年還有賁四在家扎幾架烟火放，今年他東京去了，只顧不見來，却教誰人看着扎？」那金蓮在旁插口道：「賁四去了，他娘子兒扎也是一般。」這西門慶就瞅了金蓮道：「這個小淫婦兒，三句話就説下道兒去了。」那月娘、玉樓也不採顧，就罷了。因説道：「那王三官兒娘，咱每與他没會過，人生面不熟，怎麽好請他？只怕他也不肯來。」西門慶道：「他既認我做親，咱送個帖兒與他。來不來，隨他就是了。」月娘又道：「我明日不往雲家去罷，懷着個臨月身子，只管往人家撞來撞去的，交人家唇齒。」玉樓道：「怕怎的？你身子懷的又不顯，怕還不是這個月的孩子，不妨事。大節下自恁散心，去走走兒纔好。」説畢，西門慶吃了茶，就往後邊孫雪娥房裡去了。那潘金蓮見他往雪娥房中去，叫了大姐，也就往前邊去了。西門慶到于雪娥房中，交他打腿捏身上，捏了半夜。

心痛病人，便一句説話吃不起。

苦惱如雪娥者，不得歡娛而反勞碌。

一宿晚景題過。到次日早晨，只見應伯爵走來，對西門慶説：「昨日雲二嫂送了個帖兒，今日請房下陪衆嫂子坐。家中舊時有幾件衣服兒，都倒塌了，大正月不穿件好衣服，惹的人家笑話。敢來上覆嫂子，有上蓋衣服，借約兩套兒，頭面簪環，借約幾件兒，交他穿戴了去。」西門慶令王經：「你裡邊對你大娘説去。」伯爵道：「應寶在外邊拏着毡包并盒兒裡。哥哥，累你拿進去，就包出來罷。」那王經接毡包進去，良久抱出來，交與應保，説道：「裡面兩套上色段子

此一去，有得來否？

織金衣服，大小五件頭面，一雙環兒。」應寶接的去了。西門慶陪伯爵吃茶，説道：「今日薛內相又請我門外看春，怎麼得工夫去？吳親家廟裏又送帖兒，初九日年例打醮，也是去不成，教小婿去罷了。這兩日不知酒多了也怎的，只害腰疼，懶待動旦。」伯爵道：「哥，你還是酒之過，濕痰流注在這下部，也還該忌忌。」西門慶道：「這節間到人家，誰肯輕放了你，怎麼忌的住？」

正説着，只見玳安拏進盒兒來，説道：「何老爹家差人送請帖兒來，初九日請吃節酒。」西門慶道：「早是你看着，人家來請，你怎不去？」于是看盒兒內放着三個請帖兒：一個雙紅僉兒，寫着「大寅丈四泉翁老先生大人」，一個寫「大都閫吳老先生大人」，一個寫着「大鄉望應老先生大人」，俱是「侍教生何永壽頓首拜」。玳安説：「他説不認的，教咱這里轉送送兒去。」伯爵一見便説：「這個却怎樣兒的？我還沒送禮兒去與他，怎好去？」西門慶道：「我這里替你封上分帕禮兒，你差應寶早送去就是了。」一面令王經：「你封二錢銀子，一方手帕，寫你應二爹名字，與你應二爹。」因説：「你把這請帖兒袖了去，省的我又教人送。」只把吳大舅的差來安兒送去了。須臾，王經封了帕禮，遞與伯爵。伯爵打恭説道：「又多謝哥，我後日早來會你，咱一同起身。」説畢，作辭去了。午間，吳月娘等打扮停當，一頂大轎，三頂小轎，後面又帶着來爵媳婦兒惠元收疊衣服，一頂小轎兒，四名排軍喝道，琴童、春鴻、棋童、來安四個跟隨，往雲指揮家來吃酒。正是：

翠眉雲鬢畫中人，嫋娜宮腰迥出塵。

天上嫦娥元有種，嬌羞釀出十分春。

不說月娘衆人吃酒去了。且說西門慶分付大門上平安兒：「隨問甚麼人，只說我不在。有帖兒，接了就是了。」那平安經過一遭，那里再敢離了左右，只在門首坐的。但有人客來望，只回不在家。西門慶因害腿疼，猛然想起任醫官與他延壽丹，用人乳吃，于是來到李瓶兒房中，叫如意兒擠乳。那如意兒節間打扮着，連忙擠乳，打發吃了藥。西門慶就圍爐坐的，叫迎春拏菜兒篩酒來吃。迎春打發了，就走過隔壁，和春梅下棋去了。要茶要水，自有如意兒打發。西門慶見丫鬟不在屋裡，就在炕上斜靠着，扯開褲子，露出那話來，叫他用口吮咂。一面斟酒自飲，因呼道：「章四兒，我的兒，你用心替達達咂，我到明日尋出件好粧花段子比甲兒來，你正月十二日穿。」老婆道：「看爹可憐見。」咂弄勾一頓飯時，西門慶道：「我兒，我心裡要在你身上燒炷香兒。」老婆道：「隨爹揀着燒。」西門慶令他關上房門，把裙褲脫了，仰卧在炕上。西門慶袖內還有燒林氏剩下的三個燒酒浸的香馬兒，撇去他抹胸兒，一個坐在他心口內，一個坐在他小肚兒底下，一個安在他毯蓋子上，用安息香一齊點着。那話下邊便插進牝中，低着頭看着拽，只顧没稜露腦往來送進不已。又取過鏡臺來，傍邊照看。好看。須臾，那香燒到肉根前。婦人蹙眉齧齒，忍其疼痛，口里顫聲柔語，哼成一塊，没口子叫：「達達爹爹，罷了我了，好難忍也。」西門慶便叫道：「章四兒淫婦，你是誰老婆？」婦人道：「我是爹的老婆。」西門慶教與他：「你說是熊旺的老婆，今日屬了我的親達達了。」那婦人回應道：「淫婦原是熊旺的老婆，

此非延壽丹，乃催命藥也。

如此作情

語，祇見共俗耳，有何妙處？然出自西門慶口中，固妙！

今日屬了我的親達達了。」西門慶又問道：「我會合不會？」婦人道：「達達會合毬。」兩個淫聲艷語，無般言語不說出來。西門慶那話粗大，撑的婦人牝户滿滿，往來出入，帶的花心紅如鸚鵡舌，黑似蝙蝠翅，翻覆可愛。西門慶于是把他兩股扳抱在懷內，四體交匝，兩相迎湊。那話盡没至根，不容毫髮。婦人瞪目失聲，淫水流下。西門慶情濃樂極，精邈如湧泉。正是：

不知已透春消息，但覺形骸骨節鎔。

西門慶燒了老婆身上三處香，開門尋了一件玄色段子粧花比甲兒與他。

至晚，月娘衆人來家，對西門慶說：「原來雲二嫂也懷着個大身子。俺兩個今日酒席上都遞了酒，說過，到明日兩家若分娩了，若是一男一女，兩家結親做親家；若都是男子，同堂攻書；若是女兒，拜做姐妹，一處做針指，來往親戚耍子。應二嫂做保証。」西門慶聽的笑了。

言休饒舌，到第二日，却是潘金蓮上壽。西門慶早起往衙門中去了，分付小厮每擡出燈來，收拾揩抹乾淨，各處張掛。叫來興買鮮菓，叫小優晚夕上壽。潘金蓮早辰打扮出來，花粧粉抹，翠袖朱唇，走來大廳上。看見玳安與琴童站在高櫈上掛燈，因笑嘻嘻說道：「我道是誰在這里，原來是你每掛燈哩。」琴童道：「今日是五娘上壽，爹分付叫俺每掛了燈，明日娘生日好擺酒。晚夕小的每與娘磕頭，娘已定賞俺每哩。」婦人道：「要打便有，要賞可没有。」琴童道：「爺嚛，娘怎的没打不說話，行動只把打放在頭里！小的每是娘的兒女，娘看顧看顧兒便好，如何只說打起來。」婦人道：「賊囚，别要說嘴。你好生仔細掛那燈，没的例兒搭兒的拏不

琴童嘴兒盡滑。

賁四老婆還不如五娘會唖。

牢，吊將下來。前日年里，爲崔本來，說你爹大白日里不見了，險了險赦了一頓打没曾打，這遭兒可打的成了。」琴童道：「娘只說破話，小的命兒薄薄的，又謊小的。」玳安道：「娘也會打聽，這個話兒娘怎得知？」婦人道：「宮外有株松，宮内有口鍾。鍾的聲兒，樹的影兒，我怎麽有個不知道的？昨日可是你爹對你大娘說，去年有賁四在家，還扎了幾架烟火放，今年他不在家，就没人會扎。吃我說了兩句；他不在家，左右有他老婆會扎，教他扎不是！」玳安道：「娘說的甚麽話，一個夥計家，那里有此事！」婦人道：「甚麽話？檀木靶！有此事，真個的。畫一道兒，只怕合過界兒去了。」琴童道：「娘也休聽人說，只怕賁四來家知道。」婦人道：「可不瞞那傻王八哩。我只說那王八也是明王八，怪不的他往東京去的放心，丢下老婆在家，料莫他也不肯把毬閑着。賊囚根子們，别要說嘴，打夥兒替你爹做牽頭，勾引上了道兒，你每好圖躧狗尾兒。說的是也不是？敢說我知道，嗔道賊淫婦買禮來。與我也罷了，又送蒸酥與他大娘，另外又送一大盒瓜子兒與我，要買住我的嘴頭子。他是會養漢兒。我就猜没别人，好猜。偏猜得着。就知道是玳安兒這賊囚根子替他鋪謀定計。」玳安道：「娘屈殺小的。小的平白管他這勾當怎的？小的等閑也不往他屋裡去。娘也少聽韓回子老婆說話，他兩個爲孩子好不嚷亂。常言：要好不能勾，要歹登時就。房倒壓不殺人，舌頭倒壓殺人。聽者有，不聽者無。論起來，賁四娘子爲人和氣，在咱門首住着，家中大小没曾惡識了一個人，誰人不在他屋裡討茶吃？莫不都養着？倒没放處。」金蓮道：「我見那水眼淫婦，矮着個靶子，像個半頭磚兒也是的，把那水濟濟眼擠着，七八拏杓兒舀，好個怪淫婦！他和那韓道國老婆，那長大摔瓜淫婦，我不知怎的，掐了眼兒不待見他。」（此是妬心所使。）

正説着，只見小玉走來説：「俺娘請五娘，潘姥姥來了，要轎子錢哩。」金蓮道：「我在這里站着，他從多咱進去了？」琴童道：「姥姥打夾道里進去的。一來的轎子，該他六分銀子。」金蓮道：「我那得銀子？來人家來，怎不帶轎子錢兒？走！」一面走到後邊，見了他娘，只顧不與他轎子錢，只説没有。月娘道：「你與姥姥一錢銀子，寫帳就是了。」金蓮道：「我是不惹他，他的銀子都有數兒，只教我買東西，没教我打發轎子錢。」坐了一回，大眼看小眼。外邊擡轎的催着要去，玉樓見不是事，向袖中拿出一錢銀子來，打發擡轎的去了。不一時，大妗子、二妗子、大師父來了，月娘擺茶吃了。潘姥姥歸到前邊他女兒房內來，被金蓮儘力數落了一頓，説道：「你没轎子錢，誰教你來？恁出醜刮劃的，教人家小看！」潘姥姥道：「姐姐，你没與我個錢兒，老身那討個錢兒來？好容易賙辦了這分禮兒來。」婦人道：「指望問我要錢，我那里討個錢兒與你？你看，七個窟窿到有八個眼兒等着在這里。今後你看，有轎子錢便來他家來，没轎子錢別要來。料他家也没少你這個窮親戚，休要做打嘴的獻世包！關王買豆腐——人硬貨不硬。我又聽不上人家那等毯聲顙氣。前日爲你去了，和人家大嚷大閙的，你知道也怎的？（寃得奇。）驢糞毬兒面前光，却不知裡面受恓惶。」幾句説的潘姥姥嗚嗚咽咽哭起來了。春梅道：「娘今日怎的，只顧説起姥姥來了。」一面安撫老人家，在里邊炕上坐的，連忙點了盞茶與他吃。

金蓮小氣，不獨在色上着脚，即財上亦十分鄭重。可見四者之慾，一齊都到。

潘姥姥氣的在炕上睡了一覺，只見後邊請吃飯，纔起來往後邊去了。

西門慶從衙門中來家，正在上房擺飯，忽有玳安拏進帖兒來說：「荊老爹陞了東南統制，來拜爹。」西門慶見帖兒上寫「新陞東南統制兼督漕運總兵官荊忠頓首拜」，慌的西門慶連忙穿衣冠帶，迎接出來。只見都總制穿着大紅麒麟補服、渾金帶進來，後面跟着許多僚掾軍牢。一面讓至大廳上，叙禮畢，分賓主而坐，茶湯上來。荊統制說道：「前日陞官勅書纔到，還未上任，逕來拜謝老翁。」西門慶道：「老總兵榮擢恭喜，大才必有大用，自然之道。吾輩亦有光矣，容當拜賀。」一面：「請寬尊服，少坐一飯。」卽令左右放卓兒。荊統制再三致謝道：「學生奉告老翁，一家尚未拜，還有許多薄冗，容日再來請教罷。」便要起身。西門慶那里肯放？隨令左右上來，寬去衣服，登時打抹春臺，收拾酒菓上來。獸炭頻燒，煖簾低放，金壺斟玉液，翠盞貯羊羔。纔斟上酒來，只見鄭春、王相兩個小優兒來到，扒在面前磕頭。西門慶道：「你兩個如何這咱纔來？」問鄭春：「那一個叫甚名字？」鄭春道：「他喚王相，是王桂的兄弟。」西門慶卽令拏樂器上來彈唱。須臾，兩個小優歌唱了一套《霽景融和》。左右拿上兩盤攢盒點心嗄飯、兩瓶酒，打發馬上人等。荊統制道：「這等就不是了。學生叨擾，下人又蒙賜饌，何以克當！」卽令上來磕頭。西門慶道：「一二日房下還要潔誠請尊正老夫人賞燈一叙，望乞下降。在座者惟老夫人、張親家夫人、同僚何天泉夫人，還有兩位舍親，再無他人。」荊統制道：「若老夫人尊票到，賤荊已定趨赴。」又問起：「周老總兵怎的不見陞轉？」荊統制道：「我聞得周菊軒也只在三月間有京榮之轉。」西門慶道：「這也罷了。」坐不多時，荊統制告辭起身。西門慶送出大門，看着上馬喝道而去。

晚夕，潘金蓮上壽，後廳小優彈唱，遞了酒，西門慶便起身往金蓮房中去了。月娘陪着大妗子、潘姥姥、女兒郁大姐、兩個姑子，在上房坐的飲酒。潘金蓮便陪西門慶在他房內，從新又安排上酒來，與西門慶梯己遞酒磕頭。落後潘姥姥來了，金蓮打發他李瓶兒這邊歇卧。他便陪着西門慶自在飲酒，頑耍做一處。却說潘姥姥到那邊屋里，如意、迎春讓他熱炕上坐着。先是姥姥看見明間內靈前供擺着許多獅仙五老定勝卓席，旁邊掛着他影，因向前道了個問訊，說道：「姐姐好處生天去了。」進來坐在炕上，向如意兒、迎春道：「你娘勾了。官人這等費心追薦，受這般大供養，勾了。他是有福的。」如意兒道：「前日娘的百日，請姥姥，怎的不來？門外花大妗子和大妗子都在這里來，十二個道士念經，好不大吹大打揚旛道場，水火煉度，晚上纔去了。」潘姥姥道：「幫年逼節，丟着個孩子在家，我來家中沒人，所以就不曾來。今日你楊姑娘怎的不見？」如意兒道：「姥姥還不知道，楊姑娘老病死了。從年裡俺娘念經就沒來，俺娘們都往北邊與他上祭去來。」潘姥姥道：「可傷，他大如我，我還不曉的他老人家没了。嗔道今日怎的不見他。」說了一回，如意兒道：「姥姥，有鍾甜酒兒，你老人家用些兒。」一面叫迎春：「姐，你放小卓兒在炕上，篩甜酒與姥姥吃盃。」不一時取到。飲酒之間，婆子又題起李瓶兒來：「你娘好人，有仁義的姐姐，熱心腸兒。我但來這里，沒曾把我老娘當外人看承，一

專在此處用工夫。

語有含蓄。

瓶兒身後

論定，所謂自有旁人說短長也。

及其老也，戒之在得。

老者之言，每多奇中，以其見多識明之故。

到就是熱茶熱水與我吃，還只恨我不吃。夜間和我坐着說話兒。我臨家去，好歹包些甚麼兒與我拏了去，再不曾空了我。不瞞你姐姐每說，我身上穿的這披襖兒，還是你娘與我的。正經我那冤家，半分折針兒也迸不出來與我。我老身不打誑語，阿彌陀佛，妙。水米不打牙。他若肯與我一個錢兒，我滴了眼睛在地。你娘與了我些甚麼兒，他還說我小眼薄皮，愛人家的東西。想今日爲轎子錢，你大包家拏着銀子，就替老身出幾分便怎的？咬定牙兒只說没有，倒教後邊西房裡姐姐拏出一錢銀子來，打發擡轎的去了。歸到屋里，還數落了我一頓，到明日有轎子錢便教我來，没轎子錢休叫我上門走。我這去了不來了。識。來到這里，没的受他的氣。隨他去，有天下人心狠，不似俺這短壽命。姐姐，你每聽着我說，老身若死了，他到明日不聽人說，還不知怎麼收成結果哩。想着你從七歲没了老子，我怎的守你到如今，從小兒交你做針指，往余秀才家上女學去，替你怎麼纏手縛脚兒的，你天生就是這等聰明伶俐，到得這步田地？他把娘喝過來，斷過去，不看一眼兒。」如意兒道：「原來五娘從小兒上學來，嗔道恁題起來就會，識字深。」潘姥姥道：「他七歲兒上女學，上了三年，字倣也曾寫過，甚麼詩詞歌賦唱本上字不認的！」

正說着，只見打的角門子响。如意兒道：「是誰叫門？」使綉春：「你瞧瞧去。」那綉春走來說：「是春梅姐姐來了。」如意兒連忙捏了潘姥姥一把手，就說道：「姥姥悄悄的，春梅來了。」妙。潘姥姥道：「老身知道，他與我那冤家一條腿兒。」只見春梅進來，見衆人陪着潘姥姥吃酒，說道：「我來瞧瞧姥姥來了。」如意兒讓他坐，這春梅把裙子摟起，一屁股坐在炕上。迎春便挨着他坐，如意坐在右邊炕頭上，潘姥姥坐在當中。因問：「你爹和你娘睡了不曾？」春梅道：「剛纔打發他兩個睡下了，我來這邊瞧瞧姥姥。有幾樣菜兒，一壺兒酒，取過來和姥姥坐的。」因央及綉春：「你那邊教秋菊掇了來，我已是攢下了。」綉春去了。不一時，秋菊用盒兒掇着菜兒，綉春提了一錫壺金華酒來。春梅分付秋菊：「你往房里看去，若叫我，來這里對我說。」秋菊去了。一面擺酒在炕卓上，都是燒鴨、火腿、海味之類，堆滿春臺。綉春關上角門，走進在旁邊陪坐，于是篩上酒來。春梅先遞了一鍾與潘姥姥，然後遞如意兒與迎春、綉春。又將護衣碟兒內每樣揀出，遞與姥姥衆人吃，說道：「姥姥，這個都是整菜，你用些兒。」那婆子道：「我的姐姐，我老身吃。」因說道：「就是你娘，從來也沒費恁個心兒管待我管待兒。姐姐，你倒有惜孤愛老的心，你到明日管情一步好一步。敢是俺那冤家〔六〕，沒人心，沒人義。幾遍爲他心齷齪，我也勸他，他就扛的我失了色。今日早是姐姐你看着，我來你家討冷飯吃來了，你下老實那等扛我！」春梅道：「姥姥，罷，你老人家只知其一，不知其二。俺娘是爭强不伏弱的性兒。比不的六娘，銀錢自有，他本等手里沒有。你只說他不與你，別人不知道，我知道。想俺爹雖是有的銀子放在屋里，俺娘正眼兒也不看他的。若遇着買花兒東西，明公正義問他要，不恁瞞瞞藏藏的，教人看小了他，怎麼張着嘴兒說人！他本沒錢，姥姥怪他，就虧了他了。莫不我護他？也要個公道。」如意兒道：「錯怪了五娘。自古親兒骨肉，五娘有錢，不孝順姥姥再與誰？常言

千古相知。

好隱諷。

道：要打看娘面，千朵桃花一樹兒生。捨得妙。到明日你老人家黄金入櫃，五娘他也没個貼皮貼肉的親戚，就如死了俺娘樣兒。」婆子道：「我有今年没明年，知道今日死明日死？我也不怪他。」春梅見婆子吃了兩鍾酒，韶刀上來，便叫迎春：「二姐，你拿骰盆兒來，咱每擲個骰兒，搶紅耍子兒罷。」不一時，取了四十個骰兒的骰盆來。春梅先與如意兒擲，擲了一回，又與迎春擲，都是賭大鍾子。你一盞，我一鍾，須臾竹葉穿心，桃花上臉，把一錫瓶酒吃的罄淨。迎春又拿上半鐔麻姑酒來，也都吃了。約莫到二更時分，那潘姥姥老人家熬不的，又早前靠後仰打起盹來，方纔散了。一般大量，豈安得歟？

春梅便歸這邊來。推了推角門，開着，進入院内。只見秋菊正在明間板壁縫兒内，倚着春櫈兒，聽他兩個在屋里行房，怎的作聲喚，口中呼叫甚麽。正聽在熱鬧，不防春梅走到根前，向他腮頰上儘力打了個耳刮子，罵道：「賊少死的囚奴，你平白在這里聽甚麽！」打的秋菊睁睁的，説道：「我這裡打盹，誰聽甚麽來，你就打我！」不想房内婦人聽見，便問春梅，他和誰説話。春梅道：「没有人，我使他關門，他不動。」于是替他掩過了。秋菊揉着眼，關上房門。春梅走到炕上，摘頭睡了。正是：

鶬鶊有意留殘景，杜宇無情戀晚暉。

一宿晚景題過。次日潘金蓮生日，有傅夥計、甘夥計、賁四娘子、崔本媳婦段大姐、吴舜臣媳婦鄭三姐、吴二妗子，都在這里。西門慶約會吴大舅、應伯爵，整衣冠，尊瞻視，騎馬喝道，往何千户家赴席。那日也有許多官客，四個唱的，一起雜耍，周守備同席飲酒。至晚回家，就在前邊和如意兒歇了。

到初十日，發帖兒請衆官娘子吃酒。月娘便向西門慶說：「趁着十二日看燈酒，把門外的孟大姨和俺大姐也帶着請來坐坐，省的教他知道惱，請人不請他。」西門慶道：「早是你說。」分付陳敬濟：「再寫兩個帖，差琴童兒請去。」這潘金蓮在旁聽着多心，走到屋里，一面攛掇潘姥姥就要起身。月娘道：「姥姥，你慌去怎的？再消住一日兒是的。」金蓮道：「姐姐，大正月裏，他家里丟着孩子没人看，教他去罷。」慌的月娘裝了兩個盒子點心茶食，又與了他一錢轎子錢，管待打發去了。金蓮因對着李嬌兒說：「他明日請他有錢的大姨兒來看燈吃酒，一個老行貨子，觀眉觀眼的，不打發去了，平白教他在屋里做甚麽？待要說是客人，没好衣服穿；待要說是燒火的媽媽子，又不像。倒没的教我惹氣。」西門慶使玳安兒送了兩個請書兒往招宣府，一個請林太太，一個請王三官兒娘子黄氏。又使他院中早叫李桂兒、吴銀兒、鄭愛月兒、洪四兒四個唱的，李銘、吴惠、鄭奉三個小優兒。

不想那日賁四從東京來家，梳洗頭臉，打選衣帽齊整，來見西門慶磕頭，遞上夏指揮回書。西門慶問道：「你如何這些時不來？」賁四具言在京感冒打寒一節：「直到正月初二日，纔收拾起身回來。夏老爹多上覆老爹：多承看顧。」西門慶照舊還把鑰匙教與他，管絨線鋪。另打開一間，教吴二舅開舖子賣紬絹，到明日松江貨舡到，都卸在獅子街房内，同來保發賣。且叫賁四叫花兒匠在家攢造兩架烟火，十二日要放與堂客看。只見應伯爵領了李三見西門慶。先道外日承攜之事，坐下吃畢茶，方纔說起：「李三哥今有一宗買賣與你說，你做不做？」西門慶道：「甚麽買賣？」李三道：「今東京行下文書，天下十三省，每省要幾萬兩銀子的古器。咱這東平府坐派着二萬兩，批文在巡按處，還未下來。如今大街上張二官府，破二百兩銀子幹這宗批要做，都看有一萬兩銀子尋。小人會了二叔，敬來對老爹說。老爹若做，張二官府拏出五千兩來，老爹拏出五千兩來，兩家合着做這宗買賣。左右没人，這邊是二叔和小人與黃四哥，他那邊還有兩個夥計，二八分利錢。未知老爹意下何如？」西門慶問道：「是甚麽古器？」李三道：「老爹還不知，如今朝廷皇城内新蓋的艮嶽，改爲壽岳，上面起蓋許多亭臺殿閣，又建上清寶籙宮、會真堂、璇神殿，又是安妃娘娘梳粧閣，都用着這珍禽奇獸、周彝商鼎、漢篆秦爐、宣王石鼓、歷代銅鞮仙人掌承露盤，并希世古董玩器擺設，好不大興工程，好少錢糧！」

土木珍玩之費如此，安得不民窮盜起！

西門慶聽了，說道：「比是我與人家打夥而做，不如我自家做了罷，敢量我拏不出這一二萬銀子來？」大口氣。李三道：「得老爹全做又好了，俺每就瞞着他那邊了。左右這邊二叔和俺每兩個，再没人。」伯爵道：「哥家里還添個人兒不添？」西門慶道：「到根前，再添上賁四替你們走跳就是了。」西門慶又問道：「批文在那里？」李三道：「還在巡按上邊，没發下來哩。」西門慶道：「不打緊，我差人寫封書，封些禮，問宋松原討將來就是了。」李三道：「老爹若討去，不可遲滯。自古兵貴神速，先下米的先吃飯，誠恐遲了，行到府裏，吃別人家幹的去了。」西門慶笑道：「不怕他，就行到府里，我也還教宋松原拏回去。就是胡府尹，我也認的。」于是留李三、伯爵同吃了飯，約會：「我如今就寫書，明日差小价去。」李三道：「又一件，宋老爹如今按院不在這里了，從前日起身往兗州府盤查去了。」西門慶道：「你明日就同小价往兗州府走遭。」李三道：「不打緊，等我去，來回破五六日罷了。老爹差那位管家，等我會下，有了書，教他往我那里歇，明日我同他好早起身。」西門慶道：「別人你宋老爹不認的，他常喜的是春鴻，叫春鴻、來爵兩個去罷。」于是叫他二人到面前，會了李三，晚夕往他家宿歇。伯爵道：「這等纔好。事要早幹，高材疾足者先得之。」于是與李三吃畢飯，告辭而去。西門慶隨卽教陳經濟寫了書，又封了十兩葉子黃金在書帕內，與春鴻、來爵二人。分付：「路上仔細，若討了批文，卽便早來。若是行到府里，問你宋老爹討張票，問府裡要。」來爵道：「爹不消分付，小的曾在兗州答應過徐參議，小的知道。」于是領了書禮，打在身邊，逕往李三家去了。

不說十一日來爵、春鴻同李三早顧了長行頭口，往兗州府去了。却說十二日，西門慶家中請各堂客飲酒。那日在家不出門，約下吳大舅、應伯爵、謝希大、常峙節四位，晚夕來在捲棚內賞燈飲酒。王皇親家小厮從早辰就挑了箱子來了，等堂客到，打銅鑼銅鼓迎接。周守備娘子有眼疾不得來，差人來回。止是荆統制娘子、張團練娘子、雲指揮娘子，并喬親家母、崔親家母、吳大姨、孟大姨，都先到了。只有何千户娘子、王三官母親林太太并王三官娘子不見到。西門慶使排軍、玳安、琴童兒來回催邀了兩三遍，又使文嫂兒催邀。午間，只見林氏一頂大轎、一頂小轎跟了來。見了禮，請西門慶拜見，問：「怎的三官娘子不來？」林氏道：「小兒不在，家中沒人。」拜畢下來。止有何千户娘子直到晌午半日纔來，坐着四人大轎，一個家人媳婦坐小轎跟隨，排軍擡着衣箱，又是兩個青衣家人緊扶着轎扛，到二門裏纔下轎。前邊鼓樂吹打迎接，吳月娘衆姊妹迎至儀門首。西門慶悄悄在西廂房放下簾來偷瞧，見這藍氏年約不上二十歲，生的長挑身材，打扮的如粉粧玉琢，頭上珠翠堆滿，鳳翹雙插，身穿大紅通袖五彩粧花四獸麒麟袍兒，繫着金鑲碧玉帶，下襯着花錦藍裙，兩邊禁步叮咚，麝蘭撲鼻。但見：

儀容嬌媚，體態輕盈。姿性兒百伶百俐，身段兒不短不長。細彎彎兩道蛾眉，直侵入鬢；滴流流一雙鳳眼，來往踅人。嬌聲兒似囀日流鶯，嫩腰兒似弄風楊柳。端的是綺羅隊裡生來，却猒豪華氣象；珠翠叢中長大，那堪雅淡梳粧。開遍海棠花，也不問夜來多少；飄殘楊柳絮，竟不知春意如何。輕移蓮步，有蕊珠仙子之風流；款蹙湘裙，似水月觀音之態度。正是：比花花解語，比玉玉生香。

畫出嫵媚情態，如見。

這西門慶不見則已，一見魂飛天外，魄喪九霄，未曾體交，精魄先失。少頃，月娘等迎接，進入後堂相見，叙禮已畢，請西門慶拜見。西門慶得了這一聲，連忙整衣冠行禮，恍若瓊林玉樹臨凡，神女巫山降下，躬身施禮，心摇目蕩，不能禁止。拜見畢，下來，月娘先請在捲棚內擺過茶，然後大廳吹打，安席上坐。各依次序，當下林太太上席。戲文扮的是《小天香半夜朝元記》。唱了兩摺下來，李桂姐、吳銀兒、鄭月兒、洪四兒四個唱的上去，彈唱燈詞。

聞此一請，如聽將軍令矣。惜乎西門非秀才耳。

熱鬧時忽下莊語，如火炕中一盆冰雪水。

西門慶在捲棚內，自有吳大舅、應伯爵、謝希大、常峙節，李銘、吳惠、鄭奉三個小優兒彈唱飲酒，不住下來大廳格子外往里觀覰〔七〕。看官聽說：明月不常圓，彩雲容易散，樂極悲生，否極泰來，自然之理。西門慶但知爭名奪利，縱意奢淫，殊不知天道惡盈，鬼録來追，死限臨頭。到晚夕堂中點起燈來，小優兒彈唱，還未到起更時分，西門慶陪人坐的，就在席上齁齁的打起睡來。伯爵便行令猜枚鬼混他，說道：「哥，你今日没高興，怎的只打睡？」西門慶道：「我昨日没曾睡，不知怎的，今日只是没精神，要打睡。」只見四個唱的下來，伯爵教洪四兒與鄭月兒兩個彈唱，吳銀兒與李桂姐遞酒。

掃興。

正要在熱鬧處，忽玳安來報：「王太太與何老爹娘子起身了。」西門慶就下席來，黑影裡走到二門里首，偷看他上轎。月娘衆人送出來，前邊天井內看放烟火。藍氏已換了大紅遍地金貂鼠皮襖，林太太是白綾襖兒，貂鼠披風，帶着金釧玉珮。家人打燈籠，簇擁上轎而去。這西門慶正是餓眼將穿，饞涎空嚥，恨不的就要成雙。見藍氏去了，悄悄從夾道進來。當時没巧不成語，姻緣會凑，可霎作怪，來爵兒媳婦見堂客散了，正從後邊歸來，開房門，不想頂頭撞見西門慶，没處藏躲。原來西門慶見媳婦子生的喬樣，安心已久，雖然不及來旺妻宋氏風流，也頗充得過第二，于是乘着酒興兒，雙關抱進他房中親嘴。這老婆當初在王皇親家，因是養主子，被家人不忿攘鬧，打發出來，今日又撞着這個道路，如何不從了？一面就遞舌頭在西門慶口中。何等敏捷。兩個解衣褪褲，就按在炕沿子上，掇起腿來，被西門慶就聳了個不亦樂乎。正

積祖是孝順媳婦兒。

是：未曾得遇鶯娘面，且把紅娘去解饞。有詩爲証：

燈月交光浸玉壺，分得清光照綠珠。
莫道使君終有婦，教人桑下覓羅敷。

校記

〔一〕「詞曰」，內閣本、首圖本無。
〔二〕「洒金剛」，吳藏本作「酒金剛」。按張評本、詞話本均作「酒金剛」。
〔三〕「二十四解」，首圖本作「三十四解」。
〔四〕「⿰月囊眼」，首圖本作「脹眼」。
〔五〕「他是內府生活所藍太監姪女兒」，內閣本、首圖本作「他是內府生活所藍太監就托媒，將他親姪女兒」。按張評本、詞話本與底本同。
〔六〕「敢是俺那寃家」，首圖本作「敢是他那寃家」。按張評本作「不比俺那寃家」。詞話本與底本同。
〔七〕「大廳」，內閣本、首圖本作「炕廳」。按張評本、詞話本均作「大廳」。

金瓶梅

第七十九回

西門慶貪慾喪命

吳月娘失偶生兒

第七十九回　西門慶貪慾喪命　吳月娘喪偶生兒

詞曰〔一〕：

人生南北如歧路，世事悠悠等風絮，造化弄人無定據。飜來覆去，倒橫直竪，眼見都如許。　到如今空嗟前事，功名富貴何須慕，坎止流行隨所寓。玉堂金馬，竹籬茅舍，總是傷心處。

——右調《青玉案》〔二〕

話説西門慶姦耍了來爵老婆，復走到捲棚內陪吳大舅、應伯爵、謝希大、常峙節飲酒。荆統制娘子、張團練娘子、喬親家母、崔親家母、吳大姨、吳大妗子、段大姐，坐了好一回，上罷元宵圓子，方纔起身去了。大妗子那日同吳舜臣媳婦都家去了。陳敬濟打發王皇親戲子二兩銀子唱錢，酒食管待出門。只四個唱的併小優兒，還在捲棚內彈唱遞酒。伯爵向西門慶説道：「明日花大哥生日，哥，你送了禮去不曾？」西門慶説道：「我早辰送過去了。」玳安道：「花大舅頭裏使來定兒送請帖兒來了。」伯爵道：「哥，你明日去不去？我好來會你。」西門慶道：「到明日看。再不，你先去罷。」少頃，四個唱的後邊去了，李銘等上來彈唱。那西門慶不住只在椅子上打睡。吳大舅道：「姐夫連日辛苦了，罷罷，咱每告辭罷。」於是起身。那西門慶又不

恙作矣！

肯，只顧攔着留坐，到二更時分纔散。西門慶先打發四個唱的轎子去了，拏大鍾賞李銘等三人每人兩鍾酒，與了六錢唱錢。臨出門，叫回李銘，分付：「我十五日要請你周爺和你荆爺、何老爹衆位，你早替我叫下四個唱的，休要悮了。」李銘跪下禀問：「爹叫那四個？」西門慶道：「樊百家奴兒，秦玉芝兒，前日何老爹那裏唱的一個馮金寶兒，伏脉。并呂賽兒，好歹叫了來。」李銘應諾：「小的知道了。」磕了頭去了。

西門慶歸後邊月娘房裏來，月娘告訴：「今日林太太與荆大人娘子好不喜歡，坐到那咱晚纔去了。酒席上再三謝我說：蒙老爹扶持，但得好處，不敢有忘。在出月往淮上催儹糧運去也。」又說：「何大人娘子今日也吃了好些酒，喜歡。六姐又引到那邊花園山子上瞧了瞧，今日各項也賞了許多東西。」說畢，西門慶就在上房歇了。到半夜，月娘做了一夢，天明告訴西門慶說道：「敢是我日裏看着他王太太穿着大紅絨袍兒，我黑夜就夢見你李大姐箱子内尋出一件大紅絨袍兒，與我穿在身上，被潘六姐匹手奪了去，披在他身上。教我就惱了，說道：他的皮襖，你要的去穿了罷了，這件袍兒，你又來奪。心上事，夢中亦放不過。他使性兒，把袍兒上身扯了一道大口子，吃我大嚶喝，和他罵嚷。嚷着就醒了，不想是南柯一夢。」西門慶道：「不打緊，我到明日替你尋一件穿就是了。自古夢是心頭想。」憑虛作祟而金蓮下手，此夢大驗。

到次日起來，頭沉，懶待往衙門中去。梳頭淨面，穿上衣裳，走來前邊書房中坐的。只見玉簫問如意兒擠了半甌子妳，逕到書房與西門慶吃藥。西門慶正倚靠床上，叫王經替他打腿。王經見玉簫來，就出去了。玉簫打發他吃了藥，西門慶就使他拿了一對金鑲頭簪兒，四個烏銀戒指兒，送到來爵媳婦子屋裏去。那玉簫明見主子使他幹此營生，又似來旺媳婦子那一本帳，照應。連忙鑽頭覓縫，袖的去了。送到了物事，還走來回西門慶話，說道：「收了，改日與爹磕頭。」就拏回空甌子兒到上房去了。月娘叫小玉熬下粥，約莫等到飯時前後，還不見進來。

原來王經稍帶了他姐姐王六兒一包兒物事，遞與西門慶瞧，就請西門慶往他家去。西門慶打開紙包兒，却是老婆剪下的一柳黑臻臻、光油油的青絲，用五色絨纏就了一個同心結托兒，用兩根錦帶兒拴着，做的十分細巧。又一件是兩個口的鴛鴦紫遍地金順袋兒，裡邊盛着瓜穰兒。西門慶觀翫良久，滿心歡喜，遂把順袋放在書厨內，錦托兒褪於袖中。正在凝思之際，忽見吳月娘驀地走來〔三〕。掀開簾子，見他倘在床上，王經扒着替他打腿，便說道：「你怎的只顧在前頭，就不進去了，屋裏擺下粥了。你告我說，你心裏怎的，只是恁沒精神？」西門慶道：「不知怎的，心中只是不耐煩，害腿疼。」月娘道：「想必是春氣起了。你吃了藥，也等慢慢來。」一面請到房中，打發他吃粥。因說道：「大節下，你也打起精神兒來。今日門外花大舅生日，請你往那裡走走去。再不叫將應二哥來，同你坐坐。」西門慶道：「他也不在，與花大舅做生日去了。你整治下酒菜兒，等我往燈市舖子內和他二舅坐坐罷。」月娘道：「你騎馬去，我教丫鬟整理。」這西門慶一面分付玳安備馬，王經跟隨，穿上衣裳，逕到獅子街燈市裡來。但見

雖明知其為送死之具，使我當之，亦不得不愛。

畢竟正經夫妻好。

燈市中車馬轟雷，燈毬燦綵，遊人如蟻，十分熱鬧。

太平時序好風催，羅綺爭馳鬬錦迴。
鰲山高聳青雲上，何處遊人不看來。

西門慶看了回燈，到房子門首下馬，進入裏面坐下。慌的吳二舅、賁四都來聲喏。門首買賣甚是興盛。來昭妻一丈青又早書房内籠下火，拿茶吃了。不一時，吳月娘使琴童兒、來安兒拿了兩方盒點心嗄飯菜蔬，舖内有南邊帶來豆酒，打開一罈，擺在樓上，請吳二舅與賁四輪番吃酒。樓窗外就看見燈市，來往人烟不斷。

吃至飯後時分，西門慶使王經對王六兒説去。王六兒聽見西門慶來，連忙整治下春臺果盒酒肴等候。西門慶分付來昭：「將這一桌酒菜，晚夕留着與二舅、賁四在此上宿吃，不消拿回家去了。」又教琴童提送一罈酒，過王六兒這邊來。西門慶于是騎馬逕到他家。婦人打扮，迎接到明間内，插燭也似磕了四個頭。西門慶道：「迭承你厚禮，怎的兩次請你不去？」王六兒説道：「爹倒説的好，我家中再有誰來？不知怎的，這兩日只是心裏不好，茶飯兒也懶待吃，做事没入脚處。」西門慶道：「敢是想你家老公？」婦人道：「我那里想他！倒是見爹這一向不來，不知怎的怠慢着爹了，爹把我網巾圈兒打靠後了，只怕另有個心上人兒了。」西門慶笑道：「那里有這個理！倒因家中節間擺酒，忙了兩日。」婦人道：「説昨日爹家中請堂客來。」西門慶道：「便是。你大娘吃過人家兩席節酒，須得請人回席。」婦人道：「請了那幾位堂客？」西門慶便説某人某人，從頭訴説一遍。婦人道：「看燈酒兒，只請要緊的，就不請俺每請兒。」西門慶道：「不打緊，到明日十六，還有一席酒，請你每衆夥計娘子走走去。是必到跟前又推故不去了。」婦人道：「娘若賞個帖兒來，怎敢不去？因前日他小大姐罵了申二姐，教他好不抱怨，説俺每。他那日原要不去來，倒是俺每攛掇了他去，落後罵了來，好不在這裏哭。俺每倒没意思刺刺的。落後又教爹娘費心，送了盒子并一兩銀子來，安撫了他，纔罷了。原來小大姐這等躁暴性子，就是打狗也看主人面。」西門慶道：「你不知這小油嘴，他好不兜達的性兒，着緊把我也擦刮的眼直直的。也没見，他叫你唱，你就唱個兒與他聽罷了，誰教你不唱，又説他來。」婦人道：「耶嚛，耶嚛！他對我説，他幾時説他來？説小大姐走來指着臉子就罵起來，在我這裏好不三行鼻涕兩行眼淚的哭。我留他住了一夜，纔打發他去了。」説了一回，丫頭拿茶吃了。老馮婆子又走來與西門慶磕頭。西門慶與了他約三四錢一塊銀子，説道：「從你娘没了，就不往我那裏走走去。」婦人道：「没他的主兒，那裏着落？倒常時來我這裏，和我做伴兒。」

此等人反倒要撑持門面。

不一時，請西門慶房中坐的，問：「爹用了午飯不曾？」西門慶道：「我早辰家中吃了些粥，剛纔陪你二舅又吃了兩個點心，且不吃甚麼哩。」一面放桌兒，安排上酒來。婦人令王經打開豆酒，篩將上來，陪西門慶做一處飲酒。婦人問道：「我稍來的那物件兒，爹看見來，都是奴旋剪下頂中一溜頭髮，親手做的。管情爹見了愛。」西門慶道：「多謝你厚情。」飲至半酣，見房内無人，西門慶袖中取出來，套在龜身下，兩根錦帶兒扎在腰間，用酒服下胡僧藥去。婦人用手

一白綾帶已見深心慧巧矣，而又有頭

髮相易者，愈出愈奇。愛慾之場，何所不至。

一犯貪癡，便是殺身之兆。

是作家用度。

搏弄，弄得那話登時奢稜露腦，橫筋皆見，色若紫肝，比銀托子和白綾帶子又不同。西門慶摟婦人坐在懷内，那話插進牝中，在上面兩個一遞一口飲酒，咂舌頭頑笑。吃至掌燈，馮媽媽又做了些韮菜猪肉餅兒，拿上來。婦人陪西門慶每人吃了兩個，丫鬟收下去。兩個就在裡間煖炕上，撩開錦幔，解衣就寢。婦人知道西門慶好點着燈行房，把燈臺移在裡間炕邊桌上，一面將紙門關上，澡牝乾淨，脱了褲兒，鑽在被窩裏，與西門慶做一處，相摟相抱，睡了一回。

原來西門慶心中只想着何千户娘子藍氏，慾情如火，那話十分堅硬。先令婦人馬伏在下，那話放入後庭花，極力搧磞了約二三百度，搧磞的屁股連聲響喨。婦人用手在下揉着毬心子，口中叫達達如流水。西門慶還不美意，又起來披上白綾小襖，坐在一隻枕頭上，令婦人仰卧，尋出兩條脚帶，把婦人兩隻脚拴在兩邊護炕柱兒上，賣了個金龍探爪，將那話放入牝中。少時没稜露腦，淺抽深送。恐婦人害冷，亦取紅綾短襦蓋在他身上。這西門慶乘其酒興，把燈光挪近跟前，垂首翫其出入之勢。抽徹至首，復送至根，又數百回。婦人口中百般柔聲顫語，都叫將出來。西門慶又取紅粉膏子藥，塗在龜頭上，攮進去。婦人陰中麻癢不能當，急令深入，兩相迎就。這西門慶故作逗遛，戲將龜頭濡抵其牝口，又挑弄其花心，不肯深入。急的婦人淫津流出，如蝸之吐涎。燈影裏，見他兩隻白生生腿兒蹺在兩邊，吊的高高的，一往一來，一衝一撞，其興不可遏。因口呼道：「淫婦，你想我不想？」婦人道：「我怎麽不想達達？只要你松柏兒冬夏長青更好〔四〕，休要日遠日疎，頑耍厭了，把奴來不理。奴就想死罷了，敢和誰說？有誰知道？就是俺那王八來家，我也不和他說。想他恁在外邊做買賣，有錢他不會養老婆的？他肯掛念我？」西門慶道：「我的兒，你若一心在我身上，等他來家，我爽利替他另娶一箇，你只長遠等着我便了。」婦人道：「好達達，等他來家，好歹替他娶了一個罷。或把我放在外頭，或是招我到家去，隨你心裏。淫婦爽利把不直錢的身子併與達達罷，無有個不依你的〔五〕。」西門慶道：「我知道。」兩個說話之間又幹勾兩頓飯時，方纔精洩。解卸下婦人脚帶來，摟在被窩內，並頭交股，醉眼朦朧，一覺直睡到三更時分方起。

六兒之言不知果真心否？然而以其所不喜易其所喜，是人情之常。

西門慶起來，穿衣淨手。婦人開了房門，叫丫鬟進來，再添美饌，復飲香醪，滿斟暖酒，又陪西門慶吃了十數盃。不覺醉上來，纔點茶漱口，向袖中掏出一紙帖兒遞與婦人：「問甘夥計舖子裏取一套衣服你穿，隨你要甚花樣。」那婦人萬福謝了，方送出門。

子虛來矣。

王經打着燈籠，玳安、琴童籠着馬，那時也有三更天氣，陰雲密佈，月色朦朧，街市上人烟寂寂，閭巷内犬吠盈盈。打馬剛走到西首那石橋兒跟前，忽然一陣旋風，只見個黑影子從橋底下鑽出來，向西門慶一撲。那馬見了，只一驚跳，西門慶在馬上打了個冷戰，醉中把馬加了一鞭，那馬搖了搖鬃，玳安、琴童兩箇用力拉着嚼環，收煞不住，雲飛般望家奔將來，直跑到家門首方止。王經打着燈籠，後邊跟不上。西門慶下馬腿軟了，被左右扶進，逕往前邊潘金蓮房中來。此這一來，正是：

何異驅牲屠肆？

失脫人家逢五道，濱冷餓鬼撞鍾馗。

原來金蓮從後邊來，還没睡，渾衣倒在炕上，等待西門慶。聽見來了，連忙一碍碌扒起來，向前替他接衣服。見他吃的酩酊大醉，也不敢問他。西門慶一隻手搭伏着他肩膀上，摟在懷裏，口中喃喃吶吶説道：「小淫婦兒，你達達今日醉了，收拾鋪，我睡也。」那婦人扶他上炕，打發他歇下。那西門慶丢倒頭在枕上，鼾睡如雷，再搖也搖他不醒。然後婦人脱了衣裳，鑽在被窩内，慢慢用手腰裏摸他那話，猶如綿軟，再没些硬朗氣兒，更不知在誰家來。翻來覆去，怎禁那慾火燒身，淫心蕩漾，不住用手只顧捏弄。蹲下身子，被窩内替他百計品咂，只是不起，急的婦人要不的。因問西門慶：「和尚藥在那裏放着哩？」推了半日，推醒了。西門慶酩子裏罵道：「怪小淫婦，只顧問怎的？你又教達達擺佈你。你達今日懶待動彈，藥在我袖中金穿心盒兒内，你拿來吃了。有本事品弄的他起來，是你造化。」那婦人便去袖内摸出穿心盒來，打開，裏面只剩下三四丸藥兒。這婦人取過燒酒壺來〔六〕，斟了一鍾酒，自己吃了一丸。還剩下三丸，恐怕力不效，千不合，萬不合，拏燒酒都送到西門慶口内。醉了的人，曉的甚麽？合着眼只顧吃下去。那消一盞熱茶時，藥力發作起來。婦人將白綾帶子拴在根上，那話躍然而起。婦人見他只顧睡，於是騎在他身上。又取膏子藥，安放馬眼内，頂入牝中，只顧揉擦。那話直抵苞花窩裏，覺翕翕然，渾身酥麻，暢美不可言。又兩手據按，舉股一起一坐。那話没稜露腦，約一二百回。初時澀滯，次後淫水浸出，稍沾滑落。西門慶繇着他掇弄，只是不理。婦人情不能當，以舌親於西門慶口中，兩手摟着他脖項極力揉擦，左右偎擦。麈柄盡没

此藥較武大藥所差幾何？此吃法與武大吃法所差幾何？因果循環，讀者猛省。

所謂只要

羊卵子，不顧羊性命，殆以此與？

看此光景，與宰殺諸物何異？

此菩提棒喝，須省，須省。

以起詩作結，作者大意所在。

至根，止剩二卵在外，用手摸之，美不可言。淫水隨拭隨出，比時三鼓，凡五換帕。婦人一連丟了兩次，西門慶只是不洩，龜頭越發脹的猶如炭火一般，害箍脹的慌。令婦人把根下帶子去了，還發脹不已。令婦人用口吮之。這婦人扒伏在他身上，用朱唇吞裹其龜頭，只顧往來不已。又勒勾約一頓飯時，那管中之精猛然一股冒將出來，猶水銀之瀉筒中相似。忙用口接嚥不及，只顧流將出來。初時還是精液，往後盡是血水出來，再無箇收救。西門慶已昏迷去，四肢不收。婦人也慌了，急取紅棗與他吃下去。精盡繼之以血，血盡出其冷氣而已，可憐。良久方止。婦人慌做一團，便摟着西門慶問道：「我的哥哥，你心裏覺怎麼的？」西門慶甦醒了一回，方言：「我頭目森森然〔七〕，莫知所以。」金蓮問：「你今日怎的，流出恁許多來？」更不說他用的藥多了。看官聽說：一己精神有限，天下色慾無窮。又曰：嗜慾深者，其生機淺。西門慶只知貪淫樂色，更不知油枯燈滅，髓竭人亡。正是起頭所說：

二八佳人體似酥，腰間仗劍斬愚夫。
雖然不見人頭落，暗裏教君骨髓枯。

一宿晚景題過。到次日清早辰，西門慶起來梳頭，忽然一陣昏暈，望前一頭搶將去。早被春梅雙手扶住，不曾跌着磕傷了頭臉。在椅子上坐了半日，方纔回過來。慌的金蓮連忙問道：「只怕你空心虛弱，且坐着吃些甚麼兒着，出去也不遲。」一面使秋菊：「後邊取粥來與你爹吃。」那秋菊走到後邊厨下，問雪娥：「熬的粥怎麼了？爹如此這般，今早起來害頭暈，跌了一

畢竟正經夫妻。

交，如今要吃粥哩。」不想被月娘聽見，叫了秋菊，問其端的。秋菊悉把西門慶梳頭頭暈跌倒之事，告訴一遍。月娘不聽便了，聽了魂飛天外，魄散九霄。一面分付雪娥快熬粥，一面走來金蓮房中看視。見西門慶坐在椅子上，問道：「你今日怎的頭暈？」西門慶道：「我不知怎的，剛纔就頭暈起來。」金蓮道：「早時我和春梅在跟前扶住了，還虧你！不然，好輕身子兒，這一交和你善哩！」月娘道：「敢是你昨日來家晚了，酒多了頭沉。」金蓮道：「昨日往誰家吃酒，那咱晚纔來？」月娘道：「他昨日和他二舅在舖子裏吃酒來。」

不一時，雪娥熬了粥，教春梅拿着，打發西門慶吃。那西門慶拿起粥來，只吃了一半甌兒，懶待吃，就放下了。月娘道：「你心裏覺怎的？」西門慶道：「我不怎麼，只是身子虛飄飄的，自然。懶待動旦。」月娘道：「你今日不往衙門中去罷。」西門慶道：「我不去了。消一回，我往前邊看着姐夫寫帖兒，十五日請周菊軒、荊南崗、何大人衆官客吃酒。」月娘道：「你今日還沒吃藥，取妳來把那藥再吃上一服。是你連日着辛苦勞碌了。」一面教春梅問如意兒擠了妳來，用盞兒盛着，教西門慶吃了藥，起身往前邊去。春梅扶着，剛走到花園角門首，覺眼便黑了，身子晃晃蕩蕩做不的主兒，只要倒。春梅又扶回來了。月娘道：「依我，且歇兩日兒。請人也罷了，那裏在乎這一時。且在屋裏將息兩日兒，不出去罷。」因說：「你心裏要吃甚麼，我往後邊做來與你吃。」西門慶道：「我心裏不想吃。」

月娘到後邊從新又審問金蓮：「他昨日來家醉不醉？再没曾吃酒，與你行甚麼事？」金蓮聽了，恨不的生出幾個口來，說一千個沒有：「姐姐，你沒的說。他那咱晚來了，醉的行禮兒也沒顧的，還問我要燒酒吃，教我拏茶當酒與他吃，只說沒了酒，好好打發他睡了。自從姐姐那等說了，誰和他有甚事來？倒沒的羞人子剌剌的。倒只怕別處外邊有了事來，俺每不知道。若說家裏，可是沒絲毫事兒。」然乎？否乎？月娘和玉樓都坐在一處，一面叫了玳安、琴童兩個到跟前，審問他：「你爹昨日在那里吃酒來？你實說便罷，不然有一差二錯，就在你這兩箇囚根子身上。」那玳安咬定牙，只說獅子街和二舅、賁四吃酒，再沒往那里去。落後叫將吳二舅來，問他。二舅道：「姐夫只陪俺每吃了沒多大回酒，就起身往別處去了。」這吳月娘聽了，心中大怒。待二舅去了，把玳安、琴童儘力數罵了一遍，要打他二人。二人慌了，方纔說出：「昨日在韓道國老婆家吃酒來。」

又是一個金蓮，妙。

那潘金蓮得不的一聲就來了，說道：「姐姐剛纔就埋怨起俺每來，正是冤殺旁人笑殺賊。俺每人人有面，樹樹有皮，姐姐那等說來，莫不俺每成日把這件事放在頭裏？」豈不也者？又道：「姐姐，你再問這兩個囚根子，前日你往何千户家吃酒，他爹也是那咱時分纔來，不知在誰家來，誰家一個拜年拜到那咱晚！」玳安又恐怕琴童說出來，隱瞞不住，遂把私通林太太之事備說一遍。月娘方纔信了，說道：「嗔道教我拿帖兒請他。我還說人生面不熟，他不肯來，怎知和他有連手。我說恁大年紀，描眉畫鬢，搽的那臉倒像膩抹兒抹的一般，乾淨是個老浪貨！」玉樓道：「姐姐，沒見一個兒子也長恁大，大兒娘母還幹這個營生。忍不住，嫁了個漢子，也休要出

尚有良心。

這個醜。」金蓮道：「那老淫婦有甚麼廉恥？」月娘道：「我只說他決不來，誰想他浪搧着來了。」金蓮道：「這個，姐姐，纔顯出個皂白來了。像韓道國家這個淫婦，姐姐還嗔我罵他，乾淨一家子都養漢，是個明王八！把個王八花子也裁派將來，早晚好做勾使鬼。」月娘道：「王三官兒娘，你還罵他老淫婦，他說你從小兒在他家使喚來。」妙。那金蓮不聽便罷，聽了把臉掣耳朵帶脖子都紅了，妙。便罵道：「汗邪了那賊老淫婦！我平白在他家做甚麼？還是我姨娘在他家緊隔壁住，他家有個花園〔八〕，俺每小時在俺姨娘家住，常過去和他家伴姑兒耍子。就說我在他家來，我認的他是誰？也是個張眼露睛的老淫婦！」月娘道：「你看那嘴頭子！人和你說話，你罵他。」那金蓮一聲兒就不言語了。

月娘主張叫雪娥做了些水角兒，拿了前邊與西門慶吃。正走到儀門首，只見平安兒逕直往花園中走，被月娘叫住問道：「你做甚麼？」平安兒道：「李銘叫了四個唱的，十五日擺酒，因來回話，問擺的成擺不成。我說，未發帖兒哩！他不信，教我進來稟爹。」月娘罵道：「怪賊奴才，還擺甚麼酒！問甚麼？還不回那王八去哩，還來稟爹娘哩！」把平安兒罵的往外金命水命去了。月娘走到金蓮房中，看着西門慶只吃了三四箇水角兒，就不吃了，因說道：「李銘來回唱的，教我回倒他，改日子了，他去了。」西門慶點頭兒。

西門慶只望一兩日好些出來，誰知過了一夜，到次日內邊虛陽腫脹，不便處發出紅瘰來，連腎囊都腫的明滴溜如茄子大。但溺尿，尿管中猶如刀子犁的一般，溺一遭，疼一遭。外邊排軍、伴當備下馬伺候，還等西門慶往衙門裏大發放，不想又添出這樣症候來。月娘道：「你依我拏帖兒回了何大人，在家調理兩日兒，不去罷！你身子恁虛弱，趁早使小廝請了任醫官，教瞧瞧。你吃他兩帖藥過來，休要只顧耽着，不是事。你偌大的身量〔九〕，兩日通沒大好吃甚麼兒，如何禁的？」那西門慶只是不肯吐口兒請太醫，只說：「我不妨事，過兩日好了，我還出去。」雖故差人拿帖兒送假牌往衙門裏去，在床上睡着，只是急躁，沒好氣。

應伯爵打聽得知，走來看他，西門慶請至金蓮房中坐的。伯爵聲喏道：「前日打攪哥，不知哥心中不好，嗔道花大舅那里不去。」西門慶道：「我心中若好時，也去了。不知怎的，懶待動旦。」伯爵道：「哥，你如今心內怎樣的？」西門慶道：「不怎的，只是有些頭暈，起來身子軟，走不的。」伯爵道：「我見你面容發紅色，只怕是火。教人看來不曾？」西門慶道：「房下說請任后溪來看我，我說又沒甚大病，怎好請他的？」伯爵道：「哥，你這個就差了。還請他來看看，怎的說，吃兩貼藥，散開這火，就好了。春氣起，人都是這等痰火舉發。昨日李銘撞見我，說你使他叫唱的，今日請人擺酒，說你心中不好，改了日子，把我諕了一跳，我今日纔來看哥。」西門慶道：「我今日連衙門中拜牌也沒去，送假牌去了。」伯爵道：「可知去不的，大調理兩日兒出門。」吃畢茶，道：「我去罷，再來看哥。李桂姐會了吳銀兒，也要來看你哩。」西門慶道：「你吃了飯去。」伯爵道：「我一些不吃。」揚長出去了。

西門慶于是使琴童往門外請了任醫官來，進房中診了脉，說道：「老先生此貴恙乃虛火上

任醫的真

炎，腎水下竭，不能既濟，此乃是脱陽之症。須是補其陰虛，方纔好得。」説畢，作辭起身去了。一面封了五錢銀子，討將藥來，吃了，止住了頭暈。應效。身子依舊還軟，起不來。下邊腎囊越發種痛，溺尿甚難。

明理，不比世間一味猜謎、下藥便死者。

到後晌時分，李桂姐、吳銀兒坐轎子來看。每人兩個盒子，進房與西門慶磕頭，説道：「爹怎的心裏不自在？」西門慶道：「你姐兒兩個自恁來看看便了，如何又費心買禮兒？」因説道：「我今年不知怎的，痰火發的重些。」桂姐道：「還是爹這節間酒吃的多了，清潔他兩日兒，就好了。」坐了一回，走到李瓶兒那邊屋裏，與月娘衆人見節。請到後邊擺茶畢，又走來到前邊，陪西門慶坐的，説話兒。只見伯爵又陪了謝希大、常峙節來望。西門慶教玉簫攙扶他起來坐的，留他三人在房内，放桌兒吃酒。謝希大道：「哥用了些粥不曾？」玉簫把頭扭着不答應。丫頭妙態。西門慶道：「我還没吃粥，嚥不下去。」希大道：「拏粥，等俺每陪哥吃些粥兒還好。」不一時，拿將粥來。西門慶拿起粥來，只扒了半盞兒，就吃不下了。月娘和李桂姐、吳銀兒都在李瓶兒那邊坐的。伯爵問道：「李桂姐與銀姐來了，怎的不見？」西門慶道：「在那邊坐的。」伯爵因令來安兒：「你請過來，唱一套兒與你爹聽。」吳月娘恐怕西門慶不耐煩，攔着，只説吃酒哩，不教過來。衆人吃了一回酒，説道：「哥，你陪着俺每坐，只怕勞碌着你。俺每去了，你自在側側兒罷。」西門慶道：「起動列位掛心。」三人於是作辭去了。

應伯爵走出小院門，叫玳安過來，分付：「你對你大娘説，你就説應二爹説來，你爹面上變

痰火二字，從何說起？自古諱疾忌醫如西門慶者，死不足怪，獨怪有自知其疾而庸醫偏執以至無救者，可勝痛恨。此子不善讀父書，可笑可嘆！

色，有些滯氣不好，早尋人看他。大街上胡太醫最治的好痰火〔一〇〕，何不使人請他看看？休要耽遲了。」玳安不敢怠慢，走來告訴月娘。月娘慌進房來，對西門慶說：「方纔應二哥對小廝說，大街上胡太醫看的痰火好，你何不請他來看看你？」西門慶道：「胡太醫前番看李大姐不濟，又請他？」月娘道：「藥醫不死病，佛度有緣人。看他不濟，只怕你有緣，有緣二字可憐，殺人不少。吃了他的藥兒好了是的。」西門慶道：「也罷，你請他去。」不一時，使棋童兒請了胡太醫來。適有吳大舅來看，陪他到房中看了脉。對吳大舅、陳敬濟說：「老爹是個下部蘊毒，若久而不治，卒成溺血之疾。迺是忍便行房。」又封了五星藥金，討將藥來吃下去，如石沉大海一般，反溺不出來。月娘慌了，打發桂姐、吳銀兒去了，又請何老人兒子何春泉來看。又說：「是癃閉便毒，一團膀胱邪火赶到這下邊來，四肢經絡中又有濕痰流聚，以致心腎不交。」封了五錢藥金，討將藥來，越發弄的虛陽舉發，麈柄如鐵，晝夜不倒。潘金蓮晚夕不管好歹，還騎在他身上，倒澆蠟燭掇弄，死而復甦者數次。可憐。

到次日，何千户要來望，先使人來說。月娘便對西門慶道：「何大人要來看你，我扶你往後邊去罷。這邊隔二騙三，不是個待人的。」金蓮却少許多蠟燭矣。那西門慶點頭兒。于是月娘替他穿上煖衣，和金蓮肩搭搊扶着，方離了金蓮房，往後邊上房，鋪下被褥高枕，安頓他在明間炕上坐的。房中收拾乾净，焚下香。不一時，何千户來到。陳敬濟請他到於後邊卧房，看見西門慶坐在病榻上，說道：「長官，我不敢作揖。」因問：「貴恙覺好些？」西門慶告訴：「上邊火倒退下了，只是下邊腫毒當不的。」何千户道：「此係便毒。我學生有一相識在東昌府探親，昨日新到舍下，乃是山西汾州人氏，姓劉號橘齋，年半百，極看的好瘡毒。我就使人請他來看看長官貴恙。」西門慶道：「多承長官費心，我這裏就差人請去。」何千户吃畢茶，說道：「長官，你耐煩保重。衙門中事，我每日委答應的遞事件與你，不消掛意。」西門慶舉手道：「只是有勞長官了。」作辭出門。西門慶這裏隨即差玳安拿帖兒，同何家人請了這劉橘齋來。看了脉并不便處，連忙上了藥，又封一貼煎藥來。西門慶答賀了一疋杭州絹，一兩銀子。吃了他頭一盞藥，還不見動靜。

那日，不想鄭愛月兒送了一盒鴿子鶵兒，一盒菓餅頂皮酥，坐轎子來看。進門與西門慶磕頭，說道：「不知道爹不好，桂姐和銀姐好人兒，不對我說聲兒，兩個就先來了。看的爹遲了，休怪。」西門慶道：「不遲。又起動你費心，又買禮來。」愛月兒笑道：「甚麼大禮，惶恐。」因說：「爹清減的恁樣的，每日飲饌也用些兒？」月娘道：「用的倒好了，吃不多兒。今日早辰只吃了些粥湯兒，剛纔太醫看了去了。」愛月兒道：「娘，你分付姐把鴿子鶵兒頓爛一個兒來，等我勸爹進些粥兒。你老人家不吃，恁偌大身量，一家子金山也似靠着你，却怎麼樣兒的。」月娘道：「他只害心口内攔着，吃不下去。」愛月兒道：「爹，你依我說，把這飲饌兒就懶待吃，須也强吃些兒，怕怎的？人無根本，水食爲命，終須用的有柱撤些兒。不然，越發淘淥的身子空虛了。」不一時，頓爛了鴿子鶵兒，小玉拿粥上來，十香甜醬瓜茄粳粟米粥兒。這鄭月兒跳上炕去，用盞兒托着，跪在西門慶身邊，一口口喂他。強打着精神，只吃了上半盞兒。揀了兩筯兒鴿子雛兒在口內，就摇頭兒不吃了。愛月兒道：「一來也是藥，未必。二來還虧我勸爹，却怎的也進了些飲饌兒。」玉簫道：「爹每常也吃，不似今日月姐來勸着吃的多些。」月娘一面擺茶與愛月兒吃，臨晚管待酒饌，與了他五錢銀子，打發他家去。愛月兒臨出門，又與西門慶磕頭，說道：「爹，你耐煩將息兩日兒，我再來看你。」

比及到晚夕，西門慶又吃了劉橘齋第二貼藥，遍身疼痛，叫了一夜。到五更時分，那不便處腎囊脹破了，流了一灘鮮血。龜頭上又生出疳瘡來，流黃水不止。西門慶不覺昏迷過去。月娘衆人慌了，都守着看視。見吃藥不効，一面請了劉婆子，在前邊捲棚內與西門慶點人燈跳神，一面又使小廝往周守備家內，訪問吳神仙在那里，請他來看。因他原相西門慶今年有嘔血流膿之災，骨瘦形衰之病。賁四說：「也不消問周老爹宅內去，如今吳神仙見在門外土地廟前，出着個卦肆兒，又行醫，又賣卦，人請他，不爭利物，就去看治。」月娘連忙就使琴童把這吳神仙請將來。進房看了，西門慶不似往時，形容消減，病體懨懨，勒着手帕，在於卧榻。先胗了脉息，說道：「官人乃是酒色過度，腎水竭虛，太極邪火聚于慾海，病在膏肓，難以治療。吾有詩八句，說與你聽。只因他——

醉飽行房戀女娥，精神血脉暗消磨。
遺精溺血與白濁，燈盡油乾腎水枯。

世有要好而反害之者，不獨何千户之薦醫也。

當時祇恨歡娛少，今日翻爲疾病多。
玉山自倒非人力，總是盧醫怎奈何。

月娘見他說治不的了，道：「既下藥不好，先生看他命運如何？」吳神仙掐指尋紋，打筭西門慶八字，說道：「屬虎的，丙寅年，戊申月，壬午日，丙辰時。今年戊戌，流年三十三歲，筭命，見行癸亥運。雖然是火土傷官，今年戊土來克壬水。正月又是戊寅月，三戊冲辰，怎麽當的？雖發財發福，難保壽源。有四句斷語不好。」說道：

命犯災星必主低，身輕煞重有災危。
時日若逢真太歲，就是神仙也皺眉。

月娘道：「命又不好，請問先生還有解麽？」神仙道：「白虎當頭，喪門坐命，神仙也無解，太歲也難推。造物已定，神鬼莫移。」月娘只得拿了一疋布謝了神仙，打發出門。

月娘見求神問卜皆有凶無吉，心中慌了。到晚夕，天井内焚香，對天發愿，許下兒夫好了，要往泰安州頂上與娘娘進香掛袍三年。孟玉樓又許下逢七拜斗。獨金蓮與李嬌兒不許愿心。此是何故？可恨，可恨！

病豈此等可療，然亦自盡其心耳。

西門慶自覺身體沉重，要便發昏過去，眼前看見花子虛、武大在他跟前站立，問他討債。又不肯告人說，只教人厮守着他。見月娘不在跟前，一手拉着潘金蓮，心中捨他不的，滿眼落淚，至死不悟，而猶作此態，真正犬豕。說道：「我的寃家，我死後你姐妹們好好守着我的靈，休要失散了。」那金蓮亦悲不自勝，説道：「我的哥哥，只怕人不肯容我。」西門慶道：「等他來，等我和他說。」不一時，吳月娘進來，見他二人哭的眼紅紅的，便道：「我的哥哥，你有甚話，對奴説幾句兒，也是我和你做夫妻一場。」可憐。西門慶聽了，不覺哽咽，哭不出聲來，説道：「我覺自家好生不濟，有兩句遺言和你説。我死後，你若生下一男半女，你姊妹好好待着，一處居住，休要失散了，惹人家笑話。」指着金蓮説：「六兒從前的事，你耽待他罷。」説畢，那月娘不覺桃花臉上滾下珍珠來，放聲大哭，悲慟不止。西門慶囑付了吳月娘，又把陳敬濟叫到跟前，説道：「姐夫，我養兒靠兒，無兒靠婿，姐夫就是我的親兒一般。我若有些山高水低，你發送了我入土，好歹一家一計，幫扶着你娘兒每過日子，休要教人笑話。」又分付：「我死後，段子鋪是五萬銀子本錢，有你喬親家爹那邊多少本利，都找與他。教傅夥計把貨賣一宗，交一宗，休要開了。賁四絨線鋪本銀六千五百兩，吳二舅紬絨鋪是五千兩，都賣盡了貨物，收了來家。又李三討了批來，也不消做了，教你應二叔拿了別人家做去罷。李三、黄四身上還欠五百兩本錢、一百五十兩利錢未筭，討來發送我。你只和傅夥計守着家門這兩個鋪子罷。印子鋪占用銀二萬兩，生藥鋪五千兩，韓夥計、來保松江船上四千兩。開了河，你早起身往下邊接船去。接了來家，賣了銀子交進來，你娘兒每盤纏。前邊劉學官還少我二百兩，華主簿少我五十兩，門外徐四鋪內還欠我本利三百四十兩，都有合同見在，上緊使人催去。到日後，對門并獅子街兩處房子都賣了罷，只怕你娘兒們顧攬不過來。」説畢，哽哽咽咽的哭了。陳敬濟道：「爹囑付，兒子都知道了。」不一

世人有認定一人爲可以托孤寄命，及至屍骨未冷而患害反蘇之而作，比比皆然，可勝嘆哉！

臨死井二，此人根器尚好，故再世有永福之度。

時,傅夥計、甘夥計、吳二舅、賁四、崔本都進來看視問安,西門慶一一都分付了一遍。衆人都道:「你老人家寬心,不妨事。」一日來問安看者,也有許多,見西門慶不好的沉重,皆嗟嘆而去。

過了兩日,月娘痴心只指望西門慶還好,誰知天數造定,三十三歲而去。到于正月二十一日五更時分,相火燒身,變出風來,聲若牛吼一般,喘息了半夜,挨到巳牌時分,嗚呼哀哉,斷氣身亡。正是:三寸氣在千般用,一日無常萬事休。照出。古人有幾句格言說得好:

爲人多積善,不可多積財。積善成好人,積財惹禍胎。石崇當日富,難免殺身災。鄧通饑餓死,錢山何用哉!今人非古比,心地不明白。只說積財好,反笑積善呆。多少有錢者,臨了没棺材。

原來西門慶一倒頭,棺材尚未曾預備,慌的吳月娘叫了吳二舅與賁四到跟前,開了箱子,拿出四錠元寶,教他兩個看材板去。剛纔打發去了,不防忽一陣就害肚裏疼,急撲進去床上倒下,就昏暈不省人事。孟玉樓與潘金蓮、孫雪娥都在那邊屋裏,七手八脚,替西門慶戴唐巾,裝柳穿衣服,忽聽見小玉來說:「俺娘跌倒在床上。」慌的玉樓、李嬌兒就來問視,月娘手按着害肚内疼,就知道決撒了。玉樓教李嬌兒守着月娘,他就來使小廝快請蔡老娘去。李嬌兒又使玉簫前邊教如意兒來,比及玉樓回到上房裏面,不見了李嬌兒。原來李嬌兒赶月娘昏沉,房内無人,箱子開着,暗暗拿了五錠元寶〔二〕,往他屋裏去了。手中拏將一搭紙,見了玉樓,只說：「尋不見草紙，我往房裏尋草紙去來。」那玉樓也不留心，且守着月娘，拏樆子伺候，見月娘看看疼的緊了。

不一時，蔡老娘到了，登時生下一個孩兒來。這屋裏裝柳西門慶停當，口內纔沒氣兒，合家大小放聲號哭起來。蔡老娘收裹孩兒，剪去臍帶，煎定心湯與月娘吃了，扶月娘煖炕上坐的。月娘與了蔡老娘三兩銀子，蔡老娘嫌少，說道：「養那位哥兒賞了我多少，還與我多少便了。休說這位哥兒是大娘生養的。」月娘道：「比不得當時，有當家的老爹在此。如今没了老爹，將就收了罷。待洗三來，再與你一兩就是了。」那蔡老娘道：「還賞我一套衣服兒罷。」拜謝去了。

月娘甦醒過來，看見箱子大開着，便罵玉簫：「賊臭肉，我便昏了，你也昏了？箱子大開着，恁亂烘烘人走，就不說鎖鎖兒。」玉簫道：「我只說娘鎖了箱子，就不曾看見。」于是取鎖來鎖。玉樓見月娘多心，就不肯在他屋裏，走出對着金蓮說：「原來大姐姐恁樣的，死了漢子頭一日，就防範起人來了。」殊不知李嬌兒已偷了五定元寶在屋裏去了。

當下吳二舅、賁四往尚推官家買了一付棺材板來，教匠人解鋸成槨。衆小厮把西門慶擡出，停當在大廳上，請了陰陽徐先生來批書。不一時，吳大舅也來了。吳二舅衆夥計都在前廳熱亂，收燈捲畫，蓋上紙被，設放香燈几席。來安兒專一打磬。徐先生看了手，說道：「正辰時斷氣，合家都不犯凶煞。」請問月娘，三日大殮，擇二月十六破土，三十出殯，有四七多日子。

一面管待徐先生去了。差人各處報喪，交牌印往何千户家去，家中披孝搭棚，俱不必細說。

到三日，請僧人念倒頭經，挑出紙錢去。合家大小都披蔴帶孝，女婿陳敬濟斬衰泣杖，靈前還禮。月娘在暗房中出不來，李嬌兒與玉樓陪待堂客。潘金蓮管理庫房，收祭桌。孫雪娥率領家人媳婦，在厨下打發各項人茶飯。傅夥計、吳二舅管帳，賁四管孝帳，來興管厨，吳大舅與甘夥計陪待人客。蔡老娘來洗了三，月娘與了一套紬絹衣裳，打發去了。就把孩子起名叫孝哥兒，未免送些喜麵。親隣與衆街坊隣舍都說：「西門慶大官人正頭娘子生了一個墓生兒子，就與老子同日同時，一頭斷氣，一頭生兒，世間有這等蹊蹺古怪事。」

不說衆人理亂這庄事，且說應伯爵聞知西門慶没了，走來吊孝哭泣。哭了一回，吳大舅、二舅正在捲棚内看着與西門慶傳影，伯爵走來與衆人見禮，說道：「可傷，做夢不知哥没了。」要請月娘拜見，吳大舅便道：「舍妹暗房出不來，如此這般，就是同日添了個娃兒。」伯爵愕然道：「有這等事？也罷也罷，哥有了個後代，這家當有了主兒了。」落後陳敬濟穿着一身重孝，走來與伯爵磕頭。伯爵道：「姐夫姐夫，煩惱。你爹没了，你娘兒每是死水兒了，家中凡事要你仔細。有事不可自家專，請問你二位老舅主張。不該我說，你年幼，事體還不大十分歷練。」吳大舅道：「二哥，你没的說。我自也有公事不得閑，見有他娘在。」伯爵道：「好大舅，雖故有嫂子，外邊事怎麽理的？還是老舅主張。自古没舅不生，没舅不長，一個親娘舅，比不的別人。你老人家就是個都根主兒，再有誰大？」因問道：「有了發引日期没有？」吳大舅道：「擇

愕然是主何意，讀者且細推詳。

據此數語，足稱知己。明明莊語，而隱微中不無又帶詼

意，可見小人轉脚之捷。

難得此古道相知。

讀此便欲髮指牙碎。雖然，此正常情，直當付之一笑。

二月十六日破土，三十日出殯，也在四七之外。」不一時，徐先生來到，祭告入殮，將西門慶裝入棺材內，用長命丁釘了，安放停當，題了名旌：「誥封武畧將軍西門公之柩。」

那日何千户來吊孝，靈前拜畢，吳大舅與伯爵陪侍吃茶，問了發引的日期。何千户分付手下該班排軍，原答應的一個也不許動，都在這裏伺候，直過發引之後，方許回衙門當差。又委兩名節級管領，如有違悮，呈來重治。又對吳大舅說：「如有外邊人拖欠銀兩不還者，老舅只顧說來，學生卽行追治。」吊孝畢，到衙門裏，一面行文開缺，申報東京本衛去了。

話分兩頭，却說來爵、春鴻同李三，一日到兖州察院，投下了書禮。宋御史見西門慶書上要討古器批文一節，說道：「你早來一步便好，昨日已都派下各府買辦去了。」尋思間，又見西門慶書中封着金葉十兩，又不好違阻了的，便留下春鴻、來爵、李三在公廨駐劄。隨卽差快手拿牌，趕回東平府批文來，封回與春鴻書中。又與了一兩路費，方取路回清河縣，往返十日光景。走進城，就聞得路上人說：「西門大官人死了，今日三日，家中念經做齋哩。」這李三就心生奸計，路上說念來爵、春鴻：「將此批文按下，只說宋老爺沒與來，咱每都投到大街張二老爹那裏去罷。你二人不去，我每人與你十兩銀子，到家隱住，不拏出來就是了。」那來爵見財物倒也肯了，只春鴻不肯，好人。口裏含糊應諾。

到家，見門首挑着紙錢，僧人做道場，親朋吊喪者不計其數，這李三就分路回家去了。來爵、春鴻見吳大舅、陳敬濟，磕了頭。問：「討的批文如何？怎的李三不來？」那來爵欲說不曾，

一語足墮丈夫血淚。

這春鴻把宋御史書連批都拿出來，遞與大舅，悉把李三路上與的十兩銀子，說的言語，如此這般教他隱下，休拿出來，同他投往張二官家去：「小的怎敢忘恩負義？徑奔家來。」吳大舅一面走到後邊，告訴月娘：「這個小的兒就是個知恩的。叵耐李三這廝短命，見姐夫沒了幾日，就這等壞心。」因把這件事，就對應伯爵說：「李智、黃四，借契上本利還欠六百五十兩銀子，趁着剛纔何大人分付，把這件事寫紙狀子，呈到衙門裏，教他替俺追追這銀子來，發送姐夫。他同寮間，自恁要做分上，這些事兒莫道不依。」伯爵慌了，說道：「李三却不該行此事。老舅快休動意，等我和他說罷。」于是走到李三家，請了黃四來一處計較。說道：「你不該先把銀子遞與小厮，倒做了管手。狐狸打不成，倒惹了一屁股臊。如今恁般恁般〔二〕，要拿文書提刑所告你每哩。常言道官官相護，何況又同寮之間，你等怎抵鬬的他過？依我，不如悄悄送二十兩銀子與吳大舅，只當兖州府幹了事來了。我聽得說，這宗錢糧他家已是不做了，把這批文難得掣出來，咱投張二官那裏去罷。你每二人再凑得二百兩，少了也拿不出來，再備辦一張祭桌，一者祭奠大官人，二者交這銀子與他。另立一紙欠結，你往後有了買賣，慢慢還他就是了。這個一舉兩得，又不失了人情，有個始終。」黃四道：「你說的是。李三哥，你幹事忒慌速了些。」真個到晚夕，黃四同伯爵送了二十兩銀子到吳大舅家，如此這般，「討批文一節，累老舅張主張主。」這吳大舅已聽見他妹子說不做錢糧，何況又黑眼見了白晃晃銀子，如何不應承？於是收了銀子。

到次日，李智、黄四備了一張插桌，猪首三牲，二百兩銀子，來與西門慶祭奠。吳大舅對月娘説了，拏出舊文書，從新另立了四百兩一紙欠帖，饒了他五十兩，餘者教他做上買賣，陸續交還。把批文交付與伯爵手内，同往張二官處合夥，上納錢糧去了，不在話下。正是：金逢火煉方知色，人與財交便見心。有詩爲証：

造物於人莫强求，勸君凡事把心收。
你今貪得收人業，還有收人在後頭。

校記

〔一〕「詞曰」，内閣本、首圖本無。
〔二〕「右調青玉案」，内閣本、首圖本無。
〔三〕「驀地走來」，内閣本、首圖本作「行地走來」。
〔四〕「更好」，内閣本作「便好」。
〔五〕「不依你的」，内閣本作「不依的」。
〔六〕「燒酒壺」，内閣本、首圖本作「一壺」。
〔七〕「頭目」，原作「頭日」，據首圖本、天圖本改。内閣本亦作「頭日」。按張評本、詞話本均作「頭目」。
〔八〕「花園」，内閣本、首圖本作「花娘」。
〔九〕「偌大」，内閣本、首圖本作「有大」。
〔一〇〕「大街上」，原作「太街上」，據吳藏本改。按張評本、詞話本均作「大街上」。

〔一二〕「元寶」，原作「九寶」，據内閣本改。

〔一三〕「恁般恁般」，内閣本、首圖本作「恁般」。

第八十回

潘金蓮售色赴東床

李嬌兒盜財歸麗院

第八十回　潘金蓮售色赴東床　李嬌兒盜財歸麗院

詩曰〔一〕：

倚醉無端尋舊約，却因惆悵轉難勝。
靜中樓閣深春雨，遠處簾櫳半夜燈。
抱柱立時風細細，遶廊行處思騰騰〔二〕。
分明窗下聞裁剪，敲遍欄杆喚不應。

話說西門慶死了，首七那日，却是報恩寺十六衆僧人做水陸。這應伯爵約會了謝希大、花子繇、祝實念、孫天化、常峙節、白賚光七人，坐在一處。伯爵先開口說：「大官人沒了，今一七光景。你我相交一場，當時也曾吃過他的，也曾用過他的，也曾使過他的，也曾借過他的，今日他死了，莫非推不知道？酒土也瞇瞇後人眼睛兒〔三〕。可憐。他就到五閻王跟前，也不饒你我。你我如今這等計較〔四〕，你我各出一錢銀子，七人共湊上七錢，辦一桌祭禮，買一幅軸子，再求水先生作一篇祭文，擡了去大官人靈前祭奠祭奠，少不的還討了他七分銀子一條孝絹來，這箇好不好？」衆人都道：「哥說的是。」當下每人湊出銀子來，交與伯爵，整備祭物停當，買了軸子，央水秀才做了祭文。這水秀才平昔知道，應伯爵這起人與西門慶乃小人之朋，于是

此時猶及閻王，終墮勢利惡趣，可見入者不知出也。

暗含譏刺，作就一篇祭文。伯爵衆人把祭祀擡到靈前擺下，陳敬濟穿孝在旁還禮。伯爵爲首，各人上了香，人人都粗俗，那裏曉的其中滋味。澆了奠酒，只顧把祝文宣念。其文畧曰：

維重和元年，歲戊戌，二月戊子朔，越初三日庚寅，侍教生應伯爵、謝希大、花子繇、祝實念、孫天化、常峙節、白賚光，謹以清酌庶饈之儀，致祭于故錦衣西門大官人之靈曰：維靈生前梗直，秉性堅剛，軟的不怕，硬的不降。常濟人以點水，恒助人以精光。囊篋頗厚，氣概軒昂。逢樂而舉，遇陰伏降。錦襠隊中居住，齊腰庫裏收藏。有八角而不用撓摑，逢虱蟣而騷癢難當。受恩小子，常在胯下隨幫。也曾在章臺而宿柳，也曾在謝舘而猖狂。正宜撑頭活腦，久戰熬場，胡爲罹一疾不起之殃？見今你便長伸着脚子去了〔五〕，丢下小子輩如班鳩跌脚，倚靠何方？難上他烟花之寨，難靠他八字紅墻。再不得同席而偎軟玉，再不得並馬而傍温香。撇的人垂頭落脚，閃的人牢温郎當。今特奠兹白濁，次獻寸觴。靈其不昧，來格來歆，尚享。

祭文大屬可笑。惟其可笑，故存之。

衆人祭畢，陳敬濟下來還禮。請去捲棚内，三湯五割管待出門，不題。

且説那日院中李家虔婆，聽見西門慶死了，鋪謀定計，伏。備了一張祭桌，使了李桂卿、李桂姐坐轎子來，上紙弔問。月娘不出來，都是李嬌兒、孟玉樓在上房管待。李家桂卿、桂姐悄悄對李嬌兒説：「俺媽説，人已是死了，你我院中人守不的這樣貞節。自古千里長棚，没個不散的筵席。教你手裏有東西，悄悄教李銘稍了家去防後。你還恁傻！常言道：揚州雖好，不是久戀之家。不拘多少時，也少不的離他家門。」那李嬌兒聽記在心。

不想那日韓道國妻王六兒，亦備了張祭桌，喬素打扮，坐轎子來與西門慶燒紙。在靈前擺下祭祀，只顧站着。踮了半日，白没個人兒出來陪待。原來西門慶死了，首七時分，就把王經打發家去不用了。小厮每見王六兒來，都不敢進去説。那來安兒不知就裡，到月娘房裏，向月娘説：「韓大嬸來與爹上紙，在前邊站了一日了，大舅使我來對娘説。」這吳月娘心中還氣忿不過，便喝罵道：「怪賊奴才，不與我走，還來甚麽韓大嬸毬大嬸！賊狗攮的養漢淫婦，把人家弄的家敗人亡、父南子北、夫逃妻散的，還來上甚麽毬紙！」一頓罵的來安兒摸門不着。來到靈前，吳大舅問道：「對後邊説了不曾？」來安兒把嘴谷都着不言語。問了半日，纔説：「娘稍出四馬兒來了。」這吳大舅連忙進去，對月娘説：「姐姐，你怎麽這等的？快休要舒口！自古人惡禮不惡，他男子漢領着咱偌多的本錢，你如何這等待人？好名兒難得，快休如此。你就不出去，教二姐姐、三姐姐好好待他出去，也是一般。做甚麽恁樣的，教人説你不是。」那月娘見他哥這等説，纔不言語了。良久，孟玉樓出來還了禮，陪他在靈前坐的。只吃一鍾茶，婦人也有些省口，就坐不住，隨即告辭起身去了。正是：

誰人汲得西江水，難免今朝一面羞。

那李桂卿、桂姐、吳銀兒都在上房坐着，見月娘罵韓道國老婆淫婦長、淫婦短，砍一株損百枝，兩個就有些坐不住。未到日落，就要家去。月娘再三留他姐兒兩個：「晚夕夥計每伴宿，你每看了提偶，明日去罷。」留了半日，桂姐、銀姐不去了，只打發他姐姐桂卿家去了。到了晚夕，僧人散了，果然有許多街坊夥計主管，喬大户、吳大舅、吳二舅、沈姨夫、花子繇、應伯爵、謝希大、常峙節，也有二十餘人，叫了一起偶戲，在大捲棚內擺設酒席伴宿。提演的是「孫榮孫華殺狗勸夫」戲文。堂客都在靈旁廳內，圍着幃屏，放下簾來，擺放桌席，朝外觀看。李銘、吳惠在這裏答應，晚夕也不家去了。不一時，衆人都到齊了。祭祀已畢，捲棚內點起燭來，安席坐下，打動鼓樂，戲文上來。直搬演到三更天氣，戲文方了。

原來陳敬濟自從西門慶死後，無一日不和潘金蓮兩個嘲戲，或在靈前溜眼，帳子後調笑。于是赶人散一亂，衆堂客都往後邊去了，小厮每都收家活，這金蓮趕眼錯捏了敬濟一把，説道：「我兒，你娘今日成就了你罷。趁大姐在後邊，咱就往你屋裏去罷。」敬濟聽了，得不的一聲，先往屋裏開門去了。婦人黑影裏抽身鑽入他房內，更不答話，解開褲子，急得妙。仰臥在炕上，雙鳧飛肩，教陳敬濟奸耍。正是：色膽如天怕甚事，鴛幃雲雨百年情。真個是：

二載相逢，一朝配偶；數年姻眷，一旦和諧。一個柳腰欵擺，一個玉莖忙舒。耳邊訴雨意雲情，枕上説山盟海誓。鶯恣蝶採，猗妮搏弄百十般；狂雨羞雲，嬌媚施逞千萬態。一個不住叫親親，一個摟抱呼達達。得多少柳色乍翻新樣緑，花容不減舊時紅。

霎時雲雨了畢，婦人恐怕人來，連忙出房，往後邊去了。

到次日，這小夥兒噇着這個甜頭兒，早辰走到金蓮房來。金蓮還在被窩裏未起來，從窗眼裏張看，見婦人被擁紅雲，粉腮印玉，説道：「好管庫房的，這咱還不起來！今日喬親家爹來上祭，大娘分付把昨日擺的李三、黃四家那祭桌收進來罷。你快些起來，且拿鑰匙出來與我。」婦人連忙教春梅拏鑰匙與敬濟。敬濟先教春梅樓上開門去了，婦人便從窗眼裏遞出舌頭，兩個咂了一回。正是：得多少脂香滿口涎空嚥，甜唾顒心溢肺肝。有詞爲証：

恨杜鵑聲透珠簾，心似針簽，情似膠粘。我則見笑臉腮窩愁粉黛，瘦損春纖。寶髻亂、雲鬆翠鈿，睡顏酡、玉減紅添。檀口曾沾。到如今唇上猶香，想起來口內猶甜。

良久，春梅樓上開了門，敬濟往前邊看搬祭祀去了。

不一時喬大户家祭來擺下，喬大户娘子并喬大户許多親眷，靈前祭畢。吴大舅、二舅、甘夥計陪侍，請至捲棚內管待。李銘、吴惠彈唱。那日鄭愛月兒家也來上紙吊孝，月娘俱令玉樓打發了孝裙束腰，後邊與堂客一同坐的。鄭愛月兒看見李桂姐、吴銀姐都在這裏，便嗔他兩個不對他説：「我若知道爹没了，有個不來的？你每好人兒，就不會我會兒去。」又見月娘生了孩兒，説道：「娘一喜一憂。惜乎爹只是去世太早了些兒。你老人家有了主兒，也不愁。」月娘俱打發了孝，留坐至晚方散。

到二月初三日，西門慶二七，玉皇廟吴道官十六衆道士在家念經做法事。那日衙門中何千户作創，約會了劉薛二內相、周守備、荆統制、張團練、雲指揮等數員武官，合着上了壇祭。

月娘這裏請了喬大户、吴大舅、應伯爵來陪待，李銘、吴惠兩個小優兒彈唱，捲棚管待去了，俱不必細説。到晚夕，念經送亡，月娘分付把李瓶兒靈床連影擡出去，一把火燒了，將箱籠都搬到上房内堆放。妳子如意兒并迎春收在後邊答應，把綉春與了李嬌兒房内使唤，將李瓶兒那邊房門，一把鎖鎖了。可憐正是：畫棟雕梁猶未乾，堂前不見痴心客。有詩爲証：

襄王臺下水悠悠，一種相思兩樣愁。
月色不知人事改，夜深還到粉墻頭。

那時李銘日日假以孝堂助忙，暗暗教李嬌兒偷轉東西與他掖送到家，又來答應，常兩三夜不往家去，只瞞過月娘一人眼目。吴二舅又和李嬌兒舊有首尾，誰敢道個不字。初九日念了三七經，月娘出了暗房，四七就没曾念經。十二日，陳敬濟破了土回來。二十日早發引，也有許多冥器紙劄，送殯之人終不似李瓶兒那時稠密。臨棺材出門，也請了報恩寺朗僧官起棺，坐在轎上，捧的高高的，念了幾句偈文。念畢，陳敬濟摔破紙盆，棺材起身，合家大小孝眷放聲號哭。吴月娘坐魂轎，後面衆堂客上轎，都圍隨材走，逕出南門外五里原祖塋安厝。陳敬濟備了一疋尺頭，請雲指揮點了神主，陰陽徐先生下了葬。衆孝眷掩土畢，山頭祭桌可憐通不上幾家，只是吴大舅、喬大户、何千户、沈姨夫、韓姨夫與衆夥計五六處而已。吴道官還留下十二衆道童回靈，安于上房明間正寢。陰陽洒掃已畢，打發衆親戚出門，吴月娘等不免伴夫靈守孝。一日燒了墓回來，答應班上排軍節級各都告辭回衙門去了。西門慶五七，月娘

此是欲嫁者不傳之秘，然究竟同出一揆。已入其局，而猶不足，虔婆谿壑無

請了薛姑子、王姑子、大師父、十二衆尼僧，在家誦經禮懺，超度夫主生天。吳大妗子并吳舜臣媳婦，都在房中相伴。

原來出殯之時，李桂卿、桂姐在山頭悄悄對李嬌兒如此這般：「媽說，你摸量你手中沒甚細軟東西，不消只顧在他家了。你又沒兒女，守甚麼？教你一場嚷亂，登開了罷。可恨。昨日應二哥來說，如今大街坊張二官府，要破五百兩金銀娶你做二房娘子，當家理紀。你那裏便圖出身，你在這裏，守到老死也不怎麽。你我院中人家，棄舊迎新爲本，趨炎附勢爲强，不可錯過了時光。」這李嬌兒聽記在心。過了西門慶五七之後，因風吹火，用力不多。不想潘金蓮對孫雪娥說，出殯那日，在墳上看見李嬌兒與吳二舅在花園小房內，兩個說話來。春梅孝堂中又親眼看見，李嬌兒帳子後遞了一包東西與李銘，搳在腰裏，轉了家去。嚷的月娘知道，把吳二舅罵了一頓，赶去舖子裏做買賣，再不許進後邊來。分付門上平安，不許李銘來往。這花娘惱羞變成怒，正尋不着這個繇頭兒哩。一日，因月娘在上房和大妗子吃茶，請孟玉樓不請他，就惱了，與月娘兩箇大鬧大嚷，拍着西門慶靈床子，啼啼哭哭，叫叫嚎嚎，到半夜三更，在房中要行上吊。丫頭來報與月娘，月娘慌了，與大舅子計議〔六〕，請將李家虔婆來，可打發他歸院〔七〕。虔婆生怕留下他衣服頭面，說了幾句言語：「我家人在你這裏做小伏低，頂缸受氣，好容易就開交了罷！須得幾十兩遮羞錢。」吳大舅居着官，又不敢張主，相講了半日，教月娘把他房中衣服、首飾、箱籠、床帳、家活盡與他，打發出門，只不與他元宵、綉春兩個丫頭去。

底，可恨。

李嬌兒生死要這兩個丫頭。月娘生死不與他，說道：「你倒好，買良爲娼。」一句慌了鴇子，就不敢開言，變做笑吟吟臉兒，拜辭了月娘，李嬌兒坐轎子，擡的往家去了。

看官聽說：院中唱的以賣俏爲活計，將脂粉作生涯。早辰張風流，晚夕李浪子，前門進老子，後門接兒子，棄舊憐新，見錢眼開，自然之理。饒君千般貼戀，萬種牢籠，還鎖不住他心猿意馬。不是活時偷食抹嘴，就是死後嚷鬧離門，不拘幾時，還吃舊鍋粥去了。正是：蛇入筒中曲性在，鳥出籠輕便飛騰。有詩爲証：

堪笑烟花不久長，洞房夜夜換新郎。
兩隻玉腕千人枕，一點朱唇萬客嚐。
造就百般嬌艷態，生成一片假心腸。
饒君總有牢籠計，難保臨時思故鄉。

月娘打發李嬌兒出門，大哭了一場。衆人都在旁解勸，潘金蓮道：「姐姐，罷，休煩惱了。常言道：娶淫婦，養海青，食水不到想海東。這個都是他當初幹的營生，今日教大姐姐這等惹氣。」

家中正亂着，忽有平安來報：「巡鹽蔡老爹來了，在廳上坐着哩。我說家老爹没了，他問没了幾時了，我回正月二十一日病故，到今過了五七。他問有靈没靈，我回有靈，在後邊供養着哩。他要來靈前拜拜，我來對娘說。」月娘分付：「教你姐夫出去見他。」不一時，陳敬濟穿上孝衣，出去拜見了蔡御史。良久，後邊收拾停當，請蔡御史進來，西門慶靈前參拜了。月娘穿着一身重孝，出來回禮。再不交一言，就讓月娘說：「夫人請回房。」又向敬濟說道：「我昔時曾在府相擾，今差滿回京去，敬來拜謝拜謝〔八〕，不期作了故人。」便問：「甚麽病症？」陳敬濟道：「是痰火之疾。」蔡御史道：「可傷！可傷！」卽喚家人上來，取出兩疋杭州絹，一雙羢襪，四尾白鮝，四罐蜜餞，說道：「這些微禮，權作奠儀罷。」又拏出五十兩一封銀子來：「這個是我向日曾貸過老先生些厚惠，今積了些俸資奉償，以全終始之交。」分付平安道：「大官，交進房去。」敬濟道：「老爹，忒多計較了。」月娘說：「請老爹前廳坐。」蔡御史道：「也不消坐了，拏茶來吃了一鍾就是了。」左右須臾拿茶上來，蔡御史吃了，揚長起身上轎去了。月娘得了這五十兩銀子，心中又是那歡喜，又是那慘戚。想有他在時，似這樣官員來到，肯空放去了？又不知吃酒到多咱晚。今日他伸着脚子，空有家私，眼看着就無人陪待。正是：

知磬無後而豫讓爲之死，千古義之。如蔡生于西門，古道相處，必竟讀書人與衆不同。

人得交游是風月，天開圖畫卽江山。

話說李嬌兒到家，應伯爵打聽得知，報與張二官知，就拏着五兩銀子來請他歇了一夜。原來張二官小西門慶一歲，屬兔的，三十二歲了。李嬌兒三十四歲，虔婆瞞了六歲，只說二十八歲，教伯爵瞞着。使了三百兩銀子，娶到家中，做了二房娘子。祝實念、孫寡嘴依舊領着王三官兒，還來李家行走，與桂姐打熱，不在話下。

争氣一場，此時安在？可悲，可涕。

伯爵、李三、黃四借了徐內相五千兩銀子，張二官出了五千兩，做了東平府古器這批錢糧，逐日寶鞍大馬，在院内摇擺。張二官見西門慶死了，又打點了上千兩金銀，往東京尋了樞密院鄭皇親人情，對堂上朱太尉説，要討提刑所西門慶這個缺。家中收拾買花園，蓋房子。應伯爵無日不在他那邊趨奉，把西門慶家中大小之事，盡告訴與他。説：「他家中還有第五個娘子潘金蓮，排行六姐，生的上畫兒般標致，詩詞歌賦，諸子百家，拆牌道字，雙陸象棋，無不通曉。又寫的一筆好字，彈的一手好琵琶。今年不上三十歲，比唱的還喬。」説的那張二官心中火動，巴不的就要了他，便問道：「莫非是當初賣炊餅的武大郎那老婆麽？」伯爵道：「就是他。被他古來家中〔九〕，今也有五六年光景，不知他嫁人不嫁。」張二官道：「累你打聽着，待有嫁人的聲口，你來對我説，等我娶了罷。」伯爵道：「我身子裏有個人，在他家做家人，名來爵兒。等我對他説，若有出嫁聲口，就來報你知道。難得你娶過他這個人來家，也强似娶個唱的。當時西門大官人在時，爲娶他，不知費了許多心。大抵物各有主，也説不的，只好有福的匹配。你如今有了這般勢耀，不得此女貌同享榮華，枉自有許多富貴。我只叫來爵兒密密打聽，但有嫁人的風縫兒，憑我甜言美語，打動春心，你却用幾百兩銀子，娶到家中，儘你受用便了。」

（吾安得抽魚腸，斷若人之舌而碎其首。）

看官聽説：但凡世上幫閒子弟，極是勢利小人。當初西門慶待應伯爵如膠似漆，賽過同胞弟兄，那一日不吃他的、穿他的、受用他的？身死未幾，骨肉尚熱，便做出許多不義之事。正是：畫虎畫皮難畫骨，知人知面不知心。有詩爲証：

（此輩心腸猶易知，但迷者不覺耳。）

昔年意氣似金蘭，　百計趨承不等閑。
今日西門身死後〔一〇〕，紛紛謀妾伴人眠〔一一〕。

校記

〔一〕「詩曰」，內閣本、首圖本無。
〔二〕「遶廊」，內閣本、首圖本作「遶廓」。按張評本作「遶廊」。
〔三〕「酒土」，崇禎諸本同。按張評本、詞話本作「洒土」。
〔四〕「你我如今」，內閣本、首圖本無「你我」。
〔五〕「長伸着脚子」，原作「長你着脚子」，據內閣本、首圖本、天圖本改。
〔六〕「大舅子」，內閣本、首圖本作「大妗子」。
〔七〕「可打發」，內閣本、首圖本作「要打發」。
〔八〕「拜謝拜謝」，內閣本、首圖本作「拜謝」。
〔九〕「被他古來家中」，內閣本、首圖本作「占來家中」。
〔一〇〕「今日」，內閣本、首圖本作「自從」。
〔一一〕「伴人眠」，原作「字人眠」，據內閣本、首圖本改。天圖本作「侼人眠」。

第八十一回　韓道國拐財遠遁

湯來保欺主背恩

新刻繡像批評金瓶梅卷之十七

第八十一回　韓道國拐財遠遁　湯來保欺主背恩

詩曰〔一〕：

燕入非傍舍，鷗歸祇故池。
斷橋無復板，卧柳自生枝。
遂有山陽作，多慚鮑叔知。
素交零落盡，白首淚雙垂。

話説韓道國與來保，自從拿着西門慶四千兩銀子江南置買貨物，到于揚州，抓尋苗青家内宿歇。苗青見了西門慶手扎，想他活命之恩，儘力趨奉。又討了一箇女子，名喚楚雲，養在家裏，要送與西門慶，以報其恩。韓道國與來保兩個，且不置貨，成日尋花問柳，飲酒宿婦。（從來夥計皆如此。）只到初冬天氣，景物蕭瑟，不勝旅思，方纔將銀往各處買置布疋，裝在揚州苗青家安下，待貨物買完起身。先是韓道國請了個表子，是揚州舊院王玉枝兒，來保便請了林彩虹妹子小紅。一日，請揚州鹽客王海峯和苗青遊寶應湖。遊了一日，歸到院中，又值玉枝兒鴇子生日，偏撞着。這韓道國又邀請衆人，擺酒與鴇子王一媽做生日。使後生胡秀請客商汪東橋與錢晴川兩個，白不見到。不一時，汪東橋與錢晴川就同王海峯來了。至日落時分，胡秀纔來，被韓道國帶酒罵了幾句，說：「這廝不知在那里味酒，味到這咱纔來，口裏噴出來的酒氣。客人到先來了這半日，你不知那里來。我到明日定和你筭帳。」那胡秀把眼斜瞅着他，走到下邊，口裏喃喃吶吶說：「你罵我？你家老婆在家裏仰搧着挣，你在這里合蓬着丢。宅里老爹包着你家老婆，合的不值了，纔交你領本錢出來做買賣。你在這里快活，你老婆不知怎麽受苦哩！得人不化白出你來，你落得爲人，就勾了。」對玉枝兒鴇子只顧說。搗子便拉出他院子裡說〔二〕：「胡官人，你醉了，你往房裡睡去罷。」那胡秀大嘤小喝〔三〕，畫。白不肯進房。不料韓道國正陪衆客商在席上吃酒，聽見胡秀口内放屁辣臊，心中大怒，走出來踢了他兩脚，罵道：「賊野囚奴，我有了五分銀子僱你一日，罵不過。怕尋不出人來！」即時赶他去。那胡秀那里肯出門，在院子内聲叫起來。說道：「你如何趕我？我没壞了管帳事！你倒養老婆，倒赶我，看我到家說不說！」被來保勸住韓道國，一手拉他過一邊，說道：「你這狗骨頭，原來這等酒硬！」那胡秀道：「保叔，你老人家休管他。我吃甚麽酒來？我和他做一做。」被來保推他往屋裏挺覺去了。正是：

　酒不醉人人自醉，色不迷人人自迷。

來保打發胡秀房裡睡去，不題。韓道國恐怕衆客商耻笑，和來保席上觥壽交錯，遞酒闋

當日西門慶圖小郎到南邊好看，誰知反弄的不好看。世事類然。

行止若不端，便不能服人。

笑〔四〕。林彩虹、小紅姊妹二人并王玉枝兒三個唱的，彈唱歌舞，花攢錦簇，行令猜枚，吃至三更方散。次日，韓道國要打胡秀，胡秀說：「小的通不曉一字〔五〕。」收得妙。道國被苗青做好做歹勸住了。

話休饒舌。有日貨物置完，打包裝載上船。不想苗青討了送西門慶的那女子楚雲，忽生起病來，動身不得。造化。苗青說：「等他病好了，我再差人送了來罷。」只打點了些人事禮物，抄寫書帳，打發二人并胡秀起身。王玉枝并林彩虹姊妹，少不的置酒馬頭，作別餞行。從正月初十日起身，一路無詞。一日到臨江閘上，這韓道國正在船頭跕立，忽見街坊嚴四郎從上流坐船而來，往臨江接官去。看見韓道國，舉手說：「韓西橋，你家老爹從正月間没了。」說畢，船行得快，就過去了。這韓道國聽了此言，遂安心在懷，瞞着來保不說。不想那時河南、山東大旱，赤地千里，田蠶荒蕪不收，棉花布價一時踊貴，每疋布帛加三利息。各處鄉販都打着銀兩遠接，在臨清一帶馬頭迎着客貨而買。韓道國便與來保商議：「船上布貨約四千餘兩，見今加三利息，不如且賣一半，又便宜鈔關納稅。就到家發賣，也不過如此。遇行市不賣，誠爲可惜。」來保道：「夥計所言雖是，誠恐賣了，一時到家惹當家的見怪，如之奈何？」韓道國便說：「老爹見怪，都在我身上。」來保强不過他，就在馬頭上發賣了一千兩布貨。韓道國說：「雙橋，你和胡秀在船上等着納稅，我打旱路，同小郎王漢打着這一千兩銀子，先去報老爹知道。」來保道：「你到家，好歹討老爹一封書來，下與鈔關錢老爹，少納稅錢，先放船行。」韓道國應諾，同小郎王漢裝成馱垛，往清河縣家中來。

有日進城，在甕城南門裏，日色漸落，忽撞遇看墳的張安，推着車輛酒米食盒，正出南門〔六〕。看見韓道國，便叫：「韓大叔，你來家了？」韓道國看見他帶着孝，問其故。張安說：「老爹死了，明日三月初九日是斷七。大娘交我拏此酒米食盒往墳上去，明日與老爹燒紙。」這韓道國聽了，說：「可傷，可傷。果然路上行人口似碑，話不虛傳。」打頭口逕進城中。到了十字街上，心中筭計：「且住。有心要往西門慶家去，況今他已死了，天色又晚，不如且歸家停宿一宵，和渾家商議了，明日再去不遲。」于是和王漢打着頭口，逕到獅子街家中。二人下了頭口，打發赶脚人回去。叫開門，王漢搬行李馱垛進入堂中。老婆一面迎接入門，拜了佛祖。王六兒替他脫衣坐下，丫頭點茶吃。韓道國先告訴往回一路之事，道：「我在路上撞遇嚴四哥與張安，纔知老爹死了。好好的，怎的就死了？」王六兒道：「天有不測風雲，人有暫時禍福，誰人保得無常？」韓道國一面把馱垛打開，取出他江南置的許多衣裳、細軟貨物〔七〕，并那一千兩銀子，一封一封都放在炕上〔八〕。老婆打開看，都是白光光雪花銀兩，便問：「這是那裡的？」韓道國說：「我在路上聞了信，就先賣了這一千兩銀子來了。」又取出兩包梯己銀子一百兩，因問老婆：「我去後，家中他也看顧你不曾？」王六兒道：「他在時倒也罷了。如今你這銀子還送與他家去？」韓道國道：「正是要和你商議。咱留下些，把一半與他如何？」老婆道：「呸！你這傻奴才料，這遭再休要傻了。如今他已是死了，這裡無人，咱和他有甚瓜葛？不爭你送與他一半，交

處義利之間再筭計不得，一筭計便利重于義矣。

□西門慶之□而得竊太師之勢，轉欲倚太師之勢而□；西門慶小人心腸盡如此。

月娘從未罵人，止罵得王六兒幾句便招怨失事，可見越是好人，越行惡事不得。

他招詔道兒問你下落〔九〕。到不如一狼二狼〔一〇〕，把他這一千兩，咱顧了頭口，拐了上東京，投奔咱孩兒那裡〔一一〕。愁咱親家太師爺府中安放不下你我？」韓道國說：「丟下這房子，急切打發不出去，怎了？」老婆道：「你看没才料！何不叫將第二個來，（餘情不斷。）留幾兩銀子與他，就交他看守便了。等西門慶家人來尋你，只說東京咱孩兒叫了兩口去了。莫不他七個頭八個膽，敢往太師府中尋咱們去？就尋去，你我也不怕他。」韓道國說：「爭奈我受大官人好處，怎好變心的？（良心何嘗不在？）」老婆道：「自古有天理到没飯吃哩！他占用着老娘，使他這幾兩銀子，不差甚麽。想着他孝堂裏，我到好意備了一張插卓三牲，往他家燒紙，他家大老婆那不賢良的淫婦，半日不出來，在屋裏罵的我好訕的。我出又出不來，坐又坐不住。落後他第三個老婆出來陪我坐，我不去坐，就坐轎子來家了。想着他這個情兒，我也該使他這幾兩銀子。」一席話，說得韓道國不言語了。

夫妻二人晚夕計議已定。到次日五更，叫將他兄弟韓二來，如此這般，交他看守房子，又把與他一二十兩銀子盤纏。那二搗鬼千肯萬肯，說：「哥嫂只顧去，等我打發他。」這韓道國就把王漢小郎并兩個丫頭，也跟他帶上東京去。僱了二大輛車，把箱籠細軟之物都裝在車上，投天明出西門，逕上東京去了。正是：

撞碎玉籠飛彩鳳，頓開金鎖走蛟龍。

這里韓道國夫婦東京去了不題。單表吳月娘次日帶孝哥兒，同孟玉樓、潘金蓮、西門大姐、奶子如意兒、女婿陳敬濟，往墳上與西門慶燒紙。張安就告訴月娘昨日撞見韓大叔來家一節。月娘道：「他來了，怎的不到我家來？只怕他今日來。」在墳上剛燒了紙，坐了没多回，老早就起身來家。使陳敬濟：「往他家叫韓夥計去，問他船到那里了？」初時叫着不聞人言，次則韓二出來説：「俺姪女兒東京叫了哥嫂去了，船不知在那裡。」這陳敬濟回月娘，月娘不放心，使敬濟騎頭口往河下尋船。去了一日，到臨清馬頭舡上，尋着來保船隻。來保問：「韓夥計先打了一千兩銀子，家去了？」敬濟道：「誰見他來！張安看見他進城，次日墳上來家，大娘使我問他去。他兩口子奪家連銀子都拐的上東京去了。如今爹死了，斷七過了，大娘不放心，使我來找尋船隻。」這來保口中不言，心内暗道：「這天殺，原來連我也瞞了！嗔道路上定要賣這一千兩銀子，乾淨要起毛心。正是：人面咫尺，心隔千里。」這來保見西門慶已死，也安心要和他一路。把敬濟小夥兒引誘在馬頭上各唱店中、歌樓上飲酒，請表子頑耍。暗暗船上搬了八百兩貨物，卸在店家房内，封記了。一日，鈔關上納了稅，放船過來，在新河口起脚裝車，往清河縣城裡，來家中東廂房卸下。

自從西門慶死了，獅子街絲綿舖已關了，對門段舖甘夥計、崔本賣了銀兩都交付明白，各辭歸家去了，房子也賣了，止有門首解當、生藥舖，敬濟與傅夥計開着。原來這來保妻惠祥有個五歲兒子，名僧寶兒。韓道國老婆王六兒有個侄女兒四歲。二人割衿做了親家，家中月娘通不知道。

這來保交卸了貨物，就一口把事情都推在韓道國身上，（自然之理。）說他先賣了二千兩銀子來家。那月娘再三使他上東京，問韓道國銀子下落去。他一頓話道〔一二〕：「咱早休去！一個太師老爹府中〔一三〕，誰人敢到？沒的招是惹非。得他不來尋你，咱家念佛，到沒的招惹虱子頭上撓！」月娘道：「翟親家也虧咱家替他保親，莫不看些分上兒。」來保道：「他家女兒見在他家得時，他敢只護他娘老子，莫不護咱不成？（亦是正論。）此話只好在家對我說罷了，外人知道，傳出去到不好了。只當丟這幾兩銀子罷，更休題了。」月娘聽了無法，也只得罷了。又交他會買頭，發賣布貨。他會了主兒來，月娘交陳敬濟兑銀講價錢，主兒都不服，拏銀出去了。來保便說：「姐夫，你不知買賣甘苦。俺在江湖上走的多，曉的行情。寧可賣了悔，休要悔了賣。這貨來家得此價錢就勾了，你十分把弓兒拽滿，迸了主兒，顯的不會做生意。我不是托大說話，你年少不知事體，我莫不肐膊兒往外撇？不如賣弔了，是一場事。」那敬濟聽了，使性兒不管了。他也不等月娘來分付，匹手奪過筭盤，邀回主兒來，把銀子兑了二千餘兩，一件件交付與敬濟經手，交進月娘收了，推貨出門。月娘與了他二三十兩銀子，房中盤纏。他便故意兒昂昂大意不收，說道：「你老人家還收了。死了爹，你老人家死水兒，自家盤纏，又與俺們做甚？你收了去，我決不要。」一日晚夕，外邊吃的醉醉兒，走進月娘房中，搭伏着護炕，說念月娘：「你老人家青春少小，沒了爹，你自家守着這點孩子兒，不害孤另麼？」月娘一聲兒沒言語。

來保之無禮，不必論，使金蓮當此，不知又作

一日，東京翟管家寄書來，知道西門慶死了，聽見韓道國說他家中有四個彈唱出色女子，

何狀。月娘亦可謂貞婦人矣。古人賞功以不失人臣禮爲上，深有感於此輩臣僕之可恨也。

該多少價錢，說了去，兑銀子來，要載到京中答應老太太。月娘見書，慌了手脚，叫將來保來計議〔一四〕，與他去好，不與他去好。來保進入房中，也不叫娘，只說：「你娘子人家，不知事，不與他去，就惹下禍了。這個都是過世老頭兒惹的，恰似賣富一般，但擺酒請人，就叫家樂出去，有個不傳出去的？何況韓夥計女兒又在府中答應老太太，有箇不說的？我前日怎麽說來，今果然有此勾當鑽出來。你不與他，他裁派府縣差人坐名兒來要，不怕你不雙手兒奉與他，還是遲了。難說四個都與他，不如今日胡亂打發兩個與他，還做面皮。」這月娘沉吟半晌，孟玉樓房中蘭香與金蓮房中春梅，都不好打發，綉春又要看哥兒，不出門。因問他房中玉簫與迎春，情願要去，以此就差來保，僱車輛裝載兩個女子，往東京太師府中來。不料來保這厮，在路上把這兩個女子都姦了。

有日到東京，會見韓道國夫婦，把前後事都說了。韓道國謝來保道：「若不是親家看顧我，在家阻住，我雖然不怕他，也未免多一番唇舌。」翟謙看見迎春、玉簫兩個都生的好模樣兒，一個會箏，一個會絃子，都不上十七八歲，進入府中伏侍老太太，賞出兩定元寶來。這來保還克了一錠，到家只拏出一錠元寶來與月娘，還將言語恐嚇月娘說：「若不是我去，還不得他這錠元寶拏家來。你還不知，韓夥計兩口兒在那府中，好不受用富貴！獨自住着一所宅子，呼奴使婢，坐五行三，翟管家以老爹呼之。他家女孩兒韓愛姐，日逐上去答應老太太，寸步不離，要一奉十，揀口兒吃用，換套穿衣。如今又會寫，又會筭，福至心靈，出落得好長大身材，

月娘雖呆，終不失爲好人。

只引最下者爲比，以見己能，此人情世道所以日薄也。

姿容美貌。前日出來見我，打扮得如瓊林玉樹一般，百伶百俐，一口一聲叫我保叔。如今咱家這兩個家樂到那里，還在他手里討針線哩。」説畢，月娘還甚是知感他不盡。打發他酒饌吃了，與他銀子又不受，拏了一疋段子與他妻惠祥做衣服穿，不在話下。

這來保一日同他妻弟劉倉往臨清馬頭上，將封寄店内布貨盡行賣了八百兩銀子，暗買下一所房子，就在劉倉右邊門首，就開雜貨舖兒。他便日逐隨倚祀會茶。他老婆惠祥，要便對月娘説，假推往娘家去，到房子裡從新換了頭面衣服，珠子箍兒，插金戴銀，往王六兒娘家王母猪家扳親家，行人情，坐轎看他家女兒去。來到房子裡，依舊換了慘淡衣裳，纔往西門慶家中來，只瞞過月娘一人不知。來保這厮，常時吃醉了，來月娘房中嘲話調戲。兩番三次，不是月娘爲人正大，也被他説念的心邪，上了道兒。又有一般小厮媳婦，在月娘根前，説他媳婦子在外與王母猪作親家，插金戴銀，行三坐五。潘金蓮也對月娘説了幾次，月娘不信。

惠祥聽見此言，在厨房中罵大罵小。來保便裝胖學蠢，自己誇獎，説衆人：「你每只好在家裡説炕頭子上嘴罷了！相我水皮子上顧瞻，將家中這許多銀子貨物來家。若不是我，都吃韓夥計老牛箝嘴拐了往東京去，只呀的一聲，乾丟在水里也不响。如今還不道俺每一個是，説俺轉了主子的錢了，架俺一篇是非。正是割股的也不知，燃香的也不知。自古信人調，丟了瓢。」媳婦子惠祥便罵：「賊嚼舌根的淫婦，説俺兩口子轉的錢大了，在外行三坐五扳親。老道出門，問我姊那里借的幾件子首飾衣裳，就説是俺落得主子銀子治的。要擠撮俺兩口子出門，也不打緊，自開端，妙甚。等俺每出去，料莫天也不着餓水鴉兒吃草。我洗淨着眼兒，看你這些淫婦奴才，在西門家裡住牢着！」月娘見他罵大罵小，尋繇頭兒和人嚷，鬧上吊，漢子又兩番三次無人處在根前無禮，心裡也氣得没入脚處，只得交他兩口子搬離了家門。這來保就大刺刺和他舅子開起個布舖來〔一三〕，發賣各色細布。日逐會親友，行人情，不在話下。正是：

勢敗奴欺主，時衰鬼弄人。

校記

〔一〕「詩曰」，内閣本、首圖本無。

〔二〕「搗子」，内閣、首圖、吳藏等本作「鴇子」。按張評本、詞話本均作「鴇子」。

〔三〕「大嘍小喝」，内閣本、首圖本作「大嘍大喝」。

〔四〕「鬨笑」，原作「關笑」，據内閣本、首圖本、天圖本改。

〔五〕「一字」，原作「一宗」，據内閣、首圖、天圖、吳藏等本改。

〔六〕「正出南門」，原作「正由南門」，據内閣、首圖、天圖等本改。

〔七〕「細軟貨物」，原作「細欵貨物」，據内閣、首圖、天圖、吳藏等本改。

〔八〕「炕上」，原作「坑上」，據内閣、首圖等本改。

〔九〕「招詔道兒」，内閣本、首圖本作「招暗道兒」。按張評本、詞話本均作「招詔道兒」。

〔一〇〕「一狼二狼」，吳藏本作「一狠二狠」。按張評本、詞話本均作「一狠二狠」。

〔一一〕「孩兒」，内閣本、首圖本作「孩女」。按張評本、詞話本均作「孩兒」。

〔一二〕「問韓道國銀子下落去。他一頓話道」，內閣本、首圖本作「問韓道國銀子下落，被他一頓話説」。按張評本與底本同，詞話本與內閣本、首圖本同。

〔一三〕「老爹」，內閣本、首圖本作「老爺」。按張評本、詞話本均作「老爺」。

〔一四〕「計議」，原作「計儀」，據內閣、首圖等本改。

〔一五〕「大剌剌」，原作「大刺刺」，據首圖、吳藏等本改。按張評本作「大剌剌」，詞話本作「大利利」。

第八十二回　陳敬濟美一得雙

潘金蓮熱心冷面

第八十二回　陳敬濟弄一得雙　潘金蓮熱心冷面

詞曰〔一〕：

聞道雙啣鳳帶，不妨單着鮫綃。夜香知爲阿誰燒？悵望水沉烟裊〔二〕。雲鬌風前緑捲，玉顔想處紅潮。莫交空負可憐宵，月下雙灣步俏。

——右調《西江月》

話説潘金蓮與陳敬濟，自從在廂房裡得手之後，兩箇人嚐着甜頭兒，日逐白日偷寒，黄昏送暖。或倚肩嘲笑，或並坐調情，掐打揪撏，通無忌憚。或有人跟前不得説話，將心事寫了，搓成紙條兒，丢在地下。你有話傳與我，我有話傳與你。一日，四月天氣，潘金蓮將自己袖的一方銀絲汗巾兒裹着一箇紗香袋兒，裏面裝一縷頭髪并些松柏兒，封的停當，要與敬濟。不想敬濟不在廂房内，遂打窗眼内投進去。後敬濟進房，看見彌封甚厚，打開却是汗巾香袋兒。紙上寫一詞，名《寄生草》：

將奴這銀絲帕并香囊寄與他。當初結下青絲髮，松柏兒要你常牽掛，淚珠兒滴寫相思話。夜深燈照的奴影兒孤，休負了夜深潛等荼蘼架。

敬濟見詞上約他在荼蘼架下等候，私會佳期，隨卽封了一柄湘妃竹金扇兒，亦寫一詞在

凡人此境，便有許多剛巧剛不巧情景，使人遮遮掩掩，驚驚喜喜。

此詞疑是敬濟的筆。

上回答他，袖入花園去。不想月娘正在金蓮房中坐着，這敬濟三不知走進角門就叫：「可意人在家不在？」這金蓮聽見是他語音，恐怕月娘聽見決撒了，連忙掀簾子走出來。看着他擺手兒，佯說：「我道是誰，原來是陳姐夫來尋大姐。大姐剛纔在這裏，和他每往花園亭子上摘花兒去了。」這敬濟見有月娘在房裡，就把物事暗暗遞與婦人袖了，他就出去了。月娘便問：「陳姐夫來做甚麽？」金蓮道：「他來尋大姐，我回他往花園中去了。」以此瞞過月娘。少頃，月娘起身回後邊去了。金蓮向袖中取出拆開，却是湘妃竹金扇兒一把，上畫一種青蒲，半溪流水，有《水仙子》一首詞兒：

紫竹白紗甚逍遥，緑青蒲巧製成，金鉸銀錢十分妙。妙人兒堪用着[三]，遮炎天少把風招。有人處常常袖着，無人處慢慢輕摇，休教那俗人見偷了。

婦人看了其詞，到于晚夕月上時，早把春梅、秋菊兩個丫頭打發些酒與他吃，關在那邊炕屋睡。然後自在房中緑牕半啟，絳燭高燒，收拾床鋪衾枕，薰香澡牝，獨立木香棚下[四]，專等敬濟來赴佳期。西門大姐那夜恰好被月娘請去後邊聽王姑子宣卷去了，止有元宵兒在屋裡。敬濟梯己與了他一方手帕，分付他：「看守房中，我往你五娘那邊下棋去，等大姑娘進來，你快來叫我。」元宵兒應諾了。敬濟得手，走來花園中，只見花依月影[五]，參差掩映。走到荼蘼架下，遠遠望見婦人摘去冠兒，亂挽烏雲，悄悄在木香棚下獨立。這敬濟猛然從荼蘼架下突出，雙手把婦人抱住。把婦人諕了一跳，說：「呸！小短命！猛可鑽出來[六]，諕了我一跳。早是我，你摟便將就罷了。若是別人，你也恁膽大摟起來？」敬濟吃得半酣兒，笑道：「早是摟了你，就錯摟了紅娘，也是沒奈何。」（趁勢就插入春梅，妙甚。）兩箇于是相摟相抱，携手進入房中。房中熒煌煌掌着燈燭，桌上設着酒餚。一面頂了角門，並肩而坐飲酒。婦人便問：「你來，大姐在那里？」敬濟道：「大姐後邊聽宣卷去了。我分付下元宵兒，有事來這里叫，我只說在這里下棋。」說畢，兩箇懽笑做一處。飲酒多時，常言：風流茶說合，酒是色媒人，不覺竹葉穿心，桃花上臉，一箇嘴兒相親，一箇腮兒厮揾，罩了燈上床交接。有《六娘子》小詞爲証：

入門來將奴摟抱在懷。奴把錦被兒伸開，俏寃家頑的十分怪。嗏，將奴脚兒擡，脚兒擡。揉亂了烏雲，鬏髻兒歪。

兩人雲雨纔畢，只聽得元宵叫門說：「大姑娘進房中來了。」這敬濟慌的穿衣去了。正是：

狂蜂浪蝶日時見〔七〕，飛入梨花無處尋。

原來潘金蓮那邊三間樓上，中間供養佛像，兩邊稍間堆放生藥香料。兩箇自此以後，情沾肺腑，意密如漆，無日不相會做一處。一日，也是合當有事。潘金蓮早辰梳粧打扮，走來樓上觀音菩薩前燒香，（金蓮也燒香，大奇。）不想陳敬濟正拏鑰匙上樓，開庫房門拏藥材香料，撞遇在一處。這婦人且不燒香，（此纔像金蓮燒的香。）見樓上無人，兩箇摟抱着親嘴咂舌。一個叫「親親五娘」，一箇呼「心肝短命」，因說：「趁無人，咱在這裡幹了罷。」一面解褪衣褲，就在一張春櫈上雙鳧飛肩，靈根半入，不勝綢繆。當初沒巧不成話，兩箇正幹得好，不防春梅正上樓來拿盒子取茶葉，看見。兩箇湊手脚不迭，都吃了一驚。春梅恐怕羞了他，連忙倒退回身子，走下胡梯。慌的敬濟兜小衣不迭。婦人穿上裙子，忙叫春梅：「我的好姐姐，你上來，我和你説話。」那春梅於是走上樓來。金蓮道：「我的好姐姐，你姐夫不是別人，我今教你知道了罷。俺兩箇情孚意合，拆散不開，你千萬休對人説，只放在你心裡。」春梅便説：「好娘，説那裡話。奴伏侍娘這幾年，豈不知娘心腹，肯對人説？」婦人道：「你若肯遮蓋俺們，趁你姐夫在這里，你也過來和你姐夫睡一睡，我方信你。你若不肯，只是不可憐見俺每了。」那春梅把臉羞的一紅一白，只得依他。卸下湘裙，解開褲帶，仰在櫈上，儘着這小夥兒受用。有這等事。正是：明珠兩顆皆無價，可奈檀郎盡得鑽。有《紅繡鞋》爲証：

金蓮分惠耶？拖人落水耶？春梅屈從耶？欢喜領受耶？再四思之，不得。

假認做女婿親厚，往來和丈母歪偷，人情裡包藏鬼胡油。明講做兒女禮，暗結下燕鶯儔，他兩箇見今有。

當下儘着敬濟與春梅耍完，大家方纔走散。自此以後，潘金蓮便與春梅打成一家，與這小夥兒暗約偷期，非止一日，只背着秋菊。

六月初一日，潘姥姥老病没了，有人來説。吳月娘買一張插桌，三牲冥紙，教金蓮坐轎子往門外探喪祭祀。去了一遭回來。到次日，六月初三日，金蓮起來的早，在月娘房裡坐着，説了半日話出來，走在大廳院子裡墻根下，急了溺尿，正撩起裙子，蹲踞溺尿。原來西門慶死了，没人客來往，等閒大廳儀門只是關閉不開。敬濟在東廂房住，纔起來，忽聽見有人在墻根

月娘强人聽宣卷，亦大是苦事。

奇想，發千古所未發。

此想更奇。情真意切，便有許多急智。

溺的尿刷刷的響。悄悄向窗眼裡張看，却不想是他，便道：「是那箇撒野，在這里溺尿？撩起衣服，看濺濕了裙子。」這婦人連忙繫上裙子，走到窗下問道：「原來你在屋裡，這咱纔起來，好自在。大姐没在房裡麼？」敬濟道：「在後邊，幾時出來！昨夜三更纔睡，大娘後邊拉着我聽宣《紅羅寶卷》，坐到那咱晚，險些兒没把腰累癱瘓了，今日白扒不起來。」金蓮道：「賊牢成的，就休搗謊哄我。昨日我不在家，你幾時在上房内聽宣卷來？丫鬟説你昨日在孟三兒房裡吃飯來。」（又生枝葉，妙。）敬濟道：「早是大姐看着，俺每都在上房内，幾時在他屋里去來！」説着，這小夥兒站在炕上，把那話弄的硬硬的，直竪的一條棍，隔窗眼裡舒過來。婦人一見，笑的要不的，（喜甚。）罵道：「怪賊牢拉的短命，猛可舒出你老子頭來，諕了我一跳。你趁早好好抽進去，我好不好拿針刺與你一下子，教你忍痛哩。」敬濟笑道：「你老人家這回兒又不待見他起來。（語語趣而諧。）你好歹打發他箇好處去，也是你一點陰騭。」婦人罵道：「好箇怪牢成久慣的囚根子！」一面向腰裡摸出面青銅小鏡兒來，放在牕欞上，假做勻臉照鏡。一面用朱唇吞裹吮咂他那話，吮咂的這小郎君，一點靈犀灌頂，滿腔春意融心。正咂在熱鬧處，忽聽的有人走的脚步兒響，這婦人連忙摘下鏡子，走過一邊。敬濟便把那話縮回去了。却不想是來安兒小廝走來，説：「傅大郎前邊請姐夫吃飯哩。」敬濟道：「教你傅大郎且吃着，我梳頭哩，就來。」來安兒回去了。婦人便悄悄向敬濟説：「晚夕你休往那里去了，在屋裏，我使春梅叫你。好歹等我，有話和你説。」敬濟道：「謹依來命。」婦人説畢，回房去了。敬濟梳洗畢，往舖中自做買賣，不題。

不一時，天色晚來。那日，月黑星密，天氣十分炎熱。婦人令春梅燒湯熱水，要在房中洗澡，修剪足甲。床上收拾衾枕，趕了蚊子，放下紗帳子，小篆内炷了香。春梅便叫：「娘不知，今日是頭伏，你不要些鳳仙花染指甲？（春梅頗有情興。）我替你尋些來。」婦人道：「你那里尋去？」春梅道：「我直往那邊大院子裡纔有，我去拔幾根來。娘教秋菊尋下杵臼，搗下蒜。」婦人附耳低言，悄悄分付春梅：「你就廂房中請你姐夫晚夕來，我和他説話。」春梅去了。這婦人在房中，比及洗了香肌，修了足甲，也有好一回，只見春梅拔了幾顆鳳仙花來，整叫秋菊搗了半日。婦人又與了他幾鍾酒吃，打發他厨下先睡了。婦人燈光下染了十指春葱，令春梅拿櫈子放在天井内，鋪着凉簟衾枕納涼。約有更闌時分，但見朱户無聲，玉繩低轉，牽牛織女二星隔在天河兩岸。又忽聞一陣花香，幾點螢火，婦人手拈紈扇伏枕而待，春梅把角門虚掩。正是：

待月西廂下，迎風户半開。
隔墻花影動，疑是玉人來。

原來敬濟約定搖木槿花樹爲號，就知他來了。婦人見花枝搖影，知是他來，便在院内咳嗽接應。他推開門進來，兩箇並肩而坐。婦人便問：「你來，房中有誰？」敬濟道：「大姐今日没出來。我已分付元宵兒在房裡，有事先來叫我。」因問：「秋菊睡了？」婦人道：「已睡熟了〔八〕。」説畢，相摟相抱，二人就在院内櫈上，赤身露體，席上交歡，不勝繾綣。但見：

情興兩和諧，摟定香肩臉揾腮〔九〕。手撚香乳綿似軟，實奇哉！掀起脚兒脱繡鞋，玉體着郎懷，舌送丁香口便開。倒鳳顛鸞雲雨罷，囑多才，明朝千萬早些來。

兩箇雲雨畢，婦人拏出五兩碎銀子來，遞與敬濟說：「門外你潘姥姥死了，棺材已是你爹在日與了他。三日入殮時，你大娘教我去探喪燒紙來了。明日出殯，你大娘不放我去，說你爹熱孝在身，只見出門。這五兩銀子交與你，明日央你蚤去門外，發送發送你潘姥姥，打發擡錢，看着下入土內你來家，就同我去一般。」親親之詞。這敬濟一手接了銀子，說：「這箇不打緊。我明日絕早就出門，幹畢事，來回你老人家。」說畢，恐大姐進房，老早歸廂房中去了。一宿晚景休題。

到次日，到飯時就來家。金蓮纔起來在房中梳頭，敬濟走來回話，就門外昭化寺裡拿了兩枝茉莉花兒來婦人戴。婦人問：「棺材下了葬了？」敬濟道：「我管何事？不打發他老人家黃金入了櫃，我敢來回話？還剩了一兩六七錢銀子，交付與你妹子收了，盤纏度日。千恩萬謝，多多上覆你。」婦人聽見他娘入土，落下淚來。至性終在。便叫春梅：「把花兒浸在盞內，看茶來與你姐夫吃。」不一時，兩盒兒蒸酥，四碟小菜，打發敬濟吃了茶，往前邊去了。繇是越發與這小夥兒日親日近。

一日，七月天氣，婦人早辰約下他：「你今日休往那里去，在房中等着，我往你房裏和你耍耍。」這敬濟答應了。不料那日被崔本邀了他和幾箇朋友，往門外耍子。去了一日，吃的大醉來家，倒在床上就睡着了，不知天高地下。黃昏時分，金蓮驀地到他房中，見他挺在床上，推他推不醒，就知他在那裡吃了酒來。可霎作怪，不想婦人摸他袖子裡，弔下一根金頭蓮瓣簪兒來，上面鈒着兩溜字兒：「金勒馬嘶芳草地，玉樓人醉杏花天。」迎亮一看，認的是孟玉樓簪子：「怎生落在他袖中？想必他也和玉樓有些首尾。不然，他的簪子如何他袖着？怪道這短命幾次在我面上無情無緒。我若不留幾個字兒與他，只說我没來。等我寫四句詩在壁上，使他知道。待我見了，慢慢追問他下落。」于是取筆在壁上寫了四句詩曰：

獨步書齋睡未醒，空勞神女下巫雲。
襄王自是無情緒，辜負朝朝暮暮情。

寫畢，婦人回房中去了。

却說敬濟一覺酒醒起來，房中掌上燈，因想起：「今日婦人來相會，我却醉了。」回頭見壁上寫了四句詩在壁上〔一〇〕，墨跡猶新。念了一遍，就知他來到，空回去了，心中懊悔不已：「這咱已起更時分，大姐、元宵兒都在後邊未出來。我若往他那邊去，角門又關了。」走木槿花下〔一一〕，搖花枝爲號，不聽見裡面動静，不免踩着太湖石，扒過粉墻去。那婦人見他有酒醉了挺覺，大恨歸房，悶悶在心，就渾衣上床挃睡。不料半夜他扒過墻來，見院内無人，想丫鬟都睡了，悄悄躡足潛踪，走到房門首。見門虛掩，就挨身進來。牕間月色照見床上，婦人獨自朝裡挃着，低聲叫：「可意人。」數聲不應，說道：「你休怪我。今日崔大哥衆朋友邀了我往門外五里原庄上射箭，耍子了一日，來家就醉了。不知你到，有負你之約，恕罪，恕罪！」那婦人也不理

八回中便有此簪，只以爲點綴之妙，孰知其伏冷脉至此，始悟高文絶無穿鑿之跡。

金蓮從未

受此軟欵溫存，敬濟似為西門慶補遺。

歡會多矣，又疑惱酸醋一番，文情變幻炫人。

好狠咒。

當此情景，似苦而實樂，然不可為淺人道。

他。敬濟見他不理，慌了，一面跪在地下，說了一遍又重復一遍。被婦人反手望臉上摑了一下，罵道：「賊牢拉負心短命，還不悄悄的，丫頭聽見！我知道你有個人，把我不放到心上。你今日端的那去來？」敬濟道：「我本被崔大哥拉了門外射箭去，灌醉了來，就睡着了，失悞你約。你休惱。我看見你留詩在壁上，就知惱了你。」婦人道：「怪搗鬼牢拉的，別要說嘴，與我禁聲！你搗的鬼如泥彈兒圓，我手內放不過。你今日便是崔本叫了你吃酒，醉了來家，你袖子裡這根簪子那是那裡的〔三〕？」敬濟道：「是那日花園中拾的，今兩三日了。」婦人道：「你還合神搗鬼，是那花園裡拾的？你再拾一根來，我纔信你。這簪子是孟三兒那麻淫婦的頭上簪子，（便罵，妙。）我認的千真萬真，上面還鈒着他名字，你還哄我。嗔道前日我不在，他叫你房裡吃飯，原來你和他七箇八箇。我問你，還不肯認。你不和他兩箇有首尾，他的簪子緣何到你手裡？原來把我的事都透露與他。怪道前日他見了我笑，（寫疑心令人絕倒。）原來有你的話在裡頭。自今以後，你是你，我是我，綠豆皮兒——請退了。」敬濟聽了，急的賭神發咒，繼之以哭道：（妙。）「我敬濟若與他有一字絲麻皂線，靈的是東岳城隍，活不到三十歲，生來碗大疔瘡，害三五年黃病，要湯不湯，要水不水。」那婦人終是不信，說道：「你這賊才料，說來的牙疼誓，虧你口內不害磣！」兩箇絮聒了一回，見夜深了，不免解卸衣衫，挨身上床倘下。那婦人把身子扭過，倒背着他，使箇性兒不理他，由着他姐姐長姐姐短，只是反手望臉上摑過去。諕的敬濟氣也不敢出一口兒來，乾霍亂了一夜。將天明，敬濟恐怕丫頭起身，依舊越墻而過，往前邊廂房中去了。正是：

三光有影遣誰繫？萬事無根只自生。

校記

〔一〕「詞曰」，內閣本、首圖本無。

〔二〕「梟」，崇禎諸本同。按張評本作「梟」。

〔三〕「妙人兒」，內閣本、首圖本作「美人兒」。按張評本、詞話本均爲「妙人兒」。

〔四〕「木香棚」，內閣本、首圖本作「木香架」。按張評本、詞話本均爲「木香棚」。

〔五〕「花依月影」，內閣本、首圖本作「花篩月影」。按張評本與底本同，詞話本與內閣本同。

〔六〕「猛可」，內閣本、首圖本作「猛然」。按張評本、詞話本均爲「猛可」。

〔七〕「日時見」，內閣本、首圖本作「有時見」。按張評本與底本同，詞話本與內閣本同。

〔八〕「睡熟了」，原作「睡熱了」，據吳藏本改。按張評本、詞話本均爲「睡熟了」。

〔九〕「摟定」，原作「樓定」，據吳藏本改。按張評本、詞話本均爲「摟定」。

〔一〇〕「見壁上」，原作「是壁上」，據內閣、首圖等本改。

〔一一〕「走木槿花下」，內閣本、首圖本作「走來槿花下」。按張評本與底本同，詞話本與內閣本同。

〔一二〕「那是」，內閣本、首圖本作「却是」。按張評本爲「那是」，詞話本爲「却是」。

金瓶梅

第八十三回

秋菊含恨泄幽情

春梅寄柬諧佳會

第八十三回　秋菊含恨泄幽情　春梅寄柬諧佳會

詩曰〔一〕：

如此鍾情古所稀，吁嗟好事到頭非。
汪汪兩眼西風淚，猶向陽臺作雨飛。
月有陰晴與圓缺，人有悲歡與會別。
擁爐細語鬼神知，空把佳期爲君說。

話說潘金蓮見陳敬濟天明越墻過去了，心中又後悔。妙處只是得情。次日却是七月十五日，吳月娘坐轎子往地藏庵薛姑子那里，替西門慶燒盂蘭會箱庫去。金蓮衆人都送月娘到大門首回來，孟玉樓、孫雪娥、大姐都往後邊去了。獨金蓮落後，走到前廳儀門首，撞遇敬濟正在李瓶兒那邊樓上尋了解當庫衣物抱出來。金蓮叫住，便向他說：「昨日我說了你幾句，你如何使性兒，今早就跳出來了？莫不真箇和我罷了？」敬濟道：「你老人家還說哩。一夜誰睡着來！險些兒一夜不曾把我麻犯死了。你看，把我臉上肉也撾的去了！」婦人罵道：「賊短命，既不與他有首尾，賊人膽兒虛，你平白走怎的？」敬濟道：「天將明了，不走來，不教人看見了？誰與他有甚麼事來！」金蓮道：「既無此事，你今晚再來，我慢慢問你。」敬濟道：「吃你麻犯了人一夜，誰收科處語便情柔。

合眼兒來？等我白日裏睡一覺兒去。」婦人道：「你不去，和你筭帳。」老到。說畢，婦人回房去了。敬濟拿衣物往舖子裏來，做了一回買賣，歸到廂房，捶在床上睡了一覺。盼望天色晚來，要往金蓮那邊去。不想到黃昏時分，天色一陣陰黑來〔二〕，窗外簌簌下起雨來。絕有生色。正是：

蕭蕭庭院黃昏雨，點點芭蕉不住聲。

鄭詩曰：風雨如晦。讀此，方知其妙。

這敬濟見那雨下得緊，說道：「好箇不做美的天！他甫能教我對証話去，今日不想又下起雨來，好悶倦人也。」于是長等短等，那雨不住，簌簌直下到初更時分，下的房簷上流水。這小郎君等不的雨住，披着一條茜紅氈子卧單在身上。那時吳月娘來家，大姐與元宵兒都在後邊沒出來。于是鎖了房門，從西角門大雨裏走入花園，推了推角門。婦人知他今晚必來，早已分付春梅灌了秋菊幾鍾酒，同他在炕房裡先睡了，以此把各門虛掩〔三〕。這敬濟推開角門，便挨身而入，進到婦人卧房。見紗窗半啟，銀燭高燒，桌上酒果已陳，金尊滿泛。兩箇並肩疊股而坐，婦人便問：「你既不曾與孟三兒勾搭，這簪子怎得到你手裡？」敬濟道：「本是我昨日在花園荼蘼架下拾的。若哄你，便促死促滅。」婦人道：「既無此事，還把這根簪子與你關頭，我不要你的。又伏。只要把我與你的簪子、香囊、帕兒物事收好着，少了我一件兒，我與你答話。」兩箇吃酒下棋，到一更方上床安寢。顛鸞倒鳳，整狂了半夜。婦人把昔日西門慶枕邊風月，一旦盡付與情郎身上。

却說秋菊在那邊屋裡，忽聽見這邊房裡恰似有男子聲音說話，更不知是那個。到天明雞叫時分，秋菊起來溺尿，忽聽那邊房內開的門响。朦朧月色，雨尚未止，打窗眼看見一人披着紅臥單，從房中出去了：「恰似陳姐夫一般，原來夜夜和我娘睡。我娘自來會撇清，乾淨暗裏養着女婿。」次日，逕走到後邊廚房裡，就如此這般對小玉說。不想小玉和春梅好，又告訴春梅說：「秋菊說你娘養着陳姐夫，昨日在房裡睡了一夜，今早出去了。大姑娘和元宵又沒在前邊睡。」這春梅歸房〔四〕，一五一十對婦人說：「娘不打與這奴才幾下，教他騙口張舌，葬送主子。」金蓮聽了大怒，就叫秋菊到面前跪着，罵道：「教你煎煎粥兒，就把鍋來打破了。你敢屁股大吊了心也怎的？我這幾日沒曾打，你這奴才骨朶癢了。」于是拏棍子，向他脊背上儘力狠抽了三十下，打的秋菊殺猪也似叫，身上都破了。春梅走將來說：「娘没的打他這幾下兒，只好與他撾癢兒罷了。旋剥了，叫將小廝來，拿大板子儘力砍與他二三十板，看他怕不怕！湯他這幾下兒，打水不渾的，只像鬬猴兒一般。他好小膽兒，你想他怕也怎的？做奴才裏言不出，外言不入。都似你這般，好養出家生哨兒來了。」秋菊道：「誰說甚麽來？」婦人道：「還說嘴哩！賊破家害主的奴才，還説甚麽！」幾聲喝的秋菊往厨下去了。正是：

先看得模模糊糊，妙。

春梅此語可爲天下奴才之訓。

蚊蟲遭扇打，只爲嘴傷人。

一日，八月中秋時分，金蓮夜間暗約敬濟賞月飲酒，和春梅同下鱉棋兒〔五〕。晚夕貪睡失曉，至茶時前後還未起來，頗露圭角。不想被秋菊睃到眼裏，連忙走到後邊上房，對月娘說。不想月娘纔梳頭，小玉正在上房門首站立。秋菊拉過他一邊，告他說：「俺姐夫如此這般，昨日又在我娘房裡歇了一夜，如今還未起來哩。前日爲我告你説，打了我一頓。今日真實看見，我原不賴他，請奶奶快去瞧去。」小玉罵道：「張眼露睛奴才，又來葬送主子。俺奶奶梳頭哩，還不快走哩。」月娘便問：「他説甚麽？」小玉不能隱諱，只説：「五娘使秋菊來請奶奶説話。」更不説出别的事。

倉卒中隱藏得頗有條理，想亦姻緣尚未應敗露耳。

這月娘梳了頭，輕移蓮步，驀然來到前邊金蓮房門首。早被春梅看見，慌的先進來報與金蓮。金蓮與敬濟兩箇還在被窩内未起，聽見月娘到，兩箇都吃了一驚，慌做手脚不迭。連忙藏敬濟在床身子裡，用一床錦被遮蓋的沿沿的，教春梅放小桌兒在床上，拏過珠花來，且穿珠花。不一時，月娘到房中坐下，説：「六姐，你這咱還不見出門，只道你做甚，原來在屋裏穿珠花哩。」一面拿在手中觀看，誇道：「且是穿的好。正面芝蔴花，兩邊槅子眼方勝兒，周圍蜂趕菊，剛凑着同心結，且是好看。到明日，你也替我穿恁條箍兒戴。」婦人見月娘説好話兒，那心頭小鹿兒纔不跳了。一面令春梅：「倒茶來與大娘吃。」少頃，月娘吃了茶，坐了回，去了，説：「六姐，快梳了頭後邊坐。」金蓮道：「曉得。」打發月娘出來，連忙攛掇敬濟出港，往前邊去了。春梅與婦人整捏兩把汗。婦人説：「你大娘等閑無事再不來，今日大清早辰來做甚麽？」春梅道：「左右是咱家這奴才嚼舌來。」不一時，只見小玉走來，如此這般：「秋菊後邊説去，説姐夫在這屋裏明睡到夜，夜睡到明。被我罵喝了他兩聲，他還不動。俺奶奶問我，没的説，只説五娘請奶奶説話，方纔來了。你老人家只放在心裏，大人不見小人之過，只隄防着這奴才就

小玉已明

明說破。是了。」

看官聽說：雖是月娘不信秋菊說話，只恐金蓮少女嫩婦沒了漢子，日久一時心邪，着了道兒，恐傳出去被外人唇舌。又以愛女之故，不教大姐遠出門，把李嬌兒廂房挪與大姐住，教他兩口兒搬進後邊儀門裏來。遇着傳夥計家去，方教敬濟輪番在鋪子裡上宿，取衣物藥材，俱同玳安兒出入。各處門户，都上了鎖鑰，丫鬟婦女無事不許往外邊去。凡事都嚴緊，這潘金蓮與敬濟兩箇熱突突恩情，都間阻了。正是：世間好事多間阻，就裏風光不久長。有詩爲証：

幾向天台訪玉真，三山不見海沉沉。
侯門一日深如海，從此蕭郎是路人。

潘金蓮自被秋菊泄露之後，與敬濟約一箇多月不曾相會。金蓮每日難捱，怎禁綉幃孤冷，畫閣凄涼，未免害些木邊之目，田下之心。脂粉懶勻，茶飯頓減，帶圍寬褪，懨懨瘦損，每日只是思睡，扶頭不起。春梅道：「娘，你這等虛想也無用。昨日大娘留下兩箇姑子，我聽見說今晚要宣卷，後邊關的儀門早。晚夕，我推往前邊馬房內取草裝枕頭，等我到鋪子裡叫他去。我好歹叫了姐夫和娘會一面，娘心下如何？」婦人道：「我的好姐姐，你若肯可憐見，叫得他來，我恩有重報，決不有忘。」急情苦語。春梅道：「娘說的是那里話！你和我是一個人，爹又沒了，你明日往前後進，我情愿跟娘去，咱兩箇還在一處。」婦人道：「你有此心，可知好哩。」

到于晚夕，婦人先在後邊月娘前假托心中不自在，用了箇金蟬脱殼，歸到前邊。月娘後邊儀門老早開了，丫鬟婦女都放出來，要聽尼僧宣卷。金蓮央及春梅，説道：「好姐姐，你快些請他去罷。」春梅道：「等我先把秋菊那奴才，與他幾鍾酒灌醉了，倒扣他在厨房内，我方好去。」于是篩了兩大碗酒，打發秋菊吃了，扣他在厨房内。拿了箇筐兒，走到前邊，先撮了一筐草，就悄悄到印子鋪門首，低聲叫門。正值傅夥計不在鋪中，往家去了，獨有敬濟在炕上纔摇下，忽見有人叫門，聲音像是春梅，連忙開門。見是他，滿面笑道：「果然是小大姐。没人，請裏面坐。」春梅進入房内，便問：「小厮們在那里？」敬濟道：「玳安和平安，都在那邊生藥鋪中睡哩，獨我一箇在此受孤恓，挨冷淡。」春梅道：「俺娘多上覆你，説你好人兒，這幾日就門邊兒也不往俺那屋裏走走去。説你另有了對門主顧兒了，不稀罕俺娘兒每了。」敬濟道：「説那里話！自從那日着了謊，驚散了，又見大娘緊門緊户，所以不敢走動。」春梅道：「俺娘爲你，這幾日心中好生不快，逐日無心無緒，茶飯懶吃，做事没入脚處。今日大娘留他後邊聽宣卷，也没去，就來了。一心只是牽掛想你，巴巴使我來，好歹教你快去哩。」敬濟道：「多感你娘兒們厚情，何以報答！你略先走一步兒，我收拾了，隨後就去。」一面開橱門，取出一方白綾汗巾，一副銀三事挑牙兒與他。就和春梅兩個摟抱，按在炕上，且親嘴咂舌，不勝歡謔。正是：

寫得情景活現，絶無一呆語死容。

無緣得會鶯鶯面，且把紅娘去解饞。

兩個戲了一回，春梅先拿着草歸到房來，一五一十對婦人説：「姐夫我叫了，他便來也。

西門慶雖死，而衣鉢得其傳矣。

見我去，好不喜歡，又與了我一方汗巾，一副銀挑牙兒。」婦人便叫春梅：「你在外邊看着，只怕他來。」原來那日正直九月十二三，月色正明，陳敬濟旋到那邊生藥舖，叫過平安兒來這邊來，他只推月娘叫他聽宣卷，徑往後邊去了。因前邊花園門關了，打後邊角門走入金蓮那邊，搖木槿花爲號。春梅連忙接應，引入房中。婦人迎門接着，笑罵道：「賊短命，好人兒，就不進來走走兒。」敬濟道：「我巴不得要來哩，只怕弄出是非來，帶累你老人家不好意思。」說着，二人携手進房坐下。春梅關上角門，房中放桌兒，擺上酒餚。婦人和敬濟並肩疊股而坐。春梅打横，把酒來斟，穿杯換盞，倚翠偎紅。吃了一回，吃的酒濃上來，婦人嬌眼乜斜，烏雲半嚲，取出西門慶淫器包兒。裏面包着相思套、顫聲嬌、銀托子、勉鈴……一弄兒淫器，教敬濟便在燈光影下，婦人便赤身露體仰臥在一張醉翁椅兒上。敬濟亦脫的上下沒條絲，又拿出春意二十四解本兒，放在燈下，照着樣兒行事。婦人便叫春梅：「你在後邊推着你姐夫，只怕他身子乏了。」那春梅真箇在身後推送敬濟，那話插入婦人牝中，往來抽送，十分暢美，不可盡言。

秋菊看見凡三遍，至此方明。絕沒要緊，亦有淺深。

不想秋菊在後邊廚下，睡到半夜裡，起來淨手。見房門倒扣着，推不開，于是伸手出來拔開鳥弔兒，大月亮地裡躡足潛踪走到前房窗下，打窗眼裡望裡張看。見房中掌着明晃晃燈燭，三箇人吃的大醉，都光赤着身子，正做得好。兩個一往一來，春梅又在後邊推送，三人出作一處[六]。但見：

一個不顧夫主名分，一個那管上下尊卑。一個椅上逞雨意雲情，一個耳畔說山盟海誓。一個寡婦房内翻爲快活道場，一個丈母根前變作汙淫世界。一個把西門慶枕邊風月盡付與嬌婿，一個將韓壽偷香手段悉送與情娘。正是：寫成今世不休書，結下來生歡喜帶。

秋菊看到眼裏，口中不説，心中暗道：「他們還在人前撇清，要打我，今日却真實被我看見了。到明日對大娘説，莫非又説騙嘴張舌賴他不成！」蠢語。于是瞧了個不亦樂乎，依舊還往廚房中睡去了。

三個整狂到三更時分纔睡。春梅未曾天明先起來，走到廚房。見廚房門開了，便問秋菊。秋菊道：「你還説哩。我尿急了，往那里溺？我拔開鳥弔，出來院子里溺尿來。」春梅道：「成精奴才，屋裏放着槅子，溺不是！」秋菊道：「我不知槅子在屋裏。」兩個後邊聒譟，敬濟天明起來，早往前邊去了。正是：

兩手劈開生死路，翻身跳出是非門。

那婦人便問春梅：「後邊亂甚麽？」這春梅如此這般，告説秋菊夜裡開門一節。婦人發恨要打秋菊。這秋菊早辰又走來後邊，報與月娘知道。被月娘喝了一聲，駡道：「賊葬弄主子的奴才！前日平空走來，輕事重報，説他主子窩藏陳姐夫在房裏，明睡到夜，夜睡到明，叫了我去。他主子正在床上放炕卓兒穿珠花兒，那有陳姐夫來？落後陳姐夫打前邊來。恁一個弄主子的奴才！一個大人放在屋裏，端的是糖人兒，不拘那里安放了？一個砂子，那里發落？莫不

數語不減中庭之泣。

放在眼裏不成？傳出去，知道的是你這奴才葬送主子，不知道的，只說西門慶平日要的人強多了，人死了多少時兒，老婆們一個個都弄的七顛八倒。恰似我的這孩子，也有些甚根兒不正一般。」于是要打秋菊，諕的秋菊往前邊疾走如飛，再不敢來後邊說了。

婦人聽見月娘喝出秋菊，不信其事，心中越發放大膽了。敢露在此。西門大姐聽見此言，背地裡審問敬濟。敬濟道：「你信那汗邪了的奴才！我昨日見在舖裏上宿，幾時往花園那邊去來？花園門成日關着。」大姐罵道：「賊囚根子，你別要說嘴〔七〕。你若有風吹草動到我耳朵內，惹娘說我，你就信信脫脫去了，再也休想在這屋裏了。」敬濟道：「是非終日有，不聽自然無。大娘眼見不信他。」辯得亦妙。大姐道：「得你這般說，就好了。」正是：

誰料郎心輕似絮，那知妾意亂如絲。

校記

〔一〕「詩曰」，內閣本、首圖本無。
〔二〕「陰黑」，內閣本、首圖本作「黑陰」。
〔三〕「各門」，內閣本、首圖本作「角門」。按張評本爲「各門」，詞話本爲「角門」。
〔四〕「春梅」，內閣本、首圖本作「婦人」。
〔五〕「鰲棋兒」，內閣本、首圖本作「鰲棋兒」。
〔六〕「出作一處」，內閣本、首圖本作「串作一處」。
〔七〕「別要說嘴」，內閣本、首圖本作「別時說嘴」。

第八十四回

吳月娘大鬧碧霞宮

普靜師化緣雪澗洞

第八十四回　吳月娘大鬧碧霞宮　普静師化緣雪澗洞

詩曰〔一〕：

一自當年拆鳳凰，至今情緒幾惶惶。
蓋棺不作横金婦，入地還從折桂郎。
彭澤曉烟歸宿夢，瀟湘夜雨斷愁腸。
新詩寫向空山寺，高挂雲帆過豫章。

話説一日吳月娘請將吳大舅來，商議要往泰安州頂上與娘娘進香，因西門慶病重之時許的願心。吳大舅道：「既要去，須是我同了你去。」一面備辦香燭紙馬祭品之物，玳安、來安兒跟隨，顧了三箇頭口，月娘便坐一乘暖轎，分付孟玉樓、潘金蓮、孫雪娥、西門大姐：「好生看家，同妳子如意兒、衆丫頭好生看孝哥兒，後邊儀門無事早早關了，休要出外邊去。」又分付陳敬濟：「休要那去，同傅夥計大門首看顧，我約莫到月盡就來家了。」十五日早辰燒紙通信，晚夕辭了西門慶靈，與衆姊妹置酒作别，把房門、各庫門房鑰匙交付與小玉拿着。次日，早五更起身，離了家門，一行人奔大路而去。那秋深時分，天寒日短，一日行兩程六七十里之地。未到黄昏，投客店村房安歇，次日再行。一路上秋雲淡淡，寒雁凄凄，樹木凋落，景物荒凉，不勝

托家緣幼子與一班異心之人，而遠出燒香，月娘殊亦愚而多事。

悲愴。

話休饒舌。一路無詞，行了數日，到了泰安州。望見泰山，端的是天下第一名山，根盤地脚，頂接天心，居齊魯之邦，有巖巖之氣象。吳大舅見天晚，投在客店歇宿一宵。次日早起上山，望岱岳廟來。那岱岳廟就在山前，乃累朝祀典，歷代封禪，爲第一廟貌也。但見：

廟居岱岳，山鎮乾坤，爲山岳之至尊，乃萬福之領袖。山頭倚檻，直望弱水蓬萊；絶頂攀松，都是濃雲薄霧。樓臺森聳，金烏展翅飛來；殿宇稜層，玉兔騰身走到。雕梁畫棟，碧瓦朱楹〔二〕。鳳扉晥槅曉黄紗〔三〕，龜背綉簾垂錦帶。遥觀聖像，九獵舞舜目堯眉；近觀神顔，衮龍袍湯肩禹背。御香不斷，天神飛馬報丹書；祭祀依時，老幼望風祈護福。嘉寧殿祥雲香靄，正陽門瑞氣盤旋。正是：萬民朝拜碧霞宮，四海皈依神聖帝。

此山奇觀只八字寫出。

吳大舅領月娘到了岱岳廟，正殿上進了香，瞻拜了聖像，廟祝道士在傍宣念了文書。然後兩廊都燒化了紙錢，吃了些齋食。然後領月娘上頂，登四十九盤，攀藤攬葛上去。娘娘金殿在半空中雲烟深處，約四五十里，風雲雷雨都望下觀看。月娘衆人，從辰牌時分岱岳廟起身，登盤上頂，至申時已後方到。娘娘金殿上朱紅牌扁，金書「碧霞宮」三字。進入宮内，瞻禮娘娘金身。怎生模樣？但見：

頭綰九龍飛鳳髻，身穿金縷絳綃衣。藍田玉帶曳長裾，白玉圭璋擎彩袖。臉如蓮萼，天然眉目映雲鬟；唇似金朱，自在規模端雪體。猶如王母宴瑶池，却似嫦娥離月殿。

正大仙容描不就，威嚴形像畫難成。

月娘瞻拜了娘娘仙容。香案邊立着一個廟祝道士，約四十年紀，生的五短身材，三溜髭鬚，明眸皓齒，頭戴簪冠，身披絳服，足穿雲履，向前替月娘宣讀了還願文疏，金爐内炷了香，焚化了紙馬金銀，令小童收了祭供。原來這廟祝道士也不是箇守本分的，乃是前邊岱岳廟裡金住持的大徒弟，姓石，雙名伯才，極是個貪財好色之輩，趨時攬事之徒。這本地有箇殷太歲，姓殷，雙名天錫，乃是本州知州高廉的妻弟。常領許多不務本的人，或張弓挾彈，牽架鷹犬，在這上下二宮，專一睃看四方燒香婦女，人不敢惹他。這道士石伯才，專一藏奸蓄詐，替他賺誘婦女到方丈，任意姦淫，取他喜歡。因見月娘生的姿容非俗，戴着孝冠兒，若非官户娘子，定是豪家閨眷，又是一位蒼白髭髯老子跟隨，（便不足畏。）兩箇家童，不免向前稽首，收謝神福：「請二位施主方丈一茶。」吳大舅便道：「不勞生受，還要趕下山去。」伯才道：「就是下山，也還早哩。」（欵得妙。）

（據泰山而觀天下婦女，亦是奇人。）

不一時，請至方丈。裏面糊的雪白，正面放一張芝蔴花坐牀，柳黄錦帳，香几上供養一幅洞賓戲白牡丹圖畫，（絶妙招牌。）左右一聯對〔四〕，大書着「兩袖清風舞鶴，一軒明月談經」。伯才問吳大舅上姓。大舅道：「在下姓吳，這個就是舍妹吳氏。因爲夫主，來還香愿，不當取擾上宮。」伯才道〔五〕：「既是令親，俱延上坐。」他便主位坐了，便叫徒弟看茶。原來他手下有兩箇徒弟，一箇叫郭守清，一個名郭守禮，皆十六歲，生的標致，頭上戴青段道髻，身穿青絹道服，脚上凉鞋淨襪，渾身香氣襲人。客至則遞茶遞水，斟酒下菜。到晚來，背地便拿他解饞填餡。不一時，守清、守禮安放卓兒，就擺齋上來，都是美口甜食，蒸堞餅饊，各樣菜蔬，擺滿春臺。每人送上甜水好茶。吃了茶，收下家火去，就擺上案酒。大盤大碗餚饌，都是鷄鵝魚鴨上來。用琥珀銀鑲盞，滿泛金波。吳月娘見酒來，就要起身。叫玳安近前，用紅漆盤托出一疋大布、二兩白金，與石道士作致謝之禮。吳大舅便說：「不當打攪上宮。這些微禮，致謝仙長。不勞見賜酒食，天色晚來，如今還要趕下山去。」慌的石伯才致謝不已，說：「小道不才，娘娘福蔭在本山碧霞宮做個住持，仗賴四方錢糧，不管待四方財主，作何項下使用？今聊備粗齋薄饌，倒反勞見賜厚禮，使小道却之不恭，受之有愧。」辭謝再三，方令徒弟收下去。一面留月娘、吳大舅坐：「好歹坐片時，畧飲三杯，盡小道一點薄情而已。」吳大舅見欵留懇切，不得已，和月娘坐下。

以人誘人之法。

不一時，熱下飯上來。石道士分付徒弟：「這箇酒不中吃，另打開昨日徐知府老爹送的那一罈透瓶香荷花酒來，與你吳老爹用。」不一時，徒弟另用熱壺篩熱酒上來。先滿斟一杯，雙手遞與月娘。月娘不肯接，吳大舅道：「舍妹他天性不用酒。」伯才道：「老夫人一路風霜，用些何害？好歹淺用些。」一面倒去半鍾，遞上去與月娘接了。又斟一杯，遞與吳大舅，說：「吳老爹，你老人家試用此酒，其味如何？」吳大舅飲了一口，覺香甜絕美，其味深長，說道：「此酒甚好。」伯才道：「不瞞你老人家說，此是青州徐知府老爹送與小道的酒。他老夫人、小姐、公子，

先奉月娘，微露注意。

說老爺，

年年來岱岳廟燒香建醮，與小道相交極厚。他小姐、衙內又寄名在娘娘位下。見小道立心平淡，慇懃香火，一味至誠，甚是敬愛小道。常年這岱岳廟上下二宮錢糧，有一半征收入庫。近年多虧了我這恩主徐知府老爹題奏過，也不征收，都全放常住用度，侍奉娘娘香火，餘者接待四方香客。」這里說話，下邊玳安、平安、跟從轎夫下邊自有坐處，湯飯點心，大盤大碗酒肉，都吃飽了。

吳大舅飲了幾杯，見天晚要起身。伯才道：「日色將落，晚了，趕不下山去。儻不棄，在小道方丈權宿一宵，明早下山，從容些。」吳大舅道：「爭奈有些小行李在店內，誠恐一時閑人囉唣〔六〕。」伯才笑道：「這箇何須罣意！決無絲毫差池。聽得是我這裡進香的，不拘村坊店面〔七〕，聞風害怕。好不好把店家拿來本州夾打，就教他尋賊人下落。」吳大舅聽了，就坐住了。伯才拿大鍾斟上酒來。吳大舅見酒利害，便推醉更衣，遂往後邊閣上觀看隨喜去了。此處還有主意。這月娘覺身子乏困，便在床上側側兒。這石伯才一面把房門拽上，外邊去了。

月娘方纔床上揯着，忽聽裡面响喨了一聲，床背後紙門內跳出一個人來，淡紅面貌，三柳髭鬚，約三十年紀，頭戴滲青巾，身穿紫錦袴衫，雙手抱住月娘，說道：「小生殷天錫，乃高太守妻弟。久聞娘子乃官豪宅眷，天然國色，思慕如渴。今既接英標，乃三生有幸。倘蒙見憐，死生難忘也。」一面按着月娘在床上求歡。月娘謊的慌做一團，高聲大叫：「清平世界，朗朗乾坤，沒事把良人妻室强擱攔在此做甚！」就要奪門而走。被天錫抵死攔擋不放，便跪下說：「娘

却夾出夫人小姐，說感恩，却全是自贊。又使勢，又攤眼，又奉承，語語綿裏裏針。婦女稍不見慣，未有不墮其術中者。賊道，賊道！

先說早，後將晚，絕妙騙法。

豈道士之言？明眼人便當看破。

沒頭沒腦說得親親切切，亦大可笑。想見一輩交淺言深

者，與此相類。

子禁聲，下顧小生，懇求憐允。」不像太歲。那月娘越高聲叫的緊了，口口大叫：「救人！」平安、玳安聽見是月娘聲音，慌慌張張走去後邊閣上叫大舅，說：「大舅快去，我娘在方丈和人合口哩。」這吳大舅慌的兩步做一步，奔到方丈。推門，那裡推得開！只見月娘高聲：「清平世界，攔燒香婦女在此做甚麽？」這吳大舅便叫：「姐姐休慌，我來了。」一面拿石頭把門砸開。那殷天錫見有人來，撇開手，打床背後一溜烟走了。原來這石道士床背後都有出路。

一婦人一老子，半夜在泰山頂上逃難，危甚，危甚，險甚！此是燒香下場頭。

吳大舅砸開方丈門，問月娘道：「姐姐，那廝玷污不曾？」月娘道：「不曾玷污。那廝打牀背後走了。」吳大舅尋道士，那石道士躲去一邊，只教徒弟來支調。大舅大怒，喝令手下跟隨玳安、來安兒〔八〕，把道士門窗户壁都打碎了。一面保月娘出離碧霞宮，上了轎子，便趕下山來。

約黃昏時分起身，走了半夜，方到山下客店內。如此這般，告店小二說。小二叫苦連聲，說：「不合惹了殷太歲，他是本州知州相公妻弟，有名殷太歲，你便去了，俺開店之家定遭他凌辱，怎肯干休！」吳大舅便多與他一兩店錢，取了行李，保定月娘轎子，急急奔走。後面殷天錫氣不捨，率領二三十閑漢，各執腰刀短棍，趕下山來。

此時望見此僧，無論高僧，即凡僧，

吳大舅一行人，兩程做一程，約四更時分，趕到一山凹裡。遠遠樹木叢中有燈光，走到跟前，却是一座石洞。裡面有一老僧，秉燭念經。吳大舅問：「老師，我等頂上燒香，被强人所趕，奔下山來。天色昏黑，迷踪失路至此。敢問老師，此處是何地名？從那條路回得清河縣去？」老僧道：「此是岱岳東峰，這洞名喚雪澗洞。貧僧就叫雪洞禪師，法名普靜，在此修行二三十年。你今遇我，實乃有緣。休往前去，山下狼蟲虎豹極多。明日早行，一直大道就是你清河縣了。」吳大舅道：「只怕有人追趕。」老師把眼一觀，説：「無妨。那强人趕至半山，已回去了。」因問月娘姓氏。吳大舅道：「此乃吾妹，西門慶之妻。因爲夫主，來此進香。得遇老師答救，恩有重報，不敢有忘。」于是在洞内歇了一夜。

亦宛然活佛矣。

次日天不曉，月娘拿出一疋大布謝老師。老師不受，説：「貧僧只化你親生一子，作個徒弟，你意下何如？」吳大舅道：「吾妹止生一子，指望承繼家業。若有多餘，就與老師作徒弟。」月娘道：「小兒還小，今纔不到一周歲兒，如何來得？」老師道：「你只許下，我如今不問你要，過十五年纔問你要哩。」月娘口中不言：「過十五年再作理會」，遂含糊許下老師。一面作辭老師，竟奔清河縣大道而來。正是：

似説破，又似不説破，此書妙處只是一冷。

世上只有人心歹，萬物還教天養人。
但交方寸無諸惡，狼虎叢中也立身。

校記

〔一〕「詩曰」，内閣本、首圖本無。
〔二〕「朱楹」，内閣本、首圖本作「朱簷」。按張評本爲「朱楹」，詞話本爲「朱簷」。
〔三〕「曉黄紗」，内閣本、首圖本作「映黄紗」。按張評本、詞話本均作「映黄紗」。
〔四〕「聯對」，内閣本、首圖本作「對聯」。

〔五〕「伯才」，原作「伯牙」，據内閣、首圖等本改。

〔六〕「閑人」，内閣本、首圖本作「小人」。按張評本爲「閑人」，詞話本爲「小人」。

〔七〕「村坊」，原作「材坊」，據吳藏本改。

〔八〕「來安兒」，内閣本、首圖本作「平安兒」。

金瓶梅

第八十五回

吳月娘識破姦情

春梅姐不垂別淚

第八十五回　吳月娘識破姦情　春梅姐不垂別淚

詞曰〔一〕：

情若連環終不解，無端招引傍人怪。好事多磨成又敗。應難捱，相冷眼誰揪採。

鎮日愁眉和斂黛，闌干倚遍無聊賴。但願五湖明月在。權寧耐，終須還了鴛鴦債。

——右調

話說月娘取路來家，不題。單表金蓮在家，和陳敬濟兩箇就如鷄兒趕蛋相似，纏做一處。一日，金蓮眉黛低垂，腰肢寬大，終日懨懨思睡，茶飯懶咽，教敬濟到房中說：「奴有件事告你說，這兩日眼皮兒懶待開，腰肢兒漸漸大，肚腹中撥撥跳，茶飯兒怕待吃，身子好生沉困。有你爹在時，我求薛姑子符藥衣胞，那等安胎，白沒見箇踪影。今日他沒了，和你相交多少時兒，便有了孩子。我從三月內洗身上，今方六個月，已有半肚身孕。往常時我排磕人，今日却輪到我頭上。你休推睡裏夢裏，趁你大娘未來家，那里討貼墜胎的藥，趁早打落了這胎氣。不然，弄出箇怪物來，我就尋了無常罷了，再休想擡頭見人。」敬濟聽了，便道：「咱家鋪中諸樣藥都有，倒不知那幾樣兒墜胎？又沒方修合。你放心，不打緊處，大街坊胡太醫，他大小方脉婦人科都善治，常在咱家看病，等我問他那里贖取兩貼，與你下胎便了。」婦人道：「好哥哥，你

世上偏有此顛倒事，真是造化弄人，作者直與造化遊矣。

上緊快去，救奴之命。」

這陳敬濟包了三錢銀子，逕到胡太醫家來。胡太醫正在家，出來相見聲喏。認的敬濟是西門大官人女婿，讓坐說：「一向稀面，動問到舍有何見教？」敬濟道：「別無干瀆。」向袖中取出白金三星：「充藥資之禮，敢求下胎良劑一二貼，足見盛情。」胡太醫道：「天地之間以好生爲本[二]，人家十箇九個只要安胎的藥，你如何倒要打胎？没有，没有。」敬濟見他掣肘，又添了二錢藥資，說：「你休管他，各人家自有用處。此婦子女生落不順，情愿下胎。」這胡太醫接了銀子，說道：「不打緊，我與你一服紅花一掃光。吃下去，如人行五里，其胎自落矣。」于是取了兩貼，付與敬濟。敬濟得了藥，作辭胡太醫，到家遞與婦人。婦人到晚夕煎湯吃下去，登時滿肚裡生疼，睡在炕上，教春梅按在肚上，只情揉揣。可霎作怪，須臾坐淨桶，把孩子打下來了。只說身上來，令秋菊攪草紙倒在毛司裡。次日，掏坑的漢子挑出去，一箇白胖的孩子兒。常言：好事不出門，惡事傳千里。不消幾日，家中大小都知金蓮養女婿，偷出私孩子來了。

且說吳月娘有日來家，往回去了半箇月光景，來時正值十月天氣。家中大小接着，如天上落下來的一般。寫出燒香之險。月娘到家中，先到天地佛前炷了香，然後西門慶靈前拜罷，就對玉樓衆姐妹，把岱岳廟中的事從頭告訴一遍，因大哭一場。合家大小都來參見了。月娘見妳子抱孝哥兒到跟前，子母相會在一處，燒紙，置酒管待吳大舅回家。晚夕，衆姊妹與月娘接風，俱不在話下。

月娘寡婦耳，家中安坐猶恐生事，况

遠出乎？曰大哭，自不好深咎，其自取也。

到第二日，月娘因路上風霜跋涉，着了辛苦，又吃了驚怕，身上疼痛沉困，整不好了兩三日。那秋菊在家，把金蓮敬濟兩人幹的勾當，聽的滿耳滿心，要告月娘說。走到上房門首，又被小玉噦罵在臉上，大耳刮子打在他臉上，罵道：「賊說舌的奴才〔三〕，趁早與我走！俺奶奶遠路來家，身子不快活，還未起來。氣了他，倒值了多的。」罵的秋菊忍氣吞聲，喏喏而退。

一日，也是合當有事，敬濟進來尋衣裳，婦人和他又在翫花樓上兩箇做得好。被秋菊走到後邊，叫了月娘來看。說道：「奴婢兩番三次告大娘說，不信。娘不在，兩個在家明睡到夜，夜睡到明，偷出私孩子來。與春梅兩個都打成一家。今日兩人又在樓上幹歹事，不是奴婢說謊，娘快些瞧去。」月娘急忙走到前邊，兩個正幹的好，還未下樓。春梅在房中，忽然看見，連忙上樓去說：「不好了，大娘來了。」兩人慌了手脚，没處躲避。敬濟只得拿衣服下樓往外走，被月娘撞見，喝罵了幾句。說：「小孩兒家没記性，有要没緊進來撞甚麽？」敬濟道：「鋪子內人等着，没人尋衣裳。」月娘道：「我那等分付你，教小廝進來取，如何又進來？寡婦房裡，做甚麽？没廉耻！」幾句罵得敬濟往外金命水命，走投無命。婦人羞的半日不敢下來。然後下來，被月娘儘力數說了一頓。說道：「六姐，今後再休這般没廉耻。你我如今是寡婦，比不得有漢子，香噴噴在家裡〔四〕。瓶兒罐兒有耳朵，有要没緊，和這小廝纏甚麽？教奴才們背地排說的磣死了！常言道：男兒没性，寸鐵無鋼；女人無性，爛如麻糖。其身正，不令而行；其身不正，雖令不行。你若長俊正條，肯教奴才排說？他在我跟前說了幾遍，我不信。今日親眼看見，

金蓮雖潑皮，到此亦潑皮不得。可見羞惡之心，人皆有之。

說不的了。我今日說過，要你自家立志，替漢子爭氣。像我進香去，被强人逼勒，若是不正氣的，也來不到家了。」金蓮吃月娘數說，羞的臉上紅一塊白一塊，口裡說一千箇没有，只說：「我在樓上燒香，陳姐夫自去那邊尋衣裳，誰和他說甚話來？」當日月娘亂了一回，歸後邊去了。

晚夕，西門大姐在房内又駡敬濟：「賊囚根子，敢說又没？真贓實犯拿住你，你還那等嘴巴巴的。今日兩個又在樓上做甚麽？說不的了！兩箇弄的好硶兒，只把我合在缸底下一般。那淫婦要了我漢子，還在我面前拿話兒拴縛人。毛司裏磚兒——又臭又硬，定評。恰似伏降着那箇一般。他便羊角葱靠南墻——老辣已定，你還要在這裡雌飯吃！」敬濟駡道：「淫婦，你家收着我銀子，我雌你家飯吃？」使性子往前邊來了。

自此已後，敬濟只在前邊，無事不敢進入後邊來。取東取西，只是玳安、平安兩個往樓上取去。每日飯食，晌午還不拿出來，冷得不情。把傅夥計餓的只拿錢街上盪麪吃。正是：龍鬬虎傷，苦了小獐。各處門户，日頭半天就關了。嚴得可笑。繇是與金蓮兩箇思情又間阻了〔五〕。敬濟那邊陳宅的房子，一向教他母舅張團練看守居住。張團練革任在家閒住，敬濟早晚往那里吃飯去，月娘亦不追問。

兩箇隔别約一月，不得會面。婦人獨在那邊，挨一日似三秋，過一宵如半夏，怎禁這空房寂静，慾火如蒸，要見他一面，難上之難。兩下音信不通，這敬濟無門可入。忽一日見薛嫂兒打門首過，有心要托他寄一紙柬兒與金蓮，訴其間阻之事，表此肺腑之情。一日，推門外討

燒香一場，止博得好說嘴。

只一說字，賴得妙。

情理窮極，無處躲閃，勢不得不變矣。

當日以至親令敬濟得以出入閨榻者，月娘也。今日釀成淫亂，却棄出在外，并飲食不顧，

殊無節次，安得不變恩而爲仇也。

帳，騎頭口逕到薛嫂家。拴了驢子，掀簾便問：「薛媽在家？」有他兒子薛紀媳婦兒金大姐抱孩子在炕上，伴着人家賣的兩箇使女，聽見有人叫薛媽，出來問：「是誰？」敬濟道：「是我。」問：「薛媽在家不在？」金大姐道：「姑夫請家來坐。俺媽往人家兊了頭面，討銀子去了。有甚話說，使人叫去。」連忙點茶與敬濟吃。坐不多時，只見薛嫂兒來了。與敬濟道了萬福，說：「姑夫那陣風兒吹來我家！」叫金大姐：「倒茶與姑夫吃。」金大姐道：「剛纔吃了茶了。」敬濟道：「無事不來。如此這般，與我五娘勾搭日久，今被秋菊丫頭戳舌，把俺兩個姻緣拆散，大娘與大姐甚是疎淡我。我與六姐拆散不開，二人離別日久，音信不通，欲稍寄數字進去與他，無人得到內裡，須央及你，如此這般通個消息。」向袖中取出一兩銀子來：「這些微禮，權與薛媽買茶吃。」那薛嫂一聞其言，拍手打掌笑起來，說道：「誰家女婿戲丈母，世間那裡有此事！姑夫你實對我說，端的你怎麼得手來？」敬濟道：「薛嫂禁聲，且休取笑。我有這柬帖封好在此，好歹明日替我送與他去。」薛嫂一手接了，說：「你大娘從進香回來，我還沒看他去，兩當一節，我去走走。」敬濟道：「我在那裡討你信？」薛嫂道：「往舖子裡尋你回話。」說畢，敬濟騎頭口來家。

次日，薛嫂提着花箱兒，先進西門慶家上房看月娘。坐了一回，又到孟玉樓房中，然後纔到金蓮這邊。金蓮正放桌兒吃粥，春梅見婦人悶悶不樂，說道：「娘，你老人家也少要憂心。是非有無，隨人說去。如今爹也没了，大娘他養出個墓生兒來，莫不也是來路不明？他也難管你我暗地的事。你把心放開，料天搨了，還有撐天大漢哩。人生在世，且風流了一日是一

後之貪慾

而死，已見端矣！

日。」于是篩上酒來，遞一鍾與婦人，說：「娘且吃一杯兒暖酒，解解愁悶。」因見堦下兩隻犬兒交戀在一處，說道：「畜生尚有如此之樂，何況人而反不如此乎？」

正飲酒，只見薛嫂兒來到。與金蓮道個萬福〔六〕，又與春梅拜了拜，笑道：「你娘兒們好受用。」因觀二犬戀在一處，又笑道：「你家好祥瑞，你娘兒每看着怎不解悶！」婦人道：「那陣風兒今日刮你來，怎的一向不來走走？」一面讓薛嫂坐。薛嫂兒道：「我整日幹的不知甚麼，只是不得閒。大娘頂上進了香來，也不曾看的他，剛纔好不怪我。西房三娘也在跟前，留了我兩對翠花，一對大翠圍髮，好快性，就稱了八錢銀子與我。只是後邊雪姑娘，從八月裡要了我兩對線花兒，該二錢銀子，白不與我。好慳吝的人！我對你說，怎的不見你老人家？」婦人道：「我這兩日身子有些不自在，不曾出去走動。」春梅一面篩了一鍾酒，遞與薛嫂兒。薛嫂忙又道萬福，說：「我進門就吃酒。」婦人道：「你到明日養箇好娃娃。」薛嫂兒道：「我養不的，俺家兒子媳婦兒金大姐到新添了箇娃兒，閒話偏妙。纔兩個月來。」又道：「你老人家没了爹，終日這般冷清清了。」婦人道：「說不得。有他在好了，如今弄的俺娘兒們一折一磨的。不瞞老薛說，如今俺家中人多舌頭多。他大娘自從有了這孩兒，把心腸兒也改變了，姊妹不似那咱親熱了。這兩日一來我心裏不自在，二來因些閒話，没曾往那邊去。」春梅道：「都是俺房裡秋菊這奴才，大娘不在，霹空架了俺娘一篇是非，把我也扯在裡面，好不亂哩。」薛嫂道：「就是房裡使的那大姐？他怎的倒弄主子？自古穿青衣，抱黑柱，這個使不的。」婦人使春梅：「你瞧瞧那奴才，只

又將二人月旦一番傍映，妙甚。

明明真贓實犯，還曰劈空架是非，可

想見黨人之口。

怕他又來聽。」情景宛然。春梅道：「他在厨下揀米哩！這破包簍奴才，在這屋就是走水的槽，單管屋裡事兒往外學舌。」薛嫂道：「這裡沒人，咱娘兒每説話。昨日陳姐夫到我那裡，如此這般告訴我，乾淨是他戳犯你每的事兒了。陳姐夫説，他大娘數説了他，各處門户都緊了，不許他進來取衣裳、拿藥材。又把大姐搬進東廂房裡住，每日晌午還不拿飯出去與他吃，餓的他只往他母舅張老爹那裡吃去。一個親女婿不托他，倒托小廝，有這個道理？他有好一向沒得見你老人家，巴巴央及我，稍了箇柬兒，多多拜上你老人家。少要心焦，左右爹也是沒了，爽利放倒身大做一做，怕怎的？點根香怕出烟兒，放把火倒也罷了。」于是取出敬濟封的柬帖兒，遞與婦人。拆開觀看，別無甚話，上寫《紅綉鞋》一詞：

敬濟與金蓮大做不來。

俚而有別致，故妙。

祆廟火燒皮肉，藍橋水渰過咽喉，緊按納風聲滿南州。洗淨了終是染污，成就了倒是風流，不怎麼也是有。

六姐粧次

敬濟百拜上

婦人看畢，收入袖中。薛嫂道：「他教你回個記色與他，或寫幾箇字兒稍了去，方信我送的有個下落。」婦人教春梅陪着薛嫂吃酒，他進入裡間，半晌拿了一方白綾帕，一個金戒指兒。帕兒上又寫了一首詞兒，叙其相思契闊之懷。寫完，封得停當，走出來交與薛嫂，便説：「你上覆他，教他休要使性兒往他母舅張家那裡吃飯，惹他張舅唇齒，説你在丈人家做買賣，却來我家吃飯，顯的俺們都是没生活的一般，教他張舅怪。或是未有飯吃，教他舖子裡拿錢買些點心和夥計吃便了。你使性兒不進來〔七〕，和誰鱉氣哩！却相是賊人膽兒虛一般。」薛嫂道：「等我對他說。」婦人又與薛嫂五錢銀子，作別出門。

來到前邊舖子裡，尋見敬濟，兩個走到僻静處說話。把封的物事遞與他：「五娘說，教你休使性兒賭鱉氣，教你常進來走走，休往你張舅家吃飯去，惹人家怪。」因拿出五錢銀子與他瞧：「此是裡面與我的，漏眼不藏絲。久後你兩個愁不會在一答裡？對出來，我臉放在那裡？」敬濟道：「老薛，多有累你。」深深與他唱喏。那薛嫂走了兩步，又回來說：「我險些兒忘了一件事。剛纔我出來，大娘又使丫頭綉春叫進我去，叫我晚上來領春梅，要打發賣他，說他與你們做牽頭，和他娘通同養漢。」敬濟道：「薛媽，你且領在家。我改日到你家見他一面，有話問他。」那薛嫂說畢，回家去了。

果然到晚夕月上的時分，走來領春梅。到月娘房中，月娘開口說：「那咱原是你手裡十六兩銀子買的，你如今拿十六兩銀子來就是了。」分付小玉：「你看着，到前邊收拾了，教他罄身兒出去，休要帶出衣裳去了。」那薛嫂兒到前邊，向婦人如此這般：「他大娘教我領春梅姐來了。對我說，他與你老人家通同作弊，偷養漢子，不管長短，只問我要原價。」婦人聽見說領賣春梅，就睜了眼，半日說不出話來，不覺滿眼落淚，叫道：「薛嫂兒，你看我娘兒兩個没漢子的，好苦也！今日他死了多少時兒，就打發我身邊人。他大娘這般没人心仁義，自恃他身邊養了

金蓮只好倚漢子之勢撒潑，到此便氣

懦，任人奈何而一語不能發，不如春梅多矣。

形影相依，一朝散失，最苦事也。而春梅能不作兒女悲戀之態，雖是安慰金蓮一片苦心，然亦可謂其英雄堅忍之力者矣。

個尿胞種，就把人躧到泥裡。李瓶兒孩子週半還死了哩，花麻痘疹未出，知道天怎麼筭計，就心高遮了太陽！」薛嫂道：「春梅姐說，爹在日曾收用過他。」婦人道：「收用過二字兒！死鬼把他當心肝肺腸兒一般看待，說一句聽十句，要一奉十，正經成房立紀老婆且打靠後。他要打那個小厮十棍兒，他爹不敢打五棍兒。」薛嫂道：「可又來，大娘差了！爹收用的恁個出色姐兒，打發他，箱籠兒也不與，又不許帶一件衣服兒，只教他罄身兒出去，隣舍也不好看的。」（媒人只說媒人話，妙。）婦人道：「他對你說休教帶出衣裳去？」薛嫂道：「大娘分付小玉姐便來，教他看着，休教帶衣裳出去。」那春梅在傍，聽見打發他，一點眼淚也沒有。見婦人哭，說道：「娘，你哭怎的？奴去了，你耐心兒過，休要思慮壞了你。你思慮出病來，沒人知你疼熱。等奴出去，不與衣裳也罷。自古好男不吃分時飯，好女不穿嫁時衣。」

正說着，只見小玉進來，說道：「五娘，你信我奶奶倒三顛四的。小大姐扶持你老人家一場，瞞上不瞞下，你老人家拿出他箱子來，揀上色的包與他兩套，教薛嫂兒替他拿了去，做個一念兒，也是他番身一場。」婦人道：「好姐姐，你到有點仁義。」小玉道：「你看，誰人保得常無事！蝦蟆促織兒——都是一鍬土上人。兎死狐悲，物傷其類。」一面拿出春梅箱子來，是戴的汗巾兒、翠簪兒，都教他拿去。婦人揀了兩套上色羅段衣服鞋脚，包了一大包。婦人梯己與了他幾件釵梳簪墜戒指，小玉也頭上拔下兩根簪子來遞與春梅。餘者珠子纓絡、銀絲雲髻、遍地金粧花裙襖，一件兒沒動，都擡到後邊去了。

春梅當下拜辭婦人、小玉，洒淚而別。臨出門，婦人還要他拜辭拜辭月娘衆人，金蓮太不濟。只見小玉搖手兒。這春梅跟定薛嫂，頭也不回，揚長決裂出大門去了。胸襟氣概自不同。小玉和婦人送出大門回來。小玉到上房回大娘，只說：「罄身子去了，衣服都留下，没與他。」這金蓮歸進房中，往常有春梅，娘兒兩個相親相熱，説知心話兒，今日他去了，丢得屋裡冷冷落落，甚是孤恓，不覺放聲大哭。苦甚。有詩爲証：

耳畔言猶在，于今恩愛分。
房中人不見，無語自消魂。

校記

〔一〕「詞曰」，内閣本、首圖本無。
〔二〕「好生爲本」，内閣本、首圖本作「好生爲德」。
〔三〕「奴才」，原作「奴木」，據内閣、首圖等本改。
〔四〕「在家裡」，内閣本、首圖本作「在家哩」。
〔五〕「恩情」，内閣本、首圖本作「恩情」。按張評本、詞話本均作「恩情」。
〔六〕「與金蓮」，内閣本、首圖本作「向金蓮」。按張評本作「與金蓮」，詞話本作「向前」。
〔七〕「你使性兒不進來」，内閣本、首圖本作「你使性兒没進來」。

第八十六回　雪娥唆打陳敬濟

金蓮解渴王潮兒

新刻繡像批評金瓶梅卷之十八

第八十六回　雪娥唆打陳敬濟　金蓮解渴王潮兒

詩曰〔一〕：

雨打梨花倍寂寥，幾回腸斷淚珠抛。
睽違一載猶三載，情緒千絲與萬條。
好句每從秋裏得，離魂多自夢中消。
香羅重解知何日，辜負巫山幾暮朝。

話說潘金蓮自從春梅出去，房中納悶不題。單表陳敬濟，次日早飯時出去，假作討帳，騎頭口到於薛嫂兒家。薛嫂兒正在屋裡，一面讓進來坐。敬濟拴了頭口，進房坐下，點茶吃了。薛嫂故意問：「姐夫來有何話說？」敬濟道：「我往前街討帳，竟到這裡。昨晚小大姐出來了，在你這裡？」薛嫂道：「是在我這裡，還未上主兒哩。」敬濟道：「在這里，我要見他，和他說句話兒。」薛嫂故作喬張致，說：「好姐夫，昨日你家丈母好不分付我，因爲你每通同作弊，弄出醜事來，纔把他打發出門，教我防範你們，休要與他會面說話。你還不趁早去哩，只怕他一時使將

雖是起發，却說得婉欵。

不似王婆，一味死狠。

小廝來看見，到家學了，又是一場兒。倒没的弄的我也上不的門。」那敬濟便笑嘻嘻袖中拏出一兩銀子來：「權作一茶，你且收了，改日還謝你。」那薛嫂見錢眼開，説道：「好姐夫，自恁没錢使，將來謝我！只是我去年臘月，你舖子當了人家兩付扣花枕頂，將有一年來，本利該八錢銀子，你尋與我罷。」敬濟道：「這箇不打緊，明日就尋與你。」

討添得妙，妙在近情。

這薛嫂兒一面請敬濟裏間房裡去，與春梅厮見，一面叫他媳婦金大姐：「定菜兒，我去買茶食點心。」又打了一壺酒，并肉鮓之類，教他二人吃。這春梅看見敬濟，説道：「姐夫，你好人兒，就是箇弄人的劊子手！把俺娘兒兩箇弄的上不上下不下，出醜惹人嫌，到這步田地。」敬濟道：「我的姐姐，你既出了他家門，我在他家也不久了。妻兒趙迎春，各自尋投奔。你教薛媽替你尋個好人家去罷，我醃韮菜——已是入不的畦了。我往東京俺父親那裡去計較了回來，把他家女兒休了，只要我家寄放的箱子。」説畢，不一時，薛嫂買將茶食酒菜來，放炕桌兒擺了，兩箇做一處飲酒叙話。薛嫂也陪他吃了兩盞，一遞一句，説了回月娘心狠：「宅裏恁箇出色姐兒出來，通不與一件兒衣服簪環。就是往人家上主兒去，裝門面也不好看。還要舊時原價，就是清水，這碗裏傾倒那碗內，也抛撒些兒，原來這等夾腦風！臨時出門，倒虧了小玉丫頭，做了箇分上，教他娘拏了兩件衣服與他。不是，往人家相去，拏甚麽做上蓋？」比及吃得酒濃時，薛嫂教他媳婦金大姐抱孩子躲去人家坐的，教他兩箇在裏間，自在坐箇房兒。偏照顧得到。正是：

説離散處，語似恨而實苦。

雲淡淡天邊鸞鳳，水沉沉波底鴛鴦。
寫成今世不休書，結下來生歡喜帶。

兩箇幹訖一度作別，比時難割難捨。後相思種子。薛嫂恐怕月娘使人來瞧，連忙攛掇敬濟出港，騎上頭口來家。

遲不上兩日，敬濟又稍了兩方銷金汗巾、兩雙膝褲與春梅，又尋枕頂出來與薛嫂兒。又拏銀子打酒。在薛嫂兒房內正和春梅吃酒，不想月娘使了來安小廝來催薛嫂兒：「怎的還不上主兒？」看見頭口拴在門首，來安兒到家，學了舌說：「姐夫也在那里來。」月娘聽了，心中大怒，使人一替兩替叫了薛嫂兒去，儘力數說了一遍，道：「你領了奴才去，今日推明日，明日推後日，只顧不上緊替我打發，好窩藏着養漢挣錢兒與你家使。若是你不打發，把丫頭還與我領了來，我另教馮媽媽子賣，你再休上我門來。」這薛嫂兒聽了，到底還是媒人的嘴，說道：「天麽，天麽！你老人家怪我差了。我趕着增福神着棍打？你老人家照顧我，怎不打發？昨日也領着走了兩三箇主兒，都出不上。你老人家要十六兩原價，俺媒人家那裏有這些銀子陪上。」月娘又道：「小厮說，陳家種子今日在你家和丫頭吃酒來。」薛嫂慌道：「耶嚛，耶嚛！又是一場兒。還是去年臘月，當了人家兩付枕頂，在咱獅子街舖內，銀子收了，今日姐夫送枕頂與我。我讓他吃茶，他不吃，忙忙就上頭口來了。幾時進屋裏吃酒來？原來咱家這大官兒恁快搗謊駕舌！」月娘吃他一篇，說的不言語了。說道：「我只怕一時被那種子設念隨邪，差了念頭。」薛

不獨洗清，還要趁勢壓價錢，狠心利嘴。

嫂道：「我是三歲小孩兒？豈可恁些事兒不知道。你那等分付了我，我長吃好，短吃好？他在那裏也没的久停久坐，與了我枕頭〔二〕，茶也没吃就來了，幾曾見咱家小大姐面兒來！萬物也要箇真實，你老人家就上落我起來。既是如此，如今守備周爺府中要他圖生長，只出十二兩銀子，看他若添到十三兩上，我兑了銀子來罷。説起來，守備老爺前者在咱家酒席上，也曾見過小大姐來。因他會這幾套唱，好模樣兒，纔出這幾兩銀子，又不是女兒，其餘別人出不上。」薛嫂當下和月娘砸死了價錢。

次日，早把春梅收拾打扮，粧點起來，戴着圍髮雲髻兒，滿頭珠翠，穿上紅段襖兒，藍段裙子，脚上雙彎尖趫趫，一頂轎子送到守備府中。周守備見了春梅，生的模樣兒比舊時越又紅又白，身段兒不短不長，一對小脚兒，滿心歡喜，就兑出五十兩一錠元寶來。這薛嫂兒拿來家，鑿下十三兩銀子，往西門慶家交與月娘。另外又拿出一兩來説：「是周爺賞我的喜錢，你老人家這邊不與我些兒？」那吳月娘免不過，只得又秤出五錢銀子與他，恰好他還禁了三十七兩五錢銀子。十箇九箇媒人，都是如此賺錢養家。

守備見春梅，只一歡喜，便不説完，其味直如春欖，且隱隱接去無痕。

却表陳敬濟見賣了春梅，又不得往金蓮那邊去，見月娘凡事不理他，門户都嚴緊，到晚夕親自出來，打燈籠前後照看，上了鎖，方纔睡去，因此弄不得手脚。敬濟十分急了，先和西門大姐嚷了兩場，（必至之情。）淫婦前淫婦後罵大姐：「我在你家做女婿，不道的雌飯吃，吃傷了！你家收了我許多金銀箱籠，你是我老婆，不顧贍我，反説我雌你家飯吃，我白吃你家飯來？」罵的

敬濟又恨又急，又没法奈何，又欺月娘孤寡，故無忌憚如此。然妙在語語是

大姐只是哭涕。

十一月念七日，孟玉樓生日。玉樓安排了幾碟酒菜點心〔三〕，好意教春鴻拿出前邊舖子，教敬濟陪傅夥計吃。月娘便攔說：「他不是才料，（亦太冷。）休要理他。要與傅夥計，自與傅夥計自家吃就是了，不消叫他。」玉樓不肯。（厚道。）春鴻拿出來，擺在水櫃上。一大壺酒都吃了，不勾，又使來安兒後邊要去。傅夥計便說：「姐夫，不消要酒去了，這酒勾了，我也不吃了。」敬濟不肯，定教來安要去。等了半晌，來安兒出來回說：「没了酒了。」這陳敬濟也有半酣酒兒在肚內，又使他要去。那來安不動。又另拿錢打了酒來吃着，罵來安兒：「賊小奴才兒，你別要慌！你主子不待見我，連你這奴才每也欺負我起來了，使你使兒不動。我與你家做女婿，不道的酒肉吃傷了，有爹在怎麽行來？今日爹没了，就改變了心腸，把我來不理，都亂來擠撮我。我大丈母聽信奴才言語，凡事托奴才，不托我。繇他，我好耐驚耐怕兒！」傅夥計勸道：「好姐夫，快休舒言。不敬奉姐夫，再敬奉誰？想必後邊忙，怎不與姐夫吃？你罵他不打緊，墻有縫，壁有耳，恰似你醉了一般。」敬濟道：「老夥計，你不知道。我酒在肚裏，事在心頭。俺丈母聽信小人言語，駕我一篇是非。就筭我合了人，人没合了我？好不好我把這一屋子裏老婆都刮剌了，到官也只是後丈母通奸，論箇不應罪名。如今我先把你家女兒休了，然後一紙狀子告到官。再不東京萬壽門進一本，你家見收着我家許多金銀箱籠，都是楊戩應没官贓物。好不好把你這幾間業房子都抄没了，老婆便當官辦賣。我不圖打魚，只圖混水耍子。會事

少年不經事市井油滑狂妄之談。語雖妄誕，然而胸中無聊極矣！

的，把俺女婿收籠着，照舊看待，還是大家便益。」傅夥計見他話頭兒來的不好，說道：「姐夫，你原來醉了。王十九〔四〕，只吃酒，且把散話革起。」這敬濟睁眼瞅着傅夥計，罵道：「賊老狗〔五〕，怎的說我散話，揭跳我醉了！吃了你家酒來？我不才，是他家女婿嬌客，你無故只是他家行財，你也擠撮我起來！我教你這老狗別要慌，你這幾年賺的俺丈人錢勾了，飯也吃飽了，心裡要打夥兒把我疾發了去，要奪權兒做買賣，好禁錢養家。我明日本狀也帶你一筆。妙語。教他打官司！」那傅夥計最是箇小膽兒的人，見頭勢不好，穿上衣裳，悄悄往家一溜烟走了。小廝收了家活，後邊去了。敬濟倒在炕上睡下，一宿晚景題過。

一權字已有逐客之意。

次日，傅夥計早辰進後邊見月娘，把前事具訴一遍，哭哭啼啼，要告辭家去，交割帳目，不做買賣了。月娘便勸道：「夥計，你只安心做買賣，休要理那潑才料，如臭屎一般丟着他。當初你家爲官事投到俺家來權住着，有甚金銀財寶？也只是大姐幾件粧奩，隨身箱籠。你家老子便躲上東京去了。那時恐怕小人不足，教俺家晝夜躭心。你來時纔十六七歲，黃毛團兒也一般。也虧在丈人家養活了這幾年，調理的諸般買賣兒都會。今日翅膀毛兒乾了，反恩將仇報，一掃箒掃的光光的。小孩兒家說話欺心，恁沒天理，到明日只天照看他！夥計，你自安心做你買賣，休理他便了。他自然也羞。」一面把傅夥計安撫住了，不題。

一日，也是合當有事，印子鋪擠着一屋裡人贖討東西，只見奶子如意兒抱着孝哥兒，送了一壺茶來與傅夥計吃，放在桌上。孝哥兒在奶子懷裡哇哇的只管哭，這陳敬濟對着那些人，作耍當真説道:「我的哥哥,乖乖兒,你休哭了。」向衆人説:「這孩子倒相我養的,依我説話,教他休哭,他就不哭了。」那些人就呆了。如意兒説:「姐夫,你説的好妙話兒,越發叫起兒來了,看我進房裏説不説。」這陳敬濟趕上踢了奶子兩脚,戲罵道:「怪賊邋遢,你説不是,我且踢個响屁股兒着。」語趣。那妳子抱孩子走到後邊,如此這般向月娘哭説:「姐夫對衆人將哥兒這般言語發出來。」這月娘不聽便罷,聽了此言,正在鏡臺邊梳着頭,半日説不出話來,往前一撞,就昏倒在地,不省人事。但見:

明弄風放刁撒潑,冀月娘畏而重之,或可與金蓮復合,是癡心,却是下着。

荊山玉損,可惜西門慶正室夫妻;寶鑑花殘,枉費九十日東君匹配。花容淹淡,猶如西園芍藥倚朱欄;檀口無言,一似南海觀音來入定。小園昨日春風急,吹折江梅就地花。

慌了小玉,叫將家中大小,扶起月娘來炕上坐的。孫雪娥跳上炕,撅救了半日。舀姜湯灌下去,半日甦醒過來。月娘氣堵心胸,只是哽咽,哭不出聲來。奶子如意兒對孟玉樓、孫雪娥,將敬濟對衆人將哥兒戲言之事説了一遍:「我好意説他,又趕着我踢了兩脚,把我也氣的發昏在這裏。」雪娥扶着月娘,待的衆人散去,悄悄在房中對月娘説:「娘也不消生氣,氣的你有些好歹,越發不好了。這小廝因賣了春梅,不得與潘家那淫婦弄手脚,纔發出話來。如今一不做,二不休,大姐已是嫁出女,如同賣出田一般,咱顧不的他這許多。常言:養蝦蟆得水蠱兒病,只顧教那小廝在家裏做甚麽?明日哄賺進後邊,下老實打與他一頓,卽時赶離門,教他家去。

雪娥雖未免公報私仇,然爲

此時計，亦未有善于此者。

然後叫將王媽媽子來，把那淫婦教他領了去變賣嫁人，如同狗屎臭尿掠將出去，一天事都没了。平空留着他在家裏做甚麽？到明日，没的把咱們也扯下水去了。」月娘道：「你說的也是。」當下計議已定了。

到次日飯時已後，月娘埋伏了丫鬟媳婦七八個人，各拏短棍棒槌，使小厮來安兒請進陳敬濟來後邊，只推說話。把儀門關了，教他當面跪下，問他：「你知罪麽？」那陳敬濟也不跪，轉把臉兒高揚，佯佯不採。月娘大怒，於是率領雪娥并來興兒媳婦、來昭妻一丈青、中秋兒、小玉、綉春衆婦人〔六〕，七手八脚按在地下，拏棒槌短棍打了一頓。西門大姐走過一邊，也不來救。打的這小夥兒急了，把褲子脱了，露出那直竪一條棍來，諕的衆婦人看見，都丢下棍棒亂跑了。月娘又是那惱，又是那笑，口裡罵道：「好個没根基的王八羔子！」敬濟口中不言，心中暗道：「若不是我這個法兒，怎得脱身？」於是扒起來，一手兜着褲子，往前走了。月娘隨令小厮跟隨，教他筭帳，交與傅夥計。敬濟自知也立脚不定，一面收拾衣服鋪蓋，也不作辭，使性兒一直出離西門慶家，逕往他母舅張團練家他舊房子自住去了。正是：

這等想頭，不知從何處得來，想有色鬼附其腕。

唯有感恩并積恨，萬年千載不生塵。

潘金蓮在房中，聽見打了敬濟，趕離出門去了，越發憂上加憂，悶上添悶。一日，月娘聽信雪娥之言，使玳安兒去叫了王婆來。那王婆自從他兒子王潮跟淮上客人，拐了起車的一百兩銀子來家，得其發跡，也不賣茶了，買了兩個驢兒，安了盤磨，一張羅櫃，開起磨房來。聽見西門慶宅裡叫他，連忙穿衣就走。到路上問玳安說：「我的哥哥，幾時没見你，又早籠起頭去了。有了媳婦兒不曾？」玳安道：「還不曾有哩。」王婆子道：「你爹没了，你家誰人請我做甚麽？莫不是你五娘養了兒子了，請我去抱腰？」玳安道：「俺五娘倒没養兒子，倒養了女婿。妙語。俺大娘請你老人家領他出來嫁人。」王婆子道：「天麽，天麽，你看麽！我說這淫婦死了你爹，怎守得住？只當狗改不了吃屎，趣語。就弄砢兒來了。就是你家大姐那女婿子？他姓甚麽？」伏脉。玳安道：「他姓陳，名喚陳敬濟。」王婆子道：「想着去年，我爲何老九的事去央煩你爹，到宅內，你爹不在，賊淫婦他就没留我房裏坐坐兒，折針也迸不出個來，又夾出來時貪想，妙。只叫丫頭倒一鍾清茶，我吃了出來了。我只道千年萬歲在他家，如何今日也還出來？好個浪蹄子淫婦，休說我是你個媒主，替你作成了恁好人家，就是閒人進去，也不該那等大意。」玳安道：「爲他和俺姐夫在家裡炒嚷作亂，昨日差些兒没把俺大娘氣殺了哩。俺姐夫已是打發出去了，只有他老人家，如今教你領他去哩。」王婆子道：「他原是轎兒來，少不得還叫頂轎子。他也有個箱籠來，這裡少不的也與他箇箱子兒。」玳安道：「這箇少不的，俺大娘自有箇處。」

兩箇說話間，到了門首。進入月娘房裡，道了萬福，坐下。丫鬟拿茶吃了。月娘便道「老王，無事不請你來。」悉把潘金蓮如此這般上項說了一遍：「今來是是非人，去是是非者，一客不煩二主，還起動你領他出去，或聘嫁，或打發，教他吃自在飯去罷。我男子漢已是没了，招攬不過這些人來。說不的當初死鬼爲他丟了許多錢底那話了，雖恨語，亦不宜。就打他恁箇銀人兒也有。如今隨你聘嫁，多少兒交得來，我替他爹念個經兒，也是一場勾當。」王婆道：「你老人家是稀罕這錢的？只要把禍害離了門就是了。我知道，我也不肯差了。」又道：「今日好日，就出去罷。又一件，他當初有箇箱籠兒，有頂轎兒來，也少不的與他頂轎兒坐了去。」月娘道：「箱子與他一個，轎子不容他坐。」小玉道：「俺奶奶氣頭上，便是這等說。到臨岐，少不的顧頂轎兒，不然街坊人家看着，抛頭露面的，不吃人笑話？」月娘不言語了。一面使丫鬟綉春前邊叫金蓮來。

只一語便打到心上，把銀子抹過，真利嘴。

便下一叫傷心字。

這金蓮一見王婆子在房裡，就睁了，向前道了萬福，坐下。王婆子開言便道：「你快收拾了。剛纔大娘說，教我今日領你出去哩。」金蓮道：「我漢子死了多少時兒，我爲下甚麽非，作下甚麽歹來？如何平空打發我出去？」王婆道：「你休稀裡打哄，做啞裝聾。自古蛇鑽窟礲蛇知道〔七〕，各人幹的事兒，各人心裏明。金蓮，你休呆裡撒奸，說長道短，我手裡使不的巧語花言，幫閑鑽懶。自古没箇不散的筵席，出頭椽兒先朽爛。人的名兒，樹的影兒，蒼蠅不鑽没縫兒蛋。你休把養漢當飯，我如今要打發你上陽關。」金蓮見勢頭不好，料難久住，便也發話道：「你打人休打臉，罵人休揭短，有勢休要使盡了，赶人不可赶上。我在你家做老婆，也不是一日兒〔八〕，怎聽奴才淫婦戳舌，便這樣絶情絶義的打發我出去！我去不打緊，只要大家硬氣，守到老没個破字兒纔好。」還不饒人。

小人於世，並不肯讓人一刻，全人半點，當下劈面便來。可畏，可悲，可嘆。

當下金蓮與月娘亂了一回。月娘到他房中，打點與了他兩箇箱子、一張抽替桌兒、四套衣服、幾件釵梳簪環、一床被褥，其餘他穿的鞋脚，都填在箱內〔九〕。把秋菊叫到後邊來，一把鎖就把房門鎖了。月娘亦做得出。金蓮穿上衣服，拜辭月娘，在西門慶靈前大哭了一回。又走到孟玉樓房中，也是姊妹相處一場，一旦分離，兩箇落了一回眼淚。玉樓瞞着月娘，悄悄與了他一對金碗簪子、一套翠藍段襖、紅裙子，說道：「六姐，奴與你離多會少了，你看個好人家往前進了罷。自古道：千里長蓬，也没箇不散的筵席。你若有了人家，使箇人來對我說聲。奴往那里去，順便到你那裡看你去，也是姊妹情腸。」于是洒淚而別。臨出門，小玉送金蓮，悄悄與了金蓮兩根金頭簪兒。金蓮道：「我的姐姐，你倒有一點人心兒在我。」王婆又早顧人把箱籠桌子擡的先去了。獨有玉樓、小玉送金蓮到門首坐上轎子纔回。正是：

世上萬般哀苦事，無非死別共生離。

却說金蓮到王婆家，王婆安插他在裏間，晚夕同他一處睡。他兒子王潮兒，也長成一條大漢，籠起頭去了，還未有妻室，外間支着床睡。這潘金蓮次日依舊打扮，喬眉喬眼在簾下看人。無事坐在炕上，不是描眉畫眼，就是彈弄琵琶。王婆不在，就和王潮兒鬬葉兒、下棋。那王婆自去掃麵，喂養驢子，不去管他。朝來暮去，又把王潮兒刮剌上了。晚間等的王婆子睡着了，婦人推下炕溺尿，走出外間床上，和王潮兒兩個幹。搖的床子一片响聲，被王婆子醒來聽見，問：「那裡响？」王潮兒道：「是櫃底下猫捕老鼠响。」王婆子睡夢中喃喃呐呐，口裡說道：「只因有這些麩麪在屋裡，引的這扎心的半夜三更耗爆人，不得睡。」良久，又聽見動旦，搖的床子

衆妾散去，獨金蓮辭靈大哭，可見情之所鍾，雖無情人亦不能絕。

玉樓雖是安慰金蓮，然隱隱情見乎詞矣。

金蓮於此味，老的少的、村的俏的、貴的，的賤的，皆有所遇，可謂備嘗之矣！眼前景，心上事，偏道得

出。

格支支响，王婆又問：「那裡响？」王潮道：「是猫咬老鼠，鑽在炕洞底下嚼的响。」婆子側耳，果然聽見猫在炕洞裏咬的响，方纔不言語了。婦人和小厮幹完事，依舊悄悄上炕睡去了。有幾句雙關，說得這老鼠好：

你身軀兒小，膽兒大，嘴兒尖，忒潑皮。見了人藏藏躱躱，耳邊廂叫叫唧唧，攪混人半夜三更不睡。不行正人倫，偏好鑽穴隙，更有一庄兒不老實，到底改不的偷饞抹嘴。

有日，陳敬濟打聽得潘金蓮出來，還在王婆家聘嫁，因提着兩弔銅錢，走到王婆家來。婆子正在門前掃驢子撒的糞，這敬濟向前深深地唱箇喏。婆子問道：「哥哥，你做甚麽？」敬濟道：「請借裡邊說話。」王婆便讓進裡面。敬濟便道：「動問西門大官人宅內有一位娘子潘六姐，在此出嫁？」王婆便道：「你是他甚麽人？」那敬濟嘻嘻笑道：「不瞞你老人家說，我是他兄弟，他是我姐姐。」那王婆子眼上眼下打量他一回，說：「他有甚兄弟我不知道？你休哄我，你莫不是他家女婿姓陳的，(活賊。)來此處撞蠓子？我老娘手裡放不過。」敬濟笑向腰裡解下兩吊銅錢來，放在面前說：「這兩弔錢權作王奶奶一茶之費，教我且見一面，改日還重謝你老人家。」婆子見錢，越發喬張致起來，便道：「休說謝的話。他家大娘子分付將來，不許教閑雜人來看他。咱放倒身說話，你既要見這雌兒一面，與我五兩銀子。見兩面，與我十兩。你若娶他，便與我一百兩銀子，我的十兩媒人錢在外。我不管閑帳。你如今兩串錢兒，打水不渾的，做甚麽？」敬濟見這虔婆口硬，不收錢，又向頭上拔下一對金頭銀脚簪子，重五錢，殺鷄扯腿跪

終是老手，刀刀見血。

在地下，說道：「王奶奶，你且收了，容日再補一兩銀子來與你，不敢差了。且容我見他一面，說些話兒則個。」那婆子於是收了簪子和錢，分付：「你進去見他，說了話就與我出來，不許你涎眉睁目，（斷得趣甚。）只顧坐着。所許那一兩頭銀子，明日就送來與我。」於是掀簾放敬濟進裡間。婦人正坐在炕上，看見敬濟，便埋怨他道：「你好人兒！丢的我前不着村，後不着店，有上稍没下稍，出醜惹人嫌，你就影兒也不來看我看兒了。我娘兒們好好的，拆散的你東我西，皆是爲誰來？」說着扯住敬濟，只顧哭泣。王婆又嗔哭，恐怕有人聽見。敬濟道：「我的姐姐，我爲你剮皮剮肉，你爲我受氣耽羞，怎不來看你？昨日到薛嫂兒家，已知春梅賣在守備府裡去了，纔打聽知你出離了他家門，在王奶奶這邊聘嫁。今日特來見你一面，和你計議。咱兩個恩情難捨，拆散不開，如之奈何？我如今要把他家女兒休了，問他要我家先前寄放金銀箱籠。他若不與我，我東京萬壽門一本一狀進下來，那時他雙手奉與我還是遲了。我暗地裡假名托姓，一頂轎子娶到你家去，咱兩個永遠團圓，做上個夫妻，有何不可！」婦人道：「現今王乾娘要一百兩銀子，你有這些銀子與他？」敬濟道：「如何要這許多？」婆子說道：「你家大丈母說，當初你家爹爲他打個銀人兒也還多，定要一百兩銀子，少一絲毫也成不的。」敬濟道：「實不瞞你老人家說，我與六姐打得熱了，拆散不開。看你老人家下顧，退下一半兒來，五六十兩銀子也罷。我往母舅那里典上兩三間房子，娶了六姐家去，也是春風一度。你老人家少轉些兒罷！」婆子道：「休說五六十兩銀子，八十兩也輪不到你手裡了。昨日湖州販紬絹何官人，出到七十兩；

（劈空扭來作脉，妙甚。）大街坊張二官府，如今見在提刑院掌刑，使了兩個節級來，出到八十兩上，拏着兩封銀子來兑，還成不的，都回去了。你這小孩兒家，空口來説空話，倒還敢奚落老娘。老娘不道的吃傷了哩！」當下一直走出街上，大嘐喝説：「誰家女婿要娶丈母，還來老娘屋裡放屁！」敬濟慌了，一手扯進婆子來，雙膝跪下，央及：「王奶奶噤聲。我依王奶奶，價值一百兩銀子罷。爭奈我父親在東京，我明日起身往東京取銀子去。」婦人道：「你既爲我一場，休與乾娘爭執，上緊取去。只恐來遲了，別人娶了奴去，就不是你的人了。」敬濟道：「我顧頭口連夜兼程，多則半月，少則十日就來了。」婆子道：「常言先下米先食飯，我的十兩銀子在外，休要少了，（一步緊一步。）我先與你説明白着。」敬濟道：「這個不必説，恩有重報，不敢有忘。」説畢，敬濟作辭出門，到家收拾行李。次日早，顧頭口上東京取銀子去。此這去，正是：

青龍與白虎同行，吉凶事全然未保。

（又嚇他一陣，是降小夥兒手段。）

校記

〔一〕「詩曰」，内閣本、首圖本無。

〔二〕「枕頭」，崇禎諸本同。按張評本、詞話本均作「枕頭」，但據文意應爲「枕頂」。

〔三〕「幾碟」，内閣本、首圖本作「幾碗」。

〔四〕「王十九」，首圖本作「屋十九」。

〔五〕「賊老狗」，内閣本、首圖本作「老賊狗」。

〔六〕「來與兒」，原作「來輿兒」，據內閣、首圖等本改。

〔七〕「蛇鑽」，原作「蛇讚」，據內閣、首圖等本改。

〔八〕「也不是一日兒」，原作「也不赶一日兒」，據內閣、首圖等本改。

〔九〕「箱內」，原作「箇內」，據內閣、首圖等本改。

第八十七回

王婆子貪財忘禍

武都頭殺嫂祭兄

第八十七回　王婆子貪財忘禍　武都頭殺嫂祭兄

詩曰〔一〕：

悠悠嗟我里，世亂各東西。
存者問消息，死者爲塵泥。
賤子家既敗，壯士歸來時。
行久見空巷，日暮氣慘凄。
但逢狐與狸，竪毛怒裂眥。
我有鐲鏤劍，對此吐長霓。

話説陳敬濟顧頭口起身，叫了張團練一箇伴當跟隨，早上東京去，不題。却表吳月娘打發潘金蓮出門，次日使春鴻叫薛嫂兒來，要賣秋菊。這春鴻正走到大街，撞見應伯爵。叫住問：「春鴻，你往那里去？」春鴻道：「大娘使小的叫媒人薛嫂兒去。」伯爵問：「叫媒人做甚麼？」春鴻道：「賣五娘房裡秋菊丫頭。」伯爵又問：「你五娘爲甚麼打發出來嫁人？」這春鴻便如此這般：「因和俺姐夫有些説話，大娘知道了，先打發了春梅小大姐，然後打了俺姐夫一頓，趕出往家去了。昨日纔打發出俺五娘來〔二〕。」伯爵聽了，點了點頭兒，説道：「原來你五娘和你姐夫有楂兒，看不出人來。」又向春鴻說：「孩兒，你爹已是死了，你只顧還在他家做甚麽？終是没出産。你心裡還要歸你南邊去，還是這裡尋個人家跟罷？」春鴻道：「便是這般說。老爹已是没了，家中大娘好不嚴緊，各處買賣都收了，房子也賣了，琴童兒、畫童兒都走了，也攬不過這許多人口來。小的待回南邊去，又没順便人帶去。這城内尋箇人家跟，又没箇門路。」伯爵道：「傻孩兒，人無遠見，安身不牢〔三〕。千山萬水，又往南邊去做甚？你肚裏會幾句唱，愁這城内尋不出主兒來答應？我如今舉保箇門路與你。如今大街坊張二老爹，家有萬萬貫家財，見頂補了你爹在提刑院做掌刑千户，如今你二娘又在他家做了二房。我把你送到他宅中答應，他見你會唱南曲，管情一箭就上垛，留下你做個親隨大官兒，又不比在你這家裡？他性兒又好，年紀小小，又倜儻，又愛好，你就是個有造化的。」這春鴻扒倒地下就磕了箇頭：「有累二爹，小的若見了張老爹，得一步之地，買禮與二爹磕頭。」伯爵一把手拉着春鴻，說：「傻孩兒，你起來，我無有箇不作成人的。肯要你謝？你那得錢兒來！」春鴻道：「小的去了，只怕家中大娘抓尋小的，怎了？」伯爵道：「這箇不打緊，我問你張二老爹討箇帖兒，封一兩銀子與他家。他家銀子不敢受，不怕不把你不雙手兒送了去。」說畢，春鴻往薛嫂兒家，叫了薛嫂兒。見月娘，領秋菊出來，只賣了五兩銀子，交與月娘，不在話下。

爲利不多，圖奉承有限，何苦定要攛掇春鴻去？此不失其小人之爲小人也。

却說應伯爵領春鴻到張二官宅裡，見了張二官。見他生的清秀，又會唱南曲，就留下他答應。便拏拜帖兒，封了一兩銀子，送往西門慶家，討他箱子。那日，吳月娘家中正陪雲離守娘子范氏吃酒。先是雲離守補在清河左衛做同知，見西門慶死了，吳月娘守寡，手裡有東西，就安心有垂涎圖謀之意。隱隱伏夢中之案。此日正買了八盤羹菓禮物，來看月娘。見月娘生了孝哥，范氏房内亦有一女，方兩月兒，要與月娘結親。那日吃酒，遂兩家割衫襟，做了兒女親家，留下一雙金環爲定禮。聽見玳安兒拿進張二官府帖兒并一兩銀子，說春鴻投在他家答應去了，使人來討他箱子衣服。月娘見他見做提刑官，不好不與他，銀子也不曾收，只得把箱子與將出來。

初時，應伯爵對張二官說：「西門慶第五娘子潘金蓮，生的標致，會一手琵琶。百家詞曲，雙陸象棋，無不通曉，又會寫字。因爲年小守不的，又和他大娘子合氣，今打發出來，在王婆家嫁人。」這張二官一替兩替使家人拏銀子往王婆家相看，王婆只推他大娘子分付，不倒口，要一百兩銀子。那人來回講了幾遍，還到八十兩上，王婆還不吐口兒。落後春鴻到他宅内，張二官聽見春鴻說，婦人在家養着女婿方打發出來，這張二官就不要了。對着伯爵說：「我家現放着十五歲未出幼兒子上學攻書，要這樣婦人來家做甚！」張二官大有主意。又聽見李嬌兒說，金蓮當初用毒藥擺佈死了漢子，被西門慶占將來家，又偷小廝，把第六個娘子娘兒兩箇，生生吃他害殺了，以此張二官就不要了。他婦人失節，俱有報應，獨李嬌兒一番花燭一番新，想娼妓迎新棄舊是其

話分兩頭。却說春梅賣到守備府中，守備見他生的標致伶俐，舉止動人，心中大喜。與了他三間房住，手下使一箇小丫鬟，就一連在他房中歇了三夜。三日，替他裁了兩套衣裳。薛

嫂兒去，賞了薛嫂五錢銀子。又買了箇使女扶侍他，立他做二房〔四〕。大娘子一目失明，吃長齋念佛，不管閑事。還有生姐兒孫二娘，在東廂房住。春梅在西廂房，各處鑰匙，都教他掌管，甚是寵愛他。一日，聽薛嫂兒說，金蓮出來在王婆家聘嫁，這春梅晚夕啼啼哭哭對守備說：「俺娘兒兩箇在一處廝守這幾年，他大氣兒不曾呵着我，把我當親女兒一般看承。只知拆散開了，不想今日他也出來了。你若肯娶將他來，俺娘兒每還在一處過好日子。」又說他怎的好模樣兒，諸家詞曲都會，又會彈琵琶，聰明俊俏，百伶百俐，屬龍的，今纔三十二歲兒：「他若來，奴情願做第三也罷。」於是把守備念轉了，使手下親隨張勝、李安，封了兩方手帕、二錢銀子，往王婆家相看，果然生的好箇出色的婦人。王婆開口指稱他家大娘子要一百兩銀子。張勝、李安講了半日，還了八十兩，那王婆還不肯。走來回守備，又添了五兩，復使二人拏着銀子和王婆說。王婆只是假推他大娘子不肯，不轉口兒，要一百兩：「媒人錢要不要便罷了，天也不使空人。」說不要，又找上，貪甚。這張勝、李安只得又拿回銀子來禀守備。

丢了兩日，怎禁這春梅晚夕啼啼哭哭：「好歹再添幾兩銀子娶了來，和奴做伴兒，死也甘心。」守備見春梅只是哭泣，只得又差了大管家周忠，同張勝、李安氊包內拿着銀子，打開與婆子看，又添到九十兩上。婆子越發張致起來，說：「若九十兩，到不的如今，提刑張二老爹家擡的去了。」這周忠就惱了，分付李安把銀子包了，說道：「三隻脚蟾便没處尋，兩脚老婆愁尋不出來？這老淫婦連人也不識，你說那張二官府怎的，俺府裡老爹管不着你？不是新娶的小夫

本分事，故天縱之耳。春梅自忘金蓮不得，然如春梅而忘金蓮者多矣，則春梅一段感恩圖報之懷，夫豈易及。

人再三在老爺跟前説念，要娶這婦人，平白出這些銀子？要他何用！」李安道：「勒揹俺兩番三次來回，賊老淫婦，越發鸚哥兒風了。」拉着周忠説：「管家，咱去來。到家回了老爺，好不好教牢子拿去，拶與他一頓好拶子。」這婆子終是貪着陳敬濟那口食，繇他罵，只是不言語。二人到府中，回稟守備説：「已添到九十兩，還不肯。」守備説：「明日兑與他一百兩，拿轎子擡了來罷。」周忠説：「爺就與了一百兩，王婆還要五兩媒人錢。且丟他兩日，他若張致，拏到府中拶與他一頓拶子，他纔怕。」看官聽説：大段金蓮生有地而死有處，不爭被周忠説這兩句話，有分交，這婦人從前作過事，今朝没與一齊來。有詩爲証：

人生雖未有前知，禍福因繇更問誰。
善惡到頭終有報，只爭來早與來遲。

按下一頭。單表武松，自從墊發孟州牢城充軍之後，多虧小管營施恩看顧。次後施恩與蔣門神爭奪快活林酒店，被蔣門神打傷，央武松出力，反打了蔣門神一頓。不想蔣門神妹子玉蘭，嫁與張都監爲妾，賺武松去，假捏賊情，將武松拷打，轉又發安平寨充軍。這武松走到飛雲浦，又殺了兩箇公人，復回身殺了張都監、蔣門神全家老小，逃躲在施恩家。施恩寫了一封書，皮箱内封了一百兩銀子〔五〕，教武松到安平寨與知寨劉高，教看顧他。不想路上聽見太子立東宮，放郊天大赦，武松就遇赦回家。到清河縣，下了文書，依舊在縣當差，還做都頭。來到家中，尋見上隣姚二郎，交付迎兒。那時迎兒已長大，十九歲了，收攬來家，一處居住。就有人告他說：「西門慶已死，你嫂子又出來了，如今還在王婆家，早晚嫁人。」這漢子聽了，舊仇在心，正是：

踏破鐵鞋無覓處，得來全不費工夫。

次日，理幘穿衣，逕走過間壁王婆門首。金蓮正在簾子站着，見武松來，連忙閃入裏間去。武松掀開簾子便問：「王媽媽在家？」那婆子正在磨上掃麪，連忙出來應道：「是誰叫老身？」見是武松，道了萬福。武松深深唱喏。婆子道：「武二哥，且喜幾時回家來了？」武松道：「遇赦回家，昨日纔到。一向多累媽媽看家，改日相謝。」婆子笑嘻嘻道：「武二哥比舊時保養，鬍子楂兒也有了，且是好身量。在外邊又學得這般知禮。」一面請他上坐，點茶吃了。武松道：「我有一樁事和媽媽說。」婆子道：「有甚事，武二哥只顧說。」武松道：「我聞的人說，西門慶已是死了，我嫂子出來，在你老人家這裡居住。敢煩媽媽對嫂子說，他若不嫁人便罷，若是嫁人，如今迎兒大了，娶得嫂子家去，看管迎兒，早晚招箇女婿，一家一計過日子，庶不教人笑話。」婆子初時還不吐口兒，便道：「他在便在我這里，倒不知嫁人不嫁人。」次後聽見說謝他，便道：「等我慢慢和他說。」

連連說舊時，如今胸中已抹過從前。

那婦人在簾內，聽見武松言語，要娶他看管迎兒，又見武松在外出落得長大，身材胖了，比昔時又會說話兒，舊心不改，心下暗道：「我這段姻緣，還落在他手裡。」就等不得王婆叫他，自己出來，此時置敬濟於何地？向武松道了萬福，說道：「既是叔叔還要奴家去看管迎兒，招女婿成家，可

武松之爲人與報仇之意，王婆金蓮昔所日夜憂

心者，而今竟若忘之，何哉？一爲利昏，一爲淫迷。故只以爲已往之事，不深思矣。

知好哩。」王婆道：「我一件，只如今他家大娘子要一百兩銀子纔嫁人。」武松道：「如何要這許多？」王婆道：「西門大官人當初爲他使了許多，就打恁個銀人兒也勾了。」武松道：「不打緊，我既要請嫂嫂家去，就使一百兩也罷。另外破五兩銀子，謝你老人家〔六〕。」這婆子聽見，喜歡的屁滾尿流，没口說道：「還是武二哥知禮，這幾年江湖上見的事多，真是好漢。」婦人聽了此言，走到屋裡，又濃濃點了一鍾瓜仁泡茶，雙手遞與武松吃了。婆子問道：「如今他家要發脫的緊，又有三四箇官户人家爭着娶，都回阻了，價錢不兑。你這銀子，作速些便好。常言：先下米先吃飯，千里姻緣着線牽，休要落在別人手内。」婦人道：「既要娶奴家，叔叔上緊些。」自促其死。武松便道：「明日就來兑銀子，晚夕請嫂嫂過去。」那王婆還不信武松有這些銀子，胡亂答應去了。

到次日，武松打開皮箱，拏出施恩與知寨劉高那一百兩銀子來，又另外包了五兩碎銀子，走到王婆家，拿天平兑起來。那婆子看見白晃晃擺了一桌銀子，口中不言，心内暗道：「雖是陳敬濟許下一百兩，上東京去取，不知幾時到來。仰着合着，我見鐘不打去打鑄鐘？」又見五兩謝他，連忙收了。拜了又拜，說道：「還是武二哥知人甘苦。」武松道：「媽媽收了銀子，今日就請嫂嫂過門。」婆子道：「武二哥且是好急性，門背後放花兒——你等不到晚了。也待我往他大娘那里交了銀子，纔打發他過去。」又道：「你今日帽兒光光，晚夕做個新郎。」那武松緊着心中不自在，那婆子不知好歹，又徯落他。打發武松出門，自己尋思：「他家大娘只叫我發脫，

死將至且歡歡喜喜說戲話，世人大都

又没和我斷定價錢，我今胡亂與他一二十兩銀子就是了。綁着鬼也落他一半多養家。」就把銀鑿下二十兩銀子，往月娘家裡交割明白。月娘問：「甚麽人家娶去了？」王婆道：「兎兒沿山跑，還來歸舊窩。嫁了他家小叔，還吃舊鍋裡粥去了。」月娘聽了，暗中跌脚，常言：仇人見仇人，分外眼睛明。與孟玉樓説：「往後死在他小叔子手裡罷了。」旁觀便清。那漢子殺人不斬眼，豈肯干休！」

不説月娘家中嘆息，却表王婆交了銀子到家，下午時，教王潮先把婦人箱籠卓兒送過去。這武松在家，又早收拾停當，打下酒肉，安排下菜蔬。晚上，婆子領婦人過門，換了孝，戴着新鬏髻，身穿紅衣服，搭着蓋頭。進門來，見明間内明亮亮點着燈燭，重立武大靈牌，供養在上面，先有些疑忌，繇不的髮似人揪，肉如鉤搭。進入門來，到房中，武松分付迎兒把前門上了拴，後門也頂了。王婆見了，説道：「武二哥，我去罷，家裡没人。」武松道：「媽媽請進房裡吃盞酒。」武松教迎兒拏菜蔬擺在卓上。須臾，盪上酒來，請婦人和王婆吃酒。那武松也不讓，把酒斟上，一連吃了四五碗酒。婆子見他吃得惡，便道：「武二哥，老身酒勾了，放我去，你兩口兒自在吃罷。」武松道：「媽媽，且休得胡説，我武二有句話問你。」只聞颼的一聲響，向衣底掣出一把二尺長刃薄背厚的朴刀來，一隻手籠着刀靶，一隻手按住掩心，便睜圓怪眼，倒竪剛鬚，説道：「婆子休得吃驚。自古寃有頭，債有主，休推睡裡夢裡，我哥哥性命都在你身上。」婆子道：「武二哥，夜晚了，酒醉拏刀弄杖，不是耍處。」武松道：「婆子休胡説，我武二就死也不

如此。

怕。等我問了這淫婦，慢慢來問你這老猪狗。若動一動步兒，先吃我五七刀子。」一面回過臉來，看着婦人罵道：「你這淫婦聽着，我的哥哥怎生謀害了，從實說來，我便饒你。」那婦人道：「叔叔如何冷鍋中豆兒炮，好没道理！你哥哥自害心疼病死了，干我甚事？」說由未了，武松把刀子忔楂的插在卓子上，用左手揪住婦人雲髻，右手匹胸提住，把卓子一脚踢番，碟兒盞兒都打得粉碎。那婦人能有多大氣脉，被這漢子隔桌子輕輕提將過來，拖出外間靈桌子前。

那婆子見勢頭不好，便去奔前門走。前門又上了拴，被武松大扠步赶上，揪番在地，用腰間纏帶解下來，四手四脚綑住，如猿猴獻果一般，便脱身不得。口中只叫：「都頭，不消動意，大娘子自做出來，不干我事。」武松道：「老猪狗，我都知道了，你賴那個？你教西門慶那厮墊發我充軍去，今日我怎生又回家了？西門慶那厮却在那里？你不說時，先剮了這個淫婦，後殺你這老猪狗。」提起刀來，便望那婦人臉上撇兩撇。婦人慌忙叫道：「叔叔，且饒放我起來，等我說便了。」武松一提提起那婆娘，旋剥淨了，跪在靈桌子前。武松喝道：「淫婦快說！」那婦人諕得魂不附體，只得從實招說，將那時收簾子打了西門慶起，并做衣裳入馬通姦，後怎的踢傷武大心窩，王婆怎地教唆下毒，撥置燒化，又怎的娶到家去，一五一十從頭至尾說了一遍。王婆聽見，只是暗中叫苦，說：「傻才料，你實說了，却教老身怎的支吾？」這武松一面就靈前一手揪着婦人，一手澆奠了酒，把紙錢點着，說道：「哥哥，你陰魂不遠，今日武松與你報仇雪恨！」那婦人見勢頭不好，纔待大叫，被武松向爐内撾了一把香灰，塞在他口，就叫不出來了。然後

金蓮何等慧心巧舌，到英雄手中，都用不着。

到此時任王婆利嘴，亦難支吾。

劈腦揪番在地，那婦人挣扎，把𩭞髻簪環都滾落了。比馬嵬更慘。武松恐怕他挣扎，先用油靴只顧踢他肋肢，後用兩隻脚踏他兩隻肐膊，便道：「淫婦，自說你伶俐，不知你心怎麽生着，我試看一看。」一面用手去攤開他胸脯，説時遲，那時快，把刀子去婦人白馥馥心窩内只一剜，剜了個血窟窿，那鮮血就冒出來。那婦人就星眸半閃，兩隻脚只顧登踏。武松口噙着刀子，雙手去斡開他胸脯，撲扢的一聲，把心肝五臟生扯下來，血瀝瀝供養在靈前，後方一刀割下頭來，血流滿地。迎兒小女在旁看見，諕的只掩了臉。武松這漢子端的好狠也！可憐這婦人，正是三寸氣在千般用，一日無常萬事休，亡年三十二歲。但見：手到處青春喪命，刀落時紅粉亡身。七魄悠悠，已赴森羅殿上；三魂渺渺，應歸枉死城中。好似初春大雪壓折金線柳，臘月狂風吹折玉梅花。這婦人嬌媚不知歸何處，芳魂今夜落誰家？古人有詩一首，單悼金蓮死的好苦也：

讀至此不敢生悲，不忍稱快，然而心實惻惻難言哉。

堪悼金蓮誠可憐，衣裳脱去跪靈前。
誰知武二持刀殺，只道西門綁腿頑。
往事看嗟一場夢，今身不直半文錢。
世間一命還一命，報應分明在眼前。

武松殺了婦人，那婆子便大叫：「殺人了！」武松聽見他叫，向前一刀，也割下頭來。拖過屍首，一邊將婦人心肝五臟用刀插在後樓房簷下。那時有初更時分，到扣迎兒在屋裏。迎兒道：「叔叔，我害怕。」武松道：「孩兒，我顧不得你了。」武松跳過王婆家來，還要殺他兒子王潮。

不想王潮合當不該死，聽見他娘這邊叫，就知武松行兇，推前門不開，叫後門也不應，慌的走去街上叫保甲。那兩隣明知武松兇惡，誰敢向前？武松跳過墻來，到王婆房内，只見點着燈，房内一人也没有。一面打開王婆箱籠，就把他衣服撇了一地。那一百兩銀子，止交與吴月娘二十兩，還剩了八十五兩，并些釵環首飾，武松都包裹了，提了朴刀，越後墻，趕五更挨出城門，投十字坡張青夫婦那里躲住，做了頭佗，上梁山爲盜去了。正是：

平生不作皺眉事，世上應無切齒人。

校記

〔一〕「詩曰」，内閣本、首圖本無。
〔二〕「五娘」，内閣本、首圖本作「五姐」。
〔三〕「安身不牢」，内閣本、首圖本作「安心不牢」。
〔四〕「二房」，内閣本、首圖本作「第二房」。
〔五〕「皮箱内」，原作「我箱内」，據内閣、首圖等本改。
〔六〕「謝你老人家」，内閣本、首圖本作「與你老人家」。

第八十八回　陳敬濟感舊祭金蓮

龐大姐埋屍托張勝

第八十八回　陳敬濟感舊祭金蓮　龐大姐埋屍托張勝

詩曰〔一〕：

夢中雖暫見，及覺始知非。
轉展不成寐，徙倚獨披衣。
凄凄曉風急，腌腌月光微。
空床常達旦，所思終不歸。

話説武松殺了婦人、王婆，劫去財物，逃上梁山去了，不題。且説王潮兒街上叫了保甲來，見武松家前後門都不開，又王婆家被劫去財物，房中衣服丢的横三竪四，就知是武松殺人，劫財而去。未免打開前後門，見血瀝瀝兩箇死屍倒在地下，婦人心肝五臟用刀插在後樓房簷下。迎兒倒扣在房中，問其故，只是哭泣。一毫不假。次日早衙，呈報到本縣，殺人兇刃都拿放在面前。本縣新任知縣也姓李，雙名昌期，乃河北真定府棗强縣人氏，聽見殺人公事，卽委差當該吏典，拘集兩隣保甲，并兩家苦主王潮、迎兒，眼同當街，如法檢驗。生前委被武松因忿帶酒殺潘氏、王婆二命，疊成文案，就委地方保甲瘞埋看守。掛出榜文，四廂差人跟尋訪拿正犯武松。有人首告者，官給賞銀五十兩。守備府中張勝、李安，打着一百兩銀子到王婆家，看見王婆、婦人俱已被武松殺死，縣中差人撿屍，捉拿兇犯，二人回報到府中。春梅聽見婦人死了，整哭了兩三日，茶飯都不吃。慌了守備，使人門前叫調百戲的貨郎兒進去，耍與他觀看，只是不喜歡。日逐使張勝、李安打聽，拿住武松正犯，告報府中知道，不在話下。

按下一頭，且表陳敬濟前往東京取銀子，一心要贖金蓮，成其夫婦。不想走到半路，撞見家人陳定從東京來，告說家爺病重之事：「奶奶使我來請大叔往家去，囑托後事。」這敬濟一聞其言，兩程做一程，路上趲行。有日到東京他姑夫張世廉家，張世廉已死，止有姑娘見在。他父親陳洪已是没了三日，滿家帶孝。敬濟參見他父親靈座，與他母親張氏并姑娘磕頭。張氏見他長成人，母子哭做一處。通同商議：「如今一則以喜，一則以憂。」敬濟便道：「如何是喜？如何是憂？」張氏道：「喜者，如今朝廷册立東宮，郊天大赦；憂則不想你爹爹得病死在這里，你姑夫又没了。姑娘守寡，這里住着不是常法，如今只得和你打發你爹爹靈柩回去，葬埋鄉井，也是好處。」敬濟聽了，心內暗道：「這一回發送裝載靈柩家小粗重上車，少說也得許多日期耽閣，却不悮了六姐？不如先誆了兩車細軟箱籠家去，待娶了六姐，再來搬取靈柩不遲。」一面對張氏說道：「如今隨路盜賊，十分難走。假如靈柩家小箱籠一同起身，未免起眼，儻遇小人怎了？寧可躭遲不躭錯。我先押兩車細軟箱籠家去，收拾房屋。母親隨後和陳定家眷併父親靈柩，過年正月同起身回家，寄在城外寺院，然後做齋念經，築墳安葬，也是不遲。」張氏終是婦人家，不合一時聽信敬濟巧言，就先打點細軟箱籠，裝載兩大車，上插旗號，扮做香車。

父死而有子長成，喜可知也。然而殊不然，可爲痛心。

知好色則慕少艾，此其一驗。

卽此一想，折盡平生之福矣。後之流落不得其死何怪。

從臘月初一日東京起身，不上數日，到了山東清河縣家門首，對他母舅張團練說：「父親已死，母親押靈車不久就到。我押了兩車行李，先來收拾打掃房屋。」他母舅聽說：「既然如此，我仍搬回家去便了。」一面就令家人搬家活，騰出房子來。敬濟見母舅搬去，滿心歡喜，說：「且得冤家離眼前，落得我娶六姐來家，自在受用。我父親已死，我娘又疼我，先休了那箇淫婦，然後一紙狀子把俺丈母告到官，追要我寄放東西，誰敢道箇不字？又挾制俺家充軍人數不成！」正是：人便如此如此，天理不然不然。

這敬濟就打了一百兩銀子在腰裡，另外又袖着十兩謝王婆，來到紫石街王婆門首。可霎作怪，只見門前街旁埋着兩箇尸首，上面兩桿鎗交叉挑着箇燈籠，門首掛着一張手榜，上書：

本縣爲人命事：凶犯武松殺死潘氏、王婆二命，有人捕獲首告官司者，官給賞銀五十兩。

這敬濟仰頭看見，便立睁了。只見窩鋪中鑽出兩箇人來，喝聲道：「甚麽人？看此榜文做甚？見今正身兇犯捉拿不着，你是何人？」大扠步便來捉獲。敬濟慌的奔走不迭。恰走到石橋下酒樓邊，只見一個人，頭戴萬字巾，身穿青衲襖，隨後趕到橋下，說道：「哥哥，你好大膽，平白在此看他怎的？」這敬濟扭回頭看時，却是一箇識熟朋友——鉄指甲楊二郎。二人聲喏，楊二道：「哥哥一向不見，那里去來？」敬濟便把東京父死往回之事，告說一遍：「恰才這殺死婦人，是我丈人的小，潘氏。不知他被人殺了，適纔見了榜文，方知其故。」楊二郎告道：「他是小叔

迎兒愚蠢極矣，所遭窮苦至矣，而究竟不失嫁爲人妻。作者拈完此案，不無微意。

武松，充配在外，遇赦回還，不知因甚殺了婦人，連王婆子也不饒。他家還有箇女孩兒，在我姑夫姚二郎家養活了三四年。昨日他叔叔殺了人，走的不知下落，我姑夫將此女縣中領出，嫁與人爲妻小去了。見今這兩箇屍首，日久只顧埋着，只是苦了地方保甲看守，更不知何年月日纔拿住兇犯武松。」説畢，楊二郎招了敬濟上酒樓飲酒：「與哥拂塵。」敬濟見婦人已死，心中痛苦不了，那里吃得下酒。約莫飲勾三盃，就起身下樓，作別來家。

到晚夕，買了一陌錢紙，在紫石街離王婆門首遠遠的石橋邊，題着婦人：「潘六姐，我小兄弟陳敬濟，今日替你燒陌錢紙。皆因我來遲了一步，悞了你性命。你活時爲人，死後爲神，早保佑捉獲住仇人武松，替你報仇雪恨。我在法場上看着剮他，方趁我平生之志。」説畢哭泣，燒化了錢紙。敬濟回家，關了門户，走歸房中。恰纔睡着，似睡不睡，夢見金蓮身穿素服，一身帶血，向敬濟哭道：「我的哥哥，我死的好苦也！實指望與你相處在一處，不期等你不來，被武松那厮害了性命。如今陰司不收，我白日遊遊蕩蕩，夜歸各處尋討漿水，適間蒙你送了一陌錢紙與我。但只是仇人未獲，我的屍首埋在當街，你可念舊日之情，買具棺材盛了葬埋，免得日久暴露。」敬濟哭道：「我的姐姐，我可知要葬埋你，但恐我丈母那無仁義的淫婦知道。他只恁賴我，倒趁了他機會。姐姐，你須往守備府中對春梅説知，教他葬埋你身屍便了。」婦人道：「剛纔奴到守備府中，又被那門神户尉攔擋不放，奴須慢慢再哀告他則個。」敬濟哭着，還要拉着他説話，被他身上一陣血腥氣，撇手掙脱，却是南柯一夢。枕上聽那更鼓時〔三〕，正打三更三點，說道：「怪哉！我剛纔分明夢見六姐向我訴告衷腸，教我葬埋之意，又不知甚年何日拿着武松，是好傷感人也！」正是：

夢中無限傷心事，獨坐空房哭到明。

按下一頭，却表縣中訪拿武松，約兩個月有餘，捕獲不着，已知逃遁梁山爲盜。地方保甲隣佑呈報到官，所有兩個屍首，相應責令家屬領埋。王婆屍首，便有他兒子王潮領的埋葬，止有婦人身屍，無人來領。却說府中春梅，兩三日一遍，使張勝、李安來縣中打聽，回去只說兇犯還未拿住，屍首照舊埋瘞，地方看守，無人敢動。直挨過年正月初旬時節，忽一日晚間，春梅作一夢。恍恍惚惚，夢見金蓮雲髻蓬鬆，渾身是血，叫道：「龐大姐，我的好姐姐，奴死的好苦也！好容易來見你一面，又被門神把住嗔喝，不敢進來。今仇人武松，已是逃走脫了，所有奴的屍首，在街暴露日久，風吹雨洒，鷄犬作踐，無人領埋。奴舉眼無親，你若念舊日母子之情，買具棺木，把奴埋在一個去處，奴在陰司口眼皆閉。」說畢，大哭不止。春梅扯住他，還要再問他別的話，被他掙開，撇手驚覺，却是南柯一夢。從睡夢中直哭醒來，心内猶疑不定。

（金蓮一身，生時任人狼籍，卽路倒路埋所不惜也。及死後轉戀戀此屍，亦大可笑。）

次日，叫進張勝、李安分付：「你二人去縣中打聽，那埋的婦人、婆子屍首，還有也沒有？」張勝、李安應諾去了。不多時來回報：「正犯兇身已自逃走脫了。所有殺死身屍，地方看守，日久不便，相應責令各人家屬領埋。那婆子屍首，他兒子招領的去了。那婦人無人來領，還埋在街心。」春梅道：「既然如此，我這庄事兒累你二人。替我幹得來，我還重賞你。」二人跪下道：「小夫人説那里話。若肯在老爺前擡舉小人一二，便消受不了。雖赴湯跳火，敢説不去？」春梅走到房中，拿出十兩銀子、兩疋大布，委付二人道：「這死的婦人是我一個嫡親姐姐，嫁在西門慶家，今日出來，被人殺死。你二人休教你老爺知道，拿這銀子替我買一具棺材，把他裝殮了，擡出城外，擇方便地方埋葬停當，我還重賞你。」二人道：「這個不打緊，小人就去。」李安説：「只怕縣中不教你我領屍，怎了？須拿老爺個帖兒下與縣官纔好。」張勝道：「只説小夫人是他妹子，嫁在府中，那縣官不敢不依，何消帖子！」於是領了銀子，來到班房内。張勝便向李安説：「想必這死的婦人，與小夫人曾在西門慶家做一處，相結的好，今日方這等爲他費心。想着死了時，整哭了三四日，不吃飯，直教老爺門前叫了調百戲貨郎兒調與他觀看，還不喜歡。今日他無親人領去，小夫人豈肯不葬埋他？咱每若替他幹得此事停當，早晚他在老爺跟前只方便你我，就是一點福星。見今老爺百依百隨，聽他説話，正經大奶奶、二奶奶且打靠後。」

春梅一女奴也，忽變而爲福星，斯亦奇矣。及認爲福星，則又變而爲惡煞矣，造化不測如此。

説畢，二人拿銀子到縣前，遞了領狀，就説他妹子在老爺府中，來領屍首。使了六兩銀子，合了一具棺材，把婦人屍首掘出，把心肝填在肚内，用線縫上，二人幹事殊不苟。用布裝殮停當，裝入材内。張勝説：「就埋在老爺香火院永福寺里罷，那里有空閑地。」就叫了兩名伴當，擡到永福寺，對長老説：「這是宅内小夫人的姐姐，要一塊地兒葬埋。」長老不敢怠慢，就在寺後揀一塊空心白楊樹下，那里葬埋。已畢，走來宅内回春梅話説：「除買棺材裝殮，還剩四兩銀子。」交割明白，春梅分付：「多有起動你二人，將這四兩銀子，拿二兩與長老道堅，教他早晚替他念些經懺，超度他生天。」又拿出一大罈酒，一腿猪肉，一腿羊肉：「這二兩銀子，你每人將一兩家中盤纏。」二人跪下，那里敢接，只說：「小夫人若肯在老爺面前擡舉小人，消受不了。這些小勞，豈敢接受銀兩。」春梅道：「我賞你不收，我就惱了。」二人只得磕頭領了。出來，兩個班房吃酒，甚是稱念小夫人好處。寫盡小人眼孔。次日，張勝送銀子與長老念經，春梅又與五錢銀子買紙與金蓮燒，俱不在話下。

却說陳定從東京載靈柩家眷到清河縣城外，把靈柩寄在永福寺，等念經發送，歸葬墳內。敬濟在家，聽見母親張氏家小車輛到了，父親靈柩寄停在城外永福寺，收卸行李已畢，與張氏磕了頭。張氏怪他：「就不去接我一接！」微露一班。敬濟只說：「心中不好，家裡無人看守。」張氏便問：「你舅舅怎的不見？」敬濟道：「他見母親到，連忙搬回家去了。」張氏道：「且教你舅舅住着，慌搬去怎的？」一面他母舅張團練來看姐姐，姊妹抱頭而哭。置酒敘話，不必細說。

次日，張氏早使敬濟拿五兩銀子，幾陌金銀錢紙，往門外與長老，替他父親念經。正騎頭口街上走，忽撞遇他兩個朋友陸大郎、楊大郎，下頭口聲喏。二人問道：「哥哥那里去？」敬濟悉言：「先父靈柩寄在門外寺裡，明日二十日是終七，家母使我送銀子與長老，做齋念經。」二人道：「兄弟不知老伯靈柩到了，有失弔問。」因問：「幾時發引安葬？」敬濟道：「也只在一二日之間，念經畢，入墳安葬。」說罷，二人舉手作別。這敬濟又叫住，因問楊大郎：「縣前我丈人的小，那潘氏屍首，怎不見？被甚人領的去了？」楊大郎便道：「半月前，地方因捉不着武松，稟了本縣相公，令各家領去葬埋。王婆是他兒子領去。這婦人屍首，丢了三四日，被守備府中買了一口棺材，差人擡出城外永福寺去葬了。」敬濟聽了，就知是春梅在府中收葬了他屍首。因問二郎：「城外有幾個永福寺？」二郎道：「南門外只有一個永福寺，是周秀老爺香火院，那里有幾個永福寺來！」敬濟聽了，暗喜：「就是這個永福寺。也是緣法湊巧，喜得六姐亦葬在此處。」一面作別二人，打頭口出城，逕到永福寺中。見了長老，且不說念經之事，就先問長老道堅：「此處有守備府中新近葬的一個婦人，在那里？」長老道：「就在寺後白楊樹下，說是宅内小夫人的姐姐。」這陳敬濟且不參見他父親靈柩，先拿錢紙祭物至於金蓮墳上，與他祭了。燒化錢紙，哭道：「我的六姐，你兄弟陳敬濟敬來與你燒一陌錢紙。你好處安身，苦處用錢。」祭畢，然後纔到方丈内他父親靈柩跟前，燒紙祭祀。遞與長老經錢，教他二十日請八衆禪僧念斷七經。長老接了經襯，備辦齋供。敬濟到家，回了張氏話。二十日都去寺中拈香，擇吉發引，把父親靈柩歸到祖塋。安葬已畢，來家母子過日，不題。

寫敬濟不孝處，刺骨。然此等不孝中人，上下皆有之，讀者不可徒笑敬濟而不自省也。

却表吳月娘，一日二月初旬，天氣融和，孟玉樓、孫雪娥、西門大姐、小玉出來大門首站立，觀看來往車馬人烟熱閙。忽見一簇男女跟着個和尚，生的十分胖大，頭頂三尊銅佛，身上扚着數枝燈樹，杏黃袈裟風兜袖，赤脚行來泥没踝。當時古人有幾句，讚的這行脚僧好處：

打坐參禪，講經說法。鋪眉苦眼，習成佛祖家風；賴教求食，立起法門規矩。白日里賣杖摇鈴，黑夜間舞鎗弄棒。有時門首磕光頭，餓了街前打响嘴。空色色空，誰見衆生離下土，去來來去，何曾接引到西方。

那和尚見月娘衆婦女在門首，便向前道了個問訊，説道：「在家老菩薩施主，既生在深宅大院，都是龍華一會上人。貧僧是五臺山下來的，結化善緣，蓋造十王功德三寶佛殿，仰賴十方施主菩薩廣種福田，捨資才共成勝事，種來生功果。貧僧只是挑脚漢。」月娘聽了他這般言語，便喚小玉往房中取一頂僧帽、一雙僧鞋、一弔銅錢、一斗白米。原來月娘平昔好齋僧布施，常時發心做下僧帽、僧鞋，預備來施。這小玉取出來，月娘分付：「你叫那師父近前來，布施與他。」這小玉故做嬌態，高聲叫道：「那變驢的和尚，還不過來！俺奶奶布施與你這許多東西，還不磕頭哩！」月娘便罵道：「怪墮業的小臭肉兒，一個僧家，是佛家弟子，你有要没緊恁謗他怎的？不當家化化的，你這小淫婦兒，到明日不知墮多少罪業！」小玉笑道：「奶奶，這賊和尚，我叫他，他怎的把那一雙賊眼，眼上眼下打量我！」那和尚雙手接了鞋帽錢米，打問訊説道：「多謝施主老菩薩布施。」小玉道：「這秃厮好無禮！這些人跕着，只打兩個問訊兒，就不與我打一箇兒。」月娘道：「小肉兒，還恁説白道黑。他一箇佛家之子，你也消受不的他這個問訊。」小玉道：「奶奶，他是佛爺兒子，誰是佛爺女兒？」月娘道：「相這比丘尼姑僧，是佛的女兒。」小玉道：「譬若説相薛姑子、王姑子、大師父，都是佛爺女兒，誰是佛爺女婿？」月娘忍不住笑駡道：「這賊小淫婦兒，也學的油嘴滑舌，見見就説下道兒去了。」小玉道：「奶奶只駡我，本等這秃和尚賊眉竪眼的，只看我。」孟玉樓道：「他看你，想必認得你，要度脱你去。」小玉道：

和尚能變驢，當更有人愛。

戲謔得有韻有趣，可作《世説》補。小玉情竇之開而耳目多事不必言，然說和尚看他，却未必盡謗也。

「他若度我，我就去。」說着，衆婦女笑了一回。月娘喝道：「你這小淫婦兒，專一毁僧謗佛。」那和尚得了布施，頂着三尊佛，揚長去了。小玉道：「奶奶還嗔我駡他，你看這賊禿，臨去還看了我一眼纔去了。」有詩單道月娘修善施僧好處：

守寡看經歲月深，私邪空色久違心。
奴身好似天邊月，不許浮雲半點侵。

絶不露來蹤去跡。

月娘衆人正在門首說話，忽見薛嫂兒提着花箱兒，從街上過來。見月娘衆人，道了萬福。月娘問：「你往那里去來，怎的影跡兒也不來我這里走走？」薛嫂兒道：「不知我終日窮忙的是些甚麽。這兩日，大街上掌刑張二老爹家，與他兒子和北邊徐公公家做親，娶了他姪女兒，也是我和文嫂兒說的親事。昨日三朝擺大酒席，忙的連守備府裡咱家小大姐那裡叫，我也没去。不知怎麽惱我哩！」月娘問道：「你如今往那里去？」薛嫂道：「我有庄事，敬來和你老人家說來。」月娘道：「你有話進來說。」一面讓薛嫂兒到後邊上房里坐下，吃了茶。薛嫂道：「你老人家還不知道，你陳親家，從去年在東京得病没了，親家母叫了姐夫去，搬取老小靈柩〔三〕。從正月來家，已是念經發送，墳上安葬畢。我只說你老人家這邊知道，怎不去燒張紙兒探望探望？」月娘道：「你不來說，俺怎得曉的？又無人打聽。倒只知道潘家的吃他小叔兒殺了，和王婆子都埋在一處。却不知如今怎樣了？」薛嫂兒道：「自古生有地兒死有處。五娘他老人家，不因那些事出去了，却不好來！平日不守本分，幹出醜事來出去了。若在咱家裡，他小叔兒

不知天下士，猶作布衣看。

聞此語月娘猶可，雪娥將氣死矣。

月娘爲德不卒，到此未免有慚色。

世上一種輕薄人，只是眼

怎得殺了他？還是寃有頭，債有主。倒還虧了咱家小大姐春梅，越不過娘兒們情腸，差人買了口棺材，領了他屍首葬埋了。不然只顧暴露着，又拿不着小叔子，誰去管他？」孫雪娥在旁說：「春梅賣在守備府中多少時兒，就這等大了？手裡拿出銀子，替他買棺材埋葬〔四〕，那守備也不嗔，當他甚麼人！」薛嫂道：「耶嚛！你還不知，守備好不喜他，每日只在他房里歇臥。說一句，依十句。一娶了他，見他生的好模樣兒，乖覺伶俐，就與他西廂房三間房住，撥了個使女伏侍他。老爺一連在他房里歇了三夜，替他裁四季衣服，上頭。三日吃酒，賞了我一兩銀子、一疋段子。他大奶奶五十歲，雙目不明，吃長齋，不管事。東廂孫二娘，生了小姐，雖故當家，搊着個孩子。如今大小庫房鑰匙，倒都是他拿着，守備好不聽他說話哩。且說銀子，手里拿不出來？」幾句說的月娘、雪娥都不言語。坐了一回，薛嫂起身，月娘分付：「你明日來我這里，備一張祭卓、一疋尺頭、一分冥紙，你來送大姐與他公公燒紙去。」薛嫂兒道：「你老人家不去？」月娘道：「你只說我心中不好，改日望親家去罷。」那薛嫂約定：「你教大姐收拾下等着我，飯罷時候我來。」月娘道：「你如今到那里去？守備府中不去也罷。」薛嫂道：「不去就惹他怪死了，他使小伴當叫了我好幾遍了。」月娘道：「他叫你做甚麼？」薛嫂道：「奶奶你不知，他如今有了四五個月身孕了，老爺好不喜歡，叫了我去，已定賞我。」提着花箱，作辭去了。雪娥便說：「老淫婦，說的没個行款也。他賣與守備多少時，就有了半肚孩子！那守備身邊，少說也有幾房頭，莫就興起他來？這等大道！」月娘道：「他還有正景大奶奶，房里還有一個生小姐的娘子淺。

兒哩。」雪娥道：「可又來！到底還是媒人嘴，一尺水十丈波的。」不因今日雪娥說話，正是：從天降下鈎和線，就地引起是非來。有詩爲証：

曾記當年侍主傍，誰知今日變風光。
世間萬事皆前定，莫笑浮生空自忙。

校記

〔一〕「詩曰」，内閣本、首圖本無。
〔二〕「聽」，原作「廳」，據内閣、首圖等本改。
〔三〕「搬取」，原作「撇取」，據吳藏本改。
〔四〕「買棺材」，原作「賣棺材」，據内閣、首圖等本改。

第八十九回　清明節寡婦上新墳

永福寺夫人逢故主

第八十九回　清明節寡婦上新墳　永福寺夫人逢故主

詞曰〔一〕：

佳人命薄，嘆絶代紅粉，幾多黃土。豈是老天渾不管，好惡隨人自取。既賦嬌容，又全慧性，却遣輕歸去。不平如此，問天天更不語。　可惜國色天香，隨時飛謝，埋没今如許。借問繁華何處在？多少樓臺歌舞。紫陌春遊，緑窗晚坐〔二〕，姊妹嬌眉嫵。人生失意，從來無問今古。

——右調《翠樓吟》

月娘禮短，即薛嫂說來亦覺口澀。

話說月娘次日備了一張桌，并冥紙尺頭之類，大姐身穿孝服，坐轎子，先叫薛嫂押祭禮，到陳宅來。只見陳敬濟正在門首站立，便問：「是那里的？」薛嫂道了萬福，說：「姐夫，你休推不知。你丈母家來與你爹燒紙，送大姐來了。」敬濟便道：「我髱髮合的纔是丈母！妙話。正月十六日貼門神——來遲了半個月。人也入了土，纔來上祭。」薛嫂道：「好姐夫，你丈母說，寡婦家没脚蟹，不知親家靈柩來家，遲了一步，休怪。」正說着，只見大姐轎子落在門首。敬濟問：「是誰？」薛嫂道：「再有誰？你丈母心内不好，一者送大姐來家，二者敬與你爹燒紙。」敬濟罵道：「趁早把淫婦擡回去。好的死了萬萬千千，忽插入金蓮，妙不容言。我要他做甚麽？」薛嫂道：「常言道，嫁夫着主。怎的說這箇話？」敬濟道：「我不要這淫婦了，還不與我走！」那擡轎的只顧站立不動，被敬濟向前踢了兩脚，罵道：「還不與我擡了去，我把你花子腿砸折了，把淫婦鬏毛都蒿淨了。」那擡轎子的見他踢起來，只得擡轎子往家中走不迭。比及薛嫂叫出他娘張氏來，轎子已擡去了。

養活女婿幾年，便以爲恩，收女婿許多東西，便不題。這燒香好佛人，大都如此。月娘數語而拚送大姐與敬濟打罵矣。

薛嫂兒没奈何，教張氏收下祭禮，走來回覆吳月娘。把吳月娘氣的一個發昏，說道：「恁個没天理的短命囚根子！當初你家爲了官事，躱來丈人家居住。養活了這幾年，今日反恩將仇報起來了。只恨死鬼當初攬的好貨在家裏，弄出事來，到今日教我做臭老鼠，教他這等放屁辣臊。」對着大姐說：「孩兒，你是眼見的，丈人丈母那些兒虧了他來？你活是他家人，死是他家鬼，我家裏也難以留你。你明日還去，休要怕他，料他挾你不到井裏。他好膽子，恒是殺不了人，難道世間没王法管他也怎的！」當晚不題。

到次日，一頂轎子，教玳安兒跟隨着，把大姐又送到陳敬濟家來。不想陳敬濟不在家，往墳上替他父親添土疊山子去了。張氏知禮，把大姐留下，對着玳安說：「大官到家，多多上覆親家，多謝祭禮，休要和他一般見識。他昨日已有酒了，故此這般。等我慢慢說他。」一面管待玳安兒，安撫來家。至晚，陳敬濟墳上回來，看見了大姐，就行踢打罵道：「淫婦，你又來做甚麽？還說我在你家雌飯吃，你家收着俺許多箱籠，因起這大産業，不道的白養活了女婿！好的死了萬千，我要你這淫婦做甚？」大姐亦罵：「没廉耻的囚根子，没天理的囚根子！淫婦出

既送大姐來，則粧奩箱籠應該還他，爲何留下？自是月娘理短。

一篇絶妙遊春賦。

去吃人殺了，没的禁拿我煞氣。」被敬濟扯過頭髮，儘力打了幾拳頭。他娘走來解勸，把他娘推了一交。他娘叫罵哭喊說：「好囚根子，紅了眼，把我也不認的了。」到晚上，一頂轎子把大姐又送將來。分付道：「不討將寄放粧奩箱籠來家，我把你這淫婦活殺了。」這大姐害怕，躲在家中居住，再不敢去了。這正是：誰知好事多更變，一念翻成怨恨媒。這里不去，不題。

且說一日，三月清明佳節，吳月娘備辦香燭、金錢冥紙、三牲祭物，擡了兩大食盒，要往城外墳上與西門慶上新墳祭掃。留下孫雪娥和大姐衆丫頭看家，帶了孟玉樓和小玉，并奶子如意兒抱着孝哥兒，都坐轎子往墳上去。又請了吳大舅和大妗子二人同去。出了城門，只見那郊原野曠，景物芳菲，花紅柳綠，仕女遊人不斷。一年四季，無過春天最好景致：日謂之麗日，風謂之和風——吹柳眼，綻花心，拂香塵。天色暖，謂之暄；天色寒，謂之料峭。騎的馬謂之寶馬，坐的轎謂之香車，行的路謂之芳徑，地下飛的塵謂之香塵。千花發蕊，萬草生芽，謂之春信。韶光明媚[三]，淑景融和。小桃深粧臉妖嬈，嫩柳嬝宮腰細膩；百轉黃鸝驚回午夢，數聲紫燕說破春愁；日舒長煖澡鵝黃，水渺茫浮香鴨綠；隔水不知誰院落，鞦韆高掛綠楊烟。端的春景果然是好，有詩爲証：

清明何處不生烟，郊外微風掛紙錢。
人笑人歌芳草地，乍晴乍雨杏花天。
海棠枝上綿鶯語，楊柳堤邊醉客眠。

紅粉佳人爭畫板，綵繩搖拽學飛仙。

吳月娘等轎子到五里原墳上，玳安押着食盒，先到廚下生起火來，冷落。廚役落作整理，不題。月娘與玉樓、小玉，妳子如意兒抱着孝哥兒，到於庄院客坐內坐下吃茶，等着吳大妗子，不見到。玳安向西門慶墳上祭臺上，擺設桌面三牲羹飯祭物，列下紙錢，只等吳大妗子。原來大妗子顧不出轎子來，約巳牌時分，纔同吳大舅顧了兩個驢兒騎將來。月娘便說：「大妗子顧不出轎子來，這驢兒怎麽騎？」一面吃了茶，換了衣服，同來西門慶墳上祭掃。那月娘手拈着五根香，自拿一根，遞一根與玉樓，又遞一根與妳子如意兒替孝哥上，那兩根遞與吳大舅、大妗子。月娘插在香爐內，深深拜下去，說道：「我的哥哥，你活時爲人，死後爲神。今日三月清明佳節，你的孝妻吳氏三姐、孟三姐和你周歲孩童孝哥兒，敬來與你墳前燒一陌錢紙。你保佑他長命百歲，替你做墳前拜掃之人。我的哥哥，我和你做夫妻一場，想起你那模樣兒并說的話來，是好傷感人也。」拜畢，掩面痛哭。玉樓向前插上香，也深深拜下，同月娘大哭了一場。玉樓上了香，奶子如意抱着哥兒也跪下上香，磕了頭。吳大舅、大妗子都炷了香。行畢禮數，玳安把錢紙燒了，讓到庄上捲棚內，放桌席擺飯，收拾飲酒。月娘讓吳大舅、大妗子上坐，月娘與玉樓下陪。小玉和奶子如意兒，同大妗子家使的老姐蘭花，也在兩邊打橫列坐，把酒來斟。

雖是蕭條情景，而誤入寺催起身之脉，俱淡淡結此，何等幽細。

前真哭，

按下這里吃酒不題，却表那日周守備府裏也上墳。先是春梅隔夜和守備睡，假推做夢，

此則假哭矣。世情之假往往從真來，故難測識。

睡夢中哭醒了。守備慌的問：「你怎的哭？」春梅便説：「我夢見我娘向我哭泣，説養我一場，怎地不與他清明寒食燒紙，因此哭醒了。」守備道：「這個也是養女一場，你的一點孝心。不知你娘墳在何處？」春梅道：「在南門外永福寺後面便是。」守備説：「不打緊，永福寺是我家香火院，明日咱家上墳，你教伴當擡些祭物，往那里與你娘燒分紙錢，也是好處。」至次日，守備令家人收拾食盒酒果祭品，逕往城南祖墳上。那里有大庄院，廳堂花園，享堂祭臺。大奶奶、孫二娘并春梅，都坐四人轎，排軍喝路，上墳耍子去了。

却説吳月娘和大舅、大妗子吃了回酒，恐怕晚來，分付玳安、來安兒收拾了食盒酒菓，先往杏花村酒樓下，揀高阜去處，人烟熱鬧，那里設放桌席等候。又見大妗子没轎子，都把轎子擡着，後面跟隨不坐，領定一簇男女，吳大舅牽着驢兒，壓後同行，踏青遊玩。三里桃花店，五里杏花村，只見那隨路上墳遊玩的王孫士女，花紅柳緑，鬧鬧喧喧，不知有多少。正走之間，也是合當有事，遠遠望見緑槐影裏一座庵院，蓋造得十分齊整。但見：

山門高聳，梵宇清幽。當頭敕額字分明，兩下金剛形勢猛。五間大殿，龍鱗瓦砌碧成行；兩下僧房，龜背磨磚花嵌縫。前殿塑風調雨順，後殿供過去未來。鐘鼓樓森立，藏經閣巍峩。旛竿高峻接青雲，寶塔依稀侵碧漢。木魚横掛，雲板高懸。佛前燈燭熒煌，爐内香烟繚繞。幢幡不斷，觀音殿接祖師堂；寶蓋相連，鬼母位通羅漢殿。時時護法諸天降，歲歲降魔尊者來。

吳月娘便問：「這座寺叫做甚麼寺？」吳大舅便說：「此是周秀老爺香火院，名喚永福禪林。前日姐夫在日，曾捨幾拾兩銀子在這寺中，重修佛殿，方是這般新鮮。」月娘向大妗子說：「咱也到這寺裏看一看。」於是領着一簇男女，進入寺中來。不一時，小沙彌看見，報於長老知道。見有許多男女，便出方丈來迎請。見了吳大舅、吳月娘，向前合掌，道了問訊。連忙喚小和尚：「開了佛殿，請施主菩薩隨喜遊玩。小僧看茶。」那小沙彌開了殿門，領月娘一簇男女，前後兩廊參拜觀看了一回，然後到長老方丈。長老連忙點上茶來。吳大舅請問長老道號，那和尚答說：「小僧法名道堅。這寺是恩主帥府周爺香火院，小僧忝在本寺長老，廊下管百十衆僧行。後邊禪堂中還有許多雲遊僧行，映前胡僧。常時坐禪，與四方檀越答報功德。」一面方丈中擺齋，讓月娘：「衆菩薩請坐。」月娘道：「不當打攪長老寶剎。」一面拿出五錢銀子，教大舅遞與長老，佛前請香燒。那和尚打問訊謝了，說道：「小僧無甚管待，施主菩薩稍坐，畧備一茶而已，何勞費心賜與布施？」不一時，小和尚放下桌兒，拿上素菜齋食餅饊上來。那和尚在旁陪坐，纔舉筯兒讓衆人吃時，忽見兩箇青衣漢子，走的氣喘吁吁，暴雷也一般報與長老，說道：「長老還不快出來迎接，府中小奶奶來祭祀來了！」慌的長老披袈裟、戴僧帽不迭，分付小沙彌：「連忙收了家活，請列位菩薩且在小房避避，打發小夫人燒了紙祭畢去了，再欵坐一坐不遲。」吳大舅告辭，和尚死活留住，又不肯放。

那和尚慌的鳴起鐘鼓來，出山門迎接，遠遠在馬道口上等候。只見一簇青衣人，圍着一乘大轎，從東雲飛般來。轎夫走的箇箇汗流滿面，衣衫皆濕。那長老躬身合掌說道：「小僧不知小奶奶前來，理合遠接。接待遲了，萬勿見罪。」這春梅在轎內答道：「起動長老。」那手下伴當，又早向寺後金蓮墳上，忙將祭桌紙錢來擺設下。春梅轎子來到，也不到寺，逕入寺後白楊樹下金蓮墳前下轎。兩邊青衣人伺候。這春梅不慌不忙，來到墳前，擺了香，拜了四拜，說道：「我的娘，今日龐大姐特來與你燒陌紙錢。你好處生天，苦處用錢。早知你死在仇人之手，奴隨問怎的，也娶來府中，和奴做一處。還是奴躭悞了你，悔已是遲了。」說畢，令左右把錢紙燒了，這春梅向前放聲大哭不已。

吳月娘在僧房內，只知有宅內小夫人來到，長老出山門迎接，又不見進來。問小和尚，小和尚說：「這寺後有小奶奶的一個姐姐，新近葬下，今日清明節，特來祭掃燒紙。」孟玉樓便道：「怕不就是春梅來了也不見的。」月娘道：「他那得箇姐來死了，葬在此處？」又問小和尚：「這府里小夫人姓甚麽？」小和尚道：「姓龐。前日與了長老四五兩經錢，教替他姐姐念經，薦拔生天。」玉樓道：「我聽見他爹說，春梅娘家姓龐，叫龐大姐，莫不是他？」正說話，只見長老先來分付小沙彌：「快看好茶。」不一時，轎子擡進方丈二門裏纔下。月娘和玉樓衆人，打僧房簾內望外張看怎樣的小夫人。定睛仔細看時，却是春梅。但比昔時出落得長大身材，面如滿月，打扮的粉粧玉琢，頭上戴着冠兒，珠翠堆滿，鳳釵半卸，上穿大紅粧花襖，下着翠藍縷金寬襴裙子，帶着玎璫禁步，比昔不同許多。但見：

寶髻巍峩，鳳釵半卸。胡珠環耳邊低掛，金挑鳳鬢後雙拖。紅綉襖偏襯玉香肌，翠紋裙下映金蓮小。行動處，胸前摇响玉玎璫；坐下時，一陣麝蘭香噴鼻。膩粉粧成脖頸，花鈿巧貼眉尖。舉止驚人，貌比幽花殊麗；姿容閒雅，性如蘭蕙温柔。若非綺閣生成，定是蘭房長就。二語微帶春秋。儼若紫府瓊姬離碧漢，宛如蕋宮仙子下塵寰。

那長老上面獨獨安放一張公座椅兒，讓春梅坐下。長老參見已畢，小沙彌拿上茶來。長老遞茶上去，説道：「今日小僧不知小奶奶來這裡祭祀，有失迎接，萬望恕罪。」春梅道：「外日多有起動長老誦經追薦。」那和尚説：「小僧豈敢。有甚殷勤補報恩主？多蒙小奶奶賜了許多經錢襯施。小僧請了八衆禪僧，整做道場，看經禮懺一日。晚夕，又與他老人家裝些廂庫焚化，道場圓滿，纔打發兩位管家進城，宅裡回小奶奶話。」春梅吃了茶，小和尚接下鍾盞來。長老只顧在旁，一遞一句與春梅説話，把吳月娘衆人攔阻在内，又不好出來的。

月娘為狠輕薄春梅，為申二姐罵春梅，臨賣

月娘恐怕天晚，使小和尚請下長老來，要起身。那長老又不肯放，走來方丈稟春梅説：「小僧有件事稟知小奶奶。」春梅道：「長老有話，但説無妨。」長老道：「適間有幾位遊玩娘子，在寺中隨喜，不知小奶奶來。如今他要回去，未知小奶奶尊意如何？」春梅道：「長老何不請來相見？」那長老慌的來請。吳月娘又不肯出來，只説：「長老，不見罷。天色晚了，俺們告辭去了。」長老見收了他布施，又没管待，又意不過，只顧再三催促。吳月娘與孟玉樓、吳大妗子推阻不過，只得出來。春梅一見，便道：「原來是二位娘與大妗子。」於是先讓大妗子轉上，花枝招颭

又不與一件衣物，今日自無顏見春梅。

春梅曰：「奴不是那樣人。」則月娘是那樣人，可知矣。

此時人刮目春梅矣，而春梅毫不改常作態，大是可兒。

語語知恩報恩，自令結怨人內愧。

磕下頭去。慌的大妗子還禮不迭，説道：「姐姐今非昔比，折殺老身。」春梅道：「好大妗子，如何説這話？奴不是那樣人。尊卑上下，自然之理。」拜了大妗子，然後向月娘、孟玉樓插燭也似磕頭。月娘、玉樓亦欲還禮，春梅那里肯！扶起，磕了四個頭，説：「不知是娘們在這裡，早知也請出來相見。」月娘道：「姐姐，你自從出了家門在府中，一向奴多缺禮，沒曾看你，你休怪。」懷慚之語。春梅道：「好奶奶，奴那里出身，豈敢説怪。」因見奶子如意兒抱着孝哥兒，説道：「哥哥也長的恁大了。」月娘説：「你和小玉過來，與姐姐磕個頭兒。」那如意兒和小玉二人，笑嘻嘻過來，亦與春梅都平磕了頭。月娘道：「姐姐，你受他兩個一禮兒。」春梅向頭上拔下一對金頭銀簪兒來，插在孝哥兒帽兒上。月娘説：「多謝姐姐簪兒，還不與姐姐唱個喏兒。」如意兒抱着哥兒，真個與春梅唱個喏，把月娘喜歡的要不得。玉樓説：「姐姐，你今日不到寺中，咱娘兒們怎得遇在一處相見！」春梅道：「便是因俺娘他老人家新埋葬在這寺後，奴在他手裡一場，他又無親無故，奴不記掛着替他燒張紙兒，怎生過得去？」月娘説：「我記的你娘沒了好幾年，不知葬在這里。」月娘亦太老實。孟玉樓道：「大娘還不知龐大姐説話，説的是潘六姐死了。多虧姐姐，如今把他埋在這裡。」月娘聽了，就不言語了。吳大妗子道：「誰似姐姐這等有恩，不肯忘舊，還葬埋了。你逢節令題念他，來替他燒錢化紙。」大妗子轉乖。春梅道：「好奶奶，想着他怎生擡舉我來！今日他死的苦，這般抛露丟下，怎不埋葬他？」説畢，長老教小和尚放桌兒，擺齋上來。兩張大八仙桌子，蒸酥點心，各樣素饌菜蔬，堆滿春臺，絶細金芽雀舌甜水好茶〔四〕。衆人吃了，收下家活去。吳大舅自有僧房管待，不在話下。

孟玉樓起身，心里要往金蓮墳上看看，替他燒張紙，也是姊妹一場。見月娘不動身，拿出五分銀子，教小沙彌買紙去。長老道：「娘子不消買去，我這裡有金銀紙，拿幾分燒去。」玉樓把銀子遞與長老，使小沙彌領到後邊白楊樹下金蓮墳上。見三尺墳堆，一堆黃土，數柳青蒿。上了根香，把紙錢點着，拜了一拜，說道：「六姐，不知你埋在這里，今日孟三姐悞到寺中，與你燒陌錢紙。你好處生天，苦處用錢。」一面放聲大哭。那奶子如意兒見玉樓往後邊，也抱了孝哥兒來看一看。月娘在方丈內和春梅說話，教奶子休抱了孩子去，只怕諕了他。如意兒道：「奶奶，不妨事，我知道。」徑抱到墳上看玉樓燒紙哭罷回來。

金蓮自坐淫耳，未嘗傷及月娘也，月娘何絕之深。

到此方偶，景閒冷之極。

春梅和月娘勻了臉，換了衣裳，分付小伴當將食盒打開，將各樣細菓、甜食、餚品、點心、攢盒擺下兩卓子，布甑內篩上酒來，銀鍾牙筯，請大妗子、月娘、玉樓上坐，他便主位相陪。奶子、小玉，都在兩邊打橫。吳大舅另放一張桌子，在僧房內。正飲酒中間，忽見兩個青衣伴當走來，跪下稟道：「老爺在新庄，差小的來請小奶奶看雜耍調百戲的。大奶奶、二奶奶都去了，請奶奶快去哩。」這春梅不慌不忙，說：「你回去，知道了。」那二人應諾下來，又不敢去，在下邊等候。大妗子、月娘便要起身，說：「姐姐，不可打攪。天色晚了，你也有事，俺們去罷。」那春梅那裡肯放，只顧令左右將大鍾來，勸道：「咱娘兒們會少離多，彼此都見長着，休要斷了這門親路。奴也沒親沒故，到明日娘的好日子，奴往家裡走走去。」月娘道：「我的姐姐，說一聲兒

連用不慌不忙，轉似宜慌忙者，春梅婢作夫人，到底不饒。月娘前何

倨而後何恭？人情乎？勢利乎？君子乎？小人乎？思之可笑。

就勾了，怎敢起動你？容一日，奴去看姐姐去。」飲過一杯，月娘說：「我酒勾了，你大妗子没轎子，十分晚了不好行的。」春梅道：「大妗子没轎子？我這裡有跟隨小馬兒，撥一疋與妗子騎，送了家去。」大妗子再三不肯，辭了，方一面收拾起身。春梅叫過長老來，令小伴當拿出一疋大布、五錢銀子與長老。長老拜謝了，送出山門。春梅與月娘拜別，看着月娘、玉樓衆人上了轎子，他也坐轎子，兩下分路，一簇人跟隨喝道，往新庄上去了。正是：

樹葉還有相逢處，豈可人無得運時。

校記

〔一〕「詞曰」，内閣本、首圖本無。

〔二〕「緑窗晚坐」，内閣本、首圖本作「緑窗晚綉」。

〔三〕「韶光明媚」，内閣本、首圖本作「韶光淡蕩」。按張評本作「韶光明媚」，詞話本作「韶光淡蕩」。

〔四〕「金芽雀舌」，内閣本、首圖本作「春芽雀舌」。

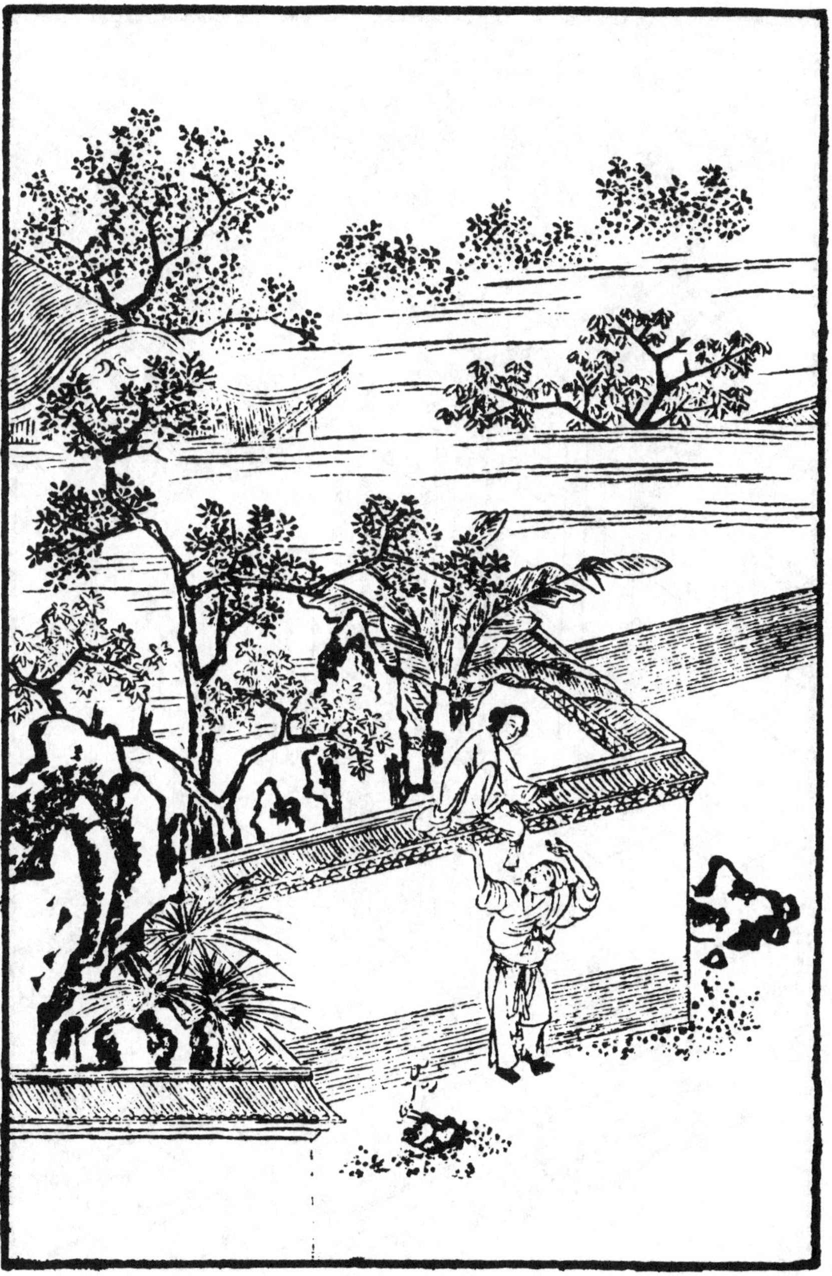

第九十回

來旺盜拐孫雪娥

雪娥受辱守備府

第九十回　來旺盜拐孫雪娥　雪娥受辱守備府

詩曰〔一〕：

菟絲附蓬麻，引蔓原不長。
失身與狂夫，不如棄道傍。
暮夜爲儂好，席不暖儂床。
昏來晨一別，無乃太匆忙。
行將濱死地，涉痛迫中腸。

話説吳大舅領着月娘等一簇男女，離了永福寺，順着大樹長堤前來。玳安又早在杏花村酒樓下邊，人烟熱鬧，揀高阜去處，幕天席地，設下酒餚，等候多時了。遠遠望月娘衆人轎子、驢子到了，問道：「如何這咱纔來？」月娘又把永福寺中遇見春梅告訴一遍。不一時，斟上酒來，衆人坐下。正飲酒〔二〕，只見樓下香車綉轂往來，人烟喧雜。月娘衆人躧着高阜，把眼觀看，只見人山人海圍着，都看教師走馬耍解。

原來是本縣知縣相公兒子李衙內，名喚李拱璧，年約三十餘歲，見爲國子上舍。一生風流博浪，懶習詩書，專好鷹犬走馬，打毬蹴踘，常在三瓦兩巷中走，人稱他爲李棍子。那日穿着一弄兒輕羅軟滑衣裳，頭帶金頂纏椶小帽〔三〕，脚踏乾黃靴，同廊吏何不韋帶領二三十好漢〔四〕，拏彈弓、吹筒、毬棒，在於杏花庄大酒樓下〔五〕，看教師李貴走馬賣解，豎肩樁，隔肚帶，輪鎗舞棒，做各樣技藝頑耍，引了許多男女圍着烘笑。那李貴諢名號爲山東夜丫〔六〕，頭戴萬字巾，身穿紫窄衫，銷金裹肚〔七〕，坐下銀鬃馬，手執朱紅桿明鎗，背插招風令字旗，在街心扳鞍上馬，往來賣弄手段。這李衙内正看處，忽擡頭看見一簇婦人在高阜處飲酒，内中一個長挑身材婦人，不覺心摇目蕩，觀之不足，看之有餘。口中不言，心内暗道：「不知是誰家婦女，有男子没有。」一面叫過手下答應的小張閑架兒來，悄悄分付：「你去那高坡上打聽，那三箇穿白的婦人，是誰家的。訪得的實，告我知道。」那小張閑應諾，雲飛跑去。不多時，走到跟前，附耳低言回報說：「如此這般，是縣門前西門慶家妻小。一個年老的姓吳，是他妗子。一箇五短身材，是他大娘子吳月娘。那箇長挑身材有白麻子的，是第三箇娘子，姓孟名喚玉樓。如今都守寡在家。」這李衙内聽了，獨看上孟玉樓，重賞小張閑，不在話下。吳月娘和大舅衆人觀看了半日，見日色銜山，令玳安收拾了食盒，上轎騎驢，一徑回家。有詩爲証：

玉樓嫁人意，說出便傷貞淑，只在無意中暗暗逗露，處賢者以禮也。

柳底花陰壓路塵，一回遊賞一回新。
有緣千里來相會，無緣對面不相親。

這里月娘衆人回家，不題。

却說那日，孫雪娥與西門大姐在家，午後時分無事，都出大門首站立。也是天假其便，不

雪娥與來旺，情人也，曾問別幾多時，面便不復認矣，蠢甚。

想一個搖驚閨的過來。那時賣脂粉、花翠生活，磨鏡子，都搖驚閨。大姐說：「我鏡子昏了，使平安兒叫住那人，與我磨磨鏡子。」那人放下擔兒，説道：「我不會磨鏡子，我只賣些金銀生活、首飾花翠。」站立在門前，只顧眼上眼下看着雪娥。雪娥便道：「那漢子，你不會磨鏡子，去罷，只顧看我怎的？」那人説：「雪姑娘、大姑娘，不認的我了？」大姐道：「眼熟，急忙想不起來。」那人道：「我是爹手裡出去的來旺兒。」雪娥便道：「你這幾年在那里來，出落得恁胖了？」來旺兒道：「我離了爹門，到原籍徐州家裏。閑着没營生，投跟了個老爹上京來做官。不想到半路里，他老爺兒死了，丁憂家去了。我便投在城内顧銀舖，學會了此銀行手藝、各樣生活。這兩日行市遲，顧銀舖教我挑副擔兒，出來街上發賣些零碎。看見娘每在門首，不敢來相認，恐怕踅門瞭户的。今日不是你老人家叫住，還不敢相認。」雪娥道：「原來是你，教我只顧認了半日，白想不起。既是舊兒女，怕怎的？」因問：「你擔兒裏賣的是甚麽生活？挑進裏面，等俺每看一看。」那來旺兒一面把擔兒挑入裏邊院子裏來，打開箱子，用盤兒托出幾件首飾來〔八〕，金銀鑲嵌不等，打造得十分奇巧。大姐與雪娥看了一回，問來旺兒：「你還有花翠，拏出來。」那來旺兒又取一盒子各樣大翠鬒花、翠翹滿冠并零碎草蟲生活來。大姐揀了他兩對鬒花，這孫雪娥便留了他一對翠鳳，一對柳穿金魚兒。大姐便稱出銀子來與他。雪娥兩件生活，欠他一兩二錢銀子，約下他：「明日早來取罷。今日你大娘不在家，和你三娘和哥兒都往墳上與你爹燒紙去了。」來旺道：「我去年在家裏，就聽見人説爹死了。大娘生了哥兒，怕不的好大了？」雪

月娘口角津津，只以悮遇爲幸，認親爲榮，與簪爲厚，全不以賣去爲愧，亦大可笑。往日不聞有此言，羞甚。

娥道：「你大娘孩兒如今纔周半兒。一家兒大大小小，如寶上珠一般，全看他過日子哩。」説話中間，來昭妻一丈青出來，傾了盞茶與他吃。那來旺兒接了茶，與他唱了個喏。來昭也在跟前，同叙了回話，分付：「你明日來見見大娘。」那來旺兒挑擔出門。

到晚上，月娘衆人轎子來家。雪娥、大姐、衆人、丫頭接着，都磕了頭。玳安跟盒擔走不上，僱了匹驢兒騎來家，打發擡盒人去了。月娘告訴雪娥、大姐，説今日寺裏遇見春梅一節：「原來他把潘家的就葬在寺後首，俺每也不知。他來替他娘燒紙，悮打悮撞遇見他。娘兒每又認了回親。先是寺裏長老擺齋吃了，落後他又教伴當擺上他家的四五十攢盒、各樣菜蔬下飯，篩酒上來，通吃不了。他看見哥兒，又與了他一對簪兒，好不和氣。起解行三坐五，坐着大轎子，許多跟隨。又且是出落的比舊時長大了好些，越發白胖了。」吳大妗子道：「他倒也不改常忘舊。那時在咱家時，我見他比衆丫鬟行事兒正大，説話兒沉穩，就是個才料兒。你看今日，福至心靈，恁般造化。」孟玉樓道：「姐姐没問他，我問他來，果然半年没洗換，身上懷着喜事哩。也只是八九月裏孩子，守備好不喜懽哩。薛嫂兒説的倒不差。」説了一回，雪娥題起：「今日娘不在，我和大姐在門首看見來旺兒。原來他又在這里學會了銀匠，挑着擔兒賣金銀生活花翠，俺每就不認得了，買了他幾枝花翠。他問娘來，我説往墳上燒紙去了。」月娘道：「你怎的不教他等着我來家？」雪娥道：「俺每教他明日來。」

正坐着説話，只見奶子如意兒向前對月娘説：「哥兒來家這半日，只是昏睡不醒，口中出冷氣，身上湯燒火熱的。」這月娘聽見慌了，向炕上抱起孩兒來，口搵着口兒，果然出冷汗，渾身發熱。罵如意兒：「好淫婦，此是轎子冷了孩兒了。」如意兒道：「我拿小被兒裹的緊緊的，怎得凍着？」月娘道：「再不，是抱了往那死鬼墳上，諕了他來了。那等分付，教你休抱他去，你不依，浪着抱的去了。」如意兒道：「早小玉姐看着，只抱了他到那里看看就來了，幾時諕着他來？」月娘道：「別要說嘴，看那看兒便怎的，却把他諕了。」卽忙叫來安兒：「快請劉婆子去。」不一時，劉婆來到。看了脉息，抹了身上，說：「着了些驚寒〔九〕，撞見邪祟了。」（一猜便猜到心上。）留了兩服硃砂丸，用姜湯灌下去。分付妳子抱着他熱炕上睡，到半夜出了些冷汗，身上纔凉了。於是管待劉婆子吃了茶，與了他三錢銀子，叫他明日還來看看。一家子慌的要不的，起起倒倒，整亂了半夜。

却說來旺，次日依舊挑將生活擔兒，來到西門慶門首，與來昭唱喏說：「昨日雪姑娘留下我些生活，許下今日教我來取銀子，就見見大娘。」來昭道：「你且去着，改日來。昨日大娘來家，哥兒不好，叫醫婆、太醫看，下藥，整亂一夜，好不心焦，今日纔好些，那得工夫稱銀子與你？」正說着，只見月娘、玉樓、雪娥送出劉婆子來。到大門首，看見來旺兒。那來旺兒扒在地下與月娘、玉樓磕了兩箇頭。月娘道：「幾時不見你，就不來這里走走。」來旺兒悉將前事說了一遍：「要來不好來的。」月娘道：「舊兒女人家，怕怎的？你爹又没了。當初只因潘家那淫婦，一頭放火，一頭放水，架的舌，把個好媳婦兒生生逼勒的弔死了，將有作没，把你墊發了去。

月娘一味以誠心待人，雖不

失爲好人，然禍亂皆此好人釀成也。世亦何嘗有此好人哉。

今日天也不容，他往那去了！」來旺兒道：「也說不的，只是娘心裏明白就是了。」說了回話，月娘問他：「賣的是甚樣生活？」拏出來瞧，揀了他幾件首飾，該還他三兩二錢銀子，都用等子稱了與他。叫他進入儀門裏面，（又引賊入室。）分付小玉取一壺酒來，又是一盤點心，教他吃。那雪娥在廚上一力攛掇，又熱了一大碗肉出來與他。吃的酒飯飽了，磕頭出門。月娘、玉樓衆人歸到後邊去。（絕不防嫌。）雪娥獨自悄悄和他說話：「你常常來走着，怕怎的！奴有話教來昭嫂子對你說。我明日晚夕，在此儀門裏紫墻兒跟前耳房内等你。」兩箇遞了眼色，這來旺兒就知其意，說：「這儀門晚夕關不關？」雪娥道：「如此這般，你來先到來昭屋裏，等到晚夕，踩着梯櫈越過墻，順着遮隔，我這邊接你下來。咱二人會合一回，還有細話與你說。」這來旺得了此話，正是歡從額起，喜向腮生，作辭雪娥，挑擔兒出門。正是：不着家神，弄不得家鬼。有詩爲証：

閒來無事倚門闌，偶遇多情舊日緣。
對人不敢高聲語，故把秋波送幾番。

這來旺兒歡喜回家，一宿無話。

到次日，也不挑擔兒出來賣生活，慢慢踅來西門慶門首，等來昭出來，與他唱喏。那來昭便說：「旺哥稀罕，好些時不見你了。」來旺兒笑道：「不是也不來，裡邊雪姑娘少我幾錢生活銀，討討。」來昭一面把來旺兒讓到房裏坐下。來旺兒道：「嫂子怎不見？」來昭道：「你嫂子今日後邊上竈哩。」那來旺兒拿出一兩銀子，遞與來昭，說：「這銀子取壺酒來，和哥嫂吃。」來昭

好歹俱要

此物向前。

道：「何消這許多！」即叫他兒子鐵棍兒過來。那鐵棍弔起頭去——十五歲了，拿壺出來，打了一大注酒。使他後邊叫一丈青來。不一時，一丈青蓋了一錫鍋熱飯，一大碗雜熬下飯，兩碟菜蔬，說道：「好呀，旺官兒在這裏。」來昭便拿出銀子與一丈青瞧，說：「兄弟破費，要打壺酒咱兩口兒吃。」一丈青笑道：「無功消受，怎生使得？」一面放了炕桌，讓來旺炕上坐，擺下酒菜，把酒來斟。來旺兒先傾頭一盞遞與來昭，次斟一盞與一丈青，深深唱喏說：「一向不見哥嫂，這盞水酒，孝順哥嫂。」一丈青便說：「哥嫂不道酒肉吃傷了！你對真人休說假話。裏邊雪姑娘昨日已央及達知我了，你兩個舊情不斷，托俺每兩口兒如此這般周全你，你休推睡裏夢裏。要知山下路，須問過來人。你若入港相會，有東西出來，休要獨吃，須把些汁水教我呷一呷。俺替你每須躭許多利害。」那來旺便跪下說：「只望哥嫂周全，并不敢有忘。」說畢，把酒吃了一回。一丈青往後邊和雪娥答了話，出來對他說，約定晚上來來昭屋裏窩藏，待夜裏關上儀門，後邊人歇下，越墻而過，於中取事。有詩爲証：

報應本無私，影響皆相似。
要知禍福因，但看所爲事。

這來旺得了此言，回來家，巴不到晚，復到來昭屋裏〔一〇〕，打酒和他兩口兒吃。至更深時分，更無一人覺的，直待的大門關了，後邊儀門上了拴，家中大小歇息定了，彼此都有箇暗號兒，只聽墻內雪娥咳嗽之聲，這來旺兒踏着梯櫈，黑影中扒過粉墻〔一一〕。雪娥那邊用櫈子接

所筭亦是。既有此筭，何不稟明月娘，擇一夫嫁之，爲正大也。

着，兩個就在西耳房堆馬鞍子去處，兩箇相摟相抱，雲雨做一處。彼此都是曠夫寡婦，慾心如火。那來旺兒纓鎗强壯，儘力弄了一回，樂極精來，一泄如注。幹畢，雪娥遞與他一包金銀首飾，幾兩碎銀子，兩件段子衣服。分付：「明日晚夕你再來，我還有些細軟與你。你外邊尋下安身去處，往後這家中過不出好來，不如和你悄悄出去，外邊尋下房兒，成其夫婦。你又會銀行手藝，愁過不得日子？」來旺兒便說：「如今東門外細米巷，有我個姨娘，有名收生的屈老娘。他那里曲灣小巷，倒避眼，咱兩箇投奔那里去。遲些時，看無動靜，我帶你往原籍家裏，買幾畝地種去也好。」兩個商量已定，這來旺就作別雪娥，依舊扒過墻來。到來昭屋裏，等至天明，開了大門，挨身出去。到黃昏時分，又來門首，踅入來昭屋裏。晚夕依舊跳過墻去，兩箇幹事。朝來暮往，非止一日，也抵盜了許多細軟東西，金銀器皿，衣服之類。來昭兩口子也得抽分好些肥己，俱不必細說。

一日，後邊月娘看孝哥兒出花兒，心中不快，睡得早。這雪娥房中使女中秋兒，原是大姐使的，因李嬌兒房中元宵兒被敬濟要了，月娘就把中秋兒與了雪娥，把元宵兒伏侍大姐。那一日，雪娥打發中秋兒睡下，房裡打點一大包釵環頭面，裝在一箇匣內，用手帕蓋了頭，隨身衣服，約定來旺兒在來昭屋裏等候，兩箇要走。來昭便說：「不爭〔三〕你走了，我看守大門，管放水鴨兒！若大娘知道，問我要人，怎了？不如你每打房上去，就躧破些瓦，還有踪跡。」來旺兒道：「哥也說得是。」雪娥又留一箇銀折盂，一根金耳斡，一件青綾襖，一條黃綾裙，謝了他兩口

私奔乃千古才子佳人偶爲奇事，豈愚夫愚婦所可效也？雪娥、來旺宜其敗也。

兒。直等五更鼓月黑之時，隔房扒過去。來昭夫婦又篩上兩大鍾煖酒與來旺、雪娥吃，說：「吃了好走，路上壯膽些。」吃到五更時分，每人拏着一根香，躧着梯子，打發兩個扒上房去，一步一步，把房上瓦也跳破許多。比及扒到房簷跟前，街上人還未行走，聽巡捕的聲音，這來旺兒先跳下去，後却教雪娥躧着他肩背，接摟下來。兩箇往前邊走，到十字路口上，被巡捕的攔住，便問：「往那里去的男女？」雪娥便謊慌了手脚。這來旺兒不慌不忙，把手中官香彈了一彈，說道：「俺是夫婦二人，前往城外岳廟裏燒香。起的早了些，長官勿怪。」那人問：「背的包袱内是甚麼？」來旺兒道：「是香燭紙馬。」那人道：「既是兩口兒岳廟燒香，也是好事，你快去罷。」這來旺兒得不的一聲，拉着雪娥往前飛走。走到城下，城門纔開，打人鬧裏挨出城去，轉了幾條街巷。

原來細米巷在箇僻静去處，住着不多幾家人家，都是矮房低厦。到於屈姥姥家，屈姥姥還未開門。叫了半日，屈姥姥纔起來開了門，見來旺兒領了個婦人來。原來來旺兒本姓鄭，名唤鄭旺，說：「這婦人是我新尋的妻小。姨娘這里有房子，且借一間，寄住些時，再尋房子。」遞與屈姥姥三兩銀子，教買柴米。那屈姥姥得了銀子，只得留下。他兒子屈鐺，因見鄭旺夫妻二人帶着許多金銀首飾東西，夜晚見財起意，就掘開房門，偷盜出來去耍錢，致被捉獲。具了事件，拏去本縣見官。李知縣見係賊贓之事，贓物見在，卽差人押着屈鐺到家，把鄭旺、孫雪娥一條索子都拴了。那雪娥諕的臉蠟查也似黄了，換了滲淡衣裳，帶着眼紗，把手上戒指都勒下來，打發了公人，押去見官。當下烘動了一街人觀看。有認得的，說是西門慶家小老婆，今被這走出的小厮來旺兒，改名鄭旺，通姦拐盜財物，在外居住，又被這屈鏜掏摸了，今事發見官。當下一個傳十個，十個傳百個，路上行人口似飛。

（凡西門慶壞事必盛爲播揚者，以其作書懲創之大意故耳。）

月娘家中，自從雪娥走了，房中中秋兒見廂内細軟首飾都没了，衣服丢的亂三攪四，報與月娘。月娘吃了一驚，便問中秋兒：「你跟着他睡，走了你豈不知？」中秋兒便說：「他要便晚夕悄悄偷走出外邊，半日方回，不知詳細。」月娘又問來昭：「你看守大門，人出去你怎不曉的？」來昭便說：「大門每日上鎖，莫不他飛出去？」落後看見房上瓦躧破許多，方知越房而去了。又不敢使人躧訪，只得按納含忍。不想本縣知縣當堂問理這件事〔一三〕，先把屈鏜夾了一頓，追出金頭面四件，銀首飾三件，金環一雙，銀鍾二個，碎銀五兩，衣服二件，手帕一個，匣一個。向鄭旺名下追出銀三十兩，金碗簪一對，金仙子一件，戒指四個。向雪娥名下追出金挑心一件，銀鐲一付，金鈕五付，銀簪四對，碎銀一包。屈姥姥名下追出銀三兩。就將來旺兒問擬奴婢因奸盜取財物，屈鏜係竊盜，俱係雜犯死罪，准徒五年，贓物入官。雪娥孫氏，係西門慶妾，與屈姥姥當下都當官拶了一拶。屈姥姥供明放了，雪娥責令本縣差人到西門慶家，教人遞領狀領孫氏。那吳月娘叫吳大舅來商議：「已是出醜，平白又領了來家做甚麽？（有主意。）沒的玷污了家門，與死的裝幌子。」打發了差人錢，回了知縣話。知縣拘將官媒人來，當官辨賣。

却說守備府中春梅打聽得知，說西門慶家中孫雪娥，如此這般，被來旺兒拐出，盜了財物去，在外居住，事發到官，如今當官辨賣。這春梅聽見，要買他來家上竈，要打他嘴，以報平昔之仇。對守備說：「雪娥善能上竈，會做的好茶飯湯水，買來家中伏侍。」這守備卽便差張勝、李安，拿帖兒對知縣說。知縣自恁要做分上，只要八兩銀子官價。交完銀子，領到府中，先見了大奶奶并二奶奶孫氏，次後到房中來見春梅。春梅正在房裏縷金床上錦帳之中，纔起來。寫出富貴驕奢之態。手下丫鬟領雪娥見面。那雪娥見是春梅，不免低頭進見，望上倒身下拜，磕了四個頭。這春梅把眼瞪一瞪，畫。喚將當直的家人媳婦上來：「與我把這賤人撮去了鬏髻，剥了上蓋衣裳，打入廚下，與我燒火做飯。」這雪娥聽了，暗暗叫苦。自古世間打墻板兒翻上下，掃米却做管倉人。既在他簷下，怎敢不低頭？孫雪娥到此地步，只得摘了髻兒，換了艷服，滿臉悲慟，往廚下去了。有詩爲証：

布袋和尚到明州，策杖芒鞋任處遊。
饒你化身千百億，一身還有一身愁。

校記

〔一〕「詩曰」，內閣本、首圖本無。
〔二〕「飲酒」，內閣本、首圖本作「領酒」。
〔三〕「纏棕」，首圖本作「紙帕」。
〔四〕「廊吏」，內閣本、首圖本作「郎吏」。

〔五〕「杏花庄」，内閣本、首圖本作「杏花村」。

〔六〕「山東夜丫」，崇禎各本同。按張評本、詞話本均作「山東夜叉」。

〔七〕「裹肚」，崇禎各本同。按詞話本作「裹肚」。

〔八〕「盤兒」，内閣本、首圖本作「篋兒」。按張評本作「盤兒」，詞話本作「匣兒」。

〔九〕「驚寒」，原作「驚塞」，據内閣本改。

〔一〇〕「復到」，内閣本、首圖本作「踅到」。按張評本作「復到」，詞話本作「踅到」。

〔一一〕「黑影中」，内閣本、首圖本作「黑暗中」。按張評本、詞話本均爲「黑影中」。

〔一二〕「不爭」，原作「不淨」，據内閣本改。

〔一三〕「問理」，内閣本、首圖本作「理問」。按張評本、詞話本均爲「問理」。

第九十一回 孟玉樓愛嫁李衙內

李衙內怒打玉簪兒

新刻繡像批評金瓶梅卷之十九

第九十一回　孟玉樓愛嫁李衙内　李衙内怒打玉簪兒

詩曰〔一〕：

簟展湘紋浪欲生，幽懷自感夢難成。
倚牀剩覺添風味，開户羞將待月明。
擬倩蜂媒傳密意，難將螢火照離情。
遥憐織女佳期近，時看銀河幾曲横。

話説一日，陳敬濟聽見薛嫂兒説知孫雪娥之事，這陳敬濟乘着這個根繇，就如此這般，使薛嫂兒往西門慶家對月娘説。薛嫂只得見月娘説：「陳姑夫在外聲言發話，説不要大姐，要寫狀子巡撫巡按處告你。說老爹在日，收着他父親寄放的許多金銀箱籠細軟之物。」這月娘，一來因孫雪娥被來旺兒盗財拐去，二者又是來安兒小廝走了，三者家人來興媳婦惠秀又死了，剛打發出去，家中正七事八事，聽見薛嫂兒來説此話，諕的謊了手脚，連忙僱轎子，打發大姐家去。但是大姐床奩箱廚陪嫁之物，交玳安僱人都擡送到陳敬濟家。敬濟説：「這是他隨身嫁

孤兒寡婦之苦如此。

我的床帳粧奩，還有我家寄放的細軟金銀箱籠，須索還我。」薛嫂道：「你大丈母說來，當初丈人在時，止收下這個床奩嫁粧，並沒見你別的箱籠。」敬濟又要使女元宵兒。薛嫂兒和玳安兒來對月娘說，月娘不肯把元宵與他，說：「這丫頭是李嬌兒房中使的，如今留着早晚看哥兒哩。」把中秋兒打發將來，說：「原是買了扶侍大姐的。」這敬濟又不要中秋兒。兩頭來回，只教薛嫂兒走。他娘張氏便向玳安說：「哥哥，你到家拜上你大娘，你家姐兒們多，也不稀罕這個使女看守哥兒。既是與了大姐房裡好一向，你姐夫已是收用過他了，你大娘只顧留怎的？」玳安一面到家把此話對月娘說了。月娘無言可對，只得把元宵兒打發將來。敬濟收下，滿心歡喜，說道：「可怎的也打我這條道兒來？」正是：

饒你奸似鬼，喫我洗脚水。

按下一頭，單說李知縣兒子李衙內，自從清明郊外看見吳月娘、孟玉樓，兩人一般打扮，生的俱有姿色，知是西門慶妻小。衙內有心愛孟玉樓，生的長挑身材，瓜子面皮，模樣兒風流俏麗。原來衙內喪偶鰥居已久，一向着媒婦各處求親，都不遂意。及見玉樓，便覺動心，但無門可入，未知嫁與不嫁，從違如何。不期雪娥緣事在官，已知是西門慶家出來的，周旋委曲，在伊父案前，將各犯用刑研審，追出贓物數目，望其來領。月娘害怕，又不使人見官。衙內失望，因此纔將贓物入官，雪娥官賣。至是，衙內謀之于廊吏何不韋，徑使官媒婆陶媽媽，來西門慶家訪求親事，許說成此門親事，免縣中打卯，還賞銀五兩。

稍有影響，便欲下鈎，寫出好色人一片癡心。

這陶媽媽聽了，喜歡的疾走如飛，一日到于西門慶門首。來昭正在門首立，只見陶媽媽向前道了萬福，說道：「動問管家哥一聲，此是西門老爹家？」來昭道：「你是那里來的？老爹已下世了，有甚話說？」陶媽媽道：「累及管家進去稟聲，我是本縣官媒人，名喚陶媽媽。奉衙內小老爹鈞語，分付說，咱宅內有位奶奶要嫁人，敬來說親。」那來昭喝道：「你這婆子，好不近理！我家老爹没了一年有餘，止有兩位奶奶守寡，並不嫁人。常言：疾風暴雨不入寡婦之門。你這媒婆，有要没緊走來胡撞甚親事？還不走快着，惹的後邊奶奶知道，一頓好打。」那陶媽媽笑說：「管家哥，常言：官差吏差，來人不差。小老爹不使我，我敢來？嫁不嫁，起動進去稟聲，我好回話去。」來昭道：「也罷。與人方便，自己方便。你少待片時，等我進去。兩位奶奶，一位奶奶有哥兒，一位奶奶無哥兒，不知是那一位奶奶要嫁人？」陶媽媽道：「衙內小老爹說，清明那日，郊外曾看見來，是面上有幾點白麻子的那位奶奶。」

來昭聽了，走到後邊，如此這般，告月娘說：「縣中使了個官媒人在外面。」倒把月娘吃了一驚，說：「我家並没半個字兒迸出，外邊人怎得曉的？」來昭道：「曾在郊外清明那日見來，說臉上有幾個白麻子兒的。」月娘便道：「莫不孟三姐也臘月裡蘿蔔——動個心，忽剌八要往前進嫁人？正是世間海水知深淺，惟有人心難忖量。」一面走到玉樓房中，坐下便問：「孟三姐，奴有件事兒來問你。外邊有箇保山媒人，說是縣中小衙內，清明那日曾見你一面，說你要往前進。端的有此話麽？」看官聽說：當時没巧不成話，自古姻緣着線牽。那日郊外，孟玉樓看

衆人待我，衆人報之。玉樓雖賢，自無終守之理，月

娘何見之晚？

見衙内生的一表人物，風流博浪，兩家年甲多相彷彿，又會走馬拈弓弄箭，彼此兩情四目都有意，已在不言之表。　但未知有妻子無妻子。　口中不言，心内暗度：「男子漢已死，奴身邊又無所出。　雖故大娘有孩兒，到明日長大了，各肉兒各疼，閃的我樹倒無陰，竹籃兒打水。」又見月娘自有了孝哥兒，心腸改變，不似往時。「我不如往前進一步，尋上個葉落歸根之處。　還只顧傻傻的守些甚麼？到没的擔閣了奴的青春年少。」正在思慕之間，不想月娘進來説此話，正是清明郊外看見的那個人，心中又是歡喜，又是羞愧。　口裡雖説：「大娘休聽人胡説，奴並没此話。」不覺把臉來飛紅了。　正是：

含羞對衆慵開口〔二〕，理鬢無言只揾頭。

月娘説：「此是各人心裡事，奴也管不的許多。」一面叫來昭：「你請那保山進來。」來昭門首喚陶媽媽進到後邊，見月娘行畢了禮數，坐下。　小丫鬟倒茶吃了。　月娘便問：「保山來，有甚事？」陶媽媽便道：「小媳婦無事不登三寶殿。　奉本縣正宅衙内分付，説貴宅上有一位奶奶要嫁人，講説親事。」月娘道：「俺家這位娘子嫁人，又没曾傳出去，你家衙内怎得知道？」陶媽媽道：「俺家衙内説來，清明那日，在郊外親見這位娘子，生的長挑身材，瓜子面皮，臉上有稀稀幾個白麻子，便是這位奶奶。」月娘聽了，不消説就是孟三姐了。　于是領陶媽媽到玉樓房中明間内坐下。

等勾多時，玉樓梳洗打扮出來。　陶媽媽道了萬福，説道：「就是此位奶奶，果然話不虛傳，

說遠似近，說未見，似目覩，說未來，似現在，非有此嘴，如何做得媒人！玉樓嫁西門慶，殊失其意。然度不可與爭，故

人材出衆，蓋世無雙，堪可與俺衙內老爹做個正頭娘子。」玉樓笑道：「媽媽休得亂說。且說你衙內今年多大年紀？原娶過妻小沒有？房中有人也無？姓甚名誰？有官身無官身？從實說來，休要搗謊。」陶媽媽道：「天麽，天麽！小媳婦是本縣官媒，不比外邊媒人快說謊。我有一句說一句，並無虛假。俺知縣老爹年五十多歲，止生了衙內老爹一人，今年屬馬的，三十一歲，正月二十三日辰時建生。見做國子監上舍，不久就是舉人、進士。妙贊。有滿腹文章，弓馬熟閑，諸子百家無不通曉。沒有大娘子二年光景，房內止有一個從嫁使女答應，又不出衆。要尋個娘子當家，敬來宅上說此親事。若是咱府上做這門親事，老爹說來，門面差徭、墳塋地土錢糧，一例盡行蠲免。有人欺負，指名說來，拏到縣裡，任意拶打。」玉樓道：「你衙內有兒女沒有？原籍那裡人氏？誠恐一時任滿，千山萬水帶去。奴親都在此處，莫不也要同他去？」陶媽媽道：「俺衙內身邊，兒花女花沒有，好不單徑。原籍是咱北京真定府棗强縣人氏，過了黃河不上六七百里。他家中田連阡陌，騾馬成羣，人丁無數，走馬牌樓，都是撫按明文，聖旨在上，好不赫耀驚人。如今娶娘子到家做了正房，過後他得了官，娘子便是五花官誥，坐七香車，爲命婦夫人，有何不好？」這孟玉樓被陶媽媽一席話，說得千肯萬肯。一面喚蘭香放桌兒，看茶食點心與保山吃。因說：「保山，你休怪我叮嚀盤問。你這媒人們，說謊的極多，奴也吃人哄怕了。」陶媽媽道：「好奶奶，只要一個比一個。清自清，渾自渾，好的帶累了歹的。小媳婦並不搗謊，只依本分做媒。奶奶若肯了，寫個婚帖兒與我，好回小老爹話去。」玉樓取了一條大

紅段子，使玳安交舖子裡傅夥計寫了生時八字。吳月娘便說：「你當初原是薛嫂兒說的媒，如今還使小厮叫將薛嫂兒來，兩個同拏了帖兒去說此親事，纔是禮。」不多時，使玳安兒叫了薛嫂兒來，見陶媽媽道了萬福。當行見當行，拏着帖兒出離西門慶家門，往縣中回衙內話去。一個是這里冰人，一個是那頭保山，兩張口四十八個牙，這一去管取說得月裡嫦娥尋配偶，巫山神女嫁襄王。

厚薄親疏全不介意，所處似高而其心實非坦然，觀「吃人哄怕」一語，底裡見矣。

陶媽媽在路上問薛嫂兒：「你就是這位娘子的原媒？」薛嫂道：「便是。」陶媽媽問他：「原先嫁這里，根兒是何人家的女兒？嫁這裡，是女兒，是再婚？」這薛嫂兒便一五一十，把西門慶當初從楊家娶來的話，告訴一遍。因見婚帖兒上寫女命三十七歲，十一月二十七日子時生，說：「只怕衙內嫌年紀大些，怎了？他今纔三十一歲，倒大六歲。」薛嫂道〔三〕：「咱拏了這婚帖兒，交個過路的先生筭，看年命妨碍不妨碍。若是不對，咱瞞他幾歲兒，也不算說謊。」轉算湊趣。二人走來，再不見路過响板的先生，只見路南遠遠的一個卦肆，青布帳幔，掛着兩行大字：「子平推貴賤，鐵筆判榮枯；有人來算命，直言不容情。」帳子底下安放一張卓子，裡面坐着個能寫快算靈先生。這兩個媒人向前道了萬福，先生便讓坐下。薛嫂道：「有個女命，累先生算一算。」向袖中拏出三分命金來，說：「不當輕視，先生權且收了，路過不曾多帶錢來。」先生道：「請說八字。」陶媽媽遞與他婚帖看，上面有八字生日年紀。先生道：「此是合婚。」一面揑指尋紋，把算子搖了一搖，開言說道：「這位女命今年三十七歲了，十一月廿七日子時生。甲子月，辛卯日，庚子時，理取印綬之格。女命逆行，見在丙申運中。丙合辛生，往後大有威權，執掌正堂夫人之命。四柱中雖夫星多，然是財命，益夫發福，受夫寵愛。這兩年定見妨剋，見過了不曾？」薛嫂道：「已剋過兩位夫主了。」先生道：「若見過，後來好了。」薛嫂兒道：「他往後有子沒有？」先生道：「子早裡。直到四十一歲纔有一子送老。一生好造化，富貴榮華無比。」取筆批下命詞四句道：

玉樓一身借算命口中說出，似然似不然，復不再見矣，妙法。

嬌姿不失江梅態，三揭紅羅兩画眉。
會看馬首昇騰日，脫却寅皮任意移。

薛嫂問道：「先生，如何是『會看馬首昇騰日，脫却寅皮任意移』？這兩句俺每不懂，起動先生講說講說。」先生道：「馬首者，這位娘子如今嫁個屬馬的夫主〔四〕，才是貴星，享受榮華。寅皮是剋過的夫主，是屬虎的。雖故寵愛，只是偏房。往後一路功名，直到六十八歲，有一子，壽終，夫妻偕老。」兩個媒人說道：「如今嫁的倒果是個屬馬的，只怕大了好幾歲，配不來。求先生改少兩歲纔好。」先生道：「既要改，就改做丁卯三十四歲罷。」薛嫂道：「三十四歲，與屬馬的也合的着麼？」先生道：「丁火庚金，火逢金煉，定成大器，正合得着。」當下改做三十四歲。兩個拜辭了先生，出離卦肆，逕到縣中。門子報入，衙內便喚進陶、薛二媒人〔五〕，旋磕了頭。衙內便問：「那個婦人是那里的？」陶媽媽道：「是那邊媒人。」因把親事說成告訴一遍，說：「娘子人材無比的好，只爭年紀大些，小媳婦不敢擅便〔六〕，隨衙內老爹尊意，討了個婚帖在此。」于是遞上去。李衙内看了，上寫着「三十四歲，十一月廿七日子時生」，說道：「就大三兩歲，也罷。」薛嫂兒插口道：「老爹見的多。自古道，妻大兩，黃金長；妻大三，黃金山。這位娘子人材出衆，性格溫柔，諸子百家，當家理紀，自不必說。」衙内道：「我已見過，不必再相，只擇吉日良時，行茶禮過去就是了。」兩個媒人禀說：「小媳婦幾時來伺候？」衙内道：「事不可稽遲，你兩個明日來討話，往他家說。」每人賞了一兩銀子，做脚步錢。兩個媒人歡喜出門，不在話下。這李衙内見親事已成，喜不自勝，卽喚廊吏何不韋來商議〔七〕，對父親李知縣說了。令陰陽生擇定四月初八日行禮，十五日准娶婦人過門。就兑出銀子來，委托何不韋、小張閑買辦茶紅酒禮，不必細說。

薛嫂此語說過兩遍，宛似今人一篇文章到處皆用。

兩個媒人次日討了日期，往西門慶家回月娘、玉樓話。正是：姻緣本是前生定，曾向藍田種玉來。四月初八日，縣中備辦十六盤羹果茶餅，一副全絲冠兒，一副金頭面，一條瑪瑙帶，一副玎璫七事，金鐲銀釧之類，兩件大紅宮錦袍兒，四套粧花衣服，三十兩禮錢，其餘布絹棉花共約二十餘擡。兩箇媒人跟隨，廊吏何不韋押担，到西門慶家下了茶。

十五日，縣中撥了許多快手閒漢，來搬擡孟玉樓床帳嫁粧箱籠。月娘看着，但是他房中之物，盡數都交他帶去。原舊西門慶在日把他一張八步彩漆床陪了大姐，月娘就把潘金蓮房中那張螺鈿床陪了他。玉樓要蘭香跟他過去〔八〕，留下小鸞與月娘看哥兒。月娘不肯，說：「你房中丫頭，我怎好留下你的？左右哥兒有中秋兒、綉春和奶子，也勾了。」玉樓止留下一對銀

前後脉絡照映，一毫不亂。

回回壺與哥兒耍子，做一念兒，其餘都帶過去了。到晚夕，一頂四人大轎，四對紅紗燈籠，八個皂隸跟隨來娶。玉樓戴着金梁冠兒，插着滿頭珠翠、胡珠子，身穿大紅通袖袍兒，先辭拜西門慶靈位，然後拜月娘。辭靈不哭，情盡矣。月娘説道：「孟三姐，你好狠也。你去了，撇的奴孤另另獨自一個，和誰做伴兒？」傷心語。兩個攜手哭了一回，然後家中大小都送出大門。媒人替他帶上紅羅銷金蓋袱，抱着金寶瓶，月娘守寡出不的門，請大姨送親，送到知縣衙裡來。滿街上人看見説：「此是西門大官人第三娘子，嫁了知縣相公兒子衙内，今日吉日良時娶過門。」也有説好的，也有説歹的。説好者，當初西門大官人怎的爲人做人，今日死了，止是他大娘子守寡正大，有兒子，房中攬不過這許多人來，都交各人前進，甚有張主。有那説歹的，街談巷議，指戳説道：「西門慶家小老婆，如今也嫁人了。當初這廝在日，專一違天害理，貪財好色，姦騙人家妻女。今日死了，老婆帶的東西，嫁人的嫁人，拐帶的拐帶，養漢的養漢，做賊的做賊，都野雞毛兒零撏了〔九〕。常言三十年遠報，而今眼下就報了。」旁人紛紛議論，不題。

此一段見作書大意。

且説孟大姨送親到縣衙内，鋪陳床帳停當，留坐酒席來家。李衙内賞薛嫂兒、陶媽媽每人五兩銀子，一段花紅利市，打發出門。至晚，兩個成親，極盡魚水之歡，于飛之樂。到次日，吳月娘送茶完飯。楊姑娘已死，孟大妗子、二妗子、孟大姨，都送茶到縣中。衙内這邊下回書，請衆親戚女眷做三日，扎彩山，吃筵席，都是三院樂人妓女動鼓樂，扮演戲文。吳月娘那日亦滿頭珠翠，身穿大紅通袖袍兒，百花裙，繫蒙金帶，坐大轎來衙中，做三日赴席，在後廳吃酒。知縣奶奶出來陪待。月娘回家，因見席上花攢錦簇，歸到家中，進入後邊，院落静悄悄，無個人接應。想起當初有西門慶在日，姊妹們那樣鬧熱，往人家赴席來家，都來相見説話，一條板櫈坐不了，如今並無一個兒了。一面撲着西門慶靈床兒，不覺一陣傷心，放聲大哭。哭了一回，被丫鬟小玉勸止。正是：（此時此景，真難爲情，任鐵人也應下淚。）

平生心事無人識，只有穿窗皓月知。

這裡月娘憂悶不題。

却説李衙内和玉樓兩個，女貌郎才，如魚似水，正合着油瓶蓋。每日燕爾新婚，在房中厮守，一步不離。端詳玉樓容貌，越看越愛。（玉樓方遇知己。）又見帶了兩個從嫁丫鬟：一箇蘭香，年十八歲，會彈唱；一個小鸞，年十五歲。俱有顏色。心中歡喜，没入脚處。有詩爲證：

堪誇女貌與郎才，天合姻緣禮所該。

十二巫山雲雨會，兩情願保百年偕。

原來衙内房中，先頭娘子丢了一個大丫頭，約三十年紀，名唤玉簪兒，專一搽胭抹粉，作怪成精。頭上打着盤頭揸髻，用手帕苫蓋，周圍勒銷金箍兒，假充作鬏髻，（奇想。）身上穿一套怪绿喬紅的裙襖，脚上穿着雙撥船樣四個眼的剪絨鞋，約長尺二。（今人以毡帽控巾者本此。）在人根前輕身浪顙，做勢拏班。衙内未娶玉樓時，他便逐日頓羹頓飯，殷勤扶侍，不説强説，不笑强笑，何等精神。自從娶過玉樓來，這衙内和他如膠似漆，把他不去揪採，這丫頭就使性兒起來。一日，衙内在書房中

此是衙內常態，非因夜作乏也。

看書，這玉簪兒在廚下頓了一盞好菓仁炮茶，雙手用盤兒托來書房裡，笑嘻嘻掀開簾兒，送與衙內。不想衙內看了一回書，搭伏在書桌就睡着了〔一〇〕。這玉簪兒叫道：「爹，誰似奴疼你，頓了這盞好茶來與你吃〔一一〕。你家那新娶的娘子，還在被窩裡睡得好覺兒，怎不交他那小大姐送盞茶來與你吃？」因見衙內打盹，在根前只顧叫不應，說道：「老花子，你黑夜做夜作使乏了也怎的？大白日打盹磕睡，起來吃茶！」那衙內醒了〔一二〕，看見是他，喝道：「怪碜奴才！把茶放下，與我過一邊去。」這玉簪兒滿臉羞紅，使性子把茶丟在桌上，出來說道：「好不識人敬重。奴好意用心，大清早辰送盞茶兒來你吃，倒喓喝起我來。常言醜是家中寶，可喜惹煩惱。我醜，你當初瞎了眼，誰交你要我來？」（此一語，真回他不得。）被衙內聽見，赶上儘力踢了兩靴脚。這玉簪兒登時把那付奴臉膀的有房梁高，也不搽臉了，也不頓茶了，赶着玉樓也不叫娘，只你也我也，無人處，一屁股就在玉樓床上坐下。玉樓亦不去理他。他背地又壓伏蘭香、小鸞說：「你休趕着我叫姐，只叫姨娘。我與你娘係大小之分。」（奇想。）又說：「你只背地叫罷，休對着你爹叫。」（此轉尤妙。）你每日跟隨我行，用心做活。你若不聽我說，老娘挙鉄鍬子請你。」後來幾次見衙內不理他，他就撒懶起來，睡到日頭半天還不起來。飯兒也不做，地兒也不掃。玉樓分付蘭香、小鸞：「你休靠玉簪兒了，你二人自去廚下做飯，打發你爹吃罷。」這玉簪又氣不憤，使性謗氣，牽家打伙，在廚房內打小鸞，罵蘭香：「賊小奴才，小淫婦兒！碓磨也有個先來後到，先有你娘來，先有我來？都是你娘兒們占了罷，不獻這個勤兒也罷了！當原先俺死的那個娘，也沒曾失口叫我聲

寫怪奴怪態，不獨言語怪，衣裳怪，形貌舉止怪，并聲影、氣味、心思、胎骨之怪，俱爲摹出，真爐錘造物之手。

玉簪兒。你進門幾日，就題名道姓叫我，我是你手裡使的人也怎的？你未來時，我和俺爹同床共枕，那一日不睡到齋時纔起來？和我兩個如糖拌蜜，如蜜攪酥油一般打熱。房中事那些兒不打我手裡過？自從你來了，把我蜜罐兒也打碎了，把我姻緣也拆散開了，一攆攆到我明間，冷清清支板櫈打官舖，再不得嘗着俺爹那件東西兒如今甚麽滋味了。說得苦甚、趣甚、諧甚。我這氣苦也没處聲訴。你當初在西門慶家，也曾做第三個小老婆來，愈轉愈妙。你小名兒叫玉樓，敢說老娘不知道？你來在俺家，你識我見，大家膿着些罷了。會那等喬張致，呼張喚李，誰是你買到的，屬你管轄？」不知玉樓在房中聽見，氣的發昏，又不好聲言對衙内說。

一日熱天，也是合當有事。晚夕，衙内分付他廚下熱水，拏浴盆來，房中要和玉樓洗澡。玉樓便說：「你交蘭香熱水罷，休要使他。」衙内不從，說道：「我偏使他，休要慣了這奴才。」玉簪兒見衙内要水和婦人共浴蘭湯，效魚水之歡，心中正没好氣，拏浴盆進房，往地下只一墩，用大鍋燒上一鍋滚水，口内喃喃吶吶說道：「也没見這浪淫婦，刁鑽古怪，禁害老娘。無故也只是個浪精毴，没三日不拏水洗。像我與俺主子睡，成月也不見點水兒，也不見展污了甚麽佛眼兒。偏這淫婦會兩番三次刁蹬老娘？」直罵出房門來。玉樓聽見，也不言語。衙内聽了此言，心中大怒，澡也洗不成，精脊梁，靸着鞋，向床頭取拐子就要走出來。婦人攔阻住，說道：「隨他罵罷，你好惹氣。只怕熱身子出去，風試着你，倒值了多的。」衙内那裡按納得住，說道：「你休管，這奴才無禮。」向前一把手採住他頭髮，拖踏在地下，輪起拐子，雨點打將下來。饒

不怕笑破人口。

玉樓在旁勸着，也打了二三十下在身。打的這丫頭急了，跪在地下告說：「爹，你休打我，我想爹也看不上我在家裏了，情愿賣了我罷。」衙内聽了，亦發惱怒起來，又狠了幾下。玉樓勸道：「他既要出去，你不消打，倒没得氣了你。」衙内隨令伴當，即時叫將陶媽媽來，把玉簪兒領出去，便賣銀子來交，不在話下。正是：蚊蟲遭扇打，只爲嘴傷人。有詩爲証：

百禽啼後人皆喜，惟有鴉鳴事若何。
見者多言聞者唾，只爲人前口嘴多。

校記

〔一〕「詩曰」，内閣本、首圖本無。
〔二〕「慵開口」，内閣本、首圖本作「休開口」。按張評本、詞話本均爲「慵開口」。
〔三〕「薛嫂道」，内閣本、首圖本作「薛嫂兒」。
〔四〕「娘子」，原作「如于」，據内閣本改。
〔五〕「陶薛二媒人」，原作「陶嫂二媒人」，據内閣、首圖等本改。按張評本、詞話本均作「陶嫂二媒人」。
〔六〕「擅便」，按張評本作「自便」，詞話本爲「擅便」。
〔七〕「何不韋」，内閣本、首圖本作「何伯韋」。
〔八〕「要蘭香」，内閣本、首圖本作「交蘭香」。按張評本爲「要蘭香」，詞話本爲「交蘭香」。
〔九〕「雞毛」，原作「雞丟」，據内閣本改。
〔一〇〕「搭伏在」，内閣本、首圖本作「搭伏定」。按張評本作「搭伏在」，詞話本作「搭伏定」。

〔二〕「好茶來」，内閣本、首圖本作「好茶兒」。按張評本爲「好茶來」，詞話本爲「好茶兒」。

〔三〕「那衙内」，内閣本、首圖本作「叫衙内」。按張評本爲「那衙内」，詞話本爲「叫衙内」。

第九十二回

陳敬濟被陷嚴州府

吳月娘大鬧授官廳

第九十二回　陳敬濟被陷嚴州府　吳月娘大鬧授官廳

詩曰〔一〕：

猛虎馮其威，往往遭急縛。
雷吼徒咆哮，枝撑已在脚。
忽看皮寢處，無復睛閃爍。
人有甚于斯，足以勸元惡。

話説李衙内打了玉簪兒一頓，即時叫陶媽媽來領出，賣了八兩銀子，另買了箇十八歲使女，名喚滿堂兒上竈，不在話下。

却表陳敬濟，自從西門大姐來家，交還了許多床帳粧奩、箱籠家伙，三日一場嚷，五日一場鬧，問他娘張氏要本錢做買賣。他母舅張團練來問他母親借了五十兩銀子，復謀管事，被他吃醉了，往張舅門上罵嚷。真畜生。他張舅受氣不過，另問別處借了銀子，幹成管事，還把銀子交還將來。他母親張氏着了一場重氣，染病在身，日逐卧床不起，終日服藥，請醫調治。吃他逆毆不過，只得兑出三百兩銀子與他，叫陳定在家門首打開兩間房子，開布舖，做買賣。敬濟便逐日結交朋友陸三郎、楊大郎，狐朋狗黨，在舖中彈琵琶，抹骨牌，打雙陸，吃半夜酒，看看把本錢弄下去了。陳定對張氏説他每日飲酒花費，張氏聽信陳定言語，便不肯托他。敬濟反説陳定染布去，尅落了錢，把陳定兩口兒撵出來外邊居住，却搭了楊大郎做夥計。這楊大郎名喚楊光彥，綽號爲鐵指甲，專一耀風賣雨，好生意。架謊鑿空。他許人話如捉影捕風，騙人財似探囊取物。這敬濟問娘又要出二百兩銀子來添上，共湊了五百兩銀子，信着他往臨清販布去。

這楊大郎到家收拾行李，跟着敬濟從家中起身，前往臨清馬頭上尋缺貨去。到了臨清，這臨清市上是箇熱鬧繁華大馬頭去處〔二〕，商賈往來之所，車輛輻輳之地，有三十二條花柳巷，七十二座管絃樓。這敬濟終是年小後生，被這楊大郎領着遊娼樓，登酒店，貨物到販得不多。因走在一娼樓，見了一個粉頭，名喚馮金寶，生的風流俏麗，色藝雙全。問青春多少，鴇子説：「姐兒是老身親生之女，止是他一人，挣錢養活，今年青春纔交二九一十八歲。」敬濟一見，心目蕩然，與了鴇子五兩銀子房金，一連和他歇了幾夜。楊大郎見他愛這粉頭，留連不捨，在旁花言説念，就要娶他家去。鴇子開口要銀一百二十兩，講到一百兩上，兑了銀子，娶了來家。一路上用轎擡着，楊大郎和敬濟都騎馬押着貨物車走。一路揚鞭走馬，那樣懽喜。正是：

多情燕子樓，馬道空回首。
載得武陵春，陪作鸞凰友。

張氏見敬濟貨到販得不多，把本錢到娶了一箇唱的來家。又着了口重氣，嗚呼哀哉，斷氣身亡。即此死有餘辜。這敬濟不免買棺裝殮，念經做七，停放了一七光景，發送出門，祖塋合葬。他母舅張團練看他娘面上，亦不和他一般見識。畢竟前輩厚道。這敬濟墳上覆墓回來，把他娘正房三間中間供養靈位，那兩間收拾與馮金寶住，大姐倒住着耳房。又替馮金寶買了丫頭重喜兒伏侍。門前楊大郎開着鋪子，家裡大酒大肉買與唱的吃。每日只和唱的睡，把大姐丢着不去瞅睬。

一日，打聽孟玉樓嫁了李知縣兒子李衙內，帶過許多東西去。三年任滿，李知縣陞在浙江嚴州府做了通判，領憑起身，打水路赴任去了。這陳敬濟因想起，昔日在花園中拾了孟玉樓那根簪子，就要把這根簪子做箇証兒，趕上嚴州去，只說玉樓先與他有了姦，與了他這根簪子，不合又帶了許多東西嫁了李衙內，都是昔日楊戩寄放金銀箱籠應没官之物。「那李通判一箇文官，多大湯水？聽見這箇利害口聲，不怕不教他兒子雙手把老婆奉與我。我那時取將來家，與馮金寶做一對兒，落得好受用。」正是：計就月中擒玉兔，謀成日裡捉金烏。敬濟不來到好，此一來，正是：失曉人家逢五道，溟泠餓鬼撞鍾馗。有詩爲証：

嘗謂自作孽不可活。敬濟此等處，皆自作孽也。

趕到嚴州訪玉人，人心難忖似石沉[三]。
侯門一旦深如海[四]，從此蕭郎落陷坑。

一日陳敬濟打點他娘箱中，尋出一千兩金銀。留下一百兩與馮金寶家中盤纏，把陳定復

馮金寶百金耳，儘船中所有可得九馮金寶，乃棄而求一無踪影之玉樓，大失算矣。

叫進來看家，并門前鋪子發賣零碎布匹。他與楊大郎又帶了家人陳安，押着九百兩銀子，從八月中秋起身，前往湖州販了半船絲綿紬絹，來到清江浦馬頭上，灣泊住了船隻，投在箇店主人陳二店内。交陳二殺雞取酒，與楊大郎共飲。飲酒中間，和楊大郎說：「夥計，你暫且看守船上貨物，（虧他放心。）在二郎店内畧住數日。等我和陳安拏些人事禮物，往浙江嚴州府，看看家姐嫁在府中，多不上五日，少只三日就來。」楊大郎道：「哥去只顧去，兄弟情愿店中等候。哥到日，一同起身。」

這陳敬濟千不合萬不合和陳安身邊帶了些銀兩人事禮物，有日取路逕到嚴州府。進入城内，投在寺中安下。打聽李通判到任一箇月，家小船隻纔到三日。這陳敬濟不敢怠慢，買了四盤禮物，兩疋紵絲尺頭〔五〕，兩罈酒，陳安押着。他便揀選衣帽齊整，眉目光鮮，逕到府衙前，與門吏作揖道：「煩報一聲，說我是通判李老爹衙内新娶娘子的親，孟二舅來探望。」這門吏聽了，不敢怠慢，隨即稟報進去。衙内正在書房中看書，聽見是婦人兄弟，令左右先把禮物擡進來，一面忙整衣冠，道：「有請。」把陳敬濟請入府衙廳上，敘禮，分賓主坐下。說道：「前日做親之時，怎的不會二舅？」敬濟道：「在下因在川廣販貨，一年方回，不知家姐嫁與府上，有失親近。今日敬備薄禮，來看看家姐。」李衙内道：「一向不知，失禮，恕罪！恕罪！」須臾，茶湯已罷。衙内令左右：「把禮帖并禮物取進去，對你娘說，二舅來了。」孟玉樓正在房中坐的，只聽小門子進來報說：「孟二舅來了。」玉樓道：「再有那箇孟舅？莫不是我二哥孟銳來家了，千山萬水來看我？」只見伴當拏進禮物和帖兒來，上面寫着「眷生孟銳」，就知是他兄弟。一面道：「有請。」令蘭香收拾後堂乾淨。

玉樓裝點打扮，俟候出見。只見衙內讓進來，玉樓在簾內觀看，可霎作怪，不是他兄弟，却是陳姐夫：「他來做甚麽？等我出去見他，怎的説話？常言：親不親，故鄉人，美不美，鄉中水。雖然不是我兄弟，也是我女壻人家。」一面整粧出來拜見。那敬濟説道：「一向不知姐姐嫁在這裡，没曾看得。」纔説得這句，不想門子來請衙內：「外邊有客來了。」這衙內分付玉樓欵待二舅，就出去待客去了。玉樓見敬濟磕下頭去，連忙還禮，説道：「姐夫免禮。那陣風兒刮你到此？」叙畢禮數，讓坐，叫蘭香看茶出來。吃了茶，彼此叙了些家常話兒，玉樓因問：「大姐好麽？」敬濟就把從前西門慶家中出來，并討箱籠的一節話，告訴玉樓。玉樓又把清明節上墳，在永福寺遇見春梅，在金蓮墳上燒紙的話告訴他。又説：「我那時在家中，也常勸你大娘，疼女兒就疼女壻，親姐夫不曾養活了外人。他聽信小人言語，把姐夫打發出來。落後姐夫討箱子，我就不知道。」敬濟道：「不瞞你老人家説，我與六姐相交，誰人不知！生生吃他信奴才言語，把他打發出去，纔吃武松殺了。他若在家，那武松有七箇頭八箇膽，敢往你家來殺他？我這仇恨，結的有海來深。六姐死在陰司裡，也不饒他。」玉樓道：「姐夫也罷，丢開手的事。自古冤仇只可解，不可結。」

借金蓮爲挑撥之端，亦妙。

説話中間，丫鬟放下桌兒擺上酒來，盃盤殽品，堆滿春檯。玉樓斟上一盃酒，雙手遞與敬

未同而言，殊無赧色，其良心喪盡矣。

濟說：「姐夫遠路風塵，無事破費，且請一盃兒水酒〔六〕。」這敬濟用手接了，唱了喏，亦斟一盃回奉婦人，敘禮坐下。因見婦人姐夫長、姐夫短叫他，口中不言，心內暗道：「這淫婦怎的不認犯，只叫我姐夫？等我慢慢的探他。」當下酒過三巡，餚添五道，彼此言來語去，說得入港。這敬濟酒蓋着臉兒，常言：酒情深似海，色膽大如天，見無人在跟前，先丟幾句邪言說入去，道：「我兄弟思想姐姐，如渴思漿，如熱思涼。想當初在丈人家，怎的在一處下棋抹牌，同坐雙雙，似背蓋一般。誰承望今日各自分散，你東我西。」玉樓笑道：「姐夫好說。自古清者清而渾者渾，久而自見。」這敬濟笑嘻嘻向袖中取出一包雙人兒的香茶，遞與婦人，說：「姐姐，你若有情，可憐見兄弟，吃我這個香茶兒。」說着，就連忙跪下。那婦人登時一點紅從耳畔起，把臉飛紅了。一手把香茶包兒掠在地下，說道：「好不識人敬重！奴好意遞酒與你吃，到戲弄我起來。」就撇了酒席，往房裡去了。

敬濟見他不理，一面拾起香茶來，就發話道：「我好意來看你，你到變了卦兒。你敢說你嫁了通判兒子好漢子，不採我了。你當初在西門慶家做第三箇小老婆，没曾和我兩箇有首尾？」因向袖中取出舊時那根金頭銀簪子，拏在手內，說：「這箇是誰人的？你既不和我有姦，這根簪兒怎落在我手裡？上面還刻着玉樓名字。你和大老婆串同了，把我家寄放的八箱子金銀細軟玉帶寶石東西，都是當朝楊戩寄放應没官之物，都帶來嫁了漢子。我教你不要慌，到八字八鏝兒上和你答話。」玉樓見他發話，拏的簪子委是他頭上戴的金頭蓮瓣簪兒：「昔日

玉樓轉關亦快，然而忽惱忽喜，其僞易知，只好哄敬濟小孩子。

敬濟可謂小兒强作能事。

觀此則見，倚强賣俏私逃者，不是厭物則是笑具，明矣。

在花園中不見，怎的落在這短命手裡？」恐怕嚷的家下人知道，須臾變作笑吟吟臉兒，走將出來，一把手拉敬濟，說道：「好姐夫，奴鬬你耍子，如何就惱起來？」因覷看左右無人，悄悄說：「你既有心，奴亦有意。」兩箇不繇分說，摟着就親嘴。這陳敬濟把舌頭似蛇吐信子一般，就舒到他口裡，交他咂，說道：「你叫我聲親親的丈夫，纔算你有我之心。」婦人道：「且禁聲，只怕有人聽見。」敬濟悄悄向他說：「我如今治了半船貨，在清江浦等候。你若肯下顧時，如此這般，到晚夕假扮門子私走出來，跟我上船，家去成其夫婦，有何不可？他一箇文職官，怕是非，莫不敢來抓尋你不成？」婦人道：「既然如此，也罷。約會下：你今晚在府墻後等着，奴有一包金銀細軟，打墻上繫過去，與你接了，然後奴纔扮做門子，打門裡出來，跟你上船去罷。」看官聽說，正是：佳人有意，那怕粉墻高萬丈；紅粉無情，總然共坐隔千山。當時孟玉樓若嫁得箇癡蠢之人，不如敬濟，敬濟便下得這箇鍬钁着。如今嫁這李衙內，有前程，又且人物風流，青春年少，恩情美滿，他又拘你做甚？休說平日又無連手。道盡。這箇郎君也是合當倒運，就吐實話，泄機與他，到吃婆娘哄賺了。正是：

花枝葉下猶藏刺，人心難保不懷毒。

當下二人會下話，這敬濟吃了幾盃酒，告辭回去。李衙內連忙送出府門，陳安跟隨而去。衙內便問婦人：「你兄弟住那裡下處？我明日回拜他去，送些嗄程與他。」婦人便說：「那裡是我兄弟！他是西門慶家女婿，如此這般，來拘搭要拐我出去。奴已約下他，今晚三更在後墻相等。咱不如將計就計，把他當賊拏下，（玉樓亦惡。）除其後患，如何？」衙內道：「叵耐這厮無端！自古無毒不丈夫，不是我去尋他，他自來送死。」一面走出外邊，叫過左右伴當，心腹快手，如此這般，預備去了。

這陳敬濟不知機變，至半夜三更，果然帶領家人陳安來府衙後墻下，以咳嗽爲號。只聽墻内玉樓聲音，打墻上掠過一條索子去。那邊繫過一大包銀子——原來是庫内拏的二百兩贜罰銀子。這敬濟纔待教陳安拏着走，忽聽一聲梆子響，黑影裡閃出四五條漢，叫聲「有賊了！」登時把敬濟連陳安都綁了。稟知李通判，分付：「都且押送牢裡去，明日問理。」

原來嚴州府正堂知府姓徐，名喚徐崶，係陝西臨洮府人氏，庚戌進士，極是箇清廉剛正之人。次早升堂，左右排兩行官吏，這李通判上去，畫了公座，庫子呈稟賊情事，帶陳敬濟上去說：「昨夜至一更時分，有先不知名今知名賊人二名：陳敬濟、陳安，鍬開庫門鎖鑰，偷出贜銀二百兩，越墻而過，致被捉獲，來見老爺。」徐知府喝令：「帶上來！」把陳敬濟并陳安揪採驅擁，至當廳跪下。知府見敬濟年小清俊，（明眼。）便問：「這厮是那里人氏？因何來我這府衙公廨，夜晚做賊，偷盜官庫贜銀，有何理說？」那陳敬濟只顧磕頭聲寃。徐知府道：「你做賊如何聲寃？」李通判在旁欠身便道：「老先生不必問他，眼見得贜証明白，何不加起刑來？」徐知府卽令左右拏下去，打二十板。李通判道：「人是苦蟲，不打不成。不然，這賊便要展轉。」當下兩邊皂隸把敬濟、陳安拖番，大板打將下來。這陳敬濟口内只罵：「誰知淫婦孟三兒陷我至此，寃

楊戩寄贜等語，本不當言，却妄言而賈禍。禍已臨身，正宜直言以祈免，

却又不敢言。此所謂少年安誕之言也。

哉！苦哉！」這徐知府終是黃堂出身官人，聽見這一聲必有緣故，聽耳。纔打到十板上，喝令：「住了，且收下監去，明日再問。」李通判道：「老先生不該發落他。常言人心似鐵，官法如爐，從容他一夜不打緊，就翻異口詞。」徐知府道：「無妨，吾自有主意。」當下獄卒把敬濟、陳安押送監中去訖。

這徐知府心中有些疑忌，卽喚左右心腹近前，如此這般：「下監中探聽敬濟所犯來歷，細心。卽便回報。」這幹事人假扮作犯人，和敬濟晚間在一梩上睡，問其所以：「我看哥哥青春年少，不是做賊的，今日落在此，打屈官司。」敬濟便說：「一言難盡。小人本是清河縣西門慶女婿，這李通判兒子新娶的婦人孟氏，是俺丈人的小，舊與我有姦的。今帶過我家老爺楊戩寄放十箱金銀寶玩之物來他家，我來此問他索討，反被他如此這般欺負，把我當賊拏了，苦打成招，不得見其天日，是好苦也。」這人聽了，走來退廳告報徐知府。知府道：「如何？我說這人聲冤叫孟氏，必有緣故。」

聽訟人耳要聽，目要明，心要細，不可只在形跡上求之。徐知府可謂善聽訟矣。

到次日升堂，官吏兩旁侍立，這徐知府把陳敬濟、陳安提上來，摘了口詞，取了張無事的供狀，喝令釋放。李通判在旁邊不知，還再三說：「老先生，這廝賊情既的，不可放他。」反被徐知府對佐貳官儘力數說了李通判一頓，說：「我居本府正官，與朝廷幹事，不該與你家官報私仇，誣陷平人作賊。你家兒子娶了他丈人西門慶妾孟氏，帶了許多東西，應没官贓物金銀箱籠來。他是西門慶女婿，巡來索討前物，你如何假捏賊情，拏他入罪，教我替你家出力？做官養兒養女也要長大。若是如此，公道何堪？」當廳把李通判數說的滿面羞慚，垂首喪氣而不敢言。陳敬濟與陳安便釋放出去了。良久，徐知府退堂。

李通判此時真難爲情。

這李通判回到本宅，心中十分焦燥，便對夫人大嚷大叫道：「養的好不肖子，今日吃徐知府當堂對衆同僚官吏，儘力數落了我一頓，可不氣殺我也！」夫人慌了，便道：「甚麼事？」李通判卽把兒子叫到跟前，喝令左右：「拏大板子來，氣殺我也！」說道：「你拏得好賊！他是西門慶家女婿，因這婦人帶了許多裝奩金銀箱籠來，他口口聲聲稱是當朝逆犯楊戩寄放應沒官之物，來問你要，說你假盜出庫中官銀，當賊情拏他。我通一字不知，反被正堂徐知府對衆數說了我這一頓。此是我頭一日官未做，你照顧我的。我要你這不肖子何用！」卽令左右雨點般大板打將下來。可憐打得這李衙內皮開肉綻，鮮血迸流。夫人見打得不像模樣，在旁哭泣勸解。孟玉樓立在後廳角門首，掩淚潛聽。當下打了三十大板，李通判分付左右：「押着衙內，卽時與我把婦人打發出門，令他任意改嫁，免惹是非，全我名節。」那李衙內心中怎生捨得離異，只顧在父母跟前啼哭哀告：「寧把兒子打死爹爹跟前，并捨不的婦人。」李通判把衙內用鐵索墩鎖在後堂，不放出去，只要囚禁死他。夫人哭道：「相公，你做官一場，年紀五十餘歲，也只落得這點骨血。不爭爲這婦人，你囚死他，往後你年老休官，（四字更醒。）倚靠何人？」李通判道：「不然，他在這里須帶累我受人氣。」夫人道：「你不容他在此，打發他兩口兒回原籍真定府家去便了。」（處分甚妥。）通判依聽夫人之言，放了衙內，限三日就起身，打點車輛，同婦人歸棗強縣家裡

數語使人一片做官念頭灰冷。

攻書去了。

却表陳敬濟與陳安出離嚴州府，到寺中取了行李，逕往清江浦陳二店中來尋楊大郎。陳二說：「他三日前説你有信來，説不得來，他收拾了貨船，起身往家中去了。」這敬濟未信，還向河下去尋船隻，撲了箇空。説道：「這天殺的，如何不等我來就起身去了！」況新打監中出來，身邊盤纏已無，和陳安不免搭在人船上，把衣衫解當，討吃歸家。忙忙似喪家之犬，急急如漏網之魚，隨行找尋楊大郎，並無踪跡。那時正值秋暮天氣，樹木凋零，金風搖落，甚是淒凉。有詩八句，單道這秋天行人最苦：

棲棲芰荷枯，葉葉梧桐墜。
蛩鳴腐草中，雁落平沙地。
細雨濕青林，霜重寒天氣。
不是路行人，怎曉秋滋味。

有日敬濟到家，陳定正在門首，看見敬濟來家，衣衫襤褸，面貌黧黑，諕了一跳。接到家中，問貨船到于何處。敬濟氣得半日不言，把嚴州府遭官司一節説了：「多虧正堂徐知府放了我，不然性命難保。今被楊大郎這天殺的，把我貨物不知拐的往那里去了。」先使陳定往他家探聽，他家説還不曾來家。陳敬濟又親去問了一遭，並没下落，心中着慌，走入房來。那馮金寶又和西門大姐首南面北，自從敬濟出門，兩箇合氣直到如今。大姐便説馮金寶：「拏着銀子

何所聞而來，何所見而去？可爲年少妄言之戒。

敬濟非不伶俐乖巧，到此時猶説此呆語，似乎人情世故一毫不知，可見此段伶俐乖巧，正是呆處。

人有受錢代杖而以錢轉付杖者，得以杖輕爲恩，正與

敬濟感徐知府同一可笑。

大姐此時何不罵敬濟雌飯吃？敬濟禽獸畜生不必言，大姐死亦有因。

錢轉與他鴇子去了。他家保兒成日來，瞞藏背掖，打酒買肉在屋裡吃。家中要的没有，睡到晌午，諸事兒不買，只熬俺們。」馮金寶又説大姐：「成日横草不拈，竪草不動，偷米換燒餅吃。又把煮的醃肉，偷在房裡和丫頭元宵兒同吃。」這陳敬濟就信了，反罵大姐：偏得可笑。「賊不是才料淫婦，你害饞癆饞痞了，偷米出去換燒餅吃。又和丫頭打夥兒偷肉吃。」把元宵兒打了一頓，把大姐踢了幾脚。這大姐急了，趕着馮金寶兒撞頭，罵道：「好養漢的淫婦！你偷盜的東西與鴇子不值了，到學舌與漢子，説我偷米偷肉。犯夜的倒拏住巡更的了，教漢子踢我，我和你這淫婦兑換了罷，要這命做甚麽！」這敬濟道：「好淫婦，你換兑他，你還不值他箇脚指頭兒哩。」也是合當有事，于是一把手採過大姐頭髮來，用拳撞脚踢拐子打，打得大姐鼻口流血，半日甦醒過來。這敬濟便歸唱的房裡睡去了，繇着大姐在下邊房裡嗚嗚咽咽只顧哭泣。元宵兒便在外間睡着了。可憐大姐，到半夜用一條索子懸梁，自縊身死，亡年二十四歲。

到次日早辰，元宵起來，推裡間不開。上房敬濟和馮金寶還在被窩裡，使他丫頭重喜兒來叫大姐，要取木盆洗坐脚，只顧推不開。敬濟還罵：「賊淫婦，如何還睡？這咱晚不起來！我這一跺開門進去，把淫婦鬢毛都拔淨了。」重喜兒打窻眼内望裡張看，説道：「他起來了，且在房裡打鞦韆耍子兒哩。」又説：「他提偶戲耍子兒哩。」只見元宵瞧了半日，叫道：「爹，不好了，俺娘吊在床頂上吊死了。」這小郎纔慌了，和唱的齊起來，跺開房門，向前解卸下來。灌救了半日，那得口氣兒來？不知多咱時分，嗚呼哀哉死了。正是：

不知真性歸何處，疑在行雲秋水中。

陳定聽見大姐死了，恐怕連累，先走去報知月娘。（好活便管家。）月娘聽見大姐吊死了，敬濟娶唱的在家，正是冰厚三尺，不是一日之寒，率領家人、小廝、丫鬟、媳婦七八口，往他家來。見了大姐屍首吊的直挺挺的，哭喊起來。將敬濟拏住，揪採亂打，渾身錐子眼兒也不計數。唱的馮金寶，躲在床底下，採出來也打了箇臭死。把門牕户壁都打得七零八落，房中床帳粧奩都還搬的去了。歸家請將吳大舅、二舅來商議。大舅說：「姐姐，你趁此時咱家人死了不到官，到明日他過不的日子，還來纏要箱籠。人無遠慮，必有近憂，不如到官處斷開了，庶杜絕後患。」（老成之見。）月娘道：「哥見得是。」一面寫了狀子。

何不再脫褲子，露出陽來？

次日，月娘親自出官，來到本縣授官廳下，遞上狀去。原來新任知縣姓霍，名大立，湖廣黃崗縣人氏，舉人出身，爲人鯁直。聽見係人命重事，即升廳受狀。見狀上寫着：

告狀人吳氏，年三十四歲，係已故千户西門慶妻。狀告爲惡壻欺凌孤孀，聽信娼婦，熬打逼死女命，乞憐究治以存殘喘事：比有女壻陳敬濟，遭官事投來氏家，潛住數年。平日吃酒行兇，不守本分，打出吊入。氏懼法，逐離出門。豈期敬濟懷恨，在家將氏女西門氏時常熬打，一向含忍。不料伊又娶臨清娼婦馮金寶來家，奪氏女正房居住。聽信唆調，將女百般痛辱熬打。又採去頭髮，渾身踢傷。受忍不過，比及將死，于本年八月廿三日三更時分，方纔將女上吊縊死。切思敬濟恃逞兇頑，欺氏孤寡，聲言還要持刀殺害等語，後責令杜絕，在此看出。情理難容。乞賜行拘到案，嚴究女死根因，盡法如律。庶兇頑知警，良善得以安生，而死者不爲含冤矣。爲此具狀上告

本縣青天老爺施行。

這霍知縣在公座上看了狀子，又見吳月娘身穿縞素，腰繫孝裙，係五品職官之妻，生的容貌端莊，儀容閒雅，欠身起來說道：「那吳氏起來。據我看，你也是箇命官娘子，這狀上情理，我都知了。你請回去，今後只令一家人在此伺候就是了。我就出牌去拏他。」那吳月娘連忙拜謝了知縣，出來坐轎子回家，委付來昭廳下伺候。須臾批了呈狀，委兩箇公人，一面白牌，行拘敬濟、娼婦馮金寶并兩隣保甲正身，赴官聽審。

這敬濟正在家裡亂喪事，聽見月娘告下狀來，縣中差公人發牌來拏他，諕的魂飛天外，魄喪九霄。那馮金寶已被打的渾身疼痛，睡在床上。聽見人拏他，諕的魂也不知有無。陳敬濟没高低使錢，打發公人吃了酒飯，一條繩子連唱的都拴到縣裡。左隣范綱，右隣孫紀，保甲王寬。霍知縣聽見拏了人來，卽時升廳。來昭跪在上首，陳敬濟、馮金寶一行人跪在堦下。知縣看了狀子，便叫敬濟上去說：「你這厮可惡，因何聽信娼婦，打死西門氏，方令上吊，有何理說？」敬濟磕頭告道：「望乞青天老爺察情。小的怎敢打死他？因爲搭夥計在外，被人坑陷了資本，着了氣來家。問他要飯吃，他不曾做下飯，委被小的踢了兩脚，他到半夜自縊身死了。」知縣喝道：「你既娶下娼婦，如何又問他要飯吃？尤說不通。吳氏狀上說你打死他女兒，方纔

上吊，你還不招認！」敬濟道：「吳氏與小的有仇，故此誣賴小的，望老爺察情。」知縣大怒說：「他女兒見死了，還推賴那箇？」喝令左右：「拏下去！打二十大板！」提馮金寶上來，拶了一拶，敲一百敲，令公人帶下收監。卽日委典史臧不息，帶領吏書保甲隣人等，前至敬濟家，擡出屍首，當場檢驗，身上俱有青傷，脖項間亦有繩痕，生前委因敬濟踢打傷重，受忍不過，自縊身死。（公道。）取供具結，回報縣中。知縣大怒，又打了敬濟十板。金寶褪衣，也是十板。問陳敬濟夫毆妻至死者絞罪，馮金寶遞決一百，發回本司院當差。

這陳敬濟慌了，監中寫出帖子，對陳定說把布舖中本錢，連大姐頭面，共湊了一百兩銀子，暗暗送與知縣。知縣一夜把招卷改了，（辛苦。）止問了箇逼令身死，係雜犯，准徒五年，運灰贖罪。吳月娘再三跪門哀告，知縣把月娘叫上去，說道：「娘子，你女兒項上已有繩痕，如何問他毆殺條律？人情莫非忒偏向麼？你怕他後邊纏擾你，（看破月娘之情。）我這裡替你取了他杜絕文書，令他再不許上你門就是了。」一面把敬濟提到跟前，分付道：「我今日饒你一死，務要改過自新，不許再去吳氏家纏擾。再犯到我案下，決然不饒。卽便把西門氏買棺裝殮，發送葬埋來回話，我這裡好申文書往上司去。」這敬濟得了箇饒，交納了贖罪銀子，歸到家中，擡屍入棺，停放一七，念經送葬，埋城外。前後坐了半箇月監，使了許多銀兩，唱的馮金寶也去了，家中所有都乾淨了，房兒也典了，剛刮刺出箇命兒來，再也不敢聲言丈母了。正是：禍福無門人自招，須知樂極有悲來。有詩爲証〔七〕：

風波平地起蕭墻，義重恩深不可忘。
水溢藍橋應有會，三星權且作參商。

校記

〔一〕「詩曰」，內閣本、首圖本無。
〔二〕「臨清市上」，內閣本、首圖本作「臨清鬧上」。按張評本作「臨清市上」，詞話本作「臨清鬧上」。
〔三〕「人心難忖」，內閣本、首圖本作「人心難討」。按張評本、詞話本均爲「人心難忖」。
〔四〕「一旦」，崇禎各本同。按張評本作「一人」。
〔五〕「兩疋」，內閣本、首圖本作「四疋」。按張評本、詞話本均爲「兩疋」。
〔六〕「且請」，內閣本、首圖本作「且說」。
〔七〕「有詩」，原作「有請」，據內閣本改。

金瓶梅

第九十三回

王杏菴義恤貧兒

金道士變淫少弟

第九十三回　王杏菴義恤貧兒　金道士變淫少弟

詩曰〔一〕：

階前潛制淚，衆裡自嫌身。
氣味如中酒，情懷似別人。
煖風張樂席，晴日看花塵。
盡是添愁處，深居乞過春。

話說陳敬濟，自從西門大姐死了，被吳月娘告了一狀，打了一場官司出來，唱的馮金寶又歸院中去了，剛刮刺出個命兒來。足矣。房兒也賣了，本錢兒也沒了，頭面也使了，家伙也沒了。又說陳定在外邊打發人，尅落了錢，把陳定也攆去了。家中日逐盤費不週，坐吃山空，不時往楊大郎家中，問他這半船貨的下落。一日，來到楊大郎門首，叫聲：「楊大郎在家不在？」不想楊光彥拐了他半船貨物，一向在外賣了銀兩，四散躲閃。及打聽得他家中吊死了老婆，他丈母縣中告他，坐了半個月監，這楊大郎就驀地來家住着。聽見敬濟上門叫他，問貨船下落，一徑使兄弟楊二風出來，反問敬濟要人：「你把我哥哥叫的外邊做買賣，這幾個月通無音信，不知抛在江中，推在河內，害了性命，你倒還來我家尋貨船下落。人命要緊，你那貨物要緊？」這楊二風平昔是個刁徒潑皮，耍錢搗子，肐膊上紫肉横生，胸前上黄毛亂長，是一條直率光棍。走出來，一把手扯住敬濟，就問他要人。那敬濟慌忙掙開手〔二〕，跑回家來。這楊二風故意拾了塊三尖瓦楔，將頭顱礸破，血流滿面，趕將敬濟來。罵道：「我合你娘眼！我見你家甚麼銀子來，你來我屋裡放屁？吃我一頓好拳頭！」那陳敬濟金命水命，走投無命，奔到家把大門關閉，如鐵桶相似，繇着楊二風牽爹娘，罵父母，拏大磚砸門，只是鼻口内不敢出氣兒。又况纔打了官司出來，夢條繩蛇也害怕，只得含忍過了。正是：嫩草怕霜霜怕月〔三〕，惡人自有惡人磨。不消幾時，把大房賣了，找了七十兩銀子，典了一所小房，在僻巷内居住。落後兩個丫頭賣了一個重喜兒，只留着元宵兒和他同舖歇。又過了不上半月，把小房倒騰了，却去賃房居住。陳安也走了，家中没營運，元宵兒也死了，止是單身獨自。家伙桌椅都變賣了，只落得一貧如洗。

富貴家子弟，父兄死後，你不讀書，任聰明乖巧，亦必流落至此，非異事也。

未幾，房錢不給，鑽入冷舖内存身。花子見他是個富家勤兒，生的清俊，叫他在熱炕上睡，與他燒餅兒吃。有當夜的過來，教他頂火夫，打梆子摇鈴。

那時正值臘月殘冬時分，天降大雪，吊起風來，十分嚴寒。這陳敬濟打了回梆子，打發當夜的兵牌過去，不免手提鈴串了幾條街巷。又是風雪，地下又踏着那寒冰，凍得聳肩縮背，戰戰兢兢。臨五更雞叫，只見個病花子倘在墻底下，恐怕死了，總甲分付他看守着，尋了把草教他烤。這敬濟支更，一夜没曾睡，就捱下睡着了。不想做了一夢，夢見那時在西門慶家怎生受榮華富貴，和潘金蓮抅搭，頑耍戲謔，從睡夢中就哭醒了。衆花子說：「你哭怎的？」這敬濟便道：「你衆位哥哥，我的苦楚，你怎得知？——

頻年困苦痛妻亡，身上無衣口絕糧。
馬死奴逃房又賣，隻身獨自走他鄉。
朝依肆店求遺饌，暮宿庄團倚敗墻。
只有一條身後路，冷舖之中去打梆。」

陳敬濟晚夕在冷舖存身，白日間街頭乞食。

清河縣城内有一老者，姓王名宣，字廷用，年六十餘歲。家道殷實，爲人心慈，仗義疏財，專一濟貧拔苦，好善敬神。所生二子皆當家成立。長子王乾，襲祖職爲牧馬所掌印正千户。次子王震，充爲府學庠生。老者門首搭了箇主管，開着個解當舖兒，每日豐衣足食，閒散無拘，在梵宇聽經，琳宮講道。無事在家門首施藥救人，拈素珠念佛。因後園中有兩株杏樹，道號爲杏菴居士。

一日，杏菴頭戴重簷幅巾，身穿水合道服，在門首站立。只見陳敬濟打他門首過，向前扒在地下磕了個頭。忙的杏菴還禮不迭，說道：「我的哥，你是誰？老拙眼昏，不認的你。」這敬濟戰戰競競，站立在旁邊說道：「不瞞你老人家，小人是賣松槗陳洪兒子。」老者想了半日，說：「你莫不是陳大寬的令郎麽？」因見他衣服襤褸，形容憔悴，說道：「賢侄，你怎的弄得這般模

陳洪，號到此忽點出，冷甚。

樣？」便問：「你父親、母親可安麽？」敬濟道：「我爹死在東京，我母親也死了。」杏菴道：「我聞得你在丈人家住來。」敬濟道：「家外父死了，外母把我攆出來。他女兒死了，告我到官，打了一場官司，把房兒也賣了，有些本錢兒都吃人坑了，一向閒着沒有營生。」杏菴道：「賢侄，你如今在那裡居住？」敬濟半日不言語，說：「不瞞你老人家說，如此如此。」（吞吐妙甚。）杏菴道：「可憐。賢侄你原來討吃哩。想着當初，你府上那樣根基人家。我與你父親相交，賢侄，你那咱還小哩，纔扎着總角上學堂。怎就流落到此地位？可傷，可傷！你還有甚親家？也不看顧你看顧兒。」敬濟道：「正是。俺張舅那裡，一向也久不上門，不好去的。」問了一回話，老者把他讓到裡面客位裡，令小厮放桌兒，擺出點心嗄飯來，教他儘力吃了一頓。見他身上單寒，拏出一件青布綿道袍兒，一頂氊帽，又一雙氊韈、綿鞋，又秤一兩銀子、五百銅錢，遞與他。分付道：「賢侄，這衣服鞋韈與你身上，那銅錢與你盤纏，賃半間房兒住。這一兩銀子，你拏着做上些小買賣兒，也好糊口過日子，强如在冷鋪中，學不出好人來。（正色說趣語，妙。）每月該多少房錢，來這裡，老拙與你。」這陳敬濟扒在地下磕頭謝了，說道：「小侄知道。」拏着銀錢出離了杏菴門首，也不尋房子，也不做買賣，把那五百文錢，每日只在酒店麪店以了其事。（自然之理。）那一兩銀子，搗了些白銅頓罐在街上行使，（人貧智短，信然。）吃巡邏的當土賊拏到該坊節級處，一頓拶打，使的罄盡，還落了一屁股瘡。不消兩日，把身上綿衣也輸了，韈兒也換嘴來吃了，依舊原在街上討吃。

一日，又打王杏菴門首所過。杏菴正在門首，只見敬濟走來磕頭，身上衣韈都沒了，止戴

饑寒似爲廉耻而忍，而廉耻終捱不過饑寒。生死之際，君子小人之間，難言哉。

着那氈帽，精脚靸鞋，凍的乞乞縮縮。老者便問：「陳大官，做得買賣如何？房錢到了，來取房錢來了？」那陳敬濟半日無言可對。問之再三，方說如此這般，都没了。老者便道：「呵呀，賢侄，你這等就不是過日子的道理。你又拈不的輕，負不的重，但做了些小活路兒，還强如乞食，免教人耻笑，有玷你父祖之名。你如何不依我說？」一面又讓到裡面，教安童拏飯來與他吃飽了，又與了他一條袷褲，一領白布衫，一雙裹脚，一吊銅錢，一斗米：「你拏去，務要做上了小買賣，賣些柴炭、豆兒、瓜子兒，也過了日子。强似這等討吃。」

這敬濟口雖答應，拏錢米在手，出離了老者門，那消幾日，熟食肉麪，都在冷鋪内和花子打夥兒都吃了。耍錢，又把白布衫袷褲都輸了。大正月裡，又抱着肩兒在街上走，不好來見老者。走在他門首房山墻底下，向日陽站立。老者冷眼看見他，不叫他。他挨挨搶搶，又到根前，扒在地下磕頭。老者見他還依舊如此，說道：「賢侄，這不是常策。咽喉深似海，日月快如梭。無底坑如何填得起？你進來我與你說。有一個去處，又清閒，又安得你身，只怕你不去。」敬濟跪下哭道：「若得老伯見憐，不拘那裡，但安下身，小的情愿就去。」杏菴道：「此去離城不遠，臨清馬頭上，有座晏公廟。那裡魚米之鄉，舟船輻輳之地，錢粮極廣，清幽瀟灑。廟主任道士，與老拙相交極厚，他手下也有兩三個徒弟徒孫〔四〕。我備分禮物，把你送與他做箇徒弟出家，學些經典、吹打，與人家應福，也是好處。」敬濟道：「老伯看顧，可知好哩。」杏菴道：「既然如此，你去。明日是個好日子，你早來，我送你去。」敬濟去了。這王老連忙叫了裁縫來，就替敬濟做了兩件道衣，一頂道髻，鞋襪俱全。

次日，敬濟果然來到。王老教他空屋裡洗了澡，梳了頭，戴上道髻，裡外換了新襖新褲，上蓋青絹道衣，下穿雲履氈襪。備了四盤羹果，一罈酒，一疋尺頭，封了五兩銀子。他便乘馬，顧了一疋驢兒與敬濟騎着，安童、喜童跟隨，兩個人擡了盒担，出城門，逕往臨清馬頭晏公廟來。止七十里，一日路程。比及到晏公廟，天色已晚，王老下馬，進入廟來。只見青松鬱鬱，翠柏森森，兩邊八字紅墻，正面三間朱户，端的好座廟宇。但見：

山門高聳，殿閣崚層。高懸勅額金書，彩畫出朝入相。人情。五間大殿，塑龍王一十二尊；兩下長廊，刻水族百千萬衆。旗竿凌漢，帥字招風。四通八達，春秋社禮享依時；雨順風調，河道民間皆祭賽。萬年香火威靈在，四境官民仰賴安。

山門下早有小童看見，報入方丈，任道士忙整衣出迎。王杏菴令敬濟和禮物且在外邊伺候。不一時，任道士把杏菴讓入方丈松鶴軒敘禮，說：「王老居士，怎生一向不到敝廟隨喜？今日何幸，得蒙下顧。」杏菴道：「只因家中俗冗所羈，久失拜望。」敘禮畢，分賓主而坐，小童獻茶。茶罷，任道士道：「老居士，今日天色已晚，你老人家不去罷了。」分付：「把馬牽入後槽餵息。」杏菴道：「没事不登三寶殿。老拙敬來，有一事干瀆，未知尊意肯容納否？」任道士道：「老居士有何見教，只顧分付，小道無不領命。」杏菴道：「今有故人之子，姓陳名敬濟，年方二十四歲，生的資格清秀，倒也伶俐。只是父母去世太早，自幼失學。若說他父祖根基，也不是無名

爲敬濟則得矣，道士悔氣，奈何。

少姓人家，有一分家當。只因不幸遭官事沒了，無處棲身。老拙念他乃尊舊日相交之情，欲送他來貴宮作一徒弟，未知尊意如何？」任道士便道：「老居士分付，小道怎敢違阻？奈因小道命蹇，家下雖有兩三個徒弟，都不省事，沒一箇成立的，小道常時惹氣。未知此人誠實不誠實。」杏菴道：「這個小的，不瞞尊師說，只顧放心，一味老實本分，何以見得？膽兒又小，所事兒伶範，堪可作一徒弟。」任道士問：「幾時送來？」杏菴道：「見在山門外伺候。還有些薄禮，伏乞笑納。」慌的任道士道：「老居士何不早說？」一面道：「有請！」于是擡盒人擡進禮物。任道士見帖兒上寫着：「謹具粗段一端，魯酒一樽，豚蹄一副，燒鴨二隻，樹果二盒，白金五兩。知生王宣頓首拜。」連忙稽首謝道：「老居士何以見賜許多重禮，使小道却之不恭，受之有愧。」只見陳敬濟頭戴金梁道髻，身穿青絹道衣，脚下雲履淨襪，腰繫絲縧，生的眉清目秀，齒白唇紅，面如傅粉，走進來向任道士倒身下拜，拜了四雙八拜。任道士因問他：「多少青春？」敬濟道：「屬馬，交新春二十四歲了。」任道士見他果然伶俐，取了他個法名，叫做陳宗美。原來任道士手下有兩個徒弟，大徒弟姓金名宗明，二徒弟姓徐名宗順，他便叫陳宗美。王杏菴都請出來，見了禮數。一面收了禮物，小童掌上燈來，放卓兒，先擺飯，後吃酒。餚品盃盤堆滿卓上，無非是雞蹄鵝鴨魚肉之類。王老吃不多酒，師徒輪番勸彀幾巡〔五〕，王老不勝酒力，告辭。房中自有床鋪，安歇一宿。

到次日清晨，小童舀水淨面，梳洗盥漱畢，任道士又早來遞茶。不一時擺飯，又吃了兩盃酒，喂飽頭口，與了擡盒人力錢。王老臨起身，叫過敬濟來分付：「在此好生用心習學經典，聽師父指教。我常來看你，按季送衣服鞋襪來與你。」又向任道士說：「他若不聽教訓，一任責治，老拙並不護短。」一面背地又囑付敬濟：情景如畫。「我去後，你要洗心改正，習本等事業。你若再不安分，我不管你了。」那敬濟應諾道：「兒子理會了。」王老當下作辭任道士，出門上馬，離晏公廟回家去了。

敬濟自此就在晏公廟做了道士。因見任道士年老赤鼻，肖。身體魁偉，聲音洪亮，一部髭髯，能談善飲，只專迎賓送客，凡一應大小事，都在大徒弟金宗明手裡。那時，朝廷運河初開，臨清設二閘以節水利。不拘官民，船到閘上，都來廟裡，或求神福，或來祭愿，或討卦與笤，或做好事。也有布施錢米的，也有餽送香油紙燭的，也有留松篙蘆席的。這任道士將常署裡多餘錢糧，都令家下徒弟在馬頭上開設錢米鋪，賣將銀子來，積儹私囊。

他這大徒弟金宗明，也不是個守本分的。年約三十餘歲，常在娼樓包占樂婦，是個酒色之徒。手下也有兩個清潔年小徒弟，同鋪歇卧，日久絮繁。名言。因見敬濟生的齒白唇紅，面如傅粉，清俊乖覺，眼裡說話，就纏他同房居住。晚夕和他吃半夜酒，把他灌醉了，在一鋪歇卧。初時兩頭睡，便嫌敬濟腳臭，叫過一個枕頭上睡。睡不多回，又說他口氣噴着，令他吊轉身子，屁股貼着肚子。那敬濟推睡着，不理他。他把那話弄得硬硬的，直竪一條棍，抹了些唾津在頭上，往他糞門裡只一頂。原來敬濟在冷鋪中被花子飛天鬼侯林兒弄過的，眼子大了，那演大了，

討便宜如此。

話不覺就進去了。這敬濟口中不言，心內暗道：「這厮合敗。他討得十方便宜多了，把我不知當做甚麽人兒。與他個甜頭兒，且教他在我手內納些銀錢〔六〕。」一面故意聲叫起來。這金宗明恐怕老道士聽見，連忙掩住他口，說：「好兄弟，噤聲。隨你要的，我都依你。」敬濟道：「你既要拘搭我，我不言語，須依我三件事。」金蓮傳授。宗明道：「好兄弟，休說三件，就是十件事，我也依你〔七〕。」敬濟道：「第一件，你既要我，不許你再和那兩個徒弟睡。第二件，大小房門上鑰匙，我要執掌。第三件，隨我往那裡去，你休嗔我。你都依了我，我方依你此事。」金宗明道：「這個不打緊，我都依你。」當夜兩個顛來倒去，整狂了半夜。這陳敬濟自幼風月中撞，甚麽事不知道？當下被底山盟，枕邊海誓，淫聲艷語，摳吮舔品，把這金宗明哄得歡喜無盡。大才而小用矣。到第二日，果然把各處鑰匙都交與他手內，就不和那個徒弟在一處，每日只同他一鋪歇卧。

一日兩，兩日三，這金宗明便再三稱贊他老實。任道士聽信，又替他使錢討了一張度牒，自此以後，凡事並不防範。這陳敬濟因此常拏着銀錢往馬頭上游玩。看見院中架兒陳三兒說：「馮金寶兒他鴇子死了，他又賣在鄭家，叫鄭金寶兒。如今又在大酒樓上趕趁哩，你不看他看去？」這小夥兒舊情不改，拏着銀錢，跟定陳三兒，逕往馬頭大酒樓上來。此不來倒好，若來，正是五百載冤家來聚會，數年前姻眷又相逢。有詩爲証：

人生莫惜金縷衣，人生莫負少年時。
見花欲折須當折，莫待無花空折枝。

原來這座酒樓乃是臨清第一座酒樓，名喚謝家酒樓。裡面有百十座閣兒，週圍都是緑欄杆，就緊靠着山岡。前臨官河，極是人烟鬧熱去處，舟船往來之所。怎見得這座酒樓齊整？但見：

雕簷映日，畫棟飛雲。緑欄杆低接軒窗，翠簾櫳高懸户牖。吹笙品笛，盡都是公子王孫；執盞擎盃，擺列着歌姬舞女。消磨醉眼，倚青天萬疊雲山；勾惹吟魂，翻瑞雪一河烟水。樓畔緑楊啼野鳥，門前翠柳繫花驄。

這陳三兒引敬濟上樓，到一個閣兒裡坐下。便叫店小二打抹春檯，安排一分上品酒果下飯來擺着，使他下邊叫粉頭去了。須臾，只聽樓梯響，馮金寶上來，手中拏着個厮鑼兒。見了敬濟，深深道了萬福。常言情人見情人，不覺簌地兩行淚下。正是：

數聲嬌語如鶯囀，一串珍珠落線頭。

敬濟一見，便拉他一處坐，問道：「姐姐，你一向在那裡來，不見你？」這馮金寶收淚道：「自從縣中打斷出來，我媽着了驚謊，不久得病死了，把我賣在鄭五媽家。這兩日子弟稀少，不免又來在臨清馬頭上趕趁酒客。昨日聽見陳三兒説你在這裡開錢舖，要見你一見。不期今日會見一面，可不想殺我也！」説畢，又哭了。敬濟取袖中帕兒，替他抹了眼淚，説道：「我的姐姐，你休煩惱。我如今又好了。自從打出官司來，家業都没了，投在這晏公廟做了道士。師父甚是托我，往後我常來看你。」因問：「你如今在那裡安下？」金寶便説：「奴就在這橋西洒家店劉二

寫得默然有慘色，妙。

那裡。有百十房子，四外衏衏窠子妓女，都在那裡安下，白日裡便來這各酒樓趕趁。」說着，兩個挨身做一處飲酒。陳三兒盪酒上樓，拏過琵琶來。金寶彈唱了個曲兒與敬濟下酒，名《普天樂》：

淚雙垂，垂雙淚。三盃別酒，別酒三盃。鸞鳳對拆開，拆開鸞鳳對。嶺外斜暉，看看墜；看看墜，嶺外暉。天昏地暗，徘徊不捨，不捨徘徊。

兩人吃得酒濃時，未免解衣雲雨，下個房兒。這陳敬濟一向不曾近婦女，久渴的人，今得遇金寶，儘力盤桓。尤雲殢雨，未肯卽休。須臾事畢，各整衣衫。敬濟見天色晚來〔八〕，與金寶作別，與了金寶一兩銀子，與了陳三兒三百文銅錢。囑付：「姐姐，我常來看你，咱在這搭兒裡相會。你若想我，（痴語）使陳三兒叫我去。」下樓來，又打發了店主人謝三郎三錢銀子酒錢，敬濟回廟中去了。這馮金寶送至橋邊方回。正是：

盼穿秋水因錢鈔，哭損花容爲鄧通。

校記

〔一〕「詩曰」，內閣本、首圖本無。

〔二〕「慌忙」，原作「謊忙」，據內閣、首圖等本改。

〔三〕「霜怕月」，內閣本、首圖本、天圖本作「霜怕日」。按張評本、詞話本均爲「霜怕日」。

〔四〕「也有」，原作「也莫」，據內閣、首圖等本改。

〔五〕「師徒」，内閣本、首圖本作「徒弟」。

〔六〕「銀錢」，内閣本、首圖本作「錢鈔」。按張評本爲「銀錢」，詞話本爲「敗缺」。

〔七〕「我也依你」，原作「我事依你」，據内閣、首圖等本改。按張評本作「我都依你」，詞話本爲「我也依你」。

〔八〕「天色晚來」，内閣本、首圖本作「天色晚了」。按張評本、詞話本均作「天色晚來」。

第九十四回　大酒樓劉二撒潑

酒家店雪娥為娼

第九十四回　大酒樓劉二撒潑　酒家店雪娥爲娼〔一〕

詩曰〔二〕：

骨肉傷殘産業荒，一身何忍去歸娼。
淚垂玉筯辭官舍，步蹴金蓮入教坊。
覽鏡自憐傾國色，向人初學倚門粧。
春來雨露寬如海，嫁得劉郎勝阮郎。

話說陳敬濟自從謝家酒樓上見了馮金寶，兩個又勾搭上前情，往後没三日不和他相會。或一日敬濟有事不去，金寶就使陳三兒稍寄物事，或寫情書來叫他去。一次或五錢，或一兩。以後日間供其柴米，納其房錢。歸到廟中，便臉紅。任道士問他：「何處吃酒來？」敬濟只說：「在米鋪和夥計暢飲三盃，解辛苦來。」他師兄金宗明一力替他遮掩，晚夕和他一處盤弄那勾當，是不必說。朝來暮往，把任道士囊篋中細軟的本錢，也抵盜出大半，花費了。

一日，也是合當有事。這酒家店的劉二，有名坐地虎。他是帥府周守備府中親隨張勝的小舅子，專一在馬頭上開娼店，倚强凌弱，舉放私債與巢窩中各娼使用，加三討利。有一不給，搗換文書，將利作本，利上加利。嗜酒行兇，人不敢惹他，就是打粉頭的班頭，欺酒客的領袖。因見陳敬濟是晏公廟任道士的徒弟，白臉小廝，在謝三家大酒樓上把粉頭鄭金寶兒包占住了，吃的楞楞睜睜，提着碗大的拳頭，（恐鷄肋不足以安。）走來謝家樓下問：「金寶在那裡？」慌的謝三郎連忙聲喏，說道：「劉二叔，他在樓上，第二間閣兒裡便是。」這劉二大扠步上樓來，敬濟正與金寶在閣兒裡面飲酒，做一處快活，把房門關閉，外邊簾子掛着。被劉二一把手扯下簾子，大叫：「金寶兒出來！」諕的陳敬濟鼻口內氣兒也不敢出。這劉二用脚把門踹開，金寶兒只得出來相見，說：「劉二叔叔，有何說話？」劉二罵道：「賊淫婦，你少我三個月房錢，却躲在這裡，就不去了！」金寶笑嘻嘻說道：「二叔叔，你家去，我使媽媽就送房錢來。」被劉二只摟心一拳，打了老婆一交，把頭顱搶在堦沿下磕破，血流滿地。罵道：「賊淫婦，還等甚送來，我如今就要！」看見陳敬濟在裡面，走向前，把卓子只一掀，碟兒打得粉碎。那敬濟便道：「阿呀，你是甚麽人，走來撒野？」劉二罵道：「我合你道士秫秫娘！」一手採過頭髮來，按在地下，拳捶脚踢無數。那樓上吃酒的人，看着都立睁了。店主人謝三郎初時見劉二醉了，不敢惹他，次後見打得人不像模樣，上樓來解勸，說道：「劉二叔，你老人家息怒。他不曉得你老人家大名，悮言冲撞，休要和他一般見識。看小人薄面，饒他去罷。」這劉二那裡依從，儘力把敬濟打了個發昏章第十一。叫將地方保甲，一條繩子，連粉頭都拴在一處墩鎖，分付：「天明，早解到老爺府裡去！」原來守備敕書上命他保障地方，巡捕盜賊，兼管河道。這裡拏了敬濟，任道士廟中尚還不知，只說他晚夕米鋪中上宿未回。

却說次日，地方保甲、巡河快手押解敬濟、金寶，顧頭口趕清晨早到府前伺候。先遞手本與兩個管事張勝、李安看，說是劉二叔地方喧鬧一起，晏公廟道士一名陳宗美，娼婦鄭金寶。衆軍牢都問他要錢，說道：「俺們是廳上動刑的，一班十二人，隨你罷。正經兩位管事的，你倒不可輕視了他。」敬濟道：「身邊銀錢倒有，都被夜晚劉二打我時，被人掏摸的去了。身上衣服都扯碎了，那得錢來？止有頭上關頂一根銀簪兒，（還不放此簪。）拔下來，與二位管事的罷。」衆牢子拏着那根簪子，走來對張勝、李安如此這般說：「他一個錢兒不拏出來，止與了這根簪兒，還是鬧銀的。」張勝道：「你叫他近前，等我審問他。」衆軍牢不一時擁到跟前跪下。問：「你幾時與任道士做徒弟？俗名叫甚麼？我從未見你。」敬濟道：「小的俗名叫陳敬濟，原是好人家兒女，做道士不久。」張勝道：「你既做道士，便該習學經典，許你在外宿娼飲酒喧嚷？你把俺帥府衙門當甚麼些小衙門，不拏了錢兒來。這根簪子，打水不渾，要他做甚？還掠與他去！」分付牢子：「等住回老爺升廳，把他放在頭一起。眼見這狗男女道士，就是個吝錢的，只許你白要四方施主錢糧！休說你爲官事，你就來吃酒赴席，也帶方汗巾兒揩嘴。等動刑時，着實加力拶打這厮。」又把鄭金寶叫上去。鄭家有忘八跟着，上下打發了三四兩銀子。張勝說：「你係娼門，不過趁熟趕些衣食爲生，没甚大事。看老爺喜怒不同，看惱只是一兩拶子，若喜歡，只恁放出來也不知。」不一時，只見裡面雲板响，守備升廳，兩邊僚掾軍牢森列，甚是齊整。但見：

緋羅繳壁，紫綬卓圍。當廳額掛茜羅，四下簾垂翡翠。勘官守正，戒石上刻御製四行；人從謹廉，鹿角旁插令旗兩面。軍牢沉重，僚掾威儀。執大棍授事立堦前，挾文書廳旁聽發放。雖然一路帥臣，果是滿堂神道。

當時沒巧不成話，也是五百劫寃家聚會，姻緣合當湊着。春梅在府中，從去歲八月間，已生了箇哥兒。（信乎有命。）小衙內今方半歲光景，貌如冠玉，唇若塗朱。守備喜似席上之珍，愛如無價之寶。未幾，大奶奶下世，守備就把春梅册正，做了夫人。（母以子貴，果然。）就住着五間正房，買了兩個養娘抱妳哥兒——一名玉堂，一名金匱。兩個小丫鬟伏侍——一名翠花，一名蘭花。又有兩個身邊得寵彈唱的姐兒，都十六七歲，一名海棠，一名月桂，都在春梅房中侍奉。那孫二娘房中止使着一個丫鬟，名喚荷花兒，不在話下。

每常這小衙內，只要張勝抱他外邊頑耍，遇着守備升廳，便在旁邊觀看。當日守備升廳坐下，放了告牌出去，各地方解進人來。頭一起就叫上陳敬濟并娼婦鄭金寶兒去。守備看了呈狀，便說道：「你這厮是箇道士，如何不守清規，宿娼飲酒，騷擾地方，行止有虧？左右拏下去，打二十棍，追了度牒還俗。那娼婦鄭氏，桚一桚，敲五十敲，責令歸院當差。」兩邊軍牢向前，纔待扯翻敬濟，攤去衣服，用繩索綁起，轉起棍來，兩邊招呼要打時，可霎作怪，張勝抱着小衙內正在月臺上站立觀看，那小衙內看見打敬濟，便在懷裡攔不住，撲着要敬濟抱。張勝恐怕守備看見，忙走過來。那小衙內亦發大哭起來，直哭到後邊春梅根前。春梅問：「他怎的哭？」張勝便說：「老爺廳上發放事，打那晏公廟陳道士，他就撲着要他抱。小的走下來，他就

敬濟此來，謂禍不可，謂福不可。古云：禍兮福所倚，福兮禍所伏，於焉可想。

哭了。」

這春梅聽見是姓陳的，不免輕移蓮步，欵蹙湘裙，走到軟屏後面探頭觀覷：「打的那人，聲音模樣倒好似陳姐夫一般，他因何出家做了道士？」又叫過張勝，問他：「此人姓甚名誰？」張勝道：「這道士我曾問他來，他說俗名叫陳敬濟。」春梅暗道：「正是他了。」關心語。一面使張勝：「請下你老爺來。」這守備廳上打敬濟纔打到十棍，一邊還楞着唱的，忽聽後邊夫人有請，分付牢子把棍且閣住休打，一面走下廳來。春梅說道：「你打的那道士，是我姑表兄弟。看奴面上，饒了他罷。」守備道：「夫人何不早說，我已打了他十棍，怎生奈何？」一面出來，分付牢子：「都與我放了！」唱的便歸院去了。守備悄悄使張勝：「叫那道士回來，且休去。問了你奶奶，請他相見。」這春梅纔待使張勝請他到後堂相見，忽然沉吟想了一想，便又分付張勝：「你且叫那人去着，等我慢慢再叫他。」度牒也不曾追。

只一陳字便經心，時時在念可知。

滿腔幽情冷思，欲行又止，任慧心人一時索解不來。

這陳敬濟打了十棍，出離了守備府，還奔來晏公廟。不想任道士聽見人來說：「你那徒弟陳宗美，在大酒樓上包着唱的鄭金寶兒，惹了酒家店坐地虎劉二，打得臭死。連老婆都拴了，解到守備府去了。行止有虧，便差軍牢來拏你去審問，追度牒還官。」這任道士聽了，一者年老的着了驚怕，二來身體胖大，因打開囊篋，內又没了許多細軟東西，着了口重氣，心中痰湧上來，昏倒在地。衆徒弟慌忙向前扶救，請將醫者來，灌下藥去，通不省人事，到半夜嗚呼斷氣身亡，亡年六十三歲。第二日，陳敬濟來到。左右隣人說：「你還敢廟裡去？你師父因爲

王杏菴亦未料及此也。

你，如此這般，得了口重氣，昨夜三更鼓死了。」這敬濟聽了，諕的忙忙似喪家之犬，急急如漏網之魚，復回清河縣城中來。正是：

鹿隨鄭相應難辨，蝶化莊周未可知。

話分兩頭，却說春梅，一面使張勝叫敬濟且去着，一面走歸房中，摘了冠兒，脫了繡服，倒在床上，便捫心搵被，聲疼叫喚起來。（情亦太急。）諕的合宅大小都慌了。下房孫二娘來問道：「大奶奶纔好好的，怎的就不好起來？」春梅說：「你每且去，休管我。」落後守備退廳進來，見他倘在床上叫喚，也慌了。扯着他手兒問道：（愛甚。）「你心裡怎的來？」也不言語。又問：「那箇惹着你來？」也不做聲。守備道：「不是我剛纔打了你兄弟，你心內惱麼？」亦不應答。這守備無計奈何，走出外邊麻犯起張勝、李安來了：「你兩個早知他是你奶奶兄弟，如何不早對我說？却教我打了他十下，惹的你奶奶心中不自在。我曾教你留下他，請你奶奶相見，你如何又放他去了？你這廝每却討分曉〔三〕。」張勝說：「小的曾稟過奶奶來，奶奶說且教他去着，小的纔放他去了。」一面走入房中，哭哭啼啼哀告春梅：「望乞奶奶在爺前方便一言，不然爺要見責小的每哩。」這春梅睜圓星眼，剔起蛾眉，叫過守備近前說：「我自心中不好，干他們甚事？那廝他不守本分，在外邊做道士，且奈他些時，等我慢慢招認他。」這守備纔不麻犯張勝、李安了。

守備見他只管聲喚，又使張勝請下醫官來看脈。說：「老安人染了六慾七情之病，着了重氣在心。」討將藥來又不吃，都放冷了。丫頭每都不敢向前說話，請將守備來看着吃藥，只呷

詩曰：「三喚不一應，有何比松柏？」絕似此時情景。

說得近情近理，人決不疑。

六慾七情便是相思影子，此

醫大通。

了一口，就不吃了。也吃苦了。守備出去了，大丫鬟月桂拏過藥來，請奶奶吃藥，被春梅拏過來，匹臉只一潑，罵道：「賊浪奴才，你只顧拏這苦水來灌我怎的？我肚子裡有甚麽？」教他跪在面前。孫二娘走來問道：「月桂怎的，奶奶教他跪着？」海棠道：「奶奶因他拏藥與奶奶吃來。奶奶說：『我肚子裡有甚麽？拏這藥來灌我。』教他跪着。」孫二娘道：「奶奶，你委的今一日沒曾吃甚麽。這月桂他不曉得，奶奶休打他，看我面上，饒他這遭罷。」分付海棠：「你往厨下熬些粥兒來，與你奶奶吃口兒。」春梅于是把月桂放起來。

那海棠走到厨下，用心用意熬了一小鍋粳米濃濃的粥兒，定了四碟小菜兒，用甌兒盛着，熱烘烘拏到房中。春梅倘在床上，面朝裡睡。又不敢叫，直待他番身，方纔請他：「有了粥兒在此，請奶奶吃粥。」春梅把眼合着，不言語。海棠又叫道：「粥晾冷了，請奶奶起來吃粥。」孫二娘在旁說道：「大奶奶，你這半日沒吃甚麽。這回你覺好些，且起來吃些箇。」那春梅一砧碌子扒起來，教妳子拏過燈來，取粥在手，只呷了一口，往地下只一推，早是不曾把家伙打碎，被妳子接住了。就大吆喝起來，向孫二娘說：「你平白叫我起來吃粥，你看賊奴才熬的好粥！我又不坐月子，熬這照面湯來與我吃怎麽？」分付奶子金匱：「你與我把這奴才臉上打與他四箇嘴巴！」當下真箇把海棠打了四箇嘴巴。孫二娘便道：「奶奶，你不吃粥，却吃些甚麽兒？却不餓着你？」春梅道：「你教我吃，我心內攔着，吃不下去。」良久，叫過小丫鬟蘭花兒來，分付道：「我心內想些雞尖湯兒吃。題目便摟搜。你去厨房內，對那淫婦奴才，教他洗手做碗好雞尖湯兒與我

春梅作喬處，不得其情，殊可憎；得其情，則見其腔有板，有老着臉兒做作，亦復可笑。

人只知春梅器小暴戾，弄驕使勢，孰知其一段冷煖苦心，別有所用。人家妻妾，但

作此態，便有可疑。

緩緩入題，不欲與人看破。

嫌好道惡强尋事端，似從魯仲達打鄭關西中化來。

吃。教他多放些酸笋，做的酸酸辣辣的我吃。」孫二娘便說：「奶奶，分付他教雪娥做去。你心下想吃的，就是藥。」

這蘭花不敢怠慢〔四〕，走到厨下對雪娥說：「奶奶教你做雞尖湯，快些做，等着要吃哩。」原來這雞尖湯，是雛雞脯翅的尖兒碎切的做成湯。這雪娥一面洗手剔甲，旋宰了兩隻小雞，退刷乾淨，剔選翅尖，用快刀碎切成絲，加上椒料、葱花、芫荽、酸笋、油醬之類，揭成清湯。盛了兩甌兒，用紅漆盤兒，熱騰騰，蘭花拏到房中。春梅燈下看了，呷了一口，怪叫大罵起來：「你對那淫婦奴才說去，做的甚麽湯！精水寡淡，有些甚味？你們只教我吃，平白叫我惹氣！」慌的蘭花生怕打，連忙走到厨下對雪娥說：「奶奶嫌湯淡，好不罵哩。」這雪娥一聲兒不言語，忍氣吞聲，從新洗鍋，又做了一碗。多加了些椒料，香噴噴，教蘭花拿到房裡來。春梅又嫌忒醎了，拏起來照地下只一潑，早是蘭花躲得快，險些兒潑了一身。罵道：「你對那奴才說去，他不憤氣做與我吃，這遭做的不好，教他討分曉！」

這雪娥聽見，千不合萬不合，悄悄說了一句：「姐姐，幾時這般大了，就抖摟起人來！」雪娥太不識時務。不想蘭花回到房裡，告春梅說了。這春梅不聽便罷，聽了此言，登時柳眉剔竪，星眼圓睜，咬碎銀牙，通紅了粉面，大叫：「與我採將那淫婦奴才來！」須臾，使了妳娘丫鬟三四箇，登時把雪娥拉到房中。春梅氣狠狠的一手扯住他頭髮，把頭上冠子踩了，罵道：「淫婦奴才，你怎的說幾時這般大？不是你西門慶家擡舉的我這般大！我買將你來伏侍我，你不憤氣，教你

要拔去眼中釘，勢不得不狠毒。然要之以子，挾之以命，亦覺太潑皮無賴矣。

做口子湯，不是精淡，就是苦鹹。你倒還對着丫頭說我幾時恁般大起來，摟搜索落我，要你何用？」一面請將守備來，採雪娥出去，當天井跪着。前邊叫將張勝、李安，旋剝褪去衣裳，打三十大棍。兩邊家人點起明晃晃燈籠，張勝、李安各執大棍伺候。那雪娥只是不肯脫衣裳。守備恐怕氣了他，在根前不敢言語。孫二娘在旁邊再三勸道：「隨大奶奶分付打他多少，免褪他小衣罷。不爭對着下人脫去他衣服，他爺體面上不好看的。只望奶奶高擡貴手，委的他的不是了。」春梅不肯，定要去他衣服打。說道：「那箇攔我，我把孩子先摔殺了，然後我也一條繩子吊死就是了。留着他便是了。」于是也不打了，一頭撞倒在地，就直挺挺的昏迷不省人事。守備諕的連忙扶起，說道：「隨你打罷，沒的氣着你。」當下可憐把這孫雪娥拖番在地，褪去衣服，打了三十大棍，打的皮開肉綻。一面使小牢子半夜叫將薛嫂兒來，即時罄身領出去辦賣。

春梅把薛嫂兒叫在背地，分付：「我只要八兩銀子，將這淫婦奴才好歹與我賣在娼門。隨你轉多少，我不管你。你若賣在別處，我打聽出來，只休要見我！」那薛嫂兒道：「我靠那裡過日子，却不依你說。」當夜領了雪娥來家。那雪娥悲悲切切，整哭到天明。薛嫂便勸道：「你休哭了，也是你的晦氣，寃家撞在一處。道盡。老爺見你到罷了，只恨你與他有些舊仇舊恨，折挫你。連老爺也做不得主兒，見他有孩子，凡事依隨他。正經下邊孫二娘，也讓他幾分。常言：拐米倒做了倉官，說不的了。你休氣哭。」雪娥收淚謝薛嫂：「只望早晚尋箇好頭腦，我去，只有飯吃罷。」薛嫂道：「他千萬分付，只教我把你送在娼門。我養兒養女，也要天理。等我替你尋箇單夫獨妻，或嫁箇小本經紀人家，養活得你來也罷。」那雪娥千恩萬福謝了薛嫂。

過了兩日，只見隣居一箇開店張媽走來叫：「薛媽，你這壁廂有甚娘子，怎的哭的悲切？」薛嫂便道：「張媽，請進來坐。」說道：「便是這位娘子。他是大人家出來的，因和大娘子合不着，打發出來，在我這裡嫁人。情愿箇單夫獨妻，免得惹氣。」張媽媽道：「我那邊下着一箇山東賣綿花客人，姓潘，排行第五，年三十七歲。幾車花果，常在老身家安下。前日說他家有箇老母有病，七十多歲，死了渾家半年光景，没人伏侍。再三和我說，替他保頭親事，並無相巧的。我看來這位娘子年紀到相當，嫁與他做箇娘子罷。」薛嫂道：「不瞞你老人家說，這位娘子大人家出身，不拘粗細都做的。針指女工自不必說，又做的好湯水。今纔三十五歲，本家只要三十兩銀子，倒好保與他罷。」張媽媽道：「有箱籠没有？」薛嫂道：「止是他隨身衣服簪環之類，並無箱籠。」張媽媽道：「既是如此，老身回去對那人說，教他自家來看一看〔五〕。」說畢，吃茶，坐回去了。晚夕對那人說了，次日飯罷以後，果然領那人來相看。一見了雪娥好模樣兒，年小，一口就還了二十五兩，另外與薛嫂一兩媒人錢。薛嫂也没爭競，就兑了銀子，寫了文書。晚夕過去，次日就上車起身。薛嫂教人改換了文書，只兑了八兩銀子交到府中，春梅收了，只說賣與娼門去了。寫得有意無意，妙。

那人娶雪娥到張媽家，止過得一夜，到第二日五更時分，謝了張媽媽，作別上了車，遙到臨清去了。此是六月天氣，日子長，到馬頭上纔日西時分。到于洒家店，那裡有百十間房子，

先打後睡，既睡復餓，教法大奇。

都下着各處遠方來的窠子衏衏唱的。這雪娥一領入一箇門户，半間房子，裡面炕上坐着個五六十歲的婆子，還有個十七八頂老丫頭，打着盤頭揸髻，抹着鉛粉紅唇，穿着一弄兒軟絹衣服，在炕邊上彈弄琵琶。這雪娥看見，只叫得苦，纔知道那漢子潘五是箇水客，買他來做粉頭。起了他箇名，叫玉兒。這小妮子名喚金兒。每日拏厮鑼兒出去，酒樓上接客供唱，做這道路營生。這潘五進門不問長短，把雪娥先打了一頓。睡了兩日，只與他兩碗飯吃。教他學樂器彈唱，學不會又打，打得身上青紅遍了。引上道兒，方與他好衣穿，粧點打扮，門前站立，倚門獻笑，眉目嘲人。正是：遺踪堪入時人眼，不買胭脂畫牡丹。有詩爲証：

窮途無奔更無投，南去北來休便休。
一夜彩雲何處散，夢隨明月到青樓。

這雪娥在洒家店，也是天假其便，一日，張勝被守備差遣往河下買幾十石酒麯，宅中造酒。這洒家店坐地虎劉二，看見他姐夫來，連忙打掃酒樓乾淨，在上等閤兒裡安排酒殽杯盤，請張勝坐在上面飲酒。酒博士保兒篩酒，稟問：「二叔，下邊叫那幾箇唱的上來遞酒？」劉二分付：「叫王家老姐兒、趙家嬌兒、潘家金兒、玉兒四箇上來，伏侍你張姑夫。」酒博士保兒應諾下樓。不多時，只聽得胡梯畔笑聲兒，一般兒四箇唱的，打扮得如花似朵，都穿着輕紗軟絹衣裳，上的樓來，望上拜了四拜，立在旁邊。這張勝猛睁眼觀看，內中一箇粉頭：「可霎作怪，到相老爺宅裡打發出來的那雪娥娘子。他如何做這道路，在這裡？」那雪娥亦眉眼掃見是張勝，都不做聲。這張勝便問劉二：「那箇粉頭是誰家的？」劉二道：「不瞞姐夫，他是潘五屋裡玉兒、金兒。這箇是王老姐，一箇是趙嬌兒。」張勝道：「這潘家玉兒，我有些眼熟。」因叫他近前，悄悄問他：「你莫不是雪姑娘麼？怎生到于此處？」那雪娥聽見他問，便簌地兩行淚下。便道：「一言難盡。」如此這般，具說一遍：「被薛嫂攛瞞，把我賣了二十五兩銀子，賣在這裡供筵席唱，接客迎人。」這張勝平昔見他生的好，常是懷心。這雪娥席前慇懃勸酒，兩箇說得入港。雪娥和金兒不免拏過琵琶來，唱箇詞兒與張勝下酒。唱畢，彼此穿盃換盞，倚翠偎紅。吃得酒濃時，常言：世財紅粉歌樓酒，誰爲三般事不迷？這張勝就把雪娥來愛了。兩箇晚夕留在閣兒裡，就一處睡了。這雪娥枕邊風月，耳畔山盟，和張勝儘力盤桓，如魚似水，百般難述。

次日起來，梳洗了頭面，劉二又早安排酒殽上來，與他姐夫扶頭。大盤大碗，饕食一頓。收起行裝，喂飽頭口，裝載米麯，伴當跟隨。臨出門，與了雪娥三兩銀子。分付劉二：「好生看顧他，休教人欺負。」自此以後，張勝但來河下，就在洒家店與雪娥相會。往後走來走去〔六〕，每月與潘五幾兩銀子，就包住了他，不許接人。那劉二自恁要圖他姐夫歡喜，連房錢也不問他要了。各窠窩刮刷將來，替張勝出包錢，包定雪娥柴米。有詩爲証：

豈料當年縱意爲，貪淫倚勢把心欺。
禍不尋人人自取，色不迷人人自迷。

校記

〔一〕「酒家店」，原作「酒家店」，據内閣本、首圖本改。天圖本 上圖乙本亦作「酒家店」。按張評本、詞話本作「酒家店」。

〔二〕「詩曰」，内閣本、首圖本無。

〔三〕「分曉」，原作「分撓」，據内閣、首圖等本改。

〔四〕「怠慢」，原作「德慢」，據内閣、首圖等本改。

〔五〕「教他」，原作「教也」，據内閣、首圖等本改。

〔六〕「走來走去」，内閣本、首圖本作「走出走去」。按張評本、詞話本均爲「走來走去」。

第九十五回　玳安兒竊玉成婚

吳典恩負心被辱

第九十五回　玳安兒竊玉成婚　吳典恩負心被辱

詩曰〔一〕：

寺廢僧居少，橋灘客過稀。
家貧奴負主，官懦吏相欺。
水淺魚難住，林稀鳥不棲。
人情皆若此，徒堪悲復凄。

話說孫雪娥賣在酒家店爲娼，不題。却說吳月娘，自從大姐死了，告了陳敬濟一狀，大家人來昭也死了，他妻一丈青帶着小鐵棍兒，也嫁人去了，來興兒看守門户。房中繡春與了王姑子做徒弟，出家去了。那來興兒，自從他媳婦惠秀死了，一向没有妻室。妳子如意兒，要便引着孝哥兒在他屋裡頑耍，吃東西。來興兒又打酒和妳子吃，兩箇嘲勾來去就刮剌上了。非止一日，但來前邊，歸入後邊就臉紅。月娘察知其事，罵了一頓，家醜不可外揚，與了他一套衣裳，四根簪子，揀了箇好日子，就與來興兒完房，做了媳婦了。白日上竈看哥兒，後邊扶侍，到夜間往前邊他屋裡睡去。

讀來覺一種凄涼之氣逼人。

一日，八月十五日，月娘生日。有吳大妗、二妗子并三箇姑子，都來與月娘做生日，在後邊堂屋裡吃酒。晚夕，都在孟玉樓住的廂房内聽宣卷。到二更時分，中秋兒便在後邊竈上看茶，繇着月娘叫，都不應。月娘親自走到上房裡，只見玳安兒正按着小玉，在炕上幹得好。看見月娘推開門進來，慌的湊手脚不迭。月娘便一聲兒也没言語，只説得一聲：「賊臭肉〔三〕，不在後邊看茶去，且在這裡做甚麽哩！」那小玉道：「我叫中秋兒竈上頓茶哩。」低着頭往後邊去了。玳安便走出儀門往前邊來。

玳安小玉不爲奇，亦奇在月娘看見，一聲不做。寫溺愛如畫。

過了兩日，大妗子、二妗子、三箇女僧都家去了。這月娘把來興兒房騰出，收拾了與玳安住。却教來興兒搬到來昭屋裡，看守大門去了。替玳安做了兩床鋪蓋，一身裝新衣服，盔了一頂新網新帽，做了雙新靴襪；又替小玉編了一頂鬏髻，與了他幾件金銀首飾、四根金頭銀脚簪、環墜戒指之類，兩套段絹衣服，擇日就配與玳安兒做了媳婦。白日裡還進來在房中答應，只晚夕臨關儀門時，便出去和玳安歇去。這丫頭揀好東好西，甚麽不拏出來和玳安吃？這月娘當看見，只推不看見。

以小玉配玳安，雖溺，然亦是處權正理。

常言道：溺愛者不明，貪得者無厭。羊酒不均，駟馬奔鎮。處家不正，奴婢抱怨。却説平安兒見月娘把小玉配與玳安，衣服穿戴勝似别人，他比玳安倒大兩歲，今年二十二歲，倒不與他妻室。一日在假當舖，看見傅夥計當了人家一副金頭面，一柄鍍金鈎子，當了三十兩銀子。那家只把銀子使了一箇月，加了利錢就來贖討。傅夥計同玳安尋取來，放在舖子大橱櫃裏。不隄防這平安兒見財起心，就連匣兒偷了，走去南瓦子裡武長脚家——有兩箇私窠子，一箇叫薛存兒，一箇叫伴兒——在那裡歇了兩夜。忘八見他使錢兒猛大，匣子蹙着金頭面，撇着銀挺子打酒買東西，報與土番，就把他截在屋裡，打了兩箇耳刮子，就拏了。

也是合當有事，不想吳典恩新陞巡簡，騎着馬，頭裡打着一對板子，正從街上過來，看見問：「拴的甚麼人？」土番跪下稟說：「如此這般拐帶出來，瓦子裡宿娼，拿金銀頭面行使，小的可疑，拿了。」吳典恩分付：「與我帶來審問。」一面拏到巡簡廳兒內。吳典恩坐下，兩邊弓皂排列。土番拴平安兒到根前，認的是吳典恩，當初是他家夥計，「已定見了我就放的」，開口就說：「小的是西門慶家平安兒。」吳典恩道：「你既是他家人，拏這金東西在這坊子裡做甚麼？」平安道：「小的大娘借與親戚家頭面戴，使小的取去，來晚了，城門閉了，小的投在坊子權借宿一夜，不料被土番拏了。」吳典恩罵道：「你這奴才，胡說！你家這般頭面多，金銀廣，（開口便不放鬆。）教你這奴才把頭面拿出來老婆家歇宿行使？想必是你偷盜出來的。趂早說來，免我動刑。」平安道：「委的親戚家借去頭面〔三〕，家中大娘使我討去來，並不敢說謊。」吳典恩大怒，罵道：「此奴才真賊，不打如何肯認！」喝令左右：「與我拿夾棍夾這奴才！」一面套上夾棍，夾的小厮猶如殺猪叫，叫道：「爺休夾小的，等小的實說了罷！」吳典恩道：「你只實說，我就不夾你。」平安兒道：「小的偷的假當舖當的人家一副金頭面，一柄鍍金鈎子。」吳典恩問道：「你因甚麼偷出來？」平安道：「小的今年二十二歲，大娘許了替小的娶媳婦兒，不替小的娶。家中使的玳安兒小厮，纔二十歲，倒把房裡丫頭配與他，完了房。小的因此不憤，纔偷出假當舖這頭面走了。」吳典恩道：「想必是這玳安兒小廝與吳氏有奸，纔先把丫頭與他配了。你只實説，没你的事，我便饒了你。」平安兒道：「小的不知道。」吳典恩道：「你不實説，與我拶起來。」左右套上拶子，慌的平安兒没口子説道：「爺，休拶小的，等小的説就是了。」吳典恩道：「可又來，你只説了，須没你的事。」一面放了拶子。那平安説：「委的是大娘與玳安兒有奸。先要了小玉丫頭，俺大娘看見了，就没言語，倒與了他許多衣服首飾東西，配與他完房。」這吳典恩一面令吏典上來，抄了他口詞，取了供狀，把平安監在巡簡司，等着出牌提吳氏、玳安、小玉來，審問這件事。

吹毛求疵處，非必欲恩將仇報，只一味貪利情急，故不覺耳。

那日却説解當舖橱櫃裡不見了頭面，把傅夥計諕慌了。問玳安，玳安説：「我在生藥舖子裡吃飯，我不知道。」傅夥計道：「我把頭面匣子放在橱裡，如何不見了？」一地裡尋平安兒尋不着，急的傅夥計插香賭誓。那家子討頭面，傅夥計只推還没尋出來哩。那人走了幾遍，見没有頭面，只顧在門前嚷鬧，説：「我當了一箇月，本利不少你的，你如何不與我？頭面鈎子，值七八十兩銀子！」傅夥計見平安兒一夜没來家〔四〕，就知是他偷出去了，四下使人找尋不着〔五〕，那討頭面主兒又在門首嚷亂。對月娘説，賠他五十兩銀子，那人還不肯，説：「我頭面值六十兩，鈎子連寶石珠子鑲嵌共值十兩，該賠七十兩銀子。」傅夥計又添了他十兩，還不肯，定要與傅夥計合口。正鬧時，有人來報説：「你家平安兒偷了頭面，在南瓦子養老婆，被吳巡簡拏在監裡，還不教人快認贓去！」這吳月娘聽見吳典恩做巡簡：「是咱家舊夥計。」一面請吳大舅來商議，連忙寫了領狀，第二日教傅夥計領贓去。有了原物在，省得兩家賴。

讀至此，人莫不笑之罵之。彼且以爲此等做作皆其妙法，不以爲妙法決做不出。

傳夥計拏狀子到巡簡司，實承望吳典恩看舊時分上，領得頭面出來，不想反被吳典恩「老狗奴才」儘力罵了一頓。叫皂隸拉倒要打，褪去衣裳，把屁股脫了半日，饒放起來，說道：「你家小廝在這裡供出吳氏與玳安許多奸情來，我這裡申過府縣，還要行牌提取吳氏來對證。你這老狗骨頭，還敢來領贓？」倒吃他千奴才萬老狗罵將出來，諕的往家中走不迭。來家不敢隱諱，如此這般，對月娘說了。月娘不聽便罷，聽了，正是分開八塊頂梁骨，傾下半桶冰雪來，慌的手脚麻木。又見那討頭面人在門前大嚷大鬧，說道：「你家不見了我頭面，又不與我原物，又不賠我銀子，只反哄着我兩頭來回走。今日哄我去領贓，明日等領頭面，端的領的在那裡？這等不合理！」那傅夥計陪下情，將好言央及，安撫他：「畧從容兩日，就有頭面出來了。若無原物，加倍賠你。」那人說：「等我回聲當家的去。」說畢去了。

這吳月娘憂上加憂，眉頭不展。使小廝請吳大舅來商議，教他尋人情對吳典恩說，掩下這椿事罷。吳大舅說：「只怕他不受人情，要些賄賂打點他。」月娘道：「他當初這官還是咱家照顧他的，還借咱家一百兩銀子，文書俺爹也沒收他的，今日反恩將讐報起來。」吳大舅說：「姐姐，說不的那話了。從來忘恩背義纔一箇兒也怎的？」見得透。吳月娘道：「累及哥哥，上緊尋箇路兒，寧可送他幾十兩銀子罷。領出頭面來還了人家，省得合口費舌。」打發吳大舅吃了飯去了。

月娘送哥哥到大門首，也是合當事情湊巧，只見薛嫂兒提着花箱兒，領着一箇小丫鬟過來。月娘叫住，便問：「老薛，你往那裡去？怎的一向不來走走？」薛嫂道：「你老人家到且說的好，這兩日好不忙哩，偏有許多頭緒兒。咱家小奶奶那裡，使牢子大官兒叫了好幾遍，還不得空兒去哩。」月娘道：「你看媽媽子撒風，他又做起俺小奶奶來了。」薛嫂道：「如今不做小奶奶，倒做了大奶奶了。」月娘道：「他怎的做大奶奶？」薛嫂道：「你老人家還不知道，他好小造化兒！自從生了哥兒，大奶奶死了，守備老爺就把他扶了正房，做了封贈娘子。正經二奶奶孫氏不如他。手下買了兩箇妳子、四箇丫頭扶侍。又是兩箇房裡得寵學唱的姐兒，都是老爺收用過的。要打時就打，老爺敢做主兒？自恁還恐怕氣了他。那日不知因甚麼，把雪娥娘子打了一頓，把頭髮都㨮了，半夜叫我去領出來賣了八兩銀子。今日我還睡哩，又使牢子叫了我兩遍，教我快往宅裡去，問我要兩副大翠垂雲子鈿兒〔六〕，又要一副九鳳鈿兒，先與了我五兩銀子。銀子不知使的那裡去了，還沒送與他生活去哩。這一見了我，還不知怎生罵我哩！」月娘道：「你到後邊，等我瞧瞧怎樣翠鈿兒。」一面讓薛嫂到後邊坐下。薛嫂打開花箱，取出與吳月娘看。只見做的好樣兒，金翠掩映，背面貼金。那箇鈿兒，每箇鳳口內啣着一掛寶珠牌兒，十分奇巧。薛嫂道：「只這副鈿兒，做着本錢三兩五錢銀子。那副重雲子的，只一兩五錢銀子，還沒尋他的錢。」

正說着，只見玳安走來對月娘說：「討頭面的又在前邊嚷哩，說等不的領贓，領到幾時？若明日沒頭面，要和傅二叔打了，到箇去處理會哩。傅二叔心里不好，往家去了。那人嚷了

此情此景，不得不哭。

回，去了。」薛嫂問：「是甚麽勾當？」月娘便長吁了一口氣，如此這般告訴薛嫂說：「平安兒奴才偷去印子舖人家當的一副金頭面，一箇鍍金鈎子，走在城外坊子裡養老婆，被吳巡簡拏住，監在監裡，人家來討頭面没有，在門前嚷鬧。吳巡簡又勒掯刁難，不容俺家領贓，又要打將夥計來要錢，白尋不出箇頭腦來。死了漢子，敗落一齊來，就這等被人欺負，好苦也！」說着，那眼中淚紛紛落將下來。薛嫂道：「好奶奶，放着路兒不會尋。咱家小奶奶，你這裡寫箇帖兒，等我對他說聲，教老爺差人分付巡簡司，莫說一副頭面，就十副頭面也討去了。」月娘道：「周守備他是武職官，怎管的着那巡簡司？」薛嫂道：「奶奶，你還不知道，如今周爺，朝廷新與他的勅書，好不管的事情寬廣。地方河道，軍馬錢糧，都在他手裡打卯遞手本。又河東水西，捉拏强盜賊情，正在他手裡。」月娘聽了，便道：「既然管着，老薛，就累你多上覆龐大姐說聲，一客不煩二主，教他在周爺面前美言一句兒，問巡簡司討出頭面來。我破五兩銀子謝你。」薛嫂道：「好奶奶，錢恁中使？我見你老人家剛纔悽惶，我到下意不去。你教人寫了帖兒，等我到府裡和小奶奶說。成了，隨你老人家；不成，我還來回你老人家話。」這吳月娘一面叫小玉擺茶與薛嫂吃。薛嫂兒道：「不吃罷，你只教大官兒寫了帖兒來，你不知我一身的事哩。」月娘道：「你也出來這半日了，吃了點心兒去。」小玉卽便放卓兒，擺上茶食來，月娘陪他吃茶。薛嫂兒遞與丫頭兩箇點心吃。月娘問：「丫頭幾歲了？」薛嫂道：「今年十二歲了。」不一時，玳安前邊寫了說帖兒。薛嫂兒吃了茶，放在袖內，作辭月娘，提着花箱出門，逕到守備府中。

春梅還在煖床上睡着没起來哩，只見大丫鬟月桂進來說：「老薛來了。」春梅便叫小丫頭翠花把裡面牕寮開了，日色照的紗牕十分明亮。薛嫂進來，說道：「奶奶，這咱還未起來？」放下花箱，便磕下頭去。春梅道：「不當家化化的，磕甚麼頭？」說道：「我心裡不自在，今日起來的遲些。」問道：「你做的翠雲子和九鳳鈿兒，拏了來不曾？」薛嫂道：「奶奶，這兩副鈿兒好不費手！昨日晚夕我纔打翠花舖裡討將來。今日要送來，不想奶奶又使了牢子去。」一面取出來，與春梅過目。春梅還嫌翠雲子做的不十分現撇，得寵後必至之情。還放在紙匣兒內，交與月桂收了。看茶與薛嫂兒吃。薛嫂便叫小丫鬟：「進來，與奶奶磕頭。」春梅問：「是那裡的？」薛嫂兒道：「二奶奶和我說了好幾遍，說荷花只做的飯，教我替他尋箇小孩子，學做些針指。我替他領了這箇孩子來了，到是鄉裡人家女孩兒，今年纔十二歲，正是養材兒。」春梅道：「你亦發替他尋箇城裡孩子，還伶便些。這鄉裡孩子，曉的甚麼？」因問：「這丫頭要多少銀子？」薛嫂兒道：「要問價〔七〕，只四兩銀子，他老子要投軍使。」春梅教海棠：「你領到二娘房裡去，明日兑銀子與他罷。」又叫月桂：「大壺內有金華酒，篩來與薛嫂兒盪寒。再有甚點心，拏一盒子與他吃。省得他又說，大清早辰拏寡酒灌他。」薛嫂道：「桂姐，且不要篩上來，等我和奶奶說了話着。剛纔也吃了些甚麼來了。」春梅道：「你對我說，在誰家吃甚來？」薛嫂道：「剛纔大娘那頭留我吃了些甚麼來了。如此這般，望着我好不哭哩。說平安兒小厮，偷了印子舖內人家當的金頭面，還有一把鍍金鈎子，在外面養老婆，吃番子拏在巡簡司拶打。這裡人家又要頭面嚷亂。那吳

賤日豈殊衆，貴來方悟稀。

巡簡舊日是咱那裡夥計，有爹在日照顧他的官。今日一旦反面無恩，夾打小厮攀扯人，又不容這裡領贓。要錢，纔把傳夥計打罵將來，諕的夥計不好了，躲的往家去了。央我來多多上覆你老人家，可憐見舉眼兒無親的，教你替他對老爺說聲，領出頭面來，交付與人家去了，大娘就來拜謝你老人家〔八〕。」春梅問道：「有箇帖兒沒有？不打緊，你爺出巡去了，怕不的今晚來家，等我對你爺說。」薛嫂兒道：「他有說帖兒在此。」向袖中取出。春梅看了，順手就放在牕户檯上。不一時，托盤內拏上四樣嗄飯菜蔬，月桂拏大銀鍾滿滿斟了一鍾，流沿兒遞與薛嫂。薛嫂道：「我的奶奶，我怎捱的這大行貨子？」春梅笑道：「比你家老頭子那大貨差些兒，那箇你倒捱了，這箇你倒捱不的。好歹與我捱了，要不吃，月桂你與我捏着鼻子灌他。」薛嫂道：「你且拏了點心與我打箇底兒着。」春梅道：「這老媽子，單管說謊。你纔說吃了來，這回又說沒打底兒。」薛嫂道：「吃了他兩箇茶食，這咱還有哩？」月桂道：「薛媽媽，你且吃了這大鍾酒，我拏點心與你吃。俺奶奶怪我沒用，要打我哩。」這薛嫂沒奈何，只得灌了一鍾，覺心頭小鹿兒劈劈跳起來。那春梅掇箇嘴兒，又叫海棠斟滿一鍾教他吃。薛嫂推過一邊，說：「我的那孃，我却一點兒也吃不的了。」海棠道：「你老人家捱了月桂姐一下子，不捱我一下子，奶奶要打我。」那薛嫂兒慌的直撅兒跪在地下。春梅道：「也罷，你拏過那餅與他吃了，教他好吃酒。」月桂道：「薛媽媽，誰似我恁疼你，留下恁好玫瑰果餡餅兒與你吃。」就拏過一大盤子頂皮酥玫瑰餅兒來。那薛嫂兒只吃了一箇，別的春梅都教他袖在袖子裡：「到家稍與你家老王八吃。」薛嫂兒

春梅不念舊惡，一說便肯，亦自可人。以灌酒作戲耍，妙則妙矣，然微露小器。

就戲作

吃了酒，蓋着臉兒，把一盤子火薰肉、醃臘鵝，都用草紙包裹，塞在袖內。海棠使氣白賴又灌了半鍾酒，見他嘔吐上來，纔收過家伙，不要他吃了。春梅分付：「明日來討話說，兑丫頭銀子與你。」臨出門，春梅又分付：「媽媽，你休推聾裝啞，那翠雲子做的不好，明日另帶兩副好的我瞧。」薛嫂道：「我知道。奶奶叫箇大姐送我送，看狗咬了我腿。」春梅笑道：「俺家狗都有眼，只咬到骨禿根前就住了。」笑謔終不大方。一面使蘭花送出角門來。（戲，老着臉和盤騙去，婆子賊甚。）

話休饒舌，周守備至日落時分出巡來家，進入後廳，左右丫鬟接了冠服。進房見了春梅、小衙內，心中歡喜。坐下，月桂、海棠拿茶吃了，將出巡之事告訴一遍。不一時，放卓兒擺飯。飯罷，掌上燭，安排盃酌飲酒。因問：「前邊没甚事？」春梅一面取過薛嫂拿的帖兒來與守備看，說吴月娘那邊如此這般，「小厮平安兒偷了頭面，被吴巡簡拏住監禁，不容領贓。只拷打小厮，攀扯誣賴吴氏奸情，索要銀兩，呈詳府縣」等事。守備看了說：「此事正是我衙門裡事，如何呈詳府縣？吴巡簡那厮這等可惡！我明日出牌，連他都提來發落。」又說：「我聞得吴巡簡是他門下夥計，只因往東京與蔡太師進禮，帶挈他做了這箇官，如何倒要誣害他家！」春梅道：「正是這等說。你替他明日處處罷。」一宿晚景題過。

次日，旋教吴月娘家補了一紙狀，當廳出了箇大花欄批文，用一箇封套裝了。上批：「山東守禦府爲失盜事，仰巡簡司官連人解贓繳右差虞侯張勝、李安。准此。」當下二人領出公文來，先到吴月娘家。月娘管待了酒飯，每人與了一兩銀子鞋脚錢。傅夥計家中睡倒了，吴二舅跟隨到巡簡司。吳巡簡見平安監了兩日，不見西門慶家中人來打點，正教吏典做文書，申呈府縣。只見守禦府中兩箇公人到了，拏出批文來與他。見封套上朱紅筆標着「仰巡簡司官連人解繳」，拆開，見裡面吳氏狀子，諕慌了，反賠下情，（大快人意。）與李安、張勝每人二兩銀子。隨卽做文書解人上去，到于守備府前伺候。半日，待的守備升廳，兩邊軍牢排下，然後帶進人去。這吳巡簡把文書呈遞上去，守備看了一遍說：「此是我衙門裡事，如何不申解前來？只顧延捱監滯，顯有情弊。」那吳巡簡稟道：「小官纔待做文書申呈老爺案下，不料老爺鈞批到了。」守備喝道：「你這狗官可惡！多大官職，這等欺玩法度，抗違上司！我欽奉朝廷勅命，保障地方，巡捕盜賊，提督軍務，兼管河道，職掌開載已明。你如何拏了這件，不行申解，妄用刑杖拷打犯人，誣攀無辜？顯有情弊。」那吳巡簡聽了，摘去冠帽，在堦前只顧磕頭。守備道：「本當參治你這狗官，且饒你這遭，下次再若有犯，定行參究。」一面把平安提到廳上，說道：「你這奴才，偷盜了財物，還肆言謗主。人家都是你恁般，也不敢使奴才了。」喝令左右：「與我打三十大棍，放了。將贓物封貯，教本家人來領去。」一面喚進吳二舅來，遞了領狀。守備這裡還差張勝拏帖兒同送到西門慶家，見了分上。吳月娘打發張勝酒飯，又與了一兩銀子，走來府裡，回了守備、春梅話。那吳巡簡乾拏了平安兒一場，倒折了好幾兩銀子。

春梅落得做君子，吳典恩枉了做小人。古話

月娘還了那人家頭面鉤子兒，是他原物，一聲兒沒言語去了。傅夥計到家，傷寒病睡倒了，只七日光景，調治不好，嗚呼哀哉死了！月娘見這等合氣，把印子舖只是收本錢贖討，再

信然。傳夥計至死如一，亦小人中之難得者也。許五兩只與三兩，妙。

不解當出銀子去了。止是教吳二舅同玳安在門首生藥舖子，日逐轉得來家中盤纏。此事表過不題。

一日，吳月娘叫將薛嫂兒來，與了三兩銀子。薛嫂道：「不要罷，傳的府裡奶奶怪我。」月娘道：「天不使空人，多有累你，我見他不題出來就是了。」于是買了四盤下飯，宰了一口鮮猪，一罈南酒，一疋紵絲尺頭，薛嫂押着來守備府中，致謝春梅。玳安穿着青絹摺兒，拿着禮帖兒，薛嫂領着逕到後堂。春梅出來，戴着金梁冠兒，上穿繡襖，下着錦裙，左右丫鬟養娘侍奉。玳安扒倒地下磕頭。春梅分付：「放卓兒，擺茶食與玳安吃。」說道：「沒甚事，你奶奶免了罷，如何又費心送這許多禮來？你周爺已定不肯受。」玳安道：「家奶奶說，前日平安兒這場事，多有累周爺、周奶奶費心，沒甚麽，些小微禮兒，與爺、奶奶賞人罷了。」春梅道：「如何好受的？」薛嫂道：「你老人家若不受，惹那頭又怪我。」春梅一面又請進守備來計較了，止受了猪酒下飯，把尺頭回將來了。與了玳安一方手帕，五錢銀子，擡盒人二錢。春梅因問：「你奶奶哥兒好麽？」玳安說：「哥兒好不會耍子兒哩！」又問玳安兒：「你幾時籠起頭去，包了網巾？問家常，話俱人情，妙。幾時和小玉完房來？」玳安道：「是八月內來。」春梅道：「到家多頂上你奶奶，多謝了重禮。待要請你奶奶來坐坐，你周爺早晚又出巡去。我到過年正月裡，哥兒生日，我往家裡來走走。」玳安道：「你老人家若去，小的到家對俺奶奶說，到那日來接奶奶。」說畢，打發玳安出門。薛嫂便向玳安兒說：「大官兒，你先去罷，奶奶還要與我說話哩。」

那玳安兒押盒担回家，見了月娘說：「如此這般，春梅姐讓到後邊，管待茶食吃。問了回哥兒好，家中長短，與了我一方手帕，三錢銀子，擡盒人二錢銀子。多頂上奶奶，多謝重禮。都不受來，被薛嫂兒和我再三說了，纔受了下飯猪酒，擡回尺頭。要不是請奶奶過去坐坐，一兩日周爷出巡去。他只到過年正月孝哥生日，要來家裡走走。」又告說：「他住着五間正房，穿着錦裙繡襖，戴着金梁冠兒，出落的越發胖大了。手下好少丫頭、妳子侍奉。」月娘問：「他其實說明年往咱家來？」玳安兒道：「委的對我說來。」月娘道：「到那日，咱這邊使人接他去。」因問：「薛嫂怎的還不來？」玳安道：「我出門他還坐着說話，教我先來了。」自此兩家交往不絕。正是：世情看冷煖，人面逐高低。有詩爲証：

得失榮枯命裡該，皆因年月日時栽。
胸中有志應須至，囊裡無財莫論才。

昔逐出門惟恐不去，今聞其來，便疑爲不可望之事，世情冷暖先自月娘起，他尚何尤？

校記

〔一〕「詩曰」，內閣本、首圖本無。
〔二〕「賊臭肉」，內閣本、首圖本作「臭肉兒」。
〔三〕「親戚」，原作「親成」，據內閣、首圖等本改。
〔四〕「没來家」，內閣本、首圖本作「不來家」。
〔五〕「找尋不着」，原作「我尋不着」，據內閣、首圖等本改。

〔六〕「大翠垂雲子鈿兒」，内閣本、首圖本作「大翠重雲子鈿兒」。按張評本與底本同，詞話本與内閣本同。
〔七〕「要問價」，内閣本、首圖本作「要不多」。按張評本爲「要問價」，詞話本爲「要不多」。
〔八〕「就來」，内閣本、首圖本作「親來」。按張評本爲「就來」，詞話本爲「親來」。

第九十六回

春梅姐遊舊家池館

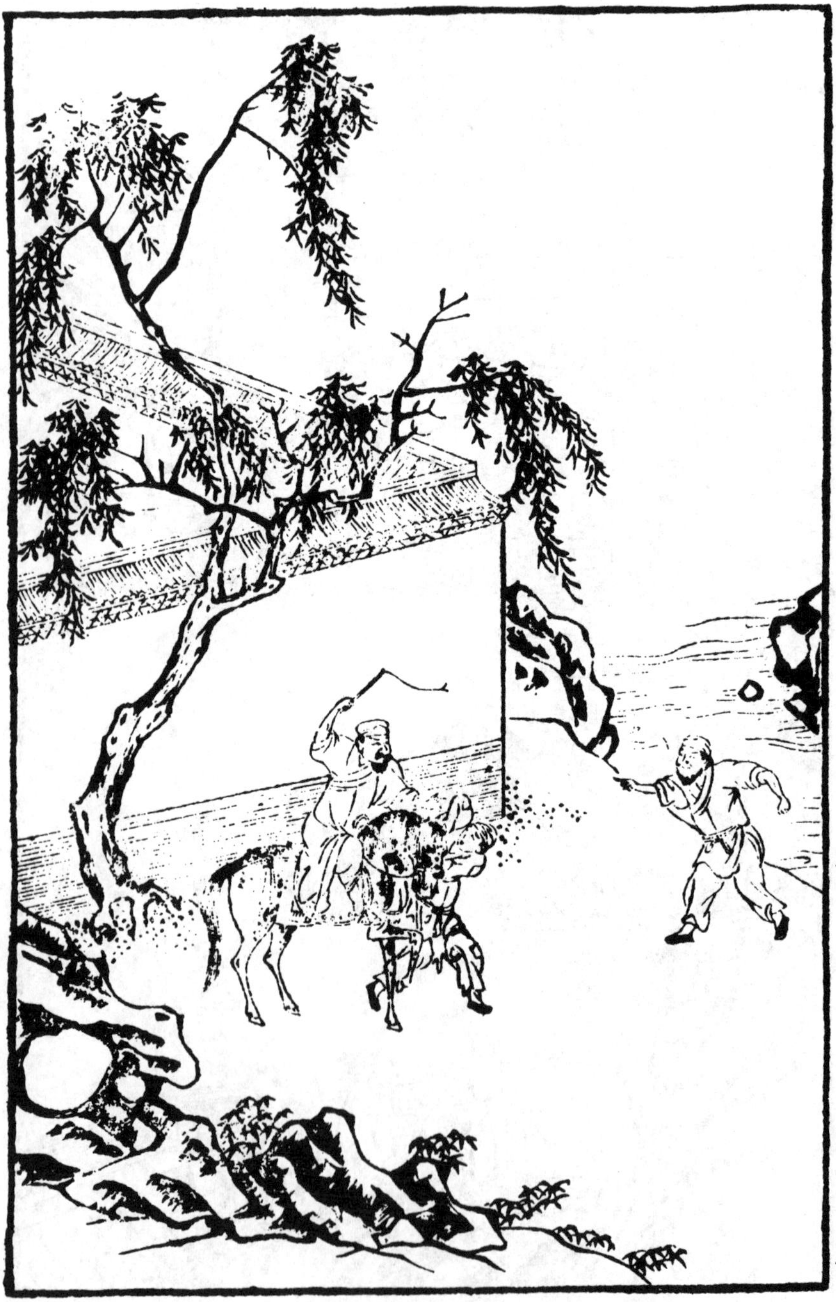

楊光彥作當面豺狼

新刻繡像批評金瓶梅卷之二十

第九十六回　春梅姐遊舊家池館　楊光彦作當面豺狼

詞曰〔一〕：

人生千古傷心事，還唱《後庭花》。舊時王謝〔二〕，堂前燕子，飛向誰家？恍然一夢，仙肌勝雪，宮鬢堆鴉。江州司馬，青衫淚濕，想在天涯。

——右調《青衫濕》

話説光陰迅速，日月如梭，又早到正月二十一日。春梅和周守備説了，備一張祭卓、四様羹果、一罈南酒，差家人周仁送與吳月娘。一者是西門慶三周年，二者是孝哥兒生日。月娘收了禮物，打發來人帕一方、銀三錢。這邊連忙就使玳安兒穿青衣，具請書兒請去。上寫着：

重承厚禮，感感。卽刻舍具菲酌，奉酬腆儀。仰希高軒俯臨，不外，幸甚。

西門吳氏端肅拜請

大德周老夫人粧次

春梅看了，到日中纔來。戴着滿頭珠翠金鳳頭面釵梳，胡珠環子。身穿大紅通袖四獸朝麒麟

相如駟馬高車不過如此。

行禮未畢且忙問生日，似親熱而愈見往日之疎。

袍兒，翠藍十樣錦百花裙，玉玎璫禁步，束着金帶。坐着四人大轎，青段銷金轎衣。軍牢執藤棍喝道，家人伴當跟隨，擡着衣匣。後邊兩頂家人媳婦小轎兒，緊緊跟隨。吳月娘這邊請了吳大妗子相陪，又叫了兩箇唱的彈唱〔三〕。聽見春梅來到，月娘亦盛粧縞素打扮，頭上五梁冠兒，戴着稀稀幾件金翠首飾，正宜如此。上穿白綾襖，下邊翠藍段子裙，與大妗子迎接至前廳。春梅大轎子擡至儀門首，纔落下轎來。兩邊家人圍着，到于廳上敘禮，向月娘插燭也似拜下去。月娘連忙答禮相見，說道：「向日有累姐姐費心，粗尺頭又不肯受，今又重承厚禮祭卓，感激不盡。」春梅道：「惶恐！家官府沒甚麼，這些薄禮表意而已。一向要請奶奶過去，家官府不時出巡，所以不曾請得。」月娘道：「姐姐，你是幾時好日子？我只到那日買禮看姐姐去罷。」春梅道：「奴賤日是四月廿五日。」月娘道：「奴到那日已定去。」兩箇敘禮畢，春梅務要把月娘讓起，受了兩禮。然後吳大妗子相見，亦還下禮去。春梅道：「你看大妗子，又沒正經。」一手扶起受禮。大妗子再三不肯，止受了半禮。一面讓上坐，月娘和大妗子主位相陪。然後家人媳婦、丫鬟、養娘都來參見。春梅見了妳子如意兒抱着孝哥兒，吳月娘道：「小大哥還不來與姐姐磕箇頭兒，謝謝姐姐今日來與你做生日。」那孝哥兒真箇下如意兒身來，與春梅唱喏。月娘道：「好小廝，不與姐姐磕頭，只唱喏？」那春梅連忙向袖中摸出一方錦手帕，一副金八吉祥兒，教替他搴帽兒上。月娘道：「又教姐姐費心。」又拜謝了。落後小玉、奶子來見，磕頭。春梅與了小玉一對金頭簪子，不足報德。與了奶子兩枝銀花兒〔四〕。月娘道：「姐姐，你還不知，奶子與了來

春梅此時哭則情深，不哭則情淺。落幾點眼淚，不深不淺，最得其情。

月娘只以西門慶行事作榜樣看天下人，所以語語滯呆。

興兒做媳婦兒了。來興兒那媳婦害病没了。」春梅道：「他一心要在咱家，（語着痛癢。）倒也好。」一面丫鬟拏茶上來，吃了茶。月娘說：「請姐姐後邊明間内坐罷，這客位内冷。」

春梅來後邊西門慶靈前，又早點起燈燭，擺下桌面祭禮。春梅燒了紙，落了幾點眼淚。然後周圍設放圍屏，火爐内生起炭火，安放大八仙桌席，擺茶上來。無非是細巧蒸酥，希奇果品，絶品芽茶。月娘和大妗子陪着吃了茶，讓春梅進上房裡換衣裳。脱了上面袍兒，家人媳婦開衣匣，取出衣服，更換了一套緑遍地錦粧花襖兒，紫丁香色遍地金裙。在月娘房中坐着，說了一回。月娘因問道：「哥兒好麽？今日怎不帶他來這裡走走？」春梅道：「不是也帶他來與奶奶磕頭，他爺說天氣寒冷，怕風冒着他。他又不肯在房裡，只要那當直的抱出來廳上外邊走。（又映前。）這兩日不知怎的，只是哭。」月娘道：「你出來，他也不尋你？」春梅道：「左右有兩箇奶子輪番看他，也罷了。」月娘道：「他周爺也好大年紀，得你替他養下這點孩子也彀了，也是你裙帶上的福。」說他孫二娘還有位姐兒，幾歲兒了？」春梅道：「他二娘養的叫玉姐，今年交生四歲。俺這箇叫金哥。」月娘道：「說他周爺身邊還有兩位房裡姐兒？」春梅道：「是兩箇學彈唱的丫頭子，都有十六七歲，成日淘氣在那裡。」月娘道：「他爺也常往他身邊去不去？」春梅道：「奶奶，他那裡得工夫在家？多在外，少在裡。如今四外好不盜賊生發，朝廷勅書上又教他兼管許多事情，鎮守地方，巡理河道，提拏盜賊，操練人馬，常不時往外出巡幾遭，好不辛苦哩。」說畢，小玉又拏茶來吃了。春梅向月娘說：「奶奶，你引我往俺娘那邊花園山子下走走。」月娘道：「我的姐姐，還是那咱的山子花園哩！自從你爹下世，没人收拾他，如今丢搭的破零零的，石頭也倒了，樹木也死了，俺等閒也不去了。」春梅道：「不妨，奴就往俺娘那邊看看去。」這月娘强不過，只得叫小玉拿花園門山子門鑰匙，開了門。月娘、大妗子陪春梅到裡邊遊看了半日。但見：

垣墻欹損，臺榭歪斜。兩邊畫壁長青苔，滿地花磚生碧草。山前怪石遭塌毁，不顯嵯峨；亭内凉床被滲漏，已無框檔。石洞口蛛絲結網，魚池内蝦蟆成羣。狐狸常睡卧雲亭，黄鼠往來藏春閣。料想經年人不到，也知盡日有雲來。

燕去巢空，一片荒凉情境，那能不傷心墮淚。

春梅看了一回，先走到李瓶兒那邊，見樓上丢着些折桌壞凳破椅子，下邊房都空鎖着，地下草長的荒荒的。方來到他娘這邊，樓上還堆着些生藥香料，下邊他娘房裡止有兩座厨櫃，床也没了。因問小玉：「俺娘那張床往那去了，怎的不見？」小玉道：「俺三娘嫁人，賠了俺三娘去了。」月娘走到跟前説：「因你爹在日，將他帶來那張八步床賠了大姐在陳家，落後他起身，却把你娘這張床賠了他嫁人去了。」春梅道：「我聽見大姐死了，説你老人家把床還擡的來家了。」月娘道：「那床没錢使，只賣了八兩銀子，打發縣中皂隸都使了。」春梅聽言，點了點頭兒，那星眼中縣不的酸酸的，口内不言，心下暗道：「想着俺娘那咱，争强不伏弱的問爹要買了這張床。我實承望要回了這張床去，也做他老人家一念兒，不想又與了人去了。」縣不的心下慘切。又問月娘：「俺六娘那張螺甸床怎的不見？」月娘道：「一言難盡。自從你爹下世，日逐只

春梅眷懷今昔，不減黍離之悲。

有出去的，没有進來的。常言：家無營活計，不怕斗量金。也是家中没盤纏，擡出去交人賣了。」春梅問：「賣了多少銀子？」月娘道：「止賣了三十五兩銀子。」春梅道：「可惜了！那張床，當初我聽見爹説，值六十兩多銀子，只賣這些兒！早知你老人家打發，我到與你老人家三四十兩銀子要了也罷。」月娘道：「好姐姐，人那有早知道的？」一面嘆息了半日。只見家人忙忙走來接，説〔五〕：「爺請奶奶早些家來，哥兒尋奶奶哭哩。」這春梅就抽身往後邊來。月娘叫小玉鎖了花園門，同來到後邊明間内。又早屏開孔雀，簾控鮫綃，擺下酒筵。兩箇妓女銀箏琵琶，在旁彈唱。吳月娘遞酒安席，安春梅上坐，春梅不肯，務必拉大妗子同他一處坐的。月娘主位，筵前遞了酒，湯飯點心，割切上席。春梅叫家人周仁賞了厨子三錢銀子。説不盡盤堆異品，酒泛金波。當下傳盃換盞，吃至日色將落時分，只見宅内又差伴當拏燈籠來接。月娘那裡肯放，教兩箇妓女在跟前跪着彈唱勸酒。分付：「你把好曲兒孝順你周奶奶一箇兒。」一面叫小玉斟上大鍾，放在跟前，説：「姐姐，你分付箇心愛的曲兒，叫他兩箇唱與你下酒。」春梅道：「奶奶，奴吃不得了，怕孩兒家中尋我。」月娘道：「哥兒尋，左右有妳子看着，天色也還早哩。我曉得你好小量兒！」春梅因問那兩箇妓女：「你叫甚名字？是誰家的？」兩箇跪下説：「小的一箇是韓金釧兒妹子韓玉釧兒，一箇是鄭愛香兒姪女鄭嬌兒。」春梅道：「你每會唱《懶畫眉》不會〔六〕？」玉釧兒道：「奶奶分付，小的兩箇都會。」月娘道：「你兩箇既會唱，斟上酒你周奶奶吃，你每慢唱。」小玉在旁連忙斟上酒。兩箇妓女一箇彈箏，一箇琵琶，唱道：

昔年下婢，今日上賓。爲正乎？爲僭乎？所不辨也。

寃家爲你幾時休？捱過春來又到秋，誰人知道我心頭。天，害的我伶仃瘦，聽的音書兩淚流。從前已往訴緣繇，誰想你無情把我丟。

那春梅吃過，月娘又令鄭嬌兒遞上一盃酒與春梅。春梅道：「你老人家也陪我一盃。」兩家于是都齊斟上，兩箇妓女又唱道：

寃家爲你減風流，鵲噪簷前不肯休，死聲活氣没來繇。天，倒惹的情拖逗，助的凄凉兩淚流。從他去後意無休，誰想你辜恩把我丟。

春梅說：「奶奶，你也教大妗子吃盃兒。」月娘道：「大妗子吃不的，教他拏小鍾兒陪你罷。」一面令小玉斟上大妗子一小鍾兒酒。兩箇妓女又唱道：

寃家爲你惹場憂，坐想行思日夜愁，香肌憔瘦減温柔。天，要見你不能勾，悶的我傷心兩淚流。從前與你共綢繆，誰想你今番把我丟。

春梅見小玉在跟前，也斟了一大鍾教小玉吃。月娘道：「姐姐，他吃不的。」春梅道：「奶奶，他也吃兩三鍾兒，我那咱在家裡没和他吃？」（明言之，愈見其高。）于是斟上，教小玉也吃了一盃。妓女唱道：（今日見春梅，惟小玉不愧。）

寃家爲你惹閒愁，病枕着床無了休，滿懷憂悶鎖眉頭。天，忘了還依舊，助的我腮邊兩淚流。從前與你兩無休，誰想你經年把我丟。

看官聽說：當時春梅爲甚教妓女唱此詞？一向心中牽掛陳敬濟在外，不得相會，情種心苗，故有所感，發于吟咏。又見他兩箇唱的口兒甜，乖覺，奶奶長奶奶短侍奉，心中歡喜。叫家人周仁近前來，拏出兩包兒賞賜來，每人二錢銀子。兩箇妓女放下樂器，磕頭謝了。不一時，春梅起身，月娘欵留不住。伴當打燈籠，拜辭出門。坐上大轎，家人媳婦都坐上小轎，前後打着四箇燈籠，軍牢喝道而去。正是：時來頑鐵有光輝，運去黃金無豔色。有詩爲証：

點絳唇紅弄玉嬌，鳳凰飛下品鸞簫。
堂前高把湘簾捲，燕子還來續舊巢。

且說春梅自從來吳月娘家赴席之後，因思想陳敬濟不知流落在何處，歸到府中，終日只是卧床不起，心下没好氣。守備察知其意，（也只察得一半。）說道：「只怕思念你兄弟不得其所。」一面叫張勝、李安來，分付道：「我一向委你尋你奶奶兄弟，如何不用心找尋？」二人告道：「小的一向找尋來，一地里尋不着下落，已回了奶奶話了。」守備道：「限你二人五日，若找尋不着，討分曉！」這張勝、李安領了鈞語下來，都帶了愁顏。沿街遶巷，各處留心找問，不題。

話分兩頭，單表陳敬濟自從守備府中打了出來，欲投晏公廟，又聽見人說師父任道士死了，就害怕不敢進廟來。又没臉兒見杏菴王老，白日裡到處打油飛，夜晚間還鑽入冷舖中存身。一日，也是合當有事，敬濟正在街上站立，只見鐵指甲楊大郎頭戴新羅帽兒，身穿白綾襖子，騎着一疋驢兒，揀銀鞍轡，一箇小厮跟隨，正從街心走過來。敬濟認的是楊光彥，便向前一把手把嚼環拉住，說道：「楊大哥，一向不見。自從清江浦你把我半船貨物偷拐走了，我好意往你家問，反吃你兄弟楊二風拏瓦楔礸破頭，趕着打上我家門來。今日弄的我一貧如洗，

感金蓮而思敬濟，情生情轉，默默自知。

不意此等形像却風流而有情，覷人難哉！

你是會搖擺受用。」那楊大郎見敬濟已自討吃，便佯佯而笑說：「今日晦氣，出門撞見瘟死鬼。量你這餓不死賊花子，那裡討半船貨，我拐了你的？你不撒手，須吃我一頓好馬鞭子。」敬濟便道：「我如今窮了，你有銀子與我些盤纏，不然咱到箇去處講講。」楊大郎見他不放，跳下驢來，向他身上抽了幾鞭子。（惡人可殺。）喝令小厮：「與我撏了這少死的花子去。」那小厮使力把敬濟推了一交，楊大郎又向前踢了幾脚，踢打的敬濟怪叫，須臾，圍了許多人。旁邊閃過一箇人來，青高裝帽子，勒着手帕，倒披紫襖，白布褲子，精着兩條腿，靸着蒲鞋，生的阿兜眼，掃帚眉，料綽口，三鬚鬍子，面上紫肉橫生，手腕橫筋競起，吃的楞楞睜睜，提着拳頭，向楊大郎說道：「你此位哥好不近理，他年少這般貧寒，你只顧打他怎的？自古嗔拳不打笑面，他又不曾傷犯着你。你有錢，看平日相交，與他些，没錢，罷了。如何只顧打他？自古路見不平，也有向燈向火。」楊大郎說：「你不知，他賴我拐了他半船貨。量他恁窮樣，那有半船貨物？」那人道：「想必他當時也是有根基人家娃娃，天生就這般窮來？閣下就是這般有錢？老兄依我，你有銀子，與他些盤纏罷。」那楊大郎見那人說了，袖內汗巾兒上拴着四五錢一塊銀子，解下來遞與敬濟，與那人舉一舉手兒，上驢子揚長去了。

敬濟地下扒起來，擡頭看那人時，不是別人，却是舊時同在冷鋪內和他一鋪睡的土作頭兒飛天鬼侯林兒。近來領着五十名人，在城南水月寺曉月長老那裡做工，起蓋伽藍殿。因一隻手拉着敬濟說道：「兄弟，剛纔若不是我拏幾句言語譏犯他，他肯拏出這五錢銀子與你？那

窮話富說，可發一笑。然敬濟當此饑寒切膚之時，有此遭際，雖真謂之富貴，可也。

賊却知見範，他若不知範時，好不好吃我一頓好拳頭。你跟着我，咱往酒店内吃酒去來。」到一箇食葷小酒店内，案頭上坐下，叫量酒：「拏四賣嗄飯、兩大壺酒來。」不一時，量酒擺下小菜嗄飯，四盤四碟，兩大坐壺時興橄欖酒。不用小盃，拏大磁甌子。因問敬濟：「兄弟，你吃麵吃飯？」量酒道：「麵是温淘，飯是白米飯。」敬濟道：「我吃麵。」須臾，掉上兩三碗温麵上來。侯林兒只吃一碗，敬濟吃了兩碗，然後吃酒。侯林兒向敬濟說：「兄弟，你今日跟我往坊子裡睡一夜，（先講明，妙。）明日我領你城南水月寺曉月長老那裡，脩蓋伽藍殿并兩廊僧房。你哥率領着五十名做工，你到那裡，不要你做重活，只撞幾筐土兒就是了，也算你一工，討四分銀子。我外邊賃着一間厦子，晚夕咱兩箇就在那裡歇，（□不放鬆。）做些飯打發咱的人吃。把門你一把鎖鎖了，家當都交與你，好不好？强如你在那冷舖中，替花子摇鈴打梆，這箇還官樣些。」敬濟道：「若是哥哥這般下顧兄弟，可知好哩！不知這工程做的長遠不長遠？」侯林兒道：「纔做了一箇月。這工程做到十月裡，不知完不完。」兩箇說話之間，你一鍾，我一盞，把兩大壺酒都吃了。量酒算帳，該一錢三分半銀子。敬濟就要拏出銀子來秤，侯林兒推過一邊說：「傻兄弟，莫不教你出錢？哥有銀子在此。」一面扯出包兒來，秤了一錢五分銀子與掌櫃的。還找了一分半錢，袖了，搭伏着敬濟肩背，同到坊子裡，兩箇在一處歇卧。二人都醉了，這侯林兒晚夕幹敬濟後庭花，足幹了一夜。親哥、親達達、親漢子、親爺，口裡無般不叫將出來。

果然二

到天明，同往城南水月寺。果然寺外侯林兒賃下半間厦子，裡面燒着炕柴阜，也買下許多碗盞家活。早辰上工，叫了名字。衆人看見敬濟不上二十四五歲，白臉子，生的眉目清俊，就知是侯林兒兄弟，都亂調戲他。先問道：「那小夥子兒，你叫甚名字？」陳敬濟道：「我叫陳敬濟。」那人道：「陳敬濟，可不繇着你就擠了。」又一人說：「你恁年小小的，怎幹的這營生，捱的這大扛頭子？」侯林兒喝開衆人，罵：「怪花子，你只顧傒落他怎的？」一面散了鍬钁筐扛，派衆人擡土的擡土，和泥的和泥，打䃍的打䃍。

字，寫出此輩言不足信是其常。戲謔得俚言，方是俗人口中戲謔。

原來曉月長老教一箇葉頭陀做火頭，造飯與各作匠人吃。這葉頭陀年約五十歲，一箇眼瞎，穿着皂直裰，精着脚，腰間束着爛絨縧，也不會看經，只會念佛，善會麻衣神相，衆人都叫他做葉道。一日做了工下來，衆人都吃畢飯，也有閒坐的，卧的，也有蹶着的。傳神。只見敬濟走向前，問葉頭陀討茶吃。這葉頭陀只顧上上下下看他。內有一人說：「葉道，這箇小夥子兒是新來的，你相他一相。」又一人說：「你相他相，倒相箇兄弟。」一人說：「倒相箇二尾子。」葉頭陀教他近前，端詳了一回，說道：「色怕嫩兮又怕嬌，聲嬌氣嫩不相饒。老年色嫩招辛苦，少年色嫩不堅牢。只吃了你面皮嫩的虧，一生多得陰人寵愛。八歲十八二十八，下至山根上至髮。有無活計兩頭消，三十印堂莫帶煞。眼光帶秀心中巧，不讀詩書也可人。做作百般人可愛，縱然弄假又成真。休怪我說，一生心伶機巧，常得陰人發跡。你今多大年紀？」敬濟道：「我二十四歲。」葉道道：「虧你前年怎麼過來！吃了你印堂太窄，子喪妻亡；懸壁昏暗，人亡家破；唇不蓋齒，一生惹是招非；鼻若竈門，家私傾散。那一年遭官司口舌，傾家散業，見過不曾？」敬濟道：「都見過了。」葉頭陀道：「只一件，你這山根不宜斷絕。麻衣祖師說得兩句好：山根斷兮早虛花，祖業飄零定破家。早年父祖丟下家產〔七〕，不拘多少，到你手裡都了當了。你上停短兮下停長，主多成多敗，錢財使盡又還來。總然你久後營得成家計，猶如烈日照冰霜。你如今往後還有一步發跡，該有三妻之命。剋過一箇妻宮不曾？」敬濟道：「已剋過了。」葉頭陀道：「後來還有三妻之會，但恐美中不美。三十上，小人有些不足，花柳中少要行走。」一箇人說：「葉道，你相差了，他還與人家做老婆，那有三箇妻來？」衆人正笑做一團，只聽得曉月長老打梆了，各人都拏鍬钁繩扛〔八〕，上工做活去了。如此者，敬濟在水月寺也做了約一月光景。

一日，三月中旬天氣，敬濟正與衆人擡出土來，在山門墻下倚着墻根向日陽，蹲踞着捉身上虱蟣。只見一箇人頭戴萬字頭巾，身穿青窄衫，紫裹肚，腰繫纏帶，脚穿鞝靴，騎着一疋黃馬，手中提着一籃鮮花兒，（絕不枯澀。）見了敬濟，猛然跳下馬來，向前深深的唱了喏。便叫：「陳舅，小人那裡沒尋你老人家，原來在這裡！」倒諕了敬濟一跳，連忙還禮不迭。問：「哥哥，你是那裡來的？」那人道：「小人是守備周爺府中親隨張勝。自從舅舅府中官事出來，奶奶不好直到如今。老爺使小人那裡不找尋舅舅？不知在這裡。今早不是俺奶奶使小人往外庄上折取這幾朶芍藥花兒，打這裡過，怎得看見你老人家在這裡？一來也是你老人家際遇，二者小人有緣。不消猶豫，就騎上馬，我跟你老人家往府中去。」那衆做工的人看着，面面相覷，不敢做聲。這

彼此俱不

陳敬濟把鑰匙遞與傒林兒，騎上馬，張勝緊緊跟隨，逕往守備府中來。正是：良人得意正年少，今夜月明何處樓？有詩爲証：

白玉隱於頑石裡，黃金埋在污泥中。
今朝貴人提拔起，如立天梯上九重。

出一語，寫匆匆驚喜未定，光景如畫。

校記

〔一〕「詞曰」，內閣本、首圖本無。
〔二〕「王謝」，內閣本、首圖本作「王制」。
〔三〕「兩箇」，內閣本、首圖本作「四箇」。
〔四〕「銀花兒」，內閣本、首圖本作「銀簪兒」。
〔五〕「忙忙」，內閣本、首圖本作「周仁」。按張評本爲「忙忙」，詞話本爲「周仁」。
〔六〕「懶畫眉」，原作「懶畫得」，據內閣等本改。
〔七〕「家產」，內閣本、首圖本作「家業」。
〔八〕「繩扛」，內閣本、首圖本作「筐扛」。按張評本作「繩扛」，詞話本作「筐扛」。

第九十七回　假弟妹暗續鸞膠

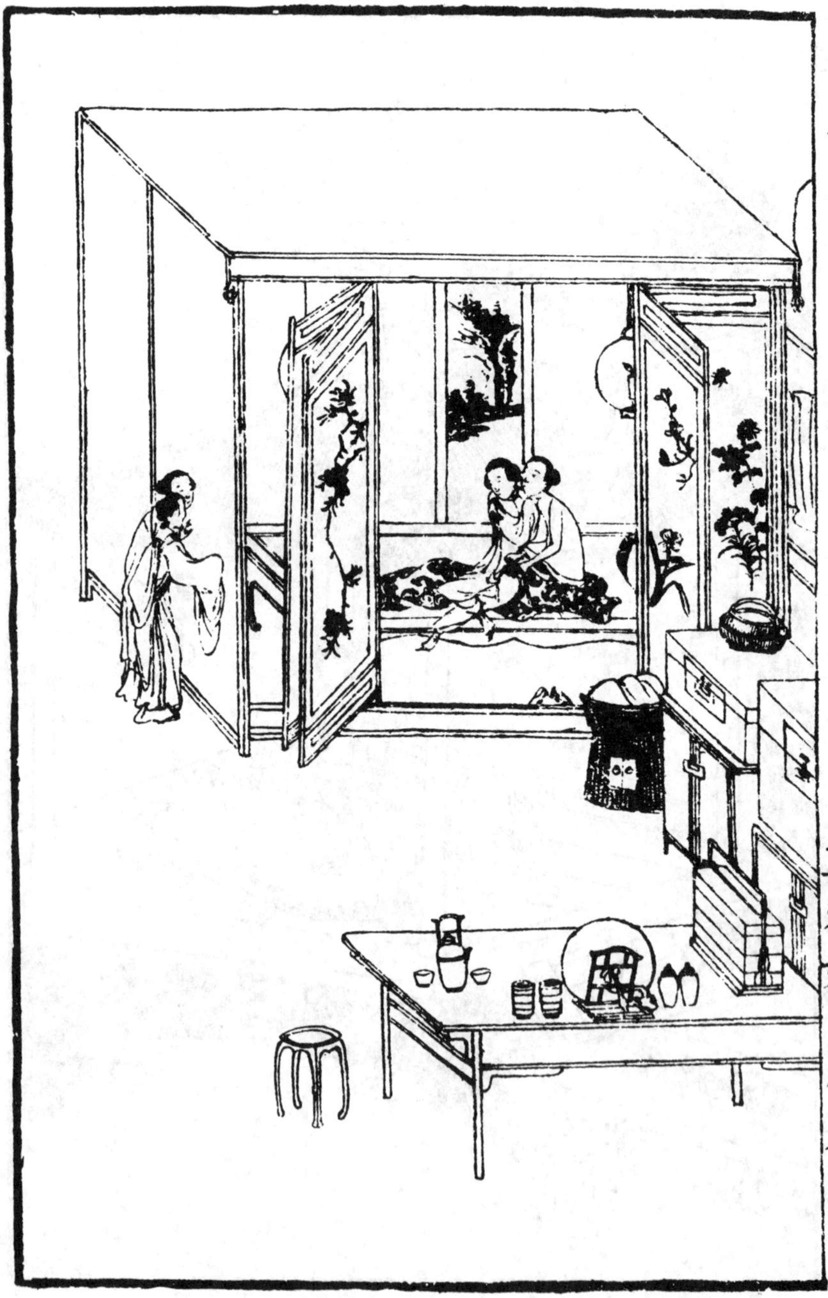

真夫婦明偕花燭

第九十七回　假弟妹暗續鸞膠　真夫婦明諧花燭

詞曰〔一〕：

追悔當初辜深願，經年價、兩成幽怨。任越水吳山，似屏如障堪遊玩。奈獨自慵擡眼。賞烟花，聽絃管。徒歡娛，轉加腸斷。總時轉丹青，强拈書信頻頻看。又曾似親相見。

話說陳敬濟到於守備府中，下了馬，張勝先進去禀報春梅。春梅分付教他在外邊班直房內，用香湯沐浴了身體。後邊使養娘包出一套新衣服靴帽來，與他更換了，然後禀了春梅。那時守備還未退廳，春梅請敬濟到後堂，盛粧打扮出來相見。這敬濟進門就望春梅拜了四雙八拜，讓姐姐受禮。那春梅受了半禮，對面坐下，敘說寒温離別之情〔二〕，彼此皆眼中垂淚。春梅恐怕守備退廳進來，見無人在根前，使眼色與敬濟，絶妙關目。悄悄說：「等住回他若問你，只說是姑表兄弟，我大你一歲，二十五歲了，四月廿五日午時生的。」敬濟道：「我知道了。」不一時，丫鬟拏上茶來。兩人吃了茶，春梅便問：「你一向怎麽出了家，做了道士？守備不知是我的親，錯打了你，悔的要不的。若不是那時就留下你，爭奈有雪娥那賤人在這裡，不好安插你的，所以放你去了。落後打發了那賤人，纔使張勝到處尋你不着。誰知你在城外做工，流落至此地

賣雪娥心事到此方說出，

位。」敬濟道：「不瞞姐姐說，一言難盡。自從與你相別，要娶六姐。我父親死在東京，來遲了，不曾娶成，被武松殺了。聞得你好心，葬埋了他永福寺，我也到那裡燒紙來。落後又把俺娘没了，剛打發喪事出去，被人坑陷了資本。來家又是大姐死了，被俺丈母那淫婦告了一狀，口角妙。床帳粧奩都搬的去了。打了一場官司，將房兒賣了，弄的我一貧如洗。多虧了俺爹朋友王杏菴賙濟，把我纔送到臨清晏公廟那裡出家。不料又被光棍打了，拴到咱府中。自從咱府中出去，投親不理，投友不顧，因此在寺內傭工。多虧姐姐掛心，使張管家尋將我來，得見姐姐一面，猶如再世爲人了。」慘然。說到傷心處，兩箇都哭了。

豈淺人所知？

感恩積恨俱可言，獨有孟玉樓事說不出矣。

正說話中間，只見守備退廳，左右掀開簾子，守備進來。這陳敬濟向前倒身下拜。慌的守備答禮相還，說：「向日不知是賢弟，被下人隱瞞，悮有衝撞，賢弟休怪。」敬濟道：「不才有玷，一向缺禮，有失親近，望乞恕罪。」又磕下頭去。守備一手拉起〔三〕，讓他上坐。敬濟乖覺，那裡肯，務要拉下椅兒旁邊坐了。守備關席，春梅陪他對坐下〔四〕。須臾，換茶上來。吃畢，守備便問：「賢弟貴庚？一向怎的不見？如何出家？」敬濟便告說：「小弟虛度二十四歲，俺姐姐長我一歲，是四月二十五日午時生。向因父母雙亡，家業凋喪，妻又没了，出家在晏公廟。不知家姐嫁在府中，有失探望。」守備道：「自從賢弟那日去後，你令姐晝夜憂心，常時啾啾唧唧不安，直到如今。一向使人找尋賢弟不着。不期今日相會，實乃三生有緣。」

春梅一段相思，守備又爲說出，妙甚。

看官聽說：若論周守備與西門慶相交，也該認得陳敬濟。原來守備爲人老成正氣，舊時雖然來往，並不留心管他家閒事。就是時常宴會，皆同的是荊都監、夏提刑一班官長，并未與敬濟見面。況前日又做了道士一番，那裡還想的到西門慶家女婿？所以被他二人瞞過，只認是春梅姑表兄弟。一面分付左右：「放卓兒，安排酒上來。」須臾，擺設許多盃盤餚饌，湯飯點心，堆滿卓上，銀壺玉盞，酒泛金波。守備相陪敘話，吃至晚來，掌上燈燭方罷。守備分付家人周仁，打掃西書院乾净。那裡床帳都有，春梅拿出兩床鋪蓋衾枕，與他安歇。又撥一箇小厮喜兒答應他。又包出兩套紬絹衣服來，與他更換。每日飯食，春梅請進後邊吃。正是：一朝時運至，半點不繇人。光陰迅速，日月如梭。但見：

　　行見梅花臈底，忽逢元旦新正。
　不覺艷杏盈枝，又早新荷貼水。

敬濟在守備府裡，住了箇月有餘。一日是四月二十五日，春梅的生日。吳月娘那邊買了禮來：一盤壽桃，一盤壽麵，兩隻湯鵝，四隻鮮鷄，兩盤果品，一罈南酒。玳安穿青衣拏帖兒送來。守備正在廳上坐的，門上人稟報，擡進禮來。玳安遞上帖兒，扒在地下磕頭。守備看了禮帖兒，說道：「多承你奶奶費心，又送禮來。」一面分付家人：「收進禮去，討茶來與大官兒吃。把禮帖教小伴當送與你舅收了。封了一方手帕、三錢銀子與大官兒，擡盒人錢一百文。拏回帖兒，多上覆。」說畢，守備穿了衣服，就起身拜人去了。

玳安只顧在廳前伺候，討回帖兒，只見一箇年小的〔五〕，戴着瓦楞帽兒，穿着青紗道袍，涼鞋浄襪，從角門裡走出來，手中拏着帖兒賞錢，遞與小伴當，一直往後邊去了。「可霎作怪，模樣倒好相陳姐夫一般。他如何却在這裡？」只見小伴當遞與玳安手帕銀錢，打發出門。到于家中，回月娘話。見回帖上寫着「周門龐氏斂袵拜」，月娘便問：「你没見你姐？」玳安道：「姐姐倒没見，倒見姐夫來。」月娘笑道：「怪囚，你家倒有恁大姐夫！守備好大年紀，你也叫他姐夫？」玳安道：「不是守備，是咱家的陳姐夫。我初進去，周爺正在廳上。我遞上帖兒，與他磕了頭。他說：『又生受你奶奶，送重禮來。』分付伴當拏茶與我吃：『把帖兒拏與你舅收了，討一方手帕、三錢銀子與大官兒，擡盒人是一百文錢。』說畢，周爺穿衣服出來，上馬拜人去了。半日，只見他打角門裡出來，遞與伴當回帖賞賜〔六〕，他就進後邊去了。我就押着盒担出來。不是他却是誰？」月娘道：「怪小囚兒，休胡說白道的！那羔子知道流落在那里討吃，不是凍死，就是餓死。他平白在那府裡做甚麽？守備認的他甚麽毛片兒，肯招攬下他？」玳安道：「奶奶敢和我兩箇賭？我看得千真萬真，就燒的成灰骨兒，我也認的。」月娘問：「他穿着甚麽？」玳安道：「他戴着新瓦楞帽兒，金簪子，身穿着青紗道袍，凉鞋浄襪。吃的好了。」月娘道：「我不信，不信！」這里說話不題。

月娘一味小量人，小量至敬濟可謂萬萬無失，而猶不然。則人苟一日不死，安可以賢愚貴賤小量之哉！

却說陳敬濟進入後邊，春梅還在房中鏡臺前搽臉，描畫雙蛾。敬濟拿吳月娘禮帖兒與他看，因問：「他家如何送禮來與你？是那里緣故？」這春梅便把清明郊外永福寺撞遇月娘相見的話，訴說一遍。後來怎生平安兒偷了解當舖頭面，吳巡簡怎生夾打平安兒，追問月娘奸情

春梅自厚，敬濟自薄，然春梅出谷遷喬，富貴緣此而起，故易厚。敬濟流離辛苦備嘗之矣，自不得不追恨而薄之矣。

之事，」薛嫂又怎生說人情，守備替他處斷了事，「落後他家買禮來相謝，正月裡我往他家與孝哥兒做生日，勾搭連環到如今。他許下我生日買禮來看我」一節，說了一遍。敬濟聽了，把眼瞅了春梅一眼，說：「姐姐，你好沒志氣！想着這賊淫婦，那咱把咱姐兒們生生的拆散開了，又把六姐命喪了，永世千年，門裡門外不相逢纔好，反替他去說人情兒？那怕那吳典恩拷打玳安小廝，供出奸情來，隨他那淫婦一條繩子拴去，出醜見官，管咱每大腿事！他沒和玳安小廝有姦，怎的把丫頭小玉配與他？仇口硬判，酷肖。有我早在這里，我斷不教你替他說人情。他是你我讐人，又和他上門往來做甚麼？六月連陰——想他好情兒！」幾句話，說得春梅閉口無言。這春梅道：「過往勾當，也罷了。還是我心好，不念舊讐。」敬濟道：「如今人，好心不得好報哩。」春梅道：「他既送了禮，莫不白受他的？他還等着我這裡人請他去哩。」敬濟道：「今後不消理那淫婦了，又請他怎的？」春梅道：「不請他又不好意思的。丟箇帖與他，來不來隨他就是了。他若來時，你在那邊書院內，休出來見他。往後咱不招惹他就是了。」敬濟惱的一聲兒不言語，走到前邊，寫了帖子。春梅使家人周義去請吳月娘。月娘打扮出門，教奶子如意兒抱着孝哥兒，坐着一頂小轎，玳安跟隨，來到府中。春梅、孫二娘都打扮出來，迎接至後廳，相見敘禮，坐下。如意兒抱着孝哥兒，相見磕頭畢。敬濟躲在那邊書院內，不走出來，繇着春梅、孫二娘在後廳擺茶安席遞酒，叫了兩箇妓女韓玉釧、鄭嬌兒彈唱，俱不必細說。

玳安在前邊廂房內管待，只見一箇小伴當，打後邊拿出一盤湯飯點心下飯，往西角門書院中走。玳安便問他：「拏與誰吃？」小伴當道：「是與舅吃的。」玳安道：「你舅姓甚麼？」小伴當道：「姓陳。」這玳安賊，悄悄後邊跟着他。到西書院，小伴當便掀簾子進去。玳安慢慢打紗窗眼往裡張看，明明見陳姐夫正在床上挜着，見拿進湯飯點心來，就起來放卓兒吃。這玳安悄悄走出外來，依舊坐在廂房內。直待天晚，家中燈籠來接，吳月娘轎子起身。到家一五一十，告訴月娘說：「果然陳姐夫在他家居住。」自從春梅這邊被敬濟把攔，兩家都不相往還。正是：

誰知豎子多間阻，一念翻成怨恨媒。

敬濟在府中與春梅暗地勾搭，人都不知。或守備不在，春梅就和敬濟在房中吃飯、吃酒，閑時下棋調笑，無所不至。守備在家，便使丫頭、小厮拏飯往書院與他吃。或白日裡春梅也常往書院內，和他坐半日，方進後邊來〔七〕。彼此情熱，俱不必細說。

一日，守備領人馬出巡。正值五月端午佳節，春梅在西書院花亭上置了一卓酒席，和孫二娘、陳敬濟吃雄黃酒，解粽歡娛。丫鬟侍妾都兩邊侍奉。春梅令海棠、月桂兩箇侍妾在席前彈唱。當下直吃到炎光西墜、微雨生涼的時分，春梅拏起大金荷花盃來相勸。酒過數巡，孫二娘不勝酒力，起身先往後邊房中看去了。獨落下春梅和敬濟在花亭上吃酒，猜枚行令，你一盃，我一盃。不一時，丫鬟掌上紗燈來，養娘金匱玉堂打發金哥兒睡去了。敬濟輸了，便走入書房內，躲酒不出來。這春梅先使海棠來請，見敬濟不去，又使月桂來，分付：「他不來，

便是親姑表兄妹亦不宜入幕同飲如此。

你好歹與我拉將來。拉不將來，回來把你這賤人打十箇嘴八。」

這月桂走至西書房中，推開門，見敬濟掇在床上，推打鼾睡，不動。月桂說：「奶奶交我來請你老人家，請不去，要打我哩。」那敬濟口裡喃喃呐呐說：「打你不干我事。我醉了，吃不的了。」無情人語。被月桂用手拉將起來，推着他：「我好歹拉你去，拉不將你去，也不筭好漢。」推拉的敬濟急了，黑影子裡佯裝着醉，作耍當真，摟了月桂在懷裡就親箇嘴。那月桂亦發上頭上腦說：「人好意叫你，你做大不正，倒做這箇營生。」敬濟道：「我的兒，你若肯了，那箇好意做大不成？」又按着親了箇嘴，方走到花亭上。月桂道：「奶奶要打我，還是我把舅拉將來了。」春梅令海棠斟上大鍾，兩箇下盤棋，賭酒爲樂。當下你一盤，我一盤，熬的丫鬟都打睡去了。春梅又使月桂、海棠後邊取茶去。兩箇在花亭上，解珮露相如之玉，朱唇點漢署之香。正是：得多少花陰曲檻燈斜照，旁有墜釵雙鳳翹。有詩爲証：

花亭歡洽鬢雲斜，粉汗凝香沁絳紗。

深院日長人不到，試看黃鳥啄名花。

兩箇正幹得好，忽然丫鬟海棠送茶來：「請奶奶後邊去，金哥睡醒了，哭着尋奶奶哩。」春梅陪敬濟又吃了兩鍾酒，用茶漱了口，然後抽身往後邊來。丫鬟收拾了家活，喜兒扶敬濟歸書房寢歇，不在話下。

一日，朝廷勅旨下來，命守備領本部人馬，會同濟州府知府張叔夜，征勦梁山泊賊王宋江，早晚起身。守備對春梅說：「你在家看好哥兒，叫媒人替你兄弟尋上一門親事。我帶他箇名字在軍門，若早僥倖得功，朝廷恩典，陞他一官半職，於你面上也有光輝。」這春梅應諾了。遲了兩三日，守備打點行裝，整率人馬，留下張勝、李安看家，止帶家人周仁跟了去，不題。

一日，春梅叫將薛嫂兒來，如此這般和他說：「他爺臨去分付，叫你替我兄弟尋門親事，你須尋箇門當户對好女兒。不拘十六七歲的也罷，只要好模樣兒，聰明伶俐些的。他性兒也有些厥劣。」薛嫂兒道：「我不知道他也怎的？不消你老人家分付。想着大姐那等的還嫌哩。」春梅道：「若是尋的不好，看我打你耳刮子不打。我要赶着他叫小妗子兒哩，休要當耍子兒。」說畢，春梅令丫鬟擺茶與他吃。只見陳敬濟進來吃飯，薛嫂向他道了萬福，說：「姑夫，你老人家一向不見，在那里來？且喜呀，剛纔奶奶分付，交我替你老人家尋箇好娘子，你怎麽謝我？」那陳敬濟把臉兒迸着，不言語。薛嫂道：「老花子，怎的不言語？」春梅道：「你休叫他姑夫，那箇已是揭過去的帳了，你只叫他陳舅就是了。」薛嫂道：「真該打我這片子狗嘴，只要叫錯了。往後赶着你只叫舅爺罷！」那陳敬濟忍不住撲吃的笑了，說道：「這箇纔可到我心上。」那薛嫂撒風撒癡，趕着打了他一下，說道：「你看老花子說的好話兒，我又不是你影射的，怎麽可在你心上？」連春梅也笑了。

不一時，月桂安排茶食與薛嫂吃了。說道：「我替你老人家用心踏看，有人家相應好女子

為老婆面上用情，人人都肯。

居移體，養移氣，便看得自家大矣。寫三人語默嬉笑，宛如聞聲見色。

薛婆數語不抹殺敬濟，又勸慰春梅，暗暗與月娘銷怨。使君言之，不過如此，安可以媒人嘴薄之。

兒，就來說。」春梅道：「財禮羹果，花紅酒禮，頭面衣服，不少他的，只要好人家好女孩兒，方可進入我門來。」薛嫂道：「我曉得，管情應的你老人家心便了。」良久，敬濟吃了飯，往前邊去了。薛嫂兒還坐着，問春梅：「他老人家幾時來的？」春梅便把出家做道士一節說了：「我尋得他來，做我箇親人兒。」薛嫂道：「好，好！你老人家有後眼。」又道：「前日你老人家好日子，說那頭他大娘來做生日來？」春梅道：「他先送禮來，我纔使人請他。坐了一日去了。」薛嫂道：「我那日在一箇人家鋪床，整亂了一日。心內要來，急的我要不的。」又問：「他陳舅也見他那頭大娘來？」春梅道：「他肯下氣見他？爲請他，好不和我亂成一塊。嗔我替他家說人情，說我没志氣。『那怕吳典恩打着小廝攀扯他出官纔好，管你腿事？你替他尋分上！想着他昔日好情兒？』」薛嫂道：「他老人家也說的是。及到其間，也不計舊讐罷了。」春梅道：「咱既受了他禮，不請他來坐坐兒，又使不的。寧可教他不仁，休要咱不義。」薛嫂道：「怪不的你老人家有恁大福，你的心忒好了。」當下薛嫂兒說了半日話，提着花箱兒，拜辭出門。

過了兩日，先來說城裡朱千户家小姐，今年十五歲，也好陪嫁，只是没了娘的兒了，春梅嫌小不要。又說應伯爵第二箇女兒，年二十二歲，春梅又嫌應伯爵死了，忽完冷案，妙。在大爺手內聘嫁，没甚陪送，也不成。都回出婚帖兒來。又遲了幾日，薛嫂兒送花兒來，袖中取出箇婚帖兒，大紅段子，上寫着：開段鋪葛員外家大女兒，年二十歲，屬鷄的，十一月十五日子時生，小字翠屏。「生的上畫兒般模樣兒，五短身材，瓜子面皮，温柔典雅，聰明伶俐，針指女工自不必說。父母俱在，有萬貫錢財，在大街上開段子鋪，走蘇、杭、南京，無比好人家，陪嫁都是南京床帳箱籠。」春梅道：「既是好，成了家的罷。」就交薛嫂兒先通信去。那薛嫂兒連忙說去了。正是：欲向繡房求艷質，須憑紅葉是良媒。有詩爲証：

天仙機上繫香羅，千里姻緣竟足多。
天上牛郎配織女，人間才子伴嬌娥。

這里薛嫂通了信來，葛員外家知是守備府裡，情願做親，又使一箇張媒人同說媒。春梅這里備了兩擡茶葉、糖餅羹果，教孫二娘坐轎子，往葛員外家插定女兒。回來對春梅說：「果然好箇女子，生的一表人材，如花似朵，人家又相當。」春梅這里擇定吉日，納綵行禮：十六盤羹果茶餅、兩盤頭面、二盤珠翠、四擡酒、兩牽羊、一頂鬏髻、全副金銀頭面簪環之類，兩件羅段袍兒，四季衣服。其餘綿花布絹，二十兩禮銀，不必細說。陰陽生擇在六月初八日，准娶過門。春梅先問薛嫂兒：「他家那里有陪床使女沒有？」薛嫂兒道：「床帳粧奩都有，只沒有使女陪床。」春梅道：「咱這里買一箇十三四歲丫頭子，與他房裡使喚，掇桶子倒水方便些。」薛嫂道：「有，我明日帶一箇來。」到次日，果然領了一箇丫頭，說：「是商人黃四家兒子房裡使的丫頭，今年纔十三歲。黃四因用下官錢粮，和李三還有咱家出去的保官兒，都爲錢粮捉拏在監裡追贓。監了一年多，家產盡絶，房兒也賣了。李三先死，拏兒子李活監着。咱家保官兒那兒子僧寶兒，如今流落在外，與人家跟馬哩。」春梅道：「是來保？」薛嫂道：「他如今不叫來保，改

李三黃四，瓦罐不離井上破，來保背主盜財，皆人

事天理所必敗者，故節上生枝，詳完此案。知此則知金瓶梅非淫書也。敬濟一少年不經事妄人也。一流落便當該死，乃從冷鋪傭奴中，忽又有此一番富貴，人生信乎有命矣。

了名字叫湯保了。」春梅道：「這丫頭是黄四家丫頭，要多少銀子？」薛嫂道：「只要四兩半銀子，緊等着要交贓去。」春梅道：「甚麽四兩半，與他三兩五錢銀子留下罷。」一面就交了三兩五錢雪花官銀與他，寫了文書，改了名字，唤做金錢兒。

話休饒舌，又早到六月初八。春梅打扮珠翠鳳冠，穿通袖大紅袍兒，束金鑲碧玉帶，坐四人大轎，鼓樂燈籠，娶葛家女子，奠鴈過門。陳敬濟騎大白馬，揀銀鞍轡，青衣軍牢喝道，頭戴儒巾，穿着青段圓領，脚下粉底皂靴，頭上簪着兩枝金花。正是：久旱逢甘雨，他鄉遇故知，洞房花燭夜，金榜掛名時。一番拆洗一番新。到守備府中，新人轎子落下，戴着大紅銷金蓋袱，添粧含飯，抱着寶瓶進入大門。陰陽生引入畫堂，先參拜了堂，然後歸到洞房。春梅安他兩口兒坐帳，然後出來。陰陽生撒帳畢，打發喜錢出門，鼓手都散了。敬濟與這葛翠屏小姐坐了回帳，騎馬打燈籠往岳丈家謝親，吃的大醉而歸。晚夕，女貌郎才，未免燕尔新婚，交姤雲雨。正是：得多少春點杏桃紅綻蕊，風欺楊柳緑翻腰。

當夜敬濟與這葛翠屏小姐倒且是合得着，兩箇被底鴛鴦，帳中鸞鳳，如魚似水，合巹懽娱。三日完飯，春梅在府廳後堂張筵掛綵，鼓樂笙歌，請親眷吃會親酒。俱不必細説。每日春梅吃飯，必請他兩口兒同在房中一處吃，彼此以姑妗稱之，同起同坐。丫頭養娘、家人媳婦，誰敢道箇不字？原來春梅收拾西廂房三間，與他做房，裡面鋪着床帳，糊的雪洞般齊整，垂着簾幃。外邊西書院是他書房，裡面亦有床榻、几席、古書并守備往來書柬、拜帖，并各處遞來手本揭帖，都打他手裡過。春梅不時常出來書院中，和他閑坐說話，兩箇暗地交情。正是：

朝陪金谷宴，暮伴綺樓娃。
休道歡娛處，流光逐落霞。

校記

〔一〕「詞曰」，內閣本、首圖本無。
〔二〕「敘說」，內閣本、首圖本作「敘了」。
〔三〕「拉起」，內閣本、首圖本作「扯起」。
〔四〕「陪他」，原作「倍他」，據內閣等本改。
〔五〕「年小的」，內閣本、首圖本作「年少的」。
〔六〕「回帖」，原作「問帖」，據內閣等本改。
〔七〕「方進後邊來」，內閣本、首圖本作「方歸後邊來」。按張評本與底本同，詞話本與內閣本同。

金瓶梅　第九十八回　陳敬濟臨清逢舊識

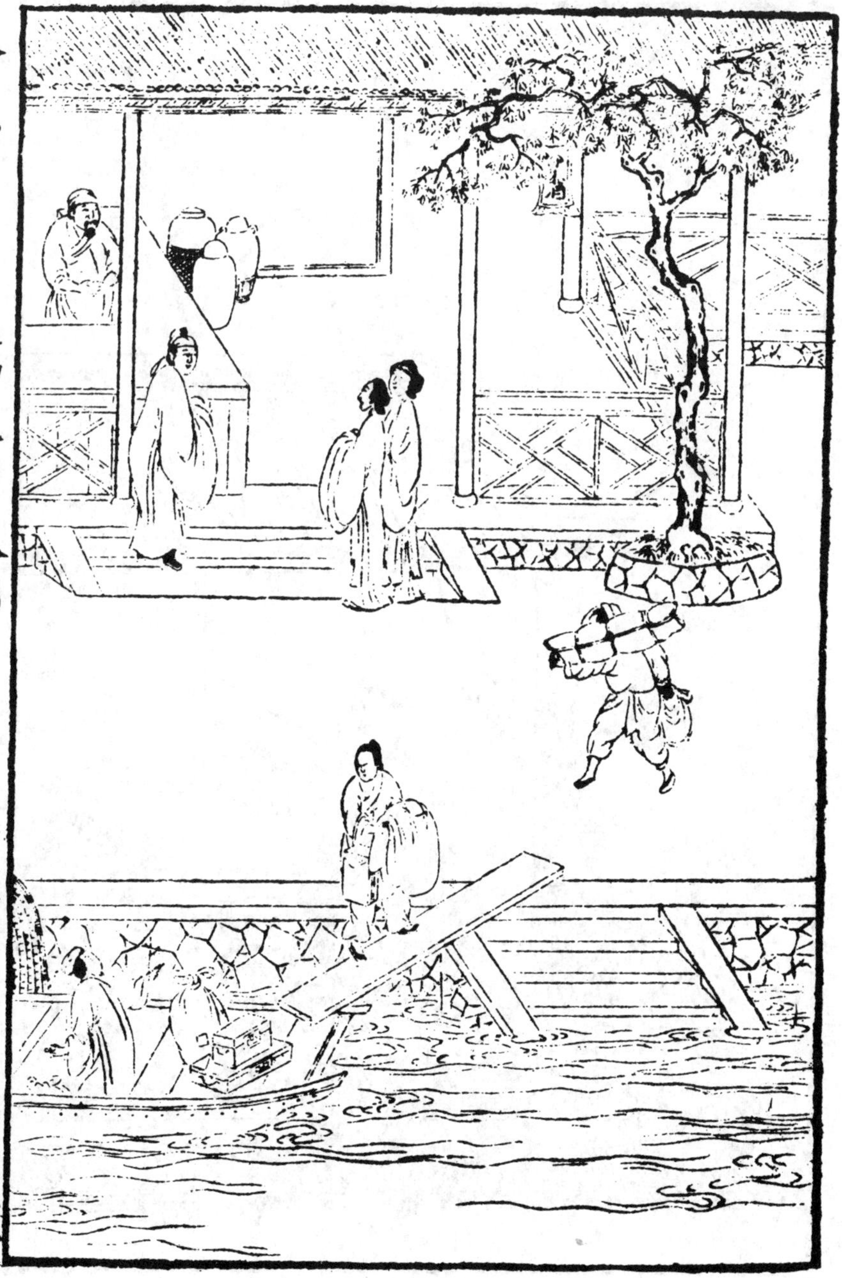

韓愛姐翠館遇情郎

第九十八回　陳敬濟臨清逢舊識　韓愛姐翠館遇情郎

詩曰(一)：

教坊脂粉洗鉛華，一片閒心對落花。
舊曲聽來猶有恨，故園歸去已無家。
雲鬟半挽臨粧鏡，兩淚空流濕絳紗。
今日相逢白司馬，樽前重與訴琵琶。

話說一日周守備與濟南府知府張叔夜，領人馬征勦梁山泊賊王宋江三十六人，萬餘草寇都受了招安。地方平復，表奏，朝廷大喜，加陞張叔夜爲都御史、山東安撫大使，陞守備周秀爲濟南兵馬制置，管理分巡河道，提察盜賊。部下從征有功人員，各陞一級。軍門帶得敬濟名字，陞爲參謀之職，月給米二石，冠帶榮身。守備至十月中旬，領了勅書，率領人馬來家，先使人來報與春梅家中知道。春梅滿心歡喜，使陳敬濟與張勝、李安出城迎接。家中廳上排設酒筵，慶官賀喜。官員人等來拜賀送禮者，不計其數。守備下馬，進入後堂，春梅、孫二娘接着，參拜已畢。陳敬濟就穿大紅員領，頭戴冠帽，脚穿皂靴，束着角帶，和新婦葛氏兩口兒拜見。守備見好箇女子，賞了一套衣服，十兩銀子打頭面，不在話下。

較與侯林兒在冷舖中光景天

淵。

人自知一意爲人，而不知養奸伏詐。

如守備者，比比也。

黑心自有馬兒騎，古今可嘆。

晚夕，春梅和守備在房中飲酒，未免敘些家常事務。春梅道：「爲娶我兄弟媳婦，又費許多東西。」守備道：「阿呀，你止這箇兄弟，投奔你來，無箇妻室，不成箇前程道理，就使費了幾兩銀子，不曾爲了別人。」春梅道：「你今又替他挣了這箇前程，足以榮身勾了。」守備道：「朝廷旨意下來，不日我往濟南府到任。你在家看家，打點些本錢，教他搭箇主管，做些大小買賣。三五日教他下去查筭帳目一遭，轉得些利錢來，也勾他攪計。」春梅道：「你說的也是。」兩箇晚夕夫妻同歡，不可細述。在家只住了十個日子，到十一月初旬時分，守備收拾起身，帶領張勝、李安前去濟南到任，留周仁、周義看家。陳敬濟送到城南永福寺方回。

一日，春梅向敬濟商議：「守備教你如此這般，河下尋些買賣，搭箇主管，覓得些利息，也勾家中費用。」這敬濟聽言，滿心歡喜。一日正打街前走，尋覓主管夥計，也是合當有事，不料撞遇舊時朋友陸二哥陸秉義，作揖說：「哥怎的一向不見？」敬濟道：「我因亡妻爲事，又被楊光彥那廝拐了我半船貨物，坑陷的我一貧如洗。我如今又好了，幸得我姐姐嫁在守備府中，又娶了親事，陞做參謀，冠帶榮身。如今要尋個夥計，做些買賣，一地里沒尋處。」陸秉義道：「楊光彥那廝拐了你貨物，如今搭了個姓謝的做夥計，在臨清馬頭上開了一座大酒店，又放債與四方趁熟窠子娼門人使，好不獲大利息。他每日穿好衣，吃好肉，騎着一疋驢兒，三五日下去走一遭，筭帳收錢，把舊朋友都不理。他兄弟在家開賭場，鬭鷄養狗，人不敢惹他。」敬濟道：「我去年曾見他一遍，他反面無情，打我一頓，被一朋友救了。我恨他入于骨髓。」因拉陸二郎

寃家可解不可結，筭人自筭，害人自害。于楊光彥、陳敬濟而識反復循環之理。

入路旁一酒店内吃酒。兩人計議：「如何處置他，出我這口氣？」陸秉義道：「常言說得好：恨小非君子，無毒不丈夫。咱如今將理和他說，不見棺材不下淚，他必然不肯。小弟有一計策，哥也不消做別的買賣，只寫一張狀子把他告到那里，追出你貨物銀子來。就奪了這座酒店，再添上些本錢，等我在馬頭上和謝三哥掌櫃發賣。哥哥你三五日下去走一遭，查筭帳目，管情見一月你穩拍拍的有百十兩銀子利息，强如做別的生意。」看官聽說：當時只因這陸秉義說出這庄事，有分教，數箇人死於非命。陳敬濟一種死，死之太苦；一種亡，亡之太屈。正是：

非干前定數，半點不由人。

敬濟聽了道：「賢弟，你說的是。我到家就對我姐夫和姐姐說。這買賣成了，就安賢弟同謝三郎做主管。」當下兩箇吃了回酒，各下樓來，還了酒錢。敬濟分付陸二哥：「兄弟，千萬謹言。」陸二郎道：「我知道。」各散回家。

這敬濟就一五一十對春梅說：「爭奈他爺不在，如何理會？」有老家人周忠在旁，便道：「不打緊，等舅寫了一張狀子，該拐了多少銀子貨物，拏爺箇拜帖兒，都封在裡面。等小的送與提刑所兩位官府案下，把這姓楊的拏去衙門中，一頓夾打追問，不怕那厮不拏出銀子來。」敬濟大喜，一面寫就一紙狀子，拏守備拜帖，彌封停當，就使老家人周忠送到提刑院。兩位官府正升廳問事，門上人禀說：「帥府周爺差人下書。」何千户與張二官府喚周忠進見。問周爺上任之事，說了一遍。拆開封套觀看，見了拜帖、狀子，自恁要做分上，卽便批行，差委緝捕番捉〔二〕，往河下拏楊光彥去。回了箇拜帖，付與周忠：「到家多上覆你爺、奶奶，待我這里追出銀兩，伺候來領。」周忠拏回帖到府中，回覆了春梅說話：「即時准行，拏人去了。待追出銀子，使人領去。」敬濟看見兩箇摺帖上面寫着「侍生何永壽、張懋德頓首拜」，敬濟心中大喜。

遲不上兩日光景，提刑緝捕觀察番捉，往河下把楊光彥并兄弟楊二風都拏到衙門中。兩位官府據着陳敬濟狀子審問，一頓夾打，監禁數日，追出三百五十兩銀子，一百桶生眼布。其餘酒店中家活，共筭了五十兩。陳敬濟狀上告着九百兩，還差三百五十兩銀子，把房兒賣了五十兩，家產盡絕。這敬濟就把謝家大酒樓奪過來，和謝胖子合夥。春梅又打點出五百兩本錢，共湊了一千兩之數，委付陸秉義做主管。從新把酒樓粧修，油漆彩畫，闌干灼耀，棟宇光新，卓案鮮明，酒肴齊整。真箇是：

啟瓮三家醉，開樽十里香。
神僊留玉珮，卿相解金貂。

從正月半頭，陳敬濟在臨清馬頭上大酒樓開張，見一日也發賣三五十兩銀子。都是謝胖子和陸秉義眼同經手，在櫃上掌櫃。敬濟三五日騎頭口，伴當小姜兒跟隨，往河下筭帳一遭。若來，陸秉義和謝胖子兩箇夥計，在樓上收拾一間乾淨閣兒，鋪陳床帳，安放卓椅，糊的雪洞般齊整，擺設酒席，交四箇好出色粉頭相陪。陳三兒那里往來做量酒。

一日，三月佳節，春光明媚，景物芬芳，翠依依槐柳盈堤，紅馥馥杏桃燦錦。陳敬濟在樓上，搭伏定緑闌干，看那樓下景致，好生熱鬧。有詩爲証：

風拂烟籠錦綉粧，太平時節日初長。
能添壯士英雄膽，善解佳人愁悶腸。
三尺曉垂楊柳岸，一竿斜插杏花旁。
男兒未遂平生志，且樂高歌入醉鄉。

一日，敬濟在樓牎後瞧看，正臨着河邊，泊着兩隻剌船。船上載着許多箱籠、卓櫈、家活，四五箇人盡搬入樓下空屋裡來。船上有兩箇婦人：（便妙。）一箇中年婦人，長挑身材，紫膛色；一箇年小婦人，搽脂抹粉，生的白淨標致，約有二十多歲；盡走入屋裡來。（看來好生面善。）敬濟問謝主管：「是甚麼人，也不問一聲，擅自搬入我屋裡來？」謝主管道：「此兩箇是東京來的婦人，投親不着，一時間無處尋房住，央此間鄰居范老來說，暫住兩三日便去。正欲報知官人，不想官人來問。」這敬濟正欲發怒，只見那年小婦人斂衽向前，望敬濟深深的道了箇萬福，告說：「官人息怒，非干主管之事，是奴家大膽，一時出于無奈，不及先來宅上禀報，望乞恕罪。容畧住得三五日，拜納房金，就便搬去。」這敬濟見小婦人會說話兒，只顧上上下下把眼看他。那婦人一雙星眼斜盼敬濟，兩情四目，不能定情。（當此不動情，非人。）敬濟口中不言，心内暗道：「倒相那里會過，這般眼熟。」那長挑身材中年婦人也定睛看着敬濟，說道：「官人，你莫非是西門老爺家陳姑夫麼？」這敬濟吃了一驚，便道：「你怎的認得我？」那婦人道：「不瞞姑夫說，奴是舊夥計韓道國渾家，這箇就是（可憐可憐，提起便酸人。）

鼻。

善讀書者此書片刻可了。至此遂覺有隔世之感。

何前倨而後恭也？

我女孩兒愛姐。」敬濟道：「你兩口兒在東京，如何來在這里？你老公在那里？」那婦人道：「在船上看家活。」敬濟急令量酒請來相見。

不一時，韓道國走來作揖，已是摻白鬚鬢。因說起：「朝中蔡太師、童太尉、李右相、朱太尉、高太尉、李太監六人，都被太學國子生陳東上本參劾，此生大爲吾儕吐氣，吾師乎，吾師乎！較走公門如鶩者，不徑庭乎？後被科道交章彈奏倒了。聖旨下來，拏送三法司問罪，發烟瘴地面，永遠充軍。太師兒子禮部尚書蔡攸處斬，家產抄沒入官。我等三口兒各自逃生，投到清河縣尋我兄弟第二的。不想第二的把房兒賣了，流落不知去向。三口兒顧船從河道中來，不料撞遇姑夫在此，三生有幸。」因問：「姑夫今還在西門老爹家裡〔三〕？」敬濟把頭項搖了一搖，說：「我也不在他家了。我在姐夫守備周爺府中，做了參謀官，冠帶榮身。近日合了兩箇夥計，在此馬頭上開這箇酒店，胡亂過日子。你每三口兒既遇着我，也不消搬去，便在此間住也不妨，請自穩便。」婦人與韓道國一齊下禮。說罷，就搬運船上家活箱籠上來。敬濟看得心癢，也使伴當小姜兒和陳三兒替他搬運了幾件家活。王六兒道：「不勞姑夫費心用力。」彼此俱各歡喜。敬濟道：「你我原是一家，何消計較。」敬濟見天色將晚，有申牌時分，要回家。分付主管：「咱蚤送些茶盒與他。」上馬，伴當跟隨來家。一夜心心念念，只是放韓愛姐不下。

過了一日，到第三日早起身，打扮衣服齊整，伴當小姜跟隨，來河下大酒樓店中，看着做了回買賣。韓道國那邊使的八老來請吃茶。敬濟心下正要瞧去，恰好八老來請，便起身進去。只見韓愛姐見了，笑容可掬，接將出來，道了萬福：「官人請裡面坐。」敬濟到閣子內坐下，王六兒和韓道國都來陪坐。少頃茶罷，彼此敘些舊時的閒話〔四〕。敬濟不住把眼只睃那韓愛姐，愛姐一雙涎瞪瞪秋波只看敬濟，寃家。讀者心癢，況當局歟？彼此都有意了。有詩為証：

弓鞋窄窄剪春羅，香體酥胸玉一窩。

麗質不勝嬝娜態，一腔幽恨蹙秋波。

少頃，韓道國走出去了。愛姐因問：「官人青春多少？」敬濟道：「虛度二十六歲。」敬問姐姐，青春幾何？」愛姐笑道：「奴與官人一緣一會，也是二十六歲。舊日又是大老爹府上相會過面，如今又幸遇在一處，正是有緣千里來相會。」我云不是寃家不聚頭。那王六兒見他兩箇說得入港，看見關目，推箇故事也走出去了。越發在行。止有他兩人對坐，愛姐把些風月話兒來勾敬濟。敬濟自幼幹慣的道兒，怎不省得？便涎着臉兒調戲答話。原來這韓愛姐從東京來，一路兒和他娘已做些道路，絕好生意。今見了敬濟，也是夙世有緣，三生一笑，不繇的情投意合。見無人處，就走向前，挨在他身邊坐下，作嬌作癡，說道：「官人，你將頭上金簪子借我看一看。」敬濟正欲拔時，早被愛姐一手按住敬濟頭髻，一手拔下簪子來。便笑吟吟起身說：「我和你去樓上說句話兒。」一頭說，一頭走。敬濟得不的這一聲，連忙跟上樓來。正是：

風來花自舞，春入鳥能言。

敬濟跟他上樓，便道：「姐姐有甚話說？」愛姐道：「奴與你是宿世姻緣，今朝相遇，願偕枕

要死，要死。

要死，要死。物自來而取之，何害，何害。

蓆之懽，共效于飛之樂。」敬濟道：「難得姐姐見憐，只怕此間有人知覺。」韓愛姐做出許多妖嬈來，摟敬濟在懷，將尖尖玉手扯下他褲子來。兩箇情興如火，按納不住。愛姐不免解衣仰臥在床上，交姤在一處。正是：

色膽如天怕甚事，鴛幃雲雨百年情。

敬濟問：「你叫幾姐？」那韓愛姐道：「奴是端午所生，就叫五姐，又名愛姐。」霎時雲收雨散，偎倚共坐。韓愛姐便將金簪子原插在他頭上，又告敬濟說：「自從三口兒東京來，投親不着，盤纏缺欠。你有銀子，乞借與我父親五兩〔五〕，奴按利納還，不可推阻。」敬濟應允，說：「不打緊。姐姐開口，就兑五兩來。」兩箇又坐了半日，恐怕人談論，吃了一盃茶。愛姐留吃午飯，敬濟道：「我那邊有事，不吃飯了，少間就送盤纏來與你。」愛姐道：「午後奴畧備一盃水酒，官人不要見却，好歹來坐坐。」

敬濟在店內吃了午飯，又在街上閑散走了一回，撞見昔日晏公廟師兄金宗明，作揖，把前事訴說了一遍。金宗明道：「不知賢弟在守備老爺府中認了親，在大樓開店，有失拜望。明日就使徒弟送茶來，閑中請去廟中坐一坐。」說罷，宗明歸去了。敬濟走到店中，陸主管道：「裏邊住的老韓請官人吃酒，沒處尋。」正說着，恰好八老又來請：「就請二位主管相陪，再無他客。」敬濟就同二主管走到裏邊房內。蚤已安排酒席齊整，敬濟上坐，韓道國主位，陸秉義、謝三郎打橫〔六〕，王六兒與愛姐旁邊僉坐，八老往來篩酒下菜。吃過數盃，兩箇主管會意，説道：「官人慢坐，小人櫃上看去。」起身去了。敬濟平昔酒量不十分洪飲，又見主管去了，開懷與韓道國三口兒吃了數盃，便覺有些醉將上來。愛姐便問：「今日官人不回家去罷了。」敬濟道：「這咱晚了，回去不得，明日起身去罷。」王六兒、韓道國吃了一回，下樓去了。敬濟向袖中取出五兩銀子，遞與愛姐。愛姐到下邊交與王六兒，復上來。兩箇交盃換盞，倚翠偎紅，吃至天晚。愛姐卸下濃粧，留敬濟就在樓上閣兒裏歇了。當下枕畔山盟，衾中海誓，鶯聲燕語，曲盡綢繆，不能悉記。

愛姐在東京蔡太師府中，與翟管家做妾，曾扶持過老太太，也學會些彈唱，又能識字會寫，種種可人。敬濟歡喜不勝，就同六姐一般，正可在心上。以此與他盤桓一夜，停眠罷宿，免不的第二日起來得遲，約飯時纔起來。王六兒安排些鷄子肉圓子，做了箇頭腦與他扶頭。兩箇吃了幾盃煖酒。少頃，主管來請敬濟，那邊擺飯。敬濟梳洗畢，吃了飯，又來辭愛姐，要回家去。那愛姐不捨，只顧抛淚。敬濟道：「我到家三五日就來看你，你休煩惱。」説畢，伴當跟隨，騎馬往城中去了。一路上分付小姜兒：「到家休要説出韓家之事。」小姜兒道：「小的知道，不必分付。」

提起心□中事，不無戀此忘彼。

此淚出手上，誠爲青樓伎倆。

敬濟到府中，只推店中買賣忙，筭了帳目不覺天晚，歸來不得，歇了一夜。交割與春梅利息銀兩，見一遭也有三十兩銀子之數。回到家中，又被葛翠屏聒聒：「官人怎的外邊歇了一夜？想必在柳陌花街行踏。把我丟在家中獨自空房，就不思想來家！」一連留住陳敬濟七八日，不放他往河下來。店中只使小姜兒來問主管討筭利息，主管一一封了銀子去。韓道國免不得又交老婆王六兒又招箇别的熟人兒〔七〕，或是商客，來屋裏走動，吃茶吃酒。這韓道國先前嘗着這箇甜頭，靠老婆衣飯肥家。況王六兒年紀雖半〔八〕，風韻猶存，恰好又得他女兒來接代，也不斷絶這樣行業，如今索性大做了。當下見敬濟不來，量酒陳三兒替他勾了一箇湖州販絲綿客人何官人來，請他女兒愛姐。那何官人年約五十餘歲，手中有千兩絲綿、紬絹貨物，要請愛姐。愛姐一心想着敬濟，推心中不快，三回五次不肯下樓來，急的韓道國要不的。那何官人又見王六兒長挑身材，紫膛色瓜子面皮，描的大大水鬢，涎鄧鄧一雙星眼，眼光如醉，抹的鮮紅嘴唇，料此婦人一定好風情，就留下一兩銀子，在屋裏吃酒，和王六兒歇了一夜。韓道國便躲避在外間歇了。他女兒見做娘的留下客，只在樓上不下樓來。自此以後，那何官人被王六兒搬弄得快活，兩箇打得一似火炭般熱，没三兩日不來與他過夜。韓道國也禁過他許多錢使。

可憐西門慶却不在了。

有此一段風致，何礙于老？妙，妙。我固知其伎倆者。

這韓愛姐兒見敬濟一去十數日不來，心中思想，挨一日似三秋，盼一夜如半夏，未免害木邊之目，田下之心，使八老往城中守備府中探聽。看見小姜兒，悄悄問他：「官人如何不去？」小姜兒説：「官人這兩日有些身子不快，不曾出門。」回來訴與愛姐。愛姐與王六兒商議，買了一副猪蹄、兩隻燒鴨、兩尾鮮魚、一盒酥餅，在樓上磨墨揮筆，寫封柬帖，使八老送到城中與敬濟去。叮嚀囑付：「你到城中，須索見陳官人親收，討回帖來。」八老懷内揣着柬帖，挑着禮物，一路無詞，來到城內守備府前，坐在沿街石臺基上。只見伴當小姜兒出來，看見八老：「你又來做甚麽？」八老與他聲喏，拉在僻淨處說：「我特來見你官人，送禮來了。還有話說，我只在此等你，你可通報官人知道。」小姜隨即轉身進去。不多時，只見敬濟搖將出來。那時約五月，天氣暑熱，敬濟穿着紗衣服，頭戴瓦楞帽，涼鞋淨襪。八老慌忙聲喏，說道：「官人貴體好些？韓愛姐使我稍一柬帖，送禮來了。」敬濟接了柬帖，說：「五姐好麽？」八老道：「五姐見官人一向不去，心中也不快在那里。多上覆官人，幾時下去走走？」敬濟拆開柬帖，觀看上面寫着甚言詞：

賤妾韓愛姐斂衽拜謹啟情郎陳大官人台下：自別尊顔，思慕之心未嘗少怠。向蒙期約，妾倚門凝望，不見降臨。昨遣八老探問起居，不遇而回。聞知貴恙欠安，令妾空懷悵望，坐卧悶懨，不能頓生兩翼而傍君之左右也。君在家自有嬌妻美愛，又豈肯動念于妾？猶吐去之菓核也。茲具腥味茶盒數事，少伸問安誠意，幸希笑納。情照不宣。外具錦綉鴛鴦香囊一箇，青絲一縷，少表寸心。

仲夏念日賤妾愛姐再拜

敬濟看了柬帖并香囊，香囊裏面安放青絲一縷，香囊上扣着「寄與情郎陳君膝下」八字，依先摺了，藏在袖中。府旁側首有箇酒店，令小姜兒：「領八老同店內吃鍾酒，等我寫回帖與你。」分付小姜兒：「把禮物收進我房裡去。你娘若問，只說河下店主人謝家送的禮物。」小姜

此箇不蔓不俚，達辭通意，了了如對，固文人之匹。吾得此女，復有何求？何物癡兒堪消受此？

不敢怠慢，把四盒禮物收進去了。敬濟走到書院房內，悄悄寫了回柬，又包了五兩銀子，到酒店內問八老：「吃了酒不曾？」八老道：「多謝官人好酒，吃不得了，起身去罷。」敬濟將銀子并回柬付與八老，說：「到家多多拜上五姐。這五兩白金與他盤纏，過三兩日，我自去看他。」八老收了銀柬，一直去了。敬濟回家，走入房中，葛翠屏便問：「是誰家送來禮物？」敬濟悉言：「店主人謝胖子，打聽我不快，送禮物來問安。」翠屏亦信其實。兩口兒計議，交丫鬟金錢兒拏盤子，拏了一隻燒鴨，一尾鮮魚，半副蹄子，送到後邊與春梅吃，說是店主人家送的，也不查問。此事表過不題。

却說八老到河下，天已晚了，入門將銀柬都付與愛姐收了。拆開銀柬燈下觀看，上面寫道：

愛弟敬濟頓首字覆愛卿韓五姐粧次：向蒙會問，又承厚款，亦且雲情雨意，衽席鍾愛，無時少怠。所云期望，正欲趨會，偶因賤軀不快，有失卿之盼望。又蒙遣人垂顧，兼惠可口佳餚，錦囊佳製，不勝感激。只在二三日間，容當面布。外具白金五兩，綾帕一方，少申遠芹之敬，伏乞心鑒。萬萬！

敬濟再拜

愛姐看了，見帕上寫着四句詩曰：

吳綾帕兒織廻紋〔九〕，洒翰揮毫墨跡新。

寄與多情韓五姐，永諧鸞鳳百年情。

看畢，愛姐把銀子付與王六兒。母子千歡萬喜，等候敬濟，不在話下。正是：得意友來情不厭，知心人至話相投。有詩爲証：

碧紗牕下啟箋封，一紙雲鴻香氣濃。

知你揮毫經玉手，相思都付不言中。

校記

〔一〕「詩曰」，內閣本、首圖本無。

〔二〕「番捉」，原作「番提」，據內閣、天圖等本改。

〔三〕「老爹」，內閣本、首圖本作「老爺」。按張評本爲「老爹」，詞話本爲「老爺」。

〔四〕「彼此」，原作「罷此」，據內閣等本改。

〔五〕「乞借與」，內閣本、首圖本作「見借與」。

〔六〕「謝三郎」，內閣本、首圖本作「謝胖子」。按張評本爲「謝三郎」，詞話本爲「謝胖子」。

〔七〕「招箇」，內閣本、首圖本作「招惹」。按張評本爲「招個」，詞話本爲「招惹」。

〔八〕「年紀雖半」，內閣本、首圖本作「年紀雖老」。按張評本、詞話本均爲「年紀雖半」。

〔九〕「廻紋」，內閣本、首圖本作「廻文」。

第九十九回

劉二醉打王六兒

張勝竊聽陳敬濟

第九十九回　劉二醉罵王六兒　張勝竊聽陳敬濟

詞曰〔一〕：

白雲山，紅葉樹。閱盡興亡，一似朝還暮。多少夕陽芳草渡。潮落潮生，還送人來去。阮公途，楊子路。九折羊腸，曾把車輪誤。記得寒蕪嘶馬處。翠管銀箏，夜夜歌樓曙。

——右調《蘇幕遮》

話說陳敬濟過了兩日，到第三日，却是五月二十五日春梅生日，後廳整置酒肴，與他上壽。合家歡樂了一日。次日早辰，敬濟說：「我一向不曾往河下去，今日没事，去走一遭。一者和主管筭帳，二來就避炎暑，走走便回。」春梅分付：「你去坐一乘轎子，少要勞碌。」交兩箇軍牢抬着轎子，小姜兒跟随，逕往河下大酒樓店中來。一路無詞，午後時分到了，下轎進入裏面。兩箇主管齊來參見，說：「官人貴體好些？」敬濟道：「生受二位夥計掛心。」他一心只在韓愛姐身上，坐了一回便起身，分付主管：「查下帳目，等我來筭。」就轉身到後邊。

八老又早迎見，報與王六兒夫婦。韓愛姐正在樓上凭欄盼望，揮毫作詩遣懷，忽報陳敬濟來了，連忙輕移蓮步，欵蹙湘裙，走下樓來。母子面上堆下笑來迎接，說道：「官人，貴人難見面，那陣風兒吹你到俺這里？」敬濟與母子作了揖，同進入閣兒内坐定。少頃，王六兒點茶上來。吃畢茶，愛姐道：「請官人到樓上奴房內坐。」敬濟上的樓來，兩箇如魚得水，似漆投膠〔三〕，無非説些深情密意的話兒。愛姐硯臺底下露出一幅花箋，敬濟取來觀看。愛姐便説：「此是奴家盼你不來，作得一首詩以消遣悶懷，恐污官人貴目。」敬濟念了一遍，上寫着：

倦倚綉床愁懶動，閒垂錦帳鬌鬟低。

玉郎一去無消息，一日相思十二時。

敬濟看了，極口稱羨不已。不一時，王六兒安排酒肴上樓，撥過鏡架，就擺在梳粧卓上。兩箇並坐，愛姐篩酒一盃，雙手遞與敬濟，深深道了萬福，説：「官人一向不來，妾心無時不念。前八老來，又多謝盤纏，舉家感之不盡。」敬濟接酒在手，還了喏，説：「賤疾不安，有失期約，姐姐休怪。」酒盡，也篩一盃敬奉。愛姐吃過，兩人坐定，把酒來斟。王六兒、韓道國上來，也陪吃了幾盃，各取方便下樓去了。教他二人自在吃幾盃，敘些闊別話兒。良久，吃得酒濃時，情興如火，免不得再把舊情一敘。交歡之際，無限恩情。穿衣起來，洗手更酌，又飲數盃。醉眼朦朧，餘興未盡。這小郎君一向在家中不快，又心在愛姐，一向未與渾家行事，今日一旦見了情人，未肯一次即休。正是生死寃家，五百年前撞在一處，敬濟魂靈都被他引亂。少頃，情竇復起，又幹一度。自覺身體困倦，打熬不過，午飯也没吃，倒在床上就睡着了。極大法門。

也是合當禍起，不想下邊販絲綿何官人來了，王六兒陪他在樓下吃酒。韓道國出去街上買菜蔬、肴品、菓子來配酒。兩箇在下邊行房。落後韓道國買將菜菜來，三人又吃了幾盃。約

□屄部的有樣。

罵搗鬼的英風猶在。

日西時分，只見洒家店坐地虎劉二，吃的酩酊大醉，軃開衣衫，露着一身紫肉，提着拳頭，走來酒樓下大叫：「採出何蠻子來！」諕的兩箇主管見敬濟在樓上睡，恐他聽見，慌忙走出櫃來，向前聲喏，說道：「劉二哥，何官人並不曾來。」這劉二那里依聽，大拔步撞入後邊韓道國屋裏，一手把門簾扯去半邊，看見何官人正和王六兒並肩飲酒，心中大怒，便罵何官人：「賊狗男女，我合你娘！那里没尋你，却在這里。你在我店中占着兩箇粉頭，幾遭歇錢不與，又塌下我兩箇月房錢，却來這里養老婆！」那何官人忙出來道：「老二，你休怪，我去罷。」那劉二罵道：「去？你這狗合的！」不防颼的一拳來，正打在何官人面上，登時就青膅起來。那何官人也不顧，逕奪門跑了。劉二將王六兒酒卓一脚登翻，家活都打了。王六兒便罵道：「是那里少死的賊殺才，無事來老娘屋裏放屁。老娘不是耐驚耐怕兒的人！」被劉二向前一脚，踩了箇仰八叉。罵道：「我合你淫婦娘！你是那里來的無名少姓私窠子，不來老爺手里報過，許你在這酒店内趁熟？還與我搬去！若搬遲，須吃我一頓好拳頭。」那王六兒道：「你是那里來的光棍搗子？老娘就没了親戚兒，許你便來欺負老娘？要老娘這命做甚麼！」一頭撞倒，哭起來。劉二罵道：「我把淫婦腸子也踢斷了，你還不知老爺是誰哩！」這里喧亂，兩邊鄰舍并街上過往人登時圍看，約有許多。有知道的旁邊人說：「王六兒，你新來，不知他是守備老爺府中管事張虞候的小舅子，有名坐地虎劉二。在洒家店住，專一是打粉頭的班頭，降酒客的領袖。你讓他些兒罷，休要不知利害。這地方人，誰敢惹他？」王六兒道：「還有大似他的，采這殺才做甚麼！」陸秉義見劉二打得兇，和謝胖子做好做歹，把他勸的去了。

陳敬濟正睡在床上，聽見樓下攘亂，便起來看時，天已日西時分，問：「那里攘亂？」那韓道國不知走的往那里去了，只見王六兒披髮垢面上樓，如此這般告訴說：「那里走來一箇殺才搗子，諢名喚坐地虎劉二，在洒家店住，說是咱府里管事張虞候小舅子，因尋酒客，無事把我踢打，罵了恁一頓去了。又把家活酒器，都打得粉碎。」一面放聲大哭起來。敬濟就叫上兩箇主管去問。兩箇主管隱瞞不住，只得說：「是府中張虞候小舅子劉二，來這里尋何官人討房錢，見他在屋裏吃酒，不繇分說，把簾子扯下半邊來，打了何官人一拳，諕的何官人跑了。又和老韓娘子兩箇相罵，踢了一交，烘的滿街人看。」敬濟聽了，便曉得是前番做道士被他打的劉二了。欲要聲張，又恐劉二潑皮行兇，一時鬬他不過。又見天色晚了，因問：「劉二那廝如今在那里？」主管道：「被小人勸他回去了。」敬濟安撫王六兒道：「你母子放心，有我哩，不妨事。你母子只情住着，我家去自有處置。」主管筭了利錢銀兩遞與他，打發起身上轎，伴當跟隨。剛赶進城來，天已昏黑，心中好惱〔三〕。到家見了春梅，交了利息銀兩，歸入房中。

一宿無話，到次日心心念念要告春梅說，展轉尋思：「且住，等我慢慢尋張勝那廝幾件破綻，亦發教我姐姐對老爺說了，斷送了他性命。叵耐這廝，幾次在我身上欺心，敢說我是他尋得來，知我根本出身，量視我禁不得他。」正是：

此念太惡，故受其害。

寃讐還報當如此，機會遭逢莫遠圖。

踏破鐵鞋無覓處，得來全不費工夫。

一日，敬濟來到河下酒店內，見了愛姐母子，說：「外日吃驚。」又問陸主管道：「劉二那厮可曾走動？」陸主管道：「自從那日去了，再不曾來。」又問韓愛姐：「那何官人也沒來行走？」愛姐道：「也沒曾來。」這敬濟吃了飯，筭畢帳目，不免又到愛姐樓上，兩箇敍了回衷腸之話，幹訖一度出來。因閑中叫過量酒陳三兒近前，如此這般，打聽府中張勝和劉二幾庄破綻。這陳三兒千不合萬不合，說出張勝包占着府中出來的雪娥，在洒家店做表子，劉二又怎的各處巢窩加三討利，舉放私債，逞着老爺名壞事。這敬濟聽記在心，又與了愛姐二三兩盤纏，和主管筭了帳目，包了利息銀兩，作別騎頭口來家。

如此人極其該處，讀者須知，不可以敬濟之成敗論也。

閑話休題。一向懷意在心，一者也是寃家相湊，二來合當禍起。不料東京朝中徽宗天子，見大金人馬犯邊，搶至腹內地方，聲息十分緊急。天子慌了，與大臣計議，差官往北國講和，情願每年輸納歲幣金銀彩帛數百萬。一面傳位與太子登基，改宣和七年爲靖康元年，宣帝號爲欽宗。皇帝在位，徽宗自稱太上道君皇帝，退居龍德宮。朝中陞了李綱爲兵部尚書，分部諸路人馬。种師道爲大將，總督內外宣務〔四〕。

一日降了一道勑書來濟南府，陞周守備爲山東都統制，提調人馬一萬，前往東昌府駐扎，會同巡撫都御史張叔夜防守地方，阻當金兵。守備領了勑書，不敢怠慢，一面叫過張勝、李安兩箇虞候近前，分付先押兩車箱馱行李細軟器物家去。原來在濟南做了一年官，也撰得巨萬金銀，都裝在行李馱箱內，委托二人：「押到家中，交割明白，晝夜巡風仔細。我不日會同你巡撫張爺，調領四路兵馬，打清河縣起身。」二人當日領了鈞旨，打點車輛，起身先行。一路無詞，有日到於府中，交割明白，二人晝夜內外巡風，不在話下。

却說陳敬濟見張勝押車輛來家，守備陞了山東統制，不久將到，正欲把心腹中事要告訴春梅，等守備來家發露張勝之事。不想一日，因渾家葛翠屏往娘家回門住去了，他獨自箇在西書房寢歇。春梅驀進房中看他。見無丫鬟跟隨，兩箇就解衣在房內雲雨做一處。不防張勝搖着鈴巡風過來，到書院角門外，聽見書房內彷彿有婦人笑語之聲，就把鈴聲按住，慢慢走來窗下竊聽。原來春梅在裏面與敬濟交姤，聽得敬濟告訴春梅說：「叵耐張勝那廝，好生欺壓於我，說我當初虧他尋得來，幾次在下人前敗壞我。昨日見我在河下開酒店，一徑使小舅子坐地虎劉二來打我的酒店，把酒客都打散了。專一倚逞他在姐夫麾下，在那里開巢窩，放私債，又把雪娥隱占在外姦宿，只瞞了姐姐一人眼目〔五〕。我幾次含忍，不敢告姐姐說。趁姐夫來家，若不早說知，往後我定然不敢往河下做買賣去了。」春梅聽了說道：「這廝恁般無禮。雪娥那賤人，我賣了，他如何又留住在外？」敬濟道：「他非是欺壓我，就是欺壓姐姐一般。」春梅道：「等他爺來家，交他定結果了這廝。」

寃家

罪不至此，太毒。

常言道：隔牆須有耳，窗外豈無人。兩箇只管在內說，却不知張勝窗外聽得明明白白。口中不言，心內暗道：「此時教他算計我，不如我先算計了他罷。」一面撇下鈴，走到前邊班房內，

張勝此

舉，似有鬼物憑之。

伶伶俐俐，斬斬截截，張勝作事大類武松。試觀張勝前後始終之局，西門氏之豫讓也。

李安臨事從容。

取了把解腕鋼刀，説時遲，那時快，在石上磨了兩磨，走入書院中來。不想天假其便，還是春梅不該死於他手，忽被後邊小丫鬟蘭花兒，慌慌走來叫春梅，報説：「小衙内金哥兒忽然風搖倒了，快請奶奶看去。」諕的春梅兩步做一步走，奔入後房中看孩兒去了。剛進去了，那張勝提着刀子，逕奔到書房内，不見春梅，只見敬濟睡在被窩内。見他進來，叫道：「阿呀！你來做甚麽？」張勝怒道：「我來殺你！爽利。你如何對淫婦説，倒要害我？我尋得你來不是了，反恩將仇報！常言：黑頭蟲兒不可救，救之就要吃人肉。休走，吃我一刀子〔六〕！明年今日，是你死忌。」那敬濟光赤條身子，没處躲，只摟着被，吃他拉被過一邊，向他身就扎了一刀子來。扎着軟肋，鮮血就邈出來。這張勝見他挣扎，復又一刀去，攮着胸膛上，動彈不得了。一面採着頭髮，把頭割下來。正是：三寸氣在千般用，一日無常萬事休。可憐敬濟青春不上三九，死于非命。張勝提刀逕屋裏床背後尋春梅，不見，大拔步逕望後廳走。走到儀門首，只見李安背着牌鈴在那里巡風。一見張勝兇神也似提着刀跑進來，便問：「那里去？」張勝不答，只顧走，被李安攔住。張勝就向李安戳一刀來，李安冷笑説道：「我叔叔有名山東夜叉李貴，我的本事不用借。」早飛起右脚，只聽忒楞的一聲，把手中刀子踢落一邊。張勝急了，兩箇就揪採在一處。被李安一箇潑脚，跌番在地，解下腰間纏帶，登時綁了。嚷的後廳春梅知道，説：「張勝持刀入内，小的拿住了。」

那春梅方救得金哥甦省，聽言大驚失色。走到書院内，見敬濟已被殺死在房中，一地鮮血横流，不覺放聲大哭。一面使人報知渾家。葛翠屏慌奔家來，看見敬濟殺死，哭倒在地，不省人事，被春梅扶救甦省過來〔七〕。拖過屍首，買棺材裝殯。把張勝墩鎖在監內，單等統制來家處治這件事。

那消數日，只見軍情事務緊急，兵牌來催促。周統制調完各路兵馬，張巡撫又早先往東昌府那里等候取齊。統制到家，春梅把殺死敬濟一節說了。李安將兇器放在面前，跪禀前事。統制大怒，坐在廳上，提出張勝，也不問長短，喝令軍牢五棍一換，打一百棍，登時打死。隨馬上差旗牌快手往河下捉拏坐地虎劉二，鎖解前來。孫雪娥見拏了劉二，恐怕拏他，走到房中自縊身死。旗牌拏劉二到府中，統制也分付打一百棍，當日打死。烘動了清河縣，大鬧了臨清州。正是：平生作惡欺天，今日上蒼報應。有詩爲証：

此回一舉而除數害，可喜，可喜。

爲人切莫用欺心，舉頭三尺有神明。
若還作惡無報應，天下兇徒人食人。

當時統制打死二人，除了地方之害。分付李安將馬頭大酒店還歸本主，把本錢收筭來家。分付春梅在家與敬濟修齋做七，打發城外永福寺葬埋。留李安、周義看家，把周忠、周仁帶去軍門答應。春梅晚夕與孫二娘置酒送餞，不覺簌地兩行淚下，說：「相公此去，未知幾時回還。出戰之間，須要仔細。番兵猖獗，不可輕敵。」統制道：「你每自在家清心寡慾，好生看守孩兒，不必憂念。我既受朝廷爵禄，盡忠報國。至於吉兇存亡，付之天也。」囑付畢，過了一

雖不得金蓮共穴而相去咫尺，敬濟雖死，花星猶照。丈夫語，

忠臣語。

宿。次日軍馬都在城外屯集，等候統制起程。一路無詞，有日到了東昌府下。統制差一面令字藍旗，打報進城。巡撫張叔夜聽見周統制人馬來到，與東昌府知府達天道出衙迎接。至公廳敘禮，坐下商議軍情，打聽聲息緊慢。駐馬一夜，次日人馬早行，往關上防守去了，不在話下。

難得。

却表韓愛姐母子，在謝家樓店中，聽見敬濟已死，愛姐晝夜只是哭泣，茶飯都不吃，一心只要往城內統制府中，見敬濟屍首一見，死也甘心。父母旁人百般勸解不從。韓道國無法可處，使八老往統制府中，打聽敬濟靈柩已出了殯，埋在城外永福寺內。這八老走來回了話。愛姐一心只要到他墳上燒紙，哭一場，也是和他相交一場。做父母的只得依他，顧了一乘轎子，到永福寺中，問長老葬于何處。長老令沙彌引到寺後，新墳堆便是。這韓愛姐下了轎子，到墳前點着紙錢，道了萬福，叫聲：「親郎，我的哥哥！奴實指望和你同諧到老，誰想今日死了！」放聲大哭，哭的昏暈倒了，頭撞于地下，就死過去了。慌了韓道國和王六兒，向前扶救，叫姐姐叫不應，越發慌了。

的的貞心，千古無兩。

不想那日正是葬的三日，春梅與渾家葛翠屏坐着兩乘轎子，伴當跟隨，擡三牲祭物來與他煖墓燒紙。看見一箇年小的婦人，穿着縞素，頭戴孝髻，哭倒在地，一箇男子漢和一中年婦人摟抱他，扶起來又倒了，不省人事，吃了一驚。因問那男子漢是那里的。這韓道國夫婦向前施禮，把從前已往話告訴了一遍：「這箇是我的女孩兒韓愛姐。」春梅一聞愛姐之名，就想起昔日曾在西門慶家中會過，又認得王六兒。韓道國悉把東京蔡府中出來一節，說了一遍：「女孩兒曾與陳官人有一面相交，不料死了。他只要來墳前見他一見，燒紙錢，不想到這里又哭倒了。」當下兩箇救了半日，這愛姐吐了口粘痰，方纔甦省，尚哽咽哭不出聲來。痛哭了一場，起來與春梅、翠屏插燭也似磕了四箇頭，可憐。說道：「奴與他雖是露水夫妻，他與奴說山盟，言海誓，情深意厚。實指望和他同諧到老，誰知天不從人願，一旦他先死了，撇得奴四脯着地。他在日曾與奴一方吳綾帕兒，上有四句情詩。知道宅中有姐姐，奴願做小。倘不信——」向袖中取出吳綾帕兒來，上面寫詩四句。春梅同葛翠屏看了，詩云：

吳綾帕兒織廻紋，洒翰揮毫墨跡新。
寄與多情韓五姐，永諧鸞鳳百年情。

此詩不及愛姐多多。

愛姐道：「奴也有箇小小鴛鴦錦囊，與他佩帶在身邊。兩面都扣綉着並頭蓮，每朵蓮花瓣兒一箇字兒：寄與情郎陳君膝下。」春梅便問翠屏：「怎的不見這箇香囊？」翠屏道：「在底𧜿子上拴着，奴替他裝殮在棺槨內了。」

益發難得。

當下祭畢，讓他母子到寺中擺茶飯，勸他吃了些。王六兒見天色將晚，催促他起身。他只顧不思動身，一面跪着春梅、葛翠屏哭說：「奴情願不歸父母，同姐姐守孝寡居。明日死傍他魂靈，也是奴和他恩情一場，說是他妻小。」說着，那淚如湧泉。翠屏只顧不言語，春梅便說：「我的姐姐，只怕年小青春守不住，却不悮了你好時光。」愛姐便道：「奶奶說那里話！奴既

敬濟生平

狂悖薄劣，死未罄辜，而有愛姐、翠屏爲之誓死靡慝。涼德而受美報，天下事儘多不可解者如此。

錢樹子去矣，安得不哭？

爲他，雖刳目斷鼻，也當守節，誓不再配他人。」囑付他父母：「你老公婆回去罷，我跟奶奶和姐姐府中去也。」那王六兒眼中垂淚，哭道：「我承望你養活俺兩口兒到老，纔從虎穴龍潭中奪得你來，今日倒閃賺了我。」那愛姐口裏只說：「我不去了，你就留下我，到家也尋了無常！」那韓道國因見女孩兒堅意不去，和王六兒大哭一場，洒淚而別，回上臨清店中去了。這韓愛姐同春梅、翠屏坐轎子往府里來。那王六兒一路上悲悲切切，只是捨不的他女兒，哭了一場又一場。那韓道國又怕天色晚了，顧上兩疋頭口，望前赶路。正是：

馬遲心急路途窮，身似浮萍類轉蓬。
只有都門樓上月，照人離恨各西東。

校記

〔一〕「詞曰」，內閣本、首圖本無。

〔二〕「似漆投膠」，原作「似膝投膠」，據內閣等本改。

〔三〕「好惱」，內閣本、首圖本作「甚惱」。按張評本爲「好惱」，詞話本爲「甚惱」。

〔四〕「宣務」，崇禎各本同。按張評本爲「軍務」，詞話本爲「宣務」。

〔五〕「瞞」，原作「滿」，據內閣等本改。

〔六〕「吃我一刀子」，原作「乞我一刀子」，據內閣等本改。

〔七〕「扶救」，原作「扶教」，據內閣等本改。按張評本作「扶叫」，詞話本作「扶救」。

第一百回

韓愛姐路遇二搗鬼

普靜師幻度孝哥兒

第一百回　韓愛姐路遇二搗鬼　普靜師幻度孝哥兒

詩曰〔一〕：

舊日豪華事已空，銀屏金屋夢魂中。
黃蘆晚日空殘壘，碧草寒烟鎖故宮。
隧道魚燈油欲盡，粧臺鸞鏡匣長封。
憑誰話盡興亡事，一衲閒雲兩袖風。

話說韓道國與王六兒，歸到謝家酒店內，無女兒，道不得箇坐吃山崩，使陳三兒去，又把那何官人勾來續上。那何官人見地方中沒了劉二，除了一害，依舊又來王六兒家行走。和韓道國商議：「你女兒愛姐，只是在府中守孝，不出來了。等我賣盡貨物，討了賒帳，你兩口跟我往湖州家去罷，省得在此做這般道路。」韓道國說：「官人下顧，可知好哩。」一日賣盡了貨物，討上賒帳，顧了船，同王六兒跟往湖州去了，不題。

道國此時翟氏之勢何在？西門之財何在？可歎！

却表愛姐，在府中與葛翠屏兩箇持貞守節，姊妹稱呼，甚是合當。白日裏與春梅做伴兒在一處。那時金哥兒大了，年方六歲，孫二娘所生玉姐，年長十歲，相伴兩箇孩兒，便沒甚事做。誰知自從陳敬濟死後，守備又出征去了，這春梅每日珍饈百味，綾錦衣衫，頭上黃的金，

飽飯思

白的銀，圓的珠，光照的無般不有。只是晚夕難禁獨眠孤枕，慾火燒心。因見李安一條好漢，只因打殺張勝，巡風早晚，十分小心。

淫，有家宜鑒。

一日，冬月天氣，李安正在班房內上宿，忽聽有人敲後門，忙問道：「是誰？」只聞叫道：「你開門則箇。」李安連忙開了房門，却見一箇人搶入來，閃身在燈光背後。李安看時，却認的是養娘金匱。李安道：「養娘，你這咱晚來，有甚事？」金匱道：「不是我私來，裏邊奶奶差出我來的。」李安道：「奶奶教你來怎麼？」金匱笑道：「你好不理會得。看你睡了不曾，教我把一件物事來與你。」向背上取下一包衣服：「把與你，包內又有幾件婦女衣服，與你娘。前日多累你押解老爺行李車輛，又救得奶奶一命，不然也吃張勝那廝殺了。」說畢留下衣服，出門走了兩步，又回身道：「還有一件要緊的。」又取出一定五十兩大元寶來，撇與李安，自去了。

當夜躊蹰不決，次早起來，巡拏衣服到家與他母親。做娘的問道：「這東西是那里的？」李安把夜來事說了一遍。做母的聽言叫苦：「當初張勝幹壞事，一百棍打死。他今日把東西與你，却是甚麼意思？我今六十已上年紀，自從沒了你爹爹，滿眼只看着你，若是做出事來，老身靠誰？明早便不要去了。」李安道：「我不去，他使人來叫，如何答應？」婆婆說：「我只說你感冒風寒病了。」李安道：「終不成不去，惹老爺不見怪麼？」做娘的便說：「你且投到你叔叔山東夜叉李貴那里，住上幾箇月，再來看事故何如。」這李安終是箇孝順的男子，就依着娘的話，收拾行李，往青州府投他叔叔李貴去了。春梅以後見李安不來，三四五次使小伴當來叫。婆

此母當與王陵徐庶之母異出同歸。明以殉國，智以保身，是一流人物。

婆初時答應家中染病，次後見人來驗看，纔說往原籍家中討盤纏去了。這春梅終是惱恨在心，不題。

時光迅速，日月如梭，又早臘盡陽回，正月初旬天氣。統制領兵一萬二千，在東昌府屯住已久，使家人周忠稍書來家，教搬取春梅、孫二娘并金哥、玉姐家小上車，止留下周忠：「東庄上請你二爺看守宅子。」原來統制還有箇族弟周宣，在庄上住。周忠在府中與周宣、葛翠屏、韓愛姐看守宅子，周仁與衆軍牢保定車輛往東昌府來。此一去，不爲身名離故土，爭知此去少回程。有詞一篇，單道周統制果然是一員好將材。當此之時，中原蕩掃，志欲吞胡。但見：

此等人材□難。

四方盜起如屯蜂，狼烟烈焰薰天紅。
將軍一怒天下安，腥膻掃盡夷從風。
公事忘私願已久，此身許國不知有。
金戈抑日酬戰征，麒麟圖畫功爲首。
鴈門關外秋風烈，鐵衣披張卧寒月。
汗馬卒勤二十年，贏得斑斑鬢如雪。
天子明見萬里餘，幾番勞勣來旌書。
肘懸金印大如斗，無負堂堂七尺軀。

有日，周仁押家眷車輛到於東昌。統制見了春梅、孫二娘、金哥、玉姐、衆丫鬟家小都到了，一路平安，心中大喜。就在統制府衙後廳居住。周仁悉把「東庄上請了二爺來宅內，同小的老子周忠看守宅舍」，說了一遍。周統制又問：「怎的李安不見？」春梅道：「又題甚李安！那廝，我因他捉獲了張勝，好意賞了他兩件衣服與他娘穿，他到晚夕巡風，進入後廳，把他二爺東庄上收的子粒銀——一包五十兩，放在明間卓上——偷的去了。幾番使伴當叫他，只是推病不來。落後又使叫去，他躲的上青州原籍家去了。」統制便道：「這廝，我倒看他，原來這等無恩！等我慢慢差人拏他去。」這春梅也不題起韓愛姐之事。

過了幾日，春梅見統制日逐理論軍情，幹朝廷國務，焦心勞思，日中尚未暇食，至于房幃色欲之事，久不沾身。因見老家人周忠次子周義，年十九歲，生的眉清目秀，眉來眼去，兩箇暗地私通，就抅搭了。朝朝暮暮，兩箇在房中下棋飲酒，只瞞過統制一人不知。

以統制之忠赤而受春梅淫穢之毒，謂有天理歟？然而此等事世間正少。

一日，不想北國大金皇帝滅了遼國，又見東京欽宗皇帝登基，集大勢番兵，分兩路寇亂中原。大元帥粘没喝領十萬人馬，出山西太原府井陘道，來搶東京。副帥斡離不〔二〕，繇檀州來搶高陽關〔三〕。邊兵抵擋不住，慌了兵部尚書李綱、大將种師道，星夜火牌羽書分調山東、山西、河南、河北、關東、陝西，分六路統制人馬，各依要地，防守截殺。那時陝西劉延慶領延綏之兵，關東王禀領汾絳之兵，河北王焕領魏博之兵，河南辛興宗領彰德之兵，山西楊惟忠領澤潞之兵，山東周義領青兗之兵。

却説周統制見大勢番兵來搶邊界，兵部羽書火牌星火來，連忙整率人馬，全裝披掛，兼道進兵。比及哨馬到高陽關上，金國斡離不的人馬已搶進關來，殺死人馬無數。正值五月初旬，黄沙四起，大風迷目。統制提兵進赶，不防被斡離不兜馬反攻，没鞦一箭，正射中咽喉，隨馬而死。衆番將就用鈎索搭去，被這邊將士向前僅搶屍首，馬戴而還。所傷軍兵無數。可憐周統制，一旦陣亡，亡年四十七歲。正是：于家爲國忠良將，不辨賢愚血染沙。古人意不盡，作詩一首以嘆之曰：

勝敗兵家不可期，安危端自命爲之。
出師未捷身先喪，落日江流不勝悲。

巡撫張叔夜見統制没于陣上，連忙鳴金收軍，查點折傷士卒〔四〕，退守東昌。星夜奏朝廷，不在話下。部下士卒載屍首還到東昌府，春梅合家大小號哭動天，合棺木盛殮，交割了兵符印信。一日，春梅與家人周仁發喪，載靈柩歸清河縣，不題。

話分兩頭。單表葛翠屏與韓愛姐，自從春梅去後，兩箇在家清茶淡飯，守節持貞，過其日月。正值春盡夏初天氣，景物鮮明，日長針指困倦。姊妹二人閑中徐步，到西書院花亭上，見百花盛開，鶯啼燕語，觸景傷情。葛翠屏心還坦然，這韓愛姐一心只想念陳敬濟，凡事無情無緒，睹物傷悲，不覺潸然淚下。姊妹二人正在悲悽之際，只見二爺周宣走來勸道：「你姊妹兩箇少要煩惱，須索解嘆。我連日做得夢有些不吉，夢見一張弓掛在旗竿上，旗竿折了〔五〕，不

聖人云：或安而行之，或勉强而行之，及其成功則

一，翠屏、愛姐之謂也。然傳中於愛姐收拾獨詳，豈亦有取於其勉强而之於自然歟？所謂放下屠刀，立地証佛。信然，信然。

所謂牡丹花下死，做鬼也風流。死得快活！死得快活！此是調停善法，亦是苦心。

知是凶是吉。」韓愛姐道：「倒只怕老爺邊上有些說話。」正在猶疑之間，忽見家人周仁掛着一身孝，慌慌張張走來報道：「禍事！老爺如此這般，五月初七日在邊關上陣亡了。大奶奶、二奶奶家眷，載着靈車，都來了。」慌了二爺周宣，收拾打掃前廳乾淨，停放靈柩，擺下祭祀，合家大小哀號起來。一面做齋累七，僧道念經。金哥、玉姐披麻帶孝，弔客往來，擇日出殯，安葬於祖塋，俱不必細說。

却說二爺周宣引着六歲金哥兒，行文書申奏朝廷，討祭葬，襲替祖職。朝廷明降兵部覆題引奏：「已故統制周秀，奮身報國，没於王事，忠勇可嘉。遣官諭祭一壇，墓頂追封都督之職。伊子照例優養，出幼襲替祖職。」

這春梅在内頤養之餘，淫情愈盛，常留周義在香閣中，鎮日不出。朝來暮往，淫慾無度，生出骨蒸癆病症。逐日吃藥，減了飲食，消了精神，體瘦如柴，而貪淫不已。一日，過了他生辰，到六月伏暑天氣，早辰晏起，不料他摟着周義在床上，一泄之後，（極樂世界。）鼻口皆出涼氣，淫津流下一窪口，就嗚呼哀哉，死在周義身上，亡年二十九歲。這周義見没了氣兒，就慌了手脚，向箱内抵盗了些金銀細軟，帶在身邊，逃走在外。丫鬟養娘不敢隱匿，報與二爺周宣得知。把老家人周忠鎖了，押着抓尋周義。可霎作怪，正走在城外他姑娘家投住，一條索子拴將來。已知其情，恐揚出醜去，金哥久後不好襲職，拏到前廳，不繇分說打了四十大棍，即時打死。把金哥與孫二娘看着，一面發喪於祖塋，與統制合葬畢。房中兩箇養娘并海棠、月桂，都打發各尋投向，嫁人去了。止有葛翠屏與韓愛姐，再三勸他，不肯前去。

一日，不想大金人馬搶了東京汴梁，太上皇帝與靖康皇帝都被虜上北地去了，中原無主，四下荒亂，兵戈匝地，人民逃竄。黎庶有塗炭之哭，百姓有倒懸之苦。大勢番兵已殺到山東地界，民間夫逃妻散，鬼哭神號，父子不相顧。葛翠屏已被他娘家領去，各逃生命。止丟下韓愛姐，無處依倚，不免收拾行裝，穿着隨身慘淡衣衫，出離了清河縣，前往臨清找尋他父母。到臨清謝家店，店也關閉，主人也走了，不想撞見陳三兒。三兒說：「你父母去年就同了何官人〔六〕，往江南湖州去了。」

這韓愛姐一路上懷抱月琴，唱小詞曲，往前抓尋父母。隨路饑飡渴飲，夜住曉行，忙忙如喪家之犬，急急似漏網之魚，弓鞋又小，萬苦千辛。行了數日，來到徐州地方，天色晚來，投在孤村裏面。一箇婆婆年紀七旬之上，正在灶上杵米造飯。這韓愛姐便向前道了萬福，告道：「奴家是清河縣人氏，因爲荒亂，前往江南投親，不期天晚，權借婆婆這里投宿一宵，明早就行，房金不少。」那婆婆看這女子不是貧難人家婢女，生的舉止典雅，容貌非俗，因說道：「既是投宿，娘子請炕上坐，等老身造飯，有幾箇挑河夫子來吃。」那老婆婆炕上柴灶，登時做出一大鍋稗稻插荳子乾飯，又切了兩大盤生菜，撮上一包鹽。只見幾箇漢子，都蓬頭精腿，裩褲兜襠，脚上黃泥，進來放下鍬钁，便問道：「老娘，有飯也未？」婆婆道：「你每自去盛吃。」

當下各取飯菜，四散正吃，只見内一人，約四十四五年紀，紫面黃髮，便問婆婆：「這炕上坐的是甚麽人？」婆婆道：「此位娘子是清河縣人氏，前往江南尋父母去，天晚在此投宿。」那人便問娘子：「你姓甚麽？」愛姐道：「奴家姓韓，我父親名韓道國。」那人向前扯住問道：「姐姐，你不是我姪女韓愛姐麽？」那愛姐道：「你倒好似我叔叔韓二。」兩箇抱頭相哭做一處。因問：「你爹娘在那里？你在東京，如何至此？」這韓愛姐一五一十，從頭説了一遍：「因我嫁在守備府里，丈夫没了，就守寡到如今。我爹娘跟了何官人，往湖州去了。我要找尋去，荒亂中又没人帶去，胡亂單身唱詞，覓些衣食前去，不想在這里撞見叔叔。」那韓二道：「自從你爹娘上東京，我没營生過日，把房兒賣了，在這里挑河做夫子，每日覓碗飯吃。既然如此，我和你往湖州尋你爹娘去。」愛姐道：「若是叔叔同去，可知好哩。」當下也盛了一碗飯，與愛姐吃。愛姐呷了一口，見粗飯不能咽，只呷了半碗，就不吃了。

一宿晚景題過，到次日天明，衆夫子都去了，韓二交納了婆婆房錢，領愛姐作辭出門，望前途所進。那韓愛姐本來嬌嫩，弓鞋又小，身邊帶着些細軟釵梳，都在路上零碎盤纏。將到淮安上船，迤里望江南湖州來。非止一日，抓尋到湖州何官人家，尋着父母，相會見了。不想何官人已死，家中又没妻小，止是王六兒一人，丢下六歲女兒，有幾頃水稻田地。不上一年，韓道國也死了。王六兒原與韓二舊有揸兒，就配了小叔，種田過日。那湖州有富家子弟，見韓愛姐生的聰明標致，都來求親。韓二再三教他嫁人，愛姐割髮毀目，出家爲尼姑，誓不再配他人。後年至三十一歲，以疾而終。正是：

韓二至此，反得其所。難得，難得。對此

旁。禪師便道：「你等衆生，寃寃相報，不肯解脱，何日是了？汝當諦聽吾言，隨方托化去罷。」偈曰：

勸爾莫結寃，　寃深難解結。
一日結成寃，　千日解不徹。
若將寃解寃，　如湯去潑雪。
若將寃報寃，　如狼重見蝎。
我見結寃人，　盡被寃磨折。
我今此懺悔〔一三〕，各把性悟徹。
照見本來心，　寃愆自然雪。
仗此經力深，　薦拔諸惡業。
汝當各托生，　再勿將寃結。

楞嚴耶？法華耶？大悲耶？亦復如是觀。讀此書而以爲淫者、穢者，無目者也。

當下衆魂都拜謝而去。小玉竊看，都不認的。少頃，又一大漢進來，身長七尺，形容魁偉，全裝貫甲，胸前關着一矢箭，自稱統制周秀：「因與番將對敵，折于陣上。今蒙師薦拔，今往東京托生與沈鏡爲次子，名爲沈守善去也。」言未已，又一人素體縈身，口稱是清河縣富户西門慶：「不幸溺血而死，今蒙師薦拔，今往東京城内，托生富户沈通爲次子沈越去也。」小玉認的是他爹，諕的不敢言語。已而又有一人提着頭，渾身皆血，自言是陳敬濟：「因被張勝所

試看全傳收此一段中，清清皎皎，如琉璃光明，映徹萬象。所謂芥子納

須彌，亦作如是觀。

殺，蒙師經功薦拔，今往東京城內，與王家爲子去也。」已而又見一婦人，也提着頭，胸前皆血，自言：「奴是武大妻、西門慶之妾潘氏是也，不幸被仇人武松所殺，蒙師薦拔，今往東京城內黎家爲女，托生去也。」已而又有一人，身軀矮小，面背青色，自言是武植：「因被王婆唆潘氏下藥，吃毒而死。蒙師薦拔，今往徐州鄉民范家爲男，托生去也。」已而又有一婦人，面皮黃瘦，血水淋漓，自言：「妾身李氏，乃花子虛之妻、西門慶之妾，因害血山崩而死。蒙師薦拔，今往東京城內袁指揮家，托生爲女去也。」已而又一男，自言花子虛：「不幸被妻氣死，蒙師薦拔，今往東京鄭千户家，托生爲男。」已而又見一女人，頸纏脚帶，自言：「西門慶家人來旺妻宋氏，自縊身死。蒙師薦拔，今往東京朱家爲女去也。」已而又一婦人，面黃肌瘦，自稱周統制妻龐氏春梅：「因色癆而死，蒙師薦拔，今往東京與孔家爲女，托生去也。」已而又一男子，裸形披髮，渾身杖痕，自言是打死的張勝：「蒙師薦拔，今往東京大興衛貧人高家爲男去也。」已而又有一女人，項上纏着索子，自言是西門慶妾孫雪娥：「不幸自縊身死，蒙師薦拔，今往東京城外貧民姚家爲女去也。」已而又一女人，年小，項纏脚帶，自言：「西門慶之女、陳敬濟之妻，西門大姐是也。不幸亦縊身死，蒙師薦拔，今往東京城外與番役鍾貴爲女，托生去也。」已而又見一小男子，自言周義：「亦被打死。蒙師薦拔，今往東京城外高家爲男，名高留住兒，托生去也。」言畢，各恍然都見。

小玉諕的戰慄不已：「原來這和尚只是和這些鬼說話。」正欲向床前告訴與月娘，不料月娘睡得正熟，一靈真性同吳二舅衆男女，身帶着一百顆胡珠、一柄寶石縧環，前往濟南府投奔親家雲理守。一路到于濟南府，尋問到雲參將寨門，通報進去。雲參將聽見月娘送親來了，一見如故。敍畢禮數，原來新近没了娘子，央浼隣舍王婆婆來陪待月娘，在後堂酒飯，甚是豐盛。吳二舅、玳安另在一處管待。因説起避兵就親之事，因把那百顆胡珠、寶石縧環，教與雲理守權爲茶禮。雲理守收了，並不言其就親之事。到晚，又教王婆陪月娘一處歇卧。將言説念月娘，以挑探其意，説雲理守：「雖是武官，乃讀書君子，從割衫襟之時，就留心娘子，不期夫人没了，鰥居至今。今據此山城，雖是任小，上馬管軍，下馬管民，生殺在於掌握。娘子若不棄，願成伉儷之歡，一雙兩好，令郎亦得諧秦晉之配。等待太平之日，再回家去不遲。」月娘聽言，大驚失色，半晌無言。這王婆回報雲理守。

微詞可思。

次日晚夕，置酒後堂，請月娘吃酒。月娘只知他與孝哥兒完親，連忙來到席前，敍坐。雲理守乃道：「嫂嫂不知，下官在此雖是山城，管着許多人馬，有的是財帛衣服，金銀寶物，缺少一箇主家娘子。下官一向思想娘子，如渴思漿，如熱思凉，不想今日娘子到我這里與令郎完親，天賜姻緣，一雙兩好，成其夫婦，在此快活一世，有何不可？」月娘聽了，心中大怒，罵道：「雲理守，誰知你人皮包着狗骨！我過世丈夫不曾把你輕待，如何一旦出此犬馬之言？」雲理守笑嘻嘻，向前把月娘摟住，求告説：「娘子，你自家中，如何走來我這里做甚？自古上門買賣好做。不知怎的，一見你，魂靈都被你攝在身上。没奈何，好歹完成了罷。」一面拏過酒來，和月

此雖夢語，非節氣人罵不出。

娘吃。月娘道：「你前邊叫我兄弟來，等我與他說句話。」雲理守笑道：「你兄弟和玳安兒小廝，已被我殺了。」卽令左右：「取那件物事與娘子看。」不一時，燈光下血瀝瀝提了吳二舅、玳安兩顆頭來，諕的月娘面如土色，一面哭倒在地。被雲理守向前抱起：「娘子不須煩惱，你兄弟已死，你就與我爲妻。我一箇總兵官，也不玷辱了你。」月娘自思道：「這賊漢將我兄弟家人害了命，我若不從，連我命也喪了。」乃回嗔作喜，說道：「你須依我，奴方與你做夫妻。」雲理守道：「不拘甚事，我都依。」月娘道：「你先與我孩兒完了房，我却與你成婚。」雲理守道：「不打緊。」一面叫出雲小姐來，和孝哥兒推在一處，飲合巹盃，綰同心結，成其夫婦。然後拉月娘和他雲雨。這月娘却拒阻不肯，被雲理守忿然大怒，罵道：「賤婦，你哄的我與你兒子成了婚姻，敢笑我殺不得你的孩兒？」向床頭提劍，隨手而落，血濺數步之遠。正是：三尺利刀着項上〔三〕，滿腔鮮血濕模糊。月娘見砍死孝哥兒，不覺大叫一聲。不想撒手驚覺，却是南柯一夢。諕的渾身是汗，遍體生津，連道：「怪哉，怪哉！」小玉在旁，便問：「奶奶，怎的哭？」月娘道：「適間做得一夢，不祥。」不免告訴小玉一遍。小玉道：「我倒剛纔不曾睡着，悄悄打門縫見那和尚，原來和鬼說了一夜話。剛纔過世俺爹、五娘、六娘和陳姐夫、周守備、孫雪娥、來旺兒媳婦子、大姐，都來說話，各四散去了。」月娘道：「這寺後見埋着他每，夜静時分，屈死淹魂如何不來！」

娘兒們說了回話，不覺五更鷄叫天明。吳月娘梳洗面貌，走到禪堂中禮佛燒香。只見普静老師在禪床上高叫：「那吳氏娘子，你如今可省悟得了麽？」這月娘便跪下參拜：「上告尊師，

月娘大有根器。

可畏，可思。

往沈通家爲次子者，又是誰？西門慶反落好處。

讀至此，使人哭不得笑不得。吾爲

弟子吳氏肉眼凡胎，不知師父是一尊古佛。適間一夢中都已省悟了。」老師道：「既已省悟，也不消前去。你就去，也無過只是如此，倒没的喪了五口兒性命。你這兒子，有分有緣遇着我，都是你平日一點善根所種。不然，定然難免骨肉分離。當初你去世夫主西門慶造惡非善，此子轉身托化你家，本要蕩散其財本，傾覆其產業，臨死還當身首異處。今我度脱了他去，做了徒弟。常言：一子出家，九祖升天。你那夫主寃愆解釋，亦得超生去了。你不信，跟我來，與你看一看。」于是扠步來到方丈内，只見孝哥兒還睡在床上。老師將手中禪杖向他頭上只一點，教月娘衆人看。忽然翻過身來，却是西門慶，項帶沉枷，腰繫鉄索。復用禪杖只一點，依舊還是孝哥兒睡在床上。月娘見了，不覺放聲大哭。原來孝哥兒卽是西門慶托生。良久，孝哥兒醒了，月娘問他：「如今你跟了師父出家？」在佛前與他剃頭，摩頂受記。可憐月娘，扯住慟哭了一場，乾生受養了他一場，到十五歲，指望承家嗣業，不想被這老師幻化去了。吳二舅、小玉、玳安亦悲不勝。

當下這普静老師領定孝哥兒，起了他一箇法名，喚做「明悟」，（一部本旨。）作辭月娘而去。臨行分付月娘：「你們不消往前途去了。如今不久番兵退去，南北分爲兩朝。中原已有箇皇帝，多不上十日，兵戈退散，地方寧静了，你每還回家去，安心度日。」月娘便道：「師父，你度托了孩兒去了，甚年何日我母子再得見面？」不覺扯住，放聲大哭起來。老師便道：「娘子休哭，那邊又有一位老師來了。」哄的衆人扭頭回頭，當下化陣清風不見了。正是：

月娘孤苦俐仃，則肝腸數斷，爲西門慶度脱苦海，則眉眼欲舒，閲者着眼。此子原不俗。

三降塵寰人不識，倏然飛過岱東峰。

不説普靜老師幻化孝哥兒去了，且説吳月娘與吳二舅衆人，在永福寺住了十日光景，果然大金國立了張邦昌，在東京稱帝，置文武百官。徽宗、欽宗兩君北去，康王泥馬渡江，在建康即位，是爲高宗皇帝。拜宗澤爲大將，復取山東、河北，分爲兩朝。天下太平，人民復業。後月娘歸家，開了門户，家産器物都不曾疎失。後就把玳安改名做西門安，承受家業，人稱呼爲西門小員外。養活月娘到老，壽年七十歲，善終而亡。此皆平日好善看經之報。有詩爲証：

閥閲遺書思惘然，誰知天道有循環。
西門豪横難存嗣，敬濟顛狂定被殲。
樓月善良終有壽，瓶梅淫佚早歸泉。
可怪金蓮遭惡報，遺臭千年作話傳。

校記

〔一〕「詩曰」，內閣本、首圖本無。

〔二〕「幹離不」，崇禎諸本同。按張評本作「斡離不」。

〔三〕「檀州」，原作「擅州」，據首圖本改。

〔四〕「折傷」，原作「扳傷」，據內閣等本改。

〔五〕「折了」，原作「拆了」，據内閣等本改。
〔六〕「同了」，内閣本、首圖本作「跟了」。按張評本爲「同了」，詞話本爲「跟了」。
〔七〕「地方」，内閣本、首圖本作「地界」。按張評本爲「地方」，詞話本爲「地界」。
〔八〕「烟荒」，内閣本、首圖本作「烟生」。按張評本作「烟塵」，詞話本作「烟生」。
〔九〕「長鎗」，原作「長創」，據内閣本改。「森林」，内閣本、首圖本作「森森」。按張評本、詞話本均爲「森林」。
〔一〇〕「十字路口」，内閣本、首圖本作「十字街口」。
〔一一〕「一遍」，内閣本、首圖本作「一遭」。
〔一二〕「悔」，原作「晦」，據吳藏本改。
〔一三〕「項上」，原作「頂上」，據吳藏本改。按張評本爲「項上」，詞話本爲「頂上」。

校點後記

隨着《金瓶梅》研究的深入，《金瓶梅》兩大版本系統之一的崇禎本，即《新刻繡像批評金瓶梅》，越來越受到海内外學者的重視。因爲它既是《金瓶梅詞話》擺脱了説唱形式的改寫本，又是《張竹坡批評第一奇書金瓶梅》據以改易、評點的祖本，所以無論是在文學史上，還是在《金瓶梅》版本流變的考察中，它都具有重要的地位和價值。現存的崇禎本數量很少，且分散於國内外各地圖書館，被列爲特善本珍藏，不僅一般讀者無緣得見，即使是《金瓶梅》研究者亦只能望書興嘆。整理出版《新刻繡像批評金瓶梅》，已成了推動《金瓶梅》學術研究繼續發展的重要環節，學術界要求出書的呼聲越來越高。經過較長時間的醖釀和準備，崇禎本終於得以在今天整理出版。這是建國以來首次全文整理出版這部名著，其意義是不言而喻的。

《新刻繡像批評金瓶梅》的校勘整理，關鍵在於對崇禎本系統版本的查勘與搜集。在海内外學者和各地圖書館的大力協助下，我們用心查考了現有存書，蒐集到包括斷章殘卷、回目殘圖等一鱗半爪在内的許多頗有參校價值的版本資料和書影照片。根據目前掌握的崇禎各本情況來看，北京大學圖書館收藏的《新刻繡像批評金瓶梅》，刻工精細，文字準確，是同系列版本中最接近原刊本的刻本。這次整理，即以北京大學圖書館藏刻本作爲底本，以日本内閣文庫藏刻本、首都圖書館藏刻本、天津圖書館藏刻本、上海圖書館藏刻本甲乙二本、吴曉鈴先生藏抄本、日本東京天理圖書館藏刻本、日本東京大學東洋文化研究所藏刻本、東北殘存四十七回本等海内外現存的近十種崇禎本系統藏本進行校勘，標點分段，并出校記，整理出一個完整的會校崇禎本，供研究者使用。校勘整理，儘量保留原貌，對底本中不規範的用字，以及原書遺留下來的某些缺失和不盡完善之處，基本上不加更動。這些地方白璧微瑕，透過瑕疵，或者可以尋繹崇禎本成書的線索及其他不解之謎，也未可知。

通俗小説用字，不像正宗文學作品那樣規範，借字、別字、雜體字信手拈來，用字比較隨便。這一特點，在崇禎本尤其顯著，往往正體、異體、古體、簡體交互使用，本字、借字、諧音字、俗寫字混雜而出。我們校勘整理中，把底本中大量俗誤字，均改爲準確規範的繁體字。如：「簮」改爲「簪」，「頼」改爲「賴」，「褻」改爲「褻」，「餙」改爲「飾」等等。書中異體字，基本上予以保留，僅將少數罕見的或早已失去生命力的改爲正體繁體字。如：「迬」改爲「往」，「恠」改爲「怪」，「婣」改爲「姻」，「塲」改爲「場」，「葢」改爲「蓋」等。對書中使用較多的同音借字和合乎規範的簡體字，如：「蚤辰（早晨）」、「梯（體）己」、「稍（捎）帶」、「炒（吵）鬧」、「卓（桌）子」、「桃胡（核）」、「頓（炖）茶」、「根（跟）前」；「庄」、「赶」、「荐」、「岩」、「灾」、「挂」、「画」等，不加改動。但有個別容易引起歧義的同音字，則改爲本字。如「聲嚮」改爲「聲響」，「等侯」改爲「等候」等。此外，底本中另有一些方言土語中有音無字的生造字或其他類型的拼合字，如「挃」、「蹀」、「篆」、「跛」、「毬」、「膔」、「硞」等，凡無他字可以替代的，也酌情予以保留，使整理本儘可能保持原書的用字風格。

校讀中發現，全書卷次、卷題、回目、人物及個別細節，多有前後不一致的地方。各本小有差異，基本相同。原書分二十卷，每卷卷首列出卷次、卷題。底本中卷次有兩處刻誤，卽卷之十誤作卷之九，卷之十六誤作卷之十五。同時，卷六、卷八、卷九、卷十四、卷十五的卷題各自與正題不同。這五處卷目分别題作：

新鐫繡像批評金瓶梅卷之六

新刻繡像評點金瓶梅卷之八

新刻繡像批點金瓶梅詞話卷之九

新刻繡像批點金瓶梅卷之十四

新刻繡像批點金瓶梅卷之十五

另查檢卷前目録第三回、第五回、第十三回、第十八回、第二十一回、第二十六回、第三十一回、第三十三回、第四十三回、第四十六回、第四十七回、第五十五回、第七十回、第七十一回、第七十六回、第七十九回、第九十回、第九十七回等十八個回目中，有二十多處字句與正文回目存有異文。整理時，只將書中兩處誤刻卷次據目録卷次及他本加以改正，不同的卷題和回目仍如其舊，出校記互參。與回目情況相類似，書中同一個人物的名字，也多有混淆不清者。如陳敬濟，第七十八回又作陳經濟（按詞話本作陳經濟）；常峙節，第十一回又作常時節（按詞話本作常時節）；西門慶的家人來昭，各回中來招、來昭混用；黄四家小廝來定，第六十八回誤作來安；勾欄唱優兒吴惠，第六十八回又作吴會。又第三十回，先叙西門慶使平安去請産婆，後文復又説派去的來安，前後牴牾。諸如此類的地方，或者是改寫本書時前後未及統一，或者是沿襲詞話本而來的，我們大都未作統一，或有助于對原刊本及其嬗變關係的考察。

本書的校勘，對各校本有參校價值的異文，出校記互參，一般不擅改底本。底本中少量誤刻及訛奪漫漶字句，嚴據他本加以校改校補。而參校本中的借字、異體字及誤刻、誤抄字句，一般不與底本對校，校本中的脱文和删節文字，亦不出校。版本參校範圍，限於今存崇禎系統各本，一般不與張評本、詞話本比勘。個别字句確有與二本對校辨析必要者，則于校語前加「按」字，以示區别，但不據以校改底本。和張評本、詞話本對校的，大致有以下幾種情況：

一、崇禎本有誤或費解的。如「還有紙爐蓋子上没澆過」（第八回）。按此處文意，是指爲武大郎送靈燒紙，「没澆過」，崇禎諸本同，校張評本、詞話本均作「没燒過」。自見其誤。再如「負罰」、「底報」、「東楞西補」，詞話本、張評本分别作「責罰」、「邸報」、「東擯西補」，與之對照，無形中起到了註脚作用。

二、底本校改，用以印證的。如「取過冷茶來哩了一口」（第五十回）。「哩了一口」，似不通，擬據天圖本改爲「呷了一口」，但首圖本又作「吃了一口」。爲進一步得到佐證，復校以張評本、詞話本，均作「呷了一口」，于是得以印證。

三、佐證崇禎諸本間異文優劣的。如底本「共有五個員官」（第六十五回），内閣本、天圖本作「共有五百員官」。校詞話本作「共五員官」。而事實上此處所述是五員官，說「五百員官」，就與實際乖違了。又如第五十九回李瓶兒對喬親家說：「誰似奴養的孩兒不氣長，短命死了。」「不氣長」，首圖本作「不壽長」，校張評本、詞話本作「不氣長」。說嬰兒夭亡，自是「不氣長」貼切。

四、張評本修改崇禎本并起到解釋作用的。如：「涓今」（第一回）；「打三箇官兒，唱兩箇喏」（第十二回）；「十日賣一担針賣不得，一日賣三担甲倒賣了」（第五十回）等，諸本皆同，讀來不明其意。而張評本將這幾處分别改作：「當今」；「打三箇恭兒，唱兩箇喏」；「十日賣不的一担真，一日倒賣三担假了」。兩相對照，文意了然。

本書校記，要求簡明準確，不枝不蔓。校勘單字，儘量連詞出校，以便了然字意。如：「孥——妻孥」、「塵——塵柄」等。校記中只列與底本有異文的本子，與底本相同的，除特殊情況，一般不出。底本與各參校崇本中的眉批、夾批，匯集收入。譌誤之處，逕行參改，各本擇善而從，不出校記。

書中引用詞曲，大體依律譜點斷。其中詞牌、曲牌有誤者（如第八十九回回前詞《翠樓吟》，實即《念奴嬌》另體），亦不加改動。本書原有插圖二百幅。北大本插圖系翻刻，我們採用的是王孝慈藏圖二百幅，依據一九三三年古佚小説刊行會影印本制版。

由于整理時間倉卒，水平有限，書中有些遺留問題未能妥善解決，有的海外藏本也没得窺全豹。同時，全書的整理方式、編輯體例及文字點勘，亦難免有不合規範和罨疏與錯誤之處，敬乞海内外專家學者指正。

本書的校勘整理工作，得到了吳曉鈴先生、吉林大學中國文化研究所，以及北京大學圖書館、天津圖書館、首都圖書館和上海圖書館的熱情幫助和支持，謹表示誠摯的謝意。

齊　煙

一九八九年四月九日濟南

修訂後記

《新刻繡像批評金瓶梅》（會校本）經國家新聞出版署（88）602號文件批准，由齊魯書社於一九八九年六月出版，向學術界發行。一九九〇年二月，由三聯書店（香港）有限公司和齊魯書社聯合重印，在海外發行。該書是建國後第一次繁體直排崇禎本足本，是文化出版史上的一件盛事，在海內外產生了較大影響。美國哈佛大學學者指出：「由齊煙、王汝梅校點，香港三聯書店、齊魯書社聯合出版的《新刻繡像批評金瓶梅》（會校本），這個本子校點精細，並附校記，沒有刪節，對於繡像本《金瓶梅》研究十分重要。」（田曉菲著《秋水堂論金瓶梅·前言》，天津人民出版社二〇〇三年一月出版）。

是書的整理工作，得到了吳曉鈴先生、朱一玄先生的指導，得到了北京大學圖書館、天津圖書館、上海圖書館、吉林大學圖書館、大連圖書館的支持。時任齊魯書社社長趙炳南、總編輯孫言誠、文學編輯室主任閆昭典和吉林大學王汝梅教授通力合作，搜集版本，查閱文獻，足迹遍及全國，在較短的時間內完成了整理校點，實屬不易。趙炳南已逝世，他為《金瓶梅》的整理出版做出了貢獻，我們表示深切的悼念。

崇禎本改寫者對《金瓶梅詞話》進行了多方面的加工改作，但對原著中的性描寫文字卻未加刪改。今天從性心理、性文化角度認識評價《金瓶梅》，會覺得這是作者的獨特貢獻。作者大膽地有突破地描寫了人與人之間的性關係、性行為與性心理，而且把性與人物性格刻畫聯繫，與廣闊的社會生活聯繫，與探索人性聯繫，正視被否定、被掩蓋的性，寫人的自然情慾。《金瓶梅》中兩性關係不是和諧與平等的，以寫實見長的《金瓶梅》不可能寫出理想化的性愛，性愛生活的更新、美化，是未來社會的一項偉大工程。從現代的觀點審視，《金瓶梅》中的性描寫多屬純感官的再現，較濃重地反映了晚明時期文人的性情趣、性觀念。崇禎本《金瓶梅》連同兩百幅精美插圖及評語，組成一部綜合的藝術文本，是華夏小說美學史上的里程碑。

本書初版至今已近二十年，當年，由於時間倉促，又受整理者的條件和水平限制，書中存有一些錯誤，在長期閱讀與研究中我們逐漸發現，現趁重印之機，加以修訂，以期提供一個更完善的會校本。正如前輩學者所說，校書如掃落葉，旋掃旋生，修訂版還會有錯，敬請專家學者指正。

王汝梅執筆

二〇〇九年五月